冯镇峦批评本 聊齋志異

上

〔清〕蒲松龄 著
〔清〕冯镇峦 批评

岳麓書社·长沙

《成仙》

《董生》

《红玉》

《道士》

《狐妾》

《促织》

前　言

一

《聊斋志异》作者是蒲松龄。

蒲松龄生于明崇祯十三年（1640），殁于清康熙五十四年（1715）。字留仙，一字剑臣，号柳泉，山东淄川（今淄博市淄川区）满井庄（又称蒲家庄）人。据说蒲氏祖辈是元代功臣，到他父辈弃儒经商，可在蒲松龄青少年时期，家道已完全衰落，生活很艰辛。由于薄产不足自给，蒲松龄岁岁游学，无暇治举子业，直到五十岁投考，却名落孙山，青年时期热衷功名之心由此冷却，乃至去批判和否定科举制度。

除康熙九年（1670）南游，做老友幕宾外，蒲松龄其余的几十年岁月都是在农村乡绅之家教书度日。

中国农村是中国社会政治危机和经济危机最敏感的地区。蒲松龄的批判精神不仅是因为他有较多机会接触社会下层，对农民生活有深切了解，更重要的是他本人就是一个靠“舌耕”为生的穷书生，家庭境遇与农民差不多，同样挣扎在饥饿线上。天灾赋税使他对农民的痛苦生活有相同的感受和认知，吏治的腐败，科举制度的欺骗性，更使他满腔悲愤，心中有太多块垒，于是蒲松龄便借鬼狐神怪世界，曲折地反映了他和农民的呼声。

二

蒲松龄在《聊斋志异》的《自志》中说《聊斋》是“孤愤成书”。“愤”什么呢？首先是愤慨于政治制度结构性的腐败。如《促织》中，蒲松龄就把批判矛头指向了明宣宗朱瞻基。由于宣宗尚促织（蟋蟀）之戏，各级官吏“欲媚上官”，逐级责令贡奉上品。被狡猾官吏推为里正的书生成名，亲自去捉蟋蟀上贡。终于捉到一只健蟀，又被好奇的儿子弄死了，孩子也投了井，死后化作蟋蟀，供皇帝取乐。蒲松龄在篇末怒斥“官贪吏虐”，假借“天子偶用一物”之机，疯狂盘剥百姓。《梦狼》更是把官吏化为吃人的虎狼。白翁梦中入大儿子居官的衙署，“见堂上、堂下，坐者、卧者，皆狼也”，阶下白骨如山，白甲以死人为饮食招待父亲。白翁很为白甲担心，便派自己的小儿子携信告诫他。白甲竟然恬不知耻地向弟弟介绍“仕途之关窍”，后来白甲果然被杀，虽然一神人为他续头复活，头却歪在肩上，“目能自顾其背，不复齿人数矣”，贪官污吏没有什么好下场，迟早要受到惩罚。

值得注意的是，蒲松龄在《席方平》中并不把贪官污吏看作是个别的独立的现象，而是上下勾结、官官相护，是结构性的腐败。因为以官本位为中心的中国古代官僚制度本来就是产生贪污腐败的土壤。追求习惯利益的各级官制，要依靠诸种名目的贪污维持生存，视上级官吏为他们的衣食父母，极力讨好上司保住职位，乃至不断攀升。这个关窍，《梦狼》中白甲对其弟讲得非常清楚：“弟日居衡茅，故不知仕途之关窍耳。黜陟之权，在上台不在百姓。上台喜，便是好官；爱百姓，何术能令上台喜也？”对上台他是孙子，对百姓他是爷，随意戕害百姓。《红玉》中被罢了官的御史，看上了穷书生的妻子，用钱买不果后强行抢夺，书生从县告到省，俱不得申，甚或“几于灭门”，而御史却逍遥法外。《潞令》中的县官更是“贪暴不仁，催科尤酷”，上任才百日，就“诛五十人矣”。《石清虚》中的邢云飞藏有异石，有尚书某看中了邢的石头，“购以百金”，邢不卖，尚书怒，暗中用他事中伤邢，邢被投入大狱，妻子把石头献给尚书，邢才被放出。这种蛮横的强盗行径，正如《成仙》中成仙怒斥“父母官”所言：“官宰半强寇，不操矛弓者耶！”官匪一家，官吏就是不拿刀枪的强盗！

同政治制度腐败相联系的是科举制度的弊端，这也是蒲松龄批判的内容。也许他经历过科举，深知科举制度对士子心灵的毒害。在《于去恶》篇中，蒲松龄明确指出科举考试不过是“少年持敲门砖，猎取功名，门既开，则弃去”；应试不第时，备受讥讽与冷遇，中举后人情顿时大变，而屡战屡败的士子们，或是如《王子安》中的王子安在幻梦中高中；或如《叶生》中的叶生，死后魂灵帮助友人之子考取了进士，于幻想中去证明自己的价值。

但让作者大加挞伐的是主考官们的不学无术，营私舞弊。《考弊司》中司主虚肚鬼王规定，凡入司考试的秀才如不行贿则要割三指厚股肉作为晋见礼。《三生》中的考官“黜佳才而进凡庸”，数以万计落第士子愤懑而卒，在阴司聚众告状，要挖掉试官的双眼，“以为不识文之报”。《司文郎》的讽刺更为尖锐。一位有特异功能、双目失明的僧人，以鼻代目，将士子的考卷焚烧后嗅之，可嗅出文章之优劣，并分出等级。岂知他判定能中高魁的王生却落第，而写一手烂文章的余杭生竟中举，原来考官们愚昧昏聩，选错了人，“帘中人并鼻盲矣！”《贾奉雉》中的贾奉雉才名冠一时，而几次考试皆不中，后来经高人指点，让他“换一付眼睛肺肠”去思考，于是贾奉雉从过去的落卷中，把“不可告人之句，连缀成文”，竟中经魁。考官们不只是低能，而且是美丑不分、是非不明、心地污浊的昏官。

在古代小说中，妇女的命运，青年男女爱情婚姻是个沉重而又不可回避的话题，蒲松龄写了许多有关这方面的篇什。在歌颂男女青年对幸福生活的追求上，特别强调“情”的力量，对情的作用作了夸张与渲染，说它可以超越时空的限制，不受生死的束缚，只要有至情，就可冲破一切阻力而获得幸福婚姻。《连城》中的连城，无论生死都愿嫁给穷书生乔生。《阿宝》中的孙子楚，人称“孙痴”，长有六个手指，他却想得到倾城美女阿宝的爱情。阿宝戏言让其断去一指，孙忍痛砍断枝指。后来又相思成疾，化为鹦鹉，飞到阿宝身边，左右不离，终于用痴情感动了阿宝，终成伴侣。

这种情可以是男女之间一见钟情似的爱慕，也可以表现为彼此之间对某一方面的欣赏而成知己，如《连城》中连城与乔生，《白秋练》中白秋练与慕蟾宫，均因欣赏对方的诗才而走到一起。像《娇娜》中娇娜与孔生之间纯真无私的真挚情感，《晚霞》中的晚霞与阿端因精于舞蹈相互吸引而相爱。不以门第、权势、金钱作为择偶的标准，都显现了蒲松龄思想中朴素的民主主义思想。问题是蒲松龄虽然写了许多青年男女违抗父母之命、媒妁之言，突破门第，不为财势所惑，顽强地追求爱情，但蒲氏并非父母之命的彻底否定者，并不认为听从父母之命就不能获得幸福。像《胡四娘》中的姐姐，不服从父母的婚事安排，最后竟沦落为尼姑，顺从父母意志的妹妹，则享受荣华富贵。

同青年男女爱情婚姻紧密相连的，是农村中的伦理、道德、家庭生活中的矛盾。如亲属间的财产纠纷，兄弟间、夫妇妻妾和婆媳之间的关系等等，必然成为作家的关注点，也强烈表达了蒲松龄对现实中善与恶、美与丑的道德评价。《云梦公主》中的马子才，《黄英》中的梁有才都是庸碌懦弱的男子，而他们的妻子云梦、黄英却有胆有识。《细柳》中的细柳娘，在坎坷不平的生活和命运面前，凭着自己的智慧和远见帮助丈夫治家。为了教育孩子，忍受着内心痛苦，承受着舆论压力，严格教育两个孩子，终于使二子一富一贵。《仇大娘》中的仇大娘，看到自己的同父异母兄弟各怀异心不会治理家事，不断受到坏人欺压，家庭日渐衰落，便挺身而出，力斗邪恶势力，代弟管家，教育好走入邪路的二弟，恢复被坏人侵夺的财产；但她磊落无私，分文不动弟弟们的家财。

在《聊斋》中，蒲松龄强调了夫妻要白头偕老、忠贞不渝的道德原则。许多篇都歌颂患难与共、福祸同当的精神。《林氏》中的戚安期，不因妻子伤残丑陋而嫌弃。《辛十四娘》中的冯生不因辛十四娘色衰而易志，并且“侍汤药，如奉父母”，直到十四娘故去。反之，小说家对类如《姚安》中的姚安，《武孝廉》中的武孝廉，《素秋》中某甲，喜新弃旧，遗弃结发妻子，甚或“爱新而杀其旧”的负心汉，给予了无情批判和嘲弄。

三

鲁迅先生在《中国小说史略》中评论《聊斋志异》时曾说："描写委曲，叙次井然，用传奇法，而以志怪，变幻之状，如在目前……出于幻域，顿人人间……《聊斋志异》独于详尽之外，示以平常，使花妖狐魅，多具人情，和易可亲，忘为异类。"蒲松龄在《与诸弟侄书》中论述作文的技法时也提出"笔翻空则奇"，不要"攻坚遮实，硬铺直写"，"他人所数百言未尽者，予以数言了之，及其幅穷墨止，反觉有数言在其笔下。又于他人所数言可了者，予更以数百言，排荡摇曳而出之，及其幅穷墨止，不觉纸上多一字"，此则所谓避实击虚之法也。

理解用传奇法写志怪，花妖狐魅，多具人情，忘为异类；再参透笔翻空则奇的含义，我们就把握住了《聊斋志异》的艺术特色。

所谓传奇法，是指用丰富的想象力写奇人奇事。《聊斋志异》的艺术特征，与其说是用传奇法写志怪，不如说是"把白话小说的方法引入志怪和传奇"。（李剑国《唐五代志怪传奇叙录》序）所以，《聊斋志异》写的是鬼怪世界，实际是写人间世。他把人情移于鬼怪之身，不仅多具人情，而且同人一样和蔼可亲，可以说他们就是活动在人世间的人。因此，蒲松龄是按照人物的性格来刻画小说中的狐妖，而且善于突出其主要的性格特征。例如同是爱笑的女狐小翠与婴宁，同是花妖的香玉和葛巾，却有不同的性格色彩。即使在同一篇，写同一性别的角色，如《胡四娘》中的三姐妹，《张诚》中的三兄弟，《凤仙》中的三女仙，《陈云栖》中的四尼姑，都各有不同性情。并且作者在构思时，常常围绕主要人物铺垫几个片段或小故事，层层展开，逐渐揭示人物的性格；或是采用对比的方法，显现人物的色彩，总之是首先把小说中的角色当作真人来写才可能引发读者的共鸣。但是，鬼狐神怪又不完全等同于世人，必须考虑到神怪的情态，这样才能引起读者的兴趣，才能做出于幻域、顿入人间的媒介，打破时空限制，形成空灵虚幻的特点。这突出表现在现实情节与幻想情节相互翻空，反复变化，产生难以言喻的艺术效果。

四

《聊斋志异》共四百余篇。手稿本仅存半部，下函四卷散失了，今藏辽宁图书馆。

抄本则以乾隆十六年（1752）《铸雪斋钞本聊斋志异》十二卷本为珍贵。铸雪斋是张希杰的斋名。此本系据济南朱氏（也有称历城朱氏）过录。朱氏的抄本是据蒲氏手稿本转录的，惜朱本已亡失，因此铸雪斋抄本就成为今存最早的一部抄本，1974 年上海人民出版社曾据此本影印出版。1962 年在山东淄博市周村发现抄于乾隆十五年（1750）至三十年（1765）间的二十四卷本，也是比较早的抄本。此外尚有乾隆年间黄炎熙抄本，存四川大学。

最早的刻本为乾隆三十一年（1766）青柯亭刻本，刻者为赵起杲，故又称赵刻本。此本推出后，乾隆三十二年（1767）又有王金范刻本、李时范刻本先后问世。

评点、诠释家有十余家，较著名的为道光三年（1823）经纶堂刻何守奇评本，以青柯亭本为基础。道光五年（1825）又出了观左堂吕湛恩注释本，道光十九年（1839）南陵何彤文刻何垠注释本，道光二十二年（1842）但明伦评本。光绪十七年（1891）喻焜将王士禛、冯镇峦、何守奇、但明伦四家评语于一本，称四家合评本。本来冯镇峦评作于嘉庆十三年（1808），早于何、但两家，但延至光绪年间，喻焜合四家评后人们才了解冯镇峦评《聊斋》的艺术价值。

考虑到读者很少甚或没有看到较早抄本的模样，当今流行的评点本又多为但明伦评本，没有刊印过冯评本。因此，我们以铸雪斋抄本为底本，插入冯镇峦的评语，除了改补抄本中明显的错漏字，补充十几篇有目无文的篇章外，一律维持原貌，不作改动和填补。卷首目录排列次序颠倒不一，我们按正文次序重新编排，使与正文一致。眉批、竖批皆移入文中，以红色字体突出。

说起小说评点，自从南宋刘辰翁评《世说新语》，开创了小说批评以后，文言小说就再也没有看到像样子的评点家，反倒是在通俗小说领域，先后出现了叶昼、李卓吾、袁于令、金圣叹、毛宗岗、张竹坡、脂砚斋诸大家，那么，冯镇峦、但明伦等评《聊斋志异》，无疑是填补了明清文言小说批评的空白。

尽管王士禛是当时诗坛盟主，首评《聊斋》，但明伦的评点也早于冯镇峦刊出，但评语中的艺术价值远不如冯镇峦。因为王士禛的“评语亦只循常，未甚搔着痛痒处”（冯镇峦《读聊斋杂说》），但明伦的批评虽有精辟的见解，可常好借题发挥，自我卖弄，贫嘴似的讲说“色即是空，空即是色”，“前世因，今生报”，“人生一场戏”云云，未必符合蒲氏的本意。因此，冯镇峦评《聊斋志异》就很值得读者关注。

冯镇峦，字远村，合州人（今属重庆）。仅存专集《晴云山房诗文集》《红椒山房笔记》，以及评点《聊斋志异》，其它著述皆散佚无存。关于他的身世，所知甚少，喻焜在四家评本《聊斋志异》中只说冯远村“一官沈黎，寒毡终老”，一生不甚得志。大约和蒲松龄有相似的遭遇，因此对蒲氏孤愤之作有相同的认知。如《冤狱》篇，蒲松龄在“异史氏”中尖锐地批评“俨然而民上也者”的官吏们，对草民的冤案“偃息在床，漠若无事”，可“宁知水火狱中，有无数冤魂伸颈息救拔耶”！正是这愤世的精神，冯远村认为“此书所以历久不废者，以间存此等议论撑持于中故也”。至于“或谓《聊斋》骂人大伤雅道”，如骂教官为饿鬼，骂典吏为龟头，冯镇峦不以为然，认为“有可骂则骂之”，贪官污吏，居官颠倒黑白，以三百钱便污人名节的无赖官吏，“无怪人骂”的。不过，从本质上说，蒲松龄、冯镇峦无论怎样讥世、愤世和骂世，可从来就不曾否定封建王权和伦理道德，冯镇峦在《罗刹海市》的夹评中说得非常明确：“惟忠君孝义，安贞守义，是自己实在事业，此外皆轻重也。”封建意识比蒲氏还浓厚，从小说批评思想发展史而言，其政治判断，远不如艺术判断敏锐。

冯镇峦最突出的成就是指出了《聊斋志异》的文体特征，即“《聊斋》以传记体叙小说之事”，“一书兼二体”。从表层次看，《聊斋》继承了《左传》《国语》《史记》《汉书》的古朴、典雅、简洁的叙事风格和词句用法，其实金圣叹评《水浒传》、毛宗岗批《三国演义》，包括冯镇峦评点《聊斋》，都是用史传——主要是《史记》作为范式而剖析小说的。诸家用史传格式衡小说，不仅是论证篇章、句式、遣词、用字上的技巧，而恰恰是拈出了中国古代小说，特别是文言小说具有史传的文体特征。因为文言小说本来就直接脱胎于史官文化，并未完全脱离历史文体的形态和叙事方法，由此冯镇峦才以史传的模式评点《聊斋》，这不足为怪。

值得注意的是，冯镇峦指出蒲松龄写的是短篇小说，而“短篇文字不似大篇出色，然叙事简洁，用笔明雅”，首先在情节结构上，要像《聊斋》善用曲笔，所谓“作人宜直，作文宜曲，虽大片段中有许多小波折，最好看有致”；所谓“曲曲折折，忽放忽收”，“直则少情，曲折有味”。冯镇峦所说的曲笔，就矛盾冲突而言，是说把事件和人物之间的冲突，通过不断的“转”，而产生新的矛盾，进而把矛盾推向高潮；就情节结构而言，不断的“转”，就是不直奔主题，不把结局很快端出，而是由“曲”而产生延宕，激起读者的好奇与期待。

但是，冯镇峦认为情节要转得巧妙，转得合理，“不可急转”，而要“轻轻转去”；同时也不宜滥用转笔，“不到山穷水尽时，不肯轻作转笔”。他更反对“传奇无可转关处，辄以仙佛救济，几成烂套。谚云：‘戏不够，神仙凑。’”，违背了小说自身情节发展的逻辑。所以冯镇峦强调“文家贵乎能变庶不板重”时，也要求“闲便有停蓄，一直说便少节奏”。这“变”中的“停蓄”，也就是他《读聊斋杂说》中所言：“文之参错，莫如《左传》。冯天闲专以整齐论《左》。人第知参错是古，不知参错中不寓整齐，则气不团结，而少片段。能以巨眼看出左氏无处非整齐，于古观其深矣……读《聊斋》者亦以此意参之，消息甚微，非深于古者不解。”按现代语言解释，变化中有停顿，参错中寓整齐，如同看园林布局，统一中有对立，对立中有统一，冯镇峦已触及了小说结构美学的问题。

冯镇峦深受金圣叹批评方法的影响，对《聊斋》的叙事技巧、描绘人物的特征详加推导。他认为《聊斋》虽然是说鬼狐，可“即以人事之伦次，百物之性情说之。说得极圆，不出情理之外；说来极巧，恰在人人意愿之中”，所以凭空捏造，却不露痕迹，无牵强之形。而在雕刻人物时，冯镇峦指出《聊斋》运用了“遥对法”“暗点法”“前暗后明之法”，以及叙事上的详叙、补叙、顺叙、平叙、抽出叙、两节叙；文字安排上“要省即加倍省，要增即加倍增”“不写，则许多只须一句；要写，则一必须数番”“要繁便千言不了，要简则一字疾通”等等，对读者理解《聊斋》的写作特点都有启示。

我们不必把冯镇峦的小说批评混同于经史评点，他在《杂说》中分得很明确：“友人曰：‘渔洋（王士禛）评太略，远村评太详。’渔洋是批经史杂家体，远村似批文章小说体。言各有当，无取雷同。”冯镇峦在论证《聊斋》有史传叙事特点的同时，特别强调蒲松龄许多篇什是小说，所谓“有意作文，非徒纪事”，是虚构的艺术。但是小说虽然是“镜花水月，虽不必泥于实事”，“然时代人物，不尽凿空”，不能完全脱离现实。因此评说小说家在塑造某种类型和性格的人物时，冯镇峦借用金圣叹提出的“设身处地法”，以赵松雪画马为例，每欲构思时，便于密室解衣踞地，先学为马，就是说作者忘掉自己本来的身份性格，化身为描写的对象，体验对象的精神世界，创造出面目不同的传神人物，并且“每篇各具局面，意境翻新，令读者每至一篇，另长一番精神”。冯镇峦还在多篇评点中突出强调《聊斋》细节描写上“点缀琐事逼真”，“点缀琐事，传神之笔”，“写女子痴顽如画，闲细之甚”，指明《聊斋》细节描写上的进步，反映了中国古代短篇文言小说艺术的成熟，而冯镇峦也通过对《聊斋志异》的批评触摸到了这种发展趋势。

鲁德才

2010年1月于天津南开大学

目　录

卷一

卷二

卷三

卷四

自　序

披萝带荔，三闾氏感而为《骚》；牛鬼蛇神，长爪郎吟而成癖。自鸣天籁，不择好音，有由然矣。松落落秋萤之火，魑魅争光；逐逐野马之尘，魍魉见笑。才非干宝，雅爱搜神；情类黄州，喜人谈鬼。闻则命笔，遂以成篇。久之，四方同人，又以邮筒相寄，因而物以好聚，所积益夥。甚者：人非化外，事或奇于断发之乡；睫在眼前，怪有过于飞头之国。遄飞逸兴，狂固难辞；永托旷怀，痴且不讳。展如之人，得勿向我胡卢耶？然五父衢头，或涉滥听；而三生石上，颇悟前因。放纵之言，有未可概以人废者。松悬弧时，先大人梦一病瘠瞿昙，偏袒入室，药膏如钱，圆粘乳际。寤而松生，果符墨志。且也：少羸多病，长命不犹。门庭之栖寂，则冷淡如僧；笔墨之耕耘，则萧条似钵。每搔头自念，勿亦面壁人果吾前身耶？盖有漏根因，未结人天之果；而随风荡堕，竟成藩溷之花。茫茫六道，何可谓无其理哉！独是子夜荧荧，灯昏欲蕊；萧斋瑟瑟，案冷疑冰。集腋为裘，妄续《幽冥》之录；浮白载笔，仅成孤愤之书。寄托如此，亦足悲矣！嗟乎！惊霜寒雀，抱树无温；吊月秋虫，偎栏自热。知我者，其在青林黑塞间乎！

柳泉自题

高珩序

志而曰异，明其不同于常也。然而圣人曰：“君子以同而异。”何耶？其义广矣、大矣。夫圣人之言，虽多主于人事；而吾谓三才之理，六经之文，诸圣之义，可一以贯之。则谓异之为义，即易之冒道，无不可也。夫人但知居仁由义，克己复礼，足为善人君子矣；而陟降而在帝左右，祷祝而感召风雷，乃近于巫祝之说者，何耶？神禹创铸九鼎，而《山海》一经，复垂万世，岂上古圣人而喜语怪乎？抑争子虚乌有之赋心，预为分道扬镳者地乎？后世拘墟之士，双瞳如豆，一叶迷山，目所不见，率以仲尼“不语”为辞，不知鹢飞石陨，是何人载笔尔尔也？倘概以左氏之诬蔽之，无异掩耳者高语无雷矣。引而伸之，即“阊阖九天，衣冠万国”之句，深山穷谷中人，亦以为欺我无疑也。余谓：欲读天下之奇书，须明天下之大道。盖以人伦大道，淑世者圣人之所以为木铎也。然而天下有解人，则虽言孔子之“不语”者，皆足辅功令教化之所不及。而《诺皋》《夷坚》，亦可与六经同功。苟非其人，则虽日述孔子之所常言，而皆足以佐慝。如读南子之见，则以为淫辟皆可周旋；泥佛肸之往，则以为叛逆不妨共事；不止诗书发冢，周官资篡已也。彼拘墟之士多疑者，其言则未尝不近于正也。一则疑曰：政教自堪治世，因果无乃渺茫乎？曰：是也。然而阴骘上帝，幽有鬼神，亦圣人之言否乎？彼彭生豕面，申生语巫，武照宫中，田蚡枕畔，九幽斧钺，严于王章多矣。而世人往往多疑者，以报应之或爽，诚有可疑。即如圣门之士，贤隽无多，德行四人，二者夭亡；一厄继母，几乎同于伯奇。天道憒憒，一至此乎！是非远洞三世，不足消释群憾。释迦马麦，袁盎人疮，世亦安能知之？故非天道愦愦，人自愦愦故也。或再疑曰：报应示戒可矣，妖邪不宜黜乎？曰：是也。然而天地大矣，无所不有；古今变矣，未可舟胶。人世不皆君子，阴曹反皆正人乎？岂夏姬谢世，便侪共姜；荣公撤瑟，可参孤竹乎？有以知其必不然矣。且江河日下，人鬼颇同，不则幽冥之中，反是圣贤道场，日日唐虞三代，有是理乎？或又疑而且规之曰：异事，世固间有之矣，或亦不妨抵掌；而竟驰想天外，幻迹人区，无乃为齐谐滥觞乎？曰：是也。然子长列传，不厌滑稽；卮言寓言，蒙庄嚆矢。且二十一史果皆实录乎？仙人之议李郭也，固有遗憾久矣。而况勃窣文心，笔补造化，不止生花，且同炼石。佳狐佳鬼之奇俊也，降福既以孔皆，敦伦更复无，人中大贤，犹有愧焉。是在解人不为法缚，不死句下可也。夫中郎帐底，应饶子家之异味；邺侯架上，何须兔册之常诠？愿为婆娑艺林者，职调人之役焉。古人著书，其正也，则以天常民彝为则，使天下之人，听一事，如闻雷霆，奉一言，如亲日月。外此而书或奇也，则新鬼故鬼，鲁庙依稀；内蛇外蛇，郑门踯躅，非尽矫诬也。倘尽以“不语”二字奉为金科，则萍实、商羊、羊、楛矢，但当摇首闭目而谢之足矣。然乎否耶？吾愿读书之士，揽此奇文，须深慧业，眼光如电，墙壁皆通，能知作者之意，并能知圣人或雅言、或罕言、或不语之故，则六经之义，三才之统，诸圣之衡，一一贯之。异而同者，忘其异焉可矣。不然，痴人每苦情深，入耳便多濡首。一字魂飞，心月之精灵冉冉；三生梦渺，牡丹之亭下依依。檀板动而忽来，桃茢遣而不去，君将为魍魉会丘生，仆何辞齐谐、鲁仲连乎？

康熙己未春日穀旦，紫霞道人高珩题。

唐梦赉序

谚有之云:“见橐驼谓马肿背。”此言虽小，可以喻大矣。夫人于目所见者为有，所不见者为无。曰：此其常也；倏有而倏无则怪之。至于草木之荣落，昆虫之变化，倏有倏无，又不之怪；而独于神龙则怪之。彼万窍之刁刁，百川之活活，无所持之而动，无所激之而鸣，岂非怪乎？又习而安焉。独至于鬼狐则怪之，至于人则又不怪。夫人，则亦谁持之而动，谁激之而鸣者乎？莫不曰:“我实为之。”夫我之所以为我者，目能视而不能视其所以视，耳能闻而不能闻其所以闻，而况于见闻所不及者乎？夫见闻所及以为有，所不及以为无，其为见闻也几何矣。人之言曰:“有形形者，有物物者。”而不知有以无形为形，无物为物者。夫无形无物，则耳目穷矣，而不可谓之无也。有见蚊睫者，有不见泰山者；有闻蚁斗者，有不闻雷鸣者。见闻之不同者，聋瞽未可妄论也。自小儒为“人死如风火散”之说，而原始要终之道，不明于天下；于是所见者愈少，所怪者愈多，而“马肿背”之说昌行于天下。无可如何，辄以“孔子不语”之辞了之，而齐谐志怪、虞初记异之编，疑信之者参半矣。不知孔子所不语者，乃中人以下不可得而闻者耳，而谓《春秋》书删神怪哉！留仙蒲子，幼而颖异，长而特达。下笔风起云涌，能为记载之言。于制艺举业之暇，凡所见闻，辄为笔记，大要皆鬼狐怪异之事。向得其一卷，辄为人取去；今再得其一卷阅之。凡为余所习知者，十之三四，最足以破小儒拘墟之见，而与夏虫语冰也。予谓事无论常怪，但以有害于人者为妖。故日蚀星陨，鹢飞鹆巢，石言龙斗，不可谓异；惟土木甲兵之不时，与乱臣贼子，乃为妖异耳。今观留仙所著，其论断大义，皆本于赏善罚淫与安义命之旨，足以开物而成务，正如杨云法言，桓谭谓其必传矣。

康熙壬戌仲秋既望，豹岩樵史唐梦赉题。

喻焜序

《聊斋》评本，前有王渔洋、何体正两家，及云湖但氏新评出，披隙导窍，当头棒喝，读者无不俯首皈依，几于家有其书矣。然窃观《聊斋》，笔墨渊古，寄托遥深，其毫颠神妙，实有取不尽而恢弥广者。仁见仁，智见智，随其识趣，笔力所至，引而伸之，应不乏奇观层出，传作者苦心，开读者了悟，在慧业文人，锦绣才子，固乐为领导标新于无穷已。吾合冯远村先生手评是书，建南黄观察见而称之，谋付梓未果。先生一官沈黎，寒毡终老，没后仅刻《晴云山房诗文集》、《红椒山房笔记》，其他著述今皆散佚无存，惟是书脍炙人口，传抄尚多副本。同治八年，州人士取篇首《杂说》数十则及《片云诗话》刊行，而全集仍待梓也。予于亲串中偶得一部阅之，既爱其随处指点，或一二字揭出文字精神，或数十言发明作者宗旨，不作公家言、模棱语，自出手眼，别具会心，洵可与但氏新评并行不悖。因照但氏本增入，缩为十二卷，笺题《聊斋志异冯但合评》。工既竣，而为之略叙梗概云。

时光绪十七年仲春月下浣，合阳喻焜湘荪氏叙于补拙书屋之竹深处。

题 辞

姑妄言之姑听之，豆棚瓜架雨如丝。
料应厌作人间语，爱听秋坟鬼唱时。

——渔洋老人题

冥搜镇日一编中，多少幽魂晓梦通。
五夜燃犀探秘录，十年纵博借神丛。
董狐岂独人伦鉴，干宝真传造化功。
常笑阮家无鬼论，愁云飒飒起悲风。

卢家冥会自依稀，金碗千年有是非。
莫向酉阳称杂俎，还从禹穴问灵威。
临风木叶山魈下，研露空庭独鹤飞。
君自闲人堪说鬼，季龙鸥鸟日相依。

搦管萧萧冷月斜，漆灯射影走金蛇。
嫏嬛洞里传千载，嵩岳云中迸九华。
但使后庭歌玉树，无劳前席问长沙。
庄周漫说徐无鬼，惠子书成已满车。

——戊子昆仑外史张笃庆题

冥搜研北隐墙东，腹笥言泉试不穷。
秋树根傍一披读，灯昏风急雨濛濛。

香茅结就新亭小，睡觉桐阴一欠伸。
君试妄言余妄听，不妨狐窟号诗人。

捃摭成编载一车，诙谐玩世意何如？
山精野鬼纷纷是，不见先生志异书。

——丙戌橡村居士题于济上

埋头学执化人袪，荦落文园赋子虚。
忽地籁从天际发，披襟快读帐中书。

干宝当年鬼董狐，巢居穴处总模糊。
而今重把温犀照，牛鬼蛇神果有无？

一生遭尽揶揄笑，伸手还生五色烟。
但学青牛真秘诀，不须更问野狐禅。

眼界从教大地宽，嫏嬛洞里见青天。
贾生前席还应接，翻尽人间括异编。

——乾隆辛未九秋，练塘渔人题

庄语难谐世，拂残编，搜神博物，谈仙说鬼。一盏客灯秋雨夜，风戛窗棂破纸，仿佛听枫根环珮。石上三生来噩梦，尽丝缠一缕春蚕死，勘破者，唯君耳。

寓言十九逢场戏，喜开函，淋漓载笔，吾家良史。鬼唱狐鸣兼虱赋，不止槐安穴蚁。真面目谁非谁是？我欲乘风天外去，看鸡虫得失原如此。须记取，蒙庄子。（寄调贺新凉）

——平原董元度寄庐氏题

读聊斋杂说

柳泉《志异》一书，风行天下，万口传诵，而袁简斋议其繁衍，纪晓岚称为才子之笔，而非著述之体。皆言也。先生此书，议论纯正，笔端变化，一生精力所聚，有意作文，非徒纪事。予尝评阅数过，每多有会心别解，不作泛泛语。自谓能抓着作者痛痒处。二十三年居沈黎，宗弟正伸寄一部，请加墨。时风雪满天，地炉火冷，童子重为燃煤煨酒，拂案挑灯，至得意处便疾书数行。尝见近人有《柳涯外编》，叙先生易箦时，有“红尘再到是金乡”之句，柳涯遂谓聊斋后身，青林黑塞间倘别有其人乎？吾将遇之。

千古文字之妙，无过《左传》，最喜叙怪异事。予尝以之作小说看。此书予即以当《左传》看，得其解者方可与之读千古奇书。予又以此一副眼孔读昭明《文选》。

是书遍天下无人不爱好之，然领会各有深浅。往日有一人闻予评文，索之再三，不肯出以相示。后索之不已，三日见还，无一领会语。噫！作者难，评者亦不易。惟建南黄观察见而称之。

署清令阳湖张安溪曰：“《聊斋》一书，善读之令人胆壮，不善读之令人入魔。”予谓泥其事则魔，领其气则壮，识其文章之妙，窥其用意之微，得其性情之正，服其议论之公，此变化气质、淘成心术第一书也。多言鬼狐，款款多情；间及孝悌，俱见血性，较之《水浒》、《西厢》，体大思精，文奇义正，为当世不易见之笔墨，深足宝贵。

博陵李金枝宫李氏《柳涯外编序》曰：予少师蒲柳泉先生，柳泉殁，泊然无所向。一日游济南，自趵突敬步至康庄泉，见柳下一少年，执笔欲有所题。进揖之，曰："徐氏，住泺干。"予因问曰："省垣以济南名，而城北有清河，无济水，或谓趵突泉即济水，而泉在城南，不在城北，泺镇滨大清河，乃名泺口，何也？"少年答曰："大清河即济水旧址也。济三伏三见，至趵突出地，折而北，其由响闸北流入口处，独名泺，折而东，合东平、平阴诸山之水，汇为大清河耳。"予心佩其博。次日，次泺干，将以老友任子建为先容而访之。任应之曰："此徐奇童也，年十六七，其父徐敬轩先生，寓金家庄，时年四十三，无子，祈梦小峨眉山。至一境，垂柳映清泉，一老儒至，手执蒲叶，仿佛闻声曰：'此汝子也。'醒不甚解。次年举一子，周岁，有冒雨而来者，问庄名，曰：'金家庄。'子方周岁，宴客请抱出见之，曰：'是矣，吾师也。吾师蒲柳泉，积学而殁，在去年此日，有句云：红尘再到是金乡。遍访金乡县不可得，不图今日遇之。'翁问：'尔师之貌若何？是否？'客问何由知。曰：'小峨眉梦也。梦执蒲，其姓也。柳近泉，其号也。吾梦解矣。'客叹息而去。徐名昆，字后山，号柳涯，别号啸山，平阳人，皆本夙因云。"乾隆五十六年辛亥，博陵弟子李金枝宫李氏题于枣林书屋，时年八十有二。

平生喜读《史》《汉》，消闷则为《聊斋》。每饭后、酒后、梦后，雨天、晴天、花天，或好友谈后，或远游初归，辄随手又笔数行，皆独具会心，不作公家言。

《聊斋》非独文笔之佳，独有千古，第一议论醇正，准理酌情，毫无可驳。如名儒讲学，如老僧谈禅，如乡曲长者读诵劝世文，观之实有益于身心，警戒愚顽。至说到忠孝节义，令人雪涕，令人猛省，更为有关世教之书。

吾闲中偶然设想，柳泉一老贡生耳，同时王侯卿相，淹没不知姓名者不知凡几，《聊斋》独以此一书传，海澨山陬，雅俗共赏。即《聊斋》其他诗古文词，亦不似此流传之远。当时王公幸挂一二于卷中以传者，盖亦有之。赵瓯北诗云："公卿视寒士，卑卑不足算。岂知钟漏尽，气焰随烟散。翻借寒士力，姓名见毫翰。"谅哉！

此书多叙山左右及淄川县事，纪见闻也。时亦及于他省。时代则详近世，略及明代。先生意在作文，镜花水月，虽不必泥于实事，然时代人物，不尽凿空。一时名辈如王渔洋、高念东、唐梦赉、张历友，皆其亲邻世交。毕刺史、李希梅，著作俱在。聊斋家世交游，亦隐约可见。独柳泉别种诗文，不可得闻。予于《雨村诗话》中见古作一首，实非凡笔。

词令之妙，首推《左》《国》，其中灵婉轻快，不著一语呆笨。《聊斋》吐属，锦心绣口，佳处难尽言，如《邵女》篇媒媪之言，《司文郎》篇宋生之言，其他所在多有，不能一一详也。

往予评《聊斋》，有五大例：一论文，二论事，三考据，四旁证，五游戏。皆其平日读书有得之言，浅人或不尽解。至其随手记注，平常率笔，无关紧要，盖亦有之，然已十得八九矣。李卓吾、冯犹龙、金人瑞评《三国演义》及《水浒》《西厢》诸小说、院本，乃不足道。友人万枣峰曰："此徐退山批《五经》《史记》《汉书》手笔也。"

作文人要眼明手快，批书人亦要眼明手快。天外飞来，只是眼前拾得。坡诗云:“作诗火速追亡逋，清景一失渺难摹。”钝根者毫无别见，只顺文演说，如周静轩读史诗，人云亦云，令观者欲呕。远村此批，即昔钟退谷先生坐秦淮水榭，作《史怀》一书，皆从书缝中看出也。

金人瑞批《水浒》《西厢》，灵心妙舌，开后人无限眼界，无限文心。故虽小说、院本，至今不废。惟议论多不醇正。董阆石先生深訾之。是书虽系小说体例，出入诸史，不特具有别眼，方能着语，亦须具有正大胸襟，理明义熟，方识得作者头脑处。故纪文达推为才子之笔，莫逮万一。而赵清曜称为有功名教，无忝著述也。

是书传后，效颦者纷如牛毛，真不自分量矣。无《聊斋》本领，而但说鬼说狐，侈陈怪异，笔墨既无可观，命意不解所谓。臃肿拳曲，徒多铺陈；道理晦涩，义无足称。不转瞬而弃如敝屣，厌同屎橛，并覆瓿之役，俗人亦不屑用之，比似《聊斋》，岂不相悬万万哉！是之谓自寻苦恼。予谓当代小说家言，定以此书为第一，而其他比之，自桧以下。

文有设身处地法。昔赵松雪好画马，晚更入妙，每欲构思，便于密室解衣踞地，先学为马，然后命笔。一日管夫人来，见赵宛然马也。又苏诗题画雁云:“野雁人见时，未起意先改。君从何处看，得此无人态？”此文家运思入微之妙，即所谓设身处地法也。《聊斋》处处以此会之。

读《聊斋》，不作文章看，但作故事看，便是呆汉。惟读过《左》《国》《史》《汉》，深明体裁作法者，方知其妙。或曰：何不径读《左》《国》《史》《汉》？不知举《左》《国》《史》《汉》而以小说体出之，使人易晓也。

贪游名山者，须耐仄路；贪食熊膰者，须耐慢火；贪看月华者，须耐深夜；贪见美人者，须耐梳头。看书亦有宜耐之时。

《聊斋》之妙，同于化工赋物，人各面目，每篇各具局面，排场不一，意境翻新，令读者每至一篇，另长一番精神。如福地洞天，别开世界；如太池未央，万户千门；如武陵桃源，自辟村落。不似他手，黄茅白苇，令人一览而尽。

文有消纳法，于复笔、简笔、捷笔处见之。

昔人谓莫易于说鬼，莫难于说虎。鬼无伦次，虎有性情也。说鬼到说不来处，可以意为补接；若说虎到说不来处，大段著力不得。予谓不然。说鬼亦要有伦次，说鬼亦要得性情。谚语有之：说谎亦须说得圆。此即性情伦次之谓也。试观《聊斋》说鬼狐，即以人事之伦次，百物之性情说之。说得极圆，不出情理之外；说来极巧，恰在人人意愿之中。虽其间亦有意为补接，凭空捏造处，亦有大段吃力处，然却喜其不甚露痕迹牵强之形，故所以能令人人首肯也。

或疑《聊斋》那有许多闲工夫，捏造许多闲话。予曰：以文不以事也。从古书可传信者，《六经》而外，莫如《左传》《史记》。乃左氏以晋庄姬为成公之女，《史记》以庄姬为成公之妹。晋灵公使人贼赵宣子，左氏谓触槐而死者麑，公羊以为壮士刎颈而死。传闻异词，以何为信？且麑槐下之言，谁人闻之？左氏从何知之？文人好奇，说鬼说怪，廿三史中指不胜屈，何独于《聊斋》而疑之。取其文可也。

俗手作文，如小儿舞鲍老，只有一副面具。文有妙于骇紧者，妙于整丽者；又有变骇紧为疏奇，化整丽为历落，现出各样笔法。《左》《史》之文，无所不有，《聊斋》仿佛遇之。

作文有前暗后明之法，先不说出，至后方露，此与伏笔相似不同，左氏多此种，《聊斋》亦往往用之。

此书即史家列传体也，以班、马之笔，降格而通其例于小说。可惜《聊斋》不当一代之制作，若以其才修一代之史，如辽、金、元、明诸家，握管编排，必驾乎其上。以故此书一出，雅俗共赏，即名宿巨公，号称博雅者，亦不敢轻之。盖虽海市蜃楼，而描写刻画，似幻似真，实一一如乎人人意中所欲出。诸法俱备，无妙不臻。写景则如在目前，叙事则节次分明，铺排安放，变化不测。字法句法，典雅古峭，而议论纯正，实不谬于圣贤一代杰作也。

沈确士曰：文章一道，通于兵法。金兀术善用突阵法，如拐子马之类。韩昌黎习用之。大江之滨，有怪物焉，周公、伯乐等篇皆是也。盖凭空突然说出一句，读者并不解其用意安在，及至下文，层层疏说明白，遂令题意雪亮。再玩篇首，始知落墨甚远，刻题甚近，初若于题无关，细味乃知俱从题之精髓抉摘比并出来，此即文家之突阵法也。《聊斋》用笔跳脱超妙，往往于中一二突接之处，仿佛遇之，惟会心人能格外领取也。

《水经注》形容水之清澈，曰："分沙漏石。"又曰："渊无潜甲。"又曰："鱼若悬空。"又曰："石子如樗蒲。"皆极造语之妙。《聊斋》中间用字法，不过一二字，偶露句中，遂已绝妙，形容维妙维肖，仿佛《水经注》造语。读者随所见有会，不能一一指数也。

小说，宋不如唐，唐不如汉。《飞燕外传》云："以辅属体，无所不靡。"《丽娟传》云："玉肤柔软，吹气胜兰，不欲以衣缨拂之，恐乱体痕也。”故读古书不多，不知《聊斋》之妙。

昔钟退谷先生坐秦淮水榭，作《史怀》一书，皆从书缝中及字句之外寻出。闲来议论名隽，语言超妙，不袭人牙慧一语。予批《聊斋》，自信独具冷眼。倘遇竟陵，定要把臂入林。

友人曰：渔洋评太略，远村评太详。渔洋是批经史杂家体，远村似批文章小说体。言各有当，无取雷同。然《聊斋》得远村批评一番，另长一番精神，又添一般局面。

纪晓岚曰:《聊斋》盛行一时，然才子之笔，非著书者之笔也。虞初以下，干宝以上，古书多佚，其可见者，如刘敬叔《异苑》、陶潜《续搜神记》，小说类也;《飞燕外传》《会真记》，传记类也;《太平广记》，事以类聚，故可并收。今一书而兼二体，所未解也。小说既述见闻，即属叙事，不比戏场关目，随意装点。伶玄之传，得之樊嫕，故猥琐具详；元稹之记，出于自述，故约略梗概。杨升庵伪撰《秘辛》，尚知此意。升庵多见古书故也，今嬿昵之词，媟狎之态，细微曲折，摹绘如生，使出自言，似无此理；使出作者代言，则从何而见闻，又所未解也。留仙之才，予诚莫逮万一，惟此二事，则夏虫不免疑冰。刘舍人云：滔滔前世，既洗予闻；渺渺来修，谅尘彼观。心知其意，倘有人乎？远村曰:《聊斋》以传记体叙小说之事，做《史》《汉》遗法，一书兼二体，弊实有之，然非此精神不出，所以通人爱之，俗人亦爱之，竟传矣。虽有乖体例可也。纪公《阅微草堂》四种，颇无二者之病，然文字力量精神，别是一种，其生趣不逮矣。

文之参错，莫如《左传》。冯天闲专以整齐论《左》。人第知参错是古，不知参错中不寓整齐，则气不团结，而少片段。能以巨眼看出左氏无处非整齐，于古观其深矣。左氏无论长篇短篇，其中必有转捩处。左氏篇篇变，句句变，字字变。上三条，读《聊斋》者亦以此意参之，消息甚微，非深于古者不解。

《聊斋》短篇，文字不似大篇出色，然其叙事简净，用笔明雅，譬诸游山者，才过一山，又问一山，当此之时，不无借径于小桥曲岸，浅水平沙，然而前山未远，魂魄方收，后山又来，耳目又费。虽不大为着意，然政不致遂败人意。又况其一桥，一岸，一水，一沙，并非一望荒屯绝徼之比。晚凉新浴，豆花棚下，摇蕉尾，说曲折，兴复不浅也。

赵清曜谓：先生书成，就正于渔洋；渔洋欲以百千市其稿。先生不与，因加评骘而还之。予思渔洋一代伟人，文章总持，主骚坛者数十年，天下翕然宗之，何必与《聊斋》争之。且此书评语亦只循常，未甚搔着痛痒处，《聊斋》固不以渔洋重也。或谓渔洋跋，含蓄有味，不必多见，而见地自高，似未可推倒。予终不以为然。后人拈笔，何敢遂轻前人。渔洋实有不足聊斋处，故以率笔应酬之，原非见地不高。公是公非，何能为古人讳。

予读李义山集，集前有一条云：诗人刻露天地间山川、草木、人物、百怪，几于毫不留馀矣。故少达多穷，以其凿破混茫，发泄太尽，犯造物之忌也。《聊斋》虽小说，描写尽致，实犯此忌。故文名传世，遇合蹇涩，以贡生终。壬戌在京师，与会理州严鹤堂尔同馆。严曰：“闻聊斋犯雷劫。”予大怒曰：“此口孽也！聊斋圣贤路上人，观其议论公允，心术纯正，即以程、朱语录比对观之，亦未见其有异也。慧业文人如聊斋者，殁后不向圣贤位中去，定向仙佛位中来也。可以妄语污蔑也哉！”

先秦之文，段落浑于无形。唐、宋八家，第一段落要紧。盖段落分，而篇法作意出矣。予于《聊斋》，钩清段落，明如指掌。

近来说部，往往好以词胜，搬衍丽藻，以表风华，涂绘古事，以炫博雅。《聊斋》于粗服乱头中，略入一二古句，略装一二古字，如《史记》诸传中偶引古谚时语，及秦、汉以前故书。斑剥陆离，苍翠欲滴，弥见大方，无一点小家子强作贫儿卖富丑态，所以可贵。

不会看书人，将古人书混看过去，不知古人书中有得意处，有不得意处，有转笔处，有难转笔处。趁水生波处，翻空出奇处，不得不补处，不得不省处，顺添在后处，倒插在前处。无数方法，无数筋节。当以正法眼观之，不得第以事视，而不寻文章妙处。此书诸法皆有。

《聊斋》说鬼说狐，层见叠出，各极变化。如初春食河豚，不信复有深秋蟹螯之乐。及至持螯引白，然后又疑梅圣俞不数鱼虾之语徒虚语也。

读法四则：

一、是书当以读《左传》之法读之。《左传》阔大，《聊斋》工细。其叙事变化，无法不备；其刻划尽致，无妙不臻。工细亦阔大也。

一、是书当以读《庄子》之法读之。《庄子》惝恍，《聊斋》绵密。虽说鬼说狐，如华严楼阁，弹指即现；如未央宫阙，实地造成。绵密实惝恍也。

一、是书当以读《史记》之法读之。《史记》气盛，《聊斋》气幽。从夜火篝灯入，从白日青天出。排山倒海，一笔数行；福地洞天，别开世界。亦幽亦盛。

一、是书当以读程、朱语录之法读之。语录理精,《聊斋》情当。凡事境奇怪，实情致周匝，合乎人意中所欲出，与先正不背在情理中也。

时嘉庆二十三年戊寅岁小阳月下浣，涪陵冯镇峦远村氏志于清溪学署之红椒山房。

卷一

考城隍
人生
百行孝為
先明義開
宗第一篇
泣涕陳情予
假日歡承萱
草喜延年

考城隍

宋公讳焘，邑庠生。一日，病卧，见吏人持牒，牵白颠马来，云："请赴试。"公言："文宗未临，何遽得考？"吏不言，但敦促之。

公力疾乘马从去。路甚生疏。至一城郭，如王者都。移时入府廨，宫室壮丽。上坐十余官，都不知何人，惟关壮缪缪非美谥也。一说"缪"与"穆"通。本朝定谥忠武。可识。檐下设几、墩各二，先有一秀才坐其末，公便与连肩。几上各有笔札。俄题纸飞下。视之，八字云："一人二人，有心无心。"二公文成，呈殿上。公文中有云："有心为善，虽善不赏；无心为恶，虽恶不罚。"诸神传赞不已。召公上，谕曰："河南缺一城隍，君称其职。"公方悟，顿首泣曰："辱膺宠命，何敢多辞？但老母七旬，奉养无人，请得终其天年，惟听录用。"上一帝王像者，即命稽母寿籍。有长须吏，捧册翻阅一过，白："有阳算九年。"共踌躇间，关帝曰："不妨令张生摄篆九年，瓜代可也。"乃谓公："应即赴任；今推仁孝之心，儒家、道教、释典，三教一家，同此妙理。此高一层议论，可通其理于圣学。昔半痴居士为之解曰："中人以下虽有心为善亦赏，中人以上虽无心为恶亦罚。"更为圆通。给假九年，及期当复相召。"又勉励秀才数语。二公稽首并下。秀才握手，送诸郊野，自言长山新城别号长山。张某。以诗赠别，都忘其词，中有"有花有酒春常在，无烛无灯夜自明"之句。公既骑，乃别而去。

及抵里，豁若梦寤。时卒已三日。母闻棺中呻吟，扶出，半日始能语。问之，长山果有张生，于是日死矣。

后九年，母果卒。营葬既毕，浣濯入室而没。其岳家居城中西门里，忽见公镂膺朱幩，舆马甚众。登其堂，一拜而行。相共惊疑，不知其为神。奔询乡中，则已殁矣。公有自记小传，惜乱后无存，此其略耳。

耳中人。
姹女婴儿易结胎
成仙毕竟要仙才
小人三寸张皇甚
可是儿元国里来

耳中人

谭晋玄，邑诸生也。笃信导引之术，寒暑不辍，行之数月，若有所得。一日，方趺坐，闻耳中小语如蝇，曰：“可以见矣。”开目即不复闻；合眸定息，又闻如故。谓是丹将成，窃喜。自是每坐辄闻。因俟其再言，当应以觇之。一日，又言，乃微应曰：“可以见矣。”俄觉耳中习习然，似有物出。微睨之，小人长三寸许，貌狞恶如夜叉状，旋转地上。心窃异之，姑凝神以观其变。忽有邻人假物，扣门而呼。小人闻之，意张皇，绕屋而转，如鼠失窟。谭觉神魂俱失，复不知小人何所之矣。遂得颠疾，号叫不休，医药半年，始渐愈。

尸變
投宿同被害店门三人就死一人存尸居餘氣能為厲樹上深留指甲痕

尸 变

阳信某翁者，邑之蔡店人。村去城五六里，父子设临路店，宿行商。有车夫数人，往来负贩，辄寓其家。一日昏暮，四人偕来，望门投止。则翁家客宿邸满。四人计无复之，坚请容纳。翁沉吟思得一所，似恐不当客意。客言："但求一席厦宇，更不敢有所择。"时翁有子妇新死，停尸室中，子出购材木未归。翁以灵所室寂，遂穿衢导客往。入其庐，灯昏案上；案后有搭帐衣，纸衾覆逝者。又观寝所，则复室中有连榻。四客奔波颇困，甫就枕，鼻息渐粗。惟一客尚朦胧。忽闻床上察察有声，急开目，则灵前灯火，照视甚了，女尸已揭衾起；俄而下，渐入卧室。面淡金色，生绢抹额。俯近榻前，遍吹卧客者三。深夜读至此，纸暗灯昏，令人毛发森立。客大惧，恐将及己，潜引被覆首，闭息忍咽以听之。未几，女果来，吹之如诸客。觉出房去，即闻纸衾声。出首微窥，见僵卧犹初矣。客惧甚，不敢作声，阴以足踏诸客；而诸客绝无少动。顾念无计，不如着衣以窜。才起振衣，而察察之声又作。吓煞人。客惧，复伏，缩首衾中。觉女复来，连续吹数数始去。少间，闻灵床作响，知其复卧。乃从被底渐渐出手得袴，遽就着之，白足奔出。尸亦起，似将逐客。比其离帏，而客已拔关出矣。尸驰从之。客且奔且号，村中人无有警者。欲扣主人之门，又恐迟为所及。遂望邑城路，极力窜去。至东郊，瞥见兰若，闻木鱼声，乃急挝山门。道人讶其非常，又不即纳。旋踵，尸已至，去身盈尺。客窘益甚。门外有白杨，围四五尺许，因以树自障；彼右则左之，彼左则右之。尸益怒。然各寖倦矣，尸顿立。客汗促气逆，庇树间。尸暴起，伸两臂隔树探扑之。客惊仆。尸捉之不得，抱树而僵。道人窃听良久，无声，始渐出。见客卧地上。烛之死，然心下丝丝有动气。负入，终夜始苏。饮以汤水而问之，客具以状对。时晨钟已尽，晓色迷濛，道人觇树上，果见僵女。大骇，报邑宰。宰亲诣质验。使人拔女手，牢不可开。审谛之，则左右四指，并卷如钩，入木没甲。又数人力拔，乃得下。视指穴如凿孔然。遣役探翁家，则以尸亡客毙，纷纷正哗。役告之故。翁乃从往，舁尸归。客泣告宰曰："身四人出，今一人归，此情何以信乡里？"宰与之牒，赍送以归。

噴水
算是傳聞有異詞
萊陽宋母上仙時
何來噴水龍
鍾狠振地傷
心悔已遲

喷 水

莱阳宋玉叔先生为部曹时，所僦第，甚荒落。一夜，二婢奉太夫人宿厅上，闻院内扑扑有声，如缝工之喷水者。太夫人促婢起，穴窗窥视，见一老妪，身驼背，白发如帚，冠一髻，长二尺许，周院环走，竦急作鹅行，且喷水出不穷。婢愕返白。太夫人亦惊起，两婢扶窗下聚观之，妪忽逼窗，直喷棂内；窗纸破裂，三人俱仆，而家人不之知也。东曦既上，家人毕集，叩门不应，方骇。撬扉入，见一主二婢，骈死一室。一婢膈下犹温。扶灌之，移时而醒，乃述所见。先生至，哀愤欲死。细穷没处，掘深三尺余，渐露白发；又掘之，得一尸，如所见状，面肥肿如生。令击之，骨肉皆烂，皮内尽清水。

王阮亭云："玉叔襁褓失恃，此事属传闻之讹。"

瞳人語
目淫原自意淫來
眸子盲時萬念
灰天視未遑從我
視轉移捷徑
在靈臺
瞳人語

瞳人语

长安士方栋，颇有才名，而佻脱不持仪节。每陌上见游女，辄轻薄尾缀之。清明前一日，偶步郊郭，见一小车，朱茀绣幰；青衣数辈，款段以从。内一婢，乘小驷，容光绝美。稍稍近觇之，见车幔洞开，内坐二八女郎，红妆艳丽，尤生平所未睹。目炫神夺，瞻恋弗舍，或先或后，驰数里。忽闻女郎呼婢近车侧，曰："为我垂帘下。何处风狂儿郎，频来窥瞻！"婢乃下帘，怒顾生曰："此芙蓉城七郎子新妇归宁，非同田舍娘子，放教秀才胡觑！"言已，掬辙土扬生。生眯目不可开。才一拭视，而车马已渺。惊疑而返。觉目终不快。倩人启睑拨视，则睛上生小翳；经宿益剧，泪簌簌不得止；翳渐大，数日厚如钱；右睛起旋螺，百药无效。世多色障，作者为欲金篦括之。懊闷欲绝，颇思自忏悔。闻《光明经》能解厄。持一卷，浼人教诵。初犹烦躁，久渐自安。旦晚无事，惟趺坐捻珠，持之一年，万缘俱净。忽闻左目中小语如蝇，顿开异境。曰："黑漆似，叵耐杀人！"右目中应曰："可同小遨游，出此闷气。"渐觉两鼻中，蠕蠕作痒，似有物出，离孔而去。久之乃返，复自鼻入眶中。又言曰："许时不窥园亭，珍珠兰遽枯瘠死！"生素喜香兰，园中多种植，日常自灌溉；自失明，久置不问。追叙。忽闻此言，遽问妻："兰花何使憔悴死？"妻诘其所自知，因告之故。妻趋验之，花果槁矣。从旁面写。大异之。静匿房中以俟之，见有小人自生鼻内出，大不及豆，营营然竟出门去。渐远，遂迷所在。俄，连臂归，飞上面，如蜂蚁之投穴者。如此二三日。又闻左言曰："坠道迂，还往甚非所便，不如自启门。"右应曰："我壁子厚，大不易。"左曰："我试辟，得与而俱。"遂觉左眶内隐似抓裂。少顷，开视，豁见几物。喜告妻，妻审之，则脂膜破小窍，黑睛荧荧，才如劈椒。越一宿，幛尽消。细视，竟重瞳也，但左目旋螺如故，乃知两瞳人合居一眶矣。生虽一目眇，而较之双目者，殊更了了。由是益自检束，乡中称盛德焉。

异史氏曰："乡有士人，偕二友于途，遥见少妇控驴出其前。戏而吟曰：'有美人兮！'顾二友曰：'驱之！'相与笑骋。俄追及，乃其子妇。心赧气丧，默不复语。友伪为不知也者，评骘殊亵。士人忸怩，吃吃而言曰：'此长男妇也。'各隐笑而罢。轻薄者往往自侮，良可笑也。至于眯目失明，又鬼神之惨报矣。芙蓉城主，不知何神？岂菩萨现身耶？然小郎君生辟门户，鬼神虽恶，亦何尝不许人自新哉？"

畫壁
微笑拈花壁上
姝疑雲疑雨兩
糢糊從來幻境
由心造試問黃
粱梦有無

画　壁

江西孟龙潭，与朱孝廉客都中。偶涉一兰若，殿宇禅舍，俱不甚弘敞，惟一老僧挂搭其中。见客入，肃衣出迓，导与随喜。

殿中塑志公像。两壁画绘精妙，人物如生。东壁画散花天女，内一垂髫者，拈花微笑，樱唇欲动，眼波将流。朱注目久，不觉神摇意夺，恍然凝思。身忽飘飘，如驾云雾，已到壁上。因思结想，因幻成真，实境非梦境。见殿阁重重，非复人世。一老僧说法座上，又一老僧，志公耶？偏袒绕视者甚众。观者定神，否则飘飘已到壁上。朱亦杂立其中。少间，似有人暗牵其裾。回顾，则垂髫儿，辴然竟去。履即从之。过曲栏，入一小舍，朱次且不敢前。女回首，摇手中花，遥遥作招状，乃趋之。舍内寂无人；遽拥之，亦不甚拒，遂与狎好。既而闭户去，嘱勿咳，夜乃复至，如此二日。女伴共觉之，共搜得生，戏谓女曰：“腹内小郎已许大，尚发蓬蓬学处子耶？”共捧簪珥，促令上鬟。女含羞不语。一女曰：“妹妹姊姊，吾等勿久住，恐人不欢。”群笑而去。诸天女似都未破色界，此处何以容得？李卓吾大道，不分男女，此谓道非常道。生视女，髻云高簇，鬟凤低垂，比垂髫时尤艳绝也。四顾无人，渐入猥亵，兰麝熏心，乐方未艾。赌近盗，淫近杀，兰麝香中，尽见罗刹世界，惟法眼见之。忽闻吉莫靴铿铿甚厉，缧锁锵然；旋有纷嚣腾辨之声。女惊起，与生窃窥，则见一金甲使者，黑面如漆，绾锁挈槌，众女环绕之。使者曰：“全未？”答言：“已全。”使者曰：“如有藏匿下界人，即共出首，勿贻伊戚。”又同声言：“无。”使者反身鹗顾，似将搜匿。又作险笔。女大惧，面如死灰，张皇谓朱曰：“可急匿榻下。”乃启壁上小扉，猝遁去。朱伏，不敢少息。俄闻靴声至房内，复出。未几，烦喧渐远，心稍安；然户外辄有往来语论者。将落又起。朱跼蹐既久，觉耳际蝉鸣，目中火出，景状殆不可忍，惟静听以待女归，竟不复忆身之何自来也。

时孟龙潭在殿中，转瞬不见朱，疑以问僧。僧笑曰：“往听说法去矣。”问：“何处？”曰：“不远。”少时，以指弹壁而呼曰：“朱檀越，何久游不归？”旋见壁间画有朱像，倾耳伫立，若有听察。僧又呼曰：“游侣久待矣。”遂飘忽自壁而下，灰心木立，目瞪足软。孟大骇，从容问之，盖方伏榻下，闻扣声如雷，故出房窥听也。天语若雷，神目如电，苦奈世人不闻不见，何也？老禅大声一喝，令我耳聋三日。共视拈花人，螺髻翘然，不复垂髫矣。朱惊拜老僧，而问其故。僧笑曰：“幻由人生，幻由人生一语，该括一部《昙花记》。贫道何能解。”朱气结而不扬，孟心骇叹而无主。即起，历阶而出。

山魈
驀聞排闥響颼颼方相
依稀氣象侔奴僕靜聽
公餘述爭看金

山魈

孙太白尝言：其曾祖肄业于南山柳沟寺。麦秋旋里，经旬始返。启斋门，则案上尘生，窗间丝满。命仆粪除，至晚始觉清爽可坐。乃拂榻陈卧具，扃扉就枕，月色已满窗矣。辗转移时，万籁俱寂，忽闻风声隆隆，山门豁然作响。窃谓寺僧失扃。注念间，风声渐近居庐，俄而房门辟矣。大疑之，思未定，声已入屋；又有靴声铿铿然，渐傍寝门。心始怖。俄而寝门辟矣。急视之，一大鬼鞠躬塞入，突立榻前，殆与梁齐。面似老瓜皮色；目光睒闪，绕室四顾；张巨口如盆，齿疏疏长三寸许；舌动喉鸣，呵喇之声，响连四壁。《聊斋》作险怪语，俨见奇鬼森立纸上。公惧极；又念咫尺之地，势无所逃，不如因而刺之。有胆。乃阴抽枕下佩刀，遽拔而斫之，中腹，作石缶声。鬼大怒，伸巨爪攫公。公少缩。鬼攫得衾，捽之，忿忿而去。公随衾堕，伏地号呼。倘再攫奈何？家人持火奔集，则门闭如故。排窗入，见公状大骇。扶曳登床，始言其故。共验之，则衾夹于寝门之隙。启扉验照，见有爪痕如箕，五指着处皆穿。既明，不敢复留，负笈而归。后问僧人，无复他异。

齩鬼
何物黎邱
攪夜闌齒
牙冷濺血
沈瀾老翁
吐罷夫人
笑合作終
南進士看

咬鬼

沈麟生云：其友某翁者，夏日昼寝，蒙眬间，见一女子搴帘入，以白布裹首，缞服麻裙，向内室去。疑邻妇访内人者；又转念何遽以凶服入人家？正自皇惑，女子已出。细审之，年可三十余，颜色黄肿，眉目蹙蹙然，神情可畏。又逡巡不去，渐逼近榻。遂伪睡，以观其变。无何，女子摄衣登床，压腹上，觉如百钧重。心虽了了，而举其手，手如缚；举其足，足如痿也。急欲号救，而苦不能声。女子以喙嗅翁面，颧鼻眉额殆遍。觉喙冷如冰，气寒透骨。翁窘急中，思得计：待嗅至颐颊，当即因而啮之。未几，果及颐。翁乘势力龁其颧，齿没于肉。女负痛身离，且挣且啼。翁龁益力，但觉血液交颐，湿流枕畔。相持正苦，庭外忽闻夫人声，急呼有鬼，一缓颊而女子已飘忽遁去。夫人奔入，无所见，笑其魇梦之诬。翁述其异，且言有血证焉。相与检视，如屋漏之水，流浃枕席。伏而嗅之，腥臭异常。翁乃大吐。过数日，口中尚有余臭云。

捉狐
已擒復逝竟成
空指顧倉皇一
瞬中結帶如環
環不解元郎校
尉太玲瓏

捉狐

孙翁素有胆。一日，昼卧，仿佛有物登床，遂觉身摇摇如驾云雾。窃意无乃魇狐耶？微窥之，物如猫，黄毛而碧嘴，自足边来。蠕蠕伏行，如恐翁寤。逡巡附体：着足足痿，着股股软。甫及腹，翁骤起，按而捉之，握其项，物鸣急莫能脱。翁亟呼夫人，以带系其腰。乃执带之两端，笑曰："闻汝善化，今注目在此，看作如何化法。"言次，物忽缩其腹，细如管，几脱去。翁乃大愕，急力缚之，则又鼓其腹，粗于碗，坚不可下；力稍懈，又缩之。翁恐其脱，命夫人急杀之。夫人张皇四顾，不知刀之所在。翁左顾示以处。比回首，则带在手如环然，物已渺矣。

荍中怪
秋荍獲向
隴頭堆夜半
驚看大鬼來勁矢
長戈空沒字竟
教髑骨變成灰

荞中怪

长山安翁者，性喜操农功。秋间荞熟，刈堆陇畔。时近村有盗稼者，因命佃人，乘月辇运登场；俟其装载归，而自留逻守。遂枕戈露卧。目稍瞑，忽闻有人践荞根，咋咋作响。心疑暴客。急举首，则一大鬼，高丈余，赤发髯须，去身已近。大怖，不遑他计。踊身暴起，狠刺之。鬼鸣如雷而逝。恐其复来，荷戈而归。迎佃人于途，告以所见，且戒勿往。众未深信。越日，曝麦于场，忽闻空际有声。翁骇曰："鬼物来矣！"乃奔，众亦奔。移时复聚，翁命多设弓弩以俟之。异日，果复来。数矢齐发，物惧而遁。二三日竟不复来。麦既登仓，禾藍杂遝，翁命收积为垛，而亲登践实之，高至数尺。忽遥望骇曰："鬼物至矣！"众急觅弓矢，物已奔翁。翁仆，龁其额而去。共登视，则去额骨如掌，昏不知人。负至家中，遂卒。后不复见。不知其为何怪也。

宅妖
舁得桐棺入
室繞嚶〻有
女泣麻縗何
人卧榻驚相
覷穀入僬僥
國裏來

宅 妖

长山李公，大司寇之侄也。宅多妖异。尝见厦有春凳，肉红色，甚修润。李以故无此物，近抚按之，随手而曲，殆如肉软。骇而却走。旋回视，则四足移动，渐入壁中。又见壁间倚白梃，洁泽修长。近扶之，腻然而倒，委蛇入壁，移时始没。康熙十七年，王生浚升设帐其家。日暮，灯火初张，生着履卧榻上。忽见小人，长三寸许，自外入，略一盘旋，即复去。少顷，荷二小凳来，设堂中，宛如小儿辈用粱藍心所制者。又顷之，二小人舁一棺入，长四寸许，停置凳上。安厝未已，一女子率厮婢数人来，率细小如前状。女子衰衣，麻练束腰际，布裹首；以袖掩口，嘤嘤而哭，声类巨蝇。生睥睨良久，毛森立，如霜被于体。因大呼，遽走，颠床下，摇战莫能起。馆中人闻声毕集，堂中人物杳然矣。

王六郎
一念仁慈感帝天故人情重與周旋
沽漁從此生涯足不向江頭覓酒錢

王六郎

许姓，家淄之北郭，业渔。每夜，携酒河上，饮且渔。饮则酹酒于地，祝云："河中溺鬼得饮。"清致。以为常。他人渔，迄无所获，而许独满筐。一夕，方独酌，有少年来，徘徊其侧。让之饮，慨与同酌。既而终夜不获一鱼，意颇失。少年起曰："请于下流为君驱之。"遂飘然去。少间，复返，曰："鱼大至矣。"果闻唼呷有声。举网而得数头，皆盈尺。喜极，申谢。欲归，赠以鱼，不受，曰："屡叨佳酝，区区何足云报。如不弃，要当以为常耳。"许曰："方共一夕，何言屡也？如肯永顾，诚所甚愿；但愧无以为情。"询其姓字，曰："姓王，无字；相见可呼王六郎。"遂别。明日，许货鱼益利，沽酒。晚至河干，少年已先在，遂与欢饮。饮数杯，辄为许驱鱼。如是半载。忽告许曰："拜识清扬，情逾骨肉。然相别有日矣。"语甚凄楚。惊问之。欲言而止者再，乃曰："情好如吾两人，言之或勿讶耶？今将别，无妨明告：我实鬼也。素嗜酒，沉醉溺死，数年于此矣。前君之获鱼，独胜于他人者，皆仆之暗驱，以报酬奠耳。明日业满，当有代者，将往投生。相聚只今夕，故不能无感。"许初闻甚骇；然亲狎既久，不复恐怖。因亦欷歔，酌而言曰："六郎饮此，勿戚也。相见遽违，良足悲恻；然业满劫脱，正宜相贺，悲乃不伦。"遂与畅饮。因问："代者何人？"曰："兄于河畔视之，亭午，有女子渡河而溺者，是也。”听村鸡既唱，洒涕而别。

明日，敬伺河边，以觇其异。果有妇人抱婴儿来，及河而堕。儿抛岸上，扬手掷足而啼。妇沉浮者屡矣，忽淋淋攀岸以出，藉地少息，抱儿径去。当妇溺时，意良不忍，思欲奔救；转念是所以代六郎者，故止不救。及妇自出，疑其言不验。抵暮，渔旧处，少年复至，曰：“今又聚首，且不言别矣。”问其故。曰：“女子已相代矣；仆怜其抱中儿，代弟一人，遂残二命，故舍之。更代不知何期。或吾两人之缘未尽耶？”许感叹曰：“此仁人之心，可以通上帝矣。”暗漏一句。由此相聚如初。数日，又来告别。许疑其复有代者。曰：“非也。”前一念恻隐，果达帝天。今授为招远县邬镇土地，来日赴任。倘不忘故交，当一往探，勿惮修阻。许贺曰：“君正直为神，甚慰人心。但人神路隔，即不惮修阻，将复如何？”少年曰：“但往，勿虑。”再三叮咛而去。

许归，即欲制装东下。妻笑曰：“此去数百里，即有其地，恐土偶不可以共语。”许不听，竟抵招远。问之居人，果有邬镇。寻至其处，息肩逆旅，问祠所在。主人惊曰：“得无客姓为许？”许曰：“然。何见知？”又曰：“得勿客邑为淄？”曰：“然。何见知？”主人不答，两何见知，下接以主人不答，省却多少闲话。遽出。俄而丈夫抱子，媳女窥门，杂沓而来，环如墙堵。许亦惊。众乃告曰：“数夜前，梦神言：淄川许友当即来，可助一资斧。祗候已久。”许亦异之，乃往祭于祠而祝曰：“别君后，寤寐不去心，远践曩约。又蒙梦示居人，感篆中怀。愧无腆物，仅有卮酒；如不弃，当如河上之饮。”祝毕，焚钱纸。俄见风起坐后，旋转，移时，始散。至夜，梦少年来，衣冠楚楚，大异平时。谢曰：“远劳顾问，喜泪交并。但任微职，不便会面，咫尺河山，甚怆于怀。居人薄有所赠，聊酬夙好。归如有期，尚当走送。”居数日，许欲归。众留殷勤，朝请暮邀，日更数主。许坚辞欲行。众乃折柬抱幞，争来致赆，不终朝馈遗盈橐。苍头稚子毕集，祖送出村。欻有羊角风起，随行十余里。许再拜曰：“六郎珍重！勿劳远涉，君心仁爱，自能造福一方，无庸故人嘱也。”风盘旋久之，乃去。村人亦嗟讶而返。许归，家稍裕，遂不复渔。后见招远人问之，其灵应如响云。或言：即章丘石坑庄，未知孰是。

异史氏曰：“置身青云，无忘贫贱，此其所以神也。今日车中贵介，宁复识戴笠人哉？聊斋每篇，直是有意作文，非以其事也。余乡有林下者，家綦贫。有童稚交，任肥秩。计投之必相周顾，竭力办装，奔涉千里，殊失所望；泻囊货骑，始得归。其族弟甚谐，作月令嘲之云：‘是月也，哥哥至，貂帽解，伞盖不张，马化为驴，靴始收声。’念此可为一笑。”

偷桃
此日官民作勝游演
春俗例舊傳流戲從
天上階升去擲地僊
桃曼倩偷

偷桃

童时赴郡试，值春节。旧例，先一日，各行商贾，彩楼鼓吹赴藩司，名曰“演春”。余从友人戏瞩。是日游人如堵。堂上四官，皆赤衣，东西相向坐。时方稚，亦不解其何官。但闻人语哜嘈，鼓吹聒耳。忽有一人，率披发童，荷担而上，似有所白；万声汹动，亦不闻其为何语。但视堂上作笑声。写琐事细，从髫年望中看出，闲甚。情景如绘。即有青衣人大声命作剧。其人应命。方兴，问：“作何剧？”堂上相顾数语。吏下宣问所长。答言：“能颠倒生物。”吏以白官。少顷复下，命取桃子。术人应诺，解衣覆笥上，故作怨状，曰：“官长殊不了了！坚冰未解，安所得桃？不取，又恐为南面者怒。奈何！”其子曰：“父已诺之，又焉辞？”术人惆怅良久，乃曰：“我筹之烂熟。春初雪积，人间何处可觅？惟王母园中，四时常不凋谢，或有之。必窃之天上，乃可。”子曰：“嘻！天可阶而升乎？”曰：“有术在。”乃启笥，出绳一团，约数十丈，理其端，望空中掷去；绳即悬立空际，若有物以挂之。未几，愈掷愈高，渺入云中；手中绳亦尽。乃呼子曰：“儿来！余老惫，体重拙，不能行，得汝一往。”遂以绳授子，曰：“持此可登。”子受绳，有难色，怨曰：“阿翁亦大愦愦！如此一线之绳，欲我附之，以登万仞之高天。倘中道断绝，骸骨何存矣！”父又强呜拍之，曰：“我已失口，追悔无及。烦儿一行。

儿勿苦，倘窃得来，必有百金赏，当为儿娶一美妇。”子乃持索，盘旋而上，手移足随，如蛛趁丝，渐入云霄，不可复见。如在目前。久之，坠一桃，如碗大。术人喜，持献公堂。堂上传示良久，亦不知其真伪。忽而绳落地上，术人惊曰：“殆矣！上有人断吾绳，儿将焉托！”移时，一物坠。视之，其子首也。捧而泣曰：“是必偷桃，为监者所觉。吾儿休矣！”又移时，一足落；无何，肢体纷坠，无复存者。术人大悲，一一拾置笥中而阖之，曰：“老夫止此儿，日从我南北游。今承严命，不意罹此奇惨！当负去瘗之。”乃升堂而跪，曰：“为桃故，杀吾子矣！如怜小人而助之葬，当结草以图报耳。”坐官骇诧，各有赐金。术人受而缠诸腰，乃扣笥而呼曰：“八八儿，不出谢赏，将何待？”忽一蓬头童首抵笥盖而出，望北稽首，则其子也。以其术奇，故至今犹记之。后闻白莲教能为此术，意此其苗裔耶？

明钱希言狯园一书，叙有此事，然远不如。

種梨
任敎慳吝徧人寰天道原來
是好還頃刻花開頃刻實
神仙兩戲警貪頑

种　梨

有乡人货梨于市，颇甘芳，价腾贵。有道士破巾絮衣，丐于车前。乡人咄之，亦不去；乡人怒，加以叱骂。道士曰："一车数百颗，老衲止丐其一，于居士亦无大损，何怒为？"近情语。观者劝置劣者一枚令去，乡人执不肯。肆中佣保者，见喋聒不堪遂出钱市一枚，付道士。道士拜谢，谓众曰："出家人不解吝惜。我有佳梨，请出供客。"或曰："既有之，何不自食？"曰："我特需此核作种。"于是掬梨，啖且尽，把核于手，解肩上镵，坎地深数寸，纳之而覆以土。向市人索汤沃灌。好事者于临路店索得沸沈，道士接浸坎上。万目攒视，见有勾萌出，渐大；俄成树，枝叶扶苏；倏而花，倏而实，硕大芳馥，累累满树。道士乃即树头摘赐观者，顷刻向尽。明季藩王多拥厚赀，一文不轻以享士。城破，贼尽出之以与狱囚。同此浩叹。已，乃以镵伐树，丁丁良久，方断；带叶荷肩头，从容徐步而去。

初，道士作法时，乡人亦杂立众中，引领注目，竟忘其业。道士既去，始顾车中，则梨已空矣。方悟适所俵散，皆己物也。又细视车上一靶亡，是新凿断者。心大愤恨，急迹之，转过墙隅，则断靶弃垣下。始知所伐梨本，即是物也。道士不知所在，一市粲然。

异史氏曰："乡人愦愦，憨状可掬，其见笑于市人，有以哉。每见乡中称素丰者，良朋乞米则怫然，且计曰：‘是数日之资也。’或劝济一危难，饭一茕独，则又忿然，又计曰：‘此十人、五人之食也。’勘透世情，岂曰寓言十九。甚而父子兄弟，较尽锱铢。及至淫博迷心，则顷囊不吝；刀锯临颈，则赎命不遑。诸如此类，正不胜道。蠢尔乡人，又何足怪。”太仓一粟，性命以之；一掷千金，贱同粪土。世人欲学圣贤，当自免为乡人始。

勞山道士
願學
神仙一
念癡樵
薪蘇艸苦難
持祕求授得穿
窬術何其居心
已可知

劳山道士

邑有王生，行七，故家子。少慕道，闻劳山多仙人，负笈往游。登一顶，有观宇，甚幽。一道士坐蒲团上，素发垂领，而神光爽迈。叩而与语，理甚玄妙。请师之。道士曰："恐娇惰不能作苦。"答言能之。其门人甚众，薄暮毕集。王俱与稽首，遂留观中。

凌晨，道士呼王去，授一斧，便随众采樵。王谨受教。过月余，手足重茧，不堪其苦，阴有归志。程诸门人，不堪其苦，阴有归志者多也。

一夕归，见二人与师共酌，日已暮，尚无灯烛。师乃剪纸如镜，粘壁间。俄顷，月明辉室，光鉴毫芒。小狡狯故卖弄之。诸门人环听奔走。一客曰："良宵胜乐，不可不同。"乃于案上取酒壶，分赉诸徒，且嘱尽醉。王自思：七八人，壶酒何能遍给？遂各觅盎盂，竞饮先釂，惟恐樽尽；而往复挹注，竟不少减。心奇之。俄一客曰："蒙赐月明之照，乃尔寂饮。何不呼嫦娥来？"乃以箸掷月中，见一美人，自光中出。初不盈尺，至地遂与人等。纤腰秀项，翩翩作"霓裳舞"。已而歌曰："仙仙乎，而还乎，而幽我于广寒乎！"飞燕外传：后歌归风之曲于中，流风大起，后扬袖曰："仙乎，仙乎，去故而就新，宁忘怀乎？"其声清越，烈如箫管。歌毕，盘旋而起，跃登几上，惊顾之间，已复为箸。轻妙。三人大笑。又一客曰："今宵最乐，然不胜酒力矣。其饯我于月宫可乎？"三人移席，渐入月中。众视三人，坐月中饮。须眉毕见，如影之在镜中。

移时，月渐暗；门人燃烛来，则道士独坐而客杳矣。几上肴核尚故。壁上月，纸圆如镜而已。道士问众："饮足乎？"曰："足矣。""足宜早寝，勿误樵苏。"带此句妙。众诺而退。王窃欣慕，归念遂息。

又一月，苦不可忍，而道士并不传教一术。心不能待，辞曰："弟子数百里受业仙师，纵不能得长生术，或小有传习，亦可慰求教之心；今阅两三月，不过早樵而暮归。弟子在家，未谙此苦。"道士笑曰："我固谓不能作苦，今果然。明早当遣汝行。"王曰："弟子操作多日，师略授小技，此来为不负也。"道士问："何术之求？"王曰："每见师行处，墙壁所不能隔，但得此法足矣。"道士笑而允之。乃传一诀，令自咒毕，呼曰："入之！俯首辄入，勿逡巡。"王果去墙数步，奔而入，及墙虚若无物；回视，果在墙外矣。大喜，入谢。道士曰："归宜洁持，否则不验。"遂助资斧遣归。抵家，自诩遇仙，坚壁所不能阻。妻不信，王效其作为，去墙数尺，奔而入，头触硬壁，蓦然而踣。妻扶视之，额上坟起，如巨卵焉。妻揶揄之。王惭忿，骂老道士之无良也已。壁墙能入，奸盗可为。头触而踣，道士所以全之也，何骂为？○自信得术，焉知不为妻妾羞耶？

异史氏曰："闻此事，未有不大笑者；而不知世之为王生者，正复不少。今有伧父，喜疢毒而畏药石，遂有吮痈舐痔者，进宣威逞暴之术，以迎其旨，绐之曰：'执此术也以往，可以横行而无碍。'初试未尝不小效，遂谓天下之大，举可以如是行矣，势不至触硬壁而颠蹶不止也。"张角之太平书，灵素之五雷法，皆是也。推而言之，房琯之车战，成法未尝不是，皆触硬壁而颠蹶者也。

長鬚僧
鬚眉初定憶前身墮落何曾
昧夙因風景不殊還舊寺誰知
還是再來人

长清僧

长清僧，道行高洁。年七十余犹健。一日，颠仆不起，寺僧奔救，已圆寂矣。

僧不自知死，魂飘去，至河南界。河南有故绅子，率十余骑，按鹰猎兔。马逸，坠毙。僧魂适值，翕然而合，遂渐苏。厮仆环问之，张目曰："胡至此！"众扶归。入门，则粉白黛绿者，纷集顾问。大骇曰："我僧也，胡至此！"家人以为妄，共提耳悟之。僧亦不自申解，但闭目不复有言。饷以脱粟则食，酒肉则拒。夜独宿，不受妻妾奉。还记得本来面目，是有定力，所以不敢堕落。否则几人到此，误生平矣。数日后，忽思少步。众皆喜。既出，少定，即有诸仆纷来，钱簿谷籍，杂诸会计。公子托以病倦，悉卸绝之，惟问："山东长清县，知之否？"共答："知之。"曰："我郁无聊赖，欲往游瞩，宜即治任。"众谓新瘳，未应远涉。不听，翼日遂发。

抵长清，视风物如昨。无烦问途，竟至兰若。弟子数人见贵客至，伏谒甚恭。乃问："老僧焉往？"答云："吾师曩已物化。"问墓所。群导以往，则三尺孤坟，荒草犹未合也。冢头人是冢中人。众僧不知何意。既而戒马欲归，嘱曰："汝师戒行之僧，所遗手泽，宜恪守，勿俾损坏。"众唯唯。乃行。

既归，灰心木坐，了不勾当家务。居数月，出门自遁，直抵旧寺，谓弟子曰："我即汝师。"众疑其谬，相视而笑。乃述返魂之由，又言生平所为，悉符。众乃信，居以故榻，事之如平日。

后，公子家屡以舆马来，哀请之，略不顾瞻。又年余，夫人遣纪纲至，多所馈遗。金帛皆却之，惟受布袍一袭而已。友人或至其乡，敬造之。见其人默然诚笃；年仅三十，摘用三十而立，如称管仲为微管，马卿、杨云、孟浩，凡古人已用者皆可用之，否则疑其割断文理。而辄道其八十余年事。

异史氏曰：人死则魂散，其千里而不散者，性定故耳。余于僧，不异之乎其再生，而异之乎其入纷华靡丽之乡，而能绝人以逃世也。若眼睛一闪，而兰麝熏心，有求死而不得者矣，况僧乎哉。

蛇人
蛇本蠢頑性獨
靈相依不啻影
隨形如何世上
微恩者不及小
林素青

蛇人

东郡某甲，以弄蛇为业。尝蓄驯蛇二，皆青色：其大者，呼之大青，小曰二青。二青额有赤点，尤灵驯，盘旋无不如意。蛇人爱之，异于他蛇。期年大青死，思补其缺，未暇遑也。一夜，寄宿山寺。既明，启笥，二青亦渺。蛇人怅恨欲死。冥搜亟呼，迄无影兆。然每至丰林茂草，辄纵之去，俾得自适，寻复返；以此故冀其自至。坐伺之，日既高，亦已绝望，怏怏遂行。出门数武，闻丛薪错楚中，窸窣作响。停趾愕顾，则二青来也。大喜，如获拱璧。息肩路隅，蛇亦顿止。视其后，小蛇从焉。抚之曰："我以汝为逝矣。小侣而所荐耶？"出饵饲之，兼饲小蛇。小蛇虽不去，然瑟缩不敢食。二青含哺之，宛似主人之让客者。蛇人又饲之，乃食。食已，随二青俱入笥中。荷去，教之旋折，辄中规矩，与二青无少异，因名之小青。衒技四方，获利无算。

大抵蛇人之弄蛇也，止以二尺为率；大则过重，辄便更易。缘二青驯，故未遽弃。又二三年，长三尺余，卧则笥为之满，遂决去之。一日，至淄邑东山间，饲以美饵，祝而纵之。既去，顷之复来，蜿蜒笥外。蛇人挥曰："去之！世无百年不散之筵。从此隐身大谷，必且为神龙，笥中何可以久居也？"蛇乃去。已而复返，挥之不去。以首触笥。小青在中，亦震震而动。蛇人悟曰："得毋欲别小青也？"乃发笥。小青径出，因与交首吐舌，似相告语。已而委蛇并去。方意小青不还，俄而踽踽独来，竟入笥卧。由此随在物色，迄无佳者。而小青亦渐大，不可弄。后得一头，亦颇驯，然终不如小青良。而小青粗于儿臂矣。

先是二青在山中，樵人多见之。又数年，长数尺，围如碗，渐出逐人，因而行旅相戒，罔敢出其途。一日，蛇人经其处，蛇暴出如风。蛇人大怖而奔，蛇逐益急，回顾已将及矣，而视其首，朱点俨然，始悟为二青。下担呼曰："二青，二青！"蛇顿止。昂首久之，纵身绕蛇人，如昔弄状。觉其意殊不恶，但躯巨重，不胜其绕；仆地呼祷，乃释之。又以首触笥，蛇人悟其意，开笥出小青。二蛇相见，交缠如饴糖状，久之始开。蛇人乃祝小青曰："我久欲与汝别，今有伴矣。"谓二青曰："原君引之来，可还引之去。更嘱一言：深山不乏饮食，勿扰行人，以犯天谴。"二蛇垂头，似相领受。遽起，大者前，小者后，过处林木为之中分。蛇人伫立望之，不见乃去。此后行人如常，不知二蛇何往也。

异史氏曰："蛇蠢然物耳，乃恋恋有故人之意。且其从谏也如转圜。独怪俨然而人也者，以十年把臂之交，数世蒙恩之主，转思下井复投石焉；又不然，则药石相投，悍然不顾，且怒而仇焉者，不且出斯蛇下哉。"

此等题我嫌污笔，写来款款动人乃尔。与柳州捕蛇者说异曲同工。

斫蟒
禦海曾聞咏
棘奔鷙心幽
谷遇巴蛇神人
默佑兄無恙
此是田間孝
友家

斫蟒

胡田村胡姓者，兄弟采樵，深入幽谷。遇巨蟒，兄在前，为所吞。弟初骇欲奔，见兄被噬，遂怒出樵斧，斫蟒首。首伤而吞不已。然头虽已没，幸肩际不能下，弟急极无计，乃两手持兄足，力与蟒争。竟曳兄出。蟒亦负痛去。视兄，则鼻耳俱化，奄将气尽。肩负以行。途中凡十余息，始至家。医养半年，方愈。至今面目皆瘢痕，鼻耳惟孔存焉。噫！农人中，乃有弟弟如此哉！或言：“蟒不为害，乃德义所感。”信然！近日晓岚先生喜作此等语，于世道人心大有裨益。聊斋非君子人，吾不信也。

真定女
不圖拳母産雖兒此事曾聞古有之信是情根易萌蘖莫言髫齔竟無知

真定女

真定界有孤女，方六七岁，收养于夫家。相居二三年，夫诱与交而孕。腹膨膨而以为病也，告之母。母曰：“动否？”曰：“动。”又益异。然以其齿太稚，不敢决。未几，生男。母叹曰：“不图拳母，竟生锥儿。”

犬奸

青州贾某，客于外，恒经岁不归。家畜一白犬，妻引与交，习为常。一日，夫归，与妻共卧。犬突入，登榻，啮贾人竟死。后里舍稍闻之，共为不平，鸣于官。官械妇，妇不肯伏，收之。命缚犬来，始取妇出。犬忽见妇，直前碎衣作交状。妇始无词。使两役解部院，一解人而一解犬。有欲观其合者，共敛钱赂役，役乃牵聚令交，所止处，观者常百人，役以此网利焉。后人犬俱寸磔以死。呜呼！天地之大，真无所不有矣。然人面而兽交者，独一妇也乎哉？

异史氏为之判曰："会于濮上，古所交讥；约于桑中，人且不齿。乃某者，不堪雌守之苦，浪思苟合之欢。夜叉伏床，竟是家中牝兽；捷卿入窦，遂为被底情郎。云雨台前，乱摇续貂之尾。温柔乡里，频款曳象之腰。锐锥处于皮囊，一纵股而脱颖。留情结于镞项，甫饮羽而生根。忽思异类之交，真属匪夷之想。龙吠奸而为奸，妒残凶杀，律难治以萧曹。人非兽而实兽，奸秽淫腥，肉不食于豺虎。呜呼！人奸杀，则女拟以剐；至于犬奸杀，阳世遂无其刑。人不良，则罚人作犬；至于犬不良，阴曹应穷于法。宜支解以追魂魄，请押赴以问阎罗。"

雹神
玉旨分明
降上清
一聲霹靂
雹神行
關心禾稼誠
然格不
是同鄉有
徇情

雹神

王公筠仓，莅任楚中。拟登龙虎山谒天师。及湖，甫登舟，即有一人驾小艇来，使舟中人为通。公见之，貌修伟。怀中出天师刺，曰："闻驺从将临，先遣负弩。"公讶其预知，益神之，诚意而往。天师治具相款。其服役者，衣冠须鬣，多不类常人。前使者亦侍其侧。少间，向天师细语。天师谓公曰："此先生同乡，不之识耶？"公问之。曰："此即世所传雹神李左车也。"公愕然改容。天师曰："适言奉旨雨雹，故告辞耳。"公问："何处？"曰："章丘。"公以接壤关切，离席乞免。天师曰："此上帝玉敕，雹有额数，何能相徇？"公哀不已。天师垂思良久，乃顾而嘱曰："其多降山谷，勿伤禾稼可也。"又嘱："贵客在坐，文去勿武。"神出至庭中，忽足下生烟，氤氲匝地。俄延逾刻，极力腾起，才高于庭树；又起，高于楼阁。霹雳一声，向北飞去，屋宇震动，筵器摆簸。公骇曰："去乃作雷霆耶！"天师曰："适戒之，所以迟迟；不然，平地一声，便逝去矣。"公别归，志其月日，遣人问章丘。是日果大雨雹，沟渠皆满，而田中仅数枚焉。

狐嫁女
神僊擾、飾甥
居也共人
間婚嫁如一
簇笙歌兩
行燭夜深度
爵笑尚書

狐嫁女

历城殷天官，少贫，有胆略。邑有故家之第，广数十亩，楼宇连亘。常见怪异，以故废无居人；久之蓬蒿渐满，白昼亦无敢入者。

会公与诸生饮，或戏云："有能寄此一宿者，共醵为筵。"公跃起曰："是亦何难。"携一席往。众送诸门，戏曰："吾等暂候之，如有所见，当急号。"公笑云："有鬼狐当捉证耳。"遂入，见长莎蔽径，蒿艾如麻。时值上弦，幸月色昏黄，门户可辨。摩娑数进，始抵后楼。登月台，光洁可爱，遂止焉。西望月明，惟衔山一线耳。坐良久，更无少异，窃笑传言之讹。席地枕石，卧看牛女。一更向尽，恍惚欲寐，楼下有履声，籍籍而上。假寐睨之，见一青衣人，挑莲灯，猝见公，惊而却退，语后人曰："有生人在。"下问："谁何？"答云："不识。"俄一老翁上。就公谛视，曰："此殷尚书，其睡已酣。但办吾事，相公倜傥，或不叱怪。"乃相率入楼，楼门尽辟。移时，往来者益众。楼上灯辉如昼，公稍稍转侧，作嚏咳。翁闻公醒，乃出，跪而言曰："小人有箕帚女，今值于归。不意有触贵人，望勿深罪。"公起，曳之曰："不知今夕嘉礼，惭无以贺。"翁曰："贵人光临，压除凶煞，幸矣。即烦陪坐，倍益光宠。"公喜，应之。入视楼中，陈设绮丽。遂有妇人出拜，年可四十余。翁曰："此拙荆。”公揖之。俄闻笙乐聒耳，有奔而上者，曰：“至矣。”翁趋迎，公亦立俟。少间，笼纱一簇，导新郎入。年可十七八，丰采韶秀。翁命先与贵客为礼。少年目公。公若为傧，执半主礼。次翁婿交拜，已，乃即席。少间，粉黛云从，酒胾雾沛，玉碗金瓯，光映几案。酒数行，翁唤女奴请小姐来。女奴诺而入，良久不出。翁自起，搴帏促之。俄婢媪辈拥新人出，环佩璆然，麝兰散馥。翁命向上拜。起即坐母侧。微目之，翠凤明珰，容华绝世。既而酌以金爵，大容数斗。公思此物可以持验同人，阴内袖中。伪醉隐几，颓然而寝。皆曰：“相公醉矣。”居无何，新郎告行，笙乐暴作，纷纷下楼而去。已而主人敛酒具，少一爵，冥搜不得。或窃议卧客，翁急戒勿语，惟恐公闻。

移时，内外俱寂，公始起。暗无灯火，惟脂香酒气，充溢四堵。视东方既白，乃从容出。探袖中，金爵犹在。及门，则诸人先候，疑其夜出而早入者。公出爵示之，众骇问，公以状告。共思此物非寒士所有，乃信之。

后公举进士，任肥丘。有世家朱姓宴公，命取巨觥，久之不至。有细奴掩口与主人语，主人有怒色。俄奉金爵劝客饮，谛视之，款式雕文，与狐物更无殊别。大疑，问所从制。答云：“爵凡八只，大人为京卿时，觅良工监制。此世传物，什袭已久。缘明府辱临，适取诸箱簏，仅存其七，疑家人所窃取，而十年尘封如故，殊不可解。”公笑曰：“金杯羽化矣。然世守之珍不可失。仆有一具，颇近似之，当以奉赠。”终筵归署，拣爵持送之。主人审视，骇绝。亲诣谢公，诘所自来。公为历陈巅末。始知千里之物，狐能摄致，而不敢终留也。

嬌娜
不恍人間公子名
爲憐家室太多
情松孃款兔擣
報德只合青天
誓死生

娇娜

孔生雪笠，圣裔也。为人蕴藉，工诗。有执友令天台，寄函招之。生往，令适卒。落拓不得归，寓菩陀寺，佣为寺僧钞录。

寺西百余步，有单先生第。先生故公子，以大讼萧条，眷口寡，移而乡居，宅遂旷焉。一日，大雪崩腾，寂无行旅。偶过其门，一少年出，丰采甚都。见生，趋与为礼，略致慰问，即屈降临。生爱悦之，慨然从入。屋宇都不甚广，处处悉悬锦幕，壁上多古人书画。案头书一册，签曰："琅嬛琐记。"翻阅一过，皆目所未睹。生以居单第以为第主，即亦不审官阀。少年细诘行踪，意怜之，劝设帐授徒。生叹曰："羁旅之人，谁作曹丘者？"少年曰："倘不以驽骀见斥，愿拜门墙。"生喜，不敢当师，请为友。便问："宅何久锢？"答曰："此为单府，曩以公子乡居，是以久旷。仆皇甫氏，祖居陕。以家宅焚于野火，暂借安顿。"生始知非单。当晚，谈笑甚欢，即留共榻。昧爽，即有僮子炽炭火于室。少年先起入内，生尚拥被坐。僮入，白："太翁来。"生惊起，一叟入，鬓发皤然，向生殷谢曰："先生不弃顽儿，遂肯赐教。小子初学涂鸦，勿以友故，行辈视之也。"已而进锦衣一袭，貂帽、袜履各一事。视生盥栉已，乃呼酒荐馔。几、榻、裙、衣，不知何名，光彩射目。酒数行，叟兴辞，曳杖而去。餐讫，公子呈课业，类皆古文词，并无时艺。问之，笑云："仆不求进取也。"

抵暮，更酌曰："今夕尽欢，明日便不许矣。"呼僮曰："视太公寝未？已寝，可暗唤香奴来。"僮去，先以绣囊将琵琶至。少顷，一婢入，红妆艳绝。公子命弹湘妃。婢以牙拨勾动，激扬哀烈，节拍不类夙闻。又命以巨觞行酒，三更始罢。

次日，早起共读。公子最慧，过目成咏，二三月后，命笔警绝。相约五日一饮，每饮必招香奴。一夕，酒酣气热，目注之。公子已会其意，曰："此婢乃为老父所豢养。兄旷邈无家，我夙夜代筹久矣，行当为君谋一佳耦。"生曰："如果惠好，必如香奴者。"公子笑曰："君诚'少所见而多所怪'者矣。以此为佳，君愿亦易足也。"

居半载，生欲翱翔郊郭，至门则双扉外扃，问之。公子曰："家君恐交游纷意念，故谢客耳。"生亦安之。时盛暑溽热，移斋园亭。生胸间肿起如桃，一夜如碗，痛楚呻吟。串合。公子朝夕省视，眠食俱废。又数日，创剧，益绝食饮。太公亦至，相对太息。公子曰："儿前夜思先生清恙，娇娜妹子能疗之。遣人于外祖处呼令归，何久不至？"俄僮入曰："娜姑至，姨与松姑同来。"藏笔先有藏笔省力。非深此道者不知。父子即趋入内，少间，引妹来视生。年约十三四，娇波流慧，细柳生姿。生望见艳色，嚬呻顿忘，精神为之一爽。公子便言："此兄良友，不啻同胞也，妹子好医之。"女乃敛羞容，揄长袖，就榻诊视。把握之间，觉芳气胜兰。掩映之笔。女笑曰："宜有是疾，心脉动矣。然症虽危，可治；但肤块已凝，非伐皮削肉不可。"乃脱臂上金钏安患处，徐徐按下之。创突起寸许，高出钏外，而根际余肿，尽束在内，不似前如碗阔矣。写琐细如见。乃一手启罗衿，解佩刀，刃薄于纸，把钏握刃，轻轻附根而割。紫血流溢，沾染床席。生贪近娇姿，不惟不觉其苦，且恐速竣割事，偎傍不久。未几，割断腐肉，团团然如树上削下之瘿。又呼水来，为洗割处。口吐红丸，如弹大，着肉上，按令旋转：才一周，觉热火蒸腾；再一周，习习作痒；三周已，遍体清凉，沁入骨髓。此一段过文也。女收丸入咽，曰："愈矣。"趋步出。生跃起走谢，沉痼若失。而悬想容辉，若不自已。自是废卷痴坐，无复聊赖。公子已窥之，曰："弟为物色，得一佳偶。"小波致。问："何人？"曰："亦弟眷属。"生凝思良久，但云："勿须也。"面壁吟曰："曾经沧海难为水，除却巫山不是云。"公子会其旨，曰："家君仰慕鸿才，常欲附为婚姻。但止一少妹，齿太稚。有姨女阿松，年十八矣，颇不粗陋。如不见信，松姊日涉园亭，伺前厢，可望见之。"生如其教，果见娇娜偕丽人来，画黛弯蛾，莲钩蹴凤，与娇娜相伯仲也。互笔。生大悦，求公子作伐。公子异日自内出，贺曰："谐矣。"乃除别院，为生成礼。是夕，鼓吹阗咽，尘落漫飞，以望中仙人，忽同衾幄，遂疑广寒宫殿，未必在云霄矣。形容尽致。合卺之后，甚惬心怀。

一夕，公子谓生曰："切磋之惠，无日忘之。近单公子解讼归，索宅甚急，意将弃此而西。势难复聚，因而离绪萦怀。"生愿从去。公子劝还乡闾，生难之。公子曰："勿虑，可即送君行。"无何，太公引松娘至，以黄金百两赠生。公子以左右手与生夫妇相把握，嘱闭目勿视。飘然履空，但觉耳际风鸣，久之曰："至矣。"启目，果见故里。始知公子非人。喜叩家门，母出非望，又睹美妇，方共忻慰。及回顾，则公子逝矣。随放随收，纵送自如。

松娘事姑孝；艳色贤名，声闻遐迩。

后，生举进士，授延安司李，携家之任。母以道远不行。松娘生一男，名小宦。生以迕直指，罢官，挂碍不得归。偶猎郊野，逢一美少年，跨骊驹，频频瞻视。细看，则皇甫公子也。揽辔停骖，悲喜交至。邀生去，至一村，树木浓昏，荫翳天日。入其家，则金沤浮钉，宛然世家。问妹子已嫁，岳母已亡，深相感悼。经宿别去，偕妻同返。娇娜亦至，抱生子掇提而弄曰："姊姊乱吾种矣。"生拜谢曩德。笑曰："姊夫贵矣。创口已合，未忘痛耶？"妹夫吴郎，亦来拜谒。信宿乃去。

一日，公子有忧色，谓生曰："天降凶殃，能相救否？"（突又起波。）生不知何事，但锐自任。公子趋出，招一家入，罗拜堂上。生大骇，亟问。公子曰："余非人类，狐也。今有雷霆之劫。君肯一身赴难，一门可望生全；不然，请抱子而行，无相累。"生矢共生死。乃使仗剑于门，嘱曰："雷霆轰击，勿动也！"生如所教，果见阴云昼暝，昏黑如磐。回视旧居，无复闬闳，惟见高冢岿然，巨穴无底。方错愕间，霹雳一声，摆簸山岳；急雨狂风，老树为拔。生目眩耳聋，屹不少动。忽于繁烟黑絮之中，见一鬼物，利喙长爪，自穴攫一人出，随烟直上。瞥睹衣履，念似娇娜。乃急跃离地，以剑击之，随手堕落。（仿佛《史记》荆轲刺秦王一段笔力。）忽而崩雷暴作，生仆，遂毙。（文字亦是闻霹雳手段。）

少间，晴霁，娇娜已能自苏。见生死于旁，大哭曰："孔郎为我而死，我何生矣！"松娘亦出，共舁生归。娇娜使松娘捧其首，兄以金簪拨其齿，自乃撮其颐，以舌度红丸入，又接吻而呵之。红丸随气入喉，格格作响。移时，豁然而苏。见眷口，恍如梦悟。于是一门团圆，惊定而喜。生以幽圹不可久居，议同旋里。满堂交赞，惟娇娜不乐。生请与吴郎俱，又虑翁媪不肯离幼子，终日议不果。忽吴家一小奴，汗流气促而至。惊致研诘，则吴郎家亦同日遭劫，一门俱没。世间有不可常理测之事，儒家曰数，释道曰劫，五百后神仙亦遇劫。《易》系辞曰：乾坤毁。毁即劫也，何况狐也。娇娜顿足悲伤，涕不可止。娇娜能用情，能守礼，天真烂漫，举止大方，可爱可敬。共慰劝之。而同归之计遂决。生入城，勾当数日，遂连夜趋装。既归，以闲园寓公子，恒返关之；生及松娘至，始发扃。生与公子兄妹，棋酒谈宴，若一家然。小宦长成，貌韶秀，有狐意。出游都市，共知为狐儿也。此篇不写松娘，极写娇娜，暗写公子，落笔出人意表。

异史氏曰："余于孔生，不羡其得艳妻，而羡其得腻友也。观其容可以疗饥，听其声可以解颐。得此良友，时一谈宴，则'色授魂与'，尤胜于'颠倒衣裳'矣。"

僧孽
倒懸貌痛
悲奇疾乾
沒金錢安
在哉不是些
僧能懺悔有
人親歷九幽来

僧孽

张某暴卒，随鬼使去，见冥王。王稽簿，怒鬼使误捉，责令送归。张下，私浼鬼使，求观冥狱。鬼导历九幽，刀山、剑树，一一指点。末至一处，有一僧孔股穿绳而倒悬之，号痛欲绝。近视，则其兄也。张见之惊哀，问："何罪至此？"鬼曰："是为僧，广募金钱悉供饮博行淫，故罚之。欲脱此厄，须其自忏。"张既苏，疑兄已死。时其兄居兴福寺，因往探之。入门，便闻其号痛声。入室，见疮生股间，脓血崩溃，挂足壁上，宛然冥司倒悬状。骇问其故，曰："挂之稍可，不则痛彻心腹。"张因告以所见。僧大骇，乃戒荤酒，虔诵经咒。半月寻愈，遂为戒僧。

异史氏曰："鬼狱茫茫，恶人每以自解，而不知昭昭之祸，即冥冥之罚也。可勿惧哉！"

妖術
倚劍挑燈膽氣
粗妖人幻
術鼓相圖早知
生死由天
定卓識如公信
丈夫

妖　术

于公者，起首书于公，又不书名，下忽起崇祯年号，此作家尸闪迷人之笔。少任侠，喜拳勇，力能持高壶，作旋风舞。崇祯间，殿试在都，仆疫不起，患之。会市上有善卜者，能决人生死，将代问之。既至，未言。卜者曰："君莫欲问仆病乎？"公骇应之。曰："病者无害，君可危。"公乃自卜。卜者起卦，愕然曰："君三日当死。"公惊诧良久。卜者从容曰："鄙人有小术，报我十金，当代禳之。"公自念，生死一定，术岂能解。卓识。不应而起，欲出。卜者曰："惜此小费，勿悔，勿悔！"余生平亦不问星卜，明明告我，亦复何如。此语打破，从无立身地矣。爱公者皆为公惧，劝罄橐以哀之。公不听。

倏忽至三日，公端坐旅舍，静以觇之，终日无恙。至夜，阖户挑灯，倚剑危坐。一漏向尽，更无死法。意欲就枕，忽闻窗隙窣窣有声。急视之，一小人荷戈入，及地，则高如人。公捉剑起，急击之，飘忽未中。遂遽小，复寻窗隙，意欲遁去。公疾斫之，应手而倒。烛之，则纸人，已腰断矣。公不敢卧，又坐待之。逾时，一物穿窗入，怪狞如鬼。才及地，急击之，断而为两，皆蠕动。恐其复起，又连击之，剑剑皆中，其声不耎。审视，则土偶，片片已碎。于是移坐窗下，目注隙中。久之，闻窗外如牛喘，有物推窗棂，房壁震摇，其势欲倾。公惧覆压，计不如出而斗，遂划然脱扃，奔而出。见一巨鬼，高与檐齐；昏月中，见其面黑如煤，眼闪烁有黄光；上无衣，下无履，手弓而腰矢。公方骇，鬼则弯矣。公以剑拨矢，矢堕，欲击之，则又弯矣。公急跃避，矢贯于壁，战战有声。鬼怒甚，拔佩刀挥如风，望公力劈。善作危语，吾爱其笔。公猱进，刀中庭石，石立断。公出其股间，削鬼中踝，铿然有声。鬼益怒，吼如雷，转身复剁。公又伏身入，刀落，断公裙。公已及胁下，猛斫之，亦铿然有声，鬼仆而僵。公乱击之，声硬如柝。烛之，则一木偶，高大如人。木偶。凡作三层写，都用写真之笔。弓矢尚缠腰际，刻画狰狞，剑击处皆有血出。公因秉烛待旦，方悟鬼物皆卜人遣之，欲致人于死，以神其术也。

次日，遍告交知，与共诣卜所。卜人遥见公，瞥不可见。或曰："皆翳形术也，犬血可破。"公如其言，戒备而往。卜人又匿如前。急以犬血沃立处，但见卜人头面，皆为犬血模糊，目灼灼如鬼立。乃执付有司而杀之。

异史氏曰："尝谓买卜为一痴。世之讲此道而不爽于生死者几人？卜之而爽，犹不卜也。且即明明告我以死期之至，将复如何？况借人命以神其术者，其可畏不尤甚耶！"

野狗
郊原殺氣慘陰霾
白骨縱横孰掩埋
試聽同觳愁楚狗
可知鬼亦愛遺骸

野 狗

于七之乱，杀人如麻。乡民李化龙，自山中窜归。值大兵宵进，恐罹炎昆之祸，急无所匿，僵卧于死人之丛，诈作尸。兵过既尽，未敢遽出。忽见阙头断臂之尸，起立如林。内一尸断首犹连肩上，口中作语曰："野狗子来，奈何？"群尸参差而应曰："奈何！"俄顷，蹶然尽倒，遂无声。李方惊颤欲起，有一物来，兽首人身，伏啮人首，遍吸其脑。李惧，匿首尸下。物来拨李肩，欲得李首。李力伏，俾不可得。物乃推覆尸而移之，首见。李大惧，手索腰下，得巨石如碗，握之。物即俯身欲龁。李骤起大呼，击其首，中嘴。物嗥如鸱，掩口负痛而奔，吐血道上。就视之，于血中得二齿，中曲而端锐，长四寸余。怀归以示人，皆不知其何物也。

彭磬泉叙蜀碧，亦有此一段事。

三生
六道輪迴
悲墮落三
生因果說
分明非關
愛馬成奇
癖記淂前
身伏櫪情

三 生

刘孝廉，能记前身事。自言一世为搢绅，行多玷。六十二岁而殁。初见冥王，待如乡先生礼，赐坐，饮以茶。觑冥王盏中，茶色清彻；己盏中，浊如胶。暗疑迷魂汤得勿此乎？乘冥王他顾，以盏就案角泻之，伪为尽者。俄顷，稽前生恶录，怒，命群鬼猝下，罚作马。即有厉鬼絷去。行至一家，门限甚高，不可逾。方趦趄间，鬼力楚下，痛甚而蹶。自顾，则身已在枥下矣。但闻人曰："骊马生驹矣，牡也。"心甚明了，但不能言。觉大馁，不得已，就牝马求乳。逾四五年间，体修伟。甚畏挞楚，见鞭则惧而逸。主人骑，必覆幛泥，缓辔徐徐，犹不甚苦。惟奴仆圉人，不加鞯装以行，两踝夹击，痛彻心腑。于是愤甚，三日不食，遂死。至冥司，冥王查其罚限未满，责其规避，剥其皮革，罚为犬。意懊丧，不欲行。群鬼乱挞之，痛极而窜于野。自念不如死，愤投绝壁，颠莫能起。自顾，则身伏窦中，牝犬舐而腓字之，乃知身已复生于人世矣。稍长，见便液亦知秽；然嗅之而香，犬嗅秽而香，《聊斋》从何处知得？可称博物。但立念不食耳。为犬经年，常忿欲死，又恐罪其规避。而主人又豢养，不肯戮。乃故啮主人脱股肉，主人怒，杖杀之。冥王鞫状，怒其狂猘，笞数百，俾作蛇。囚于幽室，暗不见天。闷甚，缘壁而上，穴屋而出。自视，则身伏茂草，居然蛇矣。遂矢志不残生类，饥吞木食实。积年余，每思自尽不可，害人而死又不可；欲求一善死之法而未得也。一日，卧草中，闻车过，遽出当路，车驰压之，断为两。冥王讶其速至，因蒲伏自剖。冥王以无罪见杀，原之，准其满限复为人，是为刘公。公生而能言，文章书史，过辄成诵。辛酉举孝廉。每劝人：乘马，必厚其障泥；股夹之刑，胜于鞭楚也。

异史氏曰："毛角之俦，乃有王公大人在其中。悯世语，非写世语也。所以然者，王公大人之内，原未必无毛角者在其中也。故贱者为善，如求花而种其树；贵者为善，如已花而培其本：种者可大，培者可久。不然，其将负盐车，受羁馽，与之为马；不然，且将啖便液，受烹割，与之为犬；又不然，且将披鳞介，葬鹤鹳，与之为蛇。"

瓶
子舍何
人避
婦翁
斂形常
伏小瓶中
豈知一旦罹
湯火入瓮真
歎酷吏同

狐入瓶

万村石氏之妇，祟于狐，患之而不能遣。扉后有瓶，每闻妇翁来，狐辄遁匿其中。妇窥之熟，暗计而不言。一日，窜入。妇急以絮塞瓶口，置釜中，燂汤而沸之。瓶热，狐呼曰："热甚！勿恶作剧。"妇不语。号益急，久之无声。拔塞而验之，毛一堆，血数点而已。

蛇癖

王蒲令之仆吕奉宁，性嗜蛇。每得小蛇，则全吞之，如啖葱状。大者，以刀寸寸断之，始掬以食。嚼之铮铮，血水沾颐。且善嗅，尝隔墙闻蛇香，急奔墙外，果得蛇盈尺。时无佩刀，先啮其头，尾尚蜿蜒于口际。

宅妖
仗劍大呼王學院百聲
嗤笑鬼揶揄熒熒
燐火歸何處莫道
瑜珈事總誣

鬼哭

谢迁之变，宦第皆为贼窟。王学使七襄之宅，盗聚尤众。城破兵入，扫荡群丑，尸填墀，血至充门而流。公入城，扛尸涤血而居。往往白昼见鬼，夜则床下磷飞，墙角鬼哭。一日，王生皞迪，寄宿公家，闻床底小声连呼：“皞迪！”已而声渐大，曰：“我死得苦！”因哭，满庭皆哭。公闻，仗剑而入，大言曰：“汝不识我王学院耶？”“王学院”三字或可以吓秀才，如何可以吓鬼？但闻百声嗤嗤，笑之以鼻。公于是设水陆道场，命释道忏度之。夜抛鬼饭，则见磷火荧荧，随地皆出。先是阍人王姓疾笃，昏不知人事者数日矣。是夕，忽欠伸若醒。妇以食进。王曰：“适主人不知何事，施饭于庭，我亦随众啖啖。食已方归，故不饥耳。”由此鬼怪遂绝。岂钹铙钟鼓，焰口瑜伽，果有益耶。

异史氏曰：“邪怪之物，惟德可以已之。当陷城之时，王公势正烜赫，闻声者皆股栗，而鬼且揶揄之。想鬼物逆知其不令终耶？普告天下大人先生：出人面犹不可以吓鬼，愿无出鬼面以吓人也！”

焦螟
壇前狐已現真
形壇側奄然
婢未醒借口
藉供良亦得
關東道士術
偏靈

焦螟

董侍读嘿庵家，为狐所扰，瓦砾砖石，忽如雹落，家人相率奔匿，待其间歇，乃敢出操作。公患之，假作庭孙司马第移避之。而狐扰犹故。一日，朝中待漏，适言其异。大臣或言：关东道士焦螟，居内城，总持敕勒之术，颇有效。公造庐而请之。道士朱书符，使归粘壁上。狐竟不惧，抛掷有加焉。公复告道士。道士怒，亲诣公家，筑坛作法。俄见一巨狐，伏坛下。家人受虐已久，衔恨綦甚，一婢近击之。婢忽仆地气绝。道士曰："此物猖獗，我尚不能遽服之，女子何轻犯尔尔。"既而曰："可借鞫狐词亦得。"戟指咒移时，婢忽起，长跪。道士诘其里居。婢作狐言："我西城产，入都者十八辈。"道士曰："辇毂下，何容尔辈久居？可速去！"狐不答。道士击案怒曰："汝欲梗吾令耶？再若迁延，法不汝宥！"狐乃蹙怖作色，愿谨奉教。道士又速之。婢又仆绝，良久始苏。俄见白块四五团，滚滚如球，附檐际而行，次第追逐，顷刻俱去。由是遂安。

葉生
恩深知己慰平生魂夢相隨
千里行莫道黃鐘終毀棄
須知孺子已成名

叶　生

淮阳叶生者，失其名字。文章词赋，冠绝当时；而所遇不偶，困于名场。会关东丁乘鹤来令是邑，见其文，奇之，召与语，大悦。使即官署，受灯火，时赐钱谷恤其家。值科试，公游扬于学使，遂领冠军。公期望綦切，闱后索文读之，击节称叹。不意时数限人，文章憎命，及放榜时，依然铩羽。生嗒丧而归，愧负知己，形销骨立，痴若木偶。公闻，召之来，面慰之。生零涕不已。一生知己，安得不感激涕零，誓以死报也。先主于武侯，亦隆中数语耳。公怜之，相期考满入都，携与俱北。生甚感佩。辞而归，杜门不出。无何，寝疾。公遗问不绝；而服药百裹，殊罔所效。公适以忤上官免，将解任去。函致之，其略云：“仆东归有日，所以迟迟者，待足下耳。足下朝至，则仆夕发矣。”传之卧榻。生持书啜泣。寄语来使：“疾革难遽瘥，请先发。”使人返白，公不忍去，徐待之。逾数日，门者忽通叶生至。来得突，不说明。公喜，迎而问之。生曰：“以犬马病，劳夫子久待，万虑不宁。今幸可从杖履。”公乃束装戒旦。抵里，命子师事生，夙夜与俱。公子名再昌，时年十六，尚不能文。然绝慧，凡文艺三两过，辄无遗忘。居之期岁，便能落笔成文。益之公力，遂入邑庠。生以生平所拟举业，悉录授读。闱中七题，并无脱漏，中亚魁。公一日谓生曰：“君出余绪，遂使孺子成名。然黄钟长弃若何！”生曰：“是殆有命。借福泽为文章吐气，使天下人知半生沦落，非战之罪也，此数语为古今不遇才人放声一哭。愿亦足矣。且士得一人知己，可无憾，何必抛却白纻，乃谓之利市哉。”公以其久客，恐误岁试，劝令归省。生惨然不乐。公不忍强，嘱公子至都，为之纳粟。公子又捷南宫，授部中主政。携生赴监，与共晨夕。

逾岁，生入北闱，竟领乡荐。会公子差南河典务，因谓生曰：“此去离贵乡不远。先生奋迹云霄，锦还为快。”生亦喜。择吉就道，抵淮阳界，命仆马送生归。见门户萧条，意甚悲恻。逡巡至庭中，妻携簸具以出，见生，掷具骇走。生凄然曰：“今我贵矣。三四年不觌，何遂顿不相识？”妻遥谓曰：“君死已久，何复言贵？所以久淹君柩者，以家贫子幼耳。今阿大亦已成立，将卜窀穸。勿作怪异吓生人。”生闻之，怃然惆怅。逡巡入室，见灵柩俨然，扑地而灭。茫茫万古，此恨绵绵。万古冤魂长不死，更从何处哭刘蕡？不知丁公闻之何以为情也。妻惊视之，衣冠履舄如脱委焉。大恸，抱衣悲哭。子自塾中归，见结驷于门，审所自来，骇奔告母。母挥涕告诉。又细询从者，始得巅末。从者返，公子闻之，涕堕垂膺。即命驾哭诸其室；出橐为营丧葬，以孝廉礼。又厚遗其子，为延师教读。言于学使，逾年游泮。满纸于邑，先生此书不知呈教于施公愚山、费公祎祉否？

异史氏曰：“魂从知己，竟忘死耶？闻者疑之，余深信焉。同心倩女，至离枕上之魂，千里良朋，犹识梦中之路。而况茧丝绳迹，吐学士之心肝。流水高山，通我曹之性命者哉！嗟乎！遇合难期，遭逢不偶。行踪落落，对影长愁。傲骨嶙嶙，搔头自爱。叹面目之酸涩，来鬼物之揶揄。频居康了之中，则须发之条条可丑。一落孙山之外，则文章之处处皆疵。古今痛哭之人，卞和惟尔；颠倒逸群之物，伯乐伊谁？抱刺于怀，三年灭字。侧身以望，四海无家。人生世上，只须合眼放步，以听造物之低昂而已。天下之昂藏沦落如叶生者，亦复不少，顾安得令威复来，而生死从之也哉？噫！”人读相如传，本司马自作，腐迁取之，以入《史记》。余谓此篇即聊斋自作小传，故言之痛心。

四十千
一夢作回驚孽債笑
啼空自惹人憐青蚨
飛去曇花謝本利清
還四十千

四十千

新城王大司马，有主计仆，家称素封。忽梦一人奔入，曰：“汝欠四十千，今宜还矣。”问之，不答，径入内去。既醒，妻产男，知为夙孽，遂以四十千捆置一室，凡儿衣食病药，皆取给焉。过三四岁，视室中钱，仅存七百。适乳媪抱儿至，调笑于侧。仆呼之曰：“四十千将尽，汝宜行矣。”言已，儿忽颜色蹙变，项折目张，再抚之，气已绝矣。乃以余资置葬具而瘗之。此可为负欠者戒也。昔有老而无子者，问诸高僧。僧曰：“汝不欠人者，人又不欠汝者，乌得子？”盖生佳儿，所以报我之缘；生顽儿，所以取我之债。生者勿喜，死者勿悲也。

成僊
自經訟繫世
情灰學道名山去
淺回夢醒棄家如
敝屣使人悟我上清來

成 仙

文登周生，与成生少共笔砚，遂订为杵臼交。而成贫，故终岁常依周。论齿，则周为长，呼周妻以嫂。节序登堂，如一家焉。《曲礼》：嫂叔不通问，姊妹不杂坐。岂为陈曲逆、齐诸儿设哉。然其立意何深至也。周妻生子，产后暴卒。继聘王氏，成以少故，未尝请见之。

一日，王氏弟来省姊，宴于内寝。成适至。家人通白，周坐命邀成。成不入，辞去。周追之而还，移席外舍。甫坐，即有人白别业之仆，为邑宰重笞者。突起大波。先是，补叙法。看他用笔跳脱迅疾简劲处。黄吏部家牧佣，牛蹊周田，以是相诟。牧佣奔告主，捉仆送官，遂被笞责。周因诘得其故，大怒曰："黄家牧猪奴，何敢尔！其先世为大父服役，促得志，乃无人耶！"气填吭臆，忿而起，欲往寻黄。成捺而止之，曰："强梁世界，原无皂白。陈馀、张耳之事，于此同揆。况今日官宰半强寇，不操矛弧者耶！"周不听。成谏止再三，至泣下，周乃止。良友可爱可敬，胜读伐木之诗，直可作棠棣之篇读矣。怒终不释，转侧达旦。谓家人曰："黄家欺我，我仇也，姑置之。邑令朝廷官，非势家官，纵有互争，亦须两造，何至如狗之随嗾者？我亦呈治其佣，视彼将何处分。"家人悉怂恿之，计遂决。以状赴宰，宰裂而掷之。周怒，语侵宰。宰惭恚，因逮系之。辰后，成往访周，始知入城讼理。急奔劝止，则已在囹圄矣。顿足无所为计。时获海寇三名，宰与黄赂嘱之，使捏周同党。据词申黜顶衣，搒掠酷惨。成入狱，相顾凄酸。谋叩阙，周曰："身系重犴，如鸟在笼，虽有弱弟，止堪供囚饭耳。"成锐身自任，曰："是予责也。难而不急，乌用友也！"肝胆照人，我心霍霍。大难患见真朋友。乃行。周弟赆之，则去已久矣。至都，无门入控。相传驾将出猎，成预隐木市中。俄驾过，伏舞哀号，黄鹄一举，毫无胆顾，快绝，快绝，无愧杵臼交，否则五伦中可谓无朋友。遂得准。驿送而下，着部院审奏。时阅十月余，周已诬服论辟。院接御批，大骇，复提躬谳。黄亦骇，谋杀周。因赂监，绝其饮食，弟来馈问，苦禁拒之。成又为赴院声屈，叩阍用据笔，此编多用曲折，文章烦简曲直，不肯犹人。始蒙提问，业已饥饿不起。院台怒，杖毙监者。黄大怖，纳数千金，嘱为营脱，以是得朦胧题免。宰以枉法拟流。周放归，益肝胆成。

成自经讼系，世情灰冷，招周偕隐。周溺少妇，辄迂笑之。非不知良友当从，其如有少妇何！成虽不言，而意甚决。别后，数日不至。周使探诸其家，家人方疑其在周所；两无所见，始疑。周心知其异，遣人踪迹之，寺观岩壑，物色殆遍。时以金帛恤其子。

又八九年，成忽自至，黄巾氅服，岸然道貌。周喜把臂曰："君何往，使我寻欲遍？"成笑曰："孤云野鹤，栖无定所。别后幸复顽健。"周命置酒，略通间阔，欲为变易道装。成笑不语，周曰："愚哉！愚人不自愚而愚人，天下如此智者不少，可胜浩叹！何弃妻孥犹敝屣也？"痴人语可笑。成笑曰："不然。人将弃予，其何人之能弃？"问所栖止，答在劳山上清宫。既而抵足寝，梦成裸伏胸上，气不得息。讶问何为，殊不答。忽惊而寤，呼成不应，坐而索之，杳然不知所往。定移，始觉在成榻，骇曰："昨不醉，何颠倒至此耶！"顷刻五花八门，令人颠倒作奇想，七圣皆迷。乃呼家人，家人火之，俨然成也。周固多髭，以手自捋，则疏无几茎。取镜自照，讶曰："成生在此，我何往？"

语妙。人谓人为我，又谓我为人，我谓我为我，又谓人为人。"成生在此，我何往也？"二语可以成禅。已而大悟，知成以幻术招隐。意欲归内，弟以其貌异，禁不听前。

周亦无以自明，即命仆马往寻成。数日，入劳山。马行疾，仆不能及。休止树下，见羽客往来甚众。内一道人目周，周因以成问。道士笑曰："耳其名矣，似在上清。"言已径去。周目送之，见一矢之外，又与一人语，亦不数言而去。与言者渐至，乃同社生。见周愕曰："数年不晤，人以君学道名山，今尚游戏人间耶？"周述其异。生惊曰："我适遇之，而以为君也。去无几时，或亦不远。"我不是他，他却是我。颠倒因缘，可乎不可，借同社生作一点。周大异，曰："怪哉！何自己面目觌面不识！"仆寻至，急驰之，竟无踪兆。一望寥阔，进退难以自主。自念无家可归，遂决意穷追；绝其妄念。而怪险不复可骑，遂以马付仆归，仆去方好点化。迤逦自往。遥见一童独立，趋近问程，且告以故。童自言为成弟子，代荷衣粮，导与俱行。三日始至，又非世之所谓上清。时十月中，山花满路，不类初冬。眼光不定。童入报，成即出，始认己形。执手而入，置酒宴语。见异彩之禽，驯人不惊，声如笙簧，时来鸣于座上，心甚异之。然尘俗念切，无意留连。地下有蒲团二，曳与并坐。一个蒲团一个僧，借用不得。至二更后，万虑俱寂，忽似瞥然一盹，身觉与成易位。疑之，自捋颔下，则于思者如故矣。

既曙，浩然思返。成固留之。越三日，乃曰："乞少寐息，早送君行。"甫交睫，闻成呼曰："行装已具矣。"遂起从之。所行殊非旧途。针尖眼里走得出来，芥菜子中寻条路去。觉无几时，里居已在望中。成坐候路侧，俾自归。周强之不得，因踽踽至家门。叩不能应，思欲越墙，觉身飘似叶，一跃已过。凡逾数重垣，始抵卧室，灯烛荧然，内人未寝，哝哝与人语。舐窗一窥，则妻与一厮仆同杯饮，状甚狎亵。大梦初觉，溺少妇者着眼。于是怒火如焚，此时方有丈夫气。计将掩执，又恐孤力难胜。遂潜身脱扃而出，奔告成，且乞为助。成慨然从之，直抵内寝。周举石挝门，内张皇甚，擂愈急，内闭益坚。成拨以剑，划然顿辟。周奔入，仆冲户而走。成在门外，以剑击之，断其肩臂。周执妻拷讯，乃知被收时即与仆私。周借剑决其首，罥肠庭树间。乃从成出，寻途而返。蓦然忽醒，则身在卧榻，惊而言曰："怪梦参差，使人骇惧！"成笑曰："梦者兄以为真，真者乃以为梦。"周愕而问之。成出剑示之，溅血犹存。当头棒喝。周惊怛欲绝，窃疑成诪张为幻。成知其意，乃促装送之归。荏苒至里门，乃曰："畴昔之夜，倚剑而相待者，非此处耶！东坡赋句法。吾厌见恶浊，请还待君于此；如过晡不来，予自去。"

周至家，门户萧索，似无居人，还入弟家。前有弱弟供饭一句，此处便非突出。弟见兄，双泪交坠，曰："兄去后，盗夜杀嫂，刳肠去，酷惨可悼。于今官捕未获。"周如梦醒，大梦初觉，回头是岸。因以情告，戒勿究。弟错愕良久。周问其子，乃命老妪抱至。周曰："此襁褓物，宗绪所关，弟善视之。兄欲辞人世矣。"遂起，径去。弟涕泗追挽，笑行不顾。至野外，见成，与俱行。遥回顾曰："忍事最乐。"名言可佩。神龙见首不见尾。弟欲有言，成阔袖一举，即不可见。怅立移时，痛哭而返。

周弟朴拙，不善治家人生产，居数年，家益贫。周子渐长，不能延师，因自教读。一日，早至斋，见案头有函书，缄封甚固，签题"仲氏启。"审之，为兄迹。开视，则虚无所有，只见爪甲一枚，长二指许。心怪之，以甲置砚上，出问家人所自来，并无知者。回视，则砚石灿灿，化为黄金。欲向仙人索指头不可得，皆友爱之报也。大惊，以试铜铁，皆然。由此大富。以千金赐成氏子，因相传两家有点金术云。

负气者固足贾祸，而千古英雄短气，男儿垂头，皆溺少妇之人，岂特与良友偕隐不从哉？

新郎
歌吹青廬抱木
闌洞房豈料
孤鸞新郎意緒
模糊甚應作雌

新郎

江南梅孝廉耦长，梅庚字耦长，又字杓司，宣城人。与施愚山、高遗山泳同里友善。《画征录》：梅庚号雪评，又号听山翁，康熙辛酉举人，为朱竹垞所得士。工诗，善书画，为王阮亭诸前辈所推重。知浙江泰顺杲，以老乞归。有“儿童失学田园废，也算从官一度同”之句。著有《吴市吟》《山阳笛》《漫与集》。病中作诗别亲旧，至女夫一首，未竟而卒，曙日推枕吟。言其乡孙公，为德宰，鞫一奇案。初，村人有为子娶妇者，新人入门，戚里毕贺。饮至更余，新郎出，见新妇炫装，趋转舍后。疑而尾之，宅后有长溪，小桥通之。见新妇渡桥径去，益疑。呼之不应。遥以手招婿，婿急趁之。相去盈尺，而卒不可及。行数里，入村落。妇止，谓婿曰：“君家寂寞，我不惯住。请与郎暂居妾家数日，便同归省。”言已，抽簪叩扉，轧然有女童出应门。妇先入，不得已，从之。既入，则岳父母俱在堂上，谓婿曰：“我女少娇惯，未尝一刻离膝下，一旦去故里，心辄戚戚。今同郎来，甚慰系念。居数日，当送两人归。”乃为除室，床褥备具，遂居之。家中客见新郎久不至，共索之。室中惟新妇在，不知婿之何往。由是遐迩访问，并无耗息。翁媪零涕，谓其必死。将半载，妇家悼女无偶，遂请于村人父，欲别醮女。村人父益悲，曰：“骸骨衣裳，无所验证，何知吾儿遂为异物！纵其奄丧，周岁而嫁，当亦未晚，胡为如是急耶！”妇父益衔之，讼于庭。孙公怪疑，无所措力，断令待以三年，存案遣去。村人子居女家，家人亦大相忻待。每与妇议归，妇亦诺之，而因循不即行。积半年余，中心徘徊，万虑不安。欲独归，而妇固留之。一日，合家遑遽，似有急难。仓卒谓婿曰：“本拟三二日遣夫妇偕归，不意仪装未备，忽遘闵凶。不得已，先送郎还。”于是送出门，旋踵即返，周旋言动，颇甚草草。方欲觅途，回视院宇无存，但见高冢。大惊，寻路急归。至家，历述端末，因与投官陈诉。孙公拘妇父谕之，送女于归，使合卺焉。

靈官
郊天鉅典執
能干藩涵潛
蹤膽尚寒
畢竟此狐
太分曉
乘輿不
避避
靈官

灵　官

朝天观道士某，喜吐纳之术。有翁假寓观中，适同所好，遂为玄友。居数年，每至郊祭时，辄先旬日而去，郊后乃返。道士疑而问之。翁曰：“我两人莫逆，可以实告：我狐也。郊期至，则诸神清秽，我无所容，故行遁耳。”又一年，及期而去，久不复返。疑之。一日忽至，因问其故。答曰：“我几不复见子矣！曩欲远避，心颇怠，视阴沟甚隐，遂潜伏卷瓮下。不意灵官粪除至此，瞥为所睹，愤欲加鞭。余惧而逃。灵官追逐甚急。至黄河上，濒将及矣。大窘无计，窜伏溷中。神恶其秽，始返身去。既出，臭恶沾染，不可复游人世。乃投水自濯讫，又蛰穴中几百日，垢浊始净。今来相别，兼以致祝：君亦宜隐身他去，大劫将来，此非福地也。”言已，辞去。道士依言别徙，未几而有甲申之变。

王蘭
金丹竊淂
抵生還仁
術仙心見
一斑聚飲
煙墩傷比
匪株連幾
窟鐵圍山

王 兰

利津王兰，暴病死。阎王覆勘，乃鬼卒之误勾也。责送还生，则尸已败。鬼惧罪，谓王曰："人而鬼也则苦，鬼而仙也则乐。苟乐矣，何必生？"王以为然。鬼曰："此处一狐，金丹成矣。窃其丹吞之，则魂不散，可以长存。但凭所之，罔不如意。子愿之否？"王从之。鬼导去，入一高第，见楼阁渠然，而阒其无人。有狐在月下，仰首望空际。气一呼，有丸自口中出，直上入月中；一吸，复落，以口承之，则又呼之。如是不已。鬼潜伺其侧，俟其吐，急掇于手，付王吞之。狐惊，胜气相尚。见二人在，恐不敌，愤恨而去。王与鬼别，至其家，妻子见之，咸惧却走。王告以故，乃渐集。由此在家寝处如平时。

其友张某者，闻而省之，相见话温凉。因谓张曰："我与若家世夙贫，今有术，可以致富。子能从我游乎？"张唯唯。王曰："我能不药而医，不卜而断。我欲现身，恐识我者相惊怪。附子而行，可乎？"张又唯唯。圆一句，否则自行之可也。于是即日趋装，至山西界。遇富室有女，得暴疾，眩然瞀瞑。前后药禳既穷，张造其庐，以术自炫。富翁止此女，甚珍惜之，能医者，愿以千金相酬报。张请视之，从翁入室，见女瞑卧。启其衾，抚其体，女昏不觉。王私告张曰："此魂亡也，当为觅之。"插一笔。张乃告翁："病虽危，可救。"问："需何药？"俱言不须。"女公子魂离他所，业遣神觅之矣。”约一时许，王忽来，具言已得。张乃请公再入，又抚之。少顷，女欠伸，目遽张。公大喜，抚问。女言：“向戏园中，见一少年郎，挟弹弹雀；数人牵骏马，从诸其后。急欲奔避，横被阻止。少年以弓授儿，教儿弹。方羞呵之，便携儿马上，累骑而行。笑曰：‘我乐与子戏，勿羞也。’数里入山中。我马上号且骂，少年怒，推堕路旁，欲归无路。适有一人捉儿臂，疾若驰，瞬息至家。忽若梦醒。”翁神之，果贻千金。王宿与张谋，留二百金作路用，余尽摄去，款门而付其子；又命以三百馈张氏，二百作路用，三百馈张氏，付其子者五百也。共完上所贻千金之数。乃复还。次日，与翁别，不见金藏何所，益奇之，厚礼而送之。

逾数日，张于郊外遇同乡人贺才。才饮赌，不事生业，其贫如丐。闻张得异术，获金无算，因奔寻之。王劝薄赠令归。才不改故行，旬日荡尽，将复寻张。王已知之，曰：“才狂悖，不可与处，只宜赂之使去，纵祸犹浅。”逾日，才果至，强从与俱。张曰：“我固知汝复来。日事酗赌，千金何能满无底窦？诚改若所为，我百金相赠。”才诺之，张泻囊授之。才去，以百金在橐，赌益豪；益之狭邪游，挥洒如土。邑中捕役疑而执之，质于官，拷掠酷惨。才实告金所自来。乃遣隶押才捉张。创剧，毙于途。魂不忘于张，复往依之，因与王会。一日，聚饮于烟墩，才大醉狂呼，王止之不听。适巡方御史过，闻呼搜之，获张。张惧，以实告。御史怒，笞而牒于神。夜梦金甲人告曰：“查王兰无辜而死，今为鬼仙。医亦神术，不可律以妖魅。今奉帝命，授为清道使。贺才邪荡，已罚窜铁围山。张某无罪，当宥之。”御史醒而异之，乃释张。张制装旋里。囊中存数百金，敬以一半送王家，王氏子孙，以此致富焉。

鷹虎神
神名鷹虎竟何由能
使偷兒返自投三百
青錢原細事只憐
道士苦焚修

鹰虎神 抄本有目无文，据青柯亭本补。

郡城东岳庙，在南郭。大门左右，神高丈余，俗名“鹰虎神”，狰狞可畏。庙中道士任姓，每鸡鸣，辄起焚诵。有偷儿预匿廊间，伺道士起，潜入寝室，搜括财物。奈室无长物，惟于荐底得钱三百，纳腰中。拔关而出，将登千佛山。南窜许时，方至山下。见一巨丈夫，自山上来，左臂苍鹰，适与相遇。近视之，面铜青色，依稀似庙门中所习见者。大恐，蹲伏而战。神诧曰：“盗钱安往？”偷儿益惧，叩不已。神揪令还入庙，使倾所盗钱，跪守之。道士课毕，回顾，骇愕。盗历历自述。道士收其钱而遣之。

王成
勿懶宜勤曾屬付旅行
何事竟遲、豈真一鳥千
金值天遣成全介士時
王成

王成

王成，平原故家子。性最懒，生涯日落，惟剩破屋数间，与妻卧牛衣中，交谪不堪。时盛夏燠热，村外故有周氏园，墙宇尽倾，惟存一亭，村人多寄宿其中，王亦在焉。既晓，睡者尽去，红日三竿，王始起，逡巡欲归。见草际金钗一股，拾视之，镌有细字云："仪宾府制。"王祖为衡府仪宾，家中故物，多此款式，因把钗踌躕。欻一妪来寻钗。王虽贫，然性介，遽出授之。妪喜，极赞盛德，大关目。曰："钗值几何，先夫之遗泽也。"问："夫君伊谁？"答云："故仪宾王柬之也。"王惊曰："吾祖也。何以相遇？"妪亦惊曰："汝即王柬之之孙耶？我乃狐仙。此书言狐，或先说明，或后说明，或竟不说明，各有主意。百年前，与君祖缱绻。君祖殁，老身遂隐。过此遗钗，适入子手，非天数耶！"王亦曾闻祖有狐妻，信其言，便邀临顾。妪从之，王呼妻出见，负败絮，菜色黯焉。妪叹曰："嘻！王柬之之孙，乃一贫至此哉！"又顾败灶无烟。曰："家计若此，何以聊生？"妻因细述贫状，呜咽饮泣。妪以钗授妇，使姑质钱市米，三日外请复相见。王挽留之。妪曰："汝妻犹不能存活，我在仰屋而居，复何裨益？"老祖母口气。遂径去。

王为妻言其故，妻大怖。王诵其义，使姑事之，妻诺。逾三日，果至。出数金，籴粟麦各一石。夜与妇宿短榻。妇初惧之，然察其意殊拳拳，遂不之疑。翌日谓王曰："孙勿惰，对上性懒。宜操小生业，坐食乌可长也！”王告以无资。妪曰：“汝祖在时，金帛凭所取；我以世外人，无需是物，故未尝多取。积花粉之金四十两，至今犹存。久贮亦无所用，可将去悉以市葛，刻日赴都，可得微息。”王从之，购五十余端以归。妪命趋装，计六七日可达燕都，嘱曰：“宜勤勿惰，宜急勿缓，迟之一日，悔之已晚！”一字千金，故家子当书诸座右。

王敬诺。囊货就路，中途遇雨如渑，过宿，泞益甚。见往来行人，践淖没胫，善写。心畏苦之。待至停午，始渐燥，而阴云复合，雨又滂沱。信宿乃行。将近京，传闻葛价翔贵，心窃喜。入都，解装客店，主人深惜其晚。先是，南道初通，葛至绝少。贝勒府购致甚急，价顿昂，较常可三倍。前一日，方购足，后来者，并皆失望。主人以故告王。王郁郁不乐。越日，葛至愈多，价亦下。王以无利不肯售。迟十余日，计食耗烦多，倍益忧闷。主人劝令贱卖，改而他图。从之，亏资十余两，悉脱去。早起，将作归计，起视囊中，则金亡矣。惊告主人。主人无所为计。或劝鸣官，责主人偿。王叹曰：“此我数也，于主人何干？”主人闻而德之，赠金五两，慰之使归。自念无以见祖母，蹀躞内外，进退维谷。适见斗鹑者，一赌数千，每市一鹑，恒百钱不止。意忽动，计囊中资，仅足贩鹑，乃归市贩鹑而反。主人喜，贺其速售。至夜，大雨彻曙。天明，衢水如河，淋零犹未休也。居以待晴，连绵数日，更无休止。起视笼中，鹑渐死。王大惧，不知计之所出。越日，死愈多，仅余数头，并一笼饲之；经宿往窥，则一鹑仅存。山穷水尽。因告主人，不觉涕堕。主人亦为扼腕。王自度金尽罔归，但欲觅死，主人劝慰之。共往视鹑，审谛之曰：“此似英物。诸鹑之死，未必非此之斗杀之也。君暇亦无事，请把之，如其良也，赌亦可以谋生。”绝处逢生。王如其教，既驯，主人令持向街头，赌酒食。鹑健甚，辄赢。主人喜，以金授王，使复与子弟决赌，三战（三）胜，半（年）蓄积二十金。心益慰，视鹑如命。暗渡陈仓。

先是，大亲王好鹑，每值“上元”，辄放民间把鹑者入邸相角。主人谓王曰：“今大富宜可立致；所不可知者，在子之命矣。”先反敲一句。因告以故，导与俱往。嘱曰：“脱败，则丧气出耳。倘有万分一，鹑斗胜，王必欲市之，君勿应；如固强之，惟予首是瞻，待首肯而后应之。”王曰：“诺。”

至邸，则鹑人肩摩于墀下。顷之，王出御殿。左右宣言：“有愿斗者上。”即有一人把鹑，趋而进。先就旁人垫写一层。王命放鹑，客亦放，略一腾踔，客鹑已败。王大笑。俄顷，登而败者数人。主人曰：“可矣。”相将俱登。王相之，曰：“睛有怒脉，此健羽也，不可轻敌。”命取铁喙者当之。将军欲以巧胜人，盘马弯弓惜不发。一再腾跃，而王鹑铩羽。更选其良，再易再败。王急命取宫中玉鹑。片时把出，素羽如鹭，神骏不凡。王成意馁，跪而求罢。处处作势，《聊斋》总不用平笔。王笑曰：“纵之。脱斗而死，当厚尔偿。”成乃纵之。玉鹑直奔之。而玉鹑方来，则伏如怒鸡以待之。玉鹑健喙，则起如翔鹤以击之。进退颉颃，相持约一伏时。玉鹑渐懈，而其怒益烈，其斗益急。未几，雪毛摧落，垂翅而逃。观者千人，罔不叹羡。王乃索取而亲把之，自喙至爪，审周一过，问成曰：“鹑可货否？”答曰：“小人无恒产，与相依为命，不愿售也。”王曰：“赐而重值，中人之产可致。颇愿之乎？”成俯思良久，曰：“本不乐置，顾大王既爱好之，苟使小人得衣食业，又何求？”王问直，答以千金。王笑曰：“痴男子！此何珍宝，而千金直也？”成曰：“大王不以为宝，臣以为连城之璧不过也。”善于词令。王曰：“如何？”曰：“小人把向市中，日得数金，易升斗粟，一家十余食指，无冻馁，是何宝如之？”王曰：“予不相亏，便与二百金。”成摇首。又增百数。成目视主人，主人色不动。乃曰：“承大王命，请减百价。”王曰：“休矣！谁肯以九百易一鹑者！”成囊鹑欲行。王呼曰：“鹑人来，实给六百，肯则售，否则已耳。”成又目主人，主人仍自若。成心愿盈溢，惟恐失时，写得栩栩欲活，似从台上演出，真妙笔也。与《促织》一篇同妙。曰：“以此数售，心实怏怏；但交而不成，则获戾滋大。无已，即如王命。”王喜，即秤付之。成囊金，拜赐而出。主人怼曰：“我言如何，子乃急自鬻也？再少靳之，八百金在掌中矣。”若必满千金，又成呆笔。成归，掷金案上，请主人自取之，主人不受。又固让之，乃盘计饭直而受之。

王治装归，至家，历述所为，出金相庆。妪命置良田三百亩，起屋作器，居然世家。早起，使成督耕，妇督织，稍惰辄呵之。夫妇相安，不敢有怨词。过三年，家益富。妪辞欲去。夫妇共挽之，至泣下。妪亦遂止，旭旦候之，已杳然矣。

异史氏曰：“富贵皆得于勤，此独得于惰，亦创闻也。不知一贫彻骨，而至性不移，此天所以始弃之而终怜怜也。懒中岂果有富贵乎哉。”

青鳳
畫樓一角月一更朗潤殊人
笑語迎剛讀一篇青鳳傳
風流輸福義狂生

青凤

太原耿氏，故大家，第宅弘阔。后凌夷，楼舍连亘，半旷废之。因生怪异，堂门辄自关掩，家人恒中夜骇哗。耿患之，移居别墅，留一老翁门焉。由此荒落益甚。或闻笑语歌吹声。

耿有从子去病，狂放不羁，嘱翁有所闻见，奔告之。至夜，见楼上灯光明灭，走报生。生欲入觇其异。止之，不听。门户素所习识，竟拨蒿蓬，曲折而入。登楼，初无少异。穿楼而过，闻人语切切。潜窥之，见巨烛双烧，其明如昼。一叟儒冠南面坐，一媪相对，俱年四十余。东向一少年，可二十许；右一女郎，才及笄耳。酒胾满案，围坐笑语。生突入，笑呼曰："有不速之客一人来！"狂态如见。群惊奔匿。独叟诧问："谁何入人闺闼？"生曰："此我家也，君占之。旨酒自饮，不邀主人，毋乃太恪？"叟审谛之，曰："非主人也。"生曰："我狂生耿去病，主人之从子耳。"叟致敬曰："久仰山斗！"乃揖生入，便呼家人易馔。生止之。叟乃酌客。生曰："吾辈通家，座客无庸见避，还祈招饮。"叟呼："孝儿！"俄少年自外入，叟曰："此豚儿也。"揖而坐，略审门阀。叟自言："义君姓胡。"

生素豪，谈论风生，孝儿亦倜傥，倾吐间，雅相爱悦。借此引出青凤。生二十一，长孝儿二岁，因弟之。叟曰："闻君祖纂涂山外传，知之乎？"答曰："知之。"叟曰："我涂山氏之苗裔也。

唐以后，谱系犹能忆之，五代而上无传焉。幸公子一垂教也。”生略述涂山女佐禹之功，粉饰多词，妙绪泉涌。叟大喜，谓子曰：“今幸得闻所未闻。公子亦非他人，可请阿母及青凤来共听之，亦令知我祖德也。”孝儿入帏中。少时，妇媪偕女郎出。审顾之，弱态生娇，秋波流慧，人间无其丽也。叟指媪曰：“此为老荆。”又指女郎：“此青凤，鄙人之犹女也。颇慧，所闻见，辄记不忘，故唤令听之。”生谈竟而饮，瞻顾女郎，停睇不转。女觉之，俯其首。生隐蹑莲钩，女急敛足，亦无愠怒。生神志飞扬，不能自主，拍案曰：“得妇如此，南面王不易也。”媪见生渐醉，益狂，与女俱去。生失望，乃辞叟出。而心萦萦，不能忘情于青凤也。

至夜，复往，则兰麝犹芳，凝待终宵，寂无声咳。归与妻谋，欲携家而居之，冀得一遇。妻不从，生乃自往，读于楼下。夜凭几，一鬼披发入，面黑如漆，张目视生。生笑，拈指研墨自涂，灼灼然相与对视。乾隆乙巳，从庆符县尹张慕川游，侯世承语余曰：“最爱《聊斋》研墨涂面与鬼对视。豪爽俊快，天人胸襟，令人尘俗尽涤。”鬼惭而去。次夜更深，灭烛欲寝，闻楼后发扃，辟之闸然，急起窥觇，则扉半启。俄闻履声细碎，有烛光自房中出。视之，则青凤也。骤见生，骇而却退，遽阖双扉。生长跪而致词曰：“小生不避险恶，实以卿故。幸无他人，得一握手为笑，死不憾耳。”女遥语曰：“惓惓深情，妾岂不知？但吾叔闺训严谨，不敢奉命。”生固哀之，曰：“亦不敢望肌肤之亲，但一见颜色足矣。”女似肯可，启关出，捉之臂而曳之。生狂喜，相将入楼下，拥而加诸膝。女曰：“幸有夙分，过此一夕，即相思无益矣。”问：“何故？”曰：“阿叔畏君狂，故化厉鬼，以相吓，而君不动也。今已卜居他所，一家皆移什物赴新居，而妾留守明日即发矣。”言已，欲去，云：“恐叔归。”生强止之，欲与为欢。方持论间，叟掩入。女羞惧无以自容，俯首依床，拈带不语。叟怒曰：“贱辈辱我门户！不速去，鞭挞且从其后！”此老闺训严，尚且如此，世之帏薄不修者，有愧此狐。女低头急去，叟亦出。生尾而听之，呵诟万端，闻青凤嘤嘤啜泣。生心意如割，大声曰：“罪在小生，与青凤何与？倘宥青凤，刀锯铁钺，愿身受之。”良久寂然，乃归寝。自此第内，绝不复声息矣。生叔闻而奇之，愿售以居，不较直。生喜，携家口而迁焉。居逾年，甚适，而未尝须臾忘青凤也。

会清明上墓归，见小狐二，为犬逼逐。其一投荒窜去，一则皇急道上。望见生，依依哀啼，葛耳辑首，似乞其援。生怜之，启裳衿，提抱以归。闭门，置床上，则青凤也。如天落下。大喜，慰问。女曰：“适与婢子戏，遘此大厄。脱非郎君，必葬犬腹。望无以非类见憎。”生曰：“日切怀思，系于魂梦。见卿如得异宝，何憎之云？”女曰：“此天数也，不因颠覆，何得相从？然幸矣，婢子必言妾已死，可与君坚永约耳。”生喜，另舍居之。

积二年余，生方夜读，孝儿忽入。孝儿忽又飘来，兔起鹘落之笔。生辍读，讶诘所来。孝儿伏地，怆然曰：“家君有横难，非君莫救。将自诣恳，恐不见纳，故以某来。”问：“何事？”曰：“公子识莫三郎否？”曰：“此吾年家子也。”孝儿曰：“明日将过，倘有携猎狐，望君留之也。”生曰：“楼下之羞，耿耿在念，他事不敢预闻。必欲仆效绵薄，非青凤来不可。”孝儿零涕曰：“凤妹已野死三年矣。”生拂衣曰：“既尔，则恨滋深耳！”执卷高吟，殊不顾瞻。孝儿起，哭失声，掩面而去。生如青凤所，告以故。女失色曰："果救之否？"曰："救则救之；适不之诺者，亦聊以报前横耳。"女乃喜曰："妾少孤，依叔成立。昔虽获罪，乃家范应尔。"生曰："诚然，但使人不能无介介耳。卿果死，定不相援。"女笑曰："忍哉！"

次日，莫三郎果至，镂膺虎韔，仆从甚赫。生门逆之，见获禽甚多，中一黑狐，血殷毛革，抚之，皮肉犹温。便托裘敝，乞得缀补。莫慨然解赠。生即付青凤，乃与客饮。客既去，女抱狐于怀，三日而苏，展转复化为叟。举目见凤，疑非人间。女历言其情。叟乃下拜，惭谢前愆。喜顾女曰："我固谓汝不死，今果然矣。"女谓生曰："君如念妾，还祈以楼宅相假，使妾得以申返哺之私。"生诺之。叟赧然谢别而去。入夜，果举家来。由此如家人父子，无复猜忌矣。生斋居，孝儿时共谈宴。生嫡出子渐长，遂使傅之；盖循循善教，有师范焉。

画 皮

太原王生，早行，遇一女郎，抱幞独奔，甚艰于步。急走趁之，乃二八姝丽。心相爱乐，问："何夙夜踽踽独行？"女曰："行道之人，不能解愁忧，何劳相问。"生曰："卿何愁忧？或可效力，不辞也。"女黯然曰："父母贪赂，鬻妾朱门。嫡妒甚，朝詈而夕楚辱之，所弗堪也，将远遁耳。"问："何之？"曰："在亡之人，乌有定所。"生言："敝庐不远，即烦枉顾。"女喜，从之。生代携幞物，导与同归。女顾室无人，问："君何无家口？"答云："斋耳。"女曰："此所良佳。如怜妾而活之，须秘密勿泄。"生诺之。乃与寝合。使匿密室，过数日而人不知也。生微告妻。妻陈，疑为大家媵妾，劝遣之。生不听。

偶适市，遇一道士，顾生而愕。问何所遇？答言："无之。"道士曰："君身邪气萦绕，何言无？"生又力白。道士乃去，曰："惑哉！世固有死将临而不悟者。"生以其言异，颇疑女，转思明明丽人，何至为妖，天下如此人岂少也哉？意道士借魇禳以猎食者。

无何，至斋门，门内杜，不得入。心疑所作，乃逾垝垣。则室门已闭，蹑足而窗窥之，见一狞鬼，面翠色，齿巉巉如锯。铺人皮于榻上，执彩笔而绘之；已而掷笔，举皮，如振衣状，披于身，遂化为女子。人见呼佳人，我见如狞鬼，人人如我眼，便是鲁男子。此心即枯木，圣贤仙佛矣。不然心眼迷，北邙山下土。睹此状，大惧，兽伏而出。急追道士，不知所往。遍迹之，遇于野，长跪求救。道士曰："请遣除之。此物亦良苦，甫能觅代者，予亦不忍伤其生。"乃以蝇拂授生，令挂寝门。临别，约会于青帝庙。

生归，不敢入斋，乃寝内室，悬拂焉。一更许，闻门外戢戢有声，自不敢窥，使妻窥之。但见女子来，望拂子不敢进，立而切齿，良久乃去。少时复来，骂曰："道士吓我。终不然，宁入口而吐之耶！"取拂碎之，坏寝门而入。径登生床，裂生腹，掬生心而去。纳后妇者其心黑，应攫取而食之。妻号，婢入烛之，生已死，腔血狼藉。陈骇涕不敢声。明日，使弟二郎奔告道士。道士怒曰："我固怜之，鬼子乃敢尔！"即从生弟来。女子已失所在。既而仰首四望，曰："幸遁未远。"问："南院谁家？"二郎曰："小生所舍也。"道士曰："现在君所。"二郎愕然，以为未有。道士问曰："曾否有不识者一人来？"答曰："仆早赴青帝庙，良不知。当归问之。"去，少顷而返，曰："果有之。晨间一妪来，欲佣为仆家操作，室人止之，尚在也。"道士曰："即是物矣。"遂与俱往。仗木剑，立庭心，呼曰："孽鬼！偿我拂子来！"妪在室，惶遽无色，出门欲遁。道士逐击之。妪仆，人皮划然而脱，化为厉鬼，卧嗥如猪。道士以木剑枭其首，身变作浓烟，匝地作堆。道士出一葫芦，拔其塞，置烟中，飗飗然如口吸气，瞬息烟尽。道士塞口入囊，共视人皮，眉目手足，无不备具。道士卷之，如卷画轴声，亦囊之，乃别欲去。陈氏拜迎于门，哭求回生之法。道士谢不能。陈益悲，伏地不起。道士沉思曰："我术浅，诚不能起死。我指一人，或能之。"问："何人？"曰："市上有疯者，时卧粪土中。试叩而哀之。倘狂辱夫人，夫人勿怒之。”

二郎亦习知之。乃别道士，与嫂俱往。见乞人颠歌道上，鼻涕三尺，秽不可近。陈膝行而前。乞人笑曰：“佳人爱我乎？”陈告以故，又大笑曰：“人尽夫也，活之何为？”陈固哀之。乃曰：“异哉！人死而乞活于我。我阎罗耶？”怒以杖击陈。陈忍痛受之。市人渐集如堵。乞人咯痰唾盈把，举向陈吻曰：“食之！”陈红涨于面，有难色；既思道士之嘱，遂强啖焉。觉入喉中，硬如团絮，格格而下，停结胸间。乞人大笑曰：“佳人爱我哉？”遂起，行已不顾。尾之，入于庙中。迫而求之，不知所在。前后冥搜，殊无端兆，惭恨而归。既悼夫亡之惨，又悔食唾之羞，俯仰哀啼，但愿即死。方欲展血敛尸，家人伫望，无敢近者。陈抱尸收肠，且理且哭。哭极声嘶，顿欲呕。觉鬲中结物，突奔而出，不及回首，已落腔中。惊而视之，乃人心也。在腔中突突犹跃，此后之心非向日之心也，向日之心好色，此后之心向好，吾欲向之。热气腾蒸如烟然。大异之，急以两手合腔，极力抱挤。少懈，则气氤氲自缝中出。乃裂缯帛急束之。以手抚尸，渐温。覆以衾裯，中夜启视，有鼻息矣。天明，竟活。为言：“恍惚若梦，但觉隐痛耳。”视破处，痂结如钱，寻愈。

异史氏曰：“愚哉世人！明明妖也，而以为美。迷哉愚人！明明忠也，而以为妄。笔锋锐人。然爱人之色而渔之，妻亦将食人之唾而甘之矣。天道好还，但愚而迷者不悟耳。哀哉！”

賈兒
奏效何須
殺劾符賈
兒聰慧善
驅狐機心默
運奇謀出
只要安排
酒一壺

贾儿

楚客有贾于外者。妇独居，梦与人交。醒而扪之，小丈夫也。察其情，与人异，知为狐。未几，下床去，门未开而已逝矣。入暮，邀庖媪伴焉。有子十岁，素别榻卧，亦招与俱。夜既深，媪儿皆寐，狐复来。妇喃喃如梦语。媪觉，呼之，狐遂去。自是，身忽忽若有亡。至夜，遂不敢息烛，戒子睡勿熟。夜阑，儿及媪倚壁少寐。既醒，失妇，意其出遗；久待不至，始疑。媪惧，不敢往觅。儿执火遍照之，至他室，则母裸卧其中。近扶之，亦不羞缩。自是则狂，歌哭叫詈，日万状。夜厌与人居，另榻寝，儿媪亦遣去。儿每闻母笑语，辄起火之。母反怒呵儿，儿亦不为意，因共壮儿胆。然嬉戏无节，日效杇者，以砖石叠窗上，止之不听。或去其一石，则滚地作娇啼，人无敢气触之。写痴迷态如见。过数日，两窗尽塞，无少明。已乃令泥涂壁孔，终日营营，不惮其劳。涂已，无所作，遂把厨刀霍霍磨之。见者皆憎其顽，不以人齿。儿宵分隐刀于怀，以瓢覆灯。伺母呓语，急启灯，杜门声喊。久之无异，乃离门，扬言诈作欲搜状。欻有一物，如狸，突奔门隙。急击之，仅断其尾，约二寸许，湿血犹滴。初，挑灯起，母便诟骂，儿若弗闻。击之不中，懊恨而寝。自念虽不即戮，可以幸其不来。及明，视血迹逾垣而去。迹之，入何氏园中。至夜果绝，儿窃喜。但母痴卧如死。

未几，贾人归，就榻问讯。妇谩骂，视若仇。儿以状对。翁惊，延医药之。妇泻药诟骂。潜以药入汤水杂饮之，数日渐安。父子俱喜。一夜睡醒，失妇所在。父子又觅得于别室。由是复颠，不欲与夫同室处。向夕，竟奔他室。挽之，骂益甚。翁无策，尽扃他扉。妇奔去，则门自辟。翁患之，驱禳备至，殊无少验。

儿薄暮潜入何氏园，伏莽中，将以探狐所在。聪慧哉此儿，皆由笃孝至性所发，观之令人心动。月初升，乍闻人语。暗拨蓬科，见二人来饮，一长鬣奴捧壶，衣老棕色。衣语俱细隐，不甚可辨。移时，闻一人曰："明日可取白酒一瓶来。"顷之俱去，惟长鬣独留，脱衣卧石上。审顾之，四肢皆如人，但尾垂后部。儿欲归，恐狐觉，遂终夜伏。未明，又闻二人以次复来，哝哝入竹丛中。儿乃归。翁问所往，答："宿阿伯家。"

适从父入市，见帽肆挂狐尾，乞翁市之。翁不顾，儿牵父衣，娇聒之。翁不忍过拂，市焉。前折断之尾亦可取用。父贸易廛中，儿戏弄其侧，乘父他顾，盗钱去，沽白酒，寄肆廊。有舅氏城居，素业猎。儿奔其家。舅他出，妗诘母疾，答云："连日稍可。又以耗子啮衣，怒涕不解，故遣我乞猎药耳。"妗捡柜，出钱许，裹付儿。儿少之。妗欲作汤饼啖儿。儿觑室无人，自发药裹，窃盈掬而怀之。乃趋告妗，俾勿举火，"父待市中，不遑食也"。遂去，隐以药置酒中。遨游市上，抵暮方归。父问所在，托在舅家。荀灌娘十三岁救父围城中，此子十岁谋狐，竟似用兵，可称双绝。

儿自是日游廛肆间。一日，见长鬣杂在人中。儿审之确，阴缀系之，渐与语，诘其里居。答言："北村。"亦询儿，儿伪云："山洞。"长鬣怪其洞居。儿笑曰："我世居洞府，君固否耶？"其人益惊，便诘姓氏。儿曰："我胡氏子。曾在何处，见君从两郎，顾忘之耶？"其人熟审之，若信若疑。儿微启下裳，少少露其假尾，曰："我辈混迹人中，但此物犹在，为可恨耳。"其人问："在市欲何为？"儿曰："父遣我沽。"其人亦以沽告。儿问："沽未？"曰："吾侪多贫，故常窃时多。"儿曰："此役亦良苦，耽惊忧。"其人曰："受主人遣，不得不尔。"因问："主人伊谁？"曰："即曩所见两郎兄弟也。一私北郭王氏妇，一宿东村某翁家。翁家儿大恶，被断尾，十日始瘥，今复往矣。"言已，欲别，曰："勿误我事。"儿曰："窃之难，不若沽之易。我先沽寄廊下，敬以相赠。我囊中尚有余钱，不愁沽也。"其人愧无以报。儿曰："我本同类，何靳些须？暇时，尚当与君痛饮耳。"遂与俱去，取酒授之，乃归。

至夜，母竟安寝，不复奔。心知有异，告父同往验之，则两狐毙于亭上，一狐死于草中，喙津津尚有血出。酒瓶犹在，持而摇之，未尽也。父惊问："何不早告？"儿曰："此物最灵，一泄，则彼知之。"翁喜曰："我儿讨狐之陈平也。"于是父子荷狐归。见一狐秃半尾，刀痕俨然。自是遂安。而妇瘠殊甚，心渐明了，但益之嗽，呕痰数升，寻卒。北郭王氏妇，向祟于狐；至是问之，则狐绝而病亦愈。翁由此奇儿，教之骑射。后贵至总戎。

卷二

金世成

金世成，长山人。素不检。忽出家作头陀。类颠，啖不洁以为美。犬羊遗秽于前，辄伏啖之。自号为佛。愚民妇异其所为，执弟子礼者以万千计。金呵使食矢，无敢违者。创殿阁，所费不资，人咸乐输之。邑令南公恶其怪，执而笞之，使修圣庙。门人竞相告曰："佛遭难！"争募救之。宫殿旬月而成。其金钱之集，尤捷于酷吏之追呼也。

异史氏曰："予闻金道人，人皆就其名而呼之，谓为'金世成佛'。品至啖秽，极矣。笞之不足辱，罚之适有济，南令公处法何良也！然学宫圮而烦妖道，亦士大夫之羞矣。"

董生
始念無如轉念非
壽夭早己示先機
不教嘔盡心頭血
猶說銷魂錦繡幃

董生

董生，字遐思，青州之西鄙人。冬月薄暮，展被于榻而炽炭焉。方将篝灯，适友人招饮，遂扃户去。至友人所，坐有医人，善太素脉，遍诊诸客。蹊径独别。末顾王生九思及董曰："余阅人多矣，脉之奇无如两君者：贵脉而有贱兆，寿脉而有促征。此非鄙人所敢知也。然而董君实甚。"共惊问之。曰："某至此亦穷于术，未敢臆决。愿两君自慎之。"二人初闻甚骇，既以模棱语，置不为意。

半夜，董归，见斋门虚掩，大疑。醺中自忆，必去时忙促，故忘扃键。入室，未遑爇火，先以手入衾中，探其温否。才一探入，腻有卧人。大惊，敛手。急火之，竟为姝丽，韶颜稚齿，神仙不殊。狂喜。戏探下体，则毛尾修然。通部叙狐事多，篇篇变局，故观此不厌。大惧，欲遁。女已醒，出手捉生臂，问："君何往？"董益惧，战栗哀求，愿乞怜恕。女笑曰："何所见而畏我？"董曰："我不畏首而畏尾。"女又笑曰："君误矣。尾于何有？"引董手，强使复探，则髀肉如脂，尻骨童童。笑曰："何如？醉态矇眬，不知伊何，遂诬妄若此。"董固喜其丽，至此益惑，反自咎适然之错。然疑其所来无因。女曰："君不忆东邻之黄发女乎？屈指移居者，已十年矣。尔时我未笄，君垂髫也。"董恍然曰："卿周氏之阿琐耶？"女曰："是矣。"董曰："卿言之，我仿佛忆之。十年不见，遂苗条如此。然何遽能来？”女曰：“妾适痴郎四五年，翁姑相继逝，又不幸为文君。剩妾一身，茕无所依。忆孩时相识者惟君，故来相见就。入门已暮，邀饮者始至，遂潜隐以待君归。待之既久，足冰肌栗，故借被以自温耳，幸勿见疑。”董喜，解衣共寝，意殊自得。

月余，渐羸瘦，家人怪问，辄言不自知。久之，面目益支离，乃惧，复造善脉者诊之。医曰：“此妖脉也。前日之死征验矣，疾不可为也。”董大哭，不去。医不得已，为之针手灸脐，而赠以药。嘱曰：“如有所遇，力绝之。”董亦自危。既归，女笑要之。怫然曰：“勿复相纠缠，我行且死！”走不顾。女大惭，亦怒曰：“汝尚欲生耶！”至夜，董服药独寝，甫交睫，梦与女交，醒已遗矣。益恐，移寝于内，妻子夹守之。梦如故。窥女子已失所在。积数日，董吐血斗余而死。

王九思在斋中，见一女子来，突接。以前有伏笔也。悦其美而私之。诘所自，曰：“妾遐思之邻也。渠旧与妾善，不意为狐惑而死。此(日)〔辈〕妖气可畏，读书人宜慎相防。”王益佩之，遂相欢待。居数日，迷罔病瘠。忽梦董曰：“与君好者狐也。杀我矣，又欲杀我友。我已诉之冥府，泄此幽愤。七日之夜，当炷香室外，勿忘却。”狐何以畏炷香，见驱狐经。又夜注清水一盂于寝所，则不畏鬼，可避闷香。醒而异之。谓女曰：“我病甚，恐委沟壑，或劝勿室也。”女曰：“命当寿，室亦生；不寿，勿室亦死也。”坐与调笑。王心不能自持，又乱之。已而悔之，而不能绝。及暮，插香户上。女来，拔弃之。夜又梦董来，让其违嘱。次夜，暗嘱家人，俟寝后潜炷香室外。女在榻上，忽惊曰：“又置香也。”王言不知。女急起得香，又折灭之。入曰："谁教君为此者？"王曰："或室人忧病，听巫家厌禳耳。"女徬徨不乐。家人潜窥香灭，又炷之。女忽叹曰："君福泽良厚。我误害遐思而奔子，诚我之过。我将与彼就质于冥曹。君如不忘夙好，勿坏我皮囊也。"逡巡下榻，仆地而死。烛之，狐也。犹恐其活，遽呼家人，剥其革而悬焉。王病甚，见狐来曰："我诉诸法曹。法曹谓董君见色而动，死当其罪；但咎我不当惑人，追金丹去，复令还生。皮囊何在？"曰："家人不知，已脱之矣。"狐惨然曰："余杀人多矣，今死已晚；然忍哉君乎！"恨恨而去。王病而几危，半年乃瘥。

齕石
曾聞學道入勞山只為思親去復還辟穀了方惟啖石石中滋味亦多般

龁石

新城王钦文太翁家，有圉人王姓，初入劳山学道。久之，不火食，惟啖松子及白石。古有煮白石法，以白江石和药煮之弥烂，可食。惜忘其药名。遍体生毛，既数年，念母老归里，渐复火食，犹啖石如故。向日视之，即知石之甘苦酸咸，如啖芋然。母死复入山，今又十七八年矣。

猪婆龙

猪婆龙，产于江西。形似龙而短，能横飞。常出沿江岸扑食鹅鸭。或猎得之，则货其肉于陈、柯。此二姓皆友谅之裔，世食婆龙肉，他族不敢食也。一客自江右来，得一头，縶舟中。一日，泊舟钱塘，缚稍解，忽跃入江。俄顷，波涛大作，估舟倾沉。

陝右某公
憑將善惡判陰
曹轉穀人羊
數莫逃賴有
放生功可贖
不曾戴角
祇披毛

某公

陕右某公，辛丑进士。能记前身。尝言前生为士人，中年而死。死后见冥王判事，鼎铛油镬，一如世传。殿东隅，设数架，上搭猪羊犬马诸皮。簿吏呼名，或罚作马，或罚作猪；皆裸之，于架上取皮被之。俄至公，闻冥王曰："是宜作羊。"鬼取一白羊皮来，捺覆公体。吏白："是曾拯一人死。"王检籍覆视，示曰："免之。恶虽多，此善可赎。"鬼又褫其毛革。革已粘体，不可复动。两鬼捉臂按胸，力脱之，痛苦不可名状；皮片片断裂，不得尽净。既脱，近肩处犹粘羊皮大如掌。公既生，背上有羊毛丛生，剪去复出。

廟鬼
泥鬼偏能幻婦人苦相剔踢
太無因若非一意持堅定綰
鎖何來金甲神

庙鬼

新城诸生王启后者，方伯中宇公象坤曾孙。见一妇人入室，貌肥黑不扬。笑近坐榻，意甚亵。王拒之，不去。由此坐卧辄见之。而意坚定，终不摇。妇怒，批其颊有声，而亦不甚痛。妇以带悬梁上，捽与并缢。王不觉自投梁下，引颈作缢状。人见其足离地，挺然立当中，即亦不能死。自是病颠，忽曰："彼将与我投河矣。"望河狂奔，曳之乃止。如此百端，日常数作，术药罔效。一日，忽见有武士绾锁而入，怒叱曰："朴诚者汝何敢扰！"即絷妇项，自棂中出。才至窗外，妇不复人形，目电闪，口血赤如盆。忆城隍庙中有泥鬼四，绝类其一焉。于是病若失。

陸判
易卻心腸更面目回天
手段最堪稱陵陽
庶頗今何在請与先
生訂酒朋

陆　判

陵阳朱尔旦，字小明。性豪放。然素钝，学虽笃，尚未知名。一日，文社众饮。或戏之云："君有豪名，能深夜负十王殿左廊下判官来，众当醵作筵。"盖陵阳有十王殿，神鬼皆木雕，妆饰如生。东庑有立判，绿面赤须，貌尤狞恶。或夜闻两廊下拷讯声。入者，毛皆森竖。故众以此难朱。朱笑起，径去。居无何，门外大呼曰："我请髯宗师至矣！"众起。俄负判入，置几上，奉觞酹之三。众睹之，瑟缩不安于坐。仍请负去。朱又把酒灌地，祝曰："门生狂率不文，大宗师谅不为怪。荒舍匪遥，合乘兴来觅饮，幸勿为畛畦。"乃负之去。

次日，众果招饮。抵暮，半醉而归，兴未阑，挑灯独酌。忽有人搴帘入，视之，则判官也。起曰："噫，吾殆将死矣！前夕冒渎，今来加斧锧耶？"判启浓髯微笑曰："非也。昨蒙高义相订，夜偶暇，敬践达人之约。"朱大悦，牵衣促坐，自起涤器爇火。判曰："天道温和，可以冷饮。"朱如命，置瓶案上，奔告家人治肴果。妻闻大骇，戒勿出。朱不听，立俟治具以出。易盏交酬，始询姓氏。曰："我陆姓，无名字。"与谈典故，应答如响。问："知制艺否？"曰："妍媸亦颇辨之。阴司诵读，与阳世亦略同。"陆豪饮，一举十觥。朱因竟日饮，遂不觉玉山倾颓，伏几醺睡。比醒，则残烛昏黄，鬼客已去。自是三两日辄一来，情益洽，时抵足卧。朱献窗稿，陆辄红勒之，都言不佳。

一夜，朱醉先寝，陆犹自酌。忽醉梦中，脏腹微痛；醒而视之，则陆危坐床前，破腔出肠胃，条条整理。愕曰："夙无仇怨，何以见杀？"陆笑云："勿惧，我与君易慧心耳。"慧心易得，所难得者赤心耳，安得髯宗师取天下无义男子黑心，一一更换之。从容纳肠已，复合之，末以裹足布束朱腰。作用毕，视榻上亦无血迹。腹间觉少麻木。见陆置肉块几上，问之。曰："此君心也。作文不快，知君之毛窍塞耳。适在冥间，于千万心中，拣得佳者一枚，为君易之，留此以补缺数。"乃起，掩扉去。

天明解视，则创缝已合，有线而赤者存焉。自是文思大进，过眼不忘。数日，又出文示陆。陆曰："可矣。但君福薄，不能大显贵，乡、科而已。"问："何时？"曰："今岁必魁。"未几，科试冠军，秋闱果中魁元。同社中诸生素揶揄之。及见闱墨，相视而惊，细询始知其异。共求朱先容，愿纳交陆。陆诺之。众大设以待之。更初，陆至，赤髯生动，目炯炯如电。众茫乎无色，齿欲相击，渐引去。朱乃携陆归饮。既醺，朱曰："湔肠伐胃，受赐已多。尚有一事相烦，不知可否？"陆便请命。朱曰："山荆，予结发人，下体颇亦不恶，但头面不甚佳。欲烦君刀斧，如何？"陆笑曰："诺。容徐以图之。"

过数日，半夜来叩门。朱急起延入，烛之，见襟裹一物。诘之，曰："君曩所嘱，向艰物色。适得美人首，敬报君命。"朱拨视，颈血犹湿，陆力促急入，勿惊禽犬。朱虑门户夜扃。陆至，以手推扉，扉自开。引至卧室，见夫人侧身眠。陆以头授朱抱之，自于靴中出白刃如匕首，按夫人项，着刀如切腐状，迎刃而解，首落枕畔。急于生怀，取美人首合项上。详审端正，而后按捺。已而移枕塞肩际，命朱瘗首静所，乃去。

朱妻醒，觉颈间微麻，面颊甲错；搓之，得血片。甚骇，呼婢汲盥。婢见面血狼藉，惊绝，濯之，盆水尽赤。举首则面目全非，又骇极。夫人引镜自照，错愕不能自解。朱入告之，因反复细视，则长眉掩鬓，笑靥承颧，画中人也。解领验之，有红线一周，上下肉色，判然而异。

先是，吴侍御有女甚美，未嫁而丧二夫，故十九犹未醮也。上元游十王殿时，游人甚杂，内有无赖贼窥而艳之，遂阴访居里，乘夜梯入，穴寝门，杀一婢于床下，逼女与淫。女力拒声喊，贼怒而杀之。吴夫人微闻闹声，叫婢往视，见尸骇绝。举家尽起，停尸堂上，置首项侧，一门啼号，纷腾终夜。诘旦启衾，则身在而失其首。遍挞侍女，谓所守不坚，致葬犬腹。侍御告郡，郡严限捕贼，三月而罪人弗得。渐有以朱家换头之异闻吴公者。吴疑之，遣媪探诸其家；入见夫人，骇走以告吴公。公视女尸故存，惊疑无以自决。猜朱以左道杀女，往诘朱。朱曰："室人梦易其首，实不解其何故。谓仆杀之，则冤也。"吴不信，讼之。收家人鞫之，一如主言。郡守不能决。

朱归，求计于陆。陆曰："不难，当使伊女自言之。"吴夜梦女曰："儿为苏溪杨大年所杀，无与朱孝廉。彼不艳其妻，陆判官取儿头与之易之，是儿身死而头生也。人有心而身生者，身死头生，固是奇语。愿勿相仇。"醒，夫人所梦同。乃言于官。问之，果有杨大年；执而械之，遂伏其罪。吴乃诣朱，请见夫人，由此为翁婿。乃以朱妻首合女尸而葬焉。朱三入礼闱，皆以场规被放。于是灰心仕进。

积三十年，一夕，陆告曰："君寿不永矣。"问其期，对以五日。"能相救否？"曰："惟天所命，人何能私？且自达人观之，生死一耳，何必生之为乐，死之为悲？"朱以为然。即制衾棺椁，既竟，盛服而殁。

翌日，夫人方扶柩哭，朱忽冉冉自外至。夫人惧。朱曰："我诚鬼，不异生时。虑尔寡母孤儿，殊恋恋耳。"夫人大恸，涕垂膺。朱依依慰解之。夫人曰："古有还魂之说，君既有灵，何不再生？"朱曰："天数不可违也。"问："在阴司作何务？""陆判荐我督案务，受有官爵，亦无所苦。"夫人欲再语，朱曰："陆判与我同来，可设酒馔。"趋而出。夫人依言营备。但闻室中笑语，亮气高声，宛若生前。半夜窥之，窅然已逝。

自是三数日辄一来，时而留宿缱绻，家中事就便经纪。子玮方五岁，来辄提抱；至七八岁，则灯下教读。子亦慧，九岁能文，十五入邑庠，竟不知无父也。从此来渐疏，日月至焉而已。又一夕来，谓夫人曰："今与卿永诀矣。"问："何往？"曰："承帝命为太华卿，行将远赴，事烦途隔，故不能来。"母子持之哭，曰："勿尔！儿已成立，家计尚可存活，岂有百岁不拆之鸾凤耶！"顾子曰："好为人，勿堕父业。十年后一相见耳。"径出门去，于是遂绝。

后玮二十五举进士，官行人。奉命祭西岳，道经华阴，忽有舆从羽葆，驰冲卤簿。讶之。审视车中人，其父也。下车哭伏道左。父停舆曰："官声好，我瞑目矣。"玮伏不起。朱促舆行，父驰不顾。去数步，回望，解佩刀遣人持赠。遥语曰："佩之则贵。”玮欲追从，见舆马人从，飘忽若风，瞬息不见。痛恨良久。抽刀视之，制极精工，镌字一行，曰：“胆欲大而心欲小，智欲圆而行欲方。”十四字一字一珠，齐家治国，不外乎是。玮后官至司马。生五子：曰沉，曰潜，曰沕，曰浑，曰深。一夕梦父曰：“佩刀宜赠浑也。”从之。浑仕为总宪，有政声。

异史氏曰：“断鹤续凫，矫作者妄。移花接木，创始者奇。而况加凿削于心肝，施刀锥于颈项者哉！陆公者，可谓媸皮裹妍骨矣。明季至今，为岁不远，陵阳陆公犹存乎？尚有灵焉否也？为之执鞭，所忻慕焉。

嬰甯
拈花微笑欲傾
城情到濃時轉
不情一味天真
何爛漫只宜
呼作太憨生

婴宁

王子服，莒之罗店人。早孤。绝慧，十四入泮。母最爱之，寻常不令游郊野。聘萧氏，未嫁而夭，故求凰未就也。会上元，有舅氏子吴生，邀同眺瞩。方至村外，舅家仆来，招吴去。生见游女如云，乘兴独游。有女郎携婢，拈梅花一枝，容华绝代，笑容可掬。生注目不移，竟忘顾忌。女过去数武，顾婢子笑曰："个儿郎目灼灼似贼！"遗花地上，笑语自去。生拾花怅然，神魂丧失，怏怏遂返。

至家，藏花枕底，垂头而睡，不语亦不食。母忧之。醮禳益剧，肌革锐减。医师诊视，投剂发表，忽忽若迷。母抚问所由，嘿然不答。适吴生来，嘱秘诘之。吴至榻前，生见之泪下。吴就榻慰解，渐致研诘。生具吐其实，且求谋画。吴笑曰："君意亦痴！此愿有何难遂？当代访之。徒步于野，必非世家。如其未字，事固谐矣；不然，拚以重赂，计必允遂。但得痊瘳，成事在我。"生闻之，不觉解颐，吴出告母，物色女子居里，而探访既穷，并无踪迹。母大忧，无所为计。然自吴去后，颜顿开，食亦略进。数日，吴复来。生问所谋。吴绐之曰："已得之矣。我以为谁何人，乃我姑之女，给之也，后果姨。即君姨妹，今尚待聘。虽内戚有婚姻之嫌，实告之，无不谐者。"生喜溢眉宇，问："居何里？"吴诡曰："西南山中，后果在西南山中。去此可三十余里。"生又嘱再四，吴锐身自任而去。

生由是饮食渐加，日就平复。探视枕底，花虽枯，未便雕落。凝思把玩，如见其人。怪吴不至，折柬招之。吴支托不肯赴招。生恚怒，悒悒不欢。母虑其复病，急为议姻；略与商确，辄摇首不愿，惟日盼吴。吴迄无耗，益怨恨之。转思三十里非遥，何必仰息他人？怀梅袖中，负气自往，而家人不知也。伶仃独步，无可问程，但望南山行去。约三十余里，乱山合沓，空翠爽肌，寂无人行，止有鸟道。遥望谷底，丛花乱树中，隐隐有小里落。下山入村，见舍宇无多，皆茅屋，而意甚修雅。北向一家，门前皆丝柳，墙内桃杏尤繁，前上元，故言梅花，此言桃杏犹繁，盖在三月，点缀光景，亦不错乱。间以修竹；野鸟格磔其中。意其园亭，不敢遽入。回顾对户，有巨石滑洁，因坐少憩。俄闻墙内有女子，长呼“小荣”，其声娇细。方伫听间，一女郎由东而西，执杏花一朵，俯首自簪。举头见生，遂不复簪，含笑拈花而入。审视之，即上元途中所遇也。心骤喜。但念无以阶进；欲呼姨氏，顾从无还往，惧有讹误。门内无人可问，坐卧徘徊，自朝至于日昃，盈盈望断，并忘饥渴。时见女子露半面来窥，似讶其不去者。

忽一老媪扶杖出，顾生曰：“何处郎君，闻自辰刻来，以至于今。意将何为？得勿饥也？”生急起揖之，答云：“将以盼亲。”媪聋聩不闻。又大言之。乃问：“贵戚何姓？”生不能答。媪笑曰：“奇哉！姓名尚自不知，何亲可探？我视郎君，亦书痴耳。不如从我来，啖以粗粝，家有短榻可卧。待明朝归，询知姓氏，再来探访。”生方腹馁思啖，又从此渐近丽人，大喜。从媪入，见门内白石砌路，夹道红花，片片坠阶上；曲折而西，又启一关，豆棚花架满庭中。布小景幽洁可爱，使人如游其间。肃客入舍，粉壁光如明镜；窗外海棠枝朵，探入室中；裀藉几榻，罔不洁泽。甫坐，即有人自窗外隐约相窥。媪唤："小荣！可速作黍。"外有婢子噭声而应。坐次，具展宗阀。媪曰："郎君外祖，莫姓吴否？"到是老妪先问。曰："然。"媪惊曰："是吾甥也！尊堂，我妹子。年来以家窭贫，又无三尺之男，遂至音问梗塞。甥长成如许，尚不相识。"生曰："此来即为姨也，匆遽遂忘姓氏。"给之竟成真，语奇。媪曰："老身秦姓，并无诞育，弱息亦为庶产。渠母改醮，遗我鞠养。颇亦不钝，但少教训，嬉不知愁。少顷使来拜识。"

未几，婢子具饭，雏尾盈握。媪劝餐已，婢来敛具。媪曰："唤宁姑来。"婢应去。良久，闻户外隐有笑声。媪又唤曰："婴宁，汝姨兄在此。"户外嗤嗤笑不已。婢推之以入，犹掩其口，笑不可遏。媪瞋目曰："有客在，咤咤叱叱，景象何堪？"女忍笑而立，生揖之。媪曰："此王郎，汝姨子，一家尚不相识，可笑人也。"问："妹子年几何矣？"媪未能解。生又言之。前下一聋字，生出文章波澜。女复笑，不可仰视。媪谓生曰："我言少教诲，此可见矣。年已十六，呆痴如婴儿。"生曰："小生一岁。"曰："阿甥已十七矣，得非庚午属马者耶？"生首应之。又问："甥妇阿谁？"答曰："无之。"曰："如甥才貌，何十七岁犹未聘？婴宁亦无姑家，极相匹敌。惜有内亲之嫌。"又闪一句。生无语，目注婴儿，不遑他瞬。婢向女小语云："目灼灼，贼腔未改。"女又大笑，顾婢曰："视碧桃开未？"遽起，以袖掩口，细碎连步而出。至门外，笑声始纵。媪亦起，唤婢襆被，为生安置。曰："阿甥来不易，宜留三五日，迟迟送汝归。如嫌幽闷，舍后有小园，可供消遣；有书可读。”

次日，至舍后，果有园半亩，细草铺毡，杨花糁径。有草舍三楹，花木四合其所。穿花小步，闻树头苏苏有声，仰视，则婴宁在上。见生来，狂笑欲堕。生曰：“勿尔，堕矣！”女且下且笑，不能自止。方将及地，失手而堕，笑乃止。生扶之，阴捘其腕。女笑又作，倚树不能行，良久乃罢。生俟其笑歇，乃出袖中花示之。女接之，曰：“枯矣。何留之？”曰：“此上元妹子所遗，故存之。”问：“存之何益？”曰：“以示相爱不忘。自上元相遇，凝思成病，自分化为异物，不图得见颜色，幸垂怜悯。”女曰：“此大细事。至戚何所靳惜？待郎行时，园中花，当唤老奴来，折一巨捆负送之。”生曰：“妹子痴耶！”女曰：“何便是痴？”生曰：“我非爱花，爱拈花之人耳。”女曰：“葭莩之情，爱何待言。”生曰：“我所为爱，非瓜葛之爱，乃夫妻之爱。”女曰：“有以异乎？”曰：“夜共枕席耳。”女俯首思良久，曰：“我不惯与生人睡。”语未已，婢潜至，生惶恐遁去。

少时，会母所。母问：“何往？”女答以园中共话。媪曰：“饭熟已久，有何长言，周遮乃尔。”女曰：“大哥欲我共寝。”言未已，生大窘急，目瞪之。女微笑而止。幸媪不闻，犹絮絮究诘。作书人亦太狡猾矣。始知前聋聩不闻一句之妙。生急以他词掩之，因小语责女。女曰：“适此语不应说耶？”痴语妙甚。生曰：“此背人语。”女曰：“背他人，岂得背老母。且寝处亦常事，何讳之？”生恨其痴，无术可悟之。食方竟，家人捉双卫来寻生。

先是，追叙。母待生久不归，始疑；村中搜觅已遍，竟无踪兆。因往寻吴，吴忆曩言，因教于西南山村行觅。凡历数村，始至于此。生出门，适相值，便入告媪，且请偕女同归。媪喜曰："我有志，匪伊朝夕。但残躯不能远涉，得甥携妹子去，识认阿姨，大好。"呼婴宁。宁笑至。媪曰："大哥欲同汝去，可装束。"又饷家人酒食，始送之出，曰："姨家田产丰裕，能养冗人。到彼且勿归，少学诗礼，亦好事翁姑。即烦阿姨，择一良匹与汝。"闲中句妙。二人遂发。至山坳，回顾，犹依稀见媪倚门北望也。

抵家，母睹姝丽，惊问为谁。生以姨妹对。母曰："前吴郎与儿言者，诈也。我未有姊，何以得甥？"作者总不教人一看便知，所谓观前便知，有后不为奇。问女，女曰："我非母出。父为秦氏，没时儿在褓中，不能记忆。"母曰："我一姊适秦氏，良确；然殂谢已久，那得复存？"因审诘面庞、志赘，一一符合。又疑曰："是矣。然亡已多年。"又作一问。疑虑间，吴生至，女避入室。吴询得故，惘然久之。忽曰："此女名婴宁耶？"生然之。吴极称怪事。问所自知，吴曰："秦家姑去后，姑丈鳏居，祟于狐，病瘠死。狐生女名婴宁，绷卧床上，家人皆见之。姑丈没，狐犹时来。后求天师符粘壁上，狐遂携女去。将勿此耶？"彼此疑参。但闻室中嗤嗤皆婴宁笑声。母曰："此女亦太憨。"吴生请面之。母入室，女犹浓笑不顾。母促令出，始极力忍笑，又面壁移时，方出。才一展拜，翻然遽入，放声大笑。满室妇女，为之粲然。

吴请往觇其异，就便执柯。寻至村所，庐舍全无，山花零落而已。吴忆葬处，仿佛不远。然坟垄湮没，莫可辨识，诧叹而返。母疑其为鬼，入告吴言，女略无骇意；又吊其无家，亦殊无悲意，孜孜憨笑而已。众莫之测。母令与少女同寝止。昧爽即来省问，操女红精巧绝伦。但善笑，禁之亦不可止。然笑处嫣然，狂而不损其媚，人皆乐之。邻女少妇，露一邻字。争承迎之。母择吉为之合卺，而终恐为鬼物。窃于日中窥之，形影殊无少异。至日，使华装行新妇礼，女笑极不能俯仰，遂罢。生以憨痴，恐泄漏房中隐事，而女殊密秘，不肯道一语。每至母忧怒，女至，一笑即解。奴婢小过，恐遭鞭楚，辄求诣母共话；罪婢投见，恒得免。而爱花成癖，生波。爱花亦一篇眼目。物色遍戚党，窃典金钗，购佳种，数月，阶砌藩溷，无非花者。庭后有木香一架，故邻西家。女每攀登其上，摘供簪玩。母时遇见，辄呵之。女卒不改。

一日，西人子见之，凝注倾倒。女不避而笑。西人子谓女意属己，心益荡。女指墙底笑而下，西人子谓示约处，大悦。及昏而往，女果在焉。就而淫之，则阴如锥刺，痛彻于心，大号而踣。妙，妙。看淫者看样。细视非女，则一枯木卧墙边，所接乃水淋窍也。邻父闻声，急奔研问，呻而不言。妻来始以实告。爇火烛窥，见中有巨蝎，如小蟹然。皆蝎也，人不知之。翁碎木捉杀之，负子至家，半夜寻卒。

邻人讼生，讦发婴宁妖异。邑宰素仰生才，稔知其笃行士，谓邻翁讼诬，将杖责之。生为乞免，遂释而出。母谓女曰：“憨狂尔尔，早知过喜而伏忧也。过喜伏忧，千古名言。邑令神明，幸不牵累；设鹘突官宰，必逮妇女质公堂，我儿何颜见戚里？”女正色，矢不复笑。母曰：“人罔不笑，但须有时。”而女由是竟不复笑，虽故逗之，亦终不笑。笑字生波。然竟日未尝有戚容。

一夕，对生零涕。异之，女哽咽曰：“曩以相从日浅，言之恐致骇怪。今日察姑及郎，皆过爱无有异心，直告或无妨乎？

至此始一并说明。笑缘写女涕，大是异事，笔端不测。妾本狐产。母临去，以妾托鬼母，相依十余年，始有今日。妾又无兄弟，所恃者惟君。老母岑寝山阿，无人怜而合厝之，九泉辄为悼恨。君倘不惜烦费，使地下人消此怨恫，庶养女者不忍溺弃。”仁孝之言，酸心刺骨。生诺之，然虑坟冢迷于荒草。女言无虑。

刻日，夫妇舆榇而往。女于荒烟错楚中，指示墓处，果得媪尸，肤革犹存。女抚哭哀痛。以笑始，以哭终，大奇，大奇。舁归，寻秦氏墓合葬焉。是夜，生梦媪来称谢，寤而述之。女曰：“妾夜见之，嘱勿惊郎君耳。”生恨不邀留。女曰：“彼鬼也。生人多，阳气胜，何能久居？”此句周匝，否则女系生人，何能相随鬼母。生问小荣，曰：“是亦狐，最黠。狐母留以视妾，每摄饵相哺，故德之，常不放心。昨问母，云已嫁之。”由是岁至寒食，夫妇登秦墓，拜扫无缺。女逾年，生一子。在怀抱中，不畏生人，见人辄笑，笑字余波袅袅。亦大有母风云。

异史氏曰：“观其孜孜憨笑，似全无心肝者；阮籍善哭，士龙善笑，祢衡善骂，皆足千古。而墙下恶作剧，其黠孰甚焉。至凄恋鬼母，反笑为哭，我婴宁何常憨耶。窃闻山中有草，名‘笑矣乎’。嗅之，则笑不可止。房中植此一种，则合欢、忘忧，并无颜色矣。若解语花，正嫌其作态耳。”

聶小倩
蹤異光明磊
落腸不逢
劍俠亦何傷
良宵自說
奇緣者多
半青燐
注暮楊

聂小倩

宁采臣，浙人。性慷爽，廉隅自重。每对人言："生平无二色。"廉隅自重，伏下见财；生平无二色，伏下见色。适赴金华，至北郭，解装兰若。寺中殿塔壮丽；然蓬蒿没人，似绝行踪。东西僧舍，双扉虚掩，惟一小舍，扃键如新。又顾殿东隅，修竹拱把，阶下有巨池，野藕已花。意甚乐其幽杳。会学使案临，城舍价昂，思便留止，遂散步以待僧归。

日暮，有士人来，启南扉。宁趋为礼，且告以意。士人曰："此间无房主，仆亦侨居。能甘荒落，旦暮惠教，幸甚。"宁喜，籍藁代床，支板作几，为久客计。是夜，月明高洁，清光似水，二人促膝殿廊，各展姓字。士人自言："燕姓，字赤霞。"宁疑为赴试者，而听其音声，殊不类浙。诘之，自言："秦人。"语甚朴诚。既而相对词竭，遂拱别归寝。

宁以新居，久不成寐。闻舍北喁喁，如有家口。起伏北壁石窗下，微窥之。见短墙外一小院落，有妇可四十余；又一媪衣黳绯，插蓬沓，鲐背龙钟，偶语月下。妇曰："小倩何久不来？"媪曰："殆好至矣。"妇曰："将无向姥姥有怨言否？"曰："不闻，但意似蹙蹙。"妇曰："婢子不宜好相识。"言未已，有十七八女子来，仿佛艳绝。媪笑曰："齐地不言人，我两个正道小妖婢，悄来无迹响。幸不訾着短处。"又曰："小娘子端好是画中人，遮莫老身是男子，也被摄魂去。”女曰：“姥姥不相誉，更阿谁道好？”妇人女子又不知何言。宁意其邻人眷口，寝不复听。又许时，始寝无声。方将睡去，觉有人至寝所。急起审顾，则北院女子也。惊问之。女笑曰：“月夜不寐，愿修燕好。”宁正容曰：“卿防物议，我畏人言；略一失足，廉耻道丧。”大丈夫之言，字挟冰霜。女云：“夜无知者。”宁又咄之。女逡巡若复有词。宁叱：“速去！不然，当呼南舍生知。”女惧，乃退。至户外忽返，以黄金一锭置褥上。宁掇掷庭墀，曰：“非义之物，污我囊橐！”能破此两关，非圣贤不能。女惭出，拾金自言曰：“此汉当是铁石。”

诘旦，有兰溪生携一仆来候试，寓于东厢，至夜暴亡。足心有小孔，如锥刺者，细细有血出。俱莫知故。经宿，一仆死，症亦如之。

向晚，燕生归，宁质之，燕以为魅。宁素抗直，颇不在意。宵分，女子复至，谓宁曰：“妾阅人多矣，未有刚肠如君者。君诚圣贤，妾不敢欺。小倩，姓聂氏，十八夭殂，葬于寺中，被妖物威胁，历役贱务，腆颜向人，实非所乐。今寺中无可杀者，恐当以夜叉来。”生骇求计。女曰：“与燕生同室可免。”问：“何不惑？”曰：“彼奇人也，固不敢近。”二君皆奇人，然宁生为难。又问：“何以迷人？”曰：“狎昵我者，隐以锥刺其足，彼即茫若迷，因摄血以供妖饮；又惑以金，非金也，乃罗刹鬼骨，留之能截取人心肝：二者凡以投时好耳。”“时好”二字警世。宁感谢。问戒备之期，答以明宵。临别泣曰：“妾堕玄海，求岸不得。郎君义气干云，必能拔生救苦。倘肯囊妾朽骨，归葬安宅，不啻再造。”宁毅然诺之，因问葬处，曰：“但记白杨之上，有乌巢者是也。”言已出门，纷然而灭。

明日，恐燕他出，早诣邀致。辰后具酒馔，留意察燕。既约同宿，辞以性癖耽寝。宁不听，强携卧具来。燕不得已，移榻从之，嘱曰："仆知足下丈夫，倾风良切。要有微衷，难以遽白。幸勿翻窥箧襆，违之两俱不利。"宁谨受教。既各寝，燕以箱箧置窗上，就枕移时，齁如雷吼。宁不能寐。近一更许，窗外隐隐有人影。俄而近窗来窥，目光睒闪。宁惧，方欲呼燕，忽有物裂箧而出，耀若匹练。触折窗上石棂，飙然一射，即遽敛入，宛如电灭。燕觉而起，宁伪睡以觇之。燕捧箧检征，取一物对月嗅视，白光晶莹，长可二寸，径韭叶许。已而数重包固，仍置破箧中。自语曰："何物老魅，直尔大胆，致坏箧子。"遂复卧。宁大呼奇之，因起问之，且告以所见。燕曰："既相知爱，何敢深隐。我，剑客也。若非石棂，妖当立毙；虽然，亦伤。"问："所缄何物？"曰："剑也。适嗅之，有妖气。"宁欲观之。慨出相示，荧荧然一小剑也。于是益厚重燕。

明日，视窗外，有血迹。遂出寺北，见荒坟累累，果有白杨，乌巢其颠。迨营谋既就，趣装欲归。燕生设祖帐，情义殷渥。以破革囊赠宁，曰："此剑袋也。宝藏可远魑魅。"宁欲从受其术。曰："如君信义刚直，刚直人何尝无情，但能止乎礼义。故古来忠臣孝子、义夫节妇，作出轰轰烈烈事业，皆情为之也。若世间薄行之辈，见利贪，见色迷，稍有变动，弃如敝屣，王魁、元正岂不自谓多情，予谓柳下、鲁男乃世之多情人也。可以为此。然君犹富贵中人，非此道中人也。"宁托有妹葬此，发掘女骨，敛以衣衾，赁舟而归。

宁斋临野，因营坟葬诸斋外。祭而祝曰："怜卿孤魂，葬近蜗居，歌哭相闻，庶不见凌于雄鬼。一瓯浆水饮，殊不清旨，幸不为嫌。”祝毕而返。后有人呼曰：“缓待同行！”回顾，则小倩也。欢喜谢曰：“君信义，十死不足以报。请从归，拜识姑嫜，媵御无悔。”审谛之，肌映流霞，足翘细笋。白昼端相，娇丽尤绝。遂与俱至斋中。嘱坐少待，先入白母。母愕然。时宁妻久病，母戒勿言，恐所骇惊。言次，女已翩然入，拜伏地下。宁曰：“此小倩也。”母惊顾不遑。女谓母曰：“儿飘然一身，远父母兄弟。蒙公子露覆，泽被发肤，愿执箕帚，以报高义。”母见其绰约可爱，始敢与言，曰：“小娘子惠顾吾儿，老身喜不可已。但生平止此儿，用承祧绪，不敢令有鬼耦。”女曰：“儿实无二心。泉下人，既不见信于老母，请以兄事，依高堂，奉晨昏，如何？”母怜其诚，允之。即欲拜嫂。母辞以疾，乃止。女即入厨下，代母尸饔。入房穿榻，似熟居者。日暮，母畏惧之，辞使归寝，不为设床褥。女窥知母意，即竟去。过斋欲入，却退，徘徊户外，似有所惧。生呼之。女曰：“室有剑气畏人。向道途中不奉见者，良以此故。”宁悟而革囊，取悬他室。女乃入，就烛下坐。移时，殊不一语。久之，问：“夜读否？又生下。妾少诵《楞严经》，今强半遗忘。浼求一卷，夜暇，就兄正之。”宁诺。又坐，默然，二更向尽，不言去。恋恋如飞鸟依人。宁促之，愀然曰：“异域孤魂，殊怯荒墓。”宁曰：“斋中别无床寝，且兄妹亦宜远嫌。”女起，颦蹙欲啼，足劻儴而懒步，从容出门，涉阶而没。宁窃怜之，欲留宿别榻，又惧母嗔。女朝旦朝母，捧匜沃盥，下堂操作，无不曲承母志。黄昏告退，辄过斋头，就烛诵经。觉宁将寝，始惨然出。

先是，追叙。宁妻病废，母劬不堪。自得女，逸甚，心德之。

日渐稔，亲爱如己出，竟忘其为鬼；不忍晚令去，留于同卧起。女初来未尝饮食，半年渐啜稀饱。母子皆溺爱之，讳言其鬼，人亦不知辨也。无何，宁妻亡。母隐有纳女意，然恐于子不利。女微知之，乘间告曰："居年余，当知肝膈。为不欲祸行人，故从郎君来。区区无他意，止以公子光明磊落，为天人所钦瞩，实欲依赞三数年，借博封诰，以光泉壤。"母亦知无恶，惧不能延宗嗣。女曰："子女惟天所授。郎君注福籍，有亢宗子三，不以鬼妻而遂夺也。"圣贤原在人情中。母信之，与子议。宁喜，因列筵告戚党。或请觌新妇，女慨然华妆出，一堂尽怡，反不疑其鬼，疑为仙。由是五党诸内眷，咸执贽以贺，争拜识之。女善画兰梅，辄以尺幅酬答，得者藏之，什袭以为荣。

一日，俯颈窗前，怊怅若失。又波。忽问："革囊何在？"曰："以卿畏之，故缄致他所。"曰："妾受生气已久，当不复畏，宜取挂床头。"宁诘其意，曰："三日来，心怔忡无停息，意金华妖物，恨妾远遁，恐旦晚寻及也。"宁果携革囊来。女反复审视，曰："此剑仙将盛人头者也。弊败至此，不知杀人几何许！妾今日视之，肌犹栗栗。"乃悬之。次日，又命移悬户上。夜对烛坐，欻有一物，如飞鸟至。女惊匿夹幕间。宁视之，物如夜叉状，电目血舌，睒闪攫拿而前。至门却步，逡巡久之，渐近革囊，以爪摘取，似将抓裂。囊忽格然一响，大可合篑，恍惚有鬼物突出半身，揪夜叉入，声遂寂然，囊亦顿索如故。宁骇诧。女亦出，大喜曰："无恙矣！"共视囊中，清水数斗而已。

后数年，宁果登进士。举一男，纳妾后，又各生一男，各生一男，则小倩居然人矣，此等处但论其文，不必强核其事。皆仕进有声。

戲鼠
同類傷
殘恨莫
平後肇有
術伏身輕愧他
煮豆然萁輩不及
么麼義鼠情

义鼠

杨天一言：见二鼠出，其一为蛇所吞；其一瞪目如椒，意似甚恨怒，然遥望不敢前。蛇果腹，蜿蜒入穴。方将过半，鼠奔来，力嚼其尾。蛇怒，退出身。鼠故便捷，欻然遁去，逼肖。蛇追不及而返。及入穴，鼠又来，嚼如前状。蛇入则来，蛇出则往，如是者久。蛇出，吐死鼠于地上。鼠来嗅之，啾啾如悼息，衔之而去。友人张历友作“义鼠行”。张历友有《昆仑山房集》，诗载其中。

小官人
幾鼓雙眼睡模糊槐國
衣冠事有無微物戔戔猶
吝惜小人常態亦何殊

小官人

太史某翁，忘其姓氏。昼卧斋中，忽有小卤簿，出自堂陬。马大如蛙，人细如指。小仪仗以数十队，一官冠皂纱，着绣襆，乘肩舆，纷纷出门而去。公心异之，窃疑睡眼之讹。顿见一小人，返入舍，携一毡包，大如拳，竟造床下，白言：“家主人有不腆之仪，敬献太史。”言已，对立，即又不陈其物。少间，又自笑曰：“戋戋微物，想太史亦无所用，不如即赐小人。”太史颔之。欣然携之而去。后不复见。惜太史中馁，不曾诘所来。

地震
別史官書地震
編年紀異事尤詳

地 震

康熙七年六月十七日戌时，地大震。余适客稷下，方与表兄李笃之对烛饮。忽闻有声如雷，自东南来，向西北去。众骇异，不解其故。俄而几案摆簸，酒杯倾覆，屋梁椽柱，错折有声。相顾失色。久之，方知地震，各疾趋出。见楼阁房舍，仆而复起；墙倾屋塌之声，与儿啼女号，喧如鼎沸。人眩晕不能立，坐地上，随地转侧。河水倾发丈余，鸦鸣犬吠满城中。逾一时许，始稍定。视街上，则男女裸体相聚，竞相告语，并忘其未衣也。后闻某处井倾侧，不可汲；某家楼台南北易向；栖霞山裂，沂水陷穴，广数亩。此真非常之奇变也。

有邑人妇，夜起溲溺，回则狼衔其子。妇急与狼争，狼一缓颊，妇夺儿出，携抱中。狼蹲不去，妇大号。邻人奔集，狼乃去。妇惊定作喜，指天画地，述狼衔儿状，己夺儿状。良久，忽悟一身未着寸缕，乃奔。此当与地震时男女两忘，同一情状也。人之惶急无谋，一何可笑！

海公子
乘興游
山獨舉
杯耐冬花下翠
人來豈知奇福
生奇禍幸得
餘生海上回

海公子

东海古迹岛，有五色耐冬花，四时不凋，而岛中古无居人，人亦罕到之。张生好奇，喜游猎。闻其佳胜，备酒食，自棹扁舟而往。至则花正繁，香闻数里，树有大至十余围者。反复留连甚慊所好。开尊自酌，恨无同游。忽花中一丽人来，红裳眩目，略无伦比。见张，笑曰："妾自谓兴致不凡，不图先有同调。"张惊问："何人？"曰："我胶倡也。适从海公子来。彼寻胜翱翔，妾以艰于步履，故留此耳。"张方苦寂，得美人，大悦，招坐共饮。女言辞温婉，荡人心志。张爱好之。恐海公子来，不得尽欢，因挽与乱。女忻从之。相狎未已，忽闻风肃肃，草木偃折有声。女急推张起，曰："海公子至矣。"张束衣愕顾，女已失去。旋见一大蛇，自丛树中出，粗于巨桶。张惧，障身大树后，冀蛇不睹。蛇近前，以身绕人并树，纠缠数匝；两臂直束胯间，不可少屈。昂其首，以舌刺张鼻。鼻血下注，流地上成洼，乃俯就饮之。张自分必死，忽忆腰中佩荷内，有毒狐药，因以二指夹出，破裹堆掌上；又侧颈自顾其掌，令血滴药上，顷刻盈把。蛇果就掌吸饮。饮未及尽，遽伸其体，摆尾若霹雳声，触树，树半体崩落，蛇卧地如梁而毙矣。张亦眩莫能起，移时方苏，载蛇而归。大病月余。疑女子亦蛇精也。

丁前溪
为怜羁客具盘飧侠士
由来解报恩我学龙门
书以传依稀漂母饭王孙

丁前溪

丁前溪，诸城人。富有钱谷。游侠好义，慕郭解之为人。御史行台按访之。丁亡去，至安丘，遇雨，避身逆旅。雨日中不止。有少年来，馆谷丰隆。既而昏暮，止宿其家，莝豆饲畜，给食周至。问其姓字，少年云："主人杨姓，我其内侄也。主人好交游，适他出，家惟娘子在。贫不能厚客给，幸能垂谅。"问："主人何业？"则家无资产，惟日设博场，以谋升斗。次日，雨仍不止，供给弗懈。至暮，剉刍，刍束湿，颇极参差。丁怪之，少年曰："实告客：家贫无以饲畜，适娘子撤屋上茅耳。"丁益异之，谓其意在得直。天明，付之金，不受，强付；少年持入。俄出，仍以反客，云："娘子言：我非业此猎食者。主人在外，尝数日不携一钱。客至吾家，何遂索偿乎？"丁赞叹而别。嘱曰："我诸城丁某，主人归，宜告之。暇幸见顾。"

数年无耗。值岁大饥，杨困甚，无所为计。妻漫劝诣丁，从之。至诸，通姓名于门者。丁茫不忆，申言始忆之。踩履而出，揖客入。见其衣敝踵决，居之温室，设筵相款，宠礼异常。明日，为制冠服，表里温暖。杨义之；而内顾增忧，褊心不能无少望。居数日，殊不言赠别。杨意甚亟，告丁曰："顾不敢隐，仆来时，米不满升。今过蒙推解，固乐，妻子如何矣！"丁曰："是无烦虑，已代经纪矣。幸舒意少留，当助资斧。"走伻招诸博徒，使杨坐而乞头，终夜得百金，乃送之还。归见室人，衣履鲜整，小婢侍焉。惊问之，妻言："自君去后，次日即有车徒赍送布帛米粟，堆积满屋，云是丁客所赠。又婢十指，为妾驱使。"杨感不自已。由此小康，不屑旧业矣。

异史氏曰："贫而好客，饮博浮荡者优为之；异者，独其妻耳。受之施而不报，岂人也哉？然一饭之德不忘，丁其有焉。"

張老相公
饕黿巧得殲黿
計山半鑪工冶
鐵時行旅幸偕稱快
日馨香長奉相公祠

张老相公

张老相公，晋人。适将嫁女，携眷至江南，躬市奁妆。舟抵金山，张先渡江，嘱家人在舟，勿爆膻腥。盖江中有鼋怪，闻香辄出，坏舟吞行人，为害已久。张去，家人忘之，炙肉舟中。忽巨浪覆舟，妻女皆没。张回棹，悼恨欲死。因登金山，谒寺僧，询鼋之异，将以仇鼋。僧闻之，骇言："吾侪日与习近，惧为祸殃，惟神明奉之，祈勿怒。时斩牲牢，投以半体，则跃吞而去。谁复能相仇哉！"张闻，顿思得计。便招铁工，起炉山半，冶赤铁，重百余斤。审知所常伏处，使二三健男子，以大箝举投之。鼋跃出，疾吞而下。少时，波涌如山。顷之浪息，则鼋死已浮水上矣。行旅寺僧并快之，建张老相公祠，肖像其中，以为水神，祷之辄应。

水莽艸
同是清茶奉玉觴出之少女
便甘芳一時雖解相如渴何
處逢人覓故鄉

水莽草

水莽，毒草也。蔓生似葛，花紫类扁豆。以注疏训诂例起，似《尔雅》《本草》等书。误食之，立死，即为水莽鬼。俗传此鬼不得轮回，必再有毒死者，始代之。以故楚中桃花江一带，此鬼尤多云。

楚人以同岁生者为同年，投刺相谒，呼庚兄庚弟，子侄呼庚伯，又提，皆本史法。习俗然也。有祝生造其同年某，中途燥渴思饮。俄见道傍一媪，张棚施饮，趋之。媪承迎入棚，给奉甚殷。嗅之有异味，不类茶茗。置不饮，起而出。媪止客，急唤："三娘，可将好茶一杯来。"俄有少女，捧茶自棚后出。年约十四五，姿容艳绝，指环臂钏，晶莹鉴影。生受盏神驰。嗅其茶，芳烈无伦。吸尽复索，觑媪出，戏捉纤腕，脱指环一枚。女赪颊微笑，生益惑。略诘门户。女云："郎暮来，妾犹在此也。"不答之答。生求茶叶一撮，并藏指环而去。至同年家，觉心头作恶，疑茶为患，以情告某。某骇曰："殆矣，此水莽鬼也！先君死于是。是不可救，奈何？"生大惧，出茶叶验之，真水莽草也。又出指环，兼述女子情状。某悬想曰："此必寇三娘也！"前诘门户不答，此即从旁人中言之，笔法变动。生以其名确符，问何故知。曰："南村富室寇氏女，夙有艳名，数年前，误食水莽而死，必此为魅。或言受魅者，若知鬼之姓氏，求其故裆，煮服可痊。"

某急诣寇所，实告以故，长跪哀恳。寇以其将代女死，故靳不与。某忿而返，以告生。生亦切齿恨之，曰：“我死，必不令彼女脱生！”带拖一笔。某舁之归，将至家门而卒。母号啼，葬之。遗一子，甫周岁。妻不能守，半年改醮去。母留孤自哺，劬瘁不堪，朝夕悲啼。一日，方抱儿哭室中，生悄然忽入。母大骇，挥啼问之。答云：“儿地下闻母哭，甚怆于怀，故来奉晨昏耳。儿虽死，已有家室，即同来分母劳，母其勿悲。”母问：“儿妇何人？”曰：“寇氏坐听儿死，儿深恨之。死后欲寻三娘，而不知其处。近遇庚伯，始相指示。又带。儿往，则三娘已投生任侍郎家。儿驰去，强捉之来。今为儿妇，亦相得，颇无苦。”移时，门外一女子入，华妆艳丽，伏地拜母。生曰：“此寇三娘也。”虽非生人，母视之，情怀差慰。生便遣三娘操作。三娘雅不习惯，然承顺殊怜人。由此居故室，遂留不去。

女请母告诸家。生欲意勿告，而承女意，卒告之。寇家媪翁，闻而大骇。命车疾至，视之，果三娘，相向哭失声。女劝止之，媪视生家良贫，意甚悼。女曰：“人已鬼，又何厌贫？鬼不厌贫，僧道焚楮帛冥镪何为？祝郎母子，情意拳拳，儿固已安之矣。”因问：“茶媪谁也？”曰：“彼倪姓。自惭不能惑行人，故求儿助之耳。今已生于郡城卖浆者之家。”因顾生曰：“既婿矣，而不拜岳，妾复何心？”生乃投拜。女更入厨下，代母执炊供客。翁媪视之怆心，既归，即遣两婢来，为之服役，金百斤、布帛数十匹，酒胾不时馈送，小阜祝母矣。寇亦时招归宁。居数日，辄曰：“家中无人，宜早送儿还。”或故稽之，则飘然自归。翁乃代生起夏屋，营备臻至。然生终未尝至翁家。

一日，又生波折。村中有中水莽草毒者，死而复苏，竞传为异。生曰："是我活之也。彼为李九所害，我为之驱其鬼而去之。"母曰："汝何不取人以自代？"曰："儿深恨此等辈，方将尽驱除之，何屑为此？且儿事母最乐，鬼以事母为乐，生人岂忘之，何耶？不愿生也。"由是中毒者，往往具丰筵，祷祝其庭，辄有效。

积十余年，母死。生夫妇哀毁，但不对客，惟命儿缞麻擗踊，教以礼义而已。葬母后，又二年余，为儿娶妇。妇，任侍郎之孙女也。不另起炉灶。先是，任公妾生女数月而殇。后闻祝生之异，遂命驾其家，订翁婿焉。至是遂以孙女妻其子，往来不绝矣。一日，谓子曰："上帝以我有功人世，策为'四渎牧龙君'。今行矣。"俄见庭下有四马，驾黄幨车，马四股皆鳞甲。夫妻盛装出，同登一舆。子及妇皆泣拜，瞬息而渺。是日，寇家见女来，拜别翁媪，亦如生言。媪泣挽留，女曰："祝郎先去矣。"出门遂不复见。其子名鹗，字离尘，请诸寇翁，以三娘骸骨与生合葬焉。

造畜
羣驢首飲又羣
羊添水真成鴆
毒方造法不知
誰作俑可憐
婦稚變奇殃

造　畜

魇昧之术，不一其道，或投美饵，绐之食之，则人迷罔，相从而去，俗名曰“打絮巴”，江南谓之“扯絮”。小儿无知，辄受其害。又有变人为畜者，名曰“造畜”。此术江北犹少，河以南辄有之。扬州旅店中，有一人牵驴五头，暂絷枥下，云：“我少旋即返。”兼嘱：“勿令饮啖。”遂去。驴暴日中，蹄啮殊喧。主人牵着冷处。驴见水，奔之，遂纵饮之。一滚尘，化为妇人。怪之，诘其所由。舌强而不能答。乃匿诸室中，既而驴主至，系五羊于院中，惊问驴之所在。主人曳客坐，便进餐饮，且云：“客姑饭，驴即至矣。”主人出，悉饮五羊，辗转化为童子。阴报郡，遣役捕获，遂械杀之。

鳳陽士人
弟兄夫婦各西
東月下懷人
感慨中顛倒遠
離或夢想不
同夢於夢偏同

凤阳士人

凤阳一士人，负笈远游。谓其妻曰："半年当归。"十余月，竟无耗问。妻翘盼綦切。一夜，才就枕，纱月摇影，离思萦怀。方反侧间，有一丽人，珠鬟绛帔，搴帷而入。笑问："姊姊，得无欲见郎君乎？"妻急起应之。丽人邀与共往。妻惮修阻。丽人但请无虑。即挽女手出，并踏月色，约行一矢之远。觉丽人行迅速，女步履艰涩，呼丽人少待，将归着复履。丽人牵坐路侧，自乃捉足，脱履相假。女喜着之，幸不凿枘。复起从行，健步如飞。

移时，见士人跨白骡来，见妻大惊急下骑问："何往？"女曰："将以探君。"又顾问丽人伊谁。女未及答，丽人掩口笑曰："且勿问讯。娘子奔波非易，郎君星驰夜半，人畜想当俱殆。妾家不远，且请息驾，早旦而行，不晚也。"顾数武之外，即有村落。遂同行，入一庭院，丽人促睡婢起供客曰："今夜月色皎然，不必命烛，小台石榻可坐。"士人絷蹇檐梧，乃即坐。丽人曰："履大不适于体，途中颇累赘否？归有代步，乞赐还也。"女称谢付之。俄顷，设酒果，丽人酌曰："鸾凤久乖，圆在今夕。浊醪一觞，敬以为贺。"士人亦执盏酬报。主客笑言，履舄交错。士人注视丽者，屡以游词相挑。夫妻乍聚，并不寒暄一语。丽人亦眉目流情，而妖言隐谜。女惟默坐，伪为愚者。久之渐醺，二人语益狎。又以巨觥劝客，士人以醉辞，劝之益苦。

士人笑曰："卿为我度一曲，即当饮。"丽人不拒，即以牙杖抚提琴而歌曰："黄昏卸得残妆罢，窗外西风冷透纱。听蕉声，一阵一阵细雨下。何处与人闲嗑牙？望穿秋水，不见还家，潸潸泪似麻。又是想他，又是恨他，手拿着红绣鞋儿占鬼卦。"俗中雅调，似《金瓶梅》中所唱，非大雅之音也。歌竟，笑曰："此市井之谣，有污君听。然因流俗所尚，姑效颦耳。"音声靡靡，风度狎亵。士人摇惑，若不自禁。

少间，丽人伪醉离席，士人亦起，从之而去。久之不至。婢子乏疲，伏睡厢下。女独坐无侣，颇难自堪。欲思遁归，而夜色微茫，不忆道路。辗转无以自主，因起而觇之。甫近窗，则断云零雨之声，隐约可闻。又听之，闻良人与己素常猥亵之状，尽情倾吐。女至此，手颤心摇，殆不可遏，念不如出门窜沟壑以死。愤然方行，忽见弟三郎乘马而至，遽便下问。女具以告，三郎大怒，立与姊回，直入其家，则室门扃闭，枕上之语犹喁喁也。三郎举巨石抛击，窗棂三五碎断。内大呼曰："郎君脑破矣！奈何！"女闻之，大哭，小女子性情如见。谓弟曰："我不谋杀郎君，今且若何？"三郎撑目曰："汝呜呜促我来，甫能消此胸中恶，又护男儿，怨弟兄，我不惯于婢子供指使！"返身欲去，女顿惊悟，始知其梦。陡收，是写梦之笔。

越日，士人果归，乘白骡。捷笔。女异之而未言。士人是夜亦梦，所见遭造，述之悉符，简括。互相骇怪。既而三郎闻姊夫自远归，亦来省问。语次，问士人曰："昨宵梦君归，今果然，亦大异。"士人笑曰："幸不为巨石所毙。"三郎愕然问故，士以梦告。三郎大异之。盖是夜，三郎亦梦遇姊泣诉，愤激投石也。三梦相符，但不知丽人何许耳。

耿十八
雙飛曾說鳥同林先
起琵琶別抱心回首
望鄉台上望不堪重
讀白頭吟
耿十八

耿十八

新城耿十八，病危笃，自知不起。谓妻曰："永诀之后，嫁守由汝，请言所志。"妻默不语。耿固问之，且云："守固佳，嫁亦恒情。明言之，行与子诀。子守，我心慰；子嫁，我意断也。"妻乃惨然曰："家无儋石，君在犹不给，何以能守？"耿闻之，遽捉妻臂，作恨声曰："忍哉！"斩截爽豁，实凄语也。世之早夭人恋恋床头，爱不能舍，愁同此心。言已而没。手握不可开。妻号，家人至，两人攀指力擘之，始开。耿不自知死，出门，见小车十余辆，辆各十人，即以方幅书名字，贴车上。御人见耿，促登车。耿视车中已有九人，并己而十。又视粘单上，己名最后。车行咋咋，响震耳际，亦不知何往。俄至一处，闻人言曰："此思乡地也。"闻其名，疑之。又闻御人偶语云："今日剿三人。"耿又骇。及细听其言，悉阴间事，乃自悟曰："我岂作鬼物耶？"顿念家中无复可悬，惟老母腊高，妻嫁后，缺于奉养。予最不喜伶人演庄子试妻一出，谓庸流妇女诱之使蹈于恶而致之死。此朝廷无禁妇人再醮之条，不以难者强人也。或曰劈棺何甚也？若耿十八之妇，庸妇耳。念之，不觉涕涟。又移时，见有台，高可数仞，游人甚多；囊头械足之辈，呜咽而下上，闻人言为"望乡台"。诸人至此，俱踏辕下，纷然竞登。御人或挞之，或止之，独至耿，则促令登。登数十级，始至颠顶。翘首一望，则门闾庭院，宛在目前。但内室隐隐，如笼烟雾。凄恻不自胜。回顾，一短衣人立肩下，即以姓氏问耿。耿俱以告。其人亦自言为东匠人。见耿零涕，问："何事不了于心？"耿又告之。匠人谋与越台而遁。耿惧冥追，匠人固言无妨。耿又虑台高倾跌，匠人但令从己。遂先跃，耿果从之。及地，竟无恙。喜无觉者，视所乘车，犹在台下。二人急奔。数武，忽自念名字粘车上，恐不免执名之追；遂反身近车，以手指涂去己名始复奔。哆口坌息，不敢少停。少间，入里门，匠人送诸其室。蓦睹己尸，醒然而苏。觉乏疲躁渴，骤呼水。家人大骇，与之水饮，至石余。乃骤起，作揖拜伏；既而出门共谢方归。归则僵卧不转。家人以其行异，疑非真活。然渐觇之，殊无他。稍稍近问，始历历言本末。问："出门何故？"曰："别匠人也。""饮水何多？"曰："初为我饮，后乃匠人饮也。"投之汤羹，数日而瘥。由此厌薄其妻，不复共枕席。

珠兒
索債人先返鬼蜮
恩魂又附尸來珠兒
真似珠如意不隔幽
明任往回

珠　儿

常州民李化，富有田产。年五十余，无子。一女名小惠，容质秀美，夫妻最怜爱之。十四岁，暴病夭殂，冷落庭帏，益少生趣。始纳婢，经年余，生一子，视如拱璧，名之珠儿。儿渐长，魁梧可爱。然性绝痴，五六岁尚不辨菽麦；言语蹇涩。李亦好而不知其恶。

会有眇僧，募缘于市，辄知人闺阃，于是相惊以神；且云能生死祸福人。几十百千，执名一索，无敢违者。诣李募百缗。李难之，给十金不受，渐至三十金。僧厉色曰："必百金，缺一文不可！"李怒，收金而去。僧忿然起曰："勿悔，勿悔！"

无何，珠儿心暴痛，巴刮床席，色如土灰。李惧，将八十金诣僧求救。僧笑曰："多金大不易！然山僧何能为？"李回而儿已死。李恸甚，以状诉邑宰。宰拘僧讯鞫，亦辨给无情词。笞之，似击鞔革。令搜其身，得木人二、小棺一、小旗帜五。宰怒，以手叠诀举示之。僧乃惧，自投无数。宰不听，杖杀之。李叩谢而归。

时已曛暮，与妻坐床上。忽一小儿，偃偄入室，曰："阿翁行何疾？极力不能得追。"视其体貌，当得七八岁。李惊，方将诘问，则见其若隐若现，恍惚如烟雾，宛转间，已登榻。李推下之，堕地无声。曰："阿翁何乃尔！"瞥然复登。李惧，与妻俱奔。儿呼阿父、阿母，呕哑不休。李入妾室，急阖其扉，还顾，儿已在膝下。李骇问何为。答曰："我苏州人，姓詹氏，六岁失怙恃，不为兄嫂所容，逐居外祖家。偶戏门外，为妖僧迷杀桑树下，驱使如伥鬼，冤闭穷泉，不得脱化。幸赖阿翁昭雪，愿得为子。"李曰："人鬼殊途，何能相依？"儿曰："但除斗室，为儿设床褥，日浇一杯冷浆粥，余都无事。"李从之。儿喜，遂独卧室中。晨来出入户庭，如家生。闻妾哭子声，问："珠儿死几日矣？"答以七日。曰："天严寒，尸当不腐。试发冢起视，如未损坏，儿当活之。"李喜，与儿去，开穴验之，躯壳如故。方深忉怛，回视，儿失所在。异之，舁尸归。方置榻上，目已瞥动，少顷呼汤，汤已而汗，汗已遂起。群喜珠儿复生，又加之慧黠便利，迥异平昔。但夜间僵卧，毫无气息，共转侧之，冥然若死。众大愕，谓其复死；天将明，始若梦醒。群就问之。答云："昔从妖僧时，有儿等二人，其一名呼哥子。昨追我父不及，盖在后与哥子作别耳。今在冥司，与姜员外作义嗣，夜分，固来邀儿戏。适以白鼻騧送儿归。"母因问："在阴司见珠儿否？"曰："珠儿已转生矣。随手了结。渠与阿翁无父子缘，不过金陵严子方，来讨百十千债负耳。"鄷都天子殿联云："恩仇成父子，缘怨结夫妻。"珠儿为严子方，小惠又何人？

初，李贩于金陵，欠严货价未偿，而严翁死，此事无人知者。李闻之，大骇。母问："儿见惠姊否？"儿曰："不知。再去当访之。"又二三日，谓母曰："姊在阴司大好，嫁得楚江王小郎子，珠翠满头髻；一出门，便十百作呵殿声。"母曰："何不一归宁？"曰："人既死，与骨肉无关切。倘有人细述前生，方豁然动念耳。昨托姜员外，夤缘见姊，便与言父母悬念，渠都如眠睡。儿云：‘姊在时，喜绣并蒂花，剪刀刺手爪，血涴绫子上，姊就刺作赤水云。今母犹挂床头壁，顾念不去心。姊忘之乎？’生波。姊始凄感，云：‘会须白郎君，归省阿母。’”母问其期，答言不知。

一日，谓母：“姊行且至，仆从大繁，当多备浆酒。”少间，奔入室曰：“姊来矣！”移榻中堂，曰：“姊姊且憩坐，少悲啼。”诸人悉无所见。儿率人焚纸酹饮于门外，反曰：“驺从暂令去矣。姊言：‘昔日所覆绿被，曾为烛花烧一点如豆大，尚在否？’”母曰：“在。”即启笥出之。儿曰：“姊命我陈旧闺中。乏疲，且小卧，翌日再与阿母言。”东邻赵氏女，故与惠为绣阁交。是夜，忽梦惠幞头紫帔来相望，言笑犹如平生。且言：“我今异物，父母觌面，不啻河山。将借姊与家人共语，勿须惊恐。”质明，方与母言。忽仆地闷绝。逾刻方醒，向母曰：“小惠与我婶别几年矣，顿鬖鬖白发生！”母骇曰：“儿病狂耶？”女拜别即出。母知其异，从之。直达李所，抱母哀啼。母惊不知所谓。女曰：“儿昨归，颇委顿，未遑一言。儿不孝，中途弃高堂，劳父母哀念，罪莫大焉！”母顿悟，乃哭。已而问曰：“闻儿今贵，甚慰母心。但汝栖身王家，何遂能来？”女曰：“郎君与儿极燕好，姑舅亦相抚爱，颇不谓妒丑。”惠生时，好以手支颐，女言次，辄作故态，神情宛似。未几，珠儿奔入曰：“接姊者至矣。”小惠去之不多著笔，前“接姊者至矣”一句已了，一笔是两笔，作文烦简处宜知。女乃起，拜别泣下，曰：“儿去矣。”言讫，复踣，移时乃醒。

后数月，李病剧，医药无效。儿曰：“旦夕恐不救也！二鬼坐床头，一执铁杖子，一挽苧麻绳。长四五尺许，儿昼夜哀之不去。”母哭，乃备衣衾。既暮，儿趋入曰：“杂人妇，且退去，姊夫来视阿翁。”俄顷，鼓掌大笑。母问之，曰：“我笑二鬼，见姊夫来，俱匿床下如龟鳖。”又少时，望空道寒暄，问姊起居。既而拍手曰：“二鬼奴哀之不去，至此大快！”乃出之门外，却回，曰：“姊夫去矣。二鬼被锁马鞅上。阿父当即无恙。姊夫言：归白大王，为父母乞百年寿也。”小王子翁婿情深乃耳。一家俱喜。至夜，病良已，数日寻瘥。延师教儿读。儿甚慧，十八岁入邑庠，犹能言冥间事。见里中病者，辄指鬼祟所在，以火爇之往往得瘳。后暴病，体肤青紫，自言鬼神责我泄露，由是不复言。

胡四姐
絮果蘭因李莫論
情天小劫舊蒙恩丹
成再履紅塵日風月
都消見風根

胡四姐

尚生，太山人。独居清斋。会值秋夜，银河高耿，明月在天，徘徊花阴，颇存遐想。忽一女子逾垣来，笑曰："秀才何思之深？"生就视，容华若仙。惊喜拥入，穷极狎昵。自言："胡氏，名三姐。"问其居第，但笑不言。生亦不复置问，惟相期永好而已。自此，临无虚夕。

一夜，与生促膝灯幕，生爱之，瞩盼不转。女笑曰："眈眈视妾何为？"曰："我视卿如红叶碧桃，虽竟夜视，勿厌也。"三姐曰："妾陋质，遂蒙青盼如此；若见吾家四妹，不知如何颠倒。"生益倾动，恨不一见颜色，长跽哀请。逾夕，当偕四姐来。明日果至。年方及笄，荷粉露垂，杏花烟润，嫣然含笑，媚丽欲绝。生狂喜，引坐。三姐与生同笑语；四姐惟手引绣带，俯首而已。未几，三姐起别，妹欲从行。生曳之不释，顾三姐曰："卿卿烦一致声！"三姐乃笑曰："狂郎情急矣！妹子一为少留。"四姐无语，姊遂去。二人备尽欢好。既而引臂替枕，倾吐生平，无复隐讳。四姐自言为狐。生依恋其美，亦不之怪。四姐因言："阿姊狠毒，业杀三人矣。惑之，无不毙者。妾幸承溺爱，不忍见灭亡，当早绝之。"以狐治狐，奇。生惧，求所以处。四姐曰："妾虽狐，得仙人正法，当书一符粘寝门可以却之。"遂书之。

既晓，三姐来，见符却退，曰：“婢子负心，倾意新郎，不忆引线人矣。汝两人合有夙分，余亦不相仇，但何必尔？”乃径去。数日，四姐他适，约一隔夜。

是日，偶出门眺望，山下故有胡林，苍莽中，出一少妇，亦颇风韵。近谓生曰：“秀才何必日沾沾恋胡家姊妹？渠又不能以一钱相赠。”即以一贯授生，曰：“先持归，贳良酝，我即携小肴馔来，与君为欢。”生怀钱归，果如所教。少间，妇果至，置几上燔鸡、咸彘肩各一，即抽刀子缕切为脔，酾酒调谑，欢洽异常。继而灭烛登床，狎情荡甚。既明始起。方坐床头，捉足易舄，忽闻人声。倾听，已入帏幕，则胡姊妹也。四姐前以符禁三姐，兹何以又同来？妇乍睹，仓惶而遁，遗舄于床。二女遂叱曰：“骚狐何敢与人同寝处？”追去，移时始返。四姐怨生曰：“君不长进，与骚狐相匹偶，不可复近！”遂悻悻欲去。生惶恐自投，情词哀恳。三姊从旁解免，四姐怒稍释，由此相好如初。

一日，有陕人骑驴造门曰：“吾寻妖物，匪伊朝夕，乃今始得之。”生父以其言异，讯所由来。曰：“小人日泛烟波，游四方，终岁十余月，常八九离桑梓，被妖物蛊杀吾弟。归甚悼恨，誓必寻而殄灭之。奔波数千里，殊无迹兆。今在君家，不剪，当有继吾弟而亡者。”时生与女密，父母微察之，闻客言，大惧，延入，令作法。出二瓶，列地上，符咒良久。有黑雾四团，分投瓶中。客喜曰：“全家都到矣。”遂以猪脬裹瓶口，缄封甚固。生父亦喜，坚留饭。生心恻然，近瓶窃听，闻四姐在瓶中言：得仙人正法者，乃亦入瓶中矣。“坐视不救，君何负心？”生意感动，急启所封，而结不可解。四姐又曰：“勿须尔，但放倒坛上旗，以针刺脬作空，予即出矣。”生如其言。果见白气一丝，自孔中出，凌霄而去。客出，见旗垂地，大惊曰：“遁矣！此必公子所为。”摇瓶俯听，曰：“幸止亡其一。此物合不死，犹可赦。”乃携瓶别去。

后生在野，督佣刈麦，遥见四姐坐树下。生就近之，执手慰问。且曰：“别后十易春秋，今大丹已成。但思君之念未忘，故复一拜问。”生欲与偕归，女曰：“妾今非昔比，不可以尘情染，后当复见耳。”言已，不知所在。

又二十年余，生适独居，见四姐自外至。生喜与语，女曰：“我今名列仙籍，便作到真仙，情根终不能断。不应再履尘世。但感君情，特报撤瑟之期。可早处分后事，亦勿悲忧，妾当度君为鬼仙，亦无苦也。”乃别而去。至日，生果卒。尚生乃友人李文玉之戚好，尝亲见之。《聊斋》爱作此笔摇动人，果实事耶？李文玉必非捏造出。

祝翁
繾綣恩私
悲永訣由來
伉儷最情深
從今白首同歸
去麻絕分香
賣履心
祝翁

祝　翁

济阳祝村有祝翁者，年五十余，病卒。家人入室理缞绖，忽闻翁呼甚急。群奔集灵寝，则见翁已复活。群喜慰问。翁但谓媪曰："我适去，拚不复还。行数里，转思抛汝一副老皮骨在儿辈手，寒热仰人，亦无复生趣，不如从我去。故复归，欲偕尔同行也。"此类文语观之令人泣下。凡事暮年老亲，非孝子顺妇，鲜不蹈此病。咸以其新苏妄语，殊未深信。翁又言之。媪云："如此亦善。但方生，如何便死？"翁挥之曰："是不难。家中俗务，可速料理。"媪笑不去。翁又促之。乃出户外，延数刻而入，绐之曰："处置安妥矣。"翁命速妆。媪不去，翁推益急。媪不忍拂其意，遂裙妆以出。媳女皆匿笑。翁移首于枕，手拍令卧。媪曰："子女皆在，双双挺卧，是何景象？"翁捶床曰："并死有何可笑！"子女见翁躁急，共劝媪姑从其言。媪如言，并枕僵卧。家人又共笑之。俄时，媪笑容忽敛，又渐而两眸俱合，久之无声，俨如睡去。众始近视，则肤已冰而鼻无息矣。试翁亦然，始共惊怛。康熙二十一年，翁弟妇佣于毕刺史之家，言之甚悉。

异史氏曰："翁其夙有畸行与？泉路茫茫，去来由尔，奇矣！且白头者欲其去，抑何其暇也！人当属圹之时，所最不忍诀者，床头之昵人耳；苟广其术，则卖履分香，可以不事矣。"

快刀
尚殺原非弭盜法劇憐騈戮赴
西曹更無忍死須臾意但為
頭顱覓快刀

快刀

明末，济属多盗。邑各置兵，捕得辄杀之。章丘盗尤多。有一兵佩刀甚利，杀辄导窾。一日，捕盗十余名，押赴市会。内一盗识兵，逡巡告曰：“闻君刀最快，斩首无二割。求杀我。”兵曰：“诺。其谨依我，无离也。”盗从之刑处，出刀挥之，豁然头落。数步之外，犹圆转而大赞曰：“好快刀！”

狐聯
来如飛燕去如鸿雅謔
成聯句絶工屬
對未能卿莫笑而今名
士陋雕蟲

狐联

焦生，章丘石虹先生之叔弟也。读书园中。宵分，有二美人来，颜色双绝。一可十七八，一约十四五，抚几展笑。焦知其狐，正色拒之。长者曰：“君髯如戟，何无丈夫气？”焦曰：“仆生平不敢二色。”女笑曰：“迂哉！子尚守腐局耶？下元鬼神，凡事皆以黑为白，况床笫间琐事乎？”焦又咄之。女知不可动，乃云：“君名下士，妾有一联，请为属对，能对我自去：戊戌同体，腹中止欠一点。”焦凝思不就。女笑曰：“名士固如此乎？我代对之可矣：己巳连踪，足下何不双挑。”一笑而去。

侠女
恩仇了、飄然
去玉貌衣寬
何處尋々復
尋常兒女態
隱娘肝膽
小娥心

侠女

顾生，金陵人。博于材艺，而家綦贫。又以母老，不忍离膝下，惟日为人书画，受贽以自给。行年二十有五，伉俪犹虚。对户旧有空第，一老妪及少女税居其中。以其家无男子，故未问其谁何。一日，偶自外入，见女郎自母房中出，年约十八九，秀曼都雅，秀曼都雅，写侠女又是一番风度。世罕其匹，见生不甚避，而意凛如也。生入问母。母曰："是对户女郎，就吾乞刀尺。适言其家亦止一母。此女不似贫家产，问其何为不字，则以母老为辞。明日当往拜其母，便风以意；倘所望不奢，儿可代养其母。"

明日造其室，其母一聋媪耳。视其室，并无隔宿粮。问所业，则仰女十指。徐以同食之谋试之，媪意似纳，而转商其女；女默然，意殊不乐。母乃归，详其状而疑之曰："女子得非嫌吾贫乎？为人不言亦不笑，艳如桃李，而冷如霜雪，奇人也！"画出侠女。母子猜叹而罢。一日，生坐斋头，有少年来求画。姿容甚美，意颇儇佻。诘所自，以"邻村"对。嗣后三两日辄一至。稍稍稔熟，渐以嘲谑，生狎抱之，亦不甚拒，遂私焉。由此往来昵甚。会女郎过，少年目送之，问为谁，对以"邻女"。少年曰："艳丽如此，神情何可畏！"少间，生入内。母曰："适女子来乞米，云不举火者经日矣。此女至孝，贫极可悯，宜少周恤之。”生从母言，负斗米款门达母意。女受之，亦不申谢。日尝至生家，见母作衣履，便代缝纫；出入堂中，操作如妇。生益德之。每获馈饵，必分给其母，女亦略不置齿颊。

母适疽生隐处，宵旦号咷，女时就榻省视，为之洗创敷药，日三四作。母意甚不自安，而女不厌其秽。母曰：“诶！安得新妇如儿，而奉老身以死也！”言讫悲哽。女慰之曰：“郎子大孝，胜我寡母孤女什佰矣。”母曰：“床头蹀躞之役，岂孝子所能为者？且身已向暮，旦夕犯雾露，深以祧续为忧耳。”言间，生入。母言未毕，生突入，否则女答以何言？此文妙处。母泣曰：“亏娘子良多！汝无忘报德。”生伏拜之。女曰：“君敬我母，我勿谢也，君何谢焉？”名论可包游侠、刺客两传。于是益敬爱之。然其举止生硬，毫不可干。

一日，女出门，生目注之。女忽回首，嫣然而笑，生喜出意外，趋而从诸其家。挑之，亦不拒，欣然交欢。已，戒生曰：“事可一而不可再！”生不应而归。明日，又约之。女厉色不顾而去。日频来，时相遇，并不假以词色。少游戏之，则冷语冰人。忽于空处问生：“日来少年谁也？”生告之。女曰：“彼举止态状，无礼于妾频矣。以君之狎昵，故置之。请更寄语：再复尔，是不欲生也已！”生至夕，以告少年，且曰：“子必慎之，是不可犯！”少年曰：“既不可犯，君何私之？”生白其无。曰：“如其无，则猥亵之语，何以达君听哉？”生不能答。少年曰：“亦烦寄告：假惺惺勿作态；不然，我将遍播扬。”生甚怒之，情见于色，少年乃去。

一夕方独坐，女忽至，笑曰：“我与君情缘未断，宁非天数！”生狂喜而抱于怀。欻闻履声籍籍，两人惊起，则少年推扉入矣。生惊问：“子胡为者？”笑曰：“我来观贞洁人耳。”顾女曰：“今日不怪人耶？”女眉竖颊红，默不一语。急翻上衣，露一革囊，应手而出，则尺许晶莹匕首也。少年见之，骇而却走。追出户外，四顾渺然。女以匕首望空抛掷，戛然有声，灿若长虹；俄一物堕地作响。生急烛之，则一白狐，身首异处矣。大骇。女曰：“此君之娈童也。我固恕之，奈渠定不欲生何！”收刃入囊。生曳令入。曰：“适妖物败意，请来宵。”出门径去。次夕，女果至，遂共绸缪。诘其术，女曰：“此非君所知。宜须慎秘，泄恐不为君福。”又订以嫁娶，曰：“枕席焉，提汲焉，非妇伊何也？业夫妇矣，何必复言嫁娶乎？”生曰：“将勿憎吾贫耶？”曰：“君固贫，妾富耶？今宵之聚，正以怜君贫耳。”临别嘱曰：“苟且之行，不可以屡。当来，我自来；不当来，相强无益。”后相值，每欲引与私语，女辄走避；然衣绽炊薪，悉为纪理，不啻妇也。

积数月，其母死，生竭力葬之。女由是独居。生意孤寝可乱，逾垣入，隔窗频呼，迄不应。视其门，则空室扃焉。窃疑女有他约。夜复往，亦如之。遂留佩玉于窗间而去之。越日，相遇于母所。既出，而尾其后曰：“君疑妾耶？人各有心，不可以告人。今欲使君无疑，乌得可？然一事烦急为谋。”问之，曰：“妾体孕已八月矣，恐旦晚临盆。妾身未分明，能为君生之，不能为君育之。可密告母，觅乳媪，伪为讨螟蛉者，勿言妾也。”生诺，以告母。母笑曰：“异哉此女！聘之不可，而顾私于我儿。”喜从其谋以待之。

又月余，女数日不至。母疑之，往探其门，萧萧闭寂。叩良久，女始蓬头垢面自内出。启而入之，则复阖之。入其室，则呱呱者在床上矣。母惊问：“诞几时矣？”答云：“三日。”捉绷席而视之，则男也，且丰颐而广额。喜曰：“儿已为老身育孙子，伶仃一身，将焉所托？”女曰：“区区隐衷，不敢掬示老母。俟夜无人，可即抱儿去。”母归与子言，窃共异之。夜往抱子归。

更数夕，夜将半，女忽款门入，手提革囊，笑曰：“我大事已了，请从此别。”急询其故，曰：“养母之德，刻刻不去诸怀。向云‘可一而不可再’者，以相报不在床笫也。为君贫不能婚，将为君延一线之续。本期一索而得，不意信水复来，遂至破戒而再。今君德既酬，妾志亦遂，无憾矣。”问：“囊中何物？”曰：“仇人头耳。”唐贞元初，长安里空舍有妇人佣以居者，始来，房主问姓，答言：“三岁失父母，不知。”视其貌，常人也。闭关如无人在，且无敢侮。居一岁，归同理人，生一子。忽夜遁去，未晓还，至再至三。夫疑之。一夜，妇出人首于囊曰：“我生于蜀，父为小吏，当事以非法杀之，今得报，愿足矣。”又执其子手曰：“其母杀人，人疑子必无状，且贱之。”遂杀其子，谢其夫曰：“勉仁与义也，无先己而后人也。异时子遇难，必有以报者。”与夫绝，如飞鸟去。检而窥之，须发交而血模糊。“子璋髑髅血模糊，手提掷还崔大夫。”此段如读杜诗，可以愈疟。骇绝，复致研诘。曰：“向不与君言者，以机事不密，惧有宣泄。今事已成，不妨相告：妾浙人。父官司马，陷于仇，彼籍吾家。妾负老母出，隐姓名，埋头项，已三年矣。所以不即报者，徒以有母在；母去，又一块肉累腹中：因而迟之又久。曩夜出非他，道路门户未稔，恐有讹误耳。”补明。言已，出门。又嘱曰：“所生儿，善视之。君福薄无寿，此儿可光门闾。夜深不得惊老母，我去矣。”方凄然欲询所之，女一闪如电，瞥尔间遂不复见。张祜诗云："黄昏风雨黑如盘，别我不知何处去。"惊心动魄之笔。生叹惋木立，若丧魂魄。明以告母，相为叹异而已。后三年，生果卒。子十八，举进士，犹奉祖母以终老云。

异史氏曰："人必室有侠女，而后可以畜娈童也。不然，尔爱其艾豭，彼爱尔娄猪矣。"

酒友
仙人也向
醉鄉將吏
部風流今
尚留知己感
恩情益厚
杖頭錢更
為君謀

酒友

车生者，家不中资。而耽饮，夜非浮三白不能寝也，以故床头樽常不空。一夜睡醒，转侧间，似有人共卧者，意是覆裳堕耳。摸之，则茸茸有物，似猫而巨；烛之，狐也。酣醉而大卧。视其瓶，则空矣。因笑曰："此我酒友也。"我量不及三蕉叶，却喜见名人豪饮，与君为友，狐许我否？不忍惊，覆衣加臂，与之共寝。留烛以观其变。半夜，狐欠伸。生笑曰："美哉睡乎！"启覆视之，儒冠之俊人也。起拜榻前，谢不杀之恩。生曰："我癖于曲蘖，而人以为痴；卿，我鲍叔也。如不见疑，当为糟丘之良友。""白家乌帽重屏里，初试红泥小火炉。恰是沧州酒船到，不愁风云压屠苏。酒车冒雨远冲泥，尺素殷勤谢传题。一树山查红破蕊，花前催进玉东西。"渔洋答谢方山惠沧酒诗，颇得此中三昧。曳登榻，复寝。且言："卿可常临，无相猜。"狐诺之。生既醒，则狐已去。乃治旨酒一盛，专伺狐。抵夕，果至，促膝欢饮。狐量豪善谐，于是恨相得晚。狐曰："屡叨良酝，何以报德？"生曰："斗酒之欢，何置颊！"狐曰："虽然，君贫士，杖头钱大不易。当为君少谋酒资。"明夕，来告曰："去此东南七里，道侧有遗金，可早取之。"诘旦而往，果得二金，乃市佳肴，以佐夜饮。狐又告曰："院后有窖藏，宜发之。"如其言，果得钱百余千。喜曰："囊中已自有，莫漫愁沽矣。""囊中"二句，截用韵语，趣甚。狐曰："不然，辙中水胡可以久掬？合更谋之。"异日，谓生曰："市上荞价廉，此奇货可居。"从之，收荞四十余石。人咸非笑之。未几，大旱，禾豆尽枯，惟荞可种；售种，忽十倍。由此益富，治沃田二百亩。但问狐，多种麦则麦收，多种黍则黍收，一切种植之早晚，皆取决于狐。日稔密，呼生妻以嫂，视子犹子焉。后生卒，狐遂不复来。

王阮亭云："车君洒脱可喜。"

蓮香
七日沉疴遽
故我十年
舊約詎前
生閒中細
讀桑生傳
狐鬼爭拚
最有情

莲　香

桑生，名晓，字子明，沂州人。少孤，馆于红花埠。桑为人静穆，自喜，日再出，就食东邻，余时坚坐而已。东邻生戏曰：“君独居不畏鬼狐耶？”笑答曰：“丈夫何畏鬼狐？雄来吾有利剑，雌者尚当开门纳之。”邻生归，与友谋，梯妓于垣而过之，弹指叩扉。生窥问其谁，妓自言为鬼。生大惧，齿震震有声。妓逡巡自去。邻生早至生斋，生述所见，且告将归。邻生鼓掌曰：“何不开门纳之？”生顿悟其假，遂安居如初。

积半年，一女子夜来叩斋。生意友人之复戏也，启门延入，则倾国之姝。惊问所来。曰：“妾莲香，西家妓女。”埠上青楼故多，信之。息烛登床，绸缪甚至。自此三五宿辄一至。

一夕，独坐凝思，一女子翩然入。生意其莲，承逆与语。觌面殊非，年仅十五六，亸袖垂髫，风流秀曼，行步之间，若还若往。大愕，疑为狐。女曰：“妾良家女，姓李氏。慕君高雅，幸能垂盼。”生喜，握其手，冷如冰，问：“何凉也？”曰：“幼质单寒，夜蒙霜露，那得不尔。”既而罗襦衿解，俨然处子。女曰：“妾为情缘，葳蕤之质，一朝失守。不嫌鄙陋，愿常侍枕席。房中得毋有人否？”生云：“无他，止一邻娼，顾不常至。”女曰：“当谨避之。妾不与院中人等，君秘勿泄。彼来我往，彼往我来可耳。”鸡鸣欲去，赠绣履一钩，曰：“此妾下体所著，弄之足寄思慕。然有人慎勿弄也。”受而视之，翘翘如解结锥。善写状。心甚爱悦。越夕无人，便出审玩。女飘然忽至，遂相款昵。自此每出履，则女必应念而至。异而诘之。笑曰：“适当其时耳。”

一夜莲来，惊曰：“郎何神气萧索？”生言：“不自觉。”莲便告别，相约十日。去后，李来恒无虚夕。问：“君情人何久不至？”因以相约告。李笑曰：“君视妾何如莲香美？”曰：“可称两绝。但莲卿肌肤温和。”李变色曰：“君谓双美，对妾云尔。渠必月殿仙人，妾定不及。”因而不欢。乃屈指计，十日之期已满，嘱勿漏，将窃窥之。次夜，莲香果至，笑语甚洽。及寝，大骇曰：“殆矣！十日不见，何益惫损？保无有他遇否？”生询其故。曰：“妾以神气验之，脉拆拆如乱丝，鬼症也。”

次夜，李来，生问：“窥莲香何似？”曰：“美矣。妾固谓世间无此佳人，果狐也。去，吾尾之，南山而穴居。”生疑其妒，漫应之。

逾夕，戏莲香曰：“余固不信，或谓卿狐者。”莲亟问：“是谁所云？”笑曰：“我自戏卿。”莲曰：“狐何异于人？”曰：“惑之者病，甚则死，是以可惧。”莲香曰：“不然。如君之年，房后三日，精气可复，纵狐何害？设旦旦而伐之，人有甚于狐者矣。名言。后生小子敬而听之。天下病尸瘵鬼，宁皆狐蛊死耶？虽然，必有议我者。”生力白其无。莲诘益力，生不得已，泄之。莲曰：“我固怪君惫也。然何遽至此？得勿非人乎？君勿言，明宵，当如渠窥妾者。”

是夜李至，才三数语，闻窗外嗽声，急亡去。莲入曰：“君殆矣！是真鬼物！昵其美而不速绝，冥路近矣。”生意其妒，默不语。莲曰：“固知君不忘情，然不忍视君死。明日，当携药饵，为君以除阴毒。幸病蒂尤浅，十日恙当已。请同榻以视痊可。”次夜，果出刀圭药啖生。顷刻，洞下三两行，觉脏腑清虚，精神顿爽。心虽德之，然终不信为鬼。莲香夜夜同衾偎生，生欲与合，辄止之。数日后，肤革充盈。欲别，殷殷嘱绝李。生谬应之。及闭户挑灯，辄捉履倾想。李忽至，数日隔绝，颇有怨色。生曰：“彼连宵为我作巫医，请勿为怼，情好在我。”李稍怿。生枕上私语曰：“我爱卿甚，乃有谓卿鬼者。”李结舌良久，骂曰：“必淫狐之惑君听也！若不绝之，妾不来矣！”遂呜呜饮泣。生百词慰解，乃罢。

隔宿，莲香至，知李复来，怒曰：“君必欲死耶！”生笑曰：“卿何相妒之深？”莲益怒曰：“君种死根，妾为若除之，不妒者将复何如？”生托词以戏曰：“彼云前日之病，为狐祟耳。”莲乃叹曰：“诚如君言，君迷不悟，万一不虞，妾百口何以自解？请从此辞。百日后当视君于卧榻中。”留之不可，怫然径去。由是于李夙夜必偕。约两月余，觉大困顿。初犹自宽解，日渐羸瘠，惟饮饘粥一瓯。欲归就奉养，尚恋恋不忍遽去。因循数日，沉绵不可复起。

邻生见其病惫，日遣馆僮馈给食饮。生至是疑李，因谓李曰：“吾悔不听莲香之言，以至于此。”言讫而瞑。移时复苏，张目四顾，则李已去，自是遂绝。生羸卧空斋，思莲香如往岁。一日，方凝想间，忽有搴帘入者，则莲香也。临榻哂曰：“田舍郎，我岂妄哉！”生哽咽良久，自言知罪，但求拯救。莲曰：

“病入膏肓，实无救法。姑永诀以明非妒。”生大悲曰：“枕底一物，烦代碎之。”莲搜得履，持就灯前，反复展玩。李女欻入，卒见莲香，返身欲遁。莲以身闭门，李窘急不知所出。生责数之，李不能答。莲笑曰：“妾今始得与阿姨面相质。昔谓郎君旧疾，未必非妾致，今竟何如？”李俯首谢过。莲曰：“佳丽如此，乃以爱结仇耶？”以爱结仇四字，可当一部度人经。李即投地陨泣，乞垂怜救。莲遂扶起，细诘生平。曰：“妾，李通判女，早夭，瘗于墙外。已死春蚕，遗丝未尽。与郎偕好，妾之愿也；致郎于死，良非素心。”莲曰：“闻鬼利人死，以死后可常聚，然否？”曰：“不然。两鬼相逢，并无乐处；如乐也，泉下少年郎岂少哉！”莲曰：“痴哉！夜夜为之，人且不堪，而况于鬼？”李问：“狐能死人，何术独否？”莲曰：“是采补者流，妾非其类。故世有不害人之狐，断无不害人之鬼，以阴气盛也。”生闻其语，始知狐鬼皆真。幸习常见惯，颇不为骇。但念残息如丝，不觉失声大痛。莲顾问：“何以处郎君者？”李赧然逊谢。莲笑曰：“恐郎强健，醋娘子要食杨梅也。”李敛衽曰：“如有医国手，使妾得无负郎君，便当埋首地下，敢复腼然于人世耶！”莲解囊出药，曰：“妾早知有今，别后采药三山，凡三阅月，物料始备，瘵蛊至死，投之无不苏者。然症何由得，仍以何引，不得不转求效力。”问：“何需？”曰：“樱口中一点香唾耳。我一丸进，烦接口而唾之。”李晕生颐颊，俯首转侧而视其履。莲戏曰：“妹所得意惟履耳！”李益惭，俯仰若无所容。莲曰：“此平时熟技，今何吝焉？”遂以丸纳生吻，转促逼之。李不得已，唾之。莲曰：“再！”又唾之。凡三四唾，丸已下咽。少间，腹殷然如雷鸣。复纳一丸，自乃接唇而布以气。生觉丹田火热，精神焕发，莲曰："愈矣。"李听鸡鸣，徬徨别去。莲以新瘥，尚须调摄，就食非计；因将户外反关，伪示生归，以绝交往，日夜守护之。李亦每夕必至，给奉殷勤，事莲犹姊。莲亦深怜爱之。

居三月，生健如初。李遂数夕不至；偶至，一望即去。相对时，亦悒悒不乐。莲常留与共寝，必不肯。生追出，提抱以归，身轻若刍灵。女不得遁，遂着衣偃卧，踡其体不盈二尺。莲益怜之，阴使生狎抱之，而撼摇亦不得醒。生睡去，觉而索之，已杳。后十余日，更不复至。生怀思殊切，恒出履共弄。莲曰："窈娜如此，妾见犹怜，何况男子？"生曰："昔日弄履则至，心固疑之，然终不料其鬼。今对履思容，实所怆恻。"因而泣下。

先是，富室张姓有女子燕儿，年十五，不汗而死，终夜复苏，起顾欲奔。张扃户，不得出。女自言："我通判女魂。感桑郎眷注，遗舄犹存彼处。我真鬼耳，锢我何益？"以其言有因，诘其至此之由。女低徊反顾，茫不自解。或有言桑生病归者，女执辨其诬。家人大疑。东邻生闻之，逾垣往窥，见生方与美人对语；掩入逼之，张皇间已失所在。邻生骇诘。生笑曰："向固与君言，雌者则纳之耳。"邻生述燕儿之言。生乃启关，将往侦探，苦无由。张母闻生果未归，益奇之。故使佣媪索履，生遂出以授。燕儿得之喜。试着之，鞋小于足者盈寸，大骇，揽镜自照，忽恍然悟己之借躯以生也者，因陈所由。母始信之。女镜面大哭曰："当日形貌，颇堪自信，每见莲姊，犹增惭怍。今返若此，人也不如其鬼也！"把履号咷，劝之不解。蒙衾僵卧。食之，亦不食，体肤尽肿，凡七日不食，卒不死。而肿渐消。觉饥不可忍，乃复食。数日，遍体瘙痒，皮尽脱，晨起，睡舄遗堕，索着之，则硕大无朋矣。因试前履，肥瘦吻合，乃喜。复自镜，则眉目颐颊，宛肖生平，益喜。盥栉见母，见者尽怡。

莲香闻其异，劝生媒通之；而以贫富悬邈，不敢遽进。会媪初度，因从其子婿行，往为寿。媪睹生名，故使燕儿窥帘认客。生最后至，女骤出，捉袂，欲从与俱归。母呵谯之，始惭而入。生审视宛然，不觉零涕，因拜伏不起。媪扶之，不以为侮。生出，浼女舅执柯。媪议择吉赘生。生归告莲香，且商所处。莲怅然良久，便欲别去。生大骇泣下。莲曰："君行花烛于人家，妾从而往，亦何形颜？"生谋先与旋里而后迎燕，莲乃从之。生以情白张。张闻其有室，怒加诮让。燕儿力白之，乃如所请。至日，生往亲迎。家中备具，颇甚草草；及归，则自门达堂，悉以罽毯贴地，百千笼烛，灿列如锦。莲香扶新妇入青庐，搭面既揭，欢若生平。莲陪卺饮，因细诘还魂之异。燕曰："尔日抑郁无聊，徒以身为异物，自觉形秽。别后愤不归墓，随风漾泊。每见生人则羡之。昼凭草木，夜则信足浮沉。偶至张家，见少女卧床上，近附之，未知遂能活也。"莲闻之，默默若有所思。

作鬼也要有志气。

逾两月，莲举一子。产后暴病，日就沉绵。捉燕臂曰："敢以孽种相累，我儿即若儿。"燕泣下，姑慰藉之。为召巫医，辄却之。沉痼弥留，气如悬丝。生及燕儿皆哭，忽张目曰："勿尔！子乐生，我乐死。如有缘，十年后可复得见。"言讫而卒。启衾将敛，尸化为狐。生不忍异视，厚葬之。子名狐儿，燕抚如已出。每清明，必抱儿哭诸其墓。

后生举于乡，家渐裕。而燕苦不育。狐儿颇慧，然单弱多疾。燕每欲生置媵。一日，婢忽白：“门外一妪，携女求售。”如此陡入，扫却多少语言，文字断不茸沓，若顺叙莲娘如何投生，一一写来，便是呆笔。燕呼入，卒见，大惊曰：“莲姊复出耶！”生视之，真似，亦骇。问：“年几何？”答云：“十四。”“聘金几何？”曰：“老身止此块肉，但俾得所，妾亦得啖饭处，后日老骨不至委沟壑，足矣。”生优价而留之。燕握女手，入密室，撮其颔而笑曰：“汝识我否？”答言：“不识。”诘其姓氏，曰：“妾韦姓。父徐城卖浆者，死三年矣。”燕屈指停思，莲死恰十有四载。又审视女，仪容态度无一不神肖者。乃拍其顶而呼曰：“莲姊，莲姊！十年相见之约，当不欺吾。”女忽如梦醒，豁然曰：“咦！”熟视燕儿。生笑曰：“此‘似曾相识燕归来’也。”女泫然曰：“是矣。闻母言，妾生时便能言，以为不祥，犬血饮之，遂昧宿因。今日始如梦寤。娘子其耻于为鬼之李妹耶？”数语从女口中追叙，便已醒豁。共话前生，悲喜交至。一日，寒食，燕曰：“此每岁妾与郎君哭姊日也。”遂与亲登其墓，荒草离离，木已拱矣。女亦太息。燕谓生曰：“妾与莲姊两世情好，不忍相离，宜令白骨同穴。”生从其言，启李冢得骸，舁归而合葬之。亲朋闻其异，吉服临穴，不期而会者数百人。余庚戌南游至沂，阻雨，休于旅舍。有刘生子敬，其中表亲，出同社王子章所撰桑生传，约万余言，得卒读。此其崖略耳。自己登场，书庚戌，书刘子敬，书王子章，皆证实之言。

异史氏曰：“嗟乎！死者而求其生，生者又求其死，天下所难得者，非人身哉？奈何具此身者，往往而置之，遂至靦然而生不如狐，泯然而死不如鬼。”

王阮亭云：“贤哉莲娘！巾帼中吾见亦罕，况狐耶！”

阿寶
倩女曾離
枕上魂癡郎
情思更溫存
阿儂休說人
禽異鸚鵡前
生卻姓孫

阿　宝

粤西孙子楚，名士也。生有枝指。性迂讷，人诳之，辄信为真。或值座有歌妓，则必遥望却走。或知然，诱之来，使妓狎逼之，则赪颜彻颈，汗珠珠下滴。因共为笑，遂貌其呆状。相邮传作丑语，而名之“孙痴”。

邑大贾某翁，与王侯埒富。姻戚皆贵胄。有女阿宝，绝色也。日择良匹，大家儿争为禽妆，皆不当翁意。生时失俪，有戏之者，劝其通媒。生殊不自揣，果从其教。翁素耳其名，而贫之。媒媪将出，适遇宝，问之，以告。女戏曰：“渠去其枝指，余当归之。”媪告生。生曰：“不难。”媒去，生以斧自断其指，大痛彻心，血益倾注，滨死。过数日，始能起，往见媒而示之。媪惊奔告女。女亦奇之。戏请再去其痴。随笔又转。生闻而哗辨，自谓不痴；然无由见而自剖。转念阿宝未必美如天人，何遂高自位置如此？由是曩念顿冷。

会值清明，俗于是日，妇女出游，轻薄少年，亦结队随行，恣其月旦。有同社数人，强邀生去。或嘲之曰：“莫欲一观可人否？”生亦知其戏己。然以受女揶揄，故亦思一见其人，忻然随众物色之。遥见有女子憩树下，恶少年环如墙堵。众曰：“此必阿宝也。”趋之，果宝也。审谛之，娟丽无双。少倾，人益稠。女起，遽去。众情颠倒，品头题足，纷纷若狂；生独默然。及众他适，回视，生犹痴立故所，呼之不应。群曳之曰："魂随阿宝去耶？"亦不答。众以其素讷，故不为怪，或推之，或挽之以归。写情痴工。此下魂依阿宝一段，已于此透过。一面是两面。

至家，直上床卧，终日不起，冥如醉，唤之不醒。家人疑其失魂，招于旷野，莫能效。强拍问之，则朦胧应云："我在阿宝家。"及细诘之，又默不语。家人惶惑莫解。

初，生见女去，意不忍舍，觉身已从之行，渐傍其衿带间，人无呵者。遂从女归，坐卧依之，夜辄与狎，甚相得。然觉腹中奇馁，思欲一返家门，而迷不知路。女每梦与人交，问其名，曰："我孙子楚也。"心异之，而不可以告人。

生卧三日，气休休若将澌灭。家人大恐，托人婉告翁，欲一招魂其家。翁笑曰："平昔不相往还，何由遗魂吾家？"家人固哀之，翁始允。巫执故服、草荐以往。女诘得其故，骇极，不听他往，直导入室，任招呼而去。巫归至门，生榻上已呻。既醒，女室之香奁什具，何色何名，历言不爽。女闻之，益骇，阴感其情之深。此与杜丽娘之于柳梦梅，一女悦男，一男悦女，皆以梦感，俱千古一对情痴。生既离床寝，坐立凝思，忽忽若忘。每伺察阿宝，希幸一再遘之。

浴佛节，闻将降香水月寺，遂早旦往候道左，目眩睛劳。日涉午，女始至。自车中窥见生，以掺手搴帘，凝睇不转。生益动，尾从之。女忽命青衣来诘姓字。生殷勤自展，魂益摇。车去，始归。归复病，冥然绝食，梦中辄呼宝名。每自恨魂不复灵。家旧养一鹦鹉，忽毙，小儿持弄于床。生自念倘得身为鹦鹉，振翼可达女室。心方注想，身已翩然鹦鹉，若仍前魂随之去，便少趣，忽附一鹦鹉，又开异境，文情之妙，不可名状。遽飞而去，直达宝所。女喜而扑之，锁其肘，饲以麻子。大呼曰："姐姐勿锁！我孙子楚也！"女大骇，解其缚，亦不去。女祝曰："深情已篆中心。今已人禽异类，姻好何可复圆？"鸟云："得近芳泽，于愿已足。"他人饲之不食，女自饲之则食。女坐，则集其膝；卧则依其床。如是三日。女甚怜之。阴使人瞰生，生则僵卧气绝，已三日，但心头未冰耳。女又祝曰："君能复为人，当誓死相从。"鸟云："诳我。"女乃自矢。鸟侧目若有所思。少间，女束双弯，解履床下，鹦鹉骤下，衔履飞去。女急呼之，飞已远矣。女使妪往探，则生已寤。家人见鹦鹉衔绣履来，堕地死。方共异之，生既苏，即索履。众莫知故。适妪至，入视生，问履所在。生曰："是阿宝信誓物。借口相覆：小生不忘金诺也。"妪反命。女益奇之，故使婢泄其情于母。母审之确，乃曰："此子才名亦不恶，但有相如之贫。择数年得婿若此，恐将为显者笑。"女以履故，矢不他。翁媪从之。驰报生。生喜，疾顿瘳。翁议赘诸家。女曰："婿不可久处岳家；况郎又贫，久益为人贱。儿既诺之，处蓬茅而甘，藜藿不怨也。"生乃亲迎成礼，相逢如隔世欢。

自是家得奁妆，小阜，颇增物产。而生痴于书，不知理家人生业。女善居积，亦不以他事累生。居三年，家富。生忽病消渴，卒。又作险笔。女哭之痛，泪眼不晴，至绝眠食。劝之不纳，乘夜自经。婢觉之，急救而醒，终亦不食。三日，集亲党，将以殓生。闻棺中呻以息，用笔之妙，真如一波甫平，一波又起，操纵自如，起跌由我，极行文之乐事。启之，已复活。自言："见冥王，以生平朴诚，命作部曹。忽有人白：'孙部曹之妻将至。'王稽鬼录，言：'此未应便死。'又白：'不食三日矣。'王顾谓：'感汝妻节义，姑赐再生。'因使驭卒控马送余还。”由此体渐平。

值岁大比，入闱之前，诸少年玩弄之，共拟隐僻之题七，引生僻处与语，言：“此某家关节，敬秘相授。”生信之，昼夜揣摩，制成七艺。众隐笑之。时典试者虑熟题有蹈袭弊，力反常经，题纸下，七艺皆符。生以是抡魁。明年，举进士，授词林。上闻异，召问之。生具启奏。上大嘉悦。后召见阿宝，赏赉有加焉。

异史氏曰：“性痴则其志痴：故书痴者文必工，艺痴者技必良；世之落拓而无成者，皆自谓不痴者也。且如粉花荡产，卢雉倾家，顾痴人事哉！以是知慧黠而过，乃是真痴。彼孙子何痴乎！”

九山王
嘯聚山林一念
癡老人不是帝
王師妻孥駢
戮東郊日記
否圖中縱火時

九山王

曹州李姓者，邑诸生。家素饶。而居宅故不甚广。舍后有园数亩，荒置之。一日，有叟来税屋，出直百金。李以无屋为辞。叟曰："请受之，但无烦虑。"李不喻其意，姑受之，以觇其异。越日，村人见舆马眷口入李家，纷纷甚夥，共疑李第无安顿所，问之。李殊不自知，归而察之，并无迹响。过数日，叟忽来谒。且云："庇宇下已数晨夕。事事都草创，起炉作灶，未暇一修客子礼。今遣小女辈作黍，幸一垂顾。"且重直，复修礼，人类中亦鲜此周到。李从之。则入园中，欻见舍宇华好，崭然一新。入室，陈设芳丽。酒鼎沸于廊下，茶烟袅于厨中。俄而行酒荐馔，备极甘旨。时见庭下少年人往来甚众。又闻儿女喁喁，幕中作笑语声。家人婢仆，似有数十百口。李心知其狐。席终而归，阴怀杀心。每入市，市硝硫，积数百斤，暗布园中殆满。骤火之，焰亘霄汉，如黑灵芝，燔臭灰眯不可近；但闻鸣啼嗥动之声，嘈杂聒耳。既熄，入视。则死狐满地，焦头烂额者，不可胜计。读昌黎陆浑山火诗，辄为竟日不快，以焚炙太过，残杀生灵太多也。方阅视间，叟自外来，颜色惨动，责李曰："夙无嫌怨；荒园报岁百金，非少，何忍遂相族灭？此奇惨之仇，无不报者！"忿然而去。疑其掷砾为殃，而年余无少怪异。

时顺治初年，山中群盗窃发，如此过接无痕。啸聚万余人，官莫能捕。生以家口多，日忧离乱。此生亦忧家口耶？狐之家口呢？适村中来一星者，自号“南山翁”，言人休咎，了若目睹，名大噪。李召至家，求推甲子。翁愕然起敬曰：“此真主也！”李闻大骇，以为妄。翁正容固言之。李疑信半焉。乃曰：“岂有白手受命而帝者乎？”翁谓：“不然。自古帝王，类多起于匹夫，谁是生而天子者？”（族矣！南山翁之仇复矣。）生惑之。前席而请。翁毅然以“卧龙”自任。请先备甲胄数千具，弓弩数千事。李虑人莫之归。翁曰：“臣请为大王连诸山，深相结。使哗言者谓大王真天子，山中士卒，宜必响应。”李喜，遣翁行。发藏镪，造甲胄。翁数日始还，曰：“借大王威福，加臣三寸舌，诸山莫不愿执鞭靮，从戟下。”浃旬之间，果归命者数千人。于是拜翁为军师；（宋驼子耶？）建大纛，设彩帜若林；据山立栅，声势震动。邑令率兵来讨，翁指挥群寇，大破之。令惧，告急于兖。兖兵远涉而至，翁又伏寇进击，兵大溃，将士杀伤者甚众。势益震，党以万计，因自立为“九山王”。翁患马少，会都中解马赴江南，遣一旅要路篡取之。由是“九山王”之名大噪。加翁为“护国大将军”。高卧山巢，公然自负，以为黄袍之加，指日可俟矣。东抚以夺马故，方将进剿；又得兖报，乃发精兵数千，与六道合围而进。（此李姓家之硫磺焰硝也。）军旅旌旗，弥满山谷。“九山王”大惧，召翁谋之，则不知所往。“九山王”窘急无术，登山而望曰：“今而知朝廷之势大矣。”（一语唤醒国初时许多痴梦。）山破，被擒，妻孥戮之。始悟翁即老狐，盖以族灭报李也。（二句简甚。）

异史氏曰：“夫人拥妻子，闭门科头，何处得杀？即杀，亦何由族哉？狐之谋亦巧矣。而壤无其种者，虽溉不生，彼其杀狐之残，方寸已有盗根，故狐得长其萌而施之报。今试执途人而告之曰：‘汝为天子！’未有不骇而走者。明明导以族灭之为，而犹乐听之，妻子为戮，又何足云？然人听匪言也，始闻之而怒，继而疑，又既而信；此语用之于前便少昧。迨至身名俱殒，而始悟其误也，大率类此矣。”

遵化署狐

诸城邱公为遵化道。署中故多狐。最后一楼，绥绥者族而居之，以为家。时出殃人，遣之益炽。官此者惟设牲祷之，无敢迕。邱公莅任，闻怒之。狐亦畏公刚烈，化一妪告家人曰："幸白大人：勿相仇。容我三日，将携细小避去。"公闻，亦默不言。次日，阅兵已，戒勿散，使尽扛诸营巨炮骤入，环楼千座并发；数仞之楼，顷刻摧为平地，革肉毛血，自天雨而下。但见浓尘毒雾之中，有白气一缕，冒烟冲空而去。众望之曰："逃一狐矣。"而署中自此平安。后二年，公遣干仆赍银如干数赴都，将谋迁擢。事未就，姑窖藏于班役之家。忽有一叟诣阙声屈，言妻子横被杀戮；又讦公克削军粮，夤缘当路，现顿某家，可以验证。奉旨押验。至班役家，冥搜不得。翁惟以一足点地。悟其意，发之，果得金。金上镌有"某郡解"字。已而觅叟，则失所在。执乡里乡名以求其人，竟亦无之。公由此罹难。乃知叟即逃狐也。

异史氏曰："狐之祟人，可诛甚矣。然服而舍之，亦以全吾仁。公可云疾之已甚者矣。抑使关西为此，岂百狐所能仇哉。"

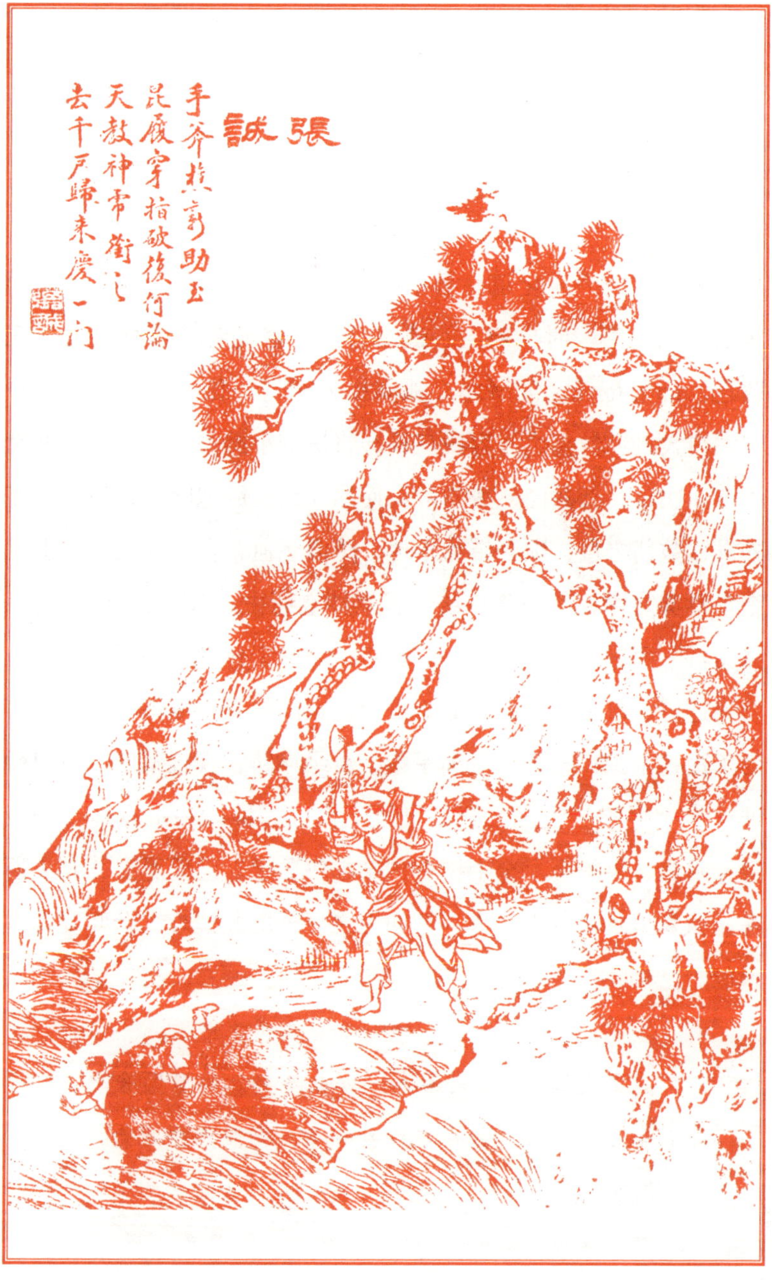
張誠
手斧樵樵薪助玉
昆履穿指破復何論
天教神虎銜之
去千戶歸來慶一门

张 诚

豫人张氏者，其先齐人。明末齐大乱，妻为北兵掠去。张常客豫，遂家焉。娶于豫，生子讷。无何，妻卒，又娶继室，生子诚。继室牛氏悍，每嫉讷，奴畜之，啖以恶草具；且使樵，日责柴一肩，无则挞楚诟诅，不可堪。隐畜甘脆饵诚，使从塾师读。诚渐长，性孝友，不忍兄劬，阴劝母。母弗听。

一日，讷入山樵，未终，值大风雨，避身岩下，雨止而日已暮。腹中大馁，遂负薪归。母验之少，怒不与食；饥火烧心，入室僵卧。诚自塾中来，见兄嗒然，问："病乎？"曰："饿耳。"问其故，以情告。诚愀然便去。移时，怀饼来饵兄。兄问其所自来。曰："余窃面倩邻妇为之，但食勿言也。"讷食之。嘱弟曰："后勿复然，事泄累弟。且日一啖，饥当不死。"诚曰："兄故弱，乌能多樵！"

次日，食后，窃赴山至兄樵处。兄见之，惊问："将何作？"答曰："将助樵采。"一片天真，令人下泪。问："谁之遣？"曰："我自来耳。"兄曰："无论弟不能樵，纵或能之，且犹不可。"于是速之归。诚不听，以手足断柴助兄。且云："明日当以斧来。"兄近止之。见其指已破，履已穿。悲曰："汝不速归，我即以斧自刭死。"漏下一句。诚乃归。兄送之半途，方复回。樵既归，诣塾，嘱其师曰："吾弟年幼，宜闭之。山中虎狼多。"

语云："富贵天生。"岂知忠孝亦是天生，否则何以此等人不多见也。夫富贵何足道，忠孝所性自具，何寥寥也。师曰："午前不知何往，业夏楚之。"归谓诚曰："不听吾言，遭笞责矣。"诚笑曰："无之。"明日，怀斧又去。兄骇曰："我固谓子勿来，何复尔？"诚不应，刈薪且急，汗交颐不少休。约足一束，不辞而返。师又责之。乃实告之，师叹其贤，遂不之禁，兄屡止之，终不听。

一日，与数人樵山中，欻有虎至。众惧而伏。虎竟衔诚去。虎负人行缓，为讷追及。讷力斧之，圆一句，为讷作地步。中胯。虎痛狂奔，莫可寻逐，痛哭而返。众慰解之，哭益悲。曰："吾弟，非犹夫人之弟；况为我死，我何生焉！"遂以斧自刎其项。众急救之，入肉者已寸许，血溢如涌，眩瞀殒绝。众骇，裂之衣而约之，群扶而归。母哭骂曰："汝杀吾儿，欲劙颈以塞责耶！"讷呻云："母勿烦恼。弟死，我定不生！"置榻上，疮痛不能眠，惟昼夜倚壁坐哭。父恐其亦死，时就榻少哺之，牛辄诟责。讷遂不食，三日而毙。

村中有巫走无常者，左氏接法。讷途遇之，缅诉曩苦。因询弟所，巫言不闻。遂反身导讷去。句法，即伏下。至一都会，见一皂衫人，自城中出。巫要遮代问之。皂衫人于佩囊中检牒审顾，男妇百余，并无犯而张者。巫疑在他牒。皂衫人曰："此路属我，何得差逮。"讷不言，强巫入内城。城中新鬼、故鬼，往来憧憧，亦有故识，就问，迄无知者。忽共哗言："菩萨至！"仰见云中，有伟人，毫光彻上下，顿觉世界通明。巫贺曰："大郎有福哉！菩萨几十年一入冥司，拔诸苦恼，今适值之。"凡传奇中至无可转关处，辄以仙佛救济，几成烂套。谚云："戏不够，神仙凑。"此却令人不厌，故何也？孝子悌弟，感动天人，此理至常，无足怪。便捽讷跪。众鬼囚纷纷籍籍，合掌齐诵慈悲救苦之声，哄腾震地。菩萨以杨柳枝遍洒甘露，其细如尘。俄而雾收光敛，遂失所在。讷觉颈上沾露，斧处不复作痛。巫仍导与俱归。望见里门，始别而去。

讷死二日，豁然竟苏，迷述所遇，谓诚不死。母以为撰造之诬，反诟骂之。讷负屈无以自伸，而摸创痕良瘥，自力起，拜父曰："行将穿云入海往寻弟；如不可见，终此身勿望返也。愿父犹以儿为死。"翁引空处与泣，无敢留之。讷乃去。每于冲衢访弟耗；途中资斧断绝，丐而行。逾年，达金陵，悬鹑百结，伛偻道上。偶见十余骑过，走避道侧。内一人如官长，年四十已来，健卒怒马，腾踔前后。一少年乘小驷，屡视讷。讷以其贵公子，未敢仰视。少年停鞭少驻，忽下马，呼曰："非吾兄耶！"讷举首审视，诚也。然恐相逢是梦中。握手大痛，失声。诚亦哭曰："兄何漂落以至于此？"讷言其情，句已括。诚益悲。骑者并下问故，以白官长。官命脱骑载讷，连辔归诸其家，始详诘之。遥接法。

初，接续法。虎衔诚去，不知何时置路侧，卧途中经宿。适张别驾自都中来，过之，见其貌文，怜而抚之，渐苏。言其里居，则相去已远。因载与俱归。又药敷伤处，数日始痊。别驾无长君，子之。盖适从游瞩也。诚具为兄告。

言次，别驾入，讷拜谢不已。诚入内，捧帛衣出，进兄，乃置酒燕叙。别驾问："贵族在豫，几何丁壮？"讷曰："无有。父少齐人，流寓于豫。"别驾曰："仆亦齐人。贵里何属？"答曰："曾闻父言，属东昌辖。"惊曰："我同乡也！何故迁豫？"讷曰："明季清兵入境，掠前母去。父遭兵燹，荡无家室。先贾于西道，往来颇稔，故止焉。"又惊问："君家尊何名？"讷告之。别驾瞠而视，俯首若疑，疾趋入内。无何，太夫人出。共罗拜，已，问讷曰："汝是张炳之之孙耶？"补出张炳之。古法。曰："然。"太夫人大哭，谓别驾曰："此汝弟也。"讷兄弟莫能解。太夫人曰："我适汝父三年，流离北去，身属黑固山半年，生汝兄。又半年，固山死，汝兄补秩旗下迁此官。今解任矣。每刻刻念乡井，遂出籍，复故谱。屡遣人至齐，殊无所觅耗，何知汝父西徙哉！"乃谓别驾曰："汝以弟为子，折福死矣！"别驾曰："曩问诚，诚未尝言齐人，想幼稚不忆耳。"补斡一句。乃以齿序：别驾四十有一，为长；诚十六，最少；讷二十二，则伯而仲矣。处处用句法。别驾得两弟，甚欢，与同卧处，尽悉离散端由，将作归计。太夫人恐不见容。别驾曰："能容则共之，否则析之。爽真语。天下岂有无父之国？"于是鬻宅办装，刻日西发。既抵里，讷及诚先驰报父。父自讷去，妻亦寻卒，块然一老鳏，妻亦旋卒句安顿最好，否则太夫人归，如何位置。又写翁，笔笔入神。形影自吊。忽见讷入，暴喜，恍恍以惊；又睹诚，喜极，不复作言，潸潸以涕，又告以别驾母子至。翁辍泣愕然，不能喜，亦不能悲，蚩蚩以立。未几，别驾入，拜已；太夫人把翁相向哭。既见婢媪厮卒，内外盈塞，坐立不知所为。诚不见母，问之，方知已死，号嘶气绝，食顷始苏。别驾出资，建楼阁，延师教两弟。马腾于槽，人喧于室，居然大家矣。

异史氏曰："余听此事至终，涕凡数堕：柳泉善堕，柳泉自性为之也。人孰无情，予读《曾友于》、《珊瑚》等篇，不胜呜咽，诚足以教天下后世之为子为弟者矣。十余岁童子，斧薪助兄，慨然曰：'王览固再见乎！'于是一堕。至虎衔诚去，不禁狂呼曰：'天道愦愦如此！'于是一堕。

及兄弟猝遇，则喜而亦堕；转增一兄，又益一悲，则为别驾堕。一门团圞，惊出不意，喜出不意，无从之涕，则为翁也。不知后世亦有善涕如某者乎？”

汾州狐
絶豔容光
一笑過汾州通
判奈愁何故人
情比桃潭水敢
説從來不渡河

汾州狐

汾州判朱公者，居廨多狐。公夜坐，有女子往来灯下。初谓是家人妇，未遑顾瞻。及举目，竟不相识，而容光艳绝。心知其狐，而爱好之，遽呼之来。女停履笑曰："厉声加人，谁是汝婢媪耶？"朱笑而起，曳坐谢过。遂与款密，久如夫妻之好。忽谓曰："君秩当迁，别有日矣。"问："何时。"答曰："目前。但贺者在门，吊者即在闾，不能官也。"三日，迁报果至。次日即得太夫人讣音。公解任，欲与偕旋。狐不可，送之河上。强之登舟。女曰："君自不知，狐不能过河也。"朱不忍别，恋恋河畔。女忽出，言将一谒故旧。移时归，即有客来答拜。女别室与语。客去乃来。曰："请便登舟，妾送君渡。"朱曰："向言不能渡，今何以渡？"曰："曩所谒非他，河神也。妾以君故，特请之，彼限我十天往复，故可暂依耳。"遂同济。至十日，果别而去。

巧娘
燈前何苦詈
中〻感
羅衾舊恩積
薪異怪
華家含妬恚
費金安
鑄蘭夫人

巧 娘

广东有搢绅傅氏，年六十余。生一子，名廉。甚慧，而天阉，明杨一青号三目公，亦天阉，其夫人临殁时，公问何言，曰："吾至今一处子耳。"十七岁，阴裁如蚕。遐迩闻知，无以女女者。自分宗绪已绝，昼夜忧怛，而无如何。

廉从师读。偶他出，适门外猴戏者，廉视之，废学焉。度师将至而惧，遂亡去。离家数里，见一素衣女郎，偕小婢出其前。女一回首，妖丽无比。莲步蹇缓，廉趋过之。女回顾婢曰："试问郎君，得无欲如琼乎？"婢果呼问。廉诘其为。女曰："倘之琼也，有尺一书，烦便道寄里门。老母在家，亦可为东道主。"廉出本无定向，念浮海亦得，因诺之。女出书付婢，婢转付生。问其姓名居里，云："华姓，居秦女村，去北郭三四里。"生附舟便去。

至琼州北郭，日已曛暮。问秦女村，迄无知者。望北行四五里，星月已灿，芳草迷目，旷无逆旅，窘甚。见道侧墓，先露一墓字。思欲傍坟栖止，大惧虎狼。因攀树猱升，蹲踞其上。听松声谡谡，宵虫哀奏，中心忐忑，悔至如烧。忽闻声在下，俯瞰之，庭院宛然。一丽人坐石上，双鬟挑画烛，分侍左右。丽人左顾曰："今夜月白星疏，华姑所赠团茶，可烹一盏，赏此良夜。"生意其鬼魅，毛发直竖，不敢少息。忽婢子仰视曰："树上有人！"女惊起曰："何处大胆儿，暗来窥人！"生大惧，无所逃隐，遂盘旋下，伏地乞宥。女近临一睇，反恚为喜，曳与并坐。睨之，年可十七八，姿态艳绝。听其言，亦土音。问："郎何之？"答云："为人作寄书邮。"女曰："野多暴客，露宿可虞。不嫌蓬荜，愿就税驾。"邀生入。室惟一榻，命婢展两被其上。生自惭形秽，愿在下床。女笑曰："佳客相逢，女元龙何敢高卧？"生不得已，遂与共榻，而惶恐不敢自舒。未几，女暗中以纤手探入，轻捻胫股。生伪寐，若不觉知。又未几，启衾入，摇生，迄不动。女便下探隐处。乃停手怅然，悄悄出衾去。俄闻哭声。生惶愧无以自容，恨天公之缺陷而已。

女呼婢篝灯。婢见啼痕，惊问所苦。女摇首曰："我叹吾命耳。"婢立榻前，耽望颜色。女曰："可唤郎醒，遣放去。"生闻之，倍益惭怍；且惧宵半，茫茫无所之。筹念间，一妇人排闼入。婢白："华姑来。"微窥之，年约五十余，犹风格。见女未睡，便致诘问。女未答。又视榻上有卧者，遂问："共榻何人？"婢代答："夜一少年郎，寄此夜。"妇笑曰："不知巧娘谐花烛。"见女啼泪未干，惊曰："合卺之夕，悲啼不伦，将勿郎君粗暴也？"女不言，益悲。妇欲捋衣视生，一振衣，书落榻上。见书却如此出落，皆不用平笔。妇取视，骇曰："我女笔意也！"拆读叹咤。女问之。妇云："是三姐家报，言吴郎已死，茕无所依，且为奈何！"女曰："彼固云为人寄书，幸未遣之去。"妇呼生起，究询书所自来。生备述之。妇曰："远烦寄书，当何以报？"又熟视生，笑问："何迕巧娘？"生言："不自知罪。"又诘女。女叹曰："自怜生适阉寺，没奔椓人，是以悲耳。"妇顾生曰："慧黠儿，固雄而雌者耶？是我之客，不可久溷他人。"遂导生入东厢，探手于袴而验之。笑曰："无怪巧娘零涕；然幸有根蒂，犹可为力。"挑灯遍翻箱簏，得黑丸，授生，令即吞下，秘嘱勿吪，乃出。

生独卧筹思，不知药医何症，将比五更，初醒，觉脐下热气一缕，直冲隐处，蠕蠕然似有物垂股际，自探之，身已伟男。心惊喜，如乍膺九锡。棂色才分，妇入，以炊饼纳生室，叮嘱耐坐，反关其户。出语巧娘曰："郎有寄书劳，将留招三娘来，与订姊妹交。且复闭置，免人厌恼。"乃出门去。

生回旋无聊，时近门隙，如鸟窥笼。望见巧娘，辄欲招呼自呈，惭讷而止。延及夜分，妇始携女归。发扉曰："闷煞郎君矣！三娘可来拜谢。"途中人逡巡入，向生敛衽。妇命相呼以兄妹。巧娘笑曰："姊妹亦可。"并出堂中，团坐置饮。饮次，巧娘戏问："寺人亦动心佳丽否？"生曰："跛者不忘履，盲者不忘视。"相与粲然。巧娘以三娘劳顿，迫令安置。妇顾三娘，俾与生俱。三娘羞晕不行。妇曰："此丈夫而巾帼者，何畏之？"敦促偕去。私嘱生曰："阴为吾婿，阳为吾子，可也。"生喜，捉臂登床，发硎新试，其快可知。既以枕上问女："巧娘何人？"曰："鬼也。才色无匹，而时命蹇落。适毛家小郎子，病阉，十八岁而不能人，因邑邑不畅，赍恨如冥。"生惊，疑三娘亦鬼。女曰："实告君，妾非鬼，狐耳。巧娘独居无耦，我母子无家，借庐栖止。"生大愕。女云："无惧，虽故鬼狐，非相祸者。"由此日共谈宴。虽知巧娘非人，而心爱其娟好，独恨自无隙。生蕴藉，善诙噱，颇得巧娘怜。

一日，华氏母子将他往，复闭生室中。生闷气，绕室隔扉呼巧娘。巧娘命婢，历试数钥，乃得启。生附耳请间。巧娘遣婢去。生挽就寝榻，偎向之。女戏掬脐下曰："惜可儿此处阙然。"语未竟，触手盈握。惊曰："何前之渺渺，而遽累然！"生笑曰："前羞见客，故缩；今以诮谤难堪，聊作蛙怒耳。"遂相绸缪。已而恚曰："今乃知闭户有因。昔母子流荡栖无所，假庐居之。三娘从学刺绣，妾曾不少秘惜。乃妒忌如此。"生劝慰之，且以情告。巧娘终衔之。生曰："密之，华姑嘱我严。"语未及已，华姑掩入。二人皇遽方起。华姑瞋目，问："谁启扉？"巧娘笑逆自承。华益怒，聒絮不已。巧娘故哂曰："阿姥亦大笑人！是丈夫而巾帼者，何能为？"三娘见母与巧娘苦相抵，意不自安，以一身调停两间，始各拗怒为喜。巧娘言虽愤烈然，自是屈意事三娘。但华姑昼夜闲防，两情不得自展，眉目含情而已。

一日，华姑谓生曰："吾儿姊妹皆已奉事君。念居此非计，君宜归告父母，早订永约。"即治装促生行。二女相向，容颜悲恻；而巧娘尤不可堪，泪滚滚如断贯珠，殊无已时。华姑排止之，便曳生出。至门外，则院宇无存，但见荒冢。华姑送至舟上，曰："君行后，老身携两女僦屋于贵邑。倘不忘夙好，李氏废园中，可待亲迎。"生乃归。

时傅父觅子不得，正切焦虑，见子归，喜出非望。生略述崖末，兼致华氏之订。父曰："妖言何足听信？汝尚能生还者，徒以阉废故；不然，死矣！"生曰："彼虽异物，情亦犹人；况又慧丽，娶之亦不为戚党笑。"父不言，但嗤之。生乃退而技痒，不安其分，辄私婢；渐至白昼宣淫，意欲骇闻翁媪。一日，为小婢所窥，奔告母。母不信，薄观之，始骇。呼婢研究，尽得其状。喜极，逢人宣暴，以示子不阉，将论婚于世族。生私白母："非华氏不娶。"母曰："世不乏美妇人，何必鬼物？"生曰："儿非华姑，无以知人道，背之不祥。"傅父从之，遣一仆一妪往觇之。出东郭四五里，寻李氏园。见败垣竹树中，缕缕有炊烟。妪下乘，直造其闼，则母子拭几濯溉，似有所伺。妪拜致主命。见三娘，惊曰："此即吾家小主妇耶？我见犹怜，何怪公子魂思而梦绕之。"便问阿姊。华姑叹曰："是我假女。三日前，忽殂谢去。"因以酒食饷妪及仆。

妪归，备道三娘容止，父母皆喜。末陈巧娘死耗，生恻恻欲涕。至亲迎之夜，见华姑亲问之。答云："已投生北地矣。"生欷歔久之。迎三娘归，而终不能忘情巧娘，凡有自琼来者，必召见问之。或言秦女墓夜闻鬼哭。生诧其异，入告三娘。三娘沉吟良久，泣下曰："妾负姊矣！"诘之，答云："妾母子来时，实未使闻。兹之怨啼，将无是姊？向欲相告，恐彰母过。"生闻之，悲已而喜。即命舆，宵昼兼程，驰诣其墓。叩墓木而呼曰："巧娘，巧娘！某在斯。"俄见女郎捧婴儿，自穴中出，举首酸嘶，怨望无已。生亦涕下。探怀问谁氏子，巧娘曰："是君之遗孽也，诞三月矣。"生叹曰："误听华姑言，使母子埋忧地下，罪将安辞！"乃与同舆，航海而归。抱子告母。母视之，体貌丰伟，不类鬼物，益喜。二女谐和，事姑孝。后傅父病，延医来，巧娘曰："疾不可为，魂已离舍。"督治冥具，既竣而卒。儿长，绝肖父，尤慧，十四游泮。高邮翁紫霞，高珩号紫霞，官侍郎，尤西堂所谓淄川先生文章伯是也。客于广而闻之。地名遗脱，亦未知所终矣。

吴令

吴令某公，忘其姓字。刚介有声。吴俗最重城隍之神，木肖之，被锦藏机如生。值神寿节，则居民敛资为会，辇游通衢；建诸旗幢杂卤簿，森森部列，鼓吹行且作，阗阗咽咽然，一道相属也。习以为俗，岁无敢懈。公出，适相值，止而问之。居民以告，又诘知所费颇奢。公怒，指神而责之曰："城隍实主一邑。如冥顽无灵，则淫昏之鬼，无足奉事；其有灵，则物力宜惜，何得以无益之费，耗民脂膏？"言已，曳神于地，笞之二十。从此习俗顿革。公清正无私，惟少年好戏。居年余，偶于廨中梯檐探雀鷇，失足而堕，折股，寻卒。人闻城隍祠中，公大声喧怒，似与神争，数日不止。吴人不忘公德，群集祝而解之，别建一祠祠公，声乃息。祠亦以城隍名，春秋祀之，较故神尤著。吴至今有二城隍云。

口技
紗窗月
上夜迢
迢嘈雜珠
喉勝管
簫是幻之
真且莫辨
但聞嬌語
亦魂銷

口 技

村中来一女子，直入摆脱。年二十有四五。携一药囊，售其医。有问病者，女不能自为方，俟暮夜问诸神。晚洁斗室，闭置其中。众绕问窗，倾耳寂听；但窃窃语，莫敢咳。内外动息俱冥。先从听者安顿一笔，无声说到有声。至夜许，忽闻帘声。女在内曰："九姑来耶？"一女子笑云："来矣。"又曰："腊梅从九姑来耶。"似一婢答云："来矣。"三人絮语间杂，刺刺不休。俄闻帘钩复动，女曰："六姑至矣。"乱言曰："春梅亦抱小郎子来耶？"看他一个又一个，一层又一层。一女曰："拗哥子！呜呜不睡，定要从娘子来。身如百钧重，负累煞人！"旋闻女子殷勤声，九姑问讯声，六姑寒暄声，二婢慰劳声，小儿喜笑声，一齐嘈杂。总笔。即闻女子笑曰：又作两笔写。"小郎君亦大好耍安，远迢迢抱猫儿来。"既而声渐疏，帘又响，满室俱哗，曰："四姑来何迟也？"有一小女子细声答曰："路有千里且溢，与阿姑走尔许时始至。阿姑行且缓。"遂各各道温凉声，并移坐作声，唤添坐声，参差并作，喧繁满室，食顷始定。闲细。不忙不乱。即闻女子问病。还他问病一事，又合写。九姑以为宜得参，六姑以为宜得芪，四姑以为宜得术。参酌移时，即闻九姑唤笔砚。无何，折纸戢戢然，拔笔掷帽丁丁然，磨墨隆隆然，既而投笔触几，震笔作响，便闻撮药包裹苏苏然。点缀小景。顷之，女子推帘，呼病者授药并方。了问病事。反身入室，即闻三姑作别，三婢作别，小儿哑哑，猫儿唔唔，又一时并起。九姑之声清以越，六姑之声缓以苍，四姑之声娇以婉，以及三婢之声，各有态响，听之了了可辨。许多小节次，写来一丝不乱，耳际分明，眼中如见，而又能出笔简老，亦包括，亦变幻，鬼神于文者也。群讶以为真神。而试其方，亦不甚效。此即所谓口技，特借之以售其术数耳。然亦奇矣！

昔王心逸尝言：在都偶过市廛，闻弦歌声，观者如堵。近窥之，则见一少年曼声度曲。并无乐器，惟以一指捺颊际，且捺且讴，听之铿铿，与弦索无异。亦口技之苗裔也。

从来短英雄之气，灰志士之心，乱伦纪之常，离骨肉之欢，甚至衾裯迷恋，甘鸩毒以为宴安，枕簟啁嘈，慰红颜而恼白发，身家破丧，福泽消亡，皆出自妇人女子之口。一女子能幻出九姑、六姑、四姑，以及三婢，更有小儿。一女子之口能为九姑之声，六姑、四姑之声，三婢、小儿之声。时而窃窃语，时而絮絮语，时而乱言，时而笑，时而哗。且参差并作，喧繁满室，俱能清越娇婉，使听者信其神而不疑，购其方而恐失。富家则千金不失，贫士亦三叩弗顾。术盖奇哉！其售其术亦巧哉！巧言如簧，穷形尽相，无惑乎人之受其欺也。然吾谓不足以欺人也。盖受其欺者，徒听之故也。使不徒接之以耳，而更察之以目，虽妇人长舌，何足当君子一瞬哉？且吾掩耳不听，则并不知有其术也，焉用察为！乃世之听妇人女子言者，一听而神昏，再听而魂迷，三听而手足失所，听未及终而耳聋矣。得女子而失丈夫，古今同慨。松龄先生其有见于此，因托技于口，托口技于女子，托女子口技于暮夜，以垂戒后世欤！然百世后，女子终售其技，男儿终中其技，岂《聊斋》之不善言哉！然男儿有耳，固不能禁女子有口也。

濰水狐
浮朋重筵盍簪友燕
子離鄉搆別巢邑令
龐然徒自大竟難折
節訂狐交

潍水狐

潍邑李氏有别第。忽一翁来税居，岁出直金五十，诺之。既去无耗。李嘱家人别租。翌日，翁至，曰："租宅已有关说，何欲更僦他人？"李白所疑。翁曰："我将久居；是所以迟迟者，以涓吉在十日之后耳。"因先纳一岁之直，曰："终岁空之，勿问也。"李送出，问期，翁告之。过期数日，亦竟渺然。及往觇之，则双扉内闭，炊烟起而人声杂矣。讶之，投刺往谒。翁趋出，逆而入，笑语可亲。既归，遣人馈遗其家。翁犒赐丰隆。又数日，李设筵邀翁，款洽甚欢。问其居里，以秦中对。李讶其远，翁曰："贵乡福地也。秦中不可居，大难将作。"康熙十二年冬月廿一日，吴三桂反。十三年腊月，陕西提督王辅臣叛。时方承平，置未深问。越日，翁折柬报居停之礼，供帐饮食，备极侈丽。李益惊，疑为贵官。翁以交好，因自言为狐。李骇绝，逢人辄道。邑搢绅闻其异，日结驷于门，愿纳交翁，翁无不伛偻接见。渐而郡官亦时还往。独邑令求通，辄辞以故。令又托主人先容，翁辞，李诘其故。翁离席近客而私语曰："君自不知，彼前身为驴，今虽俨然上民，乃饮糙而亦醉者也。骂煞。仆固异类，羞与为伍。"李乃托词告令，谓畏其神明，故不敢见。令信之而止。此康熙十一年事。未几，秦罹兵燹。狐能前知，信矣。

异史氏曰："驴之为物庞然也。一怒则踶趹嗥嘶，眼大于盎，气粗于牛，不惟声难闻，状亦难见。倘执束刍而诱之，则帖耳辑首，喜受羁勒矣。以此居民上，宜其饮糙而亦醉也。愿临民者，以驴为戒，而求齿于狐，则德日进矣。"

紅玉
劫妻殺父大
仇平義
士相逢而天
生有子
有家誰玉汝
不朋巾
幗肯程嬰
紅玉

红　玉

广平冯翁有一子，字相如。父子俱诸生。翁年近六旬，性方鲠，而家屡空。数年间，媪与子妇又相继逝，井臼自操之。

一夜，相如坐月下，忽见东邻女自墙上来窥，视之，美。近之，微笑，招以手，不来亦不去。固请之，乃梯而过，遂共寝处。问其姓名，曰："妾邻女红玉也。"生大爱悦，与订永好。女诺之，夜夜往来，约半年许。翁夜起，闻女子含笑语，窥之，见女。怒，唤生出，骂曰："畜产所为何事！如此落寞，尚不刻苦，乃学浮荡耶？人知之，丧汝德；人不知，促汝寿！"生跪自投，泣言知悔。翁叱女曰："女子不守闺戒，既自玷，而又以玷人。倘事一发，当不仅贻寒舍羞！"骂已，愤然归寝。女流涕曰："亲庭罪责，良足愧辱！我二人缘分尽矣。"生曰："父在不得自专。卿如有情，尚当含垢为好。"女言辞决绝，生乃洒涕。女止之曰："妾与君无媒妁之言，父母之命，逾墙钻隙，何能白首？此处有一佳耦，可聘也。"告以贫。女曰："来宵相俟，妾为君谋之。"

次夜，女果至，出白金四十两赠生。曰："去此六十里，有吴村卫氏，年十八矣，高其价，故未售也。君重啖之，必合谐允。"言已，别去。生乘间语父，欲往相之。而隐馈金不敢告。翁自度无资，以是故，止之。生又婉言："试可乃已。"翁颔之。生遂假仆马，诣卫氏。卫故田舍翁。生呼出，引与间语。卫知生望族，又见仪采轩豁，心许之，而虑其靳于资。生听其词意吞吐，会其旨，倾囊陈几上。卫乃喜，浼邻生居间，书红笺而盟焉。生入拜媪。居室逼侧，女依母自幛。微睨之，虽荆布之饰，而神情光艳，心窃喜。卫借舍款婿，便言："公子无须亲迎。待少作衣妆，即合舁送去。"生与期而归。诡告翁，言卫爱清门，不责资。翁亦喜。

至日，卫果送女至。女勤俭，有顺德，琴瑟甚笃。逾二年，举一男，名福儿。会清明抱子登墓，遇邑绅宋氏。轩然大波。宋官御史，坐行赇免。居林下，大煽威虐。是日亦上墓归，见女艳之。问村人，知为生配。料冯贫士，诱以重赂，冀可摇，使家人风示之。生骤闻，怒形于色；既思势不敌，敛怒为笑，归告翁。大怒，奔出，对其家人，指天画地，诟骂万端。家人鼠窜而去。宋氏亦怒，竟遣数人入生家，殴翁及子，尚有天日耶！汹若沸鼎。女闻之，弃儿于床，披发号救。群篡舁之，哄然便去。父子伤残，吟呻在地，儿呱呱啼室中。邻人共怜之，扶之榻上。

经日，生杖而能起。翁忿不食，呕血寻毙。生大哭，抱子兴词，上至督抚，讼几遍，卒不得直。后闻妇不屈死，闻妇不屈死，带便补了上文，何等捷便简当。益悲。冤塞胸吭，无路可伸。每思要路刺杀宋，而虑其扈从繁，儿又罔托。日哀思，双睫为不交。忽一丈夫吊诸其室，丈夫来得突。虬髯阔颔，曾与无素。挽坐，欲问邦族。客遽曰："君有杀父之仇，夺妻之恨，而忘报乎？"生疑为宋人之侦，姑伪应之。文有突笔不嫌其突者，冯生抱屈含冤，急急欲得一人以为之报复，人心也，即天理也，亦即文理，何嫌于突。客怒眦欲裂，遽出曰："仆以君人也，今乃知不足齿之伧！"生察其异，跪而挽之曰："诚恐宋人餂我。今实布腹心：仆之卧薪尝胆者，固有日矣，但怜此褓中物，恐坠宗祧。君义士，能为我杵臼否？”客曰：“此妇人女子之事，非所能。君所欲托诸人者，请自任之；所欲自任者，愿得而代庖焉。”生闻，崩角在地。客不顾而出。生追问姓字，曰：“不济，不任受怨；济，亦不任受德。”遂去。生惧祸及，抱子亡去。

至夜，宋家一门俱寝，有人越重垣入，杀御史父子三人，及一媳一婢。宋家具状告官。官大骇，宋执谓相如，于是遣役捕生，生遁不知所之，于是情益真。宋仆同官役诸处冥搜。夜至南山，闻儿啼，踪得之，系缧而行。儿啼愈嗔，群夺儿抛弃之。生冤愤欲绝。见邑令，问：“何杀人？”生曰：“冤哉！某以夜死，我以昼出，且抱呱呱者，何能逾垣杀人？”令曰：“不杀人，何逃乎？”生词穷，不能置辨，乃收诸狱。生泣曰：“我死无足惜，孤儿何罪？”左传句法。令曰：“汝杀人子多矣，杀汝子，何怨？”生既褫革，屡受梏惨，卒无词。

令是夜方卧，闻有物击床，震震有声，即用此人作转圜，妙甚。大惧而号。举家惊起，集而烛之，一短刀，铦利如霜，剁床入木者寸余，牢不可拔。惜乎不中。令睹之，魂魄丧失。荷戈遍索，竟无踪迹。心窃馁。又以宋人死，无可畏惧，乃详诸宪，代生解免，竟释生。

生归，瓮无升斗，孤影对四壁。幸邻人怜馈食饮，苟且自度。念大仇已报，则辗然喜；思惨酷之祸，几于灭门，则泪潸潸堕。及思半生贫彻骨，宗支不续，则于无人处，大哭失声，不复能自禁。无一漏笔。如此半年，捕禁益懈。乃哀邑令，求判还卫氏之骨。及葬而归，悲怛欲死，辗转空床，竟无生路。

忽有款门者，飘然而来。凝神寂听，闻一人在门外，浓浓与小儿语。生急起窥觇，似一女子。扉初启，便问："大冤昭雪，可幸无恙？"其声稔熟，而仓卒不能追忆。烛之，则红玉也。读中心中痒痒，快甚慰甚。挽一小儿，嬉笑跨下。生不暇问，抱女呜哭。女亦惨然。既而推儿曰："汝忘尔父耶？"儿牵女衣，目灼灼视生。细审之，福儿也。大惊，泣问："儿那得来？"女曰："实告君：昔言邻女者，妄也。妾实狐。《聊斋》每落笔，都作势不平。适宵行，见儿啼谷口，抱养于秦。闻大难既息，故携来与君团聚耳。"生挥涕拜谢。儿在女怀，如依其母，竟不复能识父矣。

天未明，女即遽起。问之，答曰："奴欲去。"生裸跪床头，涕不能仰。女笑曰："妾诳君耳。今家道新创，非夙兴夜寐不可。"乃剪莽拥篲，类男子操作。生忧贫乏，不自给。女曰："但请下帷读，勿问盈歉，或当不殍饿死。"遂出金治织具；租田数十亩，雇佣耕作。荷镵诛茅，牵萝补屋，日以为常。里党闻妇贤，益乐资助之。约半年，人烟腾茂，类素封家。生曰："灰烬之余，卿白手再造矣。然一事未就安妥，如何？"诘之，答曰："试期已迫，巾服尚未复也。"女笑曰："妾前以四金寄广文，已复名在案。若待君言，误之已久。"生益神之。是科遂领乡荐。时年三十六，腴田连阡，夏屋渠渠矣。女袅娜如随风欲飘去，而操作过农家妇；虽严冬自苦，而手腻如脂。自言二十八岁，人视之，常若二十许人。戛然而止。

异史氏曰："其子贤，其父德，故其报之也侠。非特入侠，狐亦侠也。遇亦奇矣！然官宰悠悠，竖人毛发，刀震震入木，何惜不略移床上半尺许哉？使苏子美读之，必浮白曰：‘惜乎击之不中’。”

王阮亭云：“程婴、杵臼，未尝闻诸巾帼，况狐耶。”

龍
偶因泥塑傍淺水塵
埃詎易識真龍一聲
霹靂擘空去去雲路
騰驤第一重

龍二
牛山古寺
閒游日隱隱
椽間墮彩虹頃刻卷
舒渾不測巨龍夭矯黑雲中

龍三
相公莊外談遺
事撲面塵沙隱
蟄龍霹靂一聲
裂背去蜿蜒
紅綫認奇踪

龙

北直界有堕龙入村。其行重拙，入某绅家。其户仅可容躯，塞而入。家人尽奔。登楼哗噪，铳炮轰然。龙乃出。门外停贮潦水，浅不盈尺。龙入，转侧其中，身尽泥涂；极力腾跃，尺余辄堕。泥蟠三日，蝇集鳞甲。忽大雨，乃霹雳拏空而去。

房生与友人登牛山，入寺游瞩。忽椽间一黄砖，上盘一小蛇，细裁如蚓。忽旋一周，如指；又一周，已如带。共惊，知为龙，群趋而下。方至山半，闻寺中霹雳一声，天上黑云如盖，一巨龙夭矫其中，移时而没。

章丘小相公庄，有民妇适野，值大风，尘沙扑面。觉一目眯，如含麦芒，揉之吹之，迄不愈。启睑而审视之，睛固无恙，但有赤线蜿蜒于肉分。或曰："此蛰龙也。"妇忧惧待死。积三月余，天暴雨，忽巨霆一声，裂眦而去。妇无少损。

袁宣四言："在苏州值阴晦，霹雳大作。众见龙垂云际，鳞甲张动，爪中抟一人头，须眉毕见。移时，入云而没。亦未闻有失其头者。"

林四娘
飄零身世感滄桑淒絕當
年林四娘好句似含亡國恨
曼聲猶自度伊涼

林四娘

青州道陈公宝钥，陈公字绿崖，康熙二年观察青州。闽人。夜独坐，有女子搴帏入。视之，不识；而艳绝，长袖宫装。笑云：“清夜兀坐，得勿寂耶？”公惊问何人。曰：“妾家不远，近在西邻。”公意其鬼，而心好之。捉袂挽坐，谈词风雅，大悦。拥之，不甚抗拒。顾曰：“他无人耶？”公急阖户，曰：“无。”促其缓裳，意殊羞怯。公代为之殷勤。女曰：“妾言年二十，犹处子也，狂将不堪。”狎亵既竟，流丹浃席。既而枕边私语，自言“林四娘”。林西仲云：“四娘，莆田人。明崇祯时，父为江宁府库官，逋帑下狱，四娘与表兄某悉力营救，同卧起半载，实无私。父出狱而疑不释。四娘因投缳，以明其无他。”公详诘之。曰：“一世坚贞，业为君轻薄殆尽矣。有心爱妾，但图永好可耳，絮絮何为？”无何，鸡鸣，遂起而去。由此夜夜必至。每与合户雅饮。谈及音律，辄能剖悉宫商。公遂意其工于度曲，曰：“儿时之所习也。”公请一领雅奏。女曰：“久矣不托于音，节奏强半遗忘，恐为知者笑耳。”再强之，乃俯首击节，唱伊凉之调，其声哀婉。歌已，泣下。公亦为酸恻，抱而慰之曰：“卿勿为亡国之音，使人悒悒。”女曰：“声以宣意，哀者不能使乐，亦犹乐者不能使哀。”两人燕昵，过于琴瑟。

既久，家人窃听之，闻其歌者，无不流涕。夫人窥见其容，疑人世无此妖丽，非鬼必狐，惧为厌蛊，劝公绝之。公不能听，但固诘之。女愀然曰：“妾衡府宫人也，遭难而死十七年矣。以君高义，托为燕婉，然实不敢祸君。倘见疑畏，即从此辞。”公曰：“我不为嫌。但燕好若此，不可不知其实耳。”乃问宫中事。女缅述，津津可听。谈及式微之际，则哽咽不能成语。女不甚睡，每夜辄起诵准提、金刚诸经咒。公问：“九原能自忏耶？”曰：“一也。妾思终身沦落，欲度来生耳。”又每与公评阴骘诗词，瑕辄疵之；至好句，则曼声娇吟。意绪风流，使人忘倦。公问：“工诗乎？”曰：“生时亦偶为之。”公索其赠。笑曰：“儿女之语，乌足为高人道。”

居三年，一夕忽惨然告别。公惊问之，答云：“冥王以妾生前无罪，死犹不忘经咒，俾生王家。别在今宵，永无见期。”言已，怆然。公亦泪下。乃置酒相与痛饮。女慷慨而歌，为哀曼之音，一字百转，辄便呜咽，数停数起，而后终曲，饮不能畅。乃起，逡巡欲别。公固挽之，又坐少时。鸡声忽唱，乃曰：“必不可以久留矣。然君每怪妾不肯献丑，今将长别，当率成一章。”索笔构成，曰：“心悲意乱，不能推敲，乖音错节，慎勿出以示人。”掩袖而去。公送诸门外，湮然没。公怅悼良久，视其诗，字态端好，珍而藏之。诗曰：“静镇深宫十七年，谁将故国问青天？闲看殿宇封乔木，泣望君王化杜鹃。海国波涛斜夕照，汉家箫鼓静烽烟。红颜力弱难为厉，惠质心悲只问禅。日诵菩提千百句，闲看贝叶两三篇。高唱梨园歌代哭，请君独听亦潸然。”诗中重复脱节，疑有错误。

卷三

江中
長江天塹
渡無梁
南北中分
此戰場
無限青燐
明復滅
一杯我欲
弔蒼茫

江 中

王圣俞南游，泊舟江心。既寝，视月明如练，未能寐，使童仆为之按摩。忽闻舟顶如小儿行，踏芦席作响，远自舟尾来，渐近舱户。虑为盗，急起问童。童亦闻之。问答间，见一人伏舟顶上，垂首窥舱内。大愕，按剑呼诸仆，一舟俱醒。告以所见。或疑错误。俄响声又作。群起四顾，渺然无人，惟疏星皎月，漫漫江波而已。众坐舟中，旋见青火如灯状，突出水面，随水浮游，渐近舡，则火顿灭。即有黑人骤起，屹立水上，以手攀舟而行。众噪曰："此必物也！"欲射之。方开弓，则遽伏水中，不可见矣。问舟人。舟人曰："此古战场，鬼时出没，其无足怪。"

魯公女
石上三生事
渺茫癡
情竟欲待
張郎紅
顏白髮知
多少安
得神僊換
骨方

鲁公女

招远张于旦，性疏狂不羁。读书萧寺。时邑令鲁公，三韩人，有女好猎。生适遇诸野，见其风姿娟秀，着锦貂裘，跨小骊驹，翩然若画。归忆容华，极意钦想。后闻女暴卒，悼叹欲绝。鲁以家远，寄灵寺中，即生读所。生敬礼如神明，朝必香，食必祭。每酹而祝曰："睹卿半面，长系梦魂。不图玉人，奄然物化。今近在咫尺，而邈若河山，恨如何也！然生有拘束，死无禁忌，九泉有灵，当珊珊而来，慰我倾慕。"日夜祝之，几半月。

一夕，一夕，一月，一日，《聊斋》多如此用笔，变化万端，观者不觉，惟我见之。挑灯夜读，忽举首，则女子含笑立灯下。生惊起致问。女曰："感君之情，不能自已，遂不避私奔之嫌。"生大喜，遂共欢好。自此无虚夜。谓生曰："妾生好弓马，以射獐杀鹿为快，罪孽深重，死无归所。如诚心爱妾，烦代诵《金刚经》一藏数，生生世世不忘也。"诵经即可忏罪，予每疑之。然闻诸古德及先辈传书，往往有验。生敬受教，每夜起，即柩前拈珠讽诵。偶值节序，欲与偕归。女忧足弱，不能跋履。生请抱负以行，女笑从之。如抱婴儿，殊不重累。遂以为常。考试亦载与俱。然行必以夜。生将赴秋闱，女曰："君福薄，徒劳驰驱。"遂听其言而止。

积四五年，鲁罢官，贫不能舆其榇，将就窆之，苦无葬地。生乃自陈："某有薄壤近寺，愿葬女公子。"鲁公喜。生又力为营葬。鲁德之，而莫解其故。鲁去，二人绸缪如平日。

一夜，侧倚生怀，泪落如豆。曰："五年之好，于今别矣！受君恩义，数世不足以酬！"生惊问之。曰："蒙惠及泉下人，经咒藏满，今得生河北卢户部家。如不忘今日，过此十五年，八月十六日，烦一往会。"生泣下曰："生三十余年矣；又十五年，将就木焉，会将何为？"女亦泣曰："愿为奴婢以报。"少间曰："君送妾六七里此去多荆棘，妾衣长难度。"乃抱生项，生送至通衢。见路旁车马一簇，马上或一人，或二人；车上或三人、四人、十数人不等；独一钿车，绣缨朱幰，仅一老媪在焉。见女至，呼曰："来乎？"女应曰："来矣。"乃回顾生云："尽此，且去，勿忘所言。"生诺。女行近车，媪引手上之，展軨即发，车马阗咽而去。生怅怅而归，志时日于壁。因思经咒之效，持诵益虔。梦神人告曰："汝志良嘉。但须要到南海去。"问："南海多远？"曰："近在方寸地。"唤醒世人。醒而会其旨，念切菩提，修行倍洁。

三年后，次子明、长子政，相继擢高科。生虽暴贵，而善行不替。夜梦青衣人邀去，见宫殿中坐一人，如菩萨状，逆之曰："子为善可喜。惜无修龄，幸得请于上帝矣。"生伏地稽首。唤起，赐坐；饮以茶，味芳如兰。又令童子引去，使浴于池。池水清洁，游鱼可数，入之而温，掬之有荷叶香。移时，渐入深处，失足而陷，过涉灭顶。惊寤，异之，由此身益健，目益明。自捋其须，白者尽簌簌落；又久之，黑者亦落。面纹亦渐舒。此事为天下所无之事，在此段书为人人意中所有。人情即天道，何妨谓实有是事。至数月后，颔秃、面童，宛如十五六时。辄兼好游戏事，亦犹童。过饰边幅，二子辄匡救之。未几，夫人以老病卒。子欲为求继室于朱门。生曰："待吾至河北来而后娶。”屈指已及约期，遂命仆马至河北。访之，果有卢户部。

先是卢公生一女，生而能言，长益慧美，父母最钟爱之。贵家委禽，女辄不欲。怪问之，具述前生约。共计其年，大笑曰：“痴婢！张郎计今年已半百，人事变迁，其骨已朽；纵其尚在，发童而齿鼍矣。”女不听。母见其志不摇，与卢公谋，戒阍人勿通客，过期以绝其望。曲行。未几，生至，阍人拒之。退返旅舍，怅恨无所为计。闲游郊郭，因循而暗访之。女谓生负约，涕不食。母言：“渠不来，必已殂谢；即不然，背盟之罪，亦不在汝。”女不语，但终日卧。卢患之，亦思一见生之为人，乃托游遨，遇生于野。视之，少年也，讶之。班荆略谈，甚倜傥。公喜，邀至其家。方将探问，卢即遽起，嘱客暂独坐，匆匆入内，告女。女喜，自力起。窥审其状不符，零涕而返，怨父欺罔。公力白其是。女无言，但泣不止。公出，意绪懊丧，对客殊不款曲。生问：“贵族有为户部者乎？”公漫应之。首他顾，似不属客。生觉其慢，辞出，女啼数日而卒。文字曲折之妙。生夜梦女来，曰：“下顾者果君耶？年貌舛异，觌面遂致违隔。妾已忧愤死，烦向土地祠速招我魂，可得活，迟则无及矣。”既醒，急探卢氏之门，果有女亡二日矣。生大恸，进而吊诸其室。已而以梦告卢。卢从其言，招魂而归。启其衾，抚其尸，呼而祝之。俄闻喉中咯咯有声。忽见朱樱乍启，坠痰块如冰。扶移榻上，渐复吟呻。卢公悦，肃客出，置酒宴会。细展官阀，知其巨家，益喜。择吉成礼。居半月，携女而归。卢送至家，半年乃去。夫妇居室，俨如小耦，不知者，多误以子妇为姑嫜者焉。卢公逾年卒。子最幼，为豪强所中伤，家产几尽，生迎养之，遂家焉。

衜士
也從塵世論交游
鄙薄人情亦可羞
幻出石家雙姊妹
薰蕕氣味不相投

道 士

韩生，世家也。好客。同村徐氏，常饮于其座。会宴集，有道士托钵门外。家人投钱及粟，皆不受，亦不去。家人怒，归不顾。韩闻击剥之声甚久，询之家人，以情告。言未已，道士竟入。有本事人方敢托大，然有本事人又何必托大。道士无客心耳。韩招之坐。道士向主客皆一举手，即坐。略致研诘，始知其初居村东破庙中，韩曰："何日栖鹤东观，竟不闻知，殊缺地主之礼。"答曰："野人新至，无交游。闻居士挥霍，深愿求饮焉。"韩命举觞。道士能豪饮。徐见其衣服垢敝，颇偃蹇，不甚为礼；主人礼之，客偏轻之，不解。韩亦海客遇之。道士倾饮二十余杯，乃辞而去。

自是每宴会，道士辄至，遇食则食，遇饮则饮，韩亦稍厌其频。饮次，徐嘲之曰："道长日为客，宁不一作主？"道士笑曰："道人与居士等，惟双肩承一喙耳。"笑煞多少。徐惭不能对。道士曰："虽然，道人怀诚久矣，会当竭力作杯水之酬。"饮毕，嘱曰："翌午幸赐光宠。"

次日，相邀同往，疑其不设。行去，道士已候于途；且语且步，已至寺门。入门，则院落一新，连阁云蔓。大奇之，曰："久不至此，创建何时？"道士答："竣工未久。"比入其室，陈设华丽，世家所无。二人肃然起敬。甫坐，行酒下食，皆二八狡童，锦衣朱履。酒馔芳美，备极丰渥。饭已，另有小进。珍果多不可名，贮以水晶玉石之器，光照几榻。酌以玻璃盏，围尺许。道士曰："唤石家姊妹来。"石字着眼，童去少时，二美人入。一细长，如弱柳；一身短，齿最稚。媚曼双绝。道士即使歌以侑酒。少者拍板而歌，长者和以洞箫，其声清细。既阕，道士悬爵促釂，又命遍酌。顾问："美人久不舞，尚能之否？"遂有僮仆展氍毹于筵下，两女对舞，长衣乱拂，香尘四散；舞罢，斜倚画屏。二人心旷神飞，不觉醺醉。道士亦不顾客，举杯饮尽，起谓客曰："姑烦自酌，我稍憩，即复来。"即去。南屋壁下，设一螺钿之床，女子为施锦裀，扶道士卧。道士乃曳长者共寝，命少者立床下为之爬搔。二人睹此状，颇不平。徐乃大呼："道士不得无礼！"往将挠之。道士急起而遁。见少女犹立床下，乘醉拉向北榻，公然拥卧。视床上美人，尚眠绣榻。顾韩曰："君何太迂？"韩乃径登南榻，欲与狎亵，而美人睡去，拨之不转。因抱与俱寝。

天明，酒梦俱醒，觉怀中冷物冰人，视之则抱长石卧青阶下。急视徐，徐尚未醒；见其枕遗厕之石，酣寝败厕中。蹶起，互相骇异。四顾，则一庭荒草，两间破屋而已。此当日有一老生，见此书曰：没头没脑，无首无尾，突起突止，此何处也？不知妙处在是。

胡氏
欲因西席附東床
秦晉婚姻變戰場
片語轉移前卻釋乘
龍快婿立門墻
胡氏

胡　氏

直隶有巨家，欲延师。忽一秀才，踵门自荐。主人延入，词语开爽，遂相知悦。秀才自言胡氏，遂纳贽馆之。胡课业良勤，淹洽非下士等。然时出游，辄昏夜始归。扃闭俨然，不闻款叩而已在室中矣。遂相惊以狐。然察胡意固不恶，优重之，不以怪异废礼。胡知主人有女，求为姻好，屡示意，主人伪不解。

一日，胡假而去。次日，有客来谒，絷黑卫于门。卫是卫地所产之驴，尤悔庵有黑白卫传奇。主人逆而入。年五十余，衣履鲜洁，意甚恬雅。既坐，自达始知为胡氏作冰。主人默然，良久曰："仆与胡先生，交已莫逆，何必婚姻？且息女已许字矣。烦代谢先生。"客曰："确知令嫒待聘，何拒之深？"再三言之，而主人不可。客有惭色，曰："胡亦世族，何遽不如先生？"主人直告曰："实无他意，但恶非其类耳。"客闻之怒；主人亦怒，相侵益亟。客起抓主人，主人命家人杖逐之，客乃遁。遗其驴，视之，毛黑色，批耳修尾，大物也。牵之不动，驱之则随手而蹶，嘤嘤然草虫耳。主人以其言忿，知必相仇，戒备之。

次日，果有狐兵大至：或骑或步，或戈或弩，马嘶人沸，声势汹汹。主人不敢出。狐声言火屋，主人益惧。有健者，率家人噪出，飞石施箭，两相冲击，互有夷伤。狐渐靡，纷纷引去。遗刀地上，亮如霜雪；近拾之，则高粱叶也。众笑曰："技止此耳。”然恐其复至，益备之。明日，众方聚语，忽一巨人，自天而降：高丈余，身横数尺，挥大刀如门扇，逐人而杀。群操矢石乱击之，颠踣而毙，则刍灵耳。众益易之。狐三日不复来，众亦少懈。主人适登厕，俄见狐兵张弓挟矢而至，乱射之；集矢于臀。大惧，急喊众奔斗，狐方去。拔矢视之，皆蒿梗。如此月余，去来不常，虽不甚害，而日日戒严，主人患苦之。

一日，胡生率众至。主人身出，胡望见，避于众中。主人呼之，不得已乃出。主人曰：“仆自谓无失礼于先生，何故兴戎？”群狐欲射，胡止之。主人近握其手，邀入故斋，置酒相款。从容曰：“先生达人，当相见谅。以我情好，宁不乐附婚姻？但先生车马、宫室，多不与人同，弱女相从，即先生当知其不可。且谚云：‘瓜果之生摘者，不适于口。’先生何取焉？”胡大惭。主人曰：“无伤，旧好故在。如不以尘浊见弃，在门墙之幼子，年十五矣，愿得坦腹床下，不知有相若者否？”胡喜曰：“仆有弱妹，少公子一岁，颇不陋劣。以奉箕帚，如何？”主人起拜，胡答拜。于是酬酢甚欢，前却俱忘。命罗酒浆，遍犒从者，上下欢慰。乃详问居里，将以奠雁。胡辞之。日暮继烛，醺醉乃去。由是遂安。

兵戎变而礼让，匪寇婚媾。

年余，胡不至。或疑其约妄，而主人坚待之。又半年，胡忽至。既道温凉已，乃曰：“妹子长成矣。请卜良辰，遣事翁姑。”主人喜，即同订期而去。至夜，果有舆马送新妇至。奁妆丰盛，设室中几满。新妇见姑嫜，温丽异常。主人大喜。胡生与一弟来送女，谈吐俱风雅，又善饮。天明乃去。新妇且能预知年岁丰凶，故谋生之计，皆取则焉。胡生兄弟，以及胡媪，时来望女，人人皆见之。

戲術
脱然桶底見
神通白粱量來
竟不窮倘使貧
家傳此法無須
更歎飯籮空

戲術第二
魁星樓隔路迢迢
巨甕安能自出
窰便使陶人
費傭值一宵
搬運亦
無聊

戏 术

有桶戏者，桶可容升。无底，中空，亦如俗戏。戏人以二席置街上，持一升入桶中，旋出，即有白米满升，倾注席上；又取又倾，顷刻两席皆满。然后一一量入，毕而举之，犹空桶，奇在多也。

利津李见田，在颜镇闲游陶场，欲市巨瓮，与陶人争直，不成而去。至夜，窑中未出者六十余瓮，启视一空。陶人大惊，疑李，踵门求之。李谢不知。固哀之，乃曰："我代汝出窑，一瓮不损，在魁星楼下非与？"如言往视，果一一俱在。楼在镇之南山，去场三里余。佣工运之，三日乃尽。

阎 罗

莱芜秀才李中之，性直谅不阿。每数日，辄死去，僵然如尸，三四日始醒。或问所见，则隐秘不泄。时邑有张生者，亦数日一死。语人曰："李中之，阎罗也。余至阴司，亦其属曹。"其门殿对联，俱能述之。或问："李昨赴阴司何事？"张曰："不能具述。惟提勘曹操，笞二十。"

异史氏曰："阿瞒一案，想更数十阎罗矣。畜道、剑山，种种具在，宜得何罪，不劳挹取；乃数千年不决，何也？岂以临刑之囚，快于速割，故使之求死不得也？异已！"

王阮亭云："中州有生而为河神者，曰黄大王。鬼神以生人为之，理不可晓。"

丐僧
诵经男儿焚修
苦割刃无疼解
脱迟算怪老
僧如此化老僧
原不欲人知
丐僧

丐 僧

济南一僧，不知何许人。赤足衣百衲，日于芙蓉、明湖诸馆，诵经抄募。与以酒食、钱、粟，皆弗受；叩所需，又不答。终日未尝见其餐饭。或劝之曰：“师既不茹荤酒，当募山村僻巷中，何日日往来于膻闹之场？”僧合眸讽诵，睫毛长指许，若不闻。少选，又语之。僧遽张目厉声曰：“要如此化！”又诵不已。久之，自出而去。或从其后，固诘其必如此之故，走不应。叩之数四，又厉声曰：“非汝所知！老僧要如此化！”积数日，忽出南城，卧道侧如僵，三日不动。居民恐其饿死，贻累近郭，因集劝他徙。欲饭，饭之；欲钱，钱之。僧瞑然不应。群摇而语之。僧怒，于衲中出短刀，自剖其腹；以手入内，理肠于道，而气随绝。众骇告郡，槁葬之。异日为犬所穴，席见。踏之似空；发视之，席封如故，犹空茧然。

伏狐
緝筆丹墀秩侍從每因春恨欲途窮
鈴醫新授房中藥玉碎花殘一瞬中

伏 狐

太史某，为狐所魅，病瘠，符禳既穷，乃乞假归，冀可逃避。太史行，而狐从之。大惧，无所为谋。一日，止于涿，门外有铃医，自言能伏狐。太史延之入。投以药，则房中术也。促令服讫，入与狐交，锐不可当。狐辟易，哀而求罢；不听，进益勇。狐展转营脱，苦不得去。移时无声，视之，现狐形而毙矣。

昔余乡某生者，素有嫪毐之目，自言生平未得一快意。夜宿孤馆，四无邻。忽有奔女，扉未启而已入。心知其狐，亦欣然乐就狎之。衿襦甫解，贯革直入。狐惊痛，啼声吱然，如鹰脱韝，穿窗而出去。某犹望窗外作狎昵声，哀唤之，冀其复回，而已寂然矣。此真讨狐之猛将也！宜榜门驱狐，可以为业。

蘇僊
仙人消息近如何
桃實年〻墓上多
空賸浣衣河畔石
綠苔一縷漾春波
蘇僊

苏 仙

高公明图知郴州时，有民女苏氏，浣衣于河。河中有巨石，女踞其上。有苔一缕，绿滑可爱，浮水漾动，绕石三匝。女视之，心动。既归而娠，腹渐大。母私诘之，女以情告。母不能解。数月，竟举一子。欲置隘巷，女不忍也，藏诸椟而养之。遂矢志不嫁，以明其不二也。然不夫而孕，终以为羞。儿至七岁，未尝出以见人。儿忽谓母曰："儿渐长，幽禁何可长也？去之，不为母累。"问所之。曰："我非人种，行将腾霄昂壑耳。"女泣询归期。答曰："待母属纩，儿始来。去后，倘有所需，可启藏儿椟索之，必能如愿。"言已，拜母竟去。出而望之，已杳矣。女告母，母大奇之。女坚守旧志，与母相依，而家益落。偶缺晨炊，仰屋无计。忽忆儿言，往启椟，果得米，赖以举火。由是有求辄应。逾三年，母病卒，一切葬具，皆取给于椟。既葬，女独居三十年，未尝窥户。女必有所依，否则志即坚定，茕茕一身，何以能之三十年也。一日，邻妇乞火者，见其兀坐空闺，语移时始去。居无何，忽见彩云绕女舍，亭亭如盖，中有一人盛服立，审视，则苏女也。回翔久之，渐高不见。邻人共疑之。窥诸其室，见女靓妆凝坐，气则已绝。众以其无归，议为殡殓。忽一少年入，丰姿俊伟，向众申谢。邻人向亦窃知女有子，故不之疑。少年出金葬母，植二桃于墓，乃别而去。数步之外，足下生云，不可复见。后桃结实甘芳，居人谓之“苏仙桃树”，年年华茂，更不衰朽。官是地者，每携实以馈亲友。

李伯言
抗直無阿
鬼使迎一存
私念火生楹
徒知陰律難
寬假不似人
間可狗猜

李伯言

李生伯言，沂水人。抗直有肝胆。忽暴病，家人进药，却之曰："吾病非药饵可疗。阴司阎罗缺，欲吾暂摄其篆耳。死勿埋我，宜待之。"是日果死。驺从导去，入一宫殿，进冕服；隶胥祗候甚肃。案上簿书丛沓。一宗，江南某，稽生平所私良家女八十二人。鞫之，佐证不诬。按冥律，宜炮烙。堂下有铜柱，高八九尺，围可一抱；空其中而炽炭焉，表里通赤。群鬼以铁蒺藜挞驱使登，手移足盘而上。甫至顶，则烟气飞腾，崩然一响如爆竹，人乃堕。团伏移时，始复苏。又挞之，爆堕如前。三堕，则匝地如烟而散，不复能成形矣。又一起，为同邑王某，被婢父讼盗占生女。王即生姻家。先是一人卖婢，王知其所来非道，而利其直廉，遂购之。至是王暴卒。越日，其友周生遇于途，知为鬼，奔避斋中。王亦从入，周惧而祝，问所欲为。王曰："烦作见证于冥司耳。"惊问："何事？"曰："余婢实价购之，今被诬控。此事君亲见之，惟借季路一言，无他说也。"周固拒之。王出曰："恐不由君耳。"未几，周果死，同赴阎罗质审。李见王，隐存左袒意。忽见殿上火生，焰烧梁栋。李大骇，侧足立。吏急进曰："阴曹不与人世等，一念之私不可容。急消他念，则火自熄。"李敛神寂虑，火顿灭。已而鞫状，王与婢父反复相诘。问周，周以实对。王以故犯论笞。笞讫，遣人俱送回生。周与王皆三日而苏。李视事毕，舆马而返。中途见阙头断足者数百辈，伏地哀鸣。停车研诘，则异乡之鬼，思践故土，恐关隘阻隔，乞求路引。李曰：“余摄任三日，已解任矣，何能为力？”众曰：“南村胡生，将建道场，代嘱可致。”李诺之。至家，驺从都去，李乃苏。胡生字水心，与李善，闻李再生，便诣探省。李遽问：“清醮何时？”胡讶曰：“兵燹之后，妻孥瓦全，向与室人作此愿心，未向一人道也。何知之？”李具以告。胡叹曰：“闺房一语，遂播幽冥，可惧哉！”乃敬诺而去。次日，如王所，王犹惫卧。见李，肃然起敬，申谢佑庇。李曰：“法律不能宽假。今幸无恙乎？”王云：“已无他症，但笞疮脓溃耳。”又二十余日始痊，臀肉腐落，瘢痕如杖者。

异史氏曰：“阴司之刑，惨于阳世；责亦苛于阳世。然关说不行，则受残酷者不怨也。谁谓夜台无天日哉？第恨无火烧临民之堂廨耳。”

黄九郎
休説狐绥事未妨何
生色胆太猖狂世间
儘有分桃癖盡使相
逢黄九郎

黄九郎

何师参，字子萧，斋于苕溪之东，门临旷野。薄暮偶出，见妇人跨驴来，少年从其后。妇约五十许，意致清越。转视少年，年可十五六，丰采过于姝丽。何生素有断袖之癖，睹之，神出于舍；翘足目送，影灭方归。次日，早伺之。落日冥蒙，少年始过。生曲意承迎，笑问所来。答以“外祖家”。生请过斋少憩，辞以不暇，固曳之，乃入。略坐兴辞，坚不可挽。生挽手送之，殷嘱便道相过。少年唯唯而去。生由是凝思如渴，往来眺注，足无停趾。一日，日衔半规，少年欻至。大喜，要入，命馆童行酒。问其姓字，答曰：“黄姓，第九。童子无字。”问：“过往何频？”曰：“家慈在外祖家，常多病，故数省之。”酒数行，欲辞去。生捉臂遮留，下管钥。九郎无如何，赪颜复坐。挑灯共语，温若处子；而词涉游戏，便含羞，面向壁。未几引与同衾。九郎不许，坚以睡恶为辞。强之再三，乃解上下衣。着裤卧床上。生灭烛；少时，移与同枕，曲肘加髀而狎抱之，苦求私昵。九郎怒曰：“以君风雅士，故与流连，乃此之为，是禽处而兽爱之也！”未几，晨星荧荧，九郎径去。生恐其遂绝，复伺之，蹀躞凝盼，目穿北斗。过数日，九郎始至，喜逆谢过；强曳入斋，促坐笑语，窃幸其不念旧恶。无何，解屦登床，又抚哀之。九郎曰：“缠绵之意，已镂肺膈，然亲爱何必在此？”生甘言纠缠，但求一亲玉肌。九郎从之。生俟其睡寐，潜就轻薄。九郎醒，揽衣遽起，乘夜遁去。生邑邑若有所失，忘啜废枕，日渐委悴。惟日使斋童逻侦焉。一日，九郎过门，即欲径去。童牵衣入之。见生清癯，大骇，慰问。生实告以情，泪涔涔随声零落。九郎细语曰："区区之意，实以相爱无益于弟，而有害于兄，故不为也。君既乐之，仆何惜焉？"生大悦。九郎去后，病顿减，数日平复。九郎果至，遂相缱绻。曰："今勉承君意，幸勿以此为常。"既而曰："欲有所求，肯为力乎？"问之，答曰："母患心痛，惟太医齐野王先天丹可疗。君与善，当能求之。"生诺之。临去又嘱。

生入城求药，及暮付之。九郎喜，上手称谢。又强与合。九郎曰："勿相纠缠，请为君图一佳人，胜弟万万矣。"生问谁何。九郎曰："有表妹，美无伦。倘能垂意，当执柯斧。"生微笑不答。九郎怀药便去。三日乃来，复求药。生恨其迟，词多诮让。九郎曰："本不忍祸君，故疏之；既不蒙见谅，请勿悔焉。"由是燕会无虚夕。地下有鬼门，好色者自入之。凡三日必一乞药。齐怪其频，曰："此药未有过三服者，胡久不瘥？"因裹三剂并授之。又顾生曰："君神色黯然，病乎？"曰："无。"脉之，惊曰："君有鬼脉，病在少阴，不自慎者殆矣！"归语九郎。九郎叹曰："良医也！我实狐，久恐不为君福。"生疑其诳，藏其药，不以尽予，虑其弗至也。居无何，果病。延齐诊视，曰："曩不实言，今魂气已游墟莽，秦缓何能为力？"九郎日来省侍，曰："不听吾言，果至于此！"生寻死。九郎痛哭而去。

先是，邑有某太史，少与生共笔砚，十七岁擢翰林。时秦藩贪暴，而赂通朝士，无有言者。公抗疏劾其恶，以越俎免。藩升是省中丞，日伺公隙。地上有门曰祸门，而作恶者自投之。地下有门曰鬼门，而好色者自趋之。此二门者皆一入而不可出。公少有英称，曾邀叛王青盼，因购得旧所往来札，胁公，公惧，自经。夫人亦投缳死。公越宿忽苏，曰："我何子萧也。"诘之，所言皆何家事，方悟其借躯返魂。留之不可，出奔旧舍。抚疑其诈，必欲排陷之，使人索千金于公。公伪诺而忧闷欲绝。忽通九郎至，喜共话言，悲欢交集。既欲复狎，九郎曰："君有三命耶？"公曰："余悔生劳，不如死逸。"师旷曰："南风不竞，多死声。"南从男。因诉冤苦。九郎悠忧以思。少间曰："幸复生聚。君旷无偶，前言表妹，慧丽多谋，必能分忧。"公欲一见颜色。曰："不难。明日将取伴老母，此道所经。君伪为弟也兄者，我假渴而求饮焉。君曰：'驴子亡，'则诺也。"计已而别。明日亭午，九郎果从女郎经门外过。公拱手絮絮与语。略睨女郎，娥眉秀曼，诚仙人也。九郎索茶，公请入饮。九郎曰："三妹勿讶，此兄盟好，不妨少休止。"扶之而下，系驴于门而入。公自起瀹茗，因目九郎曰："君前言不足以尽。今得死所矣！"女似悟其言之为己者，离榻起立，嘤喔而言曰："去休！"公外顾曰："驴子其亡！"九郎火急驰出。公拥女求合。女颜色紫变，窘若囚拘。大呼九兄，不应，曰："君自有妇，何丧人廉耻也？"公自陈无室。女曰："能矢山河，勿令秋扇见捐，则惟命是听。"公乃誓以皦日。女不复拒，事已，九郎至。女色然怒让之。九郎曰："此何子萧，昔之名士，今之太史。与兄最善，其人可依。即闻诸妗氏，当不相见罪。"日向晚，公邀遮不听去。女恐姑母骇怪。九郎锐身自任，跨驴径去。居数日，有妇携婢过，年四十许，神情意致，雅似三娘。公呼女出窥，果母也。瞥睹女，怪问："何得在此？"女惭不能对。公邀入，拜而告之。母笑曰："九郎稚气，胡再不谋？"女自入厨下，设食供母，食已乃去。

公得丽偶，颇快心期；而恶绪萦怀，恒蹙蹙有忧色。女问之，公缅述颠末。女笑曰："此九兄一人可得解，君何忧？"公诘其故。女曰："闻抚公溺声歌而比顽童，此皆九兄所长也。投所好而献之，怨可消，仇亦可复。"公虑九郎不肯。女曰："但请哀之。"越日，公见九郎来，肘行而逆之。九郎惊曰："两世之交，但可自效，顶踵所不敢惜。何忽作此态向人？"公具以谋告。九郎有难色。女曰："妾失身于郎，谁实为之？脱令中途雕丧，焉置妾也？"九郎不得已，诺之。公阴与谋，驰书与所善之王太史，而致九郎焉。王会其意，大设，招抚公饮。命九郎饰女装，作天魔舞，宛然美女。抚惑之，亟请于王，欲以重金购九郎，惟恐不得当。王故沉思以难之。迟之又久，始将公命以进。抚喜，前却顿释。自得九郎，动息不相离；侍妾十余，视同尘土。九郎饮食供具如王者，赐金万计。半年，抚公病，九郎知其去冥路近也，遂辇金帛，假归公家。既而抚公薨。九郎出资，起屋置器，畜婢仆，母子及妗并家焉。九郎出，舆马甚都，人不知其狐也。

余有"笑判"并志之：

男女居室，为夫妇之大伦。燥湿互通，乃阴阳之正窍。迎风待月，尚有荡检之讥；断袖分桃，难免掩鼻之丑。人必力士，鸟道乃敢生开；洞非桃源，渔篙宁许误入？今某从下流而忘返，舍正路而不由。云雨未兴，辄尔上下其手；阴阳反背，居然表里为奸。华池置无用之乡，谬说老僧入定；蛮洞乃不毛之地，遂使眇帅称戈。系赤兔于辕门，如将射戟；探大弓于国库，直欲斩关。或是监内黄鳣，访知交于昨夜；分明王家朱李，索钻报于来生。彼黑松林戎马顿来，固相安矣；设黄龙府潮水忽至，何以御之？宜断其钻刺之根，兼塞其送迎之路。

金陵女子
萍水相從事已奇豈知既合復思離董来又作投梭態似此行踪大可疑

金陵女子

沂水居民赵某，以故自城中归，见女子白衣哭路侧，甚哀。睨之，美。悦之，凝注不去。女垂涕曰："夫夫也，路不行而顾我！"赵曰："我以旷野无人，而子哭之恸，实怆于心。"女曰："夫死无归，是以哀耳。"赵劝其复择良匹。曰："渺此一身，其何能择？如得所托，媵之可也。"赵忻然自荐，女从之。赵以去家远，将觅代步。女曰："无庸。"乃先行，飘若仙奔。至家，操井臼甚勤。积二年余，谓赵曰："感君恋恋，猥相从，忽已三年。今宜且去。"赵曰："曩言无家，今焉往？"曰："彼时漫为是言耳，何得无家？身父货药金陵。倘欲再晤，可载药往，可助资斧。"赵经营，为贳舆马。女辞之，出门径去，追之不及，瞬息遂杳。居久之，颇涉怀想，因市药诣金陵。寄货旅邸，访诸衢市。忽药肆一翁望见，曰："婿至矣。"延之入。女方浣裳庭中，见之不言亦不笑，浣不辍。赵衔恨遽出。翁又曳之返。女不顾如初。翁命治具作饭，谋厚赠之。女止之曰："渠福薄，多将不任；宜少慰其苦辛，再检十数医方与之，便吃着不尽矣。"翁问所载药，女云："已售之矣，直在此。"翁乃出方付金，送赵归。试其方，有奇验。沂水尚有能知其方者。以蒜臼接茅檐雨水，洗瘊赘，其方之一也，良效。

王阮亭云："女子大突兀！"

湯公
回頭瑣事記當年
善惡分明在眼
前只此性靈留一
點慈航那得
不垂憐

汤 公

汤公名聘，汤公字稼堂，仁和人。辛丑进士。抱病弥留。忽觉下部热气，渐升而上：至股则足死；至腹则股又死；至心，心之死最难。凡自童稚以及琐屑久忘之事，都随心血来，一一潮过。如一善，则心中清净宁帖；一恶，则懊侬烦燥，似油沸鼎中，其难堪之状，口不能肖似之。此一段格物君子所不及知，谁是死来人也。然人生气聚则生，气散则死，魄魄降，此理之常。自足死、股死，然后心死，亦觉可听。犹忆七八岁时，曾探雀雏而毙之，只此一事，心头热血潮涌，食顷方过。毙一雏雀，如是难死。从古奸人陷害忠良，如秦长脚之于岳忠武，不知秦贼是如何死法。直待平生所为，一一潮尽，乃觉热气缕缕然，穿喉入脑，自顶颠出，腾上如炊，逾数十刻许，魂乃离窍，忘躯壳矣。而渺渺无归，漂泊郊路间。一巨人来，高几盈寻，掇拾之，纳诸袖中。入袖，则叠肩压股，其人甚伙，薅脑闷气，殆不可过。公顿思惟佛能解厄，因宣佛号，才三四声，飘堕袖外。巨人复纳之，三纳三堕，巨人乃去之。倘人人记得阿弥陀佛四字，朗然哄诵，则巨人袖中空矣。阎罗王当奈何？公独立徬徨，未知何往之善。忆佛在西土，乃遂西。无何，见路侧一僧趺坐，趋拜问途。僧曰：“凡士子生死录，文昌及孔圣司之，必两处销名，乃可他适。”公问其居，僧示以途，奔赴。无几，至圣庙，见宣圣南面坐，拜祷如前。宣圣言：“名籍之落，仍得帝君。”因指以路。公又趋之。见一殿阁，如王者居。俯身入，果有神人，如世所传帝君状。伏祝之，帝君检名曰：“汝心诚正，宜复有生理。但皮囊腐矣，非菩萨莫能为力。”因指示令急往。公从其教。俄见茂林修竹，殿宇华好。入，见螺髻庄严，金容满月，瓶浸杨柳，翠碧垂烟。公肃然稽首，拜述帝君言。菩萨难之。公哀祷不已。旁有尊者白言：“菩萨施大法力，撮土可以为肉，折柳可以为骨。”菩萨即如所请，手断柳枝，倾瓶中水，合净土为泥，拍附公体。使童子携送灵所，推而合之。棺中呻动，家人骇然集，扶而出之，霍然病已。计气绝已断七矣。

顺治十一年甲午，溧水汤聘就试省城，病剧而逝，觉魂自项出，思求观音指引，大士令诣宣圣，继谒文昌，注名禄籍：查某年月日，汤买舟诣如皋，舟人少女美，欲就，汤正色拒之，当前程远大，亟令还魂。告之曰：“汝见色不淫，故来相救。”至辛丑牛进士，见《丹桂籍》注。

連瑣
荒艸垂楊暮色昏
吟懷悲楚
月無痕十年一覺
泉臺夢何
必真來始返魂
連瑣

连琐

杨于畏，移居泗水之滨。斋临旷野，墙外多古墓，夜闻白杨萧萧，声如涛涌。一起悲风满纸，阴幽逼人。夜阑秉烛，方复凄断。忽墙外有人吟曰："玄夜凄风却倒吹，流萤惹草复沾帏。"诗有鬼气。反复吟诵，其声哀楚。听之，细婉似女子。疑之。明日，视墙外，并无人迹。惟有紫带一条，遗荆棘中，拾归置诸窗上。向夜二更许，又吟如昨。杨移杌登望，吟顿辍，悟其为鬼，然心向慕之。

次夜，伏伺墙头。一更向尽，有女子珊珊自草中出，手扶小树，低首哀吟。杨微嗽，女忽入荒草而没。杨由是伺诸墙下，听其吟毕，乃隔壁而续之曰："幽情苦绪何人见？翠袖单寒月上时。"久之寂然。杨乃入室。方坐，忽见丽者自外来，敛衽曰："君子固风雅士，妾乃多所畏避。"杨喜，拉坐。瘦怯凝寒，若不胜衣。问："何居里，久寄此间？"答曰："妾陇西人，随父流寓。十七暴疾殂谢，今二十余年矣。已知为鬼，不妨直说。九泉荒野，孤寂如鹜。所吟，乃妾自作，以寄幽恨者。思久不属，蒙君代续，欢生泉壤。"杨欲与欢，蹙然曰："夜台朽骨，不比生人，如有幽欢，促人寿数。妾不忍祸君子也。"床第中得此正言，后生少短折之恨矣，乃不意闻诸鬼物耶？杨乃止。戏以手探胸，则鸡头之肉，依然处子。又欲视其裙下双钩。女俯首笑曰："狂生太罗唣矣！"杨把玩之，则见月色锦袜，约彩线一缕。更视其一，则紫带系之。问："何不俱带？"曰："昨宵畏君而避，不知遗落何所。”杨曰：“为卿易之。”遂即窗上取以授女。女惊问何来，因以实告。女乃去线束带。既翻案上书，忽见连昌宫词。连昌宫中满宫竹。元微诗。慨然曰：“妾生时最爱读此。今视之，殆如梦寐！”与谈诗文，慧黠可爱。剪烛西窗，如得良友。自此每夜但闻微吟，少顷即至。辄嘱曰：“君秘勿宣。逗下。妾少胆怯，恐有恶客见侵。”杨诺之。两人欢同鱼水，虽不至乱，而闺阁之中，诚有甚于画眉者。女每于灯下为杨写书，生下。字态端媚。又自选宫词百首，录诵之。使杨治棋枰，购琵琶。每夜教杨手谈。不则挑弄弦索，作“蕉窗零雨”之曲，酸人胸臆；杨不忍卒听，则为“晓苑莺声”之调，顿觉心怀畅适。何处得此雅鬼。挑灯作剧，乐辄忘晓。视窗上有曙色，则张皇遁去。

一日，薛生造访，突添一人。生波。值杨昼寝。视其室，琵琶棋枰俱在，知非所善。又翻书得宫词，见字迹端好，益疑之。杨醒，薛问：“戏具何来？”答：“欲学之。”又问诗卷，托以假诸友人。薛反复检玩，见最后一叶细字一行云：“某月日连琐书。”笑曰：“此是女郎小字。点出。何相欺之甚？”杨大窘，不能置词。薛诘之益苦，杨不以告。薛卷挟，杨益窘，遂告之。薛求一见。杨因述所嘱。薛仰慕殷切；杨不得已，诺之。夜分，女至，为致意焉。女怒曰：“所言伊何？乃已喋喋向人！”杨以实情自白。女曰：“与君缘尽矣！”杨百词慰解，终不欢，起而别去，曰：“妾暂避之。”明日，薛来，杨代致其不可。薛疑支托，暮与窗友二人来，淹留不去，故挠之，恒终夜哗，大为杨生白眼，而无如何。众见数夜杳然，寖有去志，喧嚣渐息。忽闻吟声，共听之，凄婉欲绝。薛方倾耳神注，内一武生王某，前添一薛生，今又添一武生，下俱有用。掇巨石投之，大呼曰：“作态不见客，那甚得好句，呜呜恻恻，使人闷损！”俗下诗坛得此生一喝，岂不大快！吟顿止。众甚怨之。杨恚愤见于词色。次日，始共引去。

杨独宿空斋，冀女复来，而殊无影迹。逾二日，女忽至。泣曰：“君致恶宾，几吓煞妾！”杨谢过不遑。女遽出曰：“妾固谓缘分尽也，从此别矣。”挽之已渺。忽来忽去，闪闪不定。由是月余，更不复至。杨思之，形销骨立，莫可追挽。一夕，方独酌，忽女子搴帏入。杨喜极曰：“卿见宥耶！”女涕垂膺，默不一言。亟问之，欲言复忍，曰：“负气去，又急而求人，难免愧恧。”杨再三研诘，乃曰：“不知何处来一龌龊隶，逼充媵妾。顾念清白裔，岂屈身舆台之鬼？然一线弱质，乌能抗拒？君如齿妾在琴瑟之数，必不听自为生活。”杨大怒，愤将致死；但虑人鬼殊途，不能为力。女曰：“来夜早眠，妾邀君梦中耳。”于是复共倾谈，坐以达曙。女临去，嘱勿昼眠，留待夜约。杨诺之。因于午后薄饮，乘醺登榻，蒙衣偃卧。忽见女来，授以佩刀，引手去。至一院宇，方阖门语，闻有人掿石挝门。女惊曰：“仇人至矣！”杨启户骤出，见一人赤帽青衣，猬毛绕喙。怒咄之。隶横目相仇，言词凶谩。杨大怒，奔之。隶捉石以投，骤如急雨，中杨腕，不能握刃，方危急间，遥见一人，腰矢野射。审视之，王生也。大号乞救。王生张弓急至，射之中股；再射之，殪。杨喜感谢。王问故，具告之。王自喜前罪可赎，王虽武人，亦温婉知趣。遂与共入女室。女战惕羞缩，遥立不作一语。案上有小刀，长仅尺余，而装以金玉；出诸匣，光芒鉴影。王叹赞不释手，与杨略话，见女惭惧可怜，乃出，分手去。杨亦自归，越墙而仆，于是惊寤，听村鸡已乱鸣矣。觉腕中痛甚，晓而视之，则皮肉赤肿。亭午，王生来，便言夜梦之奇。甘与子同梦。杨曰：“未梦射否？”王怪其先知。杨出手示之，且告以故。王忆梦中颜色，恨不真见。自幸有功于女，复请先容。夜间，女来称谢。杨归功王生，遂达诚恳。女曰：“将伯之助，义不敢忘。然彼赳赳，妾实畏之。”武夫总失便宜。既而曰：“彼爱妾佩刀。刀实妾父出使粤中，百金购之。妾爱而有之，缠以金丝，瓣以明珠。重写宝刀。大人怜妾夭亡，用以殉葬。今愿割爱相赠，见刀如见妾也。”次日杨致此意。王大悦。至夜女果携刀来，曰：“嘱伊珍重，此非中华物也。”由是往来如初。

积数月，忽于灯下，笑而向杨，似有所语，面红而止者三。生抱问之。答曰：“久蒙眷爱，妾受生人气，日食烟火，白骨顿有生意。但须生人精血，可以复活。”受生人气久便可得生，每夜与鬼为伍，鬼气盛，无乃转于鬼道近乎？杨笑曰：“卿自不肯，岂我故惜之？”女云：“交接后，君必有念余日大病，然药之可愈。”遂与为欢。既而着衣起，又曰：“尚须生血一点，能拚痛以相爱乎？”杨取利刃刺臂出血，女卧榻上，便滴脐中。乃起曰：“妾不来矣。君记取百日之期，视妾坟前，有青鸟鸣于树头，即速发冢。”杨谨受教。出门又嘱曰：“慎记勿忘，迟速皆不可！”乃去。越十余日，杨果病，腹胀欲死。医师投药，下恶物如泥，浃辰而愈。计至百日，使家人荷锸以待。日既夕，果见青鸟双鸣。杨喜曰：“可矣。”乃斩荆发圹。见棺木已朽，而女貌如生。摩之微温。蒙衣舁归，置暖处，气咻咻然，细于属丝。渐进汤酡，半夜而苏。每谓杨曰：“二十余年如一梦耳。”此下似尚有数句，想渔洋删去耳。《西厢》《水浒》皆以一梦结，同是此意。然再缀数语，便是俗笔。

王阮亭曰：“结尽而不尽，甚妙。”

渔洋独赏结句之妙，其实通篇断续即离，楚楚有致。

單衜士
妙術不傳紈絝子神
仙游戲本無求城門
頹闢人蹤杳去到青
州市上游

单道士

韩公子，邑世家。有单道士，工作剧，公子爱其术，以为座上客。单与人行坐，辄忽不见。公子欲传其法，单不肯。公子固恳之。单曰：“我非吝吾术，恐坏吾道也。所传而君子则可；其人而君子，何必工此术，出其身以与天下相见可也。不然，有借此以行窃者矣。公子固无虑此，然或出见美丽而悦，隐身入人闺闼，是济恶而宣淫也。不敢从命。”公子不能强，而心怒之，阴与仆辈谋挞辱之。恐其遁匿，因以细灰布麦场上。思左道能隐形，而履处必有印迹，可随印处急击之。于是诱单往，使人执牛鞭立挞之。单忽不见，灰上果有履迹，左右乱击，顷刻已迷。公子归，单亦至。谓诸仆曰：“吾不可复居矣！向劳服役，今且别，当有以报。”袖中出旨酒一盛，又探得肴一簋，并陈几上。陈已，复探；凡十余探，案上已满。遂邀众饮，俱醉。一一仍内袖中。韩闻其异，使复作剧。单于壁上画一城，以手推挝，城门顿辟。因将囊衣箧物，悉掷门内，乃拱别曰：“我去矣。”跃身入城，城门遂合，道士顿杳。后闻在青州市上，教儿童画墨圈于掌，逢人戏抛之，随所抛处，或面或衣，圈辄脱去，落印其上。又闻其善房中术，能令下部吸烧酒，尽一器。公子尝面试之。

白于玉
偶然假館濶紅塵旋
跨青蟬返玉宸預為
居停謀嗣續尊前留
得紫衣人

白于玉

吴青庵，筠，少知名。葛太史见其文，每嘉叹之。托相善者邀至其家，领其言论风采。曰："焉有才如吴生，而长贫贱者乎？"因俾邻好致之曰："使青庵奋志云霄，当以息女奉巾栉。"时太史有女绝美。生闻大喜，确自信。既而秋闱被黜，使人谓太史："富贵所固有，不可知者迟早耳。请待我三年，不成而后嫁。"于是刻志益苦。

一夜，月明之下，有秀才造谒，白晰短须，细腰长爪。诘所来，自言："白氏，字于玉。"岂白玉蟾之苗裔耶？略与倾谈，豁人心胸。悦之，留同止宿。迟明欲去，生嘱便道频过。白感其情殷，愿即假馆，约期而别。至日，先一苍头送炊具来。少间，白至，乘骏马如龙。生另舍舍之。白命奴牵马去。遂共晨夕，忻然相得。生视所读书，并非常所见闻，亦绝无时艺。讶而问之。白笑曰："士各有志，仆非功名中人也。"夜每招生饮，出一卷授生，皆吐纳之术，多所不解，因以迂缓置之。他日谓生曰："曩所授，乃'黄庭'之要道，仙人之梯航。"生笑曰："仆所急不在此。且求仙者必断绝情缘，使万念俱寂，仆病未能也。"白问："何故？"生以宗嗣为虑。白曰："胡久不娶？"笑曰："寡人有疾，寡人好色。"白亦笑曰："'王请无好小色。'所好何如？"生具以情告。白疑未必真美。生曰："此遐迩所共闻，非小生之目贱也。”白微哂而罢。次日，忽促装言别。生凄然与语，刺刺不能休。白乃命童子先负装行。两相依恋。俄见一青蝉鸣落案间，落想总不犹人，排场甚新，蹊径独别。白辞曰：“舆已驾矣，请自此别。如相忆，拂我榻而卧之。”方欲再问，转瞬间，白小如指，翩然跨蝉背上，嘲哳而飞，杳入云中。生乃知其非常人，错愕良久，怅怅自失。

逾数日，细雨忽集，点雨境，逗入梦境，最妙。思白綦切。视所卧榻，鼠迹碎琐，慨然扫除，设席即寝。无何，见白家童来相招，忻然从之。俄有桐凤翔集，童捉谓生曰：“黑径难行，可乘此代步。”生虑细小不能胜任。童曰：“试乘之。”生如所请，宽然殊有余地，童亦附其尾上，戛然一声，凌升空际。未几，见一朱门。童先下，扶生亦下。问：“此何所？”曰：“此天门也。”门边有巨虎蹲伏。生骇惧，童以身障之。见处处风景，与世殊异。童导入广寒宫，内以水晶为阶，行人如在镜中。桂树两章，参空合抱，花气随风，香无断际。亭宇皆红窗，时有美人出入，冶容秀骨，旷世并无其俦。童言：“王母宫佳丽尤胜。”然恐主人伺久，不暇留连，导与趋出。移时，见白生候于门。握手入，见檐外清水白沙，涓涓流溢；玉砌雕阑，殆疑桂阙。甫坐，即有二八妖鬟，来荐香茗。少间，命酌。有四丽人，敛衽鸣珰，给事左右。才觉背上微痒，丽人即以纤指长甲，探衣代搔。生觉心神摇曳，罔所安顿。与“王请勿好小色”作注解。既而微醺，渐不自持，笑顾丽人，兜搭与语。美人辄笑避。白令度曲侑觞。一衣绛绡者，引爵向客，便即筵前，宛转清歌。诸丽者笙管敖曹，呜呜杂和。既阕，一衣翠裳者，亦酌亦歌。尚有一紫衣人，与一淡白软绡者，吃吃笑，暗中互让不肯前。千态万状，亦尽能极妍。白令一酌一唱。紫衣人便来把盏。生托接杯，戏挠纤腕。女笑失手，酒杯倾堕。白谯呵之，女拾杯含笑，俯首细语云："冷如鬼手馨，强来促人臂。"白大笑，罚令自歌自舞。舞已，衣淡白者又飞一觥。生辞不能釂。女捧酒有愧色，乃强饮之。细视四女，风致翩翩，无一非绝世者。遽谓主人曰："人间尤物，仆求一而难之；君集群芳，能令我真个销魂否？"吾笑秦皇、汉武既想成仙，又思好色，天上有如此便宜事耶？白笑曰："足下意中自有佳人，此何足当巨眼之顾？"生曰："吾今乃知所见之不广也。"白乃尽招诸女，俾自择。生颠倒不能自决。白以紫衣人有把臂之好，遂使襆被奉客。既而衾枕之爱，极尽绸缪。生索赠，女脱金腕钏付之。忽童入曰："仙凡路殊，君宜即去。"女急起遁去。生问主人，童曰："早诣待漏，去时嘱送客耳。"生怅然从之，复寻旧途。将及门，回视童子，不知何时已去。虎哮骤起，生惊窜而去。望之无底，而足已奔堕。一惊而寤，则朝暾已红。方将振衣，有物腻然坠褥间，视之，钏也。心益异之。由是前念灰冷，每欲寻赤松游，而尚以胤续为忧。拖一句。过十余月，昼寝方酣，梦紫衣姬自外至，怀中绷婴儿曰："此君骨肉。天上难留此物，敬持送君。"天上可以生子，则小神仙多于耍孩儿矣。乃寝诸床，牵衣覆之，匆匆欲去。生强与为欢，乃曰："前一度为合卺，今一度为永诀，百年夫妇，尽于此矣。君倘有志，或有见期。"

生醒，见婴儿卧襆褥间，绷以告母。母喜，佣媪哺之，取名梦仙。生于是使人告太史，自己将隐，令别择良匹。太史不肯。生固以为辞。太史告女。女曰："远近无不知儿身许吴郎矣，今改之，是二天也。"因以此意告生。生曰："我不但无志于功名，兼绝情于燕好。所以不即入山者，徒以有老母在。"太史又以商女。女曰："吴郎贫，我甘其藜藿；吴郎去，我事其姑嫜：定不他适。"贤哉女也。使人三四返，迄无成谋，遂诹日备车马妆奁，嫔于生家。生感其贤，敬爱臻至。女事姑孝，曲意承顺，过贫家女。逾二年，母亡，女质奁作具，罔不尽礼。生曰："得卿如此，吾何忧！顾念一人得道，拔宅飞升。余将远逝，一切付之于卿。"女坦然，殊不挽留。生遂去。女外理生计，内训孤儿，井井有法。

梦仙渐长，聪慧绝伦。十四岁，以神童领乡荐；十五入翰林。每褒封，不知母姓氏，封葛母一人而已。值霜露之辰，辄问父所，母具告之。遂欲弃官往寻。母曰："汝父出家，今已十有余年，想已仙去，何处可寻？"后奉旨祭南岳，中途遇寇，窘急中，一道人仗剑入，寇尽披靡，围始解。德之，馈以金，不受。出书一函，付嘱曰："余有故人，与大人同里，烦一致寒暄。"问："何姓名？"答曰："王林。"因忆村中无此名。道士曰："草野微贱，贵官自不识耳。"临行，出一金钏曰："此闺阁物，道人拾此，无所用处，即以奉报。"视之，嵌镂精绝。怀归以授夫人。夫人爱之，命良工依式配造，终不及其精巧。遍问村中，并无王林其人者。私发其函，上云："三年鸾凤，分拆各天；葬母教子，端赖卿贤。无以报德，奉药一丸。剖而食之，可以成仙。"后书"琳娘夫人妆次"。读毕，不解何人，持以告母。母执书以泣，曰："此汝父家报也。琳，我小字。"始恍然悟"王林"为拆白谜也。悔恨不已。又以钏示母。母曰："此汝母遗物。而翁在家时，尝以相示。"又视丸，如豆大。喜曰："我父仙人，啖此必能长生。"母不遽吞，受而藏之。会葛太史来视甥，女诵吴生书，便进丹药为寿。太史剖而分食之。顷刻，精神焕发。太史时年七旬，龙钟颇甚；忽觉筋力溢于肤革，遂弃舆而步，其行健速，家人坌息始能及焉。逾年，都城有回禄之灾，火终日不熄。夜不敢寐，毕集庭中。见火势拉杂，寖及邻舍。一家徊徨不知所计。忽夫人臂上金钏，戛然有声，脱臂飞去。望之大可数亩，团覆宅上，形如月阑，钏口降东南隅，历历可见。众大愕。俄顷，火自西来，近阑则斜越而东。迨火势既远，窃意钏亡不可复得；忽见红光乍敛，钏铮然堕足下。都中延烧民舍数万间，左右前后，并为灰烬，独吴第无恙，惟东南一小阁，化为乌有，即钏口漏覆处也。葛母年五十余，或见之，犹似二十许人。

夜叉國
深山蒼莽
少人蹤習俗幾
疑類毒龍不是徐生還
故國安知海外卧眉峰

夜叉国

交州徐姓，泛海为贾。忽被大风吹去。开眼至一处，深山苍莽。冀有居人，遂缆船而登，负糗腊焉。方入，见两崖皆洞口，密如蜂房；内隐有人声。至洞处，伫足一窥，中有夜叉二，牙森列戟，目闪双灯，爪劈生鹿而食。惊散魂魄，急欲奔下，则夜叉已顾见之，辍食执入。二物相语，类鸟兽鸣，争裂徐衣，似欲啖瞰。徐大惧，取橐中糗糒，并牛脯进之。分啖甚美。复翻徐橐。徐摇手以示其无。夜叉怒，又执之。徐哀之曰："释我。我舟中有釜甑，可烹饪。"夜叉不解其语，仍怒。徐再与手语，夜叉似微解。从至舟，取具入洞，束薪燃火，煮其残鹿，熟而献之。二物啖之喜。夜以巨石杜门，似恐徐遁。徐曲体遥卧，深惧不免。天明，二物出，又杜之。少顷，携一鹿来付徐。徐剥革，于深洞处流水，汲煮数釜。俄有数夜叉至，群集吞啖讫，共指釜，似嫌其小。过三四日，一夜叉负一大釜来，似人所常用者。于是群夜叉各致狼麋。既熟，呼徐同啖。居数日，夜叉渐与徐熟，出亦不施禁锢，聚处如家人。徐渐能察声知意，辄效其音，为夜叉语。夜叉益悦，携一雌来妻徐。徐初畏惧，莫敢近；雌自开其股就徐，徐乃与交。雌大欢悦。每留肉饵徐，若琴瑟之好。

一日，诸夜叉早起，项下各挂明珠一串，更番出门，若伺贵客状。命徐多煮肉。徐以问雌，（上有能效其音为夜叉语一句，故与夜叉问答。）雌云："此天寿节。”雌出谓众夜叉曰：“徐郎无骨突子。”众各摘其五，并付雌。雌又自解十枚，共得五十之数，以野苎为绳，穿挂徐项。徐视之，一珠可直百十金。俄顷俱出。徐煮肉毕，雌来邀去，云：“接天王。”至一大洞，广阔数亩。中有石，滑平如几。四围俱有石坐；上一坐蒙以豹革，余皆以鹿。夜叉二三十辈，列坐洞中。少顷，大风扬尘，张皇都出。见一巨物来，亦类夜叉状，竟奔入洞，踞坐鹗顾。群随入，东西列立，悉仰其首，以双臂作十字交。大夜叉按头点视，问：“卧眉山众，尽于此乎？”群哄应之。顾徐曰：“此何来？”雌以“婿”对。众又赞其烹调。即有二三夜叉，奔取熟肉陈几上。大夜叉掬啖尽饱，极赞嘉美，且责常供。又顾徐云：“骨突子何短？”众白：“初来未备。”物于项上摘取珠串，脱十枚付之，俱大如指顶，圆如弹丸。雌急接，代徐穿挂，徐亦交臂作夜叉语谢之。物乃去，蹑风而行，其疾如飞。众始享其余食而散。

居四年余，雌忽产一胎而生二雄一雌，皆人形，不类其母。众夜叉皆喜其子，辄共拊弄。一日，皆出攫食，惟徐独坐。忽别洞来一雌，欲与徐私，徐不肯。夜叉怒，扑徐踣地上。徐妻自外至，暴怒相搏，龁断其耳。少顷，其雄亦归，解释令去。自此雌每守徐，动息不相离。又三年，子女俱能行步。徐辄教以人言，渐能语，啁啾之中，有人气焉。虽童也，而奔山如履坦途。与徐依依有父子意。一日，雌与一子一女出，半日不归。而北风大作。徐恻然念故乡，携子至海岸，见故舟犹存，谋与同归。子欲告母，徐止之。父子登舟，一昼夜达交。至家，妻已醮。出珠二枚，售金盈兆，家颇丰。子取名彪。十四五岁，能举百钧，粗莽好斗。交帅见而奇之，以为千总。值边乱，所向有功。十八为副将。

时一商泛海，亦遭风飘至卧眉。方登岸，见一少年，视之而惊。知为中国人，便问居里。商以告，少年曳入幽谷一小石洞，洞外皆丛棘，且嘱勿出。去移时，挟鹿肉来啖商。自言：“父亦交人。”商问之，而知为徐，商在客中尝识之。因曰：“我故人也。今其子为副将。”少年不解何名。商曰：“此中国之官名。”又问：“何以为官？”曰：“出则舆马，入则高堂；上一呼而下百诺；见者侧目视，侧足立：此名为官。”少年甚歆动。商曰：“既尊君在交，何久淹此？”少年以情告。商劝南旋。曰：“余亦常作是念。但母非中国人，言貌殊异；且同类觉之，必见残害：用是辗转。”乃出曰：“待北风起，我来送汝行。烦于父兄处，寄一耗问。”商伏洞中几半年。时自棘中外窥，见山中辄有夜叉往还，大惧，不敢少动。一日，北风策策，少年忽至，引与急窜。嘱曰：“所言勿忘却。”商应之。又以肉置几上，商乃归。

径抵交，达副总府，备述所见。彪闻而悲，欲往寻之。父虑海涛妖薮，险恶难犯，力阻之。彪抚膺痛哭，父不能止。乃告交帅，携两兵至海内。逆风阻舟，摆簸海中者半月。四望无涯，咫尺迷闷，无从辨其南北。忽而涌波接汉，乘舟倾覆。彪落海中，逐浪浮沉。久之，被一物曳去，至一处，竟有舍宇。彪视之，一物如夜叉状。彪乃作夜叉语。夜叉惊讯之，彪乃告以所往。夜叉喜曰：“卧眉，我故里也。唐突可罪！君离故道已八千里。此去为毒龙国，向卧眉非路。”乃觅舟来送彪。夜叉在水中推行如矢，瞬息千里，过一宵，已达北岸。见一少年，临流瞻望。彪知山无人类，疑是弟，近之，果弟。因执手哭。既而问母及妹，并云健安。彪欲偕往，弟止之，仓忙便去。回谢夜叉，则已去。未几，母妹俱至，见彪俱哭。彪告其意。母曰："恐去为人所凌。"彪曰："儿在中国甚荣贵，人不敢欺。"归计已决，苦逆风难渡。母子方徊徨间，忽见布帆南动，其声瑟瑟。彪喜曰："天助吾也！"相继登舟，波如箭激，三日抵岸，见者皆奔。彪向三人脱分袍裤。抵家，母夜叉见翁怒骂，恨其不谋。徐谢过不遑。家人拜见家主母，无不战栗。彪劝母学作华言，衣锦，厌粱肉，乃大欣慰。母女皆男儿装，类满制。数月稍辨语言。弟妹亦渐白晰。弟曰豹，妹曰夜儿，俱强有力。彪耻不知书，教弟读。豹最慧，经史一过辄了，又不欲操儒业，仍使挽强弩，驰怒马，登武进士第。聘阿游击女。夜儿以异种，无与为婚。会标下袁守备失偶，强妻之。夜儿能开百石弓，百余步射小鸟，无虚落。袁每征，辄与妻俱。历任同知将军，奇勋半出于闺门。豹三十四岁挂印，母尝从之南征，每临巨敌，辄擐甲执锐，为子接应，见者莫不辟易。诏封男爵。豹代母疏辞，封夫人。

异史氏曰："夜叉夫人，亦所罕闻，然细思之而不罕也：家家床头有个夜叉在。"游戏收。

小髻
憑城穴社
計求安肯
鼠相遭竟
脫冠幾許
頭顱空自
挣令人
笑作沐
猴觀

小 髻

长山居民某，暇居，辄有短客来，久与扳谈。素不识其生平，颇注疑念。客曰："三数日，将便徙居，与君比邻矣。"过四五日，又曰："今已同里，旦晚可以承教。"问："乔居何所？"亦不详告，但以手北指。自是，日辄一来，时向人假器具；或吝不与，则自失之。群疑其狐。村北有古冢，陷不可测，意必居此。共操兵杖往。伏听之，久无少异。一更向尽，闻穴中戢戢然，似数十百人作耳语。众寂不动。俄而尺许小人，连遱而出，至不可数。众噪起，并击之。杖杖皆火，瞬息四散。惟遗一小髻，如胡桃壳然，纱饰而金线。嗅之，骚臭不可言。

泥鬼
遷怒無端嘆土偶
童年嬉戲亦尋常
人情勢利休相誚
泥鬼猶知避玉堂

泥　鬼

余乡唐太史济武。数岁时，有表亲某，相携戏寺中。太史童年磊落，胆即最豪，见庑中泥鬼，睁琉璃眼，甚光而巨，爱之，阴以指抉取，怀之而归。既抵家，某暴病不语。移时忽起，厉声曰："何故抉吾睛！"噪叫不休。众莫之知，太史始言所作。家人乃祝曰："童子无知，戏伤尊目，行奉还也。"乃大言曰："如此，我便当去。"言讫，仆地遂绝，良久而苏。问其所言，茫不自觉。乃送睛仍安鬼眶中。

异史氏曰："登堂索睛，土偶何其灵也。顾太史抉睛，而何以迁怒于同游？盖以玉堂之贵，而且至性觥觥，观其上书北阙，为张煊上书一案。拂袖南山，神且惮之，而况鬼乎？"

昔唐六如读书某寺，取佛座尘板煨火暖寒。一措大效之，头足昏眩，发狂。病者作神曰："唐寅则可，汝何人，敢亦尔耶？"

西僧
遍地黄金竟若何
名山四大自嵯峨西
僧倘读西游记应
悔長途跋涉多

西 僧

两僧自西域来，一赴五台，一卓锡泰山。其服色言貌，俱与中国殊异。自言："历火焰山，山童童，气熏腾若炉灶。凡行必于雨后，心凝目注，轻迹步履之。误蹴山石，则飞焰腾灼焉。又经流沙河，观圣教序及玄奘师《西域记》，火山弱水盖有之。河中有水晶山，削壁插天际，四面莹彻，似无所隔。又有隘，可容单车；二龙交角，对口把守之。过者先拜龙，龙许过，则口角自开。龙色白，鳞鬣皆如晶然。"僧言："途中历十八寒暑矣。离西土者十有二人，至中国仅存其二。西土传中国名山四：一泰山，一华山，一五台，一落伽也。相传山上遍地皆黄金，观音、文殊犹生。能至其处，则身便是佛，长生不死。"听其所言状，亦犹世人之慕西土也。倘有西游人，与东渡者中途相值，各述所有，当必相视失笑，两免跋涉矣。

纪晓岚曰："灵鹫山在今拔达克善，诸佛菩萨骨塔俱存，有石室六百间，即大雷音寺也。回部游牧者居之。我兵追剿波罗泥都霍集占，至其地，亦无他异。"六祖惠能曰："东方人造罪念佛，求生西方；西方人造罪念佛，又求生何国？"妙哉斯言！

老饕
老饕真是綠林雄卻敵
從容鼓掌中一
發三矢無用冢更看絕
技出奚僮
老饕

老 饕

杨维祯大唐中山进士歌：老馗血食岂敢饕。

邢德，泽州人，绿林之杰也。能挽强弩，发连矢，称一时绝技。而生平落拓，不利营谋，出门辄亏其资。两京大贾，往往喜与邢俱，途中恃以无恐。会冬初，有二三估客，薄假以资，邀同贩鬻。邢复自罄其囊，将并居货。有友善卜，因诣之。友占曰："此爻为'悔'，所操之业，即不母而子亦有损焉。"邢不乐，欲中止，而诸客强速之行。至都，果符所占。腊将半，匹马出都门。自念新岁无资，倍益怏闷。时晨雾濛濛，暂趋临路店，解装觅饮。见一颁白叟，共两少年，酌北牖下。一僮侍，黄发蓬蓬然。邢于南座，对叟休止。僮行觞，误翻柈具，污叟衣。少年怒，立摘其耳。捧巾持帨，代叟揩拭。既见僮手拇俱有铁箭镮，厚半寸；每一镮，约重二两余。食已，叟命少年于革囊中探出镪物，堆累几上，称秤握算，可饮数杯时，始缄裹完好。少年于枥中牵一黑跛骡来，扶叟乘之；僮亦跨羸马相从，跛骡羸马，皆着意用出字眼。出门去。两少年各腰弓矢，捉马俱出。邢窥多金，穷睛旁睨，馋焰若炙。辍饮，急尾之。视叟与僮犹款段于前，乃下道斜驰出叟前，紧衔关弓，怒相向。叟俯脱左足靴，微笑云："而不识得老饕也？"饕餮恶兽。邢满引一矢去。叟仰卧鞍上，伸其足，开两指如箝，夹矢住。笑曰："技但止此，何须而翁手敌？"邢怒，出其绝技，一矢刚发，后矢继至。叟手掇其一，似未防其连珠；后矢直贯其口，踣然而堕，衔矢僵眠。僮亦下。邢喜，谓其已毙，近临之。叟吐矢跃起，鼓掌曰："初会面，何便作此恶剧？"不信有此绝技。友人曰："此小说也。"余谓廿十三史类此不少。又曰："不见经之奇技，非常理所能测，亦不得尽谓其无也。"邢大惊，马亦骇逸。以此知叟异，不敢复返。走三四十里，值方面纲纪，囊物赴都；要取之，略可千金，意气始得扬。方疾骛间，闻后有蹄声；回首则僮易跛骡来，驶若飞。叱曰："男子勿行！猎取之货，宜少瓜分。"邢曰："汝识'连珠箭邢某'否？"僮云："适已承教矣。"邢以僮貌不扬，又无弓矢，易之。一发三矢，连遴不断，如群隼飞翔。僮殊不忙迫，手接二，口衔一。笑曰："如此技艺，辱莫煞人！乃翁傯遽，未暇寻得弓来；此物亦无用处，请即掷还。"遂于指上脱铁镮，穿矢其中，以手力掷，呜呜风鸣。邢急拨以弓，弦适触铁镮，铿然断绝，弓亦绽裂。邢惊绝。未及覷避，矢过贯耳，不觉翻坠。僮下骑，便将搜括。邢以弓卧挞之。僮怒，夺弓去，拗折为两；又折为四，抛置之。已，乃一手握邢两臂，一足踏邢两股；臂若缚，股若压，极力不能少动。天下事强中更有强者，技艺文章无不皆然。腰中束带双叠，可骈三指许。僮以一手捏之，随手断如灰烬。取金已，乃超乘，作一举手，致声"孟浪"，霍然径去。邢归，卒为善士。每向人述往事不讳。此与刘东山事盖仿佛焉。

連城
吟將新句献妝臺博得傾
城笑靨開膺肉區、何足
惜多情還肯殉身來

连城

乔生，晋宁人。少负才名。年二十余，犹偃蹇。为人有肝胆。与顾生善；顾卒，时恤其妻子。邑宰以文相契重。宰终于任，家口淹滞不能归，生破产扶柩，往返二千余里。以故士林益重之，而家由此益替。史孝廉有女，字连城，工刺绣，知书。父娇爱之。出所刺“倦绣图”征少年题咏，意在择婿。生献诗云：“慵鬟高髻绿婆娑，早向兰窗绣碧荷。刺到鸳鸯魂欲断，暗停针线蹙双蛾。”又赞挑绣之工云：“绣线挑来似写生，幅中花鸟自天成。当年织锦非长技，幸把回文感圣明。”女得诗喜，对父称赏。父贫之。女逢人辄称道，又遣媪娇父命，赠金以助灯火。生叹曰：“连城我知己也！”“知己”是一篇眼目。倾怀结想，如饥思啖。无何，女许字于鹾贾之子王化成，生始绝望；然梦魂中犹佩戴之。

未几，女病瘵，沉痼不起。有西域头陀，自谓能疗，但须男子膺肉一钱，捣合药屑。史使人诣王家告婿，婿笑曰：“痴老翁，欲剜我心头肉耶！”使返。史怒言于人曰：“有能割肉者妻之。”生闻而往，自出白刃，刲膺授僧。血濡袍裤，僧敷药始止。合药三丸。三日服尽，疾若失。史将践其言，先告王。王怒，欲讼官。史乃设筵招生，以千金列几上，曰：“重负大德，请以相报。”因具白背盟之由。生怫然曰：“仆所以不爱肤肉者，聊以报知己耳。岂货肉哉！”假梦真情，盖欲以一死酬知己也。拂袖而归。女闻之，意良不忍，托媪慰谕之。且云："以彼才华，当不久落。天下何患无佳人？我梦不祥，三年必死，不必与人争此泉下物也。"生告媪曰："'士为知己者死'，不以色也。诚恐连城未必真知我；但得真知我，不谐何害？"媪代女郎矢诚自剖。生曰："果尔，相逢时当为我一笑，死无憾！"媪既去，逾数日，生偶出，遇女自叔氏归，睨之，女秋波转顾，启齿嫣然。一对情种。生大喜曰："连城真知我者！"

会王氏来议吉期，女前症又作，数月寻死。生往临吊，一痛而绝。史舁送其家。生自知已死，亦无所戚。出村去，犹冀一见连城。遥望南北一道，行人连绪如蚁，因亦混身杂迹其中。俄顷，入一廨署，值顾生，串顾生，不测前伏笔之妙。惊问："君何得来？"即把手将送令归。生太息，言："心事殊未了。"顾曰："仆在此典牍，颇得委任。倘可效力，不惜也。"生问连城。顾即导生旋转多所，见连城与一白衣女郎，泪睫惨黛，藉坐廊隅。见生至，骤起似喜，略问所来。生曰："卿死，仆何敢生！"《论语》句法。连城泣曰："如此负义人，尚不吐弃之，身殉何为？然已不能许君今生，愿矢来世耳。"生告顾曰："有事君自去，仆乐死不愿生矣。但烦稽连城托生何里，行与俱去耳。"顾诺而去。白衣女郎问生何人，又带起一人，似随手拈出，可添文字波澜。金圣叹所谓獭尾法。连城为缅述之。女郎闻之，若不胜悲。连城告生曰："此妾同姓，小字宾娘，长沙史太守女。一路同来，遂相怜爱。"生视之，意态怜人。方欲研问，而顾已返，接笔快。向生贺曰："我为君平章已确，即教小娘子从君返魂，好否？"两人皆喜。方将拜别，宾娘大哭曰："姊去，我安归？乞垂怜救，妾为姊捧帨耳。"连城凄然，无所为计，转谋生。生又哀顾。顾难之，峻辞以为不可。若一求便允，天下容有此事，才士断无此文，嫌其太平也！生固强之。乃曰："试妄为之。"去食顷而返，摇手曰："何如！诚万分不能为力矣！"宾娘闻之，宛转娇啼，惟依连城肘下，恐其即去。惨怛无术，相对默默；而睹其愁颜戚容，使人肺腑酸柔。顾生愤然曰："请携宾娘去。脱有愆尤，小生拚身受之！"宾娘乃喜，从生出。生忧其道远无侣。宾娘曰："妾从君去，不愿归也。"生曰："卿太痴矣。不归，何以得活也？他日至湖南，勿复走避，为幸多矣。"适有两媪摄牒赴长沙，生属宾娘，泣别而去。途中，连城行蹇缓，里余辄一息；凡十余息，始见里门。连城曰："重生后，惧有反覆。请索妾骸骨来，妾以君家生，当无悔也。"生然之。偕归生家。女惕惕若不能步，生伫待之。女曰："妾至此，四肢摇摇，似无所主。志恐不遂，尚宜审谋；不然，生后何能自由？"相将入侧厢中。默定少时，连城笑曰："君憎妾耶？"生惊问其故。赧然曰："恐事不谐，重负君矣。请先以鬼报也。"生喜，极尽欢恋。因徘徊不敢遽生，寄厢中者三日。连城曰："谚有之：'丑妇终须见姑嫜。'戚戚于此，终非久计。"乃促生入。才至灵寝，豁然顿苏。家人惊异，进以汤水。生乃使人要史来，请得连城之尸，自言能活之。史喜，从其言。方舁入室，视之已醒。简笔。告父曰："儿已委身乔郎矣，更无归理。如有变动，但乃一死。"史归，遣婢往役给奉。王闻，具词申理。生波。官受赂，判归王。小曲折。生愤懑欲死，亦无奈之。连城至王家，忿不饮食，惟乞速死。室无人，则带悬梁上。越日，益惫，殆将奄逝。王惧，送归史。史复舁归生。王知之，亦无如何，遂安焉。连城起，每念宾娘，欲遣信探之，以道远而艰于往。一日，家人进曰："门有车马。"夫妇出视，则宾娘已至庭中矣。乔生寻去，便是呆笔；太守送来，乃是活笔。文字要烦，则千言未已；要简，则一句便了。相见悲喜。太守亲诣送女，生延入。太守曰："小女子赖君复生，誓不他适，今从其志。"生叩谢如礼。孝廉亦至，叙宗好焉。生名年，字大年。

霍生
才人結習好輕儇況涉嫌
疑禍易延穀鑿不逢天者
否雙疣倒置在唇邊

霍 生

文登霍生，与严生少相狎，长相谑也。《左传》襄六年：宋华弱与乐辔少相狎，长相优，又相谤也。《聊斋》用之。口给交御，惟恐不工。霍有邻媪，曾与严妻导产。偶与霍妇语，言其私处有两赘疣。妇以告霍。霍与同党者谋，窥严将至，故窃语云："某妻与我最昵。"众不信。霍因捏造端末，且云："如不信，其阴侧有双疣。"严止窗外，听之既悉，不入径去。至家，苦掠其妻；苦掠其妻，只以一言为据，私处之语，严生不得不信也。妻不服，搒益残。妻不堪虐，自经死。霍始大悔，然亦不敢向严而白其诬矣。严妻既死，其鬼夜哭，举家不得宁焉。无何，严暴卒，鬼乃不哭。霍妇梦女子披发大叫曰："我死得良苦，汝夫妻何得欢乐耶！"既醒而病，数日寻卒。霍亦梦女子指数诟骂，以掌批其吻。惊而寤，觉唇际隐痛，不取死报，而加于唇，昭众目示相称，不予以速死也，亦终必亡而已矣。扪之高起，三日而成双疣，遂为痼疾。不敢大言笑；启吻太骤，则痛不可忍。

异史氏曰："死能为厉，其气冤也。私病加于唇吻，神而近于戏矣。"

邑王氏，与同窗某狎。其妻归宁，王知其驴善惊，先伏丛莽中，伺妇至，暴出；驴惊妇堕，惟一僮从，不能扶妇乘。王乃殷勤抱控甚至，妇亦不识谁何。王扬扬以此得意，谓僮逐驴去，因得私其妇于莽中，述衵裤履甚悉。某闻，大惭而去。少间，自窗隙中见某一手握刃，一手捉妻来，意甚怒恶。大惧，逾垣而逃。某从之，追二三里地不及，始返。梦中人自老，天际月常明。王尽力极奔，肺叶开张，以是得吼疾，数年不愈焉。

汪士秀
神勇能將石鼓投喜攜阿
父棹歸舟蹋圓竟免江魚
腹莫怪人間愛擊毬

汪士秀

汪士秀，庐州人。刚勇有力，能举石舂。父子善蹴鞠。父四十余，过钱塘溺焉。积八九年，汪以故诣湖南，夜泊洞庭。时望月东升，澄江如练。写景好。方眺瞩间，忽有五人自湖中出，携大席，平铺水面，略可半亩。纷陈酒馔，馔器磨触作响，然声温厚，不类陶瓦。已而三人践席坐，二人侍饮。坐者一衣黄，二衣白；头上巾皆皂色，峨峨然下连肩背，制绝奇古，而月色微茫，不甚可晰。侍者俱褐衣。其一似童，其一似叟也。但闻黄衣人曰："今夜月色大佳，足供快饮。"鬼子于此，清兴不浅。白衣者曰："此夕风景，大似广利王宴梨花岛时。"三人互劝，引釂竞浮白。但语略小，即不可闻。舟人隐伏，不敢动息。汪细审侍者叟，酷类父；而听其言，又非父声。二漏将残，忽一人曰："趁此明月，宜一击球为乐。"即见僮没水中，取一圆出，大可盈抱，中如水银满贮，表里通明。坐者尽起。黄衣人呼叟共蹴之。蹴起丈余，光摇摇射人眼。俄而訇然远起，飞堕舟中。汪技痒，极力踏去，觉异常轻软。踏猛似破，腾寻丈，中有漏光，下射如虹，蚩然疾落；又如经天之彗，直投水中，滚滚作沸泡声而灭。席中共怒曰："何物生人，败我清兴！"叟笑曰："不恶，不恶，此吾家流星拐也。"白衣人嗔其语戏，怒曰："都方厌恼，老奴何得作欢？便同小乌皮捉得狂子来；不然，胫股当有椎吃也！"汪计无所逃，即亦不畏，捉刀立舟中。倏见僮叟操兵来。汪注视，真其父也，疾呼："阿翁！儿在此。"叟大骇，相顾凄断。僮即反身去。叟曰："儿急作匿。不然，都死矣！"言未已，三人忽已登舟。面皆漆黑，睛大于榴，攫叟出。汪力与夺，摇舟断缆。汪以刀截其臂，臂落，黄衣者乃逃。一白衣人奔汪。汪剁其颅，堕水有声，哄然俱没。方谋夜渡，旋见巨喙出水面，深若井，四面湖水奔注，砰砰作响。俄一喷涌，则浪接星斗，万舟簸荡。湖人大恐，舟上有石鼓二，皆重百斤。汪举一以投，激水雷鸣，浪渐消；又投其一，风波悉平。汪疑父为鬼。叟曰："我固未尝死也。溺江中者十九人，皆为妖物所食；我以蹋圆得全。物得罪于钱塘君，故移避洞庭耳。三人鱼精，所蹴鱼胞也。"父子聚喜，中夜击棹而去。天明，见舟中有鱼翅，径四五尺许，乃悟是夜间所断臂也。

王阮亭云："此条亦恢诡。"

商三官
小娥心事麗娥膽更見
三官智有餘易服報讎
沈恨雪兩兄應愧女專諸

商三官

故诸葛城，有商士禹者，士人也。以醉谑忤邑豪。豪嗾家奴乱捶之，舁归而死。禹二子，长曰臣，次曰礼。一女曰三官。三官年十六，出阁有期，以父故不果。两兄出讼，终岁不得结。婿家遣人参母，请从权毕姻事。母将许之。女进曰："焉有父尸未寒而行吉礼？彼独无父母乎？"正论凛然，胸已另有主见。婿家闻之，惭而止。无何，两兄讼不得直，负屈归。举家悲愤，兄弟谋留父尸，张再讼之本。三官曰："人被杀而不理，时事可知矣。天将为汝兄弟专生一阎罗包老耶？词令妙。骨骸暴露，于心何忍矣。"二兄服其言，乃葬父。葬已，三官夜遁，不知所往。俊鹘翻身，一瞥而去。母惭怍，惟恐婿家知，不敢告族党，但嘱二子冥冥侦察之。几半年，杳不可寻。会豪诞辰，招优为戏。优人孙淳，携二弟子往执役。其一王成，姿容平等，而音词清彻，群赞赏焉。其一李玉，貌韶秀如好女。诌出许多脚色。呼令歌，辞以不稔；强之，所度曲半杂儿女俚谣，合座为之鼓掌。孙大惭，白主人："此子从学未久，只解行觞耳。幸勿罪责。"即命行酒。玉往来给奉，善觑主人意向。豪悦之。酒阑人散，留与同寝。玉代豪拂榻解履，殷勤周至。醉语狎之，但有展笑。豪惑益甚，尽遣诸仆去，独留玉。玉伺诸仆去，阖扉下楗焉。诸仆就别室饮。移时，闻厅事中格格有声。一仆往觇之，见室内冥黑，寂不闻声。行将旋踵，忽有响声甚厉，如悬重物而断其索。亟问之，并无应者。呼众排闼入，则主人身首两断；玉自经死，绳绝堕地上，梁间颈际，残绠俨然。众大骇，传告内闼，群集莫解。众移玉尸于庭，觉其袜履虚若无足；解之，则素舄如钩，盖女子也。益骇。呼孙淳诘之。淳骇极，不知所对。但云："玉月前投作弟子，愿从寿主人，实不知所自来。"以其服凶，疑是商家刺客。暂以二人逻守之。女貌如生，抚之，肢体温软。二人窃谋淫之。一人抱尸转侧，方将缓其结束，忽脑如物击，口血暴注，顷刻已死。其一大惊，告众。众敬若神明焉。且以告郡。郡官问臣及礼，并言："不知。但妹亡去，已半载矣。"俾往验视，果三官。官奇之，判二兄领葬，敕豪家勿仇。

智略深沉，胜似秦女嫛，更为刺客传所未有。

异史氏曰："家有女豫让而不知，则兄之为丈夫者可知矣。然三官之为人，即萧萧易水，亦将羞而不流；况碌碌与世浮沉者耶！愿天下闺中人，买丝绣之，其功德当不减于奉壮缪也。"

于江
父仇何敢片時忘竟
殺山中白鼻狼自有
孝心通夢語旁人休
認莽兒郎

于江

乡民于江，父宿田间，为狼所食。江时年十六，得父遗履，悲恨欲死。夜俟母寝，潜持铁槌去，眠父死处，冀报父仇。少间，一狼来，逡巡嗅之。江不动。无何，摇尾扫其额，又渐俯首舐其股。江迄不动。即而欢跃直前，将龁其领。江急以锤击狼脑，立毙。起置草中，少间，又一狼来，如前状。又毙之。卧至中夜，杳无至者。忽小睡，梦父曰："杀二物，足泄我恨。然首杀我者，其鼻白，此都非是。"江醒，坚卧以伺之。既明，无所复得。欲曳狼归，恐惊母，遂投诸眢井而归。至夜复往，亦无至者。如此三四夜。忽一狼来啮其足，曳之以行。行数步，棘刺肉，石伤肤，江若死者。狼乃置之地上，意将龁腹。江骤起锤之，仆；又连锤之，毙。细视之，真白鼻也。大喜，负之以归，始告母。母泣从去，探眢井，得二狼焉。

异史氏曰："农家者流，乃有此英物耶？义烈发于血诚，非直勇也，智亦异焉。"

小二
全憑片語
指迷津自
是聰明絕
世人鄰里
休驚多異
術白蓮花
現女兒身
小二

小二

滕邑赵旺，夫妻奉佛，不茹荤血，入邪教之根。乡中有“善人”之目。家称小有。一女小二，绝慧美。赵珍爱之。年六岁，使与兄长春并从师读，凡五年而熟五经焉。同窗丁生，字紫陌，长于女三岁，文采风流，颇相倾爱。私以意告母，求婚赵氏。赵期以女字大家，故弗许。未几，赵惑于白莲教。徐鸿儒既反，一家俱陷为贼。小二知书善解，凡纸兵豆马之术，一见辄精。小女子师事徐者六人，惟二称最，因得尽传其术。赵以女故，大得委任。时丁年十八，游滕泮矣，而不肯论婚，意不忘小二也。潜亡去，投徐麾下。女见之喜，优礼逾于常格。女以徐高足，主军务，昼夜出入，父母不得闲。丁每宵见，尝斥绝诸役，辄至三漏。丁私告曰：“小生此来，卿知区区之意否？”女云：“不知。”丁曰：“我非妄意攀龙，所以故，实为卿耳。左道无济，止取灭亡。千古百万无头鬼，俱不闻此言。卿慧人，不念此乎？能从我亡，则寸心诚不负矣。”女怃然为间，豁然梦觉，曰：“背亲而行，不义，请告。”二人入陈利害，赵不悟，曰：“我师神人，岂有舛错？”女知不可谏，乃易髫而髻。出二纸鸢，与丁各跨其一。鸢肃肃展翼，似鹣鹣之鸟，比翼而飞。质明，抵莱芜界。女以指拈鸢项，忽即敛堕。遂收鸢，更以双卫，驰至山阴里，托为避乱者，僦屋而居。

二人草草出，啬于装，薪储不给。丁甚忧之。假粟比舍，莫肯贷以升斗。女无愁容，但质簪珥。闭门静对，猜灯谜，忆亡书，以是角低昂，负者骈二指击腕臂焉。一对小夫妇，小窗呢呢尔汝，琐琐幽事，如话如画。西邻翁姓，绿林之雄也。一日，猎归。女曰："富以其邻，我何忧？暂假千金，其与我乎？"丁以为难。女曰："我将使彼乐输也。"乃剪纸作判官状，置地下，覆以鸡笼。然后握丁登榻，煮藏酒，检周礼为觞政：任言是某册第几叶，第几行，即共翻阅。雅韵极矣，予家有袁中郎集，其中觞政一则，此略似之。其人得食旁、水旁、酉旁者饮；得酒部者倍之。既而女适得"酒人"，丁以巨觥引满促釂。女乃祝曰："若借得金来，君当得饮部。"丁翻卷，得"鳖人"，女大笑曰："事已谐矣！"滴沥授爵。丁不服，女曰："君是水族，宜作鳖饮。"方喧竞时，闻笼中戛戛。女起曰："至矣。"启笼验视，则布囊中有巨金累累充溢。丁不胜愕喜。后翁家媪抱儿来戏，看他补叙无痕。窃言："主人初归，篝灯夜坐。地忽暴裂，深不可底。一判官自内出，言：'我地府司隶也。太山帝君会诸冥曹，造暴客恶录，须银灯千架，架计重十两；施百架，则消灭罪愆。'主人骇惧，焚香叩祷，奉以千金。判官荏苒而入，地亦遂合。"夫妻听其言，故啧啧诧异之。而从此渐购牛马，蓄厮婢，自营宅第。里无赖子窥其富，纠诸不逞，逾垣劫丁。丁夫妇始自梦中醒，则编菅爇照，寇集满屋。二人执丁，又一人探手女怀。女袒而起，戟指而呵曰："止，止！"盗十三人，皆吐舌呆立，痴若木偶。女始着裤下榻，呼集家人，一一反接其臂，逼令供吐明悉。乃责之曰："远方人埋头涧谷，冀得相扶持，何不仁至此！缓急人所时有，窘急者不妨明告，我岂积殖自封者哉？豺狼之行，本合尽诛；但吾所不忍，姑释去，再犯不宥！”诸盗叩谢而去。

居无何，鸿儒就擒，赵夫妇妻子俱被夷诛。生赍金往赎长春之幼子以归。儿时三岁，养为己出，使从姓丁，名之承祧。于是里中人渐知为白莲教戚裔。适蝗害稼，女以纸鸢数百翼放田中，蝗远避，不入其陇，以是得无恙。里人共嫉之，群首于官，以为鸿儒余党。不德而反嫉之，真豺狼也。官啖其富，肉视之，收丁。丁以重赂啖令，始得免。女曰：“货殖之来也苟，固宜有散亡。然蛇蝎之乡，不可久居。”因贱售其业而去之，止于益都之西鄙。女为人灵巧，善居积，经纪过于男子。尝开琉璃厂，若处处以术取财，便同儿戏，此为大雅。每进工人而指点之，一切棋灯，其奇式幻采，诸肆莫能及，以故直昂得速售。居数年，财益称雄。而女督课婢仆严，食指数百无冗口。暇辄与丁烹茗着棋，或观书史为乐。钱谷出入，以及婢仆业，凡五日一课；女自持筹，丁为之点籍唱名数焉。亦治家要言。勤者赏赉有差，惰者鞭挞罚膝立。是日给假不夜作，夫妻设肴酒，呼婢辈度俚曲为笑。女明察如神，人无敢欺。而赏辄浮于其劳，故事易办。村中二百余家，凡贫者俱量给资本，乡以此无游惰。值大旱，女令村人设坛于野，乘舆夜出，禹步作法，甘霖倾注，五里内悉获沾足。得左道而正用之，遂足利济乡里，譬诸砒霜毒物，亦有时备茶笼之用，顾用者何如耳。人益神之。女出未尝障面，村人皆见之。或少年群居，私议其美；及觌面逢之，俱肃肃无敢仰视者。每秋日，村中童子不能耕作者，授以钱，使采荼蓟，几二十年，积满楼屋。人窃非笑之。会山左大饥，人相食，女乃出菜，杂粟赡饥者，近村赖以全活，无逃亡焉。

异史氏曰："二所为，殆天授，非人力也。然非一言之悟，骈死已久。由是观之，世抱非常之才，而误入匪僻以死者，当亦不少。吾悯王铁枪诸人。焉知同学六人中，遂无其人乎？使人恨不遇丁生耳。"

庚娘
風波忽地
起同舟在
弱蛾眉
竟復讎想
見蒼蒼憐節烈
三星重許賦綢繆

庚　娘

金大用，中州旧家子也。聘尤太守女，字庚娘。丽而贤。此篇与芙蓉屏传奇相似，然无此奇特。逑好甚敦。以流寇之乱，家人离逷。金携家南窜。途遇少年，亦偕妻以逃者，自言广陵王十八，愿为前驱。金喜，行止与俱。至河上，女隐告金曰："勿与少年同舟。彼屡顾我，目动而色变，中叵测也。"金诺之。王殷勤，觅巨舟，代金运装，劬劳臻至。金不忍却。此谓小不忍。又念其携有少妇，应亦无他。妇与庚娘同居，意度亦颇温婉。王坐舡头上，与橹人倾语，似甚熟识戚好。未几，日落，水程迢递，漫漫不辨南北。金四顾幽险，颇涉疑怪。顷之，皎月初升，见弥望皆芦苇。既泊，王邀金父子出户一豁。乃乘间挤金入水。金有老父见之，欲号。舟人以篙筑之，亦溺。生母闻声出窥，又筑溺之。王始喊救，母出时，庚娘在后，已微窥之。既闻一家尽溺，即亦不惊。但哭曰："翁姑俱没，我安适归！"此等识见局度，男子中亦少。王入劝："娘子勿忧，请从我至金陵。家中田庐，颇足赡给，保无虞也。"女收涕曰："得如此，愿亦足矣。"王大悦，给奉良殷。既暮，曳女求欢。女托体姅，王乃就妇宿。初更既尽，夫妇喧竞，不知何由。但闻妇曰："若所为，雷霆恐碎汝颅矣！"此妇亦有见识，有志气，宜其不死而卒归于金也。雷霆已假手于女矣。王乃挞妇。妇呼云："便死休！诚不愿为杀人贼妇！"王吼怒，捽妇出。便闻骨董一声，遂哗言妇溺矣。插此段幻甚。

未几，抵金陵，导庚娘至家，登堂见媪。媪讶非故妇。王言："妇堕水死，新娶此耳。"归房，又欲犯。庚娘笑曰笑中有力。："三十许男子，尚未经人道耶？市儿初合卺，亦须一杯薄浆酒。汝家沃饶，当亦不难。清醒相对，是何体段？"王喜，具酒对酌。庚娘执爵，劝酬殷恳。王渐醉，辞不饮。庚娘引巨碗，强媚劝之。王不忍拒，又饮之。于是酣醉，裸脱促寝。庚娘撤器灭烛，托言溲溺。出房，以刀入，暗中以手索王项，王犹捉臂作昵声。庚娘力切之，不死，号而起；又挥之，始殪。吾于寄园寄所寄见费金娥刺李度虎事类此。媪仿佛有闻，趋问之。女亦杀之。王弟十九觉焉。庚娘知不免，忽自刎。刀钝钝不可入，启户而奔。十九逐之，已投池中矣。呼告居人，救之已死，色丽如生。共验王尸，见窗上一函，开视，则女备述其冤状。群以为烈，谋敛资作殡。天明，集视者数千人；见其容，皆朝拜之。终日间，得金百，于是葬诸南郊。好事者，为之珠冠袍服，瘗藏丰满焉。随手伏下盗墓。

初，金生之溺也，浮片板上，得不死。将晓，至淮上，为小舟所救。舟盖富民尹翁专设以拯溺者。金既苏，诣翁申谢。翁优厚之，留教其子。生下。金以不知亲耗，将往探访，故不决。俄白："捞得死叟及媪。"金疑是父母，奔验果然。翁代营棺木。生方哀恸，又白："拯一溺妇，自言金生其夫。"奇幻之笔，真如天花乱坠。生挥涕惊出，女子已至，殊非庚娘，乃王十八妇也。向金大哭，请勿相弃。金曰："我方寸已乱，何暇谋人？"妇益悲。尹审其故，喜为天报，劝金纳妇。金以居丧为辞，且将复仇，惧细弱作累。妇曰："如君言，脱庚娘犹在，将以报仇居丧去之耶？"翁以其言善，请暂代收养，金乃许之。卜葬翁媪，妇缞绖哭泣，如丧翁姑。既葬，金怀刃托钵，将赴广陵。妇止之曰：“妾唐氏，祖居金陵，与豺子同乡。前言广陵者，诈也。且江湖水寇，半伊同党，仇不能复，只取祸耳。”金徘徊不知所谋。忽传女子诛仇事，洋溢河渠，姓名甚悉。金闻之一快，然益悲。辞妇曰：“幸不污辱，家有烈妇如此，何忍负心再娶？”妇以业有成说，不肯中离，愿自居于媵妾。

会有副将军袁公，与尹有旧，适将西发，过尹，见生大相知爱，请为记室。无何，流寇犯顺，篇有流寇，字不落空。袁有大勋；金以参机务，叙劳，授游击以归。夫妇始成合卺之礼。居数日，携妇诣金陵，将以展庚娘之墓。暂过镇江，欲登金山。漾舟中流，欻一艇过，中有一妪及少妇，怪少妇颇类庚娘。舟疾过，妇自窗中窥金，神情益肖。罗浮风雨，两山自合，令人迷离莫辨。惊疑不敢追问，急呼曰：“看群鸭儿飞上天耶！”少妇闻之，亦呼云：“馋猧儿欲吃猫子腥耶！”盖当年闺中之隐谑也。如《史记》中引古谚谣，倍添泽色。金大惊，反棹近之，真庚娘也。青衣扶过舟，相抱哀哭，伤感行旅。唐氏以嫡礼见庚娘。庚娘惊问，金始备述其由。庚娘执手曰：“同舟一话，心常不忘，不图吴越一家矣。蒙代葬翁姑，所当首谢，何以此礼相向？”乃以齿序，唐少庚娘一岁，妹之。先是，庚娘既葬，自不知历几春秋。忽一人呼曰：“庚娘，汝夫不死，尚当重圆。”遂如梦醒。扪之，四面皆壁，始悟身死已葬。只觉闷闷，亦无所苦。有恶少窥其葬具丰美，发冢破棺，方将搜括，见庚娘犹活，相共骇惧。庚娘恐其害己，哀之曰：“幸汝辈来，使我得睹天日。头上簪珥，悉将去。愿鬻我为尼，更可少得直。我亦不泄也。”盗稽首曰：“娘子贞烈，神人共钦。小人辈不过贫乏无计，作此不仁。但无漏言幸矣，何敢鬻作尼！”庚娘曰：“此我自乐之。”又一盗曰：“镇江耿夫人，寡而无子，若见娘子，必大喜。”庚娘谢之。自拔珠饰，悉付盗。盗不敢受，固与之，乃共拜受。遂载去，至耿夫人家，托言舡风所迷。耿夫人，巨家，寡媪自度。见庚娘大喜，以为己出。适母子自金山归也。庚娘缅述其故。金乃登舟拜母，母款之若婿。邀至其家，留数日始归。后往来不绝焉。

异史氏曰：“大变当前，淫者生之，贞者死焉。生者裂人眦，死者雪人涕耳。至如谈笑不惊，手刃仇仇，千古烈丈夫中，岂多匹俦哉！谁谓女子，遂不可比踪彦云也。”

宫夢弼
今日塵沙足濟貧昔年金玉等沙塵平原好客成虛話毛遂應推第一人
宫夢弼

宫梦弼

柳芳华，保定人。财雄一乡，慷慨好客，座上常百人。急人之急，千金不靳。宾友假贷常不还。惟一客宫梦弼，陕人，生平无所乞请。每至，辄经岁。词旨清洒，柳与寝处时最多。柳子名和，时总角，叔之。宫亦喜与和戏。每和自塾归，辄与发贴地砖，埋石子伪作埋金为笑。屋五架，掘藏几遍。众笑其行稚，而和独悦爱之，尤较诸客昵。后十余年，家渐虚，不能供多客之求，于是客渐稀；然十数人彻宵谈宴，犹是常也。年既暮，日益落，尚割亩得直，以备鸡黍。和亦挥霍，学父结小友，柳不之禁。无何，柳病卒，至无以治凶具。宫乃自出囊金，为柳经纪。和益德之。事无大小，悉委宫叔。宫时自外入，必袖瓦砾，至室则抛掷暗陬，更不解其何意。和每对宫忧贫。宫曰：“子不知作苦之难。无论无金，即授汝千金，可立尽也。男子患不自立，何患贫？”一日，辞欲归。和泣嘱速返，宫诺之，遂去。和贫不自给，典质渐空。日望宫至，以为经理，而宫灭迹匿影，去如黄鹤矣。用唐人一去不复返句。最喜《聊斋》不多用书，每缀拾一二字，便觉古色斑烂，复活脱灵动。

先是，柳生时，为和论亲于无极黄氏，素封也。后闻柳贫，阴有悔心。柳卒，讣告之，即亦不吊；犹以道远曲原之。和服除，母遣自诣岳所，定婚期，冀黄怜顾。比至，黄闻其衣履穿敝，斥门者不纳。寄语云：“归谋百金，可复来；不然，请自此绝。”和闻言痛哭。对门刘媪，怜而进之食，赠钱三百，慰令归。母亦哀愤无策。因念旧客负欠者十常八九，俾择富贵者求助焉。和曰：“昔之交我者为我财耳。使儿驷马高车，假千金，亦即匪难；如此景象，谁犹念曩恩、忆故好耶？且父与人金资，曾无契保，责负亦难凭也。”母固强之。和从教。凡二十余日，不能致一文，惟优人李四，旧受恩恤，闻其事，义赠一金。写世情之薄，却借一优人反衬出来。母子痛哭，自此绝望矣。

黄女年已及笄，闻父绝和，窃不直之。黄欲女别适。女泣曰：“柳郎非生而贫者也。使富倍他日，岂仇我者所能夺乎？今贫而弃之，不仁！”黄不悦，曲谕百端，女终不摇。翁妪并怒，旦夕唾骂之，女亦安焉。无何，夜遭寇劫，黄夫妇炮烙几死，家中席卷一空。荏苒三载，家益零替。有西贾闻女美，愿以五十金致聘。黄利而许之，将强夺其志。女察知其谋，毁装涂面，乘夜遁之，丐食于途。阅两月，始达保定，访和居址，直造其家。母以为乞人妇，故咄之。女呜咽自陈。母把手泣曰：“儿何形骸至此耶！”女又惨然而告以故。母子俱哭。便为盥沐，颜色光泽，眉目焕映。母子俱喜。然家三口，日仅一啖。山穷水尽矣，下别开世界。母泣曰：“吾母子固应尔；所怜者，负吾贤妇！”女笑慰之曰：“新妇在乞人中，稔其况味，今日视之，觉有天堂地狱之别。”母为解颐。

女一日入闲舍中，见断草丛丛，无隙地。渐入内室，尘埃积中，暗陬有物堆积，蹴之迕足，拾视皆朱提。惊走告和。和同往验视，则宫往日所抛瓦砾，尽为白金。因念儿时常与瘗石室中，得毋皆金？而故第已典于东家。急赎归，断砖残缺，所藏石子俨然露焉，颇觉失望；及发他砖，则灿灿皆白镪也。顷刻间，数巨万矣。由是赎田产，市奴仆，门庭华好过昔日。因自奋曰：“若不自立，负我宫叔！”刻志下帷，三年中乡选。乃躬赍百金往酬刘媪。英雄第一开心事，撒手千金报德时，如王孙之于漂母矣。鲜衣射目，仆十余辈，皆骑怒马如龙。媪仅一屋，和便坐榻上。人哗马腾，充溢里巷。黄翁自女失亡，西贾逼退聘财，业已耗去殆半，售居宅，始得偿。以故困窘如和曩日。闻旧婿烜耀，闭户自伤而已。媪沽酒备馔款和，因述女贤，且惜女遁。问和娶否。和曰：“娶矣。”食已，强媪往视新妇，载与俱归。至家，女华妆出，群婢簇拥若仙。相见大骇，遂叙往旧，殷问父母起居。居数日，款洽优厚，制好衣，上下一新，始送令返。媪诣黄许报女耗，兼致存问。夫妇大惊。媪劝往投女，黄有难色。既而冻馁难堪，不得已如保定。既到门，见闬闳峻丽，阍人怒目张，终日不得通。一妇人出，黄温色卑词，告以姓氏，求暗达女知。少间，妇出，导入耳舍。曰：“娘子极欲一觐；然恐郎君知，尚候隙也。翁几时来此？得毋饥否？”黄因诉所苦。妇入，以酒一盛、馔二簋，出置黄前。又赠五金，曰：“郎君宴房中，娘子恐不得来。明旦，宜早去，勿为郎闻。”苏季子、朱翁子两传，写人情冷暖，世态炎凉，可云曲尽，此亦不减。黄诺之。早起趣装，则管钥未启，止于门中，坐襆囊以待。忽哗主人出。黄将敛避，和已睹之，怪问谁何，似太装腔，然非此配不过前一段文字。家人悉无以应。和怒曰：“是必奸宄！可执赴有司。”众应声出，短绠绷系树间。黄惭惧不知置词。未几，昨夕妇出，跪曰：“是某舅氏。以前夕来晚，故未告主人。”和命释缚。妇送出门，曰：“忘嘱门者，遂致参差。娘子言：相思时，可使老夫人伪为卖花者，同刘媪来。”此时如天上仙人在云端里坐。

黄诺，归述于妪。妪念女若渴，以告刘媪，媪果与俱至和家。凡启十余关，始达女所。女着帓顶髻，珠翠绮纨，香气扑人。嘤咛一声，大小婢媪，奔入满侧，移金椅床，置双夹膝。极写尊贵身分，偶以一二字十分露出。慧婢瀹茗，各以隐语道寒暄，相视泪荧。至晚，除室安二媪；裀褥温软，并昔年富时所未经。居三五日，女意殷渥。媪辄引空处，泣白前非。女曰："我子母有何过不忘？但郎忿不解，防他闻也。"每和至，便走匿。一日，方促膝，和遽入，见之，怒诟曰："何物村妪，敢引身与娘子接坐！宜撮鬓毛令尽！"刘媪急进曰："此老身瓜葛，王嫂卖花者，幸勿罪责。"和乃上手谢过。即坐曰："姥来数日，我大忙，未得展叙。黄家老畜产尚在否？"笑云："都佳。但是贫不可过。官人大富贵，何不一念翁婿情也？"和击桌曰："曩年非姥怜赐一瓯粥，更何得旋乡土！今欲得而寝处之，何念焉！"言致忿际，辄顿足起骂。女恚曰："彼即不仁，是我父母。我迢迢远来，手皴瘃，足趾皆穿，亦自谓无负郎君；何乃对子骂父，使人难堪？"如闻香口，真是好听。和始敛怒，起身去。黄妪愧丧无色，辞欲归。女以二十金私付之。既归，旷绝音问，女深以为念。和乃遣人招之。夫妻至，惭怍无以自容。和谢曰："旧岁辱临，又不明告，遂使开罪良多。"黄但唯唯。和为更易衣履。留月余，黄心终不自安，数告归。和遗白金百两曰："西贾五十金，我今倍之。"黄汗颜受之。和以舆马送还，暮岁称小丰焉。更不必札宫叔，文有随手抛过，此类是也。

异史氏曰："雍门泣后，朱履杳然，令人愤气杜门，不欲复交一客。然良朋葬骨，化石成金。不可谓非慷慨好客之报也。闺中人坐享高奉，俨然如嫔嫱，非贞异如黄卿，孰克当此而无愧者乎？造物之不妄降福泽也如是。”

乡有富者，居积取盈，搜算入骨。窖镪数百，惟恐人知，故衣败絮，啖糠秕以示贫。亲友偶来，亦曾无作鸡黍之事。或言其家不贫，便瞋目作怒，其仇如不共戴天。暮年，日餐榆屑一升，臂上皮折垂一寸长，而所窖终不肯发。后渐尪羸。濒死，两子环问之，犹未遽告；迨觉果危急，欲告子，子至，已舌蹇不能声，惟爬抓心头，呵呵而已。死后子孙不能具棺木，遂槁葬焉。呜呼！若窖金而以为富，则大帑数千万，何不可指为我有哉？愚已？

雊雓
客途貲罄奈愁何
相伴依依祇八哥
賺得金来且去也
能言畢竟慧心多

鸲 鹆

王汾滨言：其乡有养八哥者，教以语言，甚狎习，出游必与之俱，相将数年矣。一日，将过绛州，去家尚远，而资斧已罄，其人愁苦无策。鸟云："何不售我？送我王邸，当得善价，不愁归路无资也。"其人云："我安忍。"鸟言："不妨。主人得价疾行，待我城西二十里大树下。"其人从之，携至城，相问答，观者渐众。有中贵见之，闻诸王。王召入，欲买之。其人曰："小人相依为命，不愿卖。"王问鸟："汝愿住否？"言："愿住。"王喜。鸟又言："给价十金，勿多予。"王益喜，立畀十金。其人故作懊恨状而去。王与鸟言，应对便捷。呼肉啖之。食已，鸟曰："臣要浴。"王命金盆贮水，开笼令浴。浴已，飞檐间，梳翎抖羽，尚与王喋喋不休。顷之，羽燥，翩跹而起，操晋声曰："臣去呀！"顾盼已失所在。王及内侍，仰面咨嗟。急觅其人，则已渺矣。后有往秦中者，见其人携鸟在西安市上。毕载积先生记。

王阮亭云："可与鹦鹉、秦吉了同传。"

劉海石
妖禍潛興幾
莫逃何期猴
手臂同袍狙
姜倏忽成憔
悴猶是哀鳴
惜一毛

刘海石

刘海石，蒲台人，避乱于滨州。时十四岁，与滨州生刘沧客同函丈，因相善，订为昆季。无何，海石失怙恃，奉丧而归，音问遂阙。沧客家颇裕。年四十，生二子：长子吉，十七岁，为邑名士；次子亦慧。沧客又内邑中倪氏女，大嬖之。后半年，长子患脑痛卒，夫妻大惨。无几何，妻病又卒；逾数月，长媳又死；而婢仆之丧亡，且相继也。沧客哀悼，殆不能堪。一日，方坐愁间，忽阍人通海石至。沧客喜，急出门迎以入。方欲展寒温，海石忽惊曰："兄有灭门之祸，不知耶？"沧客愕然，莫解所以。海石曰："久失闻问，窃疑近况未必佳也。"沧客泫然，因以状对。海石欷歔。既而笑曰："灾殃未艾，余初为兄吊也。然幸而遇仆，请为兄贺。"沧客曰："久不晤，岂近精'越人术'耶？"海石曰："是非所长。阳宅风鉴，颇能习之。"沧客喜，便求相宅。海石入宅，内外遍观之。已而请睹诸眷口；沧客从其教，使子媳婢妾，俱见于堂。沧客一一指示。至倪，海石仰天而视，大笑不已。众方惊疑，但见倪女战栗无色，身暴缩短，仅二尺余。海石以界方击其首，作石缶声。海石揪其发，检脑后，见白发数茎，欲拔之。女缩项跪啼，言即去，但求勿拔。海石怒曰："汝凶心尚未死耶？"就项后拔去之。女随手而变，黑色如狸。众大骇。海石掇纳袖中，顾子妇曰："媳受毒已深，背上当有异，请验之。”妇羞，不肯袒示。刘子固强之，见背上白毛，长四指许。海石以针挑去，曰：“此毛已老，七日即不可救。”又顾刘次子，亦有毛，才二指。曰：“似此可月余死耳。”沧客以及婢仆，并刺之。曰：“仆适不来，一门无噍类矣。”问：“此何物？”曰：“亦狐属。吸人神气以为灵，最利人死。”沧客曰：“久不见君，何能神异如此！无乃仙乎？”笑曰：“特从师习小技耳，何遽云仙。”问其师，答云：“山石道人。适此物，我不能死之，将归献俘于师。”言已，告别。觉袖中空空，骇曰：“亡之矣！尾末有大毛未去，今已遁去。”众俱骇然。海石曰：“领毛已尽，不能化人，止能化兽，遁当不远。”于是入室而相其猫，出门而嗾其犬，皆曰无之。启圈笑曰：“在此矣。”沧客视之，多一豕。闻海石笑，遂伏，不敢少动。提耳捉出，视尾上白毛一茎，硬如针。方将检拔，而豕转侧哀鸣，不听拔。海石曰：“汝造孽既多，拔一毛犹不肯耶？”执而拔之，随手复化为狸。纳袖欲出。沧客苦留，乃为一饭。问后会，曰：“此难预定。我师立宏愿，常使我等遨世上，拔救众生，未必无再见时。”及别后，细思其名，始悟曰：“海石殆仙矣。‘山石’合一‘岩’字，盖吕祖讳也。”

谕 鬼

青州石尚书茂华为诸生时，郡门外有大渊，不雨亦不涸。邑中获大寇数十名，刑于渊上。鬼聚为祟，经过者辄被曳入。一日，有某甲正遭困厄，忽闻群鬼惶窜曰：“石尚书至矣！”未几，公至，甲以状告。公以垩灰题壁示云：“石某为禁约事：照得厥念无良，致婴雷霆之怒。所谋不轨，遂遭斧钺之诛。只宜返罔两之心，争相忏悔。庶几洗髑髅之血，脱此沉沦。尔乃生已极刑，死犹聚恶。跳踉而至，披发成群。踯躅以前，搏膺作厉。黄泥塞耳，辄逞鬼子之凶。白昼为妖，几断行人之路！彼丘陵三尺外，管辖由人；岂乾坤两大中，凶顽任尔？谕后各宜潜踪，勿犹怙恶。无定河边之骨，静待轮回。金闺梦里之魂，还践乡土。如蹈前愆，必贻后悔！”自此鬼患遂绝，渊亦寻干。

犬燈

犬灯

韩光禄大千之仆，夜宿厦间，见楼上有灯，如明星。未几，荧荧飘落，及地化为犬。睨之，转舍后去。急起，潜尾之，入院中，化为女子。心知其狐，还卧故所。俄，女子自后来，仆阳寐以观其变。女俯而撼之。仆伪作醒状，问其为谁。女不答。仆曰："楼上灯光，非子也耶?"女曰："既知之，何问焉？"遂共宿之。昼别宵会，以为常。主人知之，使二人夹仆卧；二人既醒，则身卧床下，亦不觉堕自何时。主人益怒，谓仆曰："来时，当捉之来；不然则有鞭楚！"仆不敢言，诺而退。因念：捉之难，不捉惧罪。展转无策。忽忆女子一小红衫，密着其体，未肯暂脱，必其要害，执此可以胁之。夜分，女至，问："主人嘱汝捉我乎？"曰："良有之。但我两人情好，何肯此为？"及寝，阴掬其衫。女急啼，力脱而去。从此遂绝。后仆自他方归，遥见女子坐道周。至前，则举袖障面。仆下骑，呼曰："何作此态？"女乃起，握手曰："我谓子已忘旧好矣。既恋恋有故人意，情尚可原。前事出于主命，亦不汝怪也。但缘分已尽，今设小酌，请入为别。"时秋初，高粱正茂。女携与俱入，则中有巨第。系马而入，厅堂中酒肴已列。甫坐，群婢行炙。日将暮，仆有事欲覆主命，遂别。既出，则依然田陇耳。

狐妾
刀砧夢裏走廚
奴膝似當年給
秀無一領羊裘
原細事丈人生
性諱言狐

狐妾

莱芜刘洞九，官汾州。独坐署中，闻庭外笑语渐近。入室，则四女子：一四十许，一可三十，一二十四五已来，末后一垂髫者。并立几前，相视而笑。刘固知官署多狐，置不顾。少间，垂髫者出一红巾，戏抛面上。刘拾掷窗间，仍不顾。四女一笑而去。一日，年长者来，谓刘曰："舍妹与君有缘，愿无弃葑菲。"刘漫应之。女遂去。俄偕一婢，拥垂髫儿来，俾与刘并肩坐。曰："一对好凤侣，今夜谐花烛。勉事刘郎，我去矣。"刘谛视，光艳无俦，遂与燕好。诘其行迹，女曰："妾固非人，而实亦人也。妾，前官之女，蛊于狐，奄忽以死，窆园内。众狐以术生我，遂飘然若狐。"刘因以手探尻际。女觉之，笑曰："君将无谓狐有尾耶？"转身云："请试扪之。"自此，遂留不去。每行坐，与小婢俱。家人俱尊以小君礼。婢媪参谒，赏赉甚丰。

值刘寿辰，宾客烦多，共三十余筵，须庖人甚众；先期牒拘，仅一二到者。刘不胜恚。女知之，便言："勿忧。庖人既不足用，不如并其来者遣之。妾固短于才，然三十席亦不难办。"刘喜，命以鱼肉姜椒，悉移内署。家中人但闻刀砧声，繁碎不绝。门内设以几，行炙者置柈其上；转视，则肴俎已满。托去复来，十余人络绎于道，取之不绝。末后，行炙人来索汤饼。内言曰："主人未尝预嘱，咄嗟何以办？"既而曰："无已，其假之。”少倾，呼取汤饼。视之，三十余碗，蒸腾几上。客既去，乃谓刘曰：“可出金资，偿某家汤饼。”刘使人将直去。则其家失汤饼，方共惊疑，使至，疑始解。一夕，夜酌，偶思山东苦醁。女请取之。遂出门去，移时返曰：“门外一罂，可供数日饮。”刘视之，果得酒，真家中瓮头春也。越数日，夫人遣二仆如汾。途中一仆曰：“闻狐夫人犒赏优厚，此去得赏金，可买一裘。”女在署已知之，向刘曰：“家中人将至。可恨伧奴无礼，必报之。”明日，仆甫入城，头大痛，至署，抱首号呼。共拟进医药。刘笑曰：“勿须疗，时至当自瘥。”众疑其获罪小君。仆自思：初来未解装，罪何由得？无所告诉，漫膝行而哀之。帘中语曰：“尔谓夫人，则亦已耳，何谓狐也？”仆乃悟，叩不已。又曰：“既欲得裘，何得复无礼？”已而曰：“汝愈矣。”言已，仆病若失。仆拜欲出，忽自帘中掷一裹出，曰：“此一羔羊裘也，可将去。”仆解视，得五金。刘问家中消息，仆言都无事，惟夜失藏酒一罂。稽其时日，即取酒夜也。群惮其神，呼之“圣仙”。刘为绘小像。

时张道一为提学使，闻其异，以桑梓谊诣刘，欲乞一面。女拒之。刘示以像，张强携而去。归悬座右，朝夕祝之云：“以卿丽质，何之不可？乃托身于鬖鬖之老！下官殊不恶于洞九，何不一惠顾？”女在署，忽谓刘曰：“张公无礼，当小惩之。”一日，张方祝，似有人以界方击额，崩然甚痛。大惧，反卷。刘诘之，使隐其故而诡对。刘笑曰：“主人额上得毋痛否？”使不能欺，以实告。无何，婿亓生来，请觐之。女固辞之。亓请之坚。刘曰：“婿非他人，何拒之深？”女曰：“婿相见，必当有以赠之。渠望我奢，自度不能满其志，故适不欲见耳。”既固请之，乃许以十日见。及期，亓入，隔帘揖之，少致存问。仪容隐约，不敢审谛。即退，数步之外，辄回眸注盼。但闻女言曰：“阿婿回首矣！”言已，大笑，烈烈如鸮鸣。亓闻之，胫股皆软，摇摇然如丧魂魄。既出，坐移时，始稍定。乃曰：“适闻笑声，如听霹雳，竟不觉身为己有。”少顷，婢以女命，赠亓二十金。亓受之，谓婢曰：“圣仙日与丈人居，宁不知我素性挥霍，不惯使小钱耶？”女闻之曰：“我固知其然。囊底适罄；向结伴至汴梁，其城为河伯占据，库藏皆没水中，入水各得些须，何能饱无餍之求？且我纵能厚馈，彼福薄亦不能任。”女凡事先知，遇有疑难与议，无不剖。一日，并坐，忽仰天大惊曰：“大劫将至，为之奈何！”刘惊问家口，曰：“余悉无恙，独二公子可虑。此处不久将为战场，君当求差远去，庶免于难。”刘从之，乞于上官，得解饷云贵间。道里辽远，闻者吊之。而女独贺。无何，姜瓖叛，顺治五年十二月初三日，大同总兵姜瓖闭城叛，英亲王闻之，围其城，屡招谕之。顺治六年八月，伪总兵杨振威斩姜瓖、其兄姜琳、弟有光首献，大同平。汾州没为贼窟。刘仲子自山东来，适遭其变，遂被其害。城陷，官僚皆罹于难，惟刘以公出得免。盗平，刘始归。寻以大案挂误，贫至饔飧不给；而当道者又多所需索，因而窘忧欲死。女曰：“勿忧，床下三千金，可资用度。”刘大喜，问：“窃之何处？”曰：“天下无主之物，取之不尽，何庸窃乎！”刘营谋得脱归，女从之。后数年忽去，纸裹数事留赠，中有丧家挂门之小旛，长二寸许，群以为不祥。刘寻卒。

雷曹
踏波而出攀
雲上手搖
星辰行雨
回神報
皆由人
事致少
微有
耀發
珠胎

雷曹

乐云鹤、夏平子，二人少同里，长同斋，相交莫逆。夏少慧，十岁知名。乐虚心事之，夏相规不倦，乐文思日进，由是名并著。而潦倒场屋，战辄北。无何，夏遘疫而卒，家贫不能葬，乐锐身自任之。遗襁褓及未亡人，乐以时恤诸其家，每得升斗，必析而二之，夏妻子赖以活。于是士大夫益贤乐。乐恒产无多，又代夏生忧内顾，家计日蹙。乃叹曰："文如平子，尚碌碌以没，而况于我！人生富贵须及时，戚戚终岁，恐先狗马填沟壑，负此生矣，不如早自图也。"于是去读而贾。操业半年，家资小泰。

一日，客金陵，休于旅舍。见一人颀然而长，筋骨隆起，彷徨坐侧，色黯淡，有戚容。乐问："欲得食耶？"其人亦不语。乐推食食之；则以手掬啖，顷刻已尽。乐又益以兼人之馔，食复尽。遂命主人割豚胁，堆以蒸饼，又尽数人之餐。昔人喜观豪客饮，予喜观健儿食，足长精神，壮气概也。始果腹而谢曰："三年以来，未尝如此饫饱。"乐曰："君固壮士，何飘泊若此？"曰："罪婴天谴，不可说也。"问其里居，曰："陆无屋，水无舟，朝村而暮郭也。"乐整装欲行，其人相从，恋恋不去。乐辞之。告曰："君有大难，吾不忍忘一饭之德。"乐异之，遂与偕行。途中曳与同餐。辞曰："我终岁仅数餐耳。"益奇之。次日，渡江，风涛暴作，估舟尽覆，乐与其人悉没江中。俄风定，其人负乐踏波出，登客舟，又破浪去。少时，挽一舟至，扶乐入，嘱乐卧守，复跃入江，以两臂夹货出，掷舟中；又入之，数入数出，列货满舟。乐谢曰："君生我亦良足矣，敢望珠还哉！"检视货财，并无亡失。益喜，惊为神人，放舟欲行。其人告退，乐苦留之，遂与共济。乐笑云："此一厄也，止失一金簪耳。"其人欲复寻之。乐方劝止，已投水中而没，惊愕良久。忽见含笑而出，以簪授乐曰："幸不辱命。"江上人罔不骇异。

乐与归，寝处共之。每十数日始一食，食则啖嚼无算。一日，又言别，乐固挽之。适昼晦欲雨，闻雷声。乐曰："云间不知何状？雷又是何物？安得至天上视之，此疑乃可解。"其人笑曰："君欲作云中游耶？"少时，乐倦甚，伏榻假寐。既醒，觉身摇摇然，不似榻上。开目，则在云气中，周身如絮。惊而起，晕如舟上。踏之，软无地。仰视星斗，在眉目间。夏日大雨后，白云弥漫，天上忽划开半壁，漏出日光，云如崩岩，雷声隐隐，裹于云中。此时纵情一往，身随心去，俨然如在天上，是此景气。遂疑是梦。细视星嵌天上，如老莲实之在蓬也，大者如瓮，次如瓿，小如盎盂。以手撼之，大者坚不可动，小星摇动，似可摘而下者。遂摘其一，藏袖中。日月星晨系焉，楼高摘星，硬下注脚。拨云下视，则银河苍茫，见城郭如豆。愕然自念：设一脱足，此身何可复问。俄见二龙夭矫，驾缦车来。尾一掉，如鸣牛鞭。车上有器，围皆数丈，贮水满之。有数十人，以器掬水，遍洒云间。忽见乐，共怪之。乐审所与壮士在焉，语众云："是吾友也。"因取一器授乐，令洒。时苦旱，乐接器排云，约望故乡，尽情倾注。未几，谓乐曰："我本雷曹，前误行雨，罚谪三载；今天限已满，请从此别。"乃以驾车之绳万丈掷前，使握端绳下。乐危之。其人笑言：“不妨。”乐如其言，飗飗然瞬息及地。视之，则堕立村外，绳渐收入云中，不可见矣。时久旱，十里外，雨仅盈指，独乐里沟浍皆满。归探袖中，摘星仍在。出置案上，黯黝如石；入夜，则光明焕发，映照四壁。益宝之，什袭而藏。每有佳客，出以照饮。正视之，条条射目。一夜，妻坐对握发，忽见星光渐小如萤，流动横飞。妻方怪咤，已入口中，咯之不出，竟已下咽。愕奔告乐，乐亦奇之。既寝，梦夏平子来，曰：“我少微星也。因先君失一德，促余寿龄。君之惠好，在中不忘。又蒙自上天携归，可云有缘。今为君嗣，以报大德。”乐三十无子，得梦甚喜。自是，妻果娠。及临蓐，光辉满室，如星在几上时，因名“星儿”。机警非常。十六岁及进士第。

异史氏曰：“乐子文章名一世，忽觉苍苍之位置我者不在是，遂弃毛锥如脱屣，此与燕颔投笔者，何以少异？至雷曹感一饭之德，少微酬良朋之知，岂神人之私报恩施哉？乃造物之公报贤豪耳。”

賭符
未了貪
心博局開
此中勝負本
難猜靈符倘許
相傳受一擲
何妨百萬來

赌 符

韩道士，居邑中之天齐庙。多幻术，共名之“仙”。先子与最善，每适城，辄造之。一日，与先叔赴邑，拟访韩，适遇诸途。韩付钥曰：“请先往启门坐，少旋我即至。”乃如其言。诣庙发扃，则韩已坐室中。诸如此类。先是，有敝族人嗜博赌，因先子亦识韩。值大佛寺来一僧，专事樗蒲，赌甚豪。族人见而悦之，罄资往赌，大亏；心益热，典质田产，复往，终夜尽丧。邑邑不得志，便道诣韩，精神惨淡，言语失次。韩问之，具以实告。韩笑曰：“常赌无不输之理。倘能戒赌，我为汝复之。”族人曰：“倘得珠还合浦，花骨头当铁杵碎之！”韩乃以纸书符，授佩衣带间。嘱曰：“但得故物即已，勿得陇复望蜀也。”又付千钱，约赢而偿之。族人大喜而往。僧验其资，易之，不屑与赌。族人强之，请以一掷为期。僧笑而从之。乃以千钱为孤注。僧掷之无所胜负，族人接色，一掷成采。僧复以两千为注，又败；僧渐增至十余千，明明枭色，呵之，皆成卢雉：计前所输，顷刻尽复。阴念再赢数千为更佳，乃复博，则色渐劣；心怪之，起视带上，则符已亡矣，大惊而罢。载钱归庙，除偿韩外，追而计之，并末后所失，适符原数也。已乃愧谢失符之罪。韩笑曰：“已在此矣。固嘱勿贪，而君不听，故取之。”

异史氏曰："天下之倾家者，莫速于博；天下之败德者，亦莫甚于博。予不喜博，尝作陶士行语曰："此牧猪奴戏也。"费财费时，大丈夫岂屑为之！乡里相知劝曰："子仕途中人，将来何以和众，接群居之欢？"予终耻之。入其中者，如沉迷海，将不知所底矣。夫商农之人，俱有本业；诗书之士，尤惜分阴。负耒横经，固成家之正路。清谈薄饮，犹寄兴之生涯。尔乃狎比淫朋，缠绵永夜。倾囊倒箧，悬金于崄巇之天。呼雉呵卢，乞灵于淫昏之骨。盘旋五木，似走圆珠。手握多张，如擎团扇。左觑人而右顾己，望穿鬼子之睛。阳示弱而阴用强，费尽魍魉之技。门前宾客待，犹恋恋于场头。舍上火烟生，尚眈眈于盆里。忘餐废寝，则久入成迷。舌敝唇焦，则相看似鬼。迨夫全军尽没，热眼空窥。视局中则叫号浓焉，技痒英雄之臆。顾囊底而贯索空矣，灰寒壮士之心。引颈徘徊，觉白手之无济。垂头萧索，始玄夜以方归。幸交谪之人眠，恐惊犬吠。苦久虚之腹饿，敢怨羹残。既而鬻子质田，冀还珠于合浦。不意火灼毛尽，终捞月于沧江。及遭败后我方思，已作下流之物；试问赌中谁最善？群指无裤之公。甚而枵腹难堪，遂栖身于暴客。搔头莫度，至仰给于香奁。呜呼！败德丧行，倾财亡身，孰非博之一途致之哉！"

阿霞
洞房料理別
藏春拔劍看同
陌上塵試問庚
寅壞榜上幾居
著箇負心人

阿　霞

文登景星者，少有重名。与陈生比邻而居，斋隔一短垣。一日，陈暮过荒落之墟，闻女子啼松柏间。近临，则树横枝有悬带，若将自经。陈诘之，挥涕而对曰：“母远出，托妾于外兄。不图狼子野心，畜我不卒。伶仃如此，不如死！”言已，复泣。陈解带，劝令适人。女虑无可托者。陈请暂寄其家，女从之。既归，挑灯审视，丰韵殊绝。大悦，欲乱之。女厉声抗拒，纷纭之声，达于间壁。景生逾垣来窥，陈乃释女。女见景生凝目停睇，久乃奔去。二人共逐之，不知去向。景归，阖户欲寝，则女子盈盈自房中出。惊问之。答曰：“彼德薄福浅，不可终托。”陈生德薄，后景生出妻，独非薄德乎？狐亦暗于物色矣。景大喜。诘其姓氏，曰：“妾祖居于齐。以齐为姓，小字阿霞。”入以游词，笑不甚拒，遂与寝处。斋中多友人来往，女恒隐闭深房。过数日，曰：“妾姑去。此处烦杂，困人甚。继今，请以夜卜。”问：“家何所？”曰：“正不远耳。”遂早去，夜果复来，欢爱綦笃。又数日，谓景曰：“我两人情好虽佳，终属苟合。家君宦游西疆，明日将从母去，容即乘间禀命，而相从以终焉。”问：“几日别？”约以旬终。既去，景思斋居不可常，移诸内，又虑妻妒。计不如出妻。志既决，妻至辄诟厉。妻不堪其辱，涕欲死。景曰：“死恐见累，请早归。”遂促妻行。妻啼曰：“从子十年，未尝失德，何决绝如此！”景不听，逐愈急。妻乃出门去。自是垩壁清尘，引领翘待。不意信杳青鸾，如石沉海。妻大归后，数浼知交，请复于景。景不纳，遂适夏侯氏。夏侯里居，与景接壤，以田畔之故，世有隙。景闻之，益大恚恨。然犹冀阿霞复来，差足自慰。越年余，并无踪绪。会海神寿，祠内外士女云集，景亦在。遥见一女，甚似阿霞。景近之，入于人中；从之，出于门外；又从之，飘然竟去。景追之不及，恨悒而返。后半载，适行于途，见一女郎，着朱衣，从苍头，鞚黑卫来。望之，霞也。因问从人："娘子为谁？"答言："南村郑公子继室。"又问："娶几时矣。"曰："半月耳。"景思得毋误耶？女郎闻语，回眸一睇，景视，真阿霞也。见其已适他姓，愤填胸臆，大呼："霞娘！何忘旧约？"从人闻呼主妇，欲奋老拳。女急止之。启幛纱谓景曰："负心人何颜相见？"景曰："卿自负仆，仆何尝负卿？"女曰："负夫人甚于负我！结发者如是，而况其他？正学先生曰："糟糠之妻固如此，贫贱之交可知矣。"即负夫人甚于负我之说，此语甚确，可以观人。向以祖德厚，名列桂籍，故委身相从。今以弃妻故，冥中削尔禄秩，今科亚魁王昌，即替汝名者也。我已归郑姓，无劳复念。"景俯首帖耳，口不能道一词。视女子，策蹇去如飞，怅恨而已。是科，景落第，亚魁果王氏昌名。郑亦捷。

景以是得薄幸名。警世。四十无偶，家益替，恒趁食于亲友家。偶诣郑，郑款之，留宿焉。女窥客，见而怜之。问郑曰："堂上客，非景庆云耶？"问所自识，曰："未适君时，曾避难其家，亦深得其豢养。彼行虽贱，而祖德未斩；且与君为故人，亦宜有绨袍之义。"郑然之，易其败絮，留以数日。夜分欲寝，有婢持金二十余两赠景。女在窗外言曰："此私贮，聊酬夙好，可将去，觅一良匹。幸祖德厚，尚足及子孙。无复丧检，以促余龄。”景感谢之。前突叙一陈生与景善，以后并不之及，前人陈法中亦有之。既归，以十余金买缙绅家婢，甚丑悍。举一子，后登两榜。郑官至吏部郎。既没，女送葬归，启舆则虚无人矣，始知其非人也。噫！人之无良，舍其旧而新是谋，卒之巢覆而鸟亦飞，天之所报亦惨矣！

毛狐
霄赤雨毛
記宋宮
仙人形幻竟
相同三
金别
為謀新
掃不在
尋常國
色中

毛　狐

农子马天荣，年二十余。丧偶，贫不能娶。芸田间，见少妇盛妆，践禾越陌而过，貌赤色，致亦风流。马疑其迷途，顾四野无人，戏挑之，妇亦微纳。欲与野合。笑曰："青天白日，宁宜为此。子归，掩门相候，昏夜我当至。"马不信。妇矢之。马乃以门户向背俱告之，妇乃去。夜分，果至，遂相悦爱。觉其肤肌嫩甚；火之，肤赤薄如婴儿，《左传》襄二十六年：宋芮司徒生女子，赤而毛，弃诸堤下。同此。细毛遍体，异之。又疑其踪迹无据，自念得非狐耶？遂戏相诘。妇亦自认不讳。马曰："既为仙人，自当无求不得。既蒙缱绻，宁不以数金济我贫？"妇诺之。次夜来，马索金。妇故愕曰："适忘之。"将去，马又嘱。至夜，问："所乞或勿忘耶？"妇笑，请以异日。逾数日，马复索。妇笑向袖中出白金二锭，约五六金，翘边细纹，雅可爱玩。马喜，深藏于椟。积半岁，偶需金，因持示人。人曰："是锡也。"以齿龁之，应口而落。马大骇，收藏而归。至夜，妇至，愤致诮让。妇笑曰："子命薄，真金不能任也。"一笑而罢。马曰："闻狐仙皆国色，殊亦不然。"妇曰："吾等皆随人现化。豫让国士、众人，亦所谓随人变化。子且无一金之福，落雁沉鱼，何能消受？以我陋质，固不足以奉上流；然较之大足驼背者，即为国色。"过数月，忽以三金赠马，曰："子屡相索，我以子命不应有藏金。今媒聘有期，请以一妇之资相馈，亦藉以赠别。"

马自白无聘妇之说。妇曰："一二日，自当有媒来。"马问："所言姿貌何如？"曰："子思国色，自当是国色。"马曰："此即不敢望。但三金何能买妇"。妇曰："此月老注定，非人力也。"马问："何遽言别？"曰："戴月披星，终非了局。使君自有妇，搪塞何为？"天明而去。授黄末一刀圭，曰："别后恐病，服此可疗。"

次日，果有媒来。先诘女貌，答："在妍媸之间。""聘金几何？""约四五数。"马不难其价，而必欲一亲见其人。媒恐良家子不肯衔露。既而约与俱去，相机因便。既至其村，媒先往，使马候诸村外。久之，来曰："谐矣。余表亲与同院居。适往见女，坐室中。请即伪为谒表亲者而过之，咫尺可相窥也。"马从之。果见女子坐室中，伏体于床，倩人搔背。马趋过，掠之以目，貌诚如媒言。及议聘，并不争直，但求一二金，妆女出阁。马益廉之，乃纳金，并酬媒氏及书券者，计三两已尽，亦未多费一文。择吉迎女归，入门，则胸背皆驼，项缩如龟，下视裙底，莲船盈尺。乃悟狐言之有因也。

异史氏曰："随人现化，或狐女之自为解嘲。然其言福泽，良可深信。余每谓：非祖宗数世之修行，不可以博高官；非本身数世之修行，不可以得佳人。信因果者，必不以我言为河汉也。"

翩翩
瘡痏餘生竟遇僊
仙人風
度信翩翩 他年數
梓重相
訪洞在白雲何處
邊

翩翩

罗子浮，邠人。父母俱早世。八九岁，依叔大业。业为国子左厢，富有金缯而无子，爱子浮若己出。十四岁，为匪人诱去作狭邪游。会有金陵娼，侨寓郡中，生悦而惑之。娼返金陵，生窃从遁去。居娼家半年，床头金尽，大为姊妹行齿冷。然犹未遽绝之。无何，疮创溃臭，沾染床席，逐而出。丐于市。市人见辄遥避。自恐死异域，乞食西行；日三四十里，渐至邠界。又念败絮脓秽，无颜入里门，尚趑趄近邑间。日就暮，欲趋山寺宿。遇一女子，容貌若仙。近问：“何适？”生以实告。女曰：“我出家人，居有山洞，可以下榻，颇不畏虎狼。”一拍即合，以文章波澜在后半也。生喜，从去。入深山中，见一洞府。入则门横溪水，石梁驾之。又数武，有石室二，光明彻照，无须灯烛。命生解悬鹑，浴于溪流。曰：“濯之，疮当愈。”又开幛拂褥促寝，曰：“请即眠，当为郎作裤。”乃取大叶类芭蕉，剪缀作衣。皇古之世，草衣卉服，仙人狡狯，几欲过之。生卧视之。制无几时，折叠床头，曰：“晓取着之。”乃与对榻寝。生浴后，觉疮疡无苦。既醒，摸之，则痂厚结矣。诘旦，将兴，心疑蕉叶不可着。取而审视，则绿锦滑绝。少间，具餐。女取山叶呼作饼，食之，果饼。又剪及鸡、鱼，烹之皆如真者。吃着不尽。室隅一罂，贮佳酝，辄复取饮；少减，则以溪水灌益之。数日，疮痂尽脱，就女求宿。女曰：“轻薄儿！甫能安身，便生妄想！”生云："聊以报德。"遂同卧处，大相欢爱。

一日，有少妇笑入，曰："翩翩小鬼头快活死！薛姑子好梦，几时做得？"飘然而来，语亦兀突，摹捉不定。女迎笑曰："花城娘子，贵趾久弗涉，今日西南风紧，吹送来也！小哥子抱得未？"曰："又一小婢子。"女笑曰："花娘子瓦窑哉！那弗将来？"曰："方呜之，睡却矣。"于是坐以款饮。又顾生曰："小郎君焚好香也。"生视之，年二十有三四，绰有余妍。心好之，剥果误落案下，俯地假拾果，阴拈翘凤，花城他顾而笑，若不知者。生方恍然神夺，顿觉袍裤无温；自顾所服，悉成秋叶。几骇绝。危坐移时，渐变如故。窃幸二女之弗见也。少顷，酬酢间，又以指搔纤掌。花城坦然笑谑，殊不觉知。突突怔忡间，衣已化叶，移时始复变。锁住心猿，赖此秋叶。由是惭颜息虑，不敢妄想。花城笑曰："而家小郎子，大不端好！若弗是醋葫芦娘子，恐跳迹入云霄去。"女亦哂曰："薄幸儿，便值得寒冻杀！"相与鼓掌。花城离席曰："小婢醒，恐啼肠断矣。"女亦起曰："贪引他家男儿，不忆得小江城啼绝矣。"花城既去，惧贻诮责，女卒晤对如平时。居无何，秋老风寒，霜零木脱，女乃收落叶，蓄旨御冬。顾生肃缩，乃持襆掇拾洞口白云，为絮复衣；云想衣裳，明月声花。着之，温暖如襦，且轻松常如新绵。逾年，生一子，极惠美。日在洞中弄儿为乐。然每念故里，乞与同归。女曰："妾不能从；不然，君自去。"温柔乡，白云乡，老死是洞可也。因循二三年，儿渐长，遂与花城订为姻好。生每以叔老为念。女曰："阿叔腊故大高，幸复强健，无劳悬耿。待保儿婚后，去往由君。"女在洞中，辄取叶写书教儿读，儿过目即了。女曰："此儿福相，放教入尘寰，无忧不至台阁。"未几，儿年十四。花城亲诣送女。女华妆至，容光照人。夫妻大悦，举家宴集。翩翩扣钗而歌曰：“我有佳儿，不羡贵官。我有佳妇，不羡绮纨。今夕聚首，皆当喜欢。为君行酒，劝君加餐。”既而花城去，与儿夫妇对室居。新妇孝，依依膝下，宛如所生。生又言归。女曰：“子有俗骨，终非仙品；儿亦富贵中人，可携去，我不误儿生平。”新妇思别其母，花城已至。儿女恋恋，涕各满眶。两母慰之曰：“暂去，可复来。”翩翩乃剪叶为驴，令三人跨之以归。

大业已归老林下，意侄已死，忽携佳孙美妇归，喜如获宝。入门各视所衣，悉蕉叶，破之，絮蒸蒸腾去。乃并易之。后生思翩翩，偕儿往探之，则黄叶满径，洞口云迷，零涕而返。

异史氏曰：“翩翩、花城殆仙者耶？餐叶衣云，何其怪也！然帏幄诽谑，狎寝生雏，亦复何殊于人世？山中十五载，虽无‘人民城郭’之异，而云迷洞口，无迹可寻，睹其景况，真刘阮返棹时矣。”

黑獸
鄭人蕉鹿竟成虛白額威
渭〻擊餘奇技由來種於
原不知此獸可能除

黑兽

闻李太公敬一言："某公在沈阳，宴集山颠。俯瞩山下，有虎衔物来，以爪穴地，瘗之而去。使人探所瘗，得死鹿。乃取鹿而虚掩其穴。少间，虎导一黑兽至，物各有制，其理最精。毛长数寸。虎前驱，若邀尊客。既至穴，兽眈眈蹲伺。虎探穴失鹿，战伏不敢少动。兽怒其诳，以爪击虎额，虎立毙。兽亦径去。"

异史氏曰："兽不知何名。然问其形，殊不大于虎，而何延颈受死，惧之如此其甚哉？凡物各有所制，理不可解。严鹤堂曰：白帝城一役，先主听法孝直而不听武侯；唐太宗独信魏征。虽君臣不可以制，言亦犹是也。在他人则不能也，此论亦新。如猕最畏狨：遥见之，则百十成群，罗而跪，无敢遁者。凝睛定息，听狨至，以爪遍揣其肥瘠；肥者则以片石志颠顶。猕戴石而伏，悚若木鸡，惟恐堕落。狨揣志已，乃次第按石取食，余始哄散。余尝谓贪吏似狨，亦且揣民之肥瘠而志之，而裂食之；而民之戢耳听食，莫敢喘息，蚩蚩之情，亦犹是也。可哀也夫！"

番僧
擲來一塔無偏倚
展出雙肱互屈伸
莫訝番僧多異術
賴麻今亦有奇人
番僧

番僧

释体空言："在青州，见二番僧，像貌奇古，耳缀双环，被黄布，须发鬈如。状番僧如见。自言从西域来。闻太守重佛，谒之。太守遣二隶，送诣丛林。和尚灵辔，不甚礼之。执事者见其人异，私款之，止宿焉。或问：'西域多异人，罗汉得毋有奇术否？'其一辗然笑，出手于袖，掌中托小塔，高裁盈尺，玲珑可爱。壁上最高处，有小龛，僧掷塔其中，矗然端立，无少偏倚。视塔上有舍利放光，照耀一室。少间，以手招之，仍落掌中。其一僧乃袒臂，伸左肱，长可六七尺，而右肱宿无有矣；转伸右肱，亦如左状。"

李司鑑
自宣罪惡自操
刀天譴由來不可
逃若借寃誅行
顯戮萬人叢裏
戲臺高

李司鉴

李司鉴，永年举人也。于康熙四年九月二十八日，打死其妻李氏。地方报官，上宪行县查审。司鉴在府前，忽于肉架上夺一屠刀，奔入城隍庙，登戏台上，对神而跪。自言："神责我不当听信奸人，在乡党颠倒是非，着我割耳。"遂将左耳割落，抛台下；又言："神责我不应骗人钱财，着我割指。"遂将左指剁去。又言："神责我不当奸淫妇女，使我割肾。"遂自阉，昏迷僵仆。时总督朱云门题参革褫究拟，已奉谕旨，而司鉴已伏冥诛矣。见邸抄。

五羖大夫
岂是前身百里
奚难将梦语测端
倪凄凉空室霜寒夜
始觉神人善滑稽

五羖大夫

河津畅体元，字汝玉。为诸生时，梦人呼为“五羖大夫”，喜为佳兆。及遇流寇之乱，尽剥其衣，夜闭置空室。时冬月，寒甚，暗中摸索，得数羊皮护体，仅不至死。质明，视之，恰符五数。哑然自笑神之戏己也。后以明经授雒南知县。毕载绩先生志。

夢別
夢境依稀話別情
黯然相對感生平
素車白馬臨喪日
何異喪輿待巨卿

梦别

王春李先生之祖，与先叔祖玉田公交最好。一夜，梦公至其家，黯然相语。问："何来？"曰："仆将长往，故与君来别耳。"问："何之？"曰："远矣。"遂出。送至谷中，见石壁有裂罅，便拱手作别，以背向罅，逡巡倒行而入，呼之不应，因而惊寤。及明，以告太公敬一，且使备吊具，曰："玉田公捐舍矣！"太公请先探之，信，而后吊之。不听，竟以素服往。至门，则提旛挂矣。呜呼！古人于友，其死生相信如此；丧舆待巨卿而行，岂妄哉！

蟄龍
不將海國困書城豈是蛟龍
蟄未驚一旦出為天下望行
教霖雨慰蒼生

蛰 龙

于陵曲银台公，读书楼上。值阴雨晦暝，见一小物，有光如萤，蠕蠕而行。过处，则黑如蚰迹。渐盘卷上，卷亦焦。意为龙，乃捧卷送之。至门外，持立良久，蠖曲不少动。公曰：“将无谓我不恭？”执卷返，乃置案上，冠带长揖而后送之。方至檐下，但见昂首乍伸，离卷横飞，其声嗤然，光一道如缕；数步外，回首向公，则头大于瓮，身数十围矣。又一折反，霹雳震惊，腾霄而去。回视所行处，盖曲曲自书笥中出焉。

卷四

余德
畫堂小韵報
居停蝶舞花
飛醉不醒留
淂龍宫蓄水
器好從殘石
乞延齡

余德

武昌尹图南，有别第，尝为一秀才税居。半年来，亦未尝过问。一日，遇诸其门，年最少，而容仪裘马，翩翩甚都。趋与语，却又蕴藉可爱。异之。归语妻。妻遣婢托遗问以窥其室。室有丽姝，美艳逾于仙人。一切花石服玩，俱非耳目所经。尹不测其何人，诣门投谒，适值他出。翼日，即来拜答。展其刺呼，始知余姓德名。语次，细审官阀，言殊隐约。固诘之，则曰："欲相还往，仆不敢自绝。应知非寇窃逋逃者，何须必知来历。"尹谢之。命酒款宴，言笑甚欢。向暮，有昆仑捉马挑灯，迎导以去。明日，折简报主人。尹至其家，见屋壁俱用明光纸裱，洁如镜。金狻猊爇异香。一碧玉瓶，插凤尾孔雀羽各二，各长二尺余。一水晶瓶，浸粉花一树，不知何名，亦高二尺许，垂枝覆几外，叶疏花密，含苞未吐。花状似湿蝶敛翼，蒂即如须。筵间不过八簋，而丰美异常。即命童子击鼓催花为令。鼓声既动，则瓶中花颤颤欲折。俄而蝶翅渐张；既而鼓歇，渊然一声，蒂须顿落，即为一蝶，飞落尹衣。余笑起，飞一巨觥，酒方引满，蝶亦扬去。顷之，鼓又作，两蝶飞集余冠。余笑云："作法自毙矣。"亦引二觥。三鼓既终，花乱堕，翩翩而下，惹袖沾衿。鼓童笑来指数；尹得九筹，余得四筹。尹已薄醉，不能尽筹，强引三爵，离席亡去。由是益奇之。然其为人寡交与，每阖门居，不与国人通吊庆。尹逢人辄宣播，闻其异者，争交欢余，门外冠盖常相望。余颇不耐，忽辞主人去。去后，尹入其家，空庭洒扫无纤尘，烛泪堆掷青阶下，窗间零帛断绵，指印宛然。惟舍后遗一小白石缸，可受石许。尹携归，贮水养朱鱼。经年，水清如初贮。后为佣保移石，误碎之。水蓄并不倾泻。视之，缸宛在，扪之虚软。手入其中，则水随手泄；出其手，则复合。冬月亦不冰。一夜，忽结为晶，鱼游如故。尹畏人知。常置密室，非子婿不以示也。久之渐播，索玩者纷错于门。腊月，忽解为水，阴湿满地，鱼亦渺然。其旧缸残石犹存。忽有道士踵门求之。尹出以示。道士曰："此龙宫蓄水器也。"尹述其破而不泄之异。道士曰："此缸之魂也。"殷殷然乞得少许。问其何用。曰："以屑合药，可得永寿。"予一片，欢谢而去。

杨千总

毕民部公即家起备兵洮岷时，有千总杨化麟来迎。冠盖在途，偶见一人遗便路侧。杨关弓欲射之。公急呵止。杨曰："此奴无礼，合小怖之。"乃遥呼曰："遗屙者！奉赠一股会稽藤簪绾髻子。"即飞矢去，正中其髻。其人急奔，便液污地。

瓜　异

康熙二十六年六月，邑西村民圃中，黄瓜上复生蔓，结西瓜一枚，大如碗。

青梅
何幸鵶鬟匹宰官
更欣舊主共團欒
甘居妾媵辭當夕
難得青梅味不酸

青　梅

白下程生，性磊落，不为畛畦。一日，自外归，缓其束带，觉带沉沉，若有物堕。视之，无所见。宛转间，有女子从衣后出，掠发微笑，丽甚。程疑其鬼。女曰："妾非鬼，狐也。"程曰："倘得佳人，鬼且不惧，而况于狐。"遂与狎。二年，生一女，小字青梅。每谓程："勿娶，我且为君生子。"程信之，遂不娶。亲友共诮姗之，程志夺，聘湖东王氏。狐闻之，怒。就女乳之，委于程曰："此汝家赔钱货，生之杀之，俱由尔，我何故代人作乳媪乎！"出门径去。

青梅长而慧，貌韶秀，酷肖其母。既而程病卒，王再醮去。青梅寄食于堂叔。叔荡无行，欲鬻以自肥。适有王进士者，方候铨于家，闻其慧，购以重金，使从女阿喜服役。喜年十四，容华绝代。见梅忻悦，与同寝处。梅亦善候伺，能以目听，以眉语，建昌道黄观察应宸极喜此六字，谓他篇所无，予谓从楚辞与余目成化出。陇蜀余闻：贵州有孝廉黄之骖，耳不能听，以目听。由是一家俱怜爱之。邑有张生，字介受。家窭贫，无恒产，税居王第。性纯孝，制行不苟；又笃于学。青梅偶至其家，见生据石啖糠粥；入室与生母絮语，见案上具豚蹄焉。时翁卧病，生入，抱父而私。便液污衣，翁觉之而自恨，生掩其迹，急出自濯，恐翁知。梅以此大异之。归述所见，谓女曰："吾家客，非常人也。娘子不欲得良匹则已，欲得良匹，张生其人也。"从根本处观人，真好眼力。女恐父厌其贫。

梅曰："不然，是在娘子。"是在"句有力。所谓匹夫不可夺志。如以为可，妾潜告，使求伐焉。夫人必召商之；但应之曰'诺'也，则谐矣。"女恐终贫为天下笑。梅曰："妾自谓能相天下士，必无谬误。"明日，往告张媪。媪大惊，谓其言不祥。梅曰："小姐闻公子而贤之也，妾故窥其意以为言。冰人往，我两人袒焉，计合允遂。纵其否也，于公子何辱乎？"女子直快类英雄举动，迂儒必议之。媪曰："诺。"乃托侯氏卖花者往。夫人闻之而笑，以告王。王亦大笑。两笑字自视为天上人物。唤女至，述侯氏意。女未及答，青梅亟赞其贤，决其必贵。夫人又问曰："此汝百年事，如能啜糠核也，即为汝允之。"女俯首久之，顾壁而答曰："顾壁"二字传神。"贫富命也。倘命之厚，则贫无几时；而不贫者无穷期矣。或命之薄，彼锦绣王孙，其无立锥者岂少哉？是在父母。"千古慧业人惟慧眼人能识之，往往如此。初，王之商女也，将以博笑；及闻女言，心不乐曰："汝欲适张氏耶？"女不答；再问，再不答。怒曰："贱骨了不长进！欲携筐作乞人妇，宁不羞死！"女涨红气结，含涕引去；媒亦遂奔。

青梅见不谐，欲自媒。相赏在风尘外。过数日，夜诣生。生方读，惊问所来，词涉吞吐。生正色却之。梅泣曰："妾良家子，非淫奔者；徒以君贤，故愿自托。"生曰："卿爱我，谓我贤也。昏夜之行，自好者不为，而谓贤者为之乎？夫始乱之而终成之，君子犹曰不可；况不能成，彼此何以自处？"青梅之言婉而正，张生之言正亦婉，光明磊落，青天白日。梅曰："万一能成，肯赐援拾否？"生曰："得人如卿，又何求？但有不可如何者三，故不敢轻诺耳。"曰："若何？"曰："不能自主，则不可如何；即能自主，我父母不乐，则不可如何；即乐之，而卿之身直必重，我贫不能措，则尤不可如何。卿速退，瓜李之嫌可畏也！”是张乖崖、黄石斋一辈人物。梅临去，又嘱曰：“倘君有意，乞共图之。”生诺。

梅归，女诘所往，遂跪而自投。女怒其淫奔，将施扑责。梅泣白无他，因以实告。女叹曰：“不苟合，礼也；必告父母，孝也；不轻然诺，信也：有此三德，天必佑之，其无患贫也已。”既而曰：“子将若何？”曰：“嫁之。”女笑曰：“痴婢能自主乎？”曰：“不济，则以死继之！”女曰：“我必如所愿。”梅稽首而拜之。又数日，谓女曰：“曩而言之戏乎，抑果欲慈悲耶？果尔，则尚有微情，并祈垂怜焉。”女问之，答曰：“张生不能致聘，婢又无力可以自赎，必取盈焉，嫁我犹不嫁也。”女沉吟曰：“是非我之能为力矣。我曰嫁，且恐不得当；而曰必无取直焉，是大人所必不允，亦余所不敢言也。”梅闻之，泣数行下，但求怜拯。女思良久，曰：“无已，我私蓄数金，当倾囊相助。”梅拜谢，因潜告张。张母大喜，多方乞贷，共得如干数，藏待好音。

会王授曲沃宰，喜乘间告母曰：“青梅年已长，今将莅任，不如遣之。”夫人固以青梅太黠，恐导女不义，每欲嫁之，而恐女不乐也，闻女言甚喜。逾两日，有佣保妇白张氏意。王笑曰：四笑字，自视过高，其实睡里梦语。“是只合耦婢子，前此何妄也！然鬻媵高门，价当倍于曩昔。”女急进曰：“青梅侍我久，卖为妾，良不忍。”王乃传语张氏，仍以原金署券，以青梅嫔于生。入门，孝翁姑，曲折承顺，尤过于生，而操作更勤，餍糠秕不为苦。如此贤夫妇，断不致以贫贱终。由是家中无不爱重青梅。梅又以刺绣作业，售且速，贾人候门以购，惟恐弗得，得资稍可御穷。且劝勿以内顾误读，经纪皆自任之。因主人之任，往别阿喜。喜见之，泣曰：“子得所矣，我固不如。”梅曰：“是何人之赐，而敢忘之？然以为不如婢子，恐促婢子寿。”遂泣相别。

王如晋，半载，夫人卒，停柩寺中。又二年，王坐行赇免，罚赎万计，渐贫不能自给，从者逃散。是时，疫大作，王染疾卒。惟一媪从女。未几，媪亦卒。女伶仃益苦。有邻媪劝之嫁。女曰：“能为我葬双亲者，从之。”媪怜之，赠以斗米而去。半月复来，曰：“我为娘子极力，事难合也。贫者不能为而葬，富者又嫌子为陵夷嗣，奈何！尚有一策，但恐不能从也。”女曰：“若何？”曰：“此间有李郎，欲觅侧室，倘见姿容，即遣厚葬，必当不惜。”女大哭曰：“我搢绅裔而为人妾耶！”媪无言，遂去。日仅一餐，延息待贾。居半年，益不可支。一日，媪至。女泣告曰：“困顿如此，每欲自尽，犹恋恋而苟活者，徒以有两柩在。己将转沟壑，谁收亲骨者？故思不如依汝言也。”媪即导李来，微窥女，大悦。即出金营葬，双槥具举。已，乃载女去，入参冢室。冢室故悍妒，李初未敢言妾，但托买婢。及见女，暴怒，杖逐而出，不听入门。保全。女披发零涕，进退无所。有老尼过，邀与同居。女喜从之。至庵中，拜求祝发。尼不可，曰：“我视娘子，非久卧风尘者。庵中陶器脱粟，粗可自支，姑寄此以待之。时至，子自去。”居无何，市中无赖窥女美，每打门游语为戏，尼不能止。女号泣欲自尽。尼往求吏部某公揭示严禁，恶少始稍敛迹。后有夜穴寺壁者，尼惊呼始去。因复告吏部，捉得首恶者，送郡笞责，始渐安。

又年余，有贵公子过，见女惊绝，强尼通殷勤，又以厚赂啖尼。尼婉语之曰："渠簪缨胄，不甘媵御。公子且归，迟迟当有以报命。"既去，女欲乳药求死。夜梦父来，疾首曰："我不从汝志，致汝至此，悔之已晚！但缓须臾勿死，夙愿尚可复酬。"女异之。天明，盥已，尼望之而惊曰："睹子面，浊气尽消，横逆不足忧也。福且至，勿忘老身。"语未已，闻扣户声。女失色，意必贵家奴。尼启扉果然。骤问所谋。尼笑语承迎，但请缓以三日。奴述主言，事若无成，俾尼自复命。尼唯唯敬应，谢令去。女大悲，又欲自尽。尼止之。女虑三日复来，无词可应。尼曰："有老身在，斩杀自当之。"惊涛怒浪，将落又起。

次日方晡，暴雨翻盆，忽闻数人挝户大哗。险极极文，快极极文。女意变作，惊怯不知所为。尼冒雨启关，见有肩舆停驻。女奴数辈，捧一丽人出；仆从煊赫，冠盖甚都。惊问之，云："是司李内眷，暂避风雨。"烈风迅雷，忽又柳媚花香。导入殿中，移榻肃坐。家人妇群奔禅房，各寻休憩。入室见女，艳之，走告夫人。无何，雨息，夫人起，请窥禅室。尼引入，睹女，骇绝，凝眸不瞬；女亦顾盼良久。夫人非他，盖青梅也。"青梅也"三字，天上落下。各失声哭，因道行踪。盖张翁病故，张翁死不用多叙，只此已明。生起复后，连捷授司李。生先奉母之任，后移诸眷口。女叹曰："今日相看，何啻霄壤！"梅笑曰："幸娘子挫折无偶，天正欲我两人完聚耳。倘非阻雨，何以有此邂逅？此中具有鬼神，非人力也。"乃取珠冠锦衣，催女易妆。女俯首徘徊，尼从中赞劝之。女虑同居其名不顺。梅曰："昔日自有定分，婢子敢忘大德！女中大贤，方能出此语。试思张郎，岂负义者？"强妆之。别尼而去。抵任，母子皆喜。女拜曰："今无颜见母！"母笑慰之。这一笑字，抵上王进士几个笑字，味何蕴蓄也。因谋涓吉合卺。女曰："庵中但有一丝生路，亦不肯从夫人至此。倘念旧好，得受一庐，可容蒲团足矣。”梅笑而不言。此笑字亦妙。及期，抱艳妆来。女左右不知所可。俄闻乐鼓大作，女亦无以自主。梅率婢媪强衣之，挽扶而出。见生朝服而拜，遂不觉盈盈而自拜也。文章作态，至此可称妖艳。梅曳入洞房，曰：“虚此位以待君久矣。”又顾生曰：“今夜得报恩，可好为之。”返身欲去。女捉其裾。梅笑曰：“勿留我，此不能相代也。”解指脱去。

青梅事女谨，莫敢当夕。而女终惭沮不自安。于是母命相呼以夫人；然梅终执婢妾礼，罔敢懈。三年张行取入都，过庵，以五百金为尼寿。不漏一笔。尼不受。固强之，乃受二百金。起大士祠，建王夫人碑。后张仕至侍郎。程夫人举二子一女，王夫人四子一女。张上书陈情，俱封夫人。

异史氏曰：“天生佳丽，固将以报名贤；而世俗之王公，乃留以赠纨袴。此造物所必争也。而离离奇奇，致作合者无限经营，化工亦良苦矣。此即作者自评文字经营独苦处。独是青夫人能识英雄于尘埃，誓嫁之志，期以必死，曾俨然而冠裳也者，顾弃德行而求膏粱，何智出婢子下哉！”

羅刹海市
妍媸倒置太奇聞
海市遙開萬里
雲畢竟文章
能富貴水晶
宫裏拜龍君

罗刹海市

马骥字龙媒，贾人子。美丰姿，少倜傥，喜歌舞。此篇两截做法。提笔伏下。辄从梨园子弟，以锦帕缠头，美如好女，因复有“俊人”之号。十四岁，入郡庠，即知名。父衰老，罢贾而归。谓生曰：“数卷书，饥不可煮，寒不可衣。吾儿可仍继父贾。”马由是稍稍权子母。

从人浮海，为飘风引去，数昼夜，至一都会。其人皆奇丑。见马至，以为妖，群哗而走。颠倒妍媸，变乱黑白，丑正直邪，人情有之，亦以之风世也。马初见其状大惧；迨知国中之骇己也，遂反以此欺国人。遇饮食者，则奔而往。人惊遁，则啜其余。久之，入山村。其间形貌亦有似人者，然褴褛如丐。马息树下，村人不敢前，但遥望之。久之，觉马非噬人者，始稍稍近就之。马笑与语。其言虽异，亦半可解。马遂自陈所自。村人喜，遍告邻里，客非能搏噬者。然奇丑者望望即去，终不敢前。其来者，口鼻位置，尚能与中国同。共罗浆酒奉马。马问其相骇之故，答曰：“尝闻祖父言：西去二万六千里，有中国，其人民形象率诡异。但耳食之，今始信。”问其何贫。曰：“我国所重，不在文章，而在形貌。其美之极者，为上卿；次任民社；下焉者，亦邀贵人宠，故得鼎烹以养妻子。若我辈初生时，父母皆以为不祥，往往置弃之。其不忍遽弃者，皆为宗嗣耳。”问：“此名何国？”曰：“大罗刹国。都城在北去三十里。”马请导往一观。于是鸡鸣而兴，引与俱去。天明，始达都。都以黑石为墙，色如墨。楼阁近百尺。然少瓦，覆以红石；拾其残块磨甲上，无异丹砂。时值朝退，朝中有冠盖出，村人指曰：“此相国也。”视之，双耳皆背生，鼻三孔，睫毛覆目如帘。又数骑出，曰：“此大夫也。”以次各指其官职，率鬡鬡怪异。然位渐卑，丑亦渐杀。无何，马归，街衢人望见之，噪奔跌蹶，如逢怪物。村人百口解说，市人始敢遥立。既归，国中无大小，咸知有异人，于是搢绅大夫，争欲一广见闻，遂令村人要马。然每至一家，阍人辄阖户，丈夫女子窃窃自门隙中窥语；终一日，无敢延见者。昌黎之文当时且有怪之者，亦罗刹国之见也。村人曰：“此间一执戟郎，曾为先王出使异国，所阅人多，或不以子为惧。”造郎门。郎果喜，揖为上宾。视其貌，如八九十岁人。目睛突出，须卷如猬。曰：“仆少奉王命，出使最多；独未尝至中华。今一百二十余岁，又得见上国人物，此不可不上闻于天子。又渐渐引出一层。然臣卧林下，十余年不践朝阶，早旦，为君一行。”乃具饮馔，修主客礼。酒数，行出女乐十余人，更番歌舞。貌类夜叉，皆以白锦缠头，拖朱衣及地。扮唱不知何词，腔拍恢诡。主人顾而乐之，问：“中国亦有此乐乎？”曰：“有。”主人请拟其声，遂击桌为度一曲。主人喜曰：“异哉！声如凤鸣龙啸，从未曾闻。”目之于色，不同视也，何以耳之于声有同听焉。翼日，趋朝，荐诸国王。王忻然下诏。有二三大臣言其怪状，恐惊圣体。王乃止。郎出告马，深为扼腕。居久之，与主人饮而醉，把剑起舞，以煤涂面作张飞。主人以为美，曰：“请客以张飞见宰相，厚禄不难致。”马曰：“嘻！游戏犹可，何能易面目图荣显？”秦谷鸡鸣，朝庄犬吠，中国带面具傅脂粉求富贵利达者，何所不有，岂尚知有本来面目哉？此人何迂也！

主人固强之，马乃诺。主人设筵，邀当路者饮，令马绘面以待。客至，呼马出见客。客讶曰："异哉！何前媸而今妍也！"遂与共饮，甚欢。马婆娑歌"弋阳曲"，一座无不倾倒。明日，交章荐马。王喜，召以旌节。既见，问中国治安之道，马委曲上陈，大蒙嘉叹，赐宴离宫。酒酣，王曰："闻卿善雅乐，可使寡人得而闻之乎？"马即起舞，亦效白锦缠头，作靡靡之音。王大悦，即日拜下大夫，时与私宴，恩宠殊异。久而官僚百执事，颇觉其面目之假。所至，辄见人耳语，不甚与款洽。马至是孤立，惘然不自安。遂上疏乞休致，不许；又告休沐，乃给三月假。于是乘传载金宝，复归村。

村人膝行以迎。马以金资分给旧所与交好者，欢声雷动。村人曰："吾侪小人受大夫赐，明日赴海市，以上罗刹，以下海市，此作过渡之文。当求珍玩以报。"问："海市何地？"曰："海中市，四海鲛人，集货珠宝；四方十二国，均来贸易。中多神人游戏。云霞障天，波涛间作。贵人自重，不敢犯险阻，皆以金帛付我辈，代购异珍。今其期不远矣。"问所自知，曰："每见海上朱鸟往来，七日即市。"马问行期，欲同游瞩。村人劝使自贵。马曰："我顾沧海客，何畏风涛？"未几，果有踵门寄资者，遂与装资入船。船容数十人，平底高栏。十人摇橹，激水如箭。凡三日，遥见水云幌漾之中，楼阁层叠，贸迁之舟，纷集如蚁。少时，抵城下。视墙上砖，皆长与人等。敌楼高接云汉。维舟而入，见市上所陈，奇珍异宝，光明射目，多人世所无。一少年乘骏马来，市人尽奔避，云是"东洋三世子"。世子过，目生曰："此非异域人。"即有前马者来诘乡籍。生揖道左，具展邦族。世子喜曰："既蒙辱临，缘分不浅！”于是授生骑，请与连辔。乃出西城。方至岛岸，所骑嘶跃入水。生大骇失声。则见海水中分，屹如壁立。俄睹宫殿，玳瑁为梁，鲂鳞作瓦；四壁晶明，鉴影炫目。下马揖入。仰视龙君在上，世子启奏：“臣游市廛，得中华贤士，引见大王。”生前拜舞，龙君乃言：“先生文学士，必能衙官屈、宋。欲烦椽笔赋‘海市’，幸无吝珠玉。”生稽首受命。授以水晶之砚，龙鬣之毫，纸光似雪，墨气如兰。生立成千余言，比木元虚之赋、苏端明之诗如何？献殿上。龙君击节曰：“先生雄才，有光水国矣！”遂集诸龙族，宴集采霞宫。酒炙数行，龙君执爵向客曰：“寡人所怜女，未有良匹，愿累先生。先生倘有意乎？”生离席愧荷，唯唯而已。龙君顾左右语。无何，宫女数人，扶女郎出。珮环声动，鼓吹暴作，拜竟睨之，实仙人也。女拜已而去。少时，酒罢，双鬟挑画灯，导生入副宫。女浓妆坐伺。珊瑚之床，饰以八宝。帐外流苏，缀明珠如斗大，服物之盛。衾褥皆香耎。天方曙，雏女妖鬟，奔入满侧。婢仆之盛。生起，趋出朝谢。拜为驸马都尉。以其赋驰传诸海。诸海龙君，皆专员来贺，争折简招驸马饮。生衣绣裳，坐青虬，呵殿而出。武士数十骑，背雕弧，荷白棓，晃耀填拥。出入仆卫之盛。马上弹筝，车中奏玉。三日间，遍历诸海。由是“龙媒”之名，噪于四海。宫中有玉树一株，围可合抱。本莹澈，如白琉璃；中有心，淡黄色，稍细于臂；叶类碧玉，厚一钱许，细碎有浓阴。常与女啸咏其下。花开满树，状类薝蔔。每一瓣落，锵然作响。拾视之，如赤瑙雕镂，光明可爱。时有异鸟来鸣，毛金碧色，尾长于身，声等哀玉，恻人肺腑。异鸟。生每闻辄念故土。一句带起下文。因谓女曰：“亡出三年，恩慈间阻，每一念及，涕膺汗背。卿能从我归乎？”女曰：“仙尘路隔，不能相依。妾亦不忍以鱼水之爱，夺膝下之欢。容徐谋之。”生闻之，泣不自禁。女亦叹曰：“此势之不能两全者也！”明日，生自外归。龙王曰：“闻都尉有故土之思，诘旦趣装，可乎？”生谢曰：“逆旅孤臣，过蒙优宠，衔报之诚，结于肺腑。容暂归省，当图复聚耳。”入暮，女置酒话别。生订后会。女曰：“情缘尽矣。”生大悲。女曰：“归养双亲，见君之孝。人生聚散，百年犹旦暮耳，何用作儿女哀泣？此后妾为君贞，君为妾义，两地同心，即伉俪也。何必旦夕相守，乃谓之偕老乎？若渝此盟，婚姻不吉。倘虑中馈乏人，纳婢可耳。更有一事相嘱：自奉衣裳，似有佳朕，烦君命名。”生曰：“其女耶，可名龙宫；男耶，可名福海。”女乞一物为信。生在罗刹国所得赤玉莲花一对，出以授女。带笔。女曰：“三年后四月八日，君当泛舟南岛，还君体胤。”女以鱼革为囊，实以珠宝，授生曰：“珍藏之，数世吃着不尽也。”起下。天微明，王设祖帐，馈遗甚丰。生拜别出宫，女乘白羊车，送诸海涘。生上岸下马，女致声珍重，回车便去，少顷便远。海水复合，不可复见。

生乃归。自浮海去，家人无不谓其已死。及至家，家人皆诧异。幸翁媪无恙，独妻已去帷。乃悟龙女“守义”之言，盖已先知也。父欲为生再婚；生不可，纳婢焉。谨志三年之期，泛舟岛中。见两儿坐浮水面，拍流嬉笑，不动亦不沉。近引之。儿哑然捉生臂，跃入怀中。其一大啼，似嗔生之不援己者。亦引上之。细审之，一男一女，貌皆俊秀。额上花冠缀玉，则赤莲在焉。背有锦囊，拆视，得书云：“翁姑俱无恙。忽忽三年，红尘永隔。

盈盈一水，青鸟难通。结想为梦，引领成劳。茫茫蓝蔚，有恨如何也！顾念奔月姮娥，且虚桂府。投梭织女，犹怅银河。我何人斯，而能永好？兴思及此，辄复破涕为笑。别后两月，竟得孪生。今已啁啾怀抱，颇解言笑；觅枣抓梨，不母可活。敬以还君。所贻赤玉莲花，饰冠作信。膝头抱儿时，犹妾在左右也。闻君克践旧盟，意愿斯慰。妾此生不二，之死靡他。奁中珍物，不蓄兰膏。镜里新妆，久辞粉黛。君似征人，妾作荡妇，即置而不御，亦何得谓非琴瑟哉？缠绵恻楚，亦复激昂。独计翁姑已得抱孙，曾未一觌新妇，揆之情理，亦属缺然。岁后阿姑窀穸，当往临穴，一尽妇职。过此以往，则'龙宫'无恙，不少把握之期；'福海'长生，或有往还之路。伏惟珍重，不尽欲言。"生反复省书揽涕。两儿抱颈曰："归休乎！"生益恸，抚之曰："儿知家在何许？"儿亟啼，呕哑言归。生视海水茫茫，极天无际，雾鬟人渺，烟波路穷。抱儿返棹，怅然遂归。生知母寿不永，周身物悉为预具，墓中植松槚百余。逾岁，媪果亡。灵舆至殡宫，有女子缞绖临穴。众方惊顾，忽而风激雷轰，继以急雨，转瞬已失所在。松柏新植多枯，至是皆活。福海稍长，辄思其母，忽自投入海，数日始还。龙宫以女子不得往，时掩户泣。一日昼暝，龙女急入，止之曰："儿自成家，哭泣何为？"乃赐八尺珊瑚一株、龙脑香一帖、明珠百颗、八宝嵌金合一双，为作嫁资。生闻之，突入，执手啜泣。俄倾，迅雷破屋，女已无矣。局微散缓，昔予友读之曰善。

异史氏曰："花面逢迎，世情如鬼。嗜痂之癖，举世一辙。'小惭小好，大惭大好'；若公然带须眉以游都市，其不骇而走，盖几希矣。彼陵阳痴子，将抱连城玉向何处哭也？呜呼！显荣富贵，当于蜃楼海市中求之耳！”末篇忽插入海市作议，似与上不接，古文中有之。

田七郎
重金刀
與脫羈
因大德
拚将一死
酬若浮
龍門傳刺
客軹深
井里
千秋

田七郎

武承休，辽阳人。喜交游，所与皆知名士。夜梦一人告之曰："子交游遍海内，皆滥交耳。惟一人可共患难，何反不识？"问："何人？"曰："田七郎非与？"一篇刺客传，取《史记》对读之。醒而异之。诘朝，见所游，辄问七郎。客或识为东村业猎者。武敬谒诸家，以马棰挝门。未几，一人出，年二十余，貙目蜂腰，着腻帢，衣皂犊鼻，多白补缀。先绘一壮士形貌服饰。拱手于额而问所自。武展姓字；且托途中不快，借庐憩息。问七郎，答曰："我即是也。"遂延客入。见破屋数椽，木岐支壁。入一小室，虎皮狼蜕，悬布楹间，更无杌榻可坐。次画一壮士居室。七郎就地设皋比焉。武与语，言词朴质，大悦之。遽贻金作生计。七郎不受，固予之。七郎受以白母。俄顷将还，固辞不受。武强之再四。母龙钟而至，厉色曰："老身止此儿，不欲令事贵客！"再写一壮士之母。武惭而退。归途展转，不解其意。适从人于室后闻母言，因以告武。插此一笔，妙甚。先是，七郎持金白母。母曰："我适睹公子，有晦纹，必罹奇祸。闻之：受人知者分人忧，受人恩者急人难。富人报人以财，贫人报人以义。无故而得重赂，不祥，恐将取死报于子矣。"贤母声口。武闻之，深叹母贤。然益倾慕七郎。翼日，设筵招之，辞不至。武登其堂，坐而索饮。七郎自行酒，陈鹿脯，殊尽情礼。越日，武邀酬之，乃至。如此纠缠，真似不怀好意，宜其母之呵斥也。款洽甚欢。赠以金，即不受。武托购虎皮，乃受之。归视所蓄，计不足偿，思再猎而后献之。入山三日，无所猎获。会妻病，守视汤药，不遑操业。浃旬，妻淹忽以死。为营斋葬，所受金，稍稍耗去。武亲临唁送，礼仪优渥。既葬，负弩山林，益思所以报武，一介不取，大圣贤；一饭不忘，大豪杰。若在俗人，与之惟恐不多；既受，视若应得。若七郎者，真令人可爱可敬。而迄无所获。武探得其故，辄劝勿亟。切望七郎姑一临存；而七郎终以负债为憾，不肯至。武因先索旧藏，以速其来。七郎检视故革，则蠹蚀殃败，毛尽脱，懊丧益甚。武知之，驰行其庭，极意慰解之。又视败革曰："此亦复佳。仆所欲得，原不以毛。"遂轴鞟出，兼邀同往。七郎不可，乃自归。七郎终以不足报武为念，裹粮入山，凡数夜得一虎，全而馈之。天下不负心之人，不肯轻受人恩。武喜，治具请三日留，七郎辞之坚。武键庭户，使不得出。宾客见七郎朴陋，窃谓公子妄交。武周旋七郎，殊异诸客。为易新服，却不受；承其寐而潜易之，不得已而受之。既去，其子奉媪命，返新衣，索其敝裰。武笑曰："归语老姥，故衣已拆作履衬矣。"自是，七郎以兔鹿相贻，召之即不复至。武一日诣七郎，值出猎未返。媪出，踦闾而语曰："再勿引致吾儿，大不怀好意！"武敬礼之，惭而退。

半年许，家人忽白："七郎为争猎豹，殴死人命，捉将官里去。"公子一边黏煞不止，即从七郎一边逼来，此之谓移室就树之法。武大惊，驰视之，已械收在狱。见武无言，但云："此后烦恤老母。"武惨然出，急以重金赂邑宰，又以百金赂仇主。月余无事，释七郎归。母慨然曰："子发肤受之武公子耳，非老身所得而爱惜者矣。但祝公子百年无灾患，即儿福。"七郎欲诣谢。武母曰："往则往耳，见公子勿谢也。小恩可谢，大恩不可谢。"七郎见武，武温言慰藉，七郎唯唯。家人咸怪其疏，武喜其诚笃，厚遇之。由是恒数日留公子家。馈遗辄受，不复辞，亦不言报。

会武初度，宾从烦多，夜舍履满。武偕七郎卧斗室中，三仆即床下卧。二更向尽，诸仆皆睡去，两人犹刺刺语。七郎背剑挂壁间，忽自腾出匣数寸许，铮铮作响，光闪烁如电。武惊起，七郎亦起，问："床下卧者何人？"武答："皆厮仆。"七郎曰："此中必有恶人。"武问故。七郎曰："此刀购诸异国，杀人未尝濡缕。迄今佩三世矣。决首至千计，尚如新发于硎。见恶人则鸣跃，当去杀人不远矣。公子宜亲君子、远小人，"亲君子、远小人"二语，好交游者当书诸座右。或万一可免。"武颔之，七郎终不乐，辗转床席。武曰："灾祥数耳，何忧之深？"七郎曰："我别无恐怖，徒以有老母在。"武曰："何遽至此！"七郎曰："无则便佳。"盖床下三人：一为林儿，是老弥子，能得主人欢；一僮仆，年十二三，武所常役者；一李应，最拗拙，每因细事与公子裂眼争，武恒怒之。当夜默念，疑必此人。诘旦，唤至，善言绝令去。又一闪，闪开去。武长子绅，娶王氏。一日，武出，留林儿居守。主人弥子而使之守斋，宜其做出事来也。斋中菊花方灿，新妇意翁出，斋庭当寂，自诣摘菊。林儿突出勾戏，妇欲遁，林儿强挟入室。妇啼拒，色变声嘶。绅奔入，林儿始释手逃去。明人有咏燕诗云："主人只解怜毛羽，污尽雕梁也不知。"可为悦狡童者戒。武归闻之，怒觅林儿，竟已不知所之。过二三日，始知其投身某御史家。某官都中，家务皆委决于弟。武以同袍义，致书索林儿，某弟竟置不发。武益恚，质词邑宰。勾牒虽出，而隶不捕，官亦不问。武方愤怒，适七郎至。武曰："君言验矣。"因与告诉。七郎颜色惨变，终无一语，即径去。武嘱干仆逻察林儿。林儿夜归，为逻者所获，执见武。武掠楚之。林儿语侵武。武叔恒，故长者，恐侄暴怒致祸，劝不如治以官法。武从之，絷赴公庭。而御史家刺书邮至；宰释林儿，付纪纲以去。林儿意益肆，倡言丛众中，诬主人妇与私。武无奈之，忿塞欲死。驰登御史门，俯仰叫骂。里舍慰劝令归，逾夜，忽有家人白：“林儿被人脔割，抛尸旷野间。”出笔陡健跳腾如此。武惊喜，意稍得伸。俄闻御史家讼其叔侄，遂偕叔赴质。宰不听辨，欲笞恒。武抗声曰：“杀人莫须有！至辱詈搢绅，则生实为之，无与叔事。”宰置不闻。武裂眦欲上，群役禁捽之。操杖隶皆绅家走狗，恒又老耄，签数未半，奄然已死。宰见武叔垂毙，亦不复究。武号且骂，宰亦若弗闻者。遂舁叔归。哀愤无所为计。因思欲得七郎谋，而七郎终不一吊问。窃自念：待伊不薄，何遽如行路人？亦疑杀林儿必七郎。转念：果尔，胡得不谋？于是遣人探诸其家，至则扃镝寂然，邻人并不知耗。一日，某弟方在内廨，与宰关说。值晨进薪水，忽一樵人至前，释担抽利刃，直奔之。某惶急，以手格刃，刃落断腕；又一刀，始决其首。宰大惊，窜去。樵人犹张皇四顾。诸役吏急阖署门，操杖疾呼。樵人乃自刭死。纷纷集认，识者知为田七郎也。宰惊定，始出覆验。见七郎僵卧血泊中，手犹握刃。方停盖审视，尸忽崛然跃起，竟决宰首，已而复踣。杀宰做两级叙，妙甚。惜荆卿无此神勇，写得活。衙官捕其母子，早亡去已数日矣。此知名人士所不肯为，亦知名士所不能为。武闻七郎死，驰哭尽哀。咸谓其主使七郎。武破产夤缘当路，始得免。七郎尸弃原野月余，禽犬环守之。武厚葬之。其子流寓于登，变姓为佟。起行伍，以功至同知将军。其母其子皆收拾不漏。归辽，武已八十余，乃指示其父墓焉。

异史氏曰："一钱不轻受，正一饭不敢忘者也。贤哉母乎？七郎者，愤未尽雪，死犹伸之，抑何其神？使荆卿能尔，则千载无遗恨矣。苟有其人，可以补天网之漏，世道茫茫，恨七郎少也。悲夫！"

公孫九孃
月落楓林路窈
冥冰人轉自
得娉婷一雙
羅襪臨歧
贈猶染
當年碧
血腥

公孙九娘

于七一案，登州于七，名小喜，本捕快，踞踞齿山作乱，焚劫人邑。时顺治十八年十月，命都统济世哈为靖东将军讨之，分驻各旗兵马于登、莱、胶三处，防范海泛，并缉于逆。姚弱侯曰：“于七大盗，处处挨捕，究竟或逃或死，总未拿获，与妖妇唐赛儿同。”连坐被诛者，栖霞、莱阳两县最多。一日俘数百人，尽戮于演武场中。碧血满地，白骨撑天。上官慈悲，捐给棺木，济城工肆，材木一空。以故伏刑东鬼，多葬南郊。

甲寅间，有莱阳生至稷下，有亲友二三人，亦在诛数，因市楮帛，酹奠榛墟。就税舍于下院之僧。明日，入城营干，日暮未归。忽一少年，造室来访。见生不在，脱帽登床，着履仰卧。仆人问其谁何，合眸不对。既而生归，则暮色朦胧，不甚可辨。自诣床下问之。瞠目曰：“我候汝主人。絮絮逼问，我岂暴客耶！”生笑曰：“主人在此。”少年急起着冠，揖而坐，极道寒暄。听其音，似曾相识。急呼灯至，则同邑朱生，亦死于七之难者。大骇却走。朱曳之云：“仆与君文字之交，何寡于情？我虽鬼，故人之念，耿耿不忘。今有所渎，愿无以异物遂猜薄之。”生乃坐，请所命。曰：“令女甥寡居无偶，仆欲得主中馈。屡通媒妁，辄以无尊长之命为辞。幸无惜齿牙余惠。”先是，生有女甥，早失恃，遗生鞠养，十五始归其家。俘至济南，闻父被刑，惊恸而绝。生曰：“渠自有父，何我之求？”朱曰：“其父为犹子启榇去，今不在此。”问：“女甥向依阿谁？”曰：“与邻媪同居。”生虑生人不能作鬼媒。世之媒皆鬼也，说虚弄诳，怪变百出，不知作鬼媒又是如何。朱曰：“如蒙金诺，还屈玉趾。”遂起握生手。生固辞，问：“何之？”曰：“第行。”勉从与去。北行里许，有大村落，约数十百家。至一第宅，朱以指弹扉，即有媪出。豁开两扉，问朱何为。曰：“烦达娘子，云阿舅至。”媪旋反，须臾复出，邀生入。顾朱曰：“两椽茅舍子大隘，劳公子门外少坐候。”生从之入。见半亩荒庭，列小室二。女甥迎门啜泣，生亦泣。室中灯火荧然。女貌秀洁如生时。凝目含涕，遍问妗姑。生曰：“具各无恙，但荆人物故矣。”女又呜咽曰：“儿少受舅妗抚育，尚无寸报，不图先葬沟渎，殊为恨恨。旧年伯伯家大哥迁父去，置儿不一念。数百里外，伶仃如秋燕。舅不以沉魂可弃，又蒙赐金帛，儿已得之矣。”生乃以朱言告，女俯首无语。媪曰：“公子曩托杨姥三五返。老身谓是大好；小娘子不肯自草草，得舅为政，方此意慊得。”言次，一十七八女郎，随手添出。从一青衣，遽掩入。瞥见生，转身欲遁。女牵其裾曰：“勿须尔！是阿舅，非他人。”生揖之。女郎亦敛衽。甥曰：“九娘栖霞公孙氏。阿爹故家子，今亦‘穷波斯’落落不称意。旦晚与儿还往。”生睨之，笑弯秋月，羞晕朝霞，实天人也。曰：“可知是大家，蜗庐人焉得如此娟好。”甥笑曰：“且是女学士，诗词俱大高。昨儿稍得指教。”九娘微哂曰：“小婢无端败坏人，教阿舅齿冷也。”甥又笑曰：“舅断弦未续，若个小娘子，颇能快意否？”九娘笑奔出，曰：“婢子颠疯作也！”遂去。言虽近戏，而生殊爱好之。甥似微察，乃曰：“九娘才貌无双，舅倘不以粪壤致猜，儿当请诸其母。”生大悦。然虑人鬼难匹。女曰：“无伤，彼与舅有夙分。”生乃出。女送之，曰：“五日后，月明人静，当遣人往相迓。”生至户外，不见朱。翘首西望，月衔半规，昏黄中犹认旧径。见南面一第，朱坐门石上，起逆曰：“相待已久。寒舍即劳垂顾。”遂携手入，殷殷展谢。出金爵一、晋珠百枚，曰：“他无长物，聊代禽仪。”既而曰：“家有浊醪，但幽室之物，不足款嘉宾，奈何！”生㧑谢而退。朱送至中途，始别。生归，僧仆集问。生隐之曰：“言鬼者妄也，适友人饮耳。”

后五日，朱果来，整履摇箑，意甚欣。方至户，望尘即拜。少间，笑曰：“君嘉礼既成，庆在旦夕，便烦枉步。”生曰：“以无回音，尚未致聘，何遽成礼？”朱曰：“仆已代致之。”一派鬼话。生深感荷，从与俱去。直达卧所，则女甥华妆迎笑。生问：“何时于归？”女曰：“三日矣。”生乃出所赠珠，为甥助妆。女三辞乃受。谓生曰：“儿以舅意白公孙老夫人，夫人作大欢喜。但言：老耄无他骨肉，不欲九娘远嫁，期今夜舅往赘诸其家。伊家无男子，便可同郎往也。”朱乃导去。村将尽，一第门开，二人登其堂。俄白：“老夫人至。”有二青衣扶妪升阶。生欲展拜，夫人云：“老朽龙钟，不能为礼，当即脱边幅。”指画青衣，进酒高会。朱乃唤家人，另出肴俎，列置生前；亦别设一壶，为客行觞。筵中进馔，无异人世，然主人自举，殊不劝进。既而席罢，朱归。青衣导生去。入室，则九娘华烛凝待。邂逅含情，极尽欢昵。初，九娘母子，原解赴都，至郡，母不堪困苦死，九娘亦自刭。枕上追述往事，哽咽不成眠。乃口占两绝云：“昔日罗裳化作尘，空将业果恨前身。十年露冷枫林月，此夜初逢画阁春。”“白杨风雨绕孤坟，谁想阳台更作云？忽启镂金箱里看，血腥犹染旧罗裙。”天将明，即促曰：“君宜且去，勿惊厮仆。”自此昼来宵往，嬖惑殊甚。一夕，问九娘：“此村何名？”曰：“莱霞里。里中多两处新鬼，因以为名。”生闻之欷歔。女悲曰：“千里柔魂，蓬游无底，母子零孤，言之怆恻。幸念一夕恩义，收儿骨归葬墓侧，使百年得所依栖，死且不朽。”生诺之。女曰：“人鬼路殊，君亦不宜久滞。”乃以罗袜赠生，挥泪促别。生凄然而出，忉怛若丧。心怅怅不忍归，因过扣朱氏之门。朱白足出逆，甥亦起，云鬟鬅松，惊来省问。生惆怅移时，始述九娘语。女曰：“妗氏不言，儿亦夙夜图之。此非人世，不可久居。”于是相对汍澜。生亦含涕而别。叩寓归寝，展转申旦。欲觅九娘之墓，则忘问志表。及夜复往，则千坟累累，竟迷村路，叹恨而返。展视罗袜，着风寸断，腐如灰烬，遂治装东旋。

半载不能自释，复如稷门，冀有所遇。及抵南郊，日势已晚，息驾庭树，趋诣丛葬所。但见坟兆万接，迷目榛荒，鬼火狐鸣，骇人心目。惊悼归舍。失意遨游，返辔遂东。行里许，遥见一女，独行丘墓间，神情意致，怪似九娘。挥鞭就视，果九娘。下骑欲语，女径走，若不相识。故作此迷人之笔。再逼近之，色作怒，举袖自障。顿呼“九娘”，则湮然灭矣。

异史氏曰：“香草沉罗，血满胸臆。东山佩玦，泪渍泥沙。古有孝子忠臣，至死不谅于君父者。公孙九娘岂以负骸骨之托，而怨怼不释于中耶？脾膈间物，不能掬以相示，冤乎哉！”

促織
莎雞遠貢
九重天責
有常供例
不蠲何物
癡兒偏
致富生
生死死
亦堪憐
促織

促织

宣德间，宫中尚促织贾似道《促织经》，其名色有白牙青、拖肚黄、狗蝇黄、锦蓑衣、肉锄头、金束带、齐膂翅、梅花翅、琵琶翅、青金翅、油纸灯、三段锦、红铃目额之类甚多。与诸妾计于半闲堂，狎客廖莹中曰："此岂平章国事耶？"之戏，岁征民间。此物故非西产。有华阴令欲媚上官，以一头进，试使斗而才，因责常供。令以责之里正。市中游侠儿，得佳者笼养之，昂其直，居为奇货。里胥猾黠，假此科敛丁口，每责一头，辄倾数家之产。邑有成名者，操童子业，久不售。为人迂讷，遂为猾胥报充里正役，百计营谋不能脱。不终岁，薄产累尽。会征促织，成不敢敛户口，而又无所赔偿，忧闷欲死。妻曰："死何裨益？不如自行搜觅，冀有万一之得。"成然之。早出暮归，提竹筒铜丝笼，于败堵丛草处，探石发穴，靡计不施，迄无济；即捕三两头，又劣弱不中于款。宰严限追比；旬余，杖至百，两股间脓血流离，并虫不能行捉矣。转侧床头，惟思自尽。

时村中来一驼背巫，能以神卜。突作怪笔。成妻具资诣问。见红女白婆，填塞门户。入其室，则密室垂帘。帘外设香几。问者爇香于鼎，再拜。巫从旁望空代祝，唇吻翕辟。不知何词。各各竦立以听，少间，帘内掷一纸出，即道人意中事，无毫发爽。成妻纳钱案上，焚香以拜。食顷，帘动，片纸抛落。拾视之，非字而画：中绘殿阁，类兰若；后小山下，怪石乱卧，针针丛棘，青麻头伏焉。旁一蟆，若将跳舞。展玩不可晓。然睹促织，隐中胸怀。折藏之，归以示成，成反复自念，得无教我猎虫所耶？细瞻景状，与村东大佛阁逼似。乃强起扶杖，执图诣寺后。有古陵蔚起，循陵而走，见蹲石鳞鳞，俨然类画。看他体物工细处。遂于蒿莱中，侧听徐行，似寻针芥，心目耳力俱穷，绝无踪响。冥搜未已，一癞头蟆猝然跃去，成益愕，急逐趁之。蟆入草间。蹑迹披求，见有虫伏棘根，遽扑之，入石穴中。掭以尖草，嘉兴县有促织草，用以引斗。不出；以筒水灌之，始出。状极俊健，逐而得之。审视，巨身修尾，青项金翅。按《促织经》，其形以头项肥、脚腿长、身背阔大者为佳。有四病：仰项、掩须、练牙，剔腿，犯其一不可用。大喜，笼归。举家庆贺，虽连城拱璧不啻也。上于盆而养之，蟹白栗黄，备极护爱，留待限期，以塞官责。

成有子九岁，窥父不在，窃发盆虫。跃掷径出，及扑入手，已股落腹裂，斯须就毙。儿惧，啼告母。母闻之，面色灰死，大骂曰："业根！死期至矣！而翁归，自与汝覆算耳！"儿涕而出。未几成归，闻妻言，如被冰雪。怒索儿，儿渺然不知所往；既而得其尸于井。又作险笔。得其尸于井句，捷笔。俗手则必叙其如何投井，费许说话，拙矣。友人半痴子曰："汝岂作得《聊斋》异出人也。"因而化怒为悲，抢呼欲绝，夫妻向隅，茅舍无烟，相对默然，不复聊赖。日将暮，取儿槁葬。近抚之，气息惙然。喜置榻上，半夜复苏。夫妻心稍慰。但蟋蟀笼虚，顾之则气断声吞，亦不敢复究儿，自昏达曙，目不交睫。

东曦既驾，僵卧长愁。忽闻门外虫鸣，惊起觇视，虫宛然尚在。喜而捕之。一鸣辄跃去，行且速。覆之以掌，虚若无物，手裁举，则又超而跃。急趁之。折过墙隅，迷其所往。徘徊四顾，见虫伏壁上。审谛之，短小，偏又写其短小不中格，下乃出人意表。黑赤色，顿非前物。成以其小，劣之。惟彷徨瞻顾，寻所逐者。壁上小虫，忽跃落襟袖间。视之，形若土狗，梅花翅，方首长胫，意似良。喜而收之。将献公堂，惴惴恐不当意，思试之斗以觇之。村中少年好事者，驯养一虫，自名“蟹壳青”，特标一名，用垫衬加一倍写法，所谓写煞红娘正是写双文也。若只与寻常之虫斗，胜则亦常品耳。日与子弟角，无不胜。欲居之以为利；而高其直，亦无售者。径造庐访成。视成所蓄，掩口胡卢而笑。因出己虫，纳比笼中。成视之，庞然修伟，自增惭怍，不敢与较。少年固强之。顾念蓄劣物终无所用，不如拚博一笑。因合纳斗盆。小虫伏不动，蠢若木鸡。少年又大笑。试以猪鬣毛，撩拨虫须，仍不动。将军欲以巧胜人，盘马弯弓惜不发。少年又笑。屡撩之，虫暴怒，直奔，遂相腾击，振奋作声。俄见小虫跃起，张尾伸须，直龁敌领。少年大骇，解令休止。虫翘然矜鸣，似报主知。成大喜。方共瞻玩，一鸡瞥来，径进以啄。又作惊人之笔。成骇立愕呼，幸啄不中，虫跃去尺有咫。鸡健进，逐逼之，虫已在爪下矣。成仓猝莫知所救，顿足失色。旋见鸡伸颈摆扑，临视，则虫集冠上，力叮不释。斗鸡篇：一喷，一醒，然再接再励。文境似之。虫竟能与鸡斗，皆加倍写法。成益惊喜，掇置笼中。翼日进宰。宰见其小，怒呵成。成述其异，宰不信，试与他虫斗，虫尽靡；又试之鸡，果如成言。乃赏成，献诸抚军。抚军大悦，以金笼进上，细疏其能。既入宫中，举天下所贡蝴蝶、螳螂、油利挞、青丝额，一切异状，遍试之，无出其右者。再加一倍写。每闻琴瑟之声，则应节而舞。益奇之，上大嘉悦。诏赐抚臣名马衣缎。抚军不忘所自，无何，宰以“卓异”闻。宰悦，免成役。又嘱学使，俾入邑庠。后岁余，成子精神复旧。自言身化促织，轻捷善斗，今始苏耳。抚军亦厚赉成。不数岁，田百顷，楼阁万椽，牛羊蹄躈各千计。一出门，裘马过世家焉。

异史氏曰："天子偶用一物，未必不过此已忘；而奉行者即为定例。加之官贪吏虐，民日贴妇卖儿，更无休止。故天子一跬步，皆关民命，不可忽也。第成氏子以蠹贫，以促织富，裘马扬扬。当其为里正受扑责时，岂意其至此哉！天将以酬长厚者，遂使抚臣、令君，并受促织恩荫。闻之：一人飞升，仙及鸡犬。信夫！"

保住
捷似猿猱迅似鸿，琵琶睟息盗深宫。可怜具此好身手，误落吴藩逆邸中。

保 住

吴藩未叛时，尝谕将士：有独力能擒一虎者，优以廪禄，号“打虎将”。将中一人，名保住，健捷如猱。邸中建高楼，梁木初架。住沿楼角而登，顷刻至颠，立脊檩上，疾趋而行，凡三四返；已乃踊身跃下，直立挺然。王有爱姬善琵琶。所御琵琶，以暖玉为牙柱，抱之一室生温。姬宝藏，非王手谕，不出示人。一夕，宴集，客请一观其异。王适惰，期以翼日。时住在侧，曰：“不奉王命，臣能取之。”王使人驰告府中，内外戒备，然后遣之。住逾十数重垣，始达姬院。见灯辉室中，而门扃锢，不得入。廊下有鹦鹉宿架上，住乃作猫子叫；既而学鹦鹉鸣，疾呼“猫来”。摆扑之声且急。闻姬云：“绿奴可急视，鹦鹉被扑杀矣！”住隐身暗处。俄一女子挑灯出，身甫离门，住已塞入。见姬守琵琶在几上，住携趋出。姬愕呼“寇至”，防者尽起。见住抱琵琶走，逐之不及，攒矢如雨，住跃登树上。墙下故有大槐三十余章，住穿行树杪，如鸟移枝。树尽登屋，屋尽登楼，飞奔殿阁，不啻翅翎，瞥然不知所在。客方饮，住抱琵琶飞落筵前，门扃如故，鸡犬无声。

蛙曲
鼓吹曾經兩部誇
池塘青草獨聽蛙
何人製就翻新曲
韻叶宮商了不差

蛙 曲

王子巽言："在都时，曾见一人作剧于市，携木盒作格，凡十有二孔；每孔伏蛙。以细杖敲其首，辄哇然作鸣。或与金钱，则乱击蛙顶，如拊云锣之乐，宫商词曲，了了可辨。"

庫官
驛傳輝煌使
節馳餽遺偏
有庫官知遠
來軍餉由誰
撥惜未當年
一問之
庫官

库官

邹平张华东，奉旨祭南岳。道出江淮间，将宿驿亭。前驱白：“驿中有怪异，不可宿。”张弗听。宵分，冠剑而坐。俄闻靴声入，则一颁白叟，皂纱黑带。怪而问之。叟稽首曰：“我库官也。为大人典藏有日矣。幸节钺遥临，下官释此重负。”问：“库存几何？”答云：“二万三千五百金。”公虑多金累缀，约归时盘验。叟唯唯而退。张至南中，馈遗颇丰。及还，宿驿亭，叟复出谒。及问库物，曰：“已拨辽东兵饷矣。”深讶其前后之乖。叟曰：“人世禄命，皆有额数，锱铢不能增损。唤醒世人。大人此行，应得之数已得矣，又何求？”言已，竟去。张乃计其所获，与所言库数适相吻合。一奉使祭南岳，馈遗便得二万三千五百金，果皆应得耶？方叹饮啄有定，不可以妄求也。

土地夫人

窎桥王炳者，出村，见土地神祠中出一美人，顾盼甚殷。试挑亵语，欢然乐受。狎昵无所，遂期夜奔。炳因告以居址。至夜，果至，极相悦爱。问其姓名，固不以告。由此往来不绝。时炳与妻共榻，美人亦必来与交，妻亦不觉其有人。炳讶问之。美人曰："我土地夫人也。"炳大骇，亟欲绝之，而百计不能阻。因循半载，病惫不起。美人来更频，家人都见之。未几，炳果卒。美人犹日一至，炳妻叱之曰："淫鬼不自羞！人已死矣，复来何为？"美人遂去不返。

土地虽小，亦神也，岂有任妇自奔者？不知何物淫昏，遂使千古下谓此村有污贱不谨之神。冤哉！

狐諧
因是萍飄絮泊中
笑嬉怒罵盡稱雄
詼諧涉口時成趣
可使齊兒拜下風

狐　谐

万福，字子祥，博兴人。幼业儒。家贫而行蹇，年二十有奇，尚不能掇一芹。乡中浇俗，多报富户役，长厚者至碎破其家。万适报充役，惧而逃，如济南，税居逆旅。夜有奔女，颜色颇丽。万悦而私之。问姓氏。女自言："实狐，然不为君祟。"万喜而不疑。女嘱勿与客共，遂日至，与共卧处。凡日用所需，无不仰给于狐。看其用笔直捷处。

居无何，二三相识，辄来造访，恒信宿不去。万厌之而不忍拒，不得已，以实告客。看其用笔不缠绕处。客愿一睹仙容。万白于狐。狐曰："见我何为哉？我亦犹人耳。"闻其声，不见其人。客有孙得言者，引起。善谑，固请见，且曰："得听娇音，魂魄飞越。何吝容华，徒使人闻声相思？"狐笑曰："贤孙子！欲为高曾母作行乐图耶？"众大笑。狐曰："我为狐，请与客言狐典，颇愿闻之否？"众唯唯。狐曰："昔某村旅舍，故多狐，辄出祟行客。客知之，相戒不宿其舍，半年，门户萧索。主人大忧，甚讳言狐。忽有一远方客，自言异国人，望门休止。主人大悦，甫邀入门，即有途人阴告曰：'是家有狐。'客惧，白主人，欲他徙。主人力白其妄，客乃止。入室方卧，见群鼠出于床下。客大骇，骤奔，急呼：'有狐！'主人惊问。客怒曰：'狐巢于此，何诳我言无？'主人又问：'所见何状？'客曰：'我今所见，细细么么，不是狐儿，必当是狐孙子！’”言罢，座客粲然。孙曰：“既不赐见，我辈留勿去，阻尔阳台。”狐笑曰：“寄宿无妨；倘有小迕犯，幸勿介怀。”客恐其恶作剧，乃共散去。作一闲便有停蓄，一直说去便少节奏。然数日必一来，索狐笑骂。狐谐甚，每一语，即颠倒宾客，滑稽者不能屈也。群戏呼为“狐娘子”。如弈家闲中布子。

一日，置酒高会，万居主人位，孙与二客分左右，上设一榻待狐。狐辞不善酒。咸请坐谈。许之，酒数行，众掷骰为瓜蔓之令。客值瓜色，会当饮，戏以觥移上座曰：“狐娘子太清醒，暂借一杯。”狐笑曰：“我故不饮。愿陈一典，以佐诸公饮。”孙掩耳不乐闻。客皆白：“骂人者当罚。”狐笑曰：“我骂狐何如？”众曰：“可。”于是倾耳共听。狐曰：“昔一大臣，出使红毛国，着狐腋冠，见国王。王见而异之，问：‘何皮毛温厚乃尔？’大臣以狐对。王曰：‘此物生平未曾得闻。狐字字画何等？’使臣书空而奏曰：‘右边是一大瓜，山左人谓妓女为大瓜，骂左右二客也。左边是一小犬。’”主客又复哄堂。二客，陈氏兄弟，一名所见，一名所闻。见孙大窘，乃曰：“雄狐何在，而纵雌狐流毒若此？”狐曰：“适一典，谈犹未终，遂为群吠所乱，请终之。从容大雅，可夺晋人之席。国王见使臣乘一骡，甚异之。使臣告曰：‘此马之所生。’又大异之。使臣曰：‘中国马生骡，骡生驹。’王细问其状。使臣曰：‘马生骡，是‘臣所见’；骡生驹，是‘臣所闻。’’”举坐又大笑。众知不敌，乃相约：后有开谑端者，罚作东道主。顷之，酒酣。孙戏谓万曰：“一联请君属之。”万曰：“何如？”孙曰：“妓者出门访情人，来时‘万福’，去时‘万福’。”众属思未对。狐笑曰：“我有之矣。”对曰：“龙王下诏求直谏，鳖也

‘得言’，龟也‘得言’。”众绝倒。孙大恚曰：“适与尔盟，何复犯戒？”狐笑曰：“罪诚在我；但非此，不能确对耳。明日设席，以赎吾过。”相笑而罢。

狐之诙谐，不可殚述。居数月，与万偕归。及博兴界，告万曰：“我此处有葭莩亲，往来久梗，不可不一讯。日且暮，与君同寄宿，待旦而行可也。”万询其处，指言：“不远。”万疑前此故无村落，姑从之。二里许，果见一庄，生平所未历。狐往叩关，一苍头出应门。入则重门叠阁，宛然世家。俄见主人，有翁与媪，揖万而坐。列筵丰盛，待万以姻娅，遂宿焉。狐早谓曰：“我遽偕君归，恐骇闻听。君宜先往，我将继至。”万从其言，先至预白于家人。未几，狐至，与万言笑，人尽闻之，不见其人。逾年，万复事于济，狐又与俱。忽有数人来，狐从与语，备极寒暄。乃语万曰：“我本陕中人，与君有夙因，遂从许时。今我兄弟来，将从以归，不能周事。”留之不可，竟去。

姊妹易嫁
掖縣傳聞事有無
大姨夫作小姨夫
集枯集菀尋常事
姊妹當時計較殊

姊妹易嫁

掖县相国毛公，家素微。其父常为人牧牛。时邑世族张姓者，有新阡在东山之阳。或经其侧，闻墓中叱咤声曰：“若等速避去，勿久混贵人宅！”张闻，亦未深信。既又频得梦警曰：“汝家墓地，本是毛公佳城，何得久假此？”由是家数不利。客劝徙葬吉，张乃徙焉。

一日，相国父牧，出张家故墓，猝遇雨，匿身废圹中。已而雨益，倾盆潦水奔穴，崩淘灌注，遂溺以死。相国时尚孩童。母自诣张，愿丐咫尺地，掩儿父。张问其姓氏，大异之。往视溺死所，俨然当置棺处，更骇，乃使就故圹窆焉。且令携若儿来。葬已，母偕儿诣张谢。张一见，辄喜，即留其家，教之读，以齿子弟行。又请以长女妻儿。母谢不敢。张妻云：“既已有言，奈何中改？”卒许之。

然其女甚薄毛家，怨惭之意，时形言色。有人或道及，辄掩其耳。每向人曰：“我死不从牧牛儿！”牛医儿名闻千古，牧牛儿何妨？及亲迎，新郎入宴，彩舆在门；女方掩袂向隅而哭。催之妆，不妆；劝之亦不解。俄而新郎告行，鼓乐大作，女犹眼零雨而首飞蓬也。父止婿，自入劝女。女涕若罔闻。怒而逼之，益哭失声。父无奈。又有家人报：“新郎欲行。”父出曰：“衣妆未竟，烦郎少待。”即又奔入视女，往来者无停履。急煞此老。迁延少时，事愈急，女终无回意。父无计，周张欲自死。其次女在侧，颇非其姊，苦逼劝之。姊怒曰："小妮子，亦学人喋聒！尔何不从他去？"妹曰："阿爷原不曾以妹子属毛郎；若以妹子属毛郎，何烦姊姊劝驾耶。"落落大方，一品夫人语也。在小家子转笑之矣。父以其言慷爽，因与伊母窃议，以次易长。母即向次女曰："迕逆婢不遵父母命，今欲以儿代姊，儿肯行否？"女慨然曰："父母教儿往也，即乞丐不敢辞，何以见毛家郎便终身饿莩死乎？"父母闻其言大喜，即以姊妆妆女，登车径去。唐冀州长史吉懋，取南宫县丞崔敬之女与子项为妻，女泣不从。小女白母，愿代其姊。后吉项贵至宰相。入门，夫妇雅敦逑好。然女素病赤鬜，毛郎稍介意。及知易嫁之说，由是益以知己德女。

居无何，毛郎补博士弟子，往应乡试。经王舍人庄，店主先一夕梦神曰："旦夕当有毛解元来，后且脱汝于厄，可善待之。"以故晨起，专伺察东来客。及得公，甚喜。供具甚丰，且不索直。公问故，特以梦兆告。公颇自负，私计女发鬑鬑，虑为显者笑，富贵后当易之。及试，竟落第，偃蹇丧志，赧见主人，不敢复由王舍，迂道归家。

逾三年，再赴试，店主人延候如前。公曰："尔言不验，殊惭祗奉。"主人曰："秀才以阴欲易妻，故被冥司黜落，岂吾梦不足践耶？"公愕然，问故。主人曰："别后复梦神告，故知之。"公闻而惕然悔惧，木立若偶。主人又曰："秀才宜自爱，终当作解首。"入试，果举贤书第一。夫人发亦寻长，云鬟委绿，倍增妩媚。

其姊适里中富儿，不过一富字动人耳，饭王孙于未遇，一双俊眼又数毛公夫人耳。意气自高。夫荡惰，家渐陵替，贫无烟火。闻妹为孝廉妇，弥增愧怍。姊妹辄避路而行。未几，良人又卒，家落。毛公又擢进士，女闻，刻骨自恨，遂忿然废身为尼。及公以宰相归，强遣女行者诣府谒问，冀有所贻。比至，夫人馈以绮縠罗绢若干匹，以金纳其中。而行者不知也，携归见师。师失所望，恚曰：“与我金钱，尚可作薪米费；不嫁牧牛儿，虑薪米也，那知富家妇亦有计薪米时，可叹！此等仪物我何所须！”遽令送回。公与夫人疑之。启视，则金具在，方悟见却之意。发金笑曰：“汝师百金尚不能任，焉在福泽从我老尚书也。”遂以五十金付尼去，且嘱曰：“将去作尔师用度。多恐福薄人难承受耳。”行者归，告其师。师哑然自叹，私念生平所为，率自颠倒，美恶避就，繄岂由人耶？闻大士以国王女修清净业果，能离尘去垢证无上果，何宰相夫人足云。师又误矣。后王舍店主人以人命事逮系囹圄，公乃为力解释罪。

异史氏曰：“张家故墓，毛氏佳城，斯已奇矣。余闻时人有‘大姨夫作小姨夫，前解元为后解元’之戏，此岂慧黠者所能较计耶？呜呼！彼苍者天久不可问，何至毛公，其应如响耶？”

續黃粱
初捷南宮意
氣揚況閒眷
語更翩翩僧
察不是邯鄲
道也作黃粱
夢一場

续黄粱

福建曾孝廉，高捷南宫时，与二三同年，邀游郭外。闻毗卢禅院寓一星者，往诣问卜。入揖而坐。星者见其意气扬扬，稍佞谀之。曾摇箑微笑，便问："有蟒玉分否？"星者曰："二十年太平宰相。"曾大悦，气益高。值小雨，乃与游侣避雨僧舍。两带写雨景，皆闲中点缀之笔。舍中一老僧，深目高鼻，坐蒲团上，偃蹇不为礼。将叙热中人炫烂痴情，先写一极冷老僧。众一举手，登榻自话，群以宰相相贺。曾心气殊高，便指同游曰："某为宰相时，推张年丈作南抚，家中表为参、游，我家老苍头亦得小千把，余愿足矣。"一座大笑。

俄闻门外雨益倾注，曾倦伏榻间。入梦。忽见有二中使，赍天子手诏，召曾太师决国计。一片迷离。曾得意荣宠，亦乌知其非有也，疾趋入朝。天子前席，温语良久。命三品以下，听其黜陟，不必奏闻。即赐蟒服一袭，玉带一围，为相，邀殊眷，天子赐蟒玉。名马二匹。曾被服稽拜以出。入家，早非旧所居第，绘栋雕榱，穷极壮丽。自亦不解，何以遽至于此。然拈须微呼，则应诺雷动。俄而公卿赠海物，伛偻足恭者，叠出其门。六卿来，倒屣而迎；侍郎辈，揖与语；下此者，颔之而已。晋抚馈女乐十人，皆是好女子。居第之盛，仆隶之盛，举朝趋奉之盛，声色之盛。其尤者为袅袅，为仙仙，二人尤蒙宠顾。科头休沐，日事声歌。一日，念微时尝得邑绅王子良周济，我今置身青云，渠尚蹉跎仕路，何不一引手？报恩。早旦一疏，荐为谏议，即奉谕旨，立行擢用。又念郭太仆曾睚眦我，即传吕给谏及侍御陈昌等，授以意旨。报怨。越日，弹章交至，奉旨削职以去。恩怨了了，颇快心意。以上许多节次。偶出郊衢，醉人适触卤簿，即遣人缚付京尹，立毙杖下。威权大肆，无恶不作矣。接第连阡者，皆畏势献沃产。自此，富可埒国。无何而袅袅、仙仙，以次殂谢，朝夕遐想。忽忆曩年见东家女绝美，潮势将落，又忽涌起。每思购充媵御，辄以绵薄违宿愿，今日幸可适志。乃使干仆数辈，强纳资于其家。恶极。俄顷，藤舆舁至，则较昔之望见时，尤艳绝也。自顾生平，于愿斯足。

又逾年，朝士窃窃，似有腹非之者。又暗转。然揣其意，各恐为立仗马；曾亦高情盛气，不以置怀。将落仍不落。有龙图学士包拯上疏，其略曰："窃以曾某，原一饮赌无赖，市井小人。一言之合，荣膺圣眷，父紫儿朱，恩宠为极。不思捐躯摩顶，以报万一；反恣胸臆，擅作威福。可死之罪，擢发难数！朝廷名器，居为奇货，量缺肥瘠，为价重轻。因而公卿将士，尽奔走于门下，估计夤缘，俨如负贩，仰息望尘，不可算数。或有杰士贤臣，不肯阿附，轻则置之闲散，重则褫以编氓。甚且一臂不袒，辄迕鹿马之奸。片语方干，远窜豺狼之地。朝士为之寒心，朝廷因而孤立。又且平民膏腴，任肆蚕食；良家女子，强委禽妆。沴气冤氛，暗无天日！奴仆一到，则守、令承颜；书函一投，则司、院枉法。或有厮养之儿，瓜葛之亲，出则乘传，风行雷动。地方之供给稍迟，马上之鞭挞立至。荼毒人民，奴隶官府，扈从所临，野无青草。而某方炎炎赫赫，怙宠无悔。召对方承于阙下，萋菲辄进于君前。委蛇才退于自公，声歌已起于后苑。声色狗马，昼夜荒淫。国计民生，罔存念虑。世上宁有此宰相乎！内外骇讹，人情汹汹。若不急加斧锧之诛，势必酿成操、莽之祸。臣拯夙夜祗惧，不敢宁处，冒死列款，仰达宸听。伏祈断奸佞之头，籍贪冒之产，上回天怒，下快舆情。如果臣言虚谬，刀锯鼎镬，即加臣身”云云。疏上，曾闻之，气魄悚骇，如饮冰水。幸而皇上优容，留中不发。犹不遽落。以下则疾风迅雷甚雨，一齐俱来。又继而科、道、九卿，交章劾奏；即昔之拜门墙、称假父者，亦反颜相向。奉旨籍家，充云南军。子任平阳太守，已差员前往提问。曾方闻旨惊怛，旋有武士数十人，带剑操戈，直抵内寝，褫其衣冠，与妻并系。俄见数夫运资于庭，金银钱钞以数百万，珠翠瑙玉数百斛，幄幕帘榻之属又数千事，以至儿襁女舄，遗坠庭阶。曾一一视之，酸心刺目。又俄而一人掠美妾出，披发娇啼，玉容无主。似严介溪籍没时。悲火烧心，含愤不敢言。俄楼阁仓库，并已封志。立叱曾出。监者牵罗曳而出。

夫妻吞声就道，求一下驷劣车，少作代步，亦不可得。十里外，妻足弱，欲倾跌，曾时以一手相攀引。又十余里，己亦困惫。欻见高山，直插云汉，自忧不能登越，时挽妻相对泣。而监者狞目来窥，不容稍停驻。又顾斜日已坠，无可投止，不得已，参差蹩躠而行。比至山腰，妻力已尽，泣坐路隅。曾亦憩止，任监者叱骂。忽闻百声齐噪，有群盗各操利刃，跳梁而前。半空又起霹雳，吓煞人也。监者大骇，逸去。曾长跪告曰：“孤身远谪，橐中无长物。”哀求宥免。群盗裂眦宣言：“我辈皆被害冤民，只乞得佞贼头，他无索取。”曾怒叱曰：“我虽待罪，乃朝廷命官，好货！贼子何敢尔！”贼亦怒，以巨斧挥曾项。觉头堕地作声，魂方骇疑，即有二鬼来，以下又以吴道子画地狱变象，观之数日不怡。反接其手，驱之行。行逾数刻，入一都会。顷之，睹宫殿；殿上一丑形王者，凭几决罪福。曾前，匐伏请命。王者阅卷，才数行，即震怒曰："此欺君误国之罪，宜置油鼎！"万鬼群和，声如雷霆。即有巨鬼奇鬼攫人，不止加一倍写法。捽至墀下。见鼎高七尺已来，四围炽炭，鼎足尽赤。曾觳觫哀啼，窜迹无路。鬼以左手抓发，右手握踝，抛置鼎中。觉块然一身，随油波而上下，皮肉焦灼，痛彻于心。沸油入口，煎烹肺腑。念欲速死，而万计不能得死。约食时，鬼方以巨叉取曾，复伏堂下。王又检册籍，怒曰："倚势凌人，合受刀山狱！"鬼复捽去。见一山，不甚广阔；而峻削壁立，利刃纵横，乱如密笋。先有数人罥肠刺腹于其上，呼号之声，惨绝心目。鬼促曾上，曾大哭退缩。鬼以毒锥刺脑，曾负痛乞怜。鬼怒，捉曾起，望空力掷。觉身在云霄之上，晕然一落，刃交于胸，痛苦不可言状。又移时，身躯重赘，刀孔渐阔，忽焉脱落，四支蠖屈。鬼又逐以见王。王命会计生平卖爵鬻名，枉法霸产，所得金钱几何。即有髯须人持筹握算，曰："二百二十一万。"王曰："彼既积来，还令饮去！"少间取金钱堆阶上，如丘陵。渐入铁釜，熔以烈火。鬼使数辈，更相以杓灌其口，流颐则皮肤臭裂，入喉则脏腑腾沸。生时患此物之少，是时患此物之多也。唤醒一片痴迷，真是慈悲文字。半日方尽，王者令押去甘州为女。行数步，见架上铁梁，围可数尺，绾一火轮，其大不知几百由旬，焰生五采，光耿云霄。鬼挞使登轮。方合眼跃登，则轮随足转，不知《聊斋》从何处看出俗下僧道度亡所画帧子转轮车如此。似觉倾坠，遍体生凉。开目自顾，身已婴儿，而又女也。视其父母，则悬鹑败絮。土室之中，瓢杖犹存。心知为乞人子。日随乞儿托钵，腹辘辘不得一饱。着败衣，风常刺骨。十四岁鬻与顾秀才备媵妾，衣食粗足自给。而冢室悍甚，日以鞭棰从事，层波骇浪，愤怒掀天。辄用赤铁烙胸乳。恶境频来。幸良人颇怜爱，稍自宽慰。东邻恶少年，忽逾墙来逼与私。层波骇浪，愤怒掀天。乃自念前身恶孽，已被鬼责，今那得复尔。于是大声疾呼，良人与嫡妇尽起，少年始窜去。一日秀才宿诸其室，枕上喋喋，方自诉冤苦。忽震厉一声，室门大辟，有两贼持刀入，竟决秀才首，囊括衣物。团伏被底，不敢作声。既而贼去，乃喊奔嫡室。嫡大惊，相与泣验。遂疑妾以奸夫杀良人，状白刺史。刺史严鞫，竟以酷刑诬服，律拟凌迟处死，絷赴刑所。胸中冤气扼塞，距踊声屈，觉九幽十八狱，无此黑黯也。

正悲号间，闻游者呼曰："兄梦魇耶？"出梦。豁然而寤，见老僧犹跏趺座上。同侣竞相谓曰："日暮腹枵，何久酣睡？"曾乃惨淡而起。僧微笑曰："宰相之占验否？"曾益惊异，拜而请教。僧曰："修德行仁，火坑中有青莲也。山僧何知焉。"曾胜气而来，不觉丧气而返。台阁之想，由此淡焉。后入山，不知所终。一句逗笋，笔法绝妙。即带老僧夹叙一笔，万丈火坑，一团冰消，结得飘渺，不比清远道人邯郸梦度卢一出。

异史氏曰："梦固为妄，想亦非真。彼以虚作，神以幻报。黄粱将熟，此梦在所必有，当以附之邯郸之后。"

第十四媄
了卻夫
妻未了
情功成主婢好同行
敕書驀地從天降曾
對天顏道姓名

辛十四娘

广平冯生，正德间人。少轻脱，纵酒。轻脱纵酒，冯生之构祸皆由于此。昧爽偶行，遇一少女，着红帔，容色娟好。从小奚奴，蹑露奔波，履袜沾濡。心窃好之。薄暮醉归，道侧故有兰若，久芜废，有女子自内出，则向丽人也。忽见生来，即转身入。阴思：丽者何得在禅院中？絷驴于门，往觇其异。入则断垣零落，阶上细草如毯。彷徨间，一斑白叟出，衣帽整洁，问："客何来？"生曰："偶过古刹，欲一瞻仰。"因问："翁何至此？"叟曰："老夫流寓无所，暂借此安顿细小。既承宠降，山茶可以当酒。"乃肃宾入。见殿后一院，石路光明，无复榛莽。入其室，则帘幌床幕，香雾喷人。坐展姓字，云："蒙叟姓辛。"生乘醉遽问曰："闻有女公子，未遭良匹。窃不自揣，愿以镜台自献。"狂妄声口。辛笑曰："容谋之荆人。"生即索笔为诗曰："千金觅玉杵，殷勤手自将。云英如有意，亲为捣玄霜。"主人笑付左右。少间，有婢与辛耳语。辛起慰客耐坐，牵幕入。隐约数语，即趋出。生意必有佳报；而辛乃坐与嗢噱，不复有他言。生不能忍，问曰："未审意旨，幸释疑抱。"辛曰："君卓荦士，倾风已久。但有私衷，所不敢言耳。"生固请之。辛曰："弱息十九人，嫁者十有二。醮命任之荆人，老夫不与焉。"生曰："小生只要得今朝领小奚奴带露行者。"辛不应，相对默然。闻房内嘤嘤腻语，生乘醉搴帘曰："伉俪既不可得，当一见颜色，以消吾憾。"内闻钩动，群立愕顾。果有红衣人，振袖倾鬟，亭亭拈带。望见生入，遍室张皇。辛怒，命数人捽生出。酒愈涌上，倒榛芜中。瓦石乱落如雨，幸不着体。

卧移时，听驴子犹龁草路侧，晁端有诗云："小雨愔愔人不寐，卧听瘦马啮残刍。"写得静中景色出。此在酒醉后尤觉逼真。乃起跨驴，踉跄而行。夜色迷闷，误入涧谷，狼奔鸱叫，竖毛寒心。踟蹰四顾，并不知其何所。遥望苍林中，灯火明灭，疑必村落，竟驰投之。又开异境。仰见高闳，以策挝门。内有问者曰："何处郎君半夜来此？"生以失路告，内曰："待达主人。"生累足鹄俟。忽闻振管辟扉，一健仆出，代客捉驴。生入，见室甚华好，堂上张灯火。少坐，有妇人出，问客姓氏。生以告，逾刻，青衣数人，扶一老妪出，曰："郡君至。"生起立，肃身欲拜。妪止之坐，谓生曰："尔非冯云子之孙耶？"曰："然。"妪曰："子当是我弥甥。老身钟漏并歇，残年向尽，骨肉之间，殊多乖阔。"生曰："儿少失怙，与我祖父处者，十不识一焉。素未拜省，乞便指示。"妪曰："子自知之。"又不说明，奇。生不敢复问，坐对悬想。妪曰："甥深夜何得来此？"生以胆力自矜诩，遂历陈所遇。妪笑曰："此大好事。况甥名士，殊不玷于姻娅，野狐精何得强自高？微露出。甥勿虑，我能为若致之。"生称谢唯唯。妪顾左右曰："我不知辛家女儿，遂如此端好。"青衣人曰："渠有十九女，都翩翩有风格，不知官人所聘行几？"生曰："年约十五余矣。"青衣曰："此是十四娘。三月间曾从阿母寿郡君，何忘却？"妪笑曰："是非刻莲瓣为高履，实以香屑，蒙纱而步者乎？"每于极琐事随口诌出，随笔点缀，是史家颊上添毫法。青衣曰："是也。"妪曰："此婢大会作意，弄媚巧。然果窕窈，阿甥赏鉴不谬。"即谓青衣曰："可遣小狸奴唤之来。"青衣应诺去。移时，入白："呼得辛家十四娘至矣。"旋见红衣女子，望妪俯拜。妪曳之曰："后为我家甥妇，勿得修婢子礼。"女子起，娉娉而立，红袖低垂。妪理其鬓发，捻其耳环，姥姥性情，形状如见。曰："十四娘近在闺中作么生？"女低应曰："闲来只挑绣。"回首见生，羞缩不安。插一句，妙。妪曰："此吾甥也。盛意与儿作姻好，何便教迷途，终夜窜溪谷？"女俯首无语。妪曰："我唤汝非他，欲为吾甥作伐耳。"女默默而已。妪命扫榻展裀褥，即为合卺。女腆然曰："还以告之父母。"妪曰："我为汝作冰，有何舛谬？"女曰："郡君之命，父母当不敢违。然如此草草，婢子即死，不敢奉命！"妪笑曰："小女子志不可夺，真吾甥妇也！"乃拔女头上金花一朵，付生收之。命归家检历，以良辰为定。乃使青衣送女去。听远鸡已唱，遣人持驴送生出。数步外，欻一回顾，则村舍已失，但见松楸浓黑，蓬颗蔽冢而已。以上朦胧不明，四语分晓。定想移时，乃悟其处为薛尚书墓。薛乃生故祖母弟，故相呼以甥。心知遇鬼，然亦不知十四娘何人。咨嗟而归，漫检历以待之，而心恐鬼约难恃。再往兰若，则殿宇荒凉。问之居人，则寺中往往见狐狸云。阴念：若得丽人，狐亦自佳。至日，除舍扫途，更仆眺望，夜半犹寂。生已无望。顷之，门外哗然。趿履出窥，则绣幰已驻于庭，双鬟扶女坐青庐中。妆奁亦无长物，惟两长鬣奴扛一扑满，大如瓮，息肩置堂隅。生喜得佳丽偶，并不疑其异类。问女曰："一死鬼，卿家何帖服之甚？"女曰："薛尚书，今作五都巡环使，数百里鬼狐皆备扈从，故归墓时常少。"生不忘蹇修，翼日往祭其墓。归见二青衣，持贝锦为贺，竟委几上而去。生以告女，女视之曰："此郡君物也。"

邑有楚银台之公子，又生波折。少与生共笔砚，颇相狎。闻生得狐妇，馈遗为馔，即登堂称觞。越数日，又折简来招饮。女闻，谓生曰："曩公子来，我穴壁窥之，其人猿睛鹰准，不可与久居也。宜勿往。"生诺之。翼日，公子造门，问负约之罪，且献新什。春云渐展。生评涉嘲笑，公子大惭，不欢而散。生归，笑述于房。女惨然曰："公子豺狼，不可狎也！子不听吾言，将及于难！"生笑谢之。后与公子辄相谀噱，前却渐释。会提学试，公子第一，生第二。公子沾沾自喜，走伻来邀生饮。生辞，频招乃往。至则知为公子初度，客从满堂，列筵甚盛。公子出试卷示生。春云再展。亲友叠肩叹赏。酒数行，乐奏于堂，鼓吹伧伫，宾主甚乐。公子忽谓生曰："谚云：'场中莫论文。'此言今知其谬。小生所以忝出君上者，以起处数语，略高一筹耳。"呆狂如见。公子言已，一座尽赞。生醉不能忍，大笑曰："君到于今，尚以为文章至是耶！"生言已，一座失色。公子惭忿气结。客渐去，生亦遁。醒而悔之，因以告女。女不乐曰："君诚乡曲之儇子也！轻薄之态，施之君子，则丧吾德；施之小人，则杀吾身。安得此长者之言，我欲以箴名奉之。君祸不远矣！我不忍见君流落，请从此辞。"生惧而涕，且告之悔。女曰："如欲我留，与君约，从今闭户绝交游，勿浪饮。"生谨受教。十四娘为人勤俭洒脱，日以纴织为事。时自归宁，未尝逾夜。又时出金帛作生计。日有赢余，辄投扑满。日杜门户，有造访者辄嘱苍头谢去。中间此一段，文势不平。一日，楚公子驰函来，春云三展。女焚爇不以闻。翼日，出吊于城，遇公子于丧者之家，捉臂苦邀。春云四展。生辞以故。公子使圉人挽辔，拥之以行。忽起忽跌。至家，立命洗腆。继辞夙退。公子要遮无已，出家姬弹筝为乐。遂入玄中。生素不羁，向闭置庭中，颇觉闷损；忽逢剧饮，兴顿豪，无复萦念。因而醉酣，颓卧席间。公子妻阮氏，最悍妒，婢妾不敢施脂泽。日前，婢入斋中，为阮掩执，以杖击首，脑裂立毙。中又间一段。公子以生嘲慢故，衔生，日思所报，遂谋醉以酒而诬之。乘生醉寐，扛尸床间，合扉径去。人情浪激，世路峰攒，何处得铁室而居之。生五更醒解，始觉身卧几上；起寻枕榻，则有物腻然，绁绊步履，摸之，人也。意主人遣僮伴睡，又蹴之不动，举之而僵。大骇，出门怪呼，厮役尽起，爇之，见尸，执生怒闹。公子出验之，诬生逼奸杀婢，执送广平。隔日，十四娘始知，潸泣曰："早知今日矣！"因按日以金钱遗生。生见府尹，无理可伸，朝夕搒掠，皮肉尽脱。女自诣问。生见之，悲气塞心，不能言说。女知陷阱已深，劝令诬服，以免刑宪。生泣听命。女还往之间，人咫尺不相窥。闲中安顿一句，读至下文方知其妙。归家咨惋，遽遣婢子去。独居数日，又托媒媪购良家女，名禄儿，年已及笄，容华颇丽，与同寝食，抚爱异于群小。弄鬼弄神，令人不测。生认误杀拟绞。苍头得信归，恸述不成声。女闻，坦然若不介意。既而秋决有日，女始皇皇躁动，昼去夕来，无停履，每于寂所於邑悲哀，至损眠食。包括一切。一日，日晡，狐婢忽来。女顿起，相引屏语。出则笑色满容，料理门户如平时。翼日，苍头至狱，生寄语娘子一往永诀。苍头复命。女漫应之，亦不怆恻，殊落落置之。陡笔，令人不测。家人窃议其忍。忽道路沸传：楚银台革职；平阳观察奉特旨治冯生案。苍头闻之，喜告主母。女亦喜，即遣人府探视，则生已出狱，相见悲喜。俄捕公子至，一鞫，尽得其情。生立释宁家。归见女，泫然流涕，女亦相对怆楚，悲已而喜。此段仍不说明。然终不知何以得达上听。女笑指婢曰："此君之功臣也。"生愕问故。先是，女遣婢赴燕都，欲达宫闱，为生陈冤抑。婢至，则宫中有神守护，徘徊御沟间，数月不得入。婢惧误事，方欲归谋，忽闻今上将幸大同，婢乃预往，伪作流妓。上至句栏，极蒙宠眷。须记得开首书"正德间"三字，非同泛泛。盖武宗尝出宣、大，幸妓刘美人，事非无因，若他帝王则殊欠自然矣。疑婢不似风尘人，婢乃垂泣。上问："有何冤苦？"婢对曰："妾原籍直隶广平，生员冯某之女。父以冤狱将死，遂鬻妾句栏中。"上惨然，赐金百两。临行，细问颠末，以纸笔记姓名；且言欲与共富贵。婢言："但得父子团聚，不愿华也。"上颔之，乃去。婢以此情告生。遥接。完婢一段事。生急起拜，泪眦双荧。

居无几何，女忽谓生曰："妾不为情缘，何处得烦恼？君被逮时，妾奔走戚眷间，并无一人代一谋者。尔时酸衷，诚不可以告诉。今视尘俗益厌苦。我已为君蓄良偶，可从此别。"若女急去便致。生闻，泣伏不起。女乃止，夜遣禄儿侍生寝，生拒不纳。朝视十四娘，容光顿减；又月余，渐以衰老；半载黯黑如村妪，生敬之，终不替。女忽复言别，且曰："君自有佳侣，安用此鸠盘为？"生哀泣如前日。又逾月，女暴疾，绝饮食，羸卧闺闼。生侍汤药，如奉父母。巫医无灵，竟以溘逝。生悲怛欲绝。即以婢赐金"赐金"二字他人已忘却矣。为营斋葬。数日，婢亦去，遂以禄儿为室。逾年，生一子。然比岁不登，家益落。夫妻无计，对影长愁。忽忆堂陬扑满，常见十四娘投钱于中，不知尚在否。近临之，则豉具盐盎，罗列殆满。头头置去，箸探其中，坚不可入；扑而碎之，金钱溢出。由此顿大充裕。后苍头至太华，遇十四娘，乘青骡，婢子跨蹇以从，问："冯郎安否？"且言："致意主人，我已名列仙籍矣。"言讫不见。

异史氏曰："轻薄之词，多出于士类，此君子所悼惜也。余尝冒不韪之名，言冤则已迂；然未尝不刻苦自励，以勉附于君子之林，而祸福之说不与焉。《聊斋》才人，于朋辈中出轻薄语或亦有之，然余观其议论心术，君子人也。若冯生者，一言之微，几至杀身，苟非室有仙人，亦何能解脱囹圄，以再生于当世耶？可惧哉！"

雙鐙
双燈相對酒楼
居忭々
姻缘半載餘
羡煞癡
郎多豔福温
柔鄉味
定何如

双　灯

魏运旺，益都盆泉人，故世族大家也。后式微，不能供读。年二十余，废学，就岳业酤。一夕，独卧酒楼上，忽闻楼下踏蹴声，魏惊起悚听。声渐近，循梯而上，步步繁响。无何，双婢挑灯，已至榻下。后一年少书生，导一女郎，近榻微笑。魏大愕怪，转知为狐，发毛森竖，俯首不敢睨。书生笑曰："君勿见猜。舍妹与有前因，便合奉事。"魏视书生，锦貂炫目，自惭形秽，觍颜不知所对。书生率婢，遗灯竟去。魏细视女郎，楚楚若仙，心甚悦之。然惭怍不能作游语。女顾笑曰："君非抱本头者，何作措大气？"遽近枕席，暖手于怀。魏始为之破颜，捋裤相嘲，遂与狎昵。晓钟未发，双鬟即来引去。复订夜约。至晚，女果至，笑曰："痴郎何福？不费一钱，得如此佳妇，夜夜自投到也。"魏喜无人，置酒与饮，赌藏枚。女子十有九赢。乃笑曰："不如妾握枚子，君自猜之，中则胜，否则负。若使妾猜，君当无赢时。"遂如其言，通夕为乐。既而将寝，曰："昨宵衾褥涩冷，令人不可耐。"遂唤婢襆被来，展布榻间，绮縠香软。顷之，缓带交偎，口脂浓射，真不数汉家温柔乡也。自此，遂以为常。后半年，魏归家，适月夜与妻话窗间，忽见女郎华妆坐墙头，以手相招。魏近就之，女援之，逾垣而出，把手而告曰："今与君别矣。请送我数武，以表半载绸缪之爱。"魏惊叩其故。女曰："姻缘自有定数，何待说也。"语次，至村外，前婢挑双灯以待，竟赴南山，登高处，乃辞魏言别。魏留之不得。遂去，魏伫立彷徨，遥见双灯明灭，渐远不可睹，怏怏而反。是夜山头灯火，村人悉望见之。

胡四相公
贈金特重故人情異
類友朋勝弟兄一面
有緣難再見神交亦
足慰平生
胡四相公

胡相公

莱芜张虚一者，学使张道一按莱芜燕张并沚先生，名四教，顺治丙戌进士，督学山右。道一或其号欤？之仲兄也。性豪放自纵。闻邑中某宅，为狐狸所居，敬怀刺往谒，冀一见之。投刺隙中。移时，扉自辟。仆大愕，却走。张肃衣敬入，见堂中几榻宛然，而阒寂无人，遂揖而祝曰："小生斋宿而来，仙人既不以门外见斥，何不竟赐光霁？"忽闻空中有人言曰："劳君枉驾，可谓跫然足音矣。请坐赐教。"即见两坐自移相向。甫坐，即有镂漆朱盘，贮双茗盏，悬目前。各取对饮，吸呖有声，而终不见其人。茶已，继之以酒。细审官阀，曰："弟姓胡，行四；曰相公，从人所呼也。"于是酬酢议论，意气颇洽。鳖羞鹿脯，杂以芗蓼。进酒行炙者，似小辈甚伙。酒后颇思茶，意才动，香茗已置几上。凡有所思，无不应念即至。张大悦，尽醉而归。

自是，三数日必一往，胡亦时至张家，俱如主客往来礼。一日，张问胡曰："南城中巫媪，日托狐神渔病家利。不知其家狐，君识之否？"曰："彼妄耳，实无狐。"今之巫觋，皆此类也。少间，张起溲溺，闻小语曰："适所言南城狐巫，未知何如人。小人欲从先生往观之，烦一言请于主人。"张知为小狐，乃应曰："诺。"即席请于狐曰："我欲得足下服役者一二辈，往探狐巫，敬请君命。"狐固言不必。张言之再三，乃许之。既而张出，马自至，如有控者。既骑而行，狐相语于途。谓张曰："今后先生于道途间，觉有细沙散落衣襟上，便是吾辈从也。"语次入城，至巫家。巫见张生，笑迎曰："贵人何忽降临？"张曰："闻尔家狐子大灵应，果否？"巫正容曰："若个蹀躞语，不宜贵人出得！何便言狐子？恐吾家花姊不欢！"言未已，空中发半砖来，中巫臂，踉跄欲跌。惊谓张曰："官人何得抛击老身也？"张笑曰："婆子盲也！几曾见自己额颅破，冤诬袖手者？"巫错愕不知所出。正回惑间，又一石子落，中巫，颠蹶；秽泥乱坠，涂巫面如鬼。惟哀号乞命。张请恕之，乃止。巫急起奔，遁房中，阖户不敢出。张呼与语曰："尔狐如我狐否？"巫惟谢过。张招之，且仰首望空中，戒勿复伤巫，巫始惕惕而出。张笑谕之，乃还。

是《左传》君之嫠何如臣之嫠句注。

自此独行于途，觉尘沙淅淅然，则呼狐语，辄应不讹。虎狼暴客，恃以无恐。如是年余，愈与莫逆。尝问其甲子，殊不自记忆，但言："见黄巢反，犹如昨日。"一夕共话，忽墙头苏然作响，其声甚厉。张异之，胡曰："此必家兄。"张云："何不邀来共坐？"曰："伊道业颇浅，只好攫得两头鸡啖，便了足耳。"张谓狐曰："交情之好，如吾两人，可云无憾，终未一见颜色，大是恨事。"胡曰："但得交好足矣，见面何为？"一日，置酒邀张，且告别。问："将何往？"曰："弟陕中产，将归去矣。君每以对面不觌为憾，今请一识数载之交，他日可相认耳。"张四顾都无所见。胡曰："君试开寝室门，则弟在焉。"张如其言，推扉一觑，则内有美少年，相视而笑，衣裳楚楚，眉目如画，转瞬之间，不复睹矣。张反身而行，即有履

今之刻诗文小稿者，亦是攫鸡子啖伎俩，以其于道浅也。

声藉藉随其后，曰：“今日释君憾矣。”张依恋不忍别。胡曰：“离合自有数，何容介介。”乃以巨觥劝酒。饮至中夜，始以纱烛导张归。明日往探，则空屋冷落而已。

后道一先生为西川学使，张清贫犹昔。因往视弟，愿望颇奢。月余而归，甚违初意，咨嗟马上，嗒丧若偶。忽一少年骑青驴，蹑其后。张回顾，见裘马甚丽，意亦骚雅，遂与闲话。少年察张不豫，诘之。张因欷歔而告以故。少年亦为慰藉，同行里许，至歧路中，少年拱手而别，且曰：“前途有一人寄君故人一物，乞笑纳之。”复欲询之，驰马径去。张莫解所由。又二三里许，见一苍头，持小簏子，献于马前，曰：“胡四相公敬致先生。”张豁然顿悟。受而开视，则白镪满中。及顾苍头，不知所之矣。

驅怪
酒闌人散客無
眠何意妖氛起
榻前等是倉皇
驚竄去此功原
不敢貪天

秀才驱怪

长山徐远公，故明诸生也。鼎革后，弃儒访道，稍稍学敕勒之术，远近多耳其名。某邑一巨公，具币致诚款书，招之以骑。徐问："召某何意？"仆曰："不知。但嘱小人务屈降临耳。"徐乃行，至则中庭宴馔，礼遇甚恭。然终不道其所以致迎之旨。徐不耐，因问曰："实欲何为？幸祛疑抱。"主人辄曰："无事。"但劝杯酒，言辞闪烁，殊所不解。谈话间，不觉向暮。邀徐饮园中。园颇佳胜，而竹树蒙翳，景物阴森，杂花丛丛，半没草莱中。抵一阁，覆板之上悬蛛错缀，似久无人住者。酒数行，天色曛暗，命烛复饮。徐辞不胜酒。主人即罢酒呼茶。诸仆仓皇撤肴器，尽纳阁之左室几上。茶啜未半，主人托故竟去。仆人持烛引宿左室。烛置案上，遽返身去，颇甚草草。徐疑或携襆被来伴，久之，人声杳然。乃自起扃户就寝。窗外皎月，入室侵床。夜鸟秋虫，一时啾唧。心中怛然，寝不成寐。顷之，板上橐橐，似踏蹴声，甚厉。俄下护梯，俄近寝门。徐骇，毛发猬立，急引被蒙首，而门已豁然顿开。徐展被角微伺之，见一物，兽首人身，毛周其体，长如马鬣，深黑色。牙粲群峰，目炯双炬。及几，伏餂器中剩肴；舌一过，连数器辄净如扫。已而趋近榻，嗅徐被。徐骤起，翻被幂怪头，按之狂喊。怪出不意，惊脱，启外户窜去。徐披衣起遁，则园门外扃，不可得出。缘墙而走，跃逾短垣，则主人马厩也。厩人惊，徐告以故，即就乞宿。将旦，主人使伺徐，不见，大骇。已而出自厩中。徐大怒曰：“我不惯作驱怪术，君遣我，又秘不一言。我橐中蓄有如意钩，又不送达寝所：是欲死我也！”主人谢曰：“拟即相告，虑君难之。初亦不知橐有藏钩。幸宥十死！”徐终怏怏，索骑归。自是怪绝。后主人宴集园中，辄笑向客曰：“我终不忘徐生功也。”

异史氏曰：“‘黄狸黑狸，得鼠者雄。’此非空言也。假令翻被狂喊之后，隐其所骇惧，而公然以怪之遁为己能，则人将谓徐生真神人不可及矣。”

柳秀才
綠衣忽現秀才身不獨蝗
神柳亦神待至秋成隆报
賽祝他陌上早回春

柳秀才

明季，蝗生青兖间，渐集于沂。沂令忧之。退卧署幕，梦一秀才来谒，峨冠绿衣，状貌修伟。自言御蝗有策。询之，答云："明日西南道上有妇跨硕腹牝驴子，蝗神也。哀之，可免。"令异之，治具出邑南。伺良久，果有妇高髻褐帔，独控老苍卫，缓蹇北度。即爇香，捧卮酒，迎拜道左，捉驴不令去。妇问："大夫将何为？"令便哀恳："区区小治，幸悯脱蝗口。"妇曰："可恨柳秀才饶舌，泄我密机！当即以其身受，不损禾稼可耳。"乃尽三卮，瞥不复见。后蝗来，飞蔽天日，竟不落禾田。但集杨柳，过处柳叶都尽。方悟秀才柳神也。或云："是宰官忧民所感。"诚然哉。

王阮亭云："柳秀才有大功德于沂，虽百世祀可也。"

念秧
裘馬輝煌動覬覦
客途萍聚夜呼盧
囊金盡入他人橐
贏得便宜是僕夫

念秧二
前車已覆後
車催局勢如
棊未易猜
不有同行
儇主僕
那能載
得罷
人回

念秧

异史氏曰：摹仿《史记》，先论后叙。篇末不用赞语，又一体也。人情鬼蜮，所在皆然；南北冲衢，其害尤烈。如强弓怒马，御人于国门之外者，夫人而知之矣或。有劙囊刺橐，攫货于市，行人回首，财货已空，此非鬼蜮之尤者耶？乃又有萍水相逢，甘言如醴，三层。其来也渐，其入也深。误认倾盖之交，遂罹丧资之祸。随机设阱，情状不一。俗以其言辞浸润，名曰“念秧”。今北途多有之，遭其害者尤众。

余乡王子巽者，邑诸生。有族先生在都为旗籍太史，将往探讯。治装北上，出济南，行数里，有一人跨黑卫，驰与同行。时以闲语相引，王颇与问答。其人自言：“张姓，为栖霞隶，被令公差赴都。”称谓抝卑，祗奉殷勤。凡一见面而过于谦恭亲密者，须防之。相从数十里，约以同宿。王在前，则策蹇追及；在后，则止候道左。仆疑之，因厉色拒去，不使相从。张颇自惭，挥鞭遂去。既暮，休于旅舍，偶步门庭，则见张就外舍饮。方惊疑间，张望见王，垂手拱立，谦若厮仆，稍稍问讯。王亦以泛泛适相值，不为疑，然王仆终夜戒备之。可谓有戒心。鸡既唱，张来呼与同行。仆咄绝之，乃去。

朝暾已上，王始就道。行半日许，前一人跨白卫，约四十许，衣帽整洁，垂首蹇分，盹寐欲堕。或先或后，因循十余里。

王怪问："夜何作，致迷顿乃尔。"其人闻之，猛然欠伸，言："青苑人，许姓。临淄令高檠是我中表。家兄设帐于官署，我往探省，少获馈贻。今夜旅舍，误同念秧者宿，惊惕不敢交睫。遂致白昼迷闷。"王故问："念秧何说？"许曰："君客时少，未知险诈。今有匪类，以甘言诱行旅，夤缘与同休止，因而乘机骗赚。说鬼者即鬼。昨有葭莩亲，以此丧资斧。吾等皆宜警备。"王颔之。先是，临淄宰与王有旧，曾入其幕，识其门客，果有许姓，遂不复疑。因道寒温，兼询其兄况。许约暮共主人，王诺之。仆终疑其伪，阴与主谋，迟留不进，相失，遂杳。翼日卓午，又遇一少年，年可十六七，骑健骡，冠服修整，貌甚都。同行久之，未尝交一言。日既西，少年忽曰："前去曲律店不远矣。"王微应之。少年因咨嗟欷歔，如不自胜。王略致诘。少年叹曰："仆江南金姓。三年膏火，冀博一第，不图竟落孙山！家兄为部中主政，遂载细小来，冀得排遣。生平不习跋涉，扑面尘沙，使人薅恼。"因取红巾拭面，叹咤不已。听其语，操南音，娇婉若女子。王心好之，龙阳派。稍为慰藉。少年曰："适先驰出，眷口久望不来，何仆辈亦无至者？日已将暮，奈何？"迟留瞻望，行甚缓。王遂先驱，相去渐远。

晚投旅邸，既入舍，则壁下一床，先有客解装其上。群魔大会。王问主人。即有一人入，携之而出，曰："但请安置，当即移他所。"王视之，则许也。王止与同舍，许遂止。因与坐谈。少间，又有携装入者，见王、许在舍，返身遽出。曰："已有客在。"王审视，则途中少年也。王未言，许急起曳留之，少年遂坐。许乃展问邦族，少年又以途中言为许告。简括一句。俄顷，解囊出资，堆累颇重。秤两余，付主人，嘱治肴酒，以供夜话。二人争劝止之，卒不听。俄而酒炙并陈。如入具茨之山，七圣皆迷，何况王子巽？筵间，少年论文甚风雅。王问江南闱中题，少年悉告之。且自诵其承破，及篇中得意之句。言已，意甚不平，共扼腕之。焉得不入其玄中？如国手布子，闲中一着一着，俱关紧要。少年又以家口相失，夜无仆役，患不解牧圉。王因命仆代摄莝豆。少年深感谢。居无何，忽蹴然曰："生平蹇滞，出门亦无好况。昨夜逆旅与恶人居，掷骰叫呼，聒耳沸心，使人不眠。"南音呼骰为兜，许不解，固问之。少年手摹其状。许乃笑，于橐中出色一枚，曰："是此物否？"少年诺。许乃以色为令，相欢饮。看来以渐而来。酒既阑，许请共掷，赢一东道主。王辞不解。许乃与少年相对呼卢。又阴嘱王曰："君勿漏言。蛮公子颇充裕，年又雏，未必深解五木诀。我赢些须，明当奉屈耳。"层次来，不骤如，作文如用兵，真有许多妙用。二人乃入隔舍。旋闻轰赌甚闹，王潜窥之，见栖霞隶亦在其中。大疑，展衾自卧。又移时，众共拉王赌。王坚辞不解。许愿代辨枭雉，王又不肯。遂强代王掷。看他于不能入手处入手，不能进步处进步，真有捏沙成团手段。少间，就榻报王曰："汝赢几筹矣。"王睡梦应之。

忽数人排阖而入，番语啁嗻。首者言佟姓，为旗下逻捉赌者。时赌禁甚严，各大惶恐。佟大声吓王，王亦以太史旗号相抵。佟怒解，与王叙同籍，笑请复博为戏。众果复赌。佟亦赌。王谓许曰："胜负我不预闻。但愿睡，无相混。"许不听，仍往来报之。即散局，各计筹马，王负欠颇多。佟遂搜王装橐取偿。伎亦穷矣，遂用强。王愤起相争。金捉王臂，阴告曰："彼都匪人，其情叵测。我辈乃文字交，无不相顾。适局中我赢得如干数，可相抵；此当取偿许君者，今请易之：便令许偿佟，君偿我。不过暂掩人耳目，过此仍以相还。终不然，以道义之交，遂实取君偿耶？”如造鬼窟，幻化已极。王故长厚，遂信之。少年出，以相易之谋告佟。乃对众发王装物，估入己橐。佟乃转索许、张而去。少年遂襆被来，与王连枕，衾褥皆精美。王亦招仆人卧榻上，各默然安枕。久之，少年故作转侧，以下体昵就仆。仆移身避之，少年又近就之。肤着股际，滑腻如脂。仆心动，试与狎；而少年殷勤甚至，衾息鸣动。王颇闻之，虽甚骇怪，终不疑其有他也。昧爽，少年即起。促与早行，且云：“君蹇疲殆，夜所寄物，前途请相授耳。”王尚无言，少年已加装登骑。王不得已，从之。骡行驶，去渐远。王料其前途相待，初不为意。呆子。因以夜间所闻问仆，仆以实告。王始惊曰：“今被念秧者骗矣！焉有宦室名士，而毛遂以毛遂代自荐二字，毛遂不堪。于圉仆者？”又转念其谈词风雅，非念秧所能。急追数十里，踪迹殊杳。始悟张、许、佟皆其一党，一局不行，又易一局，务求其必入也。偿债易装，已伏一图赖之机。设其携装之计不行，亦必执前说篡夺而去。为数十金，委缀数百里，恐仆发其事，而以身交欢之，其术亦苦矣。后数年，又有吴生之事。飞渡法。〇仿《史记》刺客列传。

邑有吴生，字安仁。三十丧偶，独宿空斋。有秀才来与谈，遂相知悦。从一小奴，名鬼头，亦与吴僮报儿善。久而知其为狐。又变一局，一一先提明。吴远游，必与俱。同室之中，人不能睹。吴客都中，将旋里，闻王生遭念秧之祸，因戒僮警备。牵前作萦拂之笔。狐笑曰：“勿须，此行无不利。”

至涿，一人系马坐烟肆，裘服齐楚。见吴过，亦起，超乘从之。渐与吴语，自言：“山东黄姓，提堂户部。将东归，且喜同途不孤寂。"于是吴止亦止，每共食，必代吴偿值。吴阳感而阴疑之。私以问狐，狐曰："不妨。"插此一笔。吴意乃释。及晚，同寻寓所，先有美少年坐其中。黄入，与拱手为礼。喜问少年："何时离都？"答云："昨日。"黄遂拉与共寓。向吴曰："此史郎，我中表弟，亦文士，可佐君子谈骚雅，夜话当不寥落。"乃出金资，治具共饮。少年风流蕴藉，遂与吴大相爱悦。饮间，辄目示吴作觞弊，罚黄，强使酹，鼓掌作笑。吴益悦之。即而史与黄谋赌博，共牵吴，遂各出橐金为质。狐嘱报儿暗锁板扉，嘱曰："倘闻人喧，但寐无吪。"中插叙狐一笔，妙绝。任尔五花八门，暗中羽扇一挥，早已冰销雾释，显出降魔捆妖手段。吴诺。吴每掷，小注则输，大注则赢。更余，计得二百金。史黄错囊垂罄，议质其马。忽闻挝门声甚厉，吴急起，投骰于火，蒙被假卧。久之，闻主人觅钥不得，破扃启关，有数人汹汹入，搜捉博者。史黄并言无有。一人竟捋吴被，指为赌者。吴叱咄之。数人强检吴装。方不能与之撑拒，忽闻门外舆马呵殿声。两"忽闻"妙。所谓任尔奸胜鬼，总不逃吾掌心雷。吴急出鸣呼，众始惧，曳之入，但求无声。吴乃从容苞苴付主人。卤簿既远，众乃出门去。

黄与史共作惊喜状，取次觅寝。黄命史与吴同榻。吴以腰橐置枕头，方伸被而睡。无何，史启吴衾，裸体入怀，小语曰："爱兄磊落，愿从交好。"吴心知其诈，然计亦良得，遂相偎抱。史极力周奉，不料吴固伟男，大为凿枘，嚬呻殆不可任，窃窃哀免。吴固求讫事。手扪之，血流漂杵矣。乃释令归。及明，史惫不能起，托言暴病，但请吴、黄先发。吴临别，赠金为药饵之费。途中语狐，乃知夜来卤簿，皆狐所为。

黄于途，益谄事。吴暮复同舍，斗室甚隘，仅容一榻，颇暖洁。吴以为狭。黄曰："此卧两人则隘，君自卧则宽，何妨？"食已，径去。吴亦喜独宿可接狐友。坐良久，狐不至。倏闻倏闻、忽闻、又闻，写得火杂杂的。壁上小扉，有指弹之声。吴拔关探视，一少女艳妆遽入，自扃门户，向吴展笑，佳丽如仙。吴喜致研诘，则主人之子妇也。又怪。遂与狎，大相爱悦。女忽潸然泣下。吴惊问之，女曰："不敢隐匿，妾实主人遣以饵君者。曩时入室，即被掩执，不知今宵何久不至？"又奇又怪。又呜咽曰："妾良家女，情所不甘。今已倾心于君，乞垂拔救！"吴闻骇惧，计无所出，但遣速去。女惟俯首泣。忽闻黄与主人捶阖鼎沸。许多人语言情状累重难举，几于手腕欲脱。看他运掉轻灵，笔笔分明；其中且有闲细工夫，旁写、冷写、隔断写，从容不迫，如秋声诗序述口技一篇文字。但闻黄曰："我一路祗奉，谓汝为人，何遂诱我弟室！"吴惧，逼女令去。闻壁扉外亦有腾击声。吴仓卒汗流如沈，女亦伏泣。又闻有人劝止主人。主人不听，推门愈急。劝者曰："请问主人，意将何为？如欲杀耶，有我等客数辈，必不坐视凶暴。如两人中有一逃者，抵罪安所辞？如欲质之公庭耶，帷薄不修，适以取辱。且尔宿行旅，明明陷诈，安保女子无异言？"主人张目不能语。吴闻，窃感佩，而不知何人。

初，肆门将闭，即有秀才共一仆来，就外舍宿。携有香酝，遍酌同舍，劝黄及主人尤殷。两人辞欲起，秀才牵裾，苦不令去。后乘间得遁，操杖奔吴所。秀才闻喧，始入劝解。吴伏窗窥之，则狐友也。心窃喜。又见主人意稍夺，乃大言以恐之。又谓女子："何默不一言？"女啼曰："恨不如人，为人驱役贱务！"妙！妙！主人闻之，面如死灰。秀才叱骂曰："尔辈禽兽之情，亦已毕露。此客子所共愤者！"黄及主人，皆释刀杖，长跪而请。吴亦启户出，顿大怒詈。秀才又劝止吴，两始和解。女子又啼，宁死不归。内奔出妪婢，捽女令入。女子卧地哭益哀，秀才劝重价货吴生。主人俯首曰："作老娘三十年，今日倒绷孩儿，亦复何说！"念秧妙计高天下，赔了男儿又折妻。吾性不饮，读至此浮两大白。遂依秀才言。吴固不肯破重资，秀才调停主客间，议定五十金。妙。转骗之，又拖下。人财交付后，晨钟已动，乃共促装载女子以行。

女未经鞍马，驰驱颇殆。午间稍息憩。将行，唤报儿，不知所往。日已西斜，尚无踪响，颇怀疑讶，遂以问狐。狐曰："无忧，将自至矣。"星月已出，报儿始至。吴诘之。报儿笑曰："公子以五十金肥奸伧，窃所不平。适与鬼头计，反身索得。"遂以金置几上。吴惊问其故，盖鬼头知女止一兄，远出十余年不返，遂幻化作其兄状，使报儿冒弟行，入门索姊妹。主人惶恐，诡托病殂。二僮欲质官。主人益惧，啖之以金，渐增至四十，二僮乃行。报儿具述其状。吴即赐之。吴归，琴瑟綦笃。家益富。细诘女子，曩美少年即其夫，盖史即金也。袭一槲绸帔，云是得之山东王姓者。又带王生，妙甚，不测。盖其党羽甚众，逆旅主人，皆其一类。何意吴生所遇，即王子巽连天呼苦之人，不亦快哉！旨哉古言："骑者善堕。"

水灾
暮見二牛
山上鬥
朝看一屋水
中存天
公卑白分
明甚呵
護常臨
孝子
门

水 灾

康熙二十一年，山东旱，自春徂夏，赤地千里。六月十三日小雨，始有种粟者。十八日大雨后，乃种豆。一日，石门庄有老叟，暮见二羊斗山上，告村人曰："大水将至矣！"遂携家播迁。村人共笑之。无何，雨暴注，彻夜不止，平地水深数尺，居庐尽没。一农人弃其两儿，与妻扶老母奔避高阜。下视村中，汇为泽国，并不复念及两儿。水落归家，一村尽成墟墓。入己门，则一屋独存，见两儿尚并坐床头，嬉笑无恙。咸叹谓夫妇孝感所致。此六月二十二日事也。

康熙二十四年，平阳地震，人民死者十有七八。城郭尽墟，仅存一屋，则孝子某家也。茫茫大劫中，惟孝嗣无恙，谁谓天公无皂白耶？

諸城某甲
不死於刀死於笑可知
笑裏暗藏刀旅爻
上九占多驗先笑居然
更後號

诸城某甲

诸城孙景夏学师言：其邑中某甲者，值流寇乱，被杀，首坠胸前。寇退，家人得尸，将舁瘗之。闻其气缕缕然；审视之，咽不断者盈指。遂扶其头，荷之以归。经一昼夜能呻，以匕箸稍哺饮食，半年竟愈。又十余年，与二三人聚谈，或作一解颐语，众为哄堂。甲亦鼓掌，一俯仰间，刀痕暴裂，头堕血流。共视之，气已绝矣。父讼笑者，众敛金赂之，又葬甲，乃解。

异史氏曰："一笑头落，此千古第一大笑也。颈连一线而不死，直待十年后成一笑狱，岂非二三邻人，负债前生者耶！"

酆都
御史
歸陰誰詎肉身來
東坐偏靈御史臺
幸是玉霄頒大赦
金經聲裏繡衣回

酆都御史

酆都县外有洞，深不可测，相传阎罗天子署。其中一切狱具，皆借人工。桎梏朽败，辄掷洞口，邑宰即以新者易之，经宿失所在。供应度支，载之经制。明有御史行台华公，按临酆都，闻其说不以为信，欲入洞以决其惑。众云不可。公弗听，乃秉烛入，以二役从。深抵里许，烛暴灭。视之，阶道阔朗，有广殿十余间，列坐尊官，袍笏俨然；惟东首虚一座。尊官见公至，降阶而迎，笑问曰："至矣乎？别来无恙否？"公问："此何处所？"尊官曰："此冥府也。"公愕然告退。尊官指虚座曰："此为君坐，那可复还。"公益惧，固请宽宥。尊官曰："定数何可逃也！"遂检一卷示公，上注云："某月日，某以肉身归阴。"公览之，战栗如濯冰水。念母老子幼，泫然涕流。俄有金甲神人，捧黄帛书至。群拜舞启读已，乃贺公曰："君有回阳之机矣。"公喜致问。曰："适接帝诏，大赦幽冥，可为君委折原例耳。"乃示公途而出。数武之外，冥黑如漆，不辨行路。公甚窘苦。忽一神将，轩然而入，赤面长髯，光射数尺。公迎拜而哀之。神人曰："诵佛经可出。"言已而去。公自计经咒多不记忆，惟《金刚经》颇曾习之，遂乃合掌而诵，顿觉一线光明，映照前路。偶有遗忘，则目前顿黑；定想移时，复诵复明。乃始得出。其二役，则不可问矣。

按法堂记，相传有御史登山，遭蟒纠缠而死。土人祀之。嘉靖间，祠旁有杨生过必下马。一日，骑而过，梦神，怒曰："汝思中，除非日月倒悬！"秋试，题如月之恒二句。

产龙

壬戌间，邑邢村李氏妇，夫死，有遗腹，忽胀如瓮，忽束如握。临蓐，一昼夜不能产。视之，见龙首，一见辄缩去。家人大惧，不敢近。有王媪者，焚香禹步，且捺且咒。未几，胞堕，不复见龙；惟数鳞皆大如盏。继下一女，肉莹彻如晶，脏腑可数。

龙无目

沂水大雨，忽堕一龙，双睛俱无，奄有余息。邑令以八十席覆之，未能周身。又为设野祭，犹反复以尾击地，其声堛然。

龙取水

俗传龙取江河之水以为雨，此疑似之说耳。徐东痴夜南游，泊舟江岸，见一苍龙自云中垂下，以尾搅江水，波浪涌起，随龙身而上。遥望水光闪闪，阔于三匹练。移时，龙尾收去，水亦顿息，俄而大雨倾注，渠道皆平。

雨錢
文字交情自有
真虛名高雅
悔知人秀才應
愧儒冠誤滿
室金錢不療貧

雨钱

滨州一秀才，读书斋中。有款门者，启视，则皤然一翁，形貌甚古。延入，通姓氏。翁自言："养真，姓胡，实乃狐仙。慕君高雅，愿共晨夕。"秀才故旷达，亦不为怪。遂与评驳今古，翁殊博洽，镂花雕缋，粲于牙齿；时抽经义，则名理湛深，尤觉非意所及。秀才惊服，留之甚久。一日，密祈翁曰："君爱我良厚。顾我贫若此，君但一举手，金钱自可立致。何不小周给？"翁默然，似不以为可。少间，笑曰："此大易事。但须得十数钱作母。"秀才如其请。翁乃与共入密室中，禹步作咒。俄顷，钱有数十百万，从梁间锵锵而下，势如骤雨。转瞬没膝；拔足而立，又没踝。广丈之舍，约深三四尺余。乃顾秀才曰："颇厌君意否？"曰："足矣。"翁一挥，钱即画然而止。乃相与扃户出。秀才窃喜，自谓暴富矣。顷之，入室取用，则阿堵化为乌有，惟母钱十余枚，寥寥尚在。秀才大失望，盛气向翁，颇怼其诳。翁怒曰："我本与君文字交，不谋与君作贼！便如秀才意，只合寻梁上君交好得，老夫不能承命！"遂拂衣去。

妾擊賊
身懷絕技
有誰知鞭
撻橫施默
不辭淚處
倘非來暴
客此生無
復見憐時

妾杖击贼

益都西鄙有贵家某，巨富。蓄一妾，颇婉丽。而冢室凌折之，鞭挞横施。妾奉事惟谨。某怜之，常私语慰抚。妾殊无怨言。一夜，数十人逾垣入，撞其屋扉几坏。某与妻惶恐惴栗，不知所为。妾起，默无声息，暗摸屋中，得挑水木杖一，拔关遽出。群贼乱如蓬麻。妾舞杖动，风鸣钩响，立击四五人仆地。贼尽靡，骇愕乱奔。墙急不得上，倾跌咿哑，亡魂失命。妾拄杖于地，顾笑曰："此等物事，不直下手打得！亦学作贼！我不杀汝，杀嫌辱我。"悉纵之逸去。某大惊，问曰："何自能尔？"则妾父故枪棒师，妾得尽传其术，殆不啻百人敌也。妻尤骇甚，悔向之迷于物色。由是善视女，遇之反如嫡。然而妾则终无纤毫失礼。邻妇或谓妾曰："嫂击贼若豚犬，顾奈何俯首受挞楚？"妾曰："是吾分也，他何敢言。"闻者益贤之。

异史氏曰："身怀绝技，居数年而人莫知之，一旦捍患御灾，化鹰为鸠。呜呼！射雉既获，内人展笑，握槊方胜，贵主同车。技之不可以已也如是夫！"

小獵犬
紛、野馬與
醯雞道是先
生睡眼迷蟣蝨
既除遺細犬窩
言淂兔莫忘蹄

小猎犬

山右卫中堂为诸生时，厌冗扰，假斋僧院。苦室中蜰虫蚊蚤甚多，竟夜不成寐。食后，偃息在床。小结束。忽见一小武士，首插雉尾，身高二寸许，骑马大如蜡。臂上青鞲，有鹰如蝇，自外而入，盘旋室中，行且驶。公方疑注，忽又一人入，装亦如之，腰束小弓矢，牵猎犬如巨蚁。又俄顷，步者骑者，纷纷来以数百辈，鹰犬皆数百。见有蚊蝇飞起，纵鹰腾击，尽扑杀之。大合围。猎犬登床缘壁，搜噬虱蚤，凡罅有所伏藏，嗅之无不出者。顷刻之间，决杀殆尽。金圣叹见之，当浮大白曰："不亦快哉！"公伪睡睨之，鹰集犬窜于其身。既而一黄衣人，着平天冠，如王者，登别榻，系驷苇篾间。从骑皆下，献飞献走，纷集盈侧，亦不知作何语。无何，王者登小辇，卫士仓皇，各命鞍马；万蹄攒奔，纷如撒菽，烟飞雾腾，斯须散尽。公历历在目，骇诧不知所由。蹑履外窥，渺无迹响。返身周视，都无所见；惟壁砖上遗一细犬。公急捉之，且驯。置砚匣中，反复瞻玩。毛极细茸，项上有一小环。饲以饭颗，一嗅辄弃去。跃登床榻，寻衣缝，啮杀虮虱。旋复来伏卧。逾宿，公疑其已往，视之，则盘伏如故。公卧，则登床箦，遇虫辄啖毙，蚊蝇无敢落者。公爱之，甚于拱璧。一日，昼卧，犬潜伏身畔。公醒转侧，压于腰底。公觉有物，固疑是犬，急起视之，已匾而死，如纸剪成者然。似韩公画记文字。自是壁虫无噍类矣。此篇奇在化大为小，以小见妙，可当袁在公广庄子文。

棋鬼
長日消磨一局棊鳳
樓應名竟愆期劇
憐奇癖忘生死勝負
斷斷未決時

棋　鬼

扬州督同将军梁公，解组乡居，日携棋酒，游翔林丘间。会九日登高，与客弈。忽有一人来，逡巡局侧，耽玩不去。视之，面目寒俭，悬鹑结焉。然意态温雅，有文士风。公礼之，乃坐。亦殊抑谦。公指棋谓曰："先生当必善此，何不与客对垒？"其人逊谢移时，始即局。局终而负，神情懊热，若不自已。又着又负，益愤惭。酌之以酒，亦不饮，惟曳客弈。自晨至于日昃，不遑溲溺。方以一子争路，两互喋聒，忽书生离席悚立，神色惨阻。少间，屈膝向公座，败颡乞救。公骇疑起扶之曰："戏耳，何至是？"书生曰："乞嘱付圉人，勿缚小生颈。"公又异之，问："圉人谁？"曰："马成。"先是，公圉役马成者，走无常，十数日一入幽冥，摄牒作勾役。公以书生言异，遂使人往视成，则已僵卧三日矣。公乃叱成不得无礼。瞥见书生即地而灭，公叹咤良久，乃悟其鬼。越日，马成寤，公召诘之。成曰："书生湖襄人，癖嗜弈，产荡尽。父忧之，闭置斋中。辄逾垣出，窃引空处，与弈者狎。父闻诟詈，终不可制止。父愤悒赍恨而死。阎王以书生不德，促其年寿，罚入饿鬼狱，于今七年矣。会东岳凤楼成，下牒诸府，征文人作碑记。王出之狱中，使应召自赎。

癖于弈而不精，此人尚能作文乎？冥王使应召自赎，误甚。

不意中道迁延，大愆限期。岳帝使直曹问罪于王。王怒，使小人辈罗搜之。前承主人命，故未敢以缧绁系之。”公问：“今日作何状？”曰：“仍付狱吏，永无生期矣。”公叹曰：“癖之误人也如是夫！”

异史氏曰：“见弈遂忘其死；及其死也，见弈又忘其生。非其所欲有甚于生者哉？然癖嗜如此，尚未获一高着，徒令九泉下，有长死不生之弈鬼也。哀哉！”

人有酷好作文，无一佳篇；酷好作诗，无一佳句。不谓之癖而有似于癖，其亦此弈鬼类也夫！

白莲教

白莲教某者，山西人，忘其姓名，大约徐鸿儒之徒。左道惑众，慕其术者多师之。一日将他往，堂中置一盆，又一盆覆之，嘱门人坐守，戒勿启视。去后，门人启之，见盆贮清水，水上编草为舟，帆樯具焉。异而拨以指，随手倾侧，急扶如故，仍覆之。俄而师来，怒责曰："何违吾命？"门人立白其无。师曰："适海中舟覆，何得欺我？"又一夕，烧巨烛于堂上，戒恪守，勿以风灭。漏三下，师不至，儽然而殆，就床暂寐。及醒，烛已竟灭，急起爇之。既而师入，又责之，门人曰："我固不曾睡，烛何得息？"师怒曰："适使我暗行十余里，尚复云云耶？"门人大骇。奇行种种，不可胜书。后有爱妾与门人通。觉之，隐而不言。遣门人饲豕；门人入圈，立地化为豕。某即呼屠人杀之，货其肉。人无知者。门人父以子不归，过问之，辞以久弗至。门人家各处探访，杳无消息。有同师者，隐知其事，泄诸门人之父。父告之邑宰。宰恐其遁，不敢捕治；详请官兵千人，围其第，妻子皆就执。闭置樊笼，将以解都。途经太行山，山中出一巨人，高与树等，目如盎，口如盆，牙长尺许。兵士愕立不敢行。某曰："此妖也，吾妻可以却之。"甲士脱妻缚。妻荷戈往。巨人怒，吸吞之。众愈骇。某曰："既杀吾妻，是须吾子。"乃复出其子，巨人又吞之。众相觑，莫知所为。某泣且怒曰："既杀吾妻，又杀吾子，情何以甘！非某自往不可也。"众果出诸笼，授之刃而遣之。巨人盛气而逆。格斗移时，巨人抓攫入口，伸颈咽下，从容竟去。去得干净，不知甲士千人归，何以为情也。

蹇償債
梦中情事记分明戕向
黔驢喚小名戴角披毛
償豆償世間債帥应

蹇偿债

李公著明，慷慨好施。乡人王卓，佣居公家。其人少游惰，不能操农务，家屡贫。然小有技能，常为役务，每赉之厚。时无晨炊，向公哀乞，公辄给以升斗。一日，告公曰："小人日受厚恤，三四口幸不饿殍；然何可以久？乞主人贷我绿豆一石作资本。"公忻然立命授之。卓负去，年余，一无所偿。及问之，豆资已荡然矣。公怜其贫，亦置不索。公读书萧寺，后三年余，忽梦卓来曰："小人负主人豆直，今来投偿。"公慰之曰："若索尔偿，则平日所负欠者，何可算数？"卓愀然曰："固然。凡人少有所为而受人千金，可不报也。若无端受人资助，升斗且不容昧，况其多哉！"辨义甚精。言已，竟去，公愈疑。既而家人白公曰："夜牝驴产一驹，且修伟。"公忽悟曰："得毋驹乃王卓耶！"越数日归，见驹，戏呼王卓。驹奔赴，若有知识。三弦弹出边关调，亲见青骡回耳厅。自此遂以为名。公乘赴青州，衡府内监见而悦之，愿以重价购之，议直未定。适公以家务，急不可待，遂归。又逾岁，驹与雄马同枥，龁折胫骨，不可疗。有牛医至公家，见之，谓公曰："乞以驹付小人，朝夕疗养，需以岁月。万一得痊，得直与公剖分之。"公如所请。后数月，牛医售驴，得钱千八百，以半献公。公受钱，顿悟，其数适符豆价也。噫！昭昭之债，而冥冥之偿，此足以劝矣。

頭滾
朦朧睡眼
夢初回忽
見頭顱出
地來不解
遇灾忍
懼意
方知
蔑子
是庸才

头　滚

苏孝廉贞下太封公昼卧，见一人头从地中出，其大如斛，在床下旋转不已。惊而中疾，遂以不起。后其次公就荡妇宿，罹杀身之祸，其兆于此耶？

短篇文字不似大篇出色，然其叙事简净，用笔明雅。譬诸游山者才过一山又开一山，当此之时不无借径于小桥曲岸、浅水平沙。然而前山未远，魂魄方收，后山又来，耳目又费。虽不大为着意，然政不致遂败人意，况又其一桥一岸、一水一沙，并未一望荒屯绝徼之比。晚凉新浴，荳花棚下，摇蕉尾，说曲折，兴复不浅也。

鬼佐筵
兒掃居然
慶再生而
翁靈語自
分明賓筵
物饌須豐
滿不信冥
中亦世情

鬼作筵

杜生九畹，内人病。会重阳，为友人招作茱萸会。早起盥已，告妻所往。冠服欲出，忽见妻昏愦，絮絮若与人言。杜异之，就问卧榻。妻辄“儿”呼之，家人心知其异。时杜有母柩未殡，疑其灵爽所凭。杜祝曰：“得毋吾母耶？”妻骂曰：“畜生！何不识尔父？”杜曰：“既为吾父，不胜他人也，何乃归家祟儿妇？”妻呼小字曰：“我专为儿妇来，何反怨恨？儿妇应即死，有四人来勾致，首者张怀玉。我万端哀乞，甫能允遂。我许小馈送，便宜付之。”杜即于门外焚纸钱。妻又曰：“四人去矣。彼不忍违吾面目，三日后，当治具酬之。尔母年老龙钟，不能料理中馈。及期，尚烦儿妇一往。”杜曰：“幽冥殊途，安能代庖？望恕宥。”妻曰：“儿勿惧，去去即复返。此为渠事，当毋惮劳。”言已，曰：“吾且去。”妻即冥然，良久乃苏。杜问所言，茫不记忆。但曰：“适见四人来，欲捉我去。幸阿翁哀请，且解囊赂之，始去。我见阿翁镪袱尚余二锭，欲窃取一锭来，作糊口计。翁窥见，叱曰：‘尔欲何为！此物岂尔所可用耶！’我乃敛手，未敢动。”杜以妻病革，疑信相半。越三日，方笑语间，忽瞪目久之，语曰：“尔妇綦贪，暴见我白金，便生觊觎。然大要以贫故，亦不足怪。将以妇去，为我敦庖务，勿虑也。”言甫毕，奄然竟毙。约半日许，始醒，告杜曰：“适阿翁呼我去，谓曰：‘不用尔操作，我烹调自有人，只须坚坐指挥足矣。我冥中喜丰满，诸物馔都覆器外，切宜记之。’我诺。至厨下，见二妇操刀砧于中，俱绀帔而绿缘之，呼我以嫂。每盛炙于篮，必请觇视。曩四人都在筵中。进馔既毕，酒具已列器中。翁乃命我还。”杜大愕异，每语同人。

鼠戲
無儀祇合相
真皮都道長
安事冣奇莫
笑么麽鼴鼠
技居然也有
上場時
鼠戲

鼠戏

一人在长安市上卖鼠戏。背负一囊，中蓄小鼠十余头。每于稠人中，出小木架，置肩上，俨如戏楼状。乃拍鼓板，唱古杂剧。歌声甫动，则有鼠自囊中出，蒙假面，被小装服，自背登楼，人立而舞。男女悲欢，悉合剧中关目。

泥書生
豈無駿
馬駝癡
恨風動
扉開
宿時冠服翩然
乘入莫嗤土
偶盡無知

泥书生

罗村有陈代者，少蠢陋。娶妻某氏，颇丽。自以婿不如人，郁郁不得志。然贞洁自持，婆媳亦相安。一夕独宿，忽闻风动扉开，一书生入，脱衣巾，就妇共寝。妇骇惧，苦相拒。而肌肤顿软，听其狎亵而去。自是夜无虚夕。月余，形容枯瘁。母怪问之。初惭怍不欲言；固问，始以情告。母骇曰：“此妖也！”百术禁咒，终不能绝。乃使陈代伏匿室中，操杖以伺。夜分，书生果复来，置冠几上；又脱袍服，搭椸架上。才欲登榻，忽惊曰：“咄咄，有生人气！”急复披衣。代暗中暴起，击中腰胁，塔然作声。四壁张顾，书生已杳。束薪爇照，泥衣一片堕地上，案头泥巾犹存。

寒月芙蕖
能將幻術驚
官宰以刻花
兩術亦神相
業大家齊叫
絕受戮人還
澄刑人

寒月芙蕖

济南道人者，不知何许人，亦不详其姓氏。冬夏惟着一单帢衣，系黄绦，别无裤襦。每用半梳梳发，即以齿衔髻际，如冠状，日赤脚行市上，夜卧街头，离身数尺外，冰雪尽熔。初来，辄对人作幻剧，市人争贻之。有井曲无赖子，遗以酒，求传其术，不许。遇道人浴于河津，骤抱其衣以胁之。道人揖曰："请以赐还，当不吝术。"无赖者恐其绐，固不肯释。道人曰："果不相授耶？"曰："然。"道人默不与语。俄见黄绦化为蛇，围可数握，绕其身六七匝，怒目昂首，吐舌相向。某大愕，长跪，色青气促，惟言乞命。道人乃竟取绦。绦竟非蛇。另有一蛇，蜿蜒入城去。由是道人之名益著。缙绅家闻其异，招与游，从此往来乡先生门。司、道俱耳其名，每宴集，辄以道人从。

一日，道人请于水面亭报诸宪之饮。至期，各于案头得道人速客函，亦不知所由至。诸客赴宴所，道人伛偻出迎。既入，则空亭寂然，几榻未设，或疑其妄。道人启官宰曰："贫道无僮仆，烦借诸扈从，少代奔走。"官宰共诺之。道人于壁上绘双扉，以手挝之。内有应门者，振管而启。共趋觇望，则见憧憧者往来于中；屏幔床几，亦复都有。即有人一一传送门外。道人命吏胥辈接列亭中，且嘱勿与内人交语。两相授受，惟顾而笑。顷刻，陈设满亭，穷极奢丽。既而旨酒散馥，热炙腾熏，皆自壁中传递而出。座客无不骇异。亭故背湖水，每六月时，荷花数十顷，一望无际。宴时方凌冬，窗外茫茫，惟有烟绿。一官偶叹曰："此日佳集，可惜无莲花点缀！"众俱唯唯。少顷，一青衣吏奔白："荷叶满塘矣！"一座皆惊。推窗眺瞩，果见弥望菁葱，间以菡萏。转瞬间，万枝千朵，一齐都开，朔风吹面，荷香沁脑。群以为异。遣吏人荡舟采莲。遥见吏人入花深处，少间返棹，素手来见。官诘之。吏曰："小人乘舟去，见花在远际；渐至北岸，又转遥遥在南荡中。"道人笑曰："此幻梦之空花耳。"无何，酒阑，荷亦雕谢；北风骤起，摧折荷盖，无复存矣。济东观察公甚悦之，携归署，日与狎玩。

一日，公与客饮。公故有传家美酝，每以一斗为率，不肯供浪饮。是日，客饮而甘之，固索倾酿。公坚以既尽为辞。道人笑谓客曰："君必欲满老饕，索之贫道而可。"客请之。道人以壶入袖中，少刻出，遍斟座上，与公所藏无异。尽欢而罢，公疑焉，入视酒瓻，封固宛然，而空无物矣。心窃愧怒，执以为妖，杖之。杖才加，公觉股暴痛；再加，臀肉欲裂。道人虽声嘶阶下，观察已血殷座上。乃止不笞，逐令去。道人遂离济，不知所往。后有人遇于金陵，衣装如故。问之，笑不语。

酒狂
故態猶存羡酒徒轉疑
醉夢境模糊從來罵
座神人怒冥罰何
須問有無

酒　狂

缪永定，江西拔贡生。素酗于酒，戚党多畏避之。偶适族叔家。与客滑稽谐谑，遂共酣饮。缪醉，使酒骂座，忤客。客怒，一座大哗。叔为排解。缪谓左袒客，益迁怒叔。叔无计，奔告其家。家人来，扶挟以归。才置床上，四肢尽厥。抚之，奄然气绝。缪见有皂帽人絷己去。移时，至一府署，缥碧为瓦，世间无其壮丽。至墀下，似欲伺见官宰。自思无罪，当是客讼斗殴。回顾皂帽人，怒目如牛，又不敢问。然自度贡生与人角口，或无大罪。忽堂上一吏宣言，使讼狱者翼日早候，于是堂下人纷纷藉藉，如鸟兽散去。缪亦随皂帽人出，更无归着，缩首立肆檐下。皂帽人怒曰："颠酒无赖子！日将暮，各去寻眠食，尔何往？"缪战栗曰："我且不知何事，并未告家人，故毫无资斧，庸将焉归？"皂帽人曰："颠酒贼！若酤自啖，便有用度！再支吾，老拳碎颠骨子！"缪垂首不敢则声。

忽一人自户内出，见缪，诧异曰："尔何来？"缪视之，则其母舅。舅贾氏，死已数载。缪见之，始恍然悟其已死，心益悲惧。向舅涕零曰："阿舅救我！"贾顾皂帽人曰："东灵非他，屈临寒舍。"二人乃入。贾重揖皂帽人，且嘱青眼。俄顷，出酒食，团坐相饮。贾问："舍甥何事，遂烦勾致？"皂帽人曰："大王驾诣浮罗君，遇令甥醉詈，使我捉得来。"贾问："见王未？”曰：“浮罗君会花子案，驾未归。”又问：“阿甥将得何罪？”答曰：“未可知也。然大王颇怒此等辈。”缪在侧，闻二人言，觳觫汗下。杯箸不能举。无何，皂帽人起，谢曰：“叨盛酌，已径醉矣。即以令甥相付托，驾归，再容登访。”乃去。贾谓缪曰：“甥别无兄弟，父母爱如掌上珠，常不忍一呵。十六七岁时，每三杯后，喃喃寻人疵，小不合，辄挝门裸骂。犹谓齿稚。不意别十余年，甥了不长进。今且奈何！”缪伏地哭，懊悔无及。贾曳之曰：“舅在此业酤，其舅业酤，其甥酗酒，是舅是甥。颇有小声望，必合极力。适饮者乃东灵使者，舅常饮之酒，与舅颇相善。大王日万几，亦未必便能记忆。我委曲与言，浼以私意释甥去，或可允从。”又转念曰：“此事担负颇重，非十万不能了也。”缪谢，锐然自任，诺之。即就舅氏宿。次日，皂帽人早来觇望。贾请间，语移时，来谓缪曰：“谐矣。少顷即复来。我先罄所有，用压契，余待甥归，从容凑致之。”缪喜曰：“共得几何？”曰：“十万。”曰：“甥何处得如许？”贾曰：“只金币钱纸百提，足矣。”缪喜曰：“此易办耳。”

待将停午，皂帽人不至。缪欲出市上，少游瞩。贾嘱勿远荡，诺而出。见街里贸贩，一如人间。至一所，棘垣峻绝，似是囹圄。对门一酒肆，偏偏碰着。往来颇伙。肆外一带长溪，黑潦涌动，深不见底。方伫足窥探，闻肆内一人呼曰：“缪君何来？”缪急视之，则邻村翁生，乃十年前文字交。趋出握手，欢若平生。即就肆内小酌，各道契阔。缪庆幸中，又逢故知，倾怀尽釂。大醉，顿忘其死，旧态复作，渐絮絮瑕疵翁。酒语痴如风，一发不可制，睨眼瞩苍冥，雷霆等儿戏。翁曰：“数年不见，君复尔耶？”缪素厌人道其酒德，闻言，益愤，击桌大骂。翁睨之，拂袖竟出。缪又追至溪头，捋翁帽。翁怒曰："是真妄人！"乃推缪颠堕溪中。溪水殊不甚深；而水中利刃如麻，刺胁穿胫，坚难摇动，痛彻骨脑。黑水半杂溲秽，随吸入喉，更不可耐。一溪好醒酒汤，惜乎人间所无。岸上人观笑如堵，绝不一为援手。时方危急，贾忽至，望见大惊，提携以归，曰："尔不可为也！死犹弗悟，不足复为人！请仍从东灵活受斧锧。"缪大惧，泣拜知罪。贾乃曰："适东灵至，候汝立券，汝乃饮荡不归。渠迫不能待。我已立券，付千缗令去；余者以旬尽为期。子归，宜急措置，夜于村外旷莽中，呼舅名焚之。此案可结也。"缪悉如命，乃促之行。送之郊外，又嘱曰："必勿食言，累我无益。"唐陆龟蒙中酒赋云：有馘卓擒伶之伍，我愿先登。有殛狄放之君，臣能执御。"盖甚言之也。乃示途令归。

时缪已僵卧三日，家人谓其醉死，而鼻息隐隐如悬丝。是日苏，大呕，呕出黑渖数斗，臭不可闻。吐已，汗湿裀褥，气味熏腾，与吐物无异，身始凉爽。告家人以异。旋觉刺处痛肿，隔夜成疮，犹幸不大溃腐。十日渐能杖行。家人共乞偿冥负。缪计所费，非数金不能办，颇生吝惜，曰："曩或醉乡之幻境耳。纵其不然，伊以私释我，何敢复使冥王知？"家人劝之，不听。然心惕惕然，不敢复纵饮。里党咸喜其进德，稍稍与共酌。年余，冥报渐忘，志渐肆，故状渐萌。一日，饮于子姓之家，又骂主人座。主人摈斥出，阖户径去。缪噪逾时，其子方知，扶持归家。入室，面壁长跪，自投无数，曰："便偿尔负！便偿尔负！"言已，仆地。视之，气已绝矣。

捉狐射鬼
偶遇新城談
軼事李公膽
畧冠時髦捉
狐射鬼都無
懼想見平生
意氣豪

捉鬼射狐

李公著明，睢宁令襟卓先生公子也。为人豪爽无馁怯。为新城王季良先生渔洋族祖。内弟。季良家多楼阁，往往见怪异。公常暑月寄宿，爱阁上晚凉。或告之异，公笑不听，固命设榻。主人如言。嘱仆辈伴公宿，公辞曰："生平爱独宿，不解怖。"主人乃使炷香于炉，请衽何趾，始息烛覆扉而去。公就枕移时，于月色中，见几上茗碗，倾侧旋转，不坠亦不休。公咄之，铿然立止。又若有人拔香炷，炫摇空际，纵横作花缕。公起叱曰："何物鬼魅敢尔？"裸裼下榻，欲就捉之。以足觅床下，仅得一履；不暇冥搜，赤足挝摇处，炷顿插炉，竟寂无兆。公俯身遍摸暗陬，忽一物腾击颊上，觉似履状；索之，亦殊不得。乃启覆下楼，呼从人爇火烛之，空无一物，乃复就寝。既明，使数人搜屦，翻席倒榻，不知所在。主人为公易屦。越日，偶一仰首，见一屦夹塞椽间，挑拨而下，则公履也。公益都人，侨居于淄川孙氏第。第綦阔，皆置闲旷，公仅居其半。南院临高阁，止隔一堵。时见阁扉自启闭，公亦不置念。偶与家人话于庭，阁门开，忽有一小人面北而坐，身不满三尺，绿袍白袜。众指顾之，亦不动。公曰："此狐也。"急取弓矢，对阁欲射。小人见之，哑哑作揶揄之声，遂不复见。公捉刀登阁，且骂且搜，竟无所睹，乃返。异遂绝。公居数年，平安无恙。

冯镇峦批评本聊齋志異

中

〔清〕蒲松龄 著
〔清〕冯镇峦 批评

岳麓書社·长沙

《木雕美人》

《狮子》

《江城》

《阿英》

《宦娘》

《小翠》

目 录

卷五

卷六

卷七

卷八

卷五

陽武侯
貴人誕降多奇兆歷
數勲名衛霍侔曾說
遼陽悲遠戍須知甯
将已封侯

阳武侯

阳武侯薛公禄，胶薛家岛人。父薛公最贫，牧牛乡先生家。先生有荒田，公牧其处，辄见蛇兔斗草莱中，以为异。因请于主人为宅兆，构茅而居。后数年，太夫人临蓐，值雨骤至。适二指挥使奉命稽海，出其途避雨户中。见舍上鸦鹊群集，竞以翼覆漏处，异之。既而翁出，指挥问："适何作？"因以产告。又询所产，曰："男也。"指挥又益愕，曰："是必极贵。不然，何以得我两指挥护守门户也？"咨嗟而去。侯既长，垢面垂鼻涕，殊不聪颖。岛中薛姓，故隶军籍。是年应翁家出一丁口戍辽阳，翁长子深以为忧。时侯十八岁，人以太憨生，无与为婚。忽自谓兄曰："大哥啾唧，得无以遣戍无人耶？"曰："然。"笑曰："若肯以婢子妻我，我当任此役。"兄喜，即配婢。侯遂携室赴戍所。行方数十里，暴雨忽集。途侧有危崖，夫妻奔避其下。少间，雨止，始复行。才及数武，崖石崩堕。居人遥望两虎跃出，逼附两人而没。侯自此勇健非常，丰采顿异。后以军功封阳武侯世爵。至启、祯间，袭侯某公薨，无子，止有遗腹，因暂以旁支代。凡世封家进御者，有娠即以上闻，官遣媪伴守之。既产乃已。年余，夫人生女。产后腹犹震动，凡十五年，更数媪，又生男。应以嫡派赐爵。旁支噪之，以为非薛产。官收诸媪，械梏百端，皆无异言。爵乃定。

趙城虎
縣牒持來虎就拘
居然反哺學慈
烏代供子
職伱
前憾
祠宇
東郊
今未
蕪

赵城虎

赵城妪，年七十余，止一子。一日入山，为虎所噬。妪悲痛，几不欲活，号啼而诉之宰。宰笑曰："虎何可以官法制之乎？"妪愈号咷，不能制之。宰叱之，亦不畏惧。又怜其老，不忍加以威怒，遂绐之，诺捉虎。媪伏不去，必待勾牒出，乃肯行。宰无奈之，即问诸役，谁能往之。一隶名李能，醺醉，诣座下，自言："能之。"持牒下，妪始去。隶醒而悔之。犹谓宰之伪局，姑以解妪扰耳，因亦不甚为意。持牒报缴，宰怒曰："固言能之，何容复悔？"隶窘甚，请牒拘猎户。宰从之，隶集诸猎人，日夜伏山谷，冀得一虎庶可塞责。月余，受杖数百，冤苦罔控。遂诣东郭岳庙，跪而祝之，哭失声。无何，一虎自外来。隶错愕，恐被咥噬。虎入殊不他顾，蹲立门中。隶祝曰："如杀某子者尔也，其俯听吾缚。"遂出缧索絷虎项，虎帖耳受缚。牵达县署，宰问虎曰："某子尔噬之耶？"虎颔之。宰曰："杀人者死，古之定律。且妪止一子，而尔杀之，彼残年垂尽，何以生活？倘尔能为若子也，我将赦之。"此公循吏可知，否则虎何可为子也。予有笑判云：曾闻苛政猛于虎，又道纷纷虎渡河，若教山君可作子，食尽人间爷娘多。虎又颔之。乃释缚令去。妪方怨宰之不杀虎以偿子也，迟旦，启扉，则有死鹿。妪货其肉革，用以资度。自是以为常，时衔金帛掷庭中。妪从此致丰裕，奉养过于其子。心窃德虎。虎来，时卧檐下，竟日不去。人畜相安，各无猜忌。数年，妪死，虎来吼于堂中。妪素所积，绰可营葬，族人共瘗之。坟垒方成，虎骤奔来，宾客尽逃。虎直赴冢前，嗥鸣雷动，移时始去。土人立“义虎祠”于东郭，至今犹存。

螳螂捕蛇

张姓者，偶行溪谷，闻崖上有声甚厉。寻途登觇，见巨蛇围如碗，摆扑丛树中，以尾击柳，柳枝崩折。反侧倾跌之状，似有物捉制之。然审视殊无所见，大疑。渐近临之，则一螳螂据顶上，以刺刀攫其首，攧不可去。久之，蛇竟死。视额上革肉，已破裂云。

武技
少林宗派
傳人少纔得真傳
便已狂同是箇中須
會意未容孟浪自低昂

武 技

李超，字魁吾，淄之西鄙人，豪爽好施。偶一僧来托钵，李饱啖之。僧甚感荷，乃曰："吾少林出也。有薄技，请以相授。"李喜，馆之客舍，丰其给，旦夕从学。三月，艺颇精，意甚得。僧问："汝益乎？"曰："益矣。师所能者，我已尽能之。"世之学者稍有所能，便算尽师所得，如此多矣，岂一李超？僧笑，命李试其技。李乃解衣唾手，如猿飞，如鸟落，腾跃移时，诩诩然交叉而立。僧又笑曰："可矣。子既尽吾能，请一角低昂。"李忻然，即各交臂作势。既而支撑格拒，李时时蹈僧瑕，僧忽一脚飞掷，李已仰跌丈余。僧抚掌曰："子尚未尽吾能也。"捷笔。李以掌致地，惭沮请教。又数日，僧辞去。李由此以名，遨游南北，罔有其对。偶适历下，见一少年尼僧，弄艺于场，观者填溢。尼告众客曰："颠倒一身，殊大冷落。有好事者，不妨下场一扑为戏。"如是三言。众相顾，迄无应者。李在侧，不觉技痒，意气而进。尼便笑与合掌。才一交手，尼便呵止曰："此少林宗派也。"即问："尊师何人？"李初不言。尼固诘之，乃以僧告。尼拱手曰："憨和尚汝师耶？若尔，不必交手足，愿拜下风。"李请之再四，尼不可。众怂恿之，尼乃曰："既是憨师弟子，同是个中人，无妨一戏。但两相会意可耳。"李诺之。然以其文弱故，易之；又年少喜胜，思欲败之，以要一日之名。方颉颃间，尼即遽止。李问其故，但笑不言。从容乃尔。李以为怯，固请再角。尼乃起。少间，李腾一踝去。此即前憨师一腿也，用得不是路。尼骈五指下削其股；李觉膝下如中刀斧，蹶仆不能起。尼笑谢曰："孟浪迕客，幸勿罪！"李舁归，月余始愈。后年余，僧复来，为述往事。僧惊曰："汝大卤莽！惹他何为？幸先以我名告之，不然股已断矣。"

王阮亭先生云："此尼亦殊踪迹诡异不可测。"又云："拳勇之枝，少林为外家，武当张三峰为内家。三峰之后有关中人王宗。宗传温州陈州同。州同，明嘉靖间人。故今两家之传，盛于浙东。顺治中，王来咸，字征南，其最著者，鄞人也。雨窗无事，读李超事始末，因识于后。阮亭书。征南之徒，又有僧耳、僧尼者，皆僧也。"

小人
肢體觭揉供
戲具由來鬼
蜮徧江湖試聽
詐供言如繪
左道雍蔽兩
觀誅

小　人

康熙间，有术人携一榼，榼藏小人，长尺许。投一钱，则启榼令出，唱曲而退。至掖，掖宰索榼入署，细审小人出处。初不敢言；固诘之，方自述其乡族。盖读书童子，自塾中归，为术人所迷，复投以药，四体暴缩。彼遂携之，以为戏具。宰怒，杖杀术人。留童子，欲医之，尚未得其方也。杀术人烹其肉，以饷童子，当得暴长，见龙宫外方。

秦生
居然吏部比風流酒
國沈酣死未休賴有
相憐同病者共尋長
向醉鄉游

秦生

莱州秦生，制药酒，误投毒味，未忍倾弃，封而置之。积年余，夜适思饮，而无所得酒。忽忆所藏，较舍命食河豚者稍觉韵致。启封嗅之，芳烈喷溢，肠痒涎流，不可制止。酒渴思吞海。取盏将尝，妻苦劝谏。生笑曰："快饮而死，胜于馋渴而死多矣。"馋吻可笑。一盏既尽，倒瓶再斟。妻覆其瓶，满屋流溢。生伏地而牛饮之。少时腹痛口噤，中夜而卒。拼将一死消馋渴，殁去犹堪作酒仙。妻号泣，为备棺木，行入殓矣。次夜，忽有美人入，身不满三尺，径就灵寝，以瓯水灌之，豁然顿苏。叩而诘之，曰："我狐仙也。适丈夫入陈家，窃酒醉死，往救而归。偶过君家，彼怜君子与己同病，故使妾以余药活之也。"言讫不见。

余友人丘行素贡士，嗜饮。一夜思酒，而无可行沽，辗转不可复忍，因思代之以醋。谋诸妇，妇嗤之。丘固强之，乃煨醯以进。壶既尽，始解衣甘寝。次日，竭壶酒之资，遣仆代沽。道遇伯弟襄宸，诘知其故，因疑嫂不肯为兄谋酒。仆言："夫人云：'家中蓄醋无多，昨夜已尽其半；恐再一壶，则醋根断矣。'"醋根断岂非佳事？一笑。闻者皆笑之。不知酒兴初浓，即毒药犹甘之，况醋乎？此亦可以传矣。

鸦　头

诸生王文，东昌人。少诚笃。薄游于楚，过六河，休于旅舍，乃步门外。遇里戚赵东楼，大贾也，常数年不归。见王，相执甚欢，便邀临存。至其所，有美人坐室中，愕怪却步。赵曳之，又隔窗呼妮子去，王乃入。赵具酒馔，话温凉。王问："此何处所？"答云："此是小勾栏。余因久客，暂假床寝。"话间，妮子频来出入。王局促不安，离席告别。赵强捉令坐。俄见一少女，经门外过，望见王，秋波频顾，眉目含情，仪容娴婉，实神仙也。王素方直，至此惘然若失，便问："丽者何人？"赵曰："此媪次女，小字鸦头，年十四矣。缠头者屡以重金啖媪，女执不愿，致母鞭楚，女以齿稚哀免。今尚待聘耳。"王闻言，俯首默然痴坐，酬应悉乖。赵戏之曰："君倘垂意，当作冰斧。"王怃然曰："此念所不敢存。"然日向夕，绝不言去。赵又戏请之。王曰："雅意极所感佩，囊涩奈何！"赵知女性激烈，必当不允，故许以十金为助。王拜谢趋出，罄资而至，得五数，强赵致媪。媪果少之。

鸦头言于母曰："母日责我不作钱树子，今请得如母所愿。我初学作人，报母有日，勿以区区放却财神去。"媪以女性拗执，但得允从，即甚欢喜。遂诺之，使婢邀王郎。赵难中悔，加金付媪。王与女欢爱甚至。既，谓王曰："妾烟花下流，不堪匹敌；既蒙缱绻，义即至重。君倾囊博此一宵欢，明日如何？”王泫然悲哽。女曰：“勿悲。妾委风尘，实非所愿。顾未有敦笃可托如君者，请以宵遁。”王喜，遽起，女亦起。听谯鼓已三下矣。女急易男装，草草偕出，叩主人扉。王故从双卫，托以急务，命仆便发。女以符系仆股并驴耳上，纵辔极驰，目不容启，耳后但闻风鸣；平明至汉江口，税屋而止。王惊其异。女曰：“言之，得无惧乎？妾非人，狐耳。母贪淫，日遭虐遇，心所积懑。今幸脱苦海。百里外，即非所知，可幸无恙。”王略无疑贰，从容曰：“室对芙蓉，家徒四壁，实难自慰，恐终见弃置。”女曰：“何必此虑。今市货皆可居，三数口，淡薄亦可自给。可鬻驴子作资本。”王如言，即门前设小肆，王与仆人躬同操作，卖酒贩浆其中。女作披肩，刺荷囊，何不学文君当垆？日获赢余。饮膳甚优。

积年余，渐能蓄婢媪。王自是不着犊鼻，但课督而已。女一日悄然忽悲，曰：“今夜合有难作，奈何？”王问之。女曰：“母已知妾消息，必见凌逼。若遣姊来，吾无忧；恐母自至耳。”夜已央，自庆曰：“不妨，阿姊来矣。”居无何，妮子排闼入。女笑逆之。妮子骂曰：“婢子不羞，随人逃匿！老母令我缚去。”即出索子絷女颈。女怒曰：“从一者得何罪？”妮子益忿，捽女断衿。家中婢媪皆集。妮子惧，奔出，女曰：“姊归，母必自至。大祸不远，可速作计。”乃急办装，将更播迁。媪忽掩入，怒容可掬，曰：“我固知婢子无礼，须自来也！”女迎跪哀啼。媪不言，揪发提去。王徘徊怆恻，眠食都废。急诣六河，冀得贿赎。至则门庭如故，人物已非。问之居人，俱不知其所徙。

悼丧而返。于是俵散客旅，囊资东归。后数年，偶入燕都，过育婴堂，见一儿七八岁。仆人怪似其主，反复凝注之。王问："看儿何说？"仆笑以对。王亦笑。细视儿，风度磊落。自念乏嗣，因其肖己，爱而赎之。诘其名，自称王孜。王曰："子弃之襁褓，何知姓氏？"曰："本师尝言，得我时，胸前有字，书山东王文之子。"王大骇曰："我即王文，乌得有子？"念必同己姓名者，心窃喜，甚爱惜之。及归，见者不问而知为王生子。孜渐长，孔武有力，喜田猎，不务生产，乐斗好杀。王亦不能箝制之。又自言能见鬼狐，悉不之信。会里中有患狐者，请孜往觇之。至则指狐隐处，令数人随指处击之，即闻狐鸣，毛血交落，自是遂安。由是人益异之。

王一日游市廛，忽遇赵东楼，巾袍不整，形色枯黯。惊问所来。赵惨然请间。王乃偕归，命酒。赵曰："媪得鸦头，横施楚掠。既北徙，又欲夺其志。女矢死不二，因囚置之。生一男，弃诸曲巷。闻在育婴堂，想已长成。此君遗体也。"王出涕曰："天幸孽儿已归。"因述本末。问："君何落拓至此？"叹曰："今而知青楼之好，不可过认真也。夫何言！"先是，媪北徙，赵以负贩从之。货重难迁者，悉以贱售。途中脚直供亿，烦费不资，因大亏损。妮子索取尤奢。数年，万金荡然。媪见床头金尽，旦夕加白眼。妮子渐寄贵家宿，恒数夕不归。赵愤激不可耐，然亦无可如何。适媪他出，鸦头自窗中呼赵曰："勾栏中原无情好，所绸缪者，钱耳。君依恋不去，将掇奇祸。"赵惧，如梦初醒。临行，窃往视女。女授书使达王，赵乃归。因以此情为王述之。即出鸦头书。书云："知孜儿已在膝下矣。妾之厄难，东楼君自能面悉。前世之孽，夫何可言！妾幽室之中，暗无天日，鞭创裂肤，饥火煎心，易一晨昏，如历年岁。君如不忘汉上雪夜单衾，叠互暖抱时，当与儿谋，反伏下。必能脱妾于厄。母姊虽忍，要是骨肉，但嘱勿致伤残，是所愿耳。”王读之，泣不自禁。以金帛赠赵而去。

时孜年十八矣。王为述前后，因示母书。孜怒眦欲裂，即日赴都，询吴媪居，则车马方盈。孜直入，妮子方与湖客饮，望见孜，愕立变色。孜骤进杀之，宾客大骇，以为寇。及视女尸，已化为狐。孜持刀径入，见媪督婢作羹。孜奔近室门，媪忽不见。孜四顾，急抽矢，望屋梁射之；一狐贯心而堕，遂决其首。寻得母所，投石破扃，母子各失声。母问媪，曰：“已诛之。”母怨曰：“儿何不听吾言！”命持葬郊野。孜伪诺之，剖其皮而藏之。检媪箱箧，尽卷金资，奉母而归。夫妇重谐，悲喜交至。既问吴媪，孜言：“在吾囊中。”惊问之，出两革以献。母怒骂曰：“忤逆儿！何得此为！”号痛自挝，转侧欲死。王极力抚慰，叱儿瘗革。孜忿曰：“今得安乐所，顿忘挞楚耶？”母益怒，啼不止。孜葬皮反报，始稍释。

王自女归，家益盛。心德赵，报以巨金。赵始知母子皆狐也。孜承奉甚孝；然误触之，则恶声暴吼。女谓王曰：“儿有拗筋，不刺去，终当杀身倾产。”拗相公祸国，拗儿女得不亡家。夜伺孜睡，潜絷其手足。孜醒曰：“我无罪。”母曰：“将医尔虐，其勿苦。”孜大叫，转侧不可开。女以巨针刺踝骨侧深三四分许，用刀掘断，崩然有声。又于肘间脑际并如之，已，乃释缚。拍令安卧。天明，奔候父母，涕泣曰：“儿早夜忆昔所行，都非人类！”父母大喜，从此温和如处女，乡里贤之。

异史氏曰：“妓尽狐也。不谓有狐而妓者，至狐而鸨，则兽而禽矣。灭理伤伦，其何足怪？至百折千磨，之死靡他，此人类所难，而乃于狐也得之乎？唐太宗谓魏征更饶妩媚，吾于鸦头亦云。”

酒蟲
漫因貧富歎途窮
翻悔當時去酒蟲何
物番僧偏好事未
容長住醉鄉中

酒　虫

长山刘氏，体肥嗜饮。每独酌，辄尽一瓮。负郭田三百亩，辄半种黍，而家豪富，不以饮为累也。一番僧见之，谓其身有异疾。刘答言：“无。”僧曰：“君饮尝不醉否？”曰：“有之。”曰：“此酒虫也。”刘愕然，便求医疗。曰：“易耳。”问：“需何药？”俱言不需。但令于日中俯卧，絷手足，去首半尺许，置良酝一器。取牛黄法。移时，燥渴，思饮为极。酒香入鼻，馋火上炽，而苦不得饮。忽觉咽中暴痒，哇有物出，直堕酒中。解缚视之，赤肉长二寸许，蠕动如游鱼，口眼悉备。刘惊谢。酬以金，不受，但乞其虫。问：“将何用？”曰：“此酒之精：瓮中贮水，入虫搅之，即成佳酿。”得此虫可以开酒肆。刘使试之，果然。刘自是恶酒如仇。体渐瘦，家亦日贫，后饮食至不能给。

异史氏曰：“日尽一石，无损其富；不饮一斗，适以益贫。岂饮啄固有数乎哉？或言：‘虫是刘之福，非刘之病，僧愚之以成其术。’然欤否欤？”

木雕美人
分明傀儡也登场如
見明妃塞上裝金埒
錦韉人叱逐羊裘雉
尾犬蹄忙

木雕人

商人白有功言："在泺口河上，见一人荷竹簏，牵巨犬二。于簏中出木雕美人，高尺余，手目转动，艳妆如生。又以小锦鞯被犬身，便令跨坐。安置已，叱犬疾奔，美人自起，学解马作诸剧，镫而腹藏，腰而尾赘，跪拜起立，灵变不讹。又作昭君出塞：别取一大雕儿，插雉尾，披羊裘，跨犬从之。昭君频频回顾，羊裘儿扬鞭追逐，真如生者。"

大抵有情人难遇无情之物亦觉有情，无情人君父且路人视之矣。情博则心忍，心忍斯无所不至矣。

封三孃
悔被情丝一縷
牽鳳釵嬉盼
太纏綿豈知色
戒無端破不淩
飛昇第一天

封三娘

范十一娘，𪊲城祭酒之女。少艳美，骚雅尤绝。父母钟爱之，求聘者辄令自择；女恒少所可。会上元日，水月寺中诸尼，作“盂兰盆会。”是日，游女如云，女亦诣之。方随喜间，一女子步趋相从，屡望颜色，似欲有言。审视之，二八绝代姝也。悦而好之，转用盼注。男子相悦，常也；乃以女子悦女子，深情缠绵，如蚕自茧。女子微笑曰：“姊非范十一娘乎？”答曰：“然。”女子曰：“久闻芳名，人言果不虚谬。”十一娘亦审里居。女笑曰：“妾封氏，第三，近在邻村。”把臂欢笑，词致温婉，于是大相爱悦，依恋不舍。十一娘问：“何无伴侣？”曰：“父母早逝，家中止一老妪，留守门户，故不得来。”十一娘将归，封凝眸欲涕，十一娘亦惘然，遂邀过从。封曰：“娘子朱门绣户，妾素无葭莩亲，虑致讥嫌。”十一娘固邀之。答：“俟异日。”十一娘乃脱金钗一股赠之，封亦摘髻上绿簪为报。十一娘既归，倾想殊切。《聊斋》各种题都做到，惟此中境界未写，故又畅发此篇。出所赠簪，非金非玉，家人都不之识，甚异之。日望其来，怅然遂病。父母讯得故，使人于近村谘访，并无知者。

时值重九，十一娘羸顿无聊，倩侍儿强扶窥园，设褥东篱下。忽一女子攀垣来窥，觇之，则封女也。呼曰：“接我以力！”侍儿从之，蓦然遂下。十一娘惊喜，顿起，曳坐褥间，责其负约，且问所来。答云：“妾家去此尚远，时来舅家作耍。前言近村者，缘舅家耳。别后悬思颇苦。然贫贱者与贵人交，足未登门，先怀惭怍，恐为婢仆下眼觑，是以不果来。适经墙外过，闻女子语，便一攀望，冀是小姐，今果如愿。”十一娘因述病源。封泣下如雨，因曰：“妾来当须秘密。造言生事者，飞短流长，所不堪受。”十一娘诺。偕归同榻，快与倾怀。病寻愈。订为姊妹，衣服履舄，辄互易着。见人来，则隐匿夹幕间。积五六月，公及夫人颇闻之。一日，两人方对弈，夫人掩入。谛视，惊曰：“真吾儿友也！”因谓十一娘：“闺中有良友，我两人所欢，胡不早言？”十一娘因达封意。夫人顾谓三娘曰：“伴吾儿，极所忻慰，何昧之？”封羞晕满颊，默然拈带而已。夫人去，封乃告别。十一娘苦留之，乃止。一夕，自门外匆忙奔入，泣曰：“我固谓不可留，今果遭此大辱！”惊问之。曰：“适出更衣，一少年丈夫，横来相干，幸而得逃。如此，复何面目？”十一娘细诘形貌，谢曰：“勿须怪，此妾痴兄。会告夫人，杖责之。”封坚辞欲去。十一娘请待天曙。封曰：“舅家咫尺，但须以梯度我过墙耳。”十一娘知不可留，使两婢逾墙送之。行半里许，辞谢自去。婢返，十一娘扶床悲惋，如失伉俪。

后数月，婢以故至东村，暮归，遇封女从老妪来。婢喜，拜问。封亦恻恻，讯十一娘兴居。婢捉袂曰：“三姑过我。我家姑姑盼欲死！”封曰：“我亦思之，但不乐使家人知。归启园门，我自至。”婢归告十一娘；十一娘喜，从其言，则封已在园中矣。相见，各道间阔，绵绵不寐。视婢子眠熟，乃起，移与十一娘同枕，私语曰：“妾固知娘子未字。以才色门第，何患无贵介婿。然纨袴儿敖不足数。如欲得佳偶，请无以贫富论。”十一娘然之。封曰："旧年邂逅处，今复作道场，明日再烦一往，当令见一如意郎君。妾少读相人书，颇不参差。"昧爽，封即去，约俟兰若。十一娘果往，封已先在。眺览一周，十一娘便邀同车。携手出门，见一秀才，年可十七八，布袍不饰，而容仪俊伟。封潜指曰："此翰苑才也。"十一娘略睨之。封别曰："娘子先归，我即继至。"入暮，果至，曰："我适物色甚详，其人即同里孟安仁也。"十一娘知其贫，不以为可。封曰："娘子何亦堕世情哉！此人苟长贫贱者，予当抉眸子，不复相天下士矣。"十一娘曰："且为奈何？"曰："愿得一物，持与订盟。"十一娘曰："姊何草草！父母在，不遂如何？"封曰："妾此为，正恐其不遂耳。志若坚，生死何可夺也？"十一娘必不可。封曰："娘子姻缘已动，而魔劫未消。所以故，来报前好耳。请即别，即以所赠金凤钗，矫命赠之。"十一娘方谋更商，封已出门去。

时孟生贫而多才，意将择耦，故十八犹未聘也。是日，忽睹两艳，归涉冥想。一更向尽，封三娘款门而入。烛之，识为日中所见。喜致诘问。曰："妾封氏，范十一娘之女伴也。"生大悦，不暇细审，遽前拥抱。封拒曰："妾非毛遂，乃曹丘生。十一娘愿缔永好，请倩冰也。"生愕然不信。封乃以钗示生。生喜不自已，矢曰："劳眷注如此，仆不得十一娘，宁终鳏耳。"封遂去。生诘旦，浼邻媪诣范夫人。夫人贫之，竟不商女，立便却去。十一娘知之，心失所望，深怨封之误己也。而金钗难返，只须以死矢之。又数日，有某绅为子求婚，恐不谐，浼邑宰作伐。时某方居权要，范公心畏之。以问十一娘，十一娘不乐。母诘之，默默不言，但有涕泪。使人潜告夫人：非孟生不嫁！公闻，益怒，竟许某绅家。祭酒老先生何畏一权绅？且疑十一娘有私意于生，遂涓吉速成礼。十一娘忿不食，日惟耽卧。至亲迎之前夕，忽起，揽镜自妆。夫人窃喜。俄侍女奔白："小姐身缢死！"举家惊涕，痛悔无所复及。三日遂葬。

孟生自邻媪反命，愤恨欲绝。然遥遥探访，妄冀复挽。察知佳人有主，忿火中烧，万虑俱断矣。未几，闻玉葬香埋，愴然悲丧，恨不从丽人俱死。向晚出门，意将乘昏夜一哭十一娘之墓。欻有一人来，近之，则封三娘。向生道喜曰："喜姻好可就矣。"生泫然曰："卿不知十一娘亡耶？"封曰："我所谓就者，正以其亡。可急唤家人发冢，我有异药，能令苏。"生从之，发墓破棺，复掩其穴。生自负尸，与三娘俱归，置榻上，投以药，逾时而苏。文人之笔，操纵由我，可以起死人而肉白骨，岂非快事！故《聊斋》善作志异也。顾见三娘，问："此何所？"封指生曰："此孟安仁也。"因告以故，始如梦醒。

封惧漏泄，相将去五十里，避匿山村。封欲辞去，十一娘乞留作伴，使别院居。因货殉葬之饰，用为资度，亦称小有。封每遇生来，辄避去。十一娘从容曰："吾姊妹，骨肉不啻也，然终无百年聚。计不如效英、皇。"封曰："妾少得异诀，吐纳可以长生，故不愿嫁耳。"十一娘笑曰："世传养生术，汗牛充栋，行而效者谁也？"封曰："妾所得非人世所知。世传并非真诀，惟华陀五禽图差为不妄。凡修炼家无非欲血气流通耳。若得厄逆症，作虎形立止，非其验耶？"十一娘阴与生谋，使伪为远出者。入夜，强劝以酒，既醉，生潜入污之。三娘醒曰："妹子害我矣！倘色戒不破，道成当升第一天。今堕奸谋，命耳！"乃起告辞。十一娘告以诚意而哀谢之。封曰："实相告：我乃狐也。

缘瞻丽容，忽生爱慕，如茧自缠，遂有今日。此乃情魔之劫，非关人力。再留，则魔更生，无底止矣。娘子福泽正远，珍重自爱。”言已而逝。夫妻惊叹久之。

逾年，生乡、会果捷，官翰林。投刺谒范公，公愧悔不见。固请之，乃见。生入，执子婿礼，伏拜甚恭。公愧怒，疑生儇薄。生请间，具道情事。公不深信；使人探诸其家，方大惊喜。阴戒勿宣，惧有祸变。又二年，某绅以关节发觉，父子充辽海军，十一娘始归宁焉。

予弟玉山喜导引之术，戒之曰：诸家惟却病延年四字而善，善用吾夫子《乡党》一章，即丹诀也。若气顺而使之逆，强言引运，神行而欲其止，不本自然，起居服食，有意矫揉，实足戕其生而已。昔有寄龚练师入道一书，曰辨之甚明，可取而细按也。

狐梦
记得簇杯纖手
擎梦中宴笑尚
分明也思笔墨
传千古莫道仙
人不爱名

狐　梦

余友毕怡庵，倜傥不群，豪纵自喜。貌丰肥，多髭，士林知名，尝以故至叔刺史公之别业，休憩楼上。传言楼中故多狐。毕每读青凤传，心辄向往，恨不一遇。因于楼上，摄想凝思。既而归斋，日已寖暮。时暑月燠热，当户而寝。睡中有人摇之。醒而却视，则一妇人，年逾四十，而风韵犹存。毕惊起，问为谁？笑曰："我狐也。蒙君注念，心窃感纳。"毕闻而喜，投以嘲谑。妇笑曰："妾齿加长矣，纵人不见恶，先自惭沮。有小女及笄，可侍巾栉。明宵，无寓人于室，当即来。"言已而去。至夜，焚香坐伺。妇果携女至。态度娴婉，旷世无匹。妇谓女曰："毕郎与有夙缘，即须留止。明旦早归，勿贪睡也。"毕与握手入帏，款曲备至。事已，笑曰："肥郎痴重，使人不堪！"未明即去。

既夕自来，曰："姊妹辈将为我贺新郎，明日即屈同去。"问："何所？"曰："大姊作筵主，此去不远也。"毕果候之。良久不至，身渐倦惰，才伏案头，女忽入曰："劳君久伺矣。"乃握手而行。奄至一处，有大院落。直上中堂，则见灯烛荧荧，灿若星点。俄而主人至，年近二旬，淡妆绝美。敛衽称贺已，将践席，婢入白："二娘子至。"见一女子入，年可十八九，笑向女曰："妹子已破瓜矣。新郎颇如意否？"（点缀小女子闺房戏谑，都成隽语，且逼真。）女以扇击背，白眼视之。二娘曰："记儿时与妹相扑为戏，妹畏人数胁骨，遥呵手指，即笑不可耐。便怒我，谓我当嫁僬侥国小王子。我谓婢子他日嫁多髭郎，刺破小吻，今果然矣。”大娘笑曰：“无怪三娘子怒诅也，新郎在侧，直尔憨跳。”顷之，合尊促坐，宴笑甚欢。忽一少女抱一猫至，年可十二三，雏发未燥，而艳媚入骨。大娘曰：“四妹妹亦要见姊丈耶？此无坐处。”因提抱膝头，取肴果饵之。移时转置二娘怀中，曰：“压我胫股酸痛！”二姊曰：“婢子许大，身如百钧重，我脆弱不堪。既欲见姊丈，姊丈故壮伟，肥膝耐坐。”乃捉置毕怀。入怀香软，轻若无人。毕抱与同杯饮。大娘曰：“小婢勿过饮，醉失仪容，恐为姊丈所笑。”少女孜孜展笑，以手弄猫，猫戛然鸣。大娘曰：“尚不抛却，抱走蚤虱矣！”二娘曰：“请以狸奴为令，执箸交传，鸣处则饮。”众如其教。至毕辄鸣。毕故豪饮，连举数觥，乃知小女子故捉令鸣也。因大喧笑。二姊曰：“小妹子归休，压杀郎君，恐三姊怨人。”小女郎乃抱猫去。大姊见毕善饮，乃摘髻子贮酒以劝。视髻仅容升许，然饮之觉有数斗之多。比干视之，则荷盖也。二娘亦欲相酬。毕辞不胜酒。二娘出一口脂合子，大于弹丸，酌曰：“既不胜酒，聊以示意。”毕视之，一吸可尽。接吸百口，更无干时。女在傍以小莲杯易合子去，曰：“勿为奸人所算。”置合案上，则一巨钵。二娘曰：“何预汝事！三日郎君，便如许亲爱耶！”毕持杯向口立尽。把之腻软，审之非杯，乃罗袜一钩，衬饰工绝。杨铁崖有鞋杯诗。二娘夺骂曰：“猾婢！何时盗人履子去，怪足冰冷也！”遂起，入室易舄。女约毕离席告别。女送出村，使毕自归。瞥然醒寤，竟是梦景；而鼻口醺醺，酒气犹浓，异之。至暮，女来，曰：“昨宵未醉死耶？”

毕言："方疑是梦。"女曰："姊妹怖君狂噪，故托之梦，实非梦也。"

女每与毕奕，毕辄负。女笑曰："君日嗜此，我谓必大高着；今视之，只平平耳。"毕求指诲。女曰："弈之为术，在人自悟，我何能益君？朝夕渐染，或当有益。"居数月，毕觉稍进。女试之，笑曰："尚未，尚未。"毕出与所尝共弈者游，则人觉其异，稍咸奇之。毕为人坦直，胸无宿物，微泄之。女已知，责曰："无惑乎同道者不交狂生也。屡嘱甚密，何尚尔尔！"怫然欲去。毕谢过不遑，女乃稍解。然由此来寝疏矣。

积年余，一夕来，兀坐相向。与之弈，不弈；与之寝，不寝。怅然良久，曰："君视我孰如青凤？"引青凤如东坡引自己诗文当故事用。曰："殆过之。"曰："我自惭弗如。然聊斋与君文字交，请烦作小传，未必千载下无爱忆如君者。"毕曰："夙有此志；曩遵旧嘱，故秘之。"女曰："向为是嘱，今已将别，复何讳？"问："何往？"曰："妾与四妹妹为西王母征作花鸟使，不复得来矣。曩有姊行与君家叔兄，临别已产二女，今尚未醮；妾与君幸无所累。"毕求赠言，曰："盛气平，过自寡。"药石之言，当书座右。遂起，捉手曰："君送我行。"至里许，洒涕分手。曰："彼此有志，未必无会期也。"乃去。

康熙二十一年腊月十九日，毕子与余抵足绰然堂，细述其异。余曰："有狐若此，则聊斋之笔有光荣矣。"遂志之。

通篇毕子不多着语，最喜小女儿声口一一如绘。

木客
壓波虹卧勢
蜿蜒功德能
教壽命延檢
點他年
将得去
長橋何似
一文錢

布　客

长清某，贩布为业，客于泰安。闻有术人工星命之学，诣问休咎。术人推之曰：“运数大恶，可速归。”某惧，囊资北下。途中遇一短衣人，似是隶胥。渐渍与语，遂相知悦。屡市餐饮，呼与共啜。短衣人甚德之，某问所营干，答曰：“将适长清，有所勾致。”问为何人。短衣人出牒，示令自审，第一即己姓名。骇曰：“何事见勾？”短衣人曰：“我非生人，乃蒿里山东四司隶役。想子寿数尽矣。”某出涕求救。鬼曰：“不能。然牒上名多，拘集尚需时日。子速归，处置后事，我最后相招，此即所以报交好耳。”无何，至河际，断绝桥梁，行人艰涉。鬼曰：“子行死矣，一文亦将不去。请即建桥，利行人；虽颇烦费，然于子未必无小益。”某然之。归告妻子作周身具。克日鸠工建桥。久之，鬼竟不至。心窃疑之。一日，鬼忽来曰：“我已以建桥事上报城隍，转达冥司矣，谓此一节可延寿命。今牒名已除，敬以报命。”某喜感谢。后再至泰山，不忘鬼德，敬赍楮锭，呼名酬奠。既出，见短衣人匆遽而来曰：“子几祸我！适司君方莅事，幸不闻之；不然，奈何？”送之数武，曰：“后勿复来，倘有事北往，自当迂道过访。”遂别而去。

農人
阿紫倉皇竟
遁形荷鋤
帶笠儼神靈
人間教勒
非無咒合與
秧歌一例聽

农　人

有农人耕于山下，妇以陶器为饷。食已，置器垄畔。向暮视之，器中余粥尽空，如是者屡。心疑之，因睨注以觇之。有狐来，探首器中。农人荷锄潜往，力击之。狐惊窜走。器囊头，苦不得脱；狐颠蹶，触器碎落，出首，见农人，窜益急，越山而去。后数年，山南有贵家女，苦狐缠祟，敕勒无灵。狐谓女曰："纸上符咒，能奈我何！"女绐之曰："汝道术良深，可幸永好。顾不知生平亦有所畏者否？"狐曰："我罔所怖。但十年前在北山时，尝窃食田畔，被一人戴阔笠，持曲项兵，几为所戮，至今犹悸。"女告父。父思投其所畏，但不知姓名、居里，无从问讯。会仆以故至山村，向人偶道。旁一人惊曰："此与予曩年事适相符，将无向所逐狐，今能为怪耶？"仆异之，归告主人。主人喜，即命仆马招农人来，敬白所求。农人笑曰："曩所遇诚有之，顾未必即为此物；且既能怪变，岂复畏一农人？"贵家固强之，使披戴如尔日状，入室以锄卓地，咤曰："我日觅汝不可得，汝乃逃匿在此耶！今相值，决杀不宥。"言已，即闻狐鸣于室。农人益作威怒，狐即哀告乞命。农人叱曰："速去，释汝。"女见狐捧头鼠窜而去，自是遂安。

章阿端
一林枝鬼益新鬼縱使斷腸
也自傷賴有道場能懺悔
夢中曾說見端娘
章阿端

章阿端

卫辉戚生，少年蕴藉，有气敢任。时大姓有巨第，白昼见鬼，死亡相继，愿以贱售。生廉其直，购居之。而第阔人稀，东院楼亭，蒿艾成林，亦姑废置。家人夜惊，辄相哗以鬼。两月余，丧一婢，无何，生妻以暮至楼亭，既归，得疾，数日寻毙。家人益惧，劝生他徙。生不听。而块然无偶，憭栗自伤。婢仆辈又时以怪异相聒。生怒，盛气襆被，独卧荒亭中。留烛以觇其异。久之无他，亦竟睡去。忽有人以手探被，反复扪。生醒视之，则一老大婢，挛耳蓬头，臃肿无度。生知其鬼，捉臂推之，笑曰："尊范不堪承教！"婢惭，敛手蹀躞而去。少顷，一女郎自西北隅出，神情婉妙，闯然至灯下，怒骂："何处狂生，居然高卧！"生起笑曰："小生此间之第主，候卿讨房税耳。"遂起，裸而捉之。女急遁，生先趋西北隅，阻其归路。女既穷，便坐床上。近临之，对烛如仙，渐拥诸怀。女笑曰："狂生不畏鬼耶？将祸尔死！"生强解裙襦，则亦不甚抗拒。已而自白曰："妾章氏，小字阿端，误适荡子，刚愎不仁，横加折辱，愤悒夭逝，瘗此二十余年矣。此宅下皆坟冢也。"问："老婢何人？"曰："亦一故鬼，从妾服役。上有生人居，则鬼不安于夜室，适令驱君耳。"问："扪挲何为？"笑曰："此婢三十年未经人道，其情可悯。然亦太不自量矣。要之，馁怯者，鬼益侮弄之，刚肠者，不敢犯也。”听邻钟响断，着衣下床，曰：“如不见猜，夜当复至。”入夕，果至，绸缪益欢。生曰：“室人不幸殂谢，感悼不释于怀。卿能为我致之否？”予有亡妇二周忌诗：“海山盟誓今犹在，记我哭君逾二周。”呜呼，殂者而能生之，当不独戚生有此奢愿也。女闻之益戚，曰：“妾死二十年，谁一置念忆者！君诚多情，妾当极力。然闻投生有地矣，不知尚在冥司否。”逾夕，告生曰：“娘子将生贵人家。以前生失耳环，挞婢，婢自缢死，此案未结，以故迟留。今尚寄药王廊下，有监守者。妾使婢往行贿，或将来也。”生问：“卿何闲散？”曰：“凡枉死鬼不自投见，阎摩天子不及知也。”二鼓向尽，老婢果引生妻而至。生执手大悲。妻含涕不能言。女别去，曰：“两人可话契阔，另夜请相见也。”生慰问婢死事。妻曰：“无妨，行结矣。”上床偎抱，款若平生之欢。由此遂以为常。后五日，妻忽泣曰：“明日将赴山东，乖离苦长，奈何！”生闻言，挥涕流离，哀不自胜。女劝曰：“妾有一策，可得暂聚。”共收涕询之。女请以钱纸十提，焚南堂杏树下，持贿押生者，俾缓时日。生从之，至夕，妻至曰：“幸赖端娘，今得十日聚。”生喜，禁女勿去，留与连床，暮以暨晓，惟恐欢尽。过七八日，生以限期将满，夫妻终夜哭。问计于女。女曰：“势难再谋。然试为之，非冥资百万不可。”生焚之如数。女来，喜曰：“妾使人与押生者关说，初甚难；既见多金，心始摇。今已以他鬼代生矣。”自此白日亦不复去，令生塞户牖，灯烛不绝。

如是年余，女忽病，瞀闷懊侬，恍惚如见鬼状。妻抚之曰：“此为鬼病。”生曰：“端娘已鬼，又何鬼之能病？”妻曰：“不然。人死为鬼，鬼死为聻。鬼之畏聻，犹人之畏鬼也。”鬼中之鬼，演成一派鬼话。生欲为聘巫医。曰："鬼何可以人疗？邻媪王氏，今行术于冥间，可往召之。然去此十余里，妾足弱不能行，烦君焚刍马。"生从之。马方爇，即见婢女牵赤骝，授绥庭下，转瞬已杳。少间与一老妪叠骑而来，絷马廊柱。妪入，切女十指。既而端坐，首僩倲作态。仆地移时，蹶而起曰："我黑山大王也。娘子病大笃，幸遇小神，福泽不浅哉！此业鬼为殃，不妨，不妨！但是病有瘳，须厚我供养，金百锭，钱百贯，盛筵一设，不得少缺。"妻一一嗷应。妪又仆而苏，向病者呵叱，乃已。既而欲去。妻送诸庭外，赠之以马，欣然而去。入视女郎，似稍清醒。夫妻大悦，抚问之。女忽言曰："妾恐不得再履人世矣。合目辄见冤鬼，命也！"因泣下。越宿，病益沉殆，曲体战栗，妄有所睹。拉生同卧，以首入怀，似畏扑捉。生一起，则惊叫不宁。如此六七日，夫妻无所为计。会生他出，半日而归。闻妻哭声。惊问，则端娘已毙床上，死后又死，死到何时？委蜕犹存。启之，白骨俨然。生大恸，以生人礼葬于祖墓之侧。一夜，妻梦中呜咽。摇而问之，答云："适梦端娘来，言其夫为聻鬼，怒其改节泉下，衔恨索命去，乞我作道场。"生早起，即将如教。妻止之曰："度鬼非君所可与力也。"乃起去。逾刻而来，曰："余已命人邀僧侣。当先焚钱纸作用度。"生从之。日方落，僧众毕集，金铙法鼓，一如人世。妻每谓其聒耳，生殊不闻。道场既毕，妻又梦端娘来谢，言："冤已解矣，将生作城隍之女。烦为转致。"居三年，家人初闻而惧，久之渐习。生不在，则隔窗启禀。一夜，向生啼曰："前押生者，今情弊漏泄，按责甚急，恐不能久聚矣。"数日，果疾，曰："情之所钟，本愿长死，不乐生也。今将永诀，得非数乎？”生皇遽求策。曰：“是不可为也。”问：“受责乎？”曰：“薄有所责。然偷生之罪大，偷死之罪小。”言讫，不动。细审之，面庞形质，渐就澌灭矣。生每独宿亭中，冀有他遇，终亦寂然，人心遂安。

馎饦媪

韩生居别墅半载，腊尽始返。一夜，妻方卧，闻人行声。视之，炉中煤火，炽耀甚明。见一媪，可八九十岁，鸡皮橐背，衰发可数。向女曰：“食馎饦否？”女惧，不敢应。媪遂以铁箸拨火，加釜其上，又注以水。俄闻汤沸，媪撩襟启腰橐，出馎饦数十枚，投汤中，历历有声。自言曰：“待寻箸来。”遂出门去。女乘媪去，急起捉釜倾箦后，蒙被而卧。少刻，媪至，逼问釜汤所在。女大惧而号。家人尽醒，媪始去。启箦照视，则土鳖虫数十，堆累其中。

金永年
幻夢載將妄想來誰
知老蚌竟含胎蕭
條暮景憑誰慰五
桂遙從心地培

金永年

利津金永年，八十二岁无子。媪亦七十八岁，自分绝望。忽梦神告曰：“本应绝嗣，念汝贸贩平准，予一子。”醒以告媪。媪曰：“此真妄想。两人皆将就木，何由生子？”无何，媪腹震动，十月竟举一男。

邂逅原無伉儷
緣花拈情意自
纏綿爲郎不惜
殘生命遲我飛
昇一百年

花姑子

安幼舆，陕之拔贡生。为人挥霍好义，喜放生。见猎者获禽，辄不惜重直，买释之。会舅家丧葬，往助执绋。暮归，路经华岳，迷窜山谷中。心大恐。一矢之外，忽见灯火，趋投之。数武中，欻见一叟，伛偻曳杖，斜径疾行。安停足，方欲致问，叟先诘谁何。安以迷途告；且言灯火处必是山村，将以投止。叟曰：“此非安乐乡。此等暗伏之笔最妙。幸老夫来，可从去，茅庐可以下榻。”安大悦，从行里许，睹小村。叟扣荆扉，一妪出，启关曰：“郎子来耶？”叟曰：“诺。”既入，则舍宇湫隘。叟挑灯促坐，便命随事具食。又谓妪曰：“此非他，是吾恩主。婆子不能行步，可唤花姑子来酾酒。”俄女郎以馔具入，立叟侧，秋波斜盼。安视之，芳容韶齿，殆类天仙。叟顾令煨酒。房西隅有煤炉，女即入房拨火。安问：“此女公何人？”答云：“老夫章姓。七十年止有此女。田家少婢仆，以君非他人，遂敢出妻见子，幸勿哂也。”安问：“婿何家里？”答言：“尚未。”安赞其惠丽，称不容口。叟方谦挹，忽闻女郎惊号。叟奔入，则酒沸火腾，叟乃救止，呵曰：“老大婢，濡猛不知耶！”回首，见炉傍有蓟心插紫姑未竟，点缀琐事，写小女子性情，都是传神之笔。又呵曰：“发蓬蓬许，裁如婴儿！”持向安曰：“贪此生涯，致酒腾沸。蒙君子奖誉，岂不羞死！”安审谛之，眉目袍服，制甚精工。赞曰：“虽近儿戏，亦见慧心。”斟酌移时，女频来行酒，嫣然含笑，殊不羞涩。安注目情动。忽闻妪呼，叟便去。妪呼叟去，以便与女接谈，排场都好。安觑无人，谓女曰：“睹仙容，使我魂失。欲通媒妁，恐其不遂，如何？”女抱壶向火，默若不闻；屡问不对。生渐入室，女起厉色曰：“狂郎入闼，将何为！”生长跪哀之。女夺门欲去。安暴起要遮，狎接臄颐。女颤声疾呼，叟忽遽入问。安释手而出，殊切愧惧。女从容向父曰：“酒复涌沸，非郎君来，壶子融化矣。”追魂之笔。安闻女言，心始安妥，益德之。魂魄颠倒，丧所怀来。于是伪醉离席，女亦遂去。叟设裀褥，阖扉乃出。安不寐，未曙，呼别。

至家，即浼交好者造庐求聘，终日而返，竟莫得其居里。安遂命仆马，寻途自往。至则绝壁巉岩，竟无村落。访诸近里，此姓绝少。失望而归，并忘寝食。由此得昏瞀之疾：强啖汤粥，则嗌嗒欲吐，溃乱中，辄呼花姑子。家人不解，但终夜环伺之，气势阽危。一夜，守者困怠并寐，生朦瞳中，觉有人揣而抗之。略开眸，则花姑子立床下，不觉神气清醒。熟视女郎，潸潸涕堕。女倾头笑曰：“痴儿何至此耶？”乃登榻，坐安股上，以两手为按太阳穴。安觉脑麝奇香，穿鼻沁骨。按数刻，忽觉汗满天庭，渐达肢体。小语曰：“室中多人，我不便住。三日当复相望。”又于绣袪中出数蒸饼置床头，悄然遂去。安至中夜，汗已思食，扪饼啖之。不知所苞何料，甘美非常，遂尽三枚。又以衣覆余饼，懵腾酣睡，辰分始醒，如释重负。三日，饼尽，精神倍爽。乃遣散家人，又虑女来不得其门而入，潜出斋庭，悉脱扃键。未几，女果至，笑曰：“痴郎子！不谢巫耶？”安喜极，抱与绸缪，恩爱甚至。已而曰：“妾冒险蒙垢，所以故，来报重恩耳。

实不能永谐琴瑟，幸早别图。”安默默良久，乃问曰：“素昧生平，何处与卿家有旧？实所不忆。”女不言，但云：“君自思之。”生固求永好。女曰：“屡屡夜奔固不可；常谐伉俪，亦不能。”安闻言，悒悒而悲。女曰：“必欲相谐，明宵请临妾家。”安乃收悲以忻，问曰：“道路辽远，卿纤纤之步，何遂能来？”曰：“妾固未归。东头聋媪我姨行，为君故，淹留至今，家中恐所疑怪。”安与同衾，但觉气息肌肤，无处不香。问曰：“熏何芗泽，致侵肌骨？”女曰：“妾生来便尔，非由熏饰。”安益奇之。女早起言别。安虑迷途，女约相候于路。安抵暮驰去，女果伺待，偕至旧所。叟媪欢逆。酒肴无佳品，杂具藜藿。既而请客安寝。女子殊不瞻顾，颇涉疑念。更既深，女始至，曰：“父母絮絮不寝，致劳久待。”浃洽终夜，谓安曰：“此宵之会，乃百年之别。”安惊问之。答曰：“父以小村孤寂，故将远徙。与君好合，尽此夜耳。”安不忍释，俯仰悲怆。依恋之间，夜色渐曙。叟忽然闯入，骂曰：“婢子玷我清门，使人愧怍欲死！”女失色，草草奔出。叟亦出，且行且詈。安惊孱愕怯，无以自容，潜奔而归。数日徘徊，心景殆不可过。因思夜往，逾墙以观其便。叟固言有恩，即令事泄，当无大谴。遂乘夜窜往，蹀躞山中，迷闷不知所往。大惧。方觅归途，见谷中隐有舍宇；喜诣之，则闬闳高壮，似是世家，重门尚未扃也。安向门者讯章氏之居。有青衣人出，问：“昏夜何人询章氏？”安曰：“是吾亲好，偶迷居向。”青衣曰：“男子无问章也。此是渠妗家，花姑即今在此，容传白之。”入未几，即出邀安。才登廊舍，花姑趋出迎，谓青衣曰：“安郎奔波中夜，想已困殆，可

前“东头聋媪我姨行”句亦有根。

伺床寝。”少间携手入帏。安问：“妗家何别无人？”女曰：“妗他出，留妾代守。幸与郎遇，岂非夙缘？”然偎傍之际，觉甚膻腥，心疑有异。女抱安颈，遽以舌舐鼻孔，彻脑如刺。安骇绝，急欲逃脱，而身若巨绠之缚。少时，闷然不觉矣。

安不归，家中逐者穷人迹。或言暮遇于山径者。家人入山，则裸死危崖下。惊怪莫察其由，舁归。众方聚哭，一女郎来吊，自门外嗷啕而入。抚尸捺鼻，涕洟其中，呼曰：“天乎，天乎！何愚冥至此！”痛哭声嘶，移时乃已。告家人曰：“停以七日，勿殓也。”众不知何人，方将启问；女傲不为礼，含涕径出，留之不顾。尾其后，转眸已渺。群疑为神，谨遵所教。夜又来，哭如昨。至七夜，安忽苏，反侧以呻。家人尽骇。女子入，相向呜咽。安举手，挥众令去。女出青草一束，燂汤升许，即床头进之，顷刻能言。叹曰：“再杀之惟卿，再生之亦惟卿矣！”因述所遇。女曰：“此蛇精冒妾也。前迷道时，所见灯光，即是物也。”安曰：“卿何能起死人而肉白骨也？毋乃仙乎？”曰：“久欲言之，恐致惊怪。君五年前，曾于华山道上买猎獐而放之否？”曰：“然，其有之。”“然，其有之”，古句。曰：“是即妾父也。前言大德，盖以此故。君前日已生西村王主政家。妾与父讼请阎摩王，阎摩王弗善也。父愿坏道代郎死，哀之七日，始得当。何物老獐，报德乃尔。七日正与上一七勿殓句应。今之邂逅，幸耳。然君虽生，必且痿痹不仁；得蛇血合酒饮之，病乃可除。”生衔恨切齿，而虑其无术可以擒之。女曰：“不难，但多残生命，累我百年不得飞升。山中宰相陶弘景著本草，取生物入药，致残生命，遂只成地仙。其穴在老崖中，可于晡时聚茅焚之，外以强弩戒备，妖物可得。”言已，别曰：“妾不能终事，实所哀惨。

然为君故，业行已损其七，幸悯宥也。月来觉腹中微动，恐是孽根。男与女，岁后当相寄耳。”流涕而去。安经宿，觉腰下尽死，爬搔无所痛痒。乃以女言告家人。家人往，如其言，炽火穴中。有巨白蛇冲焰而出。数弩齐发，射杀之。火熄入洞，蛇大小数百头，皆焦且死。家人归，以蛇血进。安服三日，两股渐能转侧，半年始起。后独行谷中，遇老媪以绷席抱婴儿授之，曰：“吾女致意郎君。”方欲问讯，瞥不复见。启褓视之，男也。抱归，竟不复娶。

慈孝廳
再造深恩一
旦忘夫夫未
免太無良若
論貧病當
年事薄倖
過於李十郎

武孝廉

武孝廉石某，囊资赴都，将求铨叙。至德州，暴病，唾血不起，长卧舟中。仆篡金亡去。石大恚，病益加，资粮断绝。榜人谋委弃之。会有女子乘船，夜来临泊，闻之，自愿以舟载石。榜人悦，扶石登女舟。石视之，妇四十余，被服灿丽，神采犹都。呻以感谢。妇临审曰："君夙有瘵根，今魂魄已游墟墓。"石闻之，嗷然哀哭。妇曰："我有丸药，能起死。何取于此人而生之耶？苟病瘳，勿相忘。"石洒泣矢盟。妇乃以药饵石，半日，觉少痊。妇即榻供甘旨，殷勤过于夫妇。石益德之。月余，病良已。石膝行而前，敬之如母。妇曰："妾茕独无依，如不以色衰见憎，愿侍巾栉。"时石三十余，丧偶经年，闻之，喜惬过望，遂相燕好。妇乃出藏金，使入都营干，相约返与同归。

石赴都夤缘，选提本省司阃；余金市鞍马，冠盖赫奕。因念妇腊已高，终非良偶，是何言欤？狼心胜于李益。因以百金聘王氏女为继室。心中悚怯，恐妇闻知，遂避德州道，迂途履任。何苦如此。年余，不通音耗。有石中表，偶至德州，与妇为邻。妇知之，诣问石况。某以实对。妇大骂，因告以情。某亦代为不平，慰解曰："或署中务冗，尚未暇遑。乞修尺一书，为嫂寄之。"妇如其言。某敬以达石，石殊不置意。可恶。又年余，妇自往归石，止于旅舍，托官署司宾者通姓氏。石令绝之。一日，方燕饮，闻喧詈声；释杯疑听，则妇已搴帘入矣。石大骇，面色如土。妇指骂曰："薄情郎！安乐耶？试思富若贵何所自来？此一层便教他开口不得。我与汝情分不薄，即欲置婢妾，相谋何害？"石累足屏气，不能复作声。久之，长跪自投，诡辞求宥。妇气稍平。石与王氏谋，使以妹礼见妇。王氏雅不欲，石固哀之，乃往。王拜，妇亦答拜。曰："妹勿惧，我非悍妒者。曩事，实人情所不堪，即妹亦不当愿有是郎。"遂为王缅述本末。王亦愤恨，因与交詈石。石不能自为地，惟求自赎，遂相安帖。初，追叙。妇之未入也，石戒阍人勿通。至此，怒阍人，阴诘让之。阍人固言管钥未发，无入者，不服。石疑之而不敢问妇，两虽言笑，而终非所好也。幸妇娴婉，不争夕。三餐后，掩闼早眠，并不问良人夜宿何所。王初犹自危，见其如此，益敬之。厌旦往朝，如事姑嫜。妇御下宽和有体，而明察若神。一日，石失印绶，合署沸腾，屑屑还往，无所为计。妇笑言："勿忧，竭井可得。"石从之，果得。叩其故，辄笑不言。隐约间，似知盗者之姓名，然终不肯泄。

居之终岁，察其行多异。石疑其非人，常于寝后使人瞷听之，但闻床上终夜作振衣声，亦不知其何为。妇与王极相爱怜。一夕，石以赴臬司未归，妇与王饮，不觉醉，就卧席间，化而为狐。王怜之，覆以锦褥。未几，石入，王告以异。石欲杀之。王曰："即狐，何负于君？"石不听，急觅佩刀。而妇已醒，骂曰："虺蝮之行，而豺狼之心，必不可以久居！曩所啖药，乞赐还也！"即唾石面。石觉森寒如浇冰水，喉中习习作痒，呕出，则丸药如故。妇拾之，忿然径出，追之已杳。石中夜旧症复作，血嗽不止，半载而卒。

西湖主
一幅紅巾題
粉句美人真
箇寂憐才
酬恩合共長
生決會向龍
宮發迹來

西湖主

陈生弼教，字明允，燕人也。提笔作伏。家贫，从副将军贾绾作记室。泊舟洞庭。适猪婆龙浮水面，贾射之中背。有鱼衔龙尾不去，并获之。锁置桅间，奄存气息；而龙吻张翕，似求援拯。生恻然心动，一点仁心，遂获善报。请于贾而释之。携有金创药，戏敷患处，纵之水中，浮沉逾刻而没。

后年余，生北归，复经洞庭，大风覆舟。幸扳一竹簏，漂泊终夜，絓木而止。援岸方升，有浮尸继至，则其僮仆。力引出之，已就毙矣。惨怛无聊，坐对憩息。但见小山耸翠，细柳摇青，行人绝少，无可问途。作两节叙。○是被溺后眼中光景。自迟明以至辰后，怅怅靡之。忽僮仆肢体微动，喜而扪之。无何，呕水数斗，豁然顿苏。一仆尔，其得生亦必作两层写，中间一隔，情事愈合，此文家之妙也。相与曝衣石上，近午始燥可着。而枵肠辘辘，饥不可堪。于是越山疾行，冀有村落。才至半山，闻鸣镝声，方疑听间，有二女郎乘骏马来，骋如撒菽。各以红绡抹额，髻插雉尾，着小袖紫衣，腰束绿锦；一挟弹，一臂青鞲。度过岭头，则数十骑猎于榛莽，并皆姝丽，装束若一。生不敢前。有男子步驰，似是驭卒，因就问之。答曰："此西湖主猎首山也。"生述所来，且告之馁。驭卒解裹粮授之，嘱云："宜即远避，犯驾当死。"生惧，疾趋下山。茂林中隐有殿阁，谓是兰若。近临之，粉垣围沓，溪水横流；朱门半启，石桥通焉。无数层折。

攀扉一望，则台榭环云，拟于上苑，又疑是贵家园亭。逡巡而入，横藤碍路。香花扑人。过数折曲栏，又是别一院宇，垂杨数十株，高拂朱檐。山鸟一鸣，则花片乱飞；深巷微风，则榆钱自落。写景好。怡目快心，殆非人世。穿过小亭，有秋千一架，上与云齐；而罥索沉沉，杳无人迹。因疑地近闺阁，恇怯未敢深入。俄闻马腾于门，似有女子笑语。又突来。生与僮潜伏丛花中。未几，笑声渐近，闻一女子曰："今日猎兴不佳，获禽绝少。"又一女曰："非是公主射得雁落，几空劳仆马也。"无何，红妆数辈，拥一女郎至亭上坐。秃袖戎装，年可十四五。鬟多敛雾，腰细惊风，玉蕊琼英，未足方喻。诸女子献茗熏香，灿如堆锦。移时，女起，历阶而下。一女曰："公主鞍马劳顿，尚能秋千否？"公主笑诺。遂有驾肩者，捉臂者，褰裙者，持履者挽扶而上。公主舒皓腕，蹑利屣，轻如飞燕，蹴入云宵。八字入画。〇徐文长有美人秋千词，同此轻妙。已而扶下。群曰："公主真仙人也！"嘻笑而去。生睨良久，神志飞扬。迨人声既寂，出诣秋千下，徘徊疑想。见篱下有红巾，知为群美所遗，喜纳袖中。登其亭，见案上设有文具，遂题巾曰："雅戏何人拟半仙？分明琼女散金莲。广寒队里应相妒，莫信凌波上九天。"题已，吟诵而出。复寻故径，则重门扃锢矣。踟蹰无计，返而楼阁亭台，涉历几尽。一女掩入，惊问："何得来此？"生揖之曰："失路之人，幸能垂救。"女问："拾得红巾否？"生曰："有之。然已玷染，如何？"凡后生作文拖沓者，读此笔自斗健，此小《史记》也。因出之。女大惊曰："汝死无所矣！此公主所常御，涂鸦若此，何能为地？"生失色，哀求脱免。女曰："窃窥宫仪，罪已不赦。念汝儒冠，欲以私意相全；今孽乃自作，将何为计！"遂皇皇持巾去。生心悸肌栗，恨无翅翎，惟延颈俟死。迂久，女复来，潜贺曰："子有生望矣！公主看巾三四遍，辗然无怒容，或当放君去。宜姑耐守，勿得攀树钻垣，发觉不宥矣。"一起一落，如蝴蝶穿花、蜻蜓点水，妙甚。日已投暮，凶祥不能自必；而饿焰中烧，忧煎欲死。无何，女子挑灯至。一婢提壶榼，出酒食饷生。生急问消息，女云："适我乘间言：'园中秀才，可恕则放之；不然，饿且死。'公主沉思云：'深夜教渠何之？'遂命馈君食。此非恶耗也。"生徊徨终夜，危不自安。辰刻向尽，女子又饷之。生哀求缓颊，女曰："公主不言放，谁敢私放？我辈下人，何敢屑屑渎告？"既而斜日西转，眺望方殷，女子坌息急奔而入，曰："殆矣！骇浪又起。多言者泄其事于王妃；妃展巾抵地，大骂狂伧，祸不远矣！"生大惊，面如灰土，长跽请教。忽闻人语纷拏，女摇手避去。数人持索，汹汹入户。内一婢熟视曰："将谓何人，陈郎耶？"遂止持索者，曰："且勿且勿，待白王妃来。"返身急去。少间来，曰："王妃请陈郎入。"生战惕从之。不知葫芦何药，青龙白虎并行矣。经数十门户，至一宫殿，碧箔银钩。即有美姬揭帘，唱："陈郎至。"上一丽者，袍服炫冶。生伏地稽首曰："万里孤臣，幸恕生命。"妃急起拽之，曰："我非君子，无以有今日。婢辈无知，致迕佳客，罪何可赎！"即设华筵，酌以镂杯。生茫然不解其故。妃曰："再造之恩，恨无所报。息女蒙题巾之爱，当是天缘，今夕即遣奉侍。"此等处迅疾，俗笔便添许多话说。生意出非望，神惝恍而无着。日方暮，一婢前白："公主已严妆讫。"遂引生就帐。忽而笙管嗷嘈，阶上悉践花罽，门堂藩溷，处处皆笼烛。数十妖姬，扶公主交拜。麝兰之气，充溢殿庭。既而相将入帏，两相倾爱。生曰："羁旅之臣，生平不省拜侍。点污芳巾，得免斧锧，幸矣；反赐姻好，实非所望。"公主曰："妾母，湖君妃子，乃扬江王女。旧岁归宁，偶游湖上，为流矢所中。蒙君脱免，又赐刀圭之药，一门戴佩，常不去心。郎勿以非类见疑。妾从龙君得长生诀，愿与郎共之。"生乃悟为神人，因问："婢子何以相识？"曰："尔日洞庭舟上，曾有小鱼衔尾，即此婢也。"又问："既不见诛，何迟迟不赐纵脱？"笑曰："实怜君才，但不得自主。颠倒终夜，他人不及知也。"生叹曰："卿我鲍叔也。馈食者谁？"曰："阿念，亦妾腹心。"生曰："何以报德？"笑曰："侍君有日，徐图塞责未晚耳。"阿念后不叙，已包含在中矣。此藏笔也。问："大王何在？"曰："从关圣征蚩尤未归。"

居数日，生虑家中无耗，悬念綦切，乃先以平安书遣仆归。此僮仆，看书者几忘之矣。家中闻洞庭舟覆，妻子缞绖已年余矣。仆归，始知不死；而音闻梗塞，终恐漂泊难返。又半载，生忽至，裘马甚都，囊中宝玉充盈。由此富有巨万，声色豪奢，世家所不能及。七八年间，生子五人，日日宴集宾客，宫室饮馔之奉，穷极丰盛。或问所遇，言之无少讳。

有童稚之交梁子俊者，宦游南服十余年。归过洞庭，见一画舫，雕槛朱窗笙歌幽细，缓荡烟波。时有美人推窗凭眺。梁目注舫中，见一少年丈夫。科头叠股其上；傍有二八姝丽，挼莎交摩。念必楚襄贵官，而驺从殊少。凝眸审谛，则陈明允也。不觉凭栏酣呼。生闻罢棹，出临鹢首，邀梁过舟。见残肴满案，酒雾犹浓。生立命撤去。顷之，美婢三五，进酒烹茗，山海珍错，目所未睹。梁惊曰："十年不见，何富贵一至于此！"笑曰："君小觑穷措大不能发迹耶？”问：“适共饮何人？”曰：“山荆耳。”梁又异之。问：“携家何往？”答：“将西渡。”梁欲再诘，生遽命歌以侑酒。一言甫毕，旱雷聒耳，肉竹嘈杂，不复可闻言笑。梁见佳丽满前，乘醉大言曰：“明允公，能令我真个销魂否？”生笑云：“足下醉矣！然有一美妾之资，可赠故人。”遂命侍儿进明珠一颗，曰：“绿珠不难购，明我非吝惜。”乃趣别曰：“小事忙迫，不及与故人久聚。”送梁归舟，开缆径去。梁归，探诸其家，则生方与客饮，益疑，因问：“昨在洞庭，何归之速？”答曰：“无之。”梁乃追述所见，一座尽骇。生笑曰：“君误矣，仆岂有分身术耶？”众异之，而究莫解其故。后八十一岁而终。迨殡，讶其棺轻，开视，则空棺耳。

异史氏曰：“竹簏不沉，红巾题句，此其中具有鬼神；要之，皆恻隐之一念所通也。迨宫室妻妾，一身而两享其奉，则又不可解矣。昔有愿娇妻美妾、贵子贤孙，而兼长生不死者，仅得其半耳。岂仙人中亦有汾阳、季伦耶。”

孝子
遺體原難稍毀
傷奈何母氏病膏
肓煎將脇肉親敷貼
好為瘍科續異方

孝子

青州东香山之前，有周顺亭者，事母至孝。母股生巨疽，痛不可忍，昼夜嚬呻。周抚肌进药，至忘寝食。数月不痊，周忧煎无以为计。梦父告曰："母疾赖汝孝。然此疮非人膏涂之不能愈，徒劳焦恻也。"醒而异之。乃起以利刀割胁肉；肉脱落，觉不甚苦。急以布缠腰际，血亦不注。于是烹肉持膏，敷母患处，痛截然顿止。母喜问："何药而灵效如此？"周诡对之。母疮寻愈。周每掩护割处，即妻子亦不知也。既痊，有巨疤如掌。妻诘之，始得其详。

异史氏曰："刲股为伤生之事，君子不贵。野史直笔，重于兰台，见闻真也。然愚夫妇何知伤生之为不孝哉？亦行其心之所不自已者而已。有斯人而知孝子之真，犹在天壤耳。"

獅子
狻猊未見但聞名貢自暹羅萬里程能使雞毛吹盡落此中物理信難明

狮 子

暹逻国贡狮，每止处，观者如堵。其形状与世所传绣画者迥异，毛黑黄色，长数寸。或投以鸡，先以爪抟而吹之；一吹，则毛尽落如扫，亦理之奇也。

閻王
創血殷然漬錦茵小
郎有語漫生瞋而今
勉誦螽斯句莫把金
鍼更度人

阎王

李常久，临朐人。壶榼于野，见旋风蓬蓬而来，敬酹奠之。后以故他适，路傍有广第，殿阁弘丽。一青衣人自内出，邀李，李固辞。青衣人要遮甚殷。李曰：“素不相识，得无误耶？”青衣云：“不误。”便言李姓字。问：“此谁家第？”云：“入自知之。”入，进一层门，见一女子手足钉扉上。近视之，其嫂也。大骇。李有嫂，臂生恶疽，不起者年余矣。因自念何得至此。转疑招致意恶，畏沮却步。青衣促之，乃入。至殿下，上一人，冠带如王者，气象威猛。李跪伏，莫敢仰视。王者命曳起之，慰之曰：“勿惧。我以曩昔扰子杯酌，欲一见相谢，无他故也。”咄嗟之食，君子弗尚，冥王非饿鬼，奠于野则德之，且此细事，特召生人致谢，亦浅甚矣。李心始安，然终不知其故。王者又曰：“汝不忆田野酹奠时乎？”李顿悟，知其为神，顿首曰：“适见嫂氏，受此严刑，骨肉之情，实怆于怀。乞王怜宥。”王者曰：“此甚悍妒，宜得是罚。三年前，汝兄妾盘肠而产，彼阴以针刺肠上，俾至今脏腑常痛。此岂有人理者！”李固哀之。乃曰：“便以子故宥之。归当劝悍妇改行。”此句妙。李谢而出，则扉上无人矣。归视嫂，嫂卧榻上，创血殷席。时以妾拂意故，方致诟骂。李遽劝曰：“嫂勿复尔！今日恶苦，皆平日忌嫉所致。”嫂怒曰：“小郎若个好男儿，又房中娘子贤似孟姑姑，任郎君东家眠，西家宿，不敢一作声。自当是小郎大好乾纲，到不得代哥子降伏老媪！”李微哂曰：“嫂勿怒，若言其情，恐欲哭不暇矣。”嫂曰：“便曾不盗得王母萼中线，又未与玉皇案前吏一眨眼，中怀坦坦，何处可用哭者！”李小语曰：“针刺人肠，宜何罪？”嫂勃然色变，问此言之因。李告之故。嫂战惕不已，涕泗流离而哀鸣曰：“吾不敢矣！”啼泪未干，觉疼顿止，旬日而瘥。由是立改前辙，遂称贤淑，后妾再产，肠复堕，针宛然在焉。拔去之，肠痛乃瘳。

异史氏曰：“或谓天下悍妒如某者，正复不少，恨阴网之漏多也。余曰：不然。冥司之罚，未必无甚于钉扉者，但无回信耳。”

土偶
土偶無知忽
有知依然
燕好似生時
閨房苦節
天能鑒特
許宗祧
衍一支
土偶

土　偶

沂水马姓者，娶妻王氏，琴瑟甚敦。马早逝，王父母欲夺其志，王矢不他。姑怜其少，亦劝之，王不听。母曰："汝志良佳；然齿太幼，儿又无出。每见有勉强于初，而贻羞于后者，固不如早嫁，犹恒情也。"王正容，以死自誓，母乃任之。女命塑工肖夫像，每日酹献如生时。一夕，将寝，忽见土偶人欠伸而下。骇心愕顾，即已暴长如人，真其夫也。女惧，呼母。鬼止之曰："勿尔。感卿情好，幽壤酸辛。一门有忠贞，数世祖宗，皆有光荣。吾父生有损德，应无嗣，遂至促我茂龄。冥司念尔苦节，故令我归，与汝生一子承祧绪。"女亦沾襟。遂燕好如平生。鸡鸣，即下榻去。如此月余，觉腹微动。鬼乃泣曰："限期已满，从此永诀矣！"遂绝。女初不言，既而腹渐大，不能隐，阴告其母。母疑涉妄，然窥女无他，大惑不解。十月，果举一男，向人言之，闻者无不匿笑，女亦无以自伸。有里正故与马有隙，告诸邑令。令拘讯邻人，并无异言。令曰："闻鬼子无影，有影者伪也。"抱儿日中，影淡淡如轻烟然。又刺儿指血傅土偶上，立入无痕，取他偶涂之，一拭便去。以此信之。长数岁，口鼻言动，无一不肖马者。群疑始解。

長治女子
纔見閒房湧黑波人
驚利刃刺心窩芳魂
未必甘驅遣無奈
三章約法何

长治女子

陈欢乐，潞之长治人。有女慧美。一道士行乞，睨之而去。由是日持钵近廛间。适一瞽人自陈家出，道士追与同行，问何来。瞽云："适从陈家推造命。"道士曰："闻其家有女郎，我中表亲欲求姻好，但未知其甲子。"瞽为述之，道士乃别而去。居数日，女绣于房，忽觉足麻痹，渐至股，又渐至腰腹；俄而晕然倾仆。定逾刻，始恍惚能立，将寻告母。及出门，则见茫茫黑波中，一路如线，骇而却退，门舍居庐，已被黑水淹没。又视路上，行人绝少，惟道士缓步于前。遂遥尾之，冀见同乡以相告语。走数里，忽睹里舍，视之，则已家门。大骇曰："奔驰如许，固犹在村中。何向来迷惘若此！"欣然入门，父母尚未归。复仍至己房，所绣业履，犹在榻上。自觉奔波殆极，就榻憩坐。道士忽入，女大惊欲遁。道士捉而捺之，女欲号，则喑不能声。道士急以利刃剖女心。女觉魂飘飘离壳而立。四顾家舍全非，惟有崩崖若覆。视道士以己心血点木人上，又复叠指诅咒，女觉木人遂与己合。道士嘱曰："自兹当听差遣，勿得违误！"遂佩戴之。

陈氏失女，举家惶惑。寻至牛头岭，始闻村人传言，岭下一女子剖心而死。陈奔验，果其女也。泣以诉宰。宰拘岭下居人，拷掠几遍，迄无端绪。姑收群犯，以待覆勘。道士去数里外，坐路傍柳树下，忽谓女曰："今遣汝第一差，往侦邑中审狱状。去当隐身暖阁上。倘见官宰用印，即当趋避，切记勿忘！限汝辰去巳来。迟一刻，则以一针刺汝心中，令作急痛；二刻，刺二针；至三针，则使汝魂魄销灭矣。"女闻之，四体惊悚，飘然遂去。瞬息至官廨，如言伏阁上。一时岭下人罗跪堂下，尚未讯诘。适将钤印公牒，女未及避，而印已出匣。女觉身躯重软，纸格似不能胜，嚗然作响。满堂愕顾。宰命再举，响如前；三举，翻坠地下。众悉闻之。宰起祝曰："如是冤鬼，当便直陈，为汝昭雪。"女哽咽而前，历言道士杀己状、遣己状。宰差役弛去，至柳树下，道士果在。捉还，一鞫而服。人犯乃释。宰问女："冤雪何归？"女曰："将从大人。"宰曰："我署中无处可容，不如暂归汝家。"女良久曰："官署即吾家，我将入矣。"宰又问，音响已寂。退入宅中，则夫人生女矣。

義犬
不辭鞭逐吠獰
獰死守遺金若
有神義犬冢前
曾寄慨艱難報
主又何人

义 犬

潞安某甲，父陷狱将死。搜括囊蓄，得百金，将诣郡关说。跨骡出，则所养黑犬从之。呵逐使退；既走，则又从之，鞭逐不返。从行数十里。某下骑，趋路侧私焉。既，乃以石投犬，犬始奔去。某既行，则犬欻然复来，啮骡尾足。某怒鞭之。犬鸣吠不已。忽跃在前，愤龁骡首，似欲阻其去路。如明太祖赴胡惟庸之请，一小臣露胸泣谏光景。某以为不祥，益怒，回骑驰逐之，视犬已远，乃返辔疾驰。抵郡已暮。及扪腰橐，金亡其半。涔涔汗下，魂魄都失。辗转终夜，顿念犬吠有因。候关出城，细审来途。又自计南北冲衢，行人如蚁，遗金宁有存理？逡巡至下骑所，见犬毙草间，毛汗湿如洗。提耳起视，则封金俨然。感其义，买棺葬之，人以为义犬冢云。

鄱陽神
木偶非將坐位爭
同宗邂逅豈無情
鄱陽湖裏風濤急
小艇如飛破浪迎

鄱阳神

翟湛持，司理饶州，道经鄱阳湖。湖上有神祠，停盖游瞻。内雕丁普郎死节神像，翟姓一神，最居末坐。翟曰：“吾家宗人，何得在下！”遂于上易一座。既而登舟，大风断帆，桅樯倾侧，一家哀号。俄一小舟，破浪而来；既近官舟，急挽翟登小舟，于是家人尽登。审视其人，与翟姓神无少异。无何，浪息，寻之已杳。

伍秋月
片石留題易數精
埋香卅載竟重
生冥途恃有靈
符在秋月於今
十倍明

伍秋月

秦邮王鼎，字仙湖。为人慷慨有力，广交游。年十八，未娶，妻殒。每远游，恒经岁不返。兄鼐，江北名士，友于甚笃。劝弟勿游，将为择偶。生不听，命舟抵镇江访友。友他出，因税居于逆旅阁上。江水澄波，金山在目，心甚快之。次日，友人来，请生移居，辞不去。居半月余，夜梦女郎，年可十四五，容华端妙，上床与合，既寤而遗。颇怪之，亦以为偶然。入夜，又梦之。如是三四夜。心大异，不敢息烛，身虽偃卧，惕然自警。才交睫，梦女复来。方狎，忽自惊寤；急开目，则少女如仙，俨然犹在抱也。见生醒，顿自愧怯。生虽知非人，意亦甚得，无暇问讯，直与驰骤。女若不堪，曰："狂暴如此，无怪人不敢明告也。"生始诘之，答云："妾伍氏秋月，先父名儒，邃于易数。常珍爱妾，但言不永寿，故不许字人。后十五岁果夭殁，即攒瘗阁东，令与地平。亦无冢志，惟立片石于棺侧，曰：'女秋月，葬无冢，三十年，嫁王鼎。'今已三十年，君适至。心喜，亟欲自荐；寸心羞怯，故假之梦寐耳。"王亦喜，复求讫事。曰："妾少须阳气，欲求复生，实不禁此风雨。后日好合无限，何必今宵。"遂起而去。次日，复至，坐对笑谑，欢若平生。灭烛登床，无异生人；但女既起，则遗泄流离，沾染茵褥。

一夕，月明莹澈，小步庭中。问女："冥中亦有城郭否？"

答曰："等耳。冥间城府，不在此处，去此可三四里。但以夜为昼。"问："生人能见之否？"答云："亦可。"生请往观，女诺之。乘月去，女飘忽若风，王极力追随。欻至一处，女言："不远矣。"生瞻望殊无所见。女以唾涂其两眦，启之，明倍于常，视夜色不殊白昼。虽凭空捏造附会，亦觉有理。顿见雉堞在杳霭中；路上行人如趋墟市。俄二皂絷三四人过，末一人怪类其兄。趋近视之，果兄。骇问："兄那得来？"兄见生，潸然零涕，言："自不知何事，强被拘囚。"王怒曰："我兄秉礼君子，何至缧绁如此！"便请二皂，幸且宽释。皂不肯，殊大傲睨。生恚，欲与争。兄止之曰："此是官命，亦合奉法。但余乏用度，索贿良苦。弟归，宜措置。"生把兄臂，哭失声。皂怒，猛掣项索，兄顿颠蹶。生见之，忿火填胸，不能制止，即解佩刀，立决皂首。一皂喊嘶，生又决之。女大惊曰："杀官使，罪不宥！迟则祸及！请即觅舟北发，归家勿摘提旛，杜门绝出入，七日保无虑也。"王乃挽兄夜买小舟，火急北渡。归见吊客在门，知兄果死。闭门下钥，始入，视兄已渺；入室，则亡者已苏，便呼："饿死矣！可急备汤饼。"

时死已二日，家人尽骇。生乃备言其故。七日启关，去丧旛，人始知其复苏。亲友集问，但伪对之。转思秋月，想念颇烦。遂复南下，至旧阁，秉烛久待，女竟不至。蒙胧欲寝，见一妇人来，曰："秋月小娘子致意郎君：前以公役被杀，凶犯逃亡，捉得娘子去，见在监押，押役遇之虐。日日盼郎君，当谋作经纪。"王悲愤，便从妇去。至一城都，入西郭，指一门曰："小娘子暂寄此间。"王入，见房舍颇繁，寄顿囚犯甚多，并无秋月。又进一小扉，斗室中有灯火。王近窗以窥，则秋月在榻上，掩袖呜泣。二役在侧，撮颐捉履，引以嘲戏。女啼益急。一役挽颈曰："既为罪犯，尚守贞耶？"王怒，不暇语，持刀直入，一役一刀，摧斩如麻，篡取女郎而出。幸无觉者。裁至旅舍，蓦然即醒。方怪幻梦之凶，见秋月含睇而立。生惊起曳坐，告之以梦。女曰："真也，非梦也。"生惊曰："且为奈何！"女叹曰："此有定数。妾待月尽，始是生期。今已如此，急何能待！当速以瘗处，载妾同归，日频唤妾名，三日可活。但未满时日，骨软足弱，不能为君任井臼耳。"言已，草草欲出。又返身曰："妾几忘之，冥追若何？生时，父传我符书，言三十年后，可佩夫妇。"斡旋法，救笔即是补笔。乃索笔夜书两符，曰："一君自佩，一粘妾背。"送之出，志其没处，掘尺许，即见棺木，亦已败腐。侧有小碑，果如女言。发棺视之，女颜色如生。抱入房中，衣裳随风尽化。粘符已，以被褥严裹，负至江滨；呼拢泊舟，伪言妹急病，将送归其家。幸南风大竞，甫晓已达里门。抱女安置，始告兄嫂。一家惊顾，亦莫敢直言其惑。生启衾，长呼秋月，夜辄拥尸而寝。日渐温暖。三日竟苏，七日能步，更衣拜嫂，盈盈然神仙不殊。但十步之外，须人而行；不则随风摇曳，屡欲倾侧。见者以为身有此病，转更增媚。每劝生曰："君罪孽太深，宜积德诵经以忏之。不然，寿恐不永也。"生素不佞佛，至此皈依甚虔。后亦无恙。

蓮花公主
夢魂誰信逐蜂衙滌
水蓮開一朵花倉卒
愧無金屋在誤人好事是
長蛇
桂府

莲花公主

胶州窦旭，字晓辉。方昼寝，见一褐衣人立榻前，逡巡惶顾，似欲有言。生问之，答云："相公奉屈。"生问："相公何人？"曰："近在邻境。"从之而出。转过墙屋，导至一处，叠阁重楼，万椽相接，曲折而行。觉万户千门，迥非人世。大槐安国后又辟世界。又见宫人女官，往来甚伙，都向褐衣人问曰："窦郎来乎？"褐衣人诺。俄，一贵官出，迎见生甚恭。既登堂，生启问曰："素既不叙，遂疏参谒。过蒙爱接，颇注疑念。"贵官曰："寡君以先生清族世德，倾风结慕，深愿思晤焉。"生益骇，问："王何人？"答云："少间自悉。"无何，二女官至，以双旌导生行。入重门，见殿上一王者，见生入，降阶而迎，执宾主礼。礼已，践席，列筵丰盛。仰视殿上一扁曰："桂府。"生局蹙不能致辞。王曰："忝近芳邻，缘即至深。便当畅怀，勿致疑畏。"生唯唯。酒数行，笙歌作于下，钲鼓不鸣，音声幽细。稍间，王忽左右顾曰："朕一言，烦卿等属对：'才人登桂府。'"四座方思，生即应云："君子爱莲花。"王大悦曰："奇哉！莲花乃公主小字，何适合如此？宁非夙分？传语公主，不可不出一晤君子。"移时，珮环声近，兰麝香浓，则公主至矣。年十六七，妙好无双。王命向生展拜，曰："此即莲花小女也。"拜已而去。生睹之，神情摇动，木坐凝思。王举觞劝饮，目竟罔睹。王似微察其意，乃曰："息女宜相匹敌，但自惭不类，如何？"生怅然若痴，即又不闻。写有心事人视听皆迷，如见。近坐者蹑之曰："王揖君未见，王言君不闻耶？"生茫乎若失，懡㦬自惭，离席曰："臣蒙优渥，不觉过醉，仪节失次，幸能垂宥。然日旰君勤，即告出也。"王起曰："既见君子，实惬心好，何仓卒而便言离也？卿既不住，亦无敢于强。若烦萦念，更当再邀。"遂命内官导之出。途中，内官语生曰："适王谓可匹敌，似欲附为婚姻，何默不一言？"生顿足而悔，步步追恨，遂已至家。忽然醒寤，则返照已残。冥坐观想，历历在目。一顿。晚斋灭烛，冀旧梦可以复寻，而邯郸路渺，悔叹而已。

一夕，与友人共榻，忽见前内官来，传王命相召。另起。生喜，从去。见王伏谒。王曳起，延止隅坐。曰："别后知劳思眷。谬以小女子奉裳衣，想不过嫌也。"生即拜谢。王命学士大臣，陪侍宴饮。酒阑，宫人前白："公主妆竟。"俄见数十宫女，拥公主出。以红锦覆首，凌波微步，挽上氍毹，与生交拜成礼。已而送归馆舍。洞房温清，穷极芳腻。生曰："有卿在目，真使人乐而忘死。但恐今日之遭，乃是梦耳。"警语。公主掩口曰："明明妾与君，那得是梦？"诘旦方起，戏为公主匀铅黄；已而以带围腰，布指度足。公主笑问曰："君颠耶？"曰："臣屡为梦误，故细志之。倘是梦时，亦足动悬想耳。"梦中说梦，何时得醒？〇达言。

调笑未已，一宫女驰入曰："妖入宫门，王避偏殿，凶祸不远矣！"生大惊，趋见王。王执手泣曰："君子不弃，方图永好。讵期孽降自天，国祚将覆，且复奈何！"生惊问何说。王以案上一章，授生启读。章曰："含香殿大学士臣黑翼，为非常怪异，祈早迁都，以存国脉事：据黄门报称，自五月初六日，来一千丈巨蟒，盘踞宫外，吞食内外臣民一万三千八百余口；所过宫殿尽成丘墟，等因。臣奋勇前窥，确见妖蟒：头如山岳，目等江海；昂首则殿阁齐吞，伸腰则楼垣尽覆。真千古未见之凶，万代不遭之祸！社稷宗庙，危在旦夕！乞皇上早率宫眷，速迁乐土”云云。生览毕，面如灰土。即有宫人奔奏：“妖物至矣！”合殿哀呼，惨无天日。王仓遽不知所为，但泣顾曰：“小女已累先生。”生坌息而返。公主方与左右抱首哀鸣，见生入，牵衿曰：“郎焉置妾？”生怆恻欲绝，乃捉腕思曰：“小生贫贱，惭无金屋。有茅庐三数间，姑同窜匿可乎？”公主含涕曰：“急何能择，乞携速往。”生乃挽扶而出。未几，至家。公主曰：“此大安宅，胜故国多矣。然妾从君来，父母何依？请别筑一舍，当举国相从。”生难之。公主号咷曰：“不能急人之急，安用郎也！”生略慰解，即已入室。公主伏床悲啼，不可劝止。焦思无术，顿然而醒，始知梦也。而耳畔啼声，嘤嘤未绝。审听之，殊非人声，乃蜂子二三头，飞鸣枕上。大叫怪事。友人诘之，乃以梦告。友人亦诧为异。共起视蜂，依依裳袂间，拂之不去。友人劝为营巢。生如所请，督工构造。方竖两堵，而群蜂自墙外来，络绎如蝇。顶尖未合，飞集盈斗。迹所由来，则邻翁之旧圃也。圃中蜂一房，三十余年矣，生息颇繁。或以生事告翁。翁觇之，蜂户寂然。发其壁，则蛇据其中，长丈许。捉而杀之。乃知巨蟒即此物也。蜂入生家，滋息更盛，亦无他异。

絲衣女
窺牕有女妝
邊过一曲清
歌妙入神居
家不勞君絮
問絲衣原是
衛宫人

绿衣女

于璟，字小宋，益都人。读书醴泉寺。夜方披诵，忽一女子在窗外赞曰：“于相公勤读哉！”因念：深山何处得女子？方疑思间，女子已推扉入，笑曰：“勤读哉！”于惊起，视之，绿衣长裙，婉妙无比。于知非人，因诘里居。女曰：“君视妾当非能咋噬者，何劳穷问？”于心好之，遂与寝处。罗襦既解，腰细殆不盈掬。更筹方尽，翩然遂出。由此无夕不至。一夕共酌，谈吐间妙解音律。于曰：“卿声娇细，倘度一曲，必能消魂。”女笑曰：“不敢度曲，恐销君魂耳。”于固请之。曰：“妾非吝惜，恐他人所闻。君必欲之，请便献丑；但只微声示意可耳。”遂以莲钩轻点床足，歌云：“树上乌臼鸟，赚奴中夜散。不怨绣鞋湿，只恐郎无伴。”声细如蝇，裁可辨认。而静听之，宛转滑烈，动耳摇心。歌已，启门窥曰：“防窗外有人。”绕屋周视，乃入。生曰：“卿何疑惧之深？”笑曰：“谚云：‘偷生鬼子常畏人。’妾之谓矣。”既而就寝，惕然不喜。曰：“生平之分，殆止此乎？”于急问之，女曰：“妾心动，妾禄尽矣。”于慰之曰：“心动眼瞤，盖是常也，何遽此云。”女稍释，复相绸缪。更漏既歇，披衣下榻。方将启关，徘徊复返，曰：“不知何故，惿撕心怯。乞送我出门。”于果起，送诸门外。女曰：“君伫望我，我逾垣去，君方归。”于曰：“诺。”视女转过房廊，寂不复见。

方欲归寝，闻女号救甚急。于奔往，四顾无迹，声在檐间。举首细视，则一蛛大如弹，抟捉一物，哀鸣声嘶。于破网挑下，去其缚缠，则一绿蜂，奄然将毙矣。捉归室中，置案头。停苏移时，始能行步。徐登砚池，自以身投墨汁，出伏几上，走作“谢”字。频展双翼，已乃穿窗而去。自此遂绝。

黎氏
蕭瑟蘆花淚
眼枯世間詎少
黑心符可憐
膝下佳兒女
供得涂閨
一飽無

黎氏

龙门谢中条者，佻达无行。三十余丧妻，遗二子一女，晨夕啼号，萦累甚苦。谋聘继室，低昂未就。暂雇佣媪抚子女。一日，翔步山途，忽一妇人出其后。待以窥觇，是好女子，年二十许。心悦之，戏曰：“娘子独行，不畏怖耶？”妇走不对。又曰：“娘子纤步，山径殊难。”妇仍不顾。谢四望无人，近身侧，遽挐其腕，曳入幽谷，将以强合。妇怒呼曰：“何处强人，横来相侵！”谢牵挽而行，更不休止。妇步履跌蹶，困窘无计，乃曰：“燕婉之求，乃如此耶？缓我，当相就耳。”谢从之。偕入静壑，野合既已，遂相欣爱。妇问其里居姓氏，谢以实告。既亦问妇，妇言：“妾黎氏。不幸早寡，姑又殒殁，块然一身，无所依倚，故常至母家耳。”谢曰：“我亦鳏也，能相从乎？”妇问：“君有子女无也？”谢曰：“实不相欺：若论枕席之事，交好者亦颇不乏，只是儿啼女哭，令人不耐。”妇踌躇曰：“此大难事！观君衣服袜履款样，亦只平平，我自谓能办，但继母难作，恐不胜诮让也。”谢曰：“请毋疑阻。我自不言，人何干与？”妇亦微纳。转而虑曰：“肌肤已沾，有何不从。但有悍伯，每以我为奇货，恐不允谐，将复如何？”谢亦忧皇，谋与逃窜。妇曰：“我亦思之烂熟。所虑家人一泄，两非所便。”谢云：“此即细事。家中惟一孤媪，立便遣去。”妇喜，遂与同归。先匿外舍，即入遣媪讫，扫榻迎妇，倍极欢好。妇便操作，兼为儿女补缀，辛勤甚至。谢得妇嬖爱异常，日惟闭门相对，更不通客。月余，适以公事出，反关乃去。及归，则中门严闭，扣之不应。排闼而入，渺无人迹。方至寝室，一巨狼冲门跃出，几惊绝。入视，子女皆无，鲜血殷地，惟三头存焉。返身追狼，已不知所之矣。

异史氏曰："士则无行，报亦惨矣。再娶者，皆引狼入室耳。况将于野合逃窜中求贤妇哉！"

荷花三孃子
為謀良匹報
深恩荷蒂輕
鎔蠟丈溫石太
玲瓏花太豔古
苗紗帔伴清魂

荷花三娘子

湖州宗湘若，士人也。秋日巡视田垄，见禾稼茂密处，振摇甚动。疑之，越陌往觇，则有男女野合。一笑将返。即见男子靦然结带，草草径去。采补耶？此男子人耶？狐耶？女子亦起。细审之，雅甚娟好。心悦之，欲就绸缪，实惭鄙恶。乃略近拂拭曰："桑中之游乐乎？"女笑不语。宗近身启衣，肤腻如脂。于是挼莎上下几遍，女笑曰："腐秀才！要如何，便如何耳，狂探何为？"诘其姓氏。曰："春风一度，即别东西，何劳审究？岂将留名字作贞坊耶？"宗曰："野田草露中，乃山村牧猪奴所为，我不习惯。以卿丽质，即私约亦当自重，何至屑屑如此？"女闻言，极意嘉纳。宗言："荒斋不远，请过留连。"女曰："我出已久，恐人所疑，夜分可耳。"问宗门户物志甚悉，乃趋斜径疾行而去。更初，果至宗斋。殢雨尤云，备极亲爱。积有月日，密无知者。会有番僧卓锡村寺，见宗惊曰："君身有邪气，曾何所遇？"答曰："无之。"过数日，悄然忽病。女每夕携佳果饵之，殷勤抚问，如夫妻之好。然卧后必强宗与合。宗抱病，颇不耐之。心疑其非人，而亦无术暂绝使去。因曰："曩和尚谓我妖惑，今果病，其言验矣。明日屈之来，便求符咒。"女惨然色变。宗益疑之。次日，遣人以情告僧。僧曰："此狐也。其技尚浅，易就束缚。"乃书符二道，付嘱曰："归以净坛一事置榻前，即以一符贴坛口。待狐窜入，急覆以盆。再以一符贴盆上，投釜汤烈火烹煮，少顷毙矣。”家人归，并如僧教。夜深，女始至，探袖中金橘，方将就榻问讯。忽坛口飕飗一声，女已吸入。家人暴起，覆口贴符，方欲就煮。宗见金橘散满地上，追念情好，怆然感动，遽命释之。田间野合，枕上歪缠，此妖狐也，杀之为宜。乃以下文观之，令人可爱。揭符去覆，女子自坛中出，狼狈颇殆，稽首曰：“大道将成，一旦几为灰土！君仁人也，誓必相报。”遂去。

数日，宗益沉绵，若将陨坠。家人趋市，为购材木。途中遇一女子，问曰：“汝是宗湘若纪纲否？”答云：“是。”女曰：“宗郎是我表兄。闻病沉笃，将使省视，适有故不得去。灵药一裹，劳寄致之。”家人受归。宗念中表迄无姊妹，知是狐报。服其药，果大瘳，旬日平复。心德之，祷诸虚空，愿一再觏。一夜，闭户独酌，忽闻弹指敲窗。拔关出视，则狐女也。大悦，把手称谢，延止共饮。女曰：“别来耿耿，思无以报高厚。今为君觅一良匹，聊足塞责否？”宗问：“何人？”曰：“非君所知。明日辰刻，早赴南湖，如见有采菱女，着冰縠帔者，当急舟趋之。苟迷所往，即视堤边有短干莲花隐叶底，便采归，以蜡火爇其蒂，当得美妇，兼致修龄。”宗谨受教。既而告别，宗固挽之。女曰：“自遭厄劫，顿悟大道。奈何以衾裯之爱，取人仇怨？”厉色辞去。宗如言，至南湖，见荷荡佳丽颇多。中一垂髫人，衣冰縠，绝代也。促舟劘逼，忽迷所往。即拨荷丛，果有红莲一枝，干不盈尺，折之而归。阅遍群芳无伴侣，几生修得到莲花？入门置几上，削蜡于旁，将以爇火。一回头，化为姝丽。宗惊喜伏拜。女曰：“痴生！我是妖狐，将为君祟矣！”宗不听。女曰：“谁教子者？”

答曰："小生自能识卿，何待教？"捉臂牵之，随手而下，化为怪石，高尺许，面面玲珑。乃携供案上，焚香再拜而祝之。入夜，杜门塞窦，惟恐其亡。平旦视之，即又非石，纱帔一袭，遥闻芗泽；展视领衿，犹存余腻。月姊花姨，幻化无方。宗覆衾拥之而卧。暮起挑灯，既返，则垂髫人在枕上。喜极，恐其复化，哀祝而后就之。女笑曰："孽障哉！不知何人饶舌，遂教风狂儿屑碎死！"乃不复拒。而款洽间，若不胜任，屡乞休止。宗不听。女曰："如此，我便化去！"宗惧而罢。由是两情甚谐。而金帛常盈箱箧，亦不知所自来。女见人喏喏，似口不能道辞；生亦讳言其异。怀孕十余月，计日当产。入室，嘱宗杜门禁款者，自乃以刀割脐下，取子出，令宗裂帛束之，过宿而愈。又六七年，谓宗曰："夙业偿满，请告别也。"宗闻泣下，曰："卿归我时，贫苦不自立，赖卿小阜，何忍遽离逷？且卿又无邦族，他日儿不知母，亦一恨事。"女亦怅悒曰："聚必有散，固是常也。儿福相，君亦期颐，更何求？妾本何氏。倘蒙思眷，抱妾旧物而呼曰：'荷花三娘子！'当有见耳。"言已解脱，曰："我去矣。"惊顾间，飞去已高于顶。宗跃起，急曳之，捉得履。履脱及地，化为石燕；色红于丹朱，内外莹彻，若水精然。拾而藏之，检视箱中，初来时所著冰縠帔尚在。每一忆念，抱呼"三娘子"则宛然女郎，欢容笑黛，并肖生平，但不语耳。是耶？非耶？立而望之，翩何姗姗其来迟？为诵李夫人歌。

友人云："'花如解语还多事，石不能言最可人。'放翁佳句，可为此传写照。"

罵鴨
盜得隣昆廚下烹肌膚
夜鴨毛生從知世上穿窬
輩不罵無由滅罪名

骂鸭

邑西白家庄居民某，盗邻鸭烹之。至夜，觉肤痒。天明视之，茸生鸭毛，触之则痛。盗一鸭耳，天公那有若许闲工夫。盗牛马者又以何法治之。大惧，无术可医。夜梦一人告之曰：“汝病乃天罚。须得失者骂，毛乃可落。”邻翁素雅量，生平失物，未尝征于声色。某诡告翁曰：“鸭乃某甲所盗。彼甚畏骂焉，骂之亦可警将来。”翁笑曰：“谁有闲气骂恶人。”“谁有闲气骂人”，此语有道气，近犯而不校光景，予谓遭横逆，读此语，觉此心湛然。卒不骂。某益窘，因实告邻翁。翁乃骂，其病良已。

异史氏曰：“甚矣，攘者之可惧也：一攘而鸭毛生！甚矣，骂者之宜戒也；一骂而盗罪减，然为善有术，彼邻翁者，是以骂行其慈者也。”

柳氏子
思子何須別築
臺生兒端為宿
逋来積中有宿
應能記々否當
年暴得財

柳氏子

胶州柳西川，法内史之主计仆也。年四十余，生一子，溺爱甚至。纵任之，惟恐拂。既长，荡侈逾检，翁囊积为空。无何，子病。翁故蓄善骡。子曰：“骡肥可啖。杀啖我，我病可愈。”柳谋杀蹇劣者。子闻之，大怒骂，疾益甚。柳惧，杀骡以进。子乃喜。然尝一脔，便弃去。疾卒不减，寻死。柳悼叹欲绝。后三四年，村人以香社登岱。至山半，见一人乘骡驶行而来，怪似柳子。比至，果是。下骡遍揖，各道寒暄。村人共骇，亦不敢诘其死。但问：“在此何作？”答云：“亦无甚事，东西奔驰而已。”便问逆旅主人姓名，众具告之。柳子拱手曰：“适有小故，不暇叙间阔。明日当相谒。”上骡遂去。众既归寓，亦谓其未必即来。厌旦伺之，子果至，系骡厩柱，趋进笑言。众曰：“尊大人日切思慕，何不一归省侍？”子讶问：“言者何人？”众以柳对。子神色俱变，久之曰：“彼既见思，请归传语：我于四月七日，在此相候。”言讫，别去。众归，以情致翁。翁大哭，如期而往，自以其故告主人。主人止之曰：“曩见公子情神冷落，似未必有嘉意。以我卜之，殆不可见。”柳啼泣不信。主人曰：“我非阻君，神鬼无常，恐遭不善。酆都天子殿柱联云：“恩仇成父子，缘怨结夫妻。”可作此篇注脚。如必欲见，请伏椟中，待其来，察其词色，可见则出。”柳如其言。既而子果至，问曰：“柳某来否？”主人答云：“无。”

子盛气骂曰："老畜产那便不来！"主人惊曰："何骂父？"答曰："彼是我何父！初与义为客侣，不意包藏祸心，隐我血资，悍不还。今愿得而甘心，何父之有！"言已，出门，曰："便宜他！"柳在椟中历历闻之，汗流接踵，不敢出气。主人呼之，乃出，狼狈而归。

异史氏曰："暴得多金，何如其乐？所难堪者偿耳。荡费殆尽，尚不忘于夜台，怨毒之于人甚矣！"

上僊
蝙蝠
飛鳴
聽不真
焚香錦
坐夜逡巡
上僊縱
使非和緩
詩酒風
流亦
可人
上僊

上 仙

癸亥三月，与高季文赴稷下，同居逆旅。季文忽病。会高振美亦从念东先生至郡，因谋医药。闻袁鳞公言：南郭梁氏家有狐仙，善“长桑之术”。遂共诣之。梁，四十以来女子也，致绥绥有狐意。入其舍，复室中挂红幕。探幕以窥，壁间悬观音像；又两三轴，跨马操矛，驺从纷沓。北壁下有案；案头小座，高不盈尺，贴小锦褥，云仙人至，则居此。众焚香列揖。妇击磬三，口中隐约有词。祝已，肃客就外榻坐。妇立帘下，理发支颐与客语，具道仙人灵迹。久之，日渐曛。众恐碍夜难归，烦再祝请。妇乃击磬重祷。转身复立，曰：“上仙最爱夜谈，他时往往不得遇。昨宵有候试秀才，携酒肴来与上仙饮。上仙亦出良酝酬诸客，赋诗欢笑。散时，更漏向尽矣。”言未已，闻室中细细繁响，如蝙蝠飞鸣。方凝听间，忽案上若堕巨石，声甚厉，妇转身曰：“几惊怖煞人！”便闻案上作叹咤声，似一健叟。妇以蕉扇隔小座。座上大言曰：“有缘哉！有缘哉！”抗声让坐，又似拱手为礼。已而问客：“何所谕教？”高振美尊念东先生意，问：“见菩萨否？”答云：“南海是我熟径，如何不见。”“阎罗亦更代否？”曰：“与阳世等耳。”“阎罗何姓？”曰：“姓曹。”已乃为季文求药。曰：“归当夜祀茶水，我与大士处讨药奉赠，何恙不已。”众各有问，悉为剖决。乃辞而归，过宿，季文少愈。余与振美治装先归，遂不暇造访矣。

真靜山
娓娓詩文近士流
河間曾記姓名留
誰能更判閑休咎
不信高冠有沐猴

侯静山

高少宰念东先生云："崇祯间，有猴仙，号静山。托神于河间之叟，与人谈诗文，决休咎，娓娓不倦。以肴核置案上，啖饮狼籍，但不能见之耳。"时先生祖寝疾。或致书云："侯静山，百年人也，不可不晤。"遂以仆马往招叟。叟至经日，仙犹未来。焚香祠之。忽闻屋上大声叹赞曰："好人家！"众惊顾。俄檐间又言之。叟起曰："大仙至矣。"群从叟岸帻出迎。又闻作拱致声。既入室，遂大笑纵谈。时少宰兄弟尚诸生，方入闱归。仙言："二公闱卷亦佳，但经不熟，再须勤勉，云路亦不远矣。"二公敬问祖病，曰："生死事大，其理难明。"因共知其不祥。无何，太先生谢世。

旧有猴人，弄猴于村。猴断锁而逸，不可追，入山中。数十年，人犹见之。其走飘忽，见人则窜。后渐入村中，窃食果饵，人皆莫之见。一日，为村人所睹，逐诸野，射而杀之。而猴之鬼竟不自知其死也，但觉身轻如叶，一息百里。遂往依河间叟，曰："汝能奉我，我为汝致富。"因自号静山云。

錢流
苔陰偃臥笑
吳儂阿堵居然
滿握中始信錢
文原由水世間無
處不流通

钱流

沂水刘宗玉云：其仆杜和，偶在园中，见钱流如水，深广二三尺许。杜惊喜，以两手满掬，复偃卧其上。既而起视，则钱已尽去；惟握于手者尚存。

郭　生

郭生，邑之东山人。少嗜读，但山村无所就正，年二十余，字画多讹。先是，家中患狐，服食器用，辄多亡失，深患苦之。一夜读，卷置案头，狐涂鸦甚，狼藉不辨行墨。因择其稍洁者辑读之，仅得六七十首。心甚恚愤而无如何。又积窗课二十余篇，待质名流。晨起，见翻摊案上，墨汁浓泚殆尽。恨甚。会王生者，以故至山，素与郭善，登门造访。见污本，问之。郭具言所苦，且出残课示王。王谛玩之，其所涂留，似有春秋；又复视涴卷，类冗杂可删。讶曰："狐似有意。不惟勿患，当即以为师。"过数月，回视旧作，顿觉所涂良确。于是改作两题，置案上，以观其异。比晓，又涂之。积年余，不复涂；但以浓墨洒作巨点，淋漓满纸。郭异之，持以白王。王阅之曰："狐真尔师也，佳幅可售矣。"是岁，果入邑庠。郭以是德狐，恒置鸡黍，备狐啖饮。每市房书名稿，不自选择，但决于狐。由是两试俱列前名，入闱中副车。时叶、缪诸公稿，风雅绝丽，家弦而户诵之。郭有抄本，爱惜臻至。忽被倾浓墨碗许于上，污荫几无余字；又拟题构作，自觉快意，悉浪涂之：于是渐不信狐。无何，叶公以正文体被收，又稍稍服其先见。然每作一文，经营惨淡，辄被涂污。自以屡拔前茅，心气颇高，以是益疑狐妄。乃录向之洒点烦多者试之，狐又尽泚之。乃笑曰："是真妄矣！何前是而今非也？”遂不为狐设馔，取读本锁箱篚中。旦见封锢俨然，启视则卷面涂四画，粗于指。第一章画五，二章亦画五，后即无有矣。自是狐竟寂然。后郭一次四等，两次五等，始知其兆已寓意于画也。

金生色
剑光
耀〻怒
如生静夜
鷩聽柩有
聲鬼若有
靈能雪恨兮
因淩果寂分明

金生色

金生色，晋宁人也。娶同村木姓女。生一子，方周岁。金忽病，自分必死，谓妻曰：“我死，子必嫁，勿守也！”妻闻之，甘词厚誓，期以必死。金摇手呼母曰：“我死，劳看阿保，勿令守也。”母哭应之。既而金果死。木媪来吊，哭已，谓金母曰：“天降凶忧，婿遽遭殒命。女太幼弱，将何为计？”母悲悼中，闻媪言，不胜愤激，盛气对曰：“必以守！”媪惭而罢。夜伴女寝，私谓女曰：“人尽夫也。以儿好手足，何患无良匹？小儿女不早作人家，眈眈守此襁褓物，宁非痴乎？倘必令守，不宜以面目好相向。”村媪家训，往往如此，写来令人发指。金母过，颇闻絮语，益恚。明日，谓媪曰：“亡人有遗嘱，本不教妇守也。今既急不能待，乃必以守！”媪怒而去。母夜梦子来，涕泣相劝，心异之。使人言于木，约殡后听妇所适。而询诸术家，本年墓向不利。曲折。妇思自衒以售，缞绖之中，不忘涂泽。居家犹素妆；一归宁，则崭然新艳。母知之，心弗善也，以其将为他人妇，亦隐忍之。于是妇益肆。

村中有无赖子董贵者，见而好之，以金啖金邻妪，求通殷勤于妇。夜分，由妪家逾墙以达妇所，因与会合。何其速也，易亦甚矣。往来积有旬日，丑声四塞，所不知者惟母耳。妇室夜惟一小婢，妇腹心也。一夕，两情方洽，闻棺木震响，声如爆竹。婢在外榻，见亡者自幛后出，戴剑入寝室去。观其临终之言，知其死必为毅魄，不汲汲也。俄闻二人骇诧声。少顷，董裸奔出。无何，金捽妇发亦出。妇大嗥，母惊起，见妇赤体走去，方将启关。问之不答。出门追视，寂不闻声，竟迷所往。入妇室，灯火犹亮。见男子履，呼婢；婢始战惕而出，具言其异，相与骇怪而已。董窜过邻家，团伏墙隅。移时，闻人声渐息，始起。身无寸缕，苦寒战甚，将假衣于媪。视院中一室，双扉虚掩，因而暂入。暗摸榻上，触女子足，知为邻子妇。顿生淫心，乘其寝，潜就私之。妇醒，问："汝来乎？"应曰："诺。"妇竟不疑，狎亵备至。先是，邻子以故赴北村，嘱妻掩户以待其归。既返，闻室内有声，疑而审听，音态绝秽。大怒，操戈入室。董惧，窜于床下。子就戮之。又欲杀妻，妻泣而告以误，乃释之。但不解床下何人。呼母起，共火之，仅能辨认。视之，奄有气息；诘其所来，犹自供吐。而刃伤数处，血溢不止，少顷已绝。媪仓皇失措，谓子曰："捉奸而单戮之，子且奈何？"子不得已，遂又杀妻。或曰邻子杀奸于床，律无死法；此妇不杀亦可。然又费笔墨矣，果报亦不快。是夜，木翁方寝，闻户外拉杂之声；出窥，则火炽于檐，而纵火人犹仿徨未去。翁大呼，家人毕集。幸火初燃，尚易扑灭。命人操弓弩，逐搜纵火者。见一人趫捷如猿，竟越垣去。垣外乃翁家桃园，园中四缭周墉皆峻固。数人梯登以望，踪迹殊杳。惟墙下块然微动，问之不应，射之而软。启扉往验，则女子白身卧，矢贯胸脑。细烛之，则翁女而金妇也。句法妙甚，可云简括。骇告主人，翁媪惊怛欲绝，不解其故。女合眸，面色灰败，口气细于属丝。使人拔脑矢，不可出；足踏顶项而后出之。女嘤然一声，血暴注，气亦遂绝。翁大惧，计无所出。既曙，以实情白金母，长跽哀乞。而金母殊不怨怒，但告以故，令自营葬。金有叔兄生光，怒登翁门，诟数前非。翁惭沮，赂令罢归。而终不知妇所私者何人。俄邻子以执奸自首，既薄责释讫；而妇兄马彪素健讼，具词控妹冤。官拘妪，妪惧，悉供颠末。又唤金母；母托疾，令生光代质，具陈底里。于是前状并发，牵木翁夫妇尽出，一切廉得其情。木以诲女嫁，坐纵淫，笞；使自赎，家产荡焉。邻妪导淫，杖之毙。案乃结。断语简而明，他人费若许笔墨，两句也包括全篇。

异史氏曰："金氏子其神乎！谆嘱醮妇，抑何明也！一人不杀，而诸恨并雪，可不谓神乎！邻妪诱人妇，而反淫己妇；木媪爱女，而卒以杀女。呜呼！'欲知后日因，当前作者是'，报更速于来生矣！"

彭海秋
玉笛新翻薄倖郎
酒闌夢醒客還鄉
綾巾一幅分明在
莫把三年舊約忘

彭海秋

莱州诸生彭好古，读书别业，离家颇远。中秋未归，岑寂无偶。念村中无可共语；文有句句暗伏节节相生之法，如别业则少朋友，生下二生；中秋则必有月，月夜则如游览，游览则必名胜，名胜则惟西湖。其间选妓征歌，天河唤渡，归途变马，如声中之有节节高，调中之有衲袄，是皆随手生波，层层入妙，极行文之乐事。惟邱生者是邑名士，而素有隐恶，彭常鄙之。月既上，倍益无聊，不得已，折简邀邱。饮次，有剥啄者。斋僮出应门，则一书生，将谒主人。彭离席，肃客入。相揖环坐，便询族居。客曰：“小生广陵人，与君同姓，字海秋。值此良夜，旅邸倍苦。闻君高雅，遂乃不介而见。”视其人，布衣洁整，谈笑风流。彭大喜曰：“是我宗人。今夕何夕，遘此嘉客！”即命酌，款若夙好。察其意，似甚鄙邱；邱仰与攀谈，辄傲不为礼。彭代为之惭，因挠乱其词，请先以俚歌侑饮。乃仰天再咳，歌“扶风豪士之曲”。相与欢笑。客曰：“仆不能韵，莫报阳春，请代者可乎？”彭言：“如教。”客问：“莱城有名妓无也？”彭曰：“无。”客默然良久，谓斋僮曰：“适唤一人，在门外，可导入之。”僮出，果见一女子逡巡户外。引之入，年二八已来，宛然若仙。彭惊绝，掖坐。衣柳黄帔，香溢四座。客便慰问：“千里颇烦跋涉也。”女含笑唯唯。彭异之，便致研诘。客曰：“贵乡苦无佳人，适于西湖舟中唤得来。”谓女曰：“适舟中所唱‘薄幸郎曲’大佳，请再反之。”女歌云：“薄幸郎，牵马洗春沼。人声远，马声杳；江天高，山月小。掉头去不归，庭中生白晓。不怨别离多，但愁欢会少。眠何处？勿作随风絮。便是不封侯，莫向临邛去！”客于袜中出玉笛，随声便串。曲终笛止，彭惊叹不已，曰：“西湖至此，何止千里，咄嗟招来，得非仙乎！”客曰：“仙何敢言，但视万里犹庭户耳。今夕西湖风月，尤盛曩时，不可不一观也，能从游否？”彭留心欲觇其异，诺曰：“幸甚。”客问：“舟乎，骑乎？”彭思舟坐为逸，答言：“愿舟。”客曰：“此处呼舟较远，天河中当有渡者。”乃以手向空中招曰：“船来！我等要西湖去，不吝价也。”无何，彩船一只，自空飘落，烟云绕之。众俱登。“众”字伏邛生在内，却不说明。见一人持短棹，棹末密排修翎，形类羽扇，一摇则清风习习。舟渐上入云霄，望南游行，其驶如箭。

逾刻，舟落水中。但闻弦管敖嘈，鸣声喤聒。出舟一望，月印烟波，游船成市。榜人罢棹，任其自流。细视，真西湖也。客于舱后，取异肴佳酿，欢然对酌。少间，一楼船渐近，相傍而行。隔窗以窥，中有三两人，围棋喧笑。异境独开，蹊径独别。客飞一觥向女曰：“引此送君行。”女饮间，彭依恋徘徊，惟恐其去，蹴之以足。女斜波送盼。彭益动，请要后期。女曰：“如相见爱，但问娟娘名字，无不知者。”客即以彭绫巾授女，曰：“我为若代订三年之约。”即起，托女子于掌中，曰：“仙乎，仙乎！”乃扳邻窗，捉女入。窗目如盘，女伏身蛇游而进，殊不觉隘。如此用笔，设想鼠穴中推车而行。俄闻邻舟曰：“娟娘醒矣。”舟即荡去。遥见舟已就泊，舟中人纷纷并去，游兴顿消。遂与客言，欲一登岸，略同眺瞩。

才作商榷，舟已自拢。因而离舟翔步，觉有里余。客后至，牵一马来，令彭捉之。即复去，曰：“待再假两骑来。”冷中句字。久之不至。行人已稀，仰视斜月西转，天色向曙。邱亦不知何往。捉马营营，进退无主。振辔至泊舟所，则人船俱失。念腰橐空匮，倍益忧皇。天大明，见马上有小错囊，邱生变马，处处用草蛇灰线之法。探之，得白金三四两。买食凝待，不觉向午。计不如暂访娟娘，可以徐察邱耗。比询娟娘名字，并无知者，兴转萧索。次日遂行，马调良，幸不蹇劣，半月始归。邱生苦矣。方三人之乘舟而上也，斋僮归白："主人已仙去。"举家哀啼，谓其不返。彭归，系马而入。家人惊喜集问，彭始具白其异。因念独还乡井，恐邱家闻而致诘，戒家人勿播。语次，道马所由来。众以仙人所遗，便悉诣厩验视。及至，则马顿渺，但有邱生，以草缰絷枥边。至此始明露出。骇极，呼彭出视。见邱垂首栈下，面色灰死，问之不言，两眸启闭而已。丘不知有何隐恶，上文却只以二字含之。彭大不忍，解扶榻上，若丧魂魄。灌以汤酏，稍稍能咽。中夜少苏，急欲登厕；扶掖而往，下马粪数枚。又少饮啜，始能言。彭就榻研问之，邱云："下船后，彼引我闲语。至空处，戏拍项领，遂迷闷颠踣。伏定少刻，自顾已马。心亦醒悟，但不能言耳。是大辱耻，诚不可以告妻子，乞勿泄也。"是名士也，良马可比君子。彭诺之，命仆马驰送归。

彭自是不能忘情于娟娘。又三年，以姊丈判扬州，因往省视。不直访娟娘，不肯用直笔也。州有梁公子，与彭通家，开筵邀饮。即席有歌姬数辈，俱来祇谒。公子问娟娘，家人白以疾。公子怒曰："婢子声价自高，可将索子系之来！"彭闻娟娘名，惊问其谁。公子云："此娼女，广陵第一人。缘有微名，遂倨而无礼。"彭疑名字偶同；然突突自急，极欲一见之。无何，娟娘至，公子盛气排数。彭谛视，真中秋所见者也。谓公子曰："是与仆有旧，幸垂原恕。”娟娘向彭审顾，似亦错愕。公子未遑深问，即命行觞。彭问：“‘薄幸郎曲’犹记之否？”娟娘更骇，目注移时，始度旧曲。听其声，宛似当年中秋时。酒阑，公子命侍客寝。彭捉手曰：“三年之约，今始践耶？”娟娘曰：“昔日从人泛西湖，饮不数卮，忽若醉。蒙胧间，被一人携去，置一村中。一僮引妾入。席中三客，君其一焉。后乘船至西湖，送妾自窗棂归，把手殷殷。每所凝念，谓是幻梦；而绫巾宛在，今犹什袭藏之。”彭告以故，相共叹咤。娟娘纵体入怀，哽咽而言曰：“仙人已作良媒，君勿以风尘可弃，遂舍念此苦海人。”彭曰：“舟中之约，未尝一日去心。卿倘有意，则泻囊货马，所不惜耳。”诘旦，告公子；又称贷于别驾，千金削其籍，携之以归。偶至别业，犹能识当年饮处云。《聊斋》处处是有意作文。

异史氏云：“马而人，必其为人而马者也；使为马，正恨其不为人耳。狮象鹤鹏，悉受鞭策，何可谓非神人之仁爱之乎？即订三年约，亦度苦海也。”末句与上似不贯，《史记》有之。

堪輿
牛眠吉壤在心田
朽骨何能餘慶
延賴有閨中贒
妯娌不教暴露
歎年年

堪　舆

沂州宋侍郎君楚家，素尚堪舆；即闺阁中亦能读其书，解其理。宋公卒，两公子各立门户，为公卜兆。闻能善青乌之术者，不惮千里，争罗致之。于是两门术士，召致盈百，日日连骑遍郊野，东西分道出入，如两旅。经月余，各得牛眠地，此言封侯，彼言拜相。兄弟两不相下，因负气不为谋，并营寿域，锦棚彩幢，两处俱备。灵舆至歧路，兄弟各率其属以争，自晨至于日昃，不能决。宾客尽引去。舁夫凡十易肩，困惫不举，相与委柩路侧。因止不葬，鸠工构庐，以蔽风雨。兄建舍于旁，留役居守，弟亦建舍如兄；兄再建之，弟又建之。三年而成村焉。积多年，兄弟继逝，嫂与娣始合谋，力破前人水火之议，并车入野，视所择两地，并言不佳，遂同修聘贽，请术人另相之。每得一地，必具图呈闺闼，判其可否。日进数图，悉疵摘之。旬余，始卜一域。嫂览图喜，曰："可矣。"示娣。娣曰："是地当先发一武孝廉。"葬后三年，公长孙果以武庠领乡荐。

异史氏曰："青乌之术，或有其理；而癖而信之，则痴矣。况负气相争，委柩路侧，其于孝弟之道不讲，奈何冀以地理福儿孙哉！如闺中宛若，真雅而可传者矣。"

竇氏
齧臂當時彊締盟如
何委棄等塵輕奇〻
怪〻頻修怨不數王
奎恨不平

窦　氏

南三复，晋阳世家也。有别墅，去所居十余里。每驰骑日一诣之。适遇雨，途中有小村，见一农人家，门内宽敞，因投止焉。近村人固皆威重南。少顷，主人出邀，局蹐甚恭。入其舍斗如。客既坐，主人始操篲，殷勤汜扫。既而泼蜜为茶。命之坐，始敢坐。问其姓名，自言："廷章，姓窦。"未几，进酒烹雏，给奉周至。有笄女行炙，时止户外，稍稍露其半体，年十五六，端妙无比。南心动，雨歇既归，系念綦切。越日，具粟帛往酬，借此阶进。是后常一过窦，时携肴酒，相与留连。女渐稔，不甚避忌，辄奔走其前。睨之，则低鬟微笑。南益惑焉，无三日不往者。一日，值窦不在，坐良久，女出应客。南捉臂狎之，女惭急，峻拒曰："奴虽贫，要嫁，何贵倨凌人也！"时南失偶，便揖之曰："倘获怜眷，定不他娶。"女要誓，南指矢天日，以坚永约，女乃允之。自此为始，瞰窦他出，即过缱绻。女促之曰："桑中之约，不可长也。日在帡幪之下，倘肯赐以姻好，父母必以为荣，当无不谐。宜速为计！"南诺之。转念农家岂堪匹偶，姑假其词以因循之。此何为也？狼心贼！会媒来为议婚于大家，初尚踌躇；既闻貌美财丰，志遂决。女以体孕，催并益急，南遂绝迹不往。无何，女临蓐，产一男。父怒搒女。女以情告，且言："南要我矣。"窦乃释女，使人问南；南立即不承。窦乃弃儿，益扑女。

女暗哀邻妇，告南以苦。南亦置之。女夜亡，视弃儿犹活，遂抱以奔南。款关而告阍者曰："但得主人一言，我可不死。彼即不念我，宁不念儿耶？"阍人具以达志，南戒勿入。女倚户悲啼，五更始不复闻。质明视之，女抱儿坐僵矣。忍哉南也！

窦忿，讼之上官，悉以南不义，欲罪南。南惧，以千金行赂得免。其大家梦女披发抱子而告曰："必勿许负心郎；若许，我必杀之！"此等孽报，理所必有。大家贪南富，卒许之。既亲迎，奁妆丰盛，新人亦娟好。然喜悲，终日未尝睹欢容；枕席之间，时复有涕洟。问之，亦不言。过数日，妇翁至，入门便泪，南未遑问故，相将入室。见女而骇曰："适于后园，见吾女缢死桃树上，今房中谁也？"女闻言，色暴变，仆然而死。视之，则窦女。急至后园，新妇果自经死。天荒地老，海枯石烂，此恨绵绵，呜呼，何其神也！骇极，往报窦。窦发女冢，棺启尸亡。前仇未蠲，倍益惨怒，复讼于官。官因其情幻，拟罪未决。南又厚饵窦，哀令休结，官亦受其赇嘱，乃罢。而南家自此稍替。又以异迹传播，数年无敢字者。南不得已，远于百里外聘曹进士女。未及成礼，会民间讹传，朝廷将选良家女充掖庭，以故有女者，悉送归夫家去。一日，有妪导一舆至，自称曹家送女者。扶女入室，谓南曰："选嫔之事已急，仓卒不能如礼，且送小娘子来。"问："何无客？"曰："薄有奁妆，相从在后耳。"妪草草径去。南视女亦风致，遂与谐笑。女俯颈引带，神情酷类窦女。心中作恶，第未敢言。女登榻，引被幛首而眠。亦谓是新人常态，弗为意。日敛昏，曹人不至，始疑，捋被问女，而女亦奄然冰绝。惊怪莫知其故，驰伻告曹，曹竟无送女之事。相传为异。时有姚孝廉女新葬，隔宿为盗所发，破材失尸。

闻其异，诣南所征之，果其女。启衾一视，四体裸然。姚怒，质状于官。官以南屡无行，恶之，坐发冢见尸，论死。

异史氏曰：“始乱之而终成之，非德也；况誓于初而绝于后乎？挞于室，听之，哭于门，仍听之：抑何其忍！而所以报之者，亦比李十郎惨矣！”

梁彦
賊臭無端更
嚏噴災來切
近竟何辜世間
不少纏吞餌
莫是機心
感召夫

梁 彦

徐州梁彦，患鼽嚏，久而不已。一日，方卧，觉鼻奇痒，遽起大嚏。有物突出落地，状类屋上瓦狗，约指顶大。又嚏，又一枚落。四嚏，凡落四枚。蠢然而动，相聚互嗅。俄而强者啮弱者以食；食一枚，则身顿长。瞬息吞并，止存其一，大于鼫鼠矣。伸舌周匝，自舐其吻。梁大愕，踏之。物缘袜而上，渐至股际。捉衣而撼摆之，粘据不可下。顷入衿底，爬搔腰胁。大惧，急解衣掷地。扪之，物已贴伏腰间。推之不动，掐之则痛，竟成赘疣；口眼已合，如伏鼠然。

龍穴
微言合讓玉堂才
霹靂聲中掘地來
噤似寒蟬偏肉食
柏臺風氣羨龍堆

龙　肉

姜太史玉璇言："龙堆之下，掘地数尺，有龙肉充牣其中。任人割取，但勿言'龙'字。或言'此龙肉也'，则霹雳震作，击人而死。"太史曾食其肉，实不谬也。

卷六

路令
不能撫字卻
催科黑索橫
飛就獎多據
案忽爲撐拒
狀奈他五十
八人何

潞令

宋国英，东平人，以教习授潞城令。贪暴不仁，催科尤酷，毙杖下者，狼藉于庭。余乡徐白山适过之，见其横，讽曰：“为民父母，威焰固至此乎？”宋扬扬作得意之词曰：“喏！不敢！官虽小，莅任百日，诛五十八人矣。”后半年，方据案视事，忽瞪目而起，手足挠乱，似与人撑拒状。自言曰：“我罪当死！我罪当死！”扶入署中，逾时寻卒。呜呼！幸有阴曹兼摄阳政，不然，颠越货多，则“卓异”声起矣，流毒安穷哉！

异史氏曰：“潞子故区，其人魂魄毅，故其为鬼雄。今有一官握篆于上，必有一二鄙流，风承而痔舐之。其方盛也，则竭攫未尽之膏脂，为之具锦屏；其将败也，则驱诛未尽之肢体，为之乞保留。官无贪廉，每莅一任，必有此两事。赫赫者一日未去，则蚩蚩者不敢不从。积习相传，沿为成规，其亦取笑于潞城之鬼也已！”

馬介甫
乾綱不振自
貽羞此病難
将藥力瘳
浮仙人勤佈
置宗嗣一綫
賴長留

马介甫

杨万石，大名诸生也。生平有“季常之惧”。妻尹氏，奇悍。少迕之，辄以鞭挞从事。此处写悍妇，与江城篇不同，入手便极写。杨父年六十余而鳏，尹以齿奴隶数。杨与弟万钟常窃饵翁，不敢令妇知。然衣败絮，恐贻讪笑，不令见客。此更极写一全无心肝之杨万石。万石四十无子，纳妾王，旦夕不敢通一语。

兄弟候试郡中，见一少年，容服都雅。与语，悦之。询其姓字，自云：“介甫，马姓。”由此交日密，焚香为昆季之盟。既别，约半载，马忽携僮仆过杨。值杨翁在门外，曝阳扪虱。疑为佣仆，通姓氏使达主人。翁披絮去。或告曰：“此即其翁也。”马方惊讶，杨兄弟岸帻出迎。登堂一揖，便请朝父。万石辞以偶恙。促坐笑语，不觉向夕。万石屡言具食，而终不见至。兄弟叠互出入，始有瘦奴持壶酒来。俄顷饮尽，坐伺良久，万石频起催呼，额颊间热汗蒸腾。俄瘦奴以馔具出，脱粟失饪，殊不甘旨。食已，万石草草便去。万钟襆被来伴客寝。马责之曰：“曩以伯仲高义，遂同盟好。今老父实不温饱，行道者羞之！”万钟泫然曰：“在心之情，卒难申致。家门不吉，蹇遭悍嫂，尊长细弱，横被摧残。非沥血之好，此丑不敢扬也。”马骇叹移时，曰：“我初欲早旦而行，今得此异闻，不可不一目见之。请假闲舍，就便自炊。”好汉。他人避之不及也。万钟从其教，即除室为马安顿。夜深窃馈蔬稻，惟恐妇知。马会其意，力却之。且请杨翁与同食寝。自诣城肆，市布帛，为易袍裤。父子兄弟皆感泣。

万钟有子喜儿，方七岁，夜从翁眠。马抚之曰："此儿福寿，过于其父，但少年孤苦耳。"妇闻老翁安饱，大怒，辄骂，谓马强预人家事。初恶声尚在闺闼，渐近马居，以示瑟歌之意。杨兄弟汗体徘徊，不能制止，而马若弗闻也者。妾王，体妊五月，妇始知之，褫衣惨掠。已，乃唤万石跪受巾帼，操鞭逐出。值马在外，惭懅不前。又追逼之，始出。妇亦随出，叉手顿足，观者填溢。马指妇叱曰："去，去！"妇即反奔，若被鬼逐。裤履俱脱，足缠萦绕于道上；徒跣而归，面色灰死。少定，婢进袜履。着已，嗷啕大哭。家无敢问者。马曳万石为解巾帼。万石耸身定息，如恐脱落，或疑描写太过，然天下必有此事。马强脱之。而坐立不宁，犹惧以私脱加罪。探妇哭已，乃敢入，趑趄而前。妇殊不发一语，遽起，入房自寝。万石意始舒，与弟窃奇焉。家人皆以为异，相聚偶语。妇微有闻，益羞怒，遍挞奴婢。呼妾，妾创剧不能起。妇以为伪，就榻搒之，崩注堕胎。恶极。万石于无人处，对马哀啼。马慰解之。呼僮具牢馔，更筹再唱，不放万石归。妇在闺房，恨夫不归，方大恚忿；闻撬扉声，急呼婢，则室门已辟。有巨人入，影蔽一室，狰狞如鬼。俄又有数人入，各执利刃。妇骇绝欲号。巨人以刀刺颈曰："号便杀却！"妇急以金帛赎命。巨人曰："我冥曹使者，不要钱，但取悍妇心耳！"妇益惧，自投败颡。巨人乃以利刃画妇心而数之曰："如某事，谓可杀否？"即以画。凡一切凶悍之事，责数殆尽，刀画肤革，不啻数十。金圣叹喜说快事，此真天下第一快事也。末乃曰："妾生子，亦尔宗绪，何忍打堕？此事必不可宥！”乃令数人反接其手，剖视悍妇心肠。妇叩头乞命，但言知悔。俄闻中门启闭，曰：“杨万石来矣。既已悔过，姑留余生。”过接妙。纷然尽散。

无何，万石入，见妇赤身绷系，心头刀痕，纵横不可数。解而问之，得其故，大骇，窃疑马。明日，向马述之。马亦骇。由是妇威渐敛，经数月不敢出一恶语。马大喜，告万石曰：“实告君，幸勿宣泄：前以小术惧之。既得好合，请暂别也。”遂去。

妇每日暮，挽留万石作侣，欢笑而承迎之。万石生平不解此乐，遽遭之，觉坐立皆无所可。妇一夜忆巨人状，瑟缩摇战。万石思媚妇意，微露其假。叔宝无心肝一至于此。妇遽起，苦致穷诘。万石自觉失言，而不能悔，遂实告之。妇勃然大骂。万石惧，长跽床下。妇不顾，哀至漏三下。妇曰：“欲得我恕，须以刀画汝心头如干数，此恨始消。”乃起捉厨刀。万石大惧而奔，妇逐之。犬吠鸡腾，家人尽起。万钟不知何故，但以身左右翼兄。妇方诟詈，忽见翁来，睹袍服，倍益烈怒；即就翁身条条割裂，批颊而摘翁髭。万钟见之怒，稍有心肝者，断耐忍不得。以石击妇，中颅，颠蹶而毙。万钟曰：“我死而父兄得生，何憾！”遂投井中，救之已死。移时妇复苏，闻万钟死，怒亦遂解。

既殡，弟妇恋儿，矢不嫁。妇唾骂不与食，醮去之。遗孤儿，朝夕受鞭楚。俟家人食讫，始啖以冷块。积半岁，儿尪羸，仅存气息。

一日，马忽至。天上飞来。万石嘱家人，勿以告妇。马见翁褴缕如故，大骇；又闻万钟殒谢，顿足悲哀。儿闻马至，便来依恋，前呼马叔。马不能识，审顾始辨，惊曰：“儿何憔悴至此！”翁乃嗫嚅具道情事。马忿然谓万石曰："我曩道兄非人，果不谬。两人止此一线，杀之，将奈何？"万石不言，惟伏首帖耳而泣。坐语数刻，妇已知之，不敢自出逐客，但呼万石入，批使绝马。含涕而出，批痕俨然。马怒之曰："兄不能威，独不能断'出'耶？殴父杀弟，安然忍受，何以为人？"人有不可解者，受妻子之气而无怨心，受父母之责而有违言。万石能断则能威矣。天地生人，乃是一种肺肠，不可以常理测。万生奈何！万石欠伸，似有动容。马又激之曰："如渠不去，理须杀；即便杀却，勿惧。仆有二三知交，都居要地，必合极力，保无亏也。"万石诺，负气疾行，奔而入。适与妇遇，叱问："何为？"万石皇遽失色，以手据地曰："马生教余出妇。"无恨心三字如牛渚然犀。〇似后主语。妇益恚，顾寻刀杖，万石惧而却步。马唾之曰："兄真不可教也已！"遂开箧，出刀圭药，合水授万石饮。曰："此丈夫再造散。散名奇绝。所以不轻用者，以能病人故耳。今不得已，暂试之。"饮下，少顷，万石觉忿气填胸，如烈焰冲烧，刻不容忍。直抵闺闼，叫喊雷动。妇未及诘，万石以足腾起，妇颠去数尺有咫。即复握石成拳，擂击无算。勇猛可观，总比巨人刀划。妇体几无完肤，嘲哳犹詈。万石于腰中出佩刀。妇骂曰："出刀子，敢杀我耶？"万石不语，割股上肉，大如掌，掷地下。方欲再割，妇哀鸣乞恕。万石不听，又割之。家人见万石凶狂，相集，死力掖出。马迎去，捉臂相用慰劳。万石余怒未息，屡欲奔寻。马止之。少间，药力消，嗒若丧。马嘱曰："兄勿馁。乾纲之振，在此一举。夫人之所以惧者，非朝夕之故，其所由来者渐矣。譬之昨死而今生，须从此涤故更新；再一馁，则不可为矣。"遣万石入探之。妇股栗心慑，倩婢扶起，将以膝行。止之，乃已。出语马生，父子交贺。马欲去，父子共挽之。马曰：

"我适有东海之行，故便道相过，还时可复会耳。"

月余，妇起，宾事良人。久觉黔驴无技，渐狎，渐嘲，渐骂；三渐字画鬼伎俩。居无何旧态全作矣。翁不能堪，宵遁，至河南，隶道士籍。万石亦不敢寻。年余，马至，忽去忽来，仙乎，仙乎！不知仙人何取于万石而为之尽情尽致如此。知其状，怫然责数已，立呼儿至，置驴子上，驱策径去。由此乡人皆不齿万石。学使案临，以劣行黜名。又四五年，遭回禄，居室财物，悉为煨烬，延烧邻舍。村人执以告郡，罚锾烦苛。于是家产渐尽，至无居庐。近村相戒，无以舍舍万石。尹氏兄弟，怒妇所为，亦绝拒之。万石既穷，质妾于贵家，偕妻南渡。至河南界，资斧已绝。妇不肯从，聒夫再嫁。适有屠而鳏者，以钱三百货去。万石一身，丐食于远村近郭间。至一朱门，阍人呵拒不听前。少间，一官人出，万石伏地啜泣。官人熟视久之，略诘姓名，惊曰："是伯父也！何一贫至此？"万石细审，知为喜儿，不觉大哭。从之入，见堂中金碧焕映。俄顷，父扶童子出，相对悲哽。万石始述所遭。

初，马携喜儿至此，数日，即出寻杨翁来，使祖孙同居。又延师教读，如此友朋只合于神仙中求之。十五岁入邑庠，次年领乡荐，映上福相来。始为完婚。乃别欲去。祖孙泣留之。马曰："我非人，实狐仙耳。道侣相候已久。"遂去。孝廉言之，不觉恻楚。因念昔与庶伯母同受酷虐，倍益感伤。遂以舆马赍金赎王氏归。年余，生一子，因以为嫡。

尹从屠半载，狂悖犹昔。夫怒，以屠刀孔其股，穿以毛绠，悬梁上，荷肉竟出。此巨人之划刀，万石之药力，更爽快煞人。号极声嘶，邻人始知。解缚抽绠；一抽则呼痛之声，震动四邻。以是见屠来，则骨毛皆竖。后胫创虽愈，而断芒遗肉内，终不利于行；犹夙夜服役，无敢少懈。屠既横暴，每醉归，则挞詈不情。至此，始悟昔之施于人者，亦犹是也。

一日，杨夫人及伯母烧香普陀寺，近村农妇并来参谒。尹在中怅立不前。王氏故问："此伊谁？"家人进白："张屠之妻。"便呵使前，与太夫人稽首。王笑曰："此妇从屠，当不乏肉食，何羸瘠乃尔？"尹愧恨，归欲自经，绠弱不得死。屠益恶之。

岁余，屠死。途遇万石，遥望之，以膝行，泪下如麻。万石碍仆，未通一言。归告侄，欲谋珠还。侄固不肯。妇为里人所唾弃，久无所归，依群乞以食。万石犹时就尹废寺中。侄以为玷，阴教群乞窘辱之，乃绝。此事余不知其究竟，后数行，乃毕公权撰成之。

异史氏曰："惧内，天下之通病也。谓"天下之通病"，《聊斋》奈何？然不意天壤之间，乃有杨郎！宁非变异？余常作妙音经之续言，谨附录以博一噱：'窃以天道化生万物，重赖坤成；男儿志在四方，尤须内助。同甘独苦，劳尔十月呻吟；就湿移干，苦矣三年颦笑。此顾宗祧而动念，君子所以有伉俪之求；瞻井臼而怀思，古人所以有鱼水之爱也。第阴教之旗帜日立，遂乾纲之体统无存。始而不逊之声，或大施而小报；继则如宾之敬，竟有往而无来。只缘儿女深情，遂使英雄短气。床上夜叉坐，任金刚亦须低眉；釜底毒烟生，即铁汉无能强项。秋砧之杵可掬，不捣月夜之衣；麻姑之爪能搔，轻试莲花之面。

小受大走，直将代孟母投梭；妇唱夫随，翻欲起周婆制礼。婆娑跳掷，停观满道行人；嘲哳鸣嘶，扑落一群娇鸟。恶乎哉！呼天吁地，忽尔披发向银床。丑矣夫！转目摇头，猥欲投缳延玉颈。当是时也，地下已多碎胆，天外更有惊魂。北宫黝未必不逃，孟施舍焉能无惧？将军气同雷电，一入中庭，顿归无何有之乡。大人面若冰霜，比到寝门，遂有不可问之处。岂果脂粉之气，不势而威？胡乃肮脏之身，不寒而栗？犹可解者：真不可解。魔女翘鬟来月下，何妨俯伏皈依？最冤枉者：鸠盘蓬首到人间，也要香花供养。闻怒狮之吼，则双孔撩天；听牝鸡之鸣，则五体投地。登徒子淫而忘丑，回波词怜而成嘲。设为汾阳之婿，立致尊荣，媚卿卿良有故；若赘外黄之家，不免奴役，拜仆仆将何求？彼穷鬼自觉无颜，任其斫树摧花，止求包荒于悍妇；如钱神可云有势，乃亦婴鳞犯制，不能借助于方兄。岂缚游子之心，惟兹鸟道？抑消霸王之气，恃此鸿沟？然死同穴，生同衾，何尝教吟"白首"？而朝行云，暮行雨，辄欲独占巫山。恨熬"池水清"，空按红牙玉板；怜尔妾命薄，独支永夜寒更。蝉壳鹭滩，喜骊龙之方睡；犊车麈尾，恨驽马之不奔。榻上共卧之人，挞去方知为舅；床前久系之客，牵来已化为羊。需之殷者仅俄顷，毒之流者无尽藏。买笑缠头，而成自作之孽，太甲必曰难违；俯首帖耳，而受无妄之刑，李阳亦谓不可。酸风凛冽，吹残绮阁之春；醋海汪洋，淹断蓝桥之月。又或盛会忽逢，良朋即坐，斗酒藏而不设，且由房出逐客之书。故人疏而不来，遂自我广绝交之论。甚而雁影分飞，涕空沾于荆树；鸾胶再觅，变遂起于芦花。故饮酒阳城，一堂中惟有兄弟；吹竽商子，七旬余并无室家。古人为此，有隐痛矣。呜呼！百年鸳偶，竟成附骨之疽；五两鹿皮，或买剥床之痛。髯如戟者如是，胆似斗者何人？固不敢于马栈下断绝祸胎，又谁能向蚕室中斩除孽本？娘子军肆其横暴，苦疗妒之无方；胭脂虎啖尽生灵，幸渡迷之有楫。天香夜爇，全澄汤镬之波；花雨晨飞，尽灭剑轮之火。极乐之境，彩翼双栖；长舌之端，青莲并蒂。拔苦恼于优婆之国，立道场于爱河之滨。咦！愿此几章贝叶文，洒为一滴杨枝水！’”

魁星

郓城张济宇，卧而未寐，忽见光明满室。惊视之，一鬼执笔立，若魁星状。急起拜叩，光亦寻灭。由此自负，以为元魁之先兆也。后竟落拓无成，家亦雕落，骨肉相继死，惟生一人存焉。彼魁星者，何以不为福而为祸也?

覃將軍
助逆曾居貔兕行
忽然不嗟痛恩忘
將軍債不遭冥譴
贊使中心淺度根

库将军

库大有，字君实，汉中洋县人。以武举隶祖述舜麾下，祖厚遇之，屡蒙拔擢，迁伪周总戎。后觉大势既去，潜以兵乘祖。祖格拒伤手，因就缚之，纳款于总督蔡。至都，梦至冥司，冥王怒其不义，命鬼以沸汤浇其足。既醒，足痛不可忍。后肿溃，指尽堕。又益之疟，辄呼曰："我诚负义！"遂死。

异史氏曰："事伪朝固不足言忠；然国士庸人，因知为报，贤豪之自命宜尔也。是诚可以惕天下之人臣而怀二心者矣。"

美人首
昔日相思
半化灰桃花
人面費疑精
想從海外飛
頭國一夕無端
飛得來

美人首

诸商寓居京舍。舍与邻屋相连，中隔板壁；板有松节脱处，穴如盏。忽女子探首入，挽凤髻，绝美；旋伸一臂，洁白如玉。众骇其妖，欲捉之，已缩去。少顷，又至，但隔壁不见其身。奔之，则又去之。一商操刀伏壁下，俄首出，暴决之，应手而落，血溅尘土。众惊告主人。主人惧，以其首首焉。逮诸商鞫之，殊荒唐。淹系半年，迄无情词，亦未有以人命讼者，乃释商，瘗女首。

筝神
花宫折节礼才人艸檄
争夸笔墨新自此封
姨应敛迹年年当
得十分春

绛妃

癸亥岁，余馆于毕刺史公之绰然堂。公家花木最盛，暇辄从公杖履，得恣游赏。一日，眺览既归，倦极思寝，解屦登床。梦二女郎被服艳丽，近请曰：“有所奉托，敢屈移玉。”余愕然起，问：“谁相见召？”曰：“绛妃耳。”恍惚不解所谓，遽从之去。俄睹殿阁，高接云汉。下有石阶，层层而上，约尽百余级，始至颠头。见朱门洞敞，又有二三丽者，趋入通客。无何，诣一殿外，金钩碧箔，光明射眼。内一妇人降阶出，环佩锵然，状若贵嫔。方思展拜，妃便先言：“敬屈先生，理须首谢。”呼左右以毯贴地，若将行礼。余惶悚无以为地，因启曰：“草莽微贱，得辱宠召，已有余荣。况敢分庭抗礼，益臣之罪，折臣之福！”妃命撤毯设宴，对宴相向。酒数行，余辞曰：“臣饮少辄醉，惧有愆仪。教命云何？幸释疑虑。”妃不言，但以巨杯促饮。余屡请命。乃言：“妾，花神也。合家细弱，依栖于此，屡被封家婢子，横见摧残。今欲背城借一，烦君属檄草耳。”尤西堂有花神弹封姨文，惜春御史管领锦官城事：臣女彝顿首上言。警联云：莲睡难成，柳眠不熟。贵妃姊妹，九回断肠；杜鹃君臣，两行啼血。河阳一县，但成席卷之场；金谷满园，并属披靡之地。胭脂国沼作空桑，芙蓉城墟为乌有，敢操木笔，铭听葵心。伏乞戮飞廉于业海，逐爰居于东门。庶使蔷薇含笑，青棠合欢；霜菊延年，露桃消恨。则濯枝等惠，结草衔恩云。余惶然起奏：“臣学陋不文，恐负重托；但承宠命，敢不竭肝膈之愚。”妃喜，即殿上赐笔札。诸姬者拭案拂坐，磨墨濡毫。又一垂髫人，折纸为范，置腕下。略写一两句，便二三辈叠背相窥。余素迟钝，此时觉文思若涌。少间，稿脱，争持去，启呈绛妃。妃展阅一过，颇谓不疵，遂复送余归。醒而忆之，情事宛然。但檄词强半遗忘，因足而成之。

“谨按封氏：飞扬成性，忌嫉为心。济恶以才，妒同醉骨。射人于暗，奸类含沙。昔虞帝受其狐媚，英、皇不足解忧，反借渠以解愠。楚王蒙其蛊惑，贤才未能称意，惟得彼以称雄。沛上英雄，云飞而思猛士；茂陵天子，秋高而念佳人。从此怙宠日恣，因而肆狂无忌。怒号万窍，响碎玉于王宫；淜湃中宵，弄寒声于秋树。倏向山林丛里，假虎之威。时于滟滪堆中，生江之浪。且也，帘钩频动，发高阁之清商。檐铁忽敲，破离人之幽梦。寻帷下榻，反同入幕之宾。排闼登堂，竟作翻书之客。不曾于生平识面，直开门户而来；若非是掌上留裙，几掠妃子而去。吐虹丝于碧落，乃敢因月成阑。翻柳浪于青郊，谬说为花寄信。赋归田者，归途才就，飘飘吹薜荔之衣。登高台者，高兴方浓，轻轻落茱萸之帽。蓬梗卷兮上下，三秋之羊角抟空。筝声入乎云霄，百尺之鸢丝断系。不奉太后之诏，欲速花开。未绝坐客之缨，竟吹灯灭。甚则扬尘播土，吹平李贺之山。叫雨呼云，卷破杜陵之屋。冯夷起而击鼓，少女进而吹笙。荡漾以来，草皆成偃；吼奔而至，瓦欲为飞。未施抟水之威，浮水江豚时出拜。陡出障天之势，书天雁字不成行。助马当之轻帆，彼有取尔；牵瑶台之翠帐，于意云何？至于海鸟有灵，尚依鲁门以避；但使行人无恙，愿唤尤郎以归。古有贤豪，乘而破者万里。世无高士，御以行者几人？驾炮车之狂云，遂以夜郎自大。恃贪狼之逆气，漫以河伯为尊。姊妹俱受其摧残，汇族悉为其蹂躏。纷红骇绿，掩苒何穷？擘柳鸣条，萧骚无际。雨零金谷，缀为藉客之裀。露冷华林，去作沾泥之絮。埋香瘗玉，残妆御而翻飞。朱榭雕阑，杂珮纷其零落。减春光于旦夕，万点正飘愁。觅残红于西东，五更非错恨。翩跹江汉女，弓鞋漫踏春园。寂寞玉楼人，珠勒徒嘶芳草。斯时也：伤春者有难乎为情之怨，寻胜者作无可奈何之歌。尔乃趾高气扬，发无端之踔厉。催蒙振落，动不已之琅珊。伤哉绿树犹存，簌簌者绕墙自落。久矣朱旛不竖，娟娟者陨涕谁怜？堕混沾篱，毕芳魂于一日。朝荣夕悴，免荼毒以何年？怨罗裳之易开，骂空闻于子夜。讼狂伯之肆虐，章未报于天庭。诞告芳邻，学作蛾眉之阵；凡属同气，群兴草木之兵。莫言蒲柳无能，但须藩篱有志。且看莺俦燕侣，公覆夺爱之仇。请与蝶友蜂媒，共发同心之誓。兰桡桂楫，可教战于昆明。桑盖柳旌，用观兵于上苑。东篱处士，亦出茅庐。大树将军，应怀义愤。杀其气焰，洗千年粉黛之冤；歼尔豪强，销万古风流之恨！”洪梅翁曰：曲终雅奏。

殿以此篇，抬文人之身分，成得意之文章。

河間生
喜與狐翁
共往還無
端身忽墮
梁間祇從
一念分
邪正人
歡由來
判此關
河間生

河间生

河间某生，场中积麦穰如丘，家人日取为薪，洞之。有狐居其中，常与主人相见，老翁也。一日，屈主人饮，拱生入洞。生难之，强而后入。入则廊舍华好。即坐，茶酒香烈，但日色苍皇，不辨中夕。筵罢既出，景物俱杳。翁每夜往夙归，人莫能迹。问之，则言友朋招饮。生请与俱，翁不可；固请之，翁始诺。挽生臂，疾如乘风，可炊黍时，至一城市。入酒肆，见坐客良多，聚饮颇哗。乃引生登楼上。下视饮者，几案柈餐，可以指数。翁自下楼，任意取案上酒果，抔来供生。筵中人曾莫之禁。移时，生视一朱衣人前列金橘，命翁取之。翁曰："此正人，不可近。"生默念：狐与我游，必我邪也。自今以往，我必正！方一注想，觉身不自主，眩堕楼下。饮者大骇，相哗以妖。生仰视，竟非楼，乃梁间耳。以实告众。众审其情确，赠而遣之。问其处，乃鱼台，去河间千里云。

雲翠僊
名花高占一
枝春忍聽黃
言別贈人留得
黃金無用處分
明阿母誤兒身

云翠仙

梁有才，故晋人，流寓于济，作小负贩。无妻子田产。从村人登岱。岱当四月交，香侣杂沓。又有优婆夷、塞，率众男子以百十，杂跪神座下，视香炷为度，名曰“跪香”。才视众中有女郎，年十七八而美，悦之。诈为香客，近女郎跪；又伪为膝困无力状，故以手据女郎足。（轻薄相。）女回首似嗔，膝行而远之。才亦膝行而近之。少间，又据之。女郎觉，遽起，不跪，出门去。才亦起，出履其迹，不知其往。心无望，怏怏而行。途中见女郎从媪，似为女也母者。才趋之，媪女行且语。媪云：“汝能参礼娘娘，大好事！汝又无弟妹，但获娘娘冥加护，护汝得快婿。但能相孝顺，都不必贵公子、富王孙也。”（似故挑之。）才窃喜，渐渍诘媪。媪自言为云氏，小女名翠仙，其出也。家西山四十里。才曰：“山路涩，母如此蹜蹜，妹如此纤纤，何能便至？”曰：“日已晚，将寄舅家宿耳。”才曰：“适言相婿，不以贫嫌，不以贱鄙，我又未婚，颇当母意否？”媪以问女，女不应。媪数问，女曰：“渠寡福，又荡无行，轻薄之心，还易翻覆。儿不能为遢伎儿（遢伎儿即儇薄子也。）作妇。”才闻，朴诚自表，切矢皦日。媪喜，竟诺之。女不乐，勃然而已。母又强拍休之。（可笑。）才殷勤，手于橐，觅山兜二，舁媪及女。己步从，若为仆。过隘，辄呵兜夫不得颠摇，意良殷。

俄抵村舍，便邀才同入舅家。舅出翁，妗出媪也。云兄之嫂之。都要用句法。谓："才吾婿。日适良，不须别择，便取今夕。"舅亦喜，出酒肴饵才。既，严妆翠仙出，拂榻促眠。女曰："我固知郎不义，迫母命，漫相随。郎若人也，当不须忧偕活。"才唯唯听受。

明日早起，母谓才："宜先去，我以女继至。"才归，扫户闼。媪果送女至。入视室中，虚无有，便云："似此何能自给？老身速归，当小助汝辛苦。"遂去。次日，即有男女数辈，各携服食器具，布一室满之。不饭俱去，但留一婢。才由此坐温饱，儇薄子如何消受得起，轻薄人变像得快。惟日引里无赖朋饮竞赌，渐盗女郎簪珥佐博。女劝之，不听；颇不耐之，惟严守箱奁，如防寇。

一日，博党款门访才，窥见女，适适然惊。戏谓才曰："子大富贵，何忧贫耶？"才问故，答曰："曩见夫人，真仙人也。适与子家道不相称。货为媵，金可得百；为妓，可得千。千金在室，而听饮博无资耶？"才不言，而心然之。归，辄向女欷歔，时时言贫不可度。女不顾，才频频击桌，抛匕箸，骂婢，作诸态。

一夕，女沽酒与饮。忽曰："郎以贫故，日焦心。我又不能御贫，分郎忧衷，岂不愧怍？但无长物，止有此婢，鬻之，可稍稍佐经营。"引他开口，妙。才摇首曰："其值几何！"又饮少时，女曰："妾于郎，有何不相承？但力竭耳。念一贫如此，便死相从，不过均此百年苦，有何发迹？不如以妾鬻贵家，两所便益，得值或较婢多。"才故愕言："何得至此！"女固言之，色作庄。写来像。才喜曰："容再计之。"咄咄夫一夕话，有暗欢喜数事：一曰新嫁娘窥小郎君貌美。"容再计之"四字一般神情。遂缘中贵人，货隶乐籍。中贵人亲诣才，见女大悦。恐不能即得，立券八百缗，事滨就矣。女曰："母日以婿家贫，常常萦念，今意断矣，我将暂归省；且郎与妾绝，何得不告母？"才虑母阻。女曰："我顾自乐之，保无差贷。"才从之。

夜将半，始抵母家，挝阖入，见楼舍华好，婢仆辈往来憧憧。才日与女居，每请诣母，女辄止之，故为甥馆年余，曾未一临岳家。至此大骇，以其家巨，恐媵妓所不甘从也。女引才登楼上。媪惊问："夫妇何来"？女怨曰："我固道渠不义，今果然。"乃于衣底出黄金二铤，置几上，曰："幸不为小人赚脱，今仍以还母。"母骇问故，女曰："渠将鬻我，故藏金无用处。"乃指才骂。阮籍善哭，陆机善笑，祢衡善骂，此女颇似正平。曰："豺鼠子！曩日负肩担，面沾尘如鬼。初近我，熏熏作汗腥，肤垢欲倾塌，足手皴一寸厚，使人终夜恶。自我归汝家，安座餐饭，鬼皮始脱。母在前，我岂诬耶？"才垂首，不敢少出气。如《汉书》霍光废昌邑王，读奏中间太后曰止一段文字。女又曰："自顾无倾城姿，不堪奉贵人；似若辈男子，我自谓犹相匹。有何亏负，遂无一念香火情？我岂不能起楼宇、买良沃？念汝儇薄骨、乞丐相，终不是白头侣。"言次，婢妪连衿臂，旋旋围绕之。闻女责数，便都唾骂，共言："不如杀却，何须复云云！"作三层骂法，却是婢媪从旁逼揄之，真是形容尽致。才大惧，据地自投，但言自悔。女又盛气曰："鬻妻子已大恶，犹未便是剧，何忍以同衾人赚作娼！"言未已，众眦裂，悉以锐簪、剪刀股攒刺胁腂。才号悲乞命。女止之，曰："可暂释却。渠便不仁义，我不忍觳觫。"乃率众下楼去。

才坐听移时，声语俱寂，思欲潜遁。忽仰视，见星汉，东方已白，野色苍莽，灯亦寻灭。并无屋宇，身坐削壁上。俯瞰绝壑，深无底。骇绝，惧堕身。稍移，塌然一声，堕石崩坠。壁半有枯横焉，罥不得堕。以枯受腹，手足无着。下视茫茫，不知几何寻丈。一发千钧，善写危境。不敢转侧，嗥怖声嘶，一身尽肿，眼耳鼻舌身力俱竭。日渐高，始有樵人望见之，寻绠来，缒而下，取置崖上，奄将溘毙。舁归其家。至则门洞敞，家荒荒如败寺，床簏什器俱杳，惟有绳床败案，是己家旧物，零落犹存。嗒然自卧。饥时，日一乞食于邻。既而肿溃为癞。里党薄其行，悉唾弃之。才无计，货屋而穴居，行乞于道，以刀自随。或劝以刀易饵，才不肯，曰："野居防虎狼，用自卫耳。"后遇向劝鬻妻者于途，近而哀语，遽出刀揧而杀之，遂被收。官廉得其情，亦未忍酷虐之，系狱中，寻瘐死。

异史氏曰："得远山芙蓉，与共四壁，与以南面王岂易哉！己则非人，而怨逢恶之友；故为友者不可不知戒也。凡狭邪子诱人淫博，为诸不义，其事不败，虽则不怨亦不德。迨于身无襦，妇无裤，千人所指。无疾将死，穷败之念，无时不萦于心；穷败之恨，无时不加于齿。清夜牛衣中，辗转不寐。夫然后历历想未落时，历历想将落时，又历历想致落之故，而因以及发端致落之人。至于此，弱者起，拥絮坐诅；强者忍冻裸行，篝火索刀，霍霍磨之，不待终夜矣。故以善规人，如赠橄榄；以恶诱人，如馈漏脯也。听者固当省，言者可勿惧哉。"

跳神
酒肉羅陳鼓柳揚
婆娑作態顛顛狂
老巫縱屬畸邪術
也賺閨中歌泣忙
跳神

跳神

济俗：民间有病者，闺中以神卜。倩老巫击铁环单面鼓，婆娑作态，名曰“跳神”。而此俗都中尤盛。良家少妇，时自为之。堂中肉于案，酒于盆，甚设几上。烧巨烛，明于昼。妇束短幅裙，屈一足，作“商羊舞”。两人捉臂，左右扶掖之。妇刺刺琐絮，似歌，又似祝。字多寡参差，无律带腔。室数鼓乱挝如雷，蓬蓬聒人耳。清容太史有驱巫诗一首，刻划甚工，喜诵之。妇吻辟翕，杂鼓声，不甚辨了。既而首垂，目斜睨；立全须人，失扶则仆。旋忽伸颈巨跃，离地尺有咫。室中诸女子，凛凛愕顾曰：“祖宗来吃食矣。”便一嘘，吹灯灭，内外冥黑。人慄息立暗中，无敢交一语；语亦不得闻，鼓声乱也。食顷，闻妇厉声呼翁姑及夫嫂小字，始共爇烛，伛偻问休咎。视樽中、盎中、案中都空。望颜色，察嗔喜。肃肃罗问之，答若响，中有腹诽者，神已知，便指某姗笑我，大不敬，将褫汝裤。诽者自顾，莹然已裸，辄于门外树头觅得之。满洲妇女，奉事尤虔。小有疑，必以决。时严妆，骑假虎、假马，执长兵，舞榻上，名“跳虎神”。马、虎势作威怒，尸者声伧伫。或言关、张玄坛，不一号。赫气惨凛，尤能畏怖人。有丈夫穴窗来窥，辄被长兵破窗刺帽，挑入去。一家妪媳姊若妹，森森蹜蹜，雁行立，无岐念，无懈骨。

此篇诘曲聱牙，于全部中另为一体，与金和尚一篇同看。

大力將軍
吹簫乞食歎沿门
末路英雄欲斷魂
富貴雖然吾自有
敢忘當日解推恩

大力将军

查伊璜，浙人。清明饮野寺中，见殿前有古钟，大于两石瓮；而上下土痕手迹，滑然如新。疑之，俯窥其下，有竹筐受八升许，不知所贮何物。使数人抠耳，力掀举之，无少动。益骇，乃坐饮以伺其人。居无何，有乞儿入，敢题嵇喜为凡鸟，笑比陶潜是乞儿。渊明有乞食诗，愈为陶公出色。携所得糗糒，堆累钟下。乃以一手起钟，一手掬饵置筐内，往返数四，始尽。已复合之，乃去。移时复来，探取食之。食已复探，轻若启椟。一座尽骇。查问："若个男儿胡行乞？"答以："啖啖多，无佣者。"吴曰："大丈夫不做公侯，宁为乞丐。"查以其健，劝投行伍。乞人愀然虑无阶。查遂携归饵之，计其食，略倍五六人。为易衣履，又以五十金赠之行。

后十余年，查犹子令于闽，有吴将军六一者，忽来通谒。款谈间，问："伊璜是君何人？"答言："为诸父行。与将军何处有素？"曰："是我师也。十年之别，颇复忆念。烦致先生一赐临也。"二鬼变鸟，殊途同归。漫应之。自念：叔名贤，何得武弟子？会伊璜至，因告之。伊璜茫不记忆。今古茫茫世眼多，闷来却笑英雄贱。因其问讯之殷，即命仆马，投刺于门。将军趋出，逆诸大门之外。视之，殊昧生平。窃疑将军误，而将军伛偻益恭。肃客入，深启三四关，忽见女子往来，知为私廨，屏足立。将军又揖之，少间登堂，则卷帘者、移座者，并皆少姬。既坐，方拟展问，将军颐少动，一姬捧朝服至，将军遽起更衣。查不知其何为。众姬捉袖整衿讫，先命数人捺查座上不使动，而后朝拜，如觐君父。查大愕，莫解所以。拜已，以便服侍坐。笑曰："先生不忆举钟之乞人耶？"查乃悟。既而华筵高列，家乐作于下。酒阑，群姬列侍。将军入室，请衽何趾，乃去。查醉起迟，将军已于寝门三问矣。查不自安，辞欲返。将军投辖下钥，锢闭之。见将军日无他作，惟点数姬婢养厮卒，及骡马服用器具，督造记籍，戒无亏漏。查以将军家政，故未深叩。一日，执籍谓查曰："不才得有今日，悉出高厚之赐。予妄添一句：惟不耻自迷乞人，所以能破格报恩。篇中"乞人"字三见，皆好看字眼。一婢一物，所不敢私，敢以半奉先生。"查愕然不受。将军不听。出藏镪数万，亦两置之。按籍点照，古玩床几，堂内外罗列几满。查固止之，将军不顾。稽婢仆姓名已，即令男为治装，女为敛器，且嘱敬事先生。百声悚应，淋漓酣畅。昔人云："英雄第一开心事，撒手千金报德时。"又亲视姬婢登舆，厩卒捉马骡，阗咽并发，乃返别查。后查以修史一案，株连被收，卒得免，皆将军力也。

异史氏曰："厚施而不问其名，真侠烈古丈夫哉！而将军之报，其慷慨豪爽，尤千古所仅见。如此胸襟，自不应老于沟渎，以是知两贤之相遇，非偶然也。"

白蓮教
左道由来幻術
多一家械繫太
行過巨人吞罷
從容去竟得安
然脫網羅

白莲教

白莲盗首徐鸿儒，得左道之书，能役鬼神。小试之，观者尽骇，走门下者如鹜。于是阴怀不轨。因出一镜，言能鉴人终身。悬于庭，令人自照，或幞头，或纱帽，绣衣貂蝉，现形不一。人益怪愕。由是道路摇播，踵门求见者，挥汗相属。徐乃宣言："凡镜中文武贵官，皆如来佛注定龙华会中人。各宜努力，勿得退缩。"因亦对众自照，则冕旒龙衮，俨然王者。众相视而惊，大众齐伏。徐乃建旗秉钺，罔不欢跃相从，冀符所照。不数月，聚党以万计，滕、峄一带，望风而靡。后大兵进剿，有彭都司者，长山人，艺勇绝伦。寇出二垂髫女与战。女俱双刃，利如霜，骑大马，喷嘶甚怒。飘忽盘旋，自晨达暮，彼不能伤彭，彭亦不能捷也。如此三日，彭觉筋力俱竭，哮喘而卒。徐鸿儒既诛，捉贼党械问之，始知刃乃木刀，骑乃木凳也。假兵马死真将军，亦奇矣。

顧氏
翩翩玉貌
惜妾才巾幗
倫能及第來
想見閨中姬
妾笑戚
族可
是
舊西
堂

颜氏

顺天某生，家贫。值岁饥，从父之洛。性钝，年十七，裁能成幅。而丰仪秀美，能雅谑，善尺牍。具此三者，已可横行一世，不必责其中之有无也。见者不知其中之无有也。无何，父母继殁，孑然一身，授童蒙于洛汭。

时村中颜氏有孤女，名士裔也。父在时，尝教之读，一过辄记不忘。十数岁，学父吟咏。父曰："吾家有女学士，惜不弁耳。"语佳，却是抛下。钟爱之，期择贵婿。父卒，母执此志，三年不遂，而母又卒。或劝适佳士，女然之而未就也。适邻妇逾垣来，就与攀谈。以字纸裹绣线，女启视，则某手翰，寄邻生者。闲闲摆拢。反复之，似爱好焉。邻妇窥其意，私语曰："此翩翩一美少年，孤与卿等，年相若也。倘能垂意，妾嘱渠侬覗合之。"女默默不语。妇归，以意授夫。邻生故与生善，告之，大悦。有母遗金鸦环，托委致焉。刻日成礼，鱼水甚欢。及睹生文，笑曰："文与卿似是两人，如此，何日可成？"朝夕劝生研读，严如师友。闺中良友，何可多得。敛昏，先挑烛据案自哦，为丈夫率，听漏三下，乃已。

如是年余，生制艺颇通；而再试再黜，身名蹇落，饔飧不给，抚情寂漠，嗷嗷悲泣。女呵之曰："君非丈夫，负此弁耳！使我易髻而冠，青紫直芥视之！"生方懊丧，闻妻言，睒睗而怒曰："闺中人，身不到场屋，便以功名富贵似在厨下汲水炊白粥，若冠加于顶，恐亦犹人耳！”女笑曰：“君勿怒。俟试期，妾请易装相代。倘落拓如君，当不敢复藐天下士矣。”生亦笑曰：“卿自不知蘗苦，直宜使请尝试之。但恐绽露，为乡邻笑耳。”女曰：“妾非戏语，君尝言燕有故庐，补笔，救笔，斡旋之笔。请男装从君归，伪为弟。君以襁褓出，谁得辨其非？”生从之。女入房，巾服而出，曰：“视妾可作男儿否？”用“可作”二字，重之也，贵之也，见得身男儿之不易也。顾世之负此巾服者，岂少也哉？生视之，俨然一少年也。生喜，遍辞里社。交好者薄有馈遗，买一羸蹇，御妻而归。

生叔兄尚在，见两弟如冠玉，甚喜，晨夕恤顾之。又见宵旰攻苦，倍益爱敬。雇一剪发雏奴，为供给使。暮后，辄遣去之。乡中吊庆，兄自出周旋。弟惟下帷读。居半年，罕有睹其面者。客或请见，兄辄代辞。读其文，瞲然骇异。或排闼入而迫之，一揖便亡去。如黄山谷诗，到底有许多扭扭捏捏。客见丰采，又共倾慕。由此名大噪，世家争愿赘焉。叔兄商之，惟冁然笑。再强之，则言：“矢志青云，不及第，不婚也。”

会学使案临，两人并出。兄又落，弟以冠军应试，中顺天第四；明年成进士，授桐城令，有吏治；寻迁河南道掌印御史，富埒王侯。两行中疾扫一过，妙于用捷笔。因托疾乞骸骨，赐归田里。宾客填门，迄谢不纳。不知某生此时站立何处。予出一策：某生而巾帼之伪作侍御夫人也者。颠倒阴阳，刚柔易位，人当无不娶之疑矣。生固美少年也。又自诸生以及显贵，并不言娶，人无不怪之者。归后，渐置婢。或疑其私，嫂察之，殊无苟且。无何，明鼎革，天下大乱。乃告嫂曰：“实相告：我小郎妇也。以男子阘茸，不能自立，负气自为之。深恐播扬，致天子召问，贻笑海内耳。”嫂不信。脱靴而示之足，始愕；视靴中，则絮满焉。于是使生承其衔，仍闭门而雌伏矣。而生平不孕，补此句好，万一御史时生子奈何？遂出资购妾。谓生曰："凡人置身通显，则买姬媵以自奉。我宦迹十年，犹一身耳。君何福泽，坐享佳丽？"生曰："面首三十人，请卿自置耳。"相传为笑。是时生父母，屡受覃恩矣。搢绅拜往，尊生以侍御礼。生羞袭闺衔，惟以诸生自安，终身未尝舆盖云。犹有丈夫气。

异史氏曰："翁姑受封于新妇，可谓奇矣。然侍御而夫人也者，何时无之？但夫人而侍御者少耳。天下冠儒冠、称丈夫者，皆愧死矣！"

杜翁
悮被勾魂向
夜臺歸途底
事尚徘徊勸
君且合看花
眼莫再牽連
入笠来
杜翁

杜翁

杜翁，沂水人。偶自市中出，坐墙下，以候同游。觉少倦，忽若梦，见一人持牒摄去。至一府署，从来所未经。一人戴瓦垄冠，自内出，则青州张某，其故人也。见杜惊曰：“杜大哥何至此？”杜言：“不知何事，但有勾牒。”张疑其误，将为查验。乃嘱曰：“谨立此，勿他适。恐一迷失，将难救挽。”遂去，久之不出。惟持牒人来，自认其误，释令归。别杜而行。途中遇六七女郎，容色美好，悦而尾之。下道，趋小径，行数十步，闻张在后大呼曰：“杜大哥，汝将何往？”杜迷恋不已。俄见诸女人入一圭窦，心识为王氏卖酒之家。不觉探身门内，略一窥瞻，即觉身在苙中，与诸小豭同伏。豁然自悟，已化豕矣，而耳中犹闻张呼。大惧，急以首触壁。闻人言曰：“小豕颠痫矣。”还顾，已复为人。速出门，则张候于途。责曰：“固嘱勿他往，何不听言？几至坏事！”遂把手送至市门，乃去。杜忽醒，则身犹倚壁间。诣王氏问之，果有一豕自触死云。

小謝

小谢

渭南姜部郎第，多鬼魅，常惑人。因徙去，留苍头门之而死，数易皆死，遂废之。

里有陶生望三者，夙倜傥，好狎妓，酒阑辄去之。友人故使妓奔就之，亦笑内不拒；而实终夜无所沾染。常宿部郎家，有婢夜奔，生坚拒不乱，狎妓者能拒奔女，纯是烂漫天真，此种性情，俗子不晓。部郎以是契重之。家綦贫，又有“鼓盆之戚”，茅屋数椽，溽暑不堪其热，因请部郎，假废第。部郎以其凶故，却之。生因作“续无鬼论”献部郎，且曰：“鬼何能为！”部郎以其请之坚，诺之。生往除厅事，薄暮，置书其中；返取他物，则书已亡。怪之，仰卧榻上，静息以伺其变。食顷，闻步履声，睨之，见二女自房中出，所亡书送还案上。一约二十，一可十七八，并皆姝丽。逡巡立榻下，相视而笑。生寂不动。长者翘一足踹生腹，少者掩口匿笑。写女子痴顽如画，闲细之甚。生觉心摇摇若不自持，即急肃然端念，卒不顾。女近以左手捋髭，右手轻批颐颊，作小响。少者益笑。生骤起，叱曰：“鬼物敢尔！”二女骇奔而散。生恐夜为所苦，欲移归，又耻其言不掩，乃挑灯读。暗中鬼影憧憧，略不顾瞻。夜将半，烛而寝。始交睫，觉人以细物穿鼻，奇痒大嚏；但闻暗处隐隐作笑声。生不语，假寐以俟之。俄见少女以纸条拈细股，鹤行鹭伏而至，顽皮样，俨有两小鬼头活跳纸上。生暴起呵之，飘窜而去。既寝，又穿其耳。终夜不堪其扰。鸡既鸣，乃寂无声，生始酣眠，终日无所睹闻。日既下，恍惚出现。生遂夜炊，将以达旦。长者渐曲肱几上，观生读；既而掩生卷。生怒捉之，即已飘散。少间，又抚之。生以手按卷读。少者潜于脑后，交两手掩生目，瞥然去，远立以哂。生指骂曰："小鬼头！捉得便都杀却！"有画六贼戏古佛亦佳，然不如此趣。女子即又不惧。因戏之曰："房中纵送，我都不解，缠我无益。"二女微笑，转身向灶，析薪溲米，为生执爨。生顾而奖之曰："两卿此为，不胜憨跳耶？"俄顷，粥熟，争以匕、箸、陶碗置几上。生曰："感卿服役，何以报德？"女笑云："饭中溲合砒、鸩矣。"摇曳之笔。生曰："与卿夙无嫌怨，何至以此相加。"啜已，复盛，争为奔走。生乐之，习以为常。日渐稔，接坐倾语，审其姓名。长者云："妾秋容，乔氏；彼阮家小谢也。"又研问所由来。小谢笑曰："痴郎！尚不敢一呈身，谁要汝问门第，作嫁娶耶？"生正容曰："相对丽质，宁独无情；但阴冥之气，中人必死。不乐与居者，行可耳；乐与居者，安可耳。如不见爱，何必玷两佳人？如果见爱，何必死一狂生？"《左传》哀六年：悼公稽首曰："若我可，不必亡一大夫；若我不可，不必亡一公子。"似此句法。〇《左传》定元年：若从君者，则貌而出者，入可也，寇而出者，行可也。句法本此。又襄二十三年：若能孝敬，富倍季氏可也；奸回不轨，祸倍下民可也。二女相顾动容，自此不甚虐弄之；然时而探手于怀，捋裤于地，亦置不为怪。

一日，录书未卒业而出，返则小谢伏案头，操管代录。见生，掷笔睨笑。近视之，虽劣不成书，而行列疏整。生赞曰："卿雅人也！苟乐此，仆教卿为之。"乃拥诸怀，把腕而教之画。秋容自外入，色乍变，意似妒。小谢笑曰："童时尝从父学书，久不作，遂如梦寐。"秋容不语。生喻其意，伪为不觉者，遂抱而授以笔，曰：“我视卿能此否？”作数字而起，曰：“秋娘大好笔力！”秋容乃喜。生于是折两纸为范，俾共临摹。生另一灯读。窃喜其各有所事，不相侵扰。仿毕，祗立几前，听生月旦。秋容素不解读，涂鸦不可辨认，花判已，自顾不如小谢，有惭色。生奖慰之，颜霁。二女由此师事生，坐为抓背，卧为按股，不惟不敢侮，争媚之。

逾月，小谢书居然端好，生偶赞之。秋容大惭，粉黛淫淫，泪痕如线。生百端慰解之，乃已。因教之读，颖悟非常，指示一过，无再问者。与生竞读，常至终夜。小谢又引其弟三郎来，拜生门下。年十五六，姿容秀美。以金如意一钩为贽。生令与秋容执一经，满堂咿唔。生于此设鬼帐焉。部郎闻之喜，以时给其薪水，积数月，秋容与三郎皆能诗，时相酬唱。小谢阴嘱勿教秋容，生诺之；秋容阴嘱勿教小谢，生亦诺之。

一日，生将赴试，二女涕泪相别。三郎曰：“此行可以托疾免；不然恐履不吉。”生以告疾为辱，遂行。

先是，生好以诗词讥切时事，获罪于邑贵介，日思中伤之。阴赂学使，诬以行简，淹禁狱中。资斧绝，乞食于囚人，自分已无生理。忽一人飘忽而入，则秋容也。以馔具馈生。相向悲咽，曰：“三郎虑君不吉，今果不谬。三郎与妾同来，赴院申理矣。”数语而出，人不之睹。

越日，部院出，三郎遮道声屈，收之。秋容入狱报生，返身往侦之，三日不返。生愁饿无聊，度日如年。忽小谢至，怆惋欲绝，言：“秋容归，经由城隍祠，被西廊黑判强摄去，逼充御媵。秋容不屈，今亦幽囚。妾驰百里，奔波颇殆。至北郭，被老棘刺吾足心，痛彻骨髓，恐不能再至矣。”因示之足，血殷凌波焉。出金三两，跛踦而没。部院勘三郎，素非瓜葛，无端代控，将杖之，扑地遂灭。异之。览其状，情词悲恻。提生面鞫，问：“三郎何人？”生伪为不知。部院悟其冤，释之。

既归，竟夕无一人。更阑，小谢始至，惨然曰：“三郎在部院，被廨神押赴冥司；冥王因三郎义，令托生富贵家。秋容久锢，妾以状投城隍，又被按阁，不得入，且复奈何？”生忿然曰：“黑老魅何敢如此！明日仆其像，践踏为泥，数城隍而责之。案下吏暴横如此，渠在醉梦中耶！”悲愤相对。不觉四漏将残，秋容飘然忽至。以陶生口中愤责，紧接秋容忽至，此文笔简捷处。两人惊喜，急问。秋容泣下曰：“今为郎万苦矣！判日以刀杖相逼，今夕忽放妾归，曰：‘我无他意，原亦爱故；既不愿，固亦不曾污玷。烦告陶秋曹，勿见谴责。’”生闻少欢，欲与同寝，曰：“今日愿与卿死。”二女戚然曰：“向受开导，颇知义理，何忍以爱君者杀君乎？”执不可。然俯颈倾头，情均伉俪。二女以遭难故，妒念全消。

会一道士途遇生，顾谓“身有鬼气”。生以其言异，具告之。道士曰：“此鬼大好，不宜负他。”因书二符付生，曰：“归授两鬼，任其福命：如闻门外有哭女者，吞符急出，先到者可活。”生拜受，归嘱二女。

后月余，果闻有哭女者。二女争奔而去。小谢忙急，忘吞其符。见有丧舆过，秋容直出，入棺而没；小谢不得入，痛哭而返。生出视，则富室郝氏殡其女。共见一女子入棺而去，方共惊疑，俄闻棺中有声，息肩发验，女已顿苏。因暂寄生斋外，罗守之。忽开目问陶生。郝氏研诘之，答云："我非汝女也。"遂以情告。郝未深信，欲舁归，女不从，径入生斋，偃卧不起。郝乃识婿而去。生就视之，面庞虽异，而光艳不减秋容，喜惬过望，殷叙平生。忽闻呜呜然鬼泣，则小谢哭于暗陬。心甚怜之，即移灯往，宽譬哀情，而衿袖淋浪，痛不可解。近晓始去。天明，郝以婢媪赍送香奁，居然翁婿矣。暮入帷房，则小谢又哭。如此六七夜。夫妇俱为惨动，不能成合卺之礼。生忧思无策。秋容曰："道士，仙人也。再往求，倘得怜救。"生然之。迹道士所在，叩伏自陈。道士力言"无术"。生哀不已。道士笑曰："痴生好缠人。合与有缘，请竭吾术。"乃从生来，索静室，掩扉坐，戒勿相问。凡十余日，不饮不食。潜窥之，瞑若睡。

一日晨兴，有少女搴帘入，明眸皓齿，光艳照人。微笑曰："跋履终日，惫极矣！被汝纠缠不了，奔驰百里外，始得一好庐舍，道人载与俱来矣。待见其人，便相交付耳。"敛昏，小谢至，女遽起迎抱之，翕然合为一体，仆地而僵。道士自室中出，拱手径去。拜而送之。及返，则女已苏。扶置床上，气体渐舒，但把足呻言趾股痠痛，数日始能起。

后生应试得通籍。有蔡子经者与同谱，以事过生，留数日。小谢自邻舍归，蔡望见之，疾趋相蹑；小谢侧身敛避，心窃怒其轻薄。蔡告生曰："一事深骇物听，可相告否？"诘之，答曰："三年前，少妹夭殒，经两夜而失其尸，至今疑念。适见夫人，何相似之深也？"生笑曰："山荆陋劣，何足以方君妹？然既系同谱，义即至切，何妨一献妻孥。"乃入内室，使小谢衣殉装出。蔡大惊曰："真吾妹也！"因而泣下。生乃具述其本末。蔡喜曰："妹子未死，吾将速归，用慰严慈。"遂去。过数日，举家皆至。后往来如郝焉。

异史氏曰："绝世佳人，求一而难之，何遽得两哉！事千古而一见，惟不私奔女者能遘之也。道士其仙耶？何术之神也！苟有其术，丑鬼可交耳。"

缢鬼

范生者，宿于旅。食后，烛而假寐。忽一婢来，襆衣置椅上；又有镜奁揥箧，一一列案头，乃去。俄一少妇自房中出，发箧开奁，对镜栉掠；已而髻，已而簪，顾影徘徊甚久。前婢来，进匜沃盥。盥已捧帨，既，持沐汤去。妇解襆出裙帔，炫然新制，就着之。掩衿提领，结束周至。范不语，中心疑怪，谓必奔妇，将严装以就客也。妇装讫，出长带，垂诸梁而结焉。讶之。妇从容跂双弯，引颈受缢。才一着带，目即合，眉即竖，舌出吻二寸许，颜色惨变如鬼。大骇奔出，呼告主人，验之已渺。主人曰："曩子妇经于是，毋乃此乎？"吁！异哉！既死犹作其状，此何说也？

异史氏曰："冤之极而至于自尽，苦矣！然前为人而不知，后为鬼而不觉，所最难堪者，束装结带时耳。故死后顿忘其他，而独于此际此境，犹历历一作，是其所极不忘者也。"

吴门画工

吴门画工某，忘其名。喜绘吕祖，每想象而神会之，希幸一遇。虔结在念，靡刻不存。一日，值群丐饮郊郭间，内一人敝衣露肘，而神采轩豁。心忽动，疑为吕祖。谛视愈觉其确，遂捉其臂曰："君吕祖也。"丐者大笑。某坚执为是，伏拜不起。丐者曰："我即吕祖，汝将奈何？"某叩头，但祈指教。丐者曰："汝能相识，可谓有缘。然此处非语所，夜间当相见也。"再欲遮问，转盼遂杳。骇叹而归。至夜，果梦吕祖来，曰："念子志虑专诚，特来一见。但汝骨气贪吝，不能为仙。我使子见一人可也。"即向空一招，遂有一丽人蹑空而下，服饰如贵嫔，容光袍仪焕映一室。吕祖曰："此乃董娘娘，子审志之。"既而又问："记得否？"答曰："已记之。"又曰："勿忘却。"俄而丽者去，吕祖亦去。醒而异之，即梦中所见，肖像而藏之。终亦不解所谓。后数年，偶游于都。会董妃卒，上念其贤，将为肖像。诸工群集，口授心拟，终不能似。某忽触念梦中丽者，得无是耶？以图呈进。宫中传览，皆谓神肖。上大悦，授官中书，辞不受，赐万金。名大噪，贵戚家争赍重币，求为先人传影。凡悬空摹写，无不曲肖。浃辰之间，累数万金。莱芜朱拱奎曾见其人。

林氏
患難同綏誓不違海棠
肯便植深幃
閨人妙有移花術玉雪
雙兒並栽歸

林　氏

济南戚安期，素佻达，喜狎妓。妻婉戒之，不听。妻林氏，美而贤。会北兵入，被俘去。暮宿途中，欲相犯，林伪许之。适兵佩刀系床头，急抽刀自刎死。兵举而委诸野。次日，拔舍去。有人传林死，戚痛悼。往视之，有微息。负而归，目渐动；稍嚬呻；轻扶其项，以竹管滴沥灌饮，能咽。戚抚之曰："卿万一能活，相负者必遭凶折！"半年，林平复如故；惟首为颈痕所牵，常若左顾。戚不以为丑，爱恋逾于平昔。曲巷之游，从此绝迹。

林自觉形秽，将为置媵；戚执不可。居数年，林不育，因劝纳婢。戚曰："业誓不二，鬼神宁不闻之？即嗣续不承，亦吾命耳。若不应绝，卿岂老而不能生耶？"林乃托疾，使戚独宿；遣婢海棠襆被卧其床下。既久，阴以宵情问婢。婢曰："并无。"林不信。至夜，戒婢勿往，自诣婢所卧。少间，闻床上睡息已动。潜起，登床扪之。戚问谁，林耳语曰："我海棠也。"戚拒却曰："我有盟誓，不敢更也。若似曩年，尚须汝奔就耶？"铁汉非迂汉。林乃下床去，戚自是孤眠。林又使婢托己往就之。戚念妻生平从不肯作不速之客，疑而摸其项，无痕，知为婢，又叱之。婢惭而退。及明，以情告林，使速嫁婢。林笑曰："君亦不必过执。倘得一丈夫子，岂不幸甚。"戚曰："倘背盟誓，鬼责将及，尚望延宗嗣乎？"林一日笑语戚曰："凡农家者流，苗与秀不可知，播种常例不可违。晚间耕耨之期至矣。”戚笑会之。既夕，林灭烛呼婢，使卧己衾中。戚入就榻，戏曰：“佃人来矣。深愧钱镈不利，负此良田。”婢不语。既而举事，婢小语曰：“私处小肿，颠猛不任。”戚体意温恤之。事已，婢伪起溺，以林易之。从此时值落红，辄一为之，而戚不知也。未几，婢腹震。林氏每使静坐，不令给役于前。故谓戚曰：“妾劝内婢，而君弗听。设尔日冒妾时，君误信之，交而得孕，将复如何？”戚曰：“留犊鬻母。”林不言。无何，婢举一子。林暗买乳媪，抱养母家。积四五年，又产一男一女。长名长生，已七岁，就外祖家读书。林半月辄托归宁，一往看视。婢年益长，戚时时促遣之。林辄诺。婢日思儿女，林乃窃为上鬟，送至母所。林谓戚曰：“日谓我不嫁海棠，母家有一义男，业配之。”

又数年，子女俱长成。值戚初度，林先期治具，为候宾客。戚叹曰：“岁月骛过，忽已半世。幸各强健，家亦不至冻馁。所阙者，膝下一点耳。”林曰：“君执拗，不从妾言，夫谁怨？然欲得男，两亦甚易，何况一乎？”戚解颜曰：“既言不难，明日便索两男。”林曰：“易耳，易耳！”早起，命驾至母家，严妆子女，载与俱归。入门，令雁行立，呼父叩祝千秋。拜已而起，相顾嬉笑。戚骇怪不解。林曰：“君索两男，妾添一女。”始为详述本末。戚喜曰：“何不早告！”曰：“早告，恐绝其母。今子已成立，尚可绝其母乎？”戚感极涕泣。遂迎婢归，偕老焉。

异史氏曰：“女有存心如林氏者，可谓贤德矣。”

胡大姑
水米無
干竟
見侵
願為人婦亦何
心紫姑作怪雞
能語甑轉株連
究欲擒

胡大姑

益都岳于九，家有狐祟，布帛器具，辄被抛掷邻堵。蓄细葛，将取作服；见捆卷如故，解视，则边实而中虚，悉被剪去。诸如此类，不堪其苦。乱诟骂之。岳解止曰："恐狐闻。"狐在梁上曰："我已闻之矣。"祟益甚。一日，夫妻卧未起，狐摄衾服去。各白身蹲床上，望空哀视之。忽见好女子自窗入，掷衣床头。视之，不甚修长；衣绛红，外袭雪花比甲。岳着，衣揖之曰："上仙有意垂顾，幸勿相扰。请以为女，何如？"狐曰："我齿较汝长，何得妄自尊？"又请为姊妹，乃许之。于是命家人皆呼以胡大姑。

时颜镇张八公子家，有狐居楼上，恒与人语。岳问："识之否？"答云："是吾家喜姨，何得不识？"岳曰："彼喜姨曾不扰人，汝何不效之？"狐不听，扰如故。犹不甚祟他人，而专祟其子妇：履袜簪珥，往往弃道上；每食，辄于粥碗中埋死鼠或粪秽。妇辄掷碗骂骚狐，并不祷免。岳祝曰："儿女辈皆呼汝姑，何略无尊长体耶？"狐曰："教汝子出若妇，我为汝媳，便相安矣。"子妇骂曰："淫狐不自羞，欲与人争汉子耶？"时妇坐衣笥上，忽见浓烟出尻下，熏热如笼。启视，藏裳俱烬；剩一二事，皆姑服也。又使岳子出其妇，子不应。过数日，又促之，仍不应。狐怒以石击之，额破血流，几毙。

岳益患之。西山李成文，善符水，因币聘之。李以泥金写红绢作符，三日始成。又以镜缚梃上，捉作柄，遍照宅中。使童子随视，有所见，即急告。至一处，童曰："墙若犬伏。"李即戟手书符其处。既而禹步庭中，咒移时，即见家中犬豕并来，帖耳戢尾，若听教命。李挥曰："去！"即纷然鱼贯而去。又咒，群鸭又来，又挥去之。已而鸡至。李指一鸡，大叱之。他鸡俱去，此鸡独伏，交翼长鸣。曰："予不敢矣！"李曰："此物是家中所作紫姑也。"家人并言不曾作。李曰："紫姑今尚在。"因共忆三年前，曾为此戏，怪异即自尔日始矣。遍搜之，见刍偶在厩梁上。李取投火中。乃出一酒瓻，三咒三叱，鸡起径去。闻瓻口作人言曰："岳四狠哉！数年后，当复来。"岳乞付之汤火；李不可，携去。或见其壁间挂数十瓶，塞口者皆狐也。言其以次纵之，出为祟，因此获聘金，居为奇货云。

細侯
緣慳一見便心傾誤墮奸謀幾背盟
額豔如花腸似鐵不留情處是鍾情

细　侯

昌化满生，设帐余杭。偶涉廛市，经临街阁下，忽有荔壳坠肩头。仰视，一雏姬凭阁上，妖姿要妙，不觉注目发狂。姬俯哂而入，询之，知为娼楼贾氏女细侯也。其声价颇高，自顾不能适愿。归斋冥想，终宵不枕。明日，往投以刺，相见，言笑甚欢，心志益迷。托故假贷同人，敛金如干，携以赴女，款洽臻至。即枕上口占一绝赠之云："膏腻铜盘夜未央，床头小语麝兰香。新鬟明日重妆凤，无复行云梦楚王。"细侯蹙然曰："妾虽污贱，每愿得同心而事之。君既无妇，视妾可当家否？"生大悦，即叮咛，坚相约。细侯亦喜曰："吟咏之事，妾自谓无难，每于无人处，欲效作一首，恐未能便佳，为观听所讥。倘得相从，幸以教妾。"因问生："家田产几何？"答曰："薄田半顷，破屋数椽而已。"细侯曰："妾归君后，当长相守，勿复设帐为也。四十亩聊足自给，十亩可以种黍，织五匹绢，纳太平之税有余矣。闭户相对，君读妾织，暇则诗酒可遣，千户侯何足贵！"（如此韵人，友朋中不可多得，况闺阁乎？）生曰："卿身价略可几多？"曰："依媪贪志，何能盈也？多不过二百金足矣。可恨妾齿稚，不知重资财，得辄归母，所私者区区无多。君能办百金，过此即非所虑。"生曰："小生之落寞，卿所知也，百金何能自致。有同盟友，令于湖南，屡相见招，仆因道远，故惮于行。今为卿故，当往谋之。计三四月，可以复归，幸耐相候。”细侯诺之。

生即弃馆南游，至则令已免官，以罣误居民舍，宦囊空虚，不能为礼。生落魄难返，就邑中授徒焉。三年，莫能归。偶笞弟子，弟子自溺死。东翁痛子而讼其师，因被逮囹圄。幸有他门人，怜师无过，时致馈遗，得以无苦。细侯自别生，杜门不交一客。母诘知故，不可夺，亦姑听之。有富贾慕细侯名，托媒于媪，务在必得，不靳直。细侯不可。贾以负贩诣湖南，敬侦生耗。时狱已将解，贾以金赂当事吏，使久锢之。归告媪云：“生已瘐死。”细侯疑其信不确。媪曰：“无论满生已死，纵或不死，与其从穷措大以椎布终也，何如衣锦而厌粱肉乎？”细侯曰：“满生虽贫，其骨清也；守龌龊商，诚非所愿。且道路之言，何足凭信！”贾又转嘱他商，假作满生绝命书寄细侯，以绝其望。细侯得书，惟朝夕哀哭。媪曰：“我自幼于汝，抚育良劬。汝成人二三年，所得报者日亦无多。既不愿隶籍，即又不嫁，何以谋生活？”细侯不得已，遂嫁贾。贾衣服簪环，供给丰侈。年余，生一子。

无何，生得门人力，昭雪出狱，始知贾之锢已也。然念素无嫌隙，反复不得其由。门人义助资斧得归。既闻细侯已嫁，心甚激楚，因以所苦，托市媪卖浆者达细侯。细侯大悲，方悟前此多端，悉贾之诡谋。乘贾他出，杀抱中儿，携所有亡归满；凡贾家服饰，一无所取。贾归，怒讼于官。官原其情，竟置不问。噫！破镜重归，盟心不改，义实可嘉。然必杀子而行，未免太忍矣。

狼
魚因吞餌輒銜鈎不
謂貪狼竟效尤貨
草有金無意得笑
人何事執鞭求

狼二
前後分兵擬夾攻
兩狼心計亦殊工
誰知不出屠兒手
一霎刀光血染紅

狼三
茅苫潛伏
尚驚猜狼足居然
破壁来賴有舊傳吹
豕法斃屑且喜奏功回

狼

有屠人贷肉归，日已暮。欻一狼来，瞰担上肉，似甚垂涎，步亦步，尾行数里。屠惧，示以刃，少却；及走，又从之。屠无计，默念狼所欲者肉，不如姑悬诸树而早取之。遂钩肉，翘足挂树间，示以空担。狼乃止，屠即经归。昧爽往取肉，遥望树上悬巨物，似人缢死状，大骇。逡巡近之，则死狼也。仰首细审，见狼口中含肉，肉钩刺狼腭，如鱼吞饵。时狼皮价昂，直十余金，屠小裕焉。缘木求鱼，狼则罹之，是可笑也！

一屠晚归，担中肉尽，止有剩骨。途遇两狼，缀行甚远。屠惧，投以骨。一狼得骨止，一狼又从；复投之，后狼止而前狼又至；骨已尽，而两狼并驱如故。屠大窘，恐前后受其敌。顾野有麦场，场主以薪积其中，苫蔽成丘。屠乃奔倚其下，弛担持刀。狼不敢前，眈眈相向。少时，一狼径去；其一犬坐于前，久之，目似瞑，意暇甚。屠暴起，以刀劈狼首，又数刀毙之。方欲行，转视积薪后，一狼洞其中，意将隧入以攻其后也。身已半入，露其尾。屠自后断其股，亦毙之。方悟前狼假寐，盖以诱敌。狼亦黠矣！而顷刻两毙，禽兽之变诈几何哉，止增笑耳！

一屠暮行，为狼所逼。道傍有夜耕者所遗行室，奔入伏焉。

狼自苫中探爪入。屠急捉之，令不可去。顾思无计可以死之。惟有小刀不盈寸，遂割破狼爪下皮，以吹豕之法吹之。极力吹移时，觉狼不甚动，方缚以带。出视，则狼胀如牛，股直不能屈，口张不得合。遂负之以归。非屠，乌能作此谋也！三事皆出于屠，则屠人之残，杀狼亦可用也。

劉亮采
漫説前身與後身南山
有客竟通神亟壺佛不
分明語誰識佳兒是故人

刘亮采

济南怀利仁曰："刘公亮采，狐之后身也。"初，太翁居南山，有叟造其庐，自言胡姓。问所居，曰："只在此山中。闲处人少，惟我两人，可与数晨夕，故来相拜识。"因与接谈，词旨便利，悦之。治酒相欢，醺醺而去。越日复来，愈益款厚。刘云："自蒙下交，分即最深。但不识家何里，焉所问兴居？"胡曰："不敢讳，某实山中之老狐也。与若有夙因，故敢内交门下。因不能为君福，亦不敢为君祸，幸相信勿骇。"刘亦不疑，更相契重。即叙年齿，胡作兄，往来如昆季。有小休咎，亦以告。时刘乏嗣，叟忽云："公勿忧，我当为君后。"刘讶其言怪。胡曰："仆算数已尽，投生有期矣。与其它适，何如生故人家？"刘曰："仙寿万年，何遂及此？"叟摇首曰："非汝所知。"遂去。夜果梦叟来，曰："我今至矣。"既醒，夫人生男，是为刘公。公既长，身短，言词敏谐，绝类胡。少有才名，壬辰成进士。为人任侠，急人之急，以故秦、楚、燕、赵之客，趾错于门；货酒卖饼者，门前成市焉。

蕙芳
麯櫱生涯口
餦餬何期中
饋有仙姝相離
算謂難相見記
取唐宮乞巧圖

蕙　芳

马二混，居青州东门内，以货面为业。家贫，无妇，与母共作苦。

一日，媪独居，忽有美人来，年可十六七，椎布甚朴。而光华照人。媪惊诘之，女笑曰："我以贤郎诚笃，愿委身母家。"媪益惊曰："娘子天人，有此一言，则折我母子数年寿！"女固请之，意必为侯门亡人，拒益力。女乃去。越三日，复来，留连不去。问其姓氏，曰："母肯纳我，我乃言；不然，固无庸问。"媪曰："贫贱佣保骨，得妇如此，不称亦不祥。"可谓知分。女笑坐床头，恋恋殊殷。媪辞之曰："娘子宜速去，勿相祸。"女乃出门，媪窥之西去。又数日，西巷中吕媪来，谓母曰："邻女董蕙芳，孤而无依，自愿为贤郎妇，胡勿纳？"母以所疑虑具白之。吕曰："乌有此耶？如少乖谬，咎在老身。"母大喜，诺之。吕去，媪扫室布席，将待子归往娶之。

日将暮，女飘然自至。入室参母，起拜尽礼。告媪曰："妾有两婢，未得母命，不敢进也。"媪曰："我母子守穷庐，不解役婢仆。日得绳头利，仅足自给。今增新妇一人，娇嫩坐食，尚恐不充饱，益之二婢，岂吸风所能活耶？"女笑曰："婢来，亦不费母度支，皆能自得食。"问："婢何在？"女乃呼："秋月、秋松！"声未及已，忽如飞鸟堕，二婢已立于前。即令伏地叩母。

既而马归，母迎告之。马喜。入室，见翠栋雕梁，侔于宫殿；中之几屏帘幕，光耀夺目。惊极，不敢入。女下床迎笑，睹之若仙。益骇，却退。女挽之，坐与温语。马喜出非分，形神若不相属。即起，欲出行沽。女止曰："勿须。"因命二婢治具。秋月出一革袋，执向扉后，掿掿撼摆之。已而以手探入，壶盛酒，柈盛炙，触类熏腾。饮已而寝，则花罽锦裀，温腻非常。天明出门，则茅庐依旧。母子共奇之。

媪诣吕所，将迹所由。入门，先谢其媒合之德。吕讶云："久不拜访，何邻女之曾托乎？"媪益疑，具言端委。吕大骇，即同媪来视新妇。女笑迎之，极道作合之义。吕见其惠丽，愕眙良久，即亦不辨，唯唯而已。女赠白木搔具一事，曰："无以报德，姑奉此为姥姥爬背耳。"吕受以归，审视则化为白金。

马自得妇，顿更旧业，门户一新。笥中貂锦无数，任马取着；而出室门，则为布素，但轻暖耳。女所自衣亦然。积四五年，忽曰："我谪降人间十余载，因与子有缘，遂暂留止。今别矣。"又带一句。马苦留之。女曰："请别择良偶，以承庐墓。我岁月当一至焉。"忽不见。马乃娶秦氏。

后三年，七夕，夫妻方共语，女忽入，笑曰："新偶良欢，不念故人耶？"马惊起，怆然曳坐，便道衷曲。女曰："我适送织女渡河，乘间一相望耳。"两相依依，语勿休止。忽空际有人呼"蕙芳"，女急起作别。马问其谁，曰："余适同双成姊来，彼不耐久伺矣。"马送之。女曰："子寿八旬，至期，我来收尔骨。"言已，遂逝。今马六十余矣。下一"今"字，似实有其人。其人但朴讷，并无他长。

异史氏曰："马生其名混，其业亵，蕙芳奚取哉？于此见仙人之贵朴讷诚笃也。余尝谓友人曰：若我与尔，鬼狐且弃之矣。所差不愧于仙人者，惟'混'耳。"

蕭七
粉膩脂香
集綺筵溫
柔鄉六百前
緣蕭郎未飲
心先醉袖得
綾巾竟杳然

萧七

徐继长，临淄人，居城东之磨房庄。业儒未成，去而为吏。偶适姻家，道出于氏殡宫。薄暮醉归，过其处，见楼阁繁丽，一叟当户坐。徐酒渴思饮，揖叟求浆。叟起，邀客入，升堂授饮。饮已，叟曰："曛暮难行，姑留宿，早旦而发如何也？"徐亦疲殆，乐遵所请。叟命家人具酒奉客，且谓徐曰："老夫一言，勿嫌孟浪：郎君清门令望，可附婚姻。有幼女未字，欲充下陈，幸垂援拾。"徐踧踖不知所对。叟即遣伻告其亲族，又传语令女郎妆束。顷之，峨冠博带者四五辈，先后并至。女郎亦炫妆出，姿容绝俗。于是交坐宴会。徐神魂眩乱，但欲速寝。酒数行，坚辞不任。乃使小鬟引夫妇入帏，馆同爰止。徐问其族姓，女自言："萧姓，行七。"又细审门阀。女曰："身虽贱陋，配吏胥当不辱寞，何苦研穷？"徐溺其色，款昵备至，不复他疑。女曰："此处不可为家。审知汝家姊姊甚平善，或不拗阻，归除一舍，行将自至耳。"徐应之。既而加臂于身，奄忽就寐。

既觉，则抱中已空。天色大明，松阴翳晓，身下籍黍穰尺许厚。骇叹而归，告妻。妻戏为除馆，设榻其中，阖门出，曰："新娘子今夜至矣。"因与共笑。日既暮，妻戏曳徐启门，曰："新人得毋已在室耶？"及入，则美人华妆坐榻上。见二人入，桥起逆之。夫妻大愕，女掩口局局而笑，参拜恭谨。妻乃治具，为之合欢。女早起操作，不待驱使。

一日谓徐曰："姊姨辈俱欲来吾家一望。"徐虑仓卒无以应客。女曰："都知吾家不饶，将先赍馔具来，但烦吾家姊姊烹饪而已。"徐告妻，妻诺之。晨炊后，果有人荷酒胾来，释担而去。妻为职庖人之役。晡后，六七女郎至，长者不过四十以来，围坐并饮，喧笑盈室。徐妻伏窗以窥，惟见夫及七姐相向坐，他客皆不可睹。北斗挂屋角，欢然始去。女送客未返。妻入视案上，杯柈俱空。笑曰："诸婢想俱饿，遂如狗舐砧。"少间，女还，殷殷相劳，夺器自涤，促嫡安眠。妻曰："客临吾家，使自备饮馔，亦大笑话。明日合另邀致。"

逾数日，徐从妻言，使女复召客。客至，恣意饮啖，惟留四簋，不加匕箸。群笑曰："夫人谓吾辈恶，故留以待调人。"座间一女，年十八九，素舄缟裳，云是新寡，女呼为六姊；情态妖艳，善笑能口。与徐渐洽，辄以谐语相嘲。行觞政，徐为录事，禁笑谑。六姊频犯，连引十余爵，酡然径醉。芳体娇懒，荏弱难持。无何，亡去。徐烛而觅之，则酣寝暗帏中。近接其吻，亦不觉。以手探裤，私处坟起。心旌方摇，席中纷唤徐郎，乃急理其衣，见袖中有绫巾，窃之而出。迨于夜央，众客离席，六姊未醒。七姐入摇之，始呵欠而起，系裙理发从众去。徐拳拳怀念，不释于心。将于空处展玩遗巾，而觅之已渺。疑送客时遗落途间，执灯细照阶除，都复乌有，意不自得。女问之，徐漫应之，女笑曰："勿诳语，巾子人已将去，徒劳心目。"徐惊，以实告，且言怀思。女曰："彼与君无宿分，缘止此耳。"问其故，曰："彼前身曲中女，君为士人，见而悦之，为两亲所阻，志不得遂，感疾阽危。使人语之曰：‘我已不起。但得若来，获一扪其肌肤，死无憾！’彼感此意，允其所请。适以冗羁，未遽往；过夕而至，则病者已殒：是前世与君有一扪之缘也。过此即非所望。”后设筵再招诸女，惟六姊不至。徐疑女妒，颇有怨怼。

女一日谓徐曰：“君以六姊之故，妄相见罪。彼实不肯至，于我何尤？今八年之好，行将别矣，请为君极力一谋，用解前之惑。彼虽不来，宁禁我不往？登门就之，或人定胜天，不可知。”徐喜，从之。女握手，飘然履虚，顷刻至其家。黄甓广堂，门户曲折，与初见时无少异。岳父母并出，曰：“拙女久蒙温煦，老身以残年衰慵，有疏省问，或当不怪耶？”即张筵作会。女便问诸姊妹。母云：“各归其家，惟六姊在耳。”即唤婢请六娘子来，久之不出。女入曳之以至。俯首简默，不似前此之谐。少时，叟媪辞去。女谓六姊曰：“姐姐高自重，使人怨我！”六姊微哂曰：“轻薄郎何宜相近！”女执两人残卮，强使易饮，曰：“吻已接矣，作态何为？”少时，七姐亡去，室中止余二人。徐遽起相逼，六姊宛转撑拒。徐牵衣长跽而哀之，色渐和，相携入室。裁缓襦结，忽闻喊嘶动地，火光射闼。六姊大惊，推徐起曰：“祸事忽临，奈何！”徐忙迫不知所为，而女郎已窜避无迹矣。徐怅然少坐，屋宇并失。猎者十余人，按鹰操刃而至，惊问：“何人夜伏于此？”徐托言迷途，因告姓字。一人曰：“适逐一狐，见之否？”答曰：“不见。”细认其处，乃于氏殡宫也。怏怏而归。尤冀七姊复至，晨占雀喜，夕卜灯花，而竟无消息矣。董玉弦谈

乱离二则

学师刘芳辉，京都人。有妹许聘戴生，出阁有日矣。值北兵入境，父兄恐细弱为累，谋妆送戴家。修饰未竟，乱兵纷入，父子分窜。女为牛录俘去。从之数日，殊不少狎。夜则卧之别榻，饮食供奉甚殷。又掠一少年来，年与女相上下，仪采都雅。牛录谓之曰："我无子，将以汝继统绪，肯否？"少年唯唯。又指女谓曰："如肯，即以此女为汝妇。"少年喜，愿从所命。牛录乃使同榻，浃洽甚乐。既而枕上各道姓氏，则少年即戴生也。

陕西某公，任盐秩，家累不从。值姜瓖之变，故里陷为盗薮，音信隔绝。后乱平，遣人探问，则百里绝烟，无处可询消息。会以复命入都，有老班役丧偶，贫不能娶，公赉数金使买妇。时大兵凯旋，俘获妇口无算，插标市上，如卖牛马。遂携金就择之。自分金少，不敢问少艾。中一媪甚整洁，遂赎以归。媪坐床上，细认曰："汝非某班役耶？"惊问所知，曰："汝从我儿服役，胡不识！"役大骇，急告公。公认之，果母也。因而痛哭，倍偿之。班役以金多，不屑谋媪。见一妇年三十余，风范超脱，因赎之。既行，妇且走且顾，曰："汝非某班役耶？"又惊问之。曰："汝从我夫服役，如何不识！"班役愈骇，导见公。公视之，真其夫人。又悲失声。一日而母妻重聚，喜极。乃以百金为班役娶美妇焉。意必公有大德，所以鬼神为之感应。惜言者

忘其姓字，秦中或有能道之者。

异史氏曰："炎昆之祸，玉石不分，诚然哉。若公一门，是以聚而传者也。董思白之后，仅有一孙，今亦不得奉其祭祀，亦朝士之责也。悲夫！"

豢蛇
山徑荒涼古
寺鐘衲閑
羅襪偶相逢
道人獨有
馴蛇術何似
安禪制
毒龍

豢蛇

泗水山中，旧有禅院，四无村落，人迹罕到，有道士栖止其中。或言内多大蛇，故游人益远之。一少年入山罗鹰，入既深，夜无归宿；遥见兰若，趋投之。道士惊曰："居士何来？幸不为儿辈所见！"即命坐，具饘粥。食未已，一巨蛇入，粗十余围，昂首向客，怒目电瞛。客大惧。道士以掌击其额，呵曰："去！"蛇乃俯首入东室。蜿蜒移时，其躯始尽。盘旋其中，一室尽满。客大惧。道士曰："此平时所豢养。有我在，不妨，所患者客自遇之耳。"客甫坐，又一蛇入，较前略小，约可五六围。见客遽止，睒眒吐舌如前状。道士又叱之，亦入室去。室无卧处，半绕梁间，壁上土摇落有声。客益惧，终夜不眠。早起欲归，道士送之。出屋门，见墙上阶下大如盎盏者，行卧不一。见生人，皆有吞噬状。客惧，依道士肘腋而行，使送出谷口，乃归。

余乡有客中州者，寄居蛇佛寺。寺中僧人具晚餐，肉汤甚美，而段段皆圆，类鸡项。疑问寺僧："杀鸡几何，遂得多项？"僧曰："此蛇段耳。"客大惊，有出门而哇者。既寝，觉胸上蠕蠕，摸之，则蛇也。顿起骇呼。僧起曰："此常事，奚足怪！"因以火照壁间，大小满墙，榻上下皆是也。次日，僧引入佛殿。佛座下有巨井，井中有蛇，粗如巨瓮，探首井边而不出。爇火下视，则蛇子蛇孙以数百万计，族居其中。僧云"昔蛇出为害，佛坐其上以镇之，其患始平"云。

菱角
滿地兵戈
悵別離終
朝瞻屺誦風詩夫妻
同感慈悲力新婦
歡迎阿母時

菱　角

胡大成，楚人。其母素奉佛。成从塾师读，道由观音祠，母嘱过必入叩。一日至祠，有少女挽儿遨戏其中，发裁掩颈，而风致娟然。时成年十四，心好之。问其姓氏，女笑云："我是祠西焦画工女菱角也。问将何为？"成又问："有婿家否？"女酡然曰："无也。"成曰："我为若婿，好否？"女惭云："我不能自主。"而眉目澄澄，上下睨成，意似欣属焉。成乃出。女追而遥告曰："崔尔诚，吾父所善，用为媒，无不谐。"成曰："诺。"因念其慧而多情，益倾慕之。归，向母实白心愿。母止此儿，恐拂其意，遂浼崔作冰。焦责聘财奢，事几不就。崔极言成清族美才，焦始许之。

成有伯父，老而无子，授教职于湖北。妻卒任所，母遣成往奔其丧。数月将归，伯又病亦卒。淹留既久，适大寇据湖南，家耗遂隔。成窜民间，吊影孤惶而已。

一日，有媪年四十八九，萦回村中，日昃不去。自言："离乱罔归，将以自鬻。"或问其价，言："不屑为人奴，亦不愿为人妇，但有母我者，则从之，不较直。"闻者皆笑。成往视之，面目间有一二颇肖其母，如同作戏，然用"颇肖其母"句斡旋之，略为近情，不似他书随手乱诌也。触怀大悲。自念只身无缝纫者，遂邀归，执子礼焉。媪喜，便为炊饭织屦，劬劳若母。拂意辄谴之；而少有疾苦，则濡煦过于所生。忽谓曰："此处太平，幸可无虞。然儿长矣，虽在羁旅，大伦不可废。三两日，当为儿娶之。"意想不到，观下文又恰入人意中，真是奇笔。成泣曰："儿自有妇，但间阻南北耳。"媪曰："大乱时，人事翻覆，何可株待？"成又泣曰："无论结发之盟不可背，且谁以娇女付萍梗人？"媪不答，但为治帘幌衾枕，甚周备。亦不识所自来。猜疑不定。

一日，日既夕，戒成曰："烛坐勿寐，我往视新妇来也未。"遂出门去。三更既尽，媪不返，心大疑。陡绝险怪。看得透，一部《聊斋》皆是如此用笔。俄闻门外喧哗，出视，则一女子坐庭中，蓬首啜泣。惊问何人，亦不语。良久，乃言曰："娶我来，即亦非福，但有死耳！"成大惊，不知其故。女曰："我少受聘于胡大成，不意湖北去，音信断绝。父母强以我归汝家。身可致，志不可夺也！"成闻而哭曰："我便即是胡某。卿菱角耶？"女收涕而骇，不信。相将入室，就灯审顾，曰："得无梦耶？"乃转悲为喜，相道离苦。

先是乱后，湖南百里，涤地无类。焦移家窜长沙之东，又受周生聘。乱中不能成礼，期是夕送诸其家。女泣不盥栉，家中强置车上。途次，女颠堕其下。遂有四人荷肩舆至，云是周家迎女者，即扶升舆，疾行若飞，至是始停。一老姥曳入，曰："此汝夫家，但入勿哭。汝家婆婆，旦晚将至矣。"乃去，成诘知情事，始悟媪神人也。胡大成伯父作教湖北，生往奔丧，则已在湖北矣。焦嫁女于长沙，仍湖南也。途中肩舆疾行若飞，暗中已牵合拢来，说到仙佛，则万里咫尺耳。夫妻焚香共祷，愿得母子复聚。

母自戎马戒严，同侪人妇奔伏涧谷。一夜，噪言寇至，即并张皇四匿。有童子以骑授母。母急不暇问，扶肩而上，轻迅剽遬，瞬息至湖上。马踏水奔腾，蹄下不波。无何，扶下，指一户云：“此中可居。”母将启谢，回视其马，化为金毛犼，高丈余，童子超乘而去。母以手挝门，豁然启扉。有人出问，怪其音熟，视之，成也。母子抱哭。妇亦惊起，一门欢慰，疑媪是观音大士现身。由此持观音经咒益虔，遂流寓湖北，治田庐焉。

餓鬼
貧餓何堪以
鬼名一朝鬼死
又投生堆盤
苜蓿仍難飽
無賴依然
舊性情
餓鬼

饿鬼

齐人马永，贫而无赖，乡人戏名为“饿鬼”。年三十余，日益窭，衣百结鹑，两手交其肩，在市上攫食。人尽弃之，不以齿。邑有朱叟者，少携妻居于五都之市，操业不雅。暮岁归其乡，大为士类所口；而朱洁行为善，人始稍稍礼貌之。一日，值马攫食不偿，为肆人所苦。怜之，代给其直。引归，赠以数百，俾作本。马去，不肯谋业，坐而食。无何，资复匮，仍蹈故辙。而常惧与朱遇，去之临邑。暮宿学宫，冬夜凛寒，辄摘圣贤头上旒而煨其板。学官知之，怒欲加刑。马哀免，愿为先生生财。“生财”二字惭愧。学官喜，纵之去。马探某生殷富，登门强索资，故挑其怒，乃以刀自劙，诬而控诸学。学官勒取重赂，始免申黜。诸生公愤，质于县尹。尹廉得实，笞四十，梏其颈，三日毙焉。是夜，朱叟梦马冠带而入，曰：“负公大德，今来相报。”既寤，妾生子。叟知为马，名以马儿。饿鬼居然教官，以教官中原多饿鬼也。少不慧，喜其能读。二十余，竭力经纪，得入邑庠。后考试寓旅邸，昼卧床上，见壁间悉糊旧艺；视之，有“犬之性”四句题，心畏其难，读而志之。入场，适遇此题，录之，得优等，食饩焉。六十余，补临邑训导。数年，曾无一道义交。惟袖中出青蚨，则作鸲鹆笑；不则睫毛一寸长，棱棱若不相识。刻划教官，淋漓尽致，不怕天下教官告状耶？偶大令以诸生小故，判令薄惩，辄酷烈如治盗贼。有讼士子者，即富来叩门矣。如此多端，诸生不复可耐。而年近七旬，臃肿聋瞶，每向人物色乌须药。有某生素狂，锉茜根绐之。天明共视，如庙中所塑灵官状。变相仍是饿鬼。大怒，拘生，生已早夜亡去。以此愤气中结，数月而死。

考弊司
鬼名虚肚未前闻
考弊如何不考文
割肉竟容堂睹牍
不知可许膝抽筋
弊司
禮義廉恥
孝弟忠信

考弊司

闻人生，河南人。抱病经日，见一秀才入，伏谒床下，谦抑尽礼。已而请生少步，把臂长语，刺刺且行，数里外犹不言别。生伫足，拱手致辞。秀才云：“更烦移趾，仆有一事相求。”生问之。答云：“吾辈悉属考弊司辖。司主名虚肚鬼王。初见之，例应割髀肉，浼君一缓颊耳。”生惊问：“何罪而至于此！”曰：“不必有罪，此是旧例。若丰于贿者，可赎也。然而我贫。”生曰：“我素不稔鬼王，何能效力？”曰：“君前世是伊大父行，宜可听从。”

言次，已入城郭。至一府署，廨宇不甚弘敞，惟一堂高广，堂下两碣东西立，绿书大丁楞枨，一云“孝弟忠信”，一云“礼义廉耻”。历阶而进，见堂上一匾，大书“考弊司”。楹间，板雕翠色一联云：“曰校、曰序、曰庠，两字德行阴教化；上士、中士、下士，一堂礼乐鬼门生。”游览未已，官已出，鬈发鲐背，若数百年人；而鼻孔撩天，唇外倾，不承其齿。从一主簿吏，虎首人身。有十余人列侍，半狞恶若山精。秀才曰：“此鬼王也。”生骇极，欲退却。鬼王已睹，降阶揖生上，便问兴居。生但诺诺。又问：“何事见临？”生以秀才意具白之。鬼王色变曰：“此有成例，即父命所不敢承！”气象森凛，似不可入一词。生不敢言，骤起告别。鬼王侧行送之，至门外始返。生不归，潜入以观其变。至堂下，则秀才已与同辈数人，交臂历指，俨然在徽纆中。一狞人持刀来，裸其股，割片肉，可骈三指许。秀才大嗥欲嗄。生少年负义，愤不自持，大呼曰："惨毒如此，成何世界！"鬼王惊起，暂命止割，跷履迎生。生忿然已出，遍告市人，将控上帝。或笑曰："迂哉！蓝蔚苍苍，何处觅上帝而诉之冤也？此辈惟与阎罗近，呼之或可应耳。"乃示之途。趋而往，果见殿陛威赫，阎罗方坐，伏阶号屈。王召讯已，立命诸鬼绾绁提锤而去。少顷，鬼王及秀才并至。审其情确，大怒曰："怜尔夙世攻苦，暂委此任，候生贵家；今乃敢尔！其去若善筋，增若恶骨，罚令生生世世不得发迹也！"鬼乃棰之，仆地，颠落一齿，以刀割指端，抽筋出，亮白如丝。鬼王呼痛，声类斩豕。手足并抽讫，有二鬼押去。虚肚鬼王亦解此攻苦耶？教官原从攻苦来。以下另写一事，不与前半相关照，史法中亦有之。

生稽首而出。秀才从其后，感荷殷殷。挽送过市，见一户垂朱帘，帘内一女子露半面，容妆绝美。生问："谁家？"秀才曰："此曲巷也。"既过，生低徊不能舍，遂坚止秀才。秀才曰："君为仆来，而令踽踽而去，心何忍。"生固辞，乃去。生望秀才去远，急趋入帘内。女接见，喜形于色。入室促坐，相道姓名。女曰："柳氏，小字秋华。"一妪出，为具肴酒。酒阑，入帷，欢爱殊浓，切切订婚嫁。妪入曰："薪水告竭，要耗郎君金资，奈何！"生顿念腰橐空虚，愧惶无声。久之曰："我实不曾携得一文，宜署券保，归即奉酬。"妪变色曰："曾闻夜度娘"夜度娘"三字亦有典，《古今乐录》云："夜度娘，绮声也。"朱竹垞诗云："乐府新传夜度娘。"索逋欠耶？"秋华嚬蹙，不作一语。生暂解衣为质。妪持笑曰："此尚不能偿酒值耳。"呶呶不满志，与女俱入。生惭，移时，犹冀女出展别，再订前约。候久无音，潜入窥之，见妪与女，自肩以上化为牛鬼，目睒睒相对立。大惧，趋出；欲归，则百道岐出，莫知所从。问之市人，并无知其村名者。徘徊廛肆之间，历两昏晓，凄意含酸，响肠鸣饿，进退不能自决。忽秀才过，望见之，惊曰："何尚未归，而简亵若此？"生腼腆莫对。秀才曰："有之矣！得毋为花夜叉所迷耶？"遂盛气而往，曰："秋华母子，何遽不少施面目耶！"去少时，即以衣来付生曰："淫婢无礼，已叱骂之矣。"送生至家，乃别而去。生暴绝三日而苏，历历为家人言之。

閻羅
秀才未必盡迂儒
生作閻羅或不誣
試問阿瞞應記
淂當年色老
即真無

阎罗

沂州徐公星，自言夜作阎罗王。州有马生亦然。徐闻之，访诸其家，问马："昨夕冥中处分何事？"马曰"无他事，但送左萝石升天。天上堕莲花，朵大如屋"云。

大人
深山豈意覯
防風貫頰長條
計亦工縱有天生
奇妻子銅鎚未
許奏全功

大人

长山李孝廉质君诣青州，途中遇六七人，语音类燕。审视两颊，俱有瘢，大如钱。异之，因问何病之同。客曰：旧岁客云南，日暮失道，入大山中，绝壑巉岩，不可得出。谷中有大树一章，条数尺，绵绵下垂，荫广亩余。诸客计无所之，因共系马解装，傍树栖止。夜深，虎豹鸮鸱，次第嗥动，诸客抱膝相向，不能寐。忽见一大人来，高以丈许。客团伏，莫敢息。大人至，以手攫马而食，六七匹顷刻都尽。既而折树上长条，捉人首穿腮，如贯鱼状。贯讫，提行数步，条毳折有声。大人似恐坠落，乃屈条之两端，压以巨石而去。客觉其去远，出佩刀自断贯条，负痛疾走。见大人又导一人俱来。客惧，伏丛莽中。见后来者更巨，至树下，往来巡视，似有所求而不得。已乃声啁啾，似巨鸟鸣，意甚怒，盖怒大人之绐已也。因以掌批其颊，大人伛偻顺受，不敢少争。俄而俱去。诸客始仓皇出。荒窜良久，遥见岭头有灯火，群趋之。至则一男子居石室中。客入环拜，兼告所苦。男子曳令坐曰："此物殊可恨，然我亦不能箝制。待舍妹归，可与谋也。"无何，一女子荷两虎自外入，问客何来。诸客叩伏而告以故。女子曰："久知两个为孽，不图凶顽若此。当即除之。"于石室中出铜锤，重三四百斤，出门遂逝。男子煮虎肉饷客。肉未熟，女子已返，曰："彼见我欲遁，追之数十里，断其一指而还。”因以指掷地，大于胫骨焉。众骇极，问其姓氏，不答。少间，肉熟，客创痛不食。女以药屑遍糁之，痛顿止。天明，女子送客至树下，行李俱在。各负装行十余里，经昨夜斗处，女子指示之，石洼中残血尚存盆许。出山，女子始别而返。

向杲
布袍著體變於菟利
鏃驚魂返故吾南面
宰官嗤誕妄可曾知
有使君無

向杲

向杲，字初旦，太原人。与庶兄晟，友于最敦。晟狎一妓，名波斯，有割臂之盟；以其母取直奢，所约不遂。适其母欲从良，愿先遣波斯。有庄公子者，素善波斯，请赎为妾。波斯谓母曰："既愿同离水火，是欲出地狱而登天堂也。若妾媵之，相去几何矣！肯从奴志，向生其可。"母诺之，以意达晟。时晟丧偶未婚，喜，竭资聘波斯以归。庄闻，怒夺所好，途中偶逢，大加诟骂。晟不服，遂嗾从人折捶笞之，垂毙乃去。杲闻奔视，则兄已死。不胜哀愤，具造赴郡。庄广行贿赂，使其理不得伸。杲隐忿中结，莫可控诉，惟思要路刺杀庄。日怀利刃，伏于山径之莽。久之，机渐泄。庄知其谋，出则戒备甚严。闻汾州有焦桐者，勇而善射，以多金聘为卫。以焦卫庄，下文却是以焦生杲，伏笔之妙，莫妙于此。杲无计可施，然犹日伺之。一日，方伏，雨暴作，上下沾濡，寒战颇苦。既而烈风四塞，冰雹继至，身忽然痛痒不能复觉。岭上旧有山神祠，强起奔赴。既入庙，则所识道士在内焉。道士前未伏，此随提随补，即生下文。先是，道士尝行乞村中，杲辄饭之，道士以故识杲。见杲衣服濡湿，乃以布袍授之，曰："姑易此。"杲易衣，忍冻蹲若犬，自视，则毛革顿生，身化为虎。化虎复仇，以暴行仁。道士已失所在，心中惊恨。转念：得仇人而食其肉，计亦良得。下山伏旧处，见己尸卧丛莽中，始悟前身已死；犹恐葬于乌鸢，时时逻守之。越日，庄始经此，虎暴出，于马上扑庄落，龁其首，咽之。要离、专诸等顿成伧父，无此爽快。焦桐返马而射，中虎腹，蹶然遂毙。杲在错楚中，恍若梦醒；又经宵，始能行步，厌厌以归。家人以其连夕不返，方共骇疑，见之，喜相慰问。杲但卧，蹇涩不能语。少间，闻庄信，争即床头庆告之。杲乃自言："虎即我也。"遂述其异。由此传播。庄子痛父之死甚惨，闻而恶之，因讼杲。官以其诞而无据，置不理焉。

异史氏曰："壮士志酬，必不生返，此千古所悼恨也。借人之杀以为生，仙人之术亦神哉！易水减色。然天下事足发指者多矣。使怨者常为人，恨不令暂作虎！"峭。

董公子
尚書家法肅
中门聖帝神威
今尚存試看逆奴駢
戮日寢牀猶有宝刀痕

董公子

青州董尚书可畏，家庭严肃，内外男女，不敢通一语。一日，有婢仆调笑于中门之外，家法严尚如此，宽将奈何？公子见而怒叱之，各奔去。及夜，公子偕僮卧斋中。时方盛暑，室门洞敞。更深时，僮闻床上有声甚厉，惊醒。月影中，见前仆提一物出门去。以其家人故，弗深怪，遂复寐。忽闻靴声訇然，一伟丈夫赤面修髯，似寿亭侯像，捉一人头入。僮惧，蛇行入床下。闻床上支支格格，如振衣，如摩腹，移时始罢。靴声又响，乃去。僮伸颈渐出，见窗棂上有晓色。以手扪床上，着手沾湿，嗅之血腥。大呼公子，公子方醒。告而火之，血盈枕席。大骇，不知其故。忽有官役叩门。公子出见，役愕然，但言怪事。诘之，告曰：“适衙前一人神色迷罔，大声曰：‘我杀主人矣！’众见其衣有血污，执而白之官。审知为公子家人。渠言已杀公子，埋首于关庙之侧。往验之，穴土犹新，而首则并无。”公子骇异，趋赴公庭，见其人即前狎婢者也。因述其异。官甚惶惑，重责而释之。公子不欲结怨于小人，以前婢配之，令去。积数日，其邻堵者，夜闻仆房中一声震响若崩裂，急起呼之，不应。排闼入视，见夫妇及寝床，皆截然断而为两。木肉上俱有削痕，似一刀所断者。关公之灵迹闻多，未有奇于此者也。

周三
鐵面虬髯意氣殊
請從假館效馳
驅周三不諱
誅同類莫
是狐中
劍俠無
周

周 三

泰安张太华，富吏也。家有狐扰，遣制罔效。陈其状于州尹，尹亦不能为力。时州之东亦有狐居村民家，人共见为一白发叟。叟与居人通吊问，如世人礼。自云行二，都呼为胡二爷。适有诸生谒尹，间道其异。尹为吏策，使往问叟。时东村人有作隶者，吏访之，果不诬，因与俱往。即隶家设筵招胡。胡至，揖让酬酢，无异常人。吏告所求，胡曰："我固悉之，但不能为君效力。仆友人周三，侨居岳庙，宜可降伏，当代求之。"吏喜，申谢。胡临别与吏约，明日张筵于岳庙之东。吏领教。胡果导周至。周虬髯铁面，服裤褶。饮数行，向吏曰："适胡二弟致尊意，事已尽悉。但此辈实繁有徒，不可善谕，难免用武。请即假馆君家，微劳所不敢辞。"吏转念：去一狐，得一狐，是以暴易暴也。游移不敢即应。周已知之，曰："无畏。我非他比，且与君有喜缘，请勿疑。"吏诺之。周又嘱："明日偕家人阖户坐室中，幸勿哗。"吏归，悉遵所教。俄闻庭中攻击刺斗之声，逾时始定。启关出视，血点点盈阶上。墀中有小狐首数枚，大如碗盏焉。又视所除舍，则周危坐其中，拱手笑曰："蒙重托，妖类已荡灭矣。"自是馆于其家，相见如主客焉。

鴿異
撮口何人作異歡
遠翻双鴿鬬飛鳴
雁门食雁真堪嘆
不惜珍禽付具烹

鸽异

鸽类甚繁，晋有坤星，鲁有鹤秀，黔有腋蝶，梁有翻跳，越有诸尖：皆异种也。又有靴头、点子、大白、黑石、夫妇雀、花狗眼之类，名不可屈以指，惟好事者能辨之也。大落墨法。邹平张公子幼量，癖好之，按经而求，务尽其种。其养之也，如保婴儿：冷则疗以粉草，热则投以盐颗。古有相鹤经，乃鸽亦有经，并豢养之法亦详言之。鸽善睡，睡太甚，有病麻痹而死者。张在广陵，以十金购一鸽，体最小，善走，置地上，盘旋无已时，不至于死不休也。故常须人把握之。夜置群中使惊诸鸽，可以免痹股之病，是名“夜游”。齐鲁养鸽家，无如公子最，抬高公子，下更出奇。公子亦以鸽自诩。

一夜，坐斋中，忽一白衣少年叩扉入，殊不相识。问之，答曰：“漂泊之人，姓名何足道。遥闻畜鸽最盛，此亦生平所好，愿得寓目。”张乃尽出所有，五色俱备，灿若云锦。少年笑曰：“人言果不虚，公子可谓养鸽之能事矣。仆亦携有一两头，颇愿观之否？”张喜，从少年去。月色冥漠，野圹萧条，心窃疑惧。少年指曰：“请勉行，寓屋不远矣。”又数武，见一道院，仅两楹。少年握手入，昧无灯火。少年立庭中，口中作鸽鸣。插羽佳人。忽有两鸽出：状类常鸽，而毛纯白，飞与檐齐，且鸣且斗，每一扑，必作斤斗。少年挥之以肱，连翼而去。复撮口作异声，又有两鸽出：大者如鹜，小者裁如拳；集阶上，学鹤舞。大者延颈立，张翼作屏，宛转鸣跳，若引之；小者上下飞鸣，时集其顶，翼翩翩如燕子落蒲叶上，声细碎，类鼗鼓；大者伸颈不敢动。鸣愈急，声变如磬，两两相和，间杂中节。既而小者飞起，大者又颠倒引呼之。张嘉叹不已，自觉望洋可愧。遂揖少年，乞求分爱，少年不许。又固求之。少年乃叱鸽去，仍作前声，招二白鸽来，以手把之，曰："如不嫌憎，以此塞责。"接而玩之：睛映月作琥珀色，两目通透，若无隔阂，中黑珠圆于椒粒；启其翼，胁肉晶莹，脏腑可数。《山堂肆考》："鸽，邑有二十余种，其名则有银合、海盐、倒插点子、毛脚凤髻、黑夜游、半天娇、插翟人之类。"张甚奇之，而意犹未足，诡求不已。少年曰："尚有两种未献，今不敢复请观矣。"方竞论间，家人燎麻炬入寻主人。回视少年，化白鸽，大如鸡，冲霄而去。又目前院宇都渺，盖一小墓，树二柏焉。与家人抱鸽，骇叹而归。试使飞，驯异如初。虽非其尤，人世亦绝少矣。于是爱惜臻至。积二年，育雌雄各三，虽戚好求之，不得也。

有父执某公，为贵官。一日，见公子，问："畜鸽几许？"公子唯唯以退。疑某意爱好之也，思所以报而割爱良难。又念：长者之求，不可重拂。且不敢以常鸽应，选二白鸽笼送之，自以千金之赠不啻也。他日见某公，颇有德色，而其殊无一申谢语。心不能忍，问："前禽佳否？"答云："亦肥美。"张惊曰："烹之乎？"曰："然。"张大惊，曰："此非常鸽，乃俗所言'鞑靼'者也！"某回思曰："味亦殊无异处。"削园方竹仗，漆却断纹琴，世间杀风景事最多。因想天地间有以绝世妙文求赏识于妄庸巨子之前，诵之者摇头掉臂，作龙吟虎啸之声，而听之者指东话四，成口应心违之状，岂不冤哉！张叹恨而返。至夜，梦白衣少年至，责之曰："我以君能爱之，故遂托以子孙。何以明珠暗投，致残鼎镬！今率儿辈去矣。"言已，化为鸽，所养白鸽皆从之，飞鸣径去。天明视之，果俱亡矣。心甚恨之，遂以所畜，分赠知交，数日而尽。

异史氏曰："物莫不聚于所好，拈一"好"字，跳出题外作议，便能不死下句。故叶公好龙，则真龙入室；而况学士之于良友，贤君之于良臣乎？而独阿堵之物，好者更多，而聚者特少，亦以见鬼神之怒贪，而不怒痴也。"

向有友人馈朱鲫于孙公子禹年，家无慧仆，以老佣往。及门，倾水出鱼，索柈而进之。及达主所，鱼已枯毙。公子笑而不言，以酒犒佣，即烹鱼以飨。既归，主人问："公子得鱼颇欢慰否？"答曰："欢甚。"问："何以知？"曰："公子见鱼便欣然有笑容，立命赐酒，且烹数尾以犒小人。"主人骇甚，自念所赠，颇不粗劣，何至烹赐下人，因责之曰："必汝蠢顽无礼，故公子迁怒耳。"佣扬手力辩曰："我固陋拙，遂以为非人也！登公子门，小心如许，犹恐筲斗不文，敬索柈出，一一匀排而后进之，有何不周详也。"主人骂而遣之。

灵隐寺僧某，以茶得名，铛臼皆精。然所蓄茶有数等，恒视客之贵贱以为烹献；其最上者，非贵客及知味者，不一奉也。一日，有贵官至，僧伏谒甚恭，出佳茶，手自烹进，冀得称誉。贵官默然。僧惑甚，又以最上一等烹而进之。饮已将尽，并无赞语。僧急不能待，鞠躬曰："茶何如？"贵官执盏一拱曰："甚热。"此两事，可与张公子之赠鸽同一笑也。

聶政
矦門一入悵分離悲慟
曾無計可施白刃凜
然墓中出神威想
見刺韓特

聂政

怀庆潞王，有昏德。时行民间，窥有好女子，辄夺之。有王生妻，为王所睹，遣舆马直入其家。女子号泣不伏，强舁而出。王亡去，隐身聂政之墓，冀妻经过，得一遥诀。无何，妻至，望见夫，大哭投地。王恻动心怀，不觉失声。从人知其王生，执之，将加搒掠。忽墓中一丈夫出，手握白刃，气象威猛，厉声曰：“我聂政也！良家子岂可强占！念汝辈不能自由，姑且宥恕。寄语无道王：若不改行，不日将抉其首！”众大骇，弃车而走。丈夫亦入墓中而没。夫妻叩墓归，犹惧王命复临。过十余日，竟无消息，心始安。王自是淫威亦少杀云。

突然现身，如天外飞来，风云变色，令观者拍案称快。

异史氏曰：“余读刺客传，而独服膺于轵深井里也：其锐身而报知己也，有豫之义；白昼而屠卿相，有鱄之勇；皮面自刑，不累骨肉，有曹之智。至于荆轲，力不足以谋无道秦，遂使绝裾而去，自取灭亡。轻借樊将军之头，何日可能还也？此千古之所恨，而聂政之所嗤者矣。闻之野史：其坟见掘于羊、左之鬼。果尔，则生不成名，死犹丧义，其视聂之抱义愤而惩荒淫者，为人之贤不肖何如哉！噫！聂之贤，于此益信。”

冷生
笑生真合喚
銷愁脫稿長
吟笑不休一
頂頭巾何足
惜伴狂詩酒
自風流

冷生

平城冷生，少最钝，年二十余，未能通一经。忽有狐来，与之燕处。每闻其终夜语，即兄弟诘之，亦不肯泄。如是多日，忽得狂易病：每得题为文，则闭门枯坐，少时哗然大笑。窥之，则手不停草，而一艺成矣。得意疾书，文人乐事，其笑也宜。脱稿又文思精妙。是年入泮，明年食饩。每逢场作笑，响彻堂壁，由此“笑生”之名大噪。幸学使退休，不闻。后值某学使规矩严肃，终日危坐堂上。忽闻笑声，怒执之，将以加责。执事官代白其颠。学使怒稍息，释之，而黜其名。学使场规自宜严肃，然怒其笑，何不观其文？文谬黜之，犹可说也，其文甚佳，因一笑黜之，此戴面目以吓人者耳，主司爱才，岂忍出此？如此宗匠，无乃瞶瞶？从此佯狂诗酒。著有“颠草”四卷，超拔可诵。

异史氏曰：“闭门一笑，与佛家顿悟时何殊哉！大笑成文，亦一快事，何至以此褫革？如此主司，宁非悠悠！”

学师孙景夏，往访友人。至其窗外，不闻人语，但闻笑声嗤然，顷刻数作。意其与人戏耳。入视，则居之独也。怪之，始大笑曰：“适无事，默温笑谈耳。”

邑宫生，家畜一驴，性蹇劣。每途中逢徒步客，拱手谢曰：“适忙，不遑下骑，勿罪！”言未已，驴已蹶然伏道上，屡试不爽。宫大惭恨，因与妻谋，使伪作客。己乃跨驴周于庭，向妻拱手，作遇客语。驴果伏。便以利锥毒刺之。适有友人相访，方欲款关，闻宫言于内曰：“不遑下骑，勿罪！”少顷，又言之。心大怪异，叩扉问其故，以实告，相与捧腹。

此二则，可附冷生之笑并传矣。

妬懲淫
疑雨疑雲思
不禁隔窗未
敢逗琴心勸
君休蓄房中
藥猶恐真成
蕩婦唫

狐惩淫

某生购新第，常患狐。一切服物，多为所毁，且时以尘土置汤饼中。一日，有友过访，值生出，至暮不归。生妻备馔供客，已而偕婢啜食余饵。生素不羁，好蓄媚药，不知何时狐以药置粥中，妇食之，觉有脑麝气。问婢，婢云不知。食讫，觉欲焰上炽，不可暂忍；强自按抑，燥渴愈急。筹思家中无可奔者，惟有客在，遂往叩斋。客问其谁，实告之。问何作，不答。客谢曰："我与若夫道义交，不敢为此兽行！"妇尚流连。客叱骂曰："某兄文章品行，被汝丧尽矣！"隔窗唾之。妇大惭，乃退。因自念：我何为若此？忽忆碗中香，得毋媚药也？检包中药，果狼藉满案，盎盏中皆是也。稔知冷水可解，因就饮之。顷刻，心下清醒，愧耻无以自容。展转既久，更漏已残。愈恐天晓难以见人，乃解带自经。婢觉救之，气已渐绝。辰后，始有微息。客夜间已遁。生晡后方归，见妻卧，问之，不语，但含清涕。婢以状告。大惊，苦诘之。妻遣婢去，始以实告。生叹曰："此我之淫报也，于卿何尤？幸有良友，不然，何以为人！"遂从此痛改往行，狐亦遂绝。

异史氏曰："居家者相戒勿蓄砒鸩，从无有相戒不蓄媚药者，亦犹人之畏兵刃而狎床笫也。宁知其毒有甚于砒鸩者哉！顾蓄之不过以媚内耳！乃至见嫉于鬼神；况人之纵淫，有过于蓄药者乎？”蜀士多不解媚药何物，先生言从无有戒不蓄者，则北方可知矣。

某生赴试，自郡中归，日已暮，携有莲实菱藕，入室，并置几上。又有藤津伪器一事，水浸盎中。诸邻人以生新归，携酒登堂，生仓卒置床下而出，令内子经营供馔，与客薄饮，饮已，入内，急烛床下，盎水已空。问妇，妇曰：“适与菱藕并出供客，何尚寻也？”生忆肴中有黑条杂错，举座不知何物。乃失笑曰：“痴婆子！此何物事，可供客耶？”妇亦疑曰：“我尚怨子不言烹法，其状可丑，又不知何名，只得胡涂脔切耳。”生乃告之，相与大笑。老子云：不笑不足以言道。今某生贵矣，相狎者犹以为戏。

山市
山市将無海市同
城垣宮闕望玲瓏
大風吹後危樓在
笑指煙雲縹緲中

山市

奂山山市，邑八景之一也。数年恒不一见。孙公子禹年，与同人饮楼上，忽见山头有孤塔耸起，高插青冥。初具孤塔。相顾惊疑，念近中无此禅院。无何，见宫殿数十所，再看宫殿。碧瓦飞甍，始悟为山市。醒题。未几，高垣睥睨，连亘六七里，居然城郭矣。又见城廓。中有楼若者、堂若者、坊若者，历历在目，以亿万计。详细如见。忽大风起，尘气莽莽然，城市依稀而已。一变。既而风定天清，一切乌有；略顿。惟危楼一座，直接霄汉。又一变。五架窗扉皆洞开，只在一楼，楼五架。一行有五点明处，楼外天也。层层指数：楼愈高，则明愈少；数至八层，裁如星点；又其上，则黯然缥缈，不可计其层次矣。楼之层楼。而楼上人往来屑屑，或凭或立，不一状。楼上人。逾时，楼渐低，可见其顶；又渐如常楼；又渐如高舍；倏忽如拳如豆，遂不可见。又一变收场。又闻有早行者，见山上人烟市肆，与世无别，故又名“鬼市”云。另换一局作余波收，是古文法，短篇峭劲。

江城
好姻緣是惡姻緣
鼠子相逢宿孽纏
一旦忽歌樛木句
始知佛力竟無邊

江　城

临江高蕃，少慧，仪容秀美。十四岁入邑庠。富室争女之，生选择良苛，屡梗父命。父仲鸿，年六十，止此子，宠惜之，不忍少拂。东村有樊翁者，授童蒙于市肆，携家僦生屋。翁有女，小字江城，与生同甲，时皆八九岁，两小无猜，日共嬉戏。后翁徙去，积四五年，不复闻问。一日，生于隘巷中，见一女郎，艳美绝俗。从以小鬟，仅六七岁。不敢倾顾，但斜睨之。女停睇，若欲有言。细视之，江城也。顿大惊喜。各无所言，相视呆立，移时始别，两情恋恋。本是好因缘，谁知后来却成欢喜冤家。生故以红巾遗地而去，小鬟拾之，喜以授女。女入袖中，易以己巾，伪谓鬟曰："高秀才非他人，勿得讳其遗物，可追还之。"小鬟果追付生。生得巾大喜。归见母，请与论婚。母曰："家无半间屋，南北流寓，何足匹偶？"生曰："我自欲之，固当无悔。"母不能决，以商仲鸿；鸿执不可。生闻之闷闷，嗌不容粒。母忧之，谓高曰："樊氏虽贫，亦非狙侩无赖者比。我请过其家，倘其女可偶，当亦无害。"高曰："喏。"母托烧香黑帝祠。诣之，见女明眸秀齿，居然娟好，心大爱悦。遂以金帛厚赠之，实告以意。樊媪谦抑而后受盟。归述其情，生始解颜为笑。

逾岁，择吉迎女归，夫妻相得甚欢。而女善怒，病根在此一字。反眼若不相识；词舌嘲啁，常聒于耳。生以爱故，悉含忍之。翁媪闻之，心弗善也，潜责其子。为女所闻，大恚，诟骂弥加。生稍稍反其恶声，女益怒，挞逐出户，阖其扉。此尚是开宗明义第一章，以后则出奇无穷矣。生嗜嗜门外，不敢叩关，抱膝宿檐下。女从此视若仇。其初，长跪犹可以解；渐至屈膝无灵，而丈夫益苦矣。翁姑薄让之，女抵牾不可言状。翁姑忿怒，逼令大归。樊惭惧，浼交好者请于仲鸿；小停顿。宛转随娇女，殷情做老爹。仲鸿不许。年余，生出遇岳，岳邀归其家，谢罪不遑。妆女出见，夫妇相看，不觉恻楚。樊乃沽酒款婿，酬劝甚殷。日暮，坚止留宿，扫别榻，使夫妇并寝。既曙辞归，不敢以情告父母，掩饰弥缝。自此三五日，暂一寄岳家宿，而父母不知也。樊一日自诣仲鸿。初不见，迫而后见之。樊膝行而请。高不承，诿诸其子。樊曰："婿昨夜宿仆家，不闻有异言。"高惊问："何时寄宿？"樊具以告。高赧谢曰："我固不知。彼爱之，我独何仇乎？"樊既去，高呼子而骂。生但俯首，不少出气。言间，樊已送女至。高曰："我不能为儿女任过，不如各立门户，即烦主析爨之盟。"樊劝之，不听。遂别院居之，遣一婢给役焉。

月余，颇相安，翁妪窃慰。未几，女渐肆，生面上时有指爪痕，父母明知之，亦忍不置问。看"渐"字，看"忍"字。一日，生不堪挞楚，奔避父所，芒芒然如鸟雀之被鹯殴者。翁媪方怪问，女已横梃追入，竟即翁侧捉而捶之。翁姑涕噪，略不顾瞻，挞至数十，始悻悻以去。高逐子曰："我惟避嚣，故析尔。尔固乐此，又焉逃乎？"生被逐，徙倚无所归。母恐其折挫行死，令独居而给之食。又召樊来，使教其女。樊入室，开谕万端，女终不听，反以恶言相苦。樊拂衣去，誓相绝。无何，樊翁愤生病，与妪相继死。女恨之，亦不临吊，惟日隔壁噪骂，故使翁姑闻。高悉置不知。生自独居，若离汤火，但觉凄寂。暗以金啖媒媪李氏，纳妓斋中，往来皆以夜。生波折。久之，女微闻之，诣斋嫚骂。生力白其诬，矢以天日，女始归。自此，日伺生隙。李媪自斋中出，适相遇，急呼之；一震之威。媪神色变异，女愈疑，谓媪曰："明告所作，或可宥免；若有隐秘，撮毛尽矣！"媪战而告曰："半月来，惟勾栏李云娘过此两度耳。适公子言，曾于玉笥山见陶家妇，爱其双翘，嘱奴招致之。渠虽不贞，亦未便作夜度娘，夜度娘，绮声也。见古乐府词，却作妓女替身字用。成否故未必也。"女以其言诚，姑从宽恕。媪欲去，又强止之。日既昏，呵之曰："可先往灭其烛，便言陶家至矣。"媪如其言。女即遽入。生喜极，挽臂促坐，具道饥渴。女默不语。生暗中索其足，曰："山上一觐仙容，介介独恋是耳。"女终不语。此妇有作用，如正出之，便是才女，可使行兵。生曰："夙昔之愿，今始得，遂何可觌面而不识也？"躬自促火一照，则江城也。大惧失色，堕烛于地，长跪觳觫，若兵在颈。女摘耳提归，以针刺两股殆遍，乃卧以下床，醒则骂之。生以此畏若虎狼，即偶假以颜色，枕席之上，亦震慑不能为人。可谓形容尽致，吴道子画鬼伎俩。女批颊而叱去之，益厌弃不以人齿。生日在兰麝之乡，如犴狴中人，仰狱吏之尊也。

女有两姊，又另提，不嫌篇中突见。俱适诸生。长姊平善，讷于口，常与女不相洽。二姊适葛氏，为人狡黠善辩，顾影弄姿，貌不及江城，而悍妒与埒。姊妹相逢无他语，惟各以阃威自鸣得意。以故二人最善。生适戚友，女辄嗔怒，惟适葛所，知而不禁。一日，饮葛所。既醉，葛嘲曰："子何畏之甚？"生笑曰："天下事颇多不解：我之畏畏其美也；乃有美不及内人，而畏甚于仆者，惑不滋甚哉？”葛大惭，不能对。予每以此篇当《笑林广记》读之。婢闻，以告二姊。二姊怒，操杖遽出。生见其凶，跦屣欲走。杖起，已中腰膂，三杖三蹶而不能起。误中颅，血流如沛。乱弹班演戏有之，不意《聊斋》已写到。二姊去，生蹒跚而归。妻惊问之。初以迕姨故，不敢遽告；再三研诘，始具陈之。女以帛束生首，忿然曰：“人家男子，何烦他挞楚耶！”更短袖裳，怀木杵，携婢径去。抵葛家，二姊笑语承迎。女不语，以杵击之，仆；裂裤而痛楚焉。齿落唇缺，遗矢溲便。女返，二姊羞愤，遣夫赴诉于高。生趋出，极意温恤。葛私语曰：“仆此来，不得不尔。悍妇不仁，幸假手而惩创之，我两人何嫌焉。”女已闻之，遽出，指骂曰：“龌龊贼！妻子亏苦，反窃窃与外人交好！此等男子，不宜打煞耶！”左右俱无所可，横身是罪，男儿尚有世界耶？疾呼觅杖。葛大窘，夺门窜去。生由此往来全无一所。

同窗王子雅过之，宛转留饮。饮间，以闺阁相谑，颇涉狎亵。女适窥客，伏听尽悉，暗以巴豆投汤中而进之。未几，吐利不可堪，奄存气息。我辈饮朋友斋，出言慎之，巴豆汤恐防不测。女使婢问之曰：“再敢无礼否？”始悟病之所自来，呻吟而哀之，则绿豆汤已储待矣。饮之乃止，我想世间几个酸丁，动言文士风流，父教不行，师教不听，得此妇教训也好。呵呵！从此同人相戒，不敢饮于其家。王有酤肆，肆中多红梅，设宴招其曹侣。生托文社，禀白而往。日暮，既酣，王生曰：“适有南昌名妓，流寓此间，可以呼来共饮。”众大悦。惟生离席，兴辞。群曳之曰：“阃中耳目虽长，亦听睹不至于此。”因相矢缄口。生乃复坐。少间，妓果出。年十七八，玉佩丁冬，云鬟掠削。问其姓，云：“谢氏，小字芳兰。”出词吐气，备极风雅，举座若狂。而芳兰犹属意生，屡以色授。为众所觉，故曳两人连肩坐。芳兰阴把生手，以指书掌作“宿”字。生于此时，欲去不忍，欲留不敢，心如乱丝，不可言喻。而倾头耳语，醉态益狂，榻上胭脂虎，亦并忘之。忙中随手评注数语，俱有生趣，添出泽色。少选，听更漏已动，肆中酒客愈稀，惟遥座一美少年，对烛独酌，有小僮捧巾侍焉。众窃议其高雅。无何，少年罢饮，出门去。僮返身入，向生曰：“主人相候一语。”众则茫然，惟生颜色惨变，不遑告别，匆匆便去。盖少年乃江城，僮即其家婢也。出人意表，不是明月窥人，斗成地狱变相，似村童之随蒙师，真好看。生从至家，伏受鞭扑。从此禁锢益严，吊庆皆绝。文宗下学，生以误讲降为青。一日，与婢语，女疑与私，以酒坛囊婢首而挞之。已而缚生及婢，以绣剪剪腹间肉互补之，释缚令其自束。月余，补处竟合为一云。前已身具五刑，至此更出异相，周兴、来俊臣乃在闺中耶？女每以白足踏饼尘土中，叱生摭食之。如是种种。

母以忆子故，偶至其家，见子柴瘠，归而痛哭欲死。夜梦一叟告之暗转关。曰：“不须忧烦，此是前世因。江城原静业和尚所养长生鼠，公子前生为士人，偶游其地，误毙之。凭空捏出一段公案，作转关地步，文字之妙更不许第二人得知也。今作恶报，不可以人力回也。每早起，虔心诵观音咒一百遍，必当有效。”醒而述于仲鸿，异之，夫妻遵教。虔诵两月余，女横如故，益之狂纵。闻门外钲鼓，辄握发出，憨然引眺，千人指视，恬不为怪。翁姑共耻之，而不能禁。忽有老僧在门外宣佛果，观者如堵。暗用梁武磕头和尚故事。僧吹鼓上革作牛鸣。女奔出，见人众无隙，命婢移行床，翘登其上。众目集视，女如弗觉。逾时，僧敷衍将毕，索清水一盂，持向女而宣言曰：紫竹林中菩萨救苦，已伏上诵观音咒中。“莫要嗔，莫要嗔？前世也非假，今世也非真。咄！鼠子缩头去，勿使猫儿寻。”长生鼠已伏上文。宣已，吸水噀射女面，粉黛淫淫，下沾衿袖。众大骇，意女暴怒，女殊不语，拭面自归。转笔之妙，乃学娄师德。僧亦遂去。女入室痴坐，嗒然若丧，终日不食，扫榻遽寝。中夜，忽唤生醒。为之歌曰：笑矣乎，笑矣乎，其乐只且！生疑其将遗，捧进溺盆。女却之，暗把生臂，曳入衾。生承命，四体惊悚，若奉丹诏。女慨然曰："使君如此，何以为人？"乃以手抚扪生体，每至刀杖痕，嘤嘤啜泣，辄以爪甲自掐，恨不即死。写得真是悔到十分。左氏叙郑庄公逐弟置母，人人欲食其肉。既而悔之，便纯作孺子之慕，一片哀音，忘其已前之恶，如同两人。文人笔墨，真有回天手段，岂非怪事？生见其状，意良不忍，所以慰藉之良厚。女曰："妾思和尚必是菩萨化身，清水一洒，若更腑肺。今回忆曩昔所为，都如隔世。妾向时得毋非人耶？有夫妇而不能欢，有姑嫜而不能事，是诚何心！明日可移家去，仍与父母同居，庶便定省。"絮语终夜，如话十年之别。昧爽即起，折衣敛器，婢携簏，躬襆被，促生前往叩扉。母出骇问，告以意。母尚迟回有难色，女已偕婢入。母从入。女伏地哀泣，但求免死。母察其意诚，亦泣曰："吾儿何遽如此。"痛定思痛，可怜老姥姥。生为细述前状，始悟曩昔之梦验也。喜，唤厮仆为除旧舍。女自是承颜顺志，过于孝子。见人，则觍如新妇。或戏述往事，则红涨于颊。且勤俭，又善居积；三年翁媪不问家计，而富称巨万矣。生是岁乡捷。每谓生曰："当日一见芳兰，今犹忆之。"生以不受荼毒，愿已至足，妄念所不敢萌，唯唯而已。会以应举入都，数月乃返。入室，见芳兰方与江城对奕。惊而问之，则女以数百金出其籍矣。意外九锡，得之如梦。即以回顾上文，令增情致也。此事浙中王子雅言之甚详。

异史氏曰："人生业果，饮啄必报。而惟果报之在房中者，如附骨之疽，其毒尤惨。每每言之，作者得毋有隐痛欤？明初某夫人以奇妒闻，死，解春雨吊之，入门大叫曰："四德全无，七出咸备，呜呼哀哉，大吉大利！"每见天下贤妇十之一，悍妇十之九，亦以见人世之能修善业者少也。观自在愿力宏大，何不将盂中水洒大千世界也。"

孫生
獨向蘭閨望
月明春宵
辜負太無情
何人為置
迴心院雙宿
雙飛過
一生

孙　生

孙生，娶故家女辛氏。初入门，为穷裤，多其带，浑身纠缠甚密，拒男子不与共榻。床头常设锥簪之器以自卫。孙屡被刺剟，因就别榻眠。月余，不敢问鼎。即白昼相逢，女未尝假以言笑。同窗某知之，私谓孙曰："夫人能饮否？"答云："少饮。"某戏之曰："仆有调停之法，善而可行。"问："何法？"曰："以迷药入酒，给使饮焉，则惟君所为矣。"孙笑之，而阴服其策良。询之医家，敬以酒煮乌头，置案上。入夜，孙酾别酒，独酌数觥而寝。如此三夕，妻终不饮。一夜，孙卧移时，视妻犹寂坐，孙故作齁声，妻乃下榻，取酒煨炉上。孙窃喜。既而满饮一杯，又复酌，约尽半杯许，以其余仍内壶中，拂榻遂寝。久之无声，而灯煌煌尚未灭也。细写如见。疑其尚醒，故大呼："锡檠熔化矣！"妻不应，再呼仍不应。白身往视，则醉睡如泥。启衾潜入，层层断其缚结。妻固觉之，不能动，亦不能言，任其轻薄而去。既醒，恶之，投缳自缢。孙梦中闻喘吼声，起而奔视，舌已出两寸许。大惊，断索，扶榻上，逾时始苏。孙自此殊厌恨之，夫妻避道而行，相逢则各俯其首。积四五年，不交一语。妻或在室中，与他人嬉笑，见夫至，色则立变，凛如霜雪。孙尝寄宿斋中，经岁不归；即强之归，亦面壁移时，默然就枕而已。父母甚忧之。

一日，有老尼至其家，见妇，亟加赞誉。母不言，但有浩叹。尼诘其故，具以情告。尼曰：“此易事耳。”母喜曰：“倘能回妇意，当不靳酬也。”尼窥室无人，耳语曰：“购春宫一帧，三日后，为若厌之。”尼去，母即购以待之。三日尼果来，嘱曰：“此须甚密，勿令夫妇知。”乃剪下图中人，又针三枚、艾一撮，并以素纸包固，外绘数画如蚓状，类虫也，置酒中饮之，能令夫妇相悦。又搂接草中虫，置枕中，亦令男女相悦，昔人诗拣取搂接入枕中，何不以此方行之？使母赚妇出，窃取其枕，开其缝而投之；已而仍合之，返归故处。尼乃去。至晚，母强子归宿。媪往窃听。二更将残，闻妇呼孙小字，孙不答。少间，妇复语，孙厌气作恶声。质明，母入其室，见夫妇面首相背，知尼之术诬也。呼子于无人处，委谕之。孙闻妻名，便怒，切齿。母怒骂之，不顾而去。越日，尼来，告之罔效。尼大疑。媪因述所听。尼笑曰：“前言妇憎夫，故偏厌之。今妇意已转，所未转者男耳。请作两制之法，必有验。”母从之，索子枕如前缄置讫，又呼令归寝。更余，犹闻两榻上皆有转侧声，时作咳，都若不能寐。久之，闻两人在一床上唧唧语，但隐约不可辨。将曙，犹闻嬉笑，吃吃不绝。媪以告母，母喜。尼来，厚馈之。孙由是琴瑟和好。生一男两女，十余年从无角口之事。同人私问其故，笑曰：“前此顾影生怒，后此闻声而喜，自亦不解其何心也。”

异史氏曰：“移憎而爱，术交神矣。然能令人喜者，亦能令人怒，术人之神，正术人之可畏也。先哲云：‘六婆不入门。’有见矣夫！”

八大王
令尹如何喚大王醉
逢恩主更傾觴能
從規勸
能酬德
多少
衣冠愧
酒狂

八大王

临洮冯生，盖贵介裔而凌夷矣。有渔鳖者，负其债，不能偿，得鳖辄献之。伏下。一日，献巨鳖，额有白点。生以其状异，放之。后自婿家归，至恒河之侧，日已就昏，见一醉者，从二三僮，颠跛而至。遥见生，便问："何人？"生漫应："行道者。"醉人怒曰："宁无姓名，胡言行道者？"写醉态逼肖。生驰驱心急，置不答，径过之。醉人益怒，捉袂使不得行，酒臭熏人。生更不耐，然力解不能脱。问："汝何名？"呓然而对曰："我南都旧令尹也。将何为？"生曰："世间有此等令尹，辱寞世界矣！幸是旧令尹；假新令尹，将无杀尽途人耶？"醉人怒甚，势将用武。生大言曰："我冯某非受人挝打者！"醉人闻之，变怒为欢，又鹘突。踉跄下拜曰："是我恩主，唐突勿罪！"起唤从人，先归治具。生辞之不得，握手行数里，见一小村。既入，则廊舍华好，似贵人家。醉人醒稍解，生始询其姓字。曰："言之勿惊，我洮水八大王也。南部旧令尹，又变作洮水八大王，如名士别号，日日更换。徐退山曰："范蠡称陶朱公，又名鸱夷子皮，数换其名，吾疑范蠡二字亦假。"适西山青童招饮，不觉过醉，有犯尊颜，实切愧悚。"生知其妖，以其情辞殷渥，遂不畏怖。俄而设筵丰盛，促坐欢饮。八大王最豪，连举数觥。生恐其复醉，再作萦扰，伪醉求寝。八大王已喻其意，笑曰："君得无畏我狂耶？但请勿惧。凡醉人无行，谓隔夜不复记者，欺人耳。酒徒之不德，故犯者十之九。《聊斋》与一切俗情无不洞鉴征结，疑其心有七窍。仆虽不齿于侪偶，顾未敢以无赖之行，施之长者，何遂见拒如此！”生乃复坐，正容而谏曰：“既自知之，何勿改行？”谓人听者无假疯魔，谓人不知。八大王曰：“老夫为令尹时，沉湎尤过于今日。自触帝怒，谪归岛屿，力返前辙者十余年矣。今老将就木，潦倒不能横飞，故态复作，我自不解耳。兹敬闻命矣。”倾谈间，远钟已动。八大王起，捉臂曰：“相聚不久。蓄有一物，聊报厚德。此不可以久佩，如愿后，当见还也。”口中吐一小人，仅寸许。因以爪掐生臂，痛若肤裂，急以小人按捺其上，释手已入革里，甲痕尚在，而漫漫坟起，类痰核状。惊问之，笑而不答。但曰：“君宜行矣。”送生出，八大王自返。

回顾村舍全渺，惟一巨鳖，蠢蠢入水而没。错愕久之。自念所获，必鳖宝也。由此目最明，凡有珠宝之处，黄泉下皆可见；即素所不知之物，亦随口而知其名。于寝室中，掘得藏镪数百，用度颇充。后有货故宅者，生视其中有藏镪无算，遂以重金购居之。由此与王公埒富矣。火齐木难之类皆蓄焉。得一镜，背有凤纽，环水云湘妃之图，光射里余，须眉皆可数。佳人一照，则影留其中，磨之不能灭也；若改妆重照，或更一美人，则前影消矣。时肃府第三公主绝美，雅慕其名。会主游崆峒，乃往伏山中，伺其下舆，照之而归，设置案头。审视之，见美人在中，拈巾微笑，口欲言而波欲动。喜而藏之。年余，为妻所泄，闻之肃府。王怒，收之。追镜去，拟斩。生大贿中贵人，使言于王曰：“王如见赦，天下之至宝，不难致也。不然，有死而已，于王诚无所益。”王欲籍其家而徙之。三公主曰：“彼已窥我，十死亦不足解此玷，不如嫁之。”猛虎项下铃，系者解得。王不许。公主闭户不食。

妃子大忧，力言于王。王乃释生囚，命中贵以意示生。生辞曰：“糟糠之妻不下堂，宁死不敢承命。王如听臣自赎，倾家可也。”王怒，复逮之。妃召生妻入宫，将鸩之。既见，妻以珊瑚镜台纳妃，词意温恻。妃悦之，使参公主。公主亦悦之，订为姊妹，转使谕生。生告妻曰：“王侯之女，不可以先后论嫡庶也。”妻不听，归修聘币纳王邸，赍送者迨千人。珍石宝玉之属，王家不能知其名。王大喜，释生归，以公主嫔焉。公主仍怀镜归。生一夕独寝，梦八大王轩然入曰：“所赠之物，当见还也。佩之若久，耗人精血，损人寿命。”生诺之，即留宴饮。八大王辞曰：“自聆药石，戒杯中物，已三年矣。”酗酒不悛者，愧此老鳖。乃以口啮生臂，痛极而醒。视之，则核块消矣。后此遂如常人。

异史氏曰：“醒则犹人，而醉则犹鳖，此酒人之大都也。顾鳖虽日习于酒狂乎，而不敢忘恩，不敢无礼于长者，鳖不过人远哉？若夫己氏则醒不如人，而醉不如鳖矣。古人有龟鉴，盖以为鳖鉴乎？乃作‘酒人赋’。赋曰：‘有一物焉，陶情适口，饮之则醺醺腾腾，厥名为“酒”。其名最多，为功已久：以宴嘉宾，以速父舅，以促膝而为欢，以合卺而成偶；或以为“钓诗钩”，又以为“扫愁帚”。故曲生频来，则骚客之金兰友。醉乡深处，则愁人之逋逃薮。糟丘之台既成，鸱夷之功不朽。齐臣遂能一石，学士亦称五斗。则酒固以人传，而人或以酒丑。若夫落帽之孟嘉，荷锸之伯伦，山公之倒其接䍦，彭泽之漉以葛巾。酣眠乎美人之侧也，或察其无心；濡首于墨汁之中也，自以为有神。井底卧乘船之士，槽边缚珥玉之臣。甚至效鳖囚而玩世，亦犹非害物而不仁。至如雨宵雪夜，月旦花晨，风定尘短，客旧妓新，履舄交错，兰麝香沉，细批薄抹，低唱浅斟；忽清商兮一奏，则寂若兮无人。雅谑则飞花粲齿，高吟则戛玉敲金。总陶然而大醉，亦魂清而梦真。桓公饮管仲酒二三行，仲出，可知平原十日，何如仲父三行。果尔，即一朝一醉，当亦名教之所不嗔。尔乃嘈杂不韵，俚词并进，坐起欢哗，呶呶成阵。涓滴忿争，势将投刃。伸颈攒眉，引杯若鸩。倾沈碎觥，拂灯灭烬。绿酹葡萄，狼藉不靳。病叶狂花，觞政所禁。如此情怀，不如弗饮。以下极写使酒者之形貌神情，千奇毕露，百丑并形，合盘托出，尚觉描画未尽，以此等变态，罄笔墨之能事，只得其万一也。又有酒隔咽喉，间不盈寸，呐呐呢呢，犹讥主吝。坐不言行，饮复不任：酒客无品，于斯为甚。甚有狂药下，客气粗，努石棱，磔𩮜须；袒两臂，跃双趺。尘蒙蒙兮满面，哇浪浪兮沾裾。口狺狺兮乱吠，发蓬蓬兮若奴。其吁地而呼天也，似李郎之呕其肝脏；其扬手而掷足也，如苏相之裂于牛车。舌底生莲者，不能穷其状。灯前取影者，不能为之图。父母前而受忤，妻子弱而难扶。或以父执之良友，无端而受骂于灌夫。婉言以警，倍益眩瞑。此名“酒凶”，不可救拯。惟有一术，可以解酩。厥术维何？只须一梃。絷其手足，与斩豕等。止困其臀，勿伤其顶。捶至百余，豁然顿醒。’”予有一术，不与此等：两人肘之，一人是逞，不用葛化，不用水饮，饮之以尿，三碗解酲。酒人朦胧，叫曰：“吃不得了也么哥！”为强进之曰：“君再努焉一口。”他日记之，问谁进此策，曰：“是平日一杓不沾之醒叟。”

鐵布衫灋
駢指剸斗推健漢
此君神力信非凡
當時爭識沙田子
曾得真傳鐵布衫

铁布衫法

沙回子，得铁布衫大力法。骈其指，力斫之，可断牛项；横搠之，可洞牛腹。曾在仇公子彭三家，悬木于空，遣两健仆极力撑去，猛反之；沙裸腹受木，砰然一声，木去远矣。又出其势即石上，以木椎力击之，无少损。但畏刀耳。

山神
良宵歡敘久銜杯
賺得老饕入座
來不是山神驚
々散酒中禍
福有誰猜

山　神

益都李会斗，偶山行，值数人籍地饮。见李至，欢然并起，曳入坐，竞觞之。视其柈馔，杂陈珍错。移时，饮甚欢；但酒味薄涩。忽遥有一人来，面狭长，可二三尺许，冠之高细称是。众惊曰：“山神至矣！”即纷纷四去。李亦伏匿坎窞中。既而起视，则肴酒一无所有，惟有破陶器贮溲浡，瓦片上盛蜥蜴数枚而已。

雷公

亳州民王从简，其母坐室中，值小雨冥晦，见雷公持锤，振翼而入。大骇，急以器中便溺倾注之。雷公沾秽，若中刀斧，返身疾逃，极力展腾，不得去。颠倒庭际，嗥声如牛。天上云渐低，渐与檐齐。云中萧萧如马鸣，与雷公相应。少时，雨暴澍，身上恶浊尽洗，乃作霹雳而去。

戲縊
抽簪解帶太無端賺得紅顏一笑看鑄錯料應心不悔一魂猶喜傳雕鞍

戏 缢

邑人某，佻侻无赖。偶游村外，见少妇乘马来，谓同游者曰："我能令其一笑。"众不信，约赌作筵。某遽奔去，出马前，连声哗曰："我要死！"因于墙头抽粱秸一本，横尺许，解带挂其上，引颈作缢状。妇果过而哂之，众亦粲然。妇去既远，某犹不动，众益笑之。近视，则舌出目瞑，而气真绝矣。粱干自经，不亦奇哉？是可以为儇薄者戒。

卷七

羅祖
妻孥久别奉王
安决绝如何一旦
拌擅戟转将刀
放下便成佛祖
亦非难
羅祖

罗 祖

罗祖，即墨人也。少贫。总族中应出一丁戍北边，即以罗往。罗居边数年，生一子。驻防守备雅厚遇之。会守备迁陕西参将，欲携与俱去。罗乃托妻子于其友李某者，遂西。自此三年不得返。三年中多少事在内。适参将欲致书北塞，罗乃自陈，请以便道省妻子。参将从之。罗至家，妻子无恙，良慰。然床下有男子遗舄，心疑之。既而至李申谢。李致酒殷勤，妻又道李恩义，罗感激不胜。明日谓妻曰："我往致主命，暮不能归，勿伺也。"出门跨马而去。匿身近处，更定却归。闻妻与李卧语，大怒破扉。二人惧，膝行乞死。罗抽刃出，已复韬之曰："我始以汝为人也，今如此，杀之污吾刀耳！与汝约：妻子而受之，籍名亦而充之，马匹械器具在。我逝矣。"抽刀是壮士，放刀成佛祖，菩萨开口笑，壮士色如土。寄语壮第人，恩义漫轻许。遂去。乡人共闻于官。官笞李，李以实告。而事无验见，莫可质凭，远近搜罗，则绝匿名迹。官疑其因奸致杀，益械李及妻，逾年，并桎梏以死。乃驿送其子归即墨。后石匣营有樵人入山，见一道人坐洞中，未尝求食。众以为异，赍粮供之。或有识者，盖即罗也。馈遗满洞，罗终不食，意似厌嚣，以故来者渐寡。积数年，洞外蓬蒿成林。或潜窥之，则坐处不曾少移。又久之，见其出游山上，就之已杳；往瞰洞中，则衣上尘蒙如故。益奇之。更数日而往，则玉柱下垂，坐化已久。土人为之建庙，每三月间，香楮相属于道。其子往，人皆呼以小罗祖，香税悉归之；今其后人，犹岁一往，收税金焉。浙水刘宗玉宗玉名琮。向予言之甚详。予笑曰：“今世诸檀越，不求为圣贤，但望成佛祖。请遍告之：若要立地成佛，须放下刀子去。”

劉娃
荒年夫婦賴完全三百青銅
壽可延我頗無人知此意積
功原不在多錢
劉娃

刘姓

邑刘姓，虎而冠者也。汉书句法。后去淄居沂，习气不除，乡人咸畏恶之。有田数亩，与苗某连垄。苗勤，田畔多种桃。桃初实，子往攀摘，刘怒驱之，指为己有。子啼而告诸父。父方骇怪，刘已诟骂在门，且言将讼。苗笑慰之。里豪如刘，几出情理之外，如苗某，天下无不可了之事，可敬可法。怒不解，忿而去。气是无名火，急须加以忍耐，逞忿在一时，小事翻成大。时有同邑李翠石作典商于沂，刘持状入城，适与之遇。以同乡故相熟，问："作何干？"刘以告。李笑曰："子声望众所共知，我素识苗甚平善，何敢占骗。将毋反言之也？"乃碎其词纸，曳入肆，将与调停。刘恨恨不已，窃肆中笔，复造状，藏怀中，期以必告。未几，苗至，细陈所以，因哀李为之解免，言："我农人，半世不见官长。但得罢讼，数株桃何敢执为己有。"李呼刘出，告以退让之意。刘又指天画地，叱骂不休；苗惟和色卑词，无敢少辨。既罢，逾四五日，见其村中人，传刘已死，李为惊叹。

异日他适，见杖而来者，俨然刘也。《聊斋》总不用顺叙平叙。比至，殷殷问讯，巨请顾临。李逡巡问曰："日前忽闻凶讣，一何妄也？"刘不答，但挽入村，至其家，罗浆酒焉。乃言："前日之传，非妄也。即其人口中自叙，何等摆脱。阴律足以补阳官之所不及。宋潜溪所谓阴翼王度者欤？否则世界昏黑矣。曩出门见二人来，捉见官府。问何事，但言不知。自思出入衙门数十年，非怯见官长者，亦不为怖。从去，至公廨，见南面者有怒容曰：'汝即某耶？罪恶贯盈，不自悛悔，又以他人之物占为己有。此等横暴，合置铛鼎！’一人稽簿曰：‘此人有一善，合不死。’南面者阅簿，其色稍霁。便云：‘暂送他去。’数十人齐声呵逐。余曰：‘因何事勾我来？又因何事遣我去？还祈明示。’吏持簿下，指一条示之。上记：崇祯十三年，用钱三百，救一人夫妇完聚。三百，小钱也；完人夫妇，大善也。苟具慧心，小钱足以行大善，凡百君子，敬而听之。吏曰：‘非此，则今日命当绝，宜堕畜生道。’骇极，乃从二人出。二人索贿。怒告曰：‘不知刘某出入公门二十年，专勒人财者，何得向老虎讨肉吃耶？’二人乃不复言。送至村，拱手曰：‘此役不曾啖得一掬水。’二人既去，入门遂苏，时气绝已隔日矣。”

李闻而异之，因诘其善行颠末。初，补叙，详叙，抽出叙。崇祯十三年，岁大凶，人相食。刘时在淄，为主捕隶。适见男女哭甚哀，问之。答云：“夫妇聚裁年余，今岁荒，不能两全，故悲耳。”少时，两节叙。油肆前复见之，似有所争。近诘之。肆主马姓者便云：“伊夫妇饿将死，日向我讨麻酱以为活。今又欲卖妇于我。我家中已买十余口矣。此何要紧？贱则售之，否则已耳。如此可笑，生来缠人！”男子因言：“今粟如珠，自度非得三百数，不足供逃亡之费。本欲两生，若卖妻而不免于死，何取焉？非敢言直，但求作阴骘行之耳。”刘怜之，便问马出几何。马言：“今日妇口，止直百许耳。”刘请勿短其数，且愿助以半价之资。马执不可。刘少负气，便谓男子：“彼鄙琐不足道，我请如数相赠。若能逃荒，又全夫妇，不更佳耶？”负性人终不失性，横暴如刘尚有此一段义举，世固有刘某不如者，其心惨毒故也。柔恶人过于刚恶人。遂发囊与之。夫妻泣拜而去。刘述此事，李大加奖叹。刘自此前行顿改，今七旬犹健。去年，李诣周村，遇刘与人争，众围劝不能解。李笑呼曰："汝又欲讼桃树耶？"刘茫然改容，呐呐敛手而退。争桃之案，顺我一笔，然已在改行二字中。

异史氏曰："李翠石兄弟，皆称素封。然翠石又醇谨，喜为善，未尝以富自豪，抑然诚笃君子也。观其解纷劝善，其生平可知矣。李传中旁抽出一人作赞，亦史法也。古云：'为富不仁。'吾不知翠石先仁而后富者耶？抑先富而后仁者耶？"既称为诚笃君子，无问先富后富，无有不仁。贫者亦可行仁，若待富而后行仁，将有既富而必不肯行仁者矣，阳虎是也。

邵女
水剪雙瞳善相人，垣窺六脈妙回春。
從容談笑行無事，填盡人間妒婦津。

邵九娘 青柯亭本题作《邵女》。

柴廷宾，太平人。妻金氏，不育，又奇妒。柴百金买妾，金暴遇之，经岁而死。柴忿出，独宿数月，不践闺闼。一日，柴初度，金卑词庄礼，为丈夫寿。柴不忍拒，始通言笑。金设筵内寝，招柴。柴辞以醉。金华妆自诣柴所，曰："妾竭诚终日，君即醉，请一盏而别。"柴乃入，酌酒话言。妻从容曰："前日误杀婢子，今甚悔之。何便仇忌，遂无结发情耶？后请纳金钗十二，妾不汝瑕疵也。"柴益喜，烛尽见跋，遂止宿焉。由此敬爱如初。金便呼媒媪来，嘱为物色佳媵；而阴使迁延勿报，己则故督促之。如是年余。柴不能待，遍嘱戚好为之购致，得林氏之养女。金一见，喜形于色，饮食共之，脂泽花钏，任其所取。然林固燕产，不习女红，绣履之外，须人而成。金曰："我素勤俭，非似王侯家，买作画图看者。"于是授美锦，使学制，若严师诲弟子。初犹呵骂，继而鞭楚。柴痛切于心，不能为地。而金之怜爱林，尤倍于昔，往往自为妆束，匀铅黄焉。但履跟稍有折痕，则以铁杖击双弯；发少乱，则批两颊：林不堪其虐，自经死。似周颉母李络秀。柴悲惨心目，颇致怨态。妻怒曰："我代汝教娘子，有何罪过？"柴始悟其奸，因复反目，永绝琴瑟之好。阴于别业修房闼，思购丽人而别居之。荏苒半载，未得其人。

偶会友人之葬，见二八女郎，光艳溢目，停睇神驰。女怪其狂顾，秋波斜转之。询诸人，知为邵氏。邵贫士，止此女，少聪慧，教之读，过目能了。尤喜读内经及冰鉴书。父爱溺之，有议婚者，辄令自择，而贫富皆少所可，故十七岁犹未字也。柴得其端末，知不可图，然心低徊之。又冀其家贫，或可利动。谋之数媪，无敢媒者，遂亦灰心，无所复望。忽有贾媪者，以货珠过柴。柴告所愿，赂以重金，曰："止求一通诚意，其成与否，所勿责也。万一可图，千金不惜。"媪利其有，诺之。登门，故与邵妻絮语。睹女，惊赞曰："好个美姑姑！假到昭阳院，赵家姊妹何足数得！"此一段词令之妙，仿佛国策。又问："婿家阿谁？"邵妻答："尚未。"媪言："若个娘子，何愁无王侯作贵客也。"邵妻叹曰："王侯家所不敢望；只要个读书种子，便是佳耳。我家小孽冤，翻复遴选，十无一当，不解是何意向。"媪曰："夫人勿须烦怨。恁个丽人，不知前身修何福泽，才能消受得。昨一大笑事：柴家郎君云：于某家茔边，望见颜色，愿以千金为聘。此非饿鸱作天鹅想耶？早被老身呵斥去矣。"看他于开不得口处开口笑之，驳斥之，无意中以千金动之，末仍以不了语探之，极语言之妙。邵妻微笑不答。媪曰："便是秀才家，难与较计；若在别个，失尺而得丈，宜若可为矣。"一纵一擒，一挑一剔。邵妻复笑不言。媪抚掌曰："果尔，则为老身计亦左矣。日蒙夫人爱，登堂便促膝赐浆酒；若得千金，出车马，入楼阁，老身再到门，则阍者呵叱及之矣。"真是口底生莲，末仍重言千金以欣动之，却无一字呆板，真会说女苏、张也。都从上贫士二字伏根。邵妻沉吟良久，说入邵母心里去，灵心妙舌。起而去，与夫语，移时，唤其女；又移时，三人并出。邵妻笑曰："婢子奇特，多少良匹悉不就，闻为贱媵则就之。但恐为儒林笑也！"媪曰："倘入门，得一小哥子，大夫人便如何耶！"言已，告以别居之谋。邵益喜，唤女曰："试同贾姥言之。此汝自主张，勿后悔，致怼父母。”女腆然曰：“父母安享厚奉，则养女有济矣。仁孝之言，闻之凄动。然亦可见千金之来，仁人孝子亦重赖之矣。为之三叹。况自顾命薄，若得佳偶，必减寿数，少受折磨，未必非福。前见柴郎亦福相，子孙必有兴者。”媪大喜，奔告。柴喜出非望，即置千金，备舆马，娶女于别业，家人无敢言者。

女谓柴曰：“君之计，所谓燕巢于幕，不谋朝夕者也。塞口防舌，以冀不漏，何可得宁？请不如早归，犹速发而祸小。”大识解。老主意，近乎圣人之道，尤服其坚定。柴虑摧残。女曰：“天下无不可化之人。无不可化之人，大非易事，唯圣者能之。然主意既定，尽其在我，能化不能化，听之而已。我苟无过，怒何由起？”柴曰：“不然。此非常之悍，不可情理动者。”女曰：“身为贱婢，摧折亦自分耳。不然，买日为活，何可长也？”柴以为是，终踌躇而不敢决。一日，柴他往。女青衣而出，命苍头控老牝马，一妪携襆从之，竟诣嫡所，伏地而陈。妻始而怒，既念其自首可原，又见容饰兼卑，气亦稍平。乃命婢子出锦衣衣之，曰：“彼薄幸人播恶于众，使我横被口语。其实皆男子不义，诸婢无行，有以激之。汝试念背妻而立家室，此岂复是人矣？”女曰：“细察渠似稍悔之，但不肯下气耳。谚云：‘大者不伏小。’以礼论妻之于夫，犹子之于父，庶之于嫡也。夫人若肯假以词色，则积怨可以尽捐。”不触不背，出言轻妙，得体如此，真有德之言也。前媒媪之言，此邵女之言，言各有当。媒媪之言近策士，邵女之言近圣贤，各极其妙。妻云：“彼自不来，我何与焉？”即命婢媪为之除舍。心虽不乐，亦暂安之。柴闻女归，惊惕不已，窃意羊入虎群，狼藉已不堪矣。疾奔而至，见家中寂然，心始稳贴。女迎门而劝，令诣嫡所。柴有难色。女泣下，柴意少纳。女往见妻曰：“郎适归，自惭无以见夫人，乞夫人往一姗笑之也。”妻不肯行，女曰：“妾已言：夫之于妻，犹嫡之于庶。孟光举案，而人不以为谄，何哉？分在则然耳。”妻乃从之，见柴曰：“汝狡兔三窟，何归为？”柴俯不对。女肘之，柴始强颜笑。妻色稍霁，将返。女推柴从之，又嘱庖人备酌。自是夫妻复和。女早起青衣往朝；盥已，授帨，执婢礼甚恭。真是左右做人难。柴入其室，苦辞之，十余夕始肯一纳。妻亦心贤之；然自愧弗如，积惭成忌。“积惭成忌”，语透极。但女奉侍谨，无可蹈瑕，或薄施呵谴，女惟顺受。一夜，夫妇少有反唇，晓妆犹含盛怒。女捧镜，镜堕，破之。妻益恚，握发裂眦。女惧，长跪哀免。谁则能之。怒不解，鞭之至数十。柴不能忍，盛气奔入，曳女出。妻呶呶逐击之。柴怒，夺鞭反扑，面肤绽裂，始退。由是夫妻若仇。柴禁女无往。女弗听，早起，膝行伺幕外。妻捶床怒骂，叱去，不听前。日夜切齿，将伺柴出而后泄愤于女。柴知之，谢绝人事，杜门不通吊庆。妻无如何，惟日挞婢媪以寄其恨，下人皆不可堪。或曰：同叙妒妇，与《杨万石》《江城》二篇何以不同？曰：《杨万石》篇专写懦夫，《江城》篇专写悍妇，此篇专写邵女之贤，命意先不同也。自夫妻绝好，女亦莫敢当夕，柴于是孤眠。妻闻之，意不稍安。

有大婢素狡黠，偶与柴语，妻疑其私，暴之尤苦。婢辄于无人处，疾首怨骂。一夕，轮婢值宿，女嘱柴，禁无往，曰：“婢面有杀机，叵测也。”读冰鉴书。柴如其言，招之来，诈问：“何作？”婢惊惧，无所措词。柴益疑，检其衣，得利刃焉。婢无言，惟伏地乞死。柴欲挞之，女止之曰：“恐夫人所闻，此婢必无生理。彼罪固不赦，然不如鬻之，既全其生，我亦得直焉。”柴然之。会有买妾者，急货之。妻以其不谋故，罪柴，益迁怒女，诟骂益毒。柴忿，顾女曰：“皆汝自取。前此杀却，乌有今日。”言已而走。妻怪其言，遍诘左右，并无知者；问女，女亦不言。心益闷怒，捉裾浪骂。柴乃返，以实告。妻大惊，向女温语，而心转恨其言之不早。柴以为嫌却尽释，不复作防。适远出，妻乃召女而数之曰：“杀主者罪不赦，汝纵之何心？”女造次不能以词自达。妻烧赤铁烙女面，欲毁其容。婢媪皆为之不平。每号痛一声，则家人皆哭，愿代受死。妻乃不烙，以针刺胁二十余下，始挥去之。物极必反，写到此妒妇之恶已极，邵女之贤尽见，下文便好转关。柴归，见面创，大怒，欲往寻之。女捉襟曰：“妾明知火坑而固蹈之。当嫁君时，岂以君家为天堂耶？亦自顾薄命，聊以泄造化之怒耳。安心忍受，尚有满时；若再触焉，是坎已填而复掘之也。”祸福循环之理，言之确凿，能如此，则天下无不可处之事，无不可化之人。“泄造化之怒”一语，理尤精。遂以药糁患处，数日寻愈。忽揽镜喜曰：“君今日宜为妾贺，彼烙断我晦纹矣！”朝夕事嫡，一如往日。

金前见众哭，自知身同独夫，略有愧悔之萌，时时呼女共事，词色平善。月余，忽病逆，害饮食，中插一笔。柴恨其不死，略不顾问。数日，腹胀如鼓，日夜寝困。女侍伺不遑眠食，如此本事，禽兽都可以化，况人乎？金益德之。女以医理自陈；金自觉畴昔过惨，疑其怨报，故谢之。金为人持家严整，婢仆悉就约束。自病后，皆散诞无操作者。柴躬自经理，劬劳甚苦，而家中米盐，不食自尽。由是慨然兴中馈之思，聘医药之。渐渐弥补救转过来，下文方有步骤。文字缓急，都有妙理。金对人辄自言为“气蛊”，以故医脉之，无不指为气郁者。凡易数医，卒罔效，亦滨危矣。又将烹药，女进曰：“此等药，百裹无益，只增剧耳。”金不信。女暗撮别剂易之，药下，食顷三遗，病若失。遂益笑女言妄，呻而呼之曰：“女华陀，今如何也？”女及群婢皆笑。金问故，始实告之。泣曰："妾日受子之覆载而不知也！今而后，请惟家政，听子而行。"以下方大转过来。无何，病痊，柴整设为贺。女捧壶侍侧，金自起夺壶，曳与连臂，爱异常情。以上雷公电母，以下甘雨和风，另一世界。更阑，女托故离席，金遣二婢曳还之，强与连榻。自此，事必商，食必偕，即姊妹无其和也。无何，女产一男。产后多病，金亲为调视，若奉老母。

后金患心痗，痛起，则面目皆青，但欲觅死。女急取银针数枚，比至，则气息濒尽，按穴刺之，画然痛止。不写至此，无以见其悔之至。十余日复发，复刺；过六七日又发。虽应手奏效，不至大苦，然心常惴惴，恐其复萌。夜梦至一处，似庙宇，殿中鬼神皆动。悔后又写此一段果报，文情饱满圆足，否则头大尾小，通体不称。神问："汝金氏耶？汝罪过多端，寿数合尽，念汝改悔，故仅降灾，以示微谴。前杀两姬，此其宿报。至邵氏何罪，而惨毒如此？鞭打之刑，已有柴生代报，可以相准；所欠一烙、二十三针，今三次止偿零数，便望病根除耶？明日又当作矣！"八两半斤，丝毫不爽。施报之理如秤上秤来，可惧也。醒而大惧，犹冀为妖梦之诬。食后果病，其痛倍苦。女至，刺之，随手而瘥。疑曰："技止此矣，病本何以不拔？请再灼之。此非烂烧不可，但恐夫人不能忍受。""此非烂烧不可"，邵女语也，省一"曰"字，古史往往有之。金忆梦中语，以故无难色。然呻吟忍受之际，默思欠此十九针，不知作何变症，不如一朝受尽，庶免后苦。炷尽，求女再针。女笑曰："针岂可以泛常施用耶？"金曰："不必论穴，但烦十九刺。"女笑不可，金请益坚，起跪榻上。女终不忍。实以梦告。女乃约略经络，刺之如数。自此平复，果不复病。弥自忏悔，临下亦无戾色。

子名曰俊，秀惠绝伦。女每曰："此子翰苑相也。"八岁有神童之目，十五岁以进士授翰林。暗应前“柴郎福相，子孙必有兴者”二句。是时柴夫妇年四十，如夫人三十有二三耳。舆马归宁，乡里荣之。邵翁自鬻女后，家暴富，而士林羞与为伍；至是，始有通往来者。如此掉收，有致，且完密。

异史氏曰：“女子狡妒，其天性然也。而为妾媵者，又复炫美弄机，以增其怒。呜呼！祸所由来矣。小星之诗可诵。若以命自安，以分自守，百折而不移其志，此岂梃刃所能加乎？乃至于再拯其死，而始有悔悟之萌。呜呼！岂人也哉！如数以偿，而不增之息，亦造物之恕矣。顾以仁术作恶报，不亦慎乎！每见愚夫妇抱病终日，即招无知之巫，任其刺肌灼肤而不敢呻，心尝怪之，至此始悟。”曲曲折折，议论圆通，笔锋锐入，最有味。

闽人有纳妾者，夕入妻房，不敢便去，伪解屦作登榻状。妻曰：“去休！勿作态！”夫尚徘徊，妻正色曰：“我非似他家妒忌者，何必尔尔。”夫乃去。妻独卧，辗转不得寐，遂起，往伏门外潜听之。但闻妾声隐约，不甚了了，惟“郎罢”二字，略可辨识。郎罢，闽人呼父也。妻听逾刻，痰厥而踣，首触扉作声。夫惊起，启户，尸倒入。呼妾火之，则其妻也。急扶灌之。目略开，即呻曰：“谁家郎罢被汝呼！”妒情可哂。

鞏僊
袖裏乾坤大若何曠夫怨
女盡包羅還君佳麗絲君
祀煞費儂心一片婆

巩仙

巩道人，无名字，亦不知何里人。尝求见鲁王，阍人不为通。有中贵人出，揖求之。中贵见其鄙陋，逐去之；已而复来。中贵怒，且逐且扑。至无人处，道人笑出黄金二百两，烦逐者覆中贵："为言我亦不要见王；但闻后苑花木楼台，极人间佳胜，若能导我一游，生平足矣。"又以白金赂逐者。其人喜，反命。中贵亦喜，见银不喜者几人？远村曰："我则然矣，非不喜也，不知何以可喜也。"引道人自后宰门入，诸景俱历。又从登楼上。中贵方凭窗，道人一推，但觉身堕楼外，有细葛绷腰悬于空际；下视，则高深晕目，葛隐隐作断声。惧极，大号。无何，数监至，骇极。见其去地绝远，登楼共视，则葛端系棂上；欲解援之，则葛细不堪用力。遍索道人，已杳矣。束手无计，奏之鲁王。王诣视，大奇之。命楼下藉茅铺絮，将因而断之。甫毕，葛崩然自绝，去地乃不咫耳。相与失笑。

王命访道士所在。闻馆于尚秀才家，往问之，则出游未复。既遇于途，遂引见王。王赐宴坐，便请作剧。道士曰："臣草野之夫，无他庸能。既承优宠，敢献女乐为大王寿。"遂探袖中出美人，置地上，向王稽拜已。道士命扮"瑶池宴本"，祝王万年。女子吊场数语。道士又出一人，自白"王母"。少间，董双成、许飞琼，一切仙姬，次第俱出。末有织女来谒，献天衣一袭，金彩绚烂，光映一室。王意其伪，索观之。道士急言："不可！”王不听，卒观之，果无缝之衣，非人工所能制也。道士不乐曰：“臣竭诚以奉大王，暂而假诸天孙，今则浊气所染，何以还故主乎？”王又意歌者必仙姬，思欲留其一二；细视之，则皆宫中乐伎耳。转疑此曲，非所夙谙，问之，果茫然不自知。道士以衣置火烧之，然后纳诸袖中，再搜之则已无矣。王于是深重道士，留居府内。道士曰：“野人之性，视宫殿如藩笼，不如秀才家得自由也。”每至中夜，必还其所；时而坚留，亦遂宿止。辄于筵间，颠倒四时花木为戏。王问曰：“闻仙人亦不能忘情，果否？”对曰：“或仙人然耳。臣非仙人，故心如枯木矣。”一夜，宿府中，王遣少妓往试之。入其室，数呼不应，烛之，则瞑坐榻上。摇之，目一闪即复合；再摇之，齁声作矣。推之，则遂手而倒，酣卧如雷；弹其额，逆指作铁釜声。返以白王。王使刺一针，针弗入。推之，重不可摇；加十余人举掷床下，若千斤石堕地者。旦而窥之，仍眠地上。醒而笑曰：“一场恶睡，堕床下不觉耶！”后女子辈每于其坐卧时，按之为戏；初按犹软，再按则铁石矣。道士舍尚秀才家，恒终夜不归。尚锁其户，及旦启扉，道士已卧室中。

初，尚与曲妓惠哥善，矢志嫁娶。惠雅善歌，弦索倾一时。鲁王闻其名，召入供奉，遂绝情好。每系念之，苦无由通。一夕，问道士：“见惠哥否？”答言：“诸姬皆见，但不知其惠哥为谁？”尚述其貌，道其年，道士乃忆之。尚求转寄一语，道士笑曰：“我世外人，不能为君塞鸿。”尚哀之不已。道士展其袖曰：（乾坤一袖中。）“必欲一见，请入此。”尚窥之，中大如屋。伏身入，则光明洞彻，宽若厅堂；几案床榻，无物不有。居其内，殊无闷苦。道士入府，与王对奕。望惠哥至，阳以袍袖拂尘，惠哥已纳袖中，而他人不之睹也。尚方独坐凝想时，忽有美人自檐间堕，视之，惠哥也。两相惊喜，绸缪臻至。尚曰："今日奇缘，不可不志。请与卿联之。"书壁上曰："侯门似海久无踪。"惠续云："谁识萧郎今又逢。"尚曰："袖里乾坤真个大。"惠曰："离人思妇尽包容。"书甫毕，忽有五人入，八角冠，淡红衣，认之，都与无素。默然不言，捉惠哥去。尚惊骇，不知所由。道士既归，呼之出，问其情事，隐讳不以尽言。道士微笑，解衣反袂示之。尚审视，隐隐有字迹，细裁如虮，盖即所题句也。后十数日，又求一入。前后凡三入。惠歌谓尚曰："腹中震动，妾甚忧之，常以紧帛束腰际。府中耳目较多，倘一朝临蓐，何处可容儿啼？烦与巩仙谋，见妾三叉腰时，便一拯救。"尚诺之。归见道士，伏地不起。道士曳之曰："所言，予已了了。但请勿忧。君宗祧赖此一线，何敢不竭绵薄。但自此不必复入，我所以报君者，原不在情私也。"后数月，道士自外入，笑曰："携得公子至矣。可速把襁褓来！"尚妻最贤，年近三十，数胎而存一子；适生女，盈月而殇。闻尚言，惊喜自出。道士探袖出婴儿，酣然若寐，脐梗犹未断也。尚妻接抱，始呱呱而泣。道士解衣曰："产血溅衣，道家最忌。今为君故，二十年故物，一旦弃之。"尚为易衣。道士嘱曰："旧物勿弃却，烧钱许，可疗难产，堕死胎。"尚从其言。居之又久，忽告尚曰："所藏旧衲，当留少许自用，我死后亦勿忘也。"尚谓其言不祥。道士不言而去。入见王曰："臣欲死！"王惊问之，曰："此有定数，亦复何言。"王不信，强留之。手谈一局，急起；王又止之，请就外舍，从之。

道士趋卧，视之已死。王具棺木，以礼葬之。尚临哭尽哀，始悟曩言盖先告之也。遗衲用催生，应如响，求者踵接于门。始犹以污袖与之，既而剪领衿，罔不效。及闻所嘱，疑妻必有产厄，断血布如掌，珍藏之。会鲁王有爱妃临盆，三日不下，医穷于术。或有以尚生告者，立召入，一剂而产。王大喜，赠白金，彩缎良厚，尚悉辞不受。王问所欲，曰："臣不敢言。"再请之，顿首曰："如推天惠，但赐旧妓惠哥足矣。"王召之来，问其年，曰："妾十八入府，今十四年矣。"王以其齿加长，命遍呼群妓，任尚自择；尚一无所好。王笑曰："痴哉书生！十年前定婚嫁耶？"尚以实对。乃盛备舆马，仍以所辞彩缎为惠哥作妆，送之出。惠所生子，名之秀生——秀者袖也——是时年十一矣。日念仙人之恩，清明则上其墓。有久客川中者，逢道人于途，出书一卷曰："此府中物，来时仓猝，未暇璧返，烦寄去。"客归，闻道人已死，不敢达王；尚代奏之。王展视，果道士所借。疑之，发其冢，空棺耳。后尚子少殇，赖秀生承继，益服巩之先知云。

异史氏曰："袖里乾坤，古人之寓言耳。岂真有之耶？抑何其奇也！中有天地、有日月，可以娶妻生子，而又无催科之苦，人事之烦，则袖中虮虱，何殊桃源鸡犬哉！设容人常住，老于是乡可耳。"

二商
兄弟怡怡樂孔
懷婦言偏使兩
情乖二商友爱
鍾天性長舌安
能作厲階

二商

莒人商姓者，兄富而弟贫，邻垣而居。康熙间，岁大凶，弟朝夕不自给。一日，日向午，尚未举火，枵腹蹀躞，无以为计。妻令往告兄。商曰：“无益。脱兄怜我贫也，当早有以处此矣。”妻固强之，商便使其子往。少顷，空手而返。商曰：“何如哉！”妻详问阿伯云何，子曰：“伯踌躇目视伯母；画出懦夫。伯母告我曰：‘兄弟析居，有饭各食，谁复能相顾也。’”夫妻无言，暂以残盎败榻，少易糠秕而生。里中三四恶少，窥大商饶足，夜逾垣入。夫妻警寤，鸣盥器而号。邻人共嫉之，无援者。不得已，疾呼二商。商闻嫂鸣，欲趋救。妻止之，大声对嫂曰：“兄弟析居，有祸各受，谁复能相顾也。”俄，盗破扉，执大商及妇，炮烙之，呼声綦惨。二商曰：“彼因无情，焉有坐视兄死而不救者！”率子越垣，大声疾呼。二商父子故武勇，人所畏惧，又恐惊致他援，盗乃去。视兄嫂，两股焦灼。扶榻上，招集婢仆，乃归。大商虽被创，而金帛无所亡失，谓妻曰：“今所遗留，悉出弟赐，宜分给之。”妻曰：“汝有好兄弟，不受此苦矣！”商乃不言。二商家绝食，谓兄必有一报；久之，寂不闻。妇不能待，使子捉囊往从贷，得斗粟而返。只缘花底莺声巧，致使天边雁影飞。每读之泪下。妇怒其少，欲反之；二商止之。逾两月，贫馁愈不可支。二商曰：“今无术可以谋生，不如鬻宅于兄。兄恐我他去，或不受券而恤焉，未可知；纵或不然，得十余金，亦可存活。”妻以为然，遣子操券诣大商。大商告之妇，纵不能化，独不能断，我自行之，何必谋诸妇也。人为大商原，我为大商恨矣。且曰：“弟即不仁，我手足也。彼去则我孤立，不如反其券而周之。”妻曰：“不然。彼言去，挟我也；果尔，则适堕其谋。世间无兄弟者，便都死却耶？我高葺墙垣，亦足自固。不如受其券，从所适，亦可以广吾宅。”计定，令二商押署券尾，付直而去。二商于是徙居邻村。“徙居邻村”句，令人泣下。彼大商者何足道哉！

乡中不逞之徒，闻二商去，又攻之。复执大商，搒楚并兼，梏毒惨至，所有金资，悉以赎命。盗临去，开廪呼村中贫者，恣所取，顷刻都尽。次日，二商始闻，及奔视，则兄已昏愦不能语；开目见弟，但以手抓床席而已。寄语世间好兄弟，赎命金钱要几多！少顷遂死。二商忿诉邑宰。盗首逃窜，莫可缉获。盗粟者百余人，皆里中贫民，州守亦莫如何。大商遗幼子，才五岁，家既贫，往往自投叔所，数日不归；送之归，则啼不止。二商妇颇不加青眼。二商曰：“渠父不义，其子何罪？”因市蒸饼数枚，自送之。过数日，又避妻子，阴负斗粟于嫂，使养儿。如此以为常。又数年，大商卖其田宅，母得直足自给，二商乃不复至。后岁大饥，道殣相望，二商食指益繁，不能他顾。侄年十五，荏弱不能操业，使携篮从兄货胡饼。友爱家风，琐事中露出。一夜，梦兄至，颜色惨戚曰：“余惑于妇言，遂失手足之义。弟不念前嫌，增我汗羞。所卖故宅，今尚空闲，宜僦居之。屋后蓬颗下，藏有窖金，发之，可以小阜。使丑儿相从；长舌妇余甚恨之，勿顾也。”既醒，异之。以重直啖第主，始得就。果发得五百金。从此弃贱业，使兄弟设肆廛间。侄颇慧，记算无讹，又诚悫，凡出入一锱铢，必告。二商益爱之。一日，泣为母请粟。商妻欲勿与，二商念其孝，按月廪给之。二商妇与大商妇相去几何，处处带写一句，所以表二商也。数年家益富，大商妇病死，二商亦老，乃析侄，家资割半与之。

异史氏曰："闻大商一介不轻取与，亦狷洁自好者也。然妇言是听，愦愦不置一词，恝情骨肉，卒以吝死。呜呼！亦何怪哉！二商以贫始，以素封终。为人何所长？但不甚遵阃教耳。呜呼！一行不同，而人品遂异。"

《聊斋》叙孝弟事皆令人心动。

沂水秀才
何来長袖態翩翩小榻無
塵坐並肩不愛綾巾愛金
鋌書生俗狀亦堪憐

沂水秀才

沂水某秀才，课业山中。夜有二美人入，含笑不言，各以长袖拂榻，相将坐，衣软无声。少间，一美人起，以白绫巾展几上，上有草书三四行，亦未尝审其何词。一美人置白金一铤，可三四两许，秀才掇内袖中。美人取巾，握手笑出，曰："俗不可耐！"秀才扪金，则乌有矣。丽人在坐，投以芳泽，置不顾；而金是取，是乞儿相也，尚可耐哉！狐子可儿，雅态可想。

友人言此，并思不可耐事，附志之：对酸俗客。市井人作文语。富贵态状。秀才装名士。旁观谄态。信口谎言不倦。揖坐苦让上下。歪诗文强人观听。财奴哭穷。醉人歪缠。作满洲调。体气若逼人语。市井恶谑。任憨儿登筵抓肴果。假人余威装模样。歪科甲谈诗文。语次频称贵戚。

梅女
枉法都因受盜
錢夜臺買笑亦堪
憐傷心冢是
梅家女幽
魄沈淪
十六年

梅　女

封云亭，太行人。偶至郡，昼卧寓屋。时年少丧偶，岑寂之下，颇有所思。凝视间，见墙上有女子影，依稀如画。念必意想所致。而久之不动，亦不灭。异之。起视转真；再近之，俨然少女，容蹙舌伸，索环秀领。惊顾未已，冉冉欲下。知为缢鬼，然以白昼壮胆，不大畏怯。语曰："娘子如有奇冤，小生可以极力。"影居然下，曰："萍水之人，何敢遽以重务浼君子。但泉下槁骸，舌不得缩，索不得除，求断屋梁而焚之，恩同山岳矣。"一句简叙，他人必用数语。诺之，遂灭。呼主人来，问所见状。主人言：先叙明从旁人说出，又一法。"此十年前梅氏故宅，夜有小偷入室，为梅所执，送诣典史。典史受盗钱五百，诬其女与通，将拘审验。女闻自经。后梅夫妻相继卒，宅归于余。客往往见怪异，而无术可以靖之。"封以鬼言告主人。计毁舍易楹，费不资，故难之；封乃协力助作。二句又抵数句。既就而复居之。

梅女夜至，展谢已，喜气充溢，姿态嫣然。封爱悦之，欲与为欢。瞒然而惭曰："阴惨之气，非但不为君利；若此之为，则生前之垢，西江不可濯矣。会合有时，今日尚未。"问："何时？"但笑不言。封问："饮乎？"答曰："不饮。"封曰："对佳人闷眼相看，亦复何味？"女曰："妾生平戏技，惟谙打马。但两人寥落，夜深又苦无局。今长夜莫遣，聊与君为交线之戏。”封从之。促膝戟指，翻变良久，封迷乱不知所从；女辄口道而颐指之，愈出愈幻，不穷于术。叙琐事只数语便明醒之甚，他人不能也。封笑曰：“此闺房之绝技。”女曰：“此妾自悟，但有双线，即可成文，人自不之察耳。”更阑颇怠，强使就寝，曰：“我阴人不寐，请自休。妾少解按摩之术，愿尽技能，以侑清梦。”封从其请。女叠掌为之轻按，自顶及踵皆遍；手所经，骨若醉。既而握指细擂，如以团絮相触状，体畅舒不可言：擂至腰，口目皆慵；至股，则沉沉睡去矣。世之剃工颇善此技，写状极肖，真能以笔代口。及醒，日已向午，觉骨节轻和，殊于往日。心益爱慕，绕屋而呼之，并无响应。日夕，女始至。封曰：“卿居何所，使我呼欲遍？”曰：“鬼无常所，要在地下。”问：“地下有隙可容身乎？”曰：“鬼不见地，犹鱼不见水也。”鱼不见水，龙不见石，见《博物志》。封握腕曰：“使卿而活，当破产购致之。”女笑曰：“无须破产。”戏至半夜，封苦逼之。女曰：“君勿缠我。有浙娼爱卿者，新寓北邻，颇极风致。明夕，招与俱来，聊以自代，若何？”封允之。

次夕，果与一少妇同至，年近三十已来，眉目流转，隐含荡意。三人狎坐，打马为戏。局终，女起曰：“嘉会方殷，我且去。”封欲挽之，飘然已逝。两人登榻，于飞甚乐。诘其家世，则含糊不以尽道，但曰：“郎如爱妾，当以指弹北壁，微呼曰‘壶卢子’，即至。三呼不应，可知不暇，勿更招也。”天晓入北壁隙中而去。次日，女来，封问爱卿。女曰：“被高公子招去侑酒，以故不得来。”因而剪烛共话。女每欲有所言，吻已启而辄止；固诘之，终不肯言，欷歔而已。留住下文，换笔好。封强与作戏，四漏始去。自此二女频来，笑声常彻宵旦，因而城社悉闻。

如此接入，笔墨之痕俱化，看下文乃知其妙。

典史某，亦浙之世族，嫡室以私仆被黜。继娶顾氏，深相爱好；期月夭殂，心甚悼之。闻封有灵鬼，欲以问冥世之缘，遂跨马造封。封初不肯承，某力求不已。封设筵与坐，诺为招鬼妓。日及曛，叩壁而呼，三声未已，爱卿即入。举头见客，色变欲走。封以身横阻之。某审视，大怒，投以巨碗，溘然而灭。看者亦不解其故。封大惊，不解其故，方将致诘。俄暗室中一老妪出，大骂曰：“贪鄙贼！坏我家钱树子！三十贯索要偿也！”又奇。以杖击某，中颅。某抱首而哀曰：“此顾氏，我妻也。少年而殒，方切哀痛；不图为鬼不贞。于姥乎何与？”妪怒曰：“汝本浙江一无赖贼，买得条乌角带，鼻骨倒竖矣？老典即老龟也。汝居官有何黑白？袖有三百钱，便而翁也！三百钱便污人名节，安有贞妇？神怒人怨，死期已迫。汝父母代哀冥司，愿以爱媳入青楼，代汝偿贪债，不知耶？”言已，又击。某宛转哀鸣。或谓《聊斋》骂人太伤雅道：骂教官为饿鬼，骂典史为龟头。予曰：非也，有可骂则骂之。以三百钱便污人名节，此岂尚得谓之官乎？天下如此官岂少乎？人各扪心自问，无怪人骂也。否则邹忠介，石城吏目也；王阳明，龙场驿丞也；杨椒山，狄道典史也。掀天揭地，典史中岂无名人哉？至骂教官为饿鬼，以教官中原不少饿鬼，骂之宜。方惊诧无从救解，旋见梅女自房中出，张目吐舌，颜色变异，近以长簪刺其耳。封惊极，以身幛客。女愤不已。封劝曰：“某即有罪，倘死于寓所，则咎在小生。请少存投鼠之忌。”女乃曳妪曰：“暂假余息，为我顾封郎也。”某张皇鼠窜而去。至署，患脑痛，中夜遂毙。崇祯十七年五十四相，后世不知名。洪武间，龙阳典史青文胜捐躯以救民困，名垂青史，庙祀不绝。宰相若彼，典史若此，官岂以大小论哉！次夜，女出笑曰：“痛快！恶气出矣！”问：“何仇怨？”女曰：“曩已言之：受贿诬奸，衔恨已久。每欲浼君，一为昭雪，自愧无纤毫之德，故将言而辄止。适闻纷拿，窃以伺听，不意其仇人也。”封讶曰：“此即诬卿者耶？”曰：“彼典史于此，十有八年；妾冤殁十六寒暑矣。”问：“妪为谁？”曰：“老娼也。”又问爱卿，曰：“卧病耳。”因赧然曰：“妾昔谓会合有期，今真不远矣。君尝愿破家相赎，犹记否？”封曰：“今日犹此心也。”女曰：“实告君：妾殁日，已投生延安展孝廉家。徒以大怨未伸，故迁延于是。请以新帛作鬼囊，俾妾得附君以往，就展氏求婚，计必允谐。”封虑势分悬殊，恐将不遂。女曰：“但去无忧。”封从其言。女嘱曰：“途中慎勿相唤，待合卺之夕，以囊挂新人首，急呼曰：‘勿忘，勿忘！’”封诺之。才启囊，女跳身已入。

携至延安，访之，果有展孝廉，生一女，貌极端好，但病痴，又常以舌出唇外，类犬喘日。年十六岁，无问名者。父母忧念成痗。封到门投刺，具通族阀。既退，托媒。展喜，赘封于家。女痴绝，不知为礼，使两婢扶曳归所。群婢既去，女解衿露乳，对封憨笑。封覆囊呼之。女停眸审顾，似有疑思，封笑曰：“卿不识小生耶？”举之囊而示之。女乃悟，急掩衿，喜共燕笑。诘旦，封入谒岳，展慰之曰：“痴女无知，既承青眷，君倘有意，家中慧婢不乏，仆不靳相赠。”封力辨其不痴。展疑之。无何，女至，举止皆佳，因大惊异。女但掩口微笑。展细诘之，女进退而惭于言；封为略述梗概。展大喜，爱悦逾于平时。使子大成与婿同学，供给丰备。年余，大成渐厌薄之，因而郎舅不相能，厮仆亦刻疵其短。展惑于浸润，礼稍懈。女觉之，谓封曰：“岳家不可久居；凡久居者，尽阘茸也。及今未大决裂，宜速归。”语确。封然之，告展。展欲留女，女不可。父兄尽怒，不给舆马。女自出妆资贳马归。后展招令归宁，女固辞不往。后封举孝廉，始通庆好。

异史氏曰：“官卑者愈贪，其常情然乎！三百诬奸，夜气之牿亡尽矣。夺嘉偶，入青楼，卒用暴死。吁！可畏哉！”

康熙甲子，贝丘典史最贪诈，民咸怨之。忽其妻被狡者诱与偕亡。或代悬招状云：“某官因自己不慎，走失夫人一名。身无余物，止有红绫七尺，包裹元宝一枚，翘边细纹，并无阙坏。”亦风流之小报。

郭秀才
鳥語啁啾夜
未央月中豪飲
快飛觴踏肩作戲
成修道歸路何
愁强半忘

郭秀才

东粤士人郭某，暮自友人归，入山迷路，窜榛莽中。更许，闻山头笑语，急趋之。见十余人，藉地饮，望见郭，哄然曰：“坐中正欠一客，大佳，大佳！”郭既坐，见诸客半儒巾，便请指迷。一人笑曰：“君真酸腐！舍此明月不赏，何求道路？”即飞一觥来。郭饮之，芳香射鼻，一引遂尽。又一人持壶倾注。郭故善饮，又复奔驰吻燥，一举十觞。众人大赞曰：“豪哉！真吾友也！”郭放达喜谑，能学禽语，无不酷肖。小耍，意亦佳。离坐起溲，窃作燕子鸣。众疑曰：“半夜何得此耶？”又效杜鹃，众益疑。郭坐，但笑不言。方纷议间，郭回首为鹦鹉鸣曰：“郭秀才醉矣，送他归也！”众惊听，寂不复闻。少顷，又作之。既而悟其为郭，始大笑。皆撮口从学，无一能者。一人曰：“可惜青娘子未至。”又一人曰：“中秋还集于此，郭先生不可不来。”闪一笔，拖一笔，眩惑人，《聊斋》往往如此。郭敬诺。一人起曰：“客有绝技，我等亦献踏肩之戏，若何？”于是哗然并起。前一人挺身矗立，即有一人飞登肩上，亦矗立；累至四人，高不可登，继至者，攀肩踏臂，如缘梯状：十余人，顷刻都尽，望之可接霄汉。方惊顾间，挺然倒地，化为修道一线。郭骇立良久，遵道得归。翼日，腹大痛，溺绿色，似铜青，着物能染，亦无溺气，三日乃已。往验故处，则肴骨狼籍，四围丛莽，并无道路。至中秋，郭欲赴约，朋友谏止之。设斗胆再往一会青娘子，必更有异，惜乎其见之摇也！

死僧
居然兵解浮離
塵尚戀藏金現
幻身我為優婆
夷一歎積貲將
欲付何人

死 僧

某道士，云游日暮，投止野寺。见僧房扃闭，遂藉蒲团，趺坐廊下。夜既静，闻启阖声。旋见一僧来，浑身血污，目中若不见道士，道士亦若不见之。僧直入殿，登佛座，抱佛头而笑。久之乃去。及明，视室，门扃如故。怪之，入村道所见。众如寺，发扃验之，则僧杀死在地，室中席箧掀腾，知为盗劫。疑鬼笑有因，共验佛首，见脑后有微痕，刓之，内藏三十余金。遂用以葬之。

异史氏曰："谚有之：'财连于命。'不虚哉！夫人俭啬封殖，以予所不知谁何之人，亦已痴矣；况僧并不知谁何之人而无之哉！生不肯享，死犹顾而笑之，财奴之可叹如此。佛云：'一文将不去，惟有业随身。'其僧之谓夫！"

阿英
鸚鵡能言亦可人阿翁早許結昏姻一朝緣盡難重合駭絶狸奴幾喪身

阿英

甘玉，字璧人，庐陵人。父母早丧，遗弟珏，字双璧。提笔。始五岁，从兄鞠养。玉性友爱，抚弟如子。后珏渐长，丰姿秀出，又惠能文。玉益爱之，每曰：“吾弟表表，不可以无良匹。”然简拔过刻，姻卒不就。

适读书匡山僧寺，夜初就枕，闻窗外有女子声。窥之，见三四女郎席地坐，数婢陈设酒，皆殊色也。一女曰：“秦娘子，阿英何不来？”露一字。下坐者曰：“昨自函谷来，被恶人伤右臂，不能同游，方用恨恨。”一女曰：“前宵一梦大恶，今犹汗悸。”下坐者摇手曰：“莫道，莫道！今宵姊妹欢会，言之吓人不快。”女笑曰：“婢子何胆怯尔尔！便有虎狼衔去耶？若要勿言，须歌一曲，为娘行侑酒。”女低吟曰：“闲阶桃花取次开，昨日踏青小约未应乖。付嘱东邻女伴少待莫相催，着得凤头鞋子即当来。”吟罢，一座无不叹赏。谈笑间，忽一伟丈夫岸然自外入，鹘睛荧荧，其貌狞丑。众啼曰：“妖至矣！”仓卒哄然，殆如鸟散。惟歌者婀娜不前，被执哀啼，强与支撑。丈夫吼怒，龁手断指，就便嚼食。女郎踣地若死。玉怜恻不可复忍，乃急袖剑拔关出，挥之，中股，股落，负痛逃去。扶女入室，面如尘土，血淋衿袖；验其手，则右拇断矣。裂帛代裹之。女始呻曰：“拯命之德，将何以报？”玉自初窥时，心已隐为弟谋，带。因告以意。女曰："狼疾之人，不能操箕帚矣。当别为贤仲图之。"诘其姓氏，答言："秦氏。"玉乃展衾，俾暂休养，自乃襆被他所。晓而视之，则床已空，意其自归。而访察近村，殊少此姓；广托戚朋，并无确耗。归与弟言，悔恨若失。另提。

珏一日偶游涂野，遇一二八女郎，姿致娟娟，顾之微笑，似将有言。因以秋波四顾而后问曰："君甘家二郎否？"又突下语。曰："然。"曰："君家尊曾与妾有婚姻之约，何今日欲背前盟，另订秦家？"珏云："小生幼孤，夙好都不曾闻，请言族阀，归当问兄。"女曰："无须细道，但得一言，妾当自至。"珏以未禀兄命为辞。女笑曰："呆郎君！遂如此怕哥子耶？妾陆氏，居东山望村。三日内，当候玉音。"乃别而去。珏归，述诸兄嫂。以下嫂字着眼。兄曰："此大谬语！父殁时，我二十余岁，倘有是说，那得不闻？"又以其独行旷野，遂与男儿交语，愈益鄙之。因问其貌。珏红彻面颈，不出一言。嫂笑曰："想是佳人。"玉曰："童子何辨妍媸？纵美，必不及秦；待秦氏不谐，图之未晚。"珏默而退。又一曲。逾数日，玉在途，见一女子零涕前行。垂鞭按辔而微睨之，人世殆无其匹。使仆诘焉，答曰："我旧许甘家二郎，因家贫远徙，遂绝耗问。近方归，复闻郎家二三其德，背弃前盟。往问伯伯甘璧人，焉置妾也？"玉惊喜曰："甘璧人，即我是也。先人曩约，实所不知。去家不远，请即归谋。"乃下骑授辔，步御以归。女自言："小字阿英，家无昆季，惟外姊秦氏同居。"又带。始悟丽者即其人也。玉欲告诸其家，女固止之。窃喜弟得佳妇，然恐其佻达招议。不叙成婚，此是藏笔，观者自知。久之，女殊矜庄，又娇婉善言。母事嫂，嫂亦雅爱慕之。值中秋，夫妻方狎宴，嫂招之。珏意怅惘。女遣招者先行，约以继至，而端坐笑言良久，殊无去志。珏恐嫂待久，故连促之。女但笑，卒不复去。质旦，晨妆甫竟，嫂自来抚问："夜来相对，何尔怏怏？"女微哂之。珏觉有异，质对参差。嫂大骇："苟非妖物，何得有分身术？"玉亦惧，隔帘而告之曰："家世积德，曾无怨仇。如其妖也，请速行，幸勿杀吾弟！"友爱。女觍然曰："妾本非人，只以阿翁夙盟，故秦家姊以此劝驾。自分不能育男女，尝欲辞去，所以恋恋者，为兄嫂待我不薄耳。今既见疑，请从此诀。"转眼化为鹦鹉，翩然逝矣。此篇鹦鹉与秦吉了同传。

初，甘翁在时，蓄一鹦鹉甚慧，尝自投饵。时珏四五岁，问："饲鸟何为？"父戏曰："将以为汝妇。"间鹦鹉乏食，则呼珏云："不将饵去，饿煞媳妇矣！"家人亦皆以此为戏。后断锁亡去。始悟旧约云即此也。然珏明知非人，而思之不置；嫂悬情犹切，旦夕啜泣。玉悔之而无如何。后二年为弟聘姜氏女，意终不自得。有表兄为粤司李，玉往省之，久不归。适土寇为乱，生波。近村里落，半为丘墟。珏大惧，率家人避山谷。山上男女颇杂，都不知其谁何。忽闻女子小语，绝类英。嫂促珏近验之，果英。珏喜极，捉臂不释。女乃谓同行者曰："姊且去，我望嫂嫂来。"既至，嫂望见悲哽。女慰劝再三，又谓："此非乐土。"因劝令归。众惧寇至，女固言："不妨。"乃相将俱归。女撮土拦户，嘱安居勿出，坐数语，反身欲去。嫂急握其腕，又令两婢捉左右足，女不得已，止焉。然不甚归私室；珏订之三四，始为之一往。嫂每谓新妇不能当叔意。女遂早起为姜理妆梳，竟细匀铅黄，人视之，艳增数倍；如此三日，居然丽人。嫂奇之，因言："我又无子。欲购一妾，姑未遑暇。不知婢辈可涂泽否？"女曰："无人不可转移，但质美者易为力耳。"遂遍相诸婢，惟一黑丑者，有宜男相。乃唤与洗濯，已而以浓粉杂药末涂之，如是三日，面赤渐黄；四七日，脂泽沁入肌理，居然可观。又带。日惟闭门作笑，并不计及兵火。一夜，噪声四起，叙土寇用断续之笔。举家不知所谋。俄闻门外人马鸣动，纷纷俱去。既明，始知村中焚掠殆尽，盗纵群队穷搜，凡伏匿岸穴者，悉被杀掳。遂益德女，目之以神。女忽谓嫂曰："妾此来，徒以嫂义难忘，聊分离乱之忧。阿伯行至，妾在此，如谚所云，非李非桃，可笑人也。我姑去，当乘间一相望耳。"嫂问："行人无恙乎？"曰："近中有大难。此无与他人事，秦家姊受恩奢，又随手带叙。意必报之，固当无妨。"嫂挽之过宿，未明已去。

玉自东粤归，闻乱，兼程进。途遇寇，主仆弃马，各以金束腰间，潜身丛棘中。一秦吉了飞集棘上，谢氏《诗源》云："昔有女子与人情密，凡书札皆凭秦吉了往来。一日，鸟语妇曰：'情急了'。因名情急了，或曰秦吉了，出秦中，能言。"〇《闻见录》："长宁军有鸟名秦吉了，能人言。一日，有夷人将钱五千鬻之。曰：'我汉禽也。'不愿入蛮地，遂投水而死，今不复产。"展翼覆之。视其足，缺一指，心异之。俄而群盗四合，绕莽殆遍，似寻之。二人气不敢息。盗既散，鸟始翔去。既归，各道所见，始知秦吉了即所救丽者也。后值玉他出不归，英必暮至；计玉将归而早出。珏或会于嫂所，间邀之，则诺而不赴。一夕，玉他往，珏意英必至，潜伏候之。未几，英果来，暴起，要遮而归于室。女曰："妾与君情缘已尽，强合之，恐为造物所忌。少留有余，时作一面之会，如何？"珏不听，卒与狎。天明，诣嫂，嫂怪之。女笑云："中途为强寇所劫，劳嫂悬望矣。"数语趋出。居无何，有巨狸衔鹦鹉经寝门过。嫂骇绝，固疑是英。时方沐，辍洗急号，群起噪击，始得之。左翼沾血，奄存余息。把置膝头，抚摩良久，始渐醒。自以喙理其翼。少选，飞绕中室，呼曰："嫂嫂，别矣！吾怨珏也！"振翼遂去，不复来。

橘樹

橘 树

陕西刘公，为兴化令。有道士来献盆树，视之，则小橘细裁如指，摈弗受。刘有幼女，时六七岁，适值初度。道士云："此不足供大人清玩，聊祝女公子福寿耳。"乃受之。女一见，不胜爱悦。置诸闺闼，朝夕护之惟恐伤。刘任满，橘盈把矣。是年初结实。简装将行，以橘重赘，谋弃之。女抱树娇啼。家人绐之曰："暂去，且将复来。"女信之，涕始止。又恐为大力者负之而去，立视家人移栽墀下，乃行。女归，受庄氏聘。庄丙戌登进士，释褐为兴化令。夫人大喜。窃意十余年，橘不复存，及至，则橘已十围，实累累以千计。问之故役，皆云："刘公去后，橘甚茂而不实，此其初结也。"更奇之。庄任三年，繁实不懈；第四年，憔悴无少华。夫人曰："君任此不久矣。"至秋，果解任。

异史氏曰："橘其有夙缘于女与？何遇之巧也。其实也似感恩，其不华也似伤离。物犹如此，而况于人乎？"

牛成章
游魂渺渺竟何之
千里經商似舊時
撦耳尚能懲醮婦
仔肩且喜付孤兒
牛成章

牛成章

牛成章，江西之布商也。娶郑氏，生子、女各一。牛三十三岁病死。子名忠，时方十二；女八九岁而已。母不能贞，货产入囊，改醮而去。遗两孤，难以存济。有牛从嫂，年已六帙，贫寡无归，送与居处。数年，妪死，家益替。而忠渐长，思继父业而苦无资。妹适毛姓，毛富贾也。女哀婿假数十金付兄。兄从人适金陵，途中遇寇，资斧尽丧，飘荡不能归。偶趋典肆，见主肆者绝类其父；出而潜察之，姓字皆符。骇异不谕其故。惟日流连其傍，以窥意旨，而其人亦略不顾问。如此三日，觇其言笑举止，真父无讹。即又不敢拜识；乃自陈于群小，求以同乡之故，进身为佣。立券已，主人视其里居、姓氏，似有所动，问所从来。忠泣诉父名。主人怅然若失。久之，问："而母无恙乎？"忠又不敢谓父死，婉应曰："我父六年前经商不返，母醮而去。幸有伯母抚育，不然，葬沟渎久矣。"主人惨然曰："我即是汝父也。"于是握手悲哀。又导入参其后母。后母姬，年三十余，无出，得忠喜，设宴寝门。牛终欷歔不乐，即欲一归故里。妻虑肆中乏人，故止之。牛乃率子纪理肆务，居之三月，乃以诸籍委子，取装西归。既别，忠实以父死告母。姬乃大惊，言："彼负贩于此，曩所与交好者，留作当商，娶我已六年矣。何言死耶？"忠又细述之。相与疑念，不谕其由。逾一昼夜，而牛已返，携一妇人，头如蓬葆。忠视之，则其所生母也。牛摘耳顿骂："何弃吾儿！"妇慑伏不敢少动。牛以口龁其项。天下若多此灵鬼，再醮妇能无寒心？妇呼忠曰："儿救吾！儿救吾！"忠大不忍，横身蔽鬲其间。牛犹忿怒，妇已不见。众大惊，相哗以鬼。旋视牛，颜色惨变，委衣于地，化为黑气，亦寻灭矣。母子骇叹，举衣冠而瘗之。忠席父业，富有万金。后归家问之，则嫁母于是日死，一家皆见牛成章云。

青娥
穴垣曾探繡房春
鑿石重聯洞府
姻道士贈
鑱為何
意度他
孝子作
仙人

青　娥

霍桓，字匡九，晋人也。父官县尉，早卒。遗生最幼，聪惠绝人。十一岁，以神童入泮。另提。而母过于爱惜，禁不令出庭户，年十三尚不能辨叔伯甥舅焉。同里有武评事者，好道，入山不返。有女青娥，年十四，美异常伦。幼时窃读父书，慕何仙姑之为人。何仙姑，何仙姑，人人说你有丈夫。答之曰："岂不闻是非终日有，不听自然无。"见粲花斋五种。父既隐，立志不嫁。母无奈之。一日，生于门外瞥见之。童子虽无知，只觉爱之极，而不能言；直告母，使委禽焉。母知其不可，故难之。生郁郁不自得。母恐拂儿意，遂托往来者致意武，果不谐。生行思坐筹，无以为计。

会有一道士在门，手握小镵，长裁尺许。即以此作朱绳、红叶观可也。道士评事友耶？否则何为好事？生借阅一过，问："将何用？"答云："此劚药之具，物虽微，坚石可入。"生未深信。道士即以斫墙上石，应手落如腐。生大异之，把玩不释于手。道士笑曰："公子爱之，即以奉赠。"生大喜，酬之以钱，不受而去。持归，历试砖石，略无隔阂。顿念穴墙则美人可见，而不知其非法也。更定，逾垣而出，直至武第，凡穴两重垣，始达中庭。见小厢中，尚有灯火，伏窥之，则青娥卸晚装矣。少顷，烛灭，寂无声。穿墉入，女已熟眠。轻解双履，悄然登榻；又恐女郎惊觉，必遭呵逐，遂潜伏绣褶之侧，略闻香息，心愿窃慰。十三岁孩子惜玉怜香如此，成人后定能向绮罗丛中做工夫者。而半夜经营，疲殆颇甚，少一合眸，不觉睡去。女醒，闻鼻气休休，开目，见穴隙亮入。大骇，暗中拔关轻出，敲窗唤家人妇，共爇火操杖以往。则见一总角书生酣眠绣榻，光景真好看。细审，识为霍生。推之始觉，遽起，目灼灼如流星，似亦不大畏惧。但靦然不作一语。众指为贼，恐呵之。始出涕曰："我非贼，实以爱娘子故，愿以近芳泽耳。"众又疑穴数重垣，非童子所能者。生出镵以言异。共试之，骇绝，讶为神授。将共告诸夫人。女俯首沉思，意似不以为可。虽真仙至此，情亦为之动矣。或曰仙人绝情缘，予谓释迦、老子、吕祖、丘祖，皆天上之多情人也。巨奸大恶乃天下无情人。众窥知女意，因曰："此子声名门第，殊不辱玷。不如纵之使去，俾复求媒焉。诘旦，假盗以告夫人，如何也？"女不答。众乃促生行。生索镵。共笑曰："呆儿童！犹不忘凶器耶！"生觑枕边用凤钗一股，阴纳袖中。已为婢子所窥，急白之。女不言亦不怒。一媪拍颈曰："莫道他呆若，意念乖绝也。"乃曳之，仍自窦中出。可爱煞。

既归，不敢实告母，但嘱母复媒致之。母不忍显拒，惟遍托媒氏，急为别觅良姻。青娥知之，中情皇急，阴使腹心者风示媪。媪悦，托媒往。会小婢漏泄前事，武夫人辱之，不胜恚愤。媒至，益触其怒，以杖画地，骂生并及其母。媒惧窜归，具述其状。生母亦怒曰："不肖儿所为，我都梦梦。何遂以无礼相加！当交股时，何不将荡儿淫女一并杀却！"由是见其亲属，辄便披诉。女闻，愧欲死。武夫人大悔，而不能禁之使勿言也。女阴使人婉致生母，且矢之以不他，其词悲切。母感之，乃不复言；而论亲之谋，亦遂辍矣。顿住。

会秦中欧公宰是邑，见生文，深器之，时召入内署，极意优宠。一日，问生："婚乎？"答言："未。"细诘之，对曰："夙与故武评事女小有盟约，后以微嫌，遂致中寝。"问："有愿之否？"生靦然不言。公笑曰："我当为子成之。"即委县尉教谕，纳币于武。夫人喜，婚乃定。逾岁，娶女归。文章要省即加倍省，要增即加倍增。不写，则许多只须一句；要写，则一事必须数番。娶女归三字，省法，人知者是收上，不知即以为下段用处。女入门，乃以镶掷地曰："此寇盗物，可将去！"生笑曰："勿忘媒妁。"珍佩之，恒不去身。女为人温良寡默，一日三朝其母，余惟闭门寂坐，不甚留心家务。母或以吊庆他往，则事事经纪，罔不井井。年余，生一子孟仙。一切委之乳保，似亦不甚顾惜。又四五年，忽谓生曰："欢爱之缘，于兹八载。今离长会短，可将奈何！"生惊问之，即已默默，盛妆拜母，返身入室。追而诘之，则仰眠榻上而气绝矣。母子痛悼，购良材而葬之。

母已衰迈，每每抱子思母，如摧肺肝，由是遘病，遂惫不起。逆害饮食，但思鱼羹，生下。○补得完密。而近地则无，百里外始可购致。时厮骑皆被差遣，生性纯孝，急不可待，怀资独往，昼夜无停趾。返至山中，日已沉冥，两足跛踦，步不能咫。后一叟至，前一道士此一叟，仙人耶？何强与人家儿女子事？问曰："足得毋泡乎！"生唯唯。叟便曳坐路隅，敲石取火，以纸裹药末，熏生两足讫。试使行，不惟痛止，兼益矫健。感极申谢。叟问："何事汲汲？"答以母病，因历道所由。叟问："何不另娶？"答云："未得佳者。"叟遥指山村曰："此处有一佳人，倘能从我去，仆当为君作伐。"生辞以母病待鱼，姑不遑暇。叟乃拱手，约以异日入村，但问老王，"老王"二字后又不见下落，故作此混漾之笔。乃别而去。生归，烹鱼献母。母略进，数日寻瘳。乃命仆马往寻叟。至旧处，迷村所在。周章逾时，夕暾渐坠，山谷甚杂，又不可以极望。乃与仆上山头，以瞻里落；而山径崎岖，苦不可复骑，跋履而上，昧色笼烟矣。蹀躞四望，更无村落。方将下山，而归路已迷。心中燥火如烧，荒窜间，冥堕绝壁。幸数尺下有一线荒台，坠卧其上，阔仅容身，下视黑不见底。惧极，不敢少动。又幸崖边皆生小树，约体如栏。移时，见足傍有小洞口；此处尚不用镵。心窃喜，以背着石，螬行而入。意稍稳，冀天明可以呼救。少顷，深处有光如星点。渐近之，约三四里许，忽睹廊舍，并无釭烛，而光明若昼。一丽人自房中出，视之，则青娥也。见生，惊曰："郎何能来？"生不暇陈，抱袪呜恻。女劝止之。问母及儿，生悉述苦况，女亦惨然。生曰："卿死年余，此得无冥间耶？"女曰："非也，此乃仙府。曩时非死，所瘗，一竹杖耳。郎今来，仙缘有分也。"因导令朝父，则一修髯丈夫，坐堂上，生趋拜。女白："霍郎来。"翁惊起，握手略道平素。曰："婿来大好，分当留此。"生辞以母望，不能久留。翁曰："我亦知之。但迟三数日，即亦何伤。"乃饵以肴酒，即令婢设榻于西堂，施锦裀焉。生既退，约女同榻寝。女却之曰："此何处，可容狎亵？"生捉臂不舍。窗外婢子笑声嗤然。女益惭。方争拒间，翁入，叱曰："俗骨污吾洞府！宜即去。"生素负气，愧不能忍，作色曰："儿女之情，人所不免，长者何当伺我？无难即去，但令女须便将去。"翁无辞，招女随之，启后户送之。赚生离门，父子阖扉去。回首峭壁巉岩，无少隙缝，只影茕茕，罔所归适。视天上斜月高揭，星斗已稀。怅怅良久，悲已而恨，面壁叫号，迄无应者。愤极，腰中出镵，又有用他处。○观者要记得"珍佩不去身"一句，此文家暗中针线，知前此伏笔之妙。凿石攻进，瞬息洞入三四尺许。隐隐闻人语曰："孽障哉！"生奋力凿益急。忽洞底豁开二扉，推娥出曰："可去，可去！"壁即复合。女怨曰："既爱我为妇，岂有待丈人如此者？是何处老道士，授汝凶器，将人缠混欲死。"生得女，意愿已慰，不复置辨，但忧路险难归。女折两枝，各跨其一，即化为马，行且驶，俄顷至家。时失生已七日矣。

初，生之与仆相失也，觅之不得，归而告母。母遣人穷搜山谷，并无踪绪。正忧惶所，闻子自归，欢喜承迎。举首见妇，几骇绝。生略述之，母益忻慰。女以形迹诡异，虑骇物听，求即播迁。母从之，异郡有别业，刻期徙往，人莫之知。偕居十八年，生一女，适同邑李氏。后母寿终，女谓生曰："吾家茅田中，有雉抱八卵，其地可葬。汝父子扶榇归窆。儿已成立，宜即留守庐墓，无庸复来。"生从其言，葬后自返。月余，孟仙往省之，而父母俱杳。问之老妪，则云："赴葬未还。"心知其异，浩叹而已。

孟仙文名甚噪，而困于场屋，四旬不售。后以拔贡入北闱，遇同号生，年可十七八，神采俊逸，爱之。视其卷，注顺天廪生霍仲仙。瞪目大骇，因自道姓名。仲仙亦异之，便问乡贯，孟悉告之。仲仙喜曰："弟赴都时，父嘱文场中如逢山右霍姓者，吾族也，宜与款接，今果然矣。顾何以名字相同如此？"孟仙因诘高、曾，并严、慈姓讳，已而惊曰："是我父母也！"仲仙疑年齿之不类。孟仙曰："我父母皆仙人，何可以貌信其年岁乎？"因述往迹，仲仙始信。予少读此，即议此段文有漏笔，谓仲仙从何处生出？前父母俱杳，赴葬未还，又未伏一笔，岂匡九与青娥忽又同到顺天，夫妇生子命名仲仙耶？前处未伏，此处便为蛇足，添设无情致矣。文有藏笔，此非其例，即云事本非真，亦须捏合有理。场后不暇休息，命驾同归。才到门，家人迎告，是夜失太翁及夫人所在。两人大惊，仲仙入而询诸妇，妇言：“昨夕尚共杯酒，母谓：‘汝夫妇少不更事。明日大哥来，吾无虑矣。’早旦入室，则阒无人矣。”兄弟闻之，顿足悲哀。仲仙犹欲追觅，孟仙以为无益，乃止。是科仲领乡荐，以晋中祖墓所在，从兄而归。犹冀父母尚在人间，随在探访，而终无踪迹矣。

异史氏曰：“钻穴眠榻，其意则痴；凿壁骂翁，其行则狂。仙人之撮合之者，惟欲以长生报其孝耳。然既混迹人间，狎生子女，则居而终焉，亦何不可？乃三十年而屡弃其子，抑独何哉？异已！”

鏡聽
冷暖相形存芥蒂更閨懷
鏡思何深題名雁塔尋常
事算負紅閨此夜心

镜听

益都郑氏兄弟，皆文学士。大郑早知名，父母尝过爱之，又因子并及其妇。二郑落拓，不甚为父母所欢。遂恶次妇，至不齿礼：冷暖相形，颇存芥蒂。次妇每谓二郑："等男子耳，何遂不能为妻子争气？"遂摈弗与同宿。于是二郑感愤，勤心锐思，亦遂知名。床头之力，效倍父师。父母稍稍优顾之，然终杀于兄。次妇望夫綦切，是岁大比，窃于除夜以镜听卜。有二人初起，相推为戏，云："汝也凉凉去！"妇归，凶吉不可解，亦置之。闱后，兄弟皆归，时暑气犹盛，两妇在厨下炊饭饷耕，其热正苦，忽有报骑登门，报大郑捷。母入厨唤大妇曰："大男中式矣！汝可凉凉去。"次妇忿恻，泣且炊。俄又有报二郑捷者。次妇力掷饼杖而起，曰："侬也凉凉去。"此时中情所激，不觉出之于口；既而思之，始知镜听之验也。

异史氏曰："贫穷则父母不子，有以也哉！庭帏之中，固非愤激之地；然二郑妇激发男儿，亦与怨望无赖者殊不同科。投杖而起，真千古之快事也！"

牛癀
斛除圍領漏
燈光巨穴偏
從耳後藏誤
走牛癀神有
罪特教留得
苦參方

牛瘟

陈华封，蒙山人。以盛暑烦热，枕藉野树下。忽一人奔波而来，首着围领，疾趋树阴，掬石而坐，挥扇不停，汗下如流沛。陈起座，笑曰："若除围领，不扇可凉。"客曰："脱之易，再着难也。"就与倾谈，颇极蕴藉。既而曰："此时无他想，但得冰浸良酝，一道冷芳，度下十二重楼，暑气可消一半。"陈笑曰："此愿易遂，仆当为君偿之。"因握手曰："寒舍伊迩，请即迂步。"客笑而从之。至家，出藏酒于石洞，其凉震齿。客大悦，一举十觥。日已就暮，天忽雨；于是张灯于室，客乃解除领巾，相与磅礴。语次，见客脑后，时漏灯光，疑之。无何，客酩酊眠榻上。陈移灯窃窥之，见耳后有巨穴，盏大；数道厚膜，间鬲如棂；棂外软革垂蔽，中似空空。骇极，潜抽髻簪，拨膜觇之，有一物状类小牛，随手飞出，破窗而去。益骇，不敢复拨。方欲转步，而客已醒。惊曰："子窥见吾隐矣！放牛瘟出，将为奈何？"陈拜诘其故，客曰："今已若此，尚复何讳。实相告：我六畜瘟神耳。适所纵者牛瘟，恐百里内牛无种矣。"陈故以养牛为业，闻之大恐，拜求术解。客曰："余且不免于罪，其何术之能解？惟苦参散最效，其广传此方，勿存私念可也。"言已，谢别出门。又掬土堆壁龛中，曰："每用一合亦效。"拱不复见。居无何，牛果病，瘟疫大作。陈欲专利，秘其方，不肯传；惟传其弟。弟试之神验，而陈自锉啖牛，殊罔所效。有牛两百蹄躈，倒毙殆尽；遗老牝牛四五头，亦逡巡就死。中心懊恼，无所用力。忽忆龛中掬土，念未必效，姑妄投之。经夜，牛乃尽起。始悟药之不灵，乃神罚其私也。后数年，牝牛繁育，渐复其故。

金姑夫
雙雙塑像事荒唐狐鬼憑
依作壻鄉烈魄真魂空受
玷小姑居處本無郎

金姑夫

会稽有梅姑祠。神故马姓，族居东莞，未嫁而夫早死。遂矢志不醮，三旬而卒。族人祠之，谓之梅姑。丙申，上虞金生赴试经此，入庙徘徊，颇涉冥想。至夜，梦青衣来，传梅姑命招之。从去。入祠，梅姑立候檐下。笑曰："蒙君宠顾，实切依恋。不嫌陋拙，愿以身为姬侍。"金唯唯。梅姑送之曰："君且去。设座成，当相迓耳。"醒而恶之。是夜，居人梦梅姑曰："上虞金生，今为吾婿，宜塑其像。"诘村人语梦悉同。族长恐玷其贞，以故不从。未几，一家俱病。大惧，为肖像于左。既成，金生告妻子曰："梅姑迎我矣。"衣冠而死。妻痛恨，诣祠指女像秽骂；又升座批颊数四，乃去。今马氏呼为金姑夫。

异史氏曰："未嫁而守，不可谓不贞矣。为鬼数百年，而始易其操，抑何其无耻也？大抵贞魂烈魄，未必即依于土偶，其庙貌有灵，惊世而骇俗者，皆鬼狐凭之耳。"

宋之王朴、范质，元之赵孟頫，明之危素，明季之钱谦益，皆梅姑类也。〇又崇祯末有大臣某，贼劝降不从；后以爱子召之，遂降贼。此类而观，今古何所不有。

僊人島
輕薄漫矜才子氣
揶揄特奈
美人何仙
人島上
歸來
後始
把空
花視
甲科

仙人岛

王勉，字黾斋，灵山人。有才思，屡冠文场，心气颇高，善诮骂，多所凌折。偶遇一道士，视之曰：“子相极贵，然被‘轻薄孽’折除几尽矣。轻薄子记之。以子智慧，若反身修道，尚可登仙籍。”王嗤曰：“福泽诚不可知，然世上岂有仙人！”道士曰：“子何见之卑？无他求，即我便是仙耳。”王乃益笑其诬。道士曰：“我何足异。能从我去，真仙数十，可立见之。”问：“在何处？”曰：“咫尺耳。”遂以杖夹股间，即以一头授生，令如己状。嘱合眼，呵曰：“起！”觉杖粗如五斗囊，凌空翕飞，潜扪之，鳞甲齿齿焉。骇惧，不敢复动。移时，又呵曰：“止！”即抽杖去，落巨宅中，重楼延阁，类帝王居。有台高丈余，台上殿十一楹，弘丽无比。道士曳客上，即命童子设筵招宾。殿上列数十筵，铺张炫目。道士易盛服以伺。少顷，诸客自空中来，所骑或龙，或虎，或鸾凤，不一类。如读回道人群仙高会赋。又各携乐器。有女子，有丈夫，有赤其两足。中独一丽者，跨彩凤；宫样妆束，有侍儿代抱乐具，长五尺以来，非琴非瑟，不知其名。酒既行，珍肴杂错，入口甘芳，并异常馐。王默然寂坐，惟目注丽者；然心爱其人，而又欲闻其乐，窃恐其终不一弹。酒阑，一叟倡言曰：“蒙崔真人崔真人见列仙传。雅召，今日可云盛会，自宜尽欢。请以器之同者，共队为曲。”于是各合配旅。丝竹之声，响彻云汉。独有跨凤者，乐伎无偶。群声既歇，侍儿始启绣囊，横陈几上。女乃舒玉腕，如搯筝状，其亮数倍于琴，烈足开胸，柔可荡魄。弹半炊许，合殿寂然，无有咳者。既阕，铿尔一声，如击清磬。共赞曰："云和夫人绝技哉！"大众皆起告别，鹤唳龙吟，一时并散。道士设宝榻、锦衾备生寝处。王初睹丽人，心情已动；闻乐之后，涉想犹劳。念己才调，自合芥拾青紫，富贵后何求弗得。好货！顷刻百绪，乱如蓬麻。道士似已知之，谓曰："子前身与我同学，后缘意念不坚，遂坠尘网。仆不自他于君，实欲拔出恶浊；不料迷晦已深，梦梦不可提悟。今当送君行。未必无复见之期，然作天仙，须再劫矣。"天仙落到地仙，作两级叙，文境不平。〇天仙地仙，吾不知何取斯人。遂指阶下长石，令闭目坐，坚嘱无视。已，乃以鞭驱石。石飞起，风声灌耳，不知所行几许。

忽念下方景界，未审何似，隐将两眸微开一线，则见大海茫茫，浑无边际。大惧，即复合，而身已随石俱堕，砰然一响，汩没若鸥。幸夙近海，略谙泅浮。闻人鼓掌曰："美哉跌乎！"开口便谑。危殆方急，一女子援登舟上，且曰："吉利，吉利，秀才'中湿'矣！"视之，年可十六七，颜色艳丽。又一世界。王出水寒栗，求火燎之。女子言："从我至家，当为处置。苟适意，勿相忘。"王曰："是何言哉！我中原才子，偶遭狼狈，过此图以身报，何但不忘！"女子以棹催艇，疾如风雨，俄已近岸。于舱中携所采莲花一握，导与俱去。半里许入村，见朱户南开，进历数重门，女子先驰入。少间一丈夫出，是四十许人，揖王升阶，命侍者取冠袍袜履，为王更衣。既，询邦族。王曰："某非相欺，才名略可听闻。崔真人切切眷恋，招升天阙。自分功名反掌，以故不愿栖隐。”妄男子，满口胡柴，骄态可哂。丈夫起敬曰：“此名仙人岛，远绝人世。文若，姓桓。世居幽僻，何幸得近名流。”因而殷勤置酒。又从容而言曰：“仆有二女，长者芳云，年十六矣，只今未遭良匹。欲以奉侍高人，如何？”王意必采莲人，离席称谢。桓命于邻党中，招二三齿德来。顾左右，立唤女郎。无何，异香浓射，美姝十余辈，拥芳云出，光艳明媚，若芙蕖之映朝日。拜已，即坐。群姝列侍，则采莲人亦在焉。酒数行，一垂髫女自内出，仅十余龄，而姿态秀曼，笑依芳云肘下，秋波流动。桓曰：“女子不在闺中，出作何务？”乃顾客曰：“此绿云，即仆幼女。颇惠，能记典坟矣。”因令对客吟诗。带起下文。遂诵竹枝词三章，娇婉可听。便令傍姊隅坐。桓因谓：“王郎天才，宿构必富，可使鄙人得闻教乎？”王即慨然颂近体一作，顾盼自雄。中二句云：“一身剩有须眉在，小饮能令块磊消。”邻叟再三诵之。芳云低告曰：“上句是孙行者离火云洞，下句是猪八戒过子母河也。”确评。一座抚掌。桓请其他。王述水鸟诗云：“潴头鸣格磔……”忽忘下句。甫一沉吟，芳云向妹呫呫耳语，遂掩口而笑。绿云告父曰：“渠为姊夫续下句矣。云：‘狗腚响弸巴。’”沙汀行郭索，云木叫钩辀，此故仿梅宛陵双声叠韵句法，以博一笑。合席粲然。王有惭色。桓顾芳云，怒之以目。王色稍定，桓复请其文艺。王意世外人必不知八股业，乃炫其冠军之作，题为孝哉闵子骞二句，破云：“圣人赞大贤之孝……”绿云顾父曰：“圣人无字门人者，‘孝哉……’一句，即是人言。”王闻之，意兴索然。桓笑曰：“童子何知！不在此，只论文耳。”王乃复诵。每数句，姊妹必相耳语，似是月旦之词，但嗫嚅不可辨。王诵至佳处，兼述文宗评语，有云：“字字痛切。”

绿云告父曰："姊云：'宜删"切"字。'"众都不解。桓恐其语嫚，不敢研诘。王诵毕，又述总评，有云："羯鼓一挝，则万花齐落。"芳云又掩口语妹，两人皆笑不可仰。绿云又告曰："姊云'羯鼓当是四挝。'"众又不解。绿云启口欲言，芳云忍笑呵之曰："婢子敢言，打煞矣！"众大疑，互有猜论。绿云不能忍，乃曰："去'切'字，言'痛'则'不通。'鼓四挝，其声云'不通又不通'也。"一吹一弹，一敲一击，如说平话者中间一游词。众大笑，桓怒呵之。因而自起泛卮，谢过不遑。王初以才名自诩，目中实无千古；至此，神气沮丧，徒有汗淫。桓谀而慰之曰："适有一言，请席中属对焉：'王子身边，无有一点不似玉。'"众未措想，绿云应声曰："黾翁头上，再着半夕即成龟。"芳云失笑，呵手扭胁肉数四。绿云解脱而走，回顾曰："何预汝事！汝骂之频频，不以为非，宁他人一句，便不许耶？"收场，否则骂到何时了。桓咄之，始笑而去。邻叟辞别。诸婢导夫妻入内寝，灯烛屏榻，陈设精备。又视洞房中，牙签满架，靡书不有。略致问难，响应无穷。王至此，始觉望洋堪羞。女唤"明珰"，则采莲者趋应，由是始识其名。屡受诮辱，自恐不见重于闺闼；幸芳云语言虽虐，而房帏之内，犹相爱好。王安居无事，辄复吟哦。女曰："妾有良言，不知肯嘉纳否？"问："何言？"曰："从此不作诗，亦藏拙之一道也。"奉劝世人，孽勿自作。王大惭，遂绝笔。久之，与明珰渐狎。告芳云曰："明珰与小生有拯命之德，愿少假以辞色。"芳云乃即许之。每作房中之戏，招与共事，两情益笃，时色授而手语之。芳云微觉，责词重叠，王惟喋喋，强自解免。一夕，对酌，王以为寂，劝招明珰。芳云不许，王曰："卿无书不读，何不记'独乐乐’数语？”芳云曰：“我言君不通，今益验矣。句读当不知耶？‘独要，乃乐于人要；问乐，孰要乎？曰：不。’”要添字换字读。一笑而罢。适芳云姊妹赴邻女之约，王得间，急引明珰，绸缪备至。当晚，觉小腹微痛；痛已，而前阴尽肿。大惧，以告芳云。云笑曰：“必明珰之恩报矣！”王不敢隐，实供之。芳云曰：“自作之殃，实无可以方略。既非痛痒，听之可矣。”数日不瘳，忧闷寡欢。芳云知其意，亦不问讯，但凝视之，秋水盈盈，朗若曙星。王曰：“卿所谓‘胸中正，则眸子瞭焉’。”芳云笑曰：“卿所谓‘胸中不正，则瞭子眸焉。’”真是以文为戏，口孽哉！《聊斋》恶息，当以为戒。盖“没有”之“没”，俗读似“眸”，故以此戏之也。王失笑，哀求方剂。曰：“君不听良言，前此未必不疑妾为妒意。不知此婢，原不可近。曩实相爱，而君若东风之吹马耳。故唾弃不相怜。无已，为若治之。然医师必审患处。”乃探衣而咒曰：“黄鸟，黄鸟，无止于楚！”东坡戏佛印曰：“诗人往往以鸟对僧，如鸟宿池边树，僧敲月下门，不一而足。”印笑曰：“所以老僧今日得对学士。”王不觉大笑，笑已而瘳。逾数月，王以亲老子幼，每切怀忆，以意告女。女曰：“归即不难，但会合无日耳。”王涕下交颐，哀与同归。女筹思再三，始许之。桓翁张筵祖饯。绿云提篮入，曰：“姊姊远别，莫可持赠。恐至海南，无以为家，夙夜代营宫室，勿嫌草创。”芳云拜而受之。近而审谛，则用细草制为楼阁，大如橼，小如橘，约二十余座。每座梁栋榱题，历历可数。其中供帐床榻，类麻粒焉。文人之笔，要大便盈天际地，要小便芥子须眉，无在不可以用我。王儿戏视之，而心窃叹其工。芳云曰：“实于君言：我等皆是地仙。因有夙分，遂得陪从。本不欲践红尘，徒以君有老父，故不忍违。待父天年，须复还也。”王敬诺。桓乃问：“陆耶？舟耶？”王以风涛险，愿陆。出则车马已候于门。谢别而迈，行踪骛驶。俄至海岸，王心虑其无途。芳云出素练一匹，望南抛去，化为长堤，其阔盈丈。瞬息驰过，堤亦渐收。至一处，潮水所经，四望辽邈。芳云止勿行，下车取篮中草具，偕明珰数辈，布置如法，转眼化为巨第。并入解装，则与岛中居无稍差殊，洞房内几榻宛然。时已昏暮，因止宿焉。早旦，命王迎养。

王命骑趋诣故里，至则居宅已属他姓。问之里人，始知母及妻皆已物故，惟老父尚存。子善博，田产并尽，祖孙莫可栖止，暂僦居于西村。王初归时，尚有功名之念，不恝于怀；及闻此况，沉痛大悲，自念富贵纵可携取，与空花何异。驱马至西村见父，衣服滓敝，衰老堪怜。相见，各哭失声。问不肖子，则出赌未归。王乃载父而还。芳云朝拜已毕，燂汤请浴，进以锦裳，寝以香舍。又遥致故老与谈宴，享奉过于世家。子一日寻至其处，王绝之，不听入，但予以廿金，使人传语曰："可持此买妇，以图生业。再来，则鞭打立毙矣！"子泣而去。王自归，不甚与人通礼；然故人偶至，必延接盘桓，扮抑过于平时。独有黄子介，

文字有结尾渲染法，如黄子介，前并未伏，至此横出，恐未枯寂，故随手诌出，添扮脚色，图热闹耳。兴起手有才名屡冠场屋等句，亦比照有情。

夙与同门学，亦名士之坎坷者，王留之甚久，时与秘语，赂遗甚厚。居三四年，王翁卒，王万钱卜兆，营葬尽礼。时子已娶妇，妇束男子严，子赌亦少间矣。是日临丧，始得拜识姑嫜。芳云一见，许其能家，赐三百金为田产之费。翼日，黄及子同往省视，则舍宇全渺，不知所在。

异史氏曰："佳丽所在，人且于地狱中求之，况享

受无穷乎？地仙许携姝丽，恐帝阙下虚无人矣。轻薄减其禄籍，理固宜然，岂仙人遂不之忌哉？彼妇之口，抑何其虐也！”

閻羅薨
星星燐火起庭堦
大吏鋃鐺夜對詞

阎罗薨

巡抚某公父，先为南服总督。殂谢已久。公一夜梦父来，颜色惨栗，告曰：“我生平无多孽愆，只有镇师一旅，不应调而误调之，途逢海寇，全军尽覆。今讼于阎君，刑狱酷毒，实可畏凛。阎罗非他，明日有经历解粮至，魏姓者是也。当代哀之，勿忘！”醒而异之，意未深信。既寐，又梦父让之曰：“父罹厄难，尚弗镂心，犹妖梦置之耶？”公大异之。明日，留心审阅，果有魏经历，转运初至，即刻传入，使两人捺坐，而后起拜，如朝参礼。拜已，长跽涟洏而告以故。魏不自任，公伏地不起。魏乃云：“然，其有之。但阴曹之法，非若阳世懵懵，可以上下其手，即恐不能为力。”公哀之益切。魏不得已，诺之。公又求其速理。魏筹回虑无静所。公请为粪除宾廨，许之。公乃起。又求一往窥听，魏不可。强之再四，嘱曰：“去即勿声。且冥刑虽惨，与世不同，暂置若死，其实非死。如有所见，无庸骇怪。”至夜，潜伏廨侧，见阶下囚人，断头折臂者，纷杂无数。墀中置火铛油镬，数人炽薪其下。俄见魏冠带出，升座，气象威猛，迥与曩殊。群鬼一时都伏，齐鸣冤苦。魏曰：“汝等命戕于寇，冤自有主，何得妄告官长？”众鬼哗言曰：“例不应调，乃被妄檄前来，遂遭凶害，谁贻之冤？”魏又曲为解脱，众鬼嗥冤，其声汹动。魏乃唤鬼役：“可将某官赴油鼎，略入一煠，于理亦当。”察其意，似欲借此以泄众忿。即有牛首阿旁，执公父至，即以利叉刺入油鼎。公见之，中心惨怛，痛不可忍，不觉失声一号，庭中寂然，万形俱灭矣。公叹咤而归。及明，视魏，则已死于廨中，松江张禹定言之。以非佳名，故讳其人。

宋王韶有意功名，开边展土，取熙河一路，杀戮过多，累功升至安抚使。一日，到甘露寺，遇高士刁景纯，问以王法杀人可有罪否？刁曰：“莫问有罪无罪，只要你打得过心下去。”韶曰：“打得过去。”刁曰：“打得过去，何以又来问我？”王默然。后病，闭眼却见无数没头鬼索命，不久死。

顛道人
游戲神仙自不群
笑看輿蓋日紛紛
諸牧莫倚豪門勢
槐國中空待植君

颠道人

颠道人，不知姓名，寓蒙山寺。歌哭不常，人莫之测，或见其煮石为饭者。会重阳，有邑贵载酒登临，舆盖而往。宴毕过寺，甫及门，则道人赤足着破衲，自张黄盖，作惊跸声而出。意近玩弄。邑贵乃惭怒，挥仆辈逐骂之。道人笑而却走，逐急，弃盖，其毁裂之，片片化为鹰隼，四散群飞。众始骇。盖柄转成巨蟒，赤鳞耀目。众哗欲奔，有同游者止之曰："此不过翳眼之幻术耳，乌能噬人？"遂操刃直前，蟒张吻怒逆，吞客咽之。众骇，拥贵人急奔，息于三里之外。使数人逡巡往探；渐入寺，则人蟒俱无。方将返报，闻老槐内喘急如驴，骇甚。初不敢前；潜踪移近之，见树朽中空，有窍如盘。试一攀窥，则斗蟒者倒植其中，而孔大仅容两手，无术可以出之。急以刀劈树，比树开而人已死。逾时少苏，舁归。道人不知所之矣。

异史氏曰："张盖游山，厌气浃于骨髓。仙人游戏三昧，一何可笑！"余乡殷生文屏，毕司农之妹夫也。为人玩世不恭。章丘有周生者，以寒贱起家，出必驾肩而行。亦与司农有瓜葛之旧。值太夫人寿，殷料其必来，先候于道，着猪皮靴，公服持手本。俟周至，鞠躬道左，唱曰："淄川生员，接章丘生员！"周惭，下舆，略致数语而别。少间，同聚于司农之堂，冠裳满座，视其服色，无不窃笑。殷傲睨自若。既而筵终出门，各命舆马，殷亦大声呼："殷老爷独龙车何在？"独龙车自足千古。有二健仆，横扁杖于前，腾身跨之。致声拜谢，飞驰而去。殷生亦仙人之亚也。《南史》王俭当国，萧琛年少，未为所识。一日着虎皮靴，策桃枝杖，直造俭，与语大悦，辟琛为主簿，殷生继起者欤？

胡四娘
閱盡炎涼一瞬中四
娘真有大家風怪他婢
子偏修怨扶取雙眸血濺紅

胡四娘

程孝思，剑南人。此篇写炎凉世态，浅薄人情，写到十分，令人涕笑不得。少惠能文。父母俱早丧，家赤贫，无衣食业，求佣为胡银台司笔札。胡公试使文，大悦之，曰："此不长贫，可妻也。"银台有三子四女，皆襁中论亲于大家，止有少女四娘孽出，母早亡，笄年未字，遂赘程。或非笑之，以为惛耄之乱命，而公弗之顾也。除馆馆生，供备丰隆。群公子鄙不与同食，婢仆咸揶揄焉。生默默不较短长，研读甚苦。众从旁厌讥之，程读弗辍；群又以鸣钲锽聒其侧，程携卷去读于闺中。

初，追叙。四娘之未字也，有神巫知人贵贱，遍观之，都无谀词；惟四娘至，乃曰："此真贵人也！"及赘程，诸姊妹皆呼之"贵人"以嘲笑之，而四娘端重寡言，若罔闻之。渐至婢媪，亦率相呼。四娘有婢名桂儿，意颇不平，大言曰："何知吾家郎君，便不作贵官耶？"二姊闻而嗤之曰："程郎如作贵官，当抉我眸子去！"桂儿怒而言曰："到尔时，恐不舍得眸子也！"二姊婢春香曰："二娘食言，我以两睛代之。"桂儿益恚，击掌为誓曰："管教两丁盲也！"二姊忿其语侵，立批之。桂儿号哗。夫人闻知，即亦无所可否，但微哂焉。桂儿噪诉四娘，四娘方绩，不怒亦不言，绩自若。此等气度，须眉难之。会公初度，诸婿皆至，寿仪充庭。大妇嘲四娘曰："汝家祝仪何物？"二妇曰："两肩荷一口！”四娘坦然，殊无惭怍。人见其事事类痴，愈益狎之。独有公爱妾李氏，三姊所自出也，恒礼重四娘，往往相顾恤。俗情眼浅，都成雷同世界，识英雄于未遇，古固有其人，何李夫人亦能尔尔。每谓三娘曰：“四娘内慧外朴，聪明浑而不露，诸婢子皆在其包罗中而不自知。况程郎昼夜攻苦，夫岂久为人下者？汝勿效尤，宜善之，他日好相见也。”故三娘每归宁，辄加意相欢。

是年，程以公力得入邑庠。明年，学使科试士，而公适薨，程缞哀如子，未得与试。既离苫块，四娘赠以金，使趋入“遗才”籍。嘱曰：“曩久居，所不被呵逐者，徒以有老父在；今万分不可矣，倘能吐气，庶回时尚有家耳。”临别，李氏三娘赂遗优厚。程入闱，砥志研思，以求必售。无何，发榜，竟被黜。波折不平。愿乖气结，难于旋里，幸囊资小泰，携卷入都。时妻党多任京秩，恐见诮讪，乃易旧名，诡托里居，求潜身于大人之门。东海李兰台见而器之，收诸幕中，陡入云霄，始知曲笔之妙。资以膏火，为之纳贡，使应顺天举；连战皆捷，授庶吉士。自乃实言其故。李公假千金，先使纪纲赴剑南，为之治第。时胡大郎以父亡空匮，货其沃墅，因购焉。既成，然后贷舆马往迎四娘。

先是，程擢第后，有邮报者，举宅皆恶闻之；又审其名字不符，叱去之。适三郎完婚，戚眷登堂为馔，姊妹诸姑咸在，惟四娘不见招于兄嫂。忽一人驰入，呈程寄四娘函信；兄弟发视，相顾失色。筵中诸眷客，始请见四娘。姊妹惴惴，惟恐四娘衔恨不至。无何，翩然竟来。如读《史记》苏季子还乡一段文字，然尚未如此描画尽致。申贺者，捉坐者，寒暄者，喧杂满屋。耳有听，听四娘；目有视，视四娘；口有道，道四娘也；而四娘凝重如故。陶诗云：“连林人不觉，独树众乃奇。”可为浩叹。众见其靡所短长，稍就安帖，于是争把盏酌四娘。方宴笑间，门外啼号甚急，群致怪问。俄见春香奔入，面血沾染。共诘之，哭不能对。二娘呵之，始泣曰：“桂儿逼索眼睛，非解脱，几抉去矣！”笑天下如春香双睛者不少，不胜其抉矣。二娘大惭，汗粉交下。四娘漠然，合坐寂无一语，各始告别。四娘盛妆，独拜李夫人及三姊，出门登车而去。众始知买墅者，即程也。四娘初至墅，什物多阙。夫人及诸郎各以婢仆、器具相赠遗，四娘一无所受，惟李夫人赠一婢，受之。居无何，程假归展墓，车马扈从如云。诣岳家，礼公柩，次参李夫人。诸郎衣冠既竟，已升舆矣。胡公殁，群公子日竞资财，柩弗顾。数年，灵寝漏败，渐将以华屋作山丘矣。程睹之悲，竟不谋于诸郎，刻期营葬，事事尽礼。殡日，冠盖相属，里中咸嘉叹焉。

程十余年历秩清显，凡遇乡党厄急，罔不极力。二郎适以人命被逮，直指巡方者，为程同谱，风规甚烈。大郎浼妇翁王观察函致之，殊无裁答，益惧。欲往求妹，而自觉无颜，乃持李夫人手书往。至都，不敢遽进，觑程入朝，而后诣之。冀四娘念手足之义，而忘睚眦之嫌。阍人既通，即有旧媪出，导入厅事，具酒馔，亦颇草草。食毕，四娘出，颜温霁，问：“大哥人事大忙，万里何暇枉顾？”大郎五体投地，泣述所来。四娘扶而笑曰：“大哥好男子，此何大事，直复尔尔？妹子一女流，几曾见呜呜向人？”以四娘气度，乃作此卖弄，以非此不称前度。大郎乃出李夫人书。四娘曰：“诸兄家娘子，都是天人，各求父兄，即可了矣，何至奔波到此？”大郎无词，但顾哀之。四娘作色曰：“我以为跋涉来省妹子，乃以大讼求贵人耶？”“贵人”字至此又见，妙甚。拂袖径入。大郎惭愤而出。归家详述，大小无不诟詈；李夫人亦谓其忍。逾数日，二郎释放宁家，众大喜，方笑四娘之徒取怨谤也。俄而四娘遣价候李夫人。唤入，仆陈金币，言："夫人为二舅事，遣发甚急，未遑字覆。聊寄微仪，以代函信。"众始知二郎之归，乃程力也。后三娘家渐贫，程施报逾于常格。又以李夫人无子，迎养若母焉。周到。

僧術
苞苴竟可達幽冥
白足何人術亦靈
可惜慳心猶未化
千錢祇許淂明經

僧术

黄生，故家子。才情颇赡，夙志高骞。村外兰若，有居僧某，素与分深。既而僧云游，去十余年复归。见黄，叹曰："谓君腾达已久，今尚白纻耶？想福命固薄耳。请为君贿冥中主者。能置十千否？答言："不能。"僧曰："请勉办其半，余当代假之。三日为约。"黄诺之，竭力典质如数。三日，僧果以五千来付黄。黄家旧有汲水井，深不竭，云通河海。僧命束置井边，戒曰："约我到寺，即推堕井中。候半炊时，有一钱泛起，当拜之。"乃去。黄不解何术，转念效否未定，而十千可惜，乃匿其九，而以一千投之。少间，巨泡突起，铿然而破，即有一钱浮出，大如车轮。黄大骇，既拜，又取四千投焉。落下，击触有声，为大钱所隔，不得沉。日暮，僧至，谯让之曰："胡不尽投？"黄云："已尽投矣。"僧曰："冥中使者止将一千去，何乃妄言？"黄实告之，僧叹曰："鄙吝者必非大器。此子之命合以明经终；不然，甲科立致矣。"黄大悔，求再禳之。僧固辞而去。黄视井中钱犹浮，以绠钓上，大钱乃沉。是岁，黄以副榜准贡，卒如僧言。

异史氏曰："岂冥中亦开捐纳之科耶？十千而得一第，直亦廉矣。然一千准贡，犹昂贵耳。明经不第，何值一钱！"

柳生
婚媾偏從
匪寇來充
囊且喜富
資財人間
怨耦知何
限惜少神
通與挽回
柳生

柳生

周生，顺天宦裔也。与柳生善。柳得异人之传，精袁许之术。尝谓周曰：“子功名无分；万钟之资，尚可以人谋。然尊阃薄相，恐不能佐君成业。”未几，妇果亡。家室萧条，不可聊赖。因诣柳，将以卜姻。入客舍，坐良久，柳归内不出。呼之再三，始出，曰：“我日为君物色佳偶，今始得之。适在内作小术，求月老系赤绳耳。”精相术耳，却又另有异术，乃能分月下老人之权。周喜，问之。答曰：“甫有一人携囊出，遇之否？”曰：“遇之。褴褛若丐。”曰：“此君岳翁，宜敬礼之。”周曰：“缘相交好。遂谋隐密。何相戏之甚也！仆即式微，犹是世裔，何至下昏于市侩？”柳曰：“不然。犁牛尚有子，何害？”周问：“曾见其女耶？”答曰：“未也。我素与无旧，姓名亦问讯知之。”周笑曰：“尚未知犁牛，何知其子？”柳曰：“我以数信之。其人凶而贱，然当生厚福之女。凶而贱，断不能有亢宗之子，乃能生厚福之女，何也？但强合之必有大厄，容复禳之。”周既归，未肯以其言为信，诸方觅之，迄无一成。一日，柳生忽至，曰：“有一客，我已代折简矣。”问：“为谁？”曰：“且勿问，宜速作黍。”周不谕其故，如命治具。俄客至，盖傅姓营卒也。心内不合，阳浮道与之；而柳生承应甚恭。少间，酒肴既陈，杂恶草具进。柳起告客：“公子向慕已久，每托某代访，曩夕始得晤。又闻不日远征，立刻相邀，可谓仓卒主人矣。”饮间，傅忧马病，不可骑。柳亦俯首为之筹思。既而客去，柳让周曰：“千金不能买此友，何乃视之漠漠？”借马骑归，因假周命，登门持赠傅。周既知，稍稍不快，已无如何。过岁，将如江西，投臬司幕。诣柳问卜。柳言：“大吉！”周笑曰：“我意无他，但薄有所猎，当购佳妇，几幸前言之不验也，能否？”柳云：“并如君愿。”

及至江西，值大寇叛乱，三年不得归。后稍平，选日遵路，中途为土寇所掠，同难七八人，皆劫其金资，释令去；惟周被掳至巢。盗首诘其家世，因曰：“我有息女，欲奉箕帚，当即无辞。”周不答。盗怒，立命枭斩。周惧，思不如暂从其请，因从容而弃之。遂告曰：“小生所以蜘蹰者，以文弱不能从戎，恐益为丈人累耳。如使夫妇得相将俱去，恩莫厚焉。”盗曰：“我方忧女子累人，此何不可从也。”引入内，妆女出见，年可十八九，盖天人也。当夕合卺，深过所望。细审姓氏，乃知其父，即当年荷囊人也。因述柳言，为之感叹。过三四日，将送之行，忽大军掩至，全家皆就执缚。上已许携女去矣，却不顺叙去，突起大波，生下锦簇花团之文出来。有将官三员监视，已将妇翁斩讫，寻次及周。周自分已无生理。一员审视曰：“此非周某耶？”盖傅卒已军功授副将军矣。谓僚曰：“此吾乡世家名士，安得为贼。”解其缚，问所从来。周诡曰：“适从江臬娶妇而归，不意途陷盗窟，幸蒙拯救，德戴二天！但室人离散，求借洪威，更赐瓦全。”傅命列诸俘，令其自认，得之。饷以酒食，助以资斧，曰：“曩受解骖之惠，旦夕不忘。但抢攘间，不遑修礼，请以马二匹、金五十两，助君北旋。”又遣二骑持信矢护送之。途中，女告周曰：“痴父不听忠告，母氏死之。知有今日久矣，所以偷生旦暮者，以少时曾为相者所许，冀他日能收亲骨耳。某所窖藏巨金，可以发赎父骨；余者携归，尚足谋生产。”嘱骑者候于路，两人至旧处，庐舍已烬，于灰火中取佩刀掘尺许，果得金，尽装入橐，乃返。以百金赂骑者，使瘗翁尸；又引拜母冢，始行。至直隶界，厚赐骑者而去。

周久不归，家人谓其已死，恣意侵冒，粟帛器具，荡无存者。闻主人归，大惧，哄然尽逃；随手扫去。只有一妪、一婢、一老奴在焉。周以出死得生，不复追问。及访柳，则不知所适矣。女持家逾于男子，择醇笃者授以资本，而均其息。每诸商会计于檐下，女垂帘听之；盘中误下一珠，辄指其讹。内外无敢欺。数年，伙商盈百，家数十巨万矣。乃遣人移亲骨，厚葬之。

异史氏曰：“月老可以贿嘱，无怪媒妁之同于牙侩矣。乃盗也而有是女耶？培塿无松柏，此鄙人之论耳。妇人女子犹失，况以相天下士哉！”

冤獄
一時譫語於相述
據作爰書駭聽
聞太息臨民都
憒憒沈冤何
處訴將軍

冤 狱

朱生，阳谷人。少年佻达，喜诙谑。因丧偶，往求媒媪。遇其邻人之妻，睨之美。戏谓媪曰："适睹尊邻，雅少丽，若为我求凰，渠可也。"媪亦戏曰："请杀其男子，我为若图之。"朱笑曰："诺。"一言杀身，喜谐者戒诸。更月余，邻人出讨负，被杀于野。邑令拘邻保，血肤取实，究无端绪；惟媒媪述相谑之词，以此疑朱。捕至，百口不承。令又疑邻妇与私，搒掠之，五毒惨至。妇不能堪，诬伏。又讯朱，朱曰："细嫩不任苦刑，所言皆妄。既是冤死，而又加以不节之名，纵鬼神无知，予心何忍乎？我实供之可矣：欲杀夫而娶其妇，皆我之为，妇不知之也。"数言爽直可爱。〇落落丈夫气。问："何凭？"答言："血衣可证。"及使人搜诸其家，竟不可得。又掠之，死而复苏者再。朱乃云："此母不忍出证据死我耳，待自取之。"因押归告母曰："予我衣，死也；即不予，亦死也。均之死，故迟也不如其速也。"句法。母泣，入室移时，取衣出付之。令审其迹确，拟斩。再驳再审，无异词。经年余，决有日矣。令方虑囚，忽一人直上公堂，怒目视令而大骂曰："如此愦愦，何足临民！"隶役数十辈，将共执之。其人振臂一挥，颓然并仆。令惧，欲逃。其人大言曰："我关帝前周将军也！昏官若动，即便诛却！"灵异极矣，爽快何如，周将军既为昏官理案，又为昏官获凶，省他许多气力，宜祀之，特恐将军无许多气力。令战惧悚听。其人曰："杀人者乃宫标也，于朱某何与？"言已，倒地，气若绝。少顷而醒，面无人色。及问其人，则宫标也。搒之，尽服其罪。盖宫素不逞，知某讨负而归，意腰橐必富，及杀之，竟无所得。闻朱诬服，窃自幸。是日身入公门，殊不自知。令问朱血衣所自来，朱亦不知之。唤其母鞫之，则割臂所染；验其左臂刀痕，犹未平也。令亦愕然。后以此被参揭免官，罚赎羁留而死。年余，邻母欲嫁其妇；妇感朱义，遂嫁之。

异史氏曰："讼狱乃居官之首务，培阴骘，灭天理，皆在于此，不可不慎也。三木之下，何求不得？作令者能无悚然！躁急污暴，固乖天和，淹滞因循，亦伤民命。一人兴讼，则数农违时；一案既成，则十家荡产：岂故之细哉！余尝谓为官者，不滥受词讼，即是盛德。且非重大之情，不必羁候；若无疑难之事，何用徘徊？即或乡里愚民，山村豪气，偶因鹅鸭之争，致起雀角之忿，此不过借官宰之一言，以为平定而已，无用全人，只须两造，笞杖立加，葛藤悉断。所谓神明之宰非耶？宰百里者宜书座右。每见今之听讼者矣：一票既出，若故忘之。摄牒者入手未盈，下令消见官之票；承刑者润笔不饱，不肯悬听审之牌。蒙蔽因循，动经岁月，不及登长吏之庭，而皮骨已将尽矣！而俨然而民上也者，偃息在床，漠若无事。宁知水火狱中，有无数冤魂，伸颈延息，以望拔救耶！此书所以历久不废者，以间存此等议论撑持于中故也。然在奸民之凶顽，固无足惜；而在良民株累，亦复何堪？况且无辜之干连，往往奸民少而良民多；而良民之受害，且更倍于奸民。何以故？奸民难虐，而良民易欺也。皂隶之所殴骂，胥徒之所需索，皆相良者而施之暴。身入公门，如蹈汤火。早结一日之案，则早安一日之生，有何大事，而顾奄奄堂上若死人，似恐溪壑之不遽饱，而故假之以岁时也者！虽非酷暴，而其实厥罪维均矣。尝见一词之中，其急要不可少者，不过三数人；其余皆无辜之赤子，妄被罗织者也。或平昔以睚眦开嫌，或当前以怀璧致罪，故兴讼者以其全力谋正案，而以其余毒复小仇，层层说透，如照水犀。带一名于纸尾，遂成附骨之疽；受万罪于公门，竟属切肤之痛。堂上一点珠，便是万家佛。人跪亦跪，状若乌集；人出亦出，还同猱系。而究之官问不及，吏诘不至，其实一无所用，只足以破产倾家，饱蠹役之贪囊。鬻子典妻，泄小人之私愤而已。深愿为官者，每投到时，略一审诘，当逐逐之，不当逐芟之。不过一濡毫、一动腕之间耳。便保全多少身家，培养多少元气。法家暮鼓，官吏晨钟。从政者曾不一念及于此，又何必桁杨刀锯能杀人哉！”

鬼令
古刹何
人夜舉
杯不行
射覆不
猜枚諧
謔折字翻新
令風雅居
然有捷才

鬼令

教谕展先生，洒脱有名士风。然酒狂，不持仪节。每醉归，辄驰马殿阶。阶上多古柏。一日，纵马入，触树头裂，自言："子路怒我无礼，击脑破矣！"中夜遂卒。邑中某乙者，负贩其乡，夜宿古刹。更静人稀，忽见四五人携酒入饮，展亦在焉。酒数行，或以字为令曰："田字不透风，十字在当中；十字推上去，古字赢一钟。"一人曰："回字不透风，口字在当中；口字推上去，吕字赢一钟。"一人曰："囹字不透风，令字在当中；令字推上去，含字赢一钟。"又一人曰："困字不透风，木字在当中；木字推上去，杏字赢一钟。"末至展，凝思不得。众笑曰："既不能令须当受命。"飞一觥来，展即云："我得之矣：曰字不透风，一字在当中；……"众又笑曰："推作何物？"展吸尽曰："一字推上去，一口一大钟！"相与大笑，未几出门去。某不知展死，窃疑其罢官归也。及归问之，则展死已久，始悟所遇者鬼耳。

甄后
當年平視可分明修
到重逢又幾生不信
洛川舊神女陳思而
外更鍾情

甄 后

洛城刘仲堪，少钝而淫于典籍，恒杜门攻苦，不与世通。一日，方读，忽闻异香满室。少间，珮声甚繁。惊顾之，有美人入，簪珥光采，从者皆宫妆。刘惊伏地下。美人扶之曰："子何前倨而后恭也！"语突。刘益惶恐，曰："何处天仙，未曾拜识。前此几时有侮？"美人笑曰："相别几何，遂尔懵懵！危坐磨砖者，非子耶？"曹操命甄后出见诸文士，刘桢平视之，操怒，罚作匠作监，桢为磨砖，意态自若，操释之。乃展锦荐，设瑶浆，捉坐对饮，与论古今事，博洽非常。刘茫茫不知所对。美人曰："我止赴瑶池一回宴耳。子历几生，聪明顿尽矣！"遂命侍者，以汤沃水晶膏进之。刘受饮讫，忽觉心神澄彻。

既而曛黑，从者尽去，息烛解襦，曲尽欢好。未曙，诸姬已复集。美人起，妆容如故，鬓发修整，不再理也。刘依依苦诘姓字，答曰："告郎不妨，恐益君疑耳。妾，甄氏；君，公幹后身。当日以妾故罹罪，心实不忍，今日之会，亦聊以报情痴也。"问："魏文安在？"曰："丕，不过贼父之庸子耳。妾偶从游嬉富贵者数载，过即不复置念。彼曩以阿瞒故，久滞幽冥，今未闻知。反是陈思为帝典籍，时一见之。"长乐老辈历仕五季，亦从富贵者游耳，亏他开口。旋见龙与止于庭中，乃以玉脂合赠刘，作别登车，云推而去。

刘自是文思大进。然追念美人凝思若痴。历数月，渐近羸殆。母不知其故，忧之。家一老妪，忽谓刘曰："郎君意颇有思否？”又怪。刘以言隐中情告之。妪曰：“郎试作尺一书，我能邮致之。”刘惊喜曰：“子有异术，向日昧于物色。果能之，不敢忘也。”乃折柬为函，付妪便去。半夜而返曰：“幸不误事。初至门，门者以我为妖，欲加缚絷。我遂出郎君书，乃将去。少顷唤入，夫人亦欷歔，自言不能复会。便欲裁答。我言：‘郎君羸，惫非一字所能瘳。’夫人沉思久，乃释笔云：‘烦先报刘郎，当即送一佳妇去。’濒行，又嘱：‘适所言，乃百年计；但无泄，便可永久矣。’”刘喜，伺之。明日，果一老姥率女郎，诣母所，容色绝世简笔。自言：“陈氏，女其所出，名司香，愿求作妇。”母爱之，议聘；更不索资，坐待成礼而去。惟刘心知其异，阴问女：“系夫人何人？”答云：“妾铜雀故妓也。”老瞒有知，含愤疑冢。刘疑为鬼。女曰：“非也。妾与夫人俱隶仙籍，偶以罪过谪人间。夫人已复旧位；妾谪限未满，夫人请之天曹，暂使给役，去留皆在夫人，故得长侍床箦耳。”

一日，有瞽媪牵黄犬丐食其家，拍板俚歌。女出窥，立未定，犬断索咋女。冯瞒痴甚。女骇走，罗衿断。刘急以杖击犬。犬犹怒，龁断幅，顷刻碎如麻，嚼吞之。瞽媪捉领毛，缚以去。刘入视女，惊颜未定，曰：“卿仙人，何乃畏犬？”女曰：“君自不知：犬乃老瞒所化，盖怒妾不守分香戒也。”符后安在？一妓尚不忘，变犬不足蔽厥辜，徒议其痴，愚浅哉！刘欲买犬杖毙。女不可，曰：“上帝所罚，何得擅诛？”居二年，见者皆惊其艳，而审所从来，殊恍惚，于是共疑为妖。母诘刘，刘亦微道其异。母大惧，戒使绝之。刘不听，母阴觅术士来，作法于庭。方规地为坛，女惨然曰：“本期白首，今老母见疑，分义绝矣。要我去，亦复非难，但恐非禁咒可遣耳！”乃束薪爇火，抛阶下。瞬息烟蔽房屋，对面相失。忽有声震如雷。已而烟灭，见术士七窍流血死矣。入室，女已渺。呼妪问之，妪亦不知所去。刘始告母：“妪盖狐也。”

异史氏曰：“始于袁，终于曹，而后注意于公幹，仙人不应若是。然平心而论：奸瞒之篡子，何必有贞妇哉？犬睹故妓，应大悟分香卖履之痴，固犹然妒之耶？呜呼！奸雄不暇自哀，而后人哀之已！”

宦孃
顧聆雅奏
拜门墻暗
裏良緣撮合
忙綉閣焚香
探優候分明一
曲鳳求凰

宦娘

温如春，秦之世家也。少癖嗜琴，篇线索。虽逆旅未尝暂舍。客晋，经由古寺，系马门外，暂憩止。入则有布衲道人，趺坐廊间，筇杖倚壁，花布囊琴。温触所好，因问："亦善此也？"道人云："顾不能工，愿就善者学之耳。"大方语有锋芒。〇凡人初交，出语不可脱大，谦退俱占便宜，否则受侮不少，我辈慎之。遂脱囊授温，视之，纹理佳妙，略一勾拨，清越异常。喜为抚一短曲。道人微笑，似未许可。温乃竭尽所长。道人哂曰："亦佳，亦佳！但未足为贫道师也。"温以其言夸，转请之。道人接置膝上，裁拨动，觉和风自来；又顷之，百鸟群集，庭树为满。温惊极，拜请受业。道人三复之。温侧耳倾心，稍稍会其节奏。道人试使弹，点正疏节，曰："此尘间已无对矣。"温由是精心刻画，遂称绝技。

后归秦，离家数十里，日已暮，暴雨莫可投止。路旁有小村，趋之。不遑审择，见一门，匆匆遽入。登其堂，阒无人。俄一女郎出，年十七八，貌类神仙。随伏一句。举首见客，惊而走入。温时未偶，系情殊深。俄一老妪出问客。温道姓名，兼求寄宿。妪言："宿当不妨，但少床榻，不嫌屈体，便可藉槁。"少旋，以烛来，展草铺地，意良殷。问其姓氏，答云："赵姓。"又问："女郎何人？"曰："此宦娘，老身之犹子也。"温曰："不揣寒陋，欲求援系，如何？"妪颦蹙曰："此即不敢应命。"温诘其故，但云难言，不说明，文家缩笔也。怅然遂罢。妪既去，温视藉草腐湿，不堪卧处，因危坐鼓琴，以消永夜。雨既歇，冒夜遂归。

邑有林下部郎葛公，喜文士。温偶诣之，受命弹琴。无意中点此一笔，通篇以琴作草蛇灰线之法。帘内隐约有眷客窥听，忽风动帘开，见一及笄人，丽绝一世。盖公有一女，小字良工，善词赋，有艳名。温心动，归与母言，媒通之；一拍。而葛以温势式微，不许。然女自闻琴以后，心窃倾慕，每冀再聆雅奏。而温以姻事不谐，志乖意沮，绝迹于葛氏之门矣。率性一笔画断，兵法所谓置之死地而后生也，兵法即文法也。

一日，女于园中，拾得旧笺一折，又突起。上书惜余春，词云：“因恨成痴，转思作想，日日为情颠倒。海棠带醉，杨柳伤春，同是一般怀抱。甚得新愁旧愁，刬尽还生，便如青草。自别离，只在奈何天里，度将昏晓。今日个蹙损春山，望穿秋水，道弃已拚弃了！芳衾妒梦，玉漏惊魂，要睡何能睡好？漫说长宵似年，侬视一年，比更犹少。过三更已是三年，更有何人不老！”女吟咏数四，心悦好之。怀归，出锦笺，庄书一通，置案间，逾时索之，不可得，窃意为风飘去。适葛经闺门过，拾之，谓良工作，恶其词荡，火之而未忍言，欲急醮之。如此串合，鬼斧神工，波澜曲折。

临邑刘方伯之公子，适来问名，心善之，而犹欲一睹其人。慕其势力耳。公子盛服而至，仪容秀美。葛大悦，款延优渥。既而告别，坐下遗女舄一钩。心顿恶其儇薄，因呼媒而告以故。公子亟辨其诬，葛弗听，卒绝之。忽放忽收，忽开忽合，文笔变幻，令人莫可端倪。先是，葛有绿菊种，吝不传，良工以植闺中。温庭菊忽有一二株化为绿，同人闻之，辄造庐观赏；温亦宝之。凌晨趋视，于畦畔得笺写惜余春词，反复披读，不知其所自至。暗中串插，作合之妙如此，作者胸中有鬼神。以“春”为己名，益惑之，即案头细加丹黄，评语褒嫚。适葛闻温菊变绿，讶之，躬诣其斋，见词便取展读。温以其评亵，夺而挪莎之。葛仅读一两句，盖即闺门所拾者也。又妙。大疑，并绿菊之种，亦猜良工所赠。归告夫人，使逼诘良工。良工涕欲死，而事无验见，莫有取实。寸步不逾香闺，何由暗通款曲，而不能不疑者，事太涉真也。夫人恐其迹益彰，计不如以女归温。葛然之，遥致温。温喜极。

是日，招客为绿菊之宴，焚香弹琴，良夜方罢。既归寝，斋童闻琴自作声，初以为僚仆之戏也；既知其非人，始白温。又如此串醒，妙不可言。温自诣之，果不妄。其声梗涩，似将效己而未能者。爇火暴入，杳无所见。温携琴去，则终夜寂然。因意为狐，固知其愿拜门墙也者，遂每夕为奏一曲，而设弦任操若师，夜夜潜伏听之。至六七夜，居然成曲，雅足听闻。

温既亲迎，温既来迎，只用一句简笔。各述曩词，始知缔好之由，而终不知所由来。良工闻琴鸣之异，往听之，曰："此非狐也，调凄楚，有鬼声。"知音。温未深信。良工因言其家有古镜，可鉴魑魅。翌日，遣人取至，伺琴声既作，握镜遽入，火之，果有女子在，点醒妙甚。仓皇室隅，莫能复隐。细审之，赵氏之宦娘也。大骇，穷诘之。泫然曰："代作蹇修，不为无德，何相逼之甚也？"温请去镜，约勿避，诺之。乃囊镜。女遥坐曰："妾太守之女，死百年矣。少喜琴筝，带一"筝"字，又添出后一段文字。筝已颇能谙之，独此技未有嫡传，重泉犹以为憾。惠顾时，得聆雅奏，倾心向往；又恨以异物不能奉裳衣，阴为君腼合佳偶，以报眷顾之情。刘公子之女舄，惜余春之俚词，皆妾为之也。点醒注明。酬师者不可谓不劳矣。"夫妻咸拜谢之。宦娘曰："君之业，妾思过半矣，但未尽其神理。请为妾再鼓之。”温如其请，又曲陈其法，宦娘大悦曰：“妾已尽得之矣！”乃起辞欲去。良工故善筝，闻其所长，愿一披聆。前伏一字，此便顺笔拖出。宦娘不辞，其调其谱，并非尘世所能。良工击节，转请受业。女命笔为绘谱十八章，又起告别。夫妻挽之良苦。宦娘凄然曰：“君琴瑟之好，自相知音，薄命人乌有此福。如有缘，再世可相聚耳。”因以一卷授温曰：“此妾小像。如不忘媒妁，当悬之卧室，快意时焚香一炷，对鼓一曲，则儿身受之矣。”情丝一缕，袅袅不绝，末一段尤妙甚。出门遂没。结得缥缈不尽，曲终人不见，江上数峰青。○串插离合，极见工妙，一部绝妙传奇。

阿繡
知君自有意
中人贋鼎如
何忍不真他
日重來較優
劣尚疑幻術
現雙身

阿　绣

海州刘子固，十五岁时，至盖省其舅。见杂货肆中一女子，姣丽无双，心爱好之。潜至其肆，托言买扇。女子便呼父。父出，刘意沮，故折阅之而退。遥睹其父他往，又诣之。女将觅父，刘止之曰：“无须，但言其价，我不靳直耳。”女如言，故昂之。刘不忍争，脱贯径去。明日复往，又如之。行数武，女追呼曰：“返来！钩魂摄魄去，小子奈何！适伪言耳，价奢过当。”因以半价返之。刘益感其诚，蹈隙辄往，由是日熟。女问：“郎居何所？”以实对。转诘之，自言：“姚氏。”临行，所市物，女以纸代裹完好，已而以舌舐粘之。刘怀归不敢复动，恐乱其舌痕也。积半月，为仆所窥，阴与舅力要之归。意惓惓不自得。以所市香帕脂粉等类，密置一箧，无人时辄阖户自捡一过，触类凝想。

迷花少年，往往如此，《西厢》惊艳后数曲亦是如此。

次年，复至盖，装甫解，即趋女所。至则肆宇阖焉，失望而返。犹意偶出未返，早又诣之，阖如故。问诸邻，始知姚原广宁人，以贸易无重息，故暂归去；又不审何时可复来。神志乖丧。居数日，怏怏而归。母为议婚，屡梗之，母怪且怒。仆私以曩事告母，母益防闲之，盖之途由是绝。曲笔。刘忽忽遂减眠食。母忧思无计，念不如从其志。于是刻日办装，使如盖，转寄语舅，媒合之。一拍。舅即承命诣姚。逾时而返，谓刘曰：“事不谐矣！阿绣已字广宁人。”刘低头丧气，心灰望绝。又极力作开笔。

既归，捧箧啜泣，而徘徊顾念，冀天下有似之者。适媒来，艳称复州黄氏女。刘恐不确，命驾至复。入西门，见北向一家，两扉半开，内一女郎，怪似阿绣；再属目之，且行且盼而入，真是无讹。刘大动，因僦其东邻居，细诘知为李氏。反复疑念：天下宁有此酷肖者耶？居数日，莫可夤缘，惟目眈眈候其门，以冀女或复出。

一日，日方西，女果出。忽见刘，即返身走，以手指其后；又复掌及额，而入。刘喜极，但不能解。凝思移时，信步诣舍后，藏一句。见荒园寥廓，西有短垣，略可及肩。豁然顿悟，遂蹲伏露草中。久之，有人自墙上露其首，小语曰：“来乎？”幻笔不测。刘诺而起，细视，真阿绣也。因大恫，涕堕如绠。女隔堵探身，以巾拭其泪，深慰之。刘曰：“百计不遂，自谓今生已矣，何期复有今夕？顾卿何以至此？”曰：“李氏，妾表叔也。”刘请逾垣。女曰：“君先归，遣从人他宿，妾当自至。”刘如言，坐伺之。藏笔。少间，女悄然入，妆饰不甚炫丽，袍裤犹昔。刘挽坐，备道艰苦，因问：“卿已字，何未醮也？”藏笔。女曰：“言妾受聘者，妄也。家君以道里赊远，不愿附公子婚，此或托舅氏诡词，以绝君望耳。”处处用藏笔，暗伏一断阿绣。既就枕席，宛转万态，款接之欢，不可言喻。四更遽起，过墙而去。刘自是不复措意黄氏矣。旅居忘返，经月不归。

一夜，仆起饲马，见室中灯犹明；窥之，见阿绣，大骇。顾不敢言主人，旦起，访市肆，始返而诘刘曰：“夜与还往者，何人也？”刘初讳之。仆曰：“此第岑寂，狐鬼之薮，公子宜自爱。彼姚家女郎，何为而至此？”语极醒豁。刘始觍然曰：“西邻是其表叔，有何疑沮？”仆言：“我已访之审：东邻止一孤媪，西家一子尚幼，别无密戚。所遇当是鬼魅；不然，焉有数年之衣，尚未易者？且其面色过白，两颊少瘦，笑处无微涡，不如阿绣美。”仆好眼力。刘反复思，乃大惧曰：“然且奈何？”仆谋伺其来，操兵入共击之。

至暮，女至，谓刘曰：“知君见疑，然妾亦无他，不过了夙分耳。”言未已，仆排挞入。女呵之曰：“可弃兵！速具酒来，当与若主别。”仆便自投，若或夺焉。刘益恐，强设酒馔。女谈笑如常，举手向刘曰：“君心事，方将图效绵薄，何竟伏戎？妾虽非阿绣，颇自谓不亚，君视之犹昔否耶？”刘毛发惧竖，噤不语。女听漏三下，把盏一呷，起立曰：“我且去，待花烛后，再与新妇较优劣也。”周密，笔亦简净。转身遂杳。刘信狐言，竟如盖。明了，绝不多说。怨舅之诳己也，不舍其家，寓近姚氏，托媒自通，啖以重赂。姚妻乃言：“小郎为觅婿广宁，若翁以是故去，就否未可知。须旋日方可计校。”刘闻之，仿徨无以自主，惟坚守以伺其归。

逾十余日，忽闻兵警，犹疑讹传；久之，信益急，乃趣装行。中途遇乱，主仆相失，为侦者所掠。又飘然而来。以刘文弱，疏其防，盗马亡去。又飘然而去。至海州界，见一女子，蓬鬓垢耳，出履蹉跌，不可堪。刘驰过之，女遽呼曰：“马上人非刘郎乎？”刘停鞭审顾，则阿绣也。心仍讶其为狐，曰：“汝真阿绣耶？”女问：“何为出此言？”刘述所遇。女曰：“妾真阿绣也。”父携妾自广宁归，遇兵被俘，授马屡堕。忽一女子，握腕趣遁，荒窜军中，亦无诘者。女子健步若飞隼，苦不能从，百步而屦屡褪焉。久之，闻号嘶渐远，乃释手曰："别矣！前皆坦途，可缓行，爱汝者将至，宜与同归。"刘知其狐，感之。因述其留盖之故。女言其叔为择婿于方氏，未委禽而乱始作。刘始知舅言非妄。实自不知，如强作硬语。携女马上，叠骑归。入门则老母无恙，大喜。系马入，俱道所以。母亦喜，为女盥濯，竟妆，容光焕发。母抚掌曰："无怪痴儿魂梦不置也！"遂设裀褥，使从己宿。又遣人赴盖，寓书于姚。不数日，姚夫妇俱至，卜吉成礼乃去。刘出藏箧，封识俨然。有粉一函，启之化为赤土。刘异之。又一顿。女掩口曰："数年之盗，今始发觉矣。尔日见郎任妾包裹，更不及审真伪，故以此相戏耳。"方嬉笑间，一人搴帘入曰："快意如此，当谢蹇修否？"刘视之，又一阿绣也，轩然大波。急呼母。母及家人悉集，无有能辨识者。刘回眸亦迷；注目移时，始揖而谢之。忽即忽离，随笔生波。女子索镜自照，赧然趋出，寻之已杳。夫妇感其义，为位于室而祀之。一夕，刘醉归，室暗无人，方自挑灯，而阿绣至。意外相逢，初疑是梦。刘挽问："何之？"笑曰："醉臭熏人，使人不耐！如此盘诘，谁作桑中逃耶？"刘笑捧其颊。女曰："郎视妾与狐姊孰胜？"刘曰："卿过之。然皮相者不辨也。"已而合扉相狎。俄有叩门者，女起笑曰："君亦皮相者也。"刘不解，趋启门，则阿绣入，大愕。始悟适于语者，狐也。暗中又闻笑声。夫妻望空而祷，祈求现像。狐曰："我不愿见阿绣。"问："何不另化一貌？"曰："我不能。"问："何故不能？"曰："阿绣，吾妹也，前世不幸夭殂。生时，与余从母至天宫，见西王母，心窃爱慕，归则刻意效之。妹较我慧，一月神似，我学三月而后成，然终不及妹。今已隔世，自谓过之，不意犹昔耳。汉文曰："吾不见贾生久，自谓过之，今而知尚不及也。"此用其语。我感汝两人诚，故时复一至，今去矣。"遂不复言。

自此三五日辄一来，一切疑难悉决之。值阿绣归宁，来常数日不去，家人皆惧避之。每有亡失，则华妆端坐，插玳瑁簪长数寸，朝家人而庄语之："所窃物，夜当送至某所；不然头痛大作，悔无及！"天明果于某所获之。三年后，绝不复来。偶失金帛，阿绣效其装，吓家人，亦屡效焉。

帷幄奇謀運不窮癡兒顛倒戲閨中功成便尔将身退留取餘情補化工

小　翠

王太常，越人。总角时，昼卧榻上。忽阴晦，巨霆暴作，一物大于猫，来伏身下，展转不离。移时晴霁，物即径出。先提明。视之，非猫，始怖，隔房呼兄。兄闻，喜曰："弟必大贵，此狐来避雷霆劫也。"有于后始见者，有于中露出者，此即预提于此，作文不一例也，熟左、史者知之。后果少年登进士，以县令入为侍御。生一子，名元丰，绝痴，十六岁不能知牝牡，因而乡党无于为婚。王忧之。适有妇人率少女登门，自请为妇。视其女，嫣然展笑，真仙品也。喜问姓名。自言："虞氏。女小翠，年二八矣。"与议聘金。曰："是从我糠核不得饱，一旦置身广厦，役婢仆，厌膏粱，彼意适，我愿慰矣，岂卖菜也而索直乎！"夫人大悦，优厚之。妇即命女拜王及夫人，嘱曰："此尔翁姑，奉侍宜谨。我大忙，且去，三数日当复来。"王命仆马送之。妇言："里巷不远，无烦多事。"遂出门去。小翠殊不悲恋，便即奁中翻取花样。夫人亦爱乐之。数日，妇不至。以居里问女，女亦憨然不能言其道路。遂治别院，使夫妇成礼。诸戚闻拾得贫家儿作新妇，共笑姗之；见女皆惊，群议始息。女又甚慧，能窥翁姑喜怒，王公夫妇，宠惜过于常情，然惕惕焉惟恐其憎子痴；而女殊欢笑，不为嫌。第善谑，刺布作圆，蹋蹴为笑。着小皮靴，蹴去数十步，绐公子奔拾之，写痴如画。公子及婢恒流汗相属。一日，王偶过，圆然来，直中面目。女与婢俱敛迹去，公子犹踊跃奔逐之。王怒，投之以石，始伏而啼。王以告夫人；夫人往责女，女俯首微笑，以手刓床。既退，憨跳如故，以脂粉涂公子作花面如鬼。夫人见之，怒甚，呼女诟骂。女倚几弄带，不惧，亦不言。夫人无奈之，因杖其子。元丰大号，女始色变，屈膝乞宥。夫人怒顿解，释杖去。女笑拉公子入室，代扑衣上尘，拭眼泪，摩挲杖痕，饵以枣栗。公子乃收涕以忻。女阖庭户，复装公子作霸王，作沙漠人；己乃艳服，束细腰，扮虞美人，婆娑作帐下舞；或髻插雉尾，拨琵琶，丁丁缕缕然，喧笑一室，日以为常。王公以子痴，不忍过责妇；即微闻焉，亦若置之。

同巷有王给谏者，相隔十余户，然素不相能。时值三年大计吏，忌公握河南道篆，思中伤之。公知其谋，忧虑无所为计。一夕，早寝，女冠带，饰冢宰状，剪素丝作浓髭，又以青衣饰两婢为虞候，奇奇怪怪，令人难测。窃跨厩马而出，戏云："将谒王先生。"驰至给谏之门，即又鞭挞从人，大言曰："我谒侍御王，宁谒给谏王耶？"句法。回辔而归，比至家门，门者误以为真，奔白王公。公急起承迎，方知为子妇之戏。怒甚，谓夫人曰："人方蹈我之瑕，反以闺阁之丑登门而告之，余祸不远矣！"夫人怒，奔女室，诟让之。女惟憨笑，并不一置词。挞之不忍；出之，则无家。夫妻懊怨，终夜不寝。时冢宰某公赫甚，其仪采服从，与女伪装无少殊别，王给谏亦误为真。屡侦公门，中夜而客未出，疑冢宰与公有阴谋。次日早朝，见而问曰："夜相公至君家耶？"公疑其相讥，惭言唯唯，不甚响答。给谏愈疑，谋遂寝，由此益交欢公。公探知其情，窃喜，而阴嘱夫人，劝女改行，女笑应之。

逾岁，首相免，适有以私函致公者，误投给谏。波又起。给谏大喜，先托善公者往假万金，公拒之。给谏自诣公所。公觅巾袍，并不可得，给谏伺候久，怒公慢，愤将行。忽见公子衮衣旒冕，有女子自门内推之以出，又奇。大骇；已而笑抚之，脱其服冕而去。公急出，则客去远。闻其故，惊颜如土，大哭曰："此祸水也！指日赤吾族矣！"与夫人操杖往。女已知之，阖扉任其诟厉。公怒，斧其门，女在内含笑而告之曰："翁无烦怒。有新妇在，刀锯斧钺，妇自受之，必不令贻害双亲。翁若此，是欲杀妇以灭口耶？"公乃止。

给谏归，果抗疏揭王不轨，衮冕作据。上惊验之，其旒冕乃粱秸心所制，袍则败布黄袱也。上怒其诬。又召元丰至，见其憨状可掬，笑曰："此可以作天子耶？"乃下之法司。给谏又讼公家有妖人，法司严诘臧获，并言无他，惟颠妇痴儿，日事戏笑，邻里亦无异词。案乃定，以给谏充云南军。王由是奇女。又以母久不至，意其非人。使夫人探诘之，女但笑不言。再复穷问，则掩口曰："儿玉皇女，母不知耶？"无何，公擢京卿。五十余，每患无孙。女居三年，夜夜与公子异寝，似未尝有所私。夫人舁榻去，嘱公子与妇同寝。过数日，公子告母曰："借榻去，悍不还！小翠夜夜以足股加腹上，喘气不得；又惯掐人股里。"婢妪无不粲然。夫人呵拍令去。一日，女浴于室，公子见之，欲与偕；女笑止之，谕使姑待。既出，乃更泻热汤于瓮，解其袍裤，与婢扶之入。公子觉蒸闷，大呼欲出。女不听，以衾蒙之。少时，无声，启视，已绝。都以游戏神通，露出补天手段。女坦笑不惊，曳置床上，拭体干洁，加复被焉。夫人闻之，哭而入，骂曰："狂婢何杀吾儿！"女冁然曰："如此痴儿，不如勿有。"夫人益恚，以首触女，婢辈争曳劝之。方纷噪间，一婢告曰："公子呻矣！"辍涕抚之，则气息休休，而大汗浸淫，沾浃裀褥。食顷，汗已，忽开目四顾，遍视家人，似不相识，曰："我今回忆往昔，都如梦寐，何也？"夫人以其言语不痴，大异之。携参其父，屡试之，果不痴。大喜，如获异宝。至晚，还榻故处，更设衾枕以觇之。公子入室，尽遣婢去。早窥之，则榻虚设。自此痴颠皆不复作，而琴瑟静好，如形影焉。

年余，公为给谏之党奏劾免官，小有罣误。旧有广西中丞所赠玉瓶，价累千金，将出以贿当路。女爱而把玩之，失手堕碎，惭而自投。公夫妇方以免官不快，闻之，怒，交口呵骂。女奋而出，谓公子曰："我在汝家，所保全者不止一瓶，何遂不少存面目？实与君言：我非人也。以母遭雷霆之劫，深受而翁庇翼；醒出一笔，回应前。又以我两人有五年夙分，故以我来报曩恩、了夙愿耳。身受唾骂、擢发不足以数，所以不即行者，五年之爱未盈。逗下。今何可以暂止乎？"盛气而出，追之已杳。公爽然自失，而悔无及矣。公子入室，睹其剩粉遗钩，恸哭欲死；寝食不甘，日就羸瘁。公大忧，急为胶续以解之，而公子不乐。惟求良工画小翠像，日夜浇祷其下，几二年。

偶以故自他里归，明月已皎，村外有公家亭园，骑马墙外过，闻笑语声，停辔，使厩卒捉鞚，登鞍一望，则二女郎游戏其中。云月昏蒙，不甚可辨，但闻一翠衣者曰："婢子当逐出门！"一红衣者曰："汝在吾家园亭，反逐阿谁？"逗下。翠衣人曰："婢子不羞，不能作妇，被人驱遣，犹冒认物产也？"红衣者曰："索胜老大婢无主顾者！"听其音，酷类小翠，疾呼之。翠衣人去曰："姑不与若争，汝汉子来矣。"既而红衣人来，果小翠。喜极，女令登垣承接而下之，曰："二年不见，骨瘦一把矣！"公子握手泣下，具道相思。女言："妾亦知之，但无颜复见家人。今与大姊游戏，又相邂逅，足知前因不可逃也。"请与同归，不可；请止园中，许之。公子遣仆奔白夫人。夫人惊起，驾肩舆而往，启钥入亭。女即趋下迎拜，夫人捉臂流涕，力白前过，几不自容，曰："若不少记榛梗，请偕归，慰我迟暮。"女峻辞不可。夫人虑野亭荒寂，谋以多人服役。女曰："我诸人悉不愿见，惟前两婢朝夕相从，不能无眷注耳；外惟一老仆应门，余都无所复须。"夫人悉如其言，托公子养疴园中，日供食用而已。女每劝公子别婚，公子不从。

后年余，女眉目音声，渐与曩异，出像质之，迥若两人。大怪之，女曰："视妾今日，何如畴昔美？"公子曰："今日美则美矣，然较畴昔则似不如。"女曰："意妾老矣！"公子曰："二十余岁，何得速老？"女笑而焚图，救之已烬。

一日，谓公子曰："昔在家时，阿翁谓妾抵死不作茧。今亲老君孤，妾实不能产，恐误君宗嗣。请娶妇于家，旦晚侍奉公姑，君往来于两间，亦无所不便。"公子然之，纳币于钟太史之家。吉期将近，女为新人制衣履，赍送母所。及新人入门，则言貌举止，与小翠无毫发之异。大奇之。往至园亭，则女亦不知所在。问婢，婢出红巾曰："娘子暂归宁，留此贻公子。"展巾，则结玉玦一枚，心知其不返，遂携婢俱归。虽顷刻不忘小翠，幸而对新人如觌旧好焉。始悟钟氏之姻，女预知之，故先化其貌，以慰他日之思云。

异史氏曰："一狐也，以无心之德，而犹思所报；而身受再造之福者，顾失声于破甑，何其鄙哉！月缺重圆，从容而去，始知仙人之情，亦更深于流俗也！"

金和尚
富貴叢中结
善缘不持经咒
不参禅粹迎宾
语阑黎笑衣钵
而今有别傳

金和尚

金和尚，诸城人。此篇零星叙法，段落最难钩出。父无赖，以数百钱鬻子五莲山寺。少顽钝，不能肄清业，牧猪赴市，若佣保。后本师死，稍有遗金，卷怀离寺，作负贩去。饮羊、登垄，计最工。数年暴富，富字为一篇骨子，孽海茫茫，皆以一字为之也。吾欲以下勘遍天下丛林。买田宅于水坡里。弟子繁有徒，食指日千计。绕里膏田千百亩，里中起第数十处，皆僧无人；即有亦贫无业，携妻子，僦屋佃田者也。每一门内，四缭连屋，皆此辈列而居。僧舍其中：前有厅事，梁楹节棁，绘金碧，射人眼，堂上几屏，晶光可鉴；又其后为内寝，朱帘绣幕，兰麝充溢喷人；螺钿雕檀为床，床上锦茵褥，褶叠大尺有咫；壁上美人、山水诸名迹，悬粘几无隙处。一声长呼，门外数十人轰应如雷。细缨革靴者，皆乌集鹄立，受命皆掩口语，侧耳以听。总使其役使之盛，居然王侯。客仓卒至，十余筵可咄嗟办，肥醴蒸熏，纷纷狼藉如雾霈。但不敢公然蓄歌妓；而狡童十数辈，皆慧黠能媚人，皂纱缠头，唱艳曲，听睹亦颇不恶。

金若一出，前后数十骑，腰弓矢相摩戛。随从之盛。奴辈呼之皆以“爷”；即邑人之若民，或“祖”之，“伯、叔”之，称呼之盛。不以“师”，不以“上人”，不以禅号也。谚云：“有钱大三辈。”秃子有钱，何怪。其徒出，稍稍杀于金，而风鬟云辔，亦略于贵公子等。金又广结纳，即千里外呼吸亦可通，以此挟方面短长，偶气触之，辄惕自惧。

其徒出门之盛，结纳之盛，否则败矣。

而其为人，鄙不文，顶趾无雅骨。生平不奉一经，持一咒，迹不履寺院，室中亦未尝蓄铙鼓。此等物，门人辈弗及见，并弗及闻。凡僦屋者，妇女浮丽如京都，脂泽金粉，皆取给于僧；常人有钱便俗，秃子有钱更俗。僧亦不之靳，以故里中不田而农者以百数。时而恶佃决僧首瘗床下，亦不甚穷诘，但逐去之，其积习然也。写尽。金又买异姓儿，私子之。延儒师，教帖括业，儿聪慧能文，因令入邑庠；旋援例作太学生；未几，赴北闱，领乡荐。由是金之名以“太公”噪。和尚以徒为子，太公僧竟欲宗其名，且孝廉其子也，可谓独别生面。向之“爷”之者“太”之，膝席者皆垂手执儿孙礼。

无何，太公僧薨。孝廉缞绖卧苫块，北面称孤，诸门人释杖满床榻，而灵帏后嘤嘤细泣，惟孝廉夫人一而已。书法，字法。士大夫妇咸华妆来，搴帏吊唁，冠盖舆马塞道路。殡日，棚阁云连，旛幢翳日。殉葬刍灵，饰以金帛；舆盖仪杖数十事，马千匹，美人百袂，皆如生。方弼、方相，以纸壳制巨人，皂帕金铠；空中而横以木架，纳活人内负之行。设机转动，须眉飞舞，目光铄闪，如将叱咤。观者惊怪，或小儿女遥望之，辄啼走。冥宅壮丽如宫阙，楼阁房廊连垣数十亩，千门万户，入者迷不可出。以韩公画记之笔。祭品象物，多难指名。会葬者盖相摩，上自方面，皆伛偻入，起拜如朝仪；下至贡监簿史，则手据地以叩，吊唁之盛，殡葬之盛。不敢劳公子，劳诸师叔也。当是时，倾国瞻仰，男女喘汗属于道；携妇襁儿，呼兄觅妹者声鼎沸。杂以鼓乐喧豗，百戏鞺鞳，人语都不可闻。观者自肩以下皆隐不见，惟万顶攒动而已。有孕妇痛急欲产，诸女伴张裙为幄，罗守之；但闻儿啼，不暇问雌雄，断幅绷怀中，或扶之，或曳之，蹩躠以去。真善写状。奇观哉！

葬后，以金所遗资产，瓜分而二之：子一，门人一。孝廉得半，而居第之南，之北、之西东，尽缁党；然皆兄弟叙，痛痒又相关云。结冷峭。○此篇零星记叙，自成章法，在集中另为一种。

异史氏曰："此一派也，两宗未有，六祖无传，可谓独辟法门者矣。抑闻之：五蕴皆空，六尘不染，是谓'和尚'；口中说法，座上参禅，是谓'和样'；鞋香楚地，笠重吴天，是谓'和撞'；鼓钲锽聒，笙管敖曹，是谓'和唱'；狗苟钻缘，蝇营淫赌，是谓'和幛'。金也者，'尚'耶？'样'耶？'撞'耶？'唱'耶？抑地狱之'幛'耶？"通篇满纸腥膻，文章则如锦绣，末笔用老苏春秋论篇终调法。○张安溪大合曰：黔中有铁身和尚，亦异，惜无《聊斋》之笔记之。

商　妇

天津商人某，将贾远方，往从富人贷资数百。为偷儿所窥，及夕，预匿室中以俟其归。而商以是日良，负资竟发。偷儿伏久，但闻商人妇转侧床上，似不成眠。既而壁上一小门开，一室尽亮。门内有女子出，容齿少好，手引长带一条，近榻授妇，妇以手却之。女固授之，妇乃受带，起悬梁上，引颈自缢。女遂去，壁扉亦阖。偷儿大惊，拔关遁去。既明，家人见妇死，质诸官。官拘邻人而锻炼之，诬服成狱，不日就决。偷儿愤其冤，自首于堂，告以是夜所见。鞫之情真，邻人遂免。问其里人，言宅之故主曾有少妇经死，年齿容貌，与盗言悉符，因知是其鬼也。俗传暴死者必求代替，其然欤？

祿數
由來祿命
賦生初命
盡傳衣祿有
餘留與來生
應亦得何緣
一定為消除

禄 数

某显者多为不道，夫人每以果报劝谏之，殊不听信。适有方士，能知人禄数，诣之。方士熟视曰：“君再食米二十石，面四十石，天禄乃终。”归语夫人。计一人终年仅食面二石，尚有二十余年天禄，岂不善所能绝耶？横如故。逾年，忽病“除中”，食甚多而旋饥，一昼夜十余餐。未及周岁，死矣。

閻羅宴
一飯曾叨念不
忘多情誰似許官
王幽明竟亦通酬
酢特爲嘉賓薦羽觴

阎罗宴

静海邵生，家贫。值母初度，务牲酒祀于庭，拜已而起，则案上肴馔皆空。甚骇，以情告母。母疑其困乏不能为寿，故诡言之。邵默然无以自白。无何，学使案临，苦无资斧，薄贷而往。途遇一人，伏候道左，邀请甚殷。从去，见殿阁楼台，弥亘街路。既入，一王者坐殿上，邵伏拜。王者霁颜命坐，即赐宴饮，因曰："前过华居，厮仆辈道路饥渴，有叨盛馔。"邵愕然不解。王者曰："我忤官王也。伍官，四殿阎君也。○一作忤，见佛书。不记尊堂设帨之辰乎？"筵终，出白镪一裹，曰："豚蹄之扰，聊以相报。"受之而出，则宫殿人物，一时都渺；惟有大树数章，萧然道侧。视所赠，则真金，秤之得五两。考终，止耗其半，犹怀归以奉母焉。

役鬼
黎丘能伺丈人翁竟與
尋常僕隸同今日尚
傳搬運法可知鬼
亦易牢龍

役 鬼

山西杨医，善针灸之术；又能役鬼。一出门，则捉骡操鞭者，皆鬼物也。尝夜自他归，与友人同行。途中见二人来，修伟异常。友人大骇。杨便问：“何人？”答云：“长脚王、大头李，敬迓主人。”杨曰：“为我前驱。”二人旋踵而行，蹇缓则立候之，若奴隶然。

龙戏蛛

徐公为齐东令。署中有楼，用藏肴饵，往往被物窃食，狼藉于地。家人屡受谯责，因伏伺之。见一蜘蛛，大如斗。骇走白公。公以为异，日遣婢辈投饵焉。蛛益驯，饥辄出依人，饱向后去。积年余，公偶阅案牍，蛛忽来伏几上。疑其饥，方呼家人取饵；旋见两蛇夹蛛卧，细裁如箸，蛛爪蜷腹缩，若不胜惧。转瞬间，蛇暴长，粗于卵。大骇，欲走。巨霆大作，合家震毙。移时，公苏，夫人及婢仆击死者七人。公病月余，寻卒。公为人廉正爱民，柩发之日，民敛钱以送，哭声满野。

异史氏曰："龙戏蛛，每意是里巷之讹言耳，乃真有之乎？闻雷霆之击，必于凶人，奈何以循良之吏，罹此惨毒？天公之愦愦，不已多乎！"

几欲搔首一问，若谓前因后果，现在循良，亦可稍恕矣。劫耶，数耶，遭之者误耶，抑可知而不可知，究莫测其故耶？

鬼津

李某昼卧，见一妇人自墙中出，蓬首如筐，发垂蔽面；至床前，始以手自分，露面出，肥黑绝丑。某大惧，欲奔。妇猝然登床，力抱其首，便与接唇，以舌度津，冷如冰块，浸浸入喉。欲不咽而气不得息，咽之稠粘塞喉。才一呼吸，而口中又满，气急复咽之。如此良久，气闭不可复忍。闻门外有人行声，妇始释手去。由此腹胀喘满，数十日不食。或教以参芦汤探吐之，吐出物如卵清，病乃瘥。

細柳
太息高郎壽不高苦將心力爲兒曹恩威並用無歧視富貴毋忘此劬勞
細柳

细　柳

细柳娘，中都之士人女也。或以其腰嫖袅可爱，戏呼之“细柳”云。呼细柳而不说细柳，此十五字一生受用不了。柳少慧，解文字，喜读相人书。而生平简默，未尝言人臧否，但有问名者，必求一亲窥其人。阅人甚多，俱未可，而年十九矣。父母怒之曰：“天下迄无良匹，汝将以丫角老耶？”女曰：“我实欲以人胜天，顾久而不就，亦吾命也。今而后，请惟父母之命是听。”

时有高生者，世家名士，闻细柳之名，委禽焉。既醮，夫妇甚得。生前室遗孤，小字长福，时五岁，女抚养周至。今人抚养则有之，周至未易云也。女或归宁，福辄号啼从之，呵遣所不能止。年余，女产一子，名之长怙。生问名字之义，答言：“无他，但望其长依膝下耳。”

女于女红疏略，常不留意；而于亩之东南，税之多寡，按籍而问，惟恐不详。久之，谓生曰：“家中事请置勿顾，待妾自为之，不知可当家否？”都从读相人书，知生不永年，却含有不露。生如言，半载而家无废事，生亦贤之。

一日，生赴邻村饮酒，适有追捕赋者，打门而谇，遣奴慰之，弗去。乃趣童召生归。隶既去，生笑曰：“细柳今始知慧女不若痴男耶？”女闻之俯首而哭。生惊挽而劝之，女终不乐。生不忍以家政累之，仍欲自任，女又不肯。晨兴夜寐，经纪弥勤。

一"勤"字便胜多少男儿。每先一年，即储来岁之赋，以故终岁未尝见催租者一至其门；又以此法计衣食，由此用度益纾。许鲁斋曰："治生为儒者第一事。"治家者不可不知此法。于是生乃大喜，尝戏之曰："细柳何细哉：眉细、腰细、凌波细，且喜心思更细。"女对曰："高郎诚高矣：品高、志高、文字高，但愿寿数尤高。"生言确哉，女言知哉。

村中有货美材者，女不惜重直致之，价不能足，又多方乞贷于戚里。生以其不急之物，固止之，卒弗听。蓄之年余，富室有丧者，以倍资赎诸其门。生因利而谋诸女，女不可。问其故，不语；再问之，荧荧欲涕。心异之，然不忍重拂焉，乃罢。又逾岁，生年二十有五，女禁不令远游，生平读相人书受用。归稍晚，僮仆招请者，相属于道。于是同人咸戏谤之。一日，生如友人饮，觉体不快而归，至中途堕马，遂卒。以前都注此句。时方溽暑，幸衣衾皆所夙备。里中始共服细娘智。只一句如危崖坠石，文字有当以简便出之者，不必稍添一字，此简中三昧也。

福年十岁，始学为文。父既殁，娇惰不肯读，辄亡去从牧儿遨。谁呵不改，继以夏楚，而顽冥如故。母无奈之，因呼而谕之曰："既不愿读，亦复何能相强？但贫家无冗人，可更若衣，便与僮仆共操作，不然，鞭挞勿悔！"于是衣以败絮，使牧豕；细柳威令行于前子，长福败絮牧豕，固其母之能，福之天良未尽，宜女后之能转头也。归则自掇陶器，与诸仆啖饭粥。数日，苦之，泣跪庭下，愿仍读。母返身向壁，置不闻。不得已，执鞭啜泣而出。残秋向尽，桁无衣，足无履，冷雨沾濡，缩头如丐。里人见而怜之，纳继室者，皆引细娘为戒，啧有烦言。女亦稍稍闻之，而漠不为意。福不堪其苦，弃豕逃去，女亦任之，殊不追问。积数月，乞食无所，憔悴自归；不敢遽入，哀求邻媪往白母。女曰："若能受百杖，可来见；不然，早复去。”绝大识见，韩信背水阵法，所谓置之死地而后生也。今之继母，辄以此为口实，当以细柳之罪人也。福闻之，骤入，痛哭愿受杖。母问：“今知改悔乎？”曰：“悔矣。”曰：“既知悔，无须挞楚，可安分牧豕，再犯不宥！”福大哭曰：“愿受百杖，请复读。”女不听。邻妪怂恿之，始纳焉。濯发授衣，令与弟怙同师。勤身锐虑，大异往昔，三年游泮。中丞杨公，见其文而器之，月给常廪，以助灯火。

怙最钝，读数年不能记姓名。母令弃卷而农。怙游闲惮于作苦。母怒曰：“四民各有本业，既不能读，又不能耕，宁不沟瘠死耶？”立杖之。由是率奴辈耕作，一朝晏起，则诟骂从之；而衣服饮食，母辄以美者归兄。怙虽不敢言，而心窃不能平。农工既毕，母出资使学负贩。怙淫赌，入手丧败，诡托盗贼运数，以欺其母。母觉之，杖责濒死。福长跪哀乞，愿以身代，如此哥哥，今亦罕见。怒始解。自是一出门，母辄探察之。怙行稍敛，而非其心之所得已也。

一日，请母，将从诸贾入洛；实借远游，以快所欲，而中心惕惕，惟恐不遂所请。母闻之，殊无疑虑，即出碎金三十两，为之具装；末又以铤金一枚付之，曰：“此乃祖宦囊之遗，不可用去，聊以压装，备急可耳。且汝初学跋涉，亦不敢望重息，只此三十金得无亏负足矣。”临又嘱之，怙诺而出，欣欣意自得。至洛，谢绝客侣，宿名娼李姬之家。凡十余夕，散金渐尽。自以巨金在囊，初不意空匮在虑，及取而斫之，则伪金耳。妙算。大骇，失色。李媪见其状，冷语侵客。怙心不自安，然囊空无所向往，犹冀姬念夙好，不即绝之。俄有二人握索入，骤絷项领。惊惧不知所为。哀问其故，则姬已窃伪金去首公庭矣。婊子无情，大抵如斯。至官，不能置辞，梏掠几死。哭笔。收狱中，又无资斧，大为狱吏所虐，乞食于囚，苟延余息。较之乞食更苦，细柳待子同一苦心，却又是番磨励法。

初，怙之行也，母谓福曰："记取廿日后，当遣汝之洛。我事烦，恐忽忘之。"福不知所谓，黯然欲悲，不敢复请而退。过二十日而问之。叹曰："汝弟今日之浮荡，犹汝昔日之废学也。我不冒恶名，汝何以有今日？人皆谓我忍，但泪浮枕簟，而人不知耳！"细柳此数语，齐家治国大经济，整躬接物大学问。○恩义兼尽之言，今读者亦为泣下。因泣下。福侍立敬听，不敢研诘。泣已乃曰："汝弟荡心不死，故授之伪金以挫折之，今度已在缧绁中矣。中丞待汝厚，汝往求焉，可以脱其死难，而生其愧悔也。"福立刻而发。比入洛，则弟被逮三日矣。即狱中而望之，怙奄然面目如鬼，见兄涕不可仰。福亦哭。不多作语。时福为中丞所宠异，故遐迩皆知其名。邑宰知为怙兄，急释之。

怙至家，犹恐母怒，膝行而前。又一句妙。母顾曰："汝愿遂耶？"怙零涕不敢复作声，福亦同跪，母始叱之起。由是痛自悔，家中诸务，经理维勤；即偶惰，母亦不呵问之。宽严俱有妙用，岂特治家宜然。凡数月，并不与言商贾，意欲自请而不敢，以意告兄。母闻而喜，并力质贷而付之，半载而息倍焉。是年，福秋捷，又三年登第；弟货殖累巨万矣。有此贤智之母，自有此富贵之子。邑有客洛者，窥见太夫人，年四旬，犹若三十许人，而衣妆朴素，类常家云。

异史氏曰："黑心符出，芦花变生，古与今如一丘之貉，良可哀也！或有避其谤者，又每矫枉过正，至坐视儿女之放纵而不一置问，其视虐遇者几何哉？独是日挞所生，而人不以为暴；施之异腹儿，则指摘从之矣。

夫细柳固非独忍于前子也，然使所出贤，亦何能出此心以自白于天下？而乃不引嫌，不辞谤，卒使二子一富一贵，表表于世。此无论闺闼，当亦丈夫之铮铮者矣！”

楊疤眼
晦紋現霧蹈危
機偶語山阿人
迹稀可笑世多
風鑑家不如異
類早知幾
楊疤眼

杨疤眼

一猎人，夜伏山中，见一小人，长二尺已来，踽踽行涧底。少间，又一人来，高亦如之。适相值，交问何之。前者曰："我将往望杨疤眼。前见其气色晦黯，多罹不吉。"后人曰："我亦为此，汝言不谬。"猎者知其非人，厉声大叱，二人并无有矣。夜获一狐，左目上有瘢痕，大如钱。

梓潼令
蕉鹿當年
笑鄭人迷離
恍惚境非真梓
潼再任先徵兆夢
到雪同夢更稀

梓潼令

常进士大忠，太原人。候选在都。前一夜，梦文昌投刺。拔签，得梓潼令。奇之。后丁艰归，服阕候补，又梦如前。默思岂复任梓潼乎？已而果然。

赤　字

顺治乙未冬夜，天上赤字如火。其文云："白苕代靖否复议朝冶驰。"

卷八

畫馬
千金不惜騎驊
騮妙畫通靈何
家求漫道點睛
龍破壁子昂直
可繼僧繇
畫家

画马

临清崔生，家屡贫。围垣不修。每晨起，辄见一马卧露草间，黑质白章；惟尾毛不整，似火燎断者。逐去，夜又复来，不知所自。崔有好友，官于晋，欲往就之，苦无健步，遂捉马施勒乘去，嘱家人曰：“倘有寻马者，当如以告。”既就途，马骛驶，瞬息百里。夜不甚啖刍豆，意其病。次日，紧衔不令驰，而马蹄嘶喷沫，健怒如昨。复纵之，午已达晋。时骑入市廛，观者无不称叹。晋王闻之，以重直购之。崔恐为失者所寻，不敢售。居半年，无耗，遂以八百金货于晋邸，乃自市健骡归。后王以急务，遣校尉骑赴临清。马逸，追至崔之东邻，入门，不见。索诸主人。主曾姓，实莫之睹。及入室，见壁间挂子昂画马一帧，内一匹毛色浑似，尾处为香炷所烧，始知马，画妖也。校尉难复王命，因讼曾。时崔得马资，居积盈万，自愿以直贷曾，付校尉去。曾甚德之，不知崔即当年之售主也。

局詐
狗苟蠅營暮夜金笑
他巧宦繫援心烏臺
空自通關節墨敕
斜封何處尋
局詐

夤缘官
竖拯共荷
浪掷黄金
笑武夫甘堕
术中偏不悟
捷官曾见晚
朝无

局詐三
一曲湘妃愜素心秘
藏不惜示知音人
琴一去無消息流
高山何處尋

局诈

某御史家人，偶立市间，有一人衣冠华好，近与攀谈。渐问主人姓字、官阀，家人并告之。其人自言："王姓，贵主家之内使也。"语渐款洽，因曰："宦途险恶，显者皆附贵戚之门，尊主人所托何人也？"答曰："无之。"王曰："此所谓惜小费而忘大祸者也。"家人曰："何托而可？"王曰："公主待人以礼，能覆翼人。某侍郎系仆阶进。倘不惜千金贽，见公主当亦不难。"家人喜，问其居止。便指其门户曰："日同巷不知耶？"家人归告侍御。侍御喜，即张盛筵，使家人往邀王。王欣然来。筵间道公主情性及起居琐事甚悉，且言："非同巷之谊，即赐百金赏，不肯效牛马。"御史益佩戴之。临别，订约，王曰："公但备物，仆乘间言之，旦晚当有报命。"越数日始至，骑骏马甚都，谓侍御曰："可速治装行。公主事大烦，投谒者踵相接，自晨及夕，不得少隙，今得一间，宜急往，误则相见无期矣。"侍御乃出兼金重币，从之去。曲折十余里始至公主第，下骑祗候。御史，官不为卑，官列朝臣，见闻不为不广，何物公主，曾不一访闻而入其局中耶？然利令智昏，求富贵利达者为之也，无足怪。王先持贽入。久之，出，宣言："公主召某御史。"即有数人接递传呼。侍御伛偻而入，见高堂上坐丽人，姿貌如仙，服饰炳耀；侍姬皆着锦绣，罗列成行。侍御伏谒尽礼。传命赐坐檐下，金碗进茗。主略致温旨，侍御肃而退。自内传赐缎靴、貂帽。既归，深德王，持刺谒谢，则门阖无人。疑其侍主未归。三日三诣，终不复见。使人询诸贵主之门，则高扉扃锢。访之居人，并言："此间曾无贵主。前有数人僦屋而居，今去已三日矣。"使反命，主仆丧气而已。

副将军某，负资入都，将图握篆，苦无阶。一日，有裘马者谒之，自言："内兄为天子近侍。"茶已，请间云："目下有某处将军缺，倘不吝重金，仆嘱内兄游扬圣主之前，此任可致，大力者不能夺也。"某疑其妄。其人曰："此无须蜘蹰。某不过欲抽小数于内兄，于将军锱铢无所望。言定如干数，署券为信。待召见后，方求实给；不效，则汝金尚在，谁从怀中而攫之耶？"某乃喜，诺之。次日，复来引某去，见其内兄。云："姓田。"煊赫如侯家。某参谒，殊傲睨不甚为礼。其人持券向某曰："适与内兄议，率非万金不可，请即署尾。"某从之。田曰："人心叵测，事后虑有反复。"其人笑曰："兄虑之过矣。既能予之，宁不能夺之耶？且朝中将相，有愿纳交而不可得者，将军前程方远，应不丧心至此。"某亦力矢而去。其人送之，曰："三日即复公命。"逾两日，日方西，数人吼奔而入，曰："圣上坐待矣！"某惊甚，疾趋入朝。见天子坐殿上，爪牙森立。某拜舞已。上命赐坐，慰问殷勤。顾左右曰："闻某武烈非常，今见之，真将军才也！"因曰："某处险要地，今以委卿，勿负朕意，侯封有日耳。"某拜恩出。即有前日裘马者从至客邸，依券兑付而去。于是高枕待绶，日夸荣于亲友。过数日，探访之，则前缺已有人矣。大怒，忿争于兵部之堂，曰："某承帝简，何得授之他人？”司马怪之。及述宠遇，半如梦境。司马怒，执下廷尉。始供其引见者之姓名，则朝中并无此人。又耗万金，始得革职而去。异哉！武弁虽呆，岂朝门亦可假耶？疑其中有幻术存焉，所谓“大盗不操矛弧”者也。

嘉祥李生，善琴。偶适东郊，见工人掘土得古琴，遂以贱直得之。拭之有异光，安弦而操，清烈非常。喜极，若获拱壁，贮以锦囊，藏之密室，虽至戚不以示也。邑丞程氏，新莅任，投刺谒李。李故寡交游，以其先施故，报之。过数日，又招饮，固请乃往。程为人风雅绝伦，议论潇洒，李悦焉。越日，折柬酬之，欢笑益洽。从此月夕花晨，未尝不相共也。年余，偶于丞廨中，见绣囊裹琴置几上。李便展玩。程问：“亦谙此否？”李曰：“生平最好。”程讶曰：“知交非一日，绝技胡不一闻？”拨炉爇沉香，请为小奏。李敬如教。程曰：“大高手！愿献薄技，勿笑小巫也。”遂鼓“御风曲”，其声泠泠，有绝以出尘之意。李更倾倒，愿师事之。自此二人以琴交，情分益笃。年余，尽传其技。然程每诣李，李以常琴供之，未肯泄所藏也。一夕，薄醉。丞曰：“某新肄一曲，亦愿闻之乎？”为奏“湘妃”，幽怨若泣。李亟赞之。丞曰：“所恨无良琴；若得良琴，音调益胜。”李欣然曰：“仆蓄一琴，颇异凡品。今遇钟期，何敢终密？”乃启椟负囊而出。程以袍袂拂尘，凭几再鼓，刚柔应节，工妙入神。李击节不置。丞曰：“区区拙技，负此良琴。若得荆人一奏，当有一两声可听者。”李惊曰：“公闺中亦精之耶？”丞笑曰：“适此操乃传自细君者。”李曰：“恨在闺阁，小生不得

近徐青山琴谱，亦有湘妃一曲。

闻耳。”丞曰：“我辈通家，原不以形迹相限。明日，请携琴去，当使隔帘为君奏之。”李悦。次日，抱琴而往。丞即治具欢饮。少间，将琴入，旋出即坐。俄见帘内隐隐有丽妆，顷之，香流户外。又少时，弦声细作，听之，不知何曲；但觉荡心媚骨，令人魂魄飞越。琴中不入俗调，亦无淫词，此琴品也。荡心媚骨，果何琴名？相如以凤求凰，钩引文君，想此类欤？曲终便来窥帘，竟二十余绝代之姝也。丞以巨白劝釂，内复改弦为“闲情之赋”，李形神益惑。倾饮过醉，离席兴辞，索琴。丞曰：“醉后防有蹉跌。明日复临，当令闺人尽其所长。”李归。次日诣之，则廨舍寂然，惟一老隶应门。问之，云：“五更携眷去，不知何作，言往复可三日耳。”如期往伺之，日暮，并无音耗。吏皂皆疑，白令破扃而窥其室，室尽空，惟几榻犹存耳。达之上台，并不测其何故。李丧琴，寝食俱废，不远数千里访诸其家。程故楚产，三年前，捐资受嘉祥。执其姓名，询其居里，楚中并无其人。或云：“有程道士者，善鼓琴；又传其有点金术。三年前，忽去不复见。”疑即其人，又细审其年甲、容貌，吻合不谬。乃知道士之纳官，皆为琴也。此道费尽心机，不知骗琴去将欲何往，名山古洞中想无其人。癖也，亦近于痴也。知交年余，并不言及音律；渐而出琴，渐而献技，又渐而惑以佳丽；浸渍三年，得琴而去。道士之癖，更甚于李生也。天下之骗机多端，若道士，骗中之风雅者矣。

三朝元老
笑罵由他
笑罵加
老人長
樂信堪
誇堂開
晝錦標
楹帖此
是三朝
宰相家
三朝元老
一二三四五六七

三朝元老

某中堂，故明相也。曾降流寇，世论非之。老归林下，享堂落成，数人直宿其中。天明，见堂上一匾云："三朝元老。"一联云："一二三四五六七，孝弟忠信礼义廉。"不知何时所悬。怪之，不解其义。或测之云："首句隐亡八，次句隐无耻也。"

鍾生
北堂壽寓慶重開
桂子香分兩袖回
夙孽消除佳耦協
都從純孝性中来

钟生

钟庆余，辽东名士。应济南乡试。闻藩邸“藩邸”二字着眼，非浪下。有道士知人休咎，心向往之。二场后，至趵突泉，适相值。年六十余，须长过胸，一皤然道人也。集问灾祥者如堵，道士悉以微词授之。于众中见生，忻然握手，曰：“君心术德行，可敬也！”常人重神仙，神仙却重忠孝。挽登阁上，屏人语，因问：“莫欲知将来否？”曰：“然。”曰：“子福命至薄，然今科乡举可望。但荣归后，恐不复见尊堂矣。”生至孝，闻之泣下，遂欲不试而归。道士曰：“若过此已往，一榜亦不可得矣。”生云：“母死不见，且不可复为人，贵为卿相，何加焉？”道士曰：“某夙世与君有缘，今日必合尽力。”乃以一丸授之曰：“可遣人夙夜将去，服之可延七日。场毕而行，母于犹及见也。”生藏之，匆匆而出，神志丧失。因计终天有期，早归一日，则多得一日之奉养，极写纯孝。○如此写纯孝方是，若命仆持书先归，便未见得。携仆贳驴，即刻东迈。驱里许，驴忽返奔，下之不驯，控之则蹶。生无计，躁汗如雨。仆劝止之，生不听。又贳他驴，亦如之。日已衔山，莫知为计。仆又劝曰：“明日即完场矣，何争此一朝夕乎？请即先主而行，计亦良得。”不得已，从之。

次日，草草竣事，立时遂发，不遑啜息，星驰而归。则母病绵惙，下丹药，渐就痊可。入视之，就榻泫泣。母摇首止之，执手喜曰："适梦之阴司，见王者颜色和霁。谓稽尔生平，无大罪恶。今念汝子纯孝，赐寿一纪。"生亦喜。历数日，果平健如故。

未几，闻捷，又出人意外。辞母如济。因赂内监，致意道士。道士欣然出，生便伏谒。道士曰："君既高捷，太夫人又增寿数，此皆盛德所致，道人何力焉！"生又讶其先知，因而拜问终身。道士云："君无大贵，但得耄耋足矣。君前身与我为僧侣，以石投犬，误毙一蛙，今已投生为驴。论前定数，君当横折；毙一蛙出于误，乃报之横折，冥律太不分晓，世之猎取禽兽者盈千累万，又不知何以报知？今孝德感神，已有解星入命，固当无恙。但夫人前世为妇不贞，数应少寡。今君以德延寿，非其所偶，恐岁后瑶台倾也。"生恻然良久，问继室所在。曰："在中州，今十四岁矣。"临别嘱曰："倘遇危急，宜奔东南。"

后年余，妻病果死。又突下一句。钟舅令于西江，母遣往省，以便途过中州，将应继室之谶。偶适一村，值临河优戏，士女甚杂。方欲整辔趋过，有一失勒牡驴，随之而行，致骡蹄趹。生回首，以鞭击驴耳，驴惊，大奔。时有王世子方六七岁，与前藩邸互映，然非前藩，一在济南，一在中州也。乳媪抱坐堤上；驴冲过，扈从皆不及防，挤堕河中。众大哗，欲执之。生纵骡绝驰，顿忆道士言，极力趋东南。

约三十余里，入一山村，有叟在门，带前。下骑揖之。叟邀入，自言方姓，便诘所来。生叩伏在地，具以情告。叟言："不妨。请即寄居此间，当使侥者去。"至晚得耗，始知为世子，叟大骇曰："他家可以为力，此真爱莫能助矣！"总不用平笔，必作小曲折。生哀不已。叟筹思曰："不可为也。请过一宵，听其缓急，倘可再谋。"生愁怖，终夜不枕。次日侦听，则已行牒讥察，收藏者弃市。叟有难色，无言而入。生疑惧，无以自安。中夜叟来，入坐便问："夫人年几何矣？"偏从叟一边说来。生以鳏对。叟喜曰："吾谋济矣。"问之，答云："余姊夫慕道，挂锡南山，姊又谢世。遗有孤女，从仆鞠养，亦颇慧。以奉箕帚如何？"带前。生喜符道士之言，而又冀亲戚密迩，可以得其周谋，曰："小生诚幸矣。但远方罪人，深恐贻累丈人。"叟曰："此为君谋也。姊夫道术颇神，逗下。但久不与人事矣。合卺后，自与甥女筹之，必合有计。"生喜极赘焉。

女十六岁，艳绝无双。生每对之欷歔。女云："妾即陋，何遂遽见憎恶？"生谢曰："娘子仙人，相偶为幸。但有祸患，恐致乖违。"因以实告。女怨曰："舅乃非人！此弥天之祸，不可为谋，乃不明言，而陷我于坎窞！"作小曲折。生长跪曰："是小生以死命哀舅，舅慈悲而穷于术，知卿能生死人而肉白骨也。某诚不足称好逑，然家门幸不辱寞。倘得再生，香花供养有日耳。"善于词令。女叹曰："事已至此，夫复何辞？然父自削发招提，儿女之爱已绝。无已，同往哀之，恐担挫辱不浅也。"乃一夜不寐，以毡绵厚作蔽膝，各以隐着衣底；然后唤肩舆，入南山十余里。山径拗折绝险，不复可乘。下舆，女跬步甚艰，小曲折。生挽臂拽扶之，竭蹶始得上达。不远，即见山门，共坐少憩。女喘汗淫淫，粉黛交下。生见之，情不可忍，曰："为某事，遂使卿罹此苦！"女愀然曰："恐此尚未是苦！"小曲折。困少苏，相将入兰若，礼佛而进。曲折入禅堂，见老僧趺坐，目若瞑，画出老僧，似一尊活佛。一僮执拂侍之。方丈中，扫除光洁；而坐前悉布沙砾，密如星宿。女不敢择，入跪其上，生亦从诸其后。僧开目一瞻，即复合去。女参曰："久不定省，今女已嫁，故偕婿来。"语简而该，凡对尊长之言如此。僧久之，启视曰："妮子大累人！"即不复言。夫妻跪良久，筋力俱殆，沙石将压入骨，痛不可支。又移时，乃言曰："将骡来未？"女答曰："未。"曰："夫妻即去，可速将来。"加一句。二人拜而起，狼狈而行。

既归，如命，不解其意，但伏听之。过数日，相传罪人已得，伏诛讫。此处用简笔，若详叙便有许多话说。夫妻相庆。无何，山中遣僮来，以断杖付生云："代死者，此君也。"便嘱瘗葬致祭，以解竹木之冤。竹木之冤，句理精。生视之，断处有血痕焉。乃祝而葬之。夫妻不敢久居，星夜归辽阳。

鬼妻
好合原難
論死生鵾
絃雖續不
成殼秋墳淚
斷新桃杙
莫怪檀郎
太薄情

鬼　妻

泰安聂鹏云，与妻某。鱼水甚谐。妻遘疾卒。聂坐卧悲思，忽忽若失。一夕独坐，妻忽排扉入。聂惊问："何来？"笑云："妾已鬼矣。感君悼念，哀白地下主者，聊与作幽会。"聂喜，携就床寝，一切无异于常。从此星离月会，积有年余。聂亦不复言娶。伯叔兄弟惧堕宗主，私谋于族，劝聂鸾续。聂从之，聘于良家。然恐妻不乐，秘之。未几，吉期逼迩。鬼知其情，责之曰："我以君义，故冒幽冥之谴，今乃质盟不卒，钟情者固如是乎？"聂述宗党之意。鬼终不悦，谢绝而去。聂虽怜之，而计亦得也。迨合卺之夕，夫妇俱寝，鬼忽至，就床上挞新妇，大骂："何得占我床寝！"新妇起，方与挡拒。聂惕然赤蹲，并无敢左右袒。无何，鸡鸣，鬼乃去。新妇疑聂妻故并未死，谓其赚己，投缳欲自缢。聂为之缅述，新妇始知为鬼。日夕复来。新妇惧避之。鬼亦不与聂寝，但以指掐肤肉；已乃对烛目怒相视，默默不语。如是数夕。聂患之。近村有良于术者，削桃为杙，钉墓四隅，其怪始绝。

夢狼
夢回無計破愁顔賀
客盈門泪獨潸省識
官場真面目虎
狼不必在深山

梦狼

白翁，直隶人。长子甲，筮仕南服，二年无耗。伏下。适有瓜葛丁姓造谒，翁款之。丁素走无常。谈次，翁辄问以冥事，丁对语涉幻，翁不深信，但微哂之。

别后数日，翁方卧，见丁又来，邀与同游。从之去，入一城阙，移时，丁指一门曰："此间君家甥也。"时翁有姊子为晋令，讶曰："乌在此？"丁曰："倘不信，入便知之。"翁入，果见甥，蝉冠豸绣坐堂上，戟幢行列，无人可通。丁曳之出，曰："公子衙署，去此不远，亦愿见之否？"翁诺。少间，至一第，丁曰："入之。"窥其门，见一巨狼当道，大惧不敢进。丁又曰："入之。"又入一门，见堂上、堂下，坐者、卧者，皆狼也。又视墀中，白骨如山，知县衙门光景，白骨民膏脂也。益惧。丁乃以身翼翁而进。公子甲方自内出，见父及丁良喜。少坐，唤侍者治肴蔌。忽一巨狼，衔死人入。翁战惕而起，曰："此胡为者？"甲曰："聊充庖厨。"翁急止之。心怔忡不宁，辞欲出，而群狼阻道。进退方无所主，忽见诸狼纷然嗥避，或窜床下，或伏几底。错愕不解其故。俄有两金甲猛士努目入，出黑索索甲。甲扑地化为虎，牙齿巉巉。一人出利剑，欲枭其首。一人曰："且勿，且勿，此明年四月间事，不如姑敲齿去。"乃出巨锤锤齿，齿零落堕地。虎大吼，声震山岳。

翁大惧，忽醒，乃知其梦。心异之，遣人招丁，丁辞不至。翁志其梦，使次子诣甲，函戒哀切。既至，见兄门齿尽脱，骇而问之，醉中坠马所折。考其时，则父梦之日也。益骇。出父书，甲读之变色，间曰：“此幻梦之适符耳，何足怪。”时方赂当路者，得首荐，故不以妖梦为意。弟居数日，见其蠹役满堂，纳贿关说者中夜不绝，流涕谏止之。甲曰：“弟日居衡茅，故不知仕途之关窍耳。仕途秘诀，但人不肯公然说出耳。黜陟之权，在上台不在百姓。上台喜，便是好官；爱百姓，何术能令上台喜也？”

弟知不可劝止，遂归，告父。翁闻之大哭。无可如何，惟捐家济贫，日祷于神，但求逆子之报，不累妻孥。此老能时作修省语，宜全家获免于难。

次年，报甲以荐举作吏部，贺者盈门；翁惟欷歔，伏枕托疾不出。未几，闻子归途遇寇，主仆殒命。翁乃起谓人曰：“鬼神之怒，止及其身，祐我家者不可谓不厚也。”因焚香而报谢之。慰藉翁者，咸以为道路讹传，惟翁则深信不疑，刻日为之营兆。

而甲固未死。兔起鹘落之笔。先是，四月间，甲解任，甫离境，即遭寇，甲倾装以献之。诸寇曰：“我等来，为一邑之民泄冤愤耳，宁专为此哉！”遂决其首。又问家人：“有司大成者谁是？”司故甲之腹心，助纣为虐者。家人共指之。贼亦杀之。更有蠹役四人，甲聚敛臣也，将携入都。并搜决讫，始分资入囊，骛驰而去。甲魂伏道旁，见一宰官过，问：“杀者何人？”前驱者曰：“某县白知县也。”宰官曰：“此白某之子，不宜使老后见此凶惨，宜续其头。”即有一人掇头置腔上，曰：“邪人不宜使正，以肩承领可也。”遂去。移时复苏。妻子往收其尸，见有余息，载之以行；从容灌之，亦受饮。但寄旅邸，贫不能归。半年许，翁始得确耗，遣次子致之而归。甲虽复生，而目能自顾其背，不复齿人数矣。河南太守严延年决囚，血流数里，其母责之曰："天道神明，人不可独杀，我不意当老见壮子刑戮也。"归东海。岁余，延年弃市，与此同看。翁姊子有政声，是年行取为御史，悉符所梦。

异史氏曰："窃叹天下之官虎而吏狼者，比比也。即官不为虎，而吏且将为狼，况有猛于虎者耶！夫人患不能自顾其后耳；苏而使之自顾，鬼神之教微矣哉！"

邹平李进士匡九，居官颇廉明。常有富民为人罗织，门役吓之曰："官索汝二百金，宜速办；不然，败矣！"富民惧，诺备半数。役摇手不可。富民苦哀之，役曰："我无不极力，但恐不允耳。待听鞫时，汝目睹我为若白之，其允与否，亦可明我意之无他也。"少间，公按是事。役知李戒烟，近问："饮烟否？"李摇其首。役即趋下曰："适言其数，官摇首不许，汝见之耶？"富民信之，惧，许如数。役知李嗜茶，近问："饮茶否？"李颔之。役托烹茶，趋下曰："谐矣！适首肯，汝见之耶？"既而审结，富民果获免，役即收其苞苴，且索谢金。呜呼！官自以为廉，而骂其贪者载道焉，此又纵狼而不自知者矣。世之如此类者更多，可为居官者备一鉴也。

象
攝得虞人若有
求蠢兹巨象竟
能謀弩弦一縱
狻猊殪不惜多
牙作贶酬

象

粤中有猎兽者，挟矢如山。偶卧憩息，不觉沉睡，被象来鼻摄而去。自分必遭残害。未几，释置树下，顿首一鸣，群象纷至，四面旋绕，若有所求。前象伏树下，仰视树而俯视人，似欲其登。猎者会意，即足踏象背，攀援而升。虽至树巅，亦不知其意向所存。少时，有狻猊来，众象皆伏。狻猊择一肥者，意将搏噬。象战栗，无敢逃者，惟共仰树上，似求怜拯。猎者会意，因望狻猊发一弩，狻猊立殪。诸象瞻空，意若拜舞。猎者乃下，象复伏，以鼻牵衣，似欲其乘。猎者遂跨身其上，象乃行。至一处，以蹄穴地，得脱牙无算。猎人下，束治置象背。象乃负送出山，始返。

負尸
身首緣何分
兩處忽無忽
有費疑精忱
同路入
飛頭
國料
是人
哀感
名来

负 尸

有樵夫赴市，荷杖而归，忽觉杖头如有重负。回顾，见一无头人悬系其上。大惊，脱杖乱击之，遂不复见。骇奔，至一村，时已昏暮，有数人爇火照地，似有所寻。近问讯，盖众适聚坐，忽空中堕一人头，须发蓬然，倏忽已渺。樵人亦言所见，合之适成一人，究不解其何来。后有人荷篮而行，忽见其中有人头，人讶诘之，始大惊，倾诸地上，宛转而没。

紫花
和尚
聽講楞嚴
病榻前少
年慧業合
生天前身已
證如來果
何事冥中
負夙愆

紫花和尚

诸城丁生，野鹤公之孙也。少年名士，沉病而死，隔夜复苏，曰："我悟道矣。"时有僧善参玄，遣人邀至，使就榻前讲"楞严"。生每听一节，都言非是，乃曰："使吾病痊，证道何难。惟某生可愈吾疾，宜虔请之。"盖邑有某生者，精岐黄而不以术行，三聘始至，疏方下药，病愈。既归，一女子自外入，曰："我董尚书府中侍儿也。紫花和尚与妾有夙冤，今得追报，君又活之耶？再往，祸将及。"言已，遂没。某惧，辞丁。丁病复作，固要之，乃以实告。丁叹曰："孽自前生，死吾分耳。"寻卒。后寻诸人，果有紫花和尚，高僧也，青州董尚书夫人尝供养家中，亦无有知其冤之所自结者。

嫦娥
離離合合事離
奇再合何妨
永不離雲老
人間離別苦
神仙也是感
情癡

嫦娥

太原宗子美，从父游学，流寓广陵。父与红桥下林妪有素，只平平说来，入后却有许多奇异。一日，父子过红桥，遇之，固请过诸其家，瀹茗共话。有女在旁，殊色也。翁亟赞之。妪顾宗曰："大郎温婉如处子，福相也。若不鄙弃，便奉箕帚，如何？"翁笑，促子离席，使拜媪曰："一言千金矣！"

先是，妪独居，女忽自至，告诉孤苦。问其小字，则名嫦娥。月中嫦娥之说，始于《淮南子》，因常仪二字而误也。古者羲和占日，常仪占月，皆官名，《吕氏春秋》言之。仪字古皆音俄，故常仪误作嫦娥。○愚谓七夕牛女，月中嫦娥，人借作诗文用，似不必泥。妪爱而留之，实将奇货居之也。时宗年十四，睨女窃喜，意翁必媒定之；而翁归若忘。心灼热，隐以白母。翁闻而笑曰："曩与贪婆子戏耳。彼不知将卖黄金几何矣，此何可易言！"

逾年，翁媪并卒。子美不能忘情嫦娥，服将阕，托人示意林妪。妪初不承。宗忿曰："我生平不轻折腰，何媪视之不值一钱？若负前盟，须见还也！"妪乃云："曩或与而翁戏约，容有之。但无成言，遂都忘却。今既云云，我岂留嫁天王耶？要日日装束，实望易千金；今请半焉，可乎？"宗自度难办，亦遂置之。

适有寡媪僦居西邻，有女及笄，小名颠当。颠当，尔雅谓之王蛈蜴，鬼谷子谓之蛈母。谚云："颠当牢守门。"○颠当，蜘蛛一种，穴居，布幼穴口，有盖，一名蛈蚂。偶窥之，雅丽不减嫦娥。向慕之，每以馈遗阶进，久而渐熟，往往送情以目，而欲语无间。一夕，逾垣乞火。宗喜挽之，遂相燕好。约为嫁娶，辞以兄负贩未归。由此蹈隙往来，形迹周密。

一日，偶经红桥，见嫦娥适在门内，疾趋过之。嫦娥望见，招之以手，宗驻足；女又招之，遂入。女以背约让宗，宗述其故。女入室，取黄金一铤付之。宗不受，辞曰："自分永与卿绝，遂他有所约。受金而为卿谋，是负人也；受金而不为卿谋，是负卿也：诚不敢有所负。"女良久曰："君所约，妾颇知之。其事必无成；即成之，妾不怨君之负心也。其速行，媪将至矣。"宗仓卒无以自主，受之而归。隔夜，告之颠当。颠当深然其言，但劝宗专意嫦娥。宗不语，愿下之，宗乃悦。即遣媒纳金林妪，妪无辞，以嫦娥归宗。入门后，悉述颠当言。嫦娥微笑，阳怂恿之。宗喜，急欲一白颠当，而颠当迹久绝。嫦娥知其为己，因暂归宁，故予之间，嘱宗窃其佩囊。此却用捷笔，一句便拍合，以许多曲折在下文也。已而颠当果至，与商所谋，但言勿急。及解衿狎笑，胁下有紫荷囊，将便摘取。颠当变色起，曰："君与人一心，而与妾二！负心郎！请从此绝。"宗曲意挽解，不听，竟去。

一日，过其门探察之，已另有吴客僦居其中，忽离。颠当子母迁去已久，影灭迹绝，莫可问讯。宗自娶嫦娥，家暴富，连阁长廊，弥亘街路。嫦娥善谐谑，适见美人画卷，宗曰："吾自谓，如卿天下无两，但不曾见飞燕、杨妃耳。"女笑曰："若欲见之，此亦何难。"乃执卷细审一过，便趋入室，对镜修妆，效飞燕舞风，又学杨妃带醉，长短肥瘦，随时变更；风情态度，对卷逼真。方作态时，有婢自外至，不复能识，惊问其僚；复向审注，恍然始笑。宗喜曰："吾得一美人，而千古之美人，皆在床闼矣！"

一夜方熟寝，数人撬扉而入，火光射壁。女急起，惊言："盗入！"宗初醒，即欲鸣呼。一人以白刃加颈，惧不敢喘。又一人掠嫦娥负背上，哄然而去。又作此惊人之笔。宗始号，家役毕集，室中珍玩，无少亡者。宗大悲，恇然失图，无复情地。告官追捕，殊无音息。

荏苒三四年，郁郁无聊，因假赴试入都。居半载，占验询察，无计不施。偶过姚巷，值一女子，垢面敝衣，儽如丐。停趾相之，乃颠当也。骇曰："卿何憔悴至此？"答云："别后南迁，老母即世，为恶人掠卖旗下，挞辱冻馁，所不忍言。"宗泣下，问："可赎否？"曰："难矣。耗费烦多，不能为力。"宗曰："实告卿：年来颇称小有，惜客中资斧有限，倾装货马，所不敢辞。如所需过奢，当归家营办之。"女约明日出西城，相会丛柳下；嘱独往，勿以人从。宗曰："诺。"

次日，早往，则女先在，袿衣鲜明，大非前状。惊问之，笑曰："曩试君心耳，幸绨袍之意犹存。请至敝庐，宜必得当以报。"北行数武，即至其家，遂出肴酒，相与谈宴。宗约与俱归。女曰："妾多俗累，不能从。嫦娥消息，固颇闻之。"忽又串到嫦娥，俶傥之笔，炫人心目。宗急询其何所，女曰："其行踪缥缈，妾亦不能深悉。西山有老尼，一目眇，问之，当自知。"遂止宿其家。天明示以径。

宗至其处，有古寺，周垣尽颓；丛竹内有茅屋半间，老尼缀衲其中。见客至，漫不为礼。宗揖之，尼始举头致问。因告姓氏，即白所求。简句。尼曰：“八十老瞽，与世睽绝，何处知佳人消息？”宗固求之。乃曰：“我实不知。有二二戚属，来夕相过，或小女子辈识之，未可知。汝明夕可来。”宗乃出。次日再至，则尼他出，败扉扃焉。伺之既久，更漏已催，明月高揭，徘徊无计，遥见二三女郎自外入，则嫦娥在焉。忽又随风飘至。宗喜极，突起急揽其袪。嫦娥曰：“莽郎君！吓煞妾矣！可恨颠当饶舌，乃教情欲缠人。”宗曳坐，执手款曲，历诉艰难，不觉恻楚。女曰：“实相告：妾实姮娥被谪，浮沉俗间，其限已满；托为寇劫，所以绝君望耳。尼亦王母守府者，妾初谴时，蒙其收恤，故暇时常一临存。君如释妾，当为代致颠当。”东涧水流西涧水，南山云起北山云，文字串插之妙，总摸捉不定。宗不听，垂首陨涕。女遥顾曰：“姊妹辈来矣。”宗方四顾，而嫦娥已杳。宗大哭失声，不欲复活，因解带自缢。恍惚觉魂已出舍，伥伥靡适。俄见嫦娥来，捉而提之，足离于地，入寺，取树上尸推挤之，唤曰：“痴郎，痴郎！嫦娥在此。”忽若梦醒。少定，女恚曰：“颠当贱婢！害妾而杀郎君，我不能恕之也！”下山赁舆而归。既命家人治装，乃返身出西城，诣谢颠当。至则舍宇全非，愕叹而返。窃幸嫦娥不知。入门，嫦娥迎笑曰：“君见颠当耶？”宗愕然不能答。女曰：“君背嫦娥，乌得颠当？请坐待之，当自至。”

未几，颠当果至，忽又至。仓皇伏榻下。嫦娥叠指弹之，曰：“小鬼头陷人不浅！”颠当叩头，但求赊死。嫦娥曰：“推人坑中，而欲脱身天外耶？广寒十一姑不日下嫁，须绣枕百幅，履百双，可从我去，相共操作。”颠当恭白：“但求分工，按时赍送。”女不许，谓宗曰：“君若缓颊，即便放却。”颠当目宗，宗笑不语。扮演得妙。颠当目怒之。乃乞还告家人，许之，遂去。宗问其生平，乃知其西山狐也。买舆待之。次日，果来，遂俱归。然嫦娥重来，恒持重不轻谐笑。又变。宗强使狎戏，惟密教颠当为之。颠当慧绝，工媚，嫦娥乐独宿，每辞不当夕。

一夜，漏三下，犹闻颠当房中，吃吃不绝。使婢窃听之，婢还，不以告，但请夫人自往。伏窗窥之，则见颠当凝妆作己状，宗拥抱，呼以嫦娥。女哂而退。未几，颠当心暴痛，急披衣，曳宗诣嫦娥所，入门便伏。嫦娥曰："我岂医巫厌胜者？汝欲自捧心效西子耳。"颠当顿首，但言知罪。女曰："愈矣。"遂起，失笑而去。

颠当私谓宗："吾能使娘子学观音。"与前接。按图学飞燕、太真，又变一番排场，妙不可言。宗不信，因戏相赌。嫦娥每趺坐，眸含若瞑。颠当悄以玉瓶插柳，置几上，自乃垂发合掌，侍立其侧，樱唇半启，瓠犀微露，睛不少瞬。宗笑之，嫦娥开目问之，颠当曰："我学龙女侍观音耳。"嫦娥笑骂之，罚使学童子拜。善村五十二参，缺一不可。颠当束发，遂四面朝参之，伏地翻转，逞诸变态，左右侧折，袜能磨乎其耳。嫦娥解颐，坐而蹴之。颠当仰首，口衔凤钩，微触以齿。嫦娥方嬉笑间，忽觉媚情一缕，自足趾而上，直达心舍，意荡思淫，若不自主。不知能媚姜杞、伯姬否？乃急敛神，呵曰："狐奴当死！不择人而惑之耶？"颠当惧，释口投地。嫦娥又厉责之，众不解。嫦娥谓宗曰："颠当狐性不改，适间几为所愚若。非夙根深者，堕落何难？"自是见颠当，每严御之。颠当惭惧，告宗曰："妾于娘子一肢一体，无不亲爱，爱之极，不觉媚之甚。谓妾有异心，不惟不敢，亦不忍。"宗因以告嫦娥，嫦娥遇之如初。然以嬉戏无节，数戒宗，宗不听，因而大小婢妇，竞相狎戏。

一日，二人扶一婢，效作杨妃。二人以目会意，赚婢懈骨作酣态，两手遽释，婢暴颠墀下，声如倾堵。众方大哗，近抚之，而妃子已作马嵬薨矣。大众惧，急白主人，嫦娥惊曰："祸作矣！我言如何哉！"往验之，不可救。使人告其父。父某甲，素无行，号奔而至，负尸入厅事，叫骂万端。宗闭户惴恐，莫知所措。嫦娥自出责之，曰："主郎虐婢至死，律无偿法；且邂逅暴殂，焉知其不再苏？"甲噪言："四支已冰，焉有生理！"嫦娥曰："勿哗。纵不活，自有官在。"乃入厅事抚尸，而婢已苏，抚之随手而起。嫦娥返身怒曰："婢幸不死，贼奴何得无状！可以草索縶送官府！"甲无词，长跪哀免。嫦娥曰："汝既知罪，姑免究处。但小人无赖，反复何常，留汝女终为祸胎，宜即将去。原价如干数，当速措置来。"遣人押出，俾浼二三村老，券证署尾。已，乃唤婢至前，使甲自问之："无恙乎？"答曰："无恙。"乃付之去。已，遂召诸婢，数责遍扑。又呼颠当，为之厉禁。谓宗曰："今而知为人上者，一笑嚬亦不可轻。谑端开之自妾，而流弊遂不可止。凡哀者属阴，乐者属阳；阳极阴生，此循环之定数。婢子之祸，是鬼神告之以渐也。荒迷不悟，则倾覆及之矣。"时出理语，如友朋聚处终日，数语诙谐，不可不终以庄言正论，否则与市侩何异？宗敬听之。颠当泣求拔脱。嫦娥乃掐其耳，逾刻释手，颠当怃然为间，忽若梦醒，据地自投，欢喜欲舞。由此闺阁清肃，无敢哗者。

婢至其家，无疾暴死。甲以赎金莫偿，浼村老代求怜恕，许之。又以服役之情，施以材木而去。宗常患无子，嫦娥腹中忽闻儿啼，遂以刃破左胁出之，果男；无何，复有身，又破右胁而出一女。男酷类父，女酷类母，皆论昏于世家。

异史氏曰："阳极阴生，至言哉！然室有仙人，幸能极我之乐，消我之灾，长我之生，而不我之死。是乡乐，老焉可矣，而仙人顾忧之耶？天运循还之数，理固宜然，而世之长困而不亨者，又何以为解哉？昔宋人有求仙不得者，每曰：'作一日仙人，而死亦无憾。'我不复能笑之也。"

鞠藥如
鷃絓斷後棄
家行道服歸
来術已成衣
杖騰空留不
淂仙鄉情重
故鄉輕

鞠药如

鞠药如，青州人。妻死，弃家而去。后数年，道服荷蒲团至。经宿欲去，戚族强留其衣杖。鞠托闲步至村外，室中服具，皆冉冉飞出，随之而去。

褚生
師门風義
感平生好學憐
才兩困情自是
斯文同骨肉報
恩原不間幽明

褚　生

顺天陈孝廉，十六七岁时，尝从塾师读于僧寺，徒侣綦繁。内有褚生，自言山东人，攻苦讲求，略不暇息。且寄宿斋中，未尝一见其归。陈与最善，因诘之。答曰："仆家贫，办束金不易，即不能惜寸阴，而加以夜半，则我之二日，可当人三日。"夜者日之余，古之绩妇，一月得四十五日，课功勤也。世之昏惰者方且俾画作夜，便活一百年，只算得五十岁。陈感其言，欲携榻来与共寝。褚止之曰："且勿，且勿！我视先生，学非吾师也。阜城门有吕先生，年虽耄，可师，请与俱迁之。"盖都中设帐者多以月计，用终束金完，任其留止。于是两生同诣吕。

吕，越之宿儒，落魄不能归，因授童蒙，实非其志也。得两生甚喜；而褚又甚慧，过目辄了，故尤器重之。两人情好款密，昼同几，夜同榻。月既终，褚忽假归，十余日不复至。共疑之。

一日，陈以故至天宁寺，遇褚廊下，劈檾淬硫，作火具焉。见陈忸怩不安。陈问："何遽废读？"褚握手请间，戚然曰："贫无以遗先生，必半月贩，始能一月读。"陈感慨良久，曰："但往读，自合极力。"命从人收其业，同归塾。戒陈勿泄，但托故以告先生。陈父固肆贾，居物致富，陈辄窃父金，代褚遗师。父以亡金责陈，陈实告之。父以为痴，遂使废学。褚大惭，别师欲去。吕知其故，让之曰："子既贫，胡不早告？"乃悉以金返陈父，止褚读如故，与共饔飧，若子焉。好先生。陈虽不入馆，每邀褚过酒家饮。褚固以避嫌不往，而陈要之弥坚，往往泣下，褚不忍绝遂，与往来无间。

逾二年，陈父死，复求受业。吕感其诚，纳之，而废学既久，较褚悬绝矣。居半年，吕长子自越来，丐食寻父。门人辈敛金助装，褚惟洒涕依恋而已。吕临别，嘱陈师事褚。陈从之，馆褚于家。好弟子。未几，入邑庠，以“遗才”应试。陈虑不能终幅，褚请代之。至期，褚偕一人来，云是表兄刘天若，嘱陈暂从去。陈方出，褚忽自后曳之，身欲踣，刘急挽之而去。览眺一过，相携宿于其家。家无妇女，即馆客于内舍。

居数日，忽已中秋。刘曰：“今日李皇亲园中，游人甚伙，当往一豁积闷，相便送君归。”使人荷茶鼎，酒具而往。但见水肆梅亭，喧啾不得入。过水关，则老柳之下，横一画桡，相将登舟。酒数行，苦寂。刘顾僮曰：“梅花馆近有新姬，不知在家否？”僮去少时，与姬俱至。盖勾栏李遏云也。李，都中名妓，工诗善歌，陈曾与友人饮其家，故识之。相见，略道温凉。姬戚戚有忧容。刘命之歌，为歌“蒿里”。陈不悦，曰：“主客即不当卿意，何至对生人歌死曲？”姬起谢，强颜欢笑，乃歌艳曲。陈喜，捉腕曰：“卿向日，‘浣溪纱’读之数过，今并忘之。”姬吟曰：“泪眼盈盈对镜台，开帘忽见小姑来。低头转侧看弓鞋，强解绿蛾开笑靥。频将红袖拭香腮，小心犹恐被人猜。”陈反复数四。已而泊舟，过长廊，见壁上题咏甚多，即命笔记词其上。日已薄暮，刘曰：“闱中人将出矣。”遂送陈归。入门，即别去。陈见室暗无人，俄延间，褚已入门；细审之，却非褚生。方疑，客遽近身而仆。家人曰：“公子惫矣！”共扶拽之。转觉扑者非他，即己也。既起，见褚生在旁，惚惚若梦。屏人而研究之。褚曰："告之勿惊：我实鬼也。久当投生，所以因循于此者，高谊所不能忘，故附君体，以代捉刀；三场毕，此愿了矣。"陈复求赴春闱。曰："君先世福薄，悭吝之骨，诰赠所不堪也。"问："将何适？"曰："吕先生与仆有父子之分，系念常不能置。表兄为冥司典簿，求白地府主者，或当有说。"遂别而去。

陈异之。天明，访李姬，将问以泛舟之事，则姬死数日矣。又至皇亲园，见题句犹存，而淡墨依稀，若将磨灭。始悟题者为魂，作者为鬼。至夕，褚喜而至，曰："所谋幸成，敬与君别。"遂伸两掌，命陈书褚字于上以志之。陈将置酒为饯，摇首曰："勿须。君如不忘旧好，放榜后，勿惮修阻。"陈挥涕送之。见一人伺候于门，褚方依依，其人以手按其项，随手而匾，掬入囊，负之而去。过数日，陈果捷。于是治装如越。

吕妻断育几十年，五旬余，忽生一子，两手握固不可开。陈至，请相见，便谓掌中当有文曰"褚"。吕不深信。儿见陈，十指自开，视之果然。惊问其故，具告之。共相欢异。陈厚贻之，乃返，后吕以岁贡，廷试入都，舍于陈，则儿十三岁，入泮矣。

异史氏曰："吕老教门人，而不知自教其子。呜呼！作善于人，而降祥于己，一间也哉！褚生者，未以身报师，先以魂报友，其志其行，可贯日月，岂以其鬼故奇之与！"

盜户
養奸姑息多流
弊憒憒公違自告
令翻諱良民祿
盜户此概有識
宰官心

盗户

顺治间，滕、峄之区，十人而七盗，官不敢捕。后受抚，邑宰别之为“盗户”。凡值与良民争，则曲意左袒之，盖恐其复叛也。后讼者辄冒称盗户，而怨家则力攻其伪；每两造具陈，曲直且置不辨，而先以盗之真伪，反复相苦，烦有司稽籍焉。适官署多狐，宰有女为所惑，聘术士来，符捉入瓶，将炽以火。狐在瓶内大呼曰：“我盗户也！”闻者无不匿笑。

异史氏曰：“今有明火劫人者，官不以为盗而以为奸；逾墙行淫者，每不自认奸而自认盗：世局又一变矣。设今日官署有狐，亦必大呼曰‘吾盗’无疑也。”

鴻
疊石汾陰事可哀雙
飛無計羽同摧而今
幸有生全術銜得
黃金贖婦來

鸿

天津弋人得一鸿。其雄者随至其家，哀鸣翱翔，抵暮始去。次日，弋人早出，则鸿已至，飞号从之；既而集其足下。弋人将并捉之。见其伸颈俯仰，吐出黄金半铤。弋人悟其意，乃曰："是将以赎妇也。"遂释雌。两鸿徘徊，若有悲喜，遂双飞而去。一自断弦无赎发，微禽美尔得双飞，读此凄然泪下。弋人称金，得二两六钱强。噫！禽鸟何知，而钟情若此！悲莫悲于生别离，物亦然耶？

霍女
来去無端三易主
慳囊傾盡費仙才
自歸南海无消息
東院金釧何處來

霍女

朱大兴，彰德人。家富有而吝啬已甚，非儿女婚嫁，座无宾，厨无肉。然佻达喜渔色，色所在，冗费不惜。病根在此。每夜，逾垣过村，从荡妇眠。

一夜，遇少妇独行，知为亡者，强胁之，引与俱归。烛之，美绝。自言霍氏。细致研诘。女不悦，曰："既加收齿，何必复盘察？如恐相累，不如早去。"朱不敢问，留与寝处。顾女不能安粗粝，又厌见肉臛，必燕窝、鸡心、鱼肚白作羹汤，始能餍饱。朱无奈，竭力奉之。又善病，日须参汤一碗。朱初不肯。女呻吟垂绝，不得已，投之，病若失。遂以为常。女衣必锦绣，数日，即厌其故。写破其言，逼真。如是月余，计费不资，朱渐不供。女啜泣不食，求去。朱惧，又委曲承顺之。每苦闷，辄令十数日一招优伶为戏；戏时，朱设凳帘外，抱儿坐观之。女亦无喜容，数相诮骂，朱亦不甚分解。居二年，家渐落。向女婉言，求少减，女许之，用度皆损其半。久之，仍不给，女亦以肉糜相安；又渐而不珍亦御矣。朱窃喜。

忽一夜，启后扉亡去。朱怊怅若失，遍访之，乃知在邻村何氏家。何大姓，世胄也，豪纵好客，灯火达旦。忽有丽人，半夜入闺闼。诘之，则朱家之逃妾也。朱为人，何素藐之；又悦女美，竟纳焉。绸缪数日，益惑之，穷极奢欲，供奉一如朱。朱得耗，坐索之，何殊不为意。朱质于官，官以其姓名来历不明，置不理。朱货产行赇，乃准拘质。女谓何曰："妾在朱家，原非采礼媒定者，胡畏之？"何喜，将与质成。座客顾生谏曰："收纳逋逃，已干国纪；况此女入门，日费无度，即千金之家，何能久也？"何大悟，罢讼，以女归朱。过一二日，女又逃。

有黄生者，故贫士，无偶。女扣扉入，自言所来。黄见艳丽忽投，惊惧不知所为。黄素怀刑，固却之。女不去。应对间，娇婉无那。黄心动，留之，而虑其不能安贫。女早起，躬操家苦，劬劳过旧室焉。黄为人蕴藉潇洒，工于内媚，因恨相得之晚；止恐风声漏泄，为欢不久。而朱自讼后，家益贫；又度女不能安，遂置不究。

女从黄数岁，亲爱甚笃。一日，忽欲归宁，要黄御送之。黄曰："向言无家，何前后之舛？"曰："曩漫言之。妾镇江人。昔从荡子，流落江湖，遂至于此。妾家颇裕，君竭资而往，必无相亏。"黄从其言，赁舆同去。

至扬州境，泊舟江际。女适凭窗，有巨商子过，惊其艳，反舟缀之，而黄不知也。女忽曰："君家綦贫，今有一疗贫之法，不知能从否？"黄诘之，女曰："妾相从数年，未能为君育男女，亦一不了事。妾虽陋，幸未老耄，有能以千金相赠者，便鬻妾去，此中妻室、田庐皆备焉。此计如何？"黄失色，不知何故。女笑曰："君勿急，天下固多佳人，谁肯以千金买妾者？其戏言于外，以觇其有无。卖不卖，固自在君耳。"黄不肯。女自与榜人妇言之，妇目黄，黄漫应焉。妇去无几，返言："领舟有商人子，愿出八百。"黄故摇首以难之。未几，复来，便言如命，即请过船交兑。黄微哂。女曰："教渠姑待，我嘱黄郎，即令去。"女谓黄曰："妾日以千金之躯事君，今始知耶？"黄问："以何词遣之？"女曰："请即往署券，去不去固自在我耳。"黄不可。女逼促之，黄不得已诣焉。立刻兑付。黄令封志之，曰："遂以贫故，竟果如此，遽相割舍。倘室人必不肯从，仍以原金璧赵。"方运金至舟，女已从榜人妇从船尾登商舟，遥顾作别，并无凄恋。黄惊魂离舍，嗌不能言。俄商舟解缆，去如箭激。黄大号，欲追傍之。榜人不从，开舟南渡矣。

瞬息达镇江，运资上岸。榜人急解舟去。黄守装闷坐，无所适归，望江水之滔滔，如万镝之丛体。方掩泣间，忽闻娇声呼"黄郎"。愕然回顾，则女已在前途。喜极，负装从之，问："卿何遽得来？"女笑曰："再迟数刻，则君有疑心矣。"黄乃疑其非常，固诘其情。女笑曰："妾生平于吝者则破之，于邪者则诳之也。若实与君谋，君必不肯，何处可致千金者？错囊充牣，而合浦珠还，君幸足矣，穷问何为？"乃雇役荷囊，相将俱去。

至水门内，一宅南向，径入。俄而翁媪男妇，纷出相迎，皆曰："黄郎来也！"黄入参公姥。有两少年揖坐与语，是女兄弟大郎、三郎也。筵间味无多品，玉柈四枚，方几已满。鸡蟹鹅鱼，皆脔切为个。少年以巨碗行酒，谈吐豪放。已而导入别院，俾夫妇同处。衾枕滑软，而床则以熟革代棕藤焉。日有婢媪馈致三餐，女或时竟日不出。黄独居闷苦，屡言归，女固止之。一日，谓黄曰："今为君谋：请买一人，为子嗣计。然买婢媵则价奢，当伪为妾也兄者，使父与论婚，良家子不难致。"黄不可。

女弗听。

有张贡士之女新寡，议聘金百缗，女强为娶之。新妇小名阿美，颇婉妙。女嫂呼之；黄瑟踧不安，女殊坦坦。他日，谓黄曰："妾将与大姊至南海一省阿姨，月余可返，请夫妇安居。"遂去。

夫妻独居一院，按时给饮食，亦甚隆备。然自入门后，曾无一人复至其室。每晨，阿美入觐媪一两言辄退。娣姒在旁，惟相视一笑。既流连久坐，亦不款曲。黄见翁，亦如之。偶值诸郎聚语，黄至，既都寂然。黄疑闷莫可告语。阿美觉之，诘曰："君既与诸郎伯仲，何以月来都如生客？"黄仓猝不能对，吃吃而言曰："我十年于外，今始归耳。"美又细审翁姑阀阅，及妯娌里居。黄大窘，不能复隐，底里尽露。女泣曰："妾家虽贫，无作贱媵者，无怪诸宛若鄙不齿数矣！"黄惶怖莫知筹计，惟长跪一听女命。美收涕挽之，转请所处。黄曰："仆何敢他谋，计惟孑身自去耳。"女曰："既嫁复归，于情何忍？渠虽先从，私也。妾虽后至，公也。不如姑俟其归，问彼既出此谋，将何以置妾也？"居数月，女竟不返。

一夜，闻客舍喧饮。黄潜往窥之，见二客戎装上座：一人裹豹皮巾，凛若天神；东首一人，以虎头革作兜牟，虎口衔额，鼻耳悉具焉。叙此断。于前后血脉无关。惊异而返，以告阿美，竟莫测霍父子何人。夫妻疑惧，谋欲僦寓他所，又恐生其猜度。黄曰："实告卿：即南海人还，折证已定，仆亦不能家此也。今欲携卿去，又恐尊大人别有异言。不如姑别，二年中当复至。卿能待，待之；如欲他适，亦自任也。"阿美欲告父母而从之，黄不可。阿美流涕，要以信誓，乃别而归。

黄入辞翁姑。时诸郎皆他出，翁挽留以待其归，黄不听而行。登舟凄然，形神丧失。至瓜州，忽回首见片帆来，驶如飞；渐近，则船头按剑而坐者，霍大郎也。遥谓曰："君欲遄返，胡再不谋？遗夫人去，二三年谁能相待也。"言次，舟已逼近。阿美自舟中出，大郎挽登黄舟，跳身径去。

先是，阿美既归，方向父母泣诉，忽大郎将舆登门，按剑相胁，逼女风走。一家慑息，莫敢遮问。女述其状，黄不解何意，而得美良喜，开舟遂发。至家，出资营业，颇称富有。阿美常悬念父母，欲黄一往探之；又恐以霍女来，嫡庶复有参差。居无何，张翁访至，见屋宇修整，心颇慰，谓女曰："汝出门后，遂诣霍家探问，见门户已扃，第主亦不之知，半年竟无消息。汝母日夜零涕，谓被奸人嫌去，不知流离何所。今幸无恙耶？"黄实告以情，因相猜为神。

后阿美生子，取名仙赐。至十余岁，母遣诣镇江，至扬州界，休于旅舍，从者皆出。有女子来，挽儿入他室，下帘，抱诸膝上，笑问何名。儿告之。问："取名何义？"答云："不知。"女曰："归问汝父当自知。"乃为挽髻，自摘髻上花代簪之，出金钏束腕上。又以黄金内袖，曰："将去买书读。"儿问其谁，曰："儿不知更有一母耶？归告汝父：朱大兴死无棺木，当助之，勿忘也。"老仆归舍，失少主，寻至他室，闻与人语，窥之则故主母。帘外微嗽，将有咨白。女推儿榻上，恍惚已杳。问之舍主，并无知者。数日，自镇江归，语黄，又出所赠。黄感叹不已，及询朱，则死裁三日，露尸未葬，厚恤之。

异史氏曰："女其仙耶？三易其主不为贞，然为吝者破其悭，为淫者速其荡，女非无心者也。然破之则不必其怜之矣，贪淫鄙吝之骨，沟壑何惜焉？"

司文郎
水角訂交談藝日
半生論舊誤儒
冠聾僮攜篆悲
文運盲目何須
鬼試官

司文郎

平阳王平子，赴试北闱，赁居报国寺。寺中有余杭生先在，王以比屋居，投刺焉。生不之答。朝夕遇之，多无状。王怒其狂悖，交往遂绝。

一日，有少年游寺中，白服裙帽，望之傀然。近与接谈，言语谐妙，心爱敬之。展问邦族，云："登州宋姓。"因命苍头设座，相对噱谈。余杭生适过，共起逊坐。生居然上座，更不抝挹。卒然问宋："亦入闱者耶？"答曰："非也。驽骀之才，无志腾骧久矣。"又问："何省？"宋告之。生曰："竟不进取，足知高明。山左、右并无一字通者。"宋曰："北人固少通者，而不通者未必是小生；南人固多通者，然通者亦未必是足下。"语锋锐。言已，鼓掌。王和之，因而哄堂。生惭忿，轩眉攘腕而大言曰："敢当前命题，一校文艺乎？"宋他顾而哂曰："有何不敢！"便趋寓所，出经授王。王随手一翻，指曰："阙党童子将命。"生起，求笔札。宋曳之曰："口占可也。我破已成：'于宾客往来之地，而见一无所知之人焉。'"王捧腹大笑。生怒曰："全不能文，徒事谩骂，何以为人！"王力为排难，请另命佳题。又翻曰："'殷有三仁焉'。"宋立应曰："三子者不同道，其趋一也。夫一者何也？曰：仁也。君子亦仁而已矣，何必同？"此两破承于他书见之，鹤滩先生故事。生遂不作，起曰："其为人也小有才。"遂去。

王以此益重宋。邀入寓室，款言移晷，尽出所作质宋。宋浏览绝疾，逾刻已尽百首，曰：“君亦沉深于此道者？然命笔时，无求必得之念，而尚有冀幸得之心，即此已落下乘。”遂取阅过者一一诠说。王大悦，师事之；使庖人以蔗糖作水角。宋啖而甘之，曰：“生平未解此味，烦异日更一作也。”从此相得甚欢。宋三五日辄一至，王必为之设水角焉。余杭生时一遇之，虽不甚倾谈，而傲睨之气顿减。

一日，以窗艺示宋。宋见诸友圈赞已浓，目一过，推置案头，不作一语。生疑其未阅，复请之。答已览竟。生又疑其不解。宋曰：“有何难解？但不佳耳！”生曰：“一览丹黄，何知不佳？”宋便诵其文，如夙读者，且诵且訾。生局蹐汗流，不言而去。移时，宋去，生入，坚请王作。王拒之。生强搜得，见文多圈点，笑曰：“此大似水角子！”王故朴讷，觍然而已。次日，宋至，王具以告。宋怒曰：“我谓南人‘不复反矣’，伧楚何敢乃尔！必当有以报之！”王力陈轻薄之戒以劝之，宋深感佩。既而场后，以文示宋，宋颇相许。

偶与涉历殿阁，见一瞽僧坐廊下，设药卖医。宋讶曰：“此奇人也！最能知文，不可不一请教。”大司寇吴省钦督学蜀中，遇士苛，有人析其名姓嘲之曰：“少目何须论文字，欠金不必论功名。额曰：口大如天。”此以瞽者评文，真笑倒一切也。因命归寓取文。遇余杭生，遂与俱来。王呼师而参之。僧疑其问医者，便诘症候。王具白请教之意。僧笑曰：“是谁多口？无目何以论文？”王请以耳代目。僧曰：“三作两千余言，谁耐久听！不如焚之，我视以鼻可也。”东坡曰：“烧笔墨灰饮学者，可治昏惰。”同此诙谐。王从之。每焚一作，僧嗅而颔之曰：“君初法大家，虽未逼真，亦近似矣。我适受之以脾。”

问："可中否？"曰："亦中得。"余杭生未深信，先以古大家文烧试之。僧再嗅曰："妙哉！此文我心受之矣，非归、胡何解办此！"生大骇，始焚己作。僧曰："适领一艺，未窥全豹，何忽另易一人来也？"生托言："朋友之作，止此一首；此乃小生作也。"僧嗅其余灰，咳逆数声，曰："勿再投矣！格格而不能下，强受之以膈；再焚，则作恶矣。"生惭而退。数日榜放，生竟领荐；王下第。生与王走告僧。僧叹曰："仆虽盲于目，而不盲于鼻，帘中人并鼻盲矣。"俄余杭生至，意气发舒，曰："盲和尚，汝亦啖人水角耶？今竟何如？"昔张畏岩骂试官，旁一道者笑曰："相公文必不佳。"怪而问之。答曰："言为心声，必心平气和。子满口詈骂，气傲心浮，安有佳文？"我辈宜知此意。僧曰："我所论者文耳，不谋与君论命。君试寻诸试官之文，各取一首焚之，我便知孰为尔师。"生与王并搜之，止得八九人。生曰："如有舛错，以何为罚？"僧愤曰："剜我盲瞳去！"生焚之，每一首，都言非是；至第六篇，忽向壁大呕，下气如雷。众皆粲然。僧拭目向生曰："此真汝师也，初不知而骤嗅之，刺于鼻，棘于腹，膀胱所不能容，直自下部出矣！"生大怒，去，曰："明日自见，勿悔！勿悔！"越二三日，竟不至；视之，已移去矣。乃知即某门生也。

宋慰王曰："凡吾辈读书人，不当尤人，但当克己：以上毒骂，此却出以平恕之论，此公非一味尤人者。不尤人则德益弘，能克己则学益进。当前踧落，固是数之不偶。平心而论，文亦未便登峰，其由此砥砺，天下自有不盲之人。"王肃然起敬。又闻次年再行乡试，遂不归，止而受教。宋曰："都中薪桂米珠，勿忧资斧。舍后有窖镪，可以发用。"即示之处。王谢曰："昔窦、范贫而能廉，今某幸能自给，敢自污乎？"王一日醉眠，仆及庖人窃发之。王忽觉，闻舍后有声，窃出，则金堆地上。情见事露，并相慑伏。方呵责间，见有金爵，类多镌款，审视，皆大父字讳。盖王祖曾为南部郎，入都寓此，暴病而卒，金其所遗也。王乃喜，秤得金八百余两。明日告宋，且示之爵，欲与瓜分，固辞乃已。以百金往赠瞽僧，僧已去。积数月，敦习益苦。

及试，宋曰：“此战不捷，始真是命矣！”俄以犯规被黜。王尚无言；宋大哭，不能止。王反慰解之。宋曰：“仆为造物所忌，困顿至于终身，今又累及良友。其命也夫！其命也夫！”王曰：“万事固有数在。如先生乃无志进取，非命也。”宋拭泪曰：“久欲有言，恐相惊怪：某非生人，乃飘泊之游魂也。少负才名，不得志于场屋。佯狂至都，冀得知我者，传诸著作。甲申之年，竟罹于难，岁岁飘蓬。幸相知爱，故极力为‘他山’之攻，生平未酬之愿，实欲借良朋一快之耳。今文字之厄若此，谁复能漠然哉！”王亦感泣，问：“何淹滞？”曰：“去年上帝有命，委宣圣及阎罗王核查劫鬼，上者备诸曹任用，余者即俾转轮。贱名已录，所未投到者，欲一见飞黄之快耳。今请别矣！”王问：“所考何职？”曰：“梓潼府中缺一司文郎，暂令聋僮署篆，文运所以颠倒。万一幸得此秩，当使圣教昌明。”明日，忻忻而至，曰：“愿遂矣！宣圣命作‘性道论’，视之色喜，谓可司文。阎罗稽簿，欲以‘口孽’见弃。宣圣争之，乃得就。某伏谢已，又呼近案下，嘱云：‘今以怜才，拔充清要，宜洗心供职，勿蹈前愆。’此可知冥中重德行更甚于文学也。君必修行未至，但积善勿懈可耳。”虽愤激中多刺讥，然重规叠矩，惕励之论不少，可云是非不谬于圣人矣。王曰：“果尔，余杭其德行何在？”曰：“不知。要冥司赏罚，皆无少爽。

即前日瞽僧，亦一鬼也，是前朝名家。以生前抛弃字纸过多，罚作瞽。彼自欲医人疾苦，以赎前愆，故托游廛肆耳。”王命置酒。宋曰：“无须。终岁之扰，尽此一刻，再为我设水角足矣。”王悲怆不食，坐令自啖。顷刻，已过三盛，捧腹曰：“此餐可饱三日，吾以志君德耳。向所食，都在舍后，已成菌矣。藏作药饵，可益儿慧。”王问后会，曰：“既有官责，当引嫌也。”又问：“梓潼祠中，一相酹祝，可能达否？”曰：“此都无益。九天甚远，但洁身力行，自有地司牒报，则某必与知之。”言已，作别而没。

王视舍后，果生紫菌，采而藏之。旁有新土坟起，则水角宛然在焉。王归，弥自刻厉。一夜，梦宋舆盖而至，曰：“君向以小忿，误杀一婢，削去禄籍；今笃行已折除矣。然命薄不足任仕进也。”是年，捷于乡；明年，春闱又捷。遂不复仕，生二子，其一绝钝，啖以菌，遂大慧。后以故诣金陵，遇余杭生于旅次，极道契阔，深自降抑，然鬓毛斑矣。

异史氏曰：“余杭生公然自诩，意其为文，未必尽无可观；而骄诈之意态颜色，遂使人顷刻不可复忍。天人之厌弃已久，故鬼神皆玩弄之。脱能增修厥德，则帘内之‘刺鼻棘心’者，遇之正易，何所遭之仅也。”

醜狐
双南從古重
黄金移得人
間好色心春
夢一場餘故
我分明恩
怨莫沉吟

丑 狐

穆生，长沙人。家清贫，冬无絮衣。一夕枯坐，有女子入，衣服炫丽而颜色黑丑，笑曰："得毋寒乎？"生惊问之，曰："我狐仙也。怜君枯寂，聊与共温冷榻耳。"生惧其狐，而厌其丑，大号。女以元宝置几上，曰："若相谐好，以此相赠。"生悦而从之。床无裀褥，其人可知。女代以袍。将晓，起而嘱曰："所赠，可急市软帛作卧具；余者絮衣作馔，足矣。倘得永好，勿忧贫也。"遂去。生告妻，妻亦喜，即市帛为之缝纫。女夜至，见卧具一新，喜曰："君家娘子劬劳哉！"留金以酬之。从此至无虚夕。每去，必有所遗。年余，屋庐修洁，内外皆衣文锦绣，居然素封。

女赂贻渐少，生由此心厌之，聘术士至，画符于门。女啮折而弃之，入指生曰："背德负心，至君已极！然此奈何我！若相厌薄，我自去耳。但情义既绝，受于我者，须要偿也！"忿然而去。生惧，告术士。术士作坛，陈设未已，忽颠地下，血流满颊，视之，割去一耳。众大惧，奔散；术士亦掩耳窜去。室中掷石如盆，门窗釜甑，无复全者。生伏床下，蓄缩汗耸。俄见女抱一物入，猫首猧尾，置床前，嗾之曰："嘻嘻！嘻嘻，咄咄，左氏句也，此用作嗾物声，极肖。可嚼奸人足。"物即龁履，齿利于刃。生大惧，将屈藏之，四肢不能动。物嚼指，爽脆有声。生痛极，哀祝。女曰："所有金珠，尽出勿隐。”生应之。女曰：“呵呵！”物乃止。生不能起，但告以处。女自往搜括，珠钿衣服之外，止得二百余金。女少之，又曰：“嘻嘻！”物复嚼。生哀鸣求恕。女限十日，偿金六百。想见李自成追比魏德藻等金帛，以箍箍之，物尽，魏亦死。生诺之，女乃抱物去。久之，家人渐聚，从床下曳生出，足血淋漓，丧其二指。视室中，财物尽空，惟当年破被存焉。遂以覆生，令卧。又惧十日复来，乃货婢鬻衣，以足其数。至期，女果至，急付之，无言而去。自此遂绝。生足创，医药半年始愈，而家清贫如初矣。

狐适近村于氏。于业农，家不中资，三年间援例纳粟，夏屋连蔓，所衣华服，半生家物。生见之，亦不敢问。偶适野，遇女于途，长跪道左。女无言，但以素巾裹五六金，遥掷之，反身径去。后于氏早卒，女犹时至其家，家中金帛辄亡去。于子睹其来，拜参之，遥祝：“父即去世，儿辈皆若子，纵不抚恤，何忍坐令贫也？”女去，遂不复至。

异史氏曰：“邪物之来，杀之亦壮；而既受其德，即鬼物不可负也。论极平允，令天下负心人无可借口。既贵而杀赵孟，则贤豪非之矣。夫人非其心之所好，即万钟何动焉。观其见金色喜，其亦利之所在，丧身辱行而不惜者欤？伤哉贪人，卒取残败！”

呂無病
萬里間關
遞消息存
孤今見鬼程
嬰可憐悍婦空貽
悔覆水收時不見卿

吕无病

洛阳孙公子，名麒，娶蒋太守女，甚相得。二十夭殂，悲不自胜。离家，居山中别业。适阴雨，昼卧，室无人。忽见复室帘下，露妇人足，来得闪灼。疑而问之。有女子褰帘入，年约十八九，衣服朴洁，而微黑多麻，类贫家女。意必村中僦屋者，呵曰：“所须宜白家人，何得轻入？”女微笑曰：“妾非村中人，祖籍山东，吕姓。父文学士。妾小字无病。从父客迁，早离顾复。叙得简洁。慕公子世家名士，愿为康成文婢。”孙笑曰：“卿意良佳。但仆辈杂居，实所不便，容旋里后，当舆聘之。”女次且曰：“自揣陋劣，何敢遂望敌体？聊备案前驱使，当不至倒捧册卷。”孙曰：“纳婢亦须吉日。”乃指架上，使取《通书》第四卷——盖试之也。女翻检得之。先自涉览，而后进之，笑曰：“今日河魁不曾在房。”孙意少动，留匿室中。

女闲居无事，为之拂几整书，焚香拭鼎，满室光洁。昔曹公既杀杨德祖，内不自安，因命夫人通候其母，兼送奇货若干，内开一物云：“知心青衣二人。”圣叹曰：“异哉！世间岂真有此至宝耶！”为之忽忽者累月。此女近之。孙悦之。至夕，遣仆他宿。女俯眉承睫，殷勤臻至。命之寝，始持烛去。中夜睡醒，则床头似有卧人，以手探之，知为女，捉而撼焉。女惊起，立榻下，孙曰：“何不别寝，床头岂汝卧处也？”女曰：“妾善惧。”孙怜之，俾施枕床内。忽闻气息之来，清如莲蕊，异之；呼与共枕，不觉心荡；渐于同衾，大悦之。念避匿非策，又恐同归招议。

孙有母姨，近隔十余门，谋令遁诸其家，而后再致之。女称善，便言："阿姨，妾熟识之，无容先达，请即去。"孙送之，逾垣而去。

孙母姨，寡媪也。凌晨启户，女掩入。媪诘之，答云："若甥遣问阿姨。公子欲归，路赊乏骑，留奴暂寄此耳。"媪信之，遂止焉。

孙归，矫谓姨家有婢，欲相赠，遣人舁之而还，坐卧皆以从。久益嬖之，纳为妾。世家论婚，皆勿许，殆有终焉之志。女知之，苦劝令娶；乃娶于许，而终嬖爱无病。许甚贤，略不争夕；无病事许益恭：以此嫡庶偕好。许举一子阿坚，无病爱抱如己出。儿甫三岁，辄离乳媪，从无病宿，许唤不去。无何，许病卒。临诀，嘱孙曰："无病最爱儿，即令子之可也；即正位焉亦可也。"既葬，孙将践其言，告诸宗党，佥谓不可，女亦固辞，遂止。

邑有王天官女，新寡，来求婚。孙雅不欲娶，王再请之。媒道其美，宗族仰其势，共怂恿之。孙惑焉，又娶之。色果艳；而骄已甚，衣服器用，多厌嫌，辄加毁弃。孙以爱敬故，不忍有所拂。入门数月，擅宠专房，而无病至前，笑啼皆罪。时怒迁夫婿，数相闹斗。孙患苦之，以多独宿。妇又怒。孙不能堪，托故之都，逃妇难也。妇以远游咎无病。无病鞠躬屏气，承望颜色，而妇终不快。夜使直宿床下，儿奔与俱。每唤起给使，儿辄啼。妇厌骂之。无病急呼乳媪来抱之，不去，强之，益号。妇怒起，毒挞无算，始从乳媪去。儿以是病悸，不食。妇禁无病不令见之，儿终日啼，妇叱媪，使弃诸地。儿气竭声嘶，呼而求饮，妇戒勿与。日既暮，无病窥妇不在，潜饮儿。儿见之，弃水捉衿，号啡不止。妇闻之，意气汹汹而出。儿闻声辍涕，一跃遂绝。无病大哭。妇怒曰："贱婢丑态！岂以儿死胁我耶！无论孙家襁褓物，即杀王府世子，王天官女亦能任之！"无病乃抽息忍涕，请为葬具。妇不许，立命弃之。妇去，窃抚儿，四体犹温，隐语媪曰："可速将去，少待于野，我当继至。其死也，共弃之；活也，共抚之。"俨似程婴、公孙杵臼。媪曰："诺。"无病入室，携簪珥出，追及之。共视儿，已苏。二人喜，谋趋别业，往依姨。媪虑其纤步为累，无病乃先趋以俟之，疾若飘风，媪力奔始能及。约二更许，儿病危，不复可前。遂斜行入村，至田叟家，倚门待晓，扣扉借室，出簪珥易资，巫医并致，病卒不瘳。女掩泣曰："媪好视儿，我往寻其父也。"媪方惊其谬妄，而女已杳矣。骇诧不已。

是日，孙在都，方憩息床上，女悄然入。孙惊起曰："才眠已入梦耶！"女握手哽咽，顿足不能出声。久之久之，方失声而言曰："妾历千辛万苦，与儿逃于杨——"半句缩住，妙甚，传神之笔。句未终，纵声大哭，倒地而灭。孙骇绝，犹疑为梦；唤从人共视之，衣履宛然，大异不解。即刻趣装，星驰而归。既闻儿死妾遁，抚膺大悲。语侵妇，妇反唇相稽。孙忿，出白刃，婢妪遮救，不得近，遥掷之。刀脊中额，额破血流，披发嗥叫而出，将以奔告其家。孙捉还，杖挞无数，衣皆若缕，伤痛不可转侧。出我恶气，那知他王天官女！孙命舁诸房中护养之，将待其瘥而后出之。

妇兄弟闻之怒，率多骑登门，孙亦集健仆械御之。两相叫骂，竟日始散。王未快意，讼之。孙捍卫入城，自诣质审，诉妇恶状。宰不能屈，送广文惩戒以悦王。

广文朱先生，世家子，刚正不阿。廉得情，怒曰：“堂上公以我为天下之齷齪教官，勒索伤天害理之钱，以吮人痈痔者耶！此等乞丐相，我所不能！”风骨棱棱，真好教官。竟不受命。

孙公然归。王无奈之，乃示意朋好，为之调停，欲生谢过其家。孙不肯，十反不能决。可称有气骨男子。妇创渐平，欲出之，又恐王氏不受，因循而安之。妾亡子死，夙夜伤心，思得乳媪，一问其情。因忆无病言“逃于杨”，近村有杨家疃，疑其在是。往问之，并无知者。或言五十里外有杨谷，遣骑诣讯，果得之。前“往于杨”句作两层叙明。儿渐平复，相见各喜，载与俱归。儿望见父，嗷然大啼，孙亦泪下。妇闻儿尚存，盛气奔出，将致诮骂。儿方啼，开目见妇，惊投父怀，若求藏匿。抱而视之，气已绝矣。急呼之，移时始苏。孙恚曰：“不知如何酷虐，遂使吾儿至此！”乃立离婚书，送妇归。王果不受，又舁还孙。孙不得已，父子别居一院，不与妇通。乳媪乃备述无病情状，孙始悟其为鬼。感其义，葬其衣履，题碑曰“鬼妻吕无病之墓”。

无何，妇产一男，交手于项而死之。孙益忿，复出妇；王又舁还之。孙乃具状，控诸上台，皆以天官故，置不理。后天官卒，天官亦有死时耶？孙控不已，乃判令大归。孙由此不复娶，纳婢焉。

妇既归，悍名噪甚，三四年无问名者。有问名者，想不悔矣。前云王天官女新寡，则已再醮妇矣。妇顿悔，而已不可复挽。有孙家旧媪，适至其家。妇优待之，对之流涕；揣其情，似念故夫。媪归告孙，孙笑置之。又年余，妇母又卒，孤无所依，诸娣姒颇厌嫉之；妇益失所，日辄涕零。一贫士丧偶，兄议厚其奁妆而遣之，妇不肯。每阴托往来者致意孙，泣告以悔，孙不听。

一日，妇率一婢，窃驴跨之，竟奔孙。孙方自内出，迎跪阶下，泣不可止。孙欲去之，妇牵衣复跪之。孙固辞曰："如复相聚，常无间言则已耳；一朝有他，汝兄弟如虎狼，再求离逷，岂可复得！"妇曰："妾窃奔而来，万无还理。留则留之，否则死之！且妾自二十一岁从君，二十三岁被出，诚有十分恶，宁无一分情？"乃脱一腕钏，并两足而束之，袖覆其上，曰："此时香火之誓，君宁不忆之耶？"孙乃荧眦欲泪，使人挽扶入室；而犹疑王氏诈谖，欲得其兄弟一言为证据。妇曰："妾私出，何颜复求兄弟？如不相信，妾藏有死具在此，请断指以自明。"遂于腰间出利刃，就床边伸左手一指断之，血溢如涌。前王天官女又系再醮，奇妒惨刻，吾欲手刃之久矣。《聊斋》真有回天手段，说悔真是悔，令铁石人亦为转移，岂非怪事。孙大骇，急为束裹。妇容色痛变，而更不呻吟，笑曰："妾今日黄粱之梦已醒，特借斗室为出家计，何用相猜？"孙乃使子及妾另居一所，而己朝夕往来于两间。又日求良药医指创，月余寻愈。

妇由此不茹荤酒，闭户诵佛而已。居久，见家政废弛，谓孙曰："妾此来，本欲置他事于不问，今见如此用度，恐子孙有饿莩者矣。无已，再腆颜一经纪之。"乃集婢媪，按日责其绩织，家人以其自投也，慢之，窃相诮讪，妇若不闻。既而课工惰者鞭挞不贷，众始惧之。又垂帘课主计仆，综理微密。孙乃大喜，使儿及妾皆朝见之。阿坚已九岁，妇加意温恤，朝入塾，常留甘饵以待其归，儿亦渐亲爱之。一日，儿以石投雀，妇适过，中颅而仆，逾刻不语。孙大怒，挞儿，妇苏，力止之，且喜曰："妾昔虐儿，中心每不自释，今幸销一罪案矣。”俨是两人。孙益嬖爱之，妇每拒，使就妾宿。居数年，屡产屡殇，曰：“此昔日杀儿之报也。”弥天大罪，当不得一悔字，悔到令人可怜，悔至令人欲泣。阿坚既娶，遂以外事委儿，内事委媳。一日曰：“妾某日当死。”孙不信。妇自理葬具，至日，更衣入棺而卒。颜色如生，异香满室；既殓，香始渐灭。

异史氏曰：“心之所好，原不在妍媸也。毛嫱、西施，焉知非自爱之者美之乎？然不遭悍妒，其贤不彰，几令人与嗜痂者并笑矣。至锦屏之人，其夙根原厚，故豁然一悟，立证菩提；若地狱道中，皆富贵而不经艰难者矣。”取《杨万石》《江城》两篇合观之，知处悍妇亦有道矣。

崔猛
排難解紛郭解
流運籌帷幄
出奇謀兩人倘
畀登壇命良
信勳名可匹儔

崔猛

崔猛，字勿猛，建昌世家子。性刚毅，幼在塾中，诸童稍有所犯，辄奋拳殴击，师屡戒不悛；名、字，皆先生所赐也。至十六七，强武绝伦。又能持长竿跃登夏屋。喜雪不平，以是乡人共服之，求诉禀白者盈阶满室。崔抑强扶弱，不避怨嫌，稍逆之，石杖交加，支体为残。每盛怒，无敢劝者。惟事母孝，母至则解。此是作英雄豪杰根子。母谴责备至，崔唯唯听命，出门辄忘。

比邻有悍妇，日虐其姑。姑饿濒死，子窃啖之，妇知，诟厉万端，声闻四院。崔怒，逾垣而过，鼻耳唇舌尽割之，立毙。母闻大骇，呼邻子极意温恤，配以少婢，事乃寝。母愤泣不食。崔惧，跪请受杖，且告以悔。母泣不顾。崔妻周亦与并跪。母乃杖子，而又针刺其臂，作十字纹，朱涂之，俾勿灭。崔并受之。母乃食。母喜饭僧道，往往餍饱之。适一道士在门，崔过之，道士目之曰："郎君多凶横之气，恐难保其令终。积善之家，不宜有此。"崔新受母，戒闻之，起敬曰："某亦自知；但一见不平，苦不自禁。《西厢》莽和尚句法。力改之，或可免否？"道士笑曰："姑勿问可免不可免，请先自问能改不能改。但当痛自抑，如有万分之一，我告君以解死之术。"崔生平不信厌禳，笑而不言。道士曰："我固知君不信。但我所言，不类巫觋，行之亦盛德；即或不效，亦无妨碍。"明说出对性刚人宜如此，他篇又有以不说出为妙者。崔请教，乃曰："适门外一后生，宜厚结之，即犯死罪，彼亦能活之也。”呼崔出，指示其人。盖赵氏儿，名僧哥。

赵，南昌人，以岁祲饥，侨寓建昌。崔由是深相结，请赵馆于其家，供给优厚。僧哥年十二，登堂拜母，约为弟昆。逾岁东作，赵携家去，音问遂绝。

崔母自邻妇死，戒子益切，有赴诉者，辄摈斥之。（遥接。）一日，崔母弟卒，从母往吊。途遇数人，絷一男子，（此书断续即离，各种接笔，非深于《左》《史》者不知。）呵骂促步，加以捶扑。观者塞途，舆不得进。崔问之，识崔者竞相拥告。先是，有巨绅子某甲者，豪横一乡，窥李申妻有色，欲夺之，道无由。因命家人诱与博赌，贷以资而重其息，要使署妻于券，资尽复给。终夜，负债数千，积半年，计子母三十余千。申不能偿，强以多人篡取其妻。申哭诸其门。某怒，拉系树上，榜笞刺剟，逼立“无悔状”。崔闻之，气涌如山，鞭马前向，意将用武。母搴帘而呼曰：“嗜！又欲尔耶！”（似专诸之母。）崔乃止。既吊而归，不语亦不食，兀坐直视，若有所嗔。妻诘之，不答。至夜，和衣卧榻上，辗转达旦，次夜复然。忽启户出，辄又还卧。如此三四，妻不敢诘，惟慑息以听之。既而迟久乃返，掩扉熟寝矣。（隐隐怪怪，笔端有鬼。）是夜，有人杀某甲于床上，刳腹流肠，申妻亦裸尸床下。官疑申，捕治之。横被残梏，踝骨皆见，卒无词。积年余，不堪刑，诬服，论辟。

会崔母死，（崔母死，简句，亦周匝之甚。）既殡，告妻曰：“杀甲者，实我也。徒以有老母故，不敢泄。今大事已了，奈何以一身之罪殃他人？我将赴有司死耳！”（叙次跳脱之至，拘滞缠绕者奉为金丹。）妻惊挽之，绝裾而去，自首于庭。官愕然，械送狱释申。申不可，坚以自承。官不能决，两收之。戚属皆诮让申。申曰："公子所为，是我欲为而不能者也。彼代我为之，而忍坐视其死乎？今日即谓公子未出也可。"李申烂赌，以妻署卷，此无赖子耳，至此却变成有肝胆男子，非前之李申也。执不异词，固与崔争，久之，衙门皆知其故，强出之，以崔抵罪，濒就决矣。会恤刑官赵部郎，案临阅囚，至崔名，屏人而唤之。崔入，仰视堂上，僧哥也。悲喜实诉，赵徘徊良久，仍令下狱，嘱狱卒善视之。寻以自首减等，充云南军，申为服役而去。未期年，援赦而归：皆赵力也。此案虽无僧哥，亦应减等。某甲强夺人妻，崔猛仗义杀之，于法得宽，然非此文章不妙。

既归，申终从不去，代为纪理生业。予之资，不受。缘橦技击之术，颇以关怀。崔厚遇之，买妇授田焉。崔由此力改前行，每抚臂上刺痕，泫然流涕。以故乡邻有事，申辄矫命排解，不相禀白。

有王监生者，家豪富，四方无赖不仁之辈，出入其门。邑中殷实者，多被劫掠；或迕之，辄遣盗杀诸途。子亦淫暴，王有寡婶，父子俱烝之。妻仇氏，屡沮王，王缢杀之。仇兄弟质诸官，王赇嘱，以告者坐诬。兄弟冤愤莫伸，诣崔求诉。申绝之使去。过数日，客至，适无仆，使申瀹茗。申默然出，告人曰："我与崔猛朋友耳，从徙万里，不可谓不至矣；曾无廪给，而役同厮养，所不甘也！"遂忿而去。总不说明，妙。或以告崔。崔讶其改节，而亦未之奇也。申忽讼于官，谓崔三年不给佣值。句句叙，笔笔转，其捷如风。崔大异之，亲与对状，申忿相争。官不直之，责逐而去。

又数日，申忽夜入王家，将其父子婶妇并杀之，粘纸于壁，自书姓名；及追捕之，则亡命无迹。王家疑崔主使，官不信。崔始悟前此之讼，盖恐杀人之累己也。关行附近州邑，追捕甚急。

会闯贼犯顺，其事遂寝。及明鼎革，带起。申携家归，仍与崔善如初。句又合。

时土冠啸聚，又生波，不另起炉灶。王有从子得仁，集叔所招无赖，据山为盗，焚掠村疃。一夜，倾巢而至，以报仇为名。陡笔。崔适他出，申破扉始觉，越墙伏暗中。贼搜崔、李不得，据崔妻括财物而去。申归，止有一仆，忿极，乃断绳数十段，以下兵法部署，居然将才。以短者付仆，长者自怀之。嘱仆越贼巢，登半山，以火爇绳，散挂荆棘，即反勿顾。仆应而去，申窥贼皆腰束红带，帽系红绢，遂效其装。有老牝马初生驹，贼弃诸门外。申乃缚驹跨马，衔枚而出，直至贼穴。《左传》襄公十八年平阴之役，陈斾曳柴兵法类此。贼据一大村，申絷马村外，逾垣入。见贼众纷纭，操戈未释。申窃问诸贼，知崔妻在王某所。俄闻传令，俾各休息，轰然嗷应。忽一人报东山有火，众贼共望之；初犹一二点，既而多类星宿。用疑兵计。申坌息急呼东山有警。王大惊，束装率众而出。申乘间漏出其右，返身入内。见两贼守帐，绐之曰："王将军遗佩刀。"两贼竞觅。申自后斫之，一贼踣；其一回顾，申又斩之。竟负崔妻越垣而出。解马授辔，曰："娘子不知途，纵马可也。"马恋驹奔驶，申从之。出一隘口，申灼火于绳，遍悬之，乃归。

次日，崔还，以为大辱，形神跳躁，欲单骑往平贼。申谏止之。集村人共谋，众恇怯莫敢应。解谕再四，得敢往二十余人，又苦无兵。适于得仁族姓家获奸细二，崔欲杀之，申不可，命二十人各持白梃，具列于前，乃割其耳而纵之。众怨曰："此等兵旅，方惧贼知，而反示之。脱其倾队而来，阖村不保矣！"申曰："吾正欲其来也。"执匿盗者诛之。收拾不漏。遣人四出，各假弓矢火铳，又诣邑借巨炮二。日暮，率壮士至隘口，置炮当其冲；使二人匿火而伏，嘱见贼乃发。又至谷东口，伐树置崖上。已而与崔各率十余人，分岸伏之。此小游戏也，不过数十人，调遣得宜，以少胜多，推而仿之，虽百万可也。用兵之道，得一则一可当百，不得法百万无益也。故武穆行师，尝以五百人胜兀术十万之众。

一更向尽，遥闻马嘶，贼果大至，襁属不绝。俟尽入谷，乃推堕树木，断其归路。俄而炮发，喧腾号叫之声，震动山谷。贼骤退，自相践踏；至东口，不得出，集无隙地。两岸铳矢夹攻，势如风雨，断头折足者，枕藉沟中。遗二十余人，长跪乞命。乃遣人絷送以归。乘胜直抵其巢。守巢者闻风奔窜，搜其辎重而还。崔大喜，问其设火之谋。曰："设火于东，恐其西追也；短，欲其速尽，恐侦知其无人也；既而设于谷口，口甚隘，一夫可以断之，彼即追来，见火必惧：皆一时犯险之下策也。"左氏每于叙战后自下注脚。取贼鞫之，果追入谷，见火惊退。二十余贼，尽劓刖而放之。由此威声大震，远近避乱者从之如市。得土团三百余人，各处强寇无敢犯，一方赖之以安。

异史氏曰："快牛必能破车，崔之谓哉！志意慷慨，盖鲜俪矣。然欲天下无不平之事，宁非意过其通者与？李申，一介细民，遂能济美。缘橦飞入，剪禽兽于深闺；断路夹攻，荡幺魔于隘谷。使得假五丈之旗，为国效命，乌在不南面而王哉！"

化 男

苏州木渎镇，有民女夜坐庭中，忽星陨中颅，仆地而死。其父母老而无子，止此女，哀呼急救。移时始苏，笑曰：“我今为男子矣！”验之，果然。其家不以为妖，而窃喜其得丈夫子也。此丁亥间事。

禽俠
託地應友計萬全靈巢何淺費遷延俠禽縱使能消恨雛子傷殘又一年

禽侠

天津某寺，鹳鸟巢于鸱尾。殿承尘上，藏大蛇如盆。每至鹳雏团翼时，辄出吞食尽。间出一句。鹳悲鸣数日乃去。如是三年，人料其必不复至，次岁巢如故。约雏长成，即径去，三日始还。入巢哑哑，哺子如初。蛇又蜿蜒而上。甫近巢，两鹳惊，飞鸣哀急，直上青冥。俄闻风声蓬蓬，一瞬间，天地似晦。众骇异，共视一大鸟翼蔽天日，从空疾下，骤如风雨，以爪击蛇，蛇首立堕，连催殿角数尺许，振翼而去。写来有声有色，如太史公叙荆卿刺秦一段文字。少读老杜义鹘行爱之，此真不减。鹳从其后，若将送之。巢既倾，两雏俱堕，一生一死。僧取生者置钟楼上。少顷，鹳返，仍就哺之，翼成而去。

异史氏曰："次年复至，盖不料其祸之复也；三年而巢不移，则报仇之计已决；三日不返，其去作秦庭之哭，可知矣。大鸟必羽族之剑仙也，飙然而来，一击而去，妙手空空儿何以加此？"

济南有营卒，见鹳鸟过，射之，应弦而落。喙中衔鱼，将哺子也。或劝拔矢放之，卒不听。少顷，带矢飞去。后往来郭间，两年余，贯矢如故。一日，卒坐辕门下，鹳过，矢坠地。卒拾视曰："矢固无恙耶？"耳适痒，因以矢搔耳。忽大风催门，门骤阖，触矢贯脑而死。

詩讞
獄辭已具孰
平反巨眼
何期遇櫟
園轉韋
當年遺
扇在一
詩竟
雪覆
盆冤

诗谳

青州居民范小山，贩笔为业，行贾未归。四月间，妻贺氏独居，夜为盗所杀。是夜微雨，泥中遗诗扇一柄，乃王晟之赠吴蜚卿者。晟，不知何人；吴，益都之素封，与范同里，平日颇有佻达之行，故里党共信之。郡县拘质，坚不伏，惨被械梏，诬以成案；驳解往复，历十余官，更无异议。吴亦自分必死，嘱其妻罄谒所有，以济茕独。有向其门诵佛千者，给以絮裤；至万者絮袄：于是乞丐如市，佛号声闻十余里。因而家骤贫，惟日货田产以给资斧。阴赂监者使市鸩，夜梦神人告之曰："子勿死，曩日'外边凶'，目下'里边吉'矣。"再睡，又言，以是不果死。

未几，周元亮先生分守是道，录囚至吴，若有所思。因问："吴某杀人，有何确据？"范以扇对。先生熟视扇，便问："王晟何人？"并云不知。又将爰书细阅一过，立命脱其死械，自监移之仓。范力争之。怒曰："尔欲妄杀一人便了却耶？抑将得仇人而甘心耶？"众疑先生私吴，俱莫敢言。先生标朱签，立拘南郭某肆主人。主人惧，莫知所以。至则问曰："肆壁有东莞李秀诗，何时题耶？"答云："旧岁提学案临，有日照二三秀才，饮醉留题，不知所居何里。"遂遣役至日照，坐拘李秀。数日，秀至，怒曰："既作秀才，奈何谋杀人？"秀顿首错愕，曰："无之！"先生掷扇下，令其自视，曰："明系尔作，何诡托王晟？”秀审视曰：“诗真某作，字实非某书。”曰：“既知汝诗，当即汝友。谁书者？”秀曰：“迹似沂州王佐。”乃遣役关拘王佐。佐至，呵问如秀状。佐供：“此益都铁商张成索某书者，云晟其表兄也。”作一曲折。先生曰：“盗在此矣。”执成至，一讯遂伏。此案亦太曲折，栎园之判幸中矣。

先是，成窥贺美，欲挑之，恐不谐。念托于吴，必人所共信，故伪为吴扇，执而往。谐则自认，不谐则嫁名于吴，而实不期至于杀也。逾垣入，逼妇。妇因独居，常以刃自卫。既觉，捉成衣，操刀而起。成惧，夺其刀。妇力挽，令不得脱。且号。成益窘，遂杀之，委扇而去。三年冤狱，一朝而雪，无不诵神明者。吴始悟“里边吉”乃“周”字也。然终莫解其故。后邑绅乘间请之，笑曰：“此最易知。细阅爰书，贺被杀在四月上旬。是夜阴雨，“是夜阴雨”，先生何以尚能记之，细甚。天气犹寒，扇乃不急之物，岂有忙迫之时，反携此以增累者，其嫁祸可知。向避雨南郭，见题壁诗与箑头之作，口角相类，“口角相类”四字，不可执以为常。故妄度李生，果因是而得真盗。”闻者叹服。

异史氏曰：“天下事，入之深者，当其无有有之用。词赋文章，华国之具也，而先生以相天下士，称孙阳焉。岂非入其中深乎？而不谓相士之道，移于折狱。易曰：‘知幾其神。’先生有之矣。”

鹿衔草

关外山中多鹿。土人戴鹿首，伏草中，卷叶作声。鹿即群至。然牡少而牝多。牡交群牝，千百必遍，既遍遂死。众牝嗅之，知其死，分走谷中，衔异草置吻旁以熏之，顷刻复苏。急鸣金施铳，群鹿惊走。因取其草可以回生。

小　棺

天津有舟人某，夜梦一人教之曰："明日有载竹笥赁舟者，索之千金；不然，勿渡也。"某醒，不信。既寐，复梦，且书㞞㞞㞞三字于壁，嘱云："倘渠吝价，当即书此示之。"某异之。但不识其字，亦不解何意。次日，留心行旅。日向西，果有一人驱骡载笥来，问舟。某如梦索价。其人笑之，反复良久，某牵其手，以指书前字。其人大愕，即刻而灭。搜其装载，则小棺数万余，每具仅长指许，中各贮滴血而已。某以三字传示遐迩，并无知者。未几，吴逆叛谋既露，党羽尽诛，陈尸几如棺数焉。徐白山说。

邢子儀
雙鬟忽從天上
落千金依舊
害中藏非凶
相術如神驗
禍福由人
自主張

邢子仪

滕有杨某，从白莲教党，得左道之术。徐鸿儒诛后，天启二年，妖贼徐鸿儒反山东，连陷郓、巨野、邹、滕、峄，众至数万。巡抚赵彦、任据兴、杨肇基，数载围贼于邹县。三月，贼食尽，降，徐鸿儒，磔于市。杨幸漏脱，遂挟术以遨。家中田园楼阁，颇称富有。至泗上某绅家，幻法为戏，妇女出窥。杨睨其女美，归谋摄取之。其继室朱氏，亦风韵，饰以华妆，伪作仙姬；又授木鸟，教之作用，乃自楼头推堕之。朱觉身轻如叶，飘飘然凌云而行。无何，至一处，云止不前，知已至矣。是夜，月明清洁，俯视甚了。取木鸟投之，鸟振翼飞去，直达女室。女见彩禽翔入，唤婢扑之，鸟已冲帘出。女追之，鸟堕地，作鼓翼声，近逼之，扑入裙底；展转间负女飞腾，直冲霄汉。婢大号。朱在云中言曰："下界人勿须惊怖，我月府姮娥也。渠是王母第九女，偶谪尘世。王母日切怀念，暂招去一相会聚，即送还耳。"遂与结襟而行。方及泗水之界，适有放飞爆者，斜触鸟翼，鸟惊堕，牵朱亦堕，落一秀才家。秀才邢子仪，家赤贫而性方鲠。曾有邻妇夜奔，拒不纳。妇衔愤去，潜诸其夫，诬以挑引。夫固无赖，晨夕登门诟辱之。邢因货产，僦居别村。有相者顾某善决人福寿，邢踵门叩之。顾望见笑曰："君富足千钟，何着败絮见人？岂谓某无瞳耶？"邢嗤妄之。顾细审曰："是矣。固虽萧索，然金穴不远矣。"邢又妄之。顾曰："不惟暴富，且得丽人。"邢终不以为信。顾推之出，曰：

“且去且去，验后方索谢耳。”

是夜，独坐月下，忽二女自天降，视之，皆丽姝。诧为妖，诘问之，初不肯言。邢将号召乡里，朱惧，始以实告，且嘱勿泄，愿终从焉。邢思世家女不与妖人妇等，遂遣人告其家。其父母自女飞升，零涕惶惑；忽得报书，惊喜过望，立刻命舆马星驰而去。报邢百金，携女归。邢得艳妻，方忧四壁，得金甚慰。往谢顾。顾又审曰：“尚未尚未。泰运已交，百金何足言！”遂不受谢。

先是，绅归，请于上官捕杨。杨预遁，不知所之，遂籍其家，发牒追朱。朱惧，牵邢饮泣。邢亦计窘，始赂承牒者，赁车骑携朱诣绅，哀求解脱。绅感其义，为竭力营谋，得赎免；留夫妻于别馆，欢如戚好。

绅女幼受刘聘；刘，显秩也，闻女寄邢家信宿，以为辱，反婚书，与女绝姻。绅将议姻他族，女告父母，誓从邢。邢闻之喜，朱亦喜，自愿下之。绅忧邢无家，时杨居宅从官货，因代购之。夫妻遂归，出橐金，粗治器具，蓄婢仆，旬日耗费已尽。但冀女来，当复得其资助。一夕，朱谓邢曰：“孽夫杨某，曾以千金埋楼下，惟妾知之。适视其处，砖石依然，或窖藏无恙。”往共发之，果得金。因信顾术之神，厚报之。后女于归，妆资丰盛，不数年，富甲一郡矣。

异史氏曰：“白莲歼灭而杨独不死，又附益之，几疑恢恢者疏而且漏矣。孰知天留之，盖为邢也。不然，邢即否极而泰，亦恶能仓卒起楼阁、累巨金哉？不爱一色，而天报之以两。呜呼！造物无言，而意可知矣。”

李生
精舍三楹聊
借榻一肩瓢笠雪
中行牽驢浴罷
飄然去不作尋常
離别情

李　生

商河李生，好道。村外里余，有兰若，筑精舍三楹，趺坐其中。游食缁黄，往来寄宿，辄与倾谈，供给不厌。一日，大雪严寒，有老僧担囊借榻，其词玄妙。信宿将行，固挽之，留数日。适生以他故归，僧嘱早至，意将别生。鸡鸣而往，扣关不应。逾垣入，见室中灯火荧荧，疑其有作，潜窥之。僧趣装矣，一瘦驴縶灯檠上。细审，不类真驴，颇似殉葬物；然耳尾时动，气咻咻然。俄而装成，启户牵出。生潜尾之。门外原有大池，僧系驴池树，裸入水中，遍体掬濯已，着衣牵驴入，亦濯之。既而加装超乘，行绝驶。生始呼之。僧但遥拱致谢，语不及闻，去已远矣。此王梅屋之言：“李其友人。曾至其家，见堂上额书‘待死堂’，亦达士也。”

陸押官
仙人猶自作
書傭年少
偏能擢立
從十載依劉
作五粲度將
阿鴨寸無蹤
陸押官

陆押官

赵公，湖广武陵人，官宫詹，致仕归。有少年伺门下，求司笔札。公召入，见其人秀雅，诘其姓名，自言陆押官。不索佣值。公留之，慧过凡仆。往来笺奏，任意裁答，无不工妙。主人与客弈，陆睨之，指点辄胜。赵益优宠之。

诸僚仆见其得主人青目，戏索作筵。押官许之，问："僚属几何？"会别业主计者约三十余人，众悉告之数以难之。押官曰："此大易。但客多，仓卒不能遽办，肆中可也。"遂遍邀诸侣，赴临街店。皆坐。酒甫行，有按壶起者曰："诸君姑勿酌，请问今日谁作东道主？宜先出资为质，始可放情饮啖；不然，一举数千，哄然都散，向何取偿也？"众目押官。押官笑曰："得无谓我无钱耶？我固有钱。"乃起，向盆中捻湿面如拳，碎掐置几上；随掷，遂化为鼠，窜动满案。押官任捉一头，裂之，啾然腹破，得小金；再捉，亦如之。顷刻鼠尽，碎金满前，乃告众曰："是不足供饮耶？"众异之，乃共恣饮。既毕，会直三两余。众秤金，适符其数。众索一枚怀归，白其异于主人。主人命取金，搜之已亡。反质肆主，则偿资悉化蒺藜。仆白赵，赵诘之。押官曰："朋辈逼索酒食，囊空无资。少年学作小剧，故试之耳。"众复责偿。押官曰："某村麦穰中，再一簸扬，可得麦二石，足偿酒价有余也。"因浼一人同去。某村主计者将归，遂与偕往。至则净麦数斛，已堆场中矣。众以此益奇押官。

一日，赵赴友筵，堂中有盆兰甚茂，爱之。归犹赞叹之。押官曰："诚爱此兰，无难致者。"赵犹未信。凌晨至斋，忽闻异香蓬勃，则有兰花一盆，箭叶多寡，宛如所见。因疑其窃，审之。押官曰："臣家所蓄，不下千百，何须窃焉？"赵不信。适某友至，见兰惊曰："何酷肖寒家物！"赵曰："余适购之，亦不识所自来。但君出门时，见兰花尚在否？"某曰："我实不曾至斋，有无固不可知。然何以至此？"赵视押官，押官曰："此无难辨：公家盆破，有补缀处；此盆无也。"验之始信。夜告主人曰："向言某家花卉颇多，今屈玉趾，乘月往观。但诸人皆不可从，惟阿鸭无害。"鸭，宫詹僮也。遂如所请。公出，已有四人荷肩舆伏候道左。赵乘之，疾于奔马。俄顷入山，但闻奇香沁骨。至一洞府，见舍宇华耀，迥异人间；随处皆设花石，精盆佳卉，流光散馥，即兰一种，约有数十余盆，无不茂盛。观已，如前命驾归。押官从赵十余年。后赵无疾卒，遂与阿鸭俱出，不知所往。

蔣太史
原是考坡侍從臣
卻從初地證菩因
我居山寺金沙穴
留得金剛不壞身

蒋太史

蒋太史超，记前世为峨嵋僧，数梦至故居庵前潭边濯足。为人笃嗜内典，一意台宗，虽早登禁林，常有出世之想。假归江南，抵秦邮，不欲归。子哭挽之，弗听。遂入蜀，居成都金沙寺；久之，又之峨嵋，居伏虎寺，示疾怛化。自书偈云："翛然猿鹤自来亲，老衲无端堕业尘。妄向镬汤求避热，那从大海去翻身。功名傀儡场中物，妻子骷髅队里人。只有君亲无报答，生生常自祝能仁。"

王阮亭云："蒋，金坛人，原名金沙；其字又曰虎臣，卒殁于峨嵋伏虎寺：名皆巧合，亦奇。予壬子典试蜀中，蒋在峨嵋，寄予书云：'身是峨眉老僧，故万里归骨于此。'寻化去。余有挽诗曰：'两风三十载，九病一迁官。忽忆峨眉好，真意蜀道难。法云晴浩荡，春雪气高寒。万里堪埋骨，天成白玉棺。'盖用书中语也。"

邵士梅
生前不過雞竿敎
身後偏題雁塔名擬
向釋迦參果報是真
是幻不分明

邵士梅

邵进士，名士梅，济宁人。初授登州教授，有二老秀才投刺，睹其名，似甚熟识；凝思良久，忽悟前身。便问斋夫："某生居某村否？"又言其丰范，一一吻合。俄两生入，执手倾语，欢若平生。谈次，问高东海况。二生曰："狱死二十余年矣，今一子尚存。此乡中细民，何以见知？"邵笑云："我旧戚也。"先是，高东海素无赖，然性豪爽，轻财好义。有负租而鬻女者，倾囊代赎之。私一媪，媪坐隐盗，官捕甚急，逃匿高家。官知之，收高，备极搒掠，终不服，寻死狱中。其死之日，即邵生辰。后邵至某村，恤其妻子，远近皆知其异。此事吾邑苛金徽乡举后流寓山左，亲闻其事，有记。高东海名三槐。士梅恤妻子，临别诗云："千里顿开生死眼，一身曾作古今人。"此高少宰言之，即高公子冀良同年也。

王阮亭云："邵前生为栖霞人，与其妻三世为夫妇，事更奇。高东海以病死，非狱死，邵自述甚详。"

顧生
早識流年似擲梭豈
知幻境夢中多嬰兒
倏忽成鉛情數十春
秋一剎那

顾　生

江南顾生，客稷下，眼暴肿，昼夜呻吟。罔所医药。十余日，痛少减。而合眼时辄睹巨宅，凡四五进，门皆洞辟；最深处有人往来，但遥睹不可细认。一日，方凝神注之，忽觉身入宅中，合眼见物，理或有之，身何以入，窃所未解，仍作梦境可也。三历门户，绝无人迹。有南北厅事，内以红毡贴地。略窥之，见满屋婴儿，坐者、卧者、膝行者，不可数计。愕疑间，一人自舍后出，见之曰："小王子谓有远客在门，果然。"便邀之。顾不敢入，强之乃入。问："此何所？"曰："九王世子居。世子疟疾新瘥，今日亲宾作贺，先生有缘也。"言未已，有奔至者，督促速行。俄至一处，雕榭朱栏，一殿北向。凡九楹，历阶而升，则客已满座。见一少年北面坐，知是王子，便伏堂下。满堂尽起，王子曳顾东向坐。酒既行，鼓乐暴作，诸妓升堂，演"华封祝"。才过三折，逆旅主人及仆唤进午餐，就床头频呼之。罡风吹到，中忽一间。耳闻甚真，心恐王子知，遂托更衣而出。仰视日中夕，则见仆立床前，始悟未离旅邸。心欲急返，因遣仆阖扉去。甫交睫，见宫舍依然，急循故道而入。路经前婴儿处，并无婴儿，有数十媪蓬首驼背，坐卧其中。望见顾，出恶声曰："谁家无赖子，来此窥伺！"顾惊惧，不敢置辨，疾趋后庭，升殿即坐。见王子颔下添髭尺余矣。见顾，笑问："何往？剧本过七折矣。"因以巨觥示罚。移时曲终，又呈出目。顾点“彭祖娶妇”。妓即以椰瓢行酒，可容五斗许。顾离席辞曰：“臣目疾，不敢过醉。”王子曰：“君患目，有太医在此，便合诊视。”东座一客，即离坐来，两指启双眦，以玉簪点白膏如脂，嘱合目少睡。王子命侍儿导入复室，令卧；卧片时，觉床帐香软，因而熟眠。居无何，忽闻鸣钲锽聒，即复惊醒。疑是优戏未毕；开目视之，则旅舍中狗舐油铛也。然目疾若失，再闭眼，一无所睹矣。

陳錫九
梦裏團圓事有無
佳城鬱〻植双榆
由來至孝神能格
豈為黃泉計錙銖

陈锡九

陈锡九，邳人。父子言，邑名士。富室周某，仰其声望，订为婚姻。陈累举不第，家业萧条，游学于秦，数年无信。周阴有悔心。以少女适王孝廉为继室；王聘仪丰盛，仆马甚都。以此愈憎锡九贫，坚意绝婚。问女，女不从。怒，以恶服饰遣归锡九。日不举火，周全不顾恤。

一日，使佣媪以馌榼饷女，入门向母曰："主人使某视小姑姑饿死否？"女恐母惭，强笑以乱其词。因出榼中肴饵，列母前。媪止之曰："无须尔！自小姑入人家，何曾交换出一杯温凉水？吾家物，料姥姥亦无颜啖啖得。"母大恚，声色俱变。媪不服，恶语相侵。纷纭间，锡九自外入，讯知大怒，撮毛批颊，挞逐出门而去。有丈夫气，知其终不贫也。

次日，周来逆女，女不肯归；明日又来，增其人数，众口呶呶，如将寻斗。母强劝女去。女潸然拜母，登车而去。过数日，又使人来逼索离婚书，母强锡九与之。惟望子言归，以图别处。

周家有人自西安来，知子言已死，陈母哀愤成疾而卒。突笔。叙父母俱死，图笔墨干净，以下好生波致。锡九哀迫中，尚望妻归，久而渺然，悲愤益切。薄田数亩，鬻治葬具。葬毕，乞食赴秦，以求父骨。

至西安，遍访居人。或言数年前有书生死于逆旅，葬之东郊，今冢已没。锡九无策，惟朝丐市廛，暮宿野寺，冀有知者。

会晚经丛葬处，有数人遮道，逼索饭价。锡九曰：“我异乡人，乞食城郭，何处少人饭价？”共怒，捽之仆地，以埋儿败絮塞其口。力尽声嘶，渐就危殆。忽共惊曰：“何处官府至矣！”释手寂然。俄有车马至，便问：“卧者何人？”即有数人扶至车下，车中人曰：“是吾儿也。陡笔。孽鬼何敢尔！可悉缚来，勿致漏脱。”遇鬼以下皆梦中事，却不说明，如此波折，出人意外。锡九觉有人去其塞，少定，细认，真其父也。大哭曰：“儿为父骨良苦。今固尚在人间耶！”父曰：“我非人，太行总管也。此来亦为吾儿。”锡九哭益哀。父慰揄之。锡九泣述岳家离婚。父曰：“无忧，今新妇亦在母所。母念儿甚，可暂一往。”遂与同车，驰如风雨。移时，至一官署，下车入重门，则母在焉。锡九痛欲绝，父止之。锡九啜泣听命。见妻在母侧，新妇亦在母所，插放得好看，下文方知其妙。问母曰：“儿妇在此，得毋亦泉下耶？”母曰：“非也，是汝父接来，待汝归家，当便送去。”锡九曰：“儿侍父母，不愿归矣。”至性语不可多得。母曰：“辛苦跋涉而来，为父骨耳。汝不归，初志为何也？况汝孝行已达天帝，赐汝金万斤，赐万金随手安放亦好。夫妻享受正远，何言不归？”锡九垂泣。父数数促行，锡九哭失声。父怒曰：“汝不行耶！”锡九惧，收声，始询葬所。父挽之曰：“子行，我告之：去丛葬处百余步，有子母白榆是也。”挽之甚急，竟不遑别母。门外有健仆，捉马待之。既超乘，父嘱曰：“日所宿处，有少资斧，可速办装归；向岳索妇，不得妇，勿休也。”前强与离婚，未许其嫁也，故可索妇。锡九诺而行。马绝驶，鸡鸣至西安。仆扶下，方将拜致父母，而人马已杳。此处出梦。

寻至旧宿处，倚壁假寐，以待天明。坐处有拳石碍股，晓而视之，白金也。市棺赁舆，寻双榆下，得父骨而归。“得父骨而归”五字，自西安还邳也，包括多少文字，要繁便千言不了，要简便一字疾通。如《史记》上会稽，吴也；探禹穴，蜀也。六字包括两省，此文家繁简之妙也。合厝既毕，家徒四壁。幸里中怜其孝，共饭之。将往索妇，自度不能用武，与族兄十九往。及门，门者绝之。十九素无赖，出语秽亵。周使人劝锡九归，愿即送女去，锡九还。

初，女之归也，周对之骂婿及母，女不语，但向壁零涕。陈母死，亦不使闻。得离书，掷向女曰：“陈家出汝矣！”女曰：“我不曾悍逆，何为出我？”欲归质其故，又禁闭之。后锡九如西安，遂造凶讣，以绝女志。此信一播，遂有杜中翰来议姻，竟许之。亲迎有日，女始知，遂泣不食，以被韬面，气如游丝。“气如游丝”句即上文新妇亦在母侧，魂已去也。周正无法，忽闻锡九至，发语不逊，意料女必死，遂舁归锡九，意将待女死以泄其愤。锡九归，而送女者已至，犹恐锡九见其病而不内，甫入门，委之而去。邻里代忧，共谋舁还。锡九不听，扶置榻上，而气已绝。始大恐。正遑迫间，周子率数人持械入，巧偷作过文。门窗尽毁。锡九逃匿，苦搜之。乡人尽为不平，十九纠十余人锐身急难，周子兄弟皆被夷伤，始鼠窜而去。十九，九赖子，亦有用处，此如名医用药牛溲马勃，善用之，功过参蓍也。作文亦然。周益怒，讼于官，捕锡九、十九等。锡九将行，以女尸嘱邻媪。忽闻榻上若息，近视之，秋波微动矣；少时，已能转侧。大喜，诣官自陈。宰怒周讼诬。周惧，啖以重赂，始得免。锡九归，夫妻相见，悲喜交并。

先是，女绝食奄卧，自矢必死。忽有人捉起曰：“我陈家人也，速从我去，夫妻可以相见；不然，无及矣。”不觉身已出门，两人扶登肩舆。顷刻至官廨，见公姑俱在，问：“此何所？”母曰：“不必问，容当送汝归。”一日，见锡九至，甚喜。一见遽别，心颇疑怪。公不知何事，恒数日不归。昨夕忽归，曰：“我在武夷，迟归二日，难为保儿矣。可速送儿归去。”遂以舆马送女。忽见家门，遂如梦醒。女与锡九共述曩事，相与惊喜。从此夫妻相聚，但朝夕无以自给。锡九于村中设童蒙帐，兼自攻苦，每私语曰：“父言天赐黄金，今四堵空空，岂训读所能发迹耶？”

一日，自塾中归，遇二人，问之曰：“君陈某耶？”锡九此合照前一段看，其用笔不复处。曰：“然。”二人即出铁索絷之。轩然大波。锡九不解其故。少间，村人毕集，共诘之，始知群盗所牵。众怜其冤，醵钱赂役，途中得无苦。至郡见太守，历述家世。太守愕然曰：“此名士之子，温文尔雅，乌能作贼！”命脱缧练，取盗严梏之，始供为周某贿嘱。锡九又诉翁婿反面之由，太守更怒，立刻拘提。即延锡九至署，与论世好，盖太守旧邳宰韩公之子，即子言受业门人也。赠灯火之费以百金；又以二骡代步，使不时趋郡，以课文艺。伏下。转于各上官游扬其孝，自总制而下，皆有馈遗。锡九乘骡而归，夫妻慰甚。

一日，妻母哭至，见女伏地不起。看他有一平笔否？女骇问之。始知周已被械在狱矣。女哀哭自咎，但欲觅死。锡九不得已，诣郡为之缓颊。太守释令自赎，罚谷一百石，批赐孝子陈锡九。放归，出仓粟，杂糠秕而辇运之。锡九谓女曰：“尔翁以小人之心度君子矣。乌知我必受之，而琐琐杂糠核耶？”因笑却之。锡九家虽小有，而垣墙陋蔽。一夜，群盗入，仆觉，大号，止窃两骡而去。后半年余，锡九夜读，闻挝门声，问之寂然。呼仆起视，则门一启，两骡跃入，乃向所亡也。直奔枥下，咻咻汗喘。烛之，各负革囊；解视，则白镪满中。赐汝万金句作如此出落，岂非妙想天开？大异，不知其所自来。后闻是夜大盗劫周，盈装出，适防兵追急，委其捆载而去。作他人之金偏自周家，岂不大妙。骡认故主，径奔至家。周自狱中归，刑创犹剧；又遭盗劫，大病而死。女夜梦父囚系而至，曰："吾生平所为，悔已无及。今受冥谴，非若翁莫能解脱，为我代求婿，致一函焉。"醒而呜泣。父虽过，女岂可以仇父，此天理人情之至也。诘之，具以告。锡九久欲一诣太行，即日遂发。既至，备牲物酹祝之，即露宿其处，冀有所见，终夜无异，遂归。周死，母子逾贫，仰给于次婿。王孝廉考补县尹，以墨败，收拾不漏。举家徙沈阳，益无所归。锡九时顾恤之。

异史氏曰："善莫大于孝，鬼神通之，理固宜然。高一层议论，实平常之理也。使为尚德之达人也者，即终贫，犹将取之，乌论后此之必昌哉？或以膝下之娇女，付诸颁白之叟，而扬扬曰：'某贵官，吾东床也。'呜呼！宛宛婴婴者如故，而金龟婿以谕葬归，其惨已甚矣；而况以少妇从军乎？"

放蝶
胡蝶群飛
去復回訟庭
春到百花
開閨中戲
謔尋常
事折得
風流罪
過來

放　蝶　抄本有目无文，据青柯亭本补。

长山王进士生为令时，每听讼，按律之轻重，罚令纳蝶自赎；堂上千百齐放，如风飘碎锦，王乃拍案大笑。柳庄莺燕，花榭蜂蝶，或哢晴天，或穿芳径，自其天机鼓荡之致，适其性也。若以人为捉弄之，遏塞自然，便了无生趣，儿童之见也。一夜，梦一女子，衣裳华好，从容而入，曰："遭君虐政，姊妹多物故。当使君先受风流之小谴耳。"言已，化为蝶，回翔而去。明日，方独酌署中，忽报直指使至，皇遽而出，闺中戏以素花簪冠上，忘除之。直指见之，以为不恭，大受诟骂而返。由是罚蝶令遂止。

青城于重寅，性放诞。为司理时，元夕以火花爆竹缚驴上，首尾并满，牵登太守之门，击柝而请，自白："某献火驴，幸出一览。"时太守有爱子患痘，心绪方恶，辞之。于固请之。太守不得已，使阍人启钥。门甫辟，于火发机，推驴入。爆震驴惊，踶趹狂奔，又飞火射人，人莫敢近。驴穿堂入室，破瓯毁甑。火触成尘，窗纱都烬。家人大哗，痘儿惊陷，终夜而死。太守痛恨，将揭劾之。于浼诸司道，登堂负荆，乃免。

男生子 抄本有目无文，据青柯亭本补。

福建总兵杨辅，有娈童，腹震动。十月既满，梦神人剖其两胁去之。及醒，两男夹左右啼。起视胁下，剖痕俨然。儿名之天舍、地舍云。

异史氏曰："按此吴藩未叛前事也。吴既叛，闽抚蔡公疑杨欲图之，而恐其为乱，以他故召之。杨妻夙智勇，疑之，沮杨行，杨不听。妻涕而送之。归则传齐诸将，披坚执锐，以待消息。少间，闻夫被诛，遂反攻蔡。蔡仓皇不知所为，幸标卒固守，不克乃去。去既远，蔡始戎装突出，率众大噪。人传为笑焉。后数年，盗乃就抚。未几，蔡暴亡。临卒，见杨操兵入，左右亦皆见之。呜呼！其鬼虽雄，而头不可复续矣！生子之妖，其兆于此耶！"

黄将军 抄本有目无文，据青柯亭本补。

黄靖南得功微时，与二孝廉赴都，途遇响寇。孝廉惧，长跪献资。黄怒甚，手无寸铁，而以两手握骡足，举而投之。寇不及防，马倒人堕。黄拳之臂断，搜橐而归孝廉。孝廉服其勇，资劝从军，后屡建奇勋，遂腰蟒玉。

醫術
素問靈
樞競揣
摩窺垣誰
洞十三科遺人
一語殊調侃着
箇名醫識字多

医术 抄本有目无文，据青柯亭本补。

张氏者，沂之贫民。途中遇一道士，善风鉴，相之曰：“子当以术业富。”张曰：“宜何从？”又顾之，曰：“医可也。”张曰：“我仅识之无耳，乌能是？”道士笑曰：“迂哉！名医何必多识字乎？但行之耳。”笑煞天下名医，谑甚，然语实非妄。既归，贫无业，乃摭拾海上方，即市廛中除地作肆，设鱼牙蜂房，谋升斗于口舌之间，而人亦未之奇也。会青州太守病嗽，牒檄所属征医。沂故山僻，少医工；而令惧无以塞责，又责里中使自报。于是共举张。令立召之。张方痰喘，不能自疗，试想腰曲气喘之状，不禁一笑。闻命大惧，固辞。令弗听，卒邮送去。路经深山，渴极，咳愈甚。入村求水，而山中水价与玉液等，遍乞之，无与者。见一妇漉野菜，菜多水寡，盎中浓浊如涎。张燥急难堪，便乞余沈饮之。少间，渴解，嗽亦顿止。阴念：殆良方也。比至郡，诸邑医工，已先施治，并未痊减。张入求密所，伪作药目，传示内外；复遣人于民间索诸藜藿，如法淘汰讫，以汁进太守。一服，病良已。太守大悦，赐赉甚厚，旌以金扁。由此名大噪，门常如市，应手无不悉效。有病伤寒者，言症求方。张适醉，误以疟剂予之。醒而悟之，不敢以告人。三日后，有盛仪造门而谢者，问之，则伤寒之人，大吐大下而愈矣。此类甚多。张由此称素封，益以声价自重，聘者非重资安舆不至焉。

益都韩翁，名医也。其未著时，货药于四方。暮无所宿，投止一家，则其子伤寒将死，因请施治。韩思不治则去此莫适，而治之诚无术。往复踱踱，以手搓体，而污成片，捻之如丸。顿思以此给之，当亦无所害。晓而不愈，已赚得寝食安饱矣。遂付之。中夜，主人挝门甚急。意其子死，恐被侵辱，惊起，逾垣疾遁。主人追之数里，韩无所逃，始止。乃知病者汗出而愈矣。挽回，款宴丰隆；临行，厚赠之。

藏虱 抄本有目无文，据青柯亭本补。

乡人某者，偶坐树下，扪得一虱，片纸裹之，塞树孔中而去。后二三年，复经其处，忽忆之，视孔中纸裹宛然。发而验之，虱薄如麸。置掌中审顾之，少顷，掌中奇痒，而虱腹渐盈矣。置之而归，痒处核起，肿数日，死焉。

夜明
一桴翩然海上
過宵深怪物放
光多倘逢寰宇
昇平日士庶應
賡復旦歌

夜　明　抄本有目无文，据青柯亭本补。

有贾客泛于南海。三更时，舟中大亮似晓。起视，见一巨物，半身出水上，俨若山岳，目如两日初升，光四射，大地皆明。骇问舟人，并无知者。共伏瞻之。移时，渐缩入水，乃复晦。后至闽中，俱言某夜明而复昏，相传为异。计其时，则舟中见怪之夜也。

夏雪
合向人間富大
名炎天風雪一
時晴懲更捍
患識靈爽
驕伏何大
世俗情

夏雪 抄本有目无文，据青柯亭本补。

丁亥年七月初六日，苏州大雪。百姓皇骇，共祷诸大王之庙。大王忽附人而言曰："如今称老爷者，皆增一'大'字；其以我神为小，消不得一大字也？"众悚然，齐呼"大老爷"，雪立止。由此观之，神亦喜谄，宜乎治下部者之得车多矣。

异史氏曰："世风之变也，下者益谄，上者益骄。即康熙四十余年中，称谓之不古，甚可笑也。举人称爷，二十年始；进士称老爷，三十年始；司、院称大老爷，二十五年始。昔者大令谒中丞，亦不过老大人而止；今则此称久废矣。即有君子，亦素谄媚行乎谄媚，臭敢有异词也。若缙绅之妻呼太太，裁数年耳。昔惟缙绅之母，始有此称；以妻而得此称者，惟淫史中有林乔耳，他未之见也。唐时，上欲加张说大学士。说辞曰：'学士从无大名，臣不敢称。'今之大，谁大之？初由于小人之谄，而因得贵倨者之悦，居之不疑，而纷纷者遂遍天下矣。窃意数年以后，称爷者必进而老，称老者必进而大，但不知大上造何尊称？匪夷所思已！"

丁亥年六月初三日，河南归德府大雪尺余，禾皆冻死，惜乎其未知媚大王之术也。悲夫？

周克昌
掌上明珠去復回幻
形真是費疑猜文場
科第閨幃福竟使
庸奴坐享來

周克昌 抄本有目无文，据青柯亭本补。

淮上贡士周天仪，年五旬，止一子，名克昌，爱昵之。至十三四岁，丰姿益秀，而性不喜读，辄逃塾，从群儿戏，恒终日不返。周亦听之。一日，既暮不归，始寻之，殊竟乌有。夫妻号咷，几不欲生。年余，昌忽自至。突兀，此鬼何来？言："为道士迷去，幸不见害。值其他出，得逃而归。"周喜极，亦不追问。及教以读，慧悟倍于畴曩。逾年，文思大进，既入郡庠试，遂知名。世族争婚，昌颇不愿。赵进士女有姿，周强为娶之。既入门，夫妻调笑甚欢，而昌恒独宿，若无所私。逾年，秋战而捷。周益慰。然年渐暮，日望抱孙，故尝隐讽昌。昌漠若不解。母不能忍，朝夕多絮语。昌变色，出曰："我久欲亡去，所不遽舍者，顾复之情耳。实不能探讨房帏，以慰所望。请仍去，彼顺志者且复来矣。"媪追曳之，已踣，衣冠如蜕。大骇，疑昌已死，是必其鬼也。悲叹而已。次日，昌忽仆马而至，举家惶骇。近诘之，亦言：为恶人略卖于富商之家，商无子，子焉。得昌后，忽生一子。昌思家，遂送之归。问所学，则顽钝如昔。乃知此为昌；其入泮乡捷者，鬼之假也。然窃喜其事未泄，即使袭孝廉之名，入房，妇甚押熟，而昌面然有愧色，似新婚者。甫周年，生子矣。

异史氏曰："古言庸福人，必鼻口眉目间具有少庸，而后福随之。予有一友号庸斋，自谓不庸者而欲于庸以邀福，卒无所成而终。其精光陆离者，鬼所弃也。庸之所在，桂籍可以不入闱而通，佳丽可以不亲迎而致；而况少有凭借，益之以钻窥者乎！”

某乙
踰垣鑽穴漸
多貲曉盖遂敗
世莫知邑令旌门
頌善士我思馮
婦下車時

某　乙 抄本有目无文，据青柯亭本补。

邑西某乙，故梁上君子也。其妻深以为惧，屡劝止之，乙遂翻然自改。居二三年，贫窭不能自堪，思欲一作冯妇而后已。乃托贸易，就善卜者问何往之善。术者占曰：“东南吉，利小人，不利君子。”兆隐与心合，窃喜。遂南行，抵苏、松间，日游村郭，凡数月。偶入一寺，见墙隅堆石子二三枚，心知其异，亦以一石投之。径趋龛后卧。日既暮，寺中聚语，似有十余人。忽一人数石，讶其多，因共搜龛后，得乙，问：“投石者汝耶？”乙诺。诘里居、姓名，乙诡对之。乃授以兵，率与共去。至一巨第，出软梯，争逾垣入。以乙远至，径不熟，俾伏墙外，司传递、守囊橐焉。少顷，掷一裹下；又少顷，缒一箧下。乙举箧知有物，乃破箧，以手揣取，凡沉重物，悉纳一囊，负之疾走，竟取道归。由此建楼阁、买良田，为子纳粟。邑令扁其门曰“善士”。后大案发，群寇悉获；惟乙无名籍，莫可查诘，得免。事寝既久，乙醉后时自述之。

曹有大寇某，得重资归，肆然安寝。有二三小盗，逾垣入，捉之，索金。某不与，棰灼并施，罄所有，乃去。某向人曰：“吾不知炮烙之苦如此！”遂深恨盗，投充马捕，捕邑寇殆尽。获曩寇，亦以所施者施之。

钱卜巫
不用著龜问
菀枯但從字
幕證青蚨沵
闺别有金钱
卜靈驗安能
及此巫

钱卜巫　抄本有目无文，据青柯亭本补。

夏商，河间人。其父东陵，豪富侈汰，每食包子，辄弃其角，狼藉满地。人以其肥重，呼之“丢角太尉”。暮年，家綦贫，日不给餐；两肱瘦，垂革如囊，人又呼“募庄僧”——谓其挂袋也。临终，谓商曰：“余生平暴殄天物，上干天怒，遂至冻饿以死。汝当惜福力行，以盖父愆。”商恪遵治命，诚朴无二，躬耕自给。乡人咸爱敬之。富人某翁哀其贫，假以资，使学负贩，辄亏其母。愧无以偿，请为佣。翁不肯。商瞿然不自安，尽货其田宅，往酬翁。翁诘得情，益怜之，强为赎还旧业；又益贷以重金，俾作贾。商辞曰：“十数金尚不能偿，奈何结来世驴马债耶？”翁乃招他贾与偕。数月而返，仅能不亏，翁不收其息，使复之。年余，贷资盈辇，归至江，遭飓，舟几覆，物半丧失。归计所，有略可偿主，遂语贾曰：“天之所贫，谁能救之？此皆我累君也！”乃稽簿付贾，奉身而退。翁再强之，必不可，躬耕如故。每自叹曰：“人生世上，皆有数年之亨，何遂落魄如此？”会有外来巫，以钱卜，悉知人运数。敬诣之。巫，老妪也。寓室精洁，中设神座，香气常熏。商入朝拜讫，便索资。商授百钱，巫尽内木筒中，执跪座下，摇响如祈签状。已而起，倾钱入手，而后于案上次第摆之。其法以字为否，幕为亨；数至五十八皆字，以后则尽幕矣。遂问：“庚甲几何？”答：“二十八岁。”巫摇首曰：“早矣！官人现行者先人运，非本身运。五十八岁，方交本身运，始无盘错也。”问：“何谓先人运？”曰：“先人有善，其福未尽，则后人享之；先人有不善，其祸未尽，则后人亦受之。”数兼理说易，所谓积善之家必有余庆，积不善之家必有余殃，两余字即所谓先人运。商屈指曰：“再三十年，齿已老耄，行就木矣。”巫曰：“五十八以前，便有五年回润，略可营谋，然仅免寒饿耳。五十八之年，当有巨金自来，不须力求。官人生无过行，再世享之不尽也。”别巫而返，疑信半焉。然安贫自安，不敢妄求。

后至五十三岁，留意验之。时方东作，病痁不能耕。既痊，天大旱，早禾尽枯。近秋方雨，家无别种，田数亩悉以种谷。既而又旱，荞菽半死，惟谷无恙；后得雨勃发，其丰倍焉。回润。来春大饥，得以无馁。商以此信巫，从翁贷资，小权子母，辄小获；或劝作大贾，商不肯。迨五十七岁，偶葺墙垣，掘地得铁釜；揭之，白气如絮，惧不敢发。移时，气尽，白镪满瓮。夫妻共运之，秤计一千三百二十五两。窃议巫术小舛，邻人妻入商家，窥见之，归告夫。夫忌焉，潜告邑宰。宰最贪，拘商索金。作一小波折。妻欲隐其半，商曰：“非所宜得，留之贾祸。”尽献之。宰得金，恐其漏匿，又追贮器，以金实之，满焉，乃释商。居无何，宰迁南昌同知。逾岁，商以懋迁至南昌，则宰已死。妻子将归，货其粗重；有桐油如干篓，商以直贱，买之以归。既抵家，器有渗漏，泻注他器，则内有白金二铤，遍探皆然。兑之，适得前掘镪之数。商由此暴富，益赡贫穷，慷慨不吝。妻劝积遗子孙，商曰：“此即所以遗子孙也。”邻人赤贫至为丐，又带死。欲有所求，而心自愧。商闻而告之曰：“昔日事，乃我时数未至，故鬼神假子手以败之，于汝何尤？”道语。遂周给之。邻人感泣。后商寿八十，子孙承继，数世不衰。

异史氏曰：“汰侈已甚，王侯不免，况庶人乎！生暴天物，死无饭含，可哀矣哉！幸而鸟死鸣哀，子能干蛊，穷败七十年，卒以中兴；不然，父孽累子，子复累孙，不至乞丐相传不止矣。何物老巫，遂宣天之秘，呜呼！怪哉！”

姚安
鸞膠方喜續
新婚豈
意豺冠
起禍根不
是痴心生嫉
鬼可知井
底有冤魂

姚安 抄本有目无文，据青柯亭本补。

姚安，临洮人，美丰标。同里宫姓，有女子字绿娥，艳而知书，择偶不嫁。母语人曰："门族风采，必如姚某始字之。"姚闻，给妻窥井，挤堕之，遂娶绿娥。雅甚亲爱。然以其美也，故疑之：闭户相守，步辄缀焉；女欲归宁，则以两肘支袍，覆翼以出，入舆封志，而后驰随其后，越宿，促与俱归。女心不能善，忿曰："若有桑中约，岂琐琐所能止耶！"姚以故他往，则扃女室中。女益厌之，俟其去，故以他钥置门外以疑之。姚见大怒，问所自来。女愤言："不知！"姚愈疑，伺察弥严。一日，自外至，潜听久之，乃开锁启扉，惟恐其响，悄然掩入。见一男子貂冠卧床上，忿怒，取刀奔入，力斩之。近视，则女昼眠畏寒，以貂覆面上。大骇，顿足自悔。宫翁忿质官。官收姚，褫衿苦械。姚破产，以具金赂上下，得不死。由此精神迷惘，若有所失。适独坐，见女与髯丈夫，狎亵榻上，恶之，操刃而往，则没矣；反坐，又见之。怒甚，以刀击榻，席褥断裂，愤然执刃，近榻以伺之，见女立面前，视之而笑。遽砍之，立断其首；既坐，女不移处，而笑如故。夜间灭烛，则闻淫溺之声，亵不可言。日日如是，不复可忍，于是鬻其田宅，将卜居他所。至夜，偷儿穴壁入，劫金而去。自此贫无立锥，忿恚而死。里人藁葬之。

异史氏曰："爱新而杀其旧，忍乎哉！人止知新鬼为厉，而不知故鬼之夺其魄也。呜呼！截指而适其屦，不亡何待！"

采薇翁
绕抽利剑又雕弓
武库居然出不穷
腹裏藏刀君语
耳那知真有
采薇翁

采薇翁 抄本有目无文，据青柯亭本补。

明鼎革，干戈蜂起。於陵刘芝生，聚众数万，将南渡。忽一肥男子诣栅门，敞衣露腹，请见兵主。刘延入与语，大悦之，问其姓氏，自号采薇翁。刘留参帷幄，赠以刀。翁言："我自有利兵，无须矛戟。"问："兵所在？"翁乃捋衣露腹，脐大可容鸡子；忍气鼓之，忽脐中塞肤，嗤然突出剑跗，握而抽之，白刃如霜。胸中甲兵，寓言耳，乃实有之耶？刘大惊，问："止此乎？"笑指腹曰："此武库也，何所不有。"命取弓矢，又如前状，出雕弓一，略一闭息，则一矢飞堕，其出不穷。已而剑插脐中，既都不见。刘神之，与同寝处，敬礼甚备。时营中号令虽严，而乌合之群，时出剽掠。翁曰："兵贵纪律，今统数万之众，而不能镇慑人心，此败亡之道也。"正论。刘喜之，于是纠察卒伍，有掠取妇女财物者，枭以示众。军中稍肃，而终不能绝。翁不时乘马出，遨游部伍之间，而军中悍将骄卒，辄首自堕地，不知其何因。因共疑翁。前进严饬之策，兵士已畏恶之；至此益相憾怨。诸部领谮于刘曰："采薇翁，妖术也。自古名将，止闻以智，不闻以术。浮云白雀之徒，终致灭亡。今无辜将士，往往自失其首，人情汹惧；将军与处，亦危道也，不如图之。"亦是正论。刘从其言，谋俟其寝，诛之。使觇翁，翁坦腹方卧，息如雷。众大喜，以兵绕舍，两人持刀入，断其头；及举刀，头已复合，息如故，大惊。又斫其腹；腹裂无血，其中戈矛森聚，尽露其颖。众益骇，不敢近；遥拨以矟，而铁弩大发，射中数人。众惊散，白刘。刘急诣之，已杳矣。

史无一书有采薇子一篇，与此稍异，史外注有典著也。

冯镇峦批评本聊齋志異

下

〔清〕蒲松龄　著
〔清〕冯镇峦　批评

岳麓書社·长沙

《凤仙》

《天宫》

《瑞云》

《仇大娘》

《黄英》

《晚霞》

目　录

卷九

卷十

卷十一

卷十二

卷九

邵臨淄
歸妹偏占朓輻文琴
堂屈膝淚雙拋鞭鸞
笞鳳皆前定我為
星家作解嘲

邵临淄

临淄某翁之女，太学李生妻也。未嫁时，有术士推其造，决其必受官刑。翁怒之，既而笑曰："妄言一至于此！无论世家女必不至公庭，岂一监生不能庇一妇乎？"既嫁，悍甚，指骂夫婿以为常。李不堪其虐，忿鸣于官。邑宰邵公准其词，签役立勾。翁闻之，大骇，率子弟登堂，哀求寝息。弗许。李亦自悔，求罢。公怒曰："公门内岂作辍尽由尔耶？必拘质审！"既到，略诘一二言，便曰："真悍妇！"杖责三十，臀肉尽脱。

异史氏曰："公岂有伤心于闺阃耶？何怒之暴也！然邑有贤宰，里无悍妇矣。志之，以补'循吏传'之所不及者。"

于去惡
文場翻
覆仗巡
環旅邸相
逢往復還無限牢騷歌
當哭箇中滋味問孫山

于去恶

北平陶圣俞，名下士。顺治间，赴乡试，寓居郊郭。偶出户，见一人负笈儇，似卜居未就者。略诘之，遂释负于道，相与倾语，言论有名士风。陶大说之，请与同居。客喜，携囊入，遂同栖止。客自言："顺天人，姓于，字去恶。"以陶差长，兄之。

于性不喜游瞩，常独坐一室，而案头无书卷。陶不与谈，则默卧而已。陶疑之，搜其囊箧，则笔研之外，更无长物。怪而问之，笑曰："吾辈读书，岂临渴始掘井耶？"今之试士，酒食游戏相征逐，临渴不解掘井，又将如何？一日，就陶借书去，闭户抄甚疾，终日五十余纸，亦不见其折叠成卷。窃窥之，则每一稿脱，则烧灰吞之。愈益怪焉。诘其故，曰："我以此代读耳。"便诵所抄书，顷刻数篇，一字无讹。陶悦，欲传其术；于以为不可。陶疑其吝，词涉诮让。于曰："兄诚不谅我之深矣。欲不言，则此心无以自剖；骤言之，又恐惊为异怪。奈何？"陶固谓："不妨。"于曰："我非人，实鬼耳。今冥中以科目授官，七月十四日奉诏考帘官，十五日士子入闱，月尽榜放矣。"陶问："考帘官为何？"曰："此上帝慎重之意，无论鸟吏鳖官，李贽骂世，许伯哭世。皆考之。能文者以内帘用，不通者不得与焉。盖阴之有诸神，犹阳之有守令也。得志诸公，目不睹坟、典，不过少年持敲门砖，猎取功名，门既开，则弃去；再司簿书十数年，即文学士，胸中尚有字耶！阳世所以陋劣幸进，而英雄失志者，惟少此一考耳。”顺治中未有考帘之说，今考矣，虽无乌吏鳖官，抛去敲门砖，薄书十数年，黄白满前，利欲熏心，其中有无与否，未可知也。陶深然之，由是益加敬畏。

一日，自外来，有忧色，叹曰：“仆生而贫贱，自谓死后可免，不谓迍邅先生，相从地下。”陶请其故，曰：“文昌奉命都罗国封王，帘官之考遂罢。数十年游神耗鬼，杂入衡文，吾辈宁有望耶？”陶问：“此辈皆谁何人？”曰：“即言之，君亦不识。略举一二人，大概可知：乐正师旷、司库和峤是也。一个眼瞎，一个要钱。仆自念命不可凭，文不可恃，不如休耳。”言已怏怏，遂将治任。陶挽而慰之，乃止。

至中元之夕，谓陶曰：“我将入闱。烦于昧爽时，持香炷于东野，三呼去恶，我便至。”乃出门去。陶沽酒烹鲜以待之。东方既白，敬如所嘱。无何，于偕一少年来。问其姓字，于曰：“此方子晋，是我良友，适于场中相邂逅。闻兄盛名，深欲拜识。”同至寓，秉烛为礼。少年亭亭似玉，意度谦婉。陶甚爱之，便问：“子晋佳作，当大快意。”于曰：“言之可笑！闱中七则，作过半矣；细审主司姓名，裹具径出。奇人也！”尹和靖先生应举，因发策不善，不对而出，子晋亦尔耶？陶扇炉进酒，因问：“闱中何题？去恶魁解否？”于曰：“书艺、经论各一，夫人而能之。策问：‘自古邪僻固多，而世风至今日，奸情丑态，愈不可名，不惟十八狱所不得尽，抑非十八狱所能容。是果何术而可？或谓宜量加一二狱，然殊失上帝好生之心。其宜增与否与，或别有道以清其源，尔多士其悉言勿隐。’友人戏为之对曰：十八狱之说尚矣，从古善人少而恶人多，善不尽赏，赏一善而凡为善者知劝。恶不尽罚，罚一恶而凡为恶者知惩，则十八狱已无忧其不能尽，不能容矣。惟界乎不善不恶之间，而将入于去善即恶之途。量加之说不为无见，是宜更设二狱：一以位天下之大言不惭者于冥冥之中，庶人也知有羞耻之萌；一以位天下之花面逢人者于寂寂之地，庶他生更无夏畦之苦。去其骄而刚恶不形，去其谄而柔恶不著，斯无伤于上帝好生之心，而并有以清其源欤？鲰生一得之见，惟执事采择焉。弟策虽不佳，颇为痛快。表：'拟天魔殄灭，赐群臣龙马天衣有差。'次则'瑶台应制诗'、'西池桃花赋'。此三种，自谓场中无两矣！"言已鼓掌。方笑曰："此时快心，放兄独步矣；数辰后，不痛哭始为男子也。"

天明，方欲辞去。陶留与同寓，方不可，但期暮至。三日，竟不复来。陶使于往寻之。于曰："无须。子晋拳拳，非无意者。"日既西，方果至。出一卷授陶，曰："三日失约，敬录旧艺百余作，求一品题。"陶捧读大喜，一句一赞，略尽一二首，遂藏诸笥。谈至更深，方遂留，与于共榻寝。自此为常。方无夕不至，陶亦无方不欢也。

一夕，仓皇而入，向陶曰："地榜已揭，于五兄落第矣！"于方卧，闻言惊起，泫然流涕。二人极意慰藉，涕始止。然相对默默，殊不可堪。方曰："适闻大巡环张桓侯将至，恐失志者之造言也；不然，文场尚有翻覆。"于闻之，色喜。陶询其故，曰："桓侯翼德，三十年一巡阴曹，三十五年一巡阳世，两间之不平，待此老而一消也。"人知桓侯好武，不知将军能文，刁斗铭至今尚在。纪晓岚诗云："慷慨横歌百战余，桓侯笔札定然疏。那知拓本摩崖字，车骑将军手白书。"谓刁斗铭桓侯书也。乃起，拉方俱去。两夜始返，方喜谓陶曰："君不贺五兄耶？桓侯前夕至，裂碎地榜，榜上名字，止存三之一。遍阅遗卷，得五兄甚喜，荐作交南巡海使，旦晚舆马可到。"陶大喜，置酒称贺。酒数行，于问陶曰："君家有闲舍否？"问："将何为？"曰："子晋孤无乡土，又不忍恝然于兄。弟意欲假馆相依。"陶喜曰："如此，为幸多矣。即无多屋宇，同榻何碍。但有严君，须先关白。"于曰："审知尊大人慈厚可依。兄场闱有日，子晋如不能待，先归何如？”陶留伴逆旅，以待同归。

次日，方暮，有车马至门，接于莅任。于起，握手曰：“从此别矣。一言欲告，又恐阻锐进之志。”问：“何言？”曰：“君命偃蹇，生非其时。此科之分十之一；后科桓侯临世，公道初彰，十之三；三科始可望也。”陶闻，欲中止。于曰：“不然，此皆天数。即明知不可，而注定之艰苦，亦要历尽耳。”功名有命，然注定艰苦，虽历尽乃得。予尝以此告同人。又顾方曰：“勿淹滞，今朝年、月、日、时皆良，即以舆盖送君归。仆驰马自去。”方忻然拜别。陶中心迷乱，不知所嘱，但挥涕送之。见舆马分途，顷刻都散。始悔子晋北旋，未致一字，而已无及矣。

三场毕，不甚满志，奔波而归。入门问子晋，家中并无知者。因为父述之，父喜曰：“若然，则客至久矣。”先是陶翁昼卧，梦舆盖止于其门，一美少年自车中出，登堂展拜。讶问所来，答云：“大哥许假一舍，以入闱不得偕来。我先至矣。”言已，请入拜母。翁方谦却，适家媪入白：“夫人产公子矣。”恍然而醒，大奇之。是日陶言，适与梦符，乃知儿即子晋后身也。父子各喜，名之小晋。儿初生，善夜啼，母苦之。陶曰：“倘是子晋，我见之，啼当止。”俗忌客忤，故不令陶见。母患啼不可耐，乃呼陶入。陶呼之曰：“子晋勿尔，我来矣！”儿啼正急，闻声辄止，停睇不瞬，如审顾状。陶摩顶而去。自是竟不复啼。数月后，陶不敢见之：一见，则折腰索抱；走去，则啼不可止。陶亦狎爱之。四岁离母，辄就兄眠；兄他出，则假寐以俟其归。兄于枕上教毛诗，诵声呢喃，夜尽四十余行。以子晋遗文授之，欣然乐读，过口成诵；试之他文，不能也。八九岁，眉目朗彻宛然一子晋矣。陶两入闱，皆不第。丁酉，文场事发，帘官多遭诛谴，贡举之途一肃，乃张巡环力也。顺治十四年丁酉寻出实证来，虚虚实实，假假真真，先生之文不可测也。陶下科中副车，寻贡。遂灰志前途，隐居教弟。尝语人曰：“吾有此乐，翰苑不易也。”

异史氏曰：“余每至张夫子庙堂，瞻其须眉，凛凛有生气。又其生平喑哑如霹雳，矛马所至，无不大快，出人意表。世以将军好武，遂置与绛、灌伍；宁知文昌事繁，须侯固多哉！呜呼！三十五年，来何暮也！”

先生老于文场，持论至此，如闻呜咽。

王阮亭云：“数科来关节公行，非啖名即垄断，脱有桓侯，亦无如何矣。悲哉！”

狂生
縱情詩酒不
嫌狂干謁如
何屢上堂縣
令有權門可
滅付之一笑
亦何妨

狂生

刘学师言："济宁有狂生某，善饮，家无儋石，而得钱辄沽，殊不以穷厄为意。值新刺史莅任，善饮无对。闻生名，招与饮而悦之，时共谈宴。生恃其狎，凡有小讼求直者，辄受薄贿，为之缓颊。刺史每可其请。生习为常，刺史心厌之。一日早衙，持刺登堂。刺史览之微笑，生厉声曰：'公如所请，可之；不如所请，否之。何笑也！闻之，士可杀而不可辱。他固不能相报，岂一笑不能报耶！'言已，大笑，声震堂壁。刺史怒曰：'何敢无礼！宁不闻灭门令尹耶！'生掉臂竟下，大声曰：'生员无门之可灭！'刺史益怒，执之。访其家居，则并无田宅，惟携妻在城堞上住。刺史闻而释之，但逐不令居城堞。朋友怜其狂，为买数尺地，购斗室焉。入而居之，叹曰：'今而后畏令尹矣！'"

异史氏曰："士君子奉法守礼，不敢劫人于市，南面者奈我何哉！然仇之犹得而加者，徒以有门在耳；夫至于无门可灭，则怒者更无以加之矣。噫嘻！此所谓'贫贱骄人'者耶！独是君子虽贫，不轻干人，乃以口腹之累，喋喋公堂，品斯下矣。虽然，其狂不可及。"

鳳僊
僚壻身家有富貧
先鞭宜著算因循郎
君及第歸來日第一
先酬鏡裏人

凤仙

刘赤水，平乐人，少颖秀。十五入郡庠。父母早亡，遂以游荡自废。家不中资，而性好修饰，衾榻皆精美。

一夕，被人招饮，忘灭烛而去。酒数行，始忆之，急返。闻室中小语，伏窥之，见少年拥丽者眠榻上。宅临贵家废第，恒多怪异，心知其狐，亦不恐，入而叱曰：“卧榻岂容鼾睡！”二人遑遽，抱衣赤身遁去。遗紫纨裤一，带上系针囊。大悦，恐其窃去，藏衾中而抱之。俄一蓬头婢自门罅入，向刘索取。刘笑要偿。婢请遗以酒，不应；赠以金，又不应。婢笑而去。旋返曰：“大姑言：如赐还，当以佳偶为报。”刘问：“伊谁？”曰：“吾家皮姓，大姑小字八仙，共卧者胡郎也；二姑水仙，适富川丁官人；三姑凤仙，较两姑尤美，自无不当意者。”刘恐失信，请坐待好音。婢去久之复返曰：“大姑寄语官人：好事岂能猝合？适与之言，反遭诟厉；但缓时日以待之，吾家非轻诺寡信者。”刘付之。过数日，渺无信息。

薄暮自外归，闭门甫坐，忽双扉自启，两人以被承女郎，手捉四角而入，曰：“送新人至矣！”来得突。笑置榻上而去。近视之，酣睡未醒，酒气犹芳，赪颜醉态，倾绝人寰。喜极，为之捉足解袜，抱体缓裳。而女已微醒，开目见刘，四肢不能自主，但恨曰：“八仙淫婢卖我矣！”刘狎抱之。女嫌肤冰，微笑曰：“今夕何夕，见此凉人！”刘曰：“子兮，子兮，如此凉人何！”遂相欢爱。既而曰：“婢子无耻，玷人床寝，而以妾换裤耶！必小报之！”从此无夕不至，绸缪甚殷。袖中出金钏一枚，曰：“此八仙物也。”又数日，怀绣履一双来，珠嵌金绣，工巧殊绝，且嘱刘暴扬之。刘出夸示亲宾，求观者皆以资酒为贽，由此奇货居之。杨妃马嵬坡下罗袜，土人得之，观者人给一钱。

女夜来，忽作别语。怪问之，答云：“姊以履故恨妾，欲携家远去，隔绝我好。”刘惧，愿还之。女云：“不必。彼方以此挟妾，如还之，中其机矣。”刘问：“何不独留？”曰：“父母远去，一家十余口，俱托胡郎经纪，若不从去，恐长舌妇造黑白也。”从此不复至。

逾二年，思念綦切。偶在途中，遇女郎骑款段马，老仆鞚之，摩肩过；反启障纱相窥，丰姿艳绝，顷，一少年后至，曰：“女子何人？似颇佳丽。”刘亟赞之。少年拱手笑曰：“太过奖矣！此即山荆也。”刘惶愧谢过。少年曰：“何妨。但南阳三葛，君得其龙，区区者又何足道！”刘疑其言。少年曰：“君不认窃眠卧榻者耶？”刘始悟为胡。叙僚婿之谊，嘲谑甚欢。少年曰：“岳新归，将一省觐，可同行否？”刘喜，从入萦山。山上故有邑人避乱之宅，女下马入，少间，数人出，望曰：“刘官人亦来矣。”入门谒见翁媪。又一少年先在，靴袍炫美。翁曰：“此富川丁婿。”并揖就坐。少时，酒炙纷纶，谈笑颇洽。翁曰：“今日三婿并临，可称佳集。又无他人，可唤儿辈来，作一团圞之会。”俄，姊妹俱出。翁命设坐，各傍其婿。八仙见刘，惟掩口而笑；凤仙辄与嘲弄；水仙貌少亚，而沉重温克，满座倾谈，惟把酒含笑而已。于是履舄交错，兰麝熏人，饮酒乐甚。

刘视床头乐具毕备，遂取玉笛，请为翁寿。翁喜，命善者各执一艺，因而合座争取；惟丁与凤仙不取。八仙曰："丁郎不谙可也，汝宁指屈不伸者？"因以拍板掷凤仙怀中，便串繁响。翁悦曰："家人之乐极矣！儿辈俱能歌舞，何不各尽所长？"八仙起，捉水仙曰："凤仙从来金玉其音，不敢相劳；我二人可歌'洛妃'一曲。"二人歌舞方已，适婢以金盘进果，都不知其何名。翁曰："此自真腊携来，所谓'田婆罗'也。"真腊本扶风属国。因掬数枚送丁前。凤仙不悦曰："婿岂以贫富为爱憎耶？"翁微哂不言。八仙曰："阿爹以丁郎异县，故是客耳。若论长幼，岂独凤妹妹有拳大酸婿耶？"凤仙终不快，解华妆，以鼓拍授婢，唱"破窑"一折，声泪俱下；小作波致。昌黎诗曰："呢呢儿女语，恩怨相尔汝。"金圣叹曰："如小鸟斗舌，对唤春树，最好下酒。"既阕，拂袖径去，一座为之不欢。八仙曰："婢子乔性犹昔。"乃追之，不知所往。

刘无颜，亦辞而归。至半途，见凤仙坐路旁，呼与并坐，曰："君一丈夫，不能为床头人吐气耶？黄金屋自在书中，愿好为之。"举足云："出门匆遽，棘刺破复履矣。所赠物，在身边否？"刘出之。女取而易之。刘乞其敝者。辴然曰："君亦大无赖矣！几见自己衾枕之物，亦要怀藏者？如相见爱，一物可以相赠。"旋出一镜付之曰："欲见妾，当于书卷中觅之；不然，相见无期矣。"予最喜看李亚仙剔目一出，然彼犹太狠，家家有此镜，士林少废材矣，用复慨然。言已不见，怊怅而归。视镜，则凤仙背立其中，如望去人于百步之者。因念所嘱，谢客下帷。一日，见镜中人忽现正面，盈盈欲笑，益重爱之。无人时，辄以共对。月余，锐志渐衰，游恒忘返。归见镜影，惨然若涕；隔日冉视，则背立如初矣：始悟为己之废学也。乃闭户研读，昼夜不辍；月余，则影复向外。自此验之：每有事荒废，则其容戚；数日攻苦，则其容笑。于是朝夕悬之，如对师保。用成语，天然拍合。如此二年，一举而捷。喜曰："今可以对我凤仙矣！"揽镜视之，见画黛弯长，瓠犀微露，喜容可掬，宛在目前。爱极，停睇不已。忽镜中人笑曰："'影里情郎，画中爱宠'，今之谓矣。"惊喜四顾，则凤仙已在座右。握手问翁媪起居，曰："妾别后，不曾归家，伏处岩穴，聊与君分苦耳。"宋君分痛是至性，此女分苦是至情。刘赴宴郡中，女请与俱，共乘而往，人对面不相窥。既而将归，阴与刘谋，伪为娶于郡也者。女既归，始出见客，经理家政。人皆惊其美，而不知其狐也。

刘属富川令门人，往谒之。遇丁，节节相生，不另起炉灶。殷殷邀至其家，款礼优渥，言："岳父母近又他徙。内人归宁，将复。当寄信往，并诣申贺。"借丁口中带叙，省力。刘初疑丁亦狐，及细审邦族，始知富川大贾子也。

初，丁自别业暮归，遇水仙独步，见其美，微睨之。女请附骥以行。丁喜，载至斋，与同寝处。棂隙可入，始知为狐。女言："郎勿见疑。妾以君诚笃，故愿托之。"丁嬖之，竟不复娶。刘归，假贵家广宅，备客燕寝，洒扫光洁，而苦无供帐；隔夜视之，则陈设焕然矣。

过数日，果有三十余人，赍旗采酒礼而至，舆马缤纷，填溢街巷。刘揖翁及丁、胡入客舍，凤仙逆妪及两姨入内寝。八仙曰："婢子今贵，不怨冰人矣。钏履犹存否？"女搜付之，曰："履则犹是也，而被千人看破矣。"生下一段文字。八仙以履击背曰：

“挞汝寄于刘郎。”縠梁用来妙。乃投诸火，祝曰：“新时如花开，旧时如花谢。珍重不曾着，姮娥来相借。”水仙亦代祝曰：“曾经笼玉笋，着出万人称。若使姮娥见，应怜太瘦生。”凤仙拨火曰：“夜夜上青天，一朝去所欢。留得纤纤影，遍与世人看。”了结，又生下。遂以灰拈柈中，堆作十余分，望见刘来，托以赠之。但见绣履满柈，悉如故款。八仙急出，推柈堕地；地上犹有一二只存者，又伏吹之，其迹始灭。

次日，丁以道远，夫妇先归。八仙贪与妹戏，翁及胡屡督促之，亭午始出，与众俱去。初来，仪从过盛，观者如市。又生下。有两寇窥见丽人，魂魄丧失，因谋劫诸途。侦其离村，尾之而去。相隔不盈一矢，马极奔，不能及。至一处，两崖夹道，舆行稍缓；追及之，持刀吼咤，人众都奔。下马启帘，则老妪坐焉。又弄鬼。方疑误掠其母，才他顾，而兵伤右臂，顷已被缚。凝视之，崖并非崖，乃平乐城门也。临结出奇，后劲不竭。舆中则李进士母，自乡中归耳。一寇后至，亦被断马足而絷之。门丁执送太守，一讯而伏。时有大盗未获，诘之，即其人也。明春，刘及第。凤仙亦恐招祸，故悉辞内戚之贺。刘亦更不他娶。及为郎官，纳妾，生二子。

异史氏曰：“嗟乎！冷暖之态，仙凡固无殊哉！‘少不努力，老大徒伤’。惜无好胜佳人，作镜影悲笑耳。吾愿恒河沙数仙人，并遣娇女婚嫁人间，则贫穷海中，少苦众生矣。”天上那有许多仙人，恐虚愿难酬。

俗客
慷慨襟懷負半生
如何家室頓縈情
異人別有知人
術忠孝圖題
贏得清

佟　客

董生，徐州人。好击剑，每慷慨自负。偶于途中遇一客，跨蹇同行。与之语，谈吐豪迈。诘其姓字，云：“辽阳佟姓。”问：“何往？”曰：“余出门二十年，适自海外归耳。”董曰：“君遨游四海，阅人綦多，曾见异人否？”佟问：“异人何等？”董乃自述所好，恨不得异人之传。佟曰：“异人何地无之，要必忠臣孝子，始得传其术也。”剑侠传以忠孝二字作骨子，一语破的。董又毅然自许；即出佩剑，弹之而歌，又斩路侧小树，以矜其利。佟掀髯微笑，因便借观。董授之。展玩一过，曰：“此甲铁所铸，为汗臭所蒸，最为下品。荆卿之剑，想亦如是。仆虽未闻剑术，然有一剑，颇可用。”遂于衣底出短刃尺许，以削董剑，脆如瓜瓠，应手斜断，如马蹄。董骇极，亦请过手，再三拂试而后返之。望犹河汉。邀佟至家，坚留信宿。叩以剑法，谢不知。董按膝雄谈，惟敬听而已。大方。更既深，忽闻隔院纷拿。隔院为生父居，心惊疑。近壁凝听，但闻人作怒声曰：“教汝子速出即刑，使赦汝！”少顷，似加搒掠，呻吟不绝者。真其父也。生捉戈欲往。画出胆怯。佟止之曰：“此去恐无生理，宜审万全。”生皇然请教。挂住脚。佟曰：“盗坐名相索，必将甘心焉。君无他骨肉，宜嘱后事于妻子；我启户，为君警厮仆。”生诺，入告其妻。妻牵衣泣。挂住脚。生壮念顿消，遂共登楼上，寻弓觅矢，以备盗攻。仓皇未已，闻佟在楼檐上笑曰："贼幸去矣。"仙乎云中看浊世，长啸一声归去来。我亦大笑。烛之，已杳。逡巡出，则见翁赴邻饮，笼烛始归；惟庭前多编菅遗灰焉。乃知佟异人也。

异史氏曰："忠孝，人之血性，古来臣子而不能死君父者，其初岂遂无提戈壮往时哉！要皆一转念误之耳。理明分定性坚，故能于刀锯鼎镬从容赴之而无难。畏葸者固不足言，即以客气乘之，亦略牵动之而不振矣。赵瓯北诗云：'平时每作千秋想，临事方知一死难。名义重应甘白刃，头颅痛义颤黄冠。'无事谈忠义，临危丧廉耻。名人如牧斋不足道，即草间偷活如梅村，凡人为之原谅哉？昔解缙与方孝孺相约以死，而卒食其言；安知矢约归后，不听床头人呜泣哉？"

邑有快役某，每数日不归，妻遂与里中无赖通。一日归，值少年自房中出，大疑，苦诘妻。妻不服。既于床头得少年遗物，妻窘无词，惟长跪哀乞。某怒甚，掷以绳，逼令自缢。妻请妆服而死，许之。妻乃入室理妆；某自酌以待之，呵叱频催。俄妻炫服出，含涕拜曰："君果忍令奴死耶？"某盛气咄之。妻返走入房，方将结带，某掷盏呼曰："咍，返矣！一顶绿头巾，或不能压人死耳。"遂为夫妇如初。此亦大绅者类也，一笑。

蝇能倒栖，蝇之异也；鸟能腾空，鸟之异也。夫子言之：十室必有忠信。十室之异人，童子亦知敬让，童子中之异人也。即飞仙剑客世不常见，而不知得遇异人者即异人也。天下之大，何所不有。己为妄人，将以善人为恶人；己为俗人，将以圣人为凡人。先哲诗云：英雄见惯只常人。家有贤而不知，乡有贤而不知，心有佛而不知，家有佛而不知。张眉露目，海底捞月，更何处求异人哉！

愛奴
歲闌執贄在
门墻一月薰
陶十載强他
日相逢聊報
德賸將詩
婢伴帷房

爱 奴

河间徐生，设教于恩。腊初归，途遇一叟，审视曰：“徐先生撤帐矣。明岁授教何所？”答曰：“仍旧。”叟曰：“敬业姓施。有舍甥延求明师，适托某至东疃聘吕子廉，渠已受贽稷门。君如苟就，束仪请倍于恩。”徐以成约为辞。叟曰：“信行君子也。然去新岁尚远，敬以黄金一两为贽，暂留教之，明岁另议何如？”徐可之。叟下骑呈礼函，且曰：“敝里不遥矣。宅綦隘，饲畜为艰，请即遣仆马去，散步亦佳。”

徐从之，以行李寄叟马上。行三四里许，日既暮，始抵其宅，沤钉兽钚，宛然世家。呼甥出拜，十三四岁童子也。叟曰：“妹夫蒋南川，旧为指挥使。止遗此儿，颇不钝，但娇惯耳。得先生一月善诱，当胜十年。”未几，设筵，备极丰美；而行酒下食，皆以婢温。一婢执壶侍立，年约十五六，风致韵绝，心窃动之。席既终，叟命安置床寝，始辞而去。天未明，儿出就学。徐方起，即有婢来捧巾侍盥，即执壶人也。日给三餐，悉此婢；至夕，又来扫榻。徐问：“何无僮仆？”婢但笑不言，布衾径去。次夕复至。入以游语，婢笑不拒，遂与狎。因告曰：“吾家并无男子，外事则托施舅。妾名爱奴，夫人雅敬先生，恐诸婢不洁，故以妾来。今日但须缄密，恐发觉，两无颜也。”一夜，共寝忘晓，为公子所遭，徐惭作不自安。至夕，婢来曰：“幸夫人重君，不然败矣！”公子入告，夫人急掩其口，若恐君闻。但戒妾勿得久留斋馆而已。言已，遂去。徐甚德之。然公子不善读，呵责之，则夫人辄为缓颊。初犹遣婢传言；渐亲出，隔户与先生语，往往零涕。顾每晚必问公子日课。徐颇不耐，作色曰：“既从儿懒，又责儿工，此等师我不惯作？请辞。”夫人遣婢谢过，徐乃止。

自入馆以来，每欲一出登眺，辄锢闭之。一日，醉中怏闷，呼婢问故。婢言：“无他，恐废学耳。如必欲出，但请以夜。”徐怒曰：“受人数金，便当淹禁死耶！教我夜窜何之乎？久以素食为耻，贽固犹在囊耳。”遂出金置几上，治装欲行。夫人出，脉脉不语，惟掩袂哽咽，使婢返金，启钥送之。徐觉门户逼侧；走数步，日光射人，则身自陷冢中出，四望荒凉，一古墓也。大骇，然心感其义，乃卖所赐金，封堆植树而后去之。

过岁，复经其处，展拜而行。遥见施叟，笑致温凉，邀之殷切。心知其鬼，而欲一问夫人起居，遂相将入村，沽酒共酌。不觉日暮，叟起偿酒价，便言：“寒舍不远，舍妹亦适归宁，望移玉趾，为老夫祓除不祥。”出村数武，又一里落，叩扉入，秉烛向客。俄，蒋夫人自内出，始审视之，盖四十许丽人也。拜谢曰：“式微之族，门户零落，先生泽及枯骨，真无计可以偿之。”言已，泣下。既而呼爱奴，向徐曰：“此婢妾所怜爱，今以相赠，聊慰客中寂寞。凡有所须，渠亦略能解意。”徐唯唯。少间，兄妹俱出，婢留侍寝。鸡初鸣，叟即来促装送行；夫人亦出，嘱婢善事先生。又谓徐曰：“从此尤宜谨秘，彼此遭逢诡异，恐好事者造言也。”

徐诺而别，与婢共骑。至馆，独处一室，与同栖止。或客至，婢不避，人亦不之见也。偶有所欲，意一萌，而婢已致之。又善巫，一挼挲而屙立愈。清明归，至墓所，婢辞而下。徐嘱代谢夫人。曰："诺。"遂没。数日返，方拟展墓，见婢华妆坐树下，因与俱发。终岁往返，如此为常。欲携同归，执不可。岁杪，辞馆归，相订后期。婢送至前坐处，指石堆曰："此妾墓也。夫人未出阁时，便从服役，夭殂瘗此。如再过，以炷香相吊，当得复会。"

别归，怀思颇苦，敬往祝之，殊无影响。乃市榇发冢，意将载骨归葬，以寄恋慕。穴开自入，则见颜色如生。肤虽未朽，衣败若灰；头上玉饰金钏，都如新制。又视腰间，裹黄金数铤，卷怀之。始解袍覆尸，抱入材内，赁舆载归，停诸别第，饰以绣裳，独宿其旁，冀有灵应。忽爱奴自外入，笑曰："劫坟贼在此耶！"徐惊喜慰问。婢曰："向从夫人往东昌，三日既归，则舍宇已空。频蒙相邀，所以不肯相从者，以少受夫人重恩，不忍离遏耳。今既劫我来，即速瘗葬，便见厚德。"徐问："有百年复生者，今芳体如故，何不效之？"叹曰："此有定数。世传灵迹，半涉幻妄。要欲复起动履，亦复何难？但不能类生人，故不必也。"乃启棺入，尸即自起，亭亭可爱。探其怀，则冷若冰雪。遂将入棺复卧，徐强止之。婢曰："妾过蒙夫人宠，主人自异域来，得黄金数万，妾窃取之，亦不甚追问。后濒危，又无戚属，遂藏以自殉。夫人痛妾夭谢，又以宝饰入殓。身所以不朽者，不过得金宝之余气耳。若在人世，岂能久乎？必欲如此，切勿强以饮食；若使灵气一散，则游魂亦消矣。"徐乃构精舍，与共寝处。笑语一如常人；但不食不息，不见生人。年余，徐饮薄醉，执残沥强灌之，立刻倒地，口中血水流溢，终日而尸已变。哀悔无及，厚葬之。

异史氏曰："夫人教子，无异人世；而所以待师者何厚也！不亦贤乎！余谓艳尸不如雅鬼，乃以措大之俗莽，致灵物不享其长年，惜哉！"

章丘朱生素刚鲠，设帐于某贡士家。每谴弟子，内辄遣婢为乞免，不听。一日，亲诣窗外，与朱关说。朱怒，执界方，大骂而出。妇惧而奔；朱追之，自后横击臀股，锵然作皮肉声，令人笑绝！

长山某翁，每岁延师，必以一年束金，合终岁之虚盈，计每日得如干数；又以师离斋、归斋之日，详记为籍。岁终，则公同按日而乘除之。马生馆其家，初见操珠盘来，得故甚骇；既而暗生一术，反嗔为喜，听其复算不少校。翁大悦，坚订来岁之约。马辞以故。遂荐一生乖谬者自代。及就馆，动辄诟骂，翁无奈，悉含忍之。岁杪，携珠盘至。生勃然忿极，姑听其算。翁又以途中日尽归于西，生不受，拔珠归东。两争不决，操戈相向，两人破头烂额而赴公庭焉。

小梅
来来飘然
渺不同感
恩图报计何
名唤
喜红

小梅

蒙阴王慕贞，世家子也。偶游江浙，见媪哭于途，诘之。言："先夫止遗一子，今犯死刑，谁有能出之者？"王素慷慨，志其姓名，出橐中金为之斡旋，竟释其罪。其人出，闻王之救己也，茫然不解其故。访诣旅邸，感泣谢问。王曰："无他，怜汝母老耳。"其人大骇曰："母故已久。"王亦异之。抵暮，媪来申谢，王咎其谬诬。媪曰："实相告，我东山老狐也。二十年前，曾与儿父有一夕之好，故不忍其鬼之馁也。"王悚然起敬，再欲诘之，已杳。

先是，王妻贤而好佛，不茹荤酒；治洁室，悬观音像，以无子嗣，日日焚祷其中。而神又最灵，辄示梦，教人趋避，以故家中事皆取决焉。后有疾，綦笃，移榻其中；又别设锦裀于内室而扃其户，若有所伺。王以为惑，而以其疾势昏瞀，不忍伤之。卧病二年，恶嚣，常屏人独寝。潜听之，似与人语；启门视之，又寂然。病中他无所虑，有女十四岁，惟日催治装遣嫁。既醮，呼王至榻前，执手曰："今诀矣！初病时，菩萨告我，命当速死；念不了者，幼女未嫁，因赐少药，俾延息以待。去岁，菩萨将回南海，留案前侍女小梅，为妾服役。今将死，薄命人又无所出。保儿，妾所怜爱，恐娶悍怒之妇，令其子母失所。小梅姿容秀美，又温淑，即以为继室可也。"盖王有妾，生一子，名保儿。

王以其言荒唐，曰："卿素敬者神，今出此言，不已亵乎？"答云："小梅事我年余，相忘形骸，我已婉求之矣。"问："小梅何处？"曰："室中非耶？"方欲再诘，闭目已逝。

王夜守灵帏，闻室中隐隐啜泣，大骇，疑为鬼。唤诸婢妾启钥视之，则二八丽者，缞服在室。众以为神，共罗拜之。女敛涕扶掖，王凝注之，俯首而已。王曰："如果亡室之言非妄，请即上堂，受儿女朝谒；如其不可，仆亦不敢妄想，以取罪过。"女靦然出，竟登北堂。王使婢为设坐南向，王先拜，女亦答拜；下而长幼卑贱，以次伏叩，女庄容坐受，惟妾至，则挽之。

自夫人卧病，婢惰奴偷，家久替。众参已，肃肃列侍。女曰："我感夫人盛意，羁留人间，又以大事相委，汝辈宜各洗心，为主效力，从前愆尤，悉不计校。不然，莫谓室无人也！"共视座上，真如悬观音图像，时被微风吹动。闻言悚惕，哄然并诺。女乃排拨丧务，一切井井。由是大小无敢懈者。女终日经纪内外，王将有作，亦禀白而行；然虽一夕数见，并不交一私语。

既殡，王欲申前约，不敢径告，嘱妾微示意。女曰："妾受夫人谆嘱，义不容辞；但匹配大礼，不得草草。年伯黄先生，位尊德重，求使主秦晋之盟，则惟命是听。"

年伯二字亦非浪下，篇首固云世家子也。

时沂水黄太仆，致仕闲居，于王为父执，往来最善。王即亲诣，以实告。黄奇之，即与同来。女闻，即出展拜。黄一见，惊为天人，逊谢不敢当礼；既而助妆优厚，成礼乃去。女馈遗枕履，若奉舅姑，由此交益亲。

合卺后，王终以神故，亵中带肃，时研诘菩萨起居。女笑曰："君亦太愚，焉有正直之神，而下婚尘世者？"王力审所自。女曰："不必研穷，既以为神，朝夕供养，自无殃咎。"似真似幻，似神似人，令读者眼光霍霍不定。女御下常宽，非笑不语；然婢贱戏狎时，遥见之，则默默无声。女笑谕曰："岂尔辈尚以我为神耶？我何神哉！实为夫人姨妹，少相交好；姊病见思，阴使南村王姥招我来。第以日近姊夫，有男女之嫌，故托为神道，闭内室中，其实何神。"众犹不深信。而日侍其傍，见其举动，不少异于常人，浮言渐息。然即顽奴钝婢，王素挞楚所不能化者，女一言无不乐于奉命者。皆云："并不自知。实非畏之；但睹其貌，则心自柔，故不忍拂其意耳。"写其美，又似写其神，一笔作两笔用。以此百废具举。数年中，田地连阡，仓廪万石矣。

又数年，妾产一女。女生一子。子生，左臂有朱点，因字小红。弥月，女使王盛筵招黄。黄贺仪丰渥，但辞以耄，不能远涉；女遣两媪强邀之，黄始至。抱儿出，袒其左臂，以示命名之意。又再三问其吉凶。伏下。黄笑曰："此喜红也，可增一字，名喜红。"女大悦，更出展叩。是日，鼓乐充庭，贵戚如市。黄留三日始去。

忽门外有舆马来，逆女归宁。向十余年，并无瓜葛，共议之，而女若不闻。理妆竟，抱子于怀，要王相送，王从之。至二三十里许，寂无行人，女停舆，呼王下骑，屏人与语，曰："王郎，王郎，会短离长，谓可悲否？"突作此语，令人不测。王惊问故，女曰："君谓妾何人也？"答曰："不知。"女曰："江南拯一死罪，有之乎？"曰："有。"曰："哭于路者吾母也，感义而思所报。乃因夫人好佛，附为神道，实将以妾报君也。今幸生此襁褓物，此愿已慰。妾视君晦运将来，生下。此儿在家，恐不能育，故借归宁，解儿危难。君记取家有死口时，当于晨鸡初唱，诣西河柳堤上，见有挑葵花灯来者，遮道苦求，可免灾难。”王曰：“诺。”因讯归期，女云：“不可预定。要当牢记吾言，后会亦不远也。”临别，执手怆然交涕。俄登舆，疾若风。王望之不见，始返。

经六七年，绝无音问。忽四乡瘟疫流行，死者甚众，一婢病三日死。王念曩嘱，颇以关心。是日与客饮，大醉而睡。既醒，闻鸡鸣，急起至堤头，见灯光闪烁，适已过去。急追之，止隔百步许，愈追愈远，渐不可见，懊恨而返。数日暴病，寻卒。简笔。

王族多无赖，共凭陵其孤寡，田禾树木，公然伐取，家日陵替。逾岁，保儿又殇，一家更无所主。族人益横，割裂田产，厩中牛马俱空；又欲瓜分第宅。以妾居故，遂将数人来，强夺鬻之。妾恋幼女，母子环泣，惨动邻里。方危难间，俄闻门外有肩舆入，共觇，则女引小郎自车中出。四顾人纷如市，问：“此何人？”妾哭诉其由。女颜色惨变，便唤从来仆役，关门下钥。众欲抗拒，而手足若痿。女令一一受缚，系诸廊柱，日与薄粥三瓯。即遣老仆奔告黄公，然后入室哀泣。泣已，谓妾曰：“此天数也。已期前月来，适以母病耽延，遂至于今。不谓转盼间已成丘墟！”问旧时婢媪，则皆被族人掠去，又益欷歔。越日，婢仆闻女至，皆自遁归，相见无不流涕。所絷族人，共噪儿非慕贞体胤，女亦不置辨。既而黄公至，女引儿出迎。黄握儿臂，便捋左袂，见朱记宛然，因袒示众人，以证其确。乃细审失物，登簿记名，亲诣邑令。令拘无赖辈，各笞四十，械禁严追，不数日，田地马牛，悉归故主。黄将归，女引儿泣拜曰：“妾非世间人，叔父所知也。今以此子委叔父矣。”黄曰：“老夫一息尚在，无不为区处。”黄去，女盘查就绪，托儿于妾，乃具馔为夫祭扫，半日不返。视之，则杯馔犹陈，而人杳矣。

异史氏曰：“不绝人嗣者，人亦不绝其嗣，此人也而实天也。至座有良朋，车裘可共；迨宿莽既滋，妻子陵夷，则车中人望望然去之矣。死友而不忍忘，感恩而思所报，独何人哉！狐乎！倘尔多财，吾为尔宰。”

于中丞
誰從巨盜發妝奩大索驚
傳清令嚴搜得裹衣頻
出入箇中機智亦韜鈐

于中丞一
斷獄無冤
閱歷深祇
須當局肯留
心送迎少婦
皆男子何況
頻拚手入衾

于中丞

于中丞成龙，按部至高邮。适巨绅家将嫁女，装奁其富，夜被穿窬席卷而去。刺史无术。公令诸门尽闭，止留一门放行人出入，吏目守之，严搜装载。又出示谕阖城户口，各归第宅，候次日查点搜掘，务得赃物所在。要着在此一层。乃阴嘱吏目："设有城门中出入至再者，捉之。"过午，得二人，一身之外，并无行装。公曰："此真盗也。"二人诡辨不已。公令解衣搜之，见袍服内着女衣二袭，皆奁中物也。盖恐次日大搜，急于移置，而物多难携，故密着而屡出之也。

又公为宰时，公初任广西柳州府罗城县。至邻邑。早旦，经郭外，见二人以床舁病人，覆大被；枕上露发，发上簪凤钗一股，侧眠床上。有三四健男夹随之，时更番以手拥被，令压身底，似恐风入。少顷，息肩路侧，又使二人更相为荷。句句伏。于公过，遣隶回问之，云是妹子垂危，将送归夫家。公行二三里，又遣隶回，视其所入何村。隶尾之，至一村舍，两男子迎之而入。还以白公。公谓其邑宰："城中得无有劫寇否？"宰曰："无之。"时功令严，上下讳盗，故即被盗贼劫杀，亦隐忍而不敢言。公就馆舍，嘱家人细访之，果有富室被强寇入家，炮烙而死。公唤其子来，诘其状。子固不承。公曰："我已代捕大盗在此，非有他也。"子乃顿首哀泣，求为死者雪恨。公叩关往见邑宰，差健役四鼓出城，直至村舍，捕得八人，一鞫而伏。诘其病妇何人，盗供："是夜同在勾栏，故与妓女合谋，置金床上，令抱卧至窝处始瓜分耳。"共服于公之神。或问所以能知之故，公曰："此甚易解，但人不关心耳。岂有少妇在床，而容入手衾底者？且易肩而行，其势甚重，交手护之，则知其中必有物矣。若病妇昏愦而至，必有妇人倚门而迎，止见男子，并不惊问一言，是以确知其为盗也。"

不近情理之事，被公冷眼看出，二条可入《智囊补》。

績女
翠黛朱樓想玉容銀河近隔幰重重青天碧海飄然去羸得新詞唱懊儂

绩　女

绍兴有寡媪夜绩，起首“寡妇夜绩”四字，有多少情思在内。忽一少女推扉入，笑曰：“老姥无乃劳乎？”视之，年十八九，仪容秀美，袍服炫丽。媪惊问：“何来？”女曰：“怜媪独居，故来相伴。”媪疑为侯门亡人，苦相诘。女曰：“媪勿惧，妾之孤，亦犹媪也。我爱媪洁，故相就，两免岑寂，固不佳耶？”言婉入情。媪又疑为狐，默然犹豫。女竟升床代绩，曰：“媪无忧，此等生活，妾优为之，定不以口腹相累。”如此接笔岂有拖沓。媪见其温婉可爱，遂安之。

夜深，谓媪曰：“携来衾枕，尚在门外，出溲时，烦捉之。”媪出，果得衣一裹。女解陈榻上，不知是何等锦绣，香滑无比。媪亦设布被，与女同榻。罗衿甫解，异香满室。既寝，媪私念遇此佳人，可惜身非男子。我见犹怜，何况老奴。○注脚。女子枕边笑曰：“姥七旬，犹妄想耶？”媪曰：“无之。”女曰：“既不妄想，奈何欲作男子？”我读此方忆方灵皋先生叙黄石斋逸事，铁石梅花，无笑此媪。媪愈知为狐，大惧。女又笑曰：“愿作男子，何心而又惧我耶？”媪益恐，股战摇床。女曰：“嗟乎！胆如此大，还欲作男子！实相告：我真仙人，然非祸汝者。但须谨言，衣食自足。”

媪早起，拜于床下。女出臂挽之，臂腻如脂，热香喷溢；肌一着人，觉皮肤松快。媪心动，复涉遐想。女哂曰：“婆子战栗才止，心又何处去矣！使作丈夫，当为情死。”媪曰：“使是丈夫，今夜那得不死！”

由是两心浃洽，日同操作。吾想《聊斋》真温柔乡中总持，每写儿女子情，便已透纸十重，不只称风月圣人已也。《飞燕传》“着体尽靡”四字，此段所出。视所绩，匀细生光；织为布，晶莹如锦，价较常三倍。媪出，则扃其户，有访媪者，辄于他室应之。居半载，无知者。后媪渐泄于所亲，里中姊妹行皆托媪以求见。女让曰：“汝言不慎，我将不能久居矣。”媪悔失言，深自责，而求见者日益众，至有以势迫媪者。媪涕泣自陈。又带下。女曰：“若诸女伴，见亦无妨；恐有轻薄儿，将见狎侮。”媪复哀恳，始许之。越日，老媪少女，香烟相属于道。女厌其烦，无贵贱，悉不交语；惟默然端坐，以听朝参而已。

乡中少年闻其美，神魂倾动，媪悉绝之。有费生者，邑之名士，倾其产，以重金啖媪。特笔。媪诺，为之请。女已知之，责曰：“汝卖我耶？”媪伏地自投。女曰：“汝贪其赂，我感其痴，有情无情，急索解人。“感其痴”三字是仙是佛。可以一见，然而缘分尽矣。”媪又伏叩。女约以明日。生闻之，喜，具香烛而往，入门长揖。女帘内与语，问：“君破产相见，将何以教妾也？”生曰：“实不敢他有所干，只以王嫱、西子，徒得传闻，如不以冥顽见弃，俾得一阔眼界，下愿已足。若休咎自有定数，非所乐闻。”词令妙品。忽见布幕之中，容光射露，翠黛朱樱，无不毕现，似无帘幌之隔者。生意炫神驰，不觉倾拜。拜已而起，则厚幕沉沉，闻声不见矣。悒怅间，窃恨未睹下体；俄见帘下绣履双翘，瘦不盈指。生又拜。帘中语曰：“君归休！妾体惰矣！”偏善作此钩魂之笔。媪延生别室，烹茶为供。生题“南乡子”一调于壁云：“隐约画帘前，三寸凌波玉笋尖；点地分明，莲瓣落纤纤，再着重台更可怜。花衬凤头弯，入握应知软似绵；但愿化为蝴蝶去裙边，一嗅余香死亦甘。”题毕而去。

女览题不悦，谓媪曰：“我言缘分已尽，今不妄矣。”媪伏地请罪。女曰：“罪不尽在汝，我偶堕情障，以色身示人，遂被淫词污亵，此皆自取，于汝何尤。若不速迁，恐陷身情窟，世间惟有情字了得。朱晦翁诗云：“世上无如人欲险，几人到此误平生。”然此尚以欲言，若论情字，则一缕情丝直传遍大千世界，圣贤仙佛俱入其中。袁子才云：“惜玉怜香而心不动者，圣人也；惜玉怜香而心动者，常人也；不知玉不知香者，禽兽也。”此语颇有见。转劫难出矣。”遂襆被出，媪追挽之，转瞬已失。

抽肠

莱阳民某昼卧，见一男子与妇人握手入。妇黄肿，腰粗欲仰，意象愁苦。男子促之曰：“来，来！”某意其苟合者，因假睡以窥所为。既入，似不见榻上有人。又促曰：“速之！”妇便自坦胸怀，露其腹，腹大如鼓。男子出屠刀一把，用力刺入，从心下直剖至脐，蚩蚩有声。某大惧，不敢喘息。而妇人攒眉忍受，未尝少呻。男子口衔刀，入手于腹，捉肠挂肘际；且挂且抽，顷刻满臂。乃以刀断之，举置几上，还复抽之。几既满，悬椅上；椅又满，乃肘数十盘，如渔人举网状，望某首边一掷。觉一阵热腥，面目喉膈覆压无缝。某不能复忍，以手推肠，大号起奔。肠堕榻前，两足被萦，冥然而倒。家人趋视，但见身绕猪脏，既入审顾，则初无所有。众各自谓目眩，未甚骇异。及某述所见，始共奇之。而室中并无痕迹，惟数日血腥不散。

張鴻漸
料得書生事不
成逃亡張祿姓
名更亦因梦境
迷離後和平敍
门總喫驚

张鸿渐

张鸿渐，永平人。年十八，为郡名士。时卢龙令赵某贪暴，人民共苦之。有范生被杖毙，同学忿其冤，将鸣部院，求张为刀笔之词，约其共事。张许之。妻方氏，美而贤，闻其谋。谏曰：“大凡秀才作事，可以共胜，而不可以共败：胜则人人贪天功，一败则纷然瓦解，不能成聚。头巾家当合盘托出，酸丁何处生活？今势力世界，曲直难以理定；君又孤，脱有翻覆，急难者谁也！”张服其言，悔之，乃宛谢诸生，但为创词而去。质审一过，无所可否。赵以巨金纳大僚，诸生坐结党被收，又追捉刀人。张惧，亡去。至凤翔界，资斧断绝。日既暮，蜘躇旷野，无所归宿。欻睹小村，趋之。老妪方出阖扉，见生，问所欲为。张以实告，妪曰：“饮食床榻，此都细事；但家无男子，不便留客。”张曰：“仆亦不敢过望，但容寄宿门内，得避虎狼足矣。”妪乃令入，闭门，授以草荐，嘱曰：“我怜客无归，私容止宿，未明宜早去，恐吾家小娘子闻知，带起。将便怪罪。”妪去，张倚壁假寐。

忽有笼灯晃耀，见妪导一女郎出。张急避暗处，微窥之，二十许丽人也。及门，见草荐，诘妪。妪实告之，女怒曰：“一门细弱，何得容纳匪人！”即问：“其人焉往？”张惧，出伏阶下。女审诘邦族，色稍霁，曰：“幸是风雅士，不妨相留。然老奴竟不关白，此等草草，岂所以待君子。”命妪引客入舍。俄顷，罗酒浆，品物精洁；既而设锦裀于榻。张甚德之，因私询其姓氏。妪曰：“吾家施氏，太翁夫人俱谢世，止遗三女。适所见，长姑舜华也。”妪去。张视几上有“南华经”座有南华，岂是俗物。注，因取就枕上伏榻翻阅。忽舜华推扉入。张释卷，搜觅冠履。女即榻捺坐曰：“无须，无须！”又奇。因近榻坐，腆然曰：“妾以君风流才士，欲以门户相托，遂犯瓜李之嫌。得不相遐弃否？”张皇然不知所对，但云：“不相诳，小生家中，固有妻耳。”女笑曰：“此亦见君诚笃，顾亦不妨。既不嫌憎，明日当烦媒妁。”言已，欲去。张探身挽之，女亦遂留。

未曙即起，以金赠张曰：“君持作临眺之资；向暮，宜晚来，恐傍人所窥。”张如其言，早出晏归，半年以为常。一日，归颇早，至其处，村舍全无，不胜惊怪。方徘徊间，闻妪云：“来何早也！”一转盼间，则院落如故，身固已在室中矣，益异之。舜华自内出，笑曰：“君疑妾耶？实对君言：妾，狐仙也，与君固有夙缘。如必见怪，请即别。”张恋其美，亦安之。夜谓女曰：“卿既仙人，当千里一息耳。小生离家三年，念妻孥不去心，能携我一归乎？”女似不悦，曰：“琴瑟之情，妾自分于君为笃；君守此念彼，是相对绸缪者，皆妄也！”张谢曰：“卿何出此言？谚云：‘一日夫妻，百日恩义。’后日归念卿时，亦犹今日之念彼也。设得新忘故，卿何取焉？”女乃笑曰：“妾有褊心：于妾，愿君之不忘；于人，愿君之忘之也。此即曹操“宁使我负人，不可人负我”语，一般腔口，出自女子口中，觉情至。然欲暂归，此复何难：君家固咫尺耳。”遂把袂出门，见道路昏暗，张逡巡不前。女曳之走，无几时，曰：“至矣。君归，妾且去。”张停足细认，果见家门。逾垝垣入，见室中灯火犹荧。近以两指弹扉。内问为谁，张具道所来。内秉烛启关，真方氏也。两相惊喜，握手入帷。见儿卧床上，慨然曰："我去时儿才及膝，今身长如许矣！"点缀琐事逼真。夫妇依倚，恍如梦寐。张历述所遭。问及讼狱，始知诸生有瘐死者，有远徙者，益服妻之远见。方纵体入怀，曰："君有佳偶，想不复念孤衾中有零涕人矣！"张曰："不念，胡以来也？我与彼虽云情好，终非同类；独其恩义难忘耳。"方曰："君以我何人也？"张审视，竟非方氏，乃舜华也。以手探儿，一竹夫人耳。幻笔至此。大惭无语。女曰："君心可知矣！分当自此绝矣，犹幸未忘恩义，差足自赎。"

过二三日，忽曰："妾思痴情恋人，终无意味。君日怨我不相送，今适欲至都，便道可以同去。"乃向床头取竹夫人共跨之，令闭两眸，觉离地不远，风声飕飕。移时，寻落，女曰："从此别矣。"方将订嘱，女去已渺。怅立少时，闻村犬鸣吠，苍茫中见树木屋庐，皆故里景物，循途而归。逾垣叩户，宛若前状。奇幻不可思议。方氏惊起，不信夫归；诘证确实，始挑灯呜咽而出。既相见，涕不可仰。张犹疑舜华之幻弄也；又见床卧一儿，如昨夕，因笑曰："竹夫人又携入耶？"方氏不解，变色曰："妾望君如岁，枕上啼痕固在也。甫能相见，全无悲恋之情，何以为心矣！"张察其情真，始执臂欷歔，具言其详。问讼案所结，并如舜华言。包括，简笔。方相感慨，闻门外有履声，问之不应。

盖里中有恶少甲，久窥方艳，是夜自别村归，遥见一人逾垣去，谓必赴淫约者，尾之入。甲故不甚识张，但伏听之。及方氏亟问，乃曰："室中何人也？"方讳言："无之。"甲言："窃听已久，敬将以执奸也。”方不得已，以实告。甲曰：“张鸿渐大案未消，即使归家，亦当缚送官府。”方苦哀之，甲词益狎逼。张忿火中烧，不可制止，把刀直出，剁甲中颅。甲踣，犹号；又连剁之，遂死。方曰：“事已至，此罪益加重。君速逃，妾请任其辜。”张曰：“丈夫死则死耳，焉肯辱妻累子以求活耶？卿无顾虑，但令此子勿断书香，目即瞑矣。”

天渐明，赴县自首。赵以钦案中人，加重一句。姑薄惩之。寻由郡解都，械禁颇苦。途中遇女子跨马过，一老妪捉鞚，盖舜华也。张呼妪欲语，泪随声堕。女返辔，手启障纱，讶曰：“表兄也，何至此？”张略述之。女曰：“依兄平昔，便当掉头不顾；然予不忍也。寒舍不远，即邀公役同临，亦可少助资斧。”从去二三里，见一山村，楼阁高整。女下马入，令妪启舍延客。既而酒炙丰美，似所夙备。又使妪出曰：“家中适无男子，张官人即向公役多劝数觞，前途倚赖多矣。遣人措办数十金为官人作费，兼酬两客，尚未至也。”二役窃喜，纵饮不复言行。日渐暮，二役径醉矣。女出，以手指械，械立脱，曳张共跨一马，驶如龙。少时，促下，曰：“君止此。妾与妹有青海之约，又为君逗留一晌，久劳盼注矣。”张问：“后会何时？”女不答，再问之，推堕马下而去。

既晓，问其地，太原也。遂至郡，赁屋授徒焉。托名宫子迁。居十年，访知捕亡寝息，乃复逡巡东向。既近里门，不敢遽入，俟夜深而后入。及门，则墙垣高固，不复可越，只得以鞭挝门。久之，妻始出问。张低语之。喜极，纳入，作呵叱声，曰：“都中少用度，即当早归，何得遣汝半夜来？”入室，各道情事，始知二役逃亡未返。言次，帘外一少妇频来，张问伊谁，曰："儿妇耳。"问："儿安在？"曰："赴郡大比未归。"无一漏笔。伏下。张涕下曰："流离数年，儿已成立，不谓能继书香，卿心血殆尽矣！"话未已，子妇已温酒炊饭，罗列满几。张喜慰过望。居数日，隐匿屋榻，惟恐人知。一夜，方卧，忽闻人语腾沸，捶门甚厉。大惧，并起。闻人言曰："有后门否？"益惧，急以门扇代梯，送张夜度垣而出；然后诣门问故，乃报新贵者也。前此伏笔之妙。方大喜，深悔张遁，不可追挽。张是夜越莽穿榛，急不择途；及明，困殆已极。初念本欲向西，问之途人，则去京都通衢不远矣。遂入乡村，意将质衣而食。见一高门，有报条粘壁上，近视，知为许姓，新孝廉也。顷之，一翁自内出，张迎揖而告以情。翁见仪容都雅，知非赚食者，延入相款。因诘所往，张托言："设帐都门，归途遇寇。"翁留诲其少子。张略问官阀，乃京堂林下者；孝廉，其犹子也。月余，孝廉偕一同榜归，云是永平张姓，十八九少年也。张以乡谱俱同，暗中疑是其子；然邑中此姓良多，姑默之。至晚解装，出"齿录"，急借披读，真子也。不觉泪下。共惊问之，乃指名曰："张鸿渐，即我是也。"备言其由。张孝廉抱父大哭。许叔侄慰劝，始收悲以喜。许即以金帛函字，致告宪台，父子乃同归。赵知县想已罢官去，否则此笔未了清。方自闻报，日以张在亡为悲，忽闻孝廉归，感伤益痛。少时，父子并入，骇如天降，询知其故，始共悲喜。甲父见其子贵，祸心不敢复萌。张益厚遇之，又历述当年情状，甲父感愧，遂相交好。

太醫
有母青春
賦柏舟表
彰潛德奈
無由鸞封竟
爲熊膰悞怨
氣應知
溢九幽

太　医

万历间，孙评事少孤，母十九岁守节。孙举进士，而母已死。尝语人曰："我必博诰命以光泉壤，始不负萱堂苦节。"忽得暴病，綦笃。素与太医善，使人招之；使者出门，而疾益剧。张目曰："生不能扬名显亲，何以见老母地下乎！"遂卒，目不瞑。无何，太医至，闻哭声，即入临吊。见其状，异之。家人告以故，太医曰："欲得诰赠，即亦不难。今皇后早晚临盆矣，但活十余日，诰命可得。"立命取艾，灸尸一十八处。炷将尽，床上已呻；急灌以药，居然复生。嘱曰："切记勿食熊虎肉。"共志之；然以此物不常有，颇不关意。既而三日平复，仍从朝贺。过六七日，果生太子，召赐群臣宴。中使出异品，遍赐文武，白片朱丝，甘美无比。孙啖之，不知何物。次日，访诸同僚，曰："熊膰也。"大惊失色，即刻而病，至家遂卒。

王子安
醉裏頻呼賞十
千東昌名士竟
如顛一般蕉鹿君
羞勝猶見長班
拜榻前

王子安

王子安，东昌名士，困于场屋。入闱后，期望甚切。近发榜时，痛饮大醉，归卧内室。忽有人白："报马来。"王踉跄起曰："赏钱十千！"家人因其醉，诳而安之曰："但请睡，已赏矣。"王乃眠。俄又有入者曰："汝中进士矣！"王自言："尚未赴都，何得及第？"其人曰："汝忘之耶？三场毕矣。"王大喜，起而呼曰："赏钱十千！"家人又诳之如前。又移时，一人急入曰："汝殿试翰林，长班在此。"果见二人拜床下，衣冠修洁。王呼赐酒食，家人又绐之，暗笑其醉而已。久之，王自念不可不出耀乡里，大呼长班；狐戏之妙，在添出家人诳之。凡数十呼，无应者。家人笑曰："暂卧候，寻他去矣。"又久之，长班果复来。王捶床顿足，大骂："钝奴焉往？"长班怒曰："措大无赖！向与尔戏耳，而真骂耶？"王怒，骤起扑之，落其帽。王亦倾跌。妻入，扶之曰："何醉至此！"王曰："长班可恶，我故惩之，何醉也？"妻笑曰："家中止有一媪，昼为汝炊，夜为汝温足耳。何处长班，伺汝穷骨？"子女皆笑。王醉亦稍解，忽如梦醒，始知前此之妄。然犹记长班帽落，寻至门后，得一缨帽如盏大，共疑之。自笑曰："昔人为鬼揶揄，吾今为狐奚落矣。"

异史氏曰："秀才入闱，有七似焉：初入时，白足提篮，似丐。唱名时，官呵隶骂，似囚。其归号舍也，孔孔伸头，房房露脚，似秋末之冷蜂。其出场也，神情惝恍，天地异色，似出笼之病鸟。迨望报也，草木皆惊，梦想亦幻。时作一得志想，则顷刻而楼阁俱成；作一失志想，则瞬息而骸骨已朽。此际行坐难安，则似被絷之猱。忽然而飞骑传人，报条无我，此时神色猝变，嗒然若死，则似饵毒之蝇，弄之亦不觉也。初失志，心灰意败，大骂司衡无目，笔墨无灵，势必举案头物而尽炬之；炬之不已，而碎踏之；踏之不已，而投之浊流。从此披发入山，面向石壁，再有以且夫、尝谓之文进我者，定当操戈逐之。无何，日渐远，气渐平，技又渐痒；遂似破卵之鸠，只得衔木营巢，从新另抱矣。文字之妙，至人人首肯，个个心服，便是天地间至文，以其写状极肖。如此情况，当局者痛哭欲死；而自旁观者视之，其可笑孰甚焉。王子安方寸之中，顷刻万绪，想鬼狐窃笑已久，故乘其醉而玩弄之。床头人醒，宁不哑然失笑哉？顾得志之况味，不过须臾；词林诸公，不过经两三须臾耳，子安一朝而尽尝之，则狐之恩与荐师等。”

農婦
耕貧不惜施羣匄嫉惡還
知撻比邱正氣居然畀巾
幗即論勇健已無儔
農婦

农妇

邑西磁窑坞有农人妇，勇健如男子，辄为乡中排难解纷。与夫异县而居。夫家高苑，距淄百余里；偶一来，信宿便去。妇自赴颜山，贩陶器为业。有赢余，则施丐者。一夕与邻妇语，忽起曰："腹少微痛，想孽障欲离身也。"遂去。天明往探之，则见其肩荷酿酒巨瓮二，方将入门。随至其室，则有婴儿绷卧。骇问之，盖娩后已负重百里矣。故与北庵尼善，订为姊妹。后闻尼有秽行，忿然操杖，将往挞楚，众苦劝乃止。一日，遇尼于途，遽批之。问："何罪？"亦不答。拳石交施，至不能号，乃释而去。

异史氏曰："世言女中丈夫，犹自知非丈夫也。妇并忘其为巾帼矣。其豪爽自快，与古剑仙无殊，毋亦其夫亦磨镜者流耶？"

金陵乙
鄰婦如
何可覩靚
裼衣著體竟
成狐邪魔一動
心先變莫訝真
龍墜上符

金陵乙

金陵卖酒人某乙，每酿成，投水而置毒焉；即善饮者，不过数盏，便醉如泥。以此得“中山”之名，富致巨金。早起，见一狐醉卧槽边，缚其四肢。方将觅刃，狐已醒，哀曰：“勿见害，请如所求。”遂释之，辗转已化为人。时巷中孙氏，其长妇患狐为祟，因问之。答云：“是即我也。”乙窥妇娣尤美，求狐携往。狐难之。乙固求之。狐邀乙去，入一洞中，取褐衣授之。曰：“此先兄所遗，着之当可去。”既服而归，家人皆不之见；袭常衣而出，始见之。大喜，与狐同诣孙氏家。见墙上贴巨符，画蜿蜒如龙，狐惧曰：“和尚大恶，我不往矣！”遂去。乙逡巡近之，则真龙盘壁上，昂首欲飞，大惧亦出。盖孙觅一异域僧，为之厌胜，授符先归，僧犹未至也。次日，僧来，设坛作法。邻人共观之，乙亦杂处其中。忽变色急奔，状如被捉，至门外踣地，化为狐，四体犹着人衣。将杀之。妻子叩请。僧命牵去，日给饮食，数日寻毙。

詩讞
冤殺都由一夢来
中年喪子亦堪哀
鈍人竟作螟蛉咏
折獄從知有別才

郭安

孙五粒，有僮仆独宿一室，恍惚被人摄去。至一宫殿，见阎罗在上，视之曰："误矣，此非是。"因遣送还。既归，大惧，移宿他所。遂有僚仆郭安者，见其榻上空闲，因就寝焉。又一仆李禄，与僮有夙怨，久将甘心，是夜操刀入，扪之，以为僮也，竟杀之。郭父鸣于官。时陈其善为邑宰，殊不苦之。郭哀号，言："半生止此子，今将何以聊生！"陈即以李禄为之子。郭含冤而退。此不奇于僮之见鬼，而奇于陈之折狱也。

王阮亭曰："新城令陈端巷凝，性仁柔无断。王生与哲典居宅于人，久不给直，讼之官。陈不能决，但曰：'诗云："维鹊有巢，维鸠居之。"'生为鹊可也。"

济之西邑有杀人者，其妇讼之。令怒，立拘凶犯至，拍案骂曰："人家好好夫妇，直令寡耶！即以汝配之，亦令汝妻守寡。"遂判合之。此等明决，皆是甲榜所为，他途不能也。而陈亦尔尔，何途无才！

折獄
喜拾遺釵不為
財一宵媾合殺
機開不邊銀
鈬非無意留
待他時出首来

折獄二
隕身枯井孰知
冤天使胡成
作讖言令尹有
才能折獄一時
遠近喜平反

折　狱

邑之西崖庄，有贾某被人杀于途；隔夜其妻亦自经死。贾弟鸣于官，时浙江费公祎祉令淄，亲诣验之。见布袱裹银五钱余，尚在腰中，知非为财也者。拘两村邻保审质一过，殊少端绪，并未搒掠，释散归农；但命地约细察，十日一关白而已。今则恐其逾限而酷刑矣。逾半年，事渐懈。贾弟怨公仁柔，上堂屡聒。公怒曰："汝既不能指名，欲我以桎梏加良民耶！"仁人之言。呵逐而出。贾弟无所伸诉，愤葬兄嫂。一日，以逋赋故，逮数人至。内一人周成，惧责，上言钱粮措办已足，即于腰中出银袱，倘并不出银袱奈何？禀公验视。验已，便问："汝家何里？"答云："某村。"又问："去西崖几里？"答云："五六里。""去年被杀贾某，系汝何人？"答云："不识其人。"公勃然曰："汝杀之，尚云不识耶！"半天一个霹雳，呜呼神矣。周力辨，不听；严梏之，果伏其罪。先是，贾妻王氏，将诣姻家，惭无钗饰，聒夫使假于邻。夫不肯，妻自假之，颇甚珍重。归途，卸而裹诸袱，内袖中。既至家，探之已亡。不敢告夫，又无力偿邻，懊恼欲死。是日，周适拾之，知为贾妻所遗，窥贾他出，半夜逾垣，将执以求合。时溽暑，王氏卧庭中，周潜就淫之。王氏觉，大号。周急止之，留袱纳钗。事已，妇嘱曰："后勿来，吾家男子恶，犯恐俱死！"周怒曰："我挟勾栏数宿之资，宁一度可偿耶！"妇慰之曰："我非不愿相交，渠常善病，不如从容以待其死。”周乃去，于是杀贾，夜诣妇曰：“今某已被人杀，请如所约。”妇闻大哭，周惧而逃，天明则妇死矣。公廉得情，以周抵罪。共服其神，而不知所以能察之故。公曰：“事无难辨，要在随处留心耳。”司牧要言。初验尸时，见银袱刺万字文，周袱亦然，是出一手也。及诘之，又云无旧，词貌诡变，“词貌诡变”四字宜看。是以确知其真凶也。

异史氏曰：“世之折狱者，非悠悠置之，则缧系数十人而狼藉之耳。堂上肉鼓吹，喧阗旁午，遂嚬蹙曰：‘我劳心民事也。’云板三敲，则声色并进，难决之词，不复置念；专待升堂时，祸桑树以烹老龟耳。呜呼！民情何由得哉！余每曰：‘智者不必仁，而仁者则必智；盖用心苦则机关出也。’二语可当经传。‘随在留心’之言，可以教天下之宰民社者矣。”

邑人胡成，与冯安同里，世有却。胡父子强，冯屈意交欢，胡终猜之。一日，共饮薄醉，颇顷肝胆。胡大言：“勿忧贫，百金之产不难致也。”冯以其家不丰，故嗤之。胡正色曰：“实相告：昨途遇大商，载厚装来，我颠越于南山智井中矣。”虽云戏语，未有以杀人为戏者，岂非自寻死道，无怪是人应得横灾。而井中冤鬼借胡成以代为之伸理欤？不遇费公则冤终莫伸，而胡真死矣。冯又笑之。时胡有妹夫郑伦，托为说合田产，寄数百金于胡家，遂尽出以炫冯。冯信之。既散，阴以状报邑。公拘胡对勘，胡言其实，问郑及产主皆不讹。乃共验诸眢井。一役缒下，则果有无首之尸在焉。胡大骇，莫可置辨，但称冤苦。公怒，击喙数十，曰：“确有证据，尚叫屈耶！”以死囚具禁制之。尸戒勿出，惟晓示诸村，使尸主投状。逾日，有妇人抱状，自言为亡者妻，言：“夫何甲，揭数百金作贸易，被胡杀死。”公曰：“井有死人，恐未必即是汝夫。”妇执言甚坚。公乃命出尸于井，视之，果不妄。妇不敢近，却立而号。公曰：“真犯已得，但骸躯未全。二句要着。汝暂归，待得死者首，即招报令其抵偿。”遂自狱中唤胡出，呵曰：“明日不将头至，当械折股！”无首则难定案，先问妇而后问胡，处处细甚。押去终日而返，诘之，但有号泣。乃以梏具置前作刑势，却又不刑，曰：“想汝当夜扛尸忙迫，不知坠落何处，此等处节次一毫错乱不得。奈何不细寻之？”胡哀祈容急觅。公乃问妇：“子女几何？”答曰：“无。”问：“甲有何戚属？”“但有堂叔一人。”慨然曰：“少年丧夫，伶仃如此，其何以为生矣？”故挑之。妇乃哭，叩求怜悯。公曰：“杀人之罪已定，但得全尸，此案即结；结案后，速醮可也。汝少妇，勿复出入公门。”费公主意在不出尸而令尸主投状两句中，以后逐节细心看去，在奸妇上堂时形状必多露迹处，在他人恐难如此从容耳。妇感泣，叩头而下。公即票示里人，代觅其首。经宿，即有同村王五，报称已获。问验既明，赏以千钱。唤甲叔至，曰：“大案已成；然人命重大，非积岁不能成结。侄既无出，少妇亦难存活，早令适人。此后亦无他务，但有上台检驳，止须汝应身耳。”甲叔不肯，飞两签下；再辨，又一签下。甲叔惧，应之而出。妇闻，诣谢公恩。公极意慰谕之。又谕：“有买妇者，当堂关白。”既下，即有投婚状者，盖即报人头之王五也。公唤妇上，曰：“杀人之真犯，汝知之乎？”答曰：“胡成。”公曰：“非也。汝与王五乃真犯耳。”千稳万稳，无可疑矣。二人大骇，力辨冤枉。公曰：“我久知其情，所以迟迟而发者，恐有万一之屈耳。尸未出井，何以确信为汝夫？盖先知其死矣。且甲死犹衣败絮，数百金何所自来？”又谓王五曰：“头之所在，汝何知之熟也！所以如此其急者，意在速合耳。”初讯时问银所自，郑与产主主言皆合，此起疑根子。两人惊，颜如土，不能强置一词。并械之，果吐其实。盖王五与妇私已久，谋杀其夫，而适值胡成之戏也。乃释胡。冯以诬告，重笞，徒三年。事结，并未妄刑一人。

《聊斋》不如人，只甲乙两科耳。为问当时两科中人至今有一存者否？而《聊斋》名在千古。费公知人之名，转借《聊斋》以传，呜呼幸哉！

義犬
客途耶料起風波
一念慈祥脫網羅
豈事應為黃耳笑
報恩人少負恩多

义犬

周村有贾某，贸易芜湖，获重资。赁舟将归，见堤上有屠人缚犬，倍价赎之，豢养舟上。舟人固积寇也，窥客装丰，荡舟入莽，操刀欲杀。贾哀赐以全尸，盗乃以毡裹置江中。犬见之，哀嗥投水，口衔裹具，与共浮沉。流荡不知几里，达浅搁乃止。犬泅出，至有人处，狺狺哀吠。或以为异，从之而往，见毡束水中，引出断其绳。客固未死，始言其情。复哀舟人，载还芜湖，将以伺盗船之归。登舟失犬，心甚悼焉。抵关三四日，估楫如林，而盗船不见。适有同乡估客将携俱归，忽犬自来，望客大嗥，唤之却走。客下舟趁之，犬奔上一舟，啮人胫股，挞之不解。客近呵之，则所啮即前盗也。衣服与舟皆易，故不得而认之矣。缚而搜之，则裹金犹在。呜呼！一犬也，而报恩如是。世无心肝者，其亦愧此犬也夫！

楊大洪
何須吹篴與周旋何必投金向水邊我笑道人多客氣世無忠孝不神仙

杨大洪

大洪杨先生涟，微时为楚名儒，自命不凡。科试后，闻报优等者，时方食，含哺出问："有杨某否？"答云："无。"不觉嗒然自丧，咽食入鬲，遂成病块，噎阻甚苦。众劝令录遗才，公患无资，众醵十金送之行，乃强就道。夜梦一人告之云："前途有人能愈君疾，宜苦求之。"临去，赠以诗，有"江边柳下三弄笛，抛向江中莫叹息"之句。明日途次，果见道士坐柳下，因便叩请。道士笑曰："子误矣，我何能疗病乎？请为三弄可也。"因出笛吹之。公触所梦，拜求益切，且倾囊献之，道士接金，掷诸江流。公以所来不易，哑然惊惜。道士曰："君未能恝然耶？金在江边，请自取之。"公诣视果然。又益奇之，呼为仙。道士漫指曰："我非仙，彼处仙人来矣。"赚公回顾，力拍其项曰："俗哉！"公受拍，张吻作声，喉中呕出一物，堕地堛然，俯而破之，赤丝中裹饭犹存，病若失。回视道士已杳。

异史氏曰："公生为河岳，没为日星，何必长生乃为不死哉！或以未能免俗，不作天仙，因而为公悼惜。余谓天上多一仙人，不如世上多一圣贤，解者必不议予说之慎也。"

查牙
山洞
石洞幽深
世莫知好憑
斑管寫離奇叙
窗風雨挑燈讀險
絕心搖手顫時

查牙山洞

章丘查牙山，有石窟如井，深数尺许。北壁有洞门，伏而引领望见之。会近村数辈，九日登临饮其处，共谋入探之。三人受灯，缒而下。洞高敞与夏屋等；入数武，稍狭，即忽见底。底际一窦，蛇行可入。烛之，漆漆然暗深不测。两人馁而却退，一人夺火而嗤之，锐身塞而进。幸隘处仅厚于堵，即又顿高顿阔，乃立，乃行。顶上石参差危耸，将坠不坠。两壁嶙嶙峋峋然，类寺庙中塑，都成鸟兽人鬼形：鸟若飞，兽若走，人若坐若立，鬼罔两示现忿怒；奇奇怪怪，类多丑少妍。心凛然作怖畏。喜径夷，无少陂。逡巡几百步，西壁开石室，门左一怪石鬼，面人而立，目努，口箕张，齿舌狞恶。左手作拳，触腰际；右手叉五指，欲扑人。心大恐，毛森森以立。遥望门中有爇灰，知有人曾至者，胆乃稍壮，强入之。见地上列碗盏，泥垢其中；然皆近今物，非古窑也。旁置锡壶四，心利之，解带缚项系腰间。即又旁瞩，一尸卧西隅，两肱及股四布以横。骇极。渐审之，足蹑锐履，梅花刻底犹存，知是少妇。人不知何里，毙不知何年。衣色黯败，莫辨青红；发蓬蓬，似筐许乱丝，粘着髑髅上；目、鼻孔各二，瓠犀两行，白巉巉，意是口也。存想首颠当有金珠饰，以火近脑，似有口气嘘灯，灯摇摇无定，焰纁黄，衣动掀掀。复大惧，手摇颤，灯顿灭。忆路急奔，不敢手索壁，恐触鬼者物也。头触石，仆，即复起；冷湿浸颔颊，知是血，不觉痛，抑不敢呻；坌息奔至窦，方将伏，似有人捉发住，晕然遂绝。众坐井上俟久，疑之，又縋二人下。探身入窦，见发罥石上，血淫淫已僵。二人失色，不敢入，坐愁叹。俄井上又使二人下；中有勇者，始健进，曳之以出。置山上，半日方苏，言之缕缕。所恨未穷其底；极穷之，必更有佳境也。后章令闻之，以丸泥封窦，不可复入矣。

康熙二十六、七年间，养母峪之南石崖崩，现洞口，望之，锺乳林林如密笋。然深险无人敢入。忽有道士至，自称钟离弟子，言："师遣先至，粪除洞府。"居人供以膏火，道士携之而下，坠石笋上，贯腹而死。报令，令封其洞。其中必有奇境，惜道士尸解，无回音耳。

安期島
安期島裏
放舟游浮見
儒人顧已酬一錢
瓊漿寒不咽笑
君饞福未曾修

安期岛

长山刘中堂鸿训，同武弁某使朝鲜。闻安期岛神仙所居，欲命舟往游。国中臣僚佥谓不可，令待小张。盖安期不与世通，惟有弟子小张，岁辄一两至。欲至岛者，须先自白。如以为可，则一帆可至，否则飓风覆舟。逾一二日，国王召见。入朝，见一人佩剑，冠棕笠，坐殿上，年三十许，仪容修洁。问之，即小张也。刘因自述向往之意，小张许之。但言："副使不可行。"又出，遍视从人，惟二人可以从游。遂命舟导刘俱往。水程不知远近，但觉微风习习如驾云雾，移时已抵其境。时方严寒，既至，则气候温煦，山花遍岩谷。导入洞府，见三叟趺坐。东西者见客入，漠若罔知；惟中坐者起迎客，相为礼。既坐，呼茶。有僮将盘去。洞外石壁上有铁锥，锐没石中，僮拔锥，水即溢射，以盏承之；满，复塞之。既而托至，其色淡碧。试之，其凉震齿。刘畏寒不饮。叟顾僮颐视之。僮取盏去，呷其残者，仍于故处拔锥，溢取而返，则芳烈蒸腾，如初出于鼎。窃异之。问以休咎，笑曰："世外人岁月不知，何解人事？"问以却老术，曰："此非富贵人所能为者。"刘兴辞，小张仍送之归。既至朝鲜，备述其异。国王叹曰："惜未饮其冷者。此先天之玉液，一盏可延百龄。"刘将归，王赠一物，纸帛重裹，嘱近海勿开视。既离海，急取拆视，去尽数百重，始见一镜；审之，则鲛宫龙族，历历在目。方凝注间，忽见潮头高于楼阁，汹汹已近。大骇，极驰，潮从之，疾若风雨。大惧，以镜投之，潮乃顿落。

雲蘿公主
土木為災算漫蹉六年琴
瑟樂無涯早為狼子謀深
圖始信仙人善作家

云萝公主

安大业，卢龙人。生而能言，母饮以犬血，始止。既长，韶秀，顾影无俦，慧而能读。世家争婚之。母梦曰："儿当尚主。"信之。至十五六，迄无验，亦渐自悔。

一日，安独坐，忽闻异香。俄一美婢奔入，突来。《聊斋》总不用平笔。曰："公主至。"即以长毡贴地，自门外直至榻前。方骇疑问，一女郎扶婢肩入；服色容光，映照四堵。婢即以绣垫设榻上，扶女郎坐。安仓皇不知所为，鞠躬便问："何处神仙，劳降玉趾？"女郎微笑，以袍袖掩口。婢曰："此圣后府中云萝公主也。圣后属意郎君，欲以公主下嫁，故使自来相宅。"安惊喜，不知置词，女亦俯首，相对寂然。安故好棋，楸枰尝置坐侧。一婢以红巾拂尘，移诸案上，曰："主日耽此，不知与粉侯孰胜？"入门即斗棋，若一见便成婚，未免少曲折。安移坐近案，主笑从之。甫三十余着，婢竟乱之，曰："驸马负矣！"敛子入盒，曰："驸马当是俗间高手，主仅能让六子。"却不用生开口。乃以六黑子实局中，主亦从之。主坐次，辄使婢伏座下，以背受足；左足踏地，则更一婢右伏。又两小鬟夹侍之；明皇与杨妃双陆，高力士伏，以臂承妃足。久之，力士曰："陛下与娘娘掷六掷四，且叫奴婢起来直直腰。"每值安凝思时，辄曲一肘伏肩上。作态，显出公主身分。局阑未结，小鬟笑云："驸马负一子。"婢进曰："主惰，宜且退。"女乃倾身与婢耳语。婢出，少顷而还，以千金置榻上，告生曰："适主言居宅湫隘，烦以此少致修饰，落成相会也。”一婢曰：“此月犯天刑，不宜建造；月后吉。”女起，生遮止，闭门。婢出一物，状类皮排，就地鼓之，云气突出，俄顷四合，冥不见物，索之已杳。母知之，疑以为妖。而生神驰梦想，不能复舍。急于落成，无暇禁忌，刻日敦迫，廊舍一新。

先是，有滦州生袁大用，侨寓邻坊，投刺于门；生波。生素寡交，托他出，又窥其亡而报之。后月余，门外适相值，二十许少年也。宫绢单衣，丝履乌带，意甚都雅。略与顷谈，颇甚温谨。喜，揖而入。请与对弈，又带奕。互有赢亏。已而设席流连，谈笑大欢。明日，邀生至其寓所，珍肴杂进，相待殷渥。有小僮十二三许，拍板清歌，又跳掷作剧。生大醉，不能行，便令负之。生以其纤弱，恐不能胜。袁强之。僮绰有余力，荷送而归。生奇之。明日，犒以金，再辞乃受。由此交情款密，三数日辄一过从。袁为人简默，而慷慨好施。借事伏，绾合前后。市有负债鬻女者，解囊代赎，无吝色。生以此益重之。过数日，诣生作别，赠象箸、楠珠等十余事，白金五百，用助兴作。生反金受物，报以束帛。

后月余，乐亭有仕宦而归者，橐资充牣。盗夜入，执主人，烧铁钳灼，劫掠一空。家人识袁，行牒追捕。邻院屠氏，与生家积不相能，因其土木大兴，阴怀疑忌。适有小仆窃象箸，卖诸其家，知袁所赠，因报大尹。尹以兵绕舍，值生主仆他出，执母而去。母衰迈受惊，仅存气息，二三日不复饮食。尹释之，生闻母耗，急奔而归，则母病已笃，越宿遂卒。收殓甫毕，为捕役执去。尹见其少年温文，窃疑诬枉，故恐喝之。生实述其交往之由。尹问：“其何以暴富？”生曰：“母有藏镪，因欲亲迎，故治昏室耳。”尹信之，具牒解郡。邻人知其无事，以重金赂监者，使杀诸途。路经深山，被曳近削壁，将推堕。计逼情危，时方急难，忽一虎自丛莽中出，啮二役皆死，衔生去。至一处，重楼叠阁，虎入，置之。见云萝扶婢出，凄然慰吊，曰：“妾欲留君，但母丧未卜窀穸。可怀牒去，到郡自投，保无恙也。”因取生胸前带，连结十余扣，嘱云：“见官时，拈此结而解之，可以弭祸。”生如其教，诣君自投。太守喜其诚信，又稽牒知其冤，销名令归。至中途，遇袁，下骑执手，备言情况。袁愤然作色，默然无语。生曰：“以君风采，何自污也？”袁曰：“某所杀皆不义之人，所取皆非义之财。不然，即遗于路者，不拾也。友人曰：“不拾遗金，非义之财则取之，然取不义者之财，已亦不义也。盗泉之水，一掬一污。”予曰：“游侠、刺客传不必与笃行传并读。”君教我固自佳，然如君家邻，岂可留在人间耶！”言已，超乘而去。

生归，殡母已，杜门谢客。忽一日，盗入邻家，父子十余口，尽行杀戮，止留一婢。席卷资物，与僮分携之。临去，执灯谓婢：“汝认明：杀人者我也，与人无涉。”并不启关，飞檐越壁而去。明日，告官。疑生知情，又捉生去。邑宰词色甚厉。生上堂握带，且辨且解。宰不能诘，又释之。既归，益自韬晦，读书不出，一跛妪执炊而已。服既阕，日扫阶庭，以待好音。

一日，异香满院。登阁视之，内外陈设焕然矣。悄揭画帘，则公主凝妆坐，急拜之。女挽手曰：“君不信数，遂使土木为灾；又以苫块之戚，迟我三年琴瑟：是急之而反以得缓，名言。天下事大抵然也。”生将出资治具。女曰：“勿复须。”婢探椟，有肴羹热如新出于鼎，酒亦芳烈。酌移时，日已投暮，足下所踏婢，渐都亡去。女四肢娇惰，足股屈伸，似无所着。仇十州画春睡美人图，无此态度。生狎抱之。女曰："君暂释手。今有两道，请君择之。"生揽项问故，曰："若为棋酒之交，可得三十年聚首；若作床笫之欢，可六年谐合耳。君焉取？"生曰："六年后再商之。"女乃默然，遂相燕好。女曰："妾固知君不免俗道，此亦数也。"因使生蓄婢媪，别居南院，炊爨纺织，以作生计。北院中并无烟火，惟棋枰、酒具而已。清福。仙福。户常阖，生推之则自开，他人不得入也。然南院人作事勤惰，女辄知之，每使生往谴责，无不具服。女无繁言，无哂笑，与有所谈，但俯首微哂。每骈肩坐，喜斜倚人。生举而加诸膝，轻如抱婴。生曰："卿轻若此，可作掌上舞。"曰："此何难！但婢子之为，所不屑耳。飞燕原九姊侍儿，屡以轻佻获罪，怒谪尘间，又不守女子之贞，今已幽之。"随手诌出，俨似掌故。阁上以锦布满，冬未尝寒，夏未尝热。女严冬皆着轻縠；生为制鲜衣，强使着之。逾时解去，曰："尘浊之物，几于压骨成劳！"

一日，抱诸膝上，忽觉沉倍曩昔，异之。笑指腹曰："此中有俗种矣。"过数日，颦黛不食，曰："近病恶阻，颇思烟火之味。"生乃为具甘旨。从此饮食遂不异于常人。一日曰："妾质单弱，不任生产。婢子樊英颇健，可使代之。"老子破腋下而生，鸠摩罗什两臂内婴儿啼，遂纳梵嫂生子，未闻生子可以人代者。乃脱衷服衣英，闭诸室。少顷，闻儿啼声。启扉视之，男也。喜曰："此儿福相，大器也！"因名大器。绷纳生怀，俾付乳媪，养诸南院。女自免身，腰细如初，不食烟火矣。

忽辞生，欲暂归宁。问返期，答以"三日"。鼓皮排如前状，遂不见。至期不来；积年余，音信全渺，亦已绝望。生键户下帏，遂领乡荐。终不肯娶，每独宿北院，沐其余芳。一夜，辗转在榻，忽见灯火射窗，门亦自辟，群婢拥公主入。生喜，起问爽约之罪。女曰："妾未愆期，天上二日半耳。"生得意自诩，告以秋捷，意主必喜。女愀然曰："乌用是傥来者为！无足荣辱，止折人寿数耳。小捷便至折寿，此创论，然亦有理。三日不见，入俗幛又深一层矣。"生由是不复进取。

过数月，又欲归宁。生殊凄恋。女曰："此去定早还，无烦穿望。且人生合离，皆有定数，撙节之则长，恣纵之则短也。"至理名言。既去，月余即返。从此一年半载辄一行，往往数月始还，生习以常，亦不之怪。

又生一子。女举之曰："豺狼也！"立命弃之。生不忍而止，名曰可弃。甫周岁，急为卜婚。诸媒接踵，问其甲子，皆谓不合。曰："吾欲为狼子治一深圈，项羽、汉高皆跳不出此圈，惟梁武能免。然圈亦各不同，有情，有淫，有悍。公主所治，悍圈也。竟不可得，当令倾败六七年，亦数也。"嘱生曰："记取四年后，侯氏生女，左胁有小赘疣，乃此儿妇。当婚之，勿较其门第也。"即令书而志之。后又归宁，竟不复返。

生每以所嘱告亲友。果有侯氏女，生有赘疣，侯贱而行恶，众咸不齿，生竟媒定焉。大器十七岁及第，娶云氏，夫妻皆孝友。父钟爱之，可弃渐长，不喜读，辄偷与无赖博赌，恒盗物偿戏债。父怒，挞之，而卒不改。相戒提防，不使有所得。遂夜出，小为穿窬。为主所觉，缚送邑宰。宰审其姓氏，以名刺送之归。父兄共絷之，楚掠惨棘，几于绝气。兄代哀免，始释之。父忿恚得疾，食锐减。乃为二子立析产书，楼阁沃田，尽归大器。可弃怨怒，夜持刀入室，将杀兄，误中嫂。先是，主有遗裤，绝轻耎，回带有情。云拾作寝衣。可弃斫之，火星四射，大惧奔出。父知，病益剧，数月寻卒。可弃闻父死，始归。兄善视之，而可弃益肆。年余，所分田产略尽，赴郡讼兄。官审知其人，斥逐之。兄弟之好遂绝。

又逾年，可弃二十有三，侯女十五矣。兄忆母言，欲急为完婚。召至家，除佳宅与居，迎妇入门，以父遗良田，悉登籍交之，曰："数顷薄田，为若蒙死守之，今悉相付。吾弟无行，寸草与之，皆弃也。此后成败，在于新妇：能令改行，无忧冻馁；不然，兄亦不能填无底壑也。"侯虽小家女，然固慧丽，可弃雅畏爱之，所言无敢违。每出，限以晷刻；过期，则诟厉不与饮食，可弃以此少敛。年余，生一子。妇曰："我以后无求于人矣。膏腴数顷，母子何患不温饱？无夫焉，亦可也。"会可弃盗粟出赌，妇知之，弯弓于门以拒之。大惧，避去。窥妇入，逡巡亦入。妇操刀起。可弃反奔，妇逐斫之，断幅伤臂，血沾袜履。前半天仙化人，后半罗刹度世，亦雅亦俗，俗不伤雅。忿极，往诉兄，兄不礼焉，冤惭而去。过宿复至，跪嫂哀泣，乞求先容于妇，妇决绝不纳。可弃怒，将往杀妇，兄不语。可弃忿起，操戈直出。嫂愕然，欲止之。兄目禁之。俟其去，乃曰："彼故作此态，实不敢归也。"使人觇之，已入家门。兄始色动，将奔赴之，而可弃已坌息入。盖可弃入家，妇方弄儿，望见之，掷儿床上，觅得厨刀；可弃惧，曳戈反走，妇逐出门外始返。兄已得其情，故诘之。可弃不言，惟向隅泣，目尽肿。兄怜之，亲率之去，妇乃纳之。俟兄出，罚使长跪，要以重誓，而后以瓦盆赐之食。自此改行为善。阃教之善，其效通于父师，乃服治圈者之妙用。妇持筹握算，日致丰盈，可弃仰成而已。后年七旬，子孙满前，妇犹时捋白须，使膝行焉。

异史氏曰："悍妻妒妇，遭之者如疽附于骨，死而后已，岂不毒哉！然砒、附天下之至毒也，苟得其用，瞑眩大瘳，非参、苓所能及矣。而非仙人洞见脏腑，又乌敢以毒药贻子孙哉！"

章丘李孝廉善迁，少倜傥不泥，丝竹词曲之属皆精之。两兄皆登甲榜，而孝廉益佻脱。娶夫人谢，稍稍禁制之。遂亡去，三年不返，遍觅不得。后得之临清勾栏中，家人入，见其南向坐，少姬十数左右侍，盖皆学音艺而拜门墙者也。临行，积衣累笥，悉诸姬所贻。既归，夫人闭置一室，投书满案。以长绳系榻足，引其端自棂内出，贯以巨铃，系诸厨下。凡有所需，则蹑绳，绳动铃响，则应之。夫人躬设典肆，垂帘纳物而估其直；左持筹，右握管；老仆供奔走而已：由此居积致富。每耻不及诸姒贵。锢闭三年，而孝廉捷。喜曰："三卵两成，吾以汝为毈矣，今亦尔耶？"

耿进士崧生，章丘人。夫人每以绩火佐读：绩者不辍，读者不敢息也。或朋旧相诣，辄窃听之：论文则瀹茗作黍；若恣谐谑，则恶声逐客矣。每试得平等，不敢入室门；超等，始笑迎之。设帐得金，悉内献，丝毫不敢隐匿。故东主馈遗，恒面较锱铢。人或非笑之，而不知其销算良难也。后为妇翁延教内弟。是年游泮，翁谢仪十金。耿受盒返金。夫人知之曰："彼虽固亲，然舌耕为何也？"追之返而受之。耿不敢争，而心终歉焉，思暗偿之。于是每岁馆金，皆短其数以报夫人。积二年余，得若干数。忽梦一人告之曰："明日登高，金数即满。"次日，试一临眺，果拾遗金，恰符缺数，遂偿岳。后成进士，夫人犹呵谴之。耿曰："今一行作吏，何得复尔？"夫人曰："谚云：'水长则船亦高。'即为宰相，宁便大耶？"

鳥語
烏語啁啾
未易知何
來道士爲通
詞銀硃蠟燭
貪無厭待至
桃官悔已遲
鳥語

鸟　语

中州境有道士，募食乡村。食已，闻鹂鸣，因告主人使慎火。问故，答曰：“鸟云：‘大火难救，可怕！’”众笑之，竟不备。明日，果火，延烧数家，始惊其神。好事者追及之，称为仙。道士曰：“我不过知鸟语耳，何仙乎！”适有皂花雀鸣树上，众问何语。曰：“雀言：‘初六养之，初六养之；十四、十六殇之。’想此家孪生矣。今日为初十，不出五六日，当俱死也。”询之，果生二子；无何，并死，其日悉符。邑令闻其奇，招之，延为客。时群鸭过，因问之。对曰：“明公内室，必相争也。鸭曰：‘罢罢！偏向他，偏向他！’”令大服。盖妻妾反唇，令适被喧聒而出也。因留居署中，优礼之。时辨鸟言，多奇中。而道士朴野，多肆言，辄无顾忌。令最贪，一切供用诸物，皆折为钱以入之。一日，方坐，群鸭复来，令又诘之。答曰：“今日所言，不与前同，乃为明公会计耳。”问：“何计？”曰：“彼云：‘蜡烛一百八，银朱一千八。’”令惭，疑其相讥。道士求去，令不许。逾数日，宴客，忽闻杜宇。客问之，答云：“鸟曰：‘丢官而去。’”众愕然失色。令大怒，立逐而出。未几，令果以墨败。呜呼！此仙人儆戒之，而惜乎危厉熏心者，不之悟也！

齐俗呼蝉曰“稍迁”，其绿色者曰“都了”。邑有父子，俱青、社生，将赴岁试，忽有蝉落襟上。父喜曰：“稍迁，吉兆也。”一僮视之曰：“何物稍迁，都了而已。”父子不悦。已而果皆被黜。

天宫
更從何處
認天宮來去
無端醉夢中春
色滿園關不住幾
人酣卧小樓東

天宫

郭生，京都人。年二十余，仪容修美。一日，薄暮，有老妪贻尊酒，怪其无因。妪笑曰："无须问。但饮之，自有佳境。"遂径去。揭尊微嗅，冽香四射，遂饮之。忽大醉，冥然罔觉。及醒，则与一人并枕卧。抚之，肤腻如脂，麝兰喷溢。盖女子也。问之，不答。遂与交。交已，以手扪壁，壁皆石，阴阴有土气，酷类坟冢。大惊，疑为鬼迷，因问女子："卿何神也？"女曰："我非神，乃仙耳。此是洞府。与有夙缘，勿相讶，但耐居之。再入一重门，有漏光处，可以溲便。"既而女起，闭户而去。久之，腹馁，遂有女僮来，饷以面饼、鸭臛，使扪索而啖之。黑漆不知昏晓。无何，女子来寝，始知夜矣。郭曰："昼无天日，夜无灯火，食炙不知口处；常常如此，则姮娥何殊于罗刹，天堂何别于地狱哉！"女笑曰："为尔俗中人，多言喜泄，故不欲以形色相见。且暗中摸索，妍媸亦当有别，何必灯烛！"居数日，幽闷异常，屡请暂归。女曰："来夕当与君一游天宫，便即为别。"

次日，忽有小鬟笼灯入，曰："娘子伺郎久矣。"从之出，星斗光中，但见楼阁无数。经几曲画廊，始至一处，堂上垂珠帘，烧巨烛如昼。入，则美人华妆南向坐，年约二十许，锦袍炫目；头上明珠，翘颤四垂。地下皆设短烛，裙底皆照，诚天人也。郭迷乱失次，不觉屈膝。女令婢扶曳入坐。俄顷，八珍罗列。女行酒曰：“饮此以送君行。”郭鞠躬曰：“向觌面不识仙人，实所惶悔；如容自赎，愿收为没齿不二之臣。”女顾婢微笑，便命移席卧室。室中流苏绣帐，衾褥香软。使郭就榻坐。饮次，女屡言：“君离家久，暂归亦无所妨。”更尽一筹，郭不言别。女唤婢笼烛送之。郭仍不言，伪醉眠榻上，抗之不动。女使诸婢扶裸之。一婢排私处曰：“个男子容貌温雅，此物何不文也！”举置床上，大笑而去。女亦寝，郭乃转侧。女问：“醉乎？”曰：“小生何醉！甫见仙人，神志颠倒耳。”女曰：“此是天宫。未明，宜早去。如嫌洞中怏闷，不如早别。”郭曰：“今有人夜得名花，闻香扪干，而苦无灯火，此情何以能堪？”女笑，允给灯火。

漏下四点，呼婢笼烛，抱衣而送之。入洞，见丹垩精工，寝处褥革棕毡尺许厚。郭解履拥衾，婢徘徊不去。郭凝视之，风致娟好，戏曰：“谓我不文者，卿耶？”婢笑以足蹴枕曰：“子宜僵矣！勿复多言。”视履端嵌珠如巨菽。捉而曳之，婢仆于怀，遂相狎，而呻楚不胜。郭问：“年几何矣？”答云：“十七。”问：“处子亦知情否？”曰：“妾非处子，然荒疏已三年矣。”郭研诘仙人姓氏，及其清贯、尊行。婢曰：“勿问！即非天上，亦异人间。若必知其确耗，恐觅死无地矣。”郭遂不敢复问。

次夕，女果以烛来，相就寝食，以此为常。一夜，女入曰：“期以永好；不意人情乖阻，今将粪除天宫，不能复相容矣。请以卮酒为别。”郭泣下，请得脂泽为爱。女不许，赠以黄金一斤、珠百颗。三盏既尽，忽已昏醉。既醒，觉四体如缚，纠缠甚密，股不得伸，首不得出。极力转侧，晕堕床下。出手摸之，则锦被囊裹，细绳束焉。起坐凝思，略见床棂，始知为己斋中。

时离家已三月，家人谓其已死。郭初不敢明言，惧被仙谴，然心疑怪之。窃间以告知友，莫有测其故者。被置床头，香盈一室；拆视，则湖绵杂香屑为之，因珍藏焉。后某达官闻而诘之，笑曰："此贾后之故智也。仙人乌得如此？虽然，此事亦宜慎秘，泄之，族矣！"有巫常出入贵家，言其楼阁形状，绝似严东楼家。郭闻之，大惧，携家亡去。未几，严伏诛始归。

异史氏曰："高阁迷离，香盈绣帐，雏奴蹀躞，履缀明珠：非权奸之淫纵，豪势之骄奢，乌有此哉？顾淫筹一掷，金屋变而长门；唾壶未干，情田鞠为茂草。空床伤意，暗烛销魂。含颦玉台之前，凝眸宝幄之内。遂使糟丘台上，路入天宫。温柔乡中，人疑仙子。伧楚之帷薄固不足羞，而广田自荒者,亦足戒已！"

喬女
何來醜
女竟知名
何意傾心有
孟生禦侮存
孤報知己居然
節義一身并

乔女

平原乔生，有女黑丑：壑一鼻，跛一足。年二十五六，无问名者。邑有穆生，四十余，妻死，贫不能续，因聘焉。三年，生一子。未几，穆生卒。家益索，大困，则乞怜其母。母颇不耐之。女亦愤不复返，惟以纺织自给。

有孟生丧偶，遗一子乌头，裁周岁，以乳哺乏人，急于求配；然媒数言，辄不当意。忽见女，大悦之，阴使人风示女。张文昌诗："恨不相逢未嫁时。"〇或谓孟生莒触，羊枣之嗜，予曰此武侯之遗轨也。女辞焉，曰："饥冻若此，从官人得温饱，夫宁不愿？然残丑不如人，所可自信者，德耳。又事二夫，官人何取焉！"孟益贤之，向慕尤殷，使媒者函金加币而悦其母。母悦，自诣女所，固要之；女志终不夺。母惭，愿以少女字孟，家人皆喜，而孟殊不愿。

居无何，孟暴疾卒，女往临哭尽哀。孟故无戚党，死后，村中无赖悉凭陵之，家具携取一空。方谋瓜分其田产，家人又各草窃以去，惟一妪抱儿哭帷中。女问得故，大不平。闻林生与孟善，乃踵门而告曰："夫妇、朋友，人之大伦也。妾以奇丑，为世不齿，独孟生能知我；前虽固拒之，然固已心许之矣。妇可以心许人，请精义者辩之。今身死子幼，自当有以报知己。然存孤易，御侮难，若无兄弟父母，遂坐视其子死家灭而不一救，则五伦可以无朋友矣。妾无所多须于君，但以片纸告邑宰；抚孤，则妾不敢辞。"林曰：

"诺。"女别而归。林将如其所教；无赖辈怒，咸欲以白刃相仇。乔女独不畏白刃耶？林大惧，闭户不敢复行。女见数日寂无音，问之，则孟氏田产已尽矣。女忿甚，挺身自诣官。官诘女属孟何人，女曰："公宰一邑，所凭者理耳。如其言妄，即至戚无所逃罪；如非妄，则道路之人可听也。"官怒其言戆，呵逐而出。女冤愤无以自伸，哭诉于搢绅之门。某先生闻而义之，代剖于宰。宰按之，果真，穷治诸无赖，尽返所取。或议留女居孟第，抚其孤；女不肯。扃其户，使媪抱乌头，从与俱归，另舍之。凡乌头日用所需，辄同妪启户出粟，为之营办，己锱铢无所沾染，抱子食贫，一如曩昔。

积数年，乌头渐长，为延师教读，己子则使学操作。妪劝使并读，女曰："乌头之费，其所自有，我耗人之财以教己子，此心何以自明？"又数年，为乌头积粟数百石，乃聘于名族，治其第宅，析令归。乌头泣要同居，女从之；然纺绩如故。乌头夫妇夺其具，女曰："我母子坐食，心甚不安。"遂早暮为之纪理，使其子巡行阡陌，若为佣然。乌头夫妻有小过，辄斥谴不少贷；稍不悛，则怫然欲去。夫妻跪道悔词，始止。未几，乌头入泮，又辞欲归。乌头不可，捐聘币为穆子完婚。女乃析子令归。乌头留之不得，阴使人于近村为市恒产百亩而后遣之。后女疾求归。乌头不听。病益笃，嘱曰："必以我归葬！"乌头诺。既卒，阴以金啖穆子，俾合葬于孟。及期，棺重，三十人不能举。穆子忽仆，七孔血出，自言曰："不肖儿，何得遂卖汝母！"乌头惧，拜祝之，始愈。乃复停数日，修治穆墓已，始合厝之。

异史氏曰："知己之感，许之以身，此烈男子之所为也。彼女子何知，而奇伟如是？若遇九方皋，直牡视之矣。"

劉夫人
藏金莫笑祇
區〻利市從知
福命殊地下
昔無營運客
卻來人世
覓陶朱

刘夫人

廉生者，彰德人。少笃学；然早孤，家綦贫。句句调动全篇。一日他出，暮归失途。入一村，有媪来谓曰："廉公子何之？夜得毋深乎？"生方皇惧，更不暇问其谁何，便求假榻。媪引去，入一大第。有双鬟笼灯，导一妇人出，年四十余，举止大家。媪迎曰："廉公子至。"生趋拜。妇喜曰："公子秀发，何但作富家翁乎！"即设筵，妇侧坐，劝酹甚殷，而自己举杯未尝饮，举箸亦未尝食。生惶惑，屡审阀阅。笑曰："再尽三爵告君知。"生如命饮。妇曰："亡夫刘氏，客江右，遭变遽殒。未亡人独居荒僻，日就零落。虽有两孙，非鸱鸮，即驽骀耳。公子虽异姓，亦三生骨肉也；且至性纯笃，故遂然相见。无他烦，薄藏数金，欲倩公子持泛江湖，分其赢余，亦胜案头萤枯死也。"遗词韵致。生辞曰："少年书痴，恐负重托。"妇曰："读书之计，先于谋生。公子聪明，何之不可？"儒者以治生为第一事，许鲁斋语。以多金为虑，这便是做得买卖之人。遣婢运资出，交兑八百余两。生惶恐固辞。妇曰："妾亦如公子未惯懋迁，但试为之，当无不利。"生虑重金非一人可任，谋合商侣。妇曰："勿须。但觅一朴悫谙练之仆，为公子服役足矣。"伙侣多，则利分，而主见不一，亦见牵绊，不如一人主张之为妙也。此篇可作陶朱公致富奇书观之。遂轮纤指以卜之曰："伍姓者吉。"命仆马囊金送生出，曰："腊尽涤盏，候洗宝装矣。"又顾仆曰："此马调良，可以乘御，即赠公子，勿须将回。"生归，夜才四鼓，仆系马自去。

明日，多方觅役，果得伍姓，因厚价招之。伍老于行旅，又为人戆拙不苟，资财悉倚付之。往涉荆襄，岁杪始得归，计利三倍。生以得伍力多，于常格外，另有馈赏，谋同飞洒，不令主知。

甫抵家，妇已遣人将迎，遂与俱去。见堂上华筵已设，妇出，备极慰劳。生纳资讫，即呈簿籍；妇置不顾。少顷即席，歌舞鞳伍，亦赐筵外舍，尽醉方归。因生无家室，留守新岁。伏下。次日，又求稽盘。妇笑曰："后无须尔，妾会计久矣。"乃出册示生，登志甚悉，并给仆者，亦载其上。生愕然曰："夫人真神人也！"过数日，馆谷丰盛，待若子侄。

一日，堂上设席，一东面，一南面；堂下设一筵西向。谓生曰："明日财星临照，宜可远行。今为主价粗设祖帐，以壮行色。"少间，伍亦呼至，赐坐堂下。一时鼓钲鸣聒。女优进呈曲目，生命唱"陶朱富"。妇曰："此先兆也，当得西施作内助矣。"又串起下文，预带一笔。宴罢，仍以全金付生，曰："此行不可以岁月计，非获巨万勿归也。妾与公子，所凭者在福命，所信者在腹心。勿劳计算，远方之盈绌，妾自知之。"生唯唯而退。往客淮上，进身为鹾贾，逾年，利又数倍。然生嗜读，操筹不忘书卷，又生下登贤书。所与游皆文士；所获既盈，隐思止之，渐谢任于伍。桃源薛生与最善，适过访之，薛一门俱适别业，昏暮无所复之，阍人延生入，扫榻作炊。细诘主人起居，盖是时方讹传朝廷欲选良家女，又开异境。犒边庭，民间骚动。闻有少年无妇者，不通媒妁，竟以女送诸其家，至有一夕而得两妇者。夜夜明月楼头望，知得嫦娥要嫁人。薛亦新婚于大姓，犹恐舆马喧动，为大令所闻，故暂迁于乡。生既留，初更向尽，方将拂榻就寝，忽闻数人排闼入。阍人不知何语，但闻一人云："官人既不在家，秉烛者何人？"阍人答："是廉公子，远客也。"俄而问者已入，袍帽光洁，略一举手，即诘邦族。生告之，喜曰："吾同乡也。岳家谁氏？"答云："无之。"益喜，趋出，即招一少年同入，敬与为礼。卒然曰："实告公子：某慕姓。今夕此来，将送舍妹于薛官人，至此方知无益。进退维谷之际，适逢公子，宁非数乎！"生以未悉其人，故踌躇不敢应。慕竟不听其致词，急呼送女者。少间，二媪扶女郎入，坐生榻上。睨之，年十五六，佳妙无双。此意外婚媾，疑是梦中姻缘。生喜，始整巾向慕展谢；又嘱阍人行沽，略尽款洽。慕言："先世彰德人，母族亦世家，今陵夷矣。闻外祖遗有两孙，不知家况何似。"生问："伊谁？"曰："外祖刘，刘字着眼。字辉若，闻在郡北三十里。"生曰："仆郡城东南人，去北里颇远；年又最少，无多交知。郡中此姓最繁，止知郡北有刘荆卿，亦文学士，未审是否，然贫矣。"慕曰："某祖墓尚在彰郡，每欲扶两榇归葬故里，以资斧未办，姑犹迟迟。今妹子从去，归计益决矣。"生闻之，锐然自任。二慕俱喜。酒数行，辞去。生却仆移灯，琴瑟之爱，不可胜言。

次日，薛已知之，趋入城，除别院馆生。生诣淮，交盘已，留伍居肆，装资返桃源，同二慕启岳父母骸骨，两家细小，载与俱归。入门安置已，囊金诣主。前仆已候于途，从去，妇逆见。色喜曰："陶朱公载得西子来矣！似尺牍俊语。前日为客，今日吾甥婿也。"置酒迎尘，倍益亲爱。生服其先知，因问："夫人与岳母远近？"妇云："勿问，久自知之。"又不说，妙。乃堆金案上，瓜分为五，自取其二。曰："吾无用处，聊贻长孙。"生以过多，辞不受。凄然曰："吾家零落，宅中乔木，被人伐作薪；如读唐人周朴诗句。孙子去此颇远，门户萧条，烦公子一营办之。"生诺，而金止收其半，妇强纳之。送生出，挥涕而返。生疑怪间，回视第宅，则为墟墓。始悟妇即妻之外祖母也。

既归，赎墓田一顷，封植伟丽。刘有二孙，长即荆卿；次玉卿，荆卿又带出玉卿，作波致此，獭尾法也。饮博无赖，皆贫。兄弟诣生申谢，生悉厚赠之。由此往来最稔。生颇道其经商之由，玉卿窃意冢中多金，夜合博徒数辈，发墓搜之，剖棺露胔，竟无少获，失望而散。丧心致此。生知墓被发，以告荆卿。荆卿诣生同验之，入圹，见案上累累，前所分金具在。荆卿欲与生共取之，生曰："夫人原留此以待兄也。"荆卿乃囊运而归，告诸邑宰，访缉甚严。后一人，卖坟中玉簪，获之，穷讯其党，始知玉卿为首。宰将治以极刑；荆卿代哀，仅得赊死。墓内外两家并力营缮，较前益坚美。由此廉、刘皆富，惟玉卿如故。生及荆卿常河润之，而终不足供其博赌。

一夜，盗入生家，执索金资。生所藏金，皆以千五百为个，发示之，盗取其二，止有鬼马在厩，用以运之而去。秋水渡旁渡，夕阳山外山。〇余波万顷。使生送诸野，乃释之。村众望盗火未远，噪逐之，贼惊遁。共至其处，则金委路侧，马已成灰烬。始知马亦鬼也。是夜止失金钏一枚而已。

先是，盗执生妻，悦其美，将欲淫。一盗带面具，力呵止之，声似玉卿。盗释生妻，但脱腕钏而去。生以是疑玉卿，然心窃德之。尚有人心，宜其得早死也。后盗以钏质赌，为捕役所获，诘其党，果有玉卿。宰怒，备极五毒。兄与生谋，欲为贿脱，谋未成而玉卿已死。书其死使笔墨干净，若叙其悔，则又多数行文字。生犹时恤其妻子。生后登贤书，数世皆素封焉。呜呼！“贪”字之点画形象，甚近乎“贫”。如玉卿者，可以鉴矣！

王司马

新城王大司马霁宇镇北边时，常使匠人铸一大杆刀，阔盈尺，重百钧。每按边，辄使四人扛之。卤簿所止，则置地上。故令北人捉之，力撼不可少动。司马阴以桐木依样为刀，宽狭大小无异，贴以银箔，时于马上舞动。诸部落望见，无不震悚。又于边外埋苇薄为界，横斜十余里，状若藩篱，扬言曰："此吾长城也。"北兵至，悉拔而火之。司马又置之。既而三火，乃以炮石伏机其下，北兵焚薄，药石尽发，死伤甚众。既遁去，司马设薄如前。北兵遥望皆却走，以故帖服若神。后司马乞骸归，塞上复警。召再起，司马时年八十有三，力疾陛辞。上慰之曰："但烦卿卧治耳。"于是司马复至边。每止处，辄卧幛中。北人闻司马至，皆不信，因假议和，将验真伪。启帘，见司马坦卧，皆望榻伏拜，挢舌而退。

阮亭云："今抚顺东北哈达城东，插柳以界蒙古，南至朝鲜，西至山海，长亘千里，名'柳条边'。私越者置重典，著为令。"

澄俗

澄人多化物类，出院求食。有客寓旅邸时，见群鼠入米盎，驱之即遁。客伺其入，骤覆之，瓢水灌注其中，顷之尽毙。主人全家暴卒，惟一子在。讼官，官原而宥之。

辽阳军

沂水某，明季充辽阳军。会辽城陷，为乱兵所杀；头虽断，犹不甚死。至夜，一人执簿来，按点诸鬼。至某，谓其不宜死，使左右续其头而送之。遂共取头按项上，群扶掖之，风声簌簌，行移时，置之而去。视其地，则故里也。沂令闻之，疑其窃逃。拘讯而得其情，颇不信；又审其颈无少断痕，将刑之。某曰："言无可凭信，但请寄狱中。断头可假，陷城不可假。设辽城无恙，然后受刑未晚也。"令从之。数日，辽信至，时日一如所言，遂释之。

色人
三竿日上夢
醒才已變陵
遷一度來地
獄不須閻羅
相眼前隨
處有輪迴

邑　人

邑有乡人，素无赖。一日，晨起，有二人摄之去。至市头，见屠人以半猪悬架上，二人便极力推挤之，遂觉身与肉合，二人亦径去。少间，屠人卖肉，操刀断割，遂觉一刀一痛，彻于骨髓。后有邻翁来市肉，苦争低昂，添脂搭肉，片片碎割，其苦更惨。肉尽，乃寻途归；归时，日已向辰。家人谓其晏起，乃细述所遭。呼邻问之，则市肉方归，言其片数斤数，毫发不爽。崇朝之间，已受凌迟一度，不亦奇哉！

單父宰
雙荊不許再添枝
霑到他年析產時
石破天驚傳異事
可憐梟獍太無知

单父宰

青州民某，五旬余，继娶少妇。二子恐其复育，乘父醉，潜割睾丸而药糁之。父觉，托病不言。久之，创渐平。忽入室，刀缝绽裂，血溢不止，寻毙。妻知其故，讼于官。官械其子，果伏。骇曰："余今为'单父宰'矣！"并诛之。

邑有王生者，娶月余而出其妻。妻父讼之。时淄宰辛公，问王何故出妻。答云："不可说。"固诘之，曰："以其不能产育耳。"公曰："妄哉！月余新妇，何知不产？"忸怩久之，告曰："其阴甚偏。"公笑曰："是则偏之为害，而家之所以不齐也。"此可与"单父宰"并传一笑。

孫必振
金字書名雲裏
見風狂雷急浪相
撞諸人儻切同舟
誼會看舡帆穩
渡江

孙必振

孙必振渡江，值大风雷，舟船荡摇，同舟大恐。忽见金甲神立云中，手持金字牌下示，诸人共仰视之。上书“孙必振”三字，甚真。众谓孙：“必汝有犯天谴，请自为一舟，勿相累。”孙尚无言，众不待其肯可，视旁有小舟，共推置其上。孙既登舟，回首，则前舟覆矣。

研　石

王仲超言："洞庭君山间有石洞，高可容舟，深暗不测，湖水出入其中。尝秉烛泛舟而入，见两壁皆黑石，其色如漆，按之而软；出刀割之，如切硬腐。随意制为研。既出，见风则坚凝过于他石，试之墨，大佳。估舟游楫，往来甚众，中有佳石，不知取用，亦赖好奇者之品题也。"

大鼠
攫拏騰擲勢
難休巨鼠今
朝竟斷喉彼
出則歸歸則
出笑他終
墮敵人謀

大鼠

万历间，宫中有鼠，大与猫等，为害甚剧。遍求民间佳猫捕制之，辄被啖食。适异国来贡狮猫，毛白如雪。抱投鼠屋，阖其扉，潜窥之。猫蹲良久，鼠逡巡自穴中出，见猫，怒奔之。猫避登几上，鼠亦登，猫则跃下。善写状。如此往复，不啻百次。众咸谓猫怯，以为是无能为者。既而鼠跳掷渐迟，硕腹似喘，蹲地上少休。猫即疾下，爪掬顶毛，口龁首领，辗转争持，猫声呜呜，鼠声啾啾。启扉急视，则鼠首已嚼碎矣。然后知猫之避，非怯也，待其惰也。彼出则归，彼归则复，用此智耳。噫！匹夫按剑，何异鼠乎！结峭。

武　夷

武夷山有削壁千仞，人每于下拾沉香玉块焉。太守闻之，督数百人作云梯，将造顶以觇其异，三年始成。太守登之，将及巅，见大足伸下，一拇指粗于襕衣杵，大声曰：“不下，将堕矣！”大惊，疾下。才至地，则架木朽折，崩坠无遗。

岳神
問誰妙手擅回春
不信巫醫隸岳
神今日句
魂非一類
豈徒十
萬八
千人

岳　神

扬州提同知，夜梦岳神召之，词色愤怒。仰见一人侍神侧，少为缓颊。醒而恶之。早诣岳庙，默作祈禳。既出，见药肆一人，绝肖所见。问之，知为医生。及归，暴病。特遣人聘之。至则出方为剂，暮服之，中夜而卒。或言：阎罗王与东岳天子，日遣侍者男女十万八千众，分布天下作巫医，名“勾魂使者”。用药者不可不察也！骂煞天下医生，然是确论，非故作轻薄语。

張不量
執概從無一取盈
如何偏淂不良名
若非賈客親相訪
賞罰安能示衆生

张不量

贾人某，至直隶界，忽大雨雹，伏禾中。闻空中云："此张不量田，勿伤其稼。"贾私意张氏既云"不良"，何反佑护。既而雹止，入村，访问其人，且问取名之义。盖张素封，积粟甚富。每春贫民就贷，偿时多寡不校，悉内之，未尝执概取盈，故名"不量"，非不良也。众趋田中，见稞穗摧折如麻，独张氏诸田无恙。

皂 隶

万历间，历城令梦城隍索人服役，即以皂隶八人书姓名于牒，焚庙中。至夜，八人皆死。庙东有酒肆，肆主故与一隶有素。会夜来沽酒，问：“款何客？”答云：“僚友甚多，沽一尊少叙姓名耳。”质明，见他役，始知其人已死。入庙启扉，则瓶在焉，贮酒如故。归视所与钱，皆纸灰也。令肖八像于庙。诸役得差，皆先酬之乃行；不然，必遭笞谴。

牛飛
下來愁見夕
陽過失卻
囊金喚奈
何牛不能
飛鷹有翼
無端噩夢
誤人多
牛飛

牛飞

邑人某，购一牛，颇健。夜梦牛生两翼飞去，以为不祥，疑有丧失。牵入市损价售之。以巾裹金，缠臂上。归至半途，见有鹰食残兔，近之甚驯。遂以巾头絷股，臂之，鹰屡摆扑，把捉稍懈，带巾腾去。此虽定数，然不疑梦，不贪拾遗，则走者何遽能飞哉？

刁 姓

有刁姓者，家无生产，每出卖许负之术——实无术也——数月一归，则金帛盈橐。共异之。会里人有客于外者，遥见高门内一人，冠华阳巾，言语啁嗻，众妇丛绕之。近视，则刁也。因微窥所为，见有问者曰：“吾等众人中，有一夫人在，能辨之乎？”盖有一贵人妇微服其中，将以验其术也。里人代为刁窘。刁从容望空横指曰：“此何难辨。试观贵人顶上，自有云气环绕。”众目不觉集视一人，觇其云气。刁乃指其人曰：“此真贵人！”众惊以为神。里人归述其诈慧，乃知虽小道，亦必有过人之才；不然，乌能欺耳目、赚金钱，无本而殖哉！

紅毛氈
占地無多只一
氈豈知頃刻展
來寬寄言邊
帥須留意他日
兵戈此肇端

红毛毡

红毛国，旧许与中国相贸易。边帅见其人众，不许登岸。红毛人固请："但赐一毡地足矣。"帅思一毡所容无几，许之。其人置毡岸上，仅容二人；拉之，容四五人；且拉且登，顷刻毡大亩许，已数百人矣。短刃并发，出于不意，被掠数里而去。

富翁

富翁某，商贾多贷其资。一日出，有少年从马后，问之，亦假本者。翁诺之，至家，适几上有钱数十，少年即以手叠钱，高下堆垒之。翁谢去，竟不与资。或问故，翁曰：“此人必善博，非端人也。所熟之技，不觉形于手足矣。”访之果然。

張貢士
平生閱歷寸
心知誰譜崑
腔絕妙詞富
作康成年表
讀黃粱原有
夢醒時

张贡士

安丘张贡士，寝疾，仰卧床头。忽见心头有小人出，长仅半尺；儒冠儒服，作俳优状。唱昆山曲，音调清彻，说白、自道名贯，一与己同。所唱节末，皆其生平所遭。四折既毕，吟诗而没。张犹记其梗概，为人述之。高西园晤杞园先生，曾细询之，犹述其曲文，惜不能全记。

高西园云："向读渔洋先生《池北偶谈》，见有记心头小人者，为安丘张某事。余素善安丘张卯君，意必其宗属也。一日，晤间问及，始知即卯君事。询其本末，云：当病起时，所记昆山曲者，无一字遗，皆手录成册，后其嫂夫人以为不祥语，焚弃之。每从酒边茶余，犹能记其尾声，常举以诵客。今并识之，以广异闻。其词云：'诗云子曰都休讲，不过是都都平丈（相传一村塾师训童子读论语，字多讹谬。其尤堪笑者，读'郁郁乎文哉'为'都都平丈我'）。全凭着佛留一百二十行（村塾中有训蒙要书，名《庄农杂字》。其开章云：佛留一百二十行，惟有庄农打头强，最为鄙俚）。'玩其语意，似自道其生平寥落，晚为农家作塾师，主人慢之，而为是曲。意者：夙世老儒，其卯君前身乎？卯君名在辛，善汉隶篆印。"

元　宝

广东临江山崖巉岩，常有元宝嵌石上。崖下波涌，舟不可泊。或荡桨近摘之，则牢不可动；若其人数应得此，则一摘即落，回首已复生矣。

牧豎
狼子呼嘷踞、
樹巔老狼樹
底走盤旋
休言蠢類
無知識舐
犢私情
亦可憐
牧豎

牧竖

两牧竖入山至狼穴，《物理小识》云："狼畏圈，人解带作圈，狼即去。"穴有小狼二，谋分捉之。各登一树，相去数十步。少顷，大狼至，入穴失子，意甚仓皇。竖于树上扭小狼蹄耳故令嗥；大狼闻声仰视，怒奔树下，号且爬抓。其一竖又在彼树致小狼鸣急；狼辍声四顾，始望见之，乃舍此趋彼，跑号如前状。前树又鸣，又转奔之。口无停声，足无停趾，数十往复，奔渐迟，声渐弱；既而奄奄僵卧，久之不动。竖下视之，气已绝矣。今有豪强子，怒目按剑，若将搏噬；为所怒者，乃阖扉去。豪力尽声嘶，更无敌者，岂不畅然自雄？不知此禽兽之威，人故弄之以为戏耳。

老子云："弱胜强，柔胜刚。"勾践之于夫差，汉高之于项羽，大概如此。即春秋、战国亦往往有用之者。

沅俗

李季霖摄篆沅江，初莅任，见猫犬盈堂，讶之。僚属曰："此乡中百姓，瞻仰风采也。"少间，人畜已半；移时，都复为人。纷纷并去。一日，出谒客，肩舆在途。忽一舆夫急呼曰："小人吃害矣！"即倩役代荷，伏地乞假。怒呵之，役不听，疾奔而去。遣人尾之。役奔入市，觅得一叟，便求按视。叟相之曰："是汝吃害矣。"乃以手揣其肤肉，自上而下力推之；推至少股，见皮肉坟起，以利刃力破之，取出石子一枚，曰："愈矣。"乃奔而返。后闻其俗有身卧室中，手即飞出，入人房闼，窃取财物。设被主觉，絷不令去，则此人一臂不用矣。

藥僧
房中丹藥亦奇
哉步履蹣跚轉
可哀我有狂言
飫一喙不如
且作寺人来

药僧

济宁某，偶于野寺外，见一游僧，向阳扪虱，杖挂葫芦，似卖药者。因戏曰："和尚亦卖房中丹否？"僧曰："有弱者可强，微者可巨，立刻见效，不俟经宿。"某喜求之。僧解衲角，出药一丸，如黍大，令吞之。约半炊时，下部暴长；逾刻自扪，增于旧者三之一。心犹未足，窥僧起遗，窃解衲，拈二三丸并吞之。俄觉肤若裂，筋若抽，项缩腰橐，而阴长不已。大惧，无法。僧返见其状，惊曰："子必窃吾药矣！"急与一丸，始觉休止。解衣自视，则几与两股鼎足而三矣。缩颈蹒跚而归，父母皆不能识。从此为废物，日卧街上，多见之者。

蛤　此名寄生

东海有蛤，饥时浮岸边，两壳开张，中有小蟹出，赤线系之，离壳数尺，猎食既饱，乃归，壳始合。或潜断其线，两物皆死，亦物理之奇也。

陵县狐

陵县李太史家，每见瓶鼎古玩之物，移列案边，势危将堕。疑厮仆所为，辄怒谴之。仆辈称冤，而亦不知其由，乃严扃斋扉，天明复然。心知其异，暗觇之。一夜，光明满室，讶为盗。两仆近窥，则一狐卧椟上，光自两眸出，晶莹四射。恐其遁，急入捉之。狐啮腕肉欲脱，仆持益坚，因共缚之。举视，则四足皆无骨，随手摇摇若带垂焉。太史念其通灵，不忍杀；覆以柳器，狐不能出，戴器而走。乃数其罪而放之，怪遂绝。

卷十

王貨郎
無端證棄夜奔馳
是是非非姑聽之
一語驚心賃騎送
此中情事費猜疑

王货郎

济南业酒人某翁，遣子小二，往齐河索贳价。出西门，见兄阿大。时大死已久。二惊问：“哥那得来？”答云：“冥府一疑案，须弟一证之。”二作色怨讪。大指后一人如皂状者，曰：“官役在此，我岂自由耶！”但引手招之，不觉从去，尽夜狂奔，至泰山下。忽见官衙，方将并入，见群众纷出。皂问：“所事何如矣？”一人曰：“勿须复入，结矣。”皂乃释令归。大忧弟无资斧。皂思良久，即引二去，走二三十里，入村，至一家檐下，嘱云：“如有人出，便使相送；如其不肯，便道王货郎言之矣。”遂去。二冥然而僵。既晓，第主出，见人死门外，大骇。守移时，微苏，扶入饵之，始言里居，即求资送。主人难之。二如皂言。主人惊绝，急雇骑送之以归。偿之，不受；问其故，亦不言，别而去。

罢　龙

胶州王侍御，出使琉球。舟行海中，忽自云际堕一巨龙，激水高数丈。龙半浮半沉，仰其首，以舟承颔；睛半含，嗒然若丧。阖舟大恐，停桡不敢少动。舟人曰：“此天上行雨之疲龙也。”王悬敕于上，焚香共祝之。移时，悠然遂逝。舟方行，又一龙堕，如前状。日凡三四。又逾日，舟人命多备白米，戒曰：“去清水潭不远矣。如有所见，但糁米于水，寂无哗。”俄至一处，水清澈底。下有群龙，五色，如盆如瓮，条条尽伏。有蜿蜒者，鳞鬣爪牙，历历可数。众神魂俱丧，闭息含眸，不惟不敢窥，并不能动。惟舟人握米自撒。久之见海波深黑，始有呻者。因问掷米之故，答曰：“龙畏蛆，恐入其甲。白米类蛆，故龙见辄伏，舟行其上，可无害也。”

真生
財本流通故號泉且
施且賈計良便真
生幸得知心侶併術
妨信口傳

真　生

长安士人贾子龙，偶过邻巷，见一客风度洒如。问之则真生，咸阳僦寓者也。心慕之。明日，往投刺，适值其出；凡三谒，皆不遇。乃阴使人窥其在舍而后过之，真走避不出；贾搜之始出。促膝倾谈，大相知悦。贾就逆旅，遣僮行沽。真又善饮，能雅谑，乐甚。酒欲尽，真搜箧出饮器，玉卮无当，注杯酒其中，盎然已满，以小盏挹取入壶，并无少减。贾异之，坚求其术。真曰："我不愿相见者，君无他短，但贪心未净耳。此乃仙家隐术，何能相授。"贾曰："冤哉！我何贪。间萌奢想者，徒以贫耳。"一笑而散。由此往来无间，形骸尽忘。每值乏窘，真辄出黑石一块，吹咒其上，以磨瓦砾，立刻化为白金，便以赠生；仅足所用，未尝赢余。贾每求益，真曰："我言君贪，如何，如何！"贾思明告必不可得，将乘其醉睡，窃石而要之。一日，饮既卧，贾潜起，搜诸衣底。真觉之，曰："子真丧心，不可处也？"遂辞别，移居而去。

后年余，贾游河干，见一石莹洁，绝类真生物。拾之，珍藏若宝。过数日，真忽至，欻若有所失。贾慰问之，真曰："君前所见，乃仙人点金石也。曩从抱真子游，彼怜我介，以此相贻。醉后失去，隐卜当在君所。如有还带之恩，不敢忘报。"贾笑曰："仆生平不敢欺友朋，诚如所卜。但知管仲之贫者，莫如鲍叔，君且奈何？”真情以百金为赠。贾曰：“百金非少，但授我口诀，一亲试之，无憾矣。”真恐其寡信，贾曰：“君自仙人，岂不知贾某宁失信于朋友者乎！”真授其诀。贾顾砌石上有巨石，将试之。真掣其肘，不听前。贾乃俯掬半砖置砧上曰：“若此者，非多耶？”真乃听之。贾不磨砖而磨砧，真变色欲与争，而砧已化为浑金。反石于真。真叹曰：“业如此，复何言。然妄以福禄加人，必遭天谴。如逭我罪，施材百具，絮衣百领，肯之乎？”贾曰：“仆所以欲得钱者，原非欲窖藏之也。君尚视我为守钱虏耶？”真喜而去。贾得金，且施且贾，不三年，施数已满。真忽至，握手曰：“君信义人也！别后被福神奏帝，削去仙籍，蒙君博施，今幸以功德消罪。愿勉之，勿替也。”贾问真：“系天上何曹？”曰：“我乃有道之狐耳。出身綦微，不堪孽累，故生平自爱，一毫不敢妄作。”今之身微者愈不自爱，何也？贾为设酒，遂与欢饮如初。贾至九十余，狐犹时至其家。

长山某，卖解砒药，即垂危，灌之无不活；然秘其方，不传人。一日，以株连被逮。妻弟饷狱食，隐置砒霜。坐待食已，乃告之。不信。少顷，腹中溃动，始大惊，骂曰：“畜产！速行！家中虽有药末，恐道远难俟；急于城中物色薜荔爪为末，清水一盏将来！”妻弟如言觅至，某已呕泻欲死，急服之，立刻而愈。其方始传，此亦犹狐之秘其石也。以方济人，不费之惠，其妻弟之智慧有取焉。

布商
谿壑難盈秃子
心借將佛面乞多
金若非菩薩慈
悲力防海將軍
何震彝

布商

布商某，至青州境，偶入废寺，见其院宇零落，叹悼不已。僧在侧曰："如有善信，暂起山门，亦佛面之光。"客慨然自任。僧喜，邀入方丈，款待殷勤。废寺不宜轻入，又僧之内房尤万万不可轻入。僧又举内外殿阁，并请装修；客辞以不能。僧固强之，词色悍怒。客惧，请倾囊倒装，悉以授僧。欲出，僧止之曰："君竭资实非所愿，得毋甘心于我乎？不如先之。"遂持刀相向。客哀求切，不听，请自经，许之。逼置暗室，且迫促之。适有防海将军经寺外，遥自缺墙外望见一红裳女子入僧舍，疑之。下马入寺，遍搜不得。至暗室所，严扃双扉，僧不肯开，托有妖异。将军怒，斩关入，则见客缢梁上。救之，片时复苏，诘得其情。又械问僧女子所在，实为乌有，盖神佛现化也。杀僧，财物仍以归客。客重募修庙宇，从此香火大盛。赵孝廉丰原言之最悉。

彭二掙
只知策蹇後
塵隨碌碌庸庸
亦可悲問爾何
年堪脫穎笑
君常作處囊錐

彭二挣

禹城韩公甫言："与邑人彭二挣并行于途，忽回首不见之，惟空蹇随行。但闻号救甚急，细听则在被囊中。近视囊内累然，虽偏重不得堕。欲出之，而囊口缝纫甚密，以刀断线，始见彭犬卧其中。出而问之，亦不自知其何以入。盖其家有狐为祟，乃狐之所为也。"

何
僊
五色紛綸目
易迷可知才
命兩難齊亂
仙不作模棱語
好待宗工共
品題

何仙

长山王公子瑞亭，能以乩卜。乩神自称何仙，乃纯阳弟子，或云是吕祖所跨鹤云。每降，辄与人论文作诗。李太史质君师事之，丹黄课艺，理绪明切；太史揣摹成，何仙力居多焉，故文学士多皈依之。每为人决疑难事，多凭理，不甚言休咎。辛未岁，朱文宗案临济南，试后，诸友请决第等。何仙索试艺，悉月旦之。有乐陵李忭，乃好学深思之士，其相好友在座，出其文，代为之请。乩批云："一等。"少间，又批云："适评李生，据文为断。然此生运气大晦，应犯夏楚。异哉！文与数适不相符，岂文宗不论文耶？诸公少待，试往探之。"少顷，又书云："我适至提学署中，见文宗公事旁午，所焦虑者殊不在文也。一切置之幕客，客六七人，粟生、例监，都在其中，前生全无根气，大半饿鬼道中游魂，乞食于四方者也。曾在黑暗狱中八百年，损其目之精气，如人久在洞中，乍出则天地异色，无正明也。中有一二为人身所化者，阅卷分曹，恐不能适相值耳。"众问挽回之术，书云："其术至实，人所共晓，何必问？"众会其意，以告李。李惧，以文质孙太史子未，且诉以兆。太史赞其文，为解其惑。李以太史海内宗匠，心益壮，乩语不复置怀。后案发，竟居四等。太史大骇，取其文复阅之，殊无疵摘。评云："石门公祖，素有文名，必不悠谬至此。此必幕中醉汉，不识句读者所为。"于是众益服何仙之神，共焚香祝谢之。乩又批云：“李生勿以暂时之屈，遂怀惭怍。当多写试卷，益暴之，明岁可得优等。”李如其教。久之署中颇闻，悬牌特慰之。次岁果列前名，其灵应如此。

异史氏曰：“幕中多此辈客，无怪京中丑妇巷内，至夕无闲床也。呜呼！”

神女
樸陋衣冠骾介身車中
慰贈亦前因為卿夙夜
蒙霜露不惜珠
花持與人

神 女

米生者，闽人，传者忘其名字、郡邑。偶入郡，饮醉过市，闻高门中有萧声。问之居人，云是开寿筵者，然门庭殊清寂。醉中雅爱笙歌，因就街头写晚生刺，封祝寿仪投焉。肯用晚生帖，何处不可。人问："君系此翁何亲？"米云："并非。"人又云："此流寓者侨居于此，不审何官，甚贵倨也。既非亲属，又将何求？"作一曲。生悔之，而刺已投矣。

未几，两少年出迎，华裳炫目，丰采都雅，揖生入见。一叟南向坐，东西列数筵，客六七人，皆似贵胄；见生至，俱起为礼。叟亦杖而起。生久立，待与周旋，叟殊不离席。两少年致词曰："家君衰迈，起拜良难，予兄弟代谢高贤之枉驾也。"生逊谢而罢。遂增一筵于上，与叟接席。未几，女乐作于下。座后设琉璃屏，以幛内眷。屏内美人，聪隐约约，以后方见，却早伏于此。鼓吹大作，座客无哗。筵将终，两少年起，各以巨杯劝客，杯可容三斗，生有难色，然见客受，亦受。顷刻四顾，主客尽酹，生不得已，亦强尽之。少年复斟，生觉惫甚，起而告退。少年强挽其裾。生大醉遏地，名山倾倒非人摧。但觉有人以冷水洒面，恍然若寤。起视，宾客尽散，惟一少年捉臂送之，遂别而归。后再过其门，则已迁去矣。

自郡归，偶适市，一人自肆中出，招之饮。视之，不识；姑从之入，则座上先有里人鲍庄在焉。别取槐阴柳道行。问其人，乃诸姓，市中磨镜者也。问："何相识？"曰："前日上寿者，君识之否？"生曰："不识。"诸曰："予出入其门最稔。翁，傅姓，不知其何籍、何官。先生上寿时，我方在墀下，故识之也。"

日暮，饮散。鲍庄夜死于途。毕竟何人杀之，后亦不说明，然亦不必说明。鲍父不识诸，执名讼生。检得鲍庄体有重伤，生以谋杀论死，备历械梏；以诸未获，罪无申证，禁系之。年余，直指巡方，廉知其冤。释之。家中田产荡尽，衣巾革褫，冀可开复，于是携囊入郡。日将暮，步履颇殆，休于路侧。遥见小车来，二青衣夹随之。一现。既过，忽命停舆。车中命一青衣问生："君非米姓乎？"生曰："诺。"问："何贫窭若此？"生告以故。问："安往？"又告之。青衣向车中语；复返，请生至车前。车中以纤手搴帘，微睨之，乃绝代佳人也。谓生曰："君不幸得无妄之祸，甚为太息。今日学使署非白手可以出入者，途中无可为赠。"乃于髻上摘珠花一朵，又一闪。授生曰："此物可鬻百金，请缄藏之。"生下拜，欲问官阀，车发已远，不解何人。执花悬想，上缀明珠，非凡物也。珍藏而行。至郡，投状，上下勒索甚苦；生又不忍货花，遂归。归而无家，依于兄嫂。幸兄贤，为之经纪，贫不废读。

过岁，赴郡应童子试，误入深山。时值清明，游人甚众。有数女骑来，内一女郎，即向年车中人也。又一现。见生停骖，问："何往？"生具对。女惊曰："君衣顶尚未复耶？"生惨然出珠花，曰："不忍弃此，故未复也。"女郎晕红上颊，嘱云："且坐待路隅。"款段而去。久之，一婢驰马来，以裹物授生，曰："娘子说：如今学使之门如市，赠白金二百，为进取之资。"生辞曰："娘子惠我多矣！自分掇芹不难，重赐所不敢受。但告以姓名，绘一小像，焚香供之，足矣。”又一闪。婢不顾，委金于地，上马而去。生得金，终不屑夤缘。旋入邑庠第一。乃以金授兄；兄善行运，三年旧业尽复。适有巡抚于闽者，乃生祖门人，优恤甚厚。如此串插如神龙，然东云现鳞，西云现爪。兄弟称巨家矣。然生素清鲠，虽属通家，不肯少有干谒。一日，有客裘马至门，家人不识。生出视，则傅公子也。揖入，各道间阔。治具相款，肴酒既陈，公子起而请间，相将入内，公子拜伏于地。生惊问故，则怆然曰：“家君适罹大祸，欲有求于抚台，非兄不可。”生力辞曰：“渠虽世谊，而以私干人，生平从不为也。”又曲一笔。公子伏地哀泣。生厉色曰：“小生与公子，一饮之知交耳，何遂以丧节强人！”又闪去。公子大惭，起而别去。

越日，方独坐，有青衣人入，视之，即山中赠金者。生方惊起，青衣曰：“君忘珠花耶？”生曰：“不敢忘？”曰：“昨公子，即娘子胞兄也。”生闻之，窃喜，伪曰：“此难相信。若得娘子亲见一言，则油鼎可蹈耳；不然，不敢奉命。”青衣乃驰马去。更半复返，扣扉入曰：“娘子来矣。”言未几，女郎惨然入，向壁而哭，不出一语。生拜曰：“小生非娘子，无以有今日。但有驱策，敢不惟命？”女曰：“受人求者常骄人，求人者常畏人。中夜奔波，生平何解此苦，只以畏人故耳，亦复何言！”生慰之曰：“小生所以不遽诺者，恐过此一见为难耳。使卿夙夜蒙露，吾知罪矣！”因挽其袪，隐抑搔之。女怒曰：“子诚敝人也！不念畴昔之义，而欲乘人之厄。予过矣！予过矣！”忿然而出，登车欲去。生追出谢过，长跪而要遮之。青衣亦为缓颊。女意稍解，就车中谓生曰：“实告君：妾非人，乃神女也。

家君为南岳都理司，偶失礼于地官，将达帝听；非本地都人官印信，不可解也。失礼地官何事，人官印信何以能解，文章缥渺，正在可解不可解之中，《史记》征引盖亦有之。君如不忘旧义，以黄纸一幅，为妾求之。”言已，车发遂去。

生归，悚惧不已。乃假驱祟，言于巡抚。巡抚以事近巫蛊，不许。生以厚金赂其心腹，诺之，而未得其便。及归，青衣候门，生具告之，默然遂去，意似怨其不忠。又混漾不定之笔。生追送之曰：“归告娘子：如事不谐，我以身命殉之！”归而终夜思维，计无所出。适院署有宠妾购珠，生乃以珠花献之。又用到珠花。姬大悦，窃印为生嵌之。怀归，青衣适至。笑曰：“幸不辱命。但数年来贫贱乞食所不忍鬻者，今仍为主人弃之矣！”因告以情。且曰：“黄金抛置，我都不惜；寄语娘子：珠花须要偿也。”

逾数日，傅公子登堂申谢，纳黄金百两。生作色曰：“所以然者，为令妹之惠我无私耳；不然，即万金岂足以易名节哉！”再强之，生色益厉。公子惭退，曰：“此事殊未了！”蜻蜓点水，一闪，一闪。翼日，青衣奉女郎命，进明珠百颗，曰：“此足以偿珠花耶！”又小曲折。生曰：“重花者，非贵珠也。设当日赠我万镒之宝，直须卖作富家翁耳。什袭而甘贫贱，何为乎？娘子神人，小生何敢他望，幸得报洪恩于万一，死无憾矣！”词令妙品，左氏专长，兹虽说部，如将过之。青衣置珠案间，生朝拜而后却之。越数日，公子又至。生命治酒。公子使从人入厨下，自行烹调，相对纵饮，欢若一家。有客馈苦糯，公子饮而美，引尽百盏，面颊微赪。乃谓生曰：“君贞介士，愚兄弟不能早知君，有愧裙钗多矣。家君感大德，无以相报，欲以妹子附为婚姻，恐以幽明见嫌也。”却如此轻轻落下。生喜出非常，不知所对。公子辞出，曰：“明夜七月初九，新月钩辰，天孙有少女下嫁，吉期也，可备青庐。”无异正是异处。

次夕，果送女郎至，一切无异常人。三日后，女自兄嫂以及仆妇，皆有馈赏。又最贤，事嫂如姑。数年不育，劝纳妾，生不肯。适兄贾于江淮，为买少姬而归。姬，姓顾，小字博士，貌亦清婉，夫妇皆喜。见髻上插珠花，酷似当年故物；珠花至此又现，串插萦拂之妙，文章能事。摘视，果然。异而诘之，答云：“昔有巡抚爱妾死，其婢盗出鬻于市，先人廉其值，买归。妾爱之。先父止生妾，故与妾。后父死家落，妾寄养于顾媪家。顾，妾姨行，见珠，屡欲售去，妾死不肯，故得存也。”夫妇叹曰：“十年之物，复归故主，岂非数哉。”女另出珠花一朵，曰：“此物久无偶矣！”珠花有对，此文家不肯用单笔处。因并赐之，亲为簪于髻上。姬退，问女郎家世甚悉，家人皆讳言之。阴语生曰：“妾视娘子，非人间人也；其眉目间有神气。昨簪花时得近视，其美丽出于肌里，非若凡人以黑白位置中见长耳。”巨眼有妮子，如此明慧，赞神女正其自赞处，一笔是两笔。生笑之。姬曰：“君勿言，妾将试之：如其神，但有所须，无人处焚香以求，彼当自知。”女郎绣袜精工，博士爱之，而未敢言，乃即闺中焚香祝之。女早起，忽检箧中，出袜，遣婢赠博士。生见而笑。女问故，以实告。女曰：“黠哉婢乎！”因其慧，益怜爱之。然博士益恭，昧爽时，必熏沐以朝。

后博士一举两男，两人分字之。生年八十，女貌犹如处子。生病，女置材，倍加宽大。及死，女不哭；男女他适，女已入材中死矣。因合葬之。至今传为“大材冢”云。

异史氏曰：“女则神矣，博士而能知之，是遵何术欤？乃知人之慧，固有灵于神者矣！”

弟兄握手聚泉臺斗
酒盃羹殽饋來私識
血痕留玉腕早知有
意向髙才

湘　裙

晏仲，陕西延安人。与兄伯同居，友爱敦笃。提笔。伯三十而卒，无嗣；嫂亦继亡。仲痛悼之，每思生二子，则以一继兄后。甫举一男，而仲妻又死。仲恐继娶不贤，将购一妾。

邻村有货婢者，仲往相之，略不称意，被友人留酌，醺醉而归。途中遇故窗友梁生，握手殷殷，邀至其家。竟忘其已死，随之而去。醉人不怕鬼，以醉人即鬼也；醉人忘其死，以醉人无异死也。入其门，并非旧第，疑而问之。曰："新移于此。"入谋酒，又告竭，嘱仲坐待，挈瓶往沽。仲出立门外俟之。忽见一妇人控驴而过，有八九岁童子随之，其面目神色，绝类其兄。心恻然动，急委缀之，便问："童子何姓？"童曰："姓晏。"仲惊，又问其父名。曰："不知。"叙问间，已至其家，妇人下驴入。仲执童子曰："汝父在家否？"童入问。少顷，一媪出窥，则其嫂也。讶叔何来。仲大悲，随入。见庐落整顿，问："兄何在？"嫂曰："责负未归。"问："骑驴者何人？"曰："此汝兄妾甘氏，生两男矣。长阿大，赴市未返；汝所见者阿小。"坐久，酒渐醒，始悟所见皆鬼。然以兄弟情切，亦不甚惧。嫂治酒饭。仲急欲见兄，促阿小觅之。良久，哭而归云："李家负欠不还，反与父闹。"生波。仲闻之，与阿小奔去，见两人方捽兄地上。仲怒，奋拳直入，人尽踣。急救兄起，敌已俱奔。追捉一人，捶楚无算，始起。执兄手，顿足哀泣，兄亦泣。予读兄弟急难之诗，悲之，不意九幽之下，闻歌鹡鸰。既归，举家慰问，乃具酒食，兄弟相庆。

忽一少年入，年约十六七。伯呼阿大，令拜叔。仲挽之，哭向兄曰："大哥地下有两子，而坟墓不扫；弟又无妻子，奈何？"伯亦凄恻。嫂曰："遣阿小从叔去，亦得。"阿小闻言，依叔肘下，眷恋不去。仲抚之，问："汝乐从否？"答云："乐从。"仲念鬼虽非人，慰情亦胜无也，好句，出陶诗。因为解颜。伯曰："从去，但勿娇惯，宜啖以血肉，驱向日中曝之，午过乃已。六七岁儿，历春及夏，骨肉更生，可以娶妻育子；鬼曝日中，便生骨肉，娶妻生子，从何得此议论，然须奇创，而微有理。但恐不寿耳。"言间，有少女在门外窥听，意致温婉。仲疑为兄女，因问兄。兄曰："此名湘裙，吾妾妹也。孤而无归，寄食十年矣。"问："已字否？"伯曰："尚未。近有媒议东村田家。"女在窗外小语曰："我不嫁田家牧牛子。"仲颇心动，未便明言。

既而伯起，设榻于斋，止弟宿。仲本不欲留，意恋湘裙，将探兄意，遂别兄就寝。

时方初春，天气尚寒，斋中夙无烟火，森然冷坐。鬼境。思得小饮，俄见阿小推扉入，以杯羹斗酒置案上。仲问："谁为？"答曰："湘姨。"酒将尽，又以灰覆盆火，置床下。仲问："爹娘睡乎？"曰："睡已久矣。""汝寝何所？"曰："与湘姨同榻耳。"阿小俟叔眠，乃掩门去。仲念湘裙慧而解意，愈爱慕之；且能抚阿小，欲得之心更坚。辗转终夜。

早起，告兄曰："弟孑然无偶，愿大哥留意。"伯曰："吾家非一瓢一担者，物色当自有人。地下即有佳丽，恐于弟无所利益。”仲曰：“古人亦有鬼妻，何害？”伯似会意，曰：“湘裙亦佳。但以巨针刺人迎，血出不止者，便可为生人妻，何得草草。”仲曰：“得湘裙抚阿小，亦得。”伯但摇首。小曲折。仲求不已，嫂曰：“试捉湘裙强刺验之，不可乃已。”遂握针出门外，遇湘裙，急捉其腕，则血痕犹湿。盖闻伯言时，已自试之矣。嫂释手而笑，反告伯曰：“渠作有意乔才久矣，尚为之代虑耶？”妾闻之怒，趋近湘裙，以指刺眶而骂曰：“淫婢不羞！欲从阿叔奔走耶？我定不如其愿！”又曲。湘裙愧愤，哭欲觅死，举家腾沸。仲乃大惭，别兄嫂，率阿小而出。兄曰：“弟姑去；阿小勿使复来，恐损其生气也。”仲曰：“诺。”

既归，梦归耶，生归耶，血肉之躯居然与鬼应接如生人，宁有此理？然论其文可也。伪增其年，托言兄卖婢之遗腹子。众以其貌酷肖，亦信为伯遗体。仲教之读，辄遣抱书就日中诵之。初以为苦，久而渐安。六月中，几案灼人，而儿戏且读，殊无少怨。儿甚慧，日尽半卷，夜与叔抵足，恒背诵之。叔甚慰。又以不忘湘裙，故不复作“燕楼”“燕楼”字用典，《聊斋》妙不多用，近人有作，则满纸书袋气矣。想矣。

一日，双媒来为阿小议姻，中馈无人，心甚燥急。忽甘嫂自外入曰：“阿叔勿怪，吾送湘裙至矣。缘婢子不识羞，我故挫辱之。叔如此表表，而不相从，更欲从何人者？”见湘裙立其后，心甚欢悦。肃嫂坐，具述有客在堂，乃趋出。少间复入，则甘氏已去。湘裙卸妆入厨下，刀砧盈耳矣。俄而肴胾罗列，烹饪得宜。客去，仲入，见湘裙凝妆坐室中，遂与交拜成礼。至晚，女仍欲与阿小共宿。仲曰：“我欲以阳气温之，不可离也。”因置女别室，惟晚间杯酒一往欢会而已。妙，又不与湘裙同宿。湘裙抚前子如己出，仲益贤之。

一夕，夫妻款洽，仲戏问："阴世有佳人否？"女思良久，答曰："未见。惟邻女葳灵仙，群以为美；顾貌亦犹人，要善修饰耳。与妾往还最久，心中窃鄙其荡也。如欲见之，顷刻可致。但此等人，未可招惹。"仲急欲一见。女把笔似欲作书，既而掷管曰："不可，不可！"曲曲折折，忽放忽收。强之再四，乃曰："勿为所惑。"仲诺之。遂裂纸作数画若符，于门外焚之。少时，帘动钩鸣，吃吃作笑声。女起曳入，高髻云翘，殆类画图。扶坐床头，酌酒相叙间阔。初见仲，犹以红袖掩口，不甚纵谈；数盏后，嬉狎无忌，渐伸一足压仲衣。仲心迷乱，魄荡魂飞。目前唯碍湘裙；湘裙又故防之，顷刻不离于侧。作人宜直，作文宜曲，虽大片段中有许多小波折，最好看有致。葳灵仙忽起，搴帘而出，湘裙从之，仲亦从之。葳灵仙握仲，趋入他室。湘裙甚恨，然亦无可如何，愤愤归室，听其所为而已。既而仲入，湘裙责之曰："不听我言，后恐却之不得耳。"又带起下。仲疑其妒，不乐而散。

次夕，葳灵仙不召自来。湘裙甚厌见之，傲不为礼；仙竟与仲相将而去。如此数夕。女望其来，则诟辱之，而亦不能却也。月余，仲病不能起，始大悔，唤湘裙与共寝处，冀可避之；昼夜之防稍懈，则人鬼已在阳台。湘裙操杖逐之，鬼忿与争，湘裙荏弱，手足皆为所伤。仲寖以沉困。湘裙泣曰："吾何以见吾姊乎！"

又数日，仲冥然遂死。初见二隶执牒入，不觉从去。至途患无资斧，邀隶便道过兄所。兄见之，惊骇失色，问："弟近何作？"仲曰："无他，但有鬼病耳。"实告之。兄曰："是矣。"

乃出白金一裹，谓隶曰：“姑笑纳之。吾弟罪不应死，请释归，我使豚子从去，或无不谐。”便唤阿大陪隶饮。返身入家，便告以故。乃令甘氏隔壁唤葳灵仙。俄至，见仲欲遁。伯揪返骂曰：“淫婢！生为荡妇死，为贱鬼，不齿群众久矣；又祟吾弟耶！”立批之，云鬟蓬飞，妖容顿减。久之，一妪来，伏地哀恳。伯又责妪纵女宣淫，呵詈移时，始令与女俱去。伯乃送仲出，飘忽间已抵家门，直至卧室，豁然若寤，始知适间之已死也。伯责湘裙曰：“我与若姊，谓汝贤能，故使从吾弟；反欲促吾弟死耶！设非名分之嫌，便当挞楚！”湘裙惭惧啜泣，望伯伏谢。伯顾阿小喜曰：“儿居然生人矣！”湘裙欲出作黍，伯曰：“弟事未办，我不遑暇。”阿小年十三，渐知恋父；见父出，零涕从之。父曰：“从叔最乐，我行复来耳。”转身遂逝，从此不复相闻问矣。后阿小娶妇，生一子，亦三十而卒。仲抚其孤，如侄生时。仲年八十，其子二十余矣，乃析之。湘裙无出。一日，谓仲曰：“我先驱狐狸于地下可乎？”盛妆上床而殁。仲亦不哀，半年亦殁。

异史氏曰：“天下之友爱如仲，几人哉！宜其不死而益之以年也。阳绝阴嗣，此皆不忍死兄之诚心所格；在人无此理，在天宁有此数乎？地下生子，愿承前业者，想亦不少；恐承绝产之贤兄贤弟，不肯收恤耳！”

语语劝世，有功名教之文，岂以说鬼也而少之。

三生
三載研鑽一日爭何堪憒瞶掌文衡仇尋冥世難消釋不抉雙睛怒不平

三　生

湖南某，能记前生三世。一世为令尹，闱场入帘。有名士兴于唐被黜落，愤懑而卒，至阴司执卷讼之。此状一投，其同病死者以千万计，推兴为首，聚散成群。某被摄去对质，阎王问曰："尔既衡文，何得黜佳士而进凡庸？"某辨曰："上有总裁，某不过奉行之耳。"阎罗即发一签，往拘主司。久之勾，至阎罗即述某言。主司曰："某不过总其大成，虽有佳章，而房官不荐，吾何由见之？"阎罗曰："此不得相诿，其失职均也，例合笞。"方将施刑，兴不满志，戛然大号；两墀诸鬼，万声鸣和。阎罗问故，兴抗言曰："笞罪太轻，是必掘其双睛，以为不识文字之报。"阎罗不肯，众呼益厉。阎罗曰："彼非不欲得佳文，特其所见鄙耳。"众又请剖其心。阎罗不得已，使人褫去袍服，以白刃劙胸，两人沥血鸣嘶。众始大快，皆曰："吾辈抑郁泉下，未有能一伸此气者；今得兴先生，怨气都消矣。"哄然而散。某受剖已，押投陕西为庶人子。年二十余，值土寇大作，陷入盗中。有兵巡道往平贼，俘掳其众，某亦在中。心犹自揣非贼，冀可辨释。及见堂上官，亦年二十余，细视，则兴也。惊曰："吾合休矣！"既而俘者尽释，惟某后至，不容置辨，立斩之。某至阴司投状讼兴。阎罗不即拘，待其禄尽。迟之三十年，兴方至。面质之。兴以草菅人命，罚作畜。稽某所为，曾挞其父母，其罪维均。某恐后世再报，请为大畜。阎罗判为大犬，兴为小犬。某生于顺天府市肆中。一日，卧街头，适有客自南携金毛犬来，大如狸。某视之，兴也。心易其小，龁之。小犬咬其喉下，系缀如铃。大犬摆扑嗥窜，市人解之不得。两犬俱毙。并至阴司，互有争论。阎罗曰：“冤冤相报，何时可已？今为若解之。”乃判兴来世为某婿。某生庆云，二十八举于乡，生一女，娴静娟好，世族争委禽焉。皆不许。偶过临郡，值学使发落诸生，其第一卷李生，即兴也。遂挽至旅舍，优待之。问其家，适无偶，遂订姻好。人皆谓怜才，而不知其有夙因也。及完娶，相得甚欢。然婿恃才辄侮翁，恒隔岁不一至其门。翁亦耐之。后婿中岁淹蹇，苦不得售，翁为百计营谋，始得连捷。从此和好如父子焉。

异史氏曰：“一被黜而三世不解，怨毒之甚至此哉！阎罗之调停固善：然墀下千万众，如此纷纷，毋亦天下之爱婿，皆冥中之悲鸣号恸者耶？”

長亭
驅鬼新傳一卷書得逞佳耦
信非虛芳名早作分離讖
冰玉偏難情怨除

长亭

石太璞，泰山人，好厌禳之术。有道士遇之，喜其慧，纳为弟子。启牙签，出二卷，上卷驱狐，下卷驱鬼，乃以下卷授之，曰：“虔奉此书，衣食佳丽皆有之。”问其姓名，曰：“吾汴城北村玄帝观王赤城也。”留数日，尽传其诀。石由此精于符篆，委贽者接踵于门。

一日，有叟来，自称翁姓，炫陈币帛，谓其女鬼病已殆，必求亲诣。石闻病危，辞不受贽，姑与俱往。十余里入山村，至其家，廊舍华好。入室，见少女卧縠幛中，婢以钩挂帐。望之年十四五许，支缀于床，形容已槁。近临之，忽开目云：“良医至矣。”举家皆喜，谓其不语已数日矣。石乃出，因诘病状。叟曰：“白昼见少年来，与共寝处，捉之已杳；少间复至，意其为鬼。”石曰：“其鬼也，驱之不难；恐其是狐，则非余所敢知矣。”叟曰：“必非，必非！”石授以符。

是夕宿于其家。夜分，有少年入，衣冠整肃。石疑是主人眷属，起而问之。曰：“我鬼也。翁家尽狐。偶悦其女红亭，姑止焉。鬼为狐祟，阴骘无伤，君何必离人之缘而护之也？女之姊长亭，光艳尤绝。敬留全璧，以待高贤。彼如许字，方可为之施治；尔时我当自去。”石诺之。是夜，少年不复至，女顿醒。天明，叟喜以告石，请石入视。石焚旧符，坐诊之。见绣幕有女郎，丽如天人，心知其长亭也。诊已，索水洒幛。女郎急以碗水付之，蹀躞之间，意动神流。石生此际，心殊不在鬼。矣出辞叟，托制药去，数日不返。鬼益肆，除长亭外，子妇婢女，俱被淫惑。又以仆马招石，石托疾不赴。明日，叟自至。石故作病股状，扶杖而出。叟问故，曰："此鳏之难也！曩夜婢子登榻，倾跌，堕汤夫人泡两足耳。"叟问："何久不续？"石曰："恨不得清门如翁者。"叟默而出。石送嘱曰："病瘥当自至，无烦玉趾也。"

又数日，叟复来，石跛而见之。叟慰问曰："顷与荆人言，君如驱鬼去，使举家安枕，小女长亭，年十七矣，愿遣奉事君子。"石喜，顿首于地。乃曰："雅意若此，病躯何敢复爱。"立刻出门，并骑而去。入视祟者既毕，石恐负约，请与媪盟。媪出曰："先生何见疑也？"随拔长亭所插金簪，授石为信。石喜拜受，乃遍集家人，悉为祓除。惟长亭深匿不出；遂写一佩符，使持赠之。是夜寂然，鬼影尽灭，惟红亭呻吟未已，投以法水，所患若失。石起辞，叟挽留殷恳。至晚，肴核罗列，劝酬殊切。漏二下，主人辞去。石方就枕，闻叩扉甚急；起视，则长亭掩入，仓皇告曰："吾家欲以白刃相仇，可急遁！"言已，径返身去。石战惧失色，越垣急窜。遥见火光，疾奔而往，则里人夜猎者也。喜，待猎已，从与俱归。心怀怨愤，无路可伸，欲往汴城寻师治之。奈家有老父，病废在床，日夜筹思，进退莫决。

忽一日，双舆至门，则翁媪送长亭至，谓石曰："曩夜之归，胡再不谋？"石见长亭，怨恨都消，故隐不发。媪促两人庭拜讫，石欲设筵，媪曰："我非闲人，不能坐享甘旨。我家老子昏髦，倘有不悉，郎肯为长亭一念老身，为幸多矣。”登车遂去。盖杀婿之谋，媪不与闻；及追之不得而返，媪始知之。心不能平，与叟日相诟谇。长亭亦涕泣不食，媪强送女来，非翁意也。长亭入门，诘之，始知其故。

过两三月，翁家取女归宁。石料其不返，禁止之。女自此时一涕零。年余，生一子，名慧儿，雇乳媪哺之。儿好啼，夜必归母。

一日，翁家又以舆来，言媪思女甚。长亭益悲，石不忍复留之。欲抱子去，石不可，长亭乃自归。别时，以一月为期，既而半载无耗。遣人往探之，则向所僦宅久空。

又二年余，望想都绝，而儿啼终夜，寸心如割。既而父又病卒，倍益哀伤；因而病惫，苫次弥留，不能受宾朋之吊。方昏愦间，忽闻妇人哭入。视之，则缞绖者长亭也。石大悲，一恸遂绝。婢惊呼，女始啜泣，抚之良久，渐苏。曰：“我疑已死，与汝相聚于冥中。”女曰：“非也。妾不孝，不得严父心，尼归三载，诚所负心。适家人由东海过此，得翁凶信。妾遵严命而绝儿女之情，不敢循乱命而失翁媳之礼。妾来时，母知而父不知也。”言间，儿投怀中。言已，始抚而泣曰：“我有父，儿无母矣！”儿亦嗷啕，一室掩泣。女起，经理家政，柩前牲盛洁备，石乃大慰。然病久，急切不能起。女乃请石外兄款洽吊客。丧既闭，石始能杖而起，相与营谋殡葬。葬已，女欲辞归，以受背父之谴。夫挽儿号，隐忍而止。未几，有人来言母病，（又簇起波折。）乃谓石曰：“妾为君父来，君不为妾母放令归耶？”石许之。女使乳媪抱儿他适，涕洟出门而去。去后，数年不返。石父子渐亦忘之。

一日，昧爽启扉，则长亭飘入。石方骇问，女戚然坐榻上，叹曰："生长闺阁，视一里为遥；今一日夜而奔千里，殆矣！"细诘之，女欲言复止。固诘之，乃哭曰："今为君言，恐妾之所悲，而君之所快也。迩年徙居晋界，僦居赵缙绅之第。主客交最善，以红亭妻其公子。公子数逋荡，家庭颇不相安。妹归告父；父留之，半年不令还。公子忿恨，不知何处聘一恶人来，遣神绾锁，缚老父去。一门大骇，顷刻四散矣。"石闻之，笑不自禁。女怒曰："彼虽不仁，妾之父也。妾与君琴瑟数年，止有相好而无相尤。今日人亡家败，百口流离，即不为父伤，宁不为妾吊乎！闻之忭舞，更无词组相慰藉，何不义也！"词令妙品，狐子可见。拂袖而出。曲折有致。石追谢之，亦已渺矣。怅然自悔，拚已决绝。

过二三日，媪与女俱来，忽去忽来，笔调飘洒之甚。石喜慰问。母女俱伏。惊问其故，又俱哭。女曰："妾负气而去，今不能自坚，又要求人复何颜面？"石曰："岳固非人，母之惠，卿之情，所不敢忘。然闻祸而乐，亦犹人情，卿何不能暂忍？"女曰："顷于途中遇母，始知絷吾父者，乃君师也。"石曰："果尔，亦大易。然翁不归，则卿之父子离散；恐翁归，则卿之夫泣儿悲也。"清爽之词，如听蕉雨。媪矢以自明，女亦誓以相报。石乃即刻治任如汴，询至玄帝观，则赤城归未久。入而参拜，师问："何来？"石视厨下一老狐，孔前股而系之，笑曰："弟子之来，为此老魅。"赤城诘之，曰："是吾岳也。"因以实告。道士谓其狡诈，不肯轻释。固请，始许之。石因备述其诈，狐闻之，塞身入灶，似有惭状。道士笑曰："彼羞恶之心，未尽亡也。"石起，牵之而出，以刀断索抽之。狐痛极，齿龈龈然。石不遽抽，而顿挫之，笑问之曰："翁痛乎？勿抽可耶？"狐睛睒闪，似有愠色。既释，摇尾出观而去。石辞归。

三日前，已有人报叟信，媪先去，留女待石。石至，女逆而伏。石挽之曰："卿如不忘琴瑟之情，不在感激也。"女曰："今复还故居矣，村舍邻迩，音问可以不梗。妾欲归省，三日可旋。君信之否？"曰："儿生而无母，未便殇折。我日日鳏居，习已成惯。今不似赵公子，而反德报之，所以为卿者尽矣。如其不还，在卿为负义，道里虽近，当亦不复过问，何不信之与有？"似左氏传中词品。女去，二日即返。问："何速？"曰："父以君在汴曾相戏弄，未能忘怀，言之絮叨；妾不欲复闻，故早来也。"不多着语，又变。自此闺中之往来无间，而翁婿间尚不通吊庆云。

异史氏曰："狐情反复，谲诈已甚。悔婚之事，两女而一辙，诡可知矣。然要而婚之，是启其悔者已在初也。且婿既爱女而救其父，止宜置昔怨而仁化之；乃复狎弄于危急之中，何怪其没齿不忘也！天下之有冰玉而不相能者，类如此。"

着议处笔锋最犀利，锐而善入，后生解此以从一事于八股间，四书无难题矣。

席方平
一心戀父
竟離魂紅
日何由照覆
盆不遇二郎
神訊決九幽
呼籲怨無門

席方平

席方平，东安人。其父名廉，性戆拙。因与里中富室羊姓有却，羊先死；数年，廉病垂危，谓人曰："羊某今贿嘱冥使搒我矣。"俄而身赤肿，号呼遂死。席惨怛不食，曰："我父朴讷，今见凌于强鬼，我将赴地下，代伸冤气矣。"自此不复言，时坐时立，状类痴，盖魂已离舍矣。

席觉初出门，莫知所往，但见路有行人，便问城邑。少选，入城。其父已收狱中。至狱门，遥见父卧檐下，似甚狼狈。举目见子，潸然流涕，曰："狱吏悉受赇嘱，日夜搒掠，胫股摧残甚矣！"席怒，大骂狱吏："父如有罪，自有王章，岂汝等死魅所能操耶！"理直气壮，出词全以气行。遂出，写状。趁城隍早衙，喊冤投之。羊惧，内外贿通，始出质理。城隍以所告无据，颇不直席。席愤气无所复伸，冥行百余里，至郡，以官役私状，告诸郡司。迟至半月，始得质理。郡司扑席，仍批城隍覆案。

席至邑，备受械梏，惨冤不能自舒。城隍恐其再讼，遣役押送归家。役至门辞去。席不肯入，遁赴冥府，诉郡邑之酷贪。冥王立拘质对。二官密遣腹心与席关说，许以千金。席不听。过数日，逆旅主人告曰："君负气已甚，官府求和而执不从，今闻于王前各有函进，恐事殆矣。"席犹未信。俄有皂衣人唤入。升堂，见冥王有怒色，不容置词，命笞二十。席厉声问："小人何罪？”冥王漠若不闻。席受笞喊曰：“受笞允当，谁教我无钱也！”冥王益怒，命置火床。两鬼捽席下，见东墀有铁床，炽火其下，床面通赤。鬼脱席衣，掬置其上，反复揉捺之。痛极，骨肉焦黑，苦不得死。约一时许，鬼曰：“可矣。”遂扶起，促使下床着衣，犹幸跛而能行。复至堂上，冥王问：“敢再讼乎？”席曰：“大冤未伸，寸心不死，若言不讼，是欺王也。必讼！”王曰：“讼何词？”席曰：“身所受者，皆言之耳。”冥王又怒，命以锯解其体。二鬼拉去，见立木高八九尺许，有木板二，仰置其上，上下凝血模糊。方将就缚，忽堂上大呼“席某”，二鬼即复押回。冥王又问：“尚敢讼否？”答曰：“必讼！”冥王命捉去速解。既下，鬼乃以二板夹席，缚木上。锯方下，觉顶脑渐辟，痛不可忍，顾亦忍而不号。闻鬼曰：“壮哉此汉！”锯隆隆然寻至胸下。间一句。又闻一鬼云：“此人大孝无辜，锯令稍偏，勿损其心。”遂觉锯锋曲折而下，其痛倍苦。俄顷，半身辟矣。板解，两身俱仆。鬼上堂大声以报。堂上传呼，令合身来见。二鬼即推令复合，曳使行。席觉锯缝一道，痛欲复裂，半步而踣。一鬼于腰间出丝带一条授之，曰：“赠此以报汝孝。”受而束之，一身顿健，殊无少苦。遂升堂而伏。冥王复问如前；席恐再罹酷毒，便答：“不讼矣。”冥王立命送还阳界。隶率出北门，指示归途，反身遂去。

席念阴曹之昧暗尤甚于阳间，奈无路可达帝听。世传灌口二郎为帝勋戚，其神聪明正直，诉之当有灵异。窃喜二隶已去，遂转身南向。奔驰间，有二人追至，曰：“王疑汝不归，今果然矣。”捽回复见冥王。在他手必一直叙去，即见二郎；偏于中间作此一顿，妙。窃疑冥王益怒，祸必更惨；而王殊无厉容，谓席曰："汝志诚孝。但汝父冤，我已为若雪之矣。今已往生富贵家，何用汝鸣呼为。今送汝归，予以千金之产、期颐之寿，于愿足乎？"乃注籍中，嵌以巨印，使亲视之。

席谢而下，鬼与俱出，至途，驱而骂曰："奸猾贼！频频反复，使人奔波欲死！再犯，当捉入大磨中，细细研之！"席张目叱曰："鬼子胡为者！我性耐刀锯，不耐挞楚。请反见王，王如令我自归，亦复何劳相送。"乃返奔。二鬼惧，温语劝回。席故蹇缓，行数步，辄憩路侧，鬼含怒不敢复言。约半日，至一村，一门半开，鬼引与共坐；席便据门阈。二鬼乘其不备，推入门中。惊定自视，身已生为婴儿。愤啼不乳，三日遂殇。魂摇摇不忘灌口，约奔数十里，忽见羽葆来，幡戟横路。越道避之，因犯卤薄，为前马所执，絷送车前。仰见车中一少年，丰仪瑰玮。问席："何人？"席冤愤正无所出，且意是必巨官，或当能作威福，因缅诉毒痛。车中人命释其缚，使随车行。俄至一处，官府十余员，迎谒道左，车中人各有问讯。已而指席谓一官曰：偏用两层写。"此下方人，正欲往诉，宜即为之剖决。"席询之从者，始知车中即上帝殿下九王，所嘱即二郎也。席视二郎，修躯多髯，不类世间所传。

九王既去，席从二郎至一官廨，则其父与羊姓并衙隶俱在。少顷，槛车中有囚人出，则冥王及郡司、城隍也。当堂对勘，席所言皆不妄。笔何等捷便，此处不多着语便收。三官战栗，状若伏鼠。二郎援笔立判；顷刻，传下判语，令案中人共视之。判云："勘得冥王者：职膺王爵，身受帝恩。自应贞洁以率臣僚，不当贪墨以速官谤。

而乃繁缨棨戟，徒夸品秩之尊。羊狠狼贪，竟玷人臣之节。斧敲斫，斫入木，妇子之皮骨皆空；鲸吞鱼，鱼食虾，蝼蚁之微生可悯。当掬西江之水，为尔湔肠；即烧东壁之床，请君入瓮。即以其人之道还治其人之身，刀锯尚在，解之为贵。城隍、郡司为小民父母之官，司上帝牛羊之牧。虽则职居下列，而尽瘁者不辞折腰；即或势逼大僚，而有志者亦应强项。乃上下其鹰鸷之手，既罔念夫民贫；且飞扬其狙狯之奸，更不嫌乎鬼瘦。惟受赃而枉法，真人面而兽心！是宜剔髓伐毛，暂罚冥死；所当脱皮换革仍令胎生。隶役者：既在鬼曹，便非人类。只宜公门修行，庶还落蓐之身，何得苦海生波，益造弥天之孽？飞扬跋扈，狗脸生六月之霜。隳突叫号，虎威断九衢之路。肆淫威于冥界，咸知狱吏为尊，助酷虐于昏官，共以屠伯是惧。当以法场之内，剁其四肢；更向汤镬之中，捞其筋骨。剁捞二字改用妙。羊某：富而不仁，狡而多诈。金光盖地，因使阎摩殿上尽是阴霾。铜臭熏天，遂教枉死城中全无日月。如王实甫、汤若士黄绢幼妇之词。余腥犹能役鬼，大力直可通神。宜籍羊氏之家，以偿席生之孝。即押赴东岳施行。”又谓席廉：“念汝子孝义，汝性良懦，可再赐阳寿三纪。”使两人送之归里。

席乃抄其判词，途中父子共读之。既至家，席先苏；令家人启棺视父，僵尸犹冰，俟之终日，渐温而活。又索抄词，则已无矣。自此，家道日丰，三年良沃遍野；而羊氏子孙微矣，楼阁田产，尽为席有。即有置其田者，必梦神人叱之曰：“此席家物，汝乌得有之！”初未深信，既而种作，则终年升斗无所获，于是复鬻于席。席父九十余岁而卒。

异史氏曰："人人言净土，而不知生死隔世，意念都迷，且不知其所以来，又乌知其所以去；而况死而又死，生而复生者乎？忠孝志定，万劫不移，异哉席生何其伟也。"《楞严经》云："天地坏而这个不坏。"夫天地坏矣，安有这个？这个不坏，此天地之所以不坏也。在佛氏所谓"这个"，原别有说，予谓"这个"者何？忠孝而已。夫忠孝不坏，天地所以不坏也。

贊
阿兄脈望已成俘阿妹依
人劇可憐控鶴息〻留秘
術蓬萊遠望只雲煙
秋

素 秋

俞慎，字谨庵，顺天旧家子。赴试入都，舍于郊郭。时见对户一少年，美如冠玉。心好之，渐近与语，风雅尤绝。大悦，捉臂邀至寓所，相与款宴。问其姓氏，则金陵俞士忱也，字恂九。公子闻与同姓，更加浃洽，因订为昆仲；少年遂减名字为忱。

明日，过其家，书舍光洁；然门庭踧落，更无厮仆。引公子入内，呼妹出拜，年约十三四，肌肤莹澈，粉玉无其白也。少顷，托茗献客，家中似无臧获。公子异之，数语遂出。自后友爱如胞。恂九无日不来，或留共宿，则以弱妹无伴为辞。公子曰："吾弟流寓千里，曾无应门之僮，兄妹纤弱，何以为生？计不如从我去，有斗舍可共栖止，如何？"恂九喜，约以场后。

试毕，恂九邀公子去，曰："中秋月明如昼，妹子素秋，具有蔬酒，勿违其意。"竟挽入内。素秋出，略道温凉，便入复室，下帘治具。少间，自出行炙。公子起曰："妹子奔波情，何以忍！"素秋笑入。顷之，褰帘出，则一青衣婢捧壶；又一媪托柈进烹鱼。公子讶曰："此辈何来？不早从事，而烦妹子？"恂九微笑曰："妹子又弄怪矣。"但闻帘内吃吃作笑声，公子不解其故。既而筵终，婢媪撤器，公子适嗽，误咳婢衣；婢随唾而倒，碎碗流炙。视婢，则帛剪小人，仅四寸许。恂九大笑。素秋笑，出拾之而去。俄而婢复出，奔走如故。公子大异之。恂九曰："此不过妹子幼时，卜紫姑之小技耳。"公子因问："弟妹都已长成，何未婚姻？"答云："先人即世，去留尚无定所，故此迟迟。"遂与商定行期，鬻宅，携妹与公子俱西。既归，除舍舍之；又遣一婢为之服役。公子妻，韩侍郎之犹女也，尤怜爱素秋，饮食共之。公子与恂九亦然。而恂九又最慧，目下十行，试作一艺，老宿不能及之。伏下。公子劝赴童试。恂九曰："姑为此业者，聊与君分苦耳。自审福薄，不堪仕进；且一入此途，遂不能不戚戚于得失，故不为也。"伏下。

居三年，公子又下第。恂九大为扼腕，奋然曰："榜上一名，何遂艰难若此！我初不欲为成败所惑，故宁寂寂耳。今见大哥不能发舒，不觉中热，十九岁老童，当效驹驰也。"自负太过，遂有下文。公子喜，试期送入场，邑郡道皆第一。益与公子下帷攻苦。逾年科试，并为郡、邑冠军。恂九名大噪，远近争婚之，恂九悉却去。公子力劝之，乃以场后为解。无何，试毕，倾慕者争录其文，互相传诵；恂九亦自觉第二人不屑居也。及榜发，兄弟皆黜。时方对饮，公子尚强作噱；恂九失色，酒盏倾堕，身仆案下。扶置榻上，病已困殆。急呼妹至，张目谓公子曰："吾两人情虽如胞，实非同族。弟自分已登鬼箓，衔恩无可相报，素秋已长成，既蒙嫂抚爱，媵之可也。"公子作色曰："是真吾弟之乱命也！其将谓我人头畜鸣者耶！"恂九泣下。公子即以重金为购良材。恂九命舁至，力疾而入，嘱妹曰："我没后，即阖棺，无令一人开视。"公子尚欲有言，而目已瞑矣。公子哀伤，如丧手足。然窃疑其嘱异，俟素秋他出，启而视之，则棺中袍服如蜕；揭之，有蠹鱼径尺，僵卧其中。骇异间，素秋促入惨然曰："兄弟何所隔阂？所以然者，非避兄也；但恐传布飞扬，妾亦不能久居耳。”公子曰：“礼缘情制，情之所在，异族何殊焉？妹宁不知我心乎？即中馈当无漏言，请勿虑。”遂速卜吉期，厚葬之。

初，公子欲以素秋论婚于世家，恂九不欲。既殁，公子商于素秋，素秋不应。公子曰：“妹子年已二十，长而不嫁，人其谓我何？”对曰：“若然，但惟兄命。然自顾无福相，不愿入侯门，寒士而可。”公子曰：“诺。”不数日，冰媒相属，卒无所可。先是，公子妻弟韩荃来吊，前“韩侍郎”三字亦不是闲空字眼。得窥素秋，心爱悦之，欲购作小妻。谋之姊，姊急戒勿言，恐公子知。韩心不释，托媒风示公子，许为买乡场关节。公子闻之，大怒，诟骂，将致意者批逐出门，自此交往遂绝。

又有故尚书孙某甲，将娶而妇卒，亦遣冰来。其甲第连云，公子之所素识，公子欲一见其人，因使媒约，使甲躬谒。及期，垂帘于内，令素秋自相之。甲至，裘马驺从，炫耀闾里，人又秀雅如处子。公子大悦，而素秋殊不乐。公子竟许之，盛备奁装，计费不资。素秋固止之；公子亦不听，卒厚赠焉。既嫁，琴瑟甚敦。然兄嫂系念，月辄归宁。来时奁中珠绣，必携数事，付嫂收贮。嫂不解其意，亦姑听之。

甲少孤，寡母溺爱太过，日近匪人，引诱嫖赌，家传书画鼎彝，皆以鬻偿戏债。韩荃与有瓜葛，又带串。日招甲饮而窃探之，愿以两妾及五百金易素秋。甲初不肯，韩固求之，甲意摇动，恐公子不甘。韩曰：“彼与我至戚，此又非其支系，若事已成，彼亦无如我何。万一有他，我身任之。有家君在，何畏一俞谨庵哉！”遂盛妆两姬出行酒，且曰：“果如所约，此即君家人矣。”甲惑之，约期而去。至日，虑韩诈谖，夜候于途，果有舆来，启帘验照不虚，乃导去，姑置斋中。韩仆以五百金交兑明白。甲奔入，诳素秋曰：“公子暴病相呼。”素秋未遑理妆，草草遂出。舆既发，夜迷不知何所，逴行良远，殊不可到。忽见二巨烛来，众窃喜其可以问路。及至前，则巨蟒两目如灯。众大骇，人马俱窜，委舆路侧；将曙复集，则空舆存焉。意必葬于蛇腹，归告主人，垂首丧气而已。

数日后，公子遣人诣妹，始知为恶人赚去，初不疑其婿之伪也。陪娶婢归，细诘情迹，微窥其变，忿极，遍诉都邑。某甲惧，求救于韩。韩以金妾两亡，正复懊丧，斥绝不为力。甲呆憨无所复计，各处勾牒至，俱以赂嘱免行。月余，金珠服饰，典货一空。公子于宪府究理甚急，邑官皆奉严令，甲知不能复匿，始出，至公堂实情尽吐。宪票拘韩对质。韩惧，以情告父。父时已休职，怒其所为不法，执付隶。及见官府，言及遇蟒之变，悉谓其词枝梧；家人搒掠殆遍，甲亦屡被敲楚。幸母日鬻田产，上下营求，刑轻得不死，而韩仆已瘐毙矣。韩久困囹圄，愿助甲赂公子千金，哀求罢讼。公子不许。甲母又请益以二姬，但求姑存疑案，以待寻访；妻又承叔母命，朝夕解免，公子乃许之。甲家綦贫，货宅办金，而急切不能得售，因先送姬来，乞其延缓。

逾数日，公子夜坐斋中，素秋偕一媪，蓦然忽入。公子骇问：“妹固无恙耶？”笑曰：“蟒变乃妹之小术耳。当夜窜入一秀才家，依于其母。彼亦识兄，今在门外，请入之也。”公子倒屣出迎，则宛平名士周生也，素相善。把臂入斋，款洽臻至。倾谈既久，始知颠末。

初，素秋昧爽款生门，母纳入，诘之，知为公子妹，便欲驰报。素秋止之，因与母居。甚得母欢，以子无妇，窃属意素秋，微言之。素秋以未奉兄命为辞。生亦以公子交契，故不肯作无媒之合，但频频侦听。知讼事已有关说，素秋乃告母欲归。母遣生率一媪送之，即嘱媪为媒。公子以素秋居生家久，亦有此心；及闻媪言，大喜，即与生面订姻好。先是，素秋夜归，欲使公子得金而后宣之。公子不可，曰："向愤无所泄，故索金以败之耳。今复见妹，万金何能易哉！"即遣人告诸两家罢之。又念生家不丰，道又远，亲迎殊难，因移生母来，居以恂九旧第；生亦备币帛鼓乐，婚嫁成礼。

一日，嫂戏素秋曰："今得新婿，从前枕席之爱，犹忆之否？"素秋笑顾婢曰："忆之否？"前已有伏笔。嫂不解，研问之，盖三年床第，皆以婢代。每夕，以笔画其两眉，驱之去，即对烛独坐，婿亦不之辨也。益奇之，求其术，但笑不言。次年大比，生将与公子偕往。素秋曰："不必。"公子强挽而去。是科，公子中式，生落第归。逾年，母卒，遂不复言进取矣。

一日，素秋谓嫂曰："向求我术，固未肯以此骇物听也。今将远别，请秘授之，亦可以避兵燹。"嫂惊问故，答曰："三年后，此处当无人烟。妾荏弱不堪惊恐，将蹈海滨而隐。大哥富贵中人，不可以偕，故言别也。"乃以术悉授嫂。数日，又告别。公子留之不得，至泣下，问："何往？"又不言。鸡鸣早起，携一白须奴，控双卫而去。素秋独去耶？周生同去耶？"不知者谓是漏笔，然"控双卫而去"，已注明同去矣。公子阴使人尾送之，至胶莱之界，尘雾幛天，既晴，已迷所往。

三年后，闯寇犯顺，村舍为墟。韩夫人剪帛置门内，寇至，见云绕韦驮高丈余，遂骇走，以是得保无恙。

后村中有贾客至海上，遇一叟似老奴，而髭发尽黑，猝不能认。叟停足笑曰："我家公子尚健耶？借口寄语：秋姑亦甚安乐。"问其居何里，曰："远矣，远矣！"匆匆遂去。公子闻之，使人于所在遍访之，竟无踪迹。

异史氏曰："管城子无食肉相，其来旧矣。初念甚明，而乃持之不坚。宁如糊眼主司，固衡命不衡文耶？一击不中，冥然遂死，蠹鱼之痴，一何可怜！伤哉雄飞，不如雌伏。"

賈奉雉
一枕游仙梦乍回
榮華轉眼瞬
寒灰少年盛氣
消磨盡留有
樓船搖引來

贾奉雉

贾奉雉，平凉人。才名冠世，而试辄不售。一日，途中遇一秀才，自言姓郎，风格飘洒，谈言微中。因邀俱归，出课艺就正。郎读之，不甚称许，曰："足下文，小试取第一则有余，大场取榜尾则不足。"小试尚情切，闱场讲局面，其实臃肿烂恶不堪入目者亦有之。贾曰："奈何？"郎曰："天下事，仰而跂之则难，俯而就之甚易，此何须鄙人言哉！"遂指一二人、一二篇以为标准，大率贾所鄙弃而不屑道者。贾笑曰："学者立言，贵乎不朽，即味列八珍，当使天下不以为泰耳。如此猎取功名，虽登台阁，犹为贱也。"郎曰："不然。文章虽美，贱则弗传。二语亦确。君将抱卷以终也则已；不然，帘内诸官，皆以此等物事进身，恐不能因阅君文，另换一副眼睛肺肠也。"讽世深矣。贾终默然。郎起笑曰："少年盛气哉！"遂别去。

是秋入闱复落，邑邑不得志，颇思郎言，遂取前所指示者强读之。未至终篇，昏昏欲睡，心惶惑无以自主。

又三年，场期将近，郎忽至，相见甚欢。出拟题七，使贾作文。及成索阅，不许，令复作；作已，又訾之。贾戏于落卷中，集其葛茸泛滥，不可告人之句，连缀成文，示之。郎喜曰："得之矣！"因使熟记，坚嘱勿忘。贾笑曰："实相告：此言不由中，转瞬即去，便受夏楚，不能复忆之也。"郎坐案头，强令自诵一遍；因使袒背，以笔写符而去。曰："只此已足，可以束阁群书矣。”验其符，濯之不下，深入肌理。入场七题，无一遗者。回思诸作，茫不记忆，惟戏缀之文，历历在心。然把笔终以为羞，欲少窜易，而颠倒苦思，更不能复易一字。日已西坠，直录而出。郎候之已久，问：“何暮也？”贾以实告，即求试符，视之，已漫灭矣。回忆场中文，浑如隔世。大奇之，因问：“何不自谋？”笑曰：“某惟不作此等想，故不能读此等文也。”遂约明日过其寓。贾曰：“诺。”郎去，贾复取文自阅，大非本怀，怏怏自失，不复访郎，嗒丧而归。

未几，榜发，竟中经魁。若今之以烂调幸获者，居之不疑，方且出大言以欺人，谁则笑之。复阅旧稿，汗透重衣，自言曰：“此文一出，何以见天下士乎！”正惭作间，郎忽至曰：“求中即中矣，何其闷也？”曰：“仆适自念，以金盆玉碗贮狗矢，真无颜出见同人。行将遁迹山林，与世长辞矣。”郎曰：“此论亦高，但恐不能耳。若果能，仆引见一人，长生可得，并千载之名，亦不足恋，况傥来之富贵乎！”贾悦，留与共宿，曰：“容某思之。”

天明，谓郎曰：“吾志决矣！”不告妻子，飘然遂去。三句简捷之甚。渐入深山，张乖崖尚不能分华山半座，贾能之乎？至一洞府。其中别有天地。有叟坐堂上，郎使参之，呼以师。叟曰：“来何早也？”郎曰：“此人道念已坚，望加收齿。”叟曰：“汝既来，须将此身并置度外，始得。”一语扼要。贾唯唯听命。郎送至一院，安其寝处，又投以饵，始去。房亦精洁；但户无扉，窗无棂，灵府洞开，何处亦用窗棂。内惟一几一榻。贾解履登榻，月明穿射，觉微饥，取饵啖之，甘而易饱。因即寂坐，但觉清香满室，脏腑空明，脉络皆可指数。景色绝佳。忽闻有声甚厉，似猫抓痒，寂寞道生心。自牖窥之，则虎蹲檐下。乍见，甚惊，因忆师言，收神凝坐。虎似知有其人，寻入近榻，气咻咻，遍嗅足股。境极生怖境。少间，闻庭中嗥动，如鸡受缚，虎即趋出。又坐少时，一美人入，兰麝扑人，悄然登榻，附耳小言曰："我来矣。"学道人只此两境最难打破，爱境尤难。落本枯禅三冬无暖者方能之，即佛家所谓爱河也。叟曰"此身置之度外"，尽之矣。一言之间，口脂散馥。贾瞑然不少动。又低声曰："睡乎？"声音颇类其妻，心微动。又念曰："此皆师相试之幻术也。"瞑如故。美人曰："鼠子动矣！"初，夫妻与婢同室，狎亵惟恐婢闻，私约一谜曰："鼠子动，则相欢好。"忽闻是语，不觉大动，开目凝视，真其妻也。问："何能来？"答云："郎生恐君岑寂思归，遣一妪导我来。"言次，因贾出门不相告语，偎傍之际，颇有怨怼。贾慰藉良久，始得嬉笑为欢。既毕，夜已向晨，闻叟谯呵声，渐近庭院。妻急起，无地自匿，遂越短墙而去。俄顷，郎从叟入。叟对贾杖郎，便令逐客。郎亦引贾自短墙出，曰："仆望君奢，不免躁进。不图情缘未断，累受扑责。从此暂别，相见行有日矣。"指示归途，拱手遂别。带住。

贾俯视故村，故在目中。意妻弱步，必滞途间。疾趋里余，已至家门，但见房垣零落，旧景全非，村中老幼，竟无一相识者，他人再想不到，看下文乃叹其妙。心始骇异。忽念刘、阮返自天台，情景真似。不敢入门，于对户憩坐。良久，有老翁曳杖出，贾揖之，问："贾某家何所？"翁指其第曰："此即是也。得无欲闻奇事耶？仆悉知之。相传此公闻捷即遁，遁时；其子才七八岁。后至十四五岁，母忽大睡不醒。子在时，寒暑为之易衣，迨殁两孙穷踧，房舍拆毁，惟以木架苫覆蔽之。月前，夫人忽醒，屈指百余年矣。谁将百年成败事，只换山中一局棋。噫！仙家日月转堪悲矣。远近闻其异，皆来访视，近日稍稀矣。”贾豁然顿悟，曰：“翁不知贾奉雉即某是也。”翁大骇，走报其家。时长孙已死；次孙祥，至五十余矣。以贾年少，疑有诈伪。少间，夫人出，始识之。双涕霪霪，呼与俱去。苦无屋宇，暂入孙舍。大小男妇，奔入盈侧，皆其曾、玄，率陋劣少文。长孙妇吴氏，沽酒具藜藿，又使少子杲及妇，与己同室，除舍舍祖翁姑。贾入舍，烟埃儿溺，杂气熏人。居数日，懊惋殊不可耐。两孙家分供餐饮，调饪尤乖。里中以贾新归，日日招饮；而夫人恒不得一饱。

吴氏故士人女，颇娴闺训，承顺不衰。祥家给奉渐疏，或呼而与之。贾怒，携夫人去，设帐东里。每谓夫人曰：“吾甚悔此一返，而已无及矣。不得已，复理旧业，若心无愧耻，富贵不难致也。”居年余，吴氏犹时馈赠，而祥父子绝迹矣。

是岁，试入邑庠。宰重其文，厚赠之，由此家稍裕。祥稍稍来近就之。贾唤入，计囊所耗费，出金偿之，斥绝令去。遂买新第，移吴氏共居之。吴二子，长者留守旧业；次杲颇慧，使与门人辈共笔砚。

贾自山中归，心思益明澈，遂连捷登进士。

捷进士第者仍前不可对人之文耶，抑百年来文风大变，另换主司尽不愧科名之文耶？我欲问之。

又数年，以侍御出巡两浙，声名赫奕，歌舞楼台，一时称盛。贾为人鲠峭，不避权贵，朝中大僚，思中伤之。贾屡疏恬退，未蒙俞允，未几而祸作矣。

先是，祥六子皆无赖，贾虽摈斥不齿，然皆窃余势以作威福，横占田宅，乡人共患之。有某乙娶新妇，祥次子篡娶为妾。乙故狙诈，乡人敛金助讼，以此闻于都。当道交章劾贾。贾殊无以自剖，被收经年。祥及次子皆瘐死，贾奉旨充辽阳军。

时杲入泮已久，人颇仁厚，有贤声。夫人生一子，年十六，遂以嘱杲，夫妻携一仆一媪而去。此一段却结得缥缈，出人意外。贾曰：“十余年之富贵，曾不如一梦之久。今始知荣华之场，皆地狱境界，悔比刘晨、阮肇，多造一重孽案耳。”数日抵海岸，遥见巨舟来，鼓乐殷作，虞候皆如天神。既近，舟中一人出，笑请侍御过舟少憩。贾见惊喜，踊身而过，押吏不敢禁。夫人急欲相从，而相去已远，遂愤投海中。漂泊数步，见一人垂练于水，引救而去。此一段却结得缥渺，出人意外。隶命篙师荡舟，且追且号，但闻鼓声如雷，与轰涛相间，瞬间遂杳。仆识其人，盖郎生也。末句始点出郎生，突峭。

异史氏曰：“世传陈大士在闱中，书艺既成，吟诵数四，叹曰：‘亦复谁人识得！’遂弃而更作，以故闱墨不及诸稿。陈大士六十始通籍。文章一道，若无凭，若有凭，未可概论。贾生羞而遁去，盖亦有仙骨焉。乃再返人世，遂以口腹自贬，贫贱之中人甚矣哉！”

臙脂
小劫情天
又挽回辨明冤枉
謝良媒五表妙判鴛
鴦牒東國爭傳折獄才

胭　脂

东昌卞氏，业牛医者，有女小字胭脂，才姿惠丽。父宝爱之，欲占卜清门，而世族鄙其寒贱，不屑缔盟。所以及笄未字。对户庞姓之妻王氏，佻脱善谑，女闺中谈友也。如下棋者闲闲布子，首胭脂如登场正旦，次王氏，花旦也。此等妇女宜远之。○一日，送至门，见一少年过，白服裙帽，丰采甚都。女意似动，秋波萦转之。少年俯首趋去。去既远，女犹凝眺。王窥其意，戏谓曰："以娘子才貌，得配若人，庶可无憾。"女晕红上颊，脉脉不作一语。王问："识此郎否？"女曰："不识。"王曰："此南巷鄂秀才秋隼，次鄂生，戏目之正生也。故孝廉之子。妾向与同里，故识之。近以妻服未阕，故衣素。娘子如有意，当寄语使委冰焉。"女无语，王笑而去。数日无耗，女疑王氏未暇即往，又疑宦裔不肯俯就。邑邑徘徊，渐废饮食，萦念颇苦，寝疾惙顿。王氏适来省视，研诘病由。女曰："自亦不知。但尔日别后，渐觉不快，延命假息，朝暮人也。"风度大方，不同怀春。王小语曰："我家男子，负贩未归，尚无人致声鄂郎。芳体违和，莫非为此？"女赪颜良久。王戏曰："果为此，病已至是，尚何顾忌？先令其夜来一聚，彼宁不肯可？"女叹气曰："事至此，已不能羞。若渠不嫌寒贱，即遣冰来，病当愈；若私约，则断断不可！"王颔之而去。

王幼时与邻生宿介通，既嫁，宿侦夫他出，辄寻旧好。是夜宿适来，因述女言为笑，戏嘱致意鄂生。宿久知女美，闻之窃喜其有机可乘。欲与妇谋，又恐其妒，乃假无心之词问女家闺闼甚悉。次夜，逾垣入，直达女所，以指叩窗。女问："谁何？"答："鄂生。"女曰："妾所以念君者，为百年，不为一夕。郎果爱妾，但当速遣冰人；若言私合，不敢从命。"侃侃正论，可爱可敬，匹妇不可夺志，谁言强暴不可抗。宿姑诺之，苦求一握玉腕为信。女不忍过拒，力疾启扉。宿遽入，抱求欢。女无力撑拒，仆地上，气息不续。宿急曳之。女曰："何来恶少，必非鄂郎；果是鄂郎，其人温驯，知妾病由，当相怜恤，何遂狂暴若此！若复尔尔，便当鸣呼，品行亏损，两无所益！"宿恐假迹败露，不敢复强，但请后会。女以亲迎为期。宿以为远，又请。女厌纠缠，约待病愈。宿求信物，女不许。宿捉足解绣履而出。女呼之返曰："身已许君，复何吝惜？但恐'画虎成狗'致贻污谤。今亵物已入君手，料不可反。君如负心，但有一死！"凛凛。宿既出，又投宿王所。既卧，心不忘履，阴摸衣袂，竟已乌有。急起篝灯，振衣冥索。诘王，不应。疑其藏匿，王又故笑以疑之。宿不能隐，实以情告。言已，遍烛门外，竟不可得。懊恨归寝，犹意深夜无人，遗落当犹在途也。早起寻，亦复杳然。

先是，巷中有毛大者，戏场中花面。游手无籍。尝挑王氏不得，知宿与洽，思掩执以胁之。是夜，过其门，推之未扃，潜入。方至窗下，踏一物，软若絮绵，拾视，则巾裹女舄。波澜自然。伏听之，闻宿自述甚悉，喜极抽息而出。逾数夕，越墙入女家，门户不悉，误诣翁舍。晦气。翁窥窗，见男子，察其音迹，知为女来者。大怒，操刀直出。翁亦老成，步步逼来。赌近盗，奸近杀，信矣。毛大骇，反走。方欲攀垣，而下追已近，急无所逃，反身夺刀；媪起大呼，毛不得脱，因而杀翁。女稍痊，闻喧始起。共烛之，翁脑裂不能言，俄顷已绝。又造鬼窟。于墙下得绣履，媪视之，胭脂物也。逼女，女哭而实告之；不忍贻累王氏，言鄂生之自至而已。天明，讼于邑。官拘鄂。鄂为人谨讷，年十九岁，见人羞涩如处子。被执，骇绝。上堂不能置词，惟有战栗。宰益信其情实，横加梏械。今世问官亦必有许多问法，未必概加刑求，然真情亦未易得。生不堪痛楚，遂诬服。及解郡，敲扑如邑。生冤气填塞，每欲与女面质；必有之情。及相见，女辄诟詈，毫无据。遂结舌不能自伸，由是论死。经数官复讯无异。后委济南府复审。

时吴公南岱守济南，一见鄂生，疑其不类杀人者，阴使人从容私问之，俾尽得其词。前邑宰、郡守独非官乎？醉生梦死，惟刑是逞，无矜恤之心，因无察情之识。吴公为略加人一等。公以是益知鄂生冤。筹思数日，始鞫之。先问胭脂：“订约后，有知者否？”曰：“无之。”“遇鄂生时，别有人否？”亦曰：“无之。”乃唤生上，温语慰问。生曰：“曾过其门，但见旧邻妇王氏同一少女出，某即趋避，过此并无一言。”吴公叱女曰：“适言侧无他人，何以有邻妇也？”渐有间可乘。欲刑之。女惧曰：“虽有王氏，与彼实无关涉。”公罢质，命拘王氏。拘到，禁不与女通，立刻出审，便问王：“杀人者谁？”王曰：“不知。”公诈之曰：鞫囚者如今算名星士，洞门半开，挨身而进，探他口气，无意中要他自说，有许多敲打予夺擒纵之法，所谓无关也。“胭脂供，杀卞某汝悉知之，何得不招？”妇呼曰：“冤哉！淫婢自思男子，我虽有媒合之言，特戏之耳。彼自引奸夫入院，我何知焉！”公细诘之，始述其前后相戏之词。公呼女上，怒曰：“汝言彼不知情，今何以自供撮合哉？”女流涕曰：“自己不肖，致父惨死，讼结不知何年，又累他人，诚不忍耳。”凄惋动人。公问王氏："既戏后，曾语何人？"王供："无之。"公怒曰："夫妻在床，应无不言者，艰步进，妙甚。何得云无？"王曰："丈夫久客未归。"公曰："虽然，凡戏人者，皆笑人之愚，以炫己之慧，更不向一人言，将谁欺？"命梏十指。此时必要用刑。妇不得已，实供："曾与宿言。"公于是释鄂拘宿。宿至，自供："不知。"公曰："宿妓者必非良士！"宿妓者无良士，未必宿妓者皆肯杀人。严械之。宿供曰："赚女是真。自失履后，未敢复往，杀人实不知情。"公曰："逾墙者何所不至！"又械之。宿不任凌藉，遂亦诬承。招成报上，咸称吴公之神。此时只得一半，得情勿喜，更宜加一番细心，虽实招而确据尚无，徒以刑求无益。铁案如山，宿延颈以待秋决矣。

然宿虽放纵无行，实亦东国名士。闻学使施公愚山贤能称最，且又怜才恤士，宿因以一词控其冤枉，语言怆恻。公乃讨其招供，反复凝思之，拍案曰："此生冤也！"遂请于院、司移案再鞫。问宿生："鞋遗何所？"供曰："忘之。但叩妇门时，犹在袖中。"得一间。转诘王氏："宿介之外，奸夫有几？"供曰："无之。"公曰："淫妇岂得专私一人？"又供曰："身与宿介，稚齿交合，故未能谢绝；后非无见挑者，身实未敢相从。"因使指其挑者，供云："同里毛大，屡挑屡拒之矣。"微漏一句，毛大久已藏铜墙铁壁中，至此一闪。公曰："何忽贞白如此？"命搒之。妇顿首出血，力辨无有，乃释之。又诘："汝夫远出，宁无有托故而来者？"曰："有之。某甲、某乙，皆以借贷馈赠，曾一二次入小人家。"牵出多人，似又转晦矣，不知此正公细心稳当处。盖甲、乙皆巷中游荡之子，有心于妇而未发者也。公悉籍其名，并拘之。既齐，公赴城隍庙，使尽伏案前。讯曰："曩梦神告，杀人者不出汝等四五人中。今对神明，不得有妄言。如肯自首，尚可原宥；虚者，廉得无赦！”同声言无杀人之事。公以三木置地，将并夹之；括发裸身，齐鸣冤苦。此等节次，皆不可少。公命释之，谓曰：“既不自招，当使鬼神指之。”跌出此。使人以毡褥悉障殿窗，令无少隙；句无迹。袒诸囚背，驱入暗中，始投盆水，一一命自盥讫；系诸壁下，戒令“面壁勿动，杀人者，当有神书其背”。少间，唤出验视，指毛曰：“此真杀人贼也！”画沙印泥，稳当分明，结实之至。然良工心苦，正在前层层布置之妙。盖公先使人以灰涂壁，又以烟煤濯其手：杀人者恐神来书，故匿背于壁而有灰色；临出，以手护背，而有烟色也。公固疑是毛，至此益信。施以毒刑，询此等狱，全在用刑恰好，太烂不得，太宽不得。尽吐其实。

判曰：“宿介：蹈盆成括杀身之道，成登徒子好色之名。只缘两小无猜，遂野鹜如家鸡之恋；为因一言有漏，致得陇兴望蜀之心。将仲子而逾园墙，便如鸟堕。冒刘郎而至洞口，竟赚门开。感帨惊尨，鼠有皮胡若此？攀花折树，士无行其谓何！幸而听病燕之娇啼，犹为玉惜；怜弱柳之憔悴，未似莺狂。而释幺凤于罗中，尚有文人之意；乃劫香盟于袜底，宁非无赖之尤！蝴蝶过墙，隔窗有耳。莲花卸瓣，堕地无踪。假中之假以生，冤外之冤谁信？折狱平允，爱士心深。天降祸起，酷械至于垂亡。自作孽盈，断头几于不续。彼逾墙钻隙，固有玷夫儒冠；而僵李代桃，诚难消其冤气。是宜稍宽笞扑，折其已受之惨。姑降青衣，开其自新之路。若毛大者：刁猾无籍，市井凶徒。被邻女之投梭，淫心不死。伺狂童之入巷，贼智忽生。开户迎风，喜得履张生之迹；求浆值酒，妄思偷韩掾之香。何意魄夺自天，魂摄于鬼。浪乘槎木，直入广寒之宫。径泛渔舟，错认桃源之路。遂使情火息焰，欲海生波。刀横直前，投鼠无他顾之意。寇穷安往，急兔起反噬之心。

越壁入人家，止期张有冠而李借；夺兵遗绣履，遂教鱼脱网而鸿罹。风流道乃生此恶魔，温柔乡何有此鬼蜮哉！即断首领，以快人心。胭脂：身犹未字，岁已及笄，以月殿之仙人，自应有郎似玉。原霓裳之旧队，何愁贮屋无金？而乃感关雎而念好逑，竟绕春婆之梦；怨摽梅而思吉士，遂离倩女之魂。判语轻重得体。为因一线缠萦，致使群魔交至。争妇女之颜色，恐失'胭脂'。惹鸷鸟之纷飞，并托'秋隼'。莲钩摘去，难保一瓣之香。铁限敲来，几破连城之玉。嵌红豆于骰子，相思骨竟作厉阶。丧乔木于斧斤，可憎才真成祸水！葳蕤自守，幸白璧之无瑕。缧绁苦争，喜锦衾之可覆。风雅总持，多情如来。嘉其入门之拒，犹洁白之情人。遂其掷果之心，亦风流之雅事。仰彼邑令，作尔冰人。"案既结，遐迩传颂焉。自吴公鞫后，女始知鄂生冤。堂下相遇，腼然含涕，似有痛惜之词，而未可言也。冷处传神，《史》《汉》有之。生感其眷恋之情，爱慕殊切；而又念其出身微贱，日登公堂，为千人所窥指，恐娶之为人姗笑，又小曲折。日夜萦回，无以自主。判牒既下，意始安贴。邑宰为之委禽，送鼓吹焉。

异史氏曰："甚哉！听讼之不可以不慎也！纵能知李代为冤，谁复思桃僵亦屈？然事虽暗昧，必有其间，要非审思研察，不能得也。呜呼！人皆服哲人之折狱明，而不知良工之用心苦矣。世之居民上者，棋局消日，䌷被放衙，下情民艰，更不肯一劳方寸。至鼓动衙开，巍然坐堂上，彼哓哓者直以桎梏（靖）〔静〕之，一静字令人心痛。呜呼，人同皮肤，不得已用刑，可任情哉！何怪覆盆之下多沉冤哉！”

施愚山先生校士山左，爱才如命，奖励后进，非止衡文无屈士也。尝有名士入场，作“宝藏兴焉”文，误认作“水”；录毕而后悟之，料无不黜之理。因作词文后云：“宝藏在山间，误认却在水边。山头盖起水晶殿。瑚长峰尖，珠结树颠。这一回崖中跌死撑船汉，告苍天：留点蒂儿，好与朋友看。”先生阅而和之曰：“宝藏将山夸，忽然见在水涯。樵夫漫说渔翁话。题目虽差，文字却佳，怎肯放在他人下。尝见他，登高怕险；那曾见，会水淹杀？”此亦风雅之一斑，怜才之一事也。

阿纖
故剑飘零思不禁重来应为感恩深分居
不惜分金粟犹詠区区爱弟心

阿纤

奚山者，高密人。贸贩为业，常客蒙沂间。一日，途中阻雨，及至所常宿处，夜已深，遍叩无应。徘徊庑下，忽二扉豁开，一叟出，邀客入。山喜从之，絷蹇登堂，堂上并无几榻。叟曰：“我怜客无归，故相容纳。我实非卖食沽饮者。家下止有老荆弱女，已眠熟矣。虽有宿肴，苦少烹鬻，勿嫌冷啜也。”看他层层写一鼠子行径，文家细处。言已，便入。少顷，以足床来置地上，促客坐；又携一短足几至：往来蹀躞。山甚起坐不安，曳令暂息。少间，一女郎出行酒。叟顾曰：“我家阿纤兴矣。”视之，年十六七，窈窕秀弱，风致嫣然。山有少弟未婚，窃属意焉。不言己而言弟，文便多一层曲折。因问叟清贯尊阀，答云：“士虚，姓古。子孙夭折，剩有此女。适不忍搅其酣睡，想老荆唤起矣。”问：“婿家阿谁？”答云：“未字。”山窃喜。既而品味杂陈，似有宿具。食已，致谢曰：“萍水之人，遂蒙宠惠，没齿所不敢忘。缘翁盛德，乃敢遽陈朴鲁：仆有弟三郎，十七岁矣。读书肄业，颇不冥顽。欲求援系，不嫌寒贱否？”叟喜曰：“老夫在此，亦是侨寓。倘得相托，便假一庐，移家而往，庶免悬念。”山都应之，遂启展谢。叟殷勤安置而去。鸡既鸣，叟出，呼客盥沐。束装已，酬以饭金。固辞曰：“留客一饭，万无受金之理；矧附为婚姻乎？”

既别，客月余，乃返。去村里余，遇老媪率一女郎，冠服尽素。既近，疑似阿纤。女郎亦频转顾，因把媪袂，附耳不知何辞。媪便停步，向山曰："君奚姓乎？"山曰："然。"媪惨容曰："不幸老翁压于败堵，今将上墓。家虚无人，请少待路侧，行即还也。"遂入林去，移时始来。途已昏冥，遂与偕行。道其孤弱，不觉哀啼；山亦酸恻。媪曰："此处人情大不平善，孤孀难以过度。阿纤既为君家妇，过此恐迟时日，不如早夜同归。"山可之。

既至家，媪挑灯供客已，谓山曰："意君将至，储粟都已粜去；尚存二十余石，远莫致之。北去四五里，村中第一门，有谈二泉者，是吾售主。君勿惮劳，先以尊乘运一囊去，叩门而告之，但道南村中古姥有数石粟，粜作路用，烦驱蹄躈一致之也。"硕鼠，硕鼠。即以囊粟付山。

山策蹇去，叩门，一硕腹男子出，告以故，倾囊先归。俄有两夫以五骡至。媪引山至粟所，乃在窖中。山下为操量执概，母放女收，顷刻盈装，付之以去。凡四返而粟始尽。五骡每头一石，四返恰符二十石之数，细甚。既而以金授媪。媪留其一人二畜，治任遂东。行二十里，天始曙。至一市，市头赁骑，谈仆乃返。

既归，山以情告父母。相见甚喜，即以别第馆媪，卜吉为三郎完婚。媪治奁装甚备。阿纤寡言少怒，或与言，但有微笑；昼夜绩织无停晷：以是上下俱怜悦之。嘱三郎曰："寄语大伯：再过西道，勿言吾母子也。"居三四年，奚家益富，三郎入泮矣。

一日，山宿古之旧邻，偶及曩年无归，投宿翁媪之事。主人曰："客误矣。东邻为阿伯别第，三年前，居者辄睹怪异，故空废甚久，有何翁媪相留？"山讶之，而未深信。主人又曰："此宅向空十年，无敢入者。一日，第后墙倾，伯往视之，则石压巨鼠如猫，尾在外尚摇。急归，呼众往视，则已渺矣。群疑是物为妖。后十余日，复入试，寂无形声；又年余，始有居人。”山益奇之。

归家私语，窃疑新妇非人，阴为三郎虑，而三郎笃爱如常。久之，家人竞相猜议。女微察之，至夜语三郎曰：“妾从君数年未尝少失妇德；今置之不以人齿，请赐离婚书，听君自择良偶。”因泣下。三郎曰：“区区寸心，宜所夙知。自卿入门，家日益丰，咸以福泽归卿，乌得有异言？”女曰：“君无二心，妾岂不知；但众口纷纭，恐不免秋扇之捐。”三郎再四慰解，乃已。山终不释，日求善扑之猫，以觇其异。女虽不惧，然蹙蹙不快。

一夕，谓媪小恙，辞三郎省侍之。天明，三郎往讯，则室已空矣。骇极，使人四途踪迹，并无消息。中心营营，寝食都废。而父兄皆以为幸，将为续婚；而三郎殊不怿。又年余，绝无音问。父兄辄相诮责，不得已，勉买一妾；然思阿纤不衰。又数年，奚家日渐贫，由是咸忆阿纤。

有叔弟岚以事至胶，迂道宿表戚陆生家。夜闻邻哭甚哀，未遑诘问。及返，又闻之，因问主人。答云：“数年前，有寡母孤女，僦居于此。月前姥死，女独处，无一线之亲，是以哀耳。”问：“何姓？”曰：“姓古。尝闭户不与里社通，故未悉其家世。”岚惊曰：“是吾嫂也！”遂往款扉。有人挥涕出，隔扉问曰：“客何人？我家故无男子。”岚隙窥而遥审之，果嫂，便曰：“嫂启关，我是叔家阿遂。”女拔关纳入，诉其孤苦，忆怆悲怀。岚曰："三兄忆念颇苦，夫妻即有乖迕，何遂远遁至此？"即欲赁与同归。女怆然曰："我以人不齿数故，遂与母偕隐；今又返而依人，谁不加白眼？如欲复还，当与大兄分炊；不然，行乳药求死耳！"岚归，以告三郎。三郎星夜驰去。夫妻相见，各有涕洟。次日，告其屋主。屋主谢监生，窥女美，阴欲图致为妾，小波。数年不取屋直，频风示媪，媪绝之。媪死，窃幸可媒，而三郎忽至。通计房租以留难之。三郎家故不丰，闻金多，有忧色。女曰："不妨。"引三郎视仓储，约粟三十余石，偿租有余。三郎喜，以告谢。谢不受粟，故索金。女叹曰："此皆妾身之恶幛也！"遂以其情告三郎。三郎怒，将讼于邑。陆氏止之，为散粟于里党，敛资偿谢，以车送两人归。三郎实告父母，与兄析居。阿纤出私金，日建仓廪，而家中尚无儋石，共奇之。年余验视，则仓中满矣。又不数年，家中大富；而山苦贫。女请翁姑自养之，辄以金粟周兄，习以为常。三郎喜曰："卿可谓不念旧恶矣。"女曰："彼自爱弟耳。且非兄，妾何缘识三郎哉？"后亦无甚怪异。

青衫紅袖兩多情款
為折檀負
舊盟美淡摽緣成就
日心香一
瓣謝和生

瑞云

瑞云，杭之名妓，色艺无双。年十四，其母蔡媪，将使出应客。瑞云告曰：“此奴终身发轫之始，不可草草，价由母定，客则听奴自择之。”媪曰：“诺。”乃定价十五金，遂日见客。然见者必以贽：贽厚者接以弈，酬以画；薄者，留一茶而已。名妓身分几与名士等。瑞云名噪已久，自此富商贵介，接踵于门。

余杭贺生，才名夙著，而家仅中资。素仰瑞云，固未敢拟同鸳梦，亦竭微贽，冀得一睹芳泽。窃恐其阅人既多，不以寒酸在意；及至相见一谈，而款接殊殷。坐语良久，眉目含情，作诗赠生曰：“何事求浆者，蓝桥叩晓关？有心寻玉杵，端只在人间。”生得诗狂喜。更欲有言，忽小鬟来白“客至”，生仓猝遂别。既归，吟玩诗意，梦魂萦扰。过一二日，情不自已，修贽复往。瑞云接见良欢。移坐近生，悄然曰：“能图一宵之聚否？”生曰：“穷踧之士，惟有痴情可献知己。一丝之贽，已竭绵薄。得近芳容，私愿已足；若肌肤之亲，何敢作此梦想。”瑞云闻之戚然不乐，相对遂无一语。生久坐不出，媪频唤瑞云以促之，生乃归。心甚悒悒，思欲罄家以博一欢，而更尽而别，此情复何可耐？筹思及此，热念都消，由是音息遂绝。

瑞云择婿数月，更不得一当，媪颇恚，将强夺之而未发也。一日，有秀才投贽，坐语少时，便起，以一指按女额曰：“可惜，可惜！”遂去。瑞云送客返，共视额上有指印黑如墨，濯之益真。奇极，妙极。过数日，墨痕益阔；年余连额彻准矣。见者辄笑，而车马之迹以绝。媪斥去妆饰，使与婢辈伍。瑞云又荏弱，不任驱使，日益憔悴。贺闻而过之，见蓬首厨下，丑状类鬼。举目见生，面壁自隐。贺怜之，便与媪言，愿赎作妇。媪许之。贺货田倾装，买之以归。入门，牵衣揽涕，不敢以伉俪自居，愿备妾媵，以俟来者。贺曰：“人生所重者知己：卿盛时犹能知我，我岂以衰故忘卿哉！”此之谓真情种。此等人做得出孝子忠臣来。遂不复娶。闻者共姗笑之，而生情益笃。

居年余，偶至苏，有和生与同主人，忽问：“杭有名妓瑞云，近如何矣？”贺曰：“适人矣。”问：“何人？”曰：“其人率与仆等。”和曰：“若能如君，可谓得人矣。不知其价几何？”贺曰：“缘有奇疾，姑从贱售耳。不然，如仆者，何能于勾栏中买佳丽哉！”又问：“其人果能如君否？”贺以其问之异，因反诘之。和笑曰：“实不相欺：昔曾一觐其芳仪，甚惜其以绝世之姿，而流落不偶，故以小术晦其光而保其璞，可惜中郎、文姬不能晦光，遂不能保璞，有幸有不幸耳。留待怜才者之真鉴耳。”贺急问曰：“君能点之，亦能涤之否？”和笑曰：“乌得不能，但须其人一诚求耳。”贺起拜曰：“瑞云之婿，即某是也。”和喜曰：“天下惟真才人为能多情，确论。不以妍媸易念也。请从君归，便赠一佳人。”遂同返杭。

抵家，贺将命酒。和止之曰：“先行吾法，当先令治具者有欢心也。”即令以盥器贮水，戟指而书之，曰：“濯之当愈。然须亲出一谢医人也。”贺喜谢，笑捧而去，立俟瑞云自靧之，随手光洁，艳丽一如当年。共美今日，谁肯当初。夫妇共德之，同出展谢，而客已渺，遍觅之不可得，意者其仙欤？

仇大娘
母家已落荒
重興阿父生還
喜更增新典田
園舊不變大娘豈
但擅才能

仇大娘

仇仲，晋人也，忘其郡邑。值大乱，为寇俘去。二子福、禄俱幼；伏下。继室邵氏，抚双孤，遗业能温饱。而岁屡祲，豪强者复凌藉之，遂至食息不保。仲叔尚廉利其嫁，屡劝驾，邵氏矢志不摇。廉阴券于大姓，欲强夺之；关说已成，并无人知。里人魏名夙狡狯，与仲家积不相能，事事思中伤之。魏名是篇中紧要大串头，特笔提出。因邵寡，伪造浮言以相败辱。大姓闻之，恶其不德而止。

久之，廉之阴谋与外之飞语，邵渐闻之，冤结胸怀，朝夕陨涕，四体渐以不仁，委身床榻。福甫十六岁，因缝纫无人，遂急为毕姻。妇，姜秀才屺瞻之女，颇称贤能，百事赖以经纪。由此用渐裕，乃使禄从师读。魏忌嫉之，而阳与善，频招福饮，福倚为心腹交。魏乘间告曰：“尊堂病废，不能理家人生产；弟坐食，一无所操作，贤夫妇何为作牛马哉！且弟买妇，将大耗金钱。为君计，不如早析，则贫在弟而富在君也。”福归，谋诸妇，妇咄之。奈魏日以微言相渐渍，福惑焉，直以己意告母。母怒，诟骂之。福益恚，辄视金粟为他人物而委弃之。魏乘机诱与博赌，仓粟渐空，妇知而未敢言。及粮绝，母骇问，始以实告。母愤怒而无如何，遂析之。幸姜女贤，旦夕为母执炊，奉事一如平日。

福既析，无顾忌，大肆淫赌。数月间，田产悉偿赌债，而母与妻皆不知。福资既罄，无所为计，因券妻贷资，苦无受者。邑人赵阎罗，原系漏网大盗，武断一乡，竟不畏福言之食也，慨然假资。福持去数日复空。意踟蹰，将背券盟。赵横目相加。福惧，赚妻付之。魏闻窃喜，急奔告姜，实将倾败仇也。姜怒，讼兴。福惧甚，亡去。姜女至赵家，方知为婿所卖，大哭，但欲觅死。欲保节非舍生不可。赵初慰谕之，不听；既而威逼之，愈骂；大怒，鞭挞之，终不肯服。因拔笄自刺其喉，急救，已透食管，血溢出。赵急以帛束其项，犹冀从容而挫折焉。明日，拘票已至，赵行行不置意。官验女伤，命重笞之，隶相顾不敢用刑。官久知其横暴，至此益信，大怒，唤家人出，立毙之。姜遂舁女归。自姜之讼也，邵氏始知福不肖状，一号几绝，冥然大渐。禄时年十五，茕茕无以自主。

先是，仲有前室女仇大娘，此篇仇大娘传，而首两页数百言若无有大娘事者，比《水浒传》宋江，而前数卷并不出宋江字面，与此同。嫁于远郡，性刚猛，每归宁，馈赠不满其志，辄迕父母，往往以愤去，仲以是怒恶之，数载已不往置问。邵氏垂危，魏欲使招之来而启其争。适有贸贩者，与大娘同里，便托寄信大娘，且歆以家之可图。数日，大娘果与少子至。入门，见幼弟侍病母，景象凄惨，不觉恻然。因问弟福，禄实告之。大娘闻之，忿气塞吭，曰："家无成人，遂任人蹂躏至此！吾家田产，诸贼何得赚去！"因入厨下，爇火炊糜，先供母；而后呼弟及子啖之。啖已，忿出，诣邑投状，讼诸博徒。血性人敢作敢为，全无瞻顾，在妇女中尤难。众惧，敛金赂大娘。大娘受其金，而仍讼之。官拘甲、乙等各加杖责，田产殊置不问。大娘愤不已，率子赴郡讼之。郡守最恶赌博，大娘力陈孤苦，及诸恶局骗之状，情词慷慨。知之者谓似女霍光，不知者谓为母大虫。守为之动，判令知县追田给主；仍惩仇福，以儆不肖。到县，邑令奉命敲逼，于是故产尽反。

大娘已寡，乃遣少子归，且嘱从兄务业，勿得复来。大娘从此止母家，养母教弟，内外井然。母大慰，病渐瘥，家务悉委大娘。里中豪强，少见陵暴，辄握刀登门，侃侃争论，罔不屈服。居年余，田产日增。时市药饵珍肴，馈遗姜女。见禄渐长成，嘱媒谋姻。魏告人曰："仇家产业，悉属大娘，恐将来不可复返矣。"人咸信之，故无肯与论婚者。有范公子子文，家中名园，为晋第一。园中名花夹路，直通内室。或不知而误入之，值公子私宴，怒执为盗，杖几死。会清明，禄自塾中归，魏引与邀游，遂至范园。魏故与园丁相熟，放令入，周历亭榭。俄至一处，溪水汹涌，有画桥朱栏，通一漆门；遥望门内，繁花如锦，盖即公子内斋也。魏绐禄曰："君请先入，我适欲私焉。"禄信之，寻桥入户，至一院落，闻女子笑声。唐人云："花间笑语声。"方停步间，一婢出，窥见之，旋踵即返。禄始骇奔。无何，公子出，叱家人绾索逐之。禄大窘，自投溪中。公子反怒为笑，命仆引出。见其容裳都雅，便令易其衣履，曳入一亭，诘其姓氏。蔼颜温语，意甚亲昵。俄趋入内，旋出，笑握禄手，过桥，渐达曩所。禄不解其意，逡巡不敢入。公子强曳之入，见花篱内隐隐有美人窥伺。花篱内美人另是一般泽色。既坐，则群婢行酒。禄辞曰："童子无知，误践闺闼，得蒙赦宥，已出非望。但求释令早归，受恩匪浅。"公子不听。俄顷，肴炙纷纭。禄又起，辞以醉饱。公子捺坐，笑曰："仆有一乐拍名，若能对之，即放君行。"禄唯唯请教。公子曰："拍名'浑不似'。"禄默思良久，对曰："银成'没奈何'。"语又突。

公子大喜曰："真石崇也！"禄殊不解。盖公子有女名蕙娘，美而知书，日择良偶。夜梦一人告之曰："石崇，汝婿也。"问："何在？"曰："明日落水矣。"早告父母，共以为异。禄适符梦兆，故邀入内舍，使夫人女婢共觇之也。遥接。公子闻对而喜，乃曰："拍名乃小女所拟，屡思而无其偶，今得属对，亦有天缘。仆欲以息女奉箕帚；寒舍不乏第宅，更无烦亲迎耳。"禄惶然逊谢，且以母病不能入赘为辞。公子姑令归谋，遂遣园人负湿衣，送之以马。细甚。既归告母，母惊为不祥。于是始知魏氏险；然因凶得吉，亦置不仇，但戒子远绝而已。逾数日，公子又使人致意母，母终不敢应。大娘应之，即倩双媒纳采焉。未几，禄赘入公子家。年余游泮，才名籍甚。妻弟长成，敬少弛；禄怒，携妇而归。母已杖而能行。频岁赖大娘经纪，第宅完好。新妇既归，仆从如云，宛然大家矣。

魏既见绝，嫉妒益深，恨无暇之可蹈，乃引旗下逃人诬禄寄资。国初立法最严，禄依令徙口外。范公子上下贿托，仅以惠娘免行；田产尽没入官。幸大娘执析产书，锐身告理，新增良沃若干顷，悉挂福名，母女始得安居。禄自分不返，遂写离书付岳家，伶仃自去。行数日，至都北，饭于旅肆。有丐子怔营户外，貌绝类兄；前云福惧甚亡去，看书人几忘之矣。亲往讯诘，果兄。禄因自述，兄弟悲惨。禄解复衣，分数金嘱令归。福泣受而别。禄至关外，寄将军帐下为奴。因禄文弱，俾主文籍，与诸仆同栖止。仆辈研问家世，禄悉告之。内一人惊曰："是吾儿也！"然恐相逢是梦中，奇甚。盖仇仲初为寇家牧马，后寇投诚，卖仲旗下，时从主屯关外，向禄缅述，始知真为父子，抱头大哭，一室俱为酸辛。已而愤曰："何物逃东，遂诈吾儿！”因泣告将军。将军即命禄摄书记，函致亲王，付仲诣都。仲伺车驾出，先投冤状。亲王为之婉转，遂得昭雪，如此开脱，妙甚。情文相生，不另起炉灶。命地方官赎业归仇。仲返，父子各喜。禄细问家口，为赎身计。乃知仲入旗下，两易配而无所出，时方鳏居。禄遂治任归。

初，福别弟归，匍匐投大娘。大娘奉母坐堂上，操杖问之："汝愿受扑责，便可姑留；不然，汝田产既尽，亦无汝啖饭之所，请仍去。”福涕泣伏地，愿受笞。大娘投杖曰："卖妇之人，亦不足惩。但宿案未消，再犯首官可耳。”即使人往告姜。姜女骂曰："我是仇家何人，来相告耶！”许多作用。大娘频述告福而揶揄之，福惭愧不敢出气。居半年，大娘虽给奉周备，而役同厮养。福操作无怨词，托以金钱辄不苟。大娘察其无他，乃白母，求姜女复归。母意其不可复挽。大娘曰："不然。渠如肯事二主，楚毒岂肯自罹？要不能不有此忿耳。”率弟躬往负荆。岳父母诮让良切。大娘叱使长跪，节烈之妇，叱使跪请甚宜。然后请见姜女。请之再四，坚避不出，大娘搜捉以出。女乃指福唾骂，福惭汗无地自容。姜母始曳令起。大娘请问归期，女曰："向受姊惠綦多，今承尊命，岂复敢有异言？但恐不能保其不再卖也！且恩义已绝，更何颜与黑心无赖子共生活哉？请别营一室，妾往奉事老母，较胜披削足矣。”大娘代白其悔，为翌日之约而别。次日，以乘舆取归，母逆于门而跪拜之。女伏地大哭。大娘劝止，置酒为欢，命福坐案侧，急接转此笔。乃执爵而言曰："我苦争者，非自利也。光明磊落，白日青天，令人起敬，巾帼中那得有此。今弟悔过，贞妇复还，请以簿籍交纳。我以一身来，仍以一身去耳。”夫妇皆兴席改容，罗拜哀泣，大娘乃止。

居无何，昭雪命下，不数日，田宅悉还故主。

魏大骇，不知其故，自恨无术可以复施。适西邻有回禄之变，魏托救焚而往，暗以编菅爇禄第，风又暴作，延烧几尽；止余福居两三屋，举家依聚其中。未几，禄至，相见悲喜。初，范公子得离书，持商蕙娘。蕙娘痛哭，碎而投诸地。接前。父从其志，不复强。禄归，闻其未嫁，喜如岳所。公子知其灾，欲留之；禄不可，遂辞而退。大娘幸有藏金，出葺败堵。福负锸营筑，掘见窖镪，夜与弟共发之，石池盈丈，满中皆不动尊也。由是鸠工大作，楼舍群起，层层收到、不漏一笔。壮丽拟于世胄。禄感将军义，备千金往赎父。福请行，因遣健仆辅之以去。禄乃迎蕙娘归。未几，父兄同归，一门欢腾。

大娘自居母家，禁子省视，恐人议其私也。父既归，坚辞欲去。兄弟不忍，父乃析产而三之：子得二，女得一也。大娘固辞。兄弟皆泣曰："吾等非姊，乌有今日！"大娘乃安之。遣人招子，移家共居焉。或问大娘："异母兄弟，何遂关切如此？"大娘曰："知有母而不知有父者，惟禽兽如此耳，岂以人而效之？"福禄闻之皆流涕，使工人治其第，皆与己等。

魏自计十余年，祸之而益福之，深自愧悔。又仰其富，思交欢之，因以贺仲阶进，备物而往。福欲却之，仲不忍拂，受鸡酒焉。鸡以布缕缚足，逸入灶；灶火燃布，往栖积薪，僮婢不察。俄而薪焚灾舍，一家惶骇。幸手指众多，一时扑灭，而厨中已百物俱空矣。兄弟皆谓其物不祥。后值父寿，魏复馈牵羊。却之不得，系羊庭树。夜有僮被仆殴，忿趋树下，解羊索自经死。兄弟叹曰："其福之不如其祸之也！"此语消许多不平之憾。通篇结穴。自是魏虽殷勤，竟不敢受其寸缕，宁厚酬之而已。后魏老，贫而作丐，吾合胡世赏阁部尝作三鬼论，谓魏忠贤、魏广微、魏德藻也。此只一鬼，可当三鬼。仇每周以布粟而德报之。

异史氏曰：“噫嘻！造物之殊不由人也！益仇之而益福之，彼机诈者无谓甚矣。顾受其爱敬，而反以得祸，不更奇哉？此可知盗泉之水，一掬亦污也。”

曹操冢
藏身誰說九州寬
直欲欺心到蓋棺
疑冢空傳七十二
阿瞞今日不能瞞

曹操冢

许城外有河水汹涌，近崖深黯。盛夏时，有人入浴，然若被刀斧，尸断浮出；后一人亦如之。转相惊怪。邑宰闻之，遣多人闸断上流，竭其水。见崖下有深洞，中置轮，轮上排利刃如霜。去轮攻入，中有小碑，字皆汉篆。细视之，则曹孟德墓也。曹贼名瞒，到底瞒不过人。破棺散骨，所殉金宝尽取之。近人诗云：“毕竟机心缘底事，秋风无恙卧龙坟。”

异史氏曰：“后贤诗云：‘尽掘七十二疑冢，必有一冢葬君尸。’宁知竟在七十二冢之外乎？奸哉瞒也！然千余年而朽骨不保，变诈亦复何益？呜呼！瞒之智正瞒之愚也！”

龍飛相公
自命風流放誕身責
皆黑獄道中人戴生
不勸懸崖馬偕向幽
泉伴碧燐
龍飛

龙飞相公

安庆戴生，少薄行，无检幅。一日醉归，途中遇故表兄季生。醉后昏眊，竟忘其死，问："向在何所？"季曰："仆已异物，君忘之耶？"戴始恍然，而醉亦不惧，问："冥间何作？"答曰："近在转轮王殿下司录。"戴曰："人世祸福，当必知之？"季曰："此仆职也，乌得不知。但过繁不甚关切，不能尽记耳。三日前偶稽册，尚睹君名。"戴急问其何词，季曰："不敢相欺，尊名在黑暗狱中。"戴大惧，酒亦醒，苦求拯拔。季曰："此非仆所能效力，惟善可以已之。确语。然君恶籍盈指，非大善不可复挽。穷秀才有何大力？即日行一善，非年余不能相准，今已晚矣。但从此砥行，则地狱或有出时。"戴闻之泣下，伏地哀恳；及仰首，而季已杳矣。悒悒而归。由此洗心改行，不敢差跌。

先是，戴私其邻妇，邻人闻之而不肯发，思掩执之。而戴自改行，永与妇绝，邻人伺之不得，以为恨。一日，遇于田间，阳与语，绐窥眢井，因而堕之，井深数丈，计必死。而戴中夜苏，坐井中大号，殊无知者。邻人恐其复上，过宿往听之；闻其声，急投石。戴移避洞中，不敢复作声。邻人知其不死，劚土填井，几满之。洞中冥黑，真与地狱无少异者。况空洞无所得食，计无生理。匍匐渐入，则三步外皆水，无所复之，还坐故处。初觉腹馁，久竟忘之。因思重泉下无善可行，惟长宣佛号而已。既见磷火浮游，荧荧满洞，因而祝之曰："闻青磷悉为冤鬼；我虽暂生，固亦难返，如可共话，亦慰寂寞。"但见诸磷渐浮水来，磷中有一人，高约人身之半。诘所自来，答云："此古煤井。主人攻煤，震动古墓，被龙飞相公决地海之水，溺死四十三人。我等皆其鬼也。"问："相公何人？"曰："不知也。但相公文学士，今为城隍幕客，彼亦怜我等无辜，三五日辄一施水粥。思我辈冷水浸骨，超拔无日。君倘再履人世，祈捞残骨葬一义冢，则惠及泉下者多矣。"戴曰："如有万分之一，此更何难。但深在九地，安望重睹天日乎？"因教诸鬼使念佛，拈块代珠，记其藏数。不知时之昏晓，倦则眠，醒则坐而已。

忽见深处有笼灯，众喜曰："龙飞相公施食矣！"邀戴同往。戴虑水沮，众强曳扶以行，飘若履虚。曲折半里许，至一处，众释令自行；步益上，如升数仞之阶。阶尽，睹房廊，堂上烧明烛一支，大如臂。戴久不见火光，喜极趋上。上坐一叟儒，服儒巾。戴辍步不敢前。叟已睹见，讶问："生人何来？"戴上，伏地自陈。叟曰："我子孙也。"因令起，赐之坐。自言："戴潜，字龙飞。向因不肖孙堂，连结匪类，近墓作井，使老夫不安于夜室，故以海水投之。今其后续如何矣？"

盖戴近宗凡五支，堂居长。初，邑中大姓赂堂，攻煤于其祖茔之侧。诸弟畏其强，莫敢争。无何，地水暴至，采煤人尽死井中。诸死者家，群兴大讼，堂及大姓皆以此贫；堂子孙至无立锥。戴乃堂弟裔也。曾闻先人传其书，因告翁。翁曰："此等不肖，其后焉得昌！汝既来此，当勿废读。"因饷以酒馔，遂置卷案头，皆成、洪制艺，迫使研读。又命题课文，如师教徒。堂上烛常明，不剪亦不灭。倦时辄眠，莫辨晨夕。翁时出，则以一僮给役。历时觉有数年之久，然幸无苦。但无别书可读，惟制艺百首，首四千余遍矣。翁一日谓曰："子孽报已满，合还人世。余冢邻煤洞，阴风刺骨，得志后，当迁我于东原。"戴敬诺。翁乃唤集群鬼，仍送至旧坐处，群鬼罗拜再嘱。戴亦不知何计可出。

先是，家中失戴，搜访既穷，母告官，系缧多人，杳无踪迹。积三四年，官离任，缉察亦弛。戴妻不安于室，遣嫁去。会里中人复治旧井，入洞见戴，抚之未死。大骇，报诸其家。舁归经日，始能言其底里。自戴入井，邻人殴杀其妻，为妻翁所讼，驳审年余，仅存皮骨而归。闻戴复生，大惧亡去。宗人议究治之，戴不许，且谓曩时实所自取，此冥中之谴，于彼何与焉。邻人察其意无他，始逡巡而归。井水既涸，戴买人入洞拾骨，俾各为具，市棺设地，葬丛冢焉。又稽宗谱名潜，字龙飞，先设品物祭诸冢，学使闻其异，又赏其文，是科以优等入闱，遂捷于乡。既归，营兆东原，迁龙飞厚葬之。春秋上墓，岁岁不衰。

异史氏曰："余乡有攻煤者，洞没于水，十余人沉溺其中。竭水求尸，两月余始得涸，而十余人并无死者。盖水大至时，共泅高处，得不溺。缒而上之，见风始绝，一昼夜乃渐苏。始知人在地下，如蛇鸟之蛰，急切未能死也。然未有至数年者。苟非至善，三年地狱中，岂复有生理哉！"

珊瑚
篝燈課績意
酸辛勞怨相
忘孝抬真試
看予田跽泣
子只將盲栗

珊 瑚

安生大成，重庆人。父孝廉，早卒。弟二成，幼。伏下臧姑。生娶陈氏，小字珊瑚，性娴淑。而生母沈，悍谬不仁，遇之虐，珊瑚无怨色。有此孝子孝妇，可为地方生色。每早旦，靓妆往朝。值生疾，母谓其诲淫，诟责之。珊瑚退，毁妆以进。母益怒，投颡自挝。生素孝，鞭妇，母始少解。自此益憎妇。妇虽奉事维谨，终不与交一语。世之顺妻逆母者皆安生罪人。生知母怒，亦寄宿他所，示与妇绝。久之，母终不快，触物类而骂之，意总在珊瑚。生曰："娶妻以奉姑嫜，今若此，何以妻为！"遂出珊瑚，古人七出，颇于情理不近，如孔门三出，曾子蒸梨，皆不足信。友人曰：必如是而后夫妇之道正，后世不然，而夫妇之道微矣。○天下无不是底父母，乱臣贼子皆坐与君父论理耳。《聊斋》于孝友字何其认得极真，至且周密毫无可议也。此与曾友于篇同为有关名教之文，当作圣经贤传读之。使老妪送归母家。

方出里门，珊瑚泣曰："为女子不能作妇，归何以见双亲？不如死！"袖中出剪刀刺喉。急救之，血溢沾襟，扶归生族婶家。婶王氏，寡居无偶，遂止焉。媪归，生嘱隐其情，而心窃恐母知。过数日，探知珊瑚创渐平，登王氏门，使勿留珊瑚。王召生入；不入，但盛气逐珊瑚。无何，王乃率珊瑚出见生，问："珊瑚何罪？"生责其不能事母。珊瑚默默不作一语，惟俯首呜泣，泪皆赤，素衫尽染。生惨恻不能尽词而退。又数日，母已闻之，怒诣王，恶言诮让。王傲不相下，反述其恶，且曰："妇已出，尚属安家何人？我自留陈氏女，非留安氏妇也，何烦强与他家事！"母怒甚而穷于词，又见王意气汹汹，惭沮大哭而返。珊瑚意不自安，思他适。

先是，生有母姨于媪，即沈姊也。年六十余，子死，止一幼孙及寡媳；又尝善视珊瑚。遂辞王，往投媪。媪诘得故，极道妹子昏暴，即欲送之还。珊瑚力言其不可，兼嘱勿言，乃与于媪居，如姑妇焉。珊瑚有两兄，闻而怜之，欲移归另嫁。珊瑚执不肯，惟从于媪纺绩以自度。

生自出妇，母多方为生谋婚，换笔，另作转关。而悍声流播，远近无与为偶。积三四年，二成渐长，遂先为毕姻。二成妻臧姑，骄悍戾沓，尤倍于母。特笔提。母或怒以色，则臧姑怒以声。二成又懦，不敢为左右袒。于是母威顿减，莫敢撄，反望色笑而承迎之，犹不能得臧姑欢。何其甚也。臧姑役母若婢；生不敢言，惟身代母操作，涤器洒扫之事皆与焉。母子恒于无人处，相对饮泣。

无何，母以郁抑成病，委顿在床，便溺转侧皆须生；生昼夜不得寐，两目尽赤。呼弟代役，甫入门，臧姑辄唤去。生于是奔告于媪，逼出此句。冀媪临存。入门，泣且诉。诉未毕，珊瑚自帏中出。生大惭，禁声欲出。珊瑚以两手叉扉。古乐府中有《孔雀东南飞》一篇为焦仲卿妻作，然不如此妇远矣。生窘极，自肘下冲出而归，亦不敢以告母。无何，于媪至，母喜止之。从此媪家无日不有人来，来必以甘旨饷媪。媪寄语寡媳："此处不饿，后无复尔。"而家中馈遗，卒无少间。媪不肯少尝食，缄留以待病者。母病亦渐瘥。媪幼孙又以母命将佳饵来问病。沈叹曰："贤哉妇乎！姊何修者！"媪曰："妹以去妇何如人？"曰："嘻！诚不至夫己氏之甚也！然乌如甥妇贤。"媪曰："妇在，汝不知劳；汝怒，妇不知怨；二语将孝妇说尽，简妙。恶乎弗如？"沈乃泣下，且告之悔，曰珊："瑚嫁也未？"答云："不知，请访之。”

又数日，病愈，媪欲别。沈泣曰：“恐姊去，我仍死耳！”媪乃与生谋，析二成居。二成告臧姑。臧姑不乐，语侵兄，兼及媪。生愿以良田悉归二成，臧姑乃喜。立析产书已，媪始去。

明日，以车来迎沈。沈至其家，先求见甥妇，亟道甥妇德。媪曰：“小女子百善，何遂无一疵？余固能容之。子即有妇如吾妇，恐亦不能享也。”沈曰：“冤哉！谓我木石鹿豕耶！具有口鼻，岂有触香臭而不知者？”媪曰：“被出如珊瑚，不知念子作何语？”曰：“骂之耳。”媪曰：“诚反躬无可骂，亦恶乎而骂之？”曰：“瑕疵人所时有，惟其不能贤，是以知其骂也。”媪曰：“当怨者不怨，则德焉者可知；当去者不去，则抚焉者可知。向之所馈遗而奉事者，固非予妇也，尔妇也。”沈惊曰：“如何？”曰：“珊瑚寄此久矣。向之所供，皆渠夜绩之所贻也。”沈闻之，泣数行下，曰：“我何以见我妇矣！”媪乃呼珊瑚。珊瑚含涕而出，伏地下。母惭痛自挞，媪力劝始止，遂为姑媳如初。十余日偕归。

都用句法。

“尔妇也”三字声泪俱下。

伏地痛哭，写孝妇真是孝；惭痛自挞，写姑悔真是悔。

家中薄田数亩，不足自给，惟恃生以笔耕，妇以针黹。二成称饶，然兄不之求，弟亦不之顾也。臧姑以嫂之出也鄙之；嫂亦恶其悍，置不齿。兄弟各院居。臧姑时有凌虐，一家尽掩其耳。臧姑无所用虐，虐夫及婢。婢一日自经死。婢父讼臧姑，二成代妇质理，大受扑责，仍坐拘臧姑。生上下为之营脱，卒不免。臧姑械十指，肉尽脱。官贪暴，索望良奢。二成质田贷资，如数纳入，始释归。而债家责负日亟，不得已，悉以良田鬻于村中任翁。翁以田半属大成所让，要生署券。生往，翁忽

以上写珊瑚毕，以下极写臧姑。

自言："我安孝廉也。任某何人，敢市吾业！"又顾生曰："冥中感汝夫妻孝，故使我暂归一面。"生出涕曰："父有灵，急救吾弟！"真孝子无不友爱，此句又令人感泣。曰："逆子悍妇，不足惜也？归家速办金，赎吾血产。"生曰："母子仅自存活，安得多金？"曰："紫薇树下有藏金，可以取用。"欲再问之，翁已不语；少时而醒，茫不自知。生归告母，亦未深信。臧姑已率人往发窖，坎地四五尺，止见砖石，并无金，失意而去。生闻其掘藏，戒母及妻勿往视。后知其无所获，母窃往窥之，见砖石杂土中，遂返。珊瑚继至，则见土内悉白镪；呼生往验之，果然。生以先人所遗，不忍私，召二成均分之。世安得有人，可敬可爱。数适得揭取之二，各囊之而归。二成与臧姑共验之，启囊则瓦砾满中，大骇。疑二成为兄所愚，使二成往窥兄，兄方陈金几上，与母相庆。因实告兄，兄亦骇，而心甚怜之，举金而并赐之。二成乃喜，往酬债讫，甚德兄。臧姑曰："即此益知兄诈。若非自愧于心，谁肯以瓜分者复让人乎？"天下丧心人出语往往如此。二成疑信半之。

次日，债主遣仆来，言所偿皆伪金，将执以首官。夫妻皆失色，臧姑曰："何如！我固谓兄贤不至于此，是将以杀汝也！"如闻其声，如见其人。二成惧，往哀债主；主怒不释。二成乃券田于主，听其自售，始得原金而归。细视之，见断金二锭，仅裹真金一韭叶许，中尽铜耳。臧姑因与二成谋：留其断者，余仍反诸兄以觇之。且教之言曰："屡承让德，实所不忍。薄留二锭，以见推施之义。所存物产，尚与兄等。余无庸多田也，业已弃之，赎否在兄。"生不知其意，固让之。二成辞甚决，生乃受。称之少五两，命珊瑚质奁妆以满其数，携付债主。主疑似旧金，以剪刀夹验之，纹色俱足，无少差谬，遂收金，与生易券。

二成还金后，意其必有参差；既闻旧业已赎，大奇之。臧姑疑发掘时，兄先隐其真金，忿诣兄所，责数诟厉。生乃悟反金之故。珊瑚逆而笑曰："产固在耳，何怒为！"使生出券付之。

仁至义尽，世真有此人，不谓之贤哲得乎！

二成一夜梦父责之曰："汝不孝不弟，冥限已迫，寸土皆非汝有，占赖将以奚为！"醒告臧姑，欲以田归兄。臧姑嗤其愚。

是时二成有两男，长七岁，次三岁。未几，长男病痘死。臧姑始惧，（臧姑之悔与其母之悔各是一样转头法。）使二成退券于兄。言之再三，生不受。无何，次男又死。臧姑益惧，自以券置嫂所。春将尽，田芜秽不耕，生不得已，种治之。臧姑自此改行，定省如孝子；敬嫂亦至。半年母病卒。臧姑哭之恸，勺水不入口。向人曰："姑早死，使我不得事，是天不许我自赎也！"育十胎皆不存，遂以兄子为子。夫妻皆寿终。生养二子，皆举进士。人以为孝友之报云。

异史氏曰："不遭跋扈之恶，不知靖献之忠，家与国有同情哉。逆妇化而母死，盖一堂孝顺，无德以戡之也。（层层都到。）臧姑自克，谓天不许其自赎，非悟道者何能有此言乎？然应迫死，而以寿终，天固已恕之矣。生于忧患有以矣夫！"

五通
流俗相傳奉鬼
雄公
然桑濮恣淫風
萬生
刀箭湯公奏一
樣威
靈懾五通

五通第二
五通神祇一通存猶
子南來妙斂魂絕似
阿難摩戒體竟從一
淫席斬淫根

五 通

南有五通，犹北之有狐也。疏解起法。然北方狐祟，尚可驱遣；而江浙五通，则民家美妇，辄被淫占，父母兄弟，皆莫敢息，为害尤烈。

有赵弘者，吴之典商也。妻阎氏，颇风格。一夜，有丈夫岸然自外入，按剑四顾，婢媪尽奔。阎欲出，丈夫横阻之，曰："勿相畏，我五通神四郎也。我爱汝，不为汝祸。"因抱腰举之如举婴儿，置床上，裙带自开，遂狎之。而伟岸甚不可堪，迷惘中呻楚欲绝。四郎亦怜惜，不尽其器。既而下床，曰："我五日当复来。"乃去。弘于门外设典肆，是夜婢奔告之。弘知其五通，不敢问。质明视之，妻惫不起，心甚羞恨，戒家人勿播。妇三四日始就平复，而惧其复至。婢媪不敢宿内室，悉避外舍，惟妇对烛含愁以伺之。无何，四郎偕两人入，皆少年蕴藉。有僮列肴酒，与妇共饮。妇羞缩低头，强之饮亦不饮；心惕惕然，恐更番为淫，则命合尽矣。三人互相劝酬，或呼大兄，或呼三弟。饮至中夜，上坐二客并起，曰："今日四郎以美人见招，会当邀二郎、五郎醵酒为贺。"遂辞而去。四郎挽妇入帏，妇哀免；四郎强合之，鲜血流离，昏不知人，四郎始去。妇奄卧床榻，不胜羞愤，思欲自尽，而投缳则带自绝，屡试皆然，苦不得死。幸四郎不常至，约妇痊可始一来。积两三月，一家俱不聊生。

有会稽万生者，赵之表弟，刚猛善射。一日过赵，时已暮，赵以客舍为家人所集，遂宿赵内院。万久不寐，闻庭中有人行声，伏窗窥之，见一男子入妇室。疑之，捉刀而潜视之，见男子与阎氏并肩坐，肴陈几上矣。忿火中腾，奔而入。男子惊起，急觅剑；刀已中颅，颅裂而踣。视之，则一小马，大如驴。愕问妇，妇具道之，且曰："诸神将至，为之奈何！"万摇手，禁勿声。灭烛取弓矢，伏暗中。未几，有四五人自空飞堕。万急发一矢，首者殪。三人吼怒，拔剑搜射者。万握刀依扉后，寂不少动。一人入，剁颈亦殪。仍倚扉后，久之无声，乃出，叩关告赵。赵大惊，共烛之，一马两豕死室中。举家相庆，犹恐二物复仇，留万于家，炰豕烹马而供之；味美，异于常馐。万生之名，由是大噪。居月余，其怪竟绝，乃辞欲去。

有木商某苦要之。先是，木有女未嫁，忽五通昼降，是二十余美丈夫，言将聘作妇，委金百两，约吉期而去。计期已迫，合家惶惧。闻万生名，坚请过诸其家。恐万有难词，隐其情不以告。盛筵既罢，妆女出拜客，年十六七，是好女子。万错愕不解其故，离席伛偻。某捺坐而实告之。万初闻而惊；而生平意气自豪，遂亦不辞。

至日，某乃悬彩于门，使万坐室中。日昃不至，疑新郎已在诛数。未几，见檐间忽如鸟坠，则一少年盛服入。见万，返身而奔。万追出，但见黑气欲飞，以刀跃挥之，断其一足，大嗥而去。俯视，则巨爪大如手，不知何物；寻其血迹，入于江中。某大喜，闻万无偶，是夕即以所备床寝，使与女合卺焉。于是素患五通者，皆拜请一宿其家。居年余，始携妻而去。从此吴中止有一通，或曰吴下只存一通，是调笑吴人。不敢公然为害矣。

异史氏曰："五通、青蛙，惑俗已久，遂至任其淫乱，无人敢私议一语。万生真天下之快人也！"

金生，字王孙，苏州人。设帐于淮，馆缙绅园。园中屋宇无多，花木丛杂。夜既深，僮仆尽散，辄吊孤影。

一夜，三漏将残，忽有人以指弹扉。急问之，对以"乞火"，声类馆僮。启户，则二八佳丽，一婢从之。生意妖魅，穷诘甚悉。女曰："妾以君风雅之士，枯寂可怜，不畏多露，相与遣此良宵。恐言其故，妾不敢来，君亦不敢纳也。"生又以为邻之奔女，惧丧行检，敬谢之。女横波一顾，生觉神魂都迷，忽颠倒不能自主。婢已知之，便云："霞姑，我且去。"女颔之。既而呵曰："去则去耳，甚得云耶、霞耶！"如闻小妮子妖媚声口。婢既去，女笑曰："适室中无人，遂偕婢从来。无知如此，遂以小字令君闻矣。"生曰："卿深细如此，故仆惧有祸机。"女曰："久当自知，保不败君行止，勿忧也。"上榻缓其装束，见臂上腕钏，以条金贯火齐，衔明珠二粒；烛既灭，光照一室。生益骇，终莫测其所自至。生于女去时，遥尾之；女似已觉，遽蔽其光，树浓茂，昏不见掌而返。

一日，生诣河北，笠带断绝，风吹欲落，辄于马上以手自按。至河，坐扁舟上，飘风堕笠，随波竟去。意颇自失。既渡，见大风飘笠，团转空际；渐落，以手承之，则带已续矣。异之。归斋向女缅述；女不言，但微笑之。生疑女所为，曰："卿果神人，当相明告，以祛烦惑。”女曰：“岑寂之中，得此痴情人为君破闷，妾自谓不恶。纵令妾能为此，亦相爱耳。苦致诘难，欲相绝耶？”生不敢复言。

先是，生有甥女，如此入题，蹊径独别。既嫁，为五通所惑，心忧之而未以告人。缘与女狎昵既久，肺膈无不倾吐。女曰：“此等物事，家君能驱除之。顾何敢以情人之私告诸严君？”生苦哀求计。女沉思曰：“此亦易除，但须亲往。若辈皆我奴隶，若令一指得着肌肤，则此耻西江不能濯也。”生哀求不已。女曰：“当即图之。”

次夕至，告曰：“妾为君遣婢南下矣。婢子弱，恐不能便诛却耳。”次夜方寝，婢来叩户。生急内入。女问：“何如？”答曰：“力不能擒，已宫之矣。”笑问其状。曰：“初以为郎家也；既到，始知其非。比至婿家，灯火已张，入见娘子坐灯下，隐几若寐。我敛魂覆瓿中，少时，物至，入室急退，曰：‘何得寓生人！’审视无他，乃复入。我阳若迷。彼启衾入，又惊曰：‘何得有兵气！’本不欲以秽物污指，奈恐缓而生变，遂急捉而阉之。物惊嗥遁去。乃起启瓿，娘子若醒，而婢子行矣。”生喜谢之，女与俱去。后半月余，女不复至，亦已绝望。

岁暮，解馆欲归，女复至。生喜逆之，曰：“卿久见弃，念必有获罪处，幸不终绝耶？”女曰：“终岁之好，分手未有一言，终属缺事。闻君卷帐，故窃来一告别耳。”生请偕归。女叹曰：“难言之矣！今将别，情不忍昧：妾实金龙大王金龙大王，河神也，姓谢，见《神仙纲鉴》。之女，缘与君有夙分，故来相就。不合遣婢江南，致江湖流传，言妾为君阉割五通。家君闻之，以为大辱，忿欲赐死。幸婢以身自任，怒乃稍解；杖婢以百数。妾一跬步，必使保母从之。投隙一至，不能尽此衷曲，奈何！”言已，欲别。生挽之而泣。女曰：“君勿尔，后三十年可复相聚。”生曰：“仆年三十矣，又三十年，皤然一老，何颜复见？”女曰：“不然，龙宫无白叟也。且人生寿夭，不在容貌，如徒求驻颜，固亦大易。”乃书一方于卷头而去。

生旋里，甥女始言其异，云：“当晚若梦，觉一人捉予塞盎中，既醒，则血殷床褥，而怪绝矣。”生曰：“我曩祷河伯耳。”群疑始解。后生六十余，貌犹类三十许人。一日，渡河，遥见上流浮莲叶，大如席，一丽人坐其上，近视，则神女也。生跃从之，人随荷叶俱小，渐渐如钱而灭。

此事与赵弘一则，俱明季事，不知孰前孰后。若在万生用武之后，则吴下仅遗半通，宜其不为害也。

申氏
憂心竟詠北門篇生對
牛衣淚欲漣
甯死不甘為盜跖宵行
應動鬼神憐

申　氏

泾河之侧，有士人子申氏者，家窭贫，竟日恒不举火。夫妻相对，无以为计。妻曰："无已，子其盗乎！"申曰："士人子，不能亢宗，而辱门户，羞先人，跖而生，不如夷而死！"妻忿曰："子欲活而恶辱耶？世不田而食者，止两途：汝既不能盗，我无宁娼乎！"申怒，与妻语相侵。妻含愤而眠。申念为男子不能谋两餐，至使妻欲娼，固不如死！潜起，投缳庭树间。但见父来，惊曰："痴儿，何至于此！"断其绳，嘱曰："盗可以为，妻逼其夫，父教其子，奈何，奈何！〇盗可为乎？庄子曰："盗亦有道。"见《胠箧篇》。须择禾黍深处伏之。此行可富，无庸再矣。"妻闻堕地声，惊寤；呼夫不应，爇火觅之，见树上缳绝，申死其下。大骇。抚捺之，移时而苏，扶卧床上。妻忿气少平。

既明，托夫病，乞邻得稀酏饵申。申啜已，出而去。至午，负一囊米至。妻问所从来，曰："余父执皆世家，向以摇尾羞，故不屑相求也。古人云：'不遭者可无不为。'今且将作盗，何顾焉！可速炊，我将从卿言，往行劫。"妻疑其未忘前言之忿，含忍之。因淅米作糜。申饱食讫，急寻坚木，斧作梃，持之欲去。妻察其意似真，曳而止之。申曰："子教我为，事败相累，当无悔！"绝裾而出。

日暮，抵邻村，违村里许伏焉。忽暴雨，上下淋湿。遥望浓树，将以投止。而电光一照，已近村垣。写作盗时，夜景如绘。远处似有行人，恐为所窥，见垣下有禾黍蒙密，疾趋而入，蹲避其中。无何一男子来，躯甚壮伟，亦投禾中。申惧不敢少动。幸男子斜行去。微窥之，入于垣中。默忆垣内为富室亢氏第，此必梁上君子，伺其重获而出，当合有分。又念：其人雄健，倘善取不予，必至用武。自度力不敌，不如乘其无备而颠之。计已定，伏伺良专。直将鸡鸣，始越垣出。足未及地，申暴起，梃中腰膂，踣然倾跌，则一巨龟，喙张如盆。忽断。大惊，又连击之，遂毙。

先是，用追叙之笔。亢翁有女，绝惠美，父母甚怜爱之。一夜，有丈夫入室，狎逼为欢。欲号，则舌已入口，昏不知人，听其所为而去。羞以告人，惟多集婢媪，严扃门户而已。夜既寝，更不知扉何自而开；入室，则群众皆迷，婢媪遍淫之。于是相告各骇，以告翁；翁戒家人操兵环绣闼，室中人烛而坐。约近夜半，内外人一时都瞑，忽若梦醒，见女白身卧，状类痴，良久始寤。翁甚恨之，而无如何。积数月，女柴瘠颇殆。每语人：“有能驱遣者，谢金三百。”申平时亦悉闻之。是夜得龟，忽接。因悟祟翁女者，必是物也。遂叩门求赏。翁喜，筵之上座，使人舁龟于庭，脔割之。留申过夜，其怪果绝，乃如数赠之。负金而归。

妻以其隔夜不还，方且忧盼；见申入，急问之。申不言，以金置榻上。妻开视，几骇绝，曰：“子真为盗耶！”申曰：“汝逼我为此，又作是言！”妻泣曰：“前特以相戏耳。今犯断头之罪，我不能为贼人累也。请先死！”此妇虽悍，尚有人心，宜其获享素封。乃奔。申逐出，笑曳而返之，具以实告，妻乃喜。自此谋生产，称素封焉。

异史氏曰："人不患贫，患无行耳。其行端者，虽饿不死，不为人怜，亦有鬼佑也。世之贫者，利所在忘义，食所在忘耻，人且不敢以一文相托，而何以见谅于鬼神乎！"

邑有贫民某乙，残腊向尽，身无完衣。自念：何以卒岁？不敢与妻言，暗操白梃，出伏墓中，冀有孤身而过者，劫其所有。悬望甚苦，渺无人迹，而松风刺骨，不复可耐。意濒绝矣，忽见一人伛偻来。心窃喜，持梃遽出。则一叟负囊道左，哀曰："一身实无长物。家绝食，适于婿家乞得五升米耳。"乙夺米，复欲褫其絮袄。叟苦哀求。乙怜其老，释之，负米而归。妻诘其自，诡以"赌债"对。阴念此策良佳。次夜复往。居无几时，见一人荷梃来，亦投墓中，蹲居眺望，意似同道。乙乃逡巡自冢后出。其人惊问："谁何？"答云："行道者。"问："何不行？"曰："待君耳。"其人失笑。各以意会，并道饥寒之苦。夜既深，无所猎获。乙欲归，其人曰："子虽作此道，然犹雏也。前村有嫁女者，营办中夜，举家必殆。从我去，得当均之。"乙喜，从之。至一门，隔壁闻炊饼声，知未寝，伏伺之。无何，一人启关荷杖出行汲，二人乘间掩入。见灯辉北舍，他屋皆暗黑。闻一媪曰："大姐，可向东舍一瞩，汝奁妆悉在椟中，忘扃鐍未也。"闻少女作娇惰声。二人窃喜，潜趋东舍，暗中摸索得卧椟；启复探之，深不见底。其人谓乙曰："入之！"乙果入，得一裹，传递而出。其人问："尽矣乎？"曰："尽矣。"又绐之曰："再索之。"乃闭椟，加锁而去。乙在其中，窘急无计。未几，灯火亮入，先照椟。闻媪云：“谁已扃矣。”于是母及女上榻息烛。乙急甚，乃作鼠啮物声。女曰：“椟中有鼠！”媪曰：“勿坏尔衣。我疲顿已极，汝宜自觇之。”女振衣起，发扃启椟，乙突出，女惊仆。乙拔关奔去，虽无所得，而窃幸得免。嫁女家被盗，四方流播。或议乙。乙惧，东遁百里，为逆旅主人赁作佣。年余，浮言稍息，始取妻同居，不业白梃矣。此其自述，因类申氏，故附志之。

恒孃
小加大芳
暗傷悲昔
日專房寵
已衰感激
難忘文種
德一顰一
笑教西施

恒娘

都中洪大业，妻朱氏，姿致颇佳，两相爱悦。后洪纳婢宝带为妾，貌远逊朱，而洪嬖之。一段叙案，以下便放手作文。朱不平，遂致反目。洪虽不敢公然宿妾所，然益嬖妾，疏朱。后徙其居，与帛商狄姓者为邻。狄妻恒娘，先过院谒朱。恒娘三十许，姿仅中人，言词轻倩。朱悦之。次日，答拜，见其室亦有小妾，年二十许，甚娟好。邻居几半年，并不闻其诟谇一语；而狄独钟爱恒娘，副室则虚位而已。

朱一日问恒娘曰："予向谓良人之爱妾，为其为妾也，每欲易妻之名呼作妾，今乃知不然。夫人何术？如可授，愿北面为弟子。"恒娘曰："嘻！子则自疏，而尤男子乎？亦有见地，先指其失。朝夕而絮聒之，是为丛驱雀，其离滋甚耳！其归益纵之，即男子自来，勿纳也。第一层功夫。一月后，当再为子谋之。"朱从其谋，益饰宝带，使从丈夫寝。洪一饮食，亦使宝带共之。洪时以周旋朱，朱拒之益力，于是共称朱氏贤。

如是月余，朱往见恒娘。恒娘喜曰："得之矣！子归毁若妆，勿华服，勿脂泽，垢面敝履，杂家人操作。一月后，可复来。"第二层功夫。朱从之：衣敝补衣，故为不洁清，而纺绩外无他问。洪怜之，使宝带分其劳；朱不受，辄叱去之。

如是者一月，又往见恒娘。恒娘曰："孺子真可教也！后日为上巳节，欲招子踏春园。子当尽去敝衣，袍裤袜履，崭然一新，早过我。”第三层功夫。朱曰：“诺。”至日，揽镜细匀铅黄，一如恒娘教。妆竟，过恒娘。恒娘喜曰：“可矣！”如作文之有正位。又代挽凤髻，光可鉴影。袍袖不合时制，拆其线，更作之；谓其履样拙，更于笥中出业履，共成之，讫，即令易着。临别，饮以酒，嘱曰：“归去一见男子，即早闭户寝，渠来叩关，勿听也。三度呼，可一度纳。口索舌，手索足，皆吝之。半月后，当复来。”已入玄中，却还有许多妙用。

朱归，炫妆见洪，洪上下凝睇之，欢笑异于平时。朱少话游览，便支颐作惰态；日未昏，即起入房，阖扉眠矣。未几，洪果来款关，朱坚卧不起，洪始去。次夕复然。明日，洪让之。朱曰：“独眠习惯，不堪复扰。”日既西，洪入闺坐守之。灭烛登床，如调新妇，绸缪甚欢。更为次夜之约；朱不可长，与洪约，以三日为率。饱则他去，此处总在留得住。

半月许，复诣恒娘。恒娘阖门与语曰：“从此可以擅专房矣。然子虽美，不媚也。拿得住又有持久功夫在。子之姿，一媚可夺西施之宠，况下者乎！”于是试使睨，曰：“非也！病在外眦。”试使笑，又曰：“非也！病在左颐。”乃以秋波送娇，又辗然瓠犀微露，使朱效之。凡数十作，始略得其仿佛。此等做作，《聊斋》从何处得来？或曰：从“李夫人”、《飞燕外传》等书悟出，然已玄之又玄矣。恒娘曰：“子归矣，揽镜而娴习之，术无余矣。至于床笫之间，随机而动之，因所好而投之，此非可以言传者也。”

朱归，一如恒娘教。洪大悦，形神俱惑，惟恐见拒。日将暮，则相对调笑，跬步不离闺闼，日以为常，竟不能推之使去。已易妾为妻矣，即朱往日境界。朱益善遇宝带，每房中之宴，辄呼与共榻坐；而洪视宝带益丑，不终席，遣去之。朱赚夫入宝带房，扃闭之，洪终夜无所沾染。于是宝带恨洪，对人辄怨谤。洪益厌怒之，渐施鞭楚。宝带忿，不自修，拖敝垢履，头类蓬葆，更不复可言人矣。

恒娘一日谓朱曰："我之术何如？"朱曰："道则至妙；然弟子能由之，而终不能知之也。纵之，何也？"曰："子不闻乎：以下畅发议论，用檀弓智悼子卒、左兵曹刿论战二篇调法，已将廿三史中佞幸传、奸臣传、嫔妃传、宦官传诸人邀媚专宠微妙秘诀，合盘托出，透骨攒心之论，劈流分风之笔，团花簇锦之文。人情厌故而喜新，重难而轻易？丈夫之爱妾，非必其美也，甘其所乍获，而幸其所难遘也。纵而饱之，则珍错亦厌，况藜羹乎！""毁之而复炫之，何也？"曰："置不留目，则似久别；忽睹艳妆，则如新至：譬贫人骤得粱肉，则视脱粟非味矣。而又不易与之，则彼故而我新，彼易而我难，此即子易妻为妾之法也。"朱大悦，遂为闺中之密友。

积数年，忽谓朱曰："我两人情若一体，自当不昧生平。向欲言而恐疑之也；行相别，敢以实告：妾乃狐也。幼遭继母之变，鬻妾都中。良人遇我厚，故不忍遽绝，恋恋以至于今。明日老父尸解，妾往省觐，不复还矣。"朱把手唏嘘。早旦往视，则举家惶骇，恒娘已杳。

异史氏曰："买珠者不贵珠而贵椟：新旧易难之情，谚云："妻不如妾，妾不如偷。"此即新旧难易四字之谓。吾尝见此评，必曰："先生学道人，何作尔语？"不知俗情见透一分，则道理即深入一层。千古不能破其惑；而变憎为爱之术，遂得以行乎其间矣。古佞臣事君，勿令人见，勿使窥书。乃知容身固宠，皆有心传也。"

葛巾
蘭氣已先
降雲
車何必偕
源更
泛槎省識
秋風
團扇冷不
應留
子只留花

葛巾

常大用，洛人。癖好牡丹。提笔。闻曹州牡丹甲齐、鲁，心向往之。适以他事如曹，因假缙绅之园居焉。而时方二月，牡丹未华，惟徘徊园中，目注句萌，以望其拆。作怀牡丹诗百绝。未几，花渐含苞，而资斧将匮；寻典春衣，流连忘返。

一日，凌晨趋花所，则一女郎及老妪在焉。疑是贵家宅眷，遂遄返。暮而往，又见之，从容避去。微窥之，宫妆艳绝。眩迷之中，忽转一想：此必仙人，世上岂有此女子乎！急返身而搜之，骤过假山，适与媪遇。女郎方坐石上，相顾失惊。妪以身幛女，叱曰："狂生何为！"生长跪曰："娘子必是仙人！"妪咄之曰："如此妄言，自当絷送令尹！"生大惧。女郎微笑曰："去之！"过山而去。生返，复不能徒步，意女郎归告父兄，必有诟辱相加。偃卧空斋，自悔孟浪。窃幸女郎无怒容，或当不复置念。悔惧交集，终夜而病。百转千回。日已向辰，喜无问罪之师，心渐宁帖。回忆声容，转惧为想。如是三日，憔悴欲死。秉烛夜分，仆已熟眠。妪入，持瓯而进曰："吾家葛巾娘子，欧公有牡丹谱，凡数百种，内一种名葛巾紫。手合鸩汤，其速饮！"生闻而骇，既而曰："仆与娘子，夙无怨嫌，何至赐死？既为娘子手调，与其想思而病，不如仰药而死！"遂引而尽之。妪笑，接瓯而去。生觉药气香冷，似非毒者。俄觉肺膈宽舒，头颅清爽，酣然睡去。既醒，红日满窗。试起，病若失，心益信其为仙。无可夤缘，但于无人时，仿佛其立处、坐处，虔拜而默祷之。二句抵《西厢》惊艳后一篇文字。

一日，行去，忽于深树内，觌面遇女郎，幸无他人，大喜，投地。女郎近曳之，忽闻异香竟体，即以手握玉腕而起，指肤软腻，使人骨节欲酥。善作温柔乡中语，此即飞燕外传所云以辅屈体，无所不靡也。正欲有言，老妪忽至。女令隐身石后，南指曰："夜以花梯度墙，四面红窗者，即妾居也。"匆匆遂去。生怅然，魂魄飞散，莫能知其所往。至夜，移梯登南垣，则垣下已有梯在，喜而下，果有红窗。室中闻敲棋声，伫立不敢复前，姑逾垣归。小曲折。少间，再过之，子声犹繁；渐近窥之，则女郎与一素衣美人相对弈，老妪亦在坐，一婢侍焉。二美对弈图。又返。凡三往复，漏已三催。生伏梯上，闻妪出云："梯也，谁置此？"呼婢共移去之。生登垣，欲下无阶，恨悒而返。多作几番曲折，人事文情都宜如此。

次夕复往，梯先设矣。幸寂无人，入，则女郎兀坐，若有思者。见生惊起，斜立含羞。生揖曰："自分福薄，恐于天人无分，亦有今夕也！"遂狎抱之。纤腰盈掬，吹气如兰，《丽娟传》云："玉肤柔软，吹气胜兰。"可知小说宋不如唐，唐不如汉。撑拒曰："何遽尔！"生曰："好事多磨，迟为鬼妒。"言未已，遥闻人语。女急曰："玉版妹子来矣！君可姑伏床下。"生从之。无何，一女子入，笑曰："败军之将，尚可复言战否？业已烹茗，敢邀为长夜之欢。"女郎辞以困惰。玉版固请之，女郎坚坐不行。玉版曰："如此恋恋，岂藏有男子在室耶？"故作轻轻挑动语，有意无意之间最妙。强拉出门而去。生出，恨极，遂搜枕簟，冀一得其遗物。而室内并无香奁，惟床头有一水精如意，上结紫巾，芳洁可爱。怀之，越垣归。自理衿袖，体香犹凝，倾慕益切。然因伏床之恐，遂有怀刑之惧，筹思不敢复往，但珍藏如意，以冀其寻。

隔夕，女郎果至，笑曰：“妾向以君为君子，不知其为寇盗也。”生曰：“良有之。所以偶不君子者，第望其如意耳。”乃揽体入怀，代解裙结。玉肌乍露，热香四流，偎抱之间，觉鼻息汗熏，无气不馥。曹子桓之灵芸夫人尚恐不及。因曰：“仆固意卿为仙人，今益知不妄。幸蒙垂盼，缘在三生。但恐杜兰香之下嫁，终成离恨耳。”女笑曰：“君虑亦过。妾不过离魂之倩女，偶为情动耳。此事宜要慎秘，恐是非之口，捏造黑白，君不能生翼，妾不能乘风，则祸离更惨于好别矣。”微露一句。生然之，而终疑为仙，固诘姓氏。女曰：“既以妾为仙，仙人何必以姓名传。”问：“妪何人？”曰：“此桑姥。妾少时受其露覆，故不与婢辈同。”遂起，欲去，曰：“妾处耳目多，不可久羁，蹈隙当复来。”临别，索如意，曰：“此非妾物，乃玉版所遗。”问：“玉版为谁？”曰：“妾叔妹也。”付钩乃去。去后，衾枕皆染异香。

从此三两夜辄一至。生惑之，不复思归。而囊橐既空，欲货马。女知之，曰：“君以妾故，泻囊质衣，情所不忍。又去代步，千余里将何以归？妾有私蓄，聊可助装。”生辞曰：“感卿情好，抚臆誓肌，不足论报；而又贪鄙，以耗卿财，何以为人乎！”女固强之，曰：“姑假君。”遂捉生臂，至一桑树下，指一石，曰：“转之！”生从之。又拔头上簪，刺土数十下，又曰：“爬之。”生又从之。则瓮口已见。女探入，出白镪近五十余两；生把臂止之，不听，又出数十铤，生强分其半而后掩之。

一夕，谓生曰：“近日微有浮言，势不可长，此不可不预谋也。”生惊曰：“且为奈何！小生素迂谨，今为卿故，如寡妇之失守，不复能自主矣。一惟卿命，刀锯斧钺，亦所不遑顾耳！”女谋偕亡，命生先归，约会于洛。生治任旋里，拟先归而后迎之；比至，则女郎车适已至门。登堂朝家人，四邻惊贺，而并不知其窃而逃也。生窃自危，女殊坦然，谓生曰：“无论千里外非逻察所及，即或知之，妾世家女，卓王孙当无如长卿何也。”语俊。

生弟大器，又随手诌出一弟。年十七，女顾之曰：“是有慧根，前程尤胜于君。”完婚有期，妻忽夭殒。女曰：“妾妹玉版，君固尝窥见之，貌颇不恶，年亦相若，作夫妇可称佳偶。”生闻之笑，戏请作伐。女曰：“是亦何难。”生曰：“何术？”曰：“妹与妾最相善。两马驾轻车，费一妪之往返耳。”生恐前情发，不敢从其谋。女曰：“不妨。”即命桑妪遣车去。数日，至曹。将近里门，婢下车，使御者止而候于途，乘夜入里。良久，偕女子来，登车遂发。昏暮即宿车中，五更复行。女郎计其时日，使大器盛服而迎之。此段却用直捷之笔，一拍即合。五十里许，乃相遇，御轮而归；鼓吹花烛，起拜成礼。由此兄弟皆得美妇，而家又日以富。

一日，有大寇数十骑，突入第。轩然大波。生知有变，举家登楼。寇入，围楼。生俯问：“有仇否？”答云：“无仇。但有两事相求：一则闻两夫人世间所无，请赐一见；一则五十八人，各乞金五百。”聚薪楼下，为纵火计以胁之。生允其索金之请；寇不满志，欲焚楼，家人大恐。女欲与玉版下楼。止之不听，炫妆下阶，未尽者三级，谓寇曰：“我姊妹皆仙媛，暂时一履尘世，何畏寇盗！欲赐汝万金，恐汝不敢受也。”寇众一齐仰拜，喏声

“不敢”。姊妹欲退，一寇曰：“此诈也！”女闻之，反身伫立，曰：“意欲何作，便早图之，尚未晚也。”诸寇相顾，默无一言，姊妹从容上楼而去。寇仰望无迹，哄然始散。

后二年，姊妹各举一子，始渐自言：“魏姓，母封曹国夫人。”生疑曹无魏姓世家，又且大姓失女，何得置之不问？未敢穷诘，而心窃怪之。遂托故复诣曹，入境谘访，世族并无魏姓。于是仍假馆旧主人。忽见壁上有赠曹国夫人诗，颇涉骇异，因诘主人。主人笑，即请往观曹夫人，至则牡丹一本，高与檐等。问所由名，则以此花为曹第一，故同人戏封之。钮玉樵《觚剩》云：“牡丹花在在曹县，间有异种，亳州所产，最称烂熳。”问其“何种”，曰：“葛巾紫也。”愈骇，遂疑女为花妖。既归，不敢质言，但述赠夫人诗以觇之。女蹙然变色，遽出呼玉版抱儿至，谓生曰：“三年前，感君见思，遂呈身相报；今见猜疑，何可复聚！”因与玉版皆举儿遥掷之，儿堕地并没。生方惊顾，则二女俱渺矣。悔恨不已，后数日，堕儿处生牡丹二株，一夜径尺，当年而花，一紫一白，朵大如盘，较寻常之葛巾、玉版，欧公谱有一种名玉版白，单叶细长，白如玉版。瓣尤繁碎。数年，茂荫成丛；移分他所，更变异种，莫能识其名。自此牡丹之盛，洛下无双焉。

异史氏曰：“怀之专一，鬼神可通，偏反者亦不可谓无情也。少府寂寞，以花当夫人，况真能解语，何必力穷其原哉？惜常生之未达也！”

卷十一

馮木匠
月明如畫紙窗
開草草捆緣自
去來垣上紅雞
村外外此業離
合費疑猜

冯木匠

抚军周有德，改创故藩邸为部院衙署。时方鸠工，有木作匠冯明寰直宿其中。夜方就寝，忽见纹窗半开，月明如昼。遥望短垣上，立一红鸡；注目间，鸡已飞抢至地。俄一少女，露半身来相窥。冯疑为同辈所私；静听之，众已熟眠。私心怔忡，窃望其误投也。少间，女果越窗过，径已入怀。冯喜，默不一言。欢毕，女亦遂去。自此夜夜至。初犹自隐，后遂明告。女曰："我非误就，敬相投耳。"两人情日密。既而工满，冯欲归，女已候于旷野。冯所居村，离郡固不甚远，女遂从去。既入室，家人皆莫之睹，冯始知其非人。迨数月，精神渐减，心益惧，延师镇驱，卒无少验。一夜，女艳妆来，向冯曰："世缘俱有定数，当来推不去，当去亦挽不住。今与子别矣。"遂去。

黃英
千里萍蹤卜隱居酒
香菊氣
夢醒初良緣應為梅
花妬處
士風流轉不如
黃英

黄英

马子才，顺天人。世好菊，至才尤甚。提笔。闻有佳种，必购之，千里不惮。

一日，有金陵客寓其家，自言其中表亲有一二种，为北方所无。马欣动，即刻治装，从客至金陵。客多方为之营求，得两芽，裹藏如宝。

归至中途，遇一少年，跨蹇从油碧车，丰姿洒落。渐近与语。少年自言："陶姓。"谈言骚雅。因问马所自来，实告之。少年曰："种无不佳，培溉在人。"因与论艺菊之法，物聚所好，癖于书者，娜嬛毕集；癖于友者，群贤毕至；癖于花者，百卉缤纷。马子才之感动花精有以也。马大悦，问："将何往？"答云："姊厌金陵，欲卜居于河朔耳。"马欣然曰："仆虽固贫，茅庐可以寄榻。不嫌荒陋，无烦他适。"陶趋车前，向姊咨禀。车中人推帘语，乃二十许绝世美人也。恰是菊花身分。顾弟言："屋不厌卑；而院宜得广。"马代诺之，遂与俱归。

第南有荒圃，仅小室三四椽，陶喜，居之。日过北院，为马治菊。菊已枯，拔根再植之，无不活。然家清贫，陶日与马共饮食，而察其家似不举火。马妻吕，亦爱陶姊，不时以升斗馈恤之。许曾斋先生曰："儒者以治生为第一义。"可见圣贤原在人情中。陶姊小字黄英，雅善谈，辄过吕所，与共纫绩。陶一日谓马曰："君家固不丰，仆日以口腹累知交，胡可为常。为今计，卖菊亦足谋生。"马素介，闻陶言，甚鄙之，曰：“仆以君风流雅士，当能安贫，今作是论，则以东篱为市井，有辱黄花矣。”陶笑曰：“自食其力不为贪，贩花为业不为俗。人固不可苟求富，然亦不必务求贫也。”两说皆妙。〇田子方之说不足道。马不语陶起而出。

自是，马所弃残枝劣种，陶悉掇拾而去。陈谷中出新粒，在人运化何如耳。作文之妙亦然，如鳌山凤辇，上元烂熟故事，王禹偁用之应制云：“双凤云中扶辇下，六鳌海上驾山来。”何等气象，非人弃我取之妙乎？由此不复就马寝食，招之始一至。未几，菊将开，闻其门嚣喧如市。怪之，过而窥焉，见市人买花者，车载肩负，道相属也。其花皆异种，目所未睹。心厌其贪，欲与绝；而又恨其私秘佳种，遂款其扉，将就诮让。陶出，握手曳入。见荒庭半亩皆菊畦，数椽之外无旷土。去者，则折别枝插补之，其蓓蕾在畦者，罔不佳妙：而细认之，尽皆向所拔弃也。陶入室，出酒馔，设席畦侧，曰：“仆贫不能守清戒，连朝幸得微资，颇足供醉。”少间，房中呼“三郎”，陶诺而去。俄献佳肴，烹饪良精。因问：“贵姊胡以不字？”答云：“时未至。”问：“何时？”曰：“四十三月。”商雒鼎十有四月，蔡君谟问刘原父，不能对。吕氏考古图器铭十有三月，十有九月。按史历书注，有闰称十三月；十四月、十九月，无考。或谓嗣王逾年未改元，故以十四月、十九月为纪。此云四十三月仿此。〇《白虎通》言三正相承，继十一月正者，当用十三月也。十三月今之正月。又诘：“何说？”但笑不言。尽欢始散。过宿，又诣之。新插者已盈尺矣。大奇之，苦求其术。陶曰：“此固非可言传；且君不以谋生，焉用此？”又数日，门庭略寂，陶乃以蒲席包菊，捆载数车而去。

逾岁，春将半，始载南中异卉而归，于都中设花肆，十日尽售。复归艺菊。问之去年买花者，留其根，次年尽变而劣，乃复购于陶。陶由此日富：一年增舍，二年起夏屋。兴作从心，更不谋诸主人。渐而旧日花畦，尽为廊舍。更于墙外买田一区，筑墉四周，悉种菊。至秋，载花去，春尽不归。而马妻病卒。意属黄英，微使人风示之。黄英微笑，意似允许，惟专候陶归而已。年余，陶竟不至。黄英课仆种菊，一如陶。得金益合商贾，村外治膏田二十顷，甲第益壮。

忽有客自东粤来，寄陶生函信，发之，则嘱姊归马。考其寄书之日，回忆园中之饮，适四十三月也，大奇之。处处灵迹呈露。以书示英，请问“致聘何所”。英辞不受采。又以故居陋，欲使就南第居，若赘焉。马不可，择日行亲迎礼。逋仙妻梅，马君妻菊。对门有个林和靖，冷抱梅花奈尔何。黄英既适马，于间壁开扉通南第，日过课其仆。马耻以妻富，颇有须眉气。恒嘱黄英作南北籍，以防淆乱。而家所需，黄英辄取诸南第。不半岁，家中触类皆陶家物。马立遣人一一赍还之，戒勿复取。未浃旬，又杂之。凡数更，马不胜烦。黄英笑曰：“陈仲子毋乃劳乎？”马惭，不复稽，一切听诸黄英。鸠工庀料，土木大作，马不能禁。经数月，楼舍连亘，两第竟合为一，不分疆界矣。然遵马教，闭门不复业菊，而享用过于世家。马不自安，曰：“仆三十年清德，为卿所累。今视息人间，徒依裙带而食，真无一毫丈夫气矣。人皆祝富，我但祝穷耳！”黄英曰：“妾非贪鄙；但不少致丰盈，遂令千载下人，谓渊明贫贱骨，百世不能发迹，故聊为我家彭泽解嘲耳。语极俊妙，可补世说。然贫者愿富，为难；富者求贫，固亦甚易。床头金任君挥去之，妾不靳也。”马曰：“捐他人之金，抑亦良丑。”黄英曰：“君不愿富，妾亦不能贫也。无已，析君居：清者自清，浊者自浊，何害？”乃于园中筑茅茨，择美婢往侍马。马安之。然过数日，苦念黄英。招之，不肯至；不得已，反就之。隔宿辄至，以为常。黄英笑曰：“东食西宿，廉者当不如是。”马亦自笑，无以对。遂复合居如初。

会马以事客金陵，适逢菊秋。早过花肆，见肆中盆列甚繁，款朵佳胜，心动，疑类陶制。少间，主人出，果陶也。喜极，具道契阔，遂止宿焉。要之归，陶曰：“金陵，吾故土，将婚于是。此句后不见下落，以两婢侍寝生子了之。积有薄资，烦寄吾姊。我岁杪当暂去。”马不听，请之益苦。且曰：“家幸充盈，但可坐享，无须复贾。”坐肆中，使仆代论价，廉其直，数日尽售。逼促囊装，赁舟遂北。

入门，则姊已除舍，床榻裀褥皆设，若预知弟也归者。陶自归，解装课役，大修亭园，惟日与马共棋酒，更不复结一客。为之择婚，辞不愿。姊遣二婢侍其寝处，居三四年，生一女。陶饮素豪，从不见其沉醉。另提一句，下写作收场好。菊人自宜善饮，东篱处士家法也。有友人曾生，量亦无对。适过马，马使与陶相较饮，二人纵饮甚欢，相得恨晚。自辰以迄四漏，计各尽百壶，曾烂醉如泥，沉睡座间。陶起归寝，出门践菊畦，玉山倾倒，委衣于侧，即地化为菊，人化为菊，真是好看。高如人，花十余朵，皆大于拳。马骇绝，告黄英。英急往，拔置地上，曰：“胡醉至此！”覆以衣，要马俱去，戒勿视。既明而往，则陶卧畦边。马乃悟姊弟皆菊精也。益敬爱之。而陶自露迹，饮益放，恒自折柬招曾，因与莫逆。值花朝，曾来造访，以两仆舁药浸白酒一坛，约与共尽。坛将竭，二人犹未甚醉。马潜以一瓶续入之，二人又尽之。曾醉已惫，诸仆负之以去。陶卧地，又化为菊。马见惯不惊，如法拔之，守其旁以观其变。久之，叶益憔悴。大惧，始告黄英。英闻骇曰：“杀吾弟矣！”奔视之，根株已枯。博弈青山白云人也，以醉死。可移作陶君墓铭。痛绝，掐其梗，埋盆中，携入闺中，日灌溉之。马悔恨欲绝，甚怨曾。越数日，闻曾已醉死矣。盆中花渐萌，九月既开，短干粉朵，嗅之有酒香，名之“醉陶”，浇以酒则茂。后女长成，嫁于世家。黄英终老，亦无他异。

异史氏曰：“青山白云人，遂以醉死，世尽惜之，而未必不自以为快也。植此种于庭中，如见良友，如见丽人，不可不物色之也。”

書癡
不信書中竟有魔玉顏
金屋兩無訛
祖龍一炬雖由數也怪
癡兒福未多

书痴

彭城郎玉柱，其先世官至太守，居官廉，得俸不治生产，秘书盈屋。至玉柱，尤痴：家苦贫，无物不鬻，惟父藏书，一卷不忍置。世安得此佳子弟。父在时，曾书“劝学篇”粘其座右，郎日讽诵；又幛以素纱，惟恐磨灭。非为干禄，实信书中真有金粟。极写书痴。昼夜研读，无问寒暑。年二十余，不求婚配，冀卷中丽人自至。见宾亲不知温凉，三数语后，则诵声大作，客逡巡自去。每文宗临试，辄首拔之，而苦不得售。

一日，方读，忽大风飘卷去。急逐之，踏地陷足；探之，穴有腐草；掘之，乃古人窖粟，朽败已成粪土。虽不可食，而益信“千钟”之说不妄，读益力。一日，梯登高架，于乱卷中得金辇径尺，大喜，以为“金屋”之验。出以示人，则镀金而非真金。心窃怨古人之诳己也。居无何，有父同年，观察是道，性好佛。或劝郎献辇为佛龛。观察大悦，赠金三百、马二匹。郎喜，以为金屋、车马皆有验，因益刻苦。然行年已三十矣。或劝其娶，曰：“‘书中自有颜如玉’，我何忧无美妻乎？”又读二三年，迄无效，人咸揶揄之。时民间讹言：天上织女私逃。或戏郎：“天孙窃奔，盖为君也。”郎知其戏，置不辨。

一夕，读汉书至八卷，卷将半，见纱剪美人夹藏其中。骇曰：“书中颜如玉，其以此验之耶？”“书痴”二字题也，看他将两字写得水乳交融，分折不开。心怅然自失。而细视美人，眉目如生；背隐隐有细字云："织女。"大异之。日置卷上，反复瞻玩，至忘食寝。一日，方注目间，美人忽折腰起，坐卷上微笑。郎惊绝，伏拜案下。既起，已盈尺矣。益骇，又叩之。下几亭亭，宛然绝代之姝。拜问："何神？"美人笑曰："妾颜氏，字如玉，君固相知已久。发呆语，即勤学语。日垂青盼，脱不一至，恐千载下无复有笃信古人者。"郎喜，遂与寝处。然枕席间亲爱倍至，而不知为人。每读，必使女坐其侧。女戒勿读，不听。女曰："君所以不能腾达者，徒以读耳。试观春秋榜上，读如君者几人？讥世之言，却不许惰夫借口，然昔人云："功名消得几行书。"此一说也。刘贡父讥欧九不学。然公是先生集不能与六一集并传，此又一说也。胸罗万卷，笔重难举，实不书于场屋。个中人知之。若不听，妾行去矣。"郎暂从之。少顷，忘其教，吟诵复起。逾刻，索女，不知所在。神志丧失，嘱而祷之，殊无影迹。忽忆女所隐处，取汉书细检之，直至旧处，果得之。呼之不动，伏以哀祝。女乃下曰："君再不听，当相永绝！"因使治棋枰、樗蒲之具，日与遨戏。而郎意殊不属。觑女不在，则窃卷浏览。恐为女觉，阴取《汉书》第八卷，杂混他所以迷之。一日，读酣，女至，竟不之觉；忽睹之，急掩卷，而女已亡矣。大惧，冥搜诸卷，渺不可得；既，仍于《汉书》八卷中得之，页数不爽。因再拜祝，矢不复读。女乃下，与之弈，曰："三日不工，当复去。"至三日，忽一局赢女二子。女乃喜，授以弦索，限五日工一曲。郎手营目注，无暇他及；久之，随手应节，不觉鼓舞。女乃日与饮博，郎遂乐而忘读。女又纵之出门，使结客，由此倜傥之名暴著。勤学无术，教懒有方。女曰："子可以出而试矣。"

郎一夜谓女曰："凡人男女同居则生子，今与卿居久，何不然也？”女笑曰：“君日读书，妾固谓无益。今即夫妇一章，尚未了悟，枕席二字有工夫。”机神流畅，其天已动，引诱之妙何如。郎惊问：“何工夫？”女笑不言，少间，潜迎就之。郎乐极曰：“我不意夫妇之乐，有不可言传者。”后生小子于夫妇一章了悟者多矣，其余都是糊涂。于是逢人辄道，无有不掩口者。天壤之间乃有王郎，可入笑林。女知而责之。郎曰：“钻穴逾隙者，始不可以告人；天伦之乐，人所皆有，何讳焉？”过八九月，女果举一男，买媪抚字之。一日，谓郎曰：“妾从君二年，业生子，可以别矣。久恐为君祸，悔之已晚。”郎闻言，泣下，伏不起，曰：“卿不念呱呱者耶？”女亦凄然，良久曰：“必欲妾留，当举架之书尽散之。”伏下。郎曰：“此卿故乡，乃仆性命，何出此言！”女不之强，曰：“妾亦知其有数，不得不预告耳。”

先是，亲族或窥见女，无不骇绝，而又未闻其缔姻何家，共诘之。郎不能作伪语，但默不言。人益疑，邮传几遍，闻于邑宰史公。史，闽人，少年进士。闻声倾动，窃欲一睹丽容，因而拘郎与女。女闻知，遁匿无迹。宰怒，收郎，斥革衣衿，梏械备加，务得女所自往。郎垂死，无一言。械其婢，略能道其仿佛。宰以为妖，命驾亲临其家。见书卷盈屋，多不胜搜，乃焚之；史进士不爱盈屋书卷，而惟女色妖妾是求，若我作知县，释生捆载而归，不亦快哉！庭中烟结不散，瞑若阴霾。郎既释，远求父门人书，得从辨复。是年秋捷，次年举进士。而衔恨切于骨髓。为颜如玉之位，朝夕而祝曰：“卿如有灵，当佑我官于闽。”后果以直指巡闽。居三月，访史恶款，籍其家。时有中表为司理，逼纳爱妾，托言买婢寄署中。案既结，郎即日自劾，取妾而归。郎君不痴矣，早已悟得夫妇一章。

异史氏曰："天下之物，积则招妒，好则生魔：女之妖，书之魔也。事近怪诞，治之未为不可；而祖龙之虐，不已惨乎！其存心之私，更宜得怨毒之报也。呜呼！何怪哉！"

齊天
大聖
寓言八九本邱
翁流俗
相沿孽悟空
一自回
生施法力笑
吳剛直
易初

齐天大圣 “此吾弟子”后缺而，据青柯亭本补。

许盛，兖人。从兄成，贾于闽，货未居积。客言大圣灵著，将祷诸祠。《艮斋雅志》：“潮州有齐天圣庙，香花甚盛。”此书尤西堂著。盛未知大圣何神，与兄俱往。至则殿阁连蔓，穷极弘丽。入殿瞻仰，神猴首人身，盖齐天大圣孙悟空云。诸客肃然起敬，无敢有惰容。盛素刚直，窃笑世俗之陋。众焚奠叩祝，盛潜去之。

既归，兄责其慢。盛曰：“孙悟空乃丘翁袁简斋：“《西游》非长春作。”之寓言，何遂诚信如此？如其有神，刀槊雷霆，余自受之！”逆旅主人闻呼大圣名，皆摇手失色，若恐大圣闻。盛见其状，益哗辨之；听者皆掩耳而走。

至夜，盛果病，头痛大作。或劝诣祠谢，盛不听。未几，头小愈，股又痛，竟夜生巨疽，连足尽肿，寝食俱废。兄代祷，迄无验。或言：神谴须自祝。盛卒不信。月余，疮渐敛，而又一疽生，其痛倍苦。医来，以刀割腐肉，血溢盈碗；恐人神其词，故忍而不呻。倔强可爱。俗子信鬼，委曲迁就，以神其说，如谓神迁怒是也。又月余，始就平复。而兄又大病。盛曰：“何如矣！敬神者亦复如是，足征余之疾，非由悟空也。”兄闻其言，益恚，谓神迁怒，责弟不为代祷。盛曰：“兄弟犹手足。前日支体糜烂而不之祷，今岂以手足之病，而易吾守乎！”认理甚明，非客气也。但为延医锉药，而不从其祷。药下，兄暴毙。看“药下暴毙”四字。盛惨痛结于心腹，买棺殓兄已，投祠指神而数之曰："兄病，谓汝迂怒，使我不能自白。倘尔有神，当令死者复生。余即北面称弟子，不敢有异词；不然，当以汝处三清之法，还处汝身，亦以破吾兄地下之惑。"语语刚直，出语亦趣。

至夜，梦一人招之去，入大圣祠，仰见大圣有怒色，责之曰："因汝无状，以菩萨刀穿汝胫股，犹不自悔，啧有烦言。本宜送拔舌狱，念汝一念刚鲠，姑置宥赦。作圣贤豪杰骨子，上可以对天地。汝兄病，乃汝以庸医夭其寿数，于人何尤？今不少施法力，益令狂妄者引为口实。"祈雨倒砚水故智。乃命青衣使请命于阎罗。青衣曰："三日后，鬼籍已报天庭，恐难为力。"神取方版，命笔，不知何词，使青衣执之而去。良久乃返。成与俱来，并跪堂上。神问："何迟？"青衣曰："阎魔不敢擅专，又持大圣旨上咨斗宿，是以来迟。"盛趋上拜谢神恩。血性人转身快。神曰："可速与兄俱去。若能向善，当为汝福。"兄弟悲喜，相将俱归。醒而异之。急起启材视之，兄果已苏，扶出，极感大圣力。盛由此诚服信奉，更倍于流俗。而兄弟资本，病中已耗其半；兄又未健，相对长愁。

一日，偶游郊郭，忽一褐衣人相之曰："子何忧也？"老孙亦多情可爱。盛方苦无所诉，因而备述其遭。褐衣人曰："有一佳境，暂往瞻瞩，亦足破闷。"问："何所？"但云："不远。"从之。出郭半里许，褐衣人曰："予有小术，顷刻可到。"因命以两手抱腰，略一点头，遂觉云生足下，腾踔而上，不知几百由旬。佛书四里为一由旬。盛大惧，闭目不敢少启。顷之曰："至矣。"忽见琉璃世界，光明异色。讶问："何处？"曰："天宫也。"信步而行，上上益高。遥见一叟，喜曰："适遇此老，子之福也！"举手相揖。叟邀过诣其所，烹茗献客；止两盏，殊不及盛。褐衣人曰："此吾弟子，“此吾弟子”四字说得嘴响，如今之房考官取中名士，每对人曰：“此敝门生也。”为之一笑。千里行贾，敬造仙署，求少赠馈。”叟命僮出白石一柈，状类雀卵，莹澈如冰，使盛自取之。盛念携归可作酒枚，遂取其六。褐衣人以为过廉，代取六枚，付盛并裹之。嘱纳腰橐，拱手曰：“足矣。”辞叟出，仍令附体而下，俄顷及地。盛稽首请示仙号。笑曰：“适即所谓斤斗云也。”盛恍然，悟为大圣，又求佑护。曰：“适所会财星，赐利十二分，何须他求。”如房官爱新门生，十分亲热。盛又拜之，起视已渺。既归，喜而告兄。解取共视，则融入腰橐矣。后辇货而归，其利倍蓰。自此屡至闽，必祷大圣。他人之祷，时不甚验，盛所求无不应者。好师弟。

异史氏曰：“昔士人过寺，画琵琶于壁而去；比返，则其灵大著，香火相属焉。天下事固不必实有其人，人灵之，则既灵焉矣。坡诗云：“偶然唤作木居士，便有无穷祈福人。”何以故？人心所聚，而物或托焉耳。若盛之方鲠，固宜得神明之祐，岂真耳内绣针，毫毛能变；足下斤斗，碧落可升哉！卒为邪惑，亦其见之不真也。”

青蛙神
不意青蛙
亦歸神郎
情偎薄妾
情真性
誠善怒
猶能解
差勝初
終恬過
人

募緣
丹臒重新
壯繆祠老
蛙司募竟無
私有錢既肯償淫
債好事何妨出巨貲
募緣

青蛙神

江汉之间，俗事蛙神最虔。祠中蛙不知几百千万，有大如笼者。与《水莽草》一篇皆先以疏解起案，然后叙入正事。左、史多有之。或犯神怒，家中辄有异兆：蛙游几榻，甚或攀缘滑壁不得堕，其状不一，此家当凶。人则大恐，斩牲禳祷之，神喜则已。

楚有薛昆生者，幼惠，美姿容。六七岁时，有青衣媪至其家，自称神使，坐致神意，愿以女下嫁昆生。薛翁性朴拙，雅不欲，辞以儿幼。青皮大腹，强作姻好，难怪他不肯。虽固却之，而亦未敢议婚他姓。迟数年，昆生渐长，委禽于姜氏。神告姜曰："薛昆生，吾婿也，何得近禁脔！"姜惧，反其仪。薛翁忧之，洁牲往祷，自言："不敢与神相匹偶。"祝已，见肴酒中皆有巨蛆浮出，蠢然扰动，倾弃，谢罪而归。心益惧，亦姑听之。

一日，昆生在途，有使者迎宣神命，苦邀移趾。不得已，从与俱往。入一朱门，楼阁华好。有叟坐堂上，类七八十岁人。昆生伏谒，叟命曳起之，赐坐案傍。少间，婢媪集视，纷纭满侧。叟顾曰："入言薛郎至矣。"数婢奔去。移时，一媪率女郎出，年十六七，丽绝无俦。叟指曰："此小女十娘，自谓与君可称佳偶；引他来炫之也。君家尊乃以异类见拒，此自百年事，父母止主其半，是在君耳。"昆生目注十娘，心爱好之。默然不言。媪曰："我固知郎意良佳。请先归，当即送十娘往也。"昆生曰："诺。"

趋归告翁。翁仓遽无所为计，乃授之词，使返谢之，昆生不肯行。方诮让间，舆已在门，青衣成群，而十娘入矣。上堂朝见，翁姑见之皆喜。即夕合卺，琴瑟甚谐。由此神翁神媪，时降其家。视其衣，赤为喜，白为财，必见，以故家日兴。

自婚于神，门堂藩溷皆蛙，不堪。人无敢诟蹴之。惟昆生少年任性，喜则忌，怒则践毙，不甚爱惜。十娘虽谦驯，但善怒，所谓怒蛙也。颇不善昆生所为；而昆生不以十娘故敛抑之。十娘语侵昆生，昆生怒曰："岂以汝家翁媪能祸人耶？大丈夫何畏蛙也！"十娘甚讳言"蛙"，闻之恚甚，曰："自妾入门为汝家妇，田增粟，贾增价，亦复不少。今老幼皆已温饱，遂如鸮鸟生翼，欲啄母睛耶！"昆生益愤曰："吾正嫌所增污秽，不堪贻子孙。请不如早别。"遂逐十娘。翁媪既闻之，十娘已去。呵昆生，使急往追复之。昆生盛气不屈。至夜，母子俱病，郁冒不食。翁惧，负荆于祠，词义殷切。过三日，病寻愈。十娘已自至，夫妻欢好如初。

十娘日辄凝妆坐，不操女红，昆生衣履，一委诸母。母一日忿曰："儿既娶，仍累媪！人家妇事姑，我家姑事妇！"生波。十娘适闻之，负气登堂曰："儿妇朝侍食，暮问寝，事姑者，其道如何？所短者，不能吝佣钱，自作苦耳。"有愧妇道。母无言，惭沮自哭。昆生入，见母涕痕，诘得故，怒责十娘。十娘执辨不屈，昆生曰："娶妻不能承欢，不如勿有！便触老蛙怒，不过横灾死耳！"复出十娘。十娘亦怒，出门径去。

次日，居舍灾，延烧数屋，几案床榻，悉为煨烬。昆生怒，诣祠责数曰："养女不能奉翁姑，略无庭训，而曲护其短！神者至公，有教人畏妇者耶！且盎盂相敲，皆臣所为，无所涉于父母。刀锯斧钺，即加臣身；如其不然，我亦焚汝居室，聊以相报。”言已，负薪殿下，爇火欲举。居人集而哀之，始愤而归。父母闻之，大惧失色。

至夜，神示梦于近村，使为婿家营宅。及明，赍材鸠工，共为昆生建造，辞之不止；日数百人相属于道，不数日，第舍一新，床幕器具悉备焉。杀人放火者死，村人何辜，代为营造，老蛙特幸脱冥诛耳。修除甫竟，十娘已至，登堂谢过，言词温婉。转身向昆生展笑，举家变怨为喜。自此十娘性益和，居二年，无间言。

十娘最恶蛇，昆生戏函小蛇，绐使启之。又生波。十娘色变，诟昆生。昆生亦转生嗔，恶相抵。十娘曰：“今番不待相迫逐，请从此绝。”遂出门。去薛翁大恐，杖昆生，请罪于神。幸不祸之，亦寂无音。

积有年余，昆生怀念十娘，颇自悔，窃诣神所哀十娘，迄无声应。未几，闻神以十娘字袁氏，中心失望，因亦求婚他族，而历相数家，并无如十娘者，于是益思十娘。往探袁氏，则已垩壁涤庭，候鱼轩矣。心愧愤不能自已，废食成疾。父母忧皇，不知所处。忽昏愦中有人抚之曰：“大丈夫频欲断绝，又作此态！”开目，则十娘也。喜极，跃起曰：“卿何来？”十娘曰：“以轻薄人相待之礼，止宜从父命，另醮而去。固久受袁家采币，妾千思万思而不忍也。卜吉已在今夕，父又无颜反币，妾亲携而置之矣。适出门，父走送曰：‘痴婢！不听吾言，后受薛家凌虐，纵死亦勿归也！’”当日逼婚，强退姜氏，赖此足以盖之。昆生感其义，为之流涕。家人皆喜，奔告翁媪。媪闻之，不待往朝，奔入子舍，执手呜泣。

由此昆生亦老成，不作恶谑，于是情好益笃。十娘曰："妾向以君儇薄，未必遂能相白首，故不欲留孽根于人世；今已靡他，妾将生子。"居无何，神翁神媪着朱袍，降临其家。次日，十娘临蓐，一举两男。由此往来无间，居民或犯神怒，辄先求昆生；乃使妇女辈盛妆入闺，朝拜十娘，十娘笑则解。薛氏苗裔甚繁，人名之"薛蛙子家"。近人不敢呼，远人则呼之。

青蛙神，往往托诸巫以为言。先提醒。巫能察神嗔喜：告诸信士曰"喜矣"，福则至；"怒矣"，妇子坐愁叹，有废餐者。流俗然哉？抑神实灵，非尽妄也？有富贾周某，性吝啬。会居人敛金修关圣祠，贫富皆与有力，修关圣庙，非修青蛙庙也，公而不私。独周一毛所不肯拔。久之，工不就，首事者无所为谋。适众赛蛙神，巫忽言："周将军仓命小神司募政，周将军可谓善用人。其取簿籍来。"众从之。巫曰："已捐者，不复强；未捐者，量力自注。"众唯唯敬听，各注已。巫视众："周某在此否？"周方混迹其后，惟恐神知，闻之失色，次且而前。巫指籍曰："注金百。"周益窘。巫怒曰："淫债尚酬二百，况好事耶！"盖周私一妇，为夫掩执，以金二百自赎，故讦之也。周益惭惧，不得已，如命注之。既归，告妻，妻曰："此巫之诈耳。"巫屡索，卒不与。一日，方昼寝，忽闻门外如牛喘。视之，则一巨蛙，室门仅容其身，步履蹇缓，塞两扉而入。既入，转身卧，以阈承颔，举家尽惊。周曰："此必讨募金也。"焚香而祝，愿先纳三十，其余以次赍送，蛙不动；请纳五十，身忽一缩，小尺许；又加二十，益缩如斗；请全纳，世之募化者得一金涨如拳，十金涨如斗，百金涨如豕，千金涨如牛矣。何也？自肥也。老蛙胡为缩小？缩如拳，从容出，入墙罅而去。周急以五十金送监造所，人皆异之，周亦不言其故。积数日，巫又言："周某欠金五十，何不催并？"周闻之，惧，又送十金，意将以次完结。一日，夫妇方食，蛙又至，如前状，目作怒。少间，登其床，床摇撼欲倾；加喙于枕而眠，腹隆起如卧牛，四隅皆满。周惧，即完百数与之。略微模样，便足吓人。验之，仍不少动。半日间，小蛙渐集，次日益多，穴仓登榻，无处不至；大于碗者，升灶啜蝇，糜烂釜中，以致秽不可食。至三日，庭中蠢蠢，更无隙地。一家皇骇，不知计之所出。不得已，请教于巫。巫曰："此必少之也。"遂祝之，益以二十，首始举；又益之，起一足，直至百金四足尽起，下床出门，狼狈数步，复返身卧门内。周惧，问巫。巫揣其意，欲周即解囊。周无奈何，如数付巫，明末贼寇楚襄王拥重赀，不以享士，大臣泣谏。及城破，尽为贼有，且笑曰："朱胡子有财如许，不以犒军，真庸儿也。"悭吝之夫，老蛙一吓即动，尤可与为善。蛙乃行，数步外，身暴缩，杂众蛙中，不可辨认，纷纷然亦渐散矣。祠既成，开光祭赛，更有所需。巫忽指首事者曰："某宜出如干数。"共十五人，止遗二人。众祝曰："吾等与某某，已同捐过。"巫曰："我不以贫富为有无，但以汝等所侵渔之数为多寡。此等金钱，不可自肥，恐有横灾飞祸。念汝等首事勤劳，故代汝消之也。除某某廉正无苟且外，即我家巫，我亦不少私之，便令先出，以为众倡。"公正若此，宰天下可也。即奔入家，搜括箱椟。妻问之，亦不答，尽卷囊蓄而出，扩清无余，蛙可谓公而忘失也。告众曰："某私克银八两，今使倾橐。"与众共衡之，秤得六两余，使人志之。众愕然，不敢置辨，悉如数纳入。巫过此茫不自知，或告之，大惭，质衣以盈之。惟二人亏其数，事既毕，一人病月余，一人患疔瘇，医药之费，浮于所欠，人以为私克之报云。

异史氏曰："老蛙司募，无不可与为善之人，其胜刺钉拖索者，不既多乎？又发监守之盗，而消其灾，则其现威猛，正其行慈悲也。神矣！"

任秀
萍水相逢漫託盟孫留
寄語石
勝情負心此雖為友
報以呼
靈當覺輕

任　秀

任建之，鱼台人，贩毡裘为业。竭资赴陕。途中逢一人，自言：“申竹亭，宿迁人。”话言投契，盟为昆弟，行止与俱。至陕，任病不起，申善视之。积十余日，疾大渐。谓申曰：“吾家故无恒产，八口衣食，皆恃一人犯霜露。今不幸，殂谢异域。君，我手足也，两千里外，更有谁何！囊金二百余金，一半君自取之，为我小备殓具，剩者可助资斧；其半寄吾妻子，俾辇吾榇而归。如肯携残骸旋故里，则装资勿计矣。”青天白日之言，非甚凶顽，安忍负之。乃扶枕为书付申，至夕而卒。申以五六金为市薄材，殓已。主人催其移槥，申托寻寺观，竟遁不返。任家年余方得确耗。

任子秀，时年十七，方从师读，由此废学，欲往寻父柩。母怜其幼，秀哀涕欲死，遂典资治任，俾老仆佐之行，半年始还。殡后，家贫如洗。幸秀聪颖，释服，入鱼台泮，而佻达喜博，以秀孝行，乃偏喜博，为下果报作地步也。母教戒綦严，卒不改。一日，文宗案临，试居四等。母愤泣不食。秀惭惧，对母自矢。于是闭户年余，遂以优等食饩。母劝令设帐，而人终以其荡无检幅，咸诮薄之。有表叔张某，贾京师，劝使赴都，愿携与俱，不耗其资。秀喜，从之。

至临清，泊舟关外。时盐航舣集，帆樯如林。卧后，闻水声人声，聒耳不寐。更既静，忽闻邻舟骰声清越，入耳萦心，骰声也，乃云清越。○人生嗜好各殊，如王粲喜驴鸣，孔稚珪喜蛙鸣，刑仗声最难闻，乃自喜为一部肉鼓吹，吾实所不解。不觉旧技复痒。窃听诸客，皆已酣寝，囊中自备千文，思欲过舟一戏。潜起解囊，捉钱踟蹰，回思母训，即复束置。既睡，心怔冲，苦不得眠；又起又解，如是者三。兴勃发，不可复忍，携钱径去。至邻舟，则见两人对赌，钱注丰美。置钱几上，即求入局。二人喜，即与共掷。秀大胜，一客钱尽，即以巨金质舟，主渐以十余贯作孤注。赌方酣，又有一人登舟来，眈视良久，亦倾囊出百金质主人，入局共博。张中夜醒，觉秀不在舟，闻骰声，心知之，因诣邻舟，欲挠沮之。至，则秀胯侧积资如山，乃不复言，负钱数千而返。呼诸客并起，往来移运，尚存十余千。未几，三客俱败，一舟之钱尽空。客欲赌金，而秀欲已盈，故托非钱不赌以难之。张在侧，又促逼令归。三客燥急。舟主利其盆头，转货他舟，得百余千。客得钱，赌更豪；州有文人名士喜博，方其登场，声音笑貌为之一变，与市井顽皮无异，予最恶之，乃伊偏乐此不疲，岂非怪事！无何，又尽归秀。天已曙，放晓关矣，共运资而返。三客已去，主人视所质二百余金，尽箔灰耳。大惊，寻至秀舟，告以故，欲取偿于秀。及问里居、姓名，知为建之之子，缩颈羞汗而退。过访榜人，乃知主人即申竹亭也。秀至陕时，亦颇闻其姓字，至此鬼已报之，故不复追其前郤矣。乃以资与张合业而北，戏场之杂脚，文坛之衬笔也。张为杂脚，即为任作衬笔，得其解者，于作文之道，思过半矣。终岁获息倍蓰。遂授例入监。益权子母，十年间，财雄一方。

晚霞
無端幻出
空靈境
補得情天
離恨多
畢竟龍宮
何處是
居然選舞
又徵歌
晚霞

晚霞

五月五日，吴越有斗龙舟之戏：刳木为龙，绘鳞甲，饰以金碧。上为雕甍朱槛，帆旌皆以锦绣，舟末为龙尾，高丈余；叙次明醒。以布索引木板下垂，有童坐板上，颠倒滚跌，作诸巧剧。下临江水，险危欲堕。故其购是童也，先以金啖其父母，预调驯之，堕水而死，勿悔也。吴门则载美姬，较不同耳。童、妓皆伏下。

镇江有蒋氏童阿端，方七岁，便捷奇巧，莫能过，声价益起，十六岁犹用之。至金山下，堕水死。蒋媪止此子，哀鸣而已。阿端不自知死，有两人导去，见水中别有天地；回视则流波四绕，屹如壁立。俄入宫殿，见一人兜牟坐。两人曰："此龙窝君也。"便使拜伏。龙窝君颜色和霁，曰："阿端伎巧可入柳条部。"遂引至一所，广殿四合。趋上东廊，有诸少年出与为礼，率十三四岁。即有老妪来，众呼解姥。坐令献技。已，乃教以钱塘飞霆之舞，洞庭和风之乐。但闻鼓钲喤聒，诸院皆响；既而诸院皆息。姥恐阿端不能即娴，独絮絮调拨之，而阿端一过，殊已了了。姥喜曰："得此儿，不让晚霞矣！"趁势一带钩带起。

明日，龙窝君按部，诸部毕集。首按夜叉部，鬼面鱼服。鸣大钲，围四尺许。鼓可四人合抱之，声如巨霆，叫噪不复可闻。舞起，则巨涛汹涌，横流空际，时堕一点星光，及着地消灭。如从台上演出。龙窝君急止之，命进乳莺部，皆二八姝丽，笙乐细作，一时清风习习，波声俱静，水渐凝如水晶世界，上下通明。按毕，俱退立西墀下。次按燕子部，皆垂髫人。内一女郎，年十四五已来，振袖倾鬟，作散花舞；翩翩翔起，衿袖袜履间，皆出五色花朵，随风扬下，飘泊满庭。每部各极其妙，以燕子部为主，中有晚霞也。舞毕，随其部亦下西墀。阿端旁睨，雅爱好之。问之同部，即晚霞也。无何，唤柳条部。龙窝君特试阿端。端作前舞，喜怒随腔，俯仰中节。只用两句形容，文家烦简互见。龙窝君嘉其惠悟，赐五文裤褶，鱼须金束发，上嵌夜光珠。阿端拜赐下，亦趋西墀，各守其伍。端于众中遥注晚霞，晚霞亦遥注之。少间，端逡巡出部而北，晚霞亦渐出部而南；相去数武，而法严不敢乱部，相视神驰而已。既按蛱蝶部，点蛱蝶部，文用末笔拖出，文家贵乎能变，庶不板重。童男女皆双舞，身长短、年大小，服色黄白，皆取诸同。诸部按毕，鱼贯而出。柳条在燕子部后，端疾出部，前而晚霞已缓滞在后。回首见端，故遗珊瑚钗，端急内袖中。既归，凝思成疾，眠餐顿废。解姥辄进甘旨，日三四省，抚摩殷切，病不少瘥。姥忧之，罔所为计，曰：“吴江王寿期已促，且为奈何！”

薄暮，一童子来，坐榻上与语，自言：“隶蛱蝶部。”从容问曰：“君病为晚霞否？”端惊问：“何知？”笑曰：“晚霞亦如君耳。”文境之妙如幽禽对语，野树交花。端凄然起坐，便求方计。童问：“尚能步否？”答云：“勉强尚能自力。”童挽出，南启一户，折而西，又辟双扉。见莲花数十亩，皆生平地上；叶大如席，花大如盖，落瓣堆梗下盈尺。欲写幽欢，先布一妙境，视桑间野合，濮上于飞者，有仙凡之别。童引入其中，曰：“姑坐此。”遂去。少时，一美人拨莲花而入，则晚霞也。相见惊喜，各道想思，略述生平。遂以石压荷盖令侧，雅可幛蔽；又匀铺莲瓣而籍之，忻与狎寝。人间所谓兰闺洞房，贱如粪壤。既订后约，日以夕阳为候，乃别。端归，病亦寻愈。由此两人日一会于莲亩。

过数日，随龙窝君往寿吴江王。称寿已，诸部悉归，独留晚霞及乳莺部一人在宫中教舞。带一乳莺部以泯其迹。数月，更无音耗，端怅惘若失。惟解姥日往来吴江府，端托晚霞为外妹，求携去，冀一见之。留吴江门下数日，宫禁严森，晚霞苦不得出，怏怏而返。积月余，痴想欲绝。

一日，解姥入，戚然相吊曰："惜乎！晚霞投江矣！"突用陡笔惊人。端大骇，涕下不能自止。因毁冠裂服，藏金珠而出，意欲相从俱死。但见江水若壁，以首力触不得入。自陆入水易，偏说在水出陆难。念欲复还，惧问冠服，罪将增重。意计穷蹙，汗流浃踵。忽睹壁下有大树一章，乃猱攀而上，渐至端杪，猛力跃堕，幸不沾濡，而竟已浮水上。不意之间，恍睹人世，遂飘然泅去。移时，得岸，少坐江滨，顿思老母，遂趁舟而去。

抵里，四顾居庐，忽如隔世。次且至家，忽闻窗中有女子曰："汝了来矣。"音声甚似晚霞。意想不到，天外飞来之笔。俄，与母俱出，果霞。斯时两人喜胜于悲；而媪则悲疑惊喜，万状俱作矣。

初，晚霞在吴江，觉腹中震动，龙宫法禁严，恐旦夕身娩，横遭挞楚；又不得一见阿端，但欲求死，遂潜投江水。身泛起，沉浮波中，与阿端出水又不同。有客舟拯之，问其居里。晚霞故吴名妓，溺水不得其尸。自念衏院不可复投，遂曰："镇江蒋氏，吾婿也。"客因代贳扁舟，送诸其家。蒋媪疑其错误，女自言不误，因以其情详告媪。媪以其风格婉妙，颇爱悦之；第虑年太少，必非肯终寡也者。而女孝谨，顾家中贫，便脱珍饰售数万。媪察其志无他，良喜。然无子，恐一旦临蓐，不见信于戚里，以谋女。女曰："母但得真孙，何必求人知。"媪亦安之。会端至，女喜不自已。遥接。媪亦疑儿不死，阴发儿冢，骸骨俱存。因以此诘端。端始爽然自悟；然恐晚霞恶其非人，嘱母勿复言。母然之。遂告同里，以为当日所得非儿尸，然终虑其不能生子。未几，竟举一男，捉之无异常儿，始悦。久之，女渐觉阿端非人，乃曰："胡不早言！凡鬼衣龙宫衣，七七魂魄坚凝，生人不殊矣。若得宫中龙角胶，可以续骨节而生肌肤，惜不早购之也。"端货其珠，有贾胡出资百万，家由此巨富。

值母寿，夫妻歌舞称觞，遂传闻王邸。王欲强夺晚霞。端惧，见王自陈："夫妇皆鬼。"验之无影而信，遂不之夺。但遣宫人就别院传其技。女以龟溺毁容，而后见之。教三月，终不能尽其技而去。

白秋練
纖影憧憧檻外過
美人潛赴聽吟哦
楚楚江水堪為命
王建羅衣不及他

白秋练

直隶有慕生，小字蟾宫，商人慕小寰之子。聪惠喜读。年十六，翁以文业迂，使去而学贾，从父至楚。每舟中无事，辄便吟诵。抵武昌，父留居逆旅，守其居积。生乘父出，执卷哦诗，音节铿锵。辄见窗影憧憧，似有人窃听之，而亦未之异也。

一夕，翁赴饮，久不归，生吟益苦。有人徘徊窗外，月映甚悉。怪之，遽出窥觇，则十五六倾城之姝。望见生，急避去。又二三日，载货北旋，暮泊湖滨。湖滨二字着眼。父适他出，有媪入曰："郎君杀吾女矣！"突然一句。生惊问之，答云："妾白姓。有息女秋练，颇解文字。言在郡城，得听清吟，于今结念，至绝眠餐。意欲附为婚姻，不得复拒。"生心实爱好，第虑父嗔，因直以情告。媪不实信，务要盟约。生不肯。媪怒曰："人世姻好，有求委禽而不得者。今老身自谋，反不见纳，耻孰甚焉！请勿想北渡矣！"又突然一句。遂去。

少间，父归，善其词以告之，隐冀垂纳。而父以涉远，又薄女子之怀春也，笑置之。泊舟处，水深没棹；夜忽沙碛拥起，舟滞不得动。舟滞从上无想北渡来，人疑无想北渡必至覆舟之患，乃竟因此作合，出入意想。湖中每岁客舟必有留住守洲者，至次年桃花水溢，他货未至，舟中物当百倍于原直也。以故翁未甚忧怪。独冀明岁南来，尚须揭资，于是留子自归。生窃喜，悔不诘媪居里。

日既暮，媪与一婢扶女郎至，展衣卧诸榻上，向生曰：“人病至此，莫高枕作无事者！”遂去。生初闻而惊，移灯视女，则病态含娇，秋波自流。略致讯诘，嫣然微笑。生强其一语，曰：“‘为郎憔悴却羞郎’，可为妾咏。”生狂喜，欲近就之，而怜其荏弱。探手于怀，接脑为戏。女不觉欢然展谑，乃曰：“君为妾三吟王建‘罗衣叶叶’之作，病当愈。”生从其言。甫两过，女揽衣起坐曰：“妾愈矣！”再读，则娇颤相和。生神志益飞，遂灭烛共寝。女未曙已起，曰：“老母将至矣。”未几，媪果至。见女凝妆欢坐，不觉欣慰，邀女去，女俯首不语。媪即自去，曰：“汝乐与郎君戏，亦自任也。”于是生始研问居止。女曰：“妾与君不过倾盖之交，婚嫁尚未可必，何须令知家门。”然两人互相爱悦，要誓良坚。

女一夜早起挑灯，忽开卷凄然泪莹，生急起问之。女曰：“阿翁行且至。我两人事，妾适以卷卜，展之得李益江南曲，词意非祥。”突然一句，此处之妙处处如此。生慰解之，曰：“首句‘嫁得瞿塘贾’，通篇总以诗作联串。即已大吉，何不祥之与有！”女乃少欢，起身作别曰：“暂请分手，天明则千人指视矣。”生把臂哽咽。问：“好事如谐，何处可以相报？”曰：“妾常使人侦探之，谐否无不闻也。”生将下舟送之，女力辞而去。

无何，慕果至。生渐吐其情。父疑其招妓，怒加诟厉。细审舟中财物，并无亏损，谯呵乃已。一夕，翁不在舟，女忽至，相见依依，莫知决策。女曰：“低昂有数，且图目前。姑留君两月，再商行止。”临别，以吟声作为相会之约。由此值翁他出，遂高吟，则女自至。

四月行尽，物价失时，诸贾无策，敛资祷湖神之庙。端阳后，雨水大至，舟始通。生既归，凝思成疾。慕忧之，巫医并进。生私告母曰："病非药禳可痊，惟有秋练至耳。"翁初怒之，久之，支离益惫，始惧，赁车载子，复入楚，泊舟故处。访居人，并无知白媪者。会有媪操柁湖滨，即出自任。翁登其舟，窥见秋练，心窃喜，而审诘邦族，则浮家泛宅而已。因实告子病由，冀女登舟，姑以解其沉痼。媪以婚无成约，弗许。女露半面，殷殷窥听，闻两人言，眦泪欲堕。媪视女面，因翁哀请，即亦许之。

至夜，翁出，女果至，就榻呜泣曰："昔年妾状，今到君耶！此中况味，要不可不使君知。然羸顿如此，急切何能便瘳？妾请为君一吟。"生亦喜。女亦吟王建前作。生曰："此卿心事，医二人何得效？然闻卿声，神已爽矣。试为我吟'杨柳千条尽向西'。"女从之。生赞曰："快哉！卿昔诵诗余，有采莲子云：'菡萏香连十顷陂。'心尚未忘，烦一曼声度之。"女又从之。甫阕，生跃起曰："小生何尝病哉！"遂相狎抱，沉屙若失。既而问："父见媪何词？事得谐否？"女已察知翁意，直对"不谐"。既而女去，父来见生已起，喜甚，但慰勉之。因曰："女子良佳。然自总角时，把柁棹歌，无论微贱，抑亦不贞。"生不语。翁既出，女复来，生述父意。女曰："妾窥之审矣；天下事，愈急则愈远，愈迎则愈拒。阅历见道语。当使意自转，反相求。"生问计，女曰："凡商贾之志，在于利耳。妾有术知物价。适视舟中物，并无少息。为我告翁：居某物，利三之；某物，十之。归家，妾言验，则妾为佳妇矣。再来时，君十八，妾十七，相欢有日，何忧为？”

生以所言物价告父。父颇不信，姑以余资半从其教。既归，所自买货，资本大亏；幸少从女言，得厚息，略相准。以是服秋练之神。生益夸张之，谓女自言，能使己富。翁于是益揭资而南。至湖，数日不见白媪；过数日，始见其泊舟柳下，因委禽焉。媪悉不受，但涓吉送女过舟。翁另赁一舟，为子合卺。女乃使翁益南，所应居货，悉籍付之。媪乃邀婿去，家于其舟。翁三月而返，物至楚，价已倍蓰。将归，女求载湖水；既归，每食必加少许，如用醯酱焉。由是每南行，必为致数坛而归。后三四年，举一子。

一日，涕泣思归。翁乃偕子及妇俱入楚。至湖，不知媪之所在。女扣舷呼母，神形丧失。促生沿湖问讯。会有钓鲟鳇者，得白骥。生近视之，巨物也，形全类人，乳阴毕具。奇之，归以告女。女大骇，谓夙有放生愿，嘱生赎放之。生往商钓者，钓者索直昂。女曰：“妾在君家，谋金不下巨万，区区者何遂靳直也！如必不从，妾即投湖水死耳！”生惧，不敢告父，盗金赎放之。既返，不见女，搜之不得，更尽始至。问：“何往？”曰：“适至母所。”问：“母何在？”腆然曰：“今不得不实告矣：适所赎，即妾母也。向在洞庭，龙君命司行旅。近宫中欲选嫔妃，妾被浮言者所称道，遂敕妾母，坐相索。妾母实奏之。龙君不听，放母于南滨，饿欲死。故罹前难。今难虽免，而罚未释。君如爱妾，代祷真君可免。如以异类见憎，请以儿掷还君。妾自去，龙宫之奉，未必不百倍君家也。”生大惊，虑真君不可得见。女曰：“明日未刻，真君当至。见有跛道士，急拜之，入水亦从之。真君喜文士，必合怜允。”乃出鱼腹绫一方，曰：“如问所求，即出此求书一‘免’字。”

生如言候之。果有道士蹩躠而至，生伏拜之。道士急走，生从其后。道士以杖投水，跃登其上。生竟从之而登，则非杖也，舟也。又拜之。道士问：“何求？”生出罗求书。道士展视曰：“此白鱀翼也，子何遇之？”蟾宫不敢隐，详陈始末。道士笑曰：“此物殊风流，老龙何得荒淫！”遂出笔草书“免”字，如符形，返舟令下。则见道士踏杖浮行，顷刻已渺。归舟，女喜，但嘱勿泄于父母。归后二三年，翁南游，数月不归。湖水俱罄，久待不至。女遂病，日夜喘急，嘱曰：“如妾死，勿瘗，当于卯、午、酉三时，一吟杜甫梦李白诗，死当不朽。仍以诗作串连。待水至，倾注盆内，闭门缓妾衣，抱入浸之，宜得活。”喘息数日，奄然遂毙。后半月，慕翁至，生急如其教，浸一时许，渐苏。自是每思南旋。后翁死，生从其意，迁于楚。

王者
懲警貪夫聊幻化衣
冠城郭迥非凡餉銀消
息何須向一縷青絲掛巨函

王　者

湖南巡抚某公，遣州佐押解饷六十万赴京。途中被雨，日暮愆程，无所投宿，远见古刹，因诣栖止。天明，视所解金，荡然无存。众骇怪，莫可取咎。回白抚公，公以为妄，将置之法。及诘众役，并无异词。公责令仍反故处，缉察端绪。至庙前，见一瞽者，形貌奇异，自榜云："能知心事。"因求卜筮。瞽曰："是为失金者。"州佐曰："然。"因诉前苦。瞽者便索肩舆，云："但从我去，当自知。"遂如其言，官役皆从之。瞽曰："东。"东之。瞽曰："北。"北之。凡五日，入深山，忽睹城郭，居人辐辏。入城，走移时，瞽曰："止。"因下舆，以手南指："见有高门西向，可款关自问之。"拱手自去。

州佐如其教，果见高门，渐入之。一人出，衣冠汉制，不言姓名。州佐述所自来。其人云："请留数日，当与君谒当事者。"遂导去，令独居一所，给以食饮。暇时闲步，至第后，见一园亭，入涉之。老松翳日，细草如毡。数转廊榭，又一高亭，历阶而入，见壁上挂人皮数张，五官俱备，腥气流熏。不觉毛骨森竖，疾退归舍。自分留鞟异域，已无生望，因念进退一死，亦姑听之。

明日，衣冠者召之去，曰："今日可见矣。"州佐唯唯。衣冠者乘怒马甚驶，州佐步驰从之。俄，至一辕门，俨如制府衙署，皂衣人罗列左右，规模凛肃。衣冠者下马，导入。又一重门，见有王者，珠冠绣绂，南面坐。州佐趋上，伏谒。王者问：“汝湖南解官耶？”州佐诺。王者曰：“银俱在此。是区区者，汝抚军即慨然见赠，未为不可。”州佐泣诉：“限期已满，归必就刑，禀白何所申证？”王者曰：“此即不难。”遂付以巨函云：“以此复之，可保无恙。”又遣力士送之。州佐慑息，不敢辨，受函而返。山川道路，悉非来时所经。既出山，送者乃去。

数日抵长沙，敬白抚公。公益妄之，怒不容辨，命左右者飞索以。州佐解襆出函，公拆视未竟，面如灰土。命释其缚，但云：“银亦细事，汝姑出。”于是急檄属官，设法补解讫。数日，公疾，寻卒。

先是，公与爱姬共寝，既醒，而姬发尽失。阖署惊怪，莫测其由。盖函中即其发也。外有书云：“汝自起家守令，位极人臣。赇赂贪婪，不可悉数，前银六十万，业已验收在库。当自发贪囊，补充旧额。解官无罪，不得加谴责。前取姬发，略示微警。如复不遵教令，旦晚取汝首领。姬发附还，以作明信。”公卒后，家人始传其书。后属员遣人寻其处，则皆重岩绝壑，更无径路矣。

异史氏曰：“红线金合，以儆贪婪，良亦快异然。桃源仙人，不事劫掠；即剑客所集，乌得有城郭衙署哉？呜呼！是何神欤？苟得其地，恐天下之赴诉者无已时矣。”

陳雲棲
莫道鴛盟誤
女冠會看蘖矣
免承歡焚香誓
踐英皇約猶記郎
君說桂潘

陈云栖

真毓生，楚夷陵人，孝廉之子。能文，美丰姿，弱冠知名。儿时，相者曰："后当娶女道士为妻。"父母共以为笑。而为之论婚，低昂苦不能就。

生母臧夫人，祖居黄冈，生以故诣外祖母。闻时人语曰："黄州'四云'，少者无伦。"盖郡有吕祖庵，庵中女道士皆美，故云。庵去臧氏村仅十余里，生因窃往。扣其关，果有女道士三四人，谦喜承迎，仪度皆洁。中一最少者，旷世真无其俦，心好而目注之。女以手支颐，但他顾。诸道士觅盏烹茶，生乘间问姓字，答云："云栖，姓陈。"生戏曰："奇矣！小生适姓潘。"陈赪颜发颊，低头不语，起而去。少间，瀹茗，进佳果。各道姓字：一，白云深，年三十许；一，盛云眠，二十已来；一，梁云栋，约二十有四五，却为弟。而云栖不至。生殊怅惘，因问之。白曰："此婢惧生人。"生乃起别，白力挽之，不留而出。白曰："而欲见云栖，明日可复来。"

生归，思恋綦切。次日，又诣之。诸道士俱在，独少云栖，未便遽问。诸道士治具留餐，生力辞，不听。白拆饼授箸，劝进良殷。既问："云栖何在？"答云："自至。"久之，日势已晚，生欲归。白捉腕留之，曰："姑止此，我捉婢子来奉见。"生乃止。俄，挑灯具酒，云眠亦去。（云眠亦篇中正经脚色，故不与梁、白同叙。）酒数行，生辞已醉。白曰："饮三觥，则云栖出矣。"生果饮如数。梁亦以此挟劝之，生又尽之，覆盏告辞。白顾梁曰："吾等面薄，不能劝饮。汝往曳陈婢来，便道潘郎待妙常已久。"梁去，少时而返，具言："云栖不至。"生欲去，而夜已深，乃佯醉仰卧。两人代裸之，叠就淫焉。此庵几如勾栏，来往皆属淫朋，云栖何以得免？心坚金石，匹夫之志难夺，污泥中有金莲也。终夜不堪其扰。天既明，不睡而别。数日不敢复往，而心念云栖不忘也，但不时于近侧探侦之。

一日，既暮，白出门，与少年去。生喜，不甚畏梁，急往款关。云眠出应门。问之，则梁亦他适。因问云栖。盛导去，又入一院，呼曰："云栖！客至矣。"但见室门阓然而合。盛笑曰："闭扉矣。"生立窗外，似将有言，盛乃去。云栖隔窗曰："人皆以妾为饵，钓君也。频来，身命殆矣。妾不能终守清规，亦不敢遂乖廉耻，欲得如潘郎者事之耳。"生乃以白头相约。云栖曰："妾师抚养，即亦非易。果相见爱，当以二十金赎妾身。妾候君三年。如望为桑中之约，所不能也。"生诺之。方欲自陈，而盛复至，从与俱出，遂别归。中心怊怅，思欲委曲夤缘，再一亲其娇范，适有家人报父病，遂星夜而还。

无何，孝廉卒。夫人庭训最严，心事不敢使知，但刻减金资，日积之。有议婚者，辄以服阕为辞。母不听。生婉告曰："曩在黄冈，外祖母欲以婚陈氏，诚心所愿。今遭大故，音耗遂梗，久不如黄省问；旦夕一往，如不果谐，从母所命。"夫人许之。乃携所积而去。

至黄，诣庵中，则院宇荒凉，大异畴昔。渐入之，惟一老尼炊灶下，因就问。尼曰："前年老道士死，'四云'星散矣。"

问："何之？"曰："云深、云栋，从恶少去。向闻云栖寓居郡北，云眠消息不知也。"世无刻板事，岂有刻板文？苍衣白狗，倏忽变化，不特可悟文心，亦可以观世变矣。生闻之，悲叹。命驾即诣郡北，遇观辄询，并少踪迹。怅恨而归，伪告母曰："舅言：陈翁如岳州，待其归，当遣伻来。"逾半年，夫人归宁，以事问母，母殊茫然。偏从其母一边叙来，妙甚。夫人怒子诳；媪疑甥与舅谋，而未以闻也。幸舅出，莫从稽其妄。

夫人以香愿登莲峰，斋宿山下。既卧，逆旅主人扣扉，送一女道士寄宿同舍，自言："陈云栖。"突来。闻夫人家夷陵，移坐就榻，告诉坎坷，词旨悲恻。末言："有表兄潘生，与夫人同籍，烦嘱子侄辈一传口语，但道其寄栖鹤观师叔王道成所，朝夕厄苦，度日如岁。令早一临存，恐过此以往，未之或知也。"夫人审名字，即又不知，但云："既在学宫，秀才辈想无不闻也。"未明早别，殷殷再嘱。又不即合，妙。

夫人既归，向生言及。生长跪曰："实告母：所谓潘生，即儿也。"夫人既知其故，怒曰："不肖儿！宣淫寺观，以道士为妇，何颜见亲宾乎！"生垂头，不敢出词。会生以赴试入郡，窃命舟访王道成。至，则云栖半月前出游不返。既归，悒悒而病。适臧媪卒，夫人往奔丧，殡后迷途，至京氏家，问之，则族妹也。相便邀入。见有少女在堂，如此插入，蹊径独别。年可十八九，姿容曼妙，目所未睹。夫人每思得一佳妇，俾子不怼，心动，因诘生平。妹云："此王氏女也，"王氏"二字，幻极。京氏甥也。怙恃俱失，暂寄此耳。"问："婿家谁？"曰："无之。"把手与语，意致娇婉，母大悦，为之过宿，私以己意告妹。妹曰："良佳。但其人高自位置；不然，胡蹉跎至今也。容商之。"夫人招与同榻，谈笑甚欢，自愿母夫人。夫人悦，请同归荆州，女益喜。

次日，同舟而还。既至，则生病未起。母慰其学沉屙，使婢阴告曰："夫人为公子载丽人至矣。"故作幻笔。生未信，伏窗窥之，较云栖尤艳绝也。因念：三年之约已过，出游不返，则玉容必已有主。得此佳丽，心怀颇慰。于是軃然动色，病亦寻瘳。母乃招两人相拜见。生出，夫人谓女："亦知我同归之意乎？"女微笑曰："妾已知之。但妾所以归之初志，母不知也。妾少字夷陵潘氏，音耗阔绝，必已另有良匹。果尔，则为母也妇；不尔，则终为母也女，檀弓句法。报母有日也。"夫人曰："既有成约，即亦不强。但前在五祖山时，有女冠问潘氏，今又潘氏，固知夷陵世族无此姓也。"女惊曰："卧莲峰下者母耶？询潘者，即我是也。"笠翁云："被一个作孽的风筝误到头。"吾欲改用"潘生"二字。母始恍然悟，笑曰："若然，则潘生固在此矣。"女问："何在？"夫人命婢导去问生。生惊曰："卿云栖耶？"女问："何知？"生言其情，始知以潘郎为戏。女知为生，羞与终谈，急返告母。母问其"何复姓王"。答云："妾本姓王。道师见爱，遂以为女，从其姓耳。"夫人亦喜，涓吉为之成礼。

先是，女与云眠俱依王道成。道成居隘，云眠遂去之汉口。女娇痴不能作苦，又羞出操道士业，道成颇不善之。会京氏如黄冈，女遇之流涕，因与俱去，俾改女冠装，将论婚士族，故讳其曾隶道士籍。而问名者，女辄不愿，舅及姑妗皆不知意向，心厌嫌之。是日，从夫人归，得所托，如释重负焉。

合卺后，各述所遭，喜极而泣。女孝谨，夫人雅怜爱之，而弹琴好弈，不知理家人生业，夫人颇以为忧。积月余，母遣两人如京氏，留数日而归。泛舟江流，欻一舟过，中一女冠，近之，则云眠也。云眠忽飘然而至，用笔毫无死相。云眠独与女善。女喜，招与同舟，相对酸辛。问："将何之？"盛云："久切悬念。远至栖鹤观，则闻依京舅矣。故将诣黄冈，一奉探耳。竟不知意中人已得相聚。真毓生亦在舟中，不着一语，图笔墨干净，不纠缠。今视之如仙，剩此漂泊人，不知何时已矣！"因而欷歔。女设一谋，令易道装，伪作姊，携伴夫人，徐择佳偶。盛从之。

既归，女先白夫人，盛乃入，举止大家；谈笑间，练达世故。母既寡，苦寂，得盛良欢，惟恐其去。盛早起代母劬劳，不自作客。母益喜，阴思纳女姊，以掩女冠之名，而未敢言也。一日，忘某事未作，急问之，则盛代备已久。因谓女曰："画中人不能作家，亦复何为。俊语。新妇若大姊者，吾不忧也。"不知女存心久，但恐母嗔。闻母言，笑对曰："母既爱之，新妇欲效英、皇，何如？"母不言，亦辗然笑。四字妙。女退，告生曰："老母首肯矣。"乃另洁一室，告曰："昔在观中共枕时，姊言：'但得一能知亲爱之人，我两人当共事之。'犹忆之否？"儿女子意中语，说来肖极。盛不觉双眦荧荧，曰："妾所谓亲爱者，非他，如日日经营，曾无一人知其甘苦。数日来，略有微劳，即烦老母恤念，则中心冷暖顿殊矣。若不下逐客令，俾得长伴老母，于愿斯足，亦不望前言之践也。"女告母。母令姊妹焚香，各矢无悔词，乃使生与行夫妇礼。将寝，告生曰："妾乃二十三岁老处女也。"生犹未信。既而落红殷褥，始奇之。盛曰："妾所以乐得良人者，非不能甘岑寂也；诚以闺阁之身，腼然酬应如勾栏，所不堪耳。借此一度，挂名君籍，当为君奉事老母，作内纪纲。若房闱之乐，请别与人探讨之。”又是一般性情。

三日后，襆被从母，遣之不去。女早诣母所，占其床寝，不得已，乃从生去。闺中好合至此，南面王不易也。由是三两日辄一更代，习为常。夫人故善弈，自寡居，不暇为之。自得盛，经理井井，昼日无事，辄与女弈。挑灯瀹茗，听两妇弹琴，夜分始散。姥姥真仙矣。每与人曰：“儿父在时，亦未能有此乐也。”盛司出纳，每纪籍报母。母疑曰：“儿辈常言幼孤，作字弹棋，谁教之？”女笑以实告。母亦笑曰：“我初不欲为儿娶一道士，今竟得两矣。”忽忆童时所卜，始信定数不可逃也。生再试不第。夫人曰：“吾家虽不丰，薄田三百亩，幸得云眠纪理，日益温饱。儿但在膝下，率两妇与老身共乐，不愿汝求富贵也。”人生真乐，富贵何为？生从之。后云眠生男女各一，云栖女一男三。母八十余岁而终。孙皆入泮；长孙云眠所出，已中乡选矣。

司札吏
内諱從来莫出門武
夫暴謬不堪論刀揮
研擊空含怒鬼物揶
揄刺尚存

司札吏

游击官某，妻妾甚多。最讳其小字，呼年曰岁，生曰硬，马曰大驴；又讳败曰胜，安为放。虽简札往来，不甚避忌，而家人道之，则怒。一日，司札吏白事，误犯，大怒，以研击之，立毙。三日后，醉卧，见吏持刺入，问："何为？"曰："'马子安'来拜。"忽悟其鬼，急起，拔刀挥之。吏微笑，掷刺几上，泯然而没。取刺视之，书云："岁家眷硬大驴子放胜。"暴谬之夫，为鬼揶揄，可笑甚已！

牛首山一僧，自名铁汉，又名铁屎。有诗四十首，见者无不绝倒。自镂印章二：一曰"混帐行子"，一曰"老实泼皮"。秀水王司直梓其诗，名曰："牛山四十屁。"款云："混帐行子、老实泼皮放。"不必读其诗，标名已足解颐。

予尝见牛山诗中有云："老僧诗另有门头，《文选》《离骚》一笔勾。扭肚撆肚腌腊句，山神说道不须诌。那岩打坐这岩眠，听了松声又听泉。多谢风爹多礼数，花香直送到床前。""信心妈妈上山游，一句弥陀一个头。磕到山门开钞袋，纸钱买罢买香油。"

司訓
屢因重聽歎途窮
俛僶登場笑鞠
躬也算人間清白
吏更無同節
出羣中

司　训

教官某，甚聋，而与一狐善；狐耳语之，亦能闻。每见上官，亦与狐俱，人不知其重听也。积五六年，狐别而去，嘱曰："君如傀儡，非挑弄之，则五官俱废。与其以聋取罪，不如早自高也。"某恋禄，不能从其言，应对屡乖。学使欲逐之，某又求当道者为之缓颊。一日，执事文场。唱名毕，学使退与诸教官燕坐。教官各扪籍靴中，呈进关说。进呈关说，今无此风。已而学使笑问："贵学何独无所呈进？"某茫然不解。近坐者肘之，以手入靴，示之势。某为亲戚寄卖房中伪器，辄藏靴中，随在求售。因学使笑语，疑索此物，鞠躬起对曰："有八钱者最佳，下官不敢呈进。"一座匿笑。学使叱出之，遂免官。

异史氏曰："平原独无，亦中流之砥柱也。学使而求呈进，固当奉之以此。由是得免，冤哉！"

朱公子子青《耳录》云："东莱一明经迟，司训沂水。性颠痴，凡同人咸集时，皆默不语；迟坐片时，不觉五官俱动，笑啼并作，旁若无人焉者。若闻人笑声，顿止。日俭鄙自奉，积金百余两，自埋斋房，妻子亦不使知。一日，独坐，忽手足动，少刻云：'作恶结怨，受冻忍饥，好容易积蓄者，今在斋房。倘有人知，竟如何？’如此再四。一门斗在旁，殊亦不觉。次日，迟出，门斗入，掘取而去。作恶结怨，忍饥受冻，只蓄得百金，此教之穷苦何如，乃被盗于门斗，只博他人一笑。过二三日，心不自宁，发穴验视，则已空空。顿足拊膺，叹恨欲死。”教职中可云千态百状矣。千态百状，各途俱有，教职为甚耳。

織成
下第歸来一舸行
醉中猶
記賦閒情水精界
尺如符
節蠶足真成蠶臂
盟

织成

洞庭湖中，往往有水神借舟。遇有空船，缆忽自解，飘然游行。但闻空中音乐并作，舟人蹲伏一隅，瞑目听之，莫敢仰视，任所往。游毕，仍泊旧处。又是一样起法，先解说，然后叙事。

有柳生，落第归，醉卧舟上。笙乐忽作。舟人摇生不得醒，急匿艎下。俄有人捽生。生醉甚，随手堕地，眠如故，即亦置之。少间，鼓吹鸣聒。生微醒，闻兰麝充盈，睨之，见满船皆佳丽。心知其异，目若瞑。少间，传呼织成。即有侍儿来，立近颊际，翠袜紫舄，细瘦如指。心好之，隐以齿啮其袜。近口食，然亦甚无赖矣。少间，女子移动，牵曳倾踣。上问之，因白其故。在上者怒，命即行诛。遂有武士入，捉缚而起。见南面一人，冠服类王者。因行且语，曰："闻洞庭君为柳氏，臣亦柳氏。昔洞庭落第，今臣亦落第。善于词令。洞庭得遇龙女而仙，今臣醉戏一姬而死，何幸不幸之悬殊也！"壮甚。王者闻之，唤回，问："汝秀才下第者乎？"生诺。便授笔札，令赋"风鬟雾鬓"。生固襄阳名士，而构思颇迟，捉笔良久。上诮让曰："名士何得尔？"生释笔自白："昔'三都赋'十稔而成，以是知文贵工，不贵速也。"王者笑听之。自辰至午，稿始脱。王者览之，大悦曰："真名士也！"遂赐以酒。顷刻，异馔纷纶。方问对间，一吏捧簿进白："溺籍告成矣。"串插一笔以间之，境不平。《聊斋》惯用此法。问："人数几何？"曰：

"一百二十八人。"问："签差何人矣？"答云："毛、南二尉。"生起拜辞，王者赠黄金十斤，又水晶界方一握，曰："湖中小有劫数，持此可免。"忽见羽葆人马，纷立水面，王者下舟登舆，遂不复见，久之寂然。舟人始自艎下出，荡舟北渡，风逆不得前。忽见水中有铁猫浮出。舟人骇曰："毛将军出现矣！"各舟商人俱伏。又无何，湖中一木直立，筑筑摇动，益惧曰："南将军又出矣！"写得声色俱有。少时，波浪大作，上翳天日，四顾湖舟，一时尽覆。本朝钱塘陆次云先生有《洞庭诗》云："此中有楠木，千载成英灵。出没每不时，异何令人惊。舟妇散纸钱，徐徐乃就平。"知此段非甚虚。生举界方危坐舟中，万丈洪涛，近舟顿灭，以是得全。既归，每向人语其异，言："舟中侍儿，虽未悉其容貌，而裙下双钩，亦人世所无。"

后以故至武昌，有崔媪卖女，千金不售，蓄一水晶界方，言有能配此者，嫁之。生异之，怀界方而往。媪忻然承接，呼女出见，年十五六已来，媚曼风浪，更无伦比，略一展拜，反身入帏。生一见魂魄动摇，曰："小生亦蓄一物，不知与老姥家藏颇相称否？"因各出相较，长短不爽毫厘。媪喜，便问寓所，请生即归命舆，界方留作信。生不肯留，媪笑曰："官人亦太小心！老身岂为一界方抽身窜去耶？"生不得已，留之。出则赁舆急返，而媪室已空。又一顿。大骇，遍问居人，迄无知者。日已向西，形神懊丧，邑邑而返。中途，值一舆过，忽搴帘曰："柳郎何迟也？"视之，则崔媪，喜问："何之？"媪笑曰："必将疑老身拐骗者矣。别后，适有便舆，顷念官人亦侨寓，措办良艰，故遂送女归舟耳。"生邀回车，媪必不可。生仓皇不能确信，急奔入舟，女果及一婢在焉。见生入，含笑承迎。生见翠袜紫履，与舟中侍儿妆饰，更无少别。心异之，徘徊凝注。女笑曰："眈眈注目，生平所未见耶？"生益俯窥之，则袜后齿痕宛然。惊曰："卿织成耶？"女掩口微哂。生长揖曰："卿果神人，早请直言，以祛烦惑。"女曰："实告君：前舟中所遇，即洞庭君也。仰慕鸿才，便欲以妾相赠；因妾过为王妃所爱，故归谋之。妾之来，从妃命也。"生喜，沐手焚香，望湖朝拜，乃归。

齿痕尚在，文章映带之法。

后诣武昌，女求同去，将便归宁。既至洞庭，女拔钗掷水，忽见一小舟自湖中出，女跃登，如飞鸟集，转瞬已杳。生坐船头，于没处凝盼之。遥遥一楼船至，既近窗开，忽如一彩禽翔过，则织成至矣。一人自窗中递掷金珠珍物甚多，皆妃赐也。自是，岁一两觐以为常。故生家富有珠宝，每出一物，世家所不识焉。

相传唐柳毅遇龙女，洞庭君以为婿。后逊位于毅。又以毅貌文，不能摄服水怪，付以鬼面，昼戴夜除，久之渐习忘除，遂与面合而为一。毅览镜自惭，故行人泛湖，或以手指物，则疑为指己也。以手覆额，则疑其窥己也：风波辄起，舟多覆。故初登舟，舟人必以此告戒之。不则设牲牢祭享，乃得渡。许真君偶至湖，浪阻不得行。真君怒，执毅付郡狱。狱吏检囚，恒多一人，莫测其故。一夕，毅示梦郡伯，哀求拔救。伯以幽明异路，谢辞之。毅云："真君于某日临境，但为求恳，必合有济。"既而真君果至，因代求之，遂得释。嗣后湖禁稍平。

竹青
窮途無奈秀
才饑多
謝吳王賜羽
衣分翮
雛鬟為匹偶
從今雙
宿永雙飛

竹　青

鱼客，湖南人，忘其郡邑。家綦贫，下第归，资斧断绝。羞于行乞，饿甚，暂憩吴王庙风雷夜半吴王庙，天地清秋伍相祠。一例冥冥谁不朽，早来把酒共论之。中，拜祷神座。出卧廊下，忽一人引去，见王，跪白曰：“黑衣队尚缺一卒，可使补缺。”王曰：“可。”即授黑衣。既着身，化为乌，振翼而出。见乌友群集，相将俱去，分集帆樯。舟上客旅，争以肉向上抛掷。群于空中接食之。因亦尤效，须臾果腹。翔栖树杪，意亦甚得。逾二三日，吴王怜其无偶，配以雌，呼之“竹青”。雅相爱乐。鱼每取食，辄驯无机。竹青恒劝谏之，卒不能听。

一日，有满兵过，弹之中胸。幸竹青衔去之，得不被擒。群乌怒，鼓翼搧波，波涌起，舟尽覆。竹青仍投饵哺鱼。鱼伤甚，终日而毙。忽如梦醒，则身卧庙中。先是，居人见鱼死，不知谁何，抚之未冷，故不时令人逻察之。至是，讯知其由，敛资送归。

后三年，复过故所，参谒吴王。设食，唤乌下集群啖，祝曰：“竹青如在，当止。”食已，并飞去。后领荐归，复谒吴王庙，荐以少牢。已，乃大设以飨乌友，又祝之。是夜宿于湖村，秉烛方坐，忽几前如飞鸟飘落；视之，则二十许丽人，辴然曰：“别来无恙乎？”鱼惊问之，曰：“君不识竹青耶？”不知当年在黑衣里为偶时，丽人耶，抑羽毛耶？所见何如？鱼喜，诘所来。曰：“妾今为汉江神女，返故乡时常少。前乌使两道君情，故来一相聚也。”鱼益欣感，宛如夫妻之久别，不胜欢恋。生将偕与俱南，女欲邀与俱西，两谋不决。

寝初醒，则女已起。开目，见高堂中巨烛荧煌，竟非舟中。惊起，问：“此何所？”女笑曰：“此汉阳也。妾家即君家，何必南！”天渐晓，婢媪纷集，酒炙已进。就广床上设矮几，夫妇对酌。鱼问：“仆何在？”答：“在舟上。”生虑舟人不能久待。女言：“不妨，妾当助君报之。”于是日夜谈宴，乐而忘归。舟人梦醒，忽见汉阳，骇绝。仆访主人，杳无音信。舟人欲他适，而缆结不解，遂共守之。积两月余，生忽忆归，谓女曰：“仆在此，亲戚断绝。且卿与仆，名为琴瑟，而不一认家门，奈何？”女曰：“无论妾不能往；纵往，君家自有妇，将何以处妾乎？不如置妾于此，为君别院可耳。”生恨道远，不能时至。女出黑衣，曰：“君向所着旧衣尚在。如念妾时，衣此可至；至时，为君解之。”乃大设肴珍，为生祖饯。即醉而寝，醒则身在舟中。视之，洞庭旧泊处也。舟人及仆俱在，相视大骇，诘其所往。生故怅然自惊。枕边一襆，检视，则女赠新衣袜履，黑衣亦折置其中。又有绣橐维絷腰际，探之，则金资充牣焉。于是南发，达岸，厚酬舟人而去。

归家数月，苦忆汉水，因潜出黑衣着之，两胁生翼，翕然凌空，在天愿为比翼鸟，到处凌空得并飞。经两时许，已达汉水。回翔下视，见孤屿中有楼舍一簇，遂飞堕。有婢子已望见之，呼曰：“官人至矣！”无何，竹青出，命众手为缓结，觉羽毛划然尽脱。握手入舍，曰：“郎来恰好，妾旦夕临蓐矣。”生戏问曰：“胎生乎？卵生乎？”女曰：“妾今为神，则皮骨已硬，应与曩异。”越数日，果产，胎衣厚裹，如巨卵然，破之，男也。生喜，名之“汉产”。三日后汉水神女皆登堂，以服食珍物相贺。并皆佳妙，无三十以上人。俱入室就榻，以拇指按儿鼻，名曰“增寿”。既去，生问：“适来者皆谁何？”女曰：“此皆妾辈。其末后着藕白者，所谓‘汉皋解佩’，即其人也。”居数月，女以舟送之，不用帆楫，飘然自行。抵陆，已有人絷马道左，遂归。由此往来不绝。

积数年，汉产益秀美，生珍爱之。妻和氏，苦不育，每思一见汉产。生以情告女。女乃治任，送儿从父，归约以三月。既归，和爱之过于己出，逾十余月，不忍令返。一日，暴病而殇，和氏悼痛欲死。生乃诣汉告女。入门，则汉产赤足卧床上，喜以问女。女曰：“君久负约。妾思儿，故招之也。”儿女子情，仙人亦复尔尔也。生因述和氏爱儿之故。女曰：“待妾再育，令汉产归。”

又年余，女双生男女各一，男名“汉生”，女名“玉佩”。生遂携汉产归。然岁恒三四往，不以为便，因移家汉阳。汉产十二岁，入郡庠，女以人间无美质，招去，为之娶妇，始遣归。妇名“卮娘”，亦神女产也。后和氏卒，汉生及妹皆来擗踊。葬毕，汉产遂留；生携汉生、玉佩去，自此不返。

段氏
田園欣割已無餘
忍泣吞聲嗣
續虛合浦
珠還真
意外妒
心從此
消
除

段氏

段瑞环，大名富翁也。四十无子。妻连氏最妒，欲买妾而不敢，私一婢，连觉之，挞婢数百，鬻诸河间栾氏之家。鬻之而未尽其命，犹未甚也。段日益老，诸侄朝夕乞贷，一言不相应，怒征声色。段思不能给其求，而欲嗣一侄，则群侄阻挠之，连之悍亦无所施，悍妇只能悍于其夫，他人前不能悍也，所见甚夥。始大悔。愤曰："翁年六十余，安见不能生男！"遂买两妾，听夫临幸，不之问。居年余，二妾皆有身。举家皆喜。于是气息渐舒，凡诸侄有所强取，辄恶声梗拒之。无何，一妾生女，一妾生男而殇。简句。夫妻失望，又将年余，段中风不起，诸侄益肆，牛马什物，竞自取去。连诟斥之，辄反唇相稽。无所为计，朝夕呜哭。段由是病益剧，寻死。诸侄集柩前，议析遗产。连虽痛切，然不能禁止之。但留沃墅一所，赡养老稚，侄辈不肯。连曰："汝等寸土不留，将令老妪及呱呱者饿死耶！"妒妇不足怜惜。日不决，惟忿哭自挝。忽有客入吊，从天而降。直趋灵所，俯仰尽哀。哀已，便就苫次，众诘为谁，客曰："亡者吾父也。"众益骇。客从容自陈。先是，婢嫁栾氏，逾五六月，生子怀，栾抚之等诸男。十八岁入泮。后栾卒，诸兄析产，置不与诸栾齿。怀问母，始知其故，曰："既属两姓，各有宗祐，何必在此承人百亩田哉！"乃命骑诣段，捷笔。而段已死。言之凿凿，确可信据。连方忿痛，闻之大喜，直出曰："我今亦复有儿！

如闻得意声口。诸所假去牛马什物，可好自送还；不然有讼兴也！”诸侄相顾失色，渐引去。怀乃携妻来，共居父忧。诸段不平，共谋逐怀。怀知之，曰：“栾不以为栾，段复不以为段，我安适归乎！”忿欲质官，诸戚党为之排解，群谋亦寝。而连以牛马故，不肯已。怀劝置之。连曰：“我非为牛马也，杂气集满胸，汝父以愤死，我所以吞声忍泣者，为无儿耳。今有儿，何畏哉！前事汝不知状，待予自质审。”怀固止之，不听，具词赴宰控。宰拘诸段，审状，连气直词恻，吐陈泉涌。宰为动容，并惩诸段，追物给主。既归，其兄弟之子有不与党谋者，招之来，以所追物尽散给之。连七十余岁，将死，呼女及孙媳嘱曰：“汝等志之：如三十不育，便当典质钗珥，为夫纳妾。无子之情状，实难堪也！”唤醒天下许多愚妇。友曰：“倘再不醒奈何！”

异史氏曰：“连氏虽妒，而能疾转，宜天以有后伸其气也。观其慷慨激发，吁！亦杰矣哉！”

济南蒋稼，其妻毛氏，不育而妒。嫂每劝谏，不听，曰：“宁绝嗣，不令送眼流眉者忿气人也！”年近四旬，颇以嗣续为念。欲继兄子，兄嫂俱诺，而故悠忽之。儿每至叔所，夫妻饵以甘脆，问曰：“肯来吾家乎？”儿亦应之。兄私嘱儿曰：“倘彼再问，答以不肯。如问何故不肯，答云：‘待汝死后。何愁田产不为吾有。’”一日，稼出远贾，儿复来。毛又问，儿即以父言对。毛大怒曰：“妻孥在家，固日日盘算吾田产耶！其计左矣！”逐儿出，立招媒媪，为夫买妾。一激能奋，此妇犹有人心，更有坚持绝嗣主意，不令送眼流眉者，忿气人可奈何！及夫归，时有卖婢者，其价昂，倾资不能取盈，势将难成。其兄恐迟而变悔，遂暗以金付媪，伪称为媪转贷者玉成之。毛大喜，遂买婢归。毛以情告夫，夫怒，与兄绝。年余，妾生子。夫妻大喜，毛曰："媪不知假贷何人，年余竟不置问。此德不可忘。今子已生，尚不偿母价也！"稼乃囊金诣媪。媪笑曰："当大谢大官人。老身一贫如洗，谁敢贷一金者。"具以实告。稼感悟，归告其妻，相为感泣。我亦感泣。遂治具邀兄嫂至，夫妇皆膝行，出金偿兄，兄不受，尽欢而散。后稼生三子。

狐女
鍾情何意来奔
女守禮偏知避
若翁脂合綉鍼
工幻化周旋難
淂亂離中

狐女

伊衮，九江人。夜有女来，相与寝处。心知为狐，而爱其美，秘不告人，父母亦不知也。久而形体支离，父母始穷其故，始实告之。父母大忧，使人更代伴寝，兼施敕勒，卒不能禁。翁自与同衾，则狐不至；易以他人，则又至。伊问狐，狐曰：“世俗符咒，何能制我。然俱有伦理，岂有对翁行淫者！”翁闻之，益伴子不去，狐遂绝。后值叛寇横恣，村人尽窜，一家相失。伊奔入昆仑山，四顾荒凉。日既暮，心恐甚。忽见一女子来，近视之则狐女也。离乱之中，相见忻慰。女曰：“日已西下，君姑止此。我相佳地，暂创一室，以避虎狼。”乃北行数武，遂蹲莽中，不知何作。少顷返，拉伊南去，约十余步，又曳之回。忽见大木千章，绕一高亭，铜墙铁柱，顶类金箔；近视，则墙可及肩，四围并无门户，而墙上密排坎窞。女以足踏之而过，伊亦从之。既入，疑金屋非人工可造，问所自来。女笑曰：“君子居之，明日即以相赠。金铁各千万，计半生吃着不尽矣。”既而告别。伊苦留之，乃止。曰：“被人厌弃，已拚永绝，今又不能自坚矣。”及醒，狐女不知何时已去。天明，逾垣而出。回视卧处，并无亭屋，惟四针插指环内，覆脂合其上，大树，则丛荆老棘也。芥子藏须眉。

张氏妇

凡大兵所至，其害甚于盗贼：盖盗贼人犹得而仇之，兵则人所不敢仇也。其少异于盗者，特不敢轻于杀人耳。甲寅岁，三藩作反，南征之士，养马兖郡，鸡犬庐舍一空，妇女皆被淫污。时遭霪雨，田中潴水为湖，民无所匿，遂乘桴入高粱丛中。兵知之，裸体乘马，入水搜淫，鲜有遗脱。惟张氏妇不伏，公然在家。有厨舍一所，夜与夫掘坎深数尺，积茅焉；覆以薄，加席其上，若可寝处。自炊灶下，有兵至，则出门应给之。二蒙古兵强与淫。妇曰："此等事，岂可对人行者！"其一微笑，啁嗻而出。妇与入室，指席使先登。薄折，兵陷。妇又另取席及薄覆其上，故立坎边，以诱来者。少间，其一复入。闻坎中号，不知何处。妇以手笑招之曰："在此处。"兵踏席，又陷。妇乃益投以薪，掷火其中。火大炽，屋焚。妇乃呼救。火既熄，燔尸焦臭。人问之，妇曰："两猪恐害于兵，故纳坎中耳。"由此离村数里，于大道旁并无树木处，携女红往坐烈日中。村去郡远，兵来率乘马，顷刻数至。笑语啁嗻，虽多不解，大约调弄之语。然去道不远，无一物可以蔽身，辄去，数日无患。一日，一兵至，甚无耻，就烈日中欲淫妇。妇含笑不甚拒。隐以针刺其马，马辄喷嘶，兵遂絷马股际，然后拥妇。妇出巨锥猛刺马项，马负痛奔骇。缰系股不得脱，曳驰数十里，同伍始代捉之。首躯不知处，缰上一股，俨然在焉。

异史氏曰："巧计六出，不失身于悍兵。贤哉妇乎，慧而能贞！"

于子游

海滨人说："一日，海中忽有高山出，居人大骇。一秀才寄宿渔舟，沽酒独酌。夜阑，一少年入，儒服儒冠自称：'于子游。'言词风雅。秀才悦。便与欢饮。饮至中夜。离席言别。秀才曰：'君家何处?玄夜茫茫，亦太自苦。'答云：'仆非土著，以序近清明，将随大王上墓。眷口先行，大王姑留憩息，明日辰刻发矣。宜归，早治任也。'秀才亦不知大王何人。送至鹢首，跃身入水，拨剌而去，乃知为鱼妖也。次日，见山峰浮动，顷刻已没。始知山为大鱼，即所云大王也。"俗传清明前，海中大鱼携儿女往拜其墓，信有之乎？

康熙初年，莱郡潮出大鱼，鸣号数日，其声如牛。既死，荷担割肉者，一道相属。鱼大盈亩，翅尾皆具，独无目珠。眶深如井，水满之。割肉者误堕其中，辄溺死。或云"海中贬大鱼，则去其目，以目即夜光珠"云。

汪可受
後果前因資閱歷
輪迴墮落未全湮
莫將疆吏誇清
貴記得三生事
有無

汪可爱

湖广黄梅县汪可受，能记三生：一世为秀才，读书僧寺。僧有牝马产骡驹，爱而夺之。后死，冥王稽籍，怒其贪暴，罚使为骡偿寺僧。既生，僧爱护之，欲死无间。稍长，辄思投身涧谷，又恐负豢养之恩，冥罚益甚，遂安之。数年，孽满自毙。生一农人家。堕蓐能言，父母以为不祥，杀之，乃生汪秀才家。秀才近五旬，得男甚喜。汪生而了了；但忆前生以早言死，遂不敢言。至三四岁，人皆以为哑。一日，父方为文，适有友人过访，投笔出应客。汪入见父作，不觉技痒，代成之。秀才夙根，再世不昧，今之考满秀才已不记诗云子曰为何物，斗大一字且不能认。父返见之，问："何人来？"家人曰："无之。"父大疑。次日，故书一题置几上，旋出，少间即返，翳行悄步而入。则见儿伏案间，稿已数行，忽睹父至，不觉出声，跪求免死。父喜，握手曰："吾家止汝一人，既能文，家门之幸也，何自匿为？"由是益教之读。少年成进士，后官至大同巡抚。

王大
镜從蓋子
谷中回又向
城隍庄下未赤
黑眼眶冥罰在
漫誇劉毅是奇才

王　大

李信，博徒也。昼卧，忽见昔年博友王大、冯九来，邀与敖戏。李亦忘其为鬼，忻然从之。既出，王大往邀村中周子明，冯乃导李先行，入村东庙中。少顷，周果同王至。冯出叶子，约与撩零。李曰："仓卒无博资，辜负盛邀，奈何？"周亦云然。王云："燕子谷黄八官人放利债，同往贷之，宜必诺允。"于是四人并去。飘忽间，至一大村，村中甲第连垣，王指一门，曰："此黄公子家。"内一老仆出，王告以意。仆即入白。旋出，奉公子命，请王、李相会。入见公子，年十八九，笑语蔼然。便以大钱一提付李，曰："固知君悫直，无妨假贷。周子明我不能信之也。"王委曲代为请。公子要李署保，李不肯。王从旁怂恿之，李乃诺。亦授一千而出。便以付周，且述公子之意。以激其必偿。出谷，见一妇人来，则村中赵氏妻，素喜争善骂。冯曰："此处无人，悍妇宜小祟之。"遂与捉返入谷。妇大号，冯掬土塞其口。周赞曰："此等妇，只宜椓杙阴中！"冯乃捋裤，以长石强纳之。妇若死。众乃散去，复入庙，相与赌博。自午至夜分，李大胜，冯、周资皆空。李因以厚资增息悉付王，使代偿黄公子；王又分给周、冯，局复合。居无何，闻人声纷拏，一人奔入曰："城隍老爷亲捉博者，今至矣！"众失色。李舍钱逾垣而逃。众顾资，皆被缚。既出，果见一神人坐马上，马后絷博徒二十余人。天未明，已至邑城，门启而入。至衙署，城隍南面坐，唤人犯上，执籍呼名。呼已，并令以利斧斫去将指，乃以墨朱各涂两目，游市三周讫。此法治博者最妙，今之官吏何不仿而行之。押者索贿而后去其墨朱，众皆赂之。独周不肯，辞以囊空；押者约送至家而后酬之，亦不许。押者指之曰："汝真铁豆，炒之不能爆也！"遂拱手去。周出城，以唾湿袖，且行且拭。及河自照，墨朱未去；掬水盥之，坚不可下，悔恨而归。

先是，赵氏妇以故至母家，日暮不归。夫往迎之，至谷口，见妇卧道周。睹状，知其遇鬼，去其泥塞，负之而归。渐苏能言，始知阴中有物，宛转抽拔而出。乃述其遭。赵怒，遽赴邑宰，讼李及周。牒下，李初醒；周尚沉睡，状类死。宰以其诬控，笞赵械妇，夫妻皆无理以自申。越日，周醒，目眶忽变一赤一黑，大呼指痛。视之，筋骨已断，惟皮连之，数日寻堕。目上墨朱，深入肌理。见者无不掩笑。一日，见王大来索负。周厉声但言无钱，王忿而去。家人问之，始知其故。共以神鬼无情，劝偿之。周龈龈不可，且曰："今日官宰皆左袒赖债者，阴阳应无二理，况赌债耶！"次日，有二鬼来，谓黄公子具呈在邑，拘赴质审；李信亦见隶来，取作干证：二人一时并死。至村外相见，王、冯俱在。李谓周曰："君尚带赤墨眼，敢见官耶？"周仍以前言告。李知其吝，乃曰："汝既昧心，我请见黄八官人，为汝还之。"遂共诣公子所。李入而告以故，公子不可，曰："负欠者谁，而取偿于子？"出以告周，因谋出资，假周进之。周益忿，语侵公子。鬼乃拘与俱行。无何，至邑，入见城隍。城隍呵曰："无赖贼！涂眼犹在，又赖债耶！"周曰："黄公子出利债，诱某博赌，遂被惩创。”城隍唤黄家仆上，怒曰：“汝主人开场诱赌，尚讨债耶？”仆曰：“取资时，公子不知其赌。公子家燕子谷，捉获博徒在观音庙，相去十余里。公子从无设局场之事。”城隍顾周曰：“取资悍不还，反被捏造！人之无良，至汝而极！”欲笞之。周又诉其息重。城隍曰：“偿几分矣？”答云：“实尚未有所偿。”城隍怒曰：“本资尚欠，而论息耶？”笞三十，立押偿主。二鬼押至家，索贿，不令即活，缚诸厕内，令示梦家人。家人焚楮锭二十提，火既灭，化为金二两、钱二千。周乃以金酬债，以钱赂押者，遂释令归。既苏，臀疮坟起，腔血崩溃，数月始痊。后赵氏妇不敢复骂；而周以四指带赤墨眼，赌如故。此以知博徒之非人矣。

异史氏曰：“世事之不平，皆由为官者矫枉之过正也。昔日富豪以倍称之息折夺良家子女，人无敢言者；不然，函刺一投，则官以三尺法左袒之。故昔之民社官，皆有势家役耳。迨后贤者鉴其弊，又悉举而大反之。有举人重资作巨商者，衣锦厌粱肉，家中起楼阁、买良沃。而竟忘所自来。一取偿，则怒目相向。质诸官，官则曰：‘我不为人役也。’是何异懒残和尚，无工夫为俗人拭泪哉！余尝谓昔之官谄，今之官谬，谄者固可诛，谬者亦可恨也。放资而薄其息，何尝专有益于富人乎？”先生想放过背来，然放背而薄其息两言原平允无弊。

张石年宰淄川，最恶博。其涂面游城，亦如冥法。刑不至堕指，而赌以绝。盖其为官，甚得钩距法。方簿书旁午时，每一人上堂，公偏暇，里居、年齿、家口、生业，无不絮絮问。问已，始观勉令去。有一人完税缴单，自分无事，呈单欲下。公止之，细问一过，曰："汝何博也？"其人力辩生平不解博。公笑曰："腰中当有博具。"搜之，果然。人以为神，而并不知其何术。

樂仲
至孝幾同
不孝論
幸哉一索
占初婚
破除常戒
持心戒
兩朶蓮卷
現股痕
樂仲

乐 仲

乐仲，西安人。父早丧，遗腹生仲。母好佛，不茹荤酒。仲既长，嗜饮善啖，窃腹诽母，每以肥甘劝进。母辄出之。后母病，弥留，苦思肉。仲急无所得肉，刲左股献之。善哉，善哉，如来叩拜。病稍瘥，悔破戒，不食而死。仲哀悼益切，以利刃益刲右股见骨，家人共救之，裹帛敷药，寻愈。心念母苦节，又恸母愚，遂焚所供佛像，难倒三世佛都不怪他，此释门真种子也。立主祀母。醉后，辄对哀哭。

年二十始娶，身犹童子。娶三日，谓人曰："男女居室，天下之至秽，我实不为乐！"遂去妻。妻父顾文渊，浼戚求返，请之三四，仲必不可。迟半年，顾遂醮女。

仲鳏居二十年，行益不羁：奴隶优伶皆与饮；里党乞求，不靳与；有言嫁女无釜者，揭灶头举赠之。自乃从邻借釜炊。诸佛如来一齐下拜，释老传中游侠，不可多得。诸无行者知其性，朝夕骗赚之。或以赌博无资，对之欷歔，言追呼急，将鬻其子。仲措税金如数，倾囊遗之；及租吏登门，自始典质营办。以故，家日益落。

先是仲殷饶，同堂子弟，争奉事之，凡有任其取携，莫与较；及仲蹇落，存问绝少。仲旷达，不为意。值母忌辰，仲适病，不能上墓，欲遣子弟代祀；诸子弟皆谢以故。仲乃酹诸室中，对主号痛，无嗣之戚，"无嗣"句又轻逗下。颇萦怀抱。因而病益剧。瞀乱中，觉有人抚摩之。目微启，则母也。惊问："何来？"母曰："缘家中无人上墓，故来就享，即视汝病。"问："母向居何所？"母曰："南海。"家有活观音，对面即南海，世人若不知，空把菩萨拜。抚摩既已，遍体生凉。开目四顾，渺无一人，病瘥。既起，思朝南海。会邻村有结香社者，即卖田十亩，挟资求偕。社人嫌其不洁，共摈绝之。乃随从同行。途中牛酒薤蒜不戒，众更恶之，乘其醉睡，不告而去。仲即独行。至闽，遇友人邀饮，有名妓琼华在座。适言南海之游，琼华愿附以行。仲喜，即待趋装，遂与俱发。虽寝食与共，而毫无所私。奇极。

及至南海，社中人见其载妓而至，更非笑之。鄙不与同朝。仲与琼华知其意，乃任其先拜而后拜之。众拜时，恨无现示。及二人拜，方投地，忽见遍海皆莲花，花上璎珞垂珠；琼华见为菩萨，仲见花朵上皆其母。一片天真，我眼所见，无非是佛，胜读一部楞严。因急呼奔母，跃入从之。众见万朵莲花，悉变霞彩，障海如锦。少间，云静波澄，一切都杳，而仲犹身在海岸。笔笔不测。亦不自解其何以得出，衣履并无沾濡。望海大哭，声震岛屿。琼华挽劝之，怆然下刹，命舟北渡。

途中有豪家招琼华去，仲独憩逆旅。有童子方八九岁，丐食肆中，貌不类乞儿。突来。细诘之，则被逐于继母。心怜之。儿依依左右，苦求拔拯，仲遂携与俱归。问其姓氏，则曰："阿辛，姓雍，母顾氏。"顾氏"二字，人已忘之。尝闻母言：适雍六月，遂生余。余本乐姓。"仲大惊。自疑生平一度，不应有子。因问乐居何乡，答云："不知。但母没时，付一函书，嘱勿遗失。"仲急索书。视之，则当年与顾家离婚书也。惊曰："真吾儿也！"审其年月良确，颇慰心愿。然家计日疏，居二年，割亩渐尽，竟不能畜僮仆。

一日，父子方自炊，忽有丽人入，视之，则琼华也。又飘然而来。惊问："何来？"笑曰："业作假夫妻，何又问也？向不即从者，徒以有老妪在；今已死。顾念不从人，无以自庇；从人，则又无以自洁；前友人座中豪家招去，洁耶，不洁耶，人皆乐耶？远村曰："不必推论至此。彼固妓也，洁不洁前后可以自至。"计两全者，无如从君，是以不惮千里。"遂解装代儿炊。仲良喜。至夜，父子同寝如故，另治一室居琼华。儿母之，琼华亦善抚儿。戚党闻之，皆馔仲，两人皆乐受之。客至，琼华悉为治具，仲亦不问所自来。琼华渐出金珠赎故产，广置婢仆牛马，日益繁盛。仲每谓琼华曰："我醉时，卿当避匿，勿使我见。"华笑诺之。一日，大醉，急唤琼华。华艳妆出，"艳妆"二字妙甚。仲睨之良久，大喜，蹈舞若狂，曰："吾悟矣！"顿醒。觉世界光明，所居庐舍，尽为琼楼玉宇，移时始已。故作戏笔。从此不复饮市上，惟日对琼华饮。华茹素，以茶茗侍。

一日，微醺，命琼华按股，见股上刲痕，化为两朵赤菡萏，隐起肉际。奇之。仲笑曰："卿视此花放后，二十年假夫妻分手矣。"应以美人身而得者，即现美人身而为说法。琼华信之。既为阿辛完婚，琼华渐以家付新妇，与仲别院居。子妇三日一朝，事非疑难不以告。役二婢：一温酒，一瀹茗而已。

一日，琼华至儿所，儿媳咨白良久，共往见父。入门，见父白足坐榻上。闻声，开眸微笑曰："母子来大好！"即复瞑。琼华大惊，曰："君欲何为？"视其股上，莲花大放。试之，气已绝。予谓仲有仲事，何必抛人自去。即以两手拈合其花，且祝曰："妾千里从君，大非容易。为君教子训妇，亦有微劳。即差二三年，何不一少待也？”移时，仲忽开眸笑曰：“卿自有卿事，何必又牵一人作伴也？无已，姑为卿留。”琼华释手，则花已复合。朱竹垞诗云：“世无乞食绘，天女随其后。莫是摩登伽，巧把阿唯咒。”吾于此言大悟，正诵梵天正咒。于是言笑如初。

积三年余，琼华年近四旬，犹如二十许人。忽谓仲曰：“凡人死后，被人捉头舁足，殊不雅洁。”遂命工治双槥。辛骇问之，答云：“非汝所知。”工既竣，沐浴妆竟，命子及妇曰：“我将死矣。”辛泣曰：“数年赖母经纪，始不冻馁。母尚未得一享安逸，何遂舍儿而去？”曰：“父种福而子享，奴婢牛马，皆骗债者填偿尔父，胜听说法。我无功焉。我本散花天女，偶涉凡念，遂谪人间三十余年，今限已满。”遂登木自入。再呼之，双目已含。辛哭告父，父不知何时已僵，衣冠俨然。不约而同，撒手去来，一丝不挂。号恸欲绝。入棺，并停堂中，数日未殓，冀其复返。光明生于股际，照彻四壁。琼华棺内，则香雾喷溢，近舍皆闻。棺既合，香光遂渐减。既殡，乐氏诸子弟觊觎其有，共谋逐辛，讼诸官。官莫能辨，拟以田产半给诸乐。辛不服，以词质郡，久不决。

初，顾嫁女于雍，经年余，雍流寓于闽，音耗遂绝。顾老无子，苦忆女，诣婿，则女死甥逐。告官。雍惧，赂顾，不受，必欲得甥。穷觅不得。此一段金圣叹谓之獭尾法，他人不能。一日，顾偶于途中，见彩舆过，避道左。舆中一美人呼曰：“若非顾翁耶？”顾诺。女子曰：“汝甥即吾子，现在乐家，勿讼也。甥方有难，宜急往。”笔路变化，左有萦拂，不可端倪。顾欲详诘，舆已去远。顾乃受赂入西安。至，则讼方沸腾。顾自投官，言女大归日、再醮日，及生子年月，历历甚悉。诸乐皆被杖逐，案遂结。及归，述其见美人之日，即琼华没日也。辛为顾移家，授庐赠婢。六十余生一子，辛顾恤之。

此篇直可作一部圆觉经读。

香逝
花因情
死花當
哭花為情
生花愈矣
可惜愛花人
去後妬花風
雨便猖狂

香　玉

劳山下清宫，耐冬高二丈，大数十围，牡丹高丈余，花时璀璨似锦。先提。胶州黄生，舍读其中。一日，自窗中见女郎，素衣掩映花间。心疑观中焉得此。趋出，已遁去。自此屡见之。遂隐身丛树中，以伺其至。未几，女郎又偕一红裳者来，遥望之，艳丽双绝。行渐近，红裳者却退，曰："此处有生人！"生暴起。二女惊奔，袖裙飘拂，香风洋溢，追过短墙，寂然已杳。爱慕弥切，因题句树下云："无限相思苦，含情对短窗。恐归沙吒利，何处觅无双？"

归斋冥思。女郎忽入，惊喜承迎。女笑曰："君汹汹似强寇，令人恐怖；不知君乃骚雅士，无妨相见。"生叩生平，曰："妾小字香玉，隶籍平康巷。被道士闭置山中，实非所愿。"生问："道士何名？当为卿一涤此垢。"女曰："不必，彼亦未敢相逼。借此与风流士长作幽会，亦佳。"问："红衣者谁？"曰："此名绛雪，乃妾义姊。"遂相狎寝。及醒，曙色已红。女急起，曰："贪欢忘晓矣。"着衣易履，且曰："妾酬君作，勿笑：'良夜更易尽，朝暾已上窗。愿如梁上燕，栖处自成双。'"生握腕曰："卿秀外惠中，令人爱而忘死。顾一日之去，如千里之别。卿乘间当来，勿待夜也。"女诺之。由此夙夜必偕。每使邀绛雪来，辄不至，生以为恨。女曰："绛姐性殊落落，不似妾情痴也。当从容劝驾，不必过急。”

一夕，女惨然入曰：“君陇不能守，尚望蜀耶？今长别矣。”问：“何之？”以袖拭泪，曰：“此有定数，难为君言。昔日佳作，今成谶语矣。‘佳人已属沙咤利，义士今无古押衙’，可为妾咏。”诘之，不言，但有呜咽。竟夜不眠，早旦而去。生怪之。

次日，有即墨蓝氏，入宫游瞩，见白牡丹，悦之，掘移径去。生始悟香玉乃花妖也，怅惋不已。过数日，闻蓝氏移花至家，日就萎悴。恨极，作哭花诗五十首，日日临穴涕洟其处。

一日，凭吊方返，遥见红衣人挥涕穴侧。从容近就，女亦不避。生因把袂，相向汍澜。已而挽请入室，女亦从之。叹曰：“童稚姊妹，一朝断绝！闻君哀伤，弥增妾恸。泪堕九泉，或当感诚再作；然死者神气已散，仓卒何能与吾两人共谈笑也。”生曰：“小生薄命，妨害情人，当亦无福可消双美。曩频烦香玉道达微忱，胡再不临？”女曰：“妾以年少书生，什九薄幸；不知君固至情人也。然妾与君交，以情不以淫。“以情不以淫”，语有至理。若昼夜狎昵，则妾所不能矣。”言已，告别。生曰：“香玉长离，使人寝食俱废。赖卿少留，慰此怀思，何决绝如此！”女乃止，过宿而去。数日不复至。冷雨幽窗，苦怀香玉，辗转床头，泪凝枕席。揽衣更起，挑灯复踵前韵曰：“山院黄昏雨，垂帘坐小窗。相思人不见，中夜泪双双。”诗成自吟。忽窗外有人曰：“作者不可无和。”听之，绛雪也。启户内之，女视诗，即续其后曰：“连袂人何处？孤灯照晚窗。空山人一个，对影自成双。”生读之泪下，因怨相见之疏。女曰：“妾不能如香玉之热，但可少慰君寂寞耳。”生欲与狎。曰：“相见之欢，何必在此。”于是至无聊时，女辄一至。至则宴饮唱酬，有时不寝遂去，生亦听之。谓曰：“香玉吾爱妻，绛雪吾良友也。”金圣叹四恨：怊怊良夜，哄饮先醉一；得江瑶柱，满口大嚼二；遇绝世人，急索登床三；见绝世妙文，滑口读过四。每欲相问：“卿是院中第几株？乞早见示，仆将抱植家中，免似香玉被恶人夺去，贻恨百年。”女曰：“故土难移，告君亦无益也。妻尚不能终从，况友乎！”生不听，捉臂而出。每至牡丹下，辄问：“此是卿否？”女不言，掩口笑之。

旋生以腊归过岁。至二月间，忽梦绛雪至，愀然曰：“妾有大难！君急往，尚得相见，迟无及矣。”醒而异之，急命仆马，星驰至山。则道士将建屋，有一耐冬，碍其营造，工师将纵斤矣。生急止之。入夜，绛雪来谢。生笑曰：“向不实告，宜遭此厄！今已知卿；如卿不至，当以艾炷相炙。”女曰：“妾固知君如此，曩故不敢相告也。”坐移时，生曰：“今对良友，益思艳妻。久不哭香玉，卿能从我哭乎？”二人乃往，临穴洒涕。更余，绛雪收泪劝止。乃还。

又数夕，生方寂坐，绛雪笑入曰：“报君喜信：花神感君至情，俾香玉复降宫中。”生问：“何时？”答曰：“不知，约不远耳。”天明下榻，生嘱曰：“仆为卿来，勿长使人孤寂。”女笑诺。两夜不至，生往抱树，摇动抚摩，频唤无声。乃返，对灯团艾，将往灼树。女遽入，夺艾弃之，曰：“君恶作剧，使人创痏，当与君绝矣！”生笑拥之。坐未定，香玉盈盈而入。生望见，泣下流离，急起把握。香玉以一手握绛雪，相对悲哽。及坐，生把之觉虚，如手自握，惊问之。香玉泫然曰：“昔，妾花之神，故凝；今，妾花之鬼，故散也。解鬼神二字，与中庸无异。今虽相聚，勿以为真，但作梦寐观可耳。”绛雪曰：“妹来大好！我被汝家男子纠缠死矣。”遂辞而去。香玉款笑如前；但偎傍之间，仿佛一身就影。生悒悒不乐，香玉亦俯仰自恨，乃曰：“君以白蔹屑，少杂硫黄，日酹妾一杯水，见种花书。明年此日报君恩。”别去。明日，往观故处，则牡丹萌生矣。生乃日加培植，又作雕栏以护之。香玉来，感激倍至。生谋移植其家，女不可，曰：“妾弱质，不堪复戕。且物生各有定处，妾来原不拟生君家，违之反促年寿。柳州种树郭橐驼篇言之。但相怜爱，合好自有日耳。”生恨绛雪不至。香玉曰：“必欲强之使来，妾能致之。”乃与生挑灯至树下，取草一茎，布掌作度，以度树本，自下而上，至四尺六寸，按其处，使生以两爪齐搔之。俄见绛雪从背后出，笑骂曰：“婢子来，助桀为虐耶！”牵挽并入。香玉曰：“姊勿怪！暂烦陪侍郎君，一年后不相扰矣。”从此遂以为常。

生视花芽，日益肥茂，春尽，盈二尺许。归后，以金遗道士，嘱令朝夕培养之。次年四月至宫，则花一朵，含苞未放；方流连间，花摇摇欲拆；少间已开，花大如盘，俨然有小美人坐蕊中，裁三四指许，转瞬飘然欲下，则香玉也。笑曰：“妾忍风雨以侍君，君来何迟也！”遂入室。绛雪亦至，笑曰：“日日代人作妇，今幸退而为友。”遂相谈宴。至中夜，绛雪乃去。二人同寝，款洽一如从前。

后生妻卒，生遂入山不归。是时，牡丹已大如臂。生每指之曰：“我他日寄魂于此，当生卿之左。”二女笑曰：“君勿忘之。”

后十余年，忽病。其子至，对之而哀。生笑曰："此我生期，非死期也，何哀为！"谓道士曰："他日牡丹下有赤芽怒生，一放五叶者，即我也。"遂不复言。子舆之归家，即卒。次年，果有肥芽突出，叶如其数。道士以为异，益灌溉之。三年，高数尺，大拱把，但不花。老道士死，其弟子不知爱惜，因其不花，斫去之。白牡丹亦憔悴死；无何，耐冬亦死。殉节，物犹如此。

异史氏曰："情之至者，鬼神可通。花以鬼从，而人以魂寄，非其结于情者深耶？一去而两殉之，即非坚贞，亦为情死矣。人不能贞，亦其情之不笃耳。仲尼读唐棣而曰'未思'，信矣哉！"

三僊
定是胡盧有風雨不然遏合
柳何神文章出自仙人筆
得意秋闈第一人

三 仙

一士人赴试金陵，经宿迁，遇三秀才，谈论超旷，遂与沽酒款洽。各表姓字：一介秋衡，一常丰林，一麻西池。纵饮甚乐，不觉日暮。介曰："未修地主之仪，忽叨盛馔，于理不当。茅茨不远，可便下榻。"常、麻并起捉裾，唤仆相将俱去。至邑北山，忽睹庭院，门绕清流。既入，舍宇清洁。呼童张灯，又命安置从人。麻曰："昔日以文会友，今场期伊迩，不可虚此良夜。请拟四题，命阄各拈其一，文成方饮。"众从之。各拟一题，写置几上，拾得者就案构思。二更未尽，皆已脱稿，叠相传视。秀才读三作，深为倾倒，草录而怀藏之。主人进良酝，巨杯促釂，不觉醺醉。客兴辞，主人乃导客就别院寝。醉中不暇解履，和衣而卧。及醒，红日已高，四顾并无院宇，主仆卧山谷中。大骇。见傍有一洞，水涓涓流。自讶迷惘。探怀中，则三作俱存。下问土人，始知为"三仙洞"。中有蟹、蛇、虾蟆三物，最灵，时出游，人常见之。士人入闱，三题即仙作，以是擢解。

鬼　隶

历城县二隶，奉邑令韩承宣命，营干他郡，岁暮方归。途遇二人，装饰亦类公役，同行话言。二人自称郡役。隶曰："济城快皂，相识十有八九，二君殊昧生平。"二人云："实相告：我城隍鬼隶也。今将以公文投东岳。"隶问："公文何事？"答云："济南大劫，所报者，杀人之名数也。"惊问其数，曰："亦不甚悉，约近百万。"隶问其期，答以"正朔"。二隶惊顾，计到郡正值岁除，恐罹于难；迟留恐贻谴责。鬼曰："违误限期罪小，入遭劫数祸大。宜他避，姑勿归。"隶从之。未几，北兵大至，屠济南，扛尸百万。二人亡匿得免。

王十
國課何曾按引償
誰分私販與官商
柰河何日重挑濬
應有人總骨朵傷

王十

高苑民王十，负盐于博兴。夜为二人所获。意为土商之逻卒也，舍盐欲遁，足苦不前，遂被缚。固哀之。二人曰：“我非盐肆中人，乃鬼卒也。”十惧，乞一至家，别妻子。鬼不许，曰：“此去亦未便即死，不过暂役耳。”十问：“何事？”曰：“冥中新阎王到任，见奈河淤平，十八狱坑厕俱满，故捉三种人淘河：小偷、私铸、私盐；又一等人使涤厕：乐户也。”十从去，入城郭，至一官署，见阎罗在上，方稽名籍。鬼禀曰：“捉一私贩王十至。”阎罗视之，怒曰：“私盐者，上漏国税，下蠹民生者也。若世之暴官奸商所指为私贩者，皆天下之良民。盐政中确论。贫人揭锱铢之本，求升斗之息，何为私哉！”罚二鬼市盐四斗，并十所负，代运至家。留十，授以蒺藜骨朵，令随诸鬼督河工。鬼引十去，至奈河边，见河内人夫，襁续如蚁。又视河水浑赤，臭不可闻。淘河者皆赤体持畚锸，出没其中。朽骨腐尸，盈筐负舁而出；深处则灭顶求之。惰者辄以骨朵击背股。同监者以香绵丸如巨菽，使含口中，乃近岸。见高苑肆商，亦在其中。十独苛遇之：入河楚背，上岸敲股。快哉。商惧，常没身水中，十乃已。经三昼夜，河夫半死，河工亦竣。前二鬼仍送至家，豁然而苏。

先是十负盐未归，天明，妻启户，则盐两囊置庭中，而十久不至。使人遍觅之，则死途中。舁之而归，奄有微息，不解其故。及醒，始言之。肆商亦于前日死，至是始苏。骨朵击处，皆成巨疽，浑身腐溃，臭不可近。十故诣之，望见十，犹缩首衾中，如在奈河状。一年，始愈，不复为商矣。

异史氏曰："盐之一道，朝廷之所谓私，乃不从乎公者也；官与商之所谓私，乃不从其私者也。两语断冤，可当一篇盐法论，读之真能洞见症结，有用文字。近日齐、鲁新规，土商随在设肆，各限疆域。不惟此邑之民，不得去之彼邑；即此肆之民，不得去之彼肆。而肆中则潜设饵以钓他邑之民：其售于他邑，则廉其直；而售诸土人，则倍其价以昂之。而又设逻于道，使境内之人，皆不得逃吾网。其有境内冒他邑以来者，法不宥。彼此之相钓，而越肆假冒之愚民益多。一被逻获，则先以刀杖残其胫股，而后送诸官。官则桎梏之，是名'私盐'。蜀费锡璜《盐徒行》："盐徒十百敢成行，日持白棓夜刀枪。逻卒往往遭杀伤，此辈惹祸亦须防。不见高、黄起盐泽，旬日之间称侯王。"又一说也。呜呼！冤哉！漏数万之税非私，而负升斗之盐则私之；本境售诸他境非私，而本境买诸本境则私之，冤矣！律中'盐法'最严，而独于贫难军民，背负易食者，不之禁，今则一切不禁，而专杀此贫难军民！且夫贫难军民，妻子嗷嗷，上守法而不盗，下知耻而不倡；不得已，而揭十母而求一子。使邑尽此民，即'夜不闭户'可也。非天下之良民乎哉！彼肆商者，不但使之淘奈河，直当使涤狱厕耳！快论，快论。作者说到此，不觉歌唱起来。而官于春秋节，受其斯须之润，遂以三尺法助使杀吾良民。然则为贫民计，莫若为盗及私铸耳：盗者白昼劫人，而官若聋；铸者炉火亘天，而官若瞽；即异日淘河，尚不至如负贩者所得无几，而官刑立至也。呜呼！上无慈惠之师，而听奸商之法，日变日诡，奈何不顽民日生，而良民日死哉！”层层驳，语语快，慨乎其言，一片婆心，武夷九曲，转转不穷，真是好看。后生解此，作文百发百中。

各邑肆商，旧例以若干石盐资，岁奉本县，名曰“食盐”。又逢节序，具厚仪。商以事谒官，官则礼貌之，坐与语，或茶焉。送盐贩至，重惩不遑。张石宰令淄川，肆商来见，循旧规，但揖不拜。公怒曰：“前令受汝贿，故不得不隆汝礼；我市盐而食，何物商人，敢公堂抗礼乎！”捋裤将笞。商叩头谢过，乃释之。后肆中获二负贩者，其一逃去，其一被执到官。公问：“贩者二人，其一焉往？”贩者曰：“奔去矣。”公曰：“汝腿病不能奔耶？”曰：“能奔。”公曰：“既被捉，必不能奔；果能，可起试奔，验汝能否。”其人奔数步欲止。公曰：“奔勿止！”其人疾奔，竟出公门而去。趣甚。见者皆笑。公爱民之事不一，此其闲情，邑人犹乐诵之。

大男
惘、尋親萬
里行傍人
門戶得功名
母賢子孝／
終團聚悍
婦捫心總
不平

大男

奚成列，成都士人也。先有一妻一妾。妾何氏，小字昭容。妻早没，继娶申氏，性妒，虐遇何，且并及奚；终日晓聒，恒不聊生。奚怒，亡去。去后，何生一子大男。奚去久不返，申摈何不与同炊，计日授粟。

大男渐长，用不给，何纺绩佐食。大男见塾中诸儿吟诵，亦欲读。母以其太稚，姑送诣读。大男慧，所读倍诸儿。师奇之，愿不索束脩。何乃使从师，薄相酬。积二三年，经书全通。一日，归谓母曰："塾中五六人，皆从父乞钱买饼，我何独无？"母曰："待汝长时，当告汝知。"大男曰："今方七八岁，何时长也？"母曰："汝往塾，路经关帝庙，当拜之，佑汝速长。"大男信之，每过必入拜。母知之，问曰："汝所祝何词？"笑云："但祝明年便使我十六七岁。"母笑之。然大男学与躯长并速，至十岁，使如十三四岁者；其所为文竟成章。龌龊儿躯长而学不长者多矣，何处得此佳儿，令人羡煞。一日，谓母曰："昔谓我壮大，当告父处，今可矣。"母曰："尚未，尚未。"

又年余，居然成人，研诘益频，母乃缅述之。大男悲不自胜，欲往寻父。又一朱寿昌。母曰："儿太幼，汝父存亡未知，何遽可寻？"大男无言而去，至午不归。往塾问师，则辰餐未复。母大惊，犹谓其逃塾，出资佣役，到处冥搜，杳无踪迹。大男出门，循途奔去，茫然不知何往。适遇一人将如夔州，言姓钱。大男丐食相从。钱病其缓，为赁代步，资斧耗竭。至夔，同食，钱阴投毒食中，大男瞑不觉。钱载至大刹，托为己子，偶病绝资，卖诸僧。慈悲。僧见其丰姿秀异，争购之。钱得金竟去。僧饮之，略醒。长老知而诣视，奇其相，研诘，始得颠末。甚怜之，赠资使去。有泸州蒋秀才，下第归，途中问得故，嘉其孝，携与同行。至泸，主其家。月余，遍加谘访。或言闽商有奚姓者，乃辞蒋，欲之闽。蒋赠以衣履，里党皆敛资助之。途遇二布客，欲往福清，邀与同侣。行数程，客窥囊金，引至空所，挚其手足，解夺而去。适有永福陈翁过其地，脱其缚，载归其家。翁豪富，诸路商贾，多出其门，翁嘱南北客代访奚耗。留大男伴诸儿读。大男遂住翁家，不复游。然去家愈远，音梗矣。

何昭容孤居三四年，申氏减其费，抑勒令嫁。何志不摇，申强卖于重庆贾，贾劫取而去。至夜，以刀自劙。所谓匹夫不可夺志。贾不敢逼，俟创瘥，又转鬻于盐亭贾。至盐亭，自刺心头，洞见脏腑。贾大惧，敷以药，创平，求为尼。贾曰："我有商侣，身无淫具，每欲得一人主缝纫。此与作尼无异，亦可少偿吾值。"何诺。贾舆送去。入门，主人趋出，则奚生也。天上落下。盖奚已弃儒为商，贾以其无妇，故赠之也。相见悲骇，各述苦况，始知有儿寻父未归。带串。奚乃嘱诸客旅，侦察大男。而昭容遂以妾为妻矣。然自历艰苦，屙痛多疾，不能操作，劝奚纳妾。奚鉴前祸，不从所请。又借作渡下。何曰："妾如争床笫者，数年来固已从人生子，尚得与君有今日耶？且人加我者，隐痛在心，岂及诸身而自蹈之？"奚乃嘱客侣，为买三十余老妾。过接无痕。逾半年，客果为买妾归。入门，则妻申氏。夜又见。各相骇异。

先是，申独居年余，兄苞劝令再适。申从之，惟田产为子侄所阻，不得售。鬻诸所有，积数百金，携归兄家。有保宁贾，闻其富有奁资，以多金啖苞，赚娶之。而贾老废不能人。申怨兄，不安于室，悬梁投井，不堪其扰。贾怒，搜括其资，将卖作妾。闻者皆嫌其老。贾将适夔，乃载与俱去。遇奚同肆，适中其意，遂货之而去。遥接。既见奚，惭惧不出一语。奚问同肆商，略知梗概，因曰："使遇健男，则在保宁，无再见之期，此亦数也。然今日我买妾，非娶妻，可先拜昭容，修嫡庶礼。"申耻之。奚曰："昔日汝作嫡，何如哉？"何劝止之。奚不可，操杖临逼。申不得已，拜之。然终不屑承奉，但操作别室。何悉优容之，亦不忍课其勤惰。奚每与昭容谈宴，辄使役使其侧；何更代以婢，不听前。

会陈公嗣宗宰盐亭。记着"陈"字。奚与里人有小争，里人以逼妻作妾揭讼奚。此笔又突兀超妙。公不准理，叱逐之。奚喜，方与何窃颂公德。一漏既尽，僮呼叩扉，入报曰："邑令公至。"奚骇极，急觅衣履，则公已至寝门；益骇，不知所为。何审之，急出曰："是吾儿也！"遂哭。公乃伏地悲咽。盖大男从陈公姓，业为官矣。

初，公至自都，迂道过故里，始知两母皆醮，伏膺哀痛。族人知大男已贵，反其田庐。只两句便说明。公留仆营造，冀父复还。带前。既而授任盐亭，又欲弃官寻父，偏有此简笔。陈翁苦劝止之。陈翁随宦，不漏一笔。会有卜者，使筮焉。卜者曰："小者居大，少者为长；求雄得雌，求一得两：为官吉。"公乃之任。为不得亲，居官不茹荤酒。

是日，得里人状，睹奚姓名，遥接。疑之。阴遣内使细访，果父。补笔。乘夜微行而出。见母，又带。益信卜者之神。临去，嘱勿播。出金二百，启父办装归里。父抵家，门户一新广畜仆马，居然大家矣。申见大男贵盛，益自敛。兄苞不愤，讼官，为妹争嫡。如串戏文，无闲空脚色。官廉得其情，怒曰："贪资劝嫁，已更二夫，尚何颜争昔年嫡庶耶！"重笞苞。由此名分益定。而申妹何，何亦姊之。衣服饮食，悉不自私。申初惧其复仇，今益愧悔。奚亦忘其旧恶，俾内外皆呼以太母，但诰命不及耳。

异史氏曰："颠倒众生，不可思议，何造物之巧也！奚生不能自立于妻妾之间，一碌碌庸人耳。苟非孝子贤母，乌能有此奇合，坐享富贵以终身哉！"

韋公子
慘緑年華載
酒行罷官歸去
悔閒情咸陽公子風
流甚轉為風流悮一生

韦公子

韦公子，咸阳世家。放纵好淫，婢妇有色，无不私者。尝载金数千，欲尽览天下名妓，凡繁丽之区，罔不至。其不甚佳者，信宿即去；当意，则作百日留。叔亦名宦，休致归，怒其行，延明师置别业，使与诸公子键户读。公子夜伺师寝，逾垣归，迟明而返。一夜，失足折肱，师始知之。告公，公怒，不之惜，益施夏楚，俾不能起而始药之。及愈，公与之约：能读倍诸弟，文字佳，出勿禁；若私逸，挞如前。然公子最慧，读常过程。数年，中乡榜。欲自败约，公箝制之。赴都，以老仆从，授日记籍，使志其言动，故数年无过行。后成进士，公乃稍弛其禁。公子或将有作，惟恐公闻，入曲巷中，辄托姓魏。一日，过西安，见优僮罗惠卿，年十六七，秀丽如好女，悦之。夜留缱绻，赠贻丰隆。闻其新娶妇尤韵妙，私示意惠卿。惠卿无难色，夜果携妇至，三人共一榻，留数日，眷爱臻至。谋与俱归。问其家口，答云：“母早丧，父存。某原非罗姓。母少服役于咸阳韦氏，卖至罗家，四月即生余。倘得从公子去，亦可察其音耗。”公子惊问母姓，曰：“姓吕。”生骇极，汗下浃体，盖其母即生家婢也。生无言，时天已明，厚赠之，劝令改业。伪托他适，约归时召致之，遂别去。后令苏州，有乐伎沈韦娘，雅丽绝伦，心好之，潜留与狎，戏曰：“卿小字取‘春风一曲杜韦娘’耶？”答曰：

“非也。妾母十七为名妓，有咸阳公子与公同姓，留三月，订盟婚娶。公子去，八月生妾，因名韦，实妾姓也。公子临别时，赠黄金鸳鸯，今尚在。一去竟无音耗，妾母以是愤悒死。妾三岁，受抚于沈媪，故从其姓。”公子闻言，愧恨无以自容。默移时，顿生一策。忽起挑灯，唤韦娘饮，暗置鸩毒杯中。韦娘才下咽，溃乱呻嘶。众集视，则已毙矣。呼优人至，付以尸，重赂之。而韦娘所与交好者尽势家，闻之皆不平，贿激优人，讼于上官。生惧，泻橐弥缝，卒以浮躁免官。归家，年才三十八，颇悔前行。而妻妾五六人，皆无子。欲继公孙；公以门无内行，恐儿染习气，虽许过嗣，必待其老而后归之。公子愤欲招惠卿，家人皆以为不可，乃止。又数年，忽病，辄挝心曰：“淫婢宿妓者，非人也！”公闻而叹曰：“是殆将死矣！”乃以次子之子，送诣其家，使定省之。月余果死。

异史氏曰：“盗婢私娼，其流弊殆不可问。然以己之骨血，而谓他人父，亦已羞矣。乃鬼神又侮弄之，诱使自食便液。尚不自剖其心，自断其首，而徒流汗投鸩，非人头而畜鸣者耶！虽然，风流公子所生子女，即在风尘中，亦皆擅场。”

石清虚
異石玲瓏竟不頑
屢遭攘竊屢珠還
笑他海嶽庵中客
淚滴蟾蜍別研山
石清虚

石清虚

邢云飞，顺天人。好石，见佳不惜重直。提句。偶渔于河，有物挂网，沉而取之，则石径尺，四面玲珑，峰峦叠秀。喜极，如获异珍。既归，雕紫檀为座，供诸案头。每值天欲雨，则孔孔生云，遥望如塞新絮。南宫石丈人具袍笏而拜，想无此品。牛奇章号为好事，谅亦未尝见此。有势豪某，踵门求观。既见，举付健仆，策马径去。邢无奈，顿足悲愤而已。仆负石至河滨，息肩桥上，忽失手堕诸河。豪怒，鞭仆。即出金雇善泅者，百计冥搜，竟不可见。乃悬金署约而去。由是寻石者日盈于河，迄无获者。

后邢至落石处，临流于邑，但见河水清澈，则石固在水中。邢大喜，解衣入水，抱之而出。携归，不敢设诸厅所，洁治内室供之。

一日，有老叟款门而请。邢托言石失已久。叟笑曰："客舍非耶？"邢便请入舍，以实其无。及入，则石果陈几上。错愕不能言。叟抚石曰："此吾家故物，失去已久，今固在此耶。既见之，请即赐还。"邢窘甚，遂与争作石主。叟笑曰："既汝家物，有何验证？"邢不能答。叟曰："仆则故识之。前后九十二窍，孔中五字云：'清虚天石供。'"邢审视，孔中果有小字，细如粟米，竭目力才可辨认；又数其窍，果如所言。邢无以对，但执不与。叟笑曰："谁家物，而凭君作主耶！"拱手而出。邢送至门外，既还，已失石所在。邢急追叟，则叟缓步未远。奔牵其袂而哀之。叟曰："奇哉！经尺之石，岂可以手握袂藏者耶？"邢知其神，强曳之归，长跽请之。叟乃曰："石果君家者耶？仆家者耶？"答曰："诚属君家，但求割爱耳。"叟曰："既然，石固在是。"还入室，则石已在故处。叟曰："天下之宝，当与爱惜之人。谚云："宝剑赠烈士，红粉送佳人。"天下之宝与爱惜之人。明言。此石能自择主，仆亦喜之。然彼急于自见，其出也早，则魔劫未除。实将携去，待三年后，始以奉赠。既欲留之，当减三年寿数，乃可与君相终始。君愿之乎？"曰："愿。"老米曰颠，此君可名石痴。叟乃以两指捏一窍，窍软如泥，随手而闭。闭三窍，已曰："石上窍数，即君寿也。"作别欲去。邢苦留之，辞甚坚。问其姓字，亦不言，遂去。

积年余，邢以故他出，夜有贼入室，诸无所失，惟窃石而去。邢归，悼丧欲死。访察购求，全无踪迹。积有数年，偶入报国寺，见卖石者，近视，则其故物也，将便认取。卖者不服，因负石至官。官问："何所质验？"卖石者能言窍数。邢问其他，则茫然矣。邢乃言窍中五字及三指痕，理遂得伸。官欲杖责卖石者，卖石者自言以二十金买诸市，遂释之。

邢得石归，裹以锦，藏椟中，时出一赏，先焚异香而后出之。有尚书某，购以百金。邢曰："虽万金不易也。"此人可以做得忠臣孝子。尚书怒，阴以他事中伤之。邢被收，典质田产。尚书托他人风示其子。子告邢，邢愿以死殉石。妻窃与子谋，献石尚书家。邢出狱始知，骂妻殴子，屡欲自经，家人觉救，得不死。夜梦一丈夫来，自言："石清虚。"戒邢勿戚："特与君年余别耳。明年八月二十日，昧爽时，可诣海岱门，以两贯相赎。"邢得梦，喜，谨志其日。其石在尚书家，更无出云之异，久亦不甚贵重之。明年，尚书以罪削职，寻死。邢如期至海岱门，则其家人窃石出售，因以两贯市归。

后邢至八十九岁，自治葬具；又嘱子，必以石殉。既而果卒，子遵遗教，瘗石墓中。半年许，贼发墓，劫石去。子知之，莫可追诘。越二三日，同仆在道，忽见两人奔蹶汗流，望空投拜，曰："邢先生，勿相逼！我二人将石去，不过卖四两银耳。"遂絷送到官，一讯即伏。问石，则鬻宫氏。取石至，官爱玩，欲得之，命寄诸库。吏举石，石忽堕地，碎为数十余片。数也。予为说偈云："事有始终，物有成坏。天地自然，何滞何碍？愚子无知，大惊小怪。"皆失色。官乃重械两盗论死。邢子拾碎石出，仍瘗墓中。

异史氏曰："物之尤者祸之府。至欲以身殉石，亦痴甚矣！而卒之石与人相终始，谁谓石无情哉？古语云：'士为知己者死。'非过也！石犹如此，何况于人！"

汉州学宫讲堂，有奇石，势极飞动。聂友仲于治平丙午试郡进士于下，为之铭曰："广汉学宫，后有奇石，螺砑一月，岭斧九尺。怒蜃骧首，狂龙转脊。挐空将翻，压地欲圻。神乳溜腹，老苔积额。坚色劲膂，润吐活脉。夸杀羽人，咏穷墨客。敢告存护，千年怪碧。"此铭奇怪，予爱而录之。

曾友于
紛紛擾擾日尋仇
甘效延陵去國謀
待看秋風聯捷報乃
翁眶淚料應收

曾友于

曾翁，昆阳故家也。翁初死未殓，两眶中泪出如沈，伏笔。有子六，莫解所以。次子悌，正生开场。字友于，邑名士，以为不祥，戒诸兄弟各自惕，勿贻痛于先人；而兄弟半迂笑之。

先是，翁嫡配生长子成，至七八岁，母子为强寇掳去。娶继室，生三子：曰孝，曰忠，曰信。妾生三子：曰悌，曰仁，曰义。笔笔提清。〇提叙整齐，分明孝弟忠信仁义六字错综出之。孝以悌等出身贱，鄙不齿，因连结忠、信为党。即与客饮，悌等过堂下，亦傲不加礼。仁、义皆忿，与友于谋，欲相仇。友于百词宽譬，不从所谋；而仁、义年最少，因兄言亦遂止。小停顿。

孝有女，适邑周氏，病死。纠悌等往挞其姑，悌不从。孝愤然，令忠、信合族中无赖子，往捉周妻，搒掠无算，抛粟毁器，盎盂无存。周告官。官怒，拘孝等囚系之，将行申黜。友于惧，见宰自投。友于品行，素为宰所仰重，诸兄弟以是得无苦。友于乃诣周所负荆，周亦器重友于，讼遂止。孝归，终不德友于。随收随起。

无何，友于母张夫人卒，孝等皆不为之服，宴饮如故。仁、义益忿。友于曰："此彼之无礼，于我何损焉。"及葬，把持墓门，不使合厝。友于乃瘗母隧道中。

未几，孝妻亡，友于招仁、义同往奔丧。善处骨肉之变，可法可师。二人曰："'期'且不论，'功'于何有！"再劝之，哄然散去。友于乃自往，临哭尽哀。隔墙闻仁、义鼓且吹，孝怒，纠诸弟往殴之。友于操杖先从。入其家，仁觉先逃。义方逾垣，友于自后击仆之。孝等拳杖交加，殴不止。友于横身障阻之。我每读鼻酸泪下，非欺人语也。不知人亦如我否？孝怒，让友于。友于曰："责之者，以其无礼也，然罪固不至死。我不怙弟恶，亦不助兄暴。如怒不解，身代之。"孝遂反杖挞友于，忠、信亦相助殴兄，声震里党，群集劝解，乃散去。友于即扶杖诣兄请罪。非大圣大贤安能如此。仁至义尽，可当经传读之。循常教孝教弟之书那能如此激切动人。予令子弟日读数过。孝逐去之，不令居丧次。而义创甚，不复食饮。仁代具词讼官，诉其不为庶母行服。官签拘孝、忠、信，而令友于陈状。友于以面目损伤，不能诣署，但作词禀白，哀求寝息，宰遂消案。义亦寻愈。由是仇怨益深。

仁、义皆幼弱，辄被敲楚。怨友于曰："人皆有兄弟，我独无！"友于曰："此两语，我宜言之，两弟何云！"因苦劝之，卒不听。伏下两兄一弟及继善。友于遂扃户，携妻子借寓他所，离家五十余里，冀不相闻。友于在家虽不助弟，而孝等尚稍有顾忌；既去，诸兄一不当，辄叫骂其门，辱侵母讳。仁、义度不能抗，惟杜门思乘间刺杀之，行则怀刀。

一日，寇所掠长兄成，忽携妇亡归。突来，以先有提笔也。诸兄弟以家久析，聚谋三日，竟无处可以置之。仁、义窃喜，招去共养之。往告友于。友于喜，归共出田宅居成。吾不识《聊斋》何如人，观其于天理人伦，处事持论，何其仁至义尽，毫无可议也，虽圣人亦当骨肉。诸兄怒其市惠，登门窘辱。而成久在寇中，习于威猛，大怒曰："我归，更无人肯置一屋；幸三弟念手足，又罪责之。是欲逐我耶！"以石投孝，孝仆。仁、义各以杖出，捉忠、信，挞无数。成乃讼宰，宰又使人请教友于。友于诣宰，俯首不言，但有流涕。宰问之，曰："惟求公断。"宰乃判孝等各出田产归成，使七分相准。自此仁、义与成倍爱敬。谈及葬母事，因并泣下。成恚曰："如此不仁，真禽兽也！"遂欲启圹，更为改葬。用一刚猛人形容出友于之周至。仁奔告友于。友于急归谏止。成不听，刻期发墓，作斋于茔。以刀削树，谓诸弟曰："所不衰麻相从者，有如此树！"众唯唯。于是一门皆哭临，安厝尽礼。自此兄弟相安。而成性刚烈，辄批挞诸弟，于孝尤甚。惟重友于，虽盛怒，友于至，一言即解。孝有所行，成辄不平之，故孝无一日不至友于所，潜对友于诟诅。友于婉谏，卒不纳。友于不堪其扰，又迁居三泊，去家益远，音迹遂疏。

又二年，诸弟皆畏成，久亦相习。而孝年四十六，生五子：又另提。长继业，三继德，嫡出；次继功，四继绩，庶出；又婢生继祖。皆成立。效父旧行，各为党，日相竞，与首段遥遥相对，此处是暗转。孝亦不能呵止。惟祖无兄弟，年又最幼，诸兄皆得而诟厉之。岳家近三泊，会诣岳，迂道诣叔。入门，见叔家两兄一弟，弦诵怡怡，乐之，久居不言归。叔促之，哀求寄居。叔曰："汝父母皆不知，我岂惜瓯饭瓢饮乎！"乃归。

过数月，夫妻往寿岳母。告父曰："儿此行不归矣。"父诘之，因吐微隐。偏自其子口中说出。父虑与叔有夙隙，计难久居。祖曰："父虑过矣。二叔，圣贤也。"遂去，携妻之三泊。友于除舍居之，以齿儿行，使执卷从长子继善。祖最慧，寄籍三泊年余，入云南郡痒。与善闭户研读，祖又讽诵最苦。友于甚爱之。

自祖居三泊，家中兄弟益不相能。一日，微反唇，业诟辱庶母。功怒，刺杀业。骨肉不如，一片杀机，戾气所积故也。官收功，重械之，数日死狱中。业妻冯氏，犹日以骂代哭。功妻刘闻之，怒曰："汝家男子死，谁家男子活耶！"操刀入，击杀冯，自投井死。冯父大立，悼女死惨，率诸子弟，藏兵衣底，往捉孝妾，裸挞道上以辱之。群阴凝结，友于以一阳持之，鲜能胜矣。殆至末段，一家雍穆，所谓七日来复，于此可观易道也。成怒曰："我家死人如麻，冯氏何得复尔！"吼奔而出。诸曾从之，诸冯尽靡。成首捉大立，割其两耳。其子护救，继、绩以铁杖横击，折其两股。诸冯各被夷伤，哄然尽散。惟冯子犹卧道周，成夹之以肘，置诸冯村而还。遂呼绩诣官自首。冯状亦至。于是诸曾被收。惟忠亡去，至三泊，徘徊门外。适友于率一子一侄乡试归，见忠，惊曰："弟何来？"忠未语先泪，长跪道左。友于握手拽入，诘得其情，大惊曰："似此奈何！然一门乖戾，逆知奇祸久矣；随手伏一笔。不然，我何以窜迹至此。但我离家久，与大令无声气之通，今即匐伏而往，徒取辱耳。但得冯父子伤重不死，吾三人中幸有捷者，则此祸或可少解。"乃留之，昼与同餐，夜与共寝。忠颇感愧，居十余日，见其叔侄如父子，兄弟如同胞，凄然下泪曰："今始知从前非人也。"友于喜其悔悟，相对酸恻。

俄报友于父子同科，祖亦副榜。大喜。不赴鹿鸣，先归展墓。明季此处突露"明季"二字，妙甚。科甲最重，诸冯皆为敛息。友于乃托亲友赂以金粟，资其医药，讼乃息。举家泣感友于，求其复归。友于乃与兄弟焚香约誓，俾各涤虑自新，我读至此，不知何以亦泣数行下。遂移家还。祖从叔不愿归其家。孝乃谓友于曰："我不德，不应有亢宗之子；弟又善教，俾姑为汝子。有寸进时，可赐还也。"友于从之。又三年祖果举于乡。使移家，夫妻皆痛哭而去。不数日，祖有子方三岁，亡归友于家，藏伯继善室，不肯返；捉去辄逃。孝乃令祖异居，与友于邻。祖开户通叔家，两间定省如一焉。至孝亦感化，则知天下无不可感化之人，特曾友于少耳。时成渐老，家事皆取决于友于。从此门庭雍穆，唤醒，若再不醒，可奈何。称孝友焉。一片救苦经，亦可作渡人经观之，实可作忠孝经读。

异史氏曰："天下惟禽兽止知母而不知父，奈何诗书之家，往往蹈之也！夫门内之行，其渐渍子孙者，直入骨髓。古云：'其父盗，子必行劫。'其流弊然也。孝虽不仁，其报亦惨；而卒能自知乏德，托子于弟，宜其有操心虑患之子也。若论果报，犹迂也。"

嘉平公子
冷雨淒風絶妙
詞箇人端
的是情癡不期
天上降魔
法偏是人間沒
字碑

嘉平公子

嘉平某公子，风仪秀美。年十七八，入郡赴童子试。偶过许娼之门，见内有二八丽人，因目注之。女微笑点首，公子近就与语。女便问："寓居何处？"具告之。问："寓中有人否？"曰："无。"女云："妾晚间奉访，勿使人知。"公子诺而归。及暮，屏去僮仆。女果至，自言："小字温姬。"且云："妾慕公子风流，故背媪而来。区区之意，愿奉终身。"公子亦喜。自此三两夜辄一至。

一夕，冒雨来，入门解去湿衣，罥诸椸上；又脱足上小靴，求公子代去泥涂。遂上床以被自覆。公子视其靴，乃五文新锦，沾濡殆尽，惜之。女曰："妾非敢以贱物相役，欲使公子知妾之痴于情也。"听窗外雨声不止，遂吟曰："凄风冷雨满江城。"求公子续之。公子辞以不解。女曰："公子如此一人，何乃不知风雅！使妾清兴消矣！"因劝令肄习，公子诺之。

往来既频，仆辈皆知。略顿一笔。公子有姊夫宋氏，亦世家子，闻之，窃求公子一见温姬。公子言之，女必不可。宋隐身仆舍，伺女至，伏窗窥之，颠倒欲狂。急排闼，女起，逾垣而去。宋向往甚殷，乃修贽见许媪，指名求之。媪曰："果有温姬，但死已久。"宋愕然退。告公子，公子始知为鬼。至夜，因以宋言告女。女曰："诚然。顾君欲得美女子，妾亦欲得美丈夫。各遂所愿足矣，人鬼何论焉？”公子以为然。

试毕而归，女亦从之。他人不见，惟公子见之。至家，寄诸斋中。公子独宿不归，父母疑之。女归宁，始隐以告母。母大惊，戒公子绝之。公子不能听。父母深以为忧，百术驱之不能去。

一日，公子有谕仆贴，置案上，中多错谬：“椒”讹“菽”，“姜”讹“江”，“可恨”讹“可浪”。女见之，书其后：“何事‘可浪’？‘花菽生江’。有婿如此，不如为娼！”古乐府云：“妍皮不裹蚩骨，天下终无所有。”而虚有其表独某公子哉？姬何见之晚也。遂告公子曰：“妾初以公子世家文人，故蒙羞自荐。不图虚有其表！以貌取人，毋乃为天下笑乎！”言已而没。公子虽愧恨，犹不知所题，折帖示仆。闻者传为笑谈。

异史氏曰：“温姬可儿！翩翩公子，何乃苛其中之所有哉！遂至悔不如娼，则妻妾羞泣矣。顾百计遣之不去，而见帖浩然，则‘花菽生江’，何殊于杜甫之‘子章髑髅’哉！”

《耳录》云：道傍设浆者，榜云：“施‘恭’结缘。”亦可一笑。有故家子，既贫，榜于门曰：“卖古淫器。”讹窑为淫，云：“有要宣淫、定淫者，大小皆有，入内看物论价。”崔卢之子孙如此甚众，何独“花菽生江”哉！

某甲
名分何存
嘆業緣根心毒
手爲婢指傾囊
贖命嗟何及果報
已逾十九年

某　甲

某甲私其仆妇，因杀仆纳妇，生二子一女。阅十九年，巨寇破城，劫掠一空。一少年贼，持刀入甲家。甲视之，酷类死仆。自叹曰："吾今休矣！"倾囊赎命。迄不顾，亦不一言，但搜人而杀，共杀一家二十七口而去。甲头未断，寇去少苏，犹能言之。三日寻毙。呜呼！果报不爽，可畏也哉！

大蝎
祇恐深山有伏戎
豈知大蝎踞琳宫
土人不解降妖法
但說將軍善火攻
大蝎

大　蝎

明彭将军宏，征寇入蜀。至深山中，有大禅院，云已百年无僧。询之土人，则曰：“寺中有妖，入者辄死。”彭恐伏寇，率兵斩茅而入。前殿中，有皂雕夺门飞去；中殿无异；又进之，则佛阁，周视亦无所见，但入者皆头痛不能禁。彭亲入，亦然。少顷，有大蝎如琵琶，自板上蠢蠢而下。一军惊走。彭遂火其寺。

外国人

己巳秋，岭南从外洋飘一巨艘来。上有十一人，衣鸟羽，文采璀璨。自言："吕宋国人。遇风覆舟，数十人皆死；惟十一人附巨木，飘至大岛得免。凡五年，日攫鸟虫而食；夜伏石洞中，织羽为帆。忽又飘一舟至，橹帆皆无，盖亦海中碎于风者，于是附之将返。又被大风引至澳门。"巡抚题疏送之还国。

折樓人
一言拂
苦宰官
身聽直
無須發怒嗔
請看同卿旋里
日賣油人是折
樓人

拆楼人

何冏卿，平阴人。初令秦中，一卖油者有薄罪，其言戆，何怒，杖杀之。后仕至铨司，家资富饶。建一楼，上梁日，亲宾称觞为贺。忽见卖油者入，阴自骇疑。俄报妾生子。愀然曰：“楼工未成，拆楼人已至矣！”人谓其戏，而不知其实有所见也。后子既长，最顽，荡其家。败其家，未索其命，犹薄偿也，逞刑者知之。佣为人役，每得钱数文，辄卖香油食之。

异史氏曰：“常见富贵家数第连亘，死后，再过已墟。此必有拆楼人降生其家也。身居人上，乌可不早自惕哉！”

牛犊

楚中一农人赴市归，暂休于途。有术人后至，止与倾谈。忽瞻农人曰："子气色不祥，三日内当退财，受官刑。"农人曰："某官税已完，生平不解争斗，刑何从至？"术人曰："仆亦不知。但气色如此，不可不慎之也！"农人颇不深信，拱别而归。次日，牧犊于野，有驿马过，犊望见，误以为虎，直前触之，马毙。役报农人至官，官薄惩之，使偿其马。盖水牛见虎必斗，故贩牛者露宿，辄以牛自卫；遥见马过，急驱避之，恐其误也。

蚰蜒

学使朱裔三家门限下有蚰蜒，长数尺。每遇风雨即出，盘旋地上如白练。按蚰蜒形若蜈蚣，昼不能见，夜则出，闻腥辄集。或云：蜈蚣无目而多贪也。

男妾
逐臭嗜痂信不誣
雌雄撲朔竟模糊
易將弁冕為巾幗
始信人間有子都

男妾

一官绅在扬州买妾，连相数家，悉不当意。惟一媪寄居卖女，女十四五，丰姿姣好，又善诸艺。大悦，以重价购之。至夜，入衾，肤腻如脂。喜扪私处，则男子也。骇极，方致穷诘。盖买好僮，加意修饰，设局以骗人耳。黎明，遣家人寻媪，则已遁去无踪。中心懊丧，进退莫决。适浙中同年某来访，因为告诉。某便索观，一见大悦，以原价赎之而去。

异史氏曰：“苟遇知音，即与以南威不易。何事无知婆子，多作一伪境哉！”

黑鬼
異邦人物競相看對舞神
情亦可觀非種必鋤推刃
日分明黑白悔摧殘

黑 鬼

胶州李总镇，买二黑鬼，其黑如漆。足革粗厚，立刃为途，往来其上，毫无所损。总镇配以娼，生子而白，僚仆戏之，谓非其种。黑鬼亦疑，因杀其子，检骨尽黑，始悔焉。公每令两鬼对舞，神情亦可观也。

衢州三怪
曾聞三怪出衢州惹得行
人戒夜游樓上鬼頭塘下
布鴨鷇啁唧使人愁
衢州三怪

衢州三怪

张握仲从戎衢州，言：“衢州夜静时，人莫敢独行。钟楼上有鬼，头上一角，象貌狞恶，闻人行声即下。人驰而奔，鬼亦遂去。然见之辄病，且多死者。又城中一塘，夜出白布一匹，如匹练横地。过者拾之，即卷入水。又有鸭鬼，夜既静，塘边并寂无一物，若闻鸭声，人即病。”

卷十二

二班
三年前事未全忘報
德呼兒代逐狼醫士
償為孫思邈又從
乕窟淂仙方

二班

殷元礼，云南人，善针灸之术。遇寇乱，窜入深山。日既暮，村舍尚远，惧遭虎狼。遥见前途有两人，疾趁之。既至，两人问客何来，殷乃自陈族贯。两人拱敬曰：“是良医殷先生也，仰山斗久矣！”殷转诘之。二人自言班姓，一为班爪，一为班牙。便谓：“先生，予亦避难石室，幸可栖宿，敢屈玉趾，且有所求。”殷喜从之。俄至一处，室傍岩谷。爇柴代烛，始见二班容躯威猛，似非良善。计无所之，即亦听之。又闻榻上呻吟，细审，则一老妪偃卧，似有所苦。问：“何恙？”牙曰：“以此故，敬求先生。”乃束火照榻，请客逼视。见鼻下口角有两赘瘤，皆大如碗。且云：“痛不可触，妨碍饮食。”殷曰：“易耳。”出艾团之，为灸数十壮，曰：“隔夜愈矣。”二班喜，烧鹿饷客，并无酒饭，惟肉一品。爪曰：“仓猝不知客至，望勿以辎亵为怪。”殷饱餐而眠，枕以石块。二班虽诚朴，而粗莽可惧，殷转侧不敢熟眠。天未明，便呼妪，问所患。妪初醒，自扪，则瘤破为创。殷促二班起，以火就照，敷以药屑，曰：“愈矣。”拱手遂别。班又以烧鹿一肘赠之。后三年无耗。殷适以故入山，遇二狼当道，阻不得行。日既西，狼又群至，前后受敌。狼扑之，仆；数狼争啮，衣尽碎。自分必死。忽两虎骤至，诸狼四散。虎怒，大吼，狼惧尽伏。虎悉扑杀之，竟去。殷狼狈而行，惧无投止。遇一媪来，睹其状，曰："殷先生吃苦矣！"殷戚然诉状，问何见识。媪曰："余即石室中灸瘤之病妪也。"殷始恍然，便求寄宿。媪引去，入一院落，灯火已张，曰："老身伺先生久矣。"遂出袍裤，易其敝败。罗浆具酒，酬劝谆切。媪亦以陶碗自酌，谈饮俱豪，不类巾帼。殷问："前日两男子系老姥何人？胡以不见？"媪曰："两儿遣逆先生，尚未归复，必迷途矣。"殷感其义，纵饮不觉沉醉，酣眠座间。既醒，已曙，四顾竟无庐，孤坐岩石上。闻岩下喘息如牛，近视，则老虎方睡未醒。喙间有二瘢痕，皆大如拳。骇极，惟恐其觉，潜踪而遁。始悟两虎即二班也。

博興女
百折難回烈女心
沈渊猶自攫仇
人一朝霹靂擎空
下始信神龍
是化身

博兴女

博兴民王某，有女及笄。势豪某窥其姿，伺女出，掠去，无知者。至家逼淫，女号嘶撑拒，某缢杀之。门外故有深渊，遂以石系尸，沉诸其中。王觅女不得，计无所施。天忽雨，雷电绕豪家，霹雳一声，龙下攫豪首去。刚正之气幻作神奇，凛凛然。天晴，渊中女尸浮出，一手捉人头，审视，则豪头也。官知鞫其家人，始得其情。龙其女之所化与？不然，何以能尔也？奇哉！

鸟使

苑城史乌程家居，忽有鸟集屋上，音色类鸦。史见之，告家人曰：“夫人遣鸟使召我矣。急备后事，某日当死。”至日果卒。殡日，鸦复至，随榇缓飞，由苑之新。及殡，鸦始不见。长山吴木欣目睹之。

苗生
龍吟獅舞氣豪雄
俗子何堪溷乃公
滿座衣冠驚一吼
不須更試劍光紅

苗生

龚生，岷州人。赴试西安，憩于旅舍，沽酒自酌。一伟丈夫入，坐与极谈。生举卮劝饮，客亦不辞。自言苗姓，言噱粗豪。生以其不文，偃蹇遇之。酒尽，不复沽。苗生曰："措大饮酒，使人闷损矣！"起向垆头，出钱行沽，提巨瓻而入。生辞不饮，苗捉臂劝釂，臂痛欲折。生不得已，为尽数觞。苗以羹碗自吸，笑曰："仆不善劝客，行止惟君所便。"尝笑世之假名士，一知半解，辄欲目空一世。忽遇通人，当头一喝，不觉魂飞魄散，龚之于苗，如是如是。生即治装行。约数里，马病，卧于途，坐待路侧。行李重累，正无方计，苗寻至。诘知其故，遂谢装付仆，己乃以肩承马腹而荷之，趋二十余里，始至逆旅，释马就枥。移时，生主仆方至。生乃惊为神，相待优渥，沽酒市饭，与共餐饮。苗曰："仆善饭，非君所能饱，饫饮可也。"引尽一瓻，乃起而别曰："君医马尚须时日，余不能待，行矣。"遂去。

后生场事毕，三四友人邀登华山，藉地作筵。方共宴笑，苗忽至，左携巨尊，右提豚肘，掷地曰："闻诸君登临，敬附骥尾。"众起为礼，相并杂坐，豪饮甚欢。众欲联句。苗争曰："纵饮甚乐，何苦愁思。"众不听，设"金谷之罚"。苗曰："不佳者，当以军法从事！"众笑曰："罪不至此。"苗曰："如不见诛，仆武夫亦能之也。"首座靳生曰："绝巘凭临眼界空。"苗信口续曰："唾壶击缺剑光红。"下座沉吟既久，苗遂引壶自倾。移时，以次属句，渐涉鄙俚。今之诗人，往往类此。苗呼曰：“只此已足，如赦我者，勿作矣！”众弗听。苗不可复忍，遽效作龙吟，山谷响应；又起俯仰作狮子舞。此亦羯鼓解秽之法。诗思既乱，众乃罢吟，因而飞觞再酌。时已半酣，客又互诵闱中作，迭相赞赏。苗不欲听，牵生豁拳。胜负屡分，而诸客诵赞未已。苗厉声曰：“仆听之已悉。此等文只宜向床头对婆子读耳，广众中刺刺者可厌也！”众有惭色，更恶其粗莽，遂益高吟。苗怒甚，伏地大吼，立化为虎，扑杀诸客，闻虎食醉人则齿酸，今独不畏酸耶？咆哮而去。所存者，惟生及靳。靳是科领荐。

后三年，再经华阴，忽见嵇生，亦山上被噬者。大恐欲驰，嵇捉鞚使不得行。靳乃下马，问其何为。答曰：“我今为苗氏之伥，从役良苦。必再杀一士人，始可相代。三日后，应有儒服儒冠者见噬于虎，然必在苍龙岭下，始是代某者。君于是日，多邀文士于此，即为故人谋也。”靳不敢辨，敬诺而别。至寓所，筹思终夜，莫知为谋，自拚背约，以听鬼责。适有表戚蒋生来，靳述其异。蒋名下士，邑尤生考居其上，窃怀忌嫉。闻靳言，阴欲陷之。折简邀尤，与共登临，自乃着白衣而往，尤亦不解其意。至岭半，肴酒并陈，敬礼臻至。会郡守登岭上，守故与蒋为通家，闻蒋在下，遣人召之。蒋不敢以白衣往，遂与尤易冠服。交着未完，虎骤至，衔蒋而去。

异史氏曰：“得意津津者，捉衿袖，强人听闻；闻者欠伸屡作，欲睡欲遁，而诵者足蹈手舞，茫不自觉。知交者亦当从旁肘之蹑之，恐座中有不耐事之苗生在也。然嫉忌者易服而毙，则知苗亦无心者耳。故厌怒者苗也——非苗也。”末句峭。

毛大福
且屋瘍醫作獸
醫狼將金帛報相
貽莫言狼子心多
野銜瘢居然計
出奇
毛大福

毛大福

太行毛大福，疡医也。一日，行术归，遭遇一狼，吐裹物，退蹲道左。毛拾视，则布裹金饰数事。方怪异间，狼前欢跃，略曳袍服，即去。毛行，又曳之。察其意不恶，因从之去。未几，至穴，见一狼病卧，视顶上有巨疮，溃腐生蛆。毛悟其意，拨剔净尽，敷药如法，乃行。日既晚，狼遥送之。行三四里，又遇数狼，咆哮相侵，惧甚。前狼急入其群，若相告语，众狼悉散去。毛乃归。先是，邑有银商宁泰，被盗杀于途，莫可追诘。会毛货金饰，为宁所认，执赴公庭。毛诉所从来，官不之信，械之。毛冤极不能自伸，惟求宽释，请问诸狼。官遣两隶押入山，直抵狼穴。值狼未归，及暮不至，三人遂反。至半途，遇二狼，其一疮痕犹在。毛识之，向揖而祝曰："前蒙馈赠，今遂以此被屈。君不为我昭雪，回去搒掠死矣！"狼见毛被絷，怒奔隶。隶拔刀相向。狼以喙拄地大嗥；嗥两三声，山中百狼群集，围旋隶。隶大窘。狼竞前啮絷索，隶悟其意，解毛缚。狼乃俱去。康德涵作《中山狼》一出，骂李崆峒。以天地最残者莫若狼也。《聊斋》说狼，都有人心，为对山一雪此言，并为官理斯狱。归述其状，官异之，而犹未遽释毛。后数日，官出行，一狼衔敝履委道上。官过之，狼又衔履奔前置于道。官命收履，狼乃去。官既归，阴遣人访履主。或传某村有丛薪者，被二狼迫逐，衔其履而去。拘来认之，果其履也。遂疑杀宁者必薪，鞫之果然。盖薪杀宁，取其巨金，衣底藏饰，未遑搜括，被狼衔去也。

昔一稳婆出归，遇一狼阻道，牵衣若欲召之。乃从去，见雌狼方娩不下。妪为用力按捺，产下放归。明日，狼衔鹿肉置其家以报之。可知此事从来多有。

浙東生
家富有姿
伴淩其欲
返家園未有
期尽附一鸞
還罹網得
歸犹覺是
便宜

浙东生

浙东生房某，客于陕，贫不能归，教授生徒。尝以胆力自诩。一夜，裸卧，忽有毛物从空堕下，击胸有声；觉大如犬，气咻咻然，四足挠动。大惧，欲起，物以两足扑倒之，恐极而毙。经一时许，觉有人以尖物穿鼻，大嚏，乃苏。见室中灯火荧荧，床边坐一美人，笑曰：“好男子！胆气固如此耶！”生知为狐，益惧。女渐与戏，胆始放，遂共狎昵。积半年，如琴瑟之好。一日，女卧床头，生潜以猎网蒙之。女醒不敢动，但哀乞。生笑不前。女忽化白气，从床下出，恚曰：“终非好相识！可送我去。”以手曳之，身不觉自行。出门，凌空翕飞。食顷，女释手，生晕然坠落。适世家园中有虎阱，揉木为圈，结绳作网，以覆其口。生坠网上，网为之侧；以腹受网，身半倒悬。下视，虎蹲阱中，仰见卧人，跃上，近不盈尺，心胆俱碎。园丁来饲虎，见而怪之。扶上，已死；移时，渐苏，备言其故。其地乃浙界，离家已四百余里矣。主人赠以资遣归。归告人：“虽得两次死，然非狐则贫不能归也。”

土化兔

靖逆侯张勇镇兰州时，出猎获兔甚多，中有半身或两股尚为土质。一时秦中争传土能化兔。此亦物理之不可解者。

雹神
靈祠誰敢擊池
魚因雹相傳
李左車試看黑
雲頭上護可知
稗販語非虛

雹 神

唐太史济武，适日照会安氏葬。道经雹神李左车祠，暂入游眺。祠前有池，池水清澈，有朱鱼数尾游泳其中。内一斜尾鱼唼呷水面，见人不惊。太史拾小石将戏击之。道士急止勿击。问其故，言："池鳞皆龙族，触之必致风雹。"太史笑其附会之诬，竟掷之。既而升车东行，则有黑云如盖，随之以行。簌簌雹落，大如绵子。又行里余，始霁。太史弟凉武在后，相去一矢，少间，追及与语，则竟不知有雹也。问之前行者亦云。太史笑曰："此岂广武君作怪耶！"犹未深异。安村外有关圣祠，适有稗贩客，释肩门外，忽弃双簏，趋祠中，拔架上大刀旋舞，曰："我李左车也。明日将陪从淄川唐太史一助执绋，敬先告主人。"数语而醒，不自知其所言，亦不识唐为何人。安氏闻之，大惧。村去祠四十余里，敬修楮帛祭具，诣祠哀祷，但求怜悯，不敢枉驾。太史怪其敬信之深，问诸主人。主人曰："雹神灵迹最著，常托生人以为言，应验无虚语。若不虔祝以尼其行，则明日风雹立至矣。"

异史氏曰："广武君在当年，亦老谋壮事者流也。即司雹于东，或亦其不磨之气，受职于天。然业已神矣，何必翘然自异哉！唐太史道义文章，天人之钦瞩已久，此鬼神之所以必求信于君子也。"

乩僊
豈是仙人屬對精地
名巧合本天成預
知董叟城南路幻術
通靈亦可驚

乩仙

章丘米步云，善以乩卜。每同人雅集，辄召仙相与赓和。一日，友人见天上微云，得句，请以属对，曰："羊脂白玉天。"乩批云："问城南老董。"众疑其妄。后以故偶适城南，至一处，土如丹砂，异之。见一叟牧豕其侧，因问之。叟曰："此猪血红泥地也。"忽忆乩词，大骇。问其姓，答云："我老董也。"属对不奇，而预知遇城南老董，斯亦神矣！

蝎客

南商贩蝎者，岁至临朐，收买甚多。土人持木钳入山，探穴发石搜捉之。一岁，商复来，寓客肆。忽觉心动，毛发森悚，急告主人曰：“伤生既多，今见怒于虿鬼，将杀我矣！急垂拯救！”主人顾室中有巨瓮，乃使蹲伏，以瓮覆之。移时，一人奔入，黄发狞丑。问主人：“南客安在？”答曰：“他出。”其人入室四顾，鼻作嗅声者三，遂出门去。主人曰：“可幸无恙矣。”及启瓮视客，客已化为血水。

李八缸
阿翁窖藏異何
遲竟到山窮水
盡時回首彌留
當日語廿年埃
壤已蒙知

李八缸

太学李月生，升宇翁之次子也。翁最富，以缸贮金，里人称之“八缸”。翁寝疾，呼子分金：兄八之，弟二之。月生不能无觖望。翁曰：“我非偏有爱憎，藏有窖镪，必待无多人时，方以畀汝，勿急也。”过数日，翁益弥留。月生虑一旦不虞，觑无人，就床头秘讯之。翁曰：“人生苦乐，皆有定数。汝方享妻贤之福，故不宜再助多金，以增汝过。”盖月生妻车氏，最贤，有桓、孟之德，故云。月生固哀之。怒曰：“汝尚有二十余年壈坎未历，即予千金，亦立尽耳。苟不至山穷水尽时，勿望给与也！”月生为人孝友敦笃，亦即不敢复言。无何，翁大渐，寻卒。幸兄贤，斋葬之谋，勿与校计。月生又天真烂漫，不较锱铢，且好客善饮，炊黍治具，日促妻三四作，不甚理家人生产。里中无赖窥其良懦，辄鱼肉之。逾数年，家渐落。窘急时，赖兄小周给，不至大困。无何，兄以老病卒，益失所助，至绝粮食。春贷秋偿，田所出，登场辄尽。乃割亩为活，业益消减。又数年，妻及长子相继殂谢，无聊益甚。寻买贩羊者之妻徐，冀得其小阜；而徐性刚烈，日凌藉之，至不敢与亲朋通吊庆礼。室有狮子，良朋绝迹。友人笑曰：“享妻贤之福，则不宜多金；室有悍妇，窖藏可得。”然则贩羊者妻，胜之福星也，财星也，虽悍何妨？忽一夜梦父曰：“今汝所遭，可谓山穷水尽矣。尝许汝窖金，今其可矣。”问：“何在？”曰：“明日畀汝。”醒而异之，犹谓是贫中之积想也。次日，发土葺墉，掘得巨金。始悟向言“无多人”，乃死亡将半也。

异史氏曰：“月生，余杵臼交，其为人朴诚无少伪。余兄弟与交，哀乐辄相共。数年来，村隔十余里，老死竟不相闻。余每过其居里，因亦不敢过问之。则月生之苦况，盖有不可明言者矣。忽闻暴得千金，不觉为之鼓舞。呜呼！翁临终之治命，昔习闻之，而不意其言皆谶也。抑何其神哉！”

周生
翩翩書記負才名五
色花從筆底生莽
蕩一朝埋玉樹誰
教褻語瀆
神明

周　生

周生，淄邑之幕客。令公出，夫人徐，有朝碧霞元君之愿，以道远故，将遣仆赍仪代往。使周为祝文。周作骈词，历叙平生，颇涉狎谑。中有云：“栽般阳满县之花，偏怜断袖。置夹谷弥山之草，惟爱余桃。”此诉夫人所愤也，类此甚多。脱稿，示同幕凌生。凌以为亵，戒勿用。弗听，付仆而去。未几，周生卒于署；既而仆亦死；徐夫人产后亦病卒。想宰有断袖之癖，而夫人愤之，周遂据之以渎神。周死宜矣，而夫人与焚文之仆何以亦受其累乎？人犹未之异也。周生子自都来迎父榇，夜与凌生同宿。梦父戒之曰：“文字不可不慎也！我不听凌君言，遂以亵词，致干神怒，遽夭天年；又贻累徐夫人，且殃及焚文之仆：恐冥罚尤不免也！”醒而告凌，凌梦亦同，因述其文。周子方知之为之惕然。

异史氏曰：“恣情纵笔，辄洒洒自快，此文客之常也。然淫媟之词，何敢以告神明哉！狂生无知，冥谴其所应尔。但使贤夫人及千里之仆，骈死而不知其罪，不亦与刑律中分首从者，殊多愦愦耶？冤已！”

老龍船尸
蓋回南接老龍
津誰中冤魂向
水濱為拔長年
葬歡喜可知
謎語出神明

老龙船户

朱公徽荫巡抚粤东时，往来商旅，多告无头冤状。千里行人，死不见尸，数客同游，全无音信，积案累累，莫可究诘。初告，有司尚欲发牒行缉；迨投状既多，竟置不问。公莅任，历稽旧案，状中称死者不下百余，其千里无主，更不知凡几。公骇异恻怛，筹思废寝。遍访僚属，迄少方略。于是洁诚熏沐，致檄于城隍之神。已而斋寝，恍惚见一官僚，搢笏而入。问："何官？"答云："城隍刘某。""将何言？"曰："鬓边垂雪，天际生云，水中漂木，壁上安门。"言已而退。既醒，隐谜不解。辗转终宵，忽悟曰："垂雪者，老也；生云者，龙也；水上木为船，壁上门为户：岂非'老龙船户'耶！"盖省之东北，曰小岭，曰蓝关，源自老龙津以达南海，岭外巨商，每由此入粤。公遣武弁，密授机谋，捉龙津驾舟者，次第擒获五十余名，皆不械而服。盖此等贼以舟渡为名，赚客登舟，或投蒙药，或烧闷香，致客沉迷不醒，而后剖腹纳石，以沉水底。冤惨极矣！自昭雪后，遐迩欢腾，谣诵成集焉。

异史氏曰："剖腹沉石，惨冤已甚，而木雕之有司，绝不少关痛痒，岂特粤东之暗无天日哉！公至则鬼神效灵，覆盆俱照，何其异哉！然公亦非有四目两口，不过痌瘝之念，积于中者至耳。彼巍巍然，出则刀戟横路，入则兰麝熏心，尊优虽至，究何异于老龙船户哉！”

鸮鸟

长山杨令，性奇贪。康熙乙亥间，值西塞用兵，市民间骡马运粮。杨假此搜括，地方头畜一空。周村为商贾所集，趁墟者车马辐辏。杨率健丁悉篡夺之，不下数百余头。四方估客，无处控告。时诸令皆以公务在省。适益都令董、莱芜令范、新城令孙，会集旅舍。有山西二商，迎门号诉，盖有健骡四头，俱被抢掠，道远失业，不能归，故哀求诸公为缓颊也。三公怜其情，许之。遂共诣杨。杨治具相款。酒既行，众言来意。杨不听，众言之益切。杨举酒促釂以乱之，曰："某有一令，不能者罚。须一天上，一地下，一古人；左右问所执何物，口道何词，随问答之。"便倡云："天上有月轮，地下有昆仑，有一古人刘伯伦。左问所执何物，答云：'手执酒杯。'右问口道何词，答云：'道是酒杯之外不须提。'"范公云："天上有广寒宫，地下有乾清宫，有一古人姜太公。手执钓鱼竿，道是'愿者上钩'。"孙云："天上有天河，地下有黄河，有一古人是萧何。手执一本大清律，他道是'赃官赃吏'。"杨有惭色，沉吟久之，曰："某又有之。天上有灵山，地下有太山，有一古人是寒山。手执一帚，道是'各人自扫门前雪'。"众相视觍然，不作一语。忽一少年傲岸而入，袍服华整，举手作礼。共挽坐，酌以大斗。少年笑曰："酒且勿饮。闻诸公雅令，愿献刍荛。"众请之。少年曰："天上有玉帝，地下有皇帝，有一古人洪武朱皇帝。手执三尺剑，道是'贪官剥皮'。"众大笑。杨恚骂曰："何处狂生敢尔！"命隶执之。少年跃登几上，化为鸮，冲帘飞出，集庭树间，回顾室中，作笑声。主人击之，且飞且笑而去。

异史氏曰："市马之役，诸大令健畜盈厩者十之七，而千百为群，作骡马贾者，长山外不数数见也。圣明天子爱惜民力，取一物必偿其值，焉知奉行者流毒若此哉！鸮之所至，人最厌其笑，儿女共唾之，以为不祥。此一笑，则何异于凤鸣哉！"

古瓶
王花深護漢時瓶鬱
鬱千秋浮地靈朔
望陰晴都可驗
勝他測日
與占星

古瓶

淄邑北村井涸，村人某甲、乙缒入淘之。掘尺余，得髑髅。误破之，口含黄金，喜纳腰橐。复掘，又得髑髅六七枚。悉破之，无金。其旁有磁瓶二、铜器一。器大可合抱，重数十斤，侧有双环，不知何用，班驳陆离。瓶亦古，非近款。既出井，甲、乙皆死。移时乙苏，曰：“我乃汉人。遭新莽之乱，全家投井中。适有少金，因内口中，实非含敛之物，人人都有也。奈何遍碎头颅？情殊可恨？”众香楮共祝之，许为殡葬，乙乃愈。甲则不能复生矣。颜镇孙生闻其异，购铜器而去。袁孝廉宣四孝廉名藩，淄川人，康熙癸卯举人。得一瓶，可验阴晴：见有一点润处，初如粟米，渐阔渐满，未几雨至；润退，则云开天霁。其一入张秀才家，可志朔望。朔则黑点起如豆，与日俱长。望则一瓶遍满，既望，又以次而退，至晦则复其初。以埋土中久，瓶口有小石粘口上，刷剔不可下。敲去之，石落而口微缺，亦一憾事。浸花其中，落花结实，与在树者无异云。

元少
先生
元少先生髫
早馳文章學
問冠當時曲江
未登櫻桃宴且
作冥中童子師

元少先生

韩元少先生为诸生时，有吏突至，白主人欲延作师，而殊无名刺。问其家阀，含糊对之。束帛缄贽，仪礼优渥。先生许之，约期而去。至日，果以舆来。迤逦而往，道路皆所未经。忽睹殿阁，下车入，气象类藩邸。既就馆，酒炙纷罗，劝客自进，并无主人。筵既撤，则公子出拜；年十五六，姿表秀异。展礼罢，趋就他舍，请业始至师所。公子甚慧，闻义辄通。而先生以不知家世，颇怀疑闷。馆有二僮给役，私诘之，皆不对。问："主人何在？"答以事忙。先生求导窥之，僮不可。又屡求之，乃导至一处，闻拷楚声。自门隙目注之，见一王者坐殿上，阶下剑树刀山，皆冥中事。大骇。方将却步，内已知之，因罢政，叱退诸鬼，疾呼僮。僮变色曰："我为先生，祸及身矣！"战惕奔入。王者怒曰："何敢引人私窥！"即以巨鞭重笞讫。乃召先生入，曰："所以不见者，以幽明异路。今已知之，势难再聚。"因赠束金使行，曰："君天下第一人，但坎壈未尽耳。"使青衣捉骑送之。先生疑身已死。青衣曰："何得便尔！先生食御一切，置自俗间，非冥中物也。"既归，坎坷数年，中会、状，其言皆验。

青城妇

费邑高梦说为成都守，有一奇狱。先是，有西商客成都，娶青城山寡妇。既而以故西归，年余复返。夫妻一聚，而商暴卒。同商疑而告官，官亦疑妇有私，苦讯之。横加酷掠，迄无词。牒解上司，并少实情，淹系狱底，积有时日。后高署有患病者，延一老医，适相言及。医闻之，遽曰："妇尖嘴否？"问："何说？"初不言，诘再三，始曰："此处绕青城山有数村落，其中妇女多为蛇交，则生女尖喙，阴中有物类蛇舌。至淫纵时，则舌或出，一入阴管，男子阳脱立死。"高闻之骇，尚未深信。医曰："此处有巫媪，能内药使妇意荡，舌自出。是否可以验见。"高即如言，使媪治之，舌果出，疑始解。牒报郡。上官皆如法验之，及释妇罪。

杜小雷
惡婦心腸毒
似虺豕身
頃刻轉輪
迴城門游
遍人爭看
共道杜
家逆
婦來
杜小雷

杜小雷

杜小雷，益都之西山人。母双盲。杜事之孝，家虽贫，甘旨无缺。一日，将他适，市肉付妻，令作馎饦。妻最忤逆，切肉时杂蜣螂其中。母觉臭恶不可食，藏以待子。杜归，问："馎饦美乎？"母摇首，出示子。杜裂视，见蜣螂，怒甚。入室，欲挞妻，又恐母闻。上榻筹思，妻问之，亦不语。妻自馁，彷徨榻下。久之，喘息有声。杜叱曰："不睡，待敲扑耶！"亦竟寂然。起而烛之，但见一豕，细视，则两足犹人，始知为妻所化。邑令闻之，縶去，使游四门，以戒众人。谭薇臣曾亲见之。

車夫
山徑推車展
步遲有狼窺
伺不曾知竊嘗
一臠真堪笑正是
登高用力時

车　夫

有车夫载重登坡，方极力时，一狼来啮其臀。欲释手，则货敝身压，忍痛推之。既上，则狼已龁片肉而去。乘其不能为力之际，而窃尝一脔，亦黠而可笑也。从来割据诸国，如李特、王建、孟知祥皆乘其不能为力之际，而窃尝一脔者也。

薛慰娘
返魂香爇踐鴛盟掌上遺
珠喜再攀一局樗蒲沈
恨雪後蒼此際有權衡

薛慰娘

丰玉桂，聊城儒生也。贫无生业。万历间，岁大祲，孑然南遁。及归，至沂而病。力疾行数里，至城南丛葬处，益惫，因傍冢卧。忽如梦，已死却不说明。至一村，有叟自门中出，邀生入。屋两楹，亦殊草草。室内一女子，年十六七，仪容慧雅。叟使瀹柏枝汤，以陶器供客。因诘生里居，年齿，既已，乃曰："洪都姓李，姓名多用倒点。平阳族。流寓此间，今三十二年矣。君志此门户，余家子孙如见探访，即烦指示之。老夫不敢忘义。义女慰娘，颇不丑，可配君子。三豚儿到日，即遣主盟。"生喜，拜曰："犬马齿二十有二，尚少良配。惠意眷好，固佳；但何处得翁之家人而告诉也？"叟曰："君但住北村中，相待月余，自有来者，止求不惮烦耳。"生恐其言不信，要之曰："实告翁：仆故家徒四壁，恐后日不如所望，中道之弃，人所难堪。即无姻好，亦不敢不守季路之诺，即何妨质言之也！"叟笑曰："君欲老夫旦旦耶？我稔知君贫。此订非专为君，慰娘孤而无倚，相托已久，不忍听其流落，故以奉君子耳。何见疑！"即捉臂送生出，拱手阖扉而去。

生忽似梦觉，则身卧冢边，日已将午。渐起，次且入村。村人见之皆惊，谓其已死道旁经日矣。至此说明。顿悟叟即冢中人也，隐而不言，但求寄寓。村人恐其复死，莫敢留。村有秀才与同姓，闻之，趋诣家世，盖生缌服叔也。喜导至家，饵治之，数日寻愈。穷死骨何以能坐待月余？村有秀才，是其缌服叔，便可坐待矣。此随手撮出例，并非补叙法也。因述所遇，叔亦惊异，遂坐待以觇其变。

居无何，果有官人至村，访父墓址，自言平阳进士李叔向。先是，其父李洪都，与同乡某甲行贾，死于沂，某因瘗诸丛葬处。既归，某亦寻死。是时翁三子皆幼。长伯仁，举进士，令淮南。数遣人寻父墓，迄无知者。次仲道，举孝廉。叔向最少，亦登第。于是亲求父骨，至沂遍访。是日至，村人皆莫识。生乃引至墓所，指示之。叔向以其年少未敢信，生为具陈所遇，叔向奇之。审视两坟相接，或言三年前有宦者，葬少妾于此。前言义女，至此注明一句，犹只说得一半。叔向恐误发他冢，生遂以所卧处示之。叔向命舁材其侧，始发冢。冢开，则见女尸，服妆黯败，而粉黛如生。叔向知其误，骇极，莫知所为。而女已顿起，四顾曰："三哥来耶？"叔向惊，就问之，则慰娘也。乃解衣蔽覆，舁归逆旅。急发傍冢，冀父复活。冀父复活，掩护一笔以斡旋前顿起句之痕迹也。作者补拙处谁则知之。既发，则肤革犹存，抚之僵燥，悲哀不已。装敛入材，清醮七日；女亦缞绖若女。忽告叔向曰："曩阿翁有黄金二锭，曾分一为妾作奁。妾以孤弱无藏所，仅以丝线絷腰，而未将去，兄得之否？"叔向不知，乃使生反求诸圹，果得之，一如女言。叔向仍以线志者分赠慰娘。暇乃审其家世。

先是，女父薛寅侯无子，止生慰娘，甚钟爱之。一日，女自金陵舅氏归，生出许多曲折，以补笔为倒叙。将媪问渡。操舟者乃金陵媒也。适有宦者，任满赴都，遣觅美妾，凡历数家，无当意者，将为扁舟诣广陵。忽遇女，隐生诡谋，急招附渡。媪素识之，遂与共济。中途，投毒食中，女妪皆迷。推妪堕江；载女而返，以重金卖诸宦者。入门，嫡始知，怒甚。女又惘然，莫知为礼，遂挞楚而囚禁之。北渡三日，女方醒。婢言始末，女大泣。一夜，宿于沂，自经死，乃瘗诸乱冢中。女在墓，为群鬼所凌，李翁时呵护之，又补一句。女乃父事翁。翁曰："汝命合不死，当为择一快婿。"前生既见而出，反谓女曰："此生品谊可托。待汝三兄至，为汝主婚。"一日曰："汝可归候，汝三兄将来矣。"盖即发墓之日也。遥接。

女于丧次，为叔向缅述之。叔向叹息良久，乃以慰娘为妹，俾从李姓。略买衣妆，遣归生，且曰："资斧无多，不能为妹子办妆。意将偕归，以慰母心，何如？"女亦欣然。于是夫妻从叔向，辇柩并发。及归，母诘得其故，爱逾所生，馆诸别院。丧次，女哀悼过于儿孙。母益怜之，不令东归，嘱诸子为之买宅。

适有冯氏卖宅，直六百金。仓猝未能取盈，暂收契券，约日交兑。及期，冯早至；适女亦从别院入省母，突见之，绝似当年操舟人。冯见亦惊。女趋过之。两兄亦以母小恙，俱集母所。女问："厅前踱蹀者为谁？"仲道曰："此必前日卖宅者也。"串插联合之妙，令人白日欲迷。即起欲出。女止之，告以所疑，使诘难之。仲道诺而出，则冯已去，而巷南塾师薛先生在焉。因问："何来？"曰："昨夕冯某浼早登堂，一署券保。适途遇之，云偶有所忘，暂归便返，使仆坐以待之。"少间，生及叔向皆至，遂相攀谈。慰娘以冯故，潜来屏后窥客，细视之，则其父也。突出，持抱大哭。翁惊涕曰："吾儿何来！"众始知薛即寅侯也。仲道虽与街头常遇，初未悉其名字。至是共喜，为述前因，设酒相庆。因留信宿，自道行踪。盖失女后，妻以悲死，鳏居无依，故游学至此也。游学至此，补得无痕。生约买宅后，迎与同居。翁次日往探，冯则举家遁去，乃知杀媪卖女者，即其人也。一笔干净。冯初至平阳，贸易成家；比年赌博，日就消乏，故货居宅，卖女之资，亦濒尽矣。慰娘得所，亦不甚仇之，但择日徙居，更不追其所往。李母馈遗不绝，一切日用皆供给之。生遂家于平阳，但归试甚苦。幸于是科得举孝廉，层层卸去，层层生出，如柳塘春水，风动纹生。慰娘富贵，每念媪为己死，思报其子。

媪夫姓殷，一子名富，好博，贫无立锥。一日，博局争注，殴杀人命，亡归平阳，远投慰娘。生遂留之门下，研诘所杀姓名，盖即操舟冯某也。骇叹久之，因为道破，乃知冯即杀母仇人也。益喜，遂役生家。薛寅侯就养于婿，婿为买妇，生子女各一焉。

田子成
曠埜無人月
自明何来茅
屋苦唫聲思
親潛盡千行
泪不識同鄉
盧十兄

田子成

江宁田子成，过洞庭，舟覆而没。子良耜，明季进士，时在抱中。妻杜氏，闻讣，仰药而死。良耜受庶祖母抚养成立，筮仕湖北。年余，奉宪命营务湖南。至洞庭，痛哭而返。自告才力不及，降县丞，隶汉阳，辞不就。院司强督促之，乃就。辄放荡江湖间，不以官职自守。

一夕，舣舟江岸，闻洞萧声，抑扬可听。乘月步去，约半里许，见旷野中茅屋数椽，荧荧灯火，近窗窥之，有三人对酌其中。上座一秀才，年三十许；下座一叟；侧座吹箫者，年最少。吹竟，叟击节赞佳，秀才面壁吟思，若罔闻。叟曰："卢十兄必有佳作，请长吟，俾得共赏之。"秀才乃吟曰："满江风月冷凄凄，瘦草零花化作泥。千里云山飞不到，梦魂夜夜竹桥西。"幽冷之作，音调凄楚。吟声怆恻。叟笑曰："卢十兄故态作矣！"因酌以巨觥，曰："老夫不能属和，请歌以侑酒。"叟亦趣。乃歌"兰陵美酒"之什。歌已，一座解颐。少年起曰："我视月斜何度矣。"波下。突出见客，拍手曰："窗外有人，我等狂态尽露也。"遂挽客入，共一举手。叟使与少年相对坐。试其杯皆冷酒，辞不饮。少年知其意即起，以苇炬燎壶而进之。良耜亦命从者出钱行沽，叟固止之。因讯邦族，良耜具道生平。叟致敬曰："吾乡父母也。少君姓江，此间土著。"指少年曰："此江西杜野侯。"又指秀才："此卢十兄，与公同乡。"卢自见良耜，殊偃蹇不甚为礼。良耜因问："家居何里？如此清才，殊早不闻。"答曰："流寓已久，亲族恒不相识，可叹人也！"言之哀楚。叟摇手乱之曰："好客相逢，不理觞政，聒絮如此，厌人听闻！"遂把杯自饮，曰："一令请共行之，不能者罚。每掷三色，以相逢为率，须一古典相合。"乃掷得幺二三，唱曰："三加幺二点相同，鸡黍三年约范公：朋友喜相逢。"次少年，掷得双二单四，曰："不读书人，但见俚典，勿以为笑。四加双二点相同，四人聚义古城中：兄弟喜相逢。"卢得双幺单二，曰："二加双幺点相同，吕向两手抱老翁：父子喜相逢。"良耜掷，复与卢同，曰："二加双幺点相同，茅容二簋款林宗：主客喜相逢。"令毕，良耜兴辞。卢始起，曰："故乡之谊，未遑倾吐，何别之遽？将有所问，愿少留也。"良耜复坐，问："何言？"曰："仆有老友某，没于洞庭，与君同族否？"良耜曰："是先君也，何以相识？"曰："少时相善。没日，惟仆见之，因收其骨，葬江边耳。"良耜出涕下拜，求指墓所。卢曰："明日来此，当指示之。要亦易辨，去此数武，但见坟上有丛芦十茎者是也。"良耜洒涕，与众拱别。

至舟，终夜不寝，念卢情词似皆有因。昧爽而往，则舍宇全无，益骇。因遵所指处寻墓，果得之。丛芦其上，数之，适符其数。恍然悟卢十兄之称，皆其寓言；所遇，乃其父之鬼也。细问土人，则二十年前，有高翁富而好善，溺水者皆拯其尸而埋之，故有数坟在焉。遂发冢负骨，弃官而返。归告祖母，质其状貌皆确。江西杜野侯，乃其表兄，年十九，溺于江，后其父流寓江西。又悟杜夫人殁后，葬竹桥之西，故诗中忆之也。但不知叟何人耳。

王桂庵
馬纓花下
竹籬斜夢境
尋来路不差
載得美人江
上去舊停橈
處浪如花
王桂庵

王桂庵

王樨，字桂庵，大名世家子。适南游，泊舟江岸。邻舟有榜人女，绣履其中，风姿韶绝。王窥既久，女若不觉。王朗吟“洛阳女儿对门居”，故使女闻。女似解其为己者，略举首一斜瞬之，俯首绣如故。王神志益驰，以金一锭投之，堕女襟上。女拾弃之，若不知为金也者，金落岸边。王拾归，益怪之，又以金钏掷之，堕足下；女操业不顾。无何，榜人自他归。王恐其见钏研诘，心急甚；女从容以双钩覆蔽之。榜人解缆，顺流径去。王心情丧惘，痴坐凝思。时王方丧偶，悔不即媒定之。乃询诸舟人，皆不识其何姓。乃返舟急追之，杳不知其所往。不得已，返舟而南。务毕，北旋，又沿江细访，并无音耗。抵家，寝食皆萦念之。逾年，复南，买舟江际，若家焉。日日细数行舟，往来者帆楫皆熟，而囊舟殊杳。朝朝江上望，错认几人船，可为斯人咏之。居半年，资罄而归。行思坐想，不能少置。

一夜，梦至江村，过数门，见一家柴扉南向，门内疏竹为篱，意是亭园，径入。有夜合一株，红丝满树。隐念诗中“门前一树马缨花”虞集诗。此其是矣。过数武，苇笆光洁。又入之，见北舍三楹，双扉阖焉。南有小舍，红蕉蔽窗，点缀景色绝好。探身一窥，则椸架当门，罥画裙其上，知为女子闺闼。愕然却退；而内亦觉之，有奔出瞰客者，粉黛微呈，则舟中人也。喜出望外，曰：

"亦有相逢之期乎！"方将狎就，女父适归，倏然惊觉，始知是梦。景物历历，如在目前。秘之，恐与人言，破此佳梦。

后年余，再适镇江。郡南有徐太仆，与有世谊，招之饮。信马而去，误入小村，道途景象，仿佛平生所历。一门内，马缨一树，梦境宛然。骇极，投鞭而入。种种物色，与梦无别。再入，则房舍一如其数。梦既验，不复疑虑，直趋南舍，舟中人果在其中。遥见王，惊起，以扉自幛，叱问："何处男子？"王逡巡间，犹疑是梦。女见步趋甚近，闸然扃户。王曰："卿不忆掷钏者耶？"备述相思之苦，且言梦征。女隔窗审其家世，王具道之。女曰："既属宦裔，中馈必有佳人，焉用妾？"王曰："非以卿故，婚娶固已久矣。"女曰："果如所云，足知君心。妾此情难告父母，然亦方命而绝数家。金钏犹在，料钟情者必有耗闻耳。父母偶适外戚，行且至。君姑退，倩冰委禽，计无不遂；若望以非礼成耦，则用心左矣。"词严义正。王仓卒欲出，女遥呼王郎曰："妾芸娘，姓孟氏。父字江篱。"王记而出。

罢筵早返，谒江篱。江迎入，设坐篱下。王自道家阀，即致来意，兼纳百金为聘。翁曰："息女已字矣。"惊人之句。王曰："讯之甚确，固待聘耳，何见绝之深？"翁曰："适间所说，不敢为诳。"王神情俱失，拱别而返。小曲折。当夜辗转，无人可媒。向欲以情告太仆，恐娶榜人女为先生笑；今情急，无可为媒，质明，诣太仆，实告之。太仆曰："此翁与有瓜葛，是祖母嫡孙，何不早言？"王始吐隐情。太仆疑曰："江篱固贫，素不以操舟为业，得毋误乎？"乃遣子大郎诣孟，孟曰："仆虽空匮，非卖婚者。曩公子以金自媒，谅仆必为利动，故不敢附为婚姻。此翁颇高品。既承先生命，必无错谬。但顾女颇恃娇爱，好门户辄便拗却，不得不与商榷，免他日怨远婚也。”遂起，少入而返，拱手一如尊命，约期乃别。大郎复命，王乃盛备禽妆，纳采于孟，假馆太仆之家，亲迎成礼。

居三日，辞岳北归。夜宿舟中，问芸娘曰：“向于此处遇卿，固疑不类舟人子。当日泛舟何之？”答云：“妾叔家江北，偶借扁舟一省视耳。妾家仅可自给，然傥来物颇不贵视之。笑君双瞳如豆，屡以金资动人。初闻吟声，知为风雅士，又疑为儇薄子作荡妇挑之也。使父见金钏，君死无地矣。妾怜才心切否？”王笑曰：“卿固黠甚，然亦堕吾术矣！”女问：“何事？”王止而不言。又固诘之，乃曰：“家门日近，此亦不能终秘。实告卿：我家中固有妻在，吴尚书女也。”平地生波，无事生事。圣叹曰：“文字不险不快，险绝快绝。”芸娘不信，王故壮其词以实之。芸娘色变，默移时，遽起，奔出；王蹑履追之，则已投江中矣。惊人之笔。王大呼，诸船惊闹，夜色昏蒙，惟有满江星点而已。王悼痛终夜，沿江而下，以重价觅其骸骨，亦无见者。悒悒而归，忧恸交集。又恐翁来视女，无词可以相对。

有姊丈官河南，遂命驾造之，年余始归。文字要繁则累牍连篇，要简则一语千里，一夕百年。如“年余始归”三句中，包却一切，扫却一切，何等迅速，此行文金针也。途中遇雨，休装民舍，见房廊清洁，有老妪弄儿厦间。儿见王入，即扑求抱。王怪之。又视儿秀婉可爱，揽置膝头。妪唤之，不去。少顷，雨霁，王举儿付妪，下堂趣装。儿啼曰：“阿爹去矣！”妪耻之，呵之不止，强抱而去。王坐待治任，忽有丽者自屏后抱儿出，则芸娘也。方诧异间，芸娘骂曰：“负心郎！遗此一块肉，焉置之？”王乃知为己子。酸来刺心，不暇问其往迹，先以前言之戏，矢日自白。芸娘始反怒为悲，相向涕零。

先是，第主莫翁，六旬无子，携媪往朝南海。归途泊江际，芸娘随波下，适触翁舟。翁命从人拯出之，疗救终夜，始渐苏。翁媪视之，是好女子，甚喜，以为己女，携之而归。居数月，欲为择婿，女不可。逾十月，生一子，名曰寄生。王避雨其家，寄生方周岁也。王于是解装，入拜翁媪，遂为岳婿。居数日，始举家归。至，则孟翁坐待，已两月矣。翁初至，见仆辈情词恍惚，心颇疑怪；既见，始共欢慰。历述所遭，乃知其枝梧者有由也。

寄生
父既鍾情子更癡
梦魂顛倒亦相思
畫屏開處雙眼射
得意吟成卻扇詩

寄生 附

寄生，字王孙，郡中名士。父母以其襁褓认父，带上编。谓有夙惠，钟爱之。长益秀美，八九岁能文，十四入郡庠。每自择偶。父桂庵有妹二娘，适郑秀才子侨，生女闺秀，慧艳绝伦。王孙见之，心切爱慕。积久，寝食俱废。父母大忧，苦研诘之，遂以实告。父遣冰于郑；郑性方谨，以中表为嫌。却之。曲笔。王孙逾病，母计无所出，阴婉致二娘，但求闺秀一临存之。郑闻，益怒，出恶声焉。父母既绝望，听之而已。

郡有大姓张氏，五女皆美。幼者小名五可，尤冠诸姊，择婿未字。一日，上墓，途遇王孙，自舆中窥见，归以白母。母沉知其意，见媒媪于氏，微示之。媪遂诣王所。时王孙方病，讯知笑曰："此病老身能医之。"芸娘问故。媪述张氏意，极道五可之美。芸娘喜，使媪往候王孙。媪入，抚王孙而告之。王孙摇首曰："医不对症，奈何！"媪笑曰："但问医良否耳：其良也，召和而缓至，可矣；执其人以求之，守死而待之，不亦痴乎？"王孙欷歔曰："但天下之医，无愈和者。"媪曰："何见之不广也？"遂以五可之容颜发肤，神情态度，口写而手状之。王孙又摇首曰："媪休矣！此余愿所不及也。"反身向壁，不复听矣。媪见其志不移，遂去。

一日，王孙沉痼中，忽一婢入曰："所思之人至矣！"喜极，跃然而起。急出舍，则丽人已在庭中。细认之，却非闺秀，着松花色细褶绣裙，双钩微露，神仙不啻也。拜问姓名，答曰："妾，五可也。君深于情者，而独钟闺秀，使人不平。"王孙谢曰："生平未见颜色，故目中止一闺秀。今知罪矣！"遂与要誓。方握手殷殷，适母来抚摩，遽然而觉，则一梦也。回思声容笑貌，宛在目中。阴念：五可果如所梦，何必求所难遘。因而以梦告母。母喜其念少夺，急欲媒之。

王孙恐梦见不的，托邻妪素识张氏者，伪以他故诣之，嘱其潜相五可。妪至其家，五可方病，靠枕支颐，婀娜之态，倾绝一世。近问："何恙？"女默然弄带，不作一语。母代答曰："非病也。连日与爹娘负气耳！"妪问故。曰："诸家问名，皆不愿，必如王家寄生者方嫁。是为母者劝之急，遂作意不食数日矣。"妪笑曰："娘子若配王郎，真是玉人成双也。渠若见五娘，恐又憔悴死矣！我归，即令倩冰，如何？"五可止之曰："姥勿尔！恐其不谐，益增笑耳！"妪锐然以必成自任，五可方微笑。

妪归复命，一如媒媪言。王孙详问衣履，亦与梦合，大悦。意虽稍舒，然终不敢以人言为信。过数日，渐瘳，秘招于媪来，谋以亲见五可。媪难之，姑应而去。久之，不至。方欲觅问，媪忽忻然来曰："机幸可图。五娘向有小恙，因令婢辈将扶，移过对院。公子往伏伺之，五娘行缓涩，委曲可以尽睹矣。"王孙喜，明日，命驾早往，媪先在焉。即令絷马村树，引入临路舍，设座掩扉而去。少间，五可果扶婢出。王孙自门隙目注之。女从门外过，媪故指挥云树以迟纤步，化工之笔。王孙窥觇尽悉，意颤不能自持。未几，媪至，曰："可以代闺秀否？"王孙申谢而返，始告父母，遣媒要盟。及妁往，则五可已别字矣。又作惊人之笔。王孙失意，悔闷欲死，即刻复病。父母忧甚，责其自误。王孙无词，惟日饮米汁一合，积数日，鸡骨支床，较前尤甚。媪忽至，惊曰："何惫之甚？"王孙涕下，以情告。媪笑曰："痴公子！前日人趁汝来，而故却之；今日汝求人，而能必遂耶？虽然，尚可为力。早与老身谋，即许京都皇子，能夺还也。"媒妪声口肖。王孙大悦，求策。媪命函启遣伻，约次日候于张所。桂庵恐以唐突见拒。媪曰："前与张公业有成言，延数日而遽悔之；且彼字他家，尚无函信。谚云：'先炊者先餐。'何疑也！"桂庵从之。次日，二仆往，并无异词，厚犒而归。王孙病顿起。由此闺秀之想遂绝。又带一句收束。

初，郑子侨却聘，闺秀颇不怿；及闻张氏婚成，心愈抑郁，遂病，日就支离。父母诘之，不肯言。婢窥其意，隐以告母。郑闻之，怒不医，以听其死。二娘怼曰："吾侄亦殊不恶，何守头巾戒，杀吾娇女！"郑恚曰："若所生女，不如早亡，免贻笑柄！"以此夫妻反目。二娘与女言，将使仍归王孙，若为媵。女俯首不言，意若甚愿。二娘商郑，郑更怒。一付二娘，置女度外，不复预闻。二娘爱女切，欲实其言。女乃喜，病始渐瘥。窃探王孙，亲迎有日矣。及期，以侄完婚，伪欲归宁，昧旦，使人求仆舆于兄。兄最友爱，又以居村邻近，遂以所备亲迎车马，先迎二娘。既至，则妆女入车，使两仆两媪护送之。到门，以毡贴地而入。时鼓乐已集，从仆叱令吹擂，一时人声沸聒。王孙奔视，则女子以红帕蒙首，骇极，欲奔；郑仆夹扶，便令交拜。王孙不知何由，即便拜讫。二媪扶女，径坐青庐，始知其闺秀也。

举家皇乱，莫知所为。

时渐濒暮，王孙不复敢行亲迎之礼。桂庵遣仆以情告张；张怒，遂欲断绝。五可不肯，曰："彼虽先至，未受雁采；不如仍使亲迎。"父纳其言，以对来使。使归，桂庵终不敢从。相对筹思，喜怒俱无所施。张待之既久，知其不行，遂亦以舆马送五可至，因另设青帐于别室。王孙周旋两间，蹀躞无以自处。乱点鸳鸯谱，两占风月楼。母乃调停于中，使序行以齿，二女皆诺。及五可闻闺秀差长，称"姊"有难色。母甚虑之。比三朝公会，五可见闺秀风致宜人，不觉右之，自是始定。然父母恐其积久不相能，而二女却无间言，衣履易着，相爱如姊妹焉。王孙始问五可却媒之故。笑曰："无他，聊报君之却于媪耳。尚未见妾，意中止有闺秀；即见妾，亦略靳之，以觇君之视妾，较闺秀何如也。使君为伊病，而不能为妾病，则亦不必强求容矣。"王孙笑曰："报亦惨矣！然非于媪，何得一觌芳容。"五可曰："是妾自欲见君，媪何能为。过舍门时，岂不知眈眈者在内耶。梦中业相要，何尚未知信耶？"王孙惊问："何知？"曰："妾病中梦至君家，以为妄；后闻君亦梦，妾乃知魂魄真到此也。"王孙异之，遂述所梦，时日悉符。父子之良缘，皆以梦成，亦奇情也。故并志之。

异史氏曰："父痴于情，子遂几为情死。所谓情种，其王孙之谓欤？不有善梦之父，何生离魂之子哉！"

褚遂良
貧病相連劇可哀忽
逢俾子降瑤臺忠臣
一代芳名播精舍猶
膺鼇福來

褚遂良

长山赵某，税屋大姓。病症结，又孤贫，奄然就毙。一日，力疾就凉，移卧檐下。及醒，见绝代丽人坐其傍。因诘问之，女曰：“我特来为汝作妇。”某惊曰：“无论贫人不敢有妄想；且奄奄一息，有妇何为？”女曰：“我能治之。”某曰：“我病非仓猝可除，纵有良方，其如无资买药何！”女曰：“我医疾不用药也。”遂以手按赵腹，力摩之。觉其掌热如火。移时，腹中痞块。隐隐作解拆声。又少时，欲登厕；急起，走数武，解衣大下，胶液流离，结块尽出，觉通体爽快。返卧故处，谓女曰：“娘子何人？祈告姓氏，以便尸祝。”答云：“我狐仙也。君乃唐朝褚遂良，褚河南武氏经事先帝一语，千载人犹起慄。身凡几古，委顿至此，即有夙根者，转世必为名人，此何可信。曾有恩于妾家，每铭心欲一图报。日相寻觅，今始得见，夙愿可酬矣。”某自惭形秽，又虑茅屋灶煤，玷染华裳。女但请行。赵乃导入家，土莝无席，灶冷无烟，曰：“无论光景如此，不堪相辱；即卿能甘之，请视瓮底空空，又何以养妻子？”女但言：“无虑。”言次，一回头，见榻上毡席衾褥已设，方将致诘，又转瞬，见满室皆银光纸裱贴如镜，诸物已悉变易，几案精洁，肴酒并陈矣。遂相欢饮。日暮，与同狎寝，如夫妇。主人闻其异，请一见之。女即出见，无难色。由此四方传播，造门者甚夥。女并不拒绝，或设筵招之，女必与夫俱。一日，座中一孝廉，阴萌淫念。女已知之，忽加诮让，即以手推其首；首过棂外，而身犹在室，出入转侧，皆所不能。因共哀免，方曳出之。积年余，造请者日益烦，女颇厌之。被拒者辄罪赵。值端阳，饮酒高会，忽一白兔跃入。女起曰：“春药翁来见召矣！”谓兔曰：“请先行。”兔趋出，径去。女命赵取梯。赵于舍后负长梯来，高数丈。庭有大树一章，便倚其上；梯更高于树杪。女先登，赵亦随之。女回首曰：“亲宾有愿从者，当即移步。”众相视不敢登。惟主人一僮，踊跃从诸其后。上上益高，梯尽云接，不可见矣。共视其梯，则多年破扉，去其白板耳。群入其室，灰壁败灶依然，他无一物。犹忆僮返可问，竟终杳已。

予读新唐书，褚遂良恶刘洎，诬之至死；又于江夏王道宗有隙，诬其与房遗爱谋反，流象州；又尝构卢承庆、李乾祐，皆坐贬；及贱买中书谭语人地，为韦思谦所劾。皆遂良生平大不好处。凡此见正史非小说也。今人止知其对武氏经事先帝一二语耳。

劉全
雀糞無端汙
目睛剔除胥
素昧平生他
年相遇欣相
慰猶感金
錢一副情

刘全

邹平牛医侯某，荷饭饷耕者。至野，有风旋其前，侯即以杓掬浆祝奠之。尽数杓，风始去。一日，适城隍庙，闲步廊下，见内塑刘全献瓜像，被鸟雀遗粪，糊蔽目睛。侯曰："刘大哥何遂受此玷污！"因以爪甲为除去之。后数年，病卧，被二皂摄去。至官衙前，逼索财贿甚苦。冥间逼索，亦等阳世。《聊斋》往往言之。九幽主者与人间之昏官何以异？人官耳目有不及，阴官之烛照无不周，乃亦尔尔耶？或曰此腐论也，《聊斋》不过游戏作文章耳。侯方无所为计，忽自内一绿衣人出，见之讶曰："侯翁何来？"侯便告诉。绿衣人责二皂曰："此汝侯大爷，何得无礼！"二皂喏喏，逊谢不知。俄闻鼓声如雷。绿衣人曰："早衙矣。"遂与俱入，令立墀下，曰："姑立此，我为汝问之。"遂上堂点手，招一吏人下，略道数语。吏人见侯，拱手曰："侯大哥来耶？汝亦无甚大事，有一马相讼，一质便可复返。"一马且要具讼，今之医士奈何。遂别而去。少间，堂上呼侯名。侯上跪，一马亦跪。官问侯："马言被汝药死，有诸？"侯曰："彼得瘟症，某以瘟方治之。既药不瘳，隔日而死，与某何涉？"马作人言，两相苦。官命稽籍，籍注马寿若干，应死于某年月日，数确符。因呵曰："此汝天数已尽，何得妄控！"即药死，免尔羁勒驰驱之苦，岂不佳耶？叱之而去。因谓侯曰："汝存心方便，可以不死。"仍命二皂送回。前二人亦与俱出，又嘱途中善相视。侯曰："今日虽蒙覆庇，生平实未识荆。乞示姓字，以图衔报。"绿衣人曰："三年前，仆从泰山来，焦渴欲死。经君村外，蒙以杓浆见饮，至今不忘。”一杓之奠，遂得如此厚报，人有遇着旋风，不妨多浇着几瓢。吏人曰：“某即刘全。曩被雀粪之污，闷不可耐，君手为涤除，是以耿耿。奈冥间酒馔，不可以奉宾客，请即别矣。”侯始悟，乃归。既至家，款留二皂。皂并不敢饮其杯水。侯苏，盖死已逾两日矣。从此益修善行。每逢节序，必以浆酒酬刘全。后年至八旬，尚强健，能超乘驰走。一日，途间见刘全骑马来，若将远行。拱手道温凉毕，刘曰：“君数已尽，勾牒出矣。勾役欲相招，我禁使弗须。君可归治后事，三日后，我来同君行。地下代买小缺，地下小缺亦可买耶？亦无苦也。”遂去。侯归告妻子，招别戚友，棺衾俱备。第四日日暮，对众曰：“刘大哥来矣。”入棺遂殁。

姬生
自作穿窬自羞
慚相夫賴有室
人賢休
言狂藥
能迷性釀
酒都應麴
盡泉

姬　生

南阳鄂氏，患狐，金钱什物，辄被窃去。迕之，祟益甚。鄂有甥姬生，名士不羁，焚香代为祷免，卒不应；又祝舍外祖使临己家，亦不应。众笑之。生曰："彼能幻变，必有人心。我固将引之，俾入正果。"数日辄一往祝之。虽不见验，然生所至，狐遂不扰。以故，鄂常止生宿。生夜望空请见，邀益坚。一日，生归，独坐斋中，忽房门缓缓自开。生起，致敬曰："狐兄来耶？"殊寂无声。又一夜，门自开。生曰："倘是狐兄降临，固小生所祷祝而求者，何妨即赐光霁？"却又寂然。案头有钱二百，及明失之。生至夜，增以数百。中宵，闻布幄铿然。生曰："来耶？敬具时铜数百以备取用。仆虽不充裕，然非鄙吝者。若缓急有需，无妨质言，何必盗窃？"少间，视钱，脱去二百。生仍置故处，数夜不复失。有熟鸡，欲供客而失之。生至夕，又益以酒。而狐从此绝迹矣。鄂家祟如故。生又往祝曰："仆设钱而子不取，设酒而子不饮；我外祖衰迈，无为久祟之。仆备有不腆之物，夜当凭汝自取。"乃以钱十千，酒一樽，两鸡皆聂切，陈几上。生卧其傍，终夜无声，钱物如故。狐怪从此亦绝。生一日晚归，启斋门，见案上酒一壶，燂鸡盈盘；钱四百，以赤绳贯之，即前日所失物也。知狐之报，嗅酒而香，酌之色碧绿，饮之甚醇。壶尽半酣，觉心中贪念顿生，蓦然欲作贼。便启户出。思村中一富室，遂往越其墙。墙虽高，一跃上下，如有翅翎。入其斋，窃取貂裘、金鼎而出。归置床头，始就枕眠。天明，携入内室。妻惊问之，生嗫嚅而告，有喜色。妻初以为戏，既知其真，骇曰："君素刚直，何忽作贼！"生恬然不为怪，因述狐之有情。妻恍然悟曰："是必酒中之狐毒也。"因念丹砂可以却邪，遂研入酒，饮生。少顷，生忽失声曰："我奈何做贼！"妻代解其故，爽然自失。又闻富室被盗，噪传里党。生终日不食，莫知所处。妻为之谋，使乘夜抛其墙内。生从之，富室复得故物，事亦遂寝。生岁试冠军，又举行优，应受倍赏。及发落之期，道署梁上粘一帖云："姬某作贼，偷某家裘、鼎，何为行优？"梁最高，非跋足可粘。文宗疑之，执帖问生。生愕然，思此事除妻外无知者；况署中深密，何由而至？因悟曰："此必狐为之也。"遂缅述无讳，文宗赏礼有加焉。生每自念：无取罪于狐，所以屡陷之者，亦小人之耻独为小人耳。

异史氏曰："生欲引邪入正，而反为邪惑。邪不胜正，然还不足。有转为所诱而入之者。事业、人品、心术、文章，有始正而终趋于邪，古来不少。狐意未必大恶，或生以谐引之，狐亦以戏弄之耳。然非身有夙根，室有贤助，几何不如原涉所云，家人寡妇，一为盗污遂行淫哉！吁！可惧也！"

吴木欣云："康熙甲戌，一乡科令浙中，点稽囚犯。有窃盗，已刺字讫，例应逐释。令嫌'窃'字减笔从俗，非官板正字，使刮去之。候创平，依字汇中点画形象另刺之。盗口占一绝

云：‘手把菱花仔细看，淋漓鲜血旧痕斑。早知面上重为苦，窃物先防识字官。’禁卒笑之曰：‘诗人不求功名，而乃为盗？’

诗人为盗，似调笑今之诗人。

盗又口占答之云：‘少年学道志功名，只为家贫误一生。冀得资财权子母，囊游燕市博恩荣。’”即此观之，秀才为盗，亦仕进之志也。狐授姬生以进取之资，而返悔为所误，迂哉！一笑。

果報
卜筮書成用決疑無端占
玩已非宜淫邪爭不罹天
譴贊應原來戚自貽
果報

果報二
謂他人父利他
貲麦飯何堪竟
餧而寄语世间
賢嗣子請看腹
剖肉堯時

果报

安丘某生，通卜筮之术。而其为人邪荡不检，每有钻穴逾隙之行，则卜之。一日忽病，药之不愈，曰："吾实有所见。冥中怒我狎亵天数，将重谴矣，药何能为！"亡何，目暴瞽，两手无故自折。

某甲者，伯无嗣。甲利其有，愿为之后。伯既死，田产悉为所有，遂背前盟。又有叔，家颇裕，亦无子。甲又父之。叔卒，又背之。于是并三家之产，富甲一乡。一日，暴病若狂，自言曰："汝欲享富厚而生耶！"遂以利刃自割肉，片片掷地。又曰："汝绝人后，尚欲有后耶！"剖腹流肠，遂毙。未几，子亦死，产业归他人矣。果报如此，可畏也夫！

韓方
至性應推田舍
奴牀頭黃紙亦靈
符不知夜鬼稽留
日嶽帝聰明覺得無
韓方

韩方

明季，济郡以北数州县，邪疫大作，比户皆然。齐东农民韩方，性至孝。父母皆病，因具楮帛，哭祷于孤石大夫之庙。归途零涕。遇一人，衣冠清洁，问："何悲？"韩具以告。其人曰："孤石之神，不在于此，祷之何益？仆有小术，可以一试。"韩喜，诘其姓字。其人曰："我不求报，何必通乡贯乎？"韩敦请临其家。其人曰："无须。但归，以黄纸置床上，厉声言：'我明日赴都，告诸岳帝！'病当已。"一说书大洞经条于门，则能辟疫鬼。又云：书江西人讨本头钱，要紧，要紧！焚之亦除。韩恐不验，坚求移趾。其人曰："实告子：我非人也。巡环使者以我诚笃，俾为南县土地。感君孝，指授此术。目前岳帝举枉死之鬼，其有功人民，或正直不作邪祟者，以城隍、土地用。今日殃人者，皆郡城北兵所杀之鬼，急欲赴都自投，故沿途索赂，以谋口食耳。言告岳帝，则彼必惧，故当已。"韩悚然起敬，伏地叩谢。及起，其人已渺。惊叹而归。遵其教，父母果皆愈。以传邻村，无不验者。

异史氏曰："沿途祟人而往，以求不作邪祟之用，此与策马应'不求闻达之科'者何殊哉！天下事大率类此。犹忆甲戌、乙亥之间，当事者使民捐谷，疏告九重，谓民乐输。于是各州县如数取盈，甚费敲扑。时郡北七邑被水，岁祲，催办尤难。唐太史偶至利津，见系逮者十余人。因问：‘为何事？’答曰：‘官捉吾等赴城，比追乐输耳。’农民不知‘乐输’二字作何解，遂以为徭役敲比之名，岂不可叹而可笑哉！”

弱息嬌姿肇
禍胎田生赵
死仗神雷争
婚枉自生奸
計天遣乘龍
佳壻来

纫针

虞小思，东昌人。居积为业。妻夏，归宁而返，见门外一妪，偕少女哭甚哀。夏诘之，妪挥泪相告。乃知其夫王心斋，亦宦裔也。家中落，无衣食业，浼中保贷富室黄氏金，作贾。中途遭寇，巨梃中颅，丧资，幸不死。至家，黄索偿，计子母不下三十金，实无可准抵。黄窥其女纫针美，将谋作妾。使中保质告之：如肯可，折债外，仍以廿金压券。王谋诸妻。妻泣曰："我虽贫，固簪缨之胄。彼以执鞭发迹，何敢遂媵吾女！况纫针固自有婿，汝何得擅作主！"

先是，同邑傅孝廉之子，与王投契，生男阿卯，与襁中论婚。遥接。后孝廉官于闽，年余而卒。妻子不能归，音耗俱绝。以故纫针十五，尚未字也。妻言及此，王无词，但谋所以为计。妻曰："不得已，其试谋诸两弟。"盖妻范氏，其祖曾任京职，两孙田产尚多也。次日，妻携女归告两弟。两弟任其涕泪，并无一词肯为设处。范乃号啼而归。适逢夏诘，且诉且哭。夏怜之。视其女，绰约可爱，益为哀楚。遂邀入其家，款以酒食。慰之曰："母子勿戚，妾当竭力。"范未遑谢，女已哭伏在地，益加惋惜。筹思曰："虽有薄蓄，然三十金亦复大难。当典质相付。"

菩萨语，牟尼心。〇天下惟难能之事为可贵耳。如夏夫人慈悲心肠，当绘作南海大士日礼拜之。

母女拜别。夏以三日为约。别后，百计为之营谋，亦未敢告诸其夫。三日，未满其数，又使人假诸其母。范母女已至，因以实告。又订次日。抵暮，假金至，合裹并置床头。至夜，有盗穴壁，以火入，夏觉，睨之，见一人臂跨短刀，状貌凶恶。大惧，不敢复作声，伪为睡者。盗近箱，意将发扃。回顾，夏枕边有裹物，探身攫去，就灯解视；乃入腰橐，不复胠箧而去。平生喜读侠客传，至此不足又道也。遂为之一哭。夏乃起呼。家中唯一小婢，隔墙呼邻，邻人集而盗已远。夏乃对灯啜泣，见婢睡熟，乃引带自经于棂间。天曙婢觉，呼人解救，四肢冰冷。虞闻奔至，诘婢始得其由，惊涕营葬而已。时方夏，尸不僵，亦不腐。过七日，乃殓之。

既葬，纫针潜出，哭于其墓。暴雨忽集，霹雳大作，墓发，纫针震死。一起一跌，怒涛掀天。虞闻，奔验，则棺木已启，妻呻嘶其中，抱出之。见女尸，不知为谁。夏审视，始辨之。方相骇怪。未几，范至，见女已死，哭曰："固疑其在此，今果然矣！读至此令人目眩心惊，双瞳霍霍不定。闻夫人自缢，日夜不绝声。今夜语我，欲哭于殡宫，我未之应也。"夏感其义，遂与夫言，即以所葬材穴葬之。范拜谢。

虞负妻归，范亦归告其夫。闻村北一人被雷击死于途，身有字云："偷夏氏金贼。"快哉！人心天道，理实可信。俄闻邻妇哭声，乃知雷击者即其夫马大也。村人白于官，官拘妇械鞫，则范氏以夏之措金赎女，对人感泣，马大赌博无赖，闻之而盗心遂生也。官押妇搜赃，则止存二十数；又检马尸得四数。官判卖妇偿补责还虞，夏益喜，全金悉仍付范，俾偿债主。

葬女三日，夜大雷电以风，坟复发，女亦顿活。事虽奇而理可信。不归其家，往扣夏氏之门，盖认其墓，疑其复生也。补清。夏惊起，隔扉问之。女曰："夫人果生耶！先此一句妙。我纫针耳。"夏骇为鬼，呼邻媪共诘之，知其复活，喜内入室。女自言："愿从夫人服役，不复归矣。"夏曰："得无谓我损金为买婢耶？汝葬后，债已代偿，可勿见猜。"女益感泣，愿以母事。夏不允。女曰："儿能操作，亦不坐食。"天明告范，范喜，急至。亦从女意，即以属夏。范去，夏强送女归。女啼思夏。王心斋自负女来，委诸门内而去。夏见惊问，始知其故，遂亦安之。女见虞至，急下拜，呼以父。虞固无子女，又见女依依怜人，颇以为欢。女纺绩缝纫，勤劳臻至。夏偶病剧，女昼夜给役。见夏不食，亦不食。面上时有啼痕，向人曰："母有万一，我誓不复生！"夏少瘳，始解颜为欢。夏闻流涕，曰："我四十无子，但得生一女如纫针亦足矣。"生下。夏从不育，逾年忽生一男，人以为行善之报。

居二年，女益长。虞与王谋，不能坚守旧盟。前已定婚傅氏，此言"不能坚守前盟"，贤如纫针肯听之耶？惟要文字好看，生出下文争婚一段波澜耳。王心斋可谓毫无心肝矣。王曰："女在君家，婚姻惟君所命。"女十七，惠美无双。此言出，问名者趾错于门，夫妻为拣富室。黄某亦遣媒来。虞恶其为富不仁，力却之。为择于冯氏。冯，邑名士，子慧而能文。将告于王；王出负贩未归，遂径诺之。黄以不得于虞，亦托作贾，迹王所在，设馔相邀，更复助以资本，渐渍习洽。因自言其子慧以自媒。王感其情，又仰其富，遂与订盟。既归，诣虞，则虞昨日已受冯氏婚书。闻王所言，颇不悦，呼女出，告以情，女怫然曰："债主，吾仇也！以我事仇，但有一死！"亦分晓，有志气。王无颜，托人告黄以冯氏之盟。黄怒曰："女姓王不姓虞。我约在先，彼约在后，何得背盟！"遂控于邑宰，宰意以先约判归黄。冯曰："王某以女付虞，固言婚嫁不复预闻，且某有定婚书，彼不过杯酒之谈耳。"宰不能断，将惟女愿从之。黄又以金赂官，求其左袒，以此月余不决。波总不平。

一日，有孝廉北上，公车过东昌，使人问王心斋。适问于虞，虞转诘之，盖孝廉姓傅，即阿卯也。入闽籍，十八已乡荐矣。以前约未婚。其母嘱令便道访王，问女曾否另字也。虞大喜，邀傅至家，历述所遭。然婿远来数千里，患无凭据。傅启箧，出王当日允婚书。虞招王至，验之果真，乃共喜。是日当官覆审，傅投刺谒宰，其案始销。涓吉约期乃去。会试后，市币帛而还，居其旧第，行亲迎礼。进士报已到闽，又报至东，傅又捷南宫。复入都观政而返。女不乐南渡，傅亦以庐墓在，遂独往扶父柩，载母俱归。又数年，虞卒，子才七八岁，女抚之过于其弟。使读书，得入邑庠，家称素封，皆傅力也。

异史氏曰："神龙中亦有游侠耶？彰善瘅恶，生死皆以雷霆，此'钱塘破阵舞'也。轰轰屡击，皆为一人，焉知纫针非龙女谪降者耶？"

桓侯
好借神駒近遠矣重
伸五誼宴佳賓登堂
推挽腕如折想見將
軍勇絶倫
桓侯

桓侯

荆州彭好士，友家饮归。下马溲便，马龁草路傍。有细草一丛，蒙茸可爱，初放黄花，艳光夺目，马食已过半矣。彭拔其余茎，嗅之有异香，因纳诸怀。超乘复行，马骛驶绝驰，颇觉快意，竟不计算归途，纵马所之。忽见夕阳在山，始将旋辔。但望乱山丛踏，并不知其何所。

一青衣人来，见马方喷嘶，代为捉衔，曰："天已近暮，吾家主人便请宿止。"彭问："此属何地？"曰："阆中也。"彭大骇，盖半日已千余里矣，因问："主人为谁？"曰："到彼自知。"又问："何在？"曰："咫尺耳。"遂代鞚疾行，人马若飞。过一山头，见半山中屋宇重叠，杂以屏幔，遥睹衣冠一簇，若有所伺。彭至下马，相向拱敬。

俄，主人出，气象刚猛，巾服都异人世。拱手向客，曰："今日客，莫远于彭君。"因揖彭，请先行。彭谦谢，不肯遽先。主人捉臂行之。彭觉捉处如被械梏，痛欲折，不敢复争，遂行。下此者，犹相推让，主人或推之，或挽之，客皆呻吟倾跌，似不能堪，一依主命而行。

登堂，则陈设炫丽，两客一筵。彭暗问接坐者："主人何人？"答云："此张桓侯也。"彭愕然，不敢复咳。合座寂然。酒既行，桓侯曰："岁岁叨扰亲宾，聊设薄酌，尽此区区之意。

值远客辱临，亦属幸遇。仆窃妄有干求，如少存爱恋，即亦不强。”似桓侯声口。彭起问：“何物？”曰：“尊乘已有仙骨，非尘世所能驱策。欲市马相易，如何？”彭曰：“敬以奉献，不敢易也。”桓侯曰：“当报以良马，且将赐以万金。”彭离席伏谢。桓侯命人曳起之。俄倾，酒馔纷纶。日落，命烛。众起辞，彭亦告别。桓侯曰：“君远来焉归？”彭顾问席者曰：“已求此公作居停主人矣。”桓侯乃遍以巨觞酌客，谓彭曰：“所怀香草，鲜者可以成仙，枯者可以点金；草七茎，得金一万。”即命僮出方授彭。彭又拜谢。桓侯曰：“明日造市，请于马群中任意择其良者，不必与之论价，吾自给之。”又告众曰：“远客归家，可少助以资斧。”众唯唯。觞尽，谢别而出。途中始诘姓字，同座者为刘子翚。同行二三里，越岭即睹村舍。从客陪彭并至刘所，始述其异。先是，村中岁岁赛社于桓侯之庙，斩牲优戏，以为成规，刘其首善者也。三日前，赛社方毕，是午，各家皆有一人邀请过山。问之，言殊恍惚，但敦促甚急。过山见亭舍，相共骇疑。将至门，使者始实告之，众亦不敢却退。使者曰：“姑集此，邀一远客行至矣。”盖即彭也。众述之惊怪。其中被把握者，皆患臂痛；解衣烛之，肤肉青黑。彭自视亦然。

众散，刘即襆被供寝。既明，村中争延客；又伴彭入市相马。十余日，相数十匹，苦无佳者；彭亦拚苟就之。又入市，见一马骨相似佳，骑试之，神骏无比。径骑入村，以待鬻者；再往寻之，其人已去。遂别村人欲归。村人各馈金资，遂归。马一日约行五百里。抵家，述所自来，人不之信。囊中出蜀物，始共怪之。香草久枯，恰得七茎，遵方点化，家以暴富。人间杯酒寻常事，笑煞桓侯亦世情。

遂敬诣故处，独祀桓侯之祠，优戏三日而返。

异史氏曰：“观桓侯燕宾，而后信武夷幔亭非诞也。然主人肃客，遂使蒙爱者几欲折肱，则当年之勇力可想。”

吴木欣言：“有李生者，唇不掩其门齿，露于外者盈指。一日，于某所宴集，二客逊上下，其争甚苦。一力挽使前，一力却向后。力猛肘脱，李适立其后，肘过触喙，双齿并堕，血下如涌。众愕然，其争乃息。”此与桓侯之握臂折肱，同一笑也。

粉蜨
天風吹送上
仙山學浮瑤
琴一曲還蝶自
戀苍苍引蝶雙
飛雙宿到人間

粉蝶

阳曰旦，琼州士人也。袁子才将此篇演作七古长篇，名“飓风引”。偶自他郡归，泛舟于海，遭飓风，舟将覆；忽飘一虚舟来，急跃登之。回视，则同舟尽没。风愈狂，瞑然任其所吹。亡何，风定。开眸，忽见岛屿，舍宇连亘。把棹近岸，直抵村门。村中寂然，行坐良久，鸡犬无声。见一门北向，松竹掩蔼。时已初冬，墙内不知何花，蓓蕾满树。心爱悦之，逡巡遂入。遥闻琴声，从飓风大作，天地震炫后，忽闻琴声，直觉心清神爽，别是一翻世界。小说《三国演义》叙先主马跳槽溪后，入水镜庄闻司马德操琴声，同是一样景色。步少停。有婢自内出，年约十四五，飘洒艳丽。睹阳，返身遽入。俄闻琴声歇，一少年出，讶问客所自来。阳具告之。转诘邦族，阳又告之。少年喜曰：“我姻亲也。”遂揖请入院。院中精舍华好，又闻琴声。既入舍，则一少妇危坐，朱弦方调，年可十八九，风采焕映。见客入，推琴欲逝。少年止之曰：“勿遁，此正卿家瓜葛。”因代溯所由。少妇曰：“是吾侄也。”因问其“祖母尚健否？父母年几何矣”？阳曰：“父母四十余，都各无恙；惟祖母六旬，得疾沉痼，一步履须人耳。侄实不省姑系何房，望祈明告，以便归述。”少妇曰：“道途辽阔，音问梗塞久矣。归时但告而父，‘十姑问讯矣’，渠自知之。”阳问：“姑丈何族？”少年曰：“海屿姓晏。此名神仙岛，离琼三千里，仆流寓亦不久也。”十娘趋入，使婢以酒食饷客，鲜蔬香美，亦不知其何名。

饭已，引与瞻眺，见园中桃杏含苞，颇以为怪。晏曰："此处夏无大暑，冬无大寒，花无断时。"阳喜曰："此乃仙乡。归告父母，可以移家作邻。"晏但微笑。还斋炳烛，见琴横案上，请一聆其雅操。晏乃抚弦拈柱。十娘自内出，晏方抚弦，在俗手必即鼓一操，此却接入十娘自内出。此不肯用笔。晏曰："来，来！卿为若侄鼓之。"十娘即坐，问侄："愿何闻？"阳曰："侄素未读'琴操'，实无所愿。"十娘曰："但随意命题，皆可成调。"随意成调，惟精此道者能之，如归去来辞、赤壁等篇皆可入谱，勾拨挑剔，自叶宫商。阳笑曰："海风引舟，亦可作一调否？"十娘曰："可。"即按弦挑动，若有旧谱，意调崩腾；静会之，如身仍在舟中，为飓风之所摆簸。阳惊叹欲绝，问："可学否？"十娘授琴，试使勾拨，曰："可教也。欲何学？"曰："适所奏'飓风操'，不知可得几日学？请先录其曲，吟诵之。"十娘曰："此无文字，我以意谱之耳。"乃别取一琴，作勾剔之势，使阳效之。阳习至更余，音节粗合，夫妻始别去。

阳目注心凝，对烛自鼓，久之，顿得妙悟，不觉起舞。举首，忽见婢立灯下，惊曰："卿固犹未去耶？"婢笑曰："十姑命侍安寝，掩户移檠耳。"接得入妙。审顾之，秋水澄澄，意态媚绝。阳心动，微挑之，婢俯首含笑。阳益惑之，遽起挽颈。婢曰："勿尔！夜已四漏，主人将起，彼此有心，来宵未晚。"方狎抱间，闻晏唤"粉蝶"。粉蝶之名却从晏隔壁唤出。婢作色曰："殆矣！"急奔而去。阳潜往听之。但闻晏曰："我固谓婢子尘缘未灭，汝必欲收录之。今如何矣？宜鞭三百！"十娘曰："此心一萌，不可给使，不如为吾侄遣之。"仙人依然眷属，不知尘心动否，又拖下。阳甚惭惧，返斋灭烛自寝。

天明，有童子来侍盥沐，不复见粉蝶矣。心惴惴恐见谴逐。

俄晏与十娘并出，似无所介于怀，便考所业。阳为一奏。十娘曰："虽未入神，已得什九。肄熟可以臻妙。"阳复求别传。晏教以"天女谪降"之曲，指法拗折，习之三日，始能成曲。晏曰："梗概已尽，此后但须熟耳。娴此两曲，琴中无硬调矣。"阳颇忆家，告十娘曰："侄居此，蒙姑抚养甚乐，顾家中悬念。离家三千里，何日可能还也！"十娘曰："此即不难。故舟尚在，当助一帆风。子无家室，我已遣粉蝶矣。"明透下。乃赠以琴，又授以药曰："归医祖母，不惟却病，亦可延年。"

遂送至海岸，俾登舟。阳觅楫，十娘曰："无须此物。"因解裙作帆，为之萦系。阳虑迷途，十娘曰："勿忧，但听帆漾耳。"系已，下舟。阳凄然，方欲拜谢别，而南风竞起，离岸已远矣。视舟中糗粮已具，然止足供一日之餐，心怨其吝。腹馁不敢多食，惟恐遽尽，但啖胡饼一枚，觉表里甘芳。余六七枚，珍而存之，即亦不复饥矣。俄见夕阳欲下，方悔来时未索膏烛。瞬息，遥见人烟，细审，则琼州也。喜极，旋已近岸，解裙裹饼而归。

入门，举家惊喜，盖离家已十六年矣，"十六年"字，为下粉蝶降生作根据耳。始知其遇仙。视祖母老病益惫，出药投之，沉痾立除。共怪问之，因述所见。祖母泫然曰："是汝姑也。"初，老夫人有少女，名十娘，生有仙姿。许字晏氏。婿十岁，入山不返。十娘待至二十余，忽无疾自殂，葬已三十余年。闻旦言，共疑其未死。出其裙，则犹在家所素着也。饼分啖之，一枚终日不饥，而精神倍生。老夫人命发冢验视，则空棺存焉。旦初聘吴氏女未娶，旦数年不还，遂他适。共信十娘言，以俟粉蝶之至。既而年余无音，始议他图。临邑钱秀才，有女名荷生，艳名远播。年十六，与前离家十六年句应。未嫁而三丧其婿。遂媒定之，涓吉成礼。既入门，光艳绝代。旦视之，则粉蝶也。惊问曩事，女茫乎不知。缥渺不尽。盖彼逐时，即降生之辰也。每为之鼓“天女谪降”之操，辄支颐凝想，若有所会。结笔飘飘欲仙，更着不得赞词。

李檀斯

长山李檀斯，国学生也。其村中有媪走无常，谓人曰：“今夜与一人舁檀老投生淄川柏家庄一新门中，身躯重赘，几被压死。”时李方与客欢饮，悉以媪言为妄。至夜，无疾而卒。天明，如所言往问之，则其家夜生女矣。

錦瑟
憂患曾經閱
歷多受恩深重
復如何天魔
刦後天緣合真
是人間安樂窩

锦瑟

沂人王生，少孤，自为族。家清贫，然风标修洁，洒然裙屐少年也。富翁兰氏，见而悦之，妻以女，许为起屋治产。娶未几而翁死。妻兄弟鄙不齿数。妇尤骄倨，常佣奴其夫，吴梅村诗云："男儿作健羞裙屐。""佣奴其夫"一句已尽。下却详写逼真。文有当发挥处要发挥，当形容处要形容，不宜以一句了事也。自享馐馔，生至，则脱粟瓢饮，折稀为匕，置其前。王悉隐忍之。

年十九，往应童试，被黜。自郡中归，妇适不在室，釜中烹羊胛熟，就啖之。妇入，不语，移釜去。写妇之虐其夫，真是十分不堪。生大惭，抵箸地上，曰："所遭如此，不如死！"妇恚，问死期，即授索为自经之具。生忿投羹碗，败妇颡。生含愤出，自念良不如死，遂怀带入深壑。至丛树下，方择枝系带，忽见土崖间，微露裙幅；异境独开。瞬息，一婢出，睹生急返，如影就灭，土壁亦无绽痕。固知妖异，然欲觅死，故无畏怖，释带坐觇之。少间，复露半面，一窥即缩去。念此鬼物，从之必有死乐。因抓石叩壁曰："地如可入，幸示一途！我非求欢，乃求死者。"久之，无声。生又言之。内云："求死请姑退，可以夜来。"音声清锐，细如游蜂。生曰："诺。"遂退以待夕。

未几，星宿已繁，崖间忽成高第，静敞双扉。生拾级而入。才数武，有横流涌注，气类温泉。又奇。以手探之，热如沸汤，不知其深几许。疑即鬼神示以死所，遂踊身入。热透重衣，肤痛欲糜，幸浮不沉。泅没良久，热渐可忍，极力爬抓，始登南岸，一身幸不泡伤。行次，遥见厦屋中有灯火，趋之。有猛犬暴出，龁衣败袜。摸石以投，犬稍却。又有群犬要吠，皆大如犊。危急间，婢出叱退，曰："求死郎来耶？吾家娘子悯君厄穷，使妾送君入安乐窝，从此无灾矣。"伏下。挑灯导之。启后门，黯然行去。入一家，明烛射窗，曰："君自入，妾去矣。"生入室四瞻，盖已入己家矣。起落令人意想不到。反奔而出。遇妇所役老媪曰："终日相觅，又焉往？"反曳入。妇帕裹伤处，下床笑逆，又奇。曰："夫妻年余，狎谑顾不识耶？我知罪矣。君受虚诮，我被实伤，怒亦可以少解。"乃于床头取巨金二铤置生怀，曰："以后衣食，一惟君命，可乎？"生不语，抛金夺门而奔，仍将入壑，以叩高第之门。

既至野，则婢行缓弱，挑灯尤遥望之。仙姬幻境试之耳。生急奔且呼，灯乃止。既至，婢曰："君又来，负娘子苦心矣。"生曰："我求死，不谋与卿复求活。娘子巨家，地下亦应需人。我愿服役，实不以有生为乐。"起下。婢曰："乐死不如苦生，君设想何左也！吾家无他务，惟淘河、粪除、饲犬、负尸；作不如程，则刵耳劓鼻、敲肘刖趾。君能之乎？"答曰："能之。"又入后门，生问："诸役何也？适言负尸，何处得如许死人？"婢曰："娘子慈悲，设'给孤园'。收养九幽横死无归之鬼。鬼以千计，日有死亡，须负瘗之耳。鬼是如何死法，又如何瘗法？请一过观之。"移时，入一门，署"给孤园"。入，见屋宇错杂，秽臭熏人。园中鬼见烛群集，皆断头缺足，不堪入目。回首欲行，见尸横墙下；近视之，血肉狼籍。曰："半日未负，已被狗咋。"即使生移去之。生有难色。

婢曰："君如不能，请仍归享安乐。"生不得已，负置秘处。乃求婢缓颊，幸免尸污。婢诺。

行近一舍，曰："姑坐此，妾入言之。饲狗之役较轻，当代图之，庶几得当以报。"去少顷，奔出，曰："来，来！娘子出矣。"生从入。见堂上笼烛四悬，有女郎近户坐，乃二十许天人也。生伏阶下。女即命曳起之，曰："此一儒生，乌能饲犬，可使居西堂，主簿。"生喜，伏谢。女曰："汝以朴诚，可敬乃事。如有舛错，罪责不轻也！"生唯唯。婢导至西堂，见栋壁清洁，喜甚，谢婢。始问娘子官阀。婢曰："小字锦瑟，东海薛侯女也。妾名春燕。旦夕所需，幸相闻。"婢去，旋以衣履衾褥来，置床上。生喜得所。

东海薛侯何人也？曰："见《龙威外编》。"

黎明，早起视事，录鬼籍。一门仆役，尽来参谒，馈酒送脯甚多。生引嫌，悉却之。日两餐，皆自内出。娘子察其廉谨，特赐儒巾鲜衣。凡有赍赉，皆遣春燕。婢颇风格，既熟，频以眉目送情。生斤斤自守，不敢少致差跌，但伪作呆钝。积二年余，赏给倍于常廪，而生谨抑如故。 夜，方寝，闻内第喊噪。急起，捉刀出，见炬火光天。入窥之，则群盗充庭，厮仆骇窜。一仆促与偕遁，生不肯，涂面束腰，杂盗中呼曰："勿惊薛娘子！但当分括财物，勿使遗漏。"时诸舍群贼方搜锦瑟不得，生知未为所获，潜入第后独觅之。遇一伏妪，始知女与春燕皆越墙矣。生亦过墙，见主婢伏于暗陬。生曰："此处乌可自匿？"女曰："吾不能复行矣！"生弃刀负之。奔二三里许，汗流竟体，始入深谷。释肩令坐。欻，一虎来。生大骇，欲迎当之，虎已衔女。生急捉虎耳，极力伸臂入虎口，以代锦瑟。虎怒，释女，嚼

如做噩梦，惊魂甫定，险境倏来。

生臂，脆然有声。臂断落地，虎亦径去。女泣曰："苦汝矣！苦汝矣！"生忙遽未知痛楚，但觉血溢如水，使婢裂衿裹断处。女止之，俯觅断臂，自为续之，乃裹之。

东方渐白，始缓步归。登堂如墟。天既明，仆媪始渐集。女亲诣西堂，问生所苦。解裹，则臂骨已续；又出药糁其创，始去。由此益重生，使一切享用，悉与己等。臂愈，女置酒内室以劳之。赐之坐，三让而后隅坐。女举爵如让宾客。久之，曰："妾身已附君体，意欲效楚王女之于臣建。但无媒，羞自荐耳。"生惶恐曰："某受恩重，杀身不足酬。所为非分，惧遭雷殛，不敢从命。苟怜无室，赐婢已过。"

一日，女长姊瑶台至，四十许佳人也。至夕，招生入，瑶台命坐，曰："我千里来，为妹主婚，今夕可配君子。"生又起辞。瑶台遽命酒，使两人易盏。生固辞，瑶台夺易之。生乃伏地谢罪，受饮之。瑶台出，女曰："实告君：妾乃仙姬，以罪被谪。自愿居地下，收养冤魂，以赎帝谴。适遭天魔之劫，遂与君有附体之缘。远邀大姊来，固主婚嫁，亦使代摄家政，以便从君归耳。"起下。生起敬曰："地下最乐！某家有悍妇；且屋宇隘陋，势不能容委曲以共其生。"女笑曰："不妨。"既醉，归寝，欢恋臻至。过数日，谓生曰："冥会不可长，请郎归。君干理家事毕，妾当自至。"以马授生，启扉令出，壁复合矣。

生骑马入村，村人尽骇。至家门，则高庐焕映矣。先是，追叙法。生去，妻召两兄至，将棰楚报之。至暮，不归，始去。或于沟中得生履，疑其已死。既而年余无耗。有陕中贾某，媒通兰氏，遂就生第与妇合。半年中，修建连亘。贾出经商，又买妾归，自此不安其室。贾亦恒数月不归。生讯得其故，怒，系马而入。见旧媪，媪惊伏地。生叱骂久，使导诣妇所，寻之已遁；既于舍后得之，已自经死。遂使人舁归兰氏，呼妾出，年十八九，风致亦佳，遂与寝处。贾托村人，求反其妾，妾哀号不肯去。生乃具状，将讼其霸产占妻之罪。贾不敢复言，收肆西去。

方疑锦瑟负约；一夕，正与妾饮，则车马扣门而女至矣。女但留春燕，余即遣归。入室，妾朝拜之。女曰："此有宜男相，可以代妾苦矣。"即赐以锦裳珠饰。妾拜受，立侍之，女挽坐，言笑甚欢。久之，曰："我醉欲眠。"生亦解履登床，妾始出。入房则生卧榻上；异而反窥之，烛已灭矣。生无夜不宿妾室。一夜，妾起，潜窥女所，则生及女方共笑语。笠翁诗："将身变成走盘珠。"大怪之，急反告生，则床上无人矣。天明，阴告生，生亦不自知，但觉时留女所，时寄妾宿耳。生嘱隐其异。久之，婢亦私生，女若不知之。婢忽临蓐难产，但呼"娘子"。女入，胎即下，举之，男也。为断脐置婢怀，笑曰："婢子勿复尔！业多，则割爱难矣。"自此，婢不复产。妾出五男二女。居三十年，女时返其家，家安，天上耶，地下耶？淘河饲犬之役谁督之？往来皆以夜。一日，携婢去，不复来。生年八十，忽携老仆夜出，亦不返。

太原獄
巫峰一曲雨雲迷姑
婦何堪久勃谿
勇怯相形虛實判
長官双目抉然犀

太原狱

太原有民家，姑妇皆寡。姑中年，不能自洁，村无赖频来就之。妇不善其行，阴于门户墙垣阻拒之。姑惭，藉端出妇；妇不去，颇有勃谿。姑益恚，反相诬，告诸官。官问奸夫姓名。媪曰：“夜来宵去，实不知其阿谁，鞫妇自知。”因唤妇。妇果知之，而以奸情归媪，苦相抵。拘无赖至，又哗辨：“两无所私。得半。彼姑妇不相能，故妄言相诋毁耳。”官曰：“一村百人，何独诬汝？”重答之。无赖叩乞免责，自认与妇通。械妇，妇终不承。逐去之。妇忿告宪院，仍如前，久不决。时淄邑孙进士柳下令临晋，推折狱才，遂下其案于临晋。人犯到，公略讯一过，寄监讫，便命隶人备砖石刀锥，质理听用。共疑曰：“严刑自有桎梏，何将以非刑折狱耶？”不解其意，姑备之。明日，升堂，问知诸具已备，命悉置堂上。乃唤犯者，又一一略鞫之。乃谓姑妇：“此事亦不必求甚清析。淫妇虽未定，而奸夫则确。明决。汝家本清门，不过一时为匪人所诱，罪全在某。堂上刀石具在，可自取击杀之。”宽一句好。姑妇趑趄，恐邂逅抵偿，公曰：“无虑，有我在。”于是媪妇并起，掇石交投。妇衔恨已久，两手举巨石，恨不即立毙之；媪惟以小石击臂腿而已。又命用刀，妇把刀贯胸膺，媪犹逡巡未下。公止之曰：“淫妇我知之矣。”命执媪严梏之，遂得其情。笞无赖三十，其案始结。

附记：公一日遣役催租，租户他出，妇应之。役不得贿，拘妇至。公怒曰："男子自有归时，何得扰人家室！"遂笞役，遣妇去。乃命匠多备手械，以备敲比。明日，合邑传颂公仁。欠赋者闻之，皆使妻出应，公尽拘而械之。余尝谓：孙公才非所短，然如得其情，则喜而不暇哀矜矣。

新鄭訟
逋賦蔽膚一再
催輸將何自
得資財算言
皁白無分別
祇待鄭人作
證來

新郑讼

长山石进士宗玉，为新郑令。适有远客张某，经商于外，因病思归，不能骑步，赁禾车一辆，携资五千，两夫挽载以行。至新郑，两夫往市饮食，张守资独卧车中。有某甲过，睨之，见旁无一人，夺资去。张不能御，力疾起，遥尾缀之，入一村中；又从之，入一门内。张不敢入，但自短垣窥觇之。甲释所负，回首见窥者，怒执为贼，缚见石公，因言情状。问张，备述其冤。公以无质实，叱去之。二人下，皆谓官无皂白。公置若不闻。颇忆甲久有逋赋，要有记性。张睢阳于城中人一见无不记其姓名，可知临民非易事也。遣役严追之。逾日，即以银三两投纳。石公问金所自来。甲云："质衣鬻物。"皆指名以实之。石公遣役令视纳税人，有与甲同村者否。适甲邻人在，唤入问之："汝既为某甲近邻，金所从来，尔当知之。"邻曰："不知。"公曰："邻家不知，其来暧昧。"甲惧，顾邻曰："我质某物，鬻某器，汝岂不知？"邻急曰："然，固有之矣。"公怒曰："尔必与甲同盗，非穷治之不可！"命取梏械。邻人惧曰："吾以邻故，不敢招怨；今刑及己身，何讳乎。彼实劫张某钱所市也。"遂释之。时张以丧资未归，乃责甲押偿之。此亦见石之能实心为政也。

异史氏曰："石公为诸生时，每一艺出，得者秘以为宝。观其人，恂恂雅饬，翰苑则优，簿书则诎。乃一行作吏，神君之名，噪于河朔。谁谓文章无经济哉！故志之以风有位者。”

李象先

李象先，寿光之闻人也。前世为某寺之执爨僧，无疾而化。魂出栖坊上，下见市上行人，皆有火光出颠上，盖体中阳气也。夜既昏，念坊上不可久居，但诸舍暗黑，不知所之。唯一家灯火犹明，飘赴之。及门，则身已婴儿。母乳之。见乳恐惧；腹不胜饥，闭目强吮。逾三月余，即不复乳；乳之，则惊惧而啼。母以米沈间枣栗哺之，得长成。是为象先。儿时至某寺，见寺僧，皆能呼其名。至老犹畏乳。

异史氏曰："象先学问渊博，海岱清士。其子早贵，而身仅以文学终，此佛家所谓福业未修者耶？弟亦知名士。生有隐疾，数月始一动；动时急起，不顾宾客，自外呼而入，于是婢媪尽避，适及门复痿，则不入室而反。兄弟皆奇人也。"

寫文淋
来似無端去絕踪雖將首
尾見神龍料應夙世奇緣
合天賜麟兒一笑逢

房文淑

开封邓成德，游学至兖，寓败寺中，佣为造齿籍者缮写。岁暮，僚役各归家，邓独炊庙中。黎明，有少妇叩门而入，艳绝，至佛前焚香叩拜而去。次日，又如之。至夜，邓起挑灯，适有所作，女至益早。邓曰："来何早也？"女曰："明则人杂，故不如夜。太早，又恐扰君清睡。适望见灯光，知君已起，故至耳。"生戏曰："寺中无人，寄宿可免奔波。"女哂曰："寺中无人，君是鬼耶？"邓见其可狎，俟拜毕，曳坐求欢。女曰："佛前岂可作此。身无片椽，尚作妄想！"邓固求不已。女曰："去此三十里某村，有六七童子，延师未就。君往访李前川，可以得之。托言携有家室，令别给一舍，妾便为君执炊，此长策也。"邓虑事发获罪。女曰："无妨。妾房氏，小名文淑，并无亲属，恒终岁寄居舅家，有谁知。"邓喜。既别女，即至某村，谒见李前川，其谋果遂。约岁前即携家至。既反，早旦告女。女约候于途中。邓告别同党，借骑而去。女果待于半途，乃下骑以辔授女，御之而行。至斋，相得甚欢。积六七年，居然琴瑟，并无追逋逃者。女忽生一子。邓以妻不育，得之甚喜，名曰"兖生"。女曰："伪配终难作真。妾将辞而去，又生此累人物何为！"邓曰："命好，倘得余钱，拟与卿遁归乡里，何出此言？"女曰："多谢，多谢！我不能胁肩谄笑，仰大妇眉睫，为人作乳媪，呱呱者难堪也！”邓代妻明不妒，女亦不言。月余，邓解馆，谋与前川子同出经商。告女曰：“我思先生设帐，必无富有之期。今学负贩，庶有归时。”女亦不答。至夜，女忽抱子起。邓问：“何作？”女曰：“妾欲去。”邓急起，追问之，门未启，而女已杳。去得飘忽。骇极，始悟其非人也。邓以形迹可疑，故亦不敢告人，托之归宁而已。初，邓离家，与妻娄约，年终必返；既而数年无音，传其已死。兄以其无子，欲改醮之。娄更以三年为期，日惟以纺绩自给。一日，既暮，往扃外户，一女子掩入，怀中绷儿，曰：“自母家归，适晚。知姊独居，故求寄宿耳。”娄内之。至房中，视之，二十余丽者也。喜与共榻，同弄其儿，儿白如瓠。叹曰：“未亡人遂无此物！”女曰：“我正嫌其累人，即嗣为姊后，何如？”娄曰：“无论娘子不忍割爱；即忍之，妾亦无乳焉能活之也。”女曰：“不难。当儿生时，患无乳，服药半剂而效。今余药尚存，即以奉赠。”遂出一裹，置窗间。娄漫应之，未遽怪也。既寝，及醒呼之，则儿在而女已启门去矣。闪又去。骇极。日向辰，儿啼饥。娄不得已，饵其药，移时湩流，遂哺儿。积年余，儿益丰肥，渐学语言，爱之不啻已出。由是再醮之心遂绝。但早起抱儿，不能操作谋衣食，益窘。一日，女忽至。娄恐其索儿，先问其不谋而去之罪，后叙其鞠养之苦。女笑曰：“姊告诉艰难，我遂置儿不索耶？”遂招儿。儿啼入娄怀。女曰：“犊子不认其母矣！此百金不能易，可将金来，署立券保。”娄以为真，颜作赪，女笑曰：“姊勿惧，妾来正为儿也。别后虑姊无豢养之资，因多方措十余金来。”乃出金授娄。娄恐受其金，索儿有词，坚却之。女置床上，出门径去。抱子追之，其去已远，呼之亦不顾。疑其意恶。然得金少权子母，家以饶足。又三年，邓贾有赢余，治装归。方共慰藉，睹儿问谁氏子。妻告以故。问：“何名？”曰：“渠母呼之究生。”生惊曰：“此真吾子也！”问其时日，即夜别之日。邓乃历叙与房文淑离合之情，益共欣慰。犹望女至，而终渺矣。

秦檜
自壞長城
說老秦書
生扣馬識
權臣狀元
宰相今何
在六道輪
迴七世身
秦檜

秦 桧

青州冯中堂家，杀一豕，焊去毛鬣，肉内有字云：“秦桧七世身。”烹而啖之，其肉臭恶，因弃而投诸犬。呜呼！桧之肉，恐犬亦不当食之矣！

闻益都人说：中堂之祖，前身在宋朝为桧所害，故生平最敬岳武穆。于青州城北通衢旁建岳王殿，秦桧、万俟卨伏跪地下。往来行人瞻礼岳王，则投石桧、卨，香火不绝。后大兵征于七之年，冯氏子孙毁岳王像。数里外，有俗祠“子孙娘娘”，因舁桧、卨其中，使朝跪焉。百世下，必有杜十姨、伍髭须之误，甚可笑也。

又，青州城内，旧有淡台子羽祠。当魏珰烜赫时，世家中有媚之者，就子羽毁冠去须，改作魏监。此亦骇人听闻者也。

一員官
同知肯幹太嶢
屹僚屬休將一
倒眉難得仙人
青真賞此公而
外竟無官

一员官

济南同知吴公，刚正不阿。时有陋规，凡贪墨者，亏空犯赃罪，上官辄庇之，以赃分摊属僚，无敢梗者。以命公，不受；强之不得，怒加叱骂。公亦恶声还报之，曰："某官虽微，亦受君命。可以参处，不可以骂詈也！要死便死，不能损朝廷之禄，代人上枉法赃耳！"上官乃改颜温慰之。人皆言斯世不可以行直道；人自无直道耳，何反咎斯世之不可行哉！两头叙事，中间夹此一段作议论，如传赞然。横亘其中，鹤膝格也。会高苑有穆情怀者，狐附之，辄慷慨与人谈论，音响在座上，但不见其人。适至郡，宾客谈次，或诘之曰："仙固无不知，请问郡中官共几员？"应声答曰："一员。"共笑之。复诘其故，曰："通郡官僚虽七十有二，其实可称为官者，吴同知一人而已。"此狐可即名之曰：狐中董狐。是时泰安知州张公者，人以其木强，号之"橛子"。凡贵官大僚登岱者，夫马兜舆之类，需索烦多，州民苦于供亿。公一切罢之。或索羊豕，公曰："我即一羊也，一豕也，请杀之以犒驺从。"大僚亦无奈之。公自远宦，别妻子者十二年。初莅泰安，夫人及公子自都中来省之，相见甚欢。逾六七日，夫人从容曰："君尘甑犹昔，何老悖不念子孙耶？"公怒，大骂，呼杖，逼夫人伏受责。铁面二字不足以尽之。〇妻者，齐也，何至操仗？且此数语亦俗情常话，听不听惟公，何妨正言告之，安得强天下妇女皆作圣贤耶？如张公者终不忍议之矣。公子覆母身号泣，求代。公横施挞楚，乃已。夫人即偕公子命驾归，矢曰："渠即死于是，吾亦不复来矣！”逾年，公果卒。此不可谓非今之强项令也。然以久离之琴瑟，何至发一言而躁怒至此，岂人情哉！而威福能行床笫，事更奇于鬼神矣。殿以此篇，抬文人之身分，成得意之文章。

公孫夏
不讀書詩且
買官仕途當
作利途看澄
清畢竟冥中易
未握銅符已挂冠

公孙夏 抄本有目无文，据青柯亭本补。

保定有国学生某，将入都纳资，谋得县尹。方趣装而病，月余不起。忽有僮入曰："客至。"某亦忘其疾，趋出逆客。客华服类贵者。三揖入舍，叩所自来。客曰："仆，公孙夏，十一皇子坐客也。闻治装将图县尹，既有是志，太守不更佳耶？"某逊谢，但言："资薄，不敢有奢愿。"客请效力，俾出半资，约于任所取盈。某喜求策。客曰："督、抚皆某最契之交，暂得五千缗，其事济矣。目前真定缺员，便可急图。"某讶其本省。客笑曰："君迂矣！但有孔方在，何问吴、越桑梓耶？"某终踌躇，疑其不经。客曰："无须疑惑。实相告：此冥中城隍缺也。君寿尽，已注死籍。乘此营办，尚可以致冥贵。"冥中诠政亦复如此，别清者想只有天上仙班。即起告别，曰："君且自谋，三日当复会。"遂出门跨马去。某忽开眸，与妻子永诀。命出藏镪，市楮锭万提，郡中是物为空。堆积庭中，杂刍灵鬼马，日夜焚之，灰高如山。三日，客果至。某出资交兑，客即导至部署，见贵官坐殿上，某便伏拜。贵官略审姓名，便勉以"清廉谨慎"等语。乃取凭文，唤至案前与之。某稽首出署。自念监生卑贱，非车服炫耀，不足震慑曹属。今之震慑曹者，车服外无他道也。于是益市舆马；又遣鬼役以彩舆迓其美妾。区画方已，真定卤簿已至。途中里余，一道相属，意得甚。忽前导者钲息旗靡。惊疑间，见骑者尽下，悉伏道周；人小径尺，马大如狸。车前者骇曰："关帝至矣！"某惧，下车亦伏。遥见帝君从四五骑，缓辔而至。须多绕颊，不似世所模肖者；而神采威猛，目长几近耳际。马上问："此何官？"从者答："真定守。"帝君曰："区区一郡，何直得如此张皇！"某闻之，洒然毛悚，身暴缩，自顾如六七岁儿。帝君命起，使随马踪行。今之市侩，充盈仕途，幸不遇我夫子耳，且可出面且以吓人。道旁有殿宇，帝君入，南向坐，命以笔札授某，俾自书乡贯姓名。某书已，呈进。帝君视之，怒曰："字讹误不成形象！此市侩耳，何足以任民社！"亦迹讹误，德籍全无，此人必多亏损，买爵之罪，特其一耳。又命稽其德籍。旁一人跪奏，不知何词。帝君厉声曰："干进罪小，卖爵罪重！"旋见金甲神绾锁去。遂有二人捉某，褫去冠服，笞五十，臀肉几脱，逐出门外。四顾车马尽空，痛不能步，偃息草间。细认其处，离家尚不甚远。幸身轻如叶，一昼夜始抵家。豁若梦醒，床上呻吟。家人集问，但言股痛。盖瞑然若死者，已七日矣，至是始寤。便问："阿怜何不来？"——盖妾小字也。先是，阿怜方坐谈，忽曰："彼为真定太守，差役来接我矣。"乃入室丽妆，妆竟而卒，才隔夜耳。家人述其异。某悔恨椎胸，命停尸勿葬，冀其复还。数日杳然，乃葬之。某病渐瘳，但股疮大剧，半年始起。每自曰："官资尽耗，而横被冥刑，此尚可忍；但爱妾不知异向何所，清夜所难堪耳。"

异史氏曰："嗟夫！市侩固不足南面哉！冥中既有线索，恐夫子马踪所不及到，作威福者，正不胜诛耳。吾乡郭华野先生传有一事，与此颇类，亦人中之神也。先生以清骾受主知，再起总制荆楚。行李萧然，如此考成，恐今之牧令罢斥尽矣。必以萧然行李为高，将饮一杯水者便为循吏乎？子舆氏曰：君子平其政行辟入可也。为政自有体，君侯百里，士民声望所关，不可过于炫耀。必以此定贤否，为去留，则亦未为平允矣。

惟四五人从之，衣履皆敝陋。途中人皆不知为贵官也。适有新令赴任，道与相值。驼车二十余乘，前驱数十骑，驺从百计。先生亦不知其何官，时先之，时后之，时以数骑杂其伍。彼前马者怒其扰，辄呵却之。先生亦不顾瞻。亡何，至一巨镇，两俱休止。乃使人潜访之，则一国学生，加纳赴任湖南者也。乃遣一价召之使来。令闻呼骇疑；及诘官阀，始知为先生，悚惧无以为地。冠带匍伏而前。先生问：‘汝即某县县尹耶？’答曰：‘然。’先生曰：‘蕞尔一邑，何能养如许驺从？履任，则一方涂炭矣！不可使殃民社，可即旋归，勿前矣。’令叩首曰：‘下官尚有文凭。’先生即令取凭，审验已，曰：‘此亦细事，代若缴之可耳。’令伏拜而出。归途不知何以为情，而先生行矣。世有未莅任而已受考成者，实所创闻。盖先生奇人，故有此快事耳。”

图书在版编目（CIP）数据

冯镇峦批评本聊斋志异 / (清) 蒲松龄著; (清) 冯镇峦批评. —长沙: 岳麓书社, 2024.8
ISBN 978-7-5538-2085-9

Ⅰ. ①冯… Ⅱ. ①蒲… ②冯… Ⅲ. ①《聊斋志异》- 古典
小说评论 Ⅳ. ①I207.419

中国国家版本馆CIP数据核字(2024)第101269号

FENG ZHENLUAN PIPINGBEN LIAOZHAI ZHIYI

冯镇峦批评本聊斋志异

著　　者 | 〔清〕蒲松龄
批　　评 | 〔清〕冯镇峦
校　　点 | 鲁德才
出 版 人 | 崔　灿
出版统筹 | 马美著
责任编辑 | 陈文韬　周家琛　陶嶒玲
曾　倩　肖　航
助理编辑 | 夏楚婷
责任校对 | 舒　舍
书籍设计 | 罗志义

岳麓书社出版发行
地址 | 长沙市岳麓区爱民路47号
承印 | 长沙鸿发印务实业有限公司

开本 | 890mm × 1240mm 1/32　印张 | 50.25　字数 | 1208 千字
版次 | 2024年8月第1版　印次 | 2024年8月第1次印刷
书号 | ISBN 978-7-5538-2085-9
定价 | 198.00元

如有印装质量问题，请与本社印务部联系
电话 | 0731-88884129